纸牢笼

纸系列三部曲

梁奕◎著

人民东方出版传媒
東方出版社

目录
CONTENTS

第一章　引子

THE FIRST CHAPTER

“我能证明！他就是潜伏台湾三十八年的中共地下党员，‘特交一号’左乳！这份情报如果早到大陆几十年，台海态势会是另一个样子。”戴精国鹰隼般的眼神异常的冷峻，他一直是那样犀利地注视着左乳。几十年来，他追踪着对手，却从没有这么近距离地端详过对手。他好像要一次性地看够这个传奇的对手一样，眼睛一眨不眨，直勾勾地盯着左乳，嘴里一个字一个字地清晰地吐出来上面那番话。

一九八八年开春的广州街头，空气里隐约有着淡淡的草木清香。木棉花渐次开了，街道两旁的上空挂满了含露乍开的木棉花，有嫣红的，有火红的，有猩红的，还有橘红的。远远看去，就像空中悬了无数的小红灯笼，这给广州街道毫无生气的灰色建筑物装点上了喜庆的色彩。这木棉树原产自热带地区的印度，具有极强的耐热性，只是抗寒能力逊色些。偏偏今春遇上“倒春寒”，温差大，忽冷忽热，而且冷的时候气温特别低，人都难以适应，更别说娇嫩的花儿了。天气回暖的三月初，广州街头少许木棉开了花。但栽在民政厅大院内长长的行道两侧的木棉树，只见光秃秃的树枝上缀满了大小不一的花骨朵，却依然不见花开，让人真以为今春不开花了。没想到惊蛰后气温急升，那含苞待放的不见一片叶子的植株竟然大片大片地开花，虽较往年迟了些，但红彤彤的“小灯笼”那如火如荼的磅礴气势，却像在宣告广州的春天终于来了。

广州，省民政厅登记大厅里，只有三三两两的当地居民来办理个人事宜。戴精国平静地坐在大厅的登记桌前，正在注视自己桌前的两个牛皮信封。信封已年代久远，颜色暗淡，边角都有许多不平整的皱褶，没有封口，信封正面用粗粗的毛笔分别写着“林英杰遗书”“张志忠遗书”，信封的落款处很骇人地用繁体字印着台湾国防部保密局的字样。他脸上细细的皱纹看得出六十多岁的年纪，一头干净整洁的短发显得精明干练，挺拔的坐姿让人暗生赞叹，透露出主人是很在乎个人形象的。他那刀削斧砍的脸部轮廓，映射了此时戴精国严峻的心态，特别是那双鹰隼似犀利的眼睛会让与他对视的人不寒而栗。

在戴精国的旁边坐着两位老人正在接耳交流，两位老人的另一边，还坐了一位看上去年纪约有七十岁的满头白发的老人。黝黑的肤色，高山族雅泰人的装束，鹿皮背心，有红色彩纹装饰的华美的腰带，头上戴了一顶雅泰人的藤条编成的半圆形帽子。外面披了件休闲西装，可西服掩盖不住他身上独有的少数民族老人的气质，沟壑般的皱纹刻写出他艰辛的人生。这副装束出现在台北市区都会很抢眼的，在广州街头就更显得有点怪异了。

这位坐着的高山族老人叫左乳，他习惯性地用左手轻轻地点了右胸一下，然后用双手撑着额头，好像一个睡眠不足的人想低头假寐一会儿，实际上这是他多年来养成的一种躲避他人审视自己五官的一种习惯。一位年轻的女办事员走到高山族老人的身边，柔声地说："老人家，我们帮您查了，您的报告还没有回复，可能还需要您耐心等待一段时间。"高山族老人什么话都没有说，失落地站起来转身准备离去。

女办事员又走到那位有着鹰隼眼神的老先生面前说："老人家，我们查了，得到了答复，张志忠是中共台湾省工委的负责人之一，于一九五四年被台湾当局枪杀，但是大陆还一直没有给他定性。这位同样被杀的地下党员林英杰已经被追认为烈士，但很遗憾的是他的妻子陈绿漪女士从台湾逃回来后，没能活到今天，"女办事人员犹豫了一会儿，说，"'文革'时被造反派整死了。所以这两封信我们暂时没有办法为您转交。"

戴精国喃喃地回了句："张志忠的太太季芸也被枪毙了。"

高山族老人左乳没走几步，当听到"中共台湾省工委"这个名称时，他像触电似的定住了。他背对着听完女办事员小关和戴精国的对话后，快速地转过身来，冲上前去，以迅雷不及掩耳的速度一把抢过那两份遗书，仔细审视着信封上的文字，他的呼吸声渐渐变得粗重起来，然后他缓缓地抬起头，瞪大了眼睛仔细端详着坐在桌前的戴精国。四目相对，彼此都在搜寻脑海中久远的记忆。戴精国鹰隼般的眼睛惊讶地看着这位他曾经苦苦追捕的神话般的台湾地下党人，高山族老人左乳几乎同时也认出了对方，他的眼里喷射出烈焰，伸出右手有力而坚定地指着戴精国的鼻梁大声叫道："他是特勤科的，他是军统！他是特务！！"左乳的声音一声比一声大，一声比一声有力，一声比一声凄厉，一声比一声震撼。那是发自内心深处的呐喊，那是历经岁月沉淀的喷发，那是夹血带肉的仇恨。

大厅里的人都被这阵大吼吸引过来了。女办事员倒是很冷静地轻声安慰着左乳说："老人家，您别急。现在虽然没有办法证明您的身份，可您不好乱说人家。"

左乳更加愤怒，他的脸涨得通红，脖子上的青筋突起，他一把扯开了鹿皮背心和里面的衬衣，衣扣纷纷飞了出去，袒露出了自己的胸膛。他的胸口和常人不一样的是右胸没有乳头。看到他胸口的人都非常惊讶。他悲愤地叫道："我是左乳，我是台湾的中共地下党员啊！”接着他哆哆嗦嗦地撕开裤裆，取出一个油布包着的微缩胶卷，把胶卷急忙展示出来，急切地说道：“这是绝密情报！”

女办事员在左乳扯开衣服时，眼神有些猝不及防的凌乱，把脑袋扭向了一边，并且气愤地说：“别在这耍流氓，谁能证明你是地下党啊？”

“我能证明！他就是潜伏台湾三十八年的中共地下党员，‘特交一号’左乳！这份情报如果早到大陆几十年，台海态势会是另一个样子。”戴精国鹰隼般的眼神异常的冷峻，他一直是那样犀利地注视着左乳。几十年来，他追踪着对手，却从没有这么近距离地端详过对手。他好像要一次性地看够这个传奇的对手一样，眼睛一眨不眨，直勾勾地盯着左乳，嘴里一个字一个字地清晰地吐出来上面那番话。

左乳一时糊涂了，他看看戴精国，又看看女办事员，再环顾左右，旋即好像恍然大悟。他厉声叫道：“圈套，圈套，这是你们设的圈套！”微缩胶卷被惊恐的左乳弄到了地上，早已曝光了的胶片散了出来。左乳一把捞起地上的微缩胶卷，深吸了一口气，撒开腿以惊人的速度冲出民政厅的大厅，完全不像刚才那个几近老态龙钟的老人。

戴精国一时惊呆了，当他缓过神来后，那锐利的眼光平和起来。他摇摇头说：“这个小子还能跑，跑起来比狗还快。”

红棉树下，左乳飞速地奔跑、跳跃。他那子弹般的速度和弹簧似的弹跳力与他那苍老的外表构成了鲜明的对比；他那一身高山族土著人的打扮与现代化的都市，形成了强烈的反差。路人诧异地注视着这位飞奔的老人。一位吃鸡块的小伙子，被左乳的速度惊呆了，他忘记了把已经递到嘴边的鸡块送进嘴里了。老人擦肩而过的风把小伙子的浅色领带掀动起来，坠下的领带尖掉落到小伙子端着的可乐杯子里。小伙子郁闷地扔掉可乐，甩着领带上的饮料。

两位穿超短裙的红唇女孩跳起来大声叫道：“酷毙了！酷毙了！”女孩飘逸的长发和短裙在广州的街道上翻飞着。

女孩身旁两位一直在偷看她俩的中年男子不屑一顾地说道：“没什么，开麦啦！”两位男子转身逡巡的目光像在寻找摄影机。

左乳仍然高速地奔驰在机动车道和人行道上，灵巧地躲闪着路上的行人，跳跃在汽车顶和花坛上，满街的刹车声和惊叫声他充耳不闻。他觉得自己正跑在海滩上、田野间；跳跃在礁石上、灌木丛。高楼大厦幻变成崇山峻岭，街道上的行人则幻变成保密局的缉捕人员。耳旁回响着“四月指示”：“通过劳动深入农村、山区；禁止坐火车、坐汽车，不走公路、大路，专门走小路、夜路，住山寮、山洞、溪边、荒地、丛林。”“四月指示”是中共台湾省工委被剿灭后，一九五〇年四月台湾地下党为了躲避国民党保密局的追捕，紧急制定的应对原则。左乳从第一次接到“四月指示”起就一丝不苟地坚决执行。

在台湾一九八七年宣布解除“戒严”前，长期命悬一线的逃亡经历已使左乳患上了精神分裂症。只要开始奔跑，他就会感觉到保密局在追捕自己，于是他越跑越快，直到他精疲力竭跑不动为止。左乳在南京中央大学求学时就是长跑和跳远的双项冠军。在“四月指示”后的三十八年里，左乳从没有坐过火车和汽车，也从不走公路大路，从没有住过像样的房子，他是一个远离了正常人起居行为的地下党员，一个脱离了现代生活的间谍。

奔跑中，他时不时地摸一下的地方，放着他三十八年前收到的最后一封情报，这是一封没有送出去的情报，它成了左乳最强有力的精神支柱，它承载的使命感是左乳孤军奋战、历经艰险活下去的源泉。左乳已经把自己的命运和这个小小的微缩胶片暗盒紧密地融合在一起，它就像是左乳身上的一个部件，已与他密不可分了。左乳已经养成了不停摸裤裆的习惯动作，那里就是微缩胶卷藏身的地方。也许是长期的野外生活使他身手矫健，奔跑如风，也许又是无穷尽的追捕造成的巨大精神压力让他满头白发，显得比实际年龄要苍老许多。

一九八七年台湾开禁，台湾公民可以返回大陆探亲、旅游了，左乳终于可以回到他朝思暮想的党的怀抱。他想趁这次合法返乡逃回大陆，把情报提交上级。他曾经千方百计地想回到这块土地，但是无论如何他突破不了台湾海峡的铜墙铁壁，那是两军对垒的前沿，他在一次又一次的失败后只能是望洋兴叹。他没想到的是这道天堑终于被时间给突破了，没有什么鸿沟经得住岁月的消磨。他仅仅只用了几个小时，就从台北飞到了香港，又从香港飞到了大陆。

飞行的路线是短暂的，但是归队的路程又是那么漫长。他到目前为止仍未被组织接纳，已经没有哪位首长可以来确定自己的身份了。当年那位让他“归队时就敞开胸怀露出只有一个乳头的胸膛大声说：‘我是左乳，我是地下党！’我们就知道是左乳回来了”的新四军首长音容还在记忆里，却遍寻不见他的踪影。

左乳在台湾逃亡期间，曾经千百次地想象自己回到大陆归队的情景。他确信自己的荣归肯定会掀起山呼海啸般的浪潮，鲜花、欢呼、勋章、泪水……他以充满最浪漫的激情梦想打发着饥饿的日子，抚慰着自己进入一个个孤独的梦乡。他赖以仰仗的凭据就是自己独特的身体结构，有这个绝无冒牌的一个乳头，他从来不担心找不到家，不担心自己的娘认不出自己。首长说过即使自己整了容，只要自己敞开胸膛，战友们就会认出自己。

但是左乳没有想到悠悠岁月能改变阻碍海峡的天堑，也同样能改变一个组织的结构，改变一个团队的记忆。他记得的部队番号已经成为了历史，他记得的战友已经杳无踪迹。他本来是军队秘密派出去的谍报人员，现在却要报请组织部门来核查自己的身份。在被追捕的岁月，脑海里反复出现的载誉而归的场景却没有如期到来。这些日子他一路经历过来，他完全可以理解。但是在日复一日地等待消磨中，他的耐心渐渐变成了焦虑，焦虑又变成了失望，失望恶化成愤怒，冲撞着他忍耐的极限。今天又狭路相逢，遇见了他与之周旋了三十八年的缉捕者，最终左乳的精神分裂症不可遏制地全面爆发，他又一次踏上了心理上的逃亡之路。

戴精国情知无法赶上去，他对大厅里追到门口看热闹的工作人员说："我是追不上他的，快拦住他，会出事的，他可真是台湾地下党啊，是你们的大英雄啊！"

有人在高声叫道："快打一一〇！"大厅里响起一阵慌乱的脚步声。

三个小时以后，当戴精国和那位民政厅的女办事员匆匆赶到了精神病院的病房里，左乳被专用皮带牢固地绑在床上，已经安详地睡着了，嘴里却时不时地嘟哝着。两位警察见他们走进来，就站了起来，诉苦似的说："他太能跑了，穿街过巷的，车都没法追，我们的一个马拉松冠军追了他十几里地，才撵上他。"

戴精国苦笑着说："我追了他几十年了，今天才看清他的脸。"

左乳昏睡了三天没醒过来，一直在说着颠三倒四的胡话。

戴精国和女办事员坐在医生办公室里，等待着医生诊断的结论，眼里充满了关切。面容清癯的劳教授从隔壁屋里走了过来。劳教授是精神病院最权威的主治医生，他两鬓霜白，眼角有细细的鱼尾纹，一双温和的眼睛里透着气定神闲的儒雅和看穿世事的豁达，保养得泛白的皮肤和白大褂领口露出来的精致着装，带给人庄重明朗的形象，能感觉出主人对修身养性的注重。

劳教授刚在医院"法医精神病鉴定室"里鉴定市公安局刑侦队送来的一个杀人犯的精神状态。此时劳教授一边用纸巾擦拭着双手，一边还在想刚才那杀人犯的症状。他在见到这个杀人犯前，通过媒体对他的犯罪事实早有了解，关心媒体上报道的每个案件已经成了劳教授每天必需的功课。倒不是劳教授喜欢那些暴力犯罪新闻，因为他知道，案子只要一破，公安局就会把那些看上去思维和情绪比较极端的罪犯带到精神病院来，让以劳教授为首的精神科权威们对案犯的精神状况做出鉴定。久而久之关注媒体上报道的法制新闻便成了劳教授的工作，反正是早看早了解。公安部门对劳教授每次在鉴定中表现出来的机敏和果断印象深刻。

劳教授虽然对这名杀人犯的案情早已知晓，今天对这个罪犯的身世也了解了个大概。杀人犯是位台湾来的投资商，他把跟他一块来大陆做生意的伙伴杀了，为了达到匿尸灭迹的目的，这位台湾人竟然用绞肉机把生意伙伴给绞碎了。公安局最后去搜集证据时，只找到死者的几百块碎肉片。劳教授见过不少变态的杀人狂魔，但是这个台湾人的作案手段还是给他留下了恐怖的印象。

劳教授第一眼见到这位大名鼎鼎的罪犯时，被对方臭烘烘的身体和脏乱不堪的装束给迷惑住了，那白面书生般的脸上和破烂的衣服上淡黄未干的很可能是大便。按说一个有身份的台湾商人，即使为了装疯逃避法律的打击，把自己搞成这样也是需要非常强的心理承受力的。难道对方真的是在作案过程中，经受不住残酷而细腻的杀人环节受了刺激，被吓成了这样？这模样看上去可是标准的精神病人，但劳教授可不是一般人的眼光。他审视对方，不会在意对方的外表，他最关注的是对方的眼睛。眼睛才是人的心灵之窗，只有那里闪现的光芒，才能看出对方的思想是否已经紊乱，是否仍然清晰，是否有瞬间的理性。劳教授从进入鉴定室开始，就没有像其他医生一样，要么戴上了口罩，要么有意无意地捂上了鼻子，劳教授的眼睛死死地盯着那个杀人犯的眼睛。显然杀人犯已经知道了那双迥乎异常地盯着自己的眼睛，因为其他人虽然都会看自己，但是那些眼神是在自己周身上下游动着的。劳教授从对方故意回避的眼光里似乎感觉到一些什么，他觉得对方的全部表象说不定都是伪装。

劳教授心里清楚，大凡送来鉴定的罪犯肯定是案件影响比较大的。像今天这位杀人犯是台湾人，在法律程序上，办案单位肯定是非常谨慎的。最后劳教授的意见是：为了慎重，需要把台湾人留置医院再观察一段时间。公安局采纳了劳教授的意见，就把台湾人留在了医院里。

劳教授每天已经习惯面对不同的患者和患者的亲友。他走进自己的办公室，用温和的眼神审视着一男一女两位访客。女的穿着朴素的碎花衬衣，戴着一副普通的眼镜，从她略显焦急的神态可以看出是来自本地的病人亲友或者同事。另外一位有着一副刀削斧砍的脸部轮廓，一头干净整洁的短发，配上那双能看穿对方心底的鹰隼似的眼睛，一眼望去就像是长期与人打交道且能承受压力的警察。但看他身上做工讲究、质地优良、笔挺修身的西服和雪白挺括的衬衣，又不好确定这是不是警务工作人员。劳教授跟警察的交道可是打得比较多的，在他的记忆里，警察可以有面前这位的神态和形象，但是很少见有他那么一身讲究的西服，尤其他身上似乎有种藏而不露的洞察人心的特质，这一点倒像是自己的同行。

两位见劳教授走了进来，于是都站了起来。女办事员恭敬地问：“是劳教授吧？”劳教授笑了笑，然后做了个请坐的手势。女办事员自我介绍说：“我是民政厅的小关，他是台湾来的戴先生。”劳教授客气地对两位点了点头。小关继续说：“前天我们来办过左乳先生的就诊和住院手续，当时没见到劳教授。”

劳教授说：“前天我轮休没来。你们都是左乳的亲友啊？”

小关说：“那倒不是。戴先生也是台湾来的，是他的同事吧。”

戴精国用手不自然地理了理自己的西服门襟，他想自己哪是左乳的同事，那可是势不两立的对手和敌人。这也难怪，年轻时自己全身上下充满了戾气，要是早抓到左乳，他可就活不到今天了。话说回来，如果当初不是那么铁血，自己以及同仁们也没有退路，早就跳海了。他清了清嗓子，略显尴尬地笑了笑说：“同事算不上，曾经的对手吧。”

劳教授笑了起来说：“有意思啊，对手也关心起对方的身体来了？”在劳教授看来，这位面色严峻的戴先生煞气太重，他还不清楚这位戴先生和绑在病床上的左乳是什么关系，但从两人的外表可以看得出，这两人在台湾的身份、地位、经历肯定是截然不同的。左乳可以看出在台湾是底层被边缘化的一方，而戴先生在台湾肯定是主流的上层的一方。这两人的关系非同一般，估计在历史上曾经有过激烈的交手、斗争，但直到今天两人之间可能还没有分出胜负。

戴精国没有过多解释：“不打不相识嘛，再说那也是年轻时的事了，现在是相逢一笑泯恩仇啊。”

劳教授说：“有气量，说得好啊。那你们肯定比较了解左乳发病前的情况吧？”戴精国和小关都点起了头。“那你们先给我说说患者发病时的情况。”劳教授在病历纸上简要地记录了起来。

听过戴精国和小关的介绍，劳教授说：“不是吓唬你们，我认为患者的病情非常严重，直接原因是他长期在台湾被追捕，患上严重的精神分裂症，但是这些症状因为患者的强烈的使命感和超人的意志力被压制住了。当他回到大陆，一直期望的被认同感没有得到及时的回应，他视为神圣的使命忽然变得没有任何价值，加上你这位仁兄的出现刺激了他，他彻底地迷失了自己，思想上发生了极大的混乱，已丧失了正常的逻辑思维能力。现在且不说他何时苏醒，即使醒过来也是一个胡搅蛮缠的不近情理的人了，而且他已经出现暴力倾向。”

小关焦急地说：“这个人的材料已经报到中组部去了，说不定真是一个大英雄呢，一定要想办法把他治好啊。”

劳教授思索了一会儿，对小关说：“如果要想治好他的病，可能要从帮他理清紊乱的思维着手。必须有非常了解他的历史的人，按照我的治疗方案来理顺他的思维记忆，其间可能要花上半个月左右的工夫，或许有效果。”劳教授说这话时看了看戴精国。

戴精国想这件事情真是这么巧，自己在台湾追了他几十年都没能碰上他，可在这么遥远的广州，两人却不期而遇，他们之间是不是有一种缘分还没有走到头？再说这小子几十年在自己的眼皮底下，就那么巴掌大的一块地方，不知道是凭着什么障眼法，竟潜伏得那么深，那么隐蔽。自己动用了很多的人手，通缉令也一直没有撤销，可就是不能把他缉捕到案。从今天的观察来看，这家伙好像也没有整过容，但是他却像学了奇门遁甲似的总是突然就人间蒸发了。自己在办理退役手续前唯一不能结案的案犯就是这家伙，他是自己特工生涯的耻辱。戴精国为了这家伙一辈子都抬不起头来，内心的纠结、上峰的指责……今天虽然从职责上来说，一切都与自己没有干系了，但是左乳已经是长在自己肉里的一根小刺，不管是在什么地方，在什么时间，只要他听到左乳在台湾的名字“左海”，他都会像受了惊似的警醒。他不把左乳的来龙去脉搞清楚，就像自己身上的这根刺没有拔出来似的，全身都会感到不舒服。

他有点后悔在这里碰上这个老冤家，本来随着时间的流逝，他已经把这个老冤家忘得差不多了，没想到这次的巧遇又掀开了那段对自己来说很憋屈的记忆；但他又有点庆幸在这里碰上这个老冤家，他想既然现实又让自己翻开过去那一页，那就趁机清理掉那些不快的记忆，他总不能把这段难堪带到棺材里去吧。这么一想他就觉得气顺了，有点欣欣然的感觉。他现在可是有大把的时间，能在这个年纪搞清自己一辈子都没有搞清的案子，那实在是一件很过瘾的事情。他于是对教授说：“他的发病，我是有责任的，我愿意配合你，再说这个世界还有谁比我更了解他呢？”

劳教授开始介绍患者的行为：“从他现在每天嘴里嘟哝的声音中，我们听出他说得最多的话是‘早说早死，晚说晚死，不说不死。’”

戴精国的记忆倏地跳回到那一年，他清楚地记得那个宁死不屈者的容貌，这次来大陆转送的遗书中也有他的一份：“那句话是中共台湾省工委的武装部长张志忠在台北的看守所对其他在押人员经常说的话。”

劳教授一挑眉毛，惊讶地问：“左乳他坐过牢吗？”

戴精国有点失落地回答："没有，就差一点，每次都被他跑掉了。"

劳教授说："他来医院前的表现是拒不配合、坚决抵抗的。这些说明他现在脑子虽然很乱，但是其思维或者说记忆的中断点还是停留在他认为的自己已经被抓捕的过程中。也就是说我们要想进入他的思想与他沟通，重新组合连接他的思维记忆，这个他被捕入狱的时间点是我们的切入口。我们要从这个切入口进入他的记忆，与他对接，用疏导的方式来治疗他。既然这个点是他被捕入狱的记忆，我们可以通过扮演国民党的侦讯人员审问他的过程中重新调整他的思维，理顺他的记忆。"

戴精国有些没有把握："受审的精神压力是很大的，会不会使他病情加重？"

劳教授说："当然，这些虚拟的场景对于他来说都是真实的。对于他，你这个老对手可能了解得更多些，你以为，如果当年你抓住了他，他是否会投降？"

戴精国肯定地说："不会，打死他也不会降服的。"

劳教授说："你这个侦讯专家的结论很关键，它决定我们能不能采取这个方案来治疗。如果他在你的审问中投降了，这与他的价值观、他的坚守会形成强烈对立，那他会因为承受不了这种反差彻底崩溃的。"

"那崩溃的最坏的结果？"小关急忙问。

"最坏的结果就是完全疯掉。"劳教授肯定地回答。

小关问："如果不采取这种方案呢？"这时小关的心里可是说不出的滋味：单位实行了首问责任制后，这两位老人阴差阳错地在不同的时间段里全都找上了自己。特别是左乳这位老人来时，自己本是请了假正准备出门时碰上了。他们随意问一句不要紧，自己可是单位里被他们首先问到的，那就要负责到底了。这两位老人的问题都不是自己乃至单位就能答复的，那可都是跨越了几十年的历史问题。需要层层上报，还需要花时间调查研究，绝对不是马上就能办妥的。而这些老人一个个都像是等不及似的，隔三岔五地跑来追问，自己只能耐心解释。谁想到居然把左乳老人的精神分裂症急出来了，她非常清楚，万一老人要是有个三长两短，自己是脱不了干系的。她急切地盼望着左乳老人的身体能迅速好起来。

劳教授答道："他已经是个轻度疯子了，当然如果不这样，只要病情不恶化他也只是个轻度疯子，这个险还是值得冒一冒的。"劳教授顿了顿又说："只要他是个硬骨头，那你的审讯越逼真越好。不管他回不回答你的问题，你只管按照时间线索一个一个地提问。甚至是启发性的，帮助他理顺记忆和思路。然后留有时间让他回忆，不要问得太快，他毕竟是个病人，这样疗效才会最佳。这是我的方案，你们先去准备，该准备的道具一样都不要少。”

戴精国心里在想，没想到居然又要回到从前办案子的状态了。自己都退下来好多年了，这些年来，都是靠回忆过去来打发时间。有时候闲得无聊，还不时转悠到老单位去，老同事们开始还挺热情地接待自己，去的次数多了，大家遇到自己就开始找借口回避了。戴精国心里很清楚，人家在职的同僚可有忙不完的事，哪里总有时间来陪自己聊天，自己也就不再往老单位去了。于是为自己经手的匪谍案中的死者转送遗书成了戴精国的主要工作。今天劳教授临时安排的任务倒是很合自己的口味。有好多年没有审过案子了，自己审案的水平在保密局可是有口皆碑的。当年的大案重要人犯，局长可是点着自己的名，让自己主审的。这回又让自己“重操旧业”，当然令他十分的兴奋。更何况“审”的还是自己的老对手。他原以为这一辈子都不可能审左乳了，没想到这小子还是没有跑出自己的手心。想到这儿，戴精国就想笑，虽说感觉有几分滑稽，不管是不是演戏，反正这一辈子左乳你还是进了我的审讯室。戴精国真有点跃跃欲试，迫不及待了。

两天后，开始审讯前，戴精国依吩咐换上了一套国民党少校服。戴精国一边扣军服扣子一边说：“这扣子一看就是假的，少校？给我连降了几级。”

小关在帮忙掸掉军帽上的灰尘，忍不住笑道：“戴先生啊，这是从话剧团好不容易借到的，您就将就点吧。”

戴精国自嘲地说：“我这是最后一次为党国审问匪谍了。”戴精国踱进病房，四下望去，墙上贴着“悔过自新，重新做人”几个手书大字，字的上方是一张三十年代蒋总统的戎装标准像，下方还有一张国民党的青天白日旗帜。一张桌子上面放了一个印有蓝色国民党党徽的案卷，一把老式的绿壳台灯亮着。左乳被五花大绑地绑在床上，宽厚的几根牛皮皮带一头是固定在铁床上的，一头牢牢地绑在左乳的四肢上，还有两根皮带交叉地绑在左乳身体的躯干上。戴精国心想精神病院的捆绑技术比起他们侦缉部门的一点儿都不逊色，看样子精神病人比匪谍更难对付。戴精国笑了，心想这个场景确实还很逼真。不过躺在这里的左乳既是匪谍又是精神病人，那就更不容易对付了。戴精国翻着桌上的案卷，那案卷里面什么都没有，本来就是个道具，能有什么呢。他不能明确的是此时睡在他面前的左乳是否脑海里也和这个案卷一样，是空白的还是紊乱的。他想这个对手现在虽然是身兼两种身份，但是说不定他已经失去了方向，失去了正常思维。也许左乳会很配合，就像以前自己审过的匪谍，一旦精神失常，那就是彻底崩溃，就会放弃坚守，就会投降。

戴精国整了整军装，在木椅上坐了下来，对着床上的左乳说起开场白："你本名是左乳，在台湾化名左海，中共台湾省工委的'特交一号'，负责传递台湾最重要的军事情报，和在紧急情况下负责秘密转移台湾省工委的匪谍。只有省工委第一把手蔡孝乾和你单独联系，你是共产党在台湾最重要的交通员。你的情况我们可能比你还清楚，你很善于奔跑，是一九四六年中央大学的长跑冠军。但是今天你也终于落网了，你现在必须如实回答我的问题，你是哪一年离开大陆的？从哪里离岸的？是怎么潜入台湾的？时间？地点？你可以慢慢想，不着急，想清楚再回答。"他轻车熟路地照本宣科。

左乳睁开双眼，蹙着眉头打量着这间审讯室，他可是第一次进到这样的地方来，那枚青天白日徽就是国民党的标志，在台湾随处可见。挂在墙上的那位老人，他曾经在瞄准镜里那么近地看过他的五官，那时他的笑容要比这标准像亲切得多。他可不是光头，他的两鬓已经是全白了。他当时是戴着大盖帽的，不知道他是不是谢了顶。自己差那么一点就把那颗水银子弹射进了这位老人的额头。他想这间房子肯定就是审过自己的很多战友的审讯室吧，他们在这里不仅要接受敌人的诱供，还要受到敌人的拷打。他们当中的很多人就是在这个地方变节的，就是在这里投降的，自己看样子马上也要过这一关了。他想：来吧！你们有什么招就尽管使出来，我等着你们呢！

戴精国的提问理顺了左乳的跳跃式的思路，他一时想起来了，自己被保密局设计诱捕，深陷牢狱。抓他的那个平头干员，速度没有自己快，但是耐力比自己强。他们跑过了一个长长的村子，那个村子人太多了，而且一路上都有保密局的探员设伏。他跑了很久，越过山冈、森林、海滩，但最终还是被那个体力超群的平头干员抓住了。他自己曾经立下的那句"只要不用子弹，你们就永远追不上我"的预言被打破了，这让他感到非常的沮丧。

第二章　台湾

THE SECOND CHAPTER

左乳走了过去，这一间插着两支琼崖海棠花咖啡座里迎面坐着一男一女两个客人。男客人穿着整齐而考究的西装，正双手拿着一份《中央日报》在细心读着，左乳对正在看《中央日报》、穿戴整齐的先生说道："是老郑先生吗？"

穿戴整齐的先生把报纸放了下来说："是的，你是？"

左乳回答："大前天姑父游总经理在香港送我时，让我来看看郑先生。"

几句话也激起了戴精国的联想，戴精国记得自己是一九四九年的春季从上海离开大陆的。当时共军已打过长江一个月了，上海已面临沦陷。有钱的人家都逃走了，没钱的人家也只能闭户不出。上海的街头已是店门紧闭，杳无人迹。大街上丢满了垃圾和被人扔掉的行囊。戴精国所在的军统局倒是鸦雀无声，蒋总统一下野，这个院子就开始从被关注的中心渐渐被边缘化了。这里显得格外冷清，好像这里不是处在上海城，倒像是战争还隔得很远。几部锈迹斑驳的三枪牌自行车斜堆在墙角里。一部自行车的轮胎不知被谁卸掉了，只有黄褐色的钢圈还顽强地支撑在地上。还有一部自行车的胶皮坐垫不知被谁用利器划开了两个口子，露出了皮革下杂乱的败絮。倒是几部自行车上最易丢失的铃铛都还吊儿郎当地吊在车杆上。车杆和座椅上零星滴满了白色和淡黄色污垢，那是满院子飞舞着的一群德国信鸽的粪便。院内被单调的“咕咕”叫的鸽子声营造出来的静寂氛围，偶尔也会被远处传来的炮声打破。就像是提醒着院内的主人，战火即将来临。

戴精国与他的几十号兄弟已经有半年没有发过工资了。他们随着蒋总统的下野，新主子已经把他们彻底忘记了。他们的建制已经从党国的财政名单里被抹掉了，他们每个月能够赖以生存的是发放的几十斤大米和黄豆。他们就像是被断了食物的猛兽，已经奄奄一息了。但是这些人还没有想散伙的意思，戴精国和他的同僚们都很清楚：党国不管他们了，他们也不能投降共产党。倒不是他们不愿意，只是这帮人，要么就是共产党的叛徒；要么就是手上沾的共产党的鲜血太多。他们就像是丧家犬似的，不知道未来的家在哪里。但是有一点，他们很清楚。他们还只能跟着旧日的主子，哪怕主子已经落难了，也只能不离不弃。他们只能寄希望于旧主子的东山再起，因为实在是没有地方可以投奔了。党国虽然不要他们，他们也只能暂时想办法，跟上党国的战车，他们和自己的家属都面临着要渡海撤到台湾。

而那时上海码头的渡船能跑的都早跑了，剩下的也被国军和行政部门全部征用了。戴精国和他的上司谷处长等人敲开老板毛人凤那扇厚厚的橡木门，喊了声“报告！”里面传来了有点强装底气浑厚的男声：“进来！”

毛人凤在他那张已坐了很多年头的大班台后，抬起自己的眼皮，看了看进来的几位属下。没待属下开口，他就指着堆了半个房间的麻布包悠悠地说：“你们把这些钱拿去补贴补贴，这个月还是只能发大米和腌黄豆，大家再忍忍吧。”

几位属下彼此看了看，然后戴精国的上司谷处长说了话：“我们已经习惯了不发工资，我们找老板是想解决渡船去台湾的问题。”

毛人凤抬起已经落在地上的眼光说：“没有别的办法了，你们都有家伙啊，只能靠你们手上的铁家伙了。”

半个小时后，谷处长带着戴精国和五六个手下开着美吉普到了黄浦江口。黄浦江口极目远眺，天边压着一层厚厚的黑云，天气异常的闷热，看样子一场暴风骤雨近在眼前。戴精国说：“老大！这黄埔江口就看不到一艘像样的船，这大一点的船可能都开到台湾海峡了。”

谷处长看了看天色，塞了个望远镜给戴精国，然后从汽车座椅下拿了只装着德国信鸽的鸽笼出来说：“你就在这码头给我盯好了，只要发现有大点的船，能把我们的家当一次性搬到台湾去的，你就放鸽子，我们兄弟就过来抢船。”

戴精国大声答道：“是！处长。”

戴精国把鸽笼子挂在树上，时不时用望远镜往辽阔的水面上搜索一番。天空上的黑云越来越近了，刚开始清晰可见的地平线已经变得模糊，黑魆魆的像是谁用橡皮擦擦过似的。也不知道过了多久，终于，一艘挂有星条旗、前甲板宽阔、船舷上标有“洛杉矶”号的运输船出现在戴精国的望远镜里。戴精国兴奋地放出了信鸽，信鸽扑棱棱地飞走了。

估计远处已经开始落雨了，越来越大的夹着腥味的风刮得树上的鸽笼摇摇晃晃。一会工夫，谷处长一行全副武装乘两台美吉普卷着厚厚的黄尘悄然而至。大风把黄尘卷得漫天飞舞。谷处长、戴精国一伙人换乘了一艘港务局的水监交通艇，交通艇向水中央的“洛杉矶”号运输船驶去。大雨打在交通艇的顶棚“砰砰”地响。雨水在顶棚上弹跳着，就像无数个大大小小的晶莹透亮的玉珠在舞蹈，形成一片白色的雨雾。因为交通艇室内空间有限，戴精国等几个年轻的干探全部站在交通艇的两边船舷上，大雨淋湿了他们的衣衫。

戴精国抹了抹脸上的雨水，他看着雨中黑黢黢的宽体大船，心中充满了对未来的憧憬。这艘船就是他们的生命之舟、诺亚方舟。只要踏上它的甲板，就等同踏上了希望的彼岸。他们必须要抢下前面这艘大船，自己这个共产党的叛徒，几年前就在这个城市从事地下工作，他没能坚守住自己的信仰，投降了军统。如今他昔日的战友就要来统治这个城市，甚至是整个大陆，他这个出卖过战友的被视为叛徒的人哪里还有立身之地。他此时的心态就像只丧家犬，重新找到了新的依靠，找到了新的主子。交通艇靠上了悬挂星条旗的美国船，戴精国一马当先，迅速登上了甲板。

戴精国一行人冲进了船长室，船长是一位嘴叼烟斗的大胡子。他有点看不明白这帮不速之客，一开始他还以为这艘交通艇是上来例行检查的。但是这帮拿着各种新式武器的年轻人，衣着打扮时尚光鲜，既不像是政府官员，又不像是战乱打劫的土匪。但是他们的枪口可是都直接对着自己的，来者不善啊。戴精国直接告诉了船长：他们需要这艘船。

大胡子船长小心地说："看你们的穿着，不像土匪啊，为什么要抢船？"

谷处长说："我们不是抢，我们是征用，现在是战争时期。"

大胡子船长无奈地说："你们能代表中华民国政府吗？"

谷处长晃着手中的枪说："可以。"

大胡子船长知道多一事不如少一事，无奈地说："这艘船是美利坚合众国捐献给中华民国政府的，你们只要代表政府打个收条，这艘船就是你们的了。"戴精国和同僚们一时全部都高声欢呼起来，他们找到了可以搭乘他们去台湾的船。对于他们来说这无疑是一艘充满希望驶向伊甸园的船，是一艘能逃避战火、远离势不可挡的解放军铁蹄的诺亚方舟。

甲板上，军统局职员和家眷几百号人杂乱地坐在装满金圆券的麻布袋上，旁边是七零八落散放着的行李，军统局的几台美吉普也停在了甲板上。咕咕地发出叫声的是几个大铁笼子里的一百只信鸽。谷处长一边用大米喂着鸽子，一边对戴精国说着话，他说："这些鸽子是德国大使馆送给总裁的纯种信鸽。帮了我们多少忙啊，我用玉米喂养了它们几年了，现在我们连玉米都喂不起了。"

戴精国说："到了台湾它们就能有吃的了，它们又可以展翅高飞了。"

这时远处又传来了几声平日里熟悉的"轰隆隆"的炮声，戴精国稍显紧张地看了看远处。谷处长说："那炮声昨天听起来还是越响越近，有时候就以为那炮弹就落在我们院子里；现在，我们马上就会听不见这炮声了。”谷处长说到这竟全身抽搐地大笑起来。

戴精国不禁感叹地说：“我们不会成为沦陷区的任人宰割的鱼肉了。”

谷处长不无幽默地拍着戴精国的肩头说：“紧张了一阵吧？说实话，我连着几天都没睡好觉。前天报纸上还登了共军打过长江的前夕，南京大学的一对教授夫妻双双跳江自杀的报道。”

戴精国摇了摇头说：“没看到，他们为什么要死，是不愿意投靠共产党吗？共产党很欢迎知识分子的。”

“他们是张国焘的人，和我们一样曾经是共产党员，没有回头路啊。”

戴精国听后倒吸一口凉气，半天没有说话，两人都望着远方沉默了。也许是兔死狐悲吧，他俩同时都想到了自己的境遇。如果没有脚下的这艘船，说不定自己也只能跳海了。半晌戴精国才开口：“实际上现在党国的将领们都靠不住了。真正没有二心的只有我们这些共产党的脱党分子，要么战斗到最后，要么跳海自杀。”

谷处长赞许地点了点头，他说：“老弟，说句大不敬的话。就连总裁都靠不住了，听说蒋家正在联系菲律宾作为蒋家父子的流亡之地。但是我们呢，我们能去哪？”谷处长说完又沉默下来，过了一阵他才说：“台湾对于我们兄弟来说就是最后的宝地了。一块绝地，要么拼死一战，留下一个活命的家园。要么就学南京那位仁兄跳海自杀吧，共产党是绝对不会放过我们的。”

戴精国的面部肌肉一时硬朗起来，严峻的肃杀之气油然而生，“我愿追随兄长，誓死效力，绝无退缩惧怕之心。”

谷处长指了指远处甲板上玩耍的孩子和穿着旗袍的女人们说：“老弟！为了他们，为了我们自己，我们得不顾一切地清除台湾共产党的匪谍，保住台湾这块最后的家园。”

话毕，谷处长向空中用力撒掉手中的大米。鸽子在空中飞舞抢食着大米，白色的鸽子飞舞着，映衬在灰暗的天色下，显得异常的洁白和灵动。谷处长用脚踢着甲板上的麻布袋，他笑着说：“毛老板给的这些金圆券不知在台湾能吃几顿饭，带着还是负担，不如扔掉算了。”

“好啊，尝尝大把扔钱的快感是什么滋味，我可从来没扔过钱啊。”戴精国高声应答着，他随手拖了一只麻袋到了船舷边，他用牙齿咬开了麻布袋上的绳子。打开麻布袋，花花绿绿的金圆券呈现出来。他想这些东西就是一个王朝的缩影。以前这些花花绿绿的东西代表的就是实力，是权力，是荣耀，是未来，是永远，是掌控。而现在王朝要倾覆了，这些个被称为钱的东西也就贬为凡物了，也就没有了它以前具有的光彩。有点能力的老板权贵早就不用这些东西了，他们只相信金条，相信硬通货。这玩意儿现在即使用来擦屁股，都会觉得脏，想到这戴精国狠狠地抄了一把金圆券撒向黄埔江口。

旁边玩耍的几个男孩急忙跑了过来，大声叫道："叔叔，别扔！那是钱啊。"

戴精国一边扔着，一边在喊："我们不要这些钱了，到了台湾不知道还用不用这些钱呢？"

孩子们问："没有了钱，我们拿什么买吃的用的啊？"

戴精国拍了拍腰上的左轮手枪说："我们有枪啊，有枪就什么都有了。钱没有用，枪才有用。"

孩子们开始帮戴精国往外大把掏着钱。于是甲板上的人们都开始行动起来，拖着麻袋往黄浦江撒起金圆券来。黄浦江上漂满了花花绿绿的金圆券，一江的钞票成了每个参与者心中一道永远的记忆。戴精国一边撒着钱，一边默默地念道："别了！长江，别了！上海。"眼角边泛出了泪花，身旁的人们都是一边撒钱，一边在抹着泪水。

一九八八年的广州精神病院里，此时被绑在床上的左乳，恍恍惚惚中被国民党抓进了牢房。然后给他上了手铐脚镣，他想动弹，却没有任何力气移动自己的身体。他想摸摸裤裆里的情报，但手被绑得死死的，动弹不得，他摸不到那个胶卷。他着急，他不知道那份情报还在不在，那可是他的命根子。没有了它，他见到首长，怎么交代啊？他知道对面那个坐在台灯下的国民党少校在审问自己了。他又觉得对面那人长得有点像当年送别他的首长一样，首长在对他部署着工作，部署着他去台湾的任务。他想给首长敬礼，他觉得自己的手还是抬不起来。他一时昏昏欲睡，一时有点清晰。戴精国的问话又一次让左乳的思绪陷入沉思，勾起了他依稀的回忆。

一九四七年的苏北，左乳穿着新四军的服装，正在一间简易的农舍里，坐在一张镶有云母装饰片的旧方桌前，身板笔挺地聆听一位首长的指示。首长说："左乳啊，你的任务就是在台湾独立地建立一条交通线，负责台湾最重要的情报出岛以及台湾地下党负责人的撤离。你只能单线与台湾工委书记蔡孝乾联系，在台湾只有他知道你只有一个乳头。你的任务是非常重要的，你的工作将直接影响到台湾岛的解放。但是你要记住你去台湾岛工作没有后援，你是单兵作战，你处在非常凶险的绝境之地，一定要胆大心细。从现在开始你就是潜伏台湾的特交一号。”

左乳说：“党把这样重要的工作交给我，是对我的信任，我一定会完成党交给我的光荣任务。”

首长说：“听说你在大学里学的是渔业，你可以充分发挥你的特长。这样在台湾岛你就有立身之本了，也有了掩护身份。不过你的名字要改改，不能用左乳这个名字，这指向性太明显了。以后就改名叫左海吧，你要跟大海打很多的交道了。你爸爸肯定是个实在人，给你取个名字也不拐一点弯。”

左乳憨憨地笑了笑，说：“好啊，这个名字好，不过首长也是个实在人，取的名字也没拐弯啊。”

“哈哈哈！”首长开心地大声笑了起来，“你这个小鬼蛮机灵的啊，我倒一直奇怪，人怎么可能只有一个乳头，能不能让我看看？”

左乳微笑着熟练地把军衣衣扣解开，然后双手手指抓住两袖袖口，两只手臂往外一翻，把胸脯袒露出来。首长惊讶地看着左乳的右胸：“乖乖，这么平！真的没有胸脯啊。”

左乳说：“不是胸脯，是乳头。”

首长大笑着说：“对对对，是乳头，不是胸脯。好啊，你即使以后改变了容貌，只要你把衣服这么一脱，说我是左乳，我是地下党，我们就知道是左乳回来了。这世界我相信没有第二个人像你这样只有一个乳头的。”首长又接着说：“像你这样一个心脏、一个乳头的肯定是个忠臣，永远不会叛变的。听说你特别善跑，那就没人抓得到你了。”

左乳坚定地说：“是的，坚决执行党的命令、永不叛党是我的誓言，我一定做到！”

左乳还记得一九四七年六月初，他是从香港乘海轮“风信子”去的台湾基隆港。站在海轮上，海面上刮起了大风。广播里天气预报早就报道了，热带风暴正在太平洋中部聚集，这两天，台风就要登陆了。风刮得甲板上看海景的乘客纷纷躲进了客舱，甲板上还有两只没有固定好的“美孚”柴油桶在甲板上滚动。发出轰隆隆的响声，就像是台风来临的前奏曲。海风把左乳的衣服鼓得像装满风的风帆。左乳不愿意回到那狭窄的船舱里去，他宁愿在这甲板上沐浴海风，经受海浪的洗礼。

左乳从小就喜欢水，每次上学总要拒绝妈妈递过来的油布伞。他倒不是不喜欢油布伞黄腻腻油乎乎的感觉，只是更愿意在妈妈的劝阻中一头扎进雨中。他喜欢淋雨的感受，喜欢雨水把自己从头到脚畅快地淋透。他只是用块油布把书包包裹好，到了学校门口，找个僻静处飞快地脱下身上的湿衣服，用手把水拧干，然后穿上身，走进教室。不过也怪，左乳从来都不感冒。妈妈找过算命先生给左乳算过一卦，算命先生说，这孩子一辈子都不要离开水，有了水他就会像鱼一样的灵动，像鱼一样的自在。于是妈妈再不劝说他出门带伞了，就是考上了中央大学，也让他选择了渔业专业，妈妈认定了左乳这辈子是要跟水打交道的。

甲板上越来越颠簸了，时不时有些旅客跑到甲板上来呕吐。今天的风浪有些大，左乳可不惧怕这些风浪，他只是把被海风吹出来的衣服重新扎进裤腰带里。左乳的思绪已经飞到了台湾岛，他渴望投入到第一线的谍战中去。他在每个年轻的梦里已经无数次地想象过在台湾即将参与的战斗是如何的冲锋陷阵，如何的机智灵活，自己又是一次次地慷慨赴死。每一个梦境都让他热血沸腾，心潮澎湃。

船首已经被海浪高高地抬了起来，左乳不禁抓住了冰冷的铁扶手。从船首看去，只能看见乌云密布的天空。这哪里像是云？就像是一塘倒扣在天穹的黑泥潭，那黑泥好像是浓稠得有点凝固了。左乳觉得那黑泥潭就像被一只魔鬼的手搅成这样的，怪异而且恐怖，恐怖得让人心慌。只是一瞬间，翘起的船首又大幅度地跌了下来。他视觉上能感觉到的是四周黑压压的海水像一座座形态怪异的群山正在快速地崛起。他只觉得自己正随着甲板急速地坠入无尽的地狱，坠入黑暗的大海的不可名状的深处，坠入黑暗的无望的黑洞。急速地下坠正让左乳觉得没有尽头时，船首好像跌到了底部，船首就像被大海欺骗过猛然醒悟过来，愤怒地抬起了头颅，昂然立起。那种力量无法阻挡，左乳的身体也随之大幅度往后仰了起来。这个最善于跟水打交道的小伙子，可从来没有见识过这样凶险的水。左乳想这滔天巨浪是不是预兆着台湾即将发生的谍战充满了危机，布满了杀机。他心里并不惧怕，他想正如首长所说的，根据全国形势的发展，台湾的解放也绝对不会遥远。就如同这大海里的台风一样，凶险只是短暂的，台风过后大海依然会平静。

基隆港口里拥挤地停泊着躲避台风早早归航的渔船，这些渔船相互剧烈地冲撞着，此起彼伏地发出沉闷的撞击声。海水不时地被高高抛起，砸在水泥码头上，瞬间巨大的身形就化为水泥地上一大团黑湿的水迹。这片混乱的制造者都是源于正在逼近的热带风暴，预示着台风的步履越来越近了。左乳拎着自己简单的行李，走上了基隆码头，站在坚实的土地上，旁边是被大海折腾了一夜脸色惨白的旅客。

左乳打量着这片无数次梦到过的土地，观察着这块充满杀机的地方。码头的海岸长满了芳樟树，芳樟树开着黄绿色的花，花朵很小。在大学里左乳就知道了这种芳樟，芳樟木材坚硬美观，是制作家具的好材料。左乳还知道芳樟的根挖出来，经过提炼，可以制成樟脑油。小时候左乳在衣柜里寻找衣服时，就经常看到妈妈放在衣柜里用白纸包着的樟脑丸，左乳总是喜欢捡起樟脑丸送到自己的小鼻子前，闻一闻，他喜欢那樟脑丸淡淡的芳香味。那种味道里总有家的温暖和妈妈身上的味道，左乳很久没有闻到樟脑丸的味道了。走在芳樟树下，四处洋溢着樟脑的香味，这不禁又让他想起了家。芳樟树下四周遍布着琼崖海棠，海棠刚吐出新芽。那新芽呈现着红色，就像海棠娇羞不愿意示人似的。红芽衬托在绿叶上，有点绿叶红花的感觉，却没有一丁点的俗气，也许是它的形态改变了旧有的观念，倒显得非常的漂亮。

“我们无处后退，只有勇敢向前！向前！”咖啡厅门口一队童子军列队而过，他们高唱着《保卫大台湾》的歌曲，歌声响彻街头，悲壮激昂。海面上刮过来的风把童子军的歌声吹得断断续续。基隆的这家有名的越南咖啡厅就是左乳的接头地点。

等童子军的队伍在门口过了身，左乳推开面前的旋转门，走进咖啡厅。咖啡厅里客人不多，正对着门口坐着的是两个年轻的国民党的海军尉官，正与两个穿着旗袍烫了发的摩登女子在低声说着话。旁边还有三三两两的客人在休闲地轻吟漫语品着越南咖啡，几只吊扇在头顶上有气无力地转着。左乳的视线掠过这些客人，在一张高高的椅背上停留下来，那张椅背上挎着一个女士小背包，背包带上插着两支琼崖海棠花。

左乳走了过去，这一间插着两支琼崖海棠花的咖啡座里迎面坐着一男一女两个客人。男客人穿着整齐而考究的西装，正双手拿着一份《中央日报》在细心读着，左乳对正在看《中央日报》、穿戴整齐的先生说道：“是老郑先生吗？”

穿戴整齐的先生把报纸放了下来说：“是的，你是？”

左乳回答：“大前天姑父游总经理在香港送我时，让我来看看郑先生。”

郑先生坐在椅子上伸出了右手，握住左乳的手说：“是左海啊，多年不见长大了。一路舟车劳顿，辛苦了。坐，坐，喝点咖啡吧？”郑先生让左乳坐在那位女客人的旁边。郑先生比想象中要年轻许多，浓眉大眼，粗重的眉毛下一双机警的眼睛扫视着每一个可疑的目标，好像没有什么假象可以骗得过他。左乳第一次看到了这位传奇的台湾地下党的最高负责人。他是台湾资格最老的地下党的领导人，也是台湾地下党中唯一一位参加过长征的红军干部。左乳以为这位参加过长征的领导年纪应该比较大，也可能是服装的问题，使郑先生显得年轻。左乳以前在苏北见过的长征干部都是穿着老旧的布军服，或者是当地农民的服装，一个个显得老气横秋。这郑先生一身笔挺的西服，脚上是一双锃亮的白色皮鞋，一眼看上去就像个本地的大老板，怎么也感觉不出是一位经历过二万五千里长征的老干部。左乳心里不禁佩服起郑先生的敌后工作的丰富经验来，他想地下工作者就要像郑先生一样，把自己变成一条变色龙，使自己的外部特征和周围环境融为一体，让敌人不会注意到自己。只有保护好自己，才能如鱼得水地开展工作。

左乳坐了下来，连忙回答："不习惯咖啡的苦味，还是喝点汽水吧？解渴啊。"

郑先生连忙说："哎！年轻人要学会交际。服务生！给这位年轻人一杯越南冰咖啡，多放点糖！"几句话让郑先生的领导口气就渐渐透了出来。

冰咖啡端了上来，左乳轻轻抿了一口。可能是糖还没化，冰咖啡异常的苦。左乳喝了下去，同时打了个激灵。"扑哧"一声，旁边的女人笑了起来。左乳这才注意身旁的女人是个非常年轻、打扮时髦、穿着百褶裙、有着一双丹凤眼的女孩。郑先生瞪了女孩一眼，女孩一手掩嘴，止住了笑。郑先生疑惑地说："有那么难喝吗？比中药难喝？要这样搅拌，轻轻啜一小口，在嘴里含上片刻，用心体会它的芬芳，然后再让它慢慢流进咽喉，美妙无穷。越南咖啡虽比不上南美咖啡的醇厚，但也应该算得上是咖啡中的极品了，再体会一下。"看得出郑先生对生活很有品位，他们见面还不到几分钟，左乳心里就充满了对郑先生的崇敬。

左乳按照郑先生的喝咖啡流程，喝了一小口，放在嘴里。不知怎么的，左乳竟然让含在嘴里的咖啡像漱口水似的在嗓子里发出了难听的声音。郑先生皱眉连忙催促着："喝下去，快喝下去。"左乳吞了下去，咋了咋舌头，面部现出极其难受的表情。旁边的女孩放开了掩嘴的手，放声大笑起来，最后直笑得捂住了肚子。左乳很尴尬地望着郑先生。

咖啡喝完了，郑先生指了指左乳的胸口，说："我看看。"左乳有点为难地看了看旁边的女孩。

"以后你就叫我老郑，他是我的妻妹，叫小马。"然后老郑转过头对女孩说："他叫左海。"然后老郑给了小马一个暗示，小马起身离了座。左乳感到小马从自己身后经过身时，一股从小马嘴里呼出的热流粘在了自己的脖子上。

小马一离座，左乳敞开衣襟，老郑惊讶地望着左乳的胸口。然后老郑把一串房门钥匙从桌上推给了左乳，"这是你的住房钥匙，以后每周一和周五的下午四点来我家。"

左乳点了点头。当左乳与老郑他们分手后，左乳总觉得脖子后痒酥酥的，他用手摸了几把脖子，还看了看手掌，他没有发现什么，就放心地走了。

有着一双丹凤眼的小马，此时芳龄只有十四岁。正是情窦初开的年纪。小马一直跟着姐姐生活。在上海时，姐姐嫁给了郑先生，小马就跟着姐姐一块和郑先生住到了一起。姐姐在工厂上班，小马就靠姐姐打工和郑先生的活动费养着。郑先生奉命潜入台湾后，小马也随姐姐来了台北。三人还是住在一起，姐姐从小就宠着妹妹，家里什么事都不让她干。就是小马自己的内衣裤，也是姐姐帮她清洗的。小马成了一个游手好闲的女孩，一天到晚就坐在镜子前，画着自己的脸，修着自己的眉毛。最要命的是，当时因为经费不足，郑先生租的房都不大，条件不好。有时候小马连个独立的空间都没有，郑先生和小马的姐姐都是成年人了，总得不时干些成年人的事，不管他俩怎么小心注意，让人面红耳赤的夫妻事总免不了让小马撞见。听到姐姐抑制不住的呻吟声，小马开始以为姐夫欺负姐姐，曾冲到姐姐的床上把姐夫强行从姐姐的身上推下来。次数多了，小马渐渐明白，那种打架姐姐姐夫都是需要的、渴求的。

她开始有点好奇了，经常借着黑夜趁姐姐姐夫打架时在一边偷看。她看着看着就觉得自己的喉咙也变得干涩，自己的手掌也在冒汗，自己的身体莫名其妙地抽搐。她不理解，姐夫平日里温文尔雅，怎么身体跟姐姐一接触，竟然像只小哈巴狗一样厚颜无耻。姐姐是用了什么魔法吸引住姐夫的？小马对此一开始就抱有强烈的好奇心。她也想试试自己对姐夫的吸引力，她也非常迫切地想知道姐夫会不会对自己也会同样关注。她的内心滋生着让她兴奋的怪异想法，她也想跟姐夫在床上打架，也希望姐夫像哈巴狗一样地舔舐自己。但是不管自己怎么努力，姐夫的眼睛依然像以往一样不会在自己身上多停留片刻。经过多次观察，小马发现姐夫白日里跟姐姐的关系就像跟自己一样，肢体上的空间距离甚至还更大些。姐夫看起来跟自己似乎还亲近些。但是一到晚上，姐夫跟姐姐就像胶水一样紧紧地黏在一起了。她发现是姐姐的身体吸引了姐夫，姐夫不靠近姐姐的身体就像个正常人一样，一旦黏上了姐姐的身体，姐夫就成了条哈巴狗。

一次姐姐不在家，姐夫趴在桌上赶写些东西，小马准备出门逛街。小马是不会穿着睡衣上街的。家里就只有两间贯通的卧室，中间没有门，只有一帘蓝色的莲花布垂在门上作为两个房间的隔断。平日里小马换衣服都是在洗手间更换的，今天小马又习惯性地跑进了洗手间。她脱下了睡衣，猛然在镜子里看到了自己裸露的身体。她的脑海里浮现出姐姐的裸体来。姐姐的身体显得比自己丰润些，姐姐的肩膀比自己的宽了许多，宽得有些多余。姐姐的腰围肯定是比自己的要粗，以前她们俩量过，姐姐的腰围要比自己粗两公分。但是姐姐的腰围一眼看上去确实要比自己的好看。也许是姐姐的肩膀太宽的原因，让她的腰围显得窈窕动人；也许正是姐姐的身体比例的协调性，才把姐夫迷成了一只哈巴狗。

小马用两只手掌托了托自己发育还不饱满的乳房，她知道姐姐的这两个家伙要比自己的高许多，大许多。姐夫每次跟姐姐打架时都要长时间咬姐姐的奶头，姐姐一副迷醉的神态让自己怦然心动。她开始没有弄明白，他以为姐夫还喜欢吃姐姐的奶，姐夫是个没长大的孩子。后来她明白了，姐夫不是在吃奶，姐夫是在跟姐姐亲热呢。她用自己的大拇指轻轻摩挲着自己的两只小小的泛着浅红色的乳头，一种轻微的针扎般的刺激袭上心头，她不仅心跳加速，连光滑的皮肤上也泛起一层浅浅的小疙瘩。她又轻轻地抚慰了自己的乳头，在一阵阵快感中，她有些体会到姐姐被姐夫咬住乳头沉醉时的内心感受。一阵自我欣赏，内心的对比后，小马似乎有些明白姐夫为什么迷恋姐姐而姐姐为什么乐在其中的奥秘了。

小马把衣服换好了，她想了想，又把出门的衣服重新脱了下来，还是换回了原来那套睡衣。她已经打定主意了，她跑出了洗手间，回到房间里。姐夫还在埋头写着他的东西，姐夫头也没抬地问道："要出去吗？"

小马说："我还没定，洗手间有人，我换了啊。"小马语无伦次地说着话，她觉得自己的脸变得滚烫滚烫。她已经横下心来，一定要在姐夫的面前换一次衣服，一定要让姐夫看看自己的身体。小马不敢再犹豫了，她担心犹豫会使自己放弃初衷。她稍稍转过身体，快速地脱下了身上的睡衣，又本能地穿上了出门的衣服。当一切都换好后，她用余光看了看姐夫，姐夫却还在埋头写着字呢。这一下让小马极度地生气，弄了半天，自己是剃头挑子一头热啊。小马气愤地把换下来的睡衣用力扔在床上。然后她使劲地一步一蹬地跺出了房间，房门被响亮地关上了。

姐夫的声音从身后追了上来："早点回！"

小马生气地走着，隔壁的两个小街坊突然拍着手掌冲她喊着"长大了，长大了。"

小马气冲冲地走过去，对那俩小街坊吼道："小痞子，什么长大了？"

两个小街坊用手比画着小马的乳房叫道："这个长大了。"说完俩小痞子一溜烟跑开了。小马捡起地上的小石子，扔了过去。那石子远远地落在俩小痞子的身后。小马在想，连小痞子都说自己的胸脯长大了，为什么姐夫看都不看一眼呢？想到这，小马就生气，就想哭。小马想起姐夫伏案写字的神态来，姐夫说不定一直就没有抬头看自己一眼，那他当然没有反应啊。想到这，小马顿时心情好了起来。但她又一想不行，趁姐姐今天回得晚，一定要试个水落石出。于是小马掉头向家里疾步走去。

姐夫还在伏案疾书，见小马这么早回了家，姐夫直起身子说："太阳打西边出来了，今天回得这么早？"

小马装着恼恨的样子说："今天我这衣服不知怎么回事，勒得好痛。你帮我看看。"

姐夫应声站了起来，走近小马问："哪里不舒服？"

小马背过身子说："后背。"

姐夫上下左右仔细看了看说："没什么啊。"

小马飞快地脱下上衣，露出里面粉色的内衣来，她急着说："后面。"

姐夫愣了一会儿，接着有点怯怯地说："没有啊，看不见什么啊。"

小马说："有，痛呢，你解开小铁扣就看到了嘛。"

姐夫犹豫了片刻，手指还是哆嗦着伸到了小马的身后，小马屏住呼吸等待着姐夫的后续动作。姐夫艰难地逐个解开了小马内衣的小铁扣，小马觉得紧紧束缚着自己身体的内衣正在被渐渐解开，她感到内衣越来越游离了自己的身体，自己的身躯正在被逐步放开，那对没有发育好的乳房失去了依托正在往下坠，肩膀好似卸去了压迫，一时解放出来。小马不知道自己的心脏也失去了羁绊，正在强烈地冲撞着，似要即刻就跳出自己的胸腔。

姐夫的声音小得就像游丝，小马觉得自己都几乎听不见了："是红了一片，没有破皮。"

小马把两臂一缩一垂，小马肩上的内衣就滑到了小马的手掌上，小马转过身体，正面朝向姐夫。姐夫有点紧张，两只为小马解开小铁扣的双手还没有放下。小马没有发育充分的乳房挨上了姐夫的手掌，姐夫的手指在小马的乳头上刮过。一阵麻酥酥的感觉袭上心头，那种带给自己的刺激要比小马自我抚摸要强烈得多。小马闭上眼睛悉心体会，姐夫的双手一时不知所措。片刻之后，小马抓住姐夫的手掌安抚在自己的双乳上。姐夫像被最终启动的一台破烂旧车，一开始半天没有动静，一旦被启动了，周身上下都颤动起来。小马只是闭着眼睛，静静地享受着被自己培育起来的成果。姐夫的双手在小马身上上下抚摸着，似乎有些忙不过来。不一会儿，姐夫一把抱住小马上了姐姐的床。姐夫不断地喘着粗气，就像刚修好的旧车在拼命喘着。小马细细体会着姐夫的爱抚，她在感受姐姐曾经体验过的兴奋。她现在明白了姐姐为什么老是愿意跟姐夫在床上打架，姐姐每次还被姐夫压在身下，却乐此不疲。原来其中的奥秘深刻得很。

最后姐夫的动作有些急切，让小马痛得快要喊了出来。小马可是头一次啊，她倒是不紧张，估计是小马没有做过这样的男女之事，她的身体还需要磨炼。但是小马今天是豁出去了，不管如何，今天也要坚持下去。她要体会到姐姐的全部感受，她实在是太想尝尝其中的味道了。姐夫好像是累了。就像每次跟姐姐打架似的，失败者总是姐夫。没有一次是姐姐让停的。每次最后都是姐夫从姐姐的身体上滚下来，像一台旧车停止了呼哧呼哧的出气声，然后如泥鳅般从姐姐身上悄然滑下，完全没了刚开始的凶猛和力量。这一切小马可是每次都看得清清楚楚的。姐夫终于像条泥鳅似的滑下了小马的身体，但是他不像往常一样滑下来后就会静静地躺在姐姐的身旁，要休息很久才会重新打起精神来。

这次姐夫可是立刻大呼小叫地站了起来。姐夫在嚷嚷："快点！你流血了。"姐夫飞快地找来了一叠纸巾，递给了小马。

小马也不知道为什么会流血，小马以为是自己的经期提前了。小马安慰着姐夫说："没事，每月都来。"

姐夫说："这不是经期，女孩子第一次都会流血的。"这话让小马一时紧张起来，她开始用纸巾擦拭着自己的身体。"快下床！别让血滴到床上了。"小马好像一下明白了姐夫此话的后果，她知道这事可千万不能让姐姐知道，只要姐姐不知道，这事就当没有发生过。如果血滴到床上。那可是无论如何也说不清楚的了。小马迅速而又谨慎地下床。姐夫仔细地看了一遍床单。他长长地嘘了一口气说："好在没滴到床上。"小马这时才想起自己还光着身子。她连忙一一捡起地上自己的衣服，一把抱进了外房。

从这第一次开始，小马就开始喜欢上跟姐夫之间的身体游戏。只要姐夫和姐姐晚上打了架，第二天小马就会趁着姐姐出去上班，跟姐夫再做一次打架游戏。只是把姐夫累得半死。姐夫几次强烈要求休息一天，小马就用姐夫没有例假的理由来拒绝姐夫。姐夫拗不过小马，每每就范累个半死，倒是小马再在镜子里面看自己的身体，自己的身体越来越接近姐姐的体型了。特别是自己的那对小乳房就像吹气球似的长得飞快。小马有点担心这乳房长那么快，姐姐问起原因来，可怎么回答。倒是没有等到姐姐问自己姐姐就出事了。一天，姐姐下班回家，直喊头晕，当晚就发高烧。姐夫打算第二天送姐姐去医院的，天一亮却发现姐姐已经没气了，姐姐就这样离开了这个世界。小马哭得很是伤心，她在哭声中甚至想到了，是不是自己占了姐姐的便宜，姐姐被气走的。但这应该是不可能的，因为姐姐压根儿不知道姐夫跟自己的事。她反复想过，在姐姐走之前她对自己的态度可没有任何变化。姐姐没有埋怨自己，因为她不知道自己的事。难道姐姐不知道自己就心安理得了吗？自己是不是太对不起姐姐了，姐姐对自己比妈妈还要好。是姐姐一手把自己带大的，自己真是白眼狼。想到这儿，小马不禁悲从心来，一时放开了嗓子号啕大哭起来。她觉得自己确实对不起姐姐，确实欺骗了姐姐。自己可不是好东西。想到这些，小马越发哭得伤心。

姐夫见小马哭得太伤心，担心小马哭坏了身体，连忙过来拉扯小马。小马在姐夫的拉扯中，一时想起了姐姐的冤屈，姐夫可是始作俑者。没有姐夫的大胆，自己一个人也不可能背叛姐姐啊。何况自己还这么小，还是一个不懂事的孩子。对，是姐夫骗了姐姐，是姐夫害了姐姐。想到这，小马挣脱了姐夫的搀扶，她用力地推开了姐夫。她觉得现在姐夫应该给姐姐跪下来。她扑通一声就跪了下去。她拖着姐夫的裤腿，姐夫没有办法也跪了下来。她对姐夫说："是我们骗了姐姐，是我们害死了姐姐，我们要给姐姐磕头。"小马带着姐夫给姐姐磕了好几个响头。小马一边磕头一边在想，姐夫可是好死了，我们两姐妹陪他睡，服侍他，他过得多滋润啊。不行得找个机会，也要让姐夫受点报应，让姐姐九泉之下得到点安慰。她一边磕头一边暗下决心。等姐夫把小马拉起来时，小马的额头上已渗出了殷红的血迹。

第三章　情窦

THE THIRD CHAPTER

又是一个接头的日子，左乳有些盼着接头的日子的到来，他一是觉得有任务可做，让自己很充实，二是他有点想见到老郑的小姨子。他觉得小马对于他来说充满了吸引力，他从校园到部队后还没有尝过恋爱的滋味，他长这么大了第一次这么接近一个女孩子。这个女孩给他的感觉是那么刺激甜蜜，小马的那种放纵不羁的青春年少，那种发育过于成熟的身体，那种不把他当外人的神态，以及敢于挑衅自己的眼神，虽然至今他们还没有一句语言交流，但是他们间的肢体语言都在传递着相互爱慕的信息。

一个星期后的下午，台北的街头酷暑高温，小孩们在街头的喷泉里嬉戏。一条家养的身形瘦长、线条流畅的格力犬，慵懒地伏在地上，张着嘴，垂着舌头，急促地出着气。左乳走到了老郑的院子里，老郑的院子是一间日式的木质平房。门前有个小花园，房前还有个长长的开放式走廊。左乳看了看门口挂的可以接头的暗号——拖把，就推开了院门。院子里的满园鲜花开得姹紫嫣红，色彩纷呈。

左乳移步向前，一根胶管上面扎满了好多小洞，清水正从小洞里向四面八方喷射出来，浇灌着院子里的花草。左乳灵巧地躲闪着胶管里喷射出来的小水柱，蜿蜒前行。没想到的是，没走几步，胶管被错动了，小水柱的水被洒得到处都是。左乳跳跃着，冲到了房门前，回头顺着胶管找那会动的蹊跷。胶管连接自来水龙头的地方，小马正掩嘴弯腰在哧哧地笑着。她那发育得太早的胸部和丰满的臀部被偏西的太阳逆光勾勒得玲珑剔透，线条十分清晰。穿着学生运动短裤的小马，正将她那白净净的腿踩在胶皮管上。原来是小马用脚搓动了胶管，弄得小水柱胡乱喷洒。

左乳在中央大学念书时，就以喜好运动、善于跑步游泳而著称于校。长期运动的结果使左乳拥有了一副骄人的身材，挺拔的身段，结实宽阔的肩膀。他从大一开始就习惯于在女同学的眼光中和笑声里穿行，非常习惯年轻女性爱慕的眼光。只是他毕业后到了苏北新四军的作战部队后，女性的眼光变得稀有。左乳每天投身紧张的军旅生活，也淡忘了那些温暖而羞涩的异性眼神。刚到台湾就被这么一对少女的丹凤眼给盯上了，一时让左乳有些受宠若惊。也使他的感觉回到从前，回到了大学时代，那象牙塔里四周洋溢着的就是这种暧昧的眼神。左乳有些发自内心地感激这种久违的眼神，感谢这位让他回到年轻时代的少女。

可能是过于艰苦的军旅生活，已经让左乳感到了生活的单调和刻板，也使左乳早已脱离了城市的生活：留声机、连衣裙、大海轮、福特卧车、咖啡厅、街边花园……这一切都从离开解放区开始就充斥了自己的视觉，从上海到香港一直抵达台北。满目都市的情调，都市的风景。这些都在唤醒沉睡在左乳脑中的记忆。特别让左乳感到惊异和不解的是，香港和台湾被帝国主义统治多年，按说应该是满目疮痍才对，可现在才发现一路上看到的城市建筑要比大陆好得多，居民的穿着和卫生条件也要比大陆讲究得多。左乳还不能明白先进文明对落后文化的自然影响，也不能感悟到城市文明的进程源于发达的经济基础。左乳只是感受到文明正在向自己扑面而来，都市的文化正夹带着温情的暧昧，挟裹着细腻的温柔开始包裹自己。这让左乳有些心跳，有些兴奋，又有些期待。不管视觉上还是心理上，那些似曾见过和没有见过的新事物目不暇接，但对于在玄武湖待过几年的左乳来说，那颗年轻的心正在飞快地适应新生活，他全身心地投入了进去。

小马从在床上听到姐夫对左海的描述时起，就对这个未曾谋面的中央大学高才生充满了好奇。一个人怎么会只有一个乳头，那不是神人吗？他肯定与常人迥异。是不是除了乳头异常外还有别的不一样的地方。那他除了只有一个乳头外是不是会有三只眼睛，就像《封神演义》中的闻太师、殷郊、罗宣、吕岳，特别是二郎神。平常姐姐和姐夫都不允许她跟外面的人接触，对于外面的年轻人来说，这位发育成熟的少女的神秘感绝对不会多于他们在小马心目中的神秘。哪个少女不怀春，小马这个年纪本应是最愿意跟外界联系接触的年华，而现实是她只能在街上逛逛街，看看那些匆匆而过的街头上的俊男靓女，她的眼神里充满了想接近想交流的神态。她就像一个落单的小鸟，每天看着成群结队的鸟群在自己面前飞来飞去黯然神伤。虽有姐夫不时地滋润，但仍然排遣不了她内心的孤独。

就在小马倍感孤独的时候，左海却恰如其分地出现了。甚至还没见到左海，小马就已经在心中猜测和勾画他的形象了。虽然已经有了很多关于左海的猜想，但是他的出现给小马的第一印象还是彻底打碎了她先入为主的构想。小马跟着姐姐和姐夫，没少接待过解放区来的共产党干部。有的是身经百战的战斗英雄，有的是曾在白区工作过的老地下党员。不管他们的出身和受教育程度有什么不同，有一点是共同的，就是这些奔赴白区的地下党员身上多少都有从解放区带来的土味。而左海身上的泥土味道却荡然无存，难道他不是从解放区来的吗？姐夫不是说过他就是从苏北解放区出发，经过二十多天才赶到台湾的吗？左海挺拔而又匀称的身材如果走在台北的街头，那形象简直就是一道风景线，把街上那些个猥琐小瘪子一下就比下去了。左乳的出现不仅让小马紧锁的心灵之门豁然洞开，而且就像清晨最早的一缕晨光把小马的世界照得通亮，小马觉得这个孤独的世界一时变得熙熙攘攘。她再一次走上街头时，她感到过路的人们都在冲着她笑，世界真的变了。自从在咖啡厅里和左海告别后，她就巴望着日子快一点过，她时时刻刻惦记着左海来接头的时间。

左海无声地对着小马笑了笑，露出了洁白整齐的牙齿。他的身上只有裤角被喷水溅湿了些许，他摊了摊手，好似在告诉小马你的恶作剧没有得逞。然后他帅气地转身，就像在大学校园里把每次想要搭讪他的女同学丢在身后一样，走进了房内，留着被迷晕的小马坐在墙头发愣。

老郑见左乳走了进来，就打开了身后的一个柜门。从里面把一部莱卡 135 的单镜头照相机拿了出来，他揭开相机的皮套，打开后背盖，看样子他是准备教左乳使用照相机的。

老郑最后打开了相机镜头盖说："会照相吗？"

左乳瞥了一眼那相机，说："会。"

老郑问："专业吗？"

左乳说："懂得景深和手动冲洗。"

老郑说："看样子你有两把刷子，那我就不说了。这个暗仓里的柯达胶卷是已经显过影的，装在暗盒里的都是情报。你就以记者的身份，把这份情报送出去。你会照相，记者证你自己做吧。这是接头地点和接头时间。还有摆在桌上的那架放大机你也带走。"

左乳接过相机和写有情报的纸条，脚下一个立正，说道："保证完成任务。"

老郑摆了摆手，笑着说："在敌后，要彻底忘记这些军人动作，身上的军人味道愈少愈好。"老郑凑近左乳闻了闻说："一股军人味。"

左乳又习惯性地立正回答说："是。"

老郑点了点左乳的头说："要改掉啊，看完纸条上的信息就在出门前把纸条烧掉。记住了，以后所有的情报信息，除非我特别交代的。都要熟记在心，看后就烧了，不能带着走。"

老郑当初向华东局要交通员时，就请求过要把最优秀的交通员派到台湾来。还没见到左海时，他就对左海的经历很感兴趣。中央大学渔业专业的高才生，体育尖子，熟悉国统区的生活，在一线部队又经过战斗的洗礼，这样的交通员是不容易物色的。但是没见面时，老郑还是担心这小伙子的吃苦能力和反应能力。按说老郑在十几年前在中央苏区待过很长的时间，也全程参加了长征，他对苏区一线作战部队的吃苦能力和反应能力是非常了解的，这些对于苏区战士都不是问题。但是老郑心想，真换个穷苦出身的战壕里滚出来的新四军战士他不会有这些顾虑，恰恰左海是位天之骄子，他真能吃得了苦吗？能适应地下党的清苦而又孤独的生活吗？特别是他承受压力的能力有多大？再说战场上的反应能力并不同于地下工作，战场上更强调的是个人的军事素质，战术动作的完美迅捷。而地下工作的反应能力要求敏于心，匿于行。这对于左海这位没有地下工作经历的大学生应该说是个新课题，他还得经历严峻的考验才行。经过初步接触，老郑发现小伙子身上充满了阳光和正义的气息，特别是他身上透着精明干练的城市青年的感觉，让老郑极为满意。

左乳领了任务，就准备离开老郑家，走到房门口，左乳偏头看了看花园，小马坐在一段矮墙上，两只白净净的腿吊在墙上晃荡着。小马的领口低低的，露出一抹乳白的酥胸来，两只手拽住那段胶管，胶管被折弯了，小马目不转睛，挑衅地看着左乳，眼里荡漾着恶作剧的喜悦。左乳知道躲不过了，他把照相机往怀里掖了掖，然后拎着放大机低头冲了过去。小马放开了水管，对着奔跑的左乳哧起水来。水流打在左乳的身上，水花四溅。阳光夕照，正好围着左乳形成一个漂亮的小彩虹。小马一时看呆了，趁着小马发愣，左乳急忙冲出了水阵。

一会儿，老郑走出房间，对着还在走神的小马说："明早搬家，你今天得出去找找房子。"

小马心不在焉地回答说："搬到左海那里去吧。"

老郑说："怎么搬到他那里去呢？让你再去找房子啊，要有院子的啊，有两三间房的最好。"

小马顶嘴说："怎么又搬，刚搬到这里几天啊？"小马是有点担心这家一搬，左海又会有很长一段时间不会过来。

老郑说："你倒是怎么了？我们搬家不是很正常吗？"

小马好像一时反应过来了，连忙说："知道了，我这就去找房子。"

左乳回到自己临时的家，在房间里制作起记者证来。左乳穿了件小马甲，打了领带，一身记者打扮。在窗下，他挂了块灰色的布，下面放了一张四方凳，然后支好三脚架。他把老郑给他的情报从相机里小心地取了出来，接着又安上了一个新的柯达胶卷。他调好相机十秒延时，借着云层里的散光，然后自己坐到凳子上望着镜头，"咔嚓”一声，快门响了。回到房里，左乳吹着口哨，把洗脸盆洗脚盆都翻了出来。然后他拿了一包显影粉，一包定影粉，分别泡进两盆水里。他又拿了床军毯，爬上桌子，把窗户用毯子封了起来，再用另一床毯子把门缝里的光堵上。然后他关了灯，看看哪里还漏光进来。接着又爬上爬下地把余光给堵住，最后用一块红色滤色纸把电灯严严实实包裹起来。他调好了放大机下相纸的角度和光圈，嘴里数着数：“一、二、三、四、五……”手里按着开关，控制着放大机的曝光时间。再把相纸投入显影水里，过上一段时间又把相纸拿了起来放进定影水中，再晾干、裁剪，不多久一张标准的记者证就做了出来。

基隆码头，人来车往，熙熙攘攘，好不热闹。一只豪华的游船上，老郑一身白色的休闲装，跷着二郎腿，他的身旁坐着穿百褶裙东张西望的小马。他俩前面的桌子上摆着一只单筒望远镜。老郑不时拿着望远镜对着大海和防护堤看看，乍一看老郑和小马就像是一对观光客。国民党保安司令部的军警和便衣在港口检票处仔细搜查着上船的旅客，这些旅客的目的地是香港。

老郑明白，现在他的情报都是通过海轮送到香港，再转到大陆解放军的情报部门的。香港此时已经成了台湾地下党情报的中转站。而国民党的情报机构似乎也知道这一点，现在对台湾港口的出境人员检查得非常细致。送情报通过这道卡就如同闯了一次鬼门关，不死也要脱一层皮。只要能顺利进出这道卡的交通员，老郑以为那就是说明其心智、胆魄和承受力都到了合格水平，那才是可以信得过的地下工作者。其实前几天老郑送给左海的胶卷里面什么情报都没有。他只是想考考左海到底能力如何，能否做个合格的地下交通员。不管怎么样，老郑早已经做好了最坏的打算。小马已经找到了泉州街二十六号的新房子，他们昨天就搬了家。在长期地下斗争的磨砺中，老郑从不把自己的安危寄托在其他同志的机智和坚定上。

没多久，左海出现了，他一身记者打扮，手上拎了个皮箱，胸前挎着那部莱卡相机。他远远地出现在老郑的单筒望远镜里。老郑从在镜头里发现左乳开始，就没有放下单筒望远镜。老郑不禁脸上浮出了笑意，至少说明他对左海的伪装水平是比较满意的。

小马在一旁看到老郑脸上有了笑意。连忙问：“看到什么了？让我看看。”

老郑说：“你小孩子看什么呢？没你的事。”

小马不满地说：“现在我成小孩了，在床上也没看你把我当小孩呢。”

老郑有点来气地摘下望远镜生气地对小马说：“你怎么这么说话呢。”

小马顺着老郑的望远镜方向看去，她看到了左海，不禁高声叫了起来：“是左海！是左海！”

老郑连忙警告性地嘘了一声，意思是让小马收声，然后老郑紧张地看了看四周。见旁边没有什么可疑人员，他又端起了望远镜。小马被老郑提醒了一句，一时也安静下来。小马虽然没有经过培训，也不是正式的地下党，但因为长期跟着老郑从事地下工作，小马的地下工作经验也比较丰富。小马明白了此时的左海肯定是在执行任务，他这样子像是要去香港。

小马轻声嘟哝着说：“他才来就要走啊？”

“不会的。”

“还不会，他都要上船了。你真会说瞎话。”

左海的前面隔着两个人处，有位教书先生模样的中年男子，他的包里被搜出一本书来，警察翻了翻书说：“携带禁书，抓起来。”

中年男子辩解道：“这可不是禁书，这是马克·吐温的《汤姆历险记》。”

警察高声叫道：“马克·吐温是马克思一家的，也是共党，你看这书思想有问题，这就是禁书，抓起来！”不由分说，那位中年男子被抓进停在一旁的囚车里。车上还不时传来那位男子的愤怒喊声。

轮到左海了，左海递上手提箱，伸开双手。箱子被粗鲁地打开了，连箱子里面的衬布也被警察一把撕开。警察搜身的动作很麻利，连左海的鞋子都要脱下来检查。老郑的单筒望远镜紧紧地盯着左海的脸上，他既期待又担心地在左海的脸上寻找着蛛丝马迹的恐惧感。小马凭窗而望，也许是年轻，视力好，左海的五官她都看得清清楚楚，她开始紧张地为左海担起心来。

警察问：“干什么的？”

左海掏出记者证示意：“香港《大公报》的记者。”

警察指着相机说：“这个我要检查。”

“当然。”左海肯定地回答，左海神情淡定地把相机递了上去。老郑盯着左海的神情，他不免也开始为左海担心起来。他不禁有些后悔，心想这么快就考验他，是不是急了点。毕竟左海还是太年轻了，毕竟人家还没有任何地下工作经历啊。

那位警察老练地要打开相机的背仓盖，左海冷静地伸出了手臂制止。那位警察立即问道：“难道有秘密吗？”

“有菲林，我已经用了一半了，如果你这样打开盖，菲林就全完了。”

“菲林是什么？”

“我们记者把胶卷叫菲林。”左海笑着调侃着警察。“英语单词的谐音。”

警察有点气恼地说：“什么菲林不菲林的，胶卷就是胶卷。打开打开。”

“行！容我把胶卷倒进暗盒里。倒起来麻烦，万一把胶卷都倒进了暗盒，我又没有带暗袋，我就不好再上胶卷了，我真没多余的胶卷了。”左海的脸上浮出了为难的表情，看得出左海是极不愿意打开暗盒。老郑心里咯噔了一下，他是担心左海再这样坚持会出事的。

“你这点倒片的本事都没有，还像个《大公报》的记者吗？”警察看样子也是一个行家，他把相机递给了左海，眼睛一眨不眨地紧盯着左海操作。左海把相机下方的倒片控制钮按住，然后把相机举到耳旁，旋转起相机快门边的倒片旋钮。看得出左海极为小心地听着胶卷在暗仓里的倒片声响，转了十几圈，左海把相机递回给警察。警察有点期待地打开了背仓盖，他看着打开的暗仓笑了起来。左海一时觉得五雷轰顶，他心想完了，发现情报了。他在紧张地思考是不是夺过对方手里的相机就反身逃跑。他回头看了看，后面的旅客已经把狭窄的通道堵了个严严实实。而且通道两旁站满了荷枪实弹的军警。他极力控制着自己的表情，他提醒着自己必须冷静，不要慌张。他的脸上转瞬也是笑容可掬了。

老郑在望远镜里看到这些，他也不禁纳闷起来。他不知道那位警察在笑什么，他看到了恐惧的表情在左海的脸上转瞬即逝。他悉心观察着左海的一举一动，包括左海脸上的恐惧表情，包括左海在回头寻找逃跑的路线，左海的一举一动尽入眼底。开始他还心里有些发毛，担心左海会做出鲁莽之事来，但他不明白是什么力量让这位初出茅庐的年轻人转瞬之间就战胜了内心的恐惧镇静下来。小马把这种情景直接归为不祥之兆，她直接说出了口：“完了！找到情报了。”随着小马的话音未落，只见那位警察小心地用手夹出了相机里的胶卷，他笑着把胶卷举了起来。只见那个胶卷的胶片正好留了一截在暗盒的外面，就像一个还没有用过的新胶卷。原来是这位警察被左海精湛的暗盒倒片技术折服了。

“你们看！没有相当的水平这个胶片是不可能倒成和新胶卷一样的。”那警察对围过来的警察介绍着说。“我每次照完相，倒回胶片，胶片肯定都是全部倒进暗盒里了。小伙子你是怎么倒的？”

旁边有警察插话说：“小伙子，我们局长可是从不随意表扬人的。”

左海知道是虚惊一场，但是冷汗已经不可抑止地从脖子顺着脊梁骨慢慢往下淌着，一直流到自己那根保留了人类脱离有尾动物的尾巴器官尾骨的末梢，冷汗继续流到了大腿。左海用垂着的手装着不经意地蹭了蹭大腿上的冷汗，他完全平静了下来。他笑着说："我是习惯用耳朵听，在胶片完全倒进暗盒前，胶片的齿孔会先脱离这边的固定齿轮。会有一种不一样的响声传出来，这时停下来就恰到好处。听多了，自然就能掌握自如。"

小马高兴得叫起来："左海没事，他笑起来了。"老郑拍了小马一巴掌，提醒着小马说话小心些。

警察局长把胶卷和相机还给了左海，局长说："是个专家，向你学习，下次有什么好作品能给我看看吗？"左海笑着算是答应了。左海拎着箱子准备登船，船上一位穿着大副服装的海员走到左海的面前。他递给了左海一张便条，左海打开便条，便条上写着："家里平安，不用返港。"落款老郑。

台北一个下着细雨的天气，这场雨已经下了好几天了，让人感到这个世界都被雨水淋透了。老郑带着左乳和小马出门去收取情报。下了车，他们三人来到一个有国军士兵站岗的私宅。那大门透着一种威严，一看就知道是个高级军官的住宅。老郑让小马和左乳扮成一对情侣，撑着一把雨伞站在路边观察情况，自己裹了裹西服进了那家有士兵站岗的大门。

左乳和小马撑着一把雨伞，俩人靠得太近，左乳感到有些不自然，他想把身子往旁边挪一挪，但是小马却贴得更紧，左乳注视着街面的情况。小马把撑着的油布伞故意斜着，让伞上的雨水滴在左乳的脖子里。左乳连忙偏了偏头，他以为自己站得太靠伞边了，但是他又不敢移动身体，他担心自己一移动，身体会碰触到小马温暖的躯体。小马顽皮地窃笑，左乳没有反应地一动不动，只是警惕地注视着街面上的情况。小马见左乳没有反应，于是又用油布伞的撑布棍去顶左乳的头发，左乳用手抚了抚头发。左乳完全感受到小马带着体香的气息直冲自己的鼻翼。他觉得小马暖暖的身体就在自己的身旁，让自己在这有些凉意的雨夜里倍感温暖。但是他又担心着这样不远不近的距离实在让自己的心情难以平静。他既不敢离开太远，担心自己会淋到更多的雨水，他的半个身子已经被雨水淋湿了；也不敢挨得太近，他害怕那温暖的身体接触到自己的肌肤。他在军队里已经有很长时间没有跟女性挨得这么近了，但是他与女性的心理距离更远，他还需要有更多的时间调整心理上的距离。

而对于小马来说，她已经是迫不及待地想接近左海了。在她的身旁难得出现这么一位允许她接近的年轻异性，更何况这位年轻异性又是那么优秀，那么出类拔萃。她确实还没有明确的想法，是不是要跟这位异性恋爱、结婚、生子。她只是非常愿意地想接触他，想与他在一起，就像初恋开始前的感觉，纯真而又朦胧，心仪而又羞涩。虽然小马在姐夫姐姐的影响下，对男女之事并不陌生，但是她对这种突如其来的怦然心动的感觉还不知道应该怎样应对，还不知道如何适从。也许正因为她过早地体会了男女间的肉体的欲望，灵魂上对情感的要求可能就会更为急切。而这一切都因为左海的出现变得可能，小马就是在这种既渴望又羞涩的心理中跟左海共撑一把伞的。

雨滴打在油布伞上发出的声音有些浑浊、厚沉，就像小马和左乳现在的心情一样，朦胧而又混沌。

老郑走了回来，三人在往家走的路上，老郑塞了一个胶卷暗盒给左乳，然后对左乳说："这个胶卷情报要马上提交。"左乳接过胶卷暗盒点了点头，就疾步跑开了。

又是一个接头的日子，左乳有些盼着接头的日子的到来，他一是觉得有任务可做，让自己很充实，二是他有点想见到老郑的小姨子。他觉得小马对于他来说充满了吸引力，他从校园到部队后还没有尝过恋爱的滋味，他长这么大了第一次这么接近一个女孩子。这个女孩给他的感觉是那么刺激甜蜜，小马的那种放纵不羁的青春年少，那种发育过于成熟的身体，那种不把他当外人的神态，以及敢于挑衅自己的眼神，虽然至今他们还没有一句语言交流，但是他们间的肢体语言都在传递着相互爱慕的信息。

左乳看了看门前的暗号——拖把，悄悄地推开院门。左乳进了院门左右看了看，没看见小马的身影。小马是知道他来接头的时间的，总是在院子里候着左乳，每次两人都没说话。但这次，小马好像不在院里，左乳一颗忐忑的心还没有平静下来。快走到房门口了，左乳看见小马正穿着夏装卧在门前看书呢，白净净的小腿还挺悠闲地相互拍打着，小马背对着左乳好像没有感觉到左乳的来临。左乳站在小马的身后，小马的运动短裤因为卧姿的原因，勒得很靠上，她的屁股蛋都露了浅浅的一抹出来。看得左乳心惊肉跳，他刚想趁小马没有察觉迈腿跨过小马的身体。就在左乳提起右腿时，小马突然翻过身来，她的小腰碰到了左乳的脚背。

左乳马上退了一步，小马用左右两个食指指着左乳的左右胸，然后双手往上抬了抬，意思是要左乳把衣服掀起来，她想看看左乳的胸部。左乳双手紧张地捂住自己的左右胸口，然后猛退了两步。小马笑了起来，她照样躺在走廊上，横在门口。双腿呈二郎腿状在空中摇晃着，看起来她没有一点想让开的意思。

"小马！小马！"老郑在屋里喊着。

"哎！"小马一个打挺站了起来，跑进房内。

老郑在问:“左乳怎么还没来?”

左乳跟着小马走了进去，这是一间里屋，没有窗户。里面放了几个货架，上面堆满了各式各样的八音盒。左乳听到老郑问自己，连忙站了出来，说:“我到了。”

老郑说:“我这儿乱，你帮我清理干净，今天你吃过饭晚点走，我还要一会儿才干得完。”老郑一边说着一边忙着手上的活。老郑的工作就是把不同的音符在那小铁片上给戳出来，他在铁片上不同的位置上戳出不同的凸痕来，八音盒就可以发出不同的音响。这不同的音符组成的就是密码。小马把老郑敲打好的一块小铁皮绕着一个圆木棍卷了起来，然后把卷好的铁皮筒一头装了一个配件，再把装好配件的铁皮筒放进了一个留声机造型的器物里。然后她上紧发条，里面就叮叮当当地响起来。老郑连忙拿出一本密码本来进行核对，八音盒的单个音的音色确实好听，但是被老郑组合在一起，再放出来就晦涩难懂。

左乳清理着货架，听着老郑的作品牙齿都要酸掉了，他难受地摇着头。小马见状，立马拣了块铁皮，她轻轻地用锥子在铁皮上戳着小眼，不一会儿她戳的铁皮就被她放进了一台钢琴状的造型里面去了。她上了上发条，一会儿一段悠扬的音乐飘了出来，左乳知道那段音乐是名曲《致爱丽丝》。左乳没想到小马的手会这么巧，他抹着桌子不禁笑了起来。小马见左乳笑了，又拣了块铁皮钻起眼来，然后又放进了同样钢琴状的造型里面去，不一会儿音乐又放了出来，是《何日君再来》。左乳很兴奋地和着音乐的节拍拖着地板，就像在跳着舞似的。老郑一把抓住了八音盒说:“还有完没完?影响我的工作啊。小马，你去做饭吧。”

小马生气地一扭头说:“不做，到延平北路波丽露吃牛排去。”

老郑说:“唉!现在不是没经费了吗?今天左海来了就露露你的手艺吧。”

小马一听是给左乳做吃的，来了积极性，但她灵机一动，说:“那他得帮忙洗菜。”

老郑只好说:“行行行，他清理完这些东西，就去帮你洗菜。”小马去了厨房，老郑说:“没办法，经费紧，好久没吃牛排了，左海，过几天你记得去台湾电力刘晋钮那里一趟。”

“好的。”左乳回答。

“再有，这段时间，出岛查得太紧了，情报我都用密码刻在这些八音盒里，安全些。”老郑说。

“怪不得这么难听啊。”左乳笑着说。

“你去帮帮小马吧，她很任性，她姐姐跟我来台湾不久就病故了，她怪可怜的，我也只好由着她。”老郑说着。

“好的，我去帮厨。”左乳去了厨房。

小马利索地做着饭菜，见左乳进来了，就停下手上的活。用双手的食指同时指向左乳的胸部，然后两只手往上一扬，意思是要左乳脱衣服给她看看。左乳摇摇头，然后开始帮起忙来。小马把一盆紫菜汤做好了，她要左乳先端进去。左乳双手端了汤，小心地转身，准备端进里间去。小马猛地从左乳的身后跳上了左乳的肩头，两只白净净的腿夹在左乳的腰上。左乳一时手足无措，端的汤还洒了些出来，小马的双手从左乳的领口处用力地伸了进去，在左乳的胸前胡乱地摸了一把。然后小马才从左乳的肩上跳了下来，她对左乳龇牙咧嘴地伸出一个手指来，意思是左乳真的只有一个乳头。左乳很尴尬地放下汤盆，整了整衣服，才端起汤走进里屋。

三人开始吃饭了，小马吃饭的声音“吧嗒！吧嗒！”很刺耳。

老郑说：“你吃饭声音那么大，要学会做淑女。”小马听了很生气地放下碗来，不吃了。

“吃吧！吃吧！别生气。”老郑安慰着小马。

吃完饭，左乳要把两大袋子的八音盒带回家，不好拎。老郑说：“小马，你送送左海。”

小马也不言语，拎了一袋八音盒就出去了。左乳也拎了一袋，老郑跟左乳说了几句话，耽误了一会儿，说完话左乳跑着出了门。左乳小跑着去追小马，没想到小马在院门外等着他。然后两人就一同往前走。小马问：“你没谈过恋爱吧？”

左乳回答：“没有。”

“看你土不拉叽的样子就知道你没谈过，听说你是大学生？”小马问。

“是的。”左乳回答。

“那你是学什么的？”小马问。

“学渔业的。”左乳回答。

“那你鱼肯定做得好吃。”小马说。

“不行，不好吃。”左乳回答。

“你会钓鱼？”小马又问。

左乳一时不知怎么回答，就支吾着说：“我不会钓鱼，但我会抓鱼。”

“抓鱼，你是说用手抓吗？谁不会啊，三五斤的鱼我双手就可以掐住。”小马说道。

“我是说在水里抓鱼。”左乳回答。

“那真神了，你可以养活自己，什么都不要。你能抓鱼我能卖鱼，多好。我们可以开一个鱼档，这样就有花不完的经费了。”

正在这时，旁边飞快地跑过去两个男人，接着一个哭喊着的年轻女人追了上来，“抓小偷啊，抓小偷啊。”

左乳吩咐着小马说：“看好东西。”说完就快跑起来，他的加速度异常迅捷。几步就追上了那位女人，接着高速接近了那两个男人。他一把脱下了后面男人的衬衫，抖了抖，没看见皮包。他又迅速地起跑，快速地追上另一个男子。那个男子看跑不过他，就把钱包扔给了他。他还是追了上去，一边拿着皮包一边问那个并排跑的小偷：“少了钱没有？”

小偷已经吓得不行了，哆嗦着声音：“不敢不敢。一分都没少。”

后面围观的市民都鼓起了掌，他们在说：“这两个飞贼，仗着自己跑得快，经常在这偷，一旦被发现，就拼命跑，反正没人追得上，今天可碰到腿长的了。”那个女人更是跑到左乳面前，取回了钱包，不断地说谢谢，还非得让英雄留下大名。小马冲进人群里，抓住左乳的手把左乳拖了出来。

左乳走到两个提袋前责怪小马说：“你怎么不守住东西？东西掉了怎么办？”

小马气愤地大声说：“人都要掉了，我还管东西吗？”俩人默不作声地继续走着。

左乳拿了钥匙开了门，小马进了门幽幽地说：“你没有生我的气吧？”

左乳说：“没有。”

小马认真地说：“你记住了，你是不能跟外面的任何人接触的，特别是女人，她们都不是好东西。”

左乳说：“是纪律吗？”

小马凑近左乳的嘴边大声说：“是规定，是我的规定。”说完小马的嘴就凑了上去，紧紧地贴上还有些犹豫的左乳的双唇。两人吻了一阵，小马见左乳没有进一步的进展就松开了嘴说：“你知道吗？我有三个乳头，加起来，我们正好四个。”

左乳惊讶地问：“真的！”

小马抓起左乳的手伸进自己的怀里说：“你摸摸就知道了。”左乳惊讶的表情变得更加夸张，小马再一次把嘴贴上左乳的嘴，左乳像被点着了似的浑身燃烧起来。左乳把小马整个抱了起来，左乳抱着小马，趺趺撞撞，碰翻了桌子，碰倒了椅子，碰乱了夹在房间中间绳子上的照片和底片。粗犷地喘着气，两人滚倒在床上。左乳把小马压在身下，不一会儿左乳抓着小马的乳房的右手渐渐松开了。小马用力地把左乳从身上顶了下来，小马责怪地说："怎么刚开始就没了呢？你得坚持、坚持啊。"小马的双手握拳飞舞着，"不行，明天你还得过来。"小马说。

左乳紧张地回应："不行啊，明天不是接头日子啊。"

小马说："妈呀，又不是跟老郑接头，你是跟我接头啊，在老郑面前我俩就是地下党，不能让他知道，这是命令。"

左乳说："这样不好吧，你又不是我领导。"

小马说："我是老台共了，你当然要听我的。明天下午四点，老地方，记住！听到八音盒的《何日君再来》，你就不要进来。如果是《致爱丽丝》，就可以进来。"

第二天下午四点，左乳鬼鬼祟祟地来到老郑的门前，院子里传来八音盒清脆的音乐声《致爱丽丝》。左乳悄悄地靠近院门，他刚推开院门，就听得院门"叮叮当"一声响，吓得左乳心惊肉跳。定神一看，院门上悬了个小铃铛还在摇着，余音绕梁。左乳急忙一把抓住晃动的铃铛，不让它继续响。

然后他贼头贼脑地进了房门，突然，传来小马的声音："快来找我！"

左乳循声往里，四下里看着，最后走到了卧室。床上的被子凸了起来，左乳走了过去。小马粉白的手从被子里伸了出来，一把拽住左乳的手就往被子里拖。"进来啊。"小马一声喊，左乳的身子立马就酥了，左乳一边脱着衣，一边往被子里钻。左乳和小马即刻贴到了一起，两人身体协调一致地上下起伏着，小马快乐地哼了起来，左乳也大口地喘着粗气。猛地床头放的一个八音盒响了起来，一听就知道是老郑刻的那种情报音响，杂乱无章。左乳立刻停止了俯卧撑运动，伸手去关八音盒，他怎么也关不了。小马从左乳的身下伸出一只手来，把八音盒一把抢了过来，然后往外面一扔，喊了声："继续啊！"

延平北路波丽露西餐厅，老郑带着左乳和小马吃牛排，老郑对服务生说："七成熟。"点完餐，老郑开始教左乳吃西餐的要领，"左手拿叉，右手拿刀，对，是这样，吃的时候，要切成小块小块的，叉着然后自然地送进嘴里，不要太快。"

左乳按照动作要领，切着牛肉，老郑纠正他的动作说："你双手的大臂不要抬起来，动作幅度太大了。"正说着，左乳盘中的一块牛肉切不开，左乳双手用刀和用叉的力量就使大了些，牛肉最后切开了。但是右手上的叉子把那块切开用力扯着的牛肉挑到了隔着的第四张桌子上去了，那边的客人惊呼起来。小马和老郑同时都笑开了。左乳执拗地跑了过去，说了声对不起，把那块牛肉又叉了回来。他对老郑说："这块肉太贵了，不能让它跑了。"接着他把叉回来的牛肉优雅地送进了嘴里，咀嚼起来。老郑和小马更是乐开了怀。

又一个左乳和小马接头的日子，左乳走到了那个熟悉的院墙外。他驻足聆听，院子里传来了恼人的《何日君再来》的八音盒的旋律，左乳气恼地踢了踢墙角，扭头走了回去。一对童子军高唱《保卫大台湾》从左乳的身旁掠过，一位童子军的裤吊带被院墙的铁丝挂住了，小童子军稍微用力，裤子就给刮了个口子。左乳急忙帮那孩子扯开铁丝，那童子军十分气恼地在地上捡了块拳头大的石头，"嗵"的一声就扔进院子。左乳一时没有拉住，院子里立马有了反应，"谁扔的石头？谁扔的石头？"是老郑的声音，还听得院门在响。左乳急忙跑开，在一个拐弯的地方躲了起来。

"是你扔的吗？"老郑的声音。

"不是我扔的，是一个叔叔扔的。"小童子军恐惧的声音。

"那叔叔呢？"老郑在质问小童子军。

"刚才还在这，怎么一会儿就没有看见了。"小童子军的声音。

"算了，算了，快走吧，裤子都快掉了。"小马的声音。

小孩快速跑步离去的声音。左乳探出半个头来，正巧看见了老郑的手揽住了小马的腰。左乳的脑袋一时有些反应不过来，他只是下意识觉得老郑对小马很关心。

日月潭风和日丽，杨柳依依，老郑、小马、左乳三人划着一只小艇悠闲地在湖中穿梭。老郑说："把船停在这吧，我今天要钓上几尾大鱼打牙祭，招待工委的各位同志。"老郑从口袋里掏出鱼线和鱼钩来。然后上了鱼饵，安了只八音盒上的配件塑料片作为浮筒。

在船尾，小马已经脱下了凉鞋，光着脚，在船舱里拍打着船底的积水。趁老郑不注意，小马伸出脚丫子去踩身后左乳的脚背。左乳溜到船尾，他在船尾不声不响地脱了衣裤，只剩下一条短裤时，他翻身入水。小马的惊呼声还没落音，左乳已经潜入水中不见了，水面上只留下几个水泡。一会儿，一团水花翻滚，一条四五斤重的鲶鱼被扔上了小艇。小马欣喜地叫着，扑上去把鱼给掐住。小马一边按住摆动的鱼，一边惊喜地问着水里的左乳："你是怎么抓的？"

左乳伸出一根手指头说："用手指头钓的。"接着左乳又一个猛子扎进了水中，只见他的脚顽皮地在空中晃了一晃，就整个沉进了水中。左乳潜到水底，睁着眼睛在水中寻找着鲶鱼躲藏的石洞来。他找寻到一个鲶鱼洞，轻巧地靠了上去，把自己在水中显得特别白净的小手指慢慢伸进洞口，然后用手指在水中轻轻地勾动了几下。一个拳头大的鲶鱼嘴，黑洞洞地把自己的手指一口就咬了进去。左乳顺势把手指深深地插进了鲶鱼嘴，然后把手指往回一勾，手指就像个鱼钩卡在鲶鱼的嘴里。几乎是同一时刻，左乳感到了鲶鱼锋利的小牙齿划过了自己的手背。左乳没有犹豫，又把左手伸了上去，抠住了鲶鱼的鱼鳃。这条鲶鱼无奈地在水中剧烈地抖动起来，但是它已经在劫难逃了。一会“砰”的一声，那条鲶鱼被扔上小船来，就这样左乳接二连三地扔上去五六条鱼来。老郑收起一无所获的鱼线来，说：“不如左海啊，今天我们可以打牙祭喽。”

晚餐时，老郑的房里聚集了几位重要客人，他们是中共台湾省工委的五位主要领导。日本投降后，台湾光复，中共中央决定在台湾开展地下工作。一九四六年先后从苏北、上海等地派出以蔡孝乾、陈泽民、张志忠、林英杰、洪幼樵五人为首的地下党，他们带队分几批潜入台湾，接着成立了台湾省工委，领导台湾地下党开展工作。化名老郑的蔡孝干任省工委书记。省工委大量吸纳新党员，逐步建立了台北、台中、基隆、嘉义、高雄和邮电职工、大中学生等几个地区的支部。在中共中央提出的“打倒蒋介石、解放全中国”“做好一切准备、迎接台湾解放”的号召下，开展全面的地下斗争。

省工委副书记、武装部部长张志忠进了院子，他还带了个三岁的男孩子来。老郑在门口迎接。张志忠要孩子喊郑叔叔。孩子就是不开口，老郑很尴尬地说：“不叫就算了，你叫什么名字啊？”

张志忠拍着孩子肩膀说：“告诉叔叔啊，怎么这样没有礼貌啊？”

老郑连忙宽容地说：“算了算了，孩子嘛。左海，你等会带这个孩子玩。”左乳答应着。

小马和左乳忙里忙外，做着饭菜。大家都很兴奋，大口吃着左乳抓回来的鱼，夸耀着小马的手艺。老郑从床底下拖出了两瓶茅台酒，说：“这酒是长征时经过贵州茅台镇，我带出来的最后两瓶了，我一直不舍得喝。本来我是想留到台湾解放时再喝的，如果按照我们工委建议的时间，也就是几个月后解放军就要进攻台湾，占领台湾。那时候放眼尽是赤色天下，喝起来才够劲。但是今天大家兴致这么高，就等不及了，先喝了这两瓶茅台酒再说。”

工委宣传部长洪幼樵说：“打下了台湾，拿了总督府，还怕没有茅台。我们可以把蒋先生的酒都夺过来，酒肯定是喝不完的。”

陈泽民说：“让我们预祝台湾能按照我们工委的建议时间顺利解放，把这酒喝了吧。”

大家举起了酒杯，轻声地说道：“干杯！干杯！”

林英杰兴奋地说：“新中国十月一号就要宣布成立了，我们为新中国干杯吧。”

大家全都站了起来："为新中国干杯！"左乳和小马也站在一旁端起酒杯，眼里闪耀着兴奋的光芒。

吃完饭，开始开会了。左乳把孩子领到院子里，左乳问孩子："叫什么名字啊？"

那男孩却机敏地催着左乳说："叔叔！给我玩具！"

左乳笑了笑说："你等着。"一会儿左乳拿了一个八音盒出来，八音盒里叮叮当响着《铃儿响叮当》欢快的乐曲声，男孩一听到乐曲声就笑了起来，他伸出手来，想找左乳要过去。

左乳把八音盒收了回去，他说："你还没有说你的名字呢。"

小男孩答道："杨杨。"左乳就把八音盒递给了男孩。

左乳看到小男孩对八音盒痴迷，就问："喜欢吗？"小男孩使劲点着头。

散会了，张志忠要带杨杨走了，张志忠让小男孩跟大家再见。小男孩只记得给了他玩具的左乳，他只对左乳喊了句："小左叔叔，再见！"就跑了。

客人们都一一走了，老郑喝得微醉。他直着舌头对左乳说："你、你知道吗？我们马上就要解放台湾了。台湾已经是风雨飘摇，这个岛上有点钱、有点权力的人都在四处打听我们地下党的踪迹。"

小马说："他们想抓我们。"

"不！他们伸着狗、狗鼻子，四处嗅着地下党的气味，绝不是为了抓我们。绝不！他们想找到我们、送钱给我们，跟我们建立关系，想等到共产党占领台湾后，他们也可以成为有功于我们的功臣。你们知道这在台湾叫什么吗？嗯！左海你回答。"老郑把一双腿高高地搁在餐桌上无比骄傲地问道。

左乳摇了摇头，说："不知道。"

老郑说："这叫'出头天'。台湾那些个有钱人家都知道，从日本人占领台湾开始，台湾现在最有钱的辜氏家族的辜显荣就是首先去基隆码头迎接登陆的日本人的。接下来的这些年里，日本人在台湾把所有最挣钱的生意都给了辜家，辜家也成了台湾最有钱的家族。辜家就是因为会'出头天'而成了台湾最有势力的人家了。"老郑见两个年轻人在认真听着他说话，就更加有点口无遮拦了，"从现在开始，不仅是钱会有人送，就是台湾岛所有的情报我们都手到擒来。甚至可以这样说，有些国民党的绝密情报，毛主席比蒋总裁还要先看到。台湾解放是指日可待啰。左海你说，台湾解放了，你想干什么？"

左乳说："我去搞我的老本行，做渔业研究啊。"

“没出息，你要去当领导，要带个长字。比如说做个渔业部长，或者是做个市长什么的都行。”老郑对左乳滔滔不绝地说着。

“那我呢，干什么啊？”小马问道。

“你吗？就当我的秘书。”老郑回答。

“女秘书，没意思，我要天天有延平北路波丽露牛排吃，天天有中华路的水饺吃，我也要带个长，秘书长吧。”小马兴奋地憧憬。

“没问题，这都是小事，先把工作都干好了，就什么都会有的。左海啊，我一定要给你找个好老婆，台大的漂亮女生随你挑啊，别挑花了眼啊。”老郑躺在床上说着。小马正在给他擦脸，听到老郑说给左海找老婆，气不打一处来，把湿毛巾一股脑儿地堆在老郑的脸上，弄得昏了头的老郑支支吾吾说不出话来。

台湾电力总公司的办公大楼比起它旁边其他的建筑，高大了许多。从它气派的大门就可以感觉到这家公司的实力。台北人大凡只要有人在这里上班，都会成为他亲戚朋友炫耀时的谈资。左乳走到门口的转门前，透过门上的镜子，他看见了自己一身记者的打扮，胸前挎着那部莱卡相机。

左乳已经不是第一次来这里取情报了，他要见的人可是这幢大楼的最高主人，这家公司的总经理刘晋钮。左乳走进旋转门，前台的小姐站了起来，礼貌地问着左乳要找谁？左乳回答说找刘总。小姐问左乳有预约吗？左乳回答说有预约，是一个叫老郑的预约的。小姐说了声请稍候，就转过身走进了办公区，看样子她是去请示刘总去了。左乳就在旁边的椅子上坐了下来。不一会儿小姐就来请左乳了，小姐推开了刘总办公室的房门。刘总热情地向左乳打着招呼，但是刘总到现在为止也不知道左乳的名字。左乳是根据工作纪律，即使左海这个名字也应该尽量少地让人知道。

刘总责怪着小姐说：“以后你记住了，只要是这位先生来了，你就不要再请示了，直接带到我办公室来就行了。”小姐赔着小心，带上门就走了。刘总回到座位前，打开抽屉拿出一个胀鼓鼓的牛皮信封来，他把信封默默地递给了左乳。左乳接过信封，也不说话，转身就准备离开。刘总连忙说：“你不要忙着走，你在这坐一会儿再走。要不太快了，倒让人怀疑。”左乳明白了刘总的意思，转过身就坐了下来。刘总递过一份报纸。左乳接过报纸开始耐心地看起来。

第四章　绝地

THE FOURTH CHAPTER

顺着戴精国的问话，左乳回忆起护送《光明报》的同志来。那是一个下着大雨的天气，三个劫后余生的《光明报》地下党员抱着一个孩子惊魂未定地出现在他的面前，全身湿透。他把他们带到台中郊外一个偏僻的小农场，然后安排他们在一间鸡寮里面，度过了几个日夜。女同志的长辫子被他用火钳烫成了大卷发，一位大背头的男同志被他剃成了光头，另一位则配上了一副眼镜。

一九八八年广州街头，红灯笼高高挂满了木棉树上的枝丫。空气里夹杂着淡淡的木棉花的味道。劳教授已经在精神病人监护室外站了半天了，那位台湾的白面杀手似乎是精神病又犯了。他在单独关押的单间里大声地咆哮着。他的双手还猛烈摇晃着铁丝网，铁丝网哗哗的响声衬托着他的台湾腔的普通话，很有点气势。

这个铁丝网里的台湾人大小便失禁了，离得老远就能闻到一股强烈的尿骚味。杀人犯手里抓着的就是自己的大便，他不时地把大便塞进自己的嘴里，抹在自己的脸上、衣服上，铁丝网的缝隙里也到处涂满了他的排泄物。精神病院里这种气味四处弥漫着，劳教授可是很习惯了。只是这位台湾白面杀手的精神状况让劳教授一直有点拿不定主意。

从他的外部表现来看，他的症状确实像极了一个精神病患者。但是每当劳教授直视他的眼睛时，总觉得这闪烁的眼神里既不像精神病人目中无人、无畏无惧的眼光，也不像空空荡荡、毫无生气的另一类精神病人的眼神。劳教授总觉得这位台湾白面杀手的眼睛里藏匿着什么，它透出的眼神不是他内心世界的真实反射。好像那种光芒已经被人为的扭曲了、遮挡了、修饰了，那后面到底隐藏了什么，那不是劳教授所关心的。劳教授关注的是，只要这双眼睛后面能刻意隐藏秘密，那就说明这双眼睛的拥有者头脑清晰，神志清楚。

台湾杀人犯好像没有看到劳教授的到来似的，依然高声叫嚣着，摇着铁丝网。劳教授却总觉得这位杀人犯的余光在注视着自己。劳教授心想按说这个面貌平和的台湾人，一眼看上去连只鸡都杀不死，他怎么可能去杀死一个同类呢？竟还能碎尸。依劳教授的阅历和专业知识来看，碎尸案的作案人要么就是心理上极端被扭曲，要么这个作案人就是个头脑极其冷静，自控力极其强大的人。一个只有庸常思维能力和控制力的常人是干不出能把一个活生生的人大卸八块，然后再均匀地碎成肉块的事来的。劳教授曾经见过类似的案例，有个作案人身材高大，面貌可憎。曾非常残暴地用铁锤连杀母女两人。但是就是在分解尸体的时候，精神上控制不了，最终崩溃。因祸得福，免了死罪，关到了劳教授的病房来了。而面前这位白面书生似的台湾人竟可以把这个案子做得干干净净，据说抓他时他正独自一人做生猛肉块烧烤。当时有两位刚到过凶杀现场的刑警，见到这位台湾人正在烧烤用杀人现场同型号的碎肉机加工的肉块时当场就吐得稀里哗啦了。可见这位白面书生般的杀人犯要不心理素质极好，要不就是一个精神病重症病人。

劳教授看着铁丝网里面的台湾人，心想从他的容颜上确实看不出他有什么经历，受过什么磨难，吃过什么苦头。他应该是在养尊处优的环境里长大的，往往能干出这么残暴的大案的凶手都是面目可憎出身卑微的人，这在劳教授的内心深处基本形成了思维定式。但是面前的这位杀人犯难道真的是个变态杀手吗？

市局刑侦队的警察来了，大家在铁网边站了一阵，看了一会台湾人。但是台湾人却好像熟视无睹，依然在做怒吼状，劳教授等一行人就走开了。到了劳教授的办公室，警察问劳教授：“有定论了吗？”

劳教授没有直接回答警察的提问，他说：“你们看他如果作为一个生意人来说，而且是个台湾的生意人，应该是在养尊处优中泡出来的。从他的表现来看，你们肯定也不会怀疑自己的眼睛，如果他脑子里没有病，那他做出这些事来就太出人意料了。根据他的生活质量，他如果能装到这个程度，他的演技也太高了，而且他的忍耐力也是超人的。”

警察接着问：“那你的意思是不是他确实是个精神病患者？”

劳教授说：“现在不能这么断定。”

警察问：“还有什么顾虑吗？”

劳教授说：“他的那双眼睛一直在提醒我他内心里还藏着什么，他的大脑也是异常活跃的。”

警察说：“那你还需要些时间来考察吧？”

劳教授说：“关键是要有些他的生活背景资料就最好了。”

警察说：“他从被捕开始，就是这个样子，我们什么相关的情况都没有审出来。不过我们已经掌握到，他还有个在逃的同伙没有归案，归案是早晚的事。”劳教授带着狐疑的眼光看着说话的警察。警察又补充着说：“他要跑出去，肯定会在出境时被卡下来的。通缉令早就发了，只要他的同伙归案了，就什么都清楚了。”

劳教授释然地说：“那就好，有佐证就好办。”

就在与劳教授的办公室相隔了几间房子的那间改装成审讯室的病房里，身穿国军少校军服的戴精国正审问着左乳。说着说着，戴精国那鹰隼般的眼里也随着问话的内容变化着光芒，有时锐利，有时动情，有时真挚，此刻戴精国的眼神里又有些许的思考。他说：“左乳你来台湾，只知道台湾是国民党的墓地，想没想过我们也可以绝地逢生啊。我们国民党一退再退，已经无路可退了，我们要是丢了台湾，我们就只能下海喂鱼了。虽然你们拥有了大陆，但是台湾对于你们地下党来说也是绝地，你们在岛上也是插翅难飞，你们全在我们的包围内。你以为凭坚忍就可以战胜我们吗？我们照样也可以卧薪尝胆。”

戴精国的思绪又回到了刚到台湾的岁月。

“排好队！排好队！发饷了。”后勤管理员在大声吆喝着。

“今天发不发钱啊？”队伍里有人在问，戴精国也站在队伍里，和站队的人一样拎了条布袋，拿了个大海碗。

“有饭吃就不错了，没看见街上那么多以前的长官太太都在站街做妓女？”

戴精国拎着装着大米的口粮袋，端着盛着腌黄豆的海碗，准备上楼回家去。这是一栋陈旧的日式木质两层楼房，踩在楼梯上，楼板就发出一声声痛苦的呻吟声。保密局几百号人就挤在这栋小楼里，有的还是几家挤在一间房子里。

谷处长在院子里的不大的空坪里往地上撒着大米喂着他的宝贝鸽子，那一百只信鸽围在他四周“咕！咕！咕！咕！”地叫着，在地上啄食着大米。“你们新招的反谍人员都确定了吗？”谷处长问着过身的戴精国。

戴精国放下粮袋，回答说：“都填了表，最后还想请您过过目。”

“那待会儿就去看看吧。”谷处长回答。

戴精国的不大的办公室里已经挤满了办公的部下，戴精国艰难地打开一张歪七竖八的抽屉，拿出一堆表格来。谷处长一看那么多表格，皱了皱眉头说：“把当过共产党的人给我挑出来。”

戴精国于是挑选出一部分表格来，递给谷处长。谷处长接过表格转身就走，戴精国连忙说：“这里还有中统和军统的一些精英，都是人事处挑的。”

谷处长转过身说：“人事处选派的干部，只要被共党抓住了，抓一个降一个。”他扬了扬手上的表格说：“他们才最具革命性，绝对不会投降。”戴精国望着谷处长笑了，然后把手中的剩余表格丢进了纸篓。

谷处长说："这个可以，当了五年共产党，在行政院上了两年班。字写得不错。这一个是当过八路军的，抗日战争结束回家种地，做了逃兵。被国军抓了壮丁，在舟山当陆军，因当过共产党被陆军送去整肃，这人真是无处可逃啊。我们要了，明天就把他弄出来，这种人才是最革命的。"

第二天，戴精国走进财务室借钱，他拿着批条递给财务人员说："两千元，出差。"

财务人员说："没有那么多。"

"这可是毛老板特批的。"戴精国放高了音量。

"今天只有五百元了。"

"那我明天再走。"戴精国气恼地说。

"这个月走都只有五百，真没有了。"财务人员回答。

戴精国说："你说不发工资我们可以不用钱，但是没有经费出差，这共党可怎么抓啊？我们不能走路去抓吧。"

"你说这个啊，你看看我们现在连个像样的算盘都没有，我们不也得上班啊。不是给你们政策了吗？抓到共党，钱财都留给你们花。快去抓共党啊。"

一九四九年的夏季，台北的街道上大部分的房子都是两三层高的水泥建筑物。夏季刮在街头上的风充满了苦涩的海水味。戴精国开着一台美吉普急速地冲过台北的破旧街道，"嘎吱"一声，他的车停在了保密局的院门口，戴精国惊讶地发现，他办公和生活的那栋日式木楼上半部分被台风掀掉了。家眷们有的在瓦砾间翻找着东西，有的在一旁啜泣。

"我放了鸽子你们也不去增援，我们在医院抓匪谍呢。"谷处长的吉普车急匆匆地赶来了，人没下车就在车上批评起人来。猛然谷处长看见了被掀掉顶的房子，他跳下车，急忙奔向他的宝贝鸽子，他大声叫道："鸽子呢？我的德国鸽子呢？"只见鸽笼东歪西倒的，鸽毛还在四周飞舞，鸽子却全部没有了。"这些畜生啊，只怕是飞回大陆投奔共产党去了，在这里还当你们是宝贝，飞过去就只怕是人家的盘中餐了。"谷处长大声叫道。

"处长！我们家刚发的大米全泡了水了。"一个部下在报告。

"处长！我们家什么都没有了，今晚都不知睡在哪。"又一个部下哭丧着脸说。

谷处长的脸一时阴沉下来，只见他狠狠地说："抓共党，抓匪谍，没收他们的财产我们就有军饷发，占了他们的房屋我们就有地方住。"戴精国那年轻的脸庞一时也变得严峻起来。

台大校园，戴精国和一个属下开着敞篷吉普车来到学生宿舍。戴精国告诉守传达室的老头说是警备队的人，要找刚被放回来的四名大学生。传达室老头说：“我们傅斯年校长不是做了保吗？难道还要抓回去吗？”

戴精国笑着说：“既然傅斯年校长都保了，警备队哪还敢再抓人，傅校长是什么人啊，连蒋总裁都要给他几分面子。我们是来请那四位大学生回去压惊的，我们老板备好了酒菜，想请他们吃个饭。再说只有我们两个，像抓人的吗？”

传达室老头说：“是这么回事啊，我去给你们叫人去。”四个大学生不明就里地跟着戴精国到了保密局，饭是没有吃的，一进保密局他们四人就被关了起来。

谷处长对戴精国说：“我来审，不审出这张《光明报》的来源我就不出来。记住！谁也不能打扰我，不管是谁的电话我都不接。你负责帮我挡驾，我们来台湾好几个月了，这个案子是最接近中共地下党的。傅斯年一作保，警备队说放就放了，到了保密局我们肯定要查个水落石出。”谷处长一脸的狠劲，随着“哐”的一声，谷处长消失在铁门后面。

戴精国守在办公室的电话机旁，他看着墙上的挂钟在“嗒！嗒！”的走着。过了三个小时，电话铃响了，接进来的是一个询问电话，问四名台大学生是不是被带到保密局来了。戴精国说不知道这件事，但可以去问问，看看有没有这几个人。大约又过了两个小时，电话铃又响了，这回是警备队转进来的电话。电话里问了戴精国的职务就说：“戴组长呀，这四个学生我们都审过了，发现确实没有什么问题。加上省政府也来了电话，说傅斯年校长担保了，我们就把人送了回去。没想到你们又把人抓了回来，还打着我们警备队的旗号。这下好了，你那里没事，我们这电话可打爆了，兄弟你们不能这么不仗义呀！一个招呼都不打就用了我们的牌子。”

戴精国苦笑着对电话里的人说：“谁说是我们把人带走的？”

电话那头说：“人家记下了你们的车牌号，这难道能蒙住我们，我们还不知道那牌照是你们部门的？兄弟给个面子吧，把人放了吧。”

戴精国回答说：“我想问问你们家平常用什么洗脸啊？”

对方疑惑地说：“脸盆啊，铝做的。”

戴精国揶揄地说：“我还以为你们家是用脚盆洗脸的，面子没那么大。”说完戴精国把电话挂了，接着又接了几个无关紧要的电话。戴精国忙了一天，感到有些疲劳，趴在桌上睡着了。他再醒来时，是被台湾省省府打来的电话吵醒的。戴精国不敢得罪又不知该如何答复，只得假装听不清，故意自言自语地对着话筒里说着："喂，喂？怎么什么都听不见？"然后把电话也挂了。

接着再接进来的电话让戴精国为之一振，对方是毛人凤局长，毛说："谁在审？"

戴精国连忙答道："是谷处长。"

毛局长接着说："进去多久了？"

戴精国回答："有十四个小时了。"

毛沉吟了一会儿就说："再给你们十个小时，到时还没有结果就立即放人。"

戴精国迅速答道："是。"对方把电话挂了。戴精国不敢睡了，用冷水浇浇头，他一直紧张地盯着墙上的挂钟。

大厅里吵了起来，有人点名要见谷处长，看样子吵得很凶。甚至有打碎瓷器的声音传来，戴精国几次想站起来出去处理。但是他看看钟，又克制地坐了下来。随着外面的吵闹声越来越大，戴精国的脸部肌肉越来越紧张，越来越严峻。办公室的门终于被撞开了，挂着少将军衔的一个将官怒气冲冲地横撞进来。他对戴精国吼道："谁在里面？"

戴精国立正回答："报告长官，是谷处长。他正在审匪谍。"

将军大为光火地说："哪有那么多匪谍，给我开门！"

"报告长官，蒋总裁说了，匪谍就在你身旁，校园里也可能有匪谍，卑职不敢开门。"戴精国回答。

"我命令你开门！"将军盛怒。

"报告长官，谷处长说了，只有他可以命令我开这道门。"戴精国回答。

将军听罢，气愤地去拔腰中的枪。戴精国严肃地回答："谷处长还说，共军要是打过来了，共产党的叛徒一个都别想活。"

"你他妈的是在咒我，我毙了你！"将军的枪逼上了戴精国的胸口。

戴精国平静地回答："报告长官，我也是共产党的叛徒。"

将军的枪垂了下去，电话铃响了，毛局长的电话又来了。毛局长问："谷处长出来没有？"戴精国看了看钟，已经到点了。毛局长又厉声追问了一句："回答我！"

戴精国刚要说话，铁门打开了，谷处长兴奋地大摇大摆走了出来。戴精国连忙对电话里报告："报告局座，谷处长来了。"

谷处长接过话筒说："老板，全招了，我已经有《光明报》的报社地址了。《光明报》是中共台湾省工委的机关报，只要这条线索不断，我们就能将台湾地下党一网打尽。”谷处长又接着说，“现在四个大学生还不能放，但最后会放的。”

谷处长说完话放下话筒，转脸对少将说：“有事吗，将军？”

少将恭敬地回答：“没事，兄弟佩服佩服，告辞了。”

谷处长高兴地说：“集合兄弟们！”

院子里站满了保密局的侦缉人员，谷处长悲壮地做着战前动员：“大陆的地盘我们是一块块地丢掉，司令也好，省长也好，一个个都在投降。就连我们喂了那么久的鸽子也叛逃了。”说到这谷处长悲愤得有点哽咽，他顿了顿然后说：“叛的叛，逃的逃，死的死，疯的疯，能留到今天的就是党国的中坚、铁杆。你们知道共产党经过长征到达延安后，红军的人数也是大大减少了。但是队伍却精干了，战斗力提高了。我们就是当年到达延安的红军，置之死地而后生。我们无路可退，要么坚决不让共产党上岛，要么死路一条。这次行动，挖地三尺，剿灭共党，肃清台湾的地下党。”戴精国站在队列里，示意谷处长看看身后，队列引起了骚动。谷处长疑惑地转过身，顿时呆住了，漫天飞舞的鸽子，它们又回来了。谷处长落泪了，他喃喃地说：“天不灭我啊，天不灭我啊！”全体侦缉人员都欢呼起来。谷处长坚定地说了一句：“出发。”大家纷纷登车。

一九四九年八月十五日凌晨三点五十分，天还没亮，抓捕行动在基隆校园里开始了。特勤组荷枪实弹地冲进基隆中学，戴精国问清了基隆中学校长钟浩东的办公室，他率一组人员踹门冲进那间办公室时，钟浩东正伏在桌上刻着钢板。戴精国冷笑了一声，他以前在上海地下党也刻过钢板，印过传单，对这样的工作他太熟悉了。钟浩东是中共基隆市工作委员会书记，他正在刻写《光明报》。他一见到戴精国等人冲进来，就将蜡纸一把塞进嘴里。戴精国的一个部下掐住了钟浩东的脖子，钟浩东一时被掐得快憋了气。戴精国说：“放开他，看他能吃得下去吗？他们的证据还多着呢。”被放开的钟浩东艰难地吞下了蜡版纸，戴精国把钟浩东和他的太太蒋碧玉一块押到学校后山的一个洞里。望着一堆印刷设备，戴精国说：“这些你还能吞下吗？”钟浩东没有回答戴精国的话。

蒋碧玉却淡淡地说：“这次我们输了，我想我是难逃一死，不过，能够为伟大的祖国、伟大的党在台湾流第一滴血，我会瞑目的。”

一个同僚推了蒋碧玉一把，呵斥她，“快走！”

戴精国大叫：“别碰她。”部下吃惊地看着戴，戴是打心底里佩服蒋碧玉的沉静和执着。

三天三夜的抓捕，保密局先后在基隆逮捕了四十四名地下党人。

一九八八年的广州精神病院，此时的戴精国就像回到了在保密局上班的岁月一样，每天都要来提审“匪谍”左乳。有时候疲倦或者是兴奋了，只要他精神略微恍惚，真有完全回到了过去战斗年代的感觉。也许在刚到台湾之初，那每日每夜的谍战，抓匪谍的刺激以及带来的压力，都在他内心里烙下了不可磨灭的印记。虽说这么多年过去了，但是他几乎天天夜里都会在梦里回到过去，回到那惊心动魄的年代。

有时他会梦到自己正直视着的匪谍嫌疑人，一直在他的直视下渐渐地低下了高傲的头颅。但是猛地戴精国发现对方的头颅上面的青丝渐渐退去，露出森森白骨，头颅慢慢变成了一只恐怖的骷髅，两个黑洞洞的眼眶把自己的视线深深地吸引进去。连同他的身体都在黑洞里飘行，没有目标，没有同伴。那是一个黑漆漆的黑洞，这让戴精国马上想到了自己已经陷入了所谓无所不吸的宇宙中的黑洞。没有什么物质可以逃脱它的吸附力量。难道自己要在这里度过余生吗？这可不是双目失明啊。双目失明后，至少你还知道外部环境还有空气，有阳光，有生命，有同类。而这里却是无尽的黑夜和被更黑的底部所吸引的无望的飞行。没有办法掌控飞行的方向，没有办法控制自己的速度，只能被惯性所吸引。黑不到底，黑不到边，让人绝望至极，无以复加。在黑夜中持续飞行的恐惧最终会把戴精国从梦中吓醒，戴精国每每从梦魇里一身冷汗地被惊醒，总是惊喜地发现自己只不过是在做梦。

晚上噩梦不断，总是睡不踏实。戴精国就去了台北医院看医生。医生说：“首先要恭喜你，像你这样缉匪无数的特务，到了这个年纪还只做几个噩梦的，那是你前世的造化，这可不算病。我见过你们这行疯的、癫的，还有自杀的、杀人的，反正没几个下场比你好的。”

戴精国心里正在疑惑对方是不是家里也有被捕过的匪谍，要不说话怎么这么狠。那位医生就像看穿了戴精国的心思一样。他又接着说：“你不要以为我跟你们有仇，我家可是宦官世家。我说的都是有医疗档案的。”

戴精国说：“那在你看来我们这个行当就没有好下场？”

医生说：“我可不了解你们这个行当，也许你们的好，因为保密原因，外界并不知道。我只是把在我这里就诊的患者做个比较。”自从戴精国听过医生的话后，就觉得那医生的话说出来虽然只有几句，但对他的影响却是深远的。第一次听起来，只觉得不是滋味。后来回头一想自己的同僚们确实最后的处境都不怎么样，不成功便成仁的占了一大半。剩下的晚景也是伤的伤、残的残，最惨的就是落下心理疾病的。于是以后每当听到同僚们不顺的事情时，戴精国就会想起那位医生说的话来。戴精国觉得医生的那几句话就像一道魔咒，让自己这个圈子里的人跑不出去。

进“审讯室”前，戴精国在过道上碰见了劳教授，戴精国就开着玩笑说：“教授大人，你这个审讯室布置得很像那么回事，看样子你是一个阅历不浅的人啊。”

劳教授很干脆地回答：“是的，我坐过牢。”

戴精国好奇地发问：“在哪里坐过牢？”

劳教授回答：“国民党、共产党的牢我都坐过。”说得两人都哈哈大笑起来。

劳教授抬腿又要走，戴精国说：“看你着急的样子，很忙吧？”

劳教授说：“都是被你们这些台湾人害的。”

戴精国说：“难道这个医院除了我还有别的台湾人啊？”

劳教授说：“有！现在不跟你多说了，那边台湾人正在闹腾呢，我先去了。”说完劳教授就急匆匆地走了。戴精国不禁感叹起来，想当初，大陆沦陷，几百万国民党的军政人员潮水般地涌进了狭窄的台湾岛，当时在台湾岛找个安身的地方都不容易。而现在随着蒋经国先生的台湾岛解禁，台湾居民可以返回大陆探亲。这人流又像潮水般地涌回大陆，可见亲情的力量是没有办法阻止的。

台湾搞了那么久的反共防共，抓了那么多的人，那时候只要明显露出返回大陆的想法可是一律定的通共嫌疑。而且只要被人举报肯定是要被抓捕和定罪的。那时候所谓的白色恐怖确实到了人人自危的境地。没人敢有返乡的念头，更没有人敢公开谈论这些。噤若寒蝉确实是当时政治气候的真实写照。但是这一切刚刚过去还没有多久，台湾人好像就全然忘记了伤痛，一窝蜂地往大陆跑，大家似乎已经忘记了为了回到故乡已经有那么多的人失去了自由乃至生命。

戴精国想到自己不是也站在大陆的土地上了吗？想到这他不禁苦笑起来。他也感叹起大凡统治者的所作所为是不能违背人性的，亲情是不能割裂的。事实上违背了人性的规矩是难以实施的，即便是暂时实行了也终会被历史所唾弃，被人性所战胜。这么多的台湾人返回故土，回到大陆。这里既没有什么政治色彩，也不需要有任何人的教唆。他们只是为了来看看年迈的家人和熟悉的土地。多少年前戴精国就是那场违背人性的行动的参与者，现在回过头来一想，那些做法实在是太差强人意了，也得不偿失。

也许是气温升高，身体感到有点热，戴精国走进“审讯室”就把头上的军帽取了下来，放在桌上。戴精国看了看那张劳教授写的审问提纲，劳教授的题目包括了左乳是什么时候入党的，在台湾第一次与地下党接头的负责人。戴精国觉得有点不妥，就自己掏出了钢笔改起提纲来。改好后，他看了左乳一眼，然后用凌厉的语气喝道："左乳，你听清楚了，《光明报》的余党，也就是基隆四中里隐藏的共党是不是你带他们转移的？已被党国执行死刑的林英杰的老婆女共党陈绿漪也是你转移的吧，你是怎么转移他们的？转移了几个人？什么时间？走的是哪条线路，还有谁做了你的帮凶？你好好想想，都要老实交代。"

提出问题，戴精国就不管左乳回不回答了。这可不是在当年的保密局，在保密局就只管结果，不管手段的。而现在他只需要如实地执行劳教授的指示就行了。提问只是为了理清左乳紊乱的思路，唤醒他的记忆，让他的思维恢复逻辑性。这可是治病，不是真正意义上的审问。当然戴精国在这场似是而非的审问中经常迷失自己，他有时真的以为这就是一场审问，有时就知道自己只要提出一个线索然后让左乳进入回忆就行了。有时从左乳的眼神里他看出线索又在左乳的回忆中断了线。他又会继续审问，把问题重新提出来，想办法把线索再在左乳的头脑里接上。戴精国从左乳忽闪忽动的眼神中，能看出左乳在对往事艰难地回忆着，追寻着。左乳那还不健全的记忆神经似乎正在修复，正在连接。戴精国是非常了解这个老对手的。他知道左乳超强的毅力和思维，是完全具备自我修复、自我矫正的能力的。

左乳皱着眉，他感到对面这个特务正在探寻着自己内心的秘密。他掩护过不少身份暴露的同志撤退，也护送过很多被通缉的地下党。但这一切都发生在五十年代初，那个时候国民党的反谍防线还没有铸成，很多口岸都比较容易进出台湾。当时国民党在大陆的军事上已一败涂地。不仅是民心尽失，就是国民党的中坚力量也感到末日的来临，惶惶不可终日。他们败退台湾后，也是溃不成军，他们已经完全丧失了守住台湾岛的信心，台湾的大门等于是完全敞开了。等到韩战爆发，美国七舰队驶进台湾海峡。国民党才有了坚守台湾岛的信心，这时台湾岛的篱笆才越扎越紧。国民党的谍战开始发力，出入台湾岛就变得越来越困难了，到了后期就几乎毫无可能了。台湾岛对于地下党来说就成了一个孤岛。

顺着戴精国的问话，左乳回忆起护送《光明报》的同志来。那是一个下着大雨的天气，三个劫后余生的《光明报》地下党员抱着一个孩子惊魂未定地出现在他的面前，全身湿透。他把他们带到台中郊外一个偏僻的小农场，然后安排他们在一间鸡寮里面，度过了几个日夜。女同志的长辫子被他用火钳烫成了大鬈发，一位大背头的男同志被他剃成了光头，另一位则配上了一副眼镜。

左乳给他们三人拍了身份证照片，取了化名，女同志说："我叫陈君？不好，这个君字已经被日本人用臭了，不好！"

左乳说："陈绿漪同志，你原来的名字太美了，太能代表你的身份了。现在要取个稍微粗俗点的名字，拉开与你真实身份的差距，只用一段时间。我看再改一个，就叫陈花粉吧。"

陈绿漪用手打了左乳一下说："花粉，真俗，酸得掉牙齿，好啦，反正是化名，就先用它吧。"

左乳拿出自己的家当，棚子里挂了块灰色的布，他给每个人轮流照了张相，为他们每人制作了一张假身份证。三位地下党员看着自己的新身份证，脸上都有了欣慰的笑容。三人看上去俨然像一伙做药材生意的老板和他的家眷、伙计。左乳见他们几位情绪稍微恢复过来就提醒他们说："你们现在暂时都安全了，但在没有逃离台湾岛之前，都不能掉以轻心。我们虽然有大陆这块强大的后盾，但是在台湾我们是一支孤军，还深陷敌人的重重包围中。"

那位剃了光头的男同志说："比起那些已经身陷牢笼的同志们，我们是非常幸运的。"陈绿漪想起林英杰，轻声地哭泣起来。

左乳安慰着陈绿漪说："林英杰真是好样的，你有这样的丈夫应该为他骄傲，作为省工委的副书记他表现得非常好，在台北南昌街保密局的黑牢里他很勇敢，连敌人都说他是个硬骨头。"

九月五日清晨，左乳护送他们四人到一个小火车站购票上车，直抵高雄。到了高雄，左乳就找了一个渔村，先让他们四人安顿下来，然后自己去轮船码头查看情况。

左乳发现码头上的便衣多了起来，上船的乘客都要查验身份证，便衣还拿着照片挨个核对。左乳知道买票是上不了船的。他发现每一班开往汕头的轮船靠岸后都有厨师下到渔村来补充给养，然后由小渔船把给养送上轮船。

这天来了个胖厨子，左乳跟在他身后，看到他主动给讨饭的施舍零钱，知道此人心善。于是故意走到他前面，不动声色地扔下自己的手表。胖厨子捡起了手表，追上来还给了他。左乳非常感谢地说着好话，他说这块表对于他太重要了，是他女朋友的定情之物，为此他非要交厨师这个朋友不可。

就这样，左乳把胖厨师拖进了饭馆，两人你一杯我一盏地喝了起来。等到胖厨师过了几天再从汕头返回来找左乳时，两人已成了称兄道弟的朋友了。第二天送给养前，左乳把那三个药材贩子又打扮成当地渔民了，胖厨师一大早带着左乳送给养的小船靠上了返回汕头的轮船，左乳和那几位地下党抬着给养大摇大摆地上了轮船。左乳目送着码头的远去，心中充满了骄傲。

一九八八年的广州精神病院里，左乳以为特务还想顺着自己的护送路线追捕《光明报》的同志。你们就做梦吧，我可是绝对不会说出他们的下落的，不知道同志们是不是已经安全到家了，他们见到自己的亲人了吗？见到上级首长了吗？只要台湾解放了，说不定还会见到他们的。想到这，左乳冷冷地回答了戴精国的提问："不记得了。"

虽然是声音很低的几个字，但对戴精国来说不啻于石破天惊，戴精国总算听到左乳第一次回答了自己的提问，心里一阵暗喜，这金口终究是开了。戴精国按捺住内心的狂喜，他知道若有任何一点不合理的表现，就会破坏这场精心策划的表演，会让劳教授的计划落空，让拯救左乳的计划流产，那将是前功尽弃。戴精国已经期待了很久了，他终于在不经意的时候听到了左乳的回答。

左乳能回答就表明是可以沟通的，他现在的神志也是清醒的。只要左乳能够表达出来，就容易找到他内心的想法，分析他记忆的创伤。知道他思维的断点，就可以对症下药。按照戴精国以往的经验，他就害怕那些一声不吭的审讯对象。他从来就不担心滔滔不绝的人犯，只要对方开口，他要么就是极为自信的人，以为靠着自己的能言善辩可以自圆其说；要么就是希望用语言来感动对方，求得对方谅解，一开始就注定是要屈服投降的人。但左乳是哪类人？戴精国在心里暗暗评估着对方。他应该哪类人都不是，他只是一个大梦初醒还没有看清环境，还没有了解真相的病人。他的这句"不记得了"只是本能地回答，只是证明他确实已经回忆起过去的事了，只是他以为自己正在探寻他内心的秘密，他想掩盖真相。但另一方面又说明左乳的思维还留在过去，他还以为自己是保密局的，还以为他是在掩护同志们撤退。左乳的记忆正如劳教授所言，有些部分正在恢复，但是大部分还停留在过去。

于是戴精国不露声色地又问了一句："你以为你不记得，我们就抓不到他们了吗？"戴精国问这句话时，语气故意缓和了些。戴精国提出这样的问题是经过考虑的，这个问题不牵涉到具体的内容，回答这个问题没有泄密的可能，也就不需要有什么道义上的负担。戴精国提出这个容易回答的问题就是想让左乳接上话茬，继续对话。他期望着左乳说下去，哪怕只有三个字"不知道！"这至少可以让左乳走出内心的孤独，面对一个可以对话的同类。左乳现在需要的就是要从内心的狂乱回到现实中来，回到活生生的世界里。但是他神情恍惚，好像又沉浸在对往事的回忆中。

看着左乳陷入了沉思，戴精国也想起了陈年往事来。

捣毁了《光明报》，特勤组处处洋溢着兴奋的气氛。这天戴精国正在跟谷处长眉飞色舞地谈论案件，毛人凤拎着一个袋子进来了。戴精国起立敬了个礼就准备出去，毛人凤说不用走，然后把一大堆钱倒在桌上。接着笑容可掬地说："这是总裁给你们的奖金和经费，总裁对你们的工作非常满意，你们已经断炊好几个月了吧？"谷处长说："兄弟们有大半年没领过一分钱了，谢谢总裁的关心。兄弟们有了饷银，工作会更加努力的。"

毛人凤说："十月二十五日发生的金门守卫战大捷，是国军军事上的重大胜利，登岛的共军被国军彻底歼灭。这给了共军一个教训，没有海空军的协同作战，共军是打不下我们的岛屿的。据可靠消息，共军正在与苏联沟通，企图让苏联提供军事援助。我想这会使将司徒雷登留在南京与中共媾和的美国彻底放弃中共的，美国肯定会再次成为我们的盟友。如果能彻底肃清岛上的中共内应，特别是藏在国军里面的内奸。共军就会失去耳目，共军就是瞎子，聋子。共军再想攻台则绝无胜算的可能，你们的工作事关台湾岛的存亡，是一场国共谍战史上最关键的决战！"

谷处长和戴精国听到最后，都齐刷刷地站了起来，谷处长说："我们会死抓《光明报》这根线索，现在通过钟浩东无意中透露出的消息，知道有条共党的大鱼叫老郑，我们需要再落实。还有条内线已经打入了台湾的中共高雄工委，最近应该会有捷报。"

钟浩东是在审讯过程中，稀里糊涂地反问了一句："老郑怎么样了？"戴精国敏锐地觉得这个老郑应该是钟浩东的上级，是一条大鱼。于是戴精国刨根问底地想在钟浩东的嘴里盘问出有关老郑的消息，但是钟浩东好像完全明白了老郑并没有暴露，自己也说漏了嘴。于是三缄其口，任凭戴精国再怎么盘问，甚至上了刑，被拷打得伤痕累累，钟浩东都绝口不提老郑了。保密局没有想到的是钟浩东这么顽固，到死都没有透露出老郑究竟是谁。最终钟浩东等七人被处以死刑，其余因《光明报》获罪的三十六人则分别被判处十五年、五年、一年，最轻的则被判处交付感训，送感化院劳教。幸运的是，钟浩东把对妻子蒋碧玉的所有指控都揽在自己身上，戴精国在做他俩的笔录时也出于恻隐之心，网开一面，故意避开了蒋碧玉的责任。最后蒋碧玉被无罪释放了。

钟浩东虽然被枪决了，但是老郑这个名字却死死地留在戴精国的脑海里。他甚至认为只要抓到老郑这个匪谍，台湾地下党说不定就可以一网打尽了。追寻老郑的下落，抓捕老郑已经成了戴精国目前的首要任务。他就像忠实而又敏捷的鹰犬，即使待在保密局的老窝里，他的鼻翼也是在不断地翕动，无时无处不在追踪老郑的气息。钟浩东一死，眼看老郑的线索快要断了的时候，戴精国接到了高雄内线打来的电话。这是戴精国埋在中共高雄工委的一条内线，也是戴精国最后的王牌，这个电话是内线派出去后打回来的第一个电话。戴精国拿着电话，嘴里轻轻地念叨：“天不灭我。”他放下话筒，连忙组织特勤科的兄弟出发。

戴精国带了一帮人马立即坐最近的一班火车赶到高雄。按照电话联系的地址，行动地点就在火车站附近。夜色下，他们在火车站附近的一栋楼里的门口候着。大家坐了长时间的火车，都有些困了，他们互相提醒着，要保持着头脑的清醒。按照约定的时间，三楼的一个房间的灯光被急促地开关了一次。戴精国的属下就明白了，抓捕的对象要出现了，于是大家精神抖擞，瞪大了眼睛。楼里出来的人就是他们的抓捕对象，特勤科的兄弟们一拥而上，就这样他们抓住了中共高雄市工作委员会的工运负责人李汾。

在高雄的办事处，戴精国他们突击提审李汾。戴精国反复跟李汾谈话，李汾就是紧闭双唇，一语不发。这时他们有些急了，开始大声地呵斥着李汾，但是李汾却不为所动。戴精国有点束手无策了，只得打电话向谷处长汇报。

谷处长问：“他入党多久了？”

戴精国回答：“新党员，几个月。”

谷处长又问：“文化水准？”

戴精国说：“做苦力的。”

谷处长当晚就赶了过来，亲自提审了李汾。一改审问的气氛，他和蔼地让李汾坐了下来，然后说：“我不需要你说任何情报，泄露贵党任何机密。但是我想就一些未来和理论上的问题与你做一个平等的探讨，你看如何？”谷处长是想让对峙的双方都放松下来。他知道双方已经呈胶着状了，不让对方放松下来，而老在说与不说这个问题上纠结，只能是把对方逼上死路。他想变换一个角度，解除对方的对抗意识。李汾点了点头算是同意了。

于是谷处长接着说：“你以为共产党占了台湾，你和你的家人就不用做工了吗？到那些有钱人家里去拿钱分了？共共产然后就可以享福了？”

李汾说：“你怎么了解我的想法？我没房产、没地产，每日在铁厂上班，做苦力，以后怎么办呢？难道叫孩子们还要跟我一样做一辈子苦力，没出息吗？我看共产不错，至少日子好过一些。”

谷处长笑着说："你把共产主义完全搞反了，共产主义是要牺牲小我，成全大我。它是为了谋取劳苦大众，乃至全人类的幸福。共产党是坚决排斥为了个人的私利加入这个组织的，那叫混进党内。共产党不是为了解放全中国就停止革命的，共产主义思想的创建者是马克思，他可不是中国人，这你是知道的。共产主义是全人类的共产主义，它是以完成全人类的解放为己任的。"

李汾吃惊地看着谷处长，他实在不理解面前这个国军的上校竟然这么了解共产党的精髓。他似乎比自己地下党内直接领导的理论水平还要高。他有些木讷地说道："那你是怎么了解这些的？"

谷处长笑着说："我是三二年的中共党员，二十年前我是北京大学的学生干部，我曾在一一五师罗荣桓手下任过政工大队长，我也看过不少的共产主义的著作。"

"那你、你为什么退党了？"李汾有点结巴地问。李汾似乎已经在对手的经历里找到了自己可以委屈，可以软弱的理由。他需要的只是给自己的心理上蒙上一具自欺欺人的伪装，他似乎事后可以对别人解释自己的变节行为：你瞧那些个老党员，他们的理论水平可是高得多，他们也离开了共产党。

谷处长用下巴指了指身旁的戴精国说："他四年前也是共产党员，是投笔从戎的学生兵。我们之所以都没有干下去，是因为我们做不到为了大多数人的利益牺牲小我，甚至生命。"

"你是说我也有可能牺牲生命？"李汾胆怯地问。在生与死的选择上可以很容易分别出哪些是投机分子，哪些是坚定的革命者。

"如果你不合作，你就必须为全人类的解放牺牲掉你的生命。当然你只要配合我们的工作，回头是岸，和我俩一样，也可以加入我们的组织。"谷处长笑着说道。"还有一点，台湾不是你们想象的那样不堪一击。金门岛之战你应该已经知道了，解放军成千上万的登岛部队都被国军全部消灭。想想看，国民党虽然有腐败的官场和脆弱的军队，但是现在能退守到台湾岛的军队和干部都是什么人？"谷处长的声音本能地提高了，"我们是党国的中坚，是无路可退的绝境之旅。就像当年的红军，经过二万五千里长征到达延安后都成了我们的劲敌。我们也到了无路可退的地步了，我们肯定会拼死保卫台湾的！"谷处长坚定的声音在审讯室里嗡嗡作响。

"那就是说，只要我配合你们的工作，我就没事了，对吗？"李汾迟疑地问道。他已经有了投降的意思了。李汾为自己生命的延续，为自己的小家的安宁找到了一条新的道路。也可以说，像李汾这样的共产党员也不能称为叛徒。因为从他入党开始，他的思想就从没有加入过共产党。他只是想解决自己以及家人的生存的问题，他只是冲着利益而来的，他并没有把党章中的宗旨领会清楚。抑或还有些党员他们的水平比李汾要高得多，足以理解透《共产党宣言》的每一个字眼，他们也在台湾这场生存与死亡的残酷的谍战中选择了背叛。那是因为虽然他们熟知党章的每一个字的含义，他们只是为了乘上共产党这艘日渐强大的巨舰，抵达自己的利益彼岸。还有更多更复杂的思想夹杂在共产主义庄严的殿堂里，面临考验时却原形毕露，土崩瓦解。正因为这些原因，台湾的谍战中才出现了众多的变节者。

问完李汾后，谷处长对戴精国说："把他放了。"

"什么？放了他？"戴精国不解地问。他实在不能理解要放掉一个花了这么多的时间和力气才抓到的最接近地下党上层的匪谍。放掉他，如果他跑了，那岂不是前功尽弃啊？

"这个人是一个投机分子，他看重的是利益，不是一个真正的共产党员。再说，台湾这么巴掌大的地方，他带着一家老小能跑到哪去？他知道审时度势的，他会帮我们大忙的。"谷处长胸有成竹地说。

戴精国觉得就这么放掉一个辛辛苦苦抓来的共产党的负责人，心里有些不愿意，但是作为部下他只能坚决服从命令。李汾放出去几天，就一下子人间蒸发了，没了影子。放他之前说好的，每周他都要来办事处一趟汇报工作。但是放他后一个月了，也没见他回来过一次。戴精国心里想，下次要是再抓到李汾一定要给他一点教训。另一方面戴精国的心里也悄悄地埋怨着自己的上司谷处长。又过去了几天，这天戴精国正在办事处值班。门外有人来找，戴精国一看是李汾，心里非常高兴，他暗暗佩服谷处长的判断力。前几日心里对李汾的仇恨以及对谷处长的埋怨顿时烟消云散，不知踪影。寒暄了一阵，李汾就直入主题说："两天后，有一个重要会议，我的上级，省工委常委陈泽民约我当晚七点在高雄市农会门前会合。再有，前几日自己没来办事处报到。一是因为没有什么业绩可以报告。二是担心来多了，暴露自己的身份。"

戴精国连忙拍着李汾的肩膀说："小事情，以后你有事再来。用不着有事没事都往这里跑。"

高雄市农会前有一棵大芒果树，芒果树遮天蔽日，是做掩护的最佳位置。戴精国走到树下，看了看大树。然后他叫了一名特勤人员爬了上去，躲在树上。戴精国在树下指挥着："你爬得太高了，你要准确地跳到树下这个人的肩上。跳不准的，别把自己给摔着了。"过了一会儿，戴精国又说："这个位置差不多了，既看不见你，跳下来的距离又短。好了，我们在外围隐藏起来，准备接应。”

这次被诱捕的是中共台湾省工委副书记陈泽民。陈泽民远远地观察了农会门口的动静，只见李汾一个人在树下徘徊。陈泽民觉得平安无事，就慢慢地走了过来。当陈泽民走到树下接头时，埋伏在树上的特勤跳到了陈泽民的背上，戴精国带着其他特勤一拥而上扑住了陈泽民。陈泽民直起身子来就懊恼地对李汾说:“你出卖了我。”李汾摊开了手臂表示着自己的无奈。

按照谷处长的指示，陈泽民没有被关进保密局的黑牢。而是被待之以上宾，住进了保密局高雄站站长的私宅里。陈泽民也是军人出身，他不怕死，也不爱财。陈泽民知道自己的身份，也知道国民党对付地下党的手段。从被保密局抓到的一瞬间，他就做好了最坏的打算。他心想只要能保个全尸，就算自己前辈子修的福。站长有两位太太，两位太太都非常热情。谷处长要求站长不要把陈泽民的真实身份告诉给两位太太，这两位太太以为是丈夫的上司光临寒舍。她们的热情完全出乎陈泽民所料，陈泽民似乎有点受宠若惊。他好久没有住家的感觉了，这么多年，在新四军里，军旅生活总是让他无暇他顾。紧张而又危险的地下工作，使他根本没有享受过温馨的家庭生活。家庭对于陈泽民来说，只是一些模糊的人物了，就是妻子、孩子还有老人。他已经完全远离了正常的家庭生活，已经忘记了家庭最重要的是气氛，是一个完全可以无拘无束地交谈、沟通、倾诉的环境，是一个可以放松自己身心的场所，是一种到处弥漫着关爱和温馨的地方。这是一栋普通的楼房，从外面看上去，和它周围的建筑别无二致。因为有了太太，有了家具，有了欢声笑语，有了炊烟，有了每天的一日三餐，有了洁白的窗帘，有了每天旭日从阳台上升起，有了每天最后一缕晚霞抹在窗玻璃上，使得这栋楼房充满了生机勃勃的气息。这一切都让陈泽民找到了家的感觉，体会到了生活的可贵。他于被捕时筑起的心理防线在这温馨的氛围里浸泡着，渐渐松了，软了，散了。没过几天，这位来自苏北的新四军就彻底投降了。他供出了老郑住在台北市泉州街二十六号的住址。

第五章　密战

THE FIFTH CHAPTER

张清杉每天都睡在办公桌下，睡觉前，他会将油灯放在办公桌上，这已经成了他的习惯。这样的日子过了一天又一天，一直等到第四十五天后的一个晚上，也就是一九五〇年一月一日。老郑蹑手蹑脚地进了屋，他记不住油灯放在什么地方了。还好借着月光，他猛然发现了桌子上的油灯，于是，他缓缓地向桌前走去。不料，老郑的脚步声惊醒了咫尺之隔的张清杉。张清杉抽出枪来，从桌下钻了出来。他的枪口对准了被吓了一大跳的老郑，张清杉就像见到老朋友似的，非常兴奋地喊道："可把你等到了！"

一九八八年的广州精神病院里，左乳对过去的往事记得越来越清晰了。他记得小马与自己的那种幸福甜蜜的爱情是他此生中唯一的一次，也是萦绕在心里最美妙的回忆。如果没有那天他为了抢时间去救老郑的话，他与小马的爱情就应该是洁白无瑕的。

一九四九年十一月中旬的一天，左乳到高雄码头送情报。厦门的船一靠高雄码头，交通员就接过了他送来的八音盒。然后告诉左乳，马上连夜返回台北，陈泽民已被捕，立即救老郑回香港。左乳领了任务，坐了最快的一班火车。从台南搭火车到台北，左乳心急如焚。到了台北，下了火车，左乳撒开两腿奔跑起来。没花多少时间，左乳就看到了那堵让他朝思暮想的院墙。今天既不是他与老郑接头的时间，也不是他与小马见面的时间，他耳旁好像响起了悦耳的《致爱丽丝》。他向四周看了一下，确认没有什么异常，便谨慎地推门。在半开的门缝里捏住了门上的铃铛，然后才闪了进去。当他小心地推开里门时，他被眼前的一幕震住了。老郑和小马被左乳的进入吓得并排坐了起来，两人都赤身裸体地坐着。小马羞愧难当地立即用被单蒙上了头。老郑气急败坏地喊道：“你怎么不按时间来？”

呆若木鸡的左乳被老郑大声喊醒了，左乳急忙说：“陈泽民已经被捕，组织上通知你立即转移到香港，先撤到我那儿吧。”

老郑也意识到危险，光着身子跳下床，他对小马喊道：“快起来，穿衣走人，快呀。”

小马探出一个头来，看了看左乳。左乳立即跑到外面房间去了。

老郑说：“把我的笔记本带上，还有钱。”

老郑和小马飞快地穿了衣服，跑了出来。左乳说：“我去做个记号。”

老郑说："快点！"

左乳从门口进去后，在门的后面靠上一根小木棍。然后左乳在院子里起跑，踏了一脚窗台，就直接飞出了院子。

一九四九年十一月十五日下午特勤组突袭了二十六号，戴精国首先让手下把院子围住。在外面听了一会儿动静，好像里面没人，他让一个特勤翻墙入室。特勤进去后，他老练地捡起了靠在门上的棍子，然后他拨开了院门。但是扑了个空，房间里没人。戴精国用戴着白手套的手在桌子上轻轻一抹，他仔细看了看手套，没有什么灰尘。戴精国说："他们刚走，我们就在这等。"

一连几天，戴精国一干人一直都没有等到老郑的出现，戴精国对手下的干探问道："谁晚上睡觉不打鼾？"

"我！我从不打鼾。"回答的人长得孔武有力，他站了出来。

戴精国说："好！张清杉，那这个值班的任务就交给你了，要耐得住寂寞。"

张清杉毕恭毕敬地回答："报告长官，我守得住的。"

戴精国拿了一个装着一只鸽子的鸽笼递给潜伏下来的特勤张清杉，他说："发现了老郑就放鸽子报信。"

左乳的住房是两间，一大一小。左乳回到家里，就把自己的东西一言不发地往外房搬。他准备把自己的房间给腾出来。左乳伤心的神态被小马看在眼里，痛在心里。小马走了过去把左乳的东西又往里屋搬，把自己的随身物品往外面小床上一放，说："我就睡这，你们俩睡里面。"

老郑虚伪地说："你一个女孩子睡外面合适吗？"

小马说道："什么合不合适，要不我们仨都睡在里屋。"老郑讨了个没趣，这晚左乳和老郑背靠背地睡着，动也不动，大家都别扭死了。

第二天一起床，左乳就对老郑说："组织上要求你立即转移到香港去，我今天就护送你走，基隆港会有人接送的。"

老郑说："我还有些事没有办完，这么走不安全。"

左乳说："但这是组织的命令啊。"

老郑生气地说："我就是组织，现在听我的。"

一九四九年十一月二十七日，老郑带了左乳、小马去了基隆港。他们又进了越南咖啡厅，他们要在这儿迎接香港来的特别交通员。特别交通员朱枫搭乘的“风信子”号海轮三天前就从香港启程。小马在门外站哨，在黏黏的越南民歌旋律中，朱枫按照约定准时接头了。朱枫是位温文有礼、落落大方的中年妇女，一看就知道是那种经历过风浪、成熟干练的知识女性。大家都是初次见面，免不了首先寒暄了一阵。老郑在跟朱枫介绍情况：“这次你的任务是非常重要的，这批情报是‘密使一号’冒着生命危险搞出来的台湾的防线图和火力配置图以及战略部署方案，它将会被送到我党的最高领导人的手中，决定着台湾是否如期解放。你的任务是定期接取情报和移交情报，左海将每次在你执行任务时，掩护你和护送这批情报安全离台。你们要不惜一切代价完成这次任务。”朱枫坚毅地点着头。

晚上，左乳在房里翻出了用油布层层包裹的两支枪来。打开油布，两支德国造的驳壳枪，枪身上涂满了黄油。左乳默默地擦着枪，一会儿两支新枪擦得瓦蓝瓦蓝的。小马是第一次接触枪，既好奇又觉得不安。左乳从发现老郑和小马的秘密后，到现在就一直没理过小马，小马用手指小心地碰了碰枪，左乳没有吱声。过一会儿左乳把子弹一颗一颗压进了弹匣，然后把弹匣插进了驳壳枪里。小马还想去摸摸枪，左乳就把两支枪摞了起来，放到了桌子一边，不让小马碰。小马没趣地走开了。

老郑走了过来，按住左乳的枪说：“地下党最忌讳响枪的，地下党的枪一响，就意味着失败了一半。不到万不得已的情况下，就绝对不能让枪响。”

小马走过来插话望着左乳说：“那枪不响，不就是两个铁疙瘩。”左乳装着没有听见小马的话，还是没有吱声。

十二月上旬的第一个星期六，下午四点钟，朱枫坐车在左海来过的吴公馆下了车。朱枫看了看四周，发现左乳在马路斜对面坐在一台小车里看报纸，朱枫心里踏实地走进了吴公馆。过了半个小时，朱枫走出了吴公馆。左乳把车开了过来，朱枫移步上车。在路上朱枫对左乳说：“送我到我女儿家。阿菊虽然不是我亲生的，但阿菊和我也是母女关系，我们俩的关系很好。阿菊的丈夫以前是戴笠的手下，是现任的国民党台北警察电台的负责人，他们的家很安全的。我只要到了家你就不用管了。”

左乳说：“明白。”

朱枫又说：“后天是香港来的‘安福号’海轮靠岸的时间，你后天上午来接我去基隆。”

左乳说：“好的。”

两天后的清早，左乳把车上的两支枪收了起来，他一边掂在手中一边自言自语地说着："确实是两块铁疙瘩。"然后把枪放进了柜子里藏好。他开始穿起记者的行头来，小马甲配着西裤。左乳把相机挎在胸前，再把一大把用过和没有用过的胶卷暗盒放进手提袋里。他潇洒地把车开到朱枫女儿的家门口，朱枫上了车。两人就直奔基隆方向去了。车刚出台北市，前面堵了很多车，左乳把车停了下来，走向前去问一辆大卡车的司机前面是否发生车祸了。那位大卡车司机说："还不是查匪谍。现在天天都查，没有一天不堵车的。"

左乳觉得情况严重，就回到车上跟朱枫商量，左乳说："要不就改期再来？"

朱枫说："不行，他们如果没有见到我，就不知道发生了什么。再说情报就是要尽快送出去。"

左乳说："我们俩手续都齐全，没问题，就让他们查好了，你把情报先放在我这。"左乳打开自己的提包。

朱枫一看左乳的提包里面那么多胶卷，就笑了。她把口袋里的胶卷拿了出来，然后放心地放进左乳的提包里，她说："你怎么想到的？"

左乳说："我送过吴长官的情报。"

查车的警察和便衣围了上来，他们喊道："下车，都下车！"然后他们在车上翻了起来，两个便衣要了他俩的证件，一个便衣念了出来："朱谌之！"

朱枫马上笑着说："是我。"

那个便衣说："怎么取了个男人的名字，我还以为是他呢？你叫什么？"便衣指了指左乳说。

左乳回答："左海。"

"带了违禁物品没有？"便衣问。

"没有。"左海回答。

"看看你们的包。"便衣把包里的物件全部倒了出来，"你这包里的胶卷不少啊。"

"当记者的，没办法。"左乳回答。

"哦，是记者吗？《大公报》的记者，不会报道我们野蛮搜查吧。"说着便衣开始把倒出来的物件主动往包里拣。

"没关系的，例行公事嘛。"左乳宽容地回答。对方拍拍左乳的肩算是放行了。

到了基隆码头，左乳把车停在了越南咖啡厅门口，隔着玻璃就可以看见一位海员身穿大副服装，在独自品咖啡。朱枫给了左乳一个暗示，然后自己拎包下了车，走进咖啡厅。左乳在车上等着，眼光四处审视着。没多久海员大副先出来径直走了。朱枫也相继走出咖啡厅上了左乳的车，左乳和朱枫有些不放心，开着车跟了大副一阵子。直到远远地看到大副登上了“安福号”海轮的甲板，两人才放心地踏上了返程。左乳一边开车一边哼起《致爱丽丝》的旋律。

左乳和朱枫就这样往返多次，把国民党参谋部的副总参谋长“密使一号”吴石提供的情报分批送出台湾。他们并不知道“密使一号”的这些绝密情报到了香港后，就被专机送交北京，呈给当时的中共最高领导人毛泽东过目。

那位留在老郑院子的特勤张清杉，把油灯放到自己潜伏的桌子上。在当时的台北，一般家里都只有一盏灯。夜晚回家的人总是要先找到灯，把灯点亮了，才开始室内的行动的。张清杉知道只要跟灯在一块，进屋的人自然就会来到自己面前。他是个很有耐心的人，虽然老郑一直没有出现，但是张清杉知道自己是逮着一个好机会了，只要把老郑抓住，这一辈子在保密局都说得起话了。自己本来就是个烧锅炉出身的锅炉工，要想在保密局这些强手中立住脚，自己必须要干出点像样的事情。

过了二十多天，这天天刚黑，戴精国就去了老郑的房子。他对值守的张清杉说：“估计老郑已经有所察觉了，这么久没来了，他肯定是另找了地方。这个点我看可以撤了。”

张清杉说：“他们那天走，这窗户都没有关好，衣服也没有收，肯定走得很突然。这里还有女人用的东西，女人的东西，我想说不定老郑会回来取的。我有直觉，他会回来的。”戴精国看张清杉态度很坚决，就只好同意他继续坚持下去。张清杉又等待了几天，他开始有些动摇了，他在想说不定戴精国的话是对的。老郑说不定真的不会回来了，这些女人的东西他也可以不要了。换了自己，为了安全，别说是女人的东西，就是钞票金钱也可以扔掉，保命要紧啊。不过自己也守了这么久了，万一真逮住了老郑，自己的命运可能就此改变。自己已经白活了几十年了，从来就没有什么可以看得到的机会出现过。而现在这种机会真有可能来了，何况这不需要自己付出什么代价，只要再多点耐心和时间就有可能得到。

像自己这么一个庸人，什么都缺，不缺的就是大把的时间。自己为什么等不了，不等这几天，回到单位就要再等多少年才能出头。再说回去又能干什么呢？不就是上上班抓抓匪谍吗？而自己已经正在守株待兔抓匪谍，而且是台湾最大的匪谍。想到这，他又有了信心，他开始鼓励自己一定要等下去，一直要等到老郑的出现。他就这样不管晨昏，不论昼夜，一直悄悄地像只孤独的狼待在老郑的屋内。

他甚至只要凭嗅觉就可以闻出老郑的气味，他从室内的摆设就可以揣测出老郑曾经在这个空间内的起卧习惯。老郑是个很爱干净的人，这可以从他使用过的毛巾看出，那条毛巾离开主人这么久了，它挂在墙上依然那么柔软，看上去像主人刚用过似的。墨水瓶里面的墨水用得快见了底，但是外面的包装纸盒却像是新的一样，全然没有滴上半点墨迹。张清杉虽是个锅炉工，可他也曾在学校里做过工友。他很熟悉文具用品，从没见过已经使用的墨水瓶还能有如此干净的包装盒。再有老郑的茶杯，里面没有一点茶垢，就像是刚用砂纸擦拭过的。白天张清杉坐在躺椅上谛听着门外的声响，但是他知道老郑是不可能白天回到这里的。于是白天就算是他最轻松的时间了，到了晚上他就睡在摆着油灯的办公桌下，保持着警醒的状态。

张清杉每天都睡在办公桌下，睡觉前，他会将油灯放在办公桌的上，这已经成了他的习惯。这样过了一天又一天，一直等到第四十五天后的一个晚上，也就是一九五〇年一月一日。老郑蹑手蹑脚地进了屋，他有点记不住油灯是放在什么地方了。于是他借着月光，看到了桌子上的油灯，他走到桌前去点油灯。老郑的脚步声惊醒了咫尺之隔的桌下的张清杉。张清杉抽出枪来，从桌下钻了出来。他的枪口对准了被吓了一大跳的老郑，张清杉就像见到老朋友似的，非常兴奋地喊道："可把你等到了！"

老郑对着满脸胡须的张清杉说："你是干什么的？像个打劫的。"

张清杉摸着自己的满脸胡须，得意地说："我啊，是保密局的，在这里等你等到胡须都长长了。"说完张清杉从口袋里掏出手铐来把老郑铐上了。门外的房门被风吹得吱呀一声响，张清杉连忙紧张地躲到了老郑的身后，并用枪紧紧地顶在老郑的背上说："你还有同伙吧？"

老郑说："没有，就我一人。"张清杉想到了要搬救兵，他惊魂未定地走到门后的鸽笼旁，准备去放信鸽，这时他才发现信鸽早已经饿死了。

也就是老郑被抓的第二天清晨，左乳觉得有些蹊跷：老郑昨晚出去了，一夜没有回。左乳发现老郑不见了后，也顾不上对小马的忌恨了。连忙冲到外屋，对还睡在被子里的小马问道："昨晚老郑去哪了？"

小马睁开惺忪的眼睛说："他回去拿领带和皮鞋去了。"

左乳不解地问："为什么不叫我去？"

"他觉得不好意思。"小马答道。

左乳扼腕叹息："糟糕，现在没回，八成是出事了，我得去看看！"

左乳收拾停当，就准备出门。他刚往外走时，却听见了小马的哭声，左乳回头看了看小马，正当他不知如何是好时，小马竟一头扎了过来。她抱着左乳伤心地哭着。

左乳没有安慰她，只是说："这里已经不安全了，收拾好东西，不管我回不回来，都要马上转移的。"

小马哭着说："老郑是长征干部，老党员了，他不会叛变的。"

左乳说："我们干地下工作的对谁都不能抱有幻想，快收拾东西，我两个小时要是没回来，你就一个人走。"

小马噙着泪水，痛苦地点着头。在左乳推门出去的一瞬间，小马带着哭音问了左乳一句话："你还恨我吗？"左乳停了片刻，没有吱声，低头跑了。左乳一边跑一边在想自己原来是那么忌恨小马的，怎么顷刻间忌恨就像一阵青烟被风吹散，什么痕迹也没有留下。自从意外撞见小马和老郑睡在一起，他就笃定小马的行径是不可以原谅的。从那一瞬间开始，左乳就决定永远地离开小马，再也不理睬她了。如果小马你真愿意跟老郑生活，就不要再来找我了。你既然跟他有关系，怎么好再来糊弄我。再说老郑，你是一个老领导，是一位受人尊敬的红军干部，怎么能跟自己的小姨子有这种关系，你这算不算是犯了作风错误？但是左乳转而一想，老郑的老婆死了，他也有重新恋爱的权利啊，他是没有错的。错在小马，是小马故意掩藏了他跟老郑相处的事实，骗了自己。但是一想到小马那张率性充满活力的脸，左乳一时又对小马恼不起来，他只能恨自己这么窝囊，这么贱。他终于明白自己是爱着小马的，是喜欢小马的，他已经抵御不了她的诱惑了。

左乳跑到泉州街二十六号老院子。他远远地看了一会儿，看不出里面有什么动静，也看不出有什么变化。于是左乳准备冒险进去。他走进门口，推开房门，没想到里面一个年轻人正往外面走。左乳清晰地看清了，院子里还有好几个人在翻箱倒柜地寻找着什么。年轻人劈头就问左乳："干什么的？"

左乳把早已想好的话抛了出去："卖豆腐的老王家住这吗？"

年轻人不耐烦地说："找错了，这里没有卖豆腐的。"

左乳已经看见了一个面色严峻的上尉从房里走了出来。左乳急忙说："打扰了。"左乳一边说着一边掩上房门，然后撒开腿狂跑起来。

戴上尉衔的就是戴精国，他走到门口问："谁啊？"

年轻人漫不经心地回答："一个人找卖豆腐的老王。"

戴精国嘟哝了一句："卖豆腐的？快！追！"等到戴精国和几个属下提着枪追到街上，早就看不到左乳的影子了。

左乳跑回家时，小马已经把东西都绑好了，她孤零零地坐在床上，看到左乳进来了，又高兴又忧郁地问："老郑怎么样了？"

左乳说："他被捕了，我们马上转移。"

小马拎着包费力地跟在左乳的身后疾步走着，小马讨好地说："老郑就是因为不听你的话才被抓的。以后你说什么我都听你的，服从你的领导。"

左乳回过头走近小马，小马高兴地笑脸相迎。左乳板着脸，在小马的手上接过两个大包来。然后转身一声不吭地自己往前走，小马只好屁颠屁颠地快步紧跟。左乳租了间房子。

房东说："里面只有一张床。"

左乳说："可以。"

房东又问左乳："你们是兄妹？"

小马挽上左乳的手抢着回答："夫妻啊。"

左乳说："你废话挺多的，给你钱不就行了吗？"

房东说："我们可是正经人家，这里不能做皮肉生意的。"

小马一听就火了，对着房东气愤地说："以后这里只有我们两人来住，多一个你就罚。"

房东走了，小马还余怒未消，左乳说："要是老郑回来了呢？"

小马气呼呼地说："让他睡马路上去。"左乳听到这话，心里暗自高兴。晚上睡觉了，左乳就一声不响地睡到了竹床上。竹床可能很久没人用了，缝隙里面有臭虫，左乳睡在床上，被蜇得全身都发痒。左乳翻来覆去睡不着，竹床被左乳弄得"嘎吱、嘎吱"响个不停。小马以为左乳是寂寞难耐，高兴得一个人在偷笑。第二天早上，左乳的身上到处都是红彤彤的，小马急忙掀起左乳的衣服说："什么咬的？这么红啊！"

左乳甩开了小马的手。小马也顾不了那么多了，急忙生火烧开水。然后在外面扯了一堆草回来。等水壶里的水沸腾了，小马拎了水壶倒了开水把盆子里的草泡了。然后又用水壶里的开水去冲洗竹床的缝隙。

小马把毛巾放在盆里，拧干了毛巾。走到左乳身旁，怯生生地对左乳说："擦一下吧，擦了就不会痒了。"左乳接过毛巾，自己擦了起来。

左乳擦完身子就要出门了，小马在一旁哭了起来，左乳不解地问："哭什么？"

小马抱着左乳说："你可一定要回来，你要是不回来，我找谁去啊？"

左乳有些心酸了，他眼睛红红地说："没什么，我要去探听老郑被捕的消息。"说完左乳也不由自主地抱紧了小马，惺惺相惜让两位年轻人冰释前嫌，他们此时都感觉到相互依赖的重要，感到了相互传递的温暖直达心底。在拥抱中小马的哭声更大了，此时左乳觉得面前的这个女人就是自己的一切。而对于小马来说，左乳早就是他的依靠了。他们拥抱的时间比以往的都要长。他们的拥抱已经不仅仅是男女间的拥抱，更多的是战友间的送别。除了淡淡的暧昧，更多的是浓浓的悲壮。他们不知道是否一别就是永远，是否一撒手就再也不能相拥。

幸运的是这晚左乳平安回来了，推开房门扑面而来的是小马的双臂和泪水。回来后，他们晚饭也没有吃。小马把八音盒拿了出来，用八音盒放出了《致爱丽丝》。音乐扣人心弦，使人沉醉。左乳好一阵激动，他俩紧紧地相吻起来，最后拥抱着幸福地睡着了。就像两个经历了长途跋涉的行者睡得那样香甜。

当戴精国和谷处长第一眼看到老郑时，眼前一亮。他们早就从陈泽民的嘴里了解到，对方是一位经过长征的红军高级领导。在他们的心目中，老郑肯定是个苦大仇深吃苦耐劳的"大老粗"，但是没想到眼前的老郑却是西装革履，文质彬彬，一身笔挺的西服，一条鲜艳的领带，看起来像极了家财万贯的大老板。谷处长和戴精国都是在共产党的队伍里待过的。他们见过地下党的高超的化妆术，但是像面前这位骨子里都透着雍容的红军高级干部，他们确实不曾见过。谷处长立即觉得机会来了。凭他这个谍战老手的眼光，往往对面前的嫌疑人一眼就能找到对方最脆弱、最容易突破的死穴。他本能地感到，面前这位台湾地下党最高领导人的心理防线有很多虚弱之处可以发动进攻，他要找出最薄弱的地方来，要让经受过长征考验的斗志彻底瓦解。他不在乎他瓦解得太晚，他只在乎他瓦解得不彻底。现在台湾岛上就连一只飞鸟也飞不出去，他有大把的时间来处理老郑交代的一切线索和组织，反正他们都陷在台湾这座孤岛上，瓮中捉鳖，谁也跑不出去。只要老郑彻底交代了，即使再迟，也不算太晚。

谷处长心想自己曾经在红军出身的共产党人领导下工作过，但是他可从没有抓获过红军出身的地下党，他更没有审过当过红军的匪谍。对于他来说，这将是自己谍战史上最辉煌的一笔。他觉得自己应该好好珍惜这次机会，说不定只要自己的工作思路对头，对方也许会彻底投降，自己的肩章上又会添上一朵小花，这真是老天开眼，祖坟冒青烟了啊，哈哈！想到这他心里乐开了花。他交代戴精国说："这个人不急于突破，他的物质要求可能比较高，只要能满足他的物质要求就可以驾驭他。"

于是老郑住进了看守所最好的单人牢房，生活设施相对比较齐全，连被褥都是新的。特勤组还主动征询老郑的意见，问老郑想吃点什么。老郑说出来的话让特勤组吃了一惊，老郑说："我也不要什么好吃的，只要每天有一顿中华路的'水饺王'吃就行了。"

特勤组的这些年轻特务们可还没有谁可以经常光顾中华路的"水饺王"，他们那点可怜的收入可吃不起那么贵的食物。但是他们对老郑的要求不敢怠慢，每天都派人去中华路买"水饺王"给老郑吃。

有一天老郑盘里的水饺没吃完，特勤组连忙问是不是水饺有问题。老郑说："没问题，只是这水饺每天吃就吃腻了，没胃口了。能不能换种口味？"

特务们马上说："可以的，还有羊肉馅和牛肉馅的，看你想换哪种口味？"

老郑戏谑地说："饺子就不吃了，改吃西餐吧。"他看了看满脸惊愕的年轻特务们，继续说："可以吗？"

特务们马上镇静下来，想到上头的交代，连声说："可以的，可以的。"

老郑就接着说："那台北的西餐你们知道哪里的正宗吗？"

年轻特务们面面相觑，都摇起头来。老郑笑着说："台北，不！台湾岛的西餐就只有延平北路波丽露的最正宗。特别是那里的牛排，七分熟的牛排做得最好，想起来都要让人流口水啊，就波丽露的牛排吧。"看着一旁发呆的特务们，老郑有点不满地催促说："有问题吗？"特务们木然地摇着头，心里直骂老郑的娘。老郑有点恼火地催促："那你们就去办啊！"

特务们马上向戴精国汇报此事，戴精国笑着说："这是好事啊，他想吃什么，就让他吃什么，他想要什么就都给他。"

特务们抱怨说："可兄弟们的薪水下个月都不知道在哪里，他还餐餐牛排。"

戴精国拍着年轻特务的肩膀说："他就是我们的薪水啊，就是我们的财神爷啊。有了他总裁不仅会保证我们的薪水，还会给各位兄弟加官晋爵的。"

晚餐时，看着特勤们正把买来的牛排往监房里送，一旁的谷处长满脸的不屑，对戴精国说："我是三一年的共产党员，你是四五年的共产党员，我们都知道假如共产党派来的台湾领导人有几分周恩来或罗荣桓的沉静，那么这一场谍战就真不好定胜负了。我们很侥幸，碰上了这么一个主。”

戴精国说：“听说您见过周恩来和罗荣桓？”

谷处长说：“岂止是见过，我还跟他们很熟，我当时就是在罗荣桓的领导之下。”

美美地吃了几天牛排，老郑好像过足了瘾，看来这坐牢与又搬了一次家没什么区别。这一天他在监房里吃完牛排，把刀叉往旁边一放，就对来收拾盘碟的看守说：“前些日子想吃牛排都想疯了，你们够意思。为了报答你们，我今天带你们去邮电局抓一个重要交通员。你们肯定会升官的。”

特务们一听当官发财的机会来了，不禁个个喜形于色。于是他们在戴精国的带领下带着老郑出发了。快到邮电局时，老郑就对他们说：“你们得离我远些，别让他认出你们。只要我在谁的柜台旁停下来，你们就可以动手了。”于是戴精国等人只好远远地跟着，老郑走进邮电局，一边沿着长长的柜台往前走，一边一只手摸着台面敲敲打打地往前走。就在第二个营业员的身旁，老郑悄悄地把手中的一个小纸团弹了出去。营业员不动声色地把纸团按住了。走出邮电局的老郑对戴精国说：“今天他不在，晚上我们到他家里去，他家在武昌街木材厂。”

戴精国几人立功心切，连声说：“好的，晚上再跑一趟吧。”

一九八八年的广州精神病院里，“审讯室”里左乳在昏睡中可能是口渴了，喊了几声：“水，水，水。”戴精国急忙端了水喂给左乳喝。

等左乳喝够了水，他又在审问提纲上改了起来。然后又接着审问，他说：“左乳，你听着，你们的省委书记老郑第一次在木材厂逃脱，是你营救的。这个情节老郑都已经交代了，但是我们想听听你的交代，看你老不老实？”

左乳高声叫道：“早说早死，晚说晚死，不说不死。”

戴精国厉声说：“你也知道这句口号了，我告诉你，这句口号是你们省委副书记武装部长张志忠喊出来的。对吗？张志忠什么都不说，他不是最后还是被毙了吗？他太太也是什么都不说，还死在他前面呢。应该把这句口号改过来，早说不死，晚说免死，不说定死。你们的省委书记老郑说了，现在军衔比我还高，少将了。”

左乳又一通含糊不清地乱喊，他的身躯在剧烈地扭动，像要挣脱皮带的约束似的。戴精国走了过去，担心地看了看左乳的面部表情，只见他怒目圆睁，脸红脖子粗，脖子上的青筋暴突，很是吓人。戴精国知道左乳是情绪上的激烈反应，他在抗拒。戴精国担心左乳的身体受不了，连忙跑到医生值班室告急。护士赶过来给左乳注射了一针安定，左乳那僵硬的身体才慢慢柔软下来，戴精国那颗悬着的心总算放了下来。

病床上满头白发的左乳有点恍惚。他记得几十年前是在一家木材厂执行了一次营救被捕的省工委书记老郑的任务。他接到的命令只有寥寥几个字——救我！武昌街木材厂。

左乳拿着这张皱巴巴的小纸条在发愣，小马接过纸条一看就说："是老郑写的。"小马有点忐忑地看着左乳说："你会救他吗？"小马对老郑有一种心理上的依赖，这是她姐姐在世时养成的心理习惯。姐姐虽然也能打打小工，挣些小钱贴补家用。但因为姐姐的工作是随着老郑的工作地点经常变化而改变的，所以姐姐的工作不稳定，工资也高不起来。她跟姐姐的生活费主要是靠老郑提供的，久而久之姐姐和她自己都在心理上对老郑有了依赖。老郑从事的是地下工作，她跟她姐姐很早就知道。每次老郑外出，姐姐和小马都为他担着心，如果老郑没有按时回到家里，姐姐就会在床上辗转反侧，久久不能入睡。小马很早就明白了老郑对于这个家的维系是不可或缺的。

自从小马遇见了左海，小马的内心里就有了一个让她兴奋不已的秘密。之所以是秘密，那是相对于老郑来说的。她虽然心里非常地喜欢左海，甚至为了左海她可以豁出一切，包括离开老郑，但她明白现在时机还没到，自己还不具备离开老郑的实力。而左海也不可能背离老郑，带着自己远走高飞。长期形成的对老郑的心理依赖导致了她既想稳住左海，又要瞒住老郑的微妙的三角关系。正因如此，才出现了被左海撞见的让她尴尬不已的场面来。

这段时间逼仄的空间和备受压力的局面以及孤独的心理环境，使她再次得到了左海的原谅，她又重新走进了左海的心灵。但是小马知道自己在左海的心灵里还走得不深，他俩的重归于好还没到自己可以随性而为的时候。如果这时自己主动提出让左海去救老郑，她担心左海会拒绝自己，甚至会影响到左海对自己刚刚修复的情感。

而左乳这位刚刚踏入美丽的爱情世界的大男孩，爱情对于他来说，从大学开始就一直在他的周围徘徊，但是他一直没有真切体会过爱情的滋味。而眼前的这位好像没有长大的女孩，不知道是用了什么灵丹妙药就轻易地俘获了自己。他还没有完全明白过来，就被小马所吸引。也许是她身上的那种放松的精神状态，总是让自己能轻松地跟她在一起，没有压力，无拘无束；也许是她身上自然流露出来的异性的性别信号，让自己这个呆头呆脑的男人轻易地上了她的船。可左乳还只是刚尝到爱情的芬芳，小马又让自己跌入情感的深渊，她让自己看到了最痛苦的一幕。他在心里埋怨着老郑，你既然跟小马有这样的关系，你就不要在自己的面前装成没事似的，把自己变成了受害人。实际上从一开始自己就是多余的。因为先来后到已经确定了自己后来者的地位，现在他完全明白了当初小马对自己说的“在老郑的面前，自己跟小马就是地下党”的含义，也想起老郑在描绘解放台湾后他与小马的工作时说的要让小马做他的秘书的话来。如果这次解救了老郑，自己跟小马的关系又会再一次转入地下工作，自己跟小马的关系又会偷偷摸摸了。但是这些自己感情上的事比起解放台湾来都是小事，都是个人的事。解放台湾才是党的大事，老郑可是工委书记，解放台湾可以没有自己，但是绝对不能没有老郑啊。自己可是老郑的交通员，也是他的警卫员，就是用自己的生命去换回老郑的自由，也是义不容辞的。保卫老郑就是党交给自己的任务，党要求自己用生命和鲜血去完成这项使命。自己绝对不能有半点的畏惧和迟疑。

左乳坚定地回答：“当然要救，他是我们的省委书记。”

小马一把抱住左乳，激动地哭起来，她抽泣着说：“你是好样的，你是一个真正的男人。”小马抱着左乳滚到了床上，小马对左乳认真地说：“你知道吗？如果老郑回来，这里我们就不能住了，我俩会分开的，你知道吗？我们可能不会在一起了。”左乳没有回答，小马撕扯着左乳的衣服，热烈而又疯狂。左乳全身都在颤抖，他意识到救回老郑就会失去小马。想到这儿，他好似要把这一辈子的爱都倾泻出来，他的动作粗犷有力。小马也配合着左乳，她高声叫着。

快吃晚饭了，小马拿着擀面杖做起饺子来，左乳又拿出了那两把瓦蓝瓦蓝的驳壳枪用劲擦着。小马进房收拾桌子，看到左乳还在擦枪，就用擀面杖敲了敲左乳的手腕。左乳一松手，两把枪都掉到了地上。小马笑着说：“别擦了，还不如我的擀面杖，不知道能响不能响？”

左乳说：“也就是怕万一，吃过饺子我就去救老郑。他今天还是会穿他的那套西服吗？”

小马说：“应该是的，那套黑色西服他最喜欢穿了，他来台湾前在上海就一次订做了两套。”

左乳说：“那还有一套呢？”

小马说：“在柜子里啊。”左乳急忙让小马把那套衣服找了出来，穿在了自己的身上。

左乳把身子转了过去，背对着小马说：“你看像老郑吗？”

小马说：“衣服短了些，不过晚上是看不出来的。”

左乳兴奋地说："我要把他换出来。"

小马忧心忡忡地问："你怎么换啊？"

左乳故意不回答地收拾着东西，小马有点急了。她拉着左乳的衣袖带着哭音问："你告诉我你是不是自己要被抓进去啊？"

左乳嘴上不说话，心里却为小马对自己的担忧感到无比的欣慰。左乳反问小马道："如果用我把老郑换出来，你觉得这不妥吗？"

小马着急地说："你要是这么去救老郑，那就别去了，我不许你去。我还以为你有什么好办法呢。"

左乳轻声说："老郑是工委书记，我是他的交通员和警卫员，他更重要些。"左乳想用这样的话检验自己在小马心里的位置到底有多重要。

小马一听就哭了起来，她哭诉着说："不行！不行！我可不管是什么书记还是什么警卫，我只知道，你现在还在我的身旁，你是我的人，我喜欢你，我爱你，我不愿意失去你。你谁也不要换，对于我来说，你现在是我的唯一，也是我的未来。谁也不能换了你，谁也不换。"小马一边说一边冲了过来，紧紧地抱着左乳。一刻也不放松，好像她一松手，左乳就会被人抓走似的。

左乳听了小马的述说，内心里也充满了温情，他觉得小马的心里是爱自己的，自己在小马的内心深处的重要性是远远超过老郑的。虽然自己的爱情在救回老郑后不得不又回到地下。但是今天能听到小马的这段表白，那么即使上刀山，下火海，又还有什么需要担心的呢？有了这份发自小马内心的爱，左乳认为就是现在英勇赴死也在所不惜。左乳费了很多口舌才对小马说明白自己的营救计划是安全有效的，即使救不出老郑，自己也会平安无事的。艰难的解释甚至让左乳后悔起不该测试小马对自己的感情来。

天还没全黑，左乳就到了木材厂。木材厂空无一人，到处都堆着外包装用的大木箱。于是他把那些个大木箱搬到了厂区的各条通道上，他把这些障碍物设置好后就爬上了木材厂的最高的楼房上去。晚上，左乳早早地躲在木材厂的楼顶上，从这个位置上可以看得很远。左乳就是想先发现对方，争取主动。看着老郑带着几个东张西望的人进了木材厂的大门，左乳就飞快地下到一楼。然后借着房屋的掩护，左乳渐渐地靠近了目标。左乳听到老郑对身后的保密局的特勤人员说："你们还是要稍微远点，别让他看到。"

左乳今天穿的服装跟老郑的服装是一样的，连西服和领带的颜色都一致。老郑在厂房下走着，后面远远地跟着几个特勤。左乳猫着腰就像一只猎豹，悄无声息地在厂房的楼顶上伴随着老郑蹑手蹑脚潜行。当老郑在一个房角拐弯的地方，趁后面的特勤人员还没跟上。左乳从屋顶上跳下，他把老郑往大木箱后面一按，自己转身就慢跑起来。拐过弯的特勤们一见“老郑”跑起来，连忙拔腿就追。左乳开始不紧不慢，他估计老郑已经安全了，这时特勤们已经被左乳带到了一片野地。左乳就开始加速快跑，瞬间，距离被拉开了，左乳立马就把后面的追兵丢掉了。

一九八八年的广州精神病院里，又是新的一天，戴精国走进左乳的审讯室，戴精国看到左乳把头转了过来，他在认真地注视自己，打量自己这个多年的对手，但是目光非常呆滞。戴精国缓缓地坐了下来，然后他把军帽用力地往桌上一甩，他厉声说：“左乳你好好回忆五〇年一月，你在台北三角坪与国防部的匪谍是怎么接头的，他给了你什么重要的情报，现在情报放在哪里？”左乳的眼神依然呆滞，但左乳的右手却在极力地挣扎，他想把手伸到他的裤裆去。戴精国以为左乳要撒尿，连忙叫来穿着白大褂的护理人员来。护理人员帮左乳把皮带放开了一根，然后递上夜壶。没想到左乳的右手一拿出来，就飞速地摸了自己的裤裆一下，然后拒绝拉尿。戴精国马上明白了，左乳的微缩胶卷放在裤裆里，他是想确认那胶卷还是否安全。接着左乳非常安静地躺在床上，没有任何声响。左乳渐渐平静下来，但内心里却开始波涛汹涌。他想起了自己裤裆下这份情报获取的经过。

就在搭救老郑的第二天傍晚，他又接到了一次任务，去郊外三角坪接一份重要情报。在预约地址，他看见一台威利斯吉普车在闪着指示灯，于是他走过去，坐上了吉普车，把衣服敞着。对方是一名身着上校制服的国军的军官，对方看了他的胸口，就把一个微缩胶卷递给了他。他接过胶卷刚放进裤袋里。前方不远黑暗处一排车灯猛地亮了，雪亮的灯光照得眼睛一时都睁不开。上校沉着地说坐好，迅速加油换挡，美吉普怒吼着冲上了马路。几台车立马紧紧地咬了上来，看样子后面的车是早有准备，在这里守株待兔。上校说：“你到后面去，后排有一桶机油，你把盖子打开。急拐弯时我说倒，你就全部倒在路上。”没有多远，前面有块巨石矗立在路边。一个急弯出现了，上校猛打方向盘，大身喊着：“倒。”车身由于拐弯太急一边轮子都翘起来了。

左乳倾斜着身子，把机油桶底朝天地翻了过来。后面的车紧追不放，一见急转弯赶忙刹车，第一台车压在机油上失去了平衡，在马路上旋转起来，后面几台车撞在了一起。但是有一台车左冲右突竟然闯过了机油阵，又紧紧地咬了上来。上校从反光镜里看出后面越追越近的车是一台道奇“中吉普车”，这台吉普车装着的可是六十八匹马力的发动机，在行驶速度和加速性能上都要领先于自己座下的这台只有六十四马力的威利斯。上校说：“必须甩开它，还有几公里就要到检查站了，这中间没有岔路。”

正说着，前面出现了一辆十轮大卡。上校说：“有了，你坐前面来，坐稳了。”上校猛踩油门，他觉得油门软软的。他很了解座驾威利斯吉普的性能，这种吉普装备的是两千两百毫升的发动机。想要加速超过眼前这台道奇十轮大卡并不是件容易事。上校知道，这是台由通用汽车公司设计生产的 GMC 十轮大卡车，虽然其标准载重量为二点五吨，但它即使拖载着四五吨重的大炮，满载八吨重的炮弹，也照样能飞驰电掣。此刻，上校觉得座下吉普车的加速力量不够，他把挡杆往回拨了一把，减了一挡。他再踏上一脚油门，有了。威利斯颤抖起来，加油，威利斯开始怒吼着超越前面的道奇大卡。当它刚超过十轮大卡的整个车身，上校就猛往右边打方向盘，让自己的车开到了十轮大卡车的正前方来。然后上校立即踩刹车紧急减速。

随着惯性，左乳整个身体往前猛一栽，左乳一时心给揪紧了。他倒不是因为自己的身体失去了重心，而是紧张地担心起十轮大卡会撞上自己乘坐的威利斯吉普车的屁股，他有了心理上的准备，准备承受大卡车猛烈地一撞。只听得大卡车愤怒的刹车声，然后大卡车的方向疾速地往左边打着，擦着吉普车的左边超车而过。等到大卡车快超过自己的车时，上校关灯熄火，把车停了下来。这时那台紧跟他们的“中吉普车”歪歪斜斜地跟在大卡车后面开了过去。等两台车完全消失了，上校重新发动了车，掉过头开了回去。

上校分手时对左乳说：“现在都戒严了，小心行事。”

回到家，左乳就把微缩胶卷放进了能播放《致爱丽丝》的八音盒的匣子里。然后在八音盒的外壳滴上了几滴蜡，使八音盒的外观看不出任何破绽来。刚忙完八音盒的伪装，老郑有些惊魂未定地走了进来，他吩咐左乳说：“刚才我发现外面有些形迹可疑的人在走动，我们今晚必须搬走。”左乳从接回老郑的那时起，就觉得老郑是受了惊吓。白天门外有卖槟榔的男孩站在那儿做买卖不走，老郑就一定要让左乳去探个究竟。他以为外面只要是过路的行人都极有可能是保密局的密探。直到左乳想办法把他认为的嫌疑人赶走，他才能静下心来干别的事。

老郑终于抵不住街口上熙来攘往的陌生人给自己带来的莫名的恐惧，他和小马要搬到台北中山市场地下党员黄天的家里去了。老郑很快地收拾好东西，他对左乳说：“记住每周的接头时间和暗号不变。”小马走的时候哀怨的眼神不敢直视左乳的脸庞，只敢停留在左乳的脚尖，不愿离去。左乳知道泪水在小马的眼眶里打转，他知道小马不愿意让自己看到她的悲伤，才一直低着头的。左乳在想小马前两天说的话都兑现了。小马说自己救出老郑，他俩就得分开，只是左乳没想到会分开得这么快。左乳已经习惯了和小马独处的两人世界，在这个两人世界里，他俩从相互嫉恨到相互谅解。正当爱意渐浓时，老郑又要带着他心爱的女孩离开了。这让左乳真的非常痛苦。特别是他想到到了黄天的家里，老郑就又要抱着小马睡在一起了，想到这儿，左乳便心如刀绞。此时他内心的疼痛远远超过了他第一次亲眼目睹老郑和小马同床而卧的痛苦。他为自己的凭空想象给自己带来的铭心痛苦感到诧异，他弄不清楚为什么想象中的场景竟然对自己的伤害更深。是不是以前亲眼所见成了想象的基础，让自己心口滴血的想象中的场景比那个见过的现实画面更加伤人。

左乳心想自己救老郑出来是为了不辱使命，为了解放台湾。他可不是为了让人把小马抢了去才救老郑的。但事实上就是救回了老郑自己又重新失去了小马，这可不是左乳想要的结果。为了救老郑完成自己光荣的使命，即使流血流汗他都愿意。但是他不愿意救出老郑后小马和自己都要流泪。现在自己为了使命，救回了老郑，对于工作来说自己尽了职，但是自己并不希望再把小马献出去。左乳在使命和感情的关系上想找到统一点，但是他动用了在大学时学的所有知识以及自己所有的经历，他苦思冥想都没有一个让他稍微满意的答案。左乳想来想去，只能怪自己与小马的相遇太晚了。他现在又开始有点埋怨小马了，如果现在小马能大胆地把自己与她的爱恋之情说出来，那么老郑看在自己救命的分上，应该会原谅他俩的，并支持他们的爱情。因为你老郑与小马在一起，毕竟年龄相差太悬殊了。而且你曾经是小马的姐夫，你俩再在一起，还不知道以后同志们会怎么说呢，确实大家都不了解你们三人的关系。如果老郑能允许自己和小马在一起，即使台湾解放了，我俩什么工作都不需要组织上照顾，只要让我们安安静静地做渔民，就非常满足了。

左乳心想怪小马有什么用，自己不也是一个窝囊废吗？自己也可以说出来啊，只要大着胆子跟老郑汇报这件事。凭老郑的革命觉悟，老郑肯定会支持自己的正确感情的。难道说老郑的感情就不正确吗？至少他们的年纪差得太远了嘛，那现在就去对老郑汇报这件事吧。再不说，他们就要走了。那怎么开口呢？自己说报告老郑首长，我有件重要的事要向你汇报。我跟小马已经相爱了，请你同意我们自由恋爱吧？一般情况下老郑都会回答同意。但是老郑如果说不行，自己又该怎么说服他呢？

老郑和小马已经收拾好行囊，正在跟自己打招呼呢，再不说就真的晚了。自己在战场上从来就是一个敢于冲锋陷阵的战士，就是一个敢于白刀子进红刀子出的勇士。可今天倒是怎么了，这话就是说不出口啊。要是老郑猛地听到自己爱恋小马，老郑一时拐不过弯来，一病不起可怎么办，不行！得保证老郑的身体健康，这是自己的使命，他的健康可直接关系到台湾的解放，自己不能为了一己私利坏了党的事业啊。好危险！自己差点就脱口而出了，祸从口出啊！

老郑和小马已走出了左乳的小房子，走到门外。小马对老郑说了句还有东西没拿，说完她又飞快地跑了回来。左乳还站在原处背对着门口发呆。小马一步就窜上了左乳的肩膀，骑在了左乳的背上，她的双腿使劲地缠在左乳的身上，双手紧紧地抱着左乳的头不肯撒手。左乳有些急了，他担心老郑会再走回来。他使劲地掰着小马的手，想让小马松手。但是不管左乳怎么用劲，就是解不开小马的双手。

老郑在门外喊："走啊，还干什么？"

小马没有离开左乳的肩头，她尽量以平稳的语气对着门外回答："我就来，找我的鞋。"话还没说完。小马的双唇就潮乎乎地贴上了左乳的嘴，她轻轻说道："我爱你，我真的爱你。"

外面又传来了老郑的声音，左乳把小马从肩头上抱了下来，他说："我们还会见面的。"小马难过地跑了出去。

跑了老郑，戴精国挨了他一生中的第一次臭骂。谷处长毫不留情地骂他："立功心切，误党误国，降职降职！"戴精国被当即降为副科长。祸不单行，根据陈泽民提供的另一条重要线索，戴精国已经知道总参谋部里有位高官是共产党的"密使一号"，他要提供绝密情报给地下党。地下党将由"特交一号"来传递情报，接头地点是市郊的三角坪。但是具体位置不详，特别是"特交一号"这个交通员是新四军总部选派的交通人员，除了老郑，台湾中共省委没人可以与他联系。最重要的情报都是由他来传递的，能抓住他就能追回绝密情报，破获国军中的情报网，甚至抓到老郑。但是因为陈泽民的情报不精确，三角坪的蹲点守候也只能扩大范围。

当晚，部署妥当，夜晚里他们看见了一辆汽车在不正常地闪着示意灯，好像是要在黑夜中指示方向似的。他们悄悄地靠了过去，发现一个年轻人上了一辆国军的威利斯吉普。年轻人上了车，吉普车就开走了。戴精国带领特勤组的兄弟们开着车追了上去，结果首先是前面那辆可疑车在公路拐弯处倾泻了机油，造成了特勤组其他几台车辆的翻车事故。然后在接近堵截点时，那辆威利斯吉普突然超过一台十轮大卡。戴精国也急打方向，企图超过大卡车，没想到大卡车没有让他超过去，险些造成了自己翻车。待他追上大卡车后一直到了堵截点，都没有看到那台威利斯吉普。而事先他们就调查过，这条公路从他开始跟踪这台威利斯吉普的地方一直到堵截点都没有岔路，甚至要找个能轻松掉头的地方都不容易。但是那辆威利斯吉普就像开到天上去了似的，就这样消失了。

戴精国回到办公室沮丧地向谷处长汇报着整个追捕过程。当他说到超车的细节时，谷处长问得很细，然后让他在会议室的黑板上画出超车时的三台车的位置图。当图画出后，谷处长肯定地说道："查查国防部所有人的档案，除了我们保密局，有哪些人参加过中美技术合作所四五年第八期的培训，听过美国中央情报局的史密斯的讲座。这个用超车的办法摆脱跟踪的技术就是史密斯传授的，那个班只有几十个人参训，好查。还有这个车牌号码，你们说运输局没发过这个号码，是个假的，如果他们连汽车假牌照都能做出来，那就比较可怕了，说明台湾中共地下党的体系比较健全庞大了。"谷处长望着黑板上的车牌数字发着感慨。

毛人凤走进来，谷处长和戴精国都站了起来，毛人凤说："你们交给我的老郑的笔记本，我跟总裁汇报了，我提了老郑的笔记本上写着'吴次长'三个字。意思是告诉总裁，国防部副总参谋长吴石可能与中共地下党有联系。但是总裁一言不发，他肯定不相信堂堂国防部的副总参谋长会是匪谍嫌疑人，要知道吴次长很可能是总参谋长或国防部长的继任人。如果吴次长真是匪谍那可是惊天大案啊，办这个案子你们要有扎实的证据，决不能有半点闪失。再有你们递交的这份中共台湾工委的《攻台建议书》，总裁看了，大为震惊。"毛人凤拿起《攻台建议书》念了起来："需要考虑季节风势的话，即攻台日期，应以明年四月最为适当。听见没有？这是我们的一个大限，总裁命令你们在明年四月前必须彻底捣毁中共台湾省工委，抓出共党在我军的谍匪，打乱共军的攻台部署。"

谷处长和戴精国异口同声地回答："是。"他们都明白还有几个月就到了中共台湾工委建议的攻台日子，如果这几个月还不能铲除台湾地下党，肃清内奸。那么台湾极有可能就会被摧枯拉朽的解放军拿下，他们这些党国的中坚将死无葬身之地。这些话谁也不能说出来，但是谁的心里都明白。

一天后，戴精国兴冲冲地冲进谷处长办公室，他报告说："核实了，国防部参与戴笠的中美技术合作所四五年第八期的培训的人员有两位，一位在司令部的机要室，一位是吴次长的副官。那天交接情报的晚上两人都不在办公室和家里，但是现在还没有证据能证实他们当时就在现场。还有那块车牌号也有了眉目。”说得谷处长的眉毛兴奋地扬了起来。

戴精国说：“请跟我来。”

谷处长高兴地“哦”了一声。戴精国把谷处长带到会议室，黑板上那天戴精国画的超车的图形和字符都基本还在，只是被人用黑板刷子在上面擦了几下。戴精国指着擦痕说：“处长，你看，这个车牌的两个尾数，以前是88。而现在被擦了两刷子，成了两个33了。这说明，送情报的内鬼只是用了胶布把车牌的尾数贴了一半。把88改成了33，我们看到的也就只能是33了。”

谷处长问：“那这个车牌号是哪个单位的？”

戴精国说：“我们查过了，发现这块车牌是国防部机动科的，但是这台车的锁国防部很多人都可以用别的钥匙套开。”

谷处长若有所思地说：“看来我们是不入虎穴焉得虎子了。”

戴精国疑惑地问：“你是说要去国防部调查？”

“不！我是要闯闯吴副总参谋长家里。”谷处长的眼里闪出坚定的光芒。

戴精国倒抽一口冷气，担心地说：“毛老板不是要我们不要轻举妄动吗？我们没有铁的证据啊，再说吴次长也是我们的上峰啊。”

“毛老板是希望我们冒险，只是他不愿意承担责任罢了。我听得懂老板的弦外之音。吴次长虽然是我们参谋总长，但如果他是匪谍，那他就是我们的敌人。”谷处长一脸杀气腾腾的凶相，谷处长掉过头来瞪着戴精国狠狠地说道：“戴副科长，你已经被降了一级，对吗？”

戴精国急忙立正回答：“是的。”

谷处长说：“你记住了，如果这次国防部的匪谍案不破，你还得降一级。”

戴精国立正大声答道：“是！此案必破。”

谷处长命令道：“出发，上吴次长家做客去，打他个冷不防，就不怕找不出证据来。”

一九五〇年一月二十八日午夜十二点，谷处长和戴精国以及特勤科的侦查人员乘吉普车和侦防车到了新生南路吴石家。

吴石和太太穿着睡衣站在客厅里面对着谷处长、戴精国一伙。吴石愤怒地质问：“你们是什么人？胆敢闯到这里来。”

谷处长冷静地回答：“保密局的，知道这是中华民国的中将吴次长的官邸，正是担心惊扰了邻舍，所以半夜登门。有人举报吴次长你是共产党的匪谍。”

吴石呵斥道：“胡说，如果随便凭一个人的一句话就来骚扰被告密者，这天下岂不乱套了？”

谷处长一语双关地说：“正是为了对吴次长负责，我们才没有走程序，只是做个搜查以正视听。”

“如果搜不出证据来，那你们怎么说？”吴次长坚定地说。

“那不正好说明吴次长很干净吗？我们将严惩告密者。搜！”谷处长收起假笑，虎着脸下达命令。

戴精国等特勤人员开始细致地搜查起来，连地毯下面也不放过。一会儿特勤人员开始向戴精国示意，毫无斩获。戴精国走到客厅给谷处长递着眼神，他暗示谷没有收获。谷处长没有想到吴石做事那么缜密，竟没有给自己留下一丝破绽。谷处长不露声色，他在紧张地思考该如何收场。他用阴毒的眼神狠狠盯了一旁面容僵硬的吴太太一眼，娇小的吴太太心虚的目光急忙从与谷处长的对视中游走开了，谷处长一时有了主意。谷处长说：“经搜查确实没有发现吴次长的任何嫌疑，但是根据程序，还需要去保密局做个笔录。”

吴石一见没有搜出证据来，口气马上硬了起来，说：“这算什么？不可以。”

谷处长也针锋相对地说：“没有什么不可以的，要么您吴次长亲自走一趟，要么就请您太太代劳。”接着谷处长又放轻了声音说：“我是认为吴次长亲自去，怕传出去不好，所以想请吴太太走个办案的必需程序而已。”

吴石看到谷处长态度不可妥协，只得让步，说：“那必须让我的副官陪同。”

谷处长的脸上浮现出一丝不易察觉的笑容，答道：“没问题！”

上车时，谷处长讨好地故意陪着吴太太坐在侦防车的驾驶室，让吴石的副官跟特勤人员坐在车后。车开到一栋办公楼的前面，谷处长让车停在门口。然后他对后面高声叫道：“到了！下车。”谷处长自己没起身，吴太太坐在他跟司机中间，也下不了车。他从反光镜里看到，同僚们有两三个跳了下来，接着吴石的副官跳了下来。谷处长给司机一个暗示，司机立马加油开车走了。跳下车的人在喊叫，吴石的副官情知不妙，连忙追着车跑了起来。但车一加速，随即在反光镜里就看不见吴石的副官了。

戴精国把吴太太带进了阴森的审问室，吴太太已经被吓得双膝发软了。谷处长说：“次长夫人，难道你不认识我了？在南京时，吴次长担任国防部史政局长时，我曾是他部下，是他手下的一个普通科员，戴精国都知道。”谷处长说到这，看看戴精国，戴精国连忙点头。谷处长又接着说："多亏吴次长的提拔，我才升到上校的。我到过府上几次，太太不认识我了？"

次长夫人缓过神来，连忙说："我确实记不起来了。"谷处长继续演着戏，推心置腹地说："我很替吴次长担心啊，总裁很关心这个案子。他是国军高官，跟共产党来往性质是很严重的，现在只有你可以救吴次长了。"

吴太太一听到这，两眼放光，以为谷处长是真心替她解忧，就说："我怎么救啊？你让我怎么做？好久没见过那个人了，你说怎么办？"吴太太究竟是一位深居官邸的姨太太，根本就经不住谷处长这些老奸巨猾的职业特务的蒙骗、盘问和恐吓，没有几个回合就露出了马脚。

"那个人？"戴精国和谷处长交换了一下眼色，他们心里一阵狂喜。谷处长如获至宝，克制着内心的喜悦，他知道审问即将突破，台湾最大的匪谍就要浮出水面了，这将是给解放军的攻台计划最沉重的打击。他们继续怂恿着吴石太太说："你没有军人身份，我们是追究不了你的责任的，你要勇敢地担起这副担子。你就说与吴次长见面的共产党是来找你的远房亲戚，跟吴次长没有关系，这样就可以保住吴石长官。我在笔录上给你写得巧妙些，也算是我对吴次长多年来对我的栽培的感谢吧。"

吴太太高兴地说："那太感谢了，一切拜托你了。"吴太太松了一口气，接着讲："有一个叫'陈太太'的女人来找过我家先生，但是现在有好久没来过了。你们就在笔录上写上是到我家找我的亲戚就好了。"

谷处长对做笔录的戴精国说："就按吴太太的意思写。"

戴精国连忙顺杆爬："好的，我已经这么写了，是来找吴太太亲戚的。"

第二天一上班，谷处长就急不可耐地打电话给毛人凤，欣喜若狂地报告说："今天就可以抓吴石了，罪证确凿。"

毛人凤听完谷处长的破案经过，惊叹道："太厉害了，以后可要防着点你们啊。先把吴宅严密地监视起来，要人赃俱获。干吧！我会通知上峰的。你们在老郑身上找到的那张年轻女人的照片吴太太认识吗？是不是来接头的陈太太。"

谷处长说："她说不认识。"

毛人凤说："如果这个女人不是陈太太，那会是谁呢？为什么老郑要带在身上呢？"

谷处长说："我们将动用所有手段，查清这个女人的背景。"

第六章　网擒

THE SIXTH CHAPTER

深夜，逮捕行动开始了。那一夜天气特别冷，台北的夜晚异常的寂静。行走在楼道里，戴精国能清晰地听到同僚们的呼吸声。他踢开了那扇樟木板做的大门，踢门的声音在台北的夜空里传得很远。或许正是由于天气的关系，张志忠给人的第一印象是非常失望的，完全不像一个从事武装斗争者那样以武力反抗。戴精国当时有点怀疑是否搞错了对象，难道面前的这位情绪低落的人就是建立过台湾几个武装根据地的组织者，就是那位领导过“二二八”大起义的战斗领袖？但接下来张志忠的表现就让人刮目相看了。

一九八八年，广州精神病院里的假审讯室。戴精国觉得与其说是在审左乳，倒不如说是自己在回忆过去。他从没有这样梳理过自己的记忆，倒是真的有些沉湎于此。他想跟左乳这位老对手调侃一下，开个玩笑。他对床上的左乳说："很多工作你当时看来是神圣的，其实你的每次任务我们都已经掌握了。有些任务是很好笑的。你在四九年底执行过一次任务，奉老郑之命到台湾电力公司总经理刘晋钮那里去取情报。刘晋钮在我们台湾经济界可是个大人物，很有钱，对吗？你取了一份用电力公司的牛皮信封装着的厚厚的情报，你没有拆封，回来后你交给了老郑，对吗？你以为那是重要情报。我告诉你，那是你们的郑书记找人家老板索要的小费。他在台湾工商界许了不少愿，说台湾解放后可以给现在赞助他的那些老板好处。他是死了老婆又找小姨子，钱不够花啊。我那时也没钱，冒了他的名也去找老板们讹过钱。"

老郑逃跑前曾跟保密局提到过刘晋钮。为了证实刘晋钮是否跟地下党有联系，戴精国准备只身去探探刘晋钮的底。一九五〇年一月，戴精国到了台湾电力总部，戴精国一进门就跟前台的小姐说："我要见刘总经理。"

小姐问："你有名片吗？"

"没有，就说是老郑让我来的。"戴精国回答。小姐过了一会儿，就把他带了进去。

刘总在一间书房里接见了他，刘总对前台小姐说："不要打扰我们。"小姐点着头倒退着带上门。

刘总对戴精国说："福建的铁观音，这是吴国桢主席送的。"他托托眼镜，亲手将泡好的茶水端给戴精国。

戴精国试探着说："郑先生让我带话给你。最近风声太紧，郑先生不便出来活动，对外的事，让我来代办。他让你马上停止一切活动，烧掉有关文件。”

刘晋钮说：“谢谢！我会小心的。”看样子刘总还不知道老郑已被捕，而且可以断定他跟地下党的关系不一般。

戴精国走到刘总办公桌前，拿起电话座机，翻过来看了看刘总的电话座机的底部。好像是在查看有没有被人装了监听设备似的，接着戴精国问道：“电话联系没有问题吧？”

刘总说：“有什么事，你还是多跑几趟吧。”

戴精国回答：“好的。老郑最近手头有点紧。”

“没问题，有难处尽管说。”刘总连忙从抽屉里拿出一个牛皮信封说：“我已经准备好了。”戴精国高兴地接过钱袋子。回到办公室当天，戴精国就大呼小叫地说要请客，同僚们问他哪里弄的钱，他只说：“明天就知道了，反正今天大家好好吃一顿。”

收集了刘晋钮资助共党的证据后，第二天就收网了，保密局去了台湾电力公司总部抓捕了刘晋钮。刘晋钮进了保密局，还不到三分钟就供出了吴太太供认过的陈太太就是朱枫，是中共香港派来的交通员，住在她女婿家。同时还指证了老郑留下来的那张照片是他的小姨子及情妇马雯娟。同时也交代了有位神秘的交通员来他办公室取过几次钱，但是他不知道交通员的名字。

这位交通员就是左乳。左乳的个人信息是第一次出现在台湾保密局的档案里，虽然他的信息很不全面。但是在戴精国看来，左乳这个人肯定是一个老郑非常熟悉、非常信任的人。但是在老郑被捕的这段时间里，却从没有说出过这位年轻人的任何情况，这个年轻人的使命肯定是异乎寻常的。戴精国已经开始高度关注上这个神秘的年轻人了。他这时还未曾想到，这个年轻人就是自己要花费毕生精力去应付的对手，他在跟自己的生死追逐中将变得越来越强大，最终成为了自己的劲敌。

一九八八年的广州精神病院里，戴精国对左乳说着：“左乳你可能还不知道，老郑一九五〇年一月一日被抓时，他随身带着个笔记本，上面写有‘吴次长’三个字。更引人注意的是一张拾元的新台币钞票上，还有朱枫和左海的名字，但那时我们还不知道这两个名字是谁，更不知道这两人就是台湾中共的特别交通员。不过等我们抓了刘晋钮、吴石和其他一些匪谍后，朱枫和你变得重要起来。那是因为她和你一样，每人都拿了一个吴石提供的微缩胶卷。吴石是担心情报有闪失，所以一式两份。你的情报谁给你的，来人你可能不认识，我们都已经掌握了。我告诉你，他叫聂曦，是吴石的老部下。你们两个交通员互不知道对方手上有绝密情报，但是我们都知道你们的底细，我们清楚地知道这两个胶卷只要有一个被送出了台湾岛，那台湾岛的沦陷是指日可待。我们的任务是不惜任何代价，严防死守，绝对不能让你们手上的情报飞出台湾岛。一方面我们开始了全岛的大搜捕；另一方面台湾岛的机场港口都在我们保密局的完全掌控中，你们是插翅难飞。"

左乳想起了与朱枫最后见面的一些细节来。

一九五〇年一月中旬，老郑被左乳营救后联系上了朱枫。然后老郑、朱枫和左乳在台北中山市场地下党员黄天的家中开了一个小会，左乳传达了上级要求大家转移的指示，于是大家讨论起撤退的线路来。左乳说："我在高雄港口一直有条交通线。虽然现在盘查紧些，但是还是可以冒冒险，闯一闯的。"

老郑说："现在不比以前了，保密局对港口机场已经实行了从未有过的盘查级别，非常仔细。最近我们别说人员，就连情报都已经好久没有带出去了，只可惜我们一直没有解决电台的问题。"

朱枫说："我权衡再三，我和左海还是要兵分两路，万一失败了一路，还有一个备份的。我还是认为我原来的舟山通道可靠，而且吴石将军答应帮忙开出通行证。我先来试试，如果我成功了，左海就可以先潜伏下来；如果我失败了，左海就要想办法无论如何都要把情报送出去。"

左乳说："行，那我就等朱枫同志的消息。老郑现在已经是敌人的重点追踪目标。老郑同志怎么走？"

老郑说："我也觉得左海的那条线路有点勉强。这样吧，能不能麻烦朱枫同志，找找吴石为小马也签发张特别通行证，让她跟我一块离台。她太小了，没人照顾，我得想办法跟小马一起撤离。"老郑有点过分强调小马离台的客观原因，倒显得此地无银三百两。左乳心里明白老郑是舍不得离开小马，他想带着小马一块走。左乳只觉得心里隐隐作痛。

朱枫说："这可能有些不妥吧？小马只是一位普通女孩，她什么时候离开台湾都没有问题。你可不一样，你的安危会影响到我们整个台湾地下党的工作。"

老郑还是坚持自己的意见说："我身上有张小马的照片被留在保密局了，如果保密局找到了小马，也会牵出我的。"

朱枫有点生气地说："你怎么能随身带着她的照片呢？"

老郑有点张口结舌了，朱枫一看也没有别的办法了，就说："现在也没别的办法了，我去跟吴次长说说，让他想办法吧。”

散会了，左乳和小马在黄天家的院子里逗着一条狗。黄天说：“这条狗叫库洛，认人，只要是熟人，它亲热得很；要是生人，它就叫个不停。”

小马说：“这有什么，谁家的狗不是这样的，都认人。”台北的夜真够黑的，稍远点就看不见了。左乳的手在摸狗。而小马的手却摸在左乳的脊背上。左乳感受到小马抚摸的手传达的温暖。但是这些却掩盖不了左乳痛苦的思绪，他在想自己只能在黑夜里与小马表达爱情。但是老郑却可以在会议上表达出他与小马的特殊关系来。会议上老郑说的关于小马的事，深深地刺痛了左乳的心。他越来越感到自己在情感上的无助，越来越感到自己的卑微。今天在整个会议上，除了他必须传达的上级的指示，其他的话他都不愿意说了。他知道自己的需要只能服从组织上的需要，服从党的需要。即使他眼睁睁地看着老郑要堂而皇之地带走小马，那也是因为工作上的需要。正如老郑所说，小马不走，小马就有可能被捕。小马的被捕极有可能导致老郑被捕。这样就会祸及整个台湾地下党的安危了。在这种情况下，还有什么办法能阻止小马的离去呢？小马只能跟随老郑，这已经成了定局，不可挽回。左乳又一次要面对小马的离别。而这次离别不同以往，可能不是短暂的，也不是像以前他们每次离别都还同在一个城市。而这次的离别可能时间比往常要长得多，而且小马这次可能会撤退到大陆去。那么阻隔他们俩的就不是抬腿可以迈过去的几条街道了，而是宽阔的台湾海峡了。即使这样，他只能把组织上的决定埋在心里，根据保密条例，他还不能告诉小马。甚至不能在小马的面前流露出半点离别的伤感来，所有内心的痛苦都要自己默默地承受。只有现在在跟小马短暂相处的时间里，他那颗受伤的心才略感慰藉。

一九五〇年二月二日，吴石因前几天保密局深夜来家里突击搜查，他开始怀疑台共内部有人已经叛变。于是他为了让台湾地下组织尽快了解自己掌握的情况，他派了副官聂曦紧急约见了朱枫。这天天气异常的阴冷，一个对于台北来说少有的寒冷天气。此时台湾岛内形势已相当严峻，国民党派出大批特务、军警等情治人员，加紧了对全社会的监控和管制，四处侦查和搜捕地下党人和异己分子。这些情治人员似乎都从国民党的恐共症中醒悟过来，本来是害怕解放军占领台湾后秋后算账，对地下党和异己分子还不敢赶尽杀绝。而现在他们丢掉了侥幸的幻想，终于明白这是两党的最后绝杀，国民党已没有退路。如果心慈手软将导致诺亚方舟的彻底丧失。于是他们撕下了温情的面纱，开始在全岛严密捕杀共产党的地下组织。这天左乳跟着朱枫到了一家中西大药房，他让朱枫在马路对面的百货店窗前等待。左乳对朱枫说：“如果聂曦后面有尾巴，就换到中华路大药房见面。我会想办法通知他并且帮他丢掉尾巴的。如果安全我会给你手势，你再下来接头。”

两人商量好，左乳就在大药房的二楼临街的地方，找了一个窗口。他仔细地观察着街面，不一会儿聂曦开着吉普车来了。就在聂曦下车走进大药房的时候，左乳看见了街口有一辆吉普车跟了过来。他向马路对面窗口的朱枫做了个手势，然后他连忙跑了下去。他对刚进门的聂曦说了一句：“你被跟踪了，在厕所里待五分钟再去这个地点接头，我掩护你。”他把纸条塞到一时还没回过神来的聂曦的手上。

左乳快步走出店门，跟踪的车也到了。两个特务下车也在往药店走来，左乳与他们擦肩而过。左乳走到无人看守的特务的吉普车旁，敏捷地探身驾驶室。他从方向盘下抽出了一根点火线，然后转身离去，他走到了对面的百货店面里。一会儿聂曦从药店里走了出来，发动了吉普车往中华路去了。接着两个特务也急忙跑了出来，他们上了车怎么也发动不了吉普车。左乳笑着把那根从汽车上抽下来的点火线轻松地挂到了百货店的门栓上，然后扬长而去。

在中华路的大药房里，聂曦告诉了朱枫：“吴次长让我通知你，当局已经搜查过吴次长的家了，估计是你们内部已经有人叛变。保密局随时都可能突破案情，情况万分紧急，你必须立即转移。”

朱枫说：“谢谢吴次长的关照，我回家即刻转移。还有一件事相托，能否为老郑的小姨子签发一张特别通行证？”

聂曦说：“没问题，我去落实。”

“她叫‘刘桂麟’，这是她的照片和资料。再有今天晚上我就离开我住的地方，我想从定海找船回大陆，我要一张前往定海的通行证。”聂曦点着头，说完两人就匆匆地分了手。

朱枫回到家里，女儿、女婿都没回来。收拾好了自己的东西，临走前她给女儿、女婿留下一张字条，告知有急事需要离开前往定海。朱枫离开了其女婿住所，转移到了台北阿里山大酒店。

一九五〇年二月四日，朱枫拿着吴石签发的通行证乘海军交通艇从基隆前往定海。到了定海后朱枫住进了她前夫的女儿陈志毅的家。她准备等待机会寻找渡船前往上海，此时的朱枫离大陆只有一步之遥。而前往上海的船只已经越来越难以找到了。就在此时，一九五〇年二月十五日，保密局通过提审刘晋钮，得知大陆与台湾省工委之间联络的交通员朱枫住在她前夫的女儿阿菊的家中。毛人凤不敢怠慢，立即呈报蒋介石。

此时，台湾的空中、海上航线已被全部紧急封航。

戴精国没有花多少工夫就查到了朱枫在台北的落脚点阿菊的家，戴精国赶到了阿菊的家，阿菊丈夫段承愈是台湾政警署警察广播电台台长。戴精国沉着地告诉阿菊的丈夫段承愈：“你知道我们为什么到了你家吗？”

阿菊丈夫摇摇头。戴精国接着说：“朱枫是中共的特别交通员。”

阿菊的丈夫就说：“怪不得她要去定海。”就这样保密局获知了朱枫已到了舟山群岛的消息。

朱枫每天隔海相望、望眼欲穿，阔别十多年的故乡就在烟波迷茫的彼岸。此时国共两军隔海对阵，战争气氛浓烈。舟山本岛有国军四个军军部驻扎，岗哨密布，特务横行。所有的船只都已经被保密局控制，无船渡海。朱枫不敢住在其前夫的女儿家，她知道医院人员流动大，是不要查验身份的，便于掩护。于是她装成病人，住进沈家门私立存济医院。

一九五〇年二月十八日，戴精国和一帮保密局的特务，夜晚赶到基隆码头，准备连夜渡海赶到定海缉捕朱枫。戴精国到了码头上，渡船已经停航。一个年轻特务跑回来报告，说渡船停航了，明天才能渡海。

戴精国只好自己跑到值班室去，戴精国拿着证件给对方看。对方是一个老船长，连声说道：“没用！没用！明天有台风，今晚起大浪，没人拿命跟你开玩笑。”

戴精国说：“我们有十万火急的公务，没办法，什么险我们都得冒。”

老船长走进里房，拿了串钥匙和一件救生衣出来，他把衣服和钥匙丢在桌子上。他说：“你真不怕死，你自己去，我还想多活几年。”

窗外，豆大的雨水打在玻璃上“乒乓”作响，海风越来越大，吹得铁门上的铁皮尖声啸叫。戴精国看了看门外的天空，云层越来越矮，越来越黑。戴精国知道，朱枫要是趁着这恶劣天气出逃，只需要几十分钟就可以抵达共军的彼岸，那后果就不堪设想。

戴精国看了看表，他不想再犹豫了。一把抓过救生衣胡乱地穿上，并把钥匙攥在手心。老船长冷笑着看着戴精国，戴精国也不言语。自己走进里房，又拿了件救生衣，他把衣服丢给了老船长。他一双鹰隼般的眼神盯着老船长，冷冷地说：“我来开船，还得你教教。”

老船长蹭地一下站了起来，他气愤地说：“我们也是有规矩的，刮大风我们不夜航。你不明白吧，没人陪你玩命。”

戴精国说："我们确实是军务紧急，得冒险渡海了。"

老船长把椅子往地上一墩，一屁股坐了上去。呼呼地出气，不再理睬戴精国。戴精国拔出了手枪对准了老船长的额头，他说："对不起了，要不你现在就一个人玩命；要不等会儿我们陪你一块玩命，你自己选择吧。"

渡轮在波涛起伏的大海里前行着，老船长高声地喊道："左满舵！左满舵！"

戴精国一行人站在船舱里，紧张地死抓着铁扶手，随着船大幅度地摇晃着。驾驶员在奋力转动着舵盘，驾驶员大声叫道："这是玩命啊，桨叶打不到水里，怎么开？"

老船长骂着："好好开船，还说什么，你还想不想见你老婆，打起十二分精神来！"

戴精国大声命令道："来！大家来唱一首《保卫大台湾》。"船舱里飘起了旋律，歌声在褐色的大海海面上时断时续，最终被一个个凶狠的大浪压进了深不见底的大海里。海浪像个巨大的怪兽，甩甩脑袋，夜空顿时被陡立的海水遮了一半；挥挥巨臂，海水就像脸盆里的水被成人的大手舀出了一半，呈现了一个个骇人的不成比例的黑色旋涡。大海就像死亡之神降临，死亡之神巨大的翼翅一次次掠过浪尖。

不消多时，戴精国的脑袋昏昏沉沉，整个船舱已经天翻地覆了。戴精国一开始只是失去东西南北的方向感，到了后来，他已经没有办法区别天和地的方位了。胸腔里像是打破了的油盐罐子，什么味道都在搅合翻腾。他开始还想努力压制着肚子里的东西不往上涌，肚子里也像大海一样在翻江倒海，在冲击着自己的咽喉。它们似乎很着急奔出自己的喉咙，要与大海的巨浪汇合。它们冲击的力量越来越大，戴精国心想，还有那么长的时间，拦是拦不住的，就放它们自由吧。戴精国倾斜着身体，让肚子里的乌七八糟倾泻而下。

驾驶员大声在喊："没有动力了！没有动力了！八成是螺旋桨被烂渔网缠住了。"船就像一个无助的木片，开始在海浪里随波逐流，船身大幅度地摇晃着，险象环生。

老船长对正在呕吐的戴精国说："你得叫个年轻人下去，马上！"

戴精国无力地抬起头来，一个年轻的特务站了过来，他对戴精国说："我没晕船，我来吧。"戴精国点了点头。

老船长把一根碗口粗的缆绳拦腰系在年轻特务的腰上。他递了把剪子给他，然后用一根细绳把剪刀和年轻人的手腕连了起来。老船长说："你下到船尾，只要用这把剪刀把渔网剪掉就行。干完后，你就喊，我们就把你拖上来。"

年轻人就这样在东摇西晃的船尾上，被放到甲板的下面去了。但渐渐地年轻人的声音被海浪的声音覆盖了。过了一会儿，海浪更大了，船倾斜得更为猛烈。老船长命令道："拉上来！拉上来！"

没想到，缆绳不知在下面什么地方给卡住了，几个人不管使多大力，就是拉不动。驾驶员高声叫道："要打火了，再没有动力就要翻了。"

老船长看了看戴精国，戴精国知道，如果这时候发动螺旋桨，弄不好，他那位被卡在下面的部下会被螺旋桨打死的。老船长说："现在还不知道渔网被剪掉没有，但是再不发动，整船人都会死的，只能试一试了。"

戴精国说："再拉一次吧。"大家又拼命拉，还是没有动静。戴精国向老船长点了点头，老船长对驾驶员说："打火吧。"随着发动机清脆的声音，每个人的心里顿时充满了对生命的希望。船开了一会儿，缆绳终于可以拉动了。年轻人被拉上来后，戴精国已经不愿意走上前去看一眼了。他远远地看着放在前甲板上的一摊不成人形的人肉，他在想今天要是不出海，年轻人就肯定不会死的。

第二天，戴精国脑袋还是昏昏沉沉的，他就被自己昨晚设定好的闹钟闹醒了。他急忙翻身起床，衣服没穿，他就冲出了房门。他挨着房门一个个地猛力敲着门。"起来了！起来了！三分钟后出发。"

戴精国会同保密局定海站的几个人前往朱枫前夫的女儿陈志毅家。定海站的几个特务已经去过几次，但是只有陈志毅在家。陈志毅很是配合，非常耐心地解释说朱枫说是看病去了，一走就再也没回来。特务们已经在全岛搜过几次了，差不多把整个海岛翻了一遍。但朱枫还是难觅踪迹。戴精国心想，这朱枫会不会已经冒险渡海了？但是他想起昨晚海上的凶险来，朱枫离开家时天气已经变得恶劣了。不管朱枫怎么不要命，但是凭她一个女子，她找不到也不要命的船工。这朱枫肯定还没有逃出海岛。

戴精国对垂头丧气的手下说："我们不要放弃，她是以看病的名义离开陈家的，我们就把岛上的每个医院都布上我们的人，盯死医院，夜以继日，穷追不舍。"特务们最终在沈家门私立存济医院找到了朱枫。台湾海峡的天气是变化无常的，这老天爷说变就变，抓到朱枫天气也渐渐好转。戴精国心情舒坦，连忙调了快船，押上朱枫回到台北。

朱枫没能逃过抓捕，被捕后的朱枫决意寻死。一九五〇年二月十六日，在看守所内，朱枫把贴身的金锁片和自己穿的海勃龙大衣肩衬里的金手镯咬碎，二两多重的金子，这位刚强的烈女子分四次混着热水吞下。吞金之痛人们可以想象，朱枫以为古人所说的吞金自尽是容易致死的。实际上黄金本身无毒，吞金自杀之所以得以成功，是因为黄金的重量使它容易坠入盲肠，引发急性盲肠炎。最后导致穿孔，毒菌蔓延要了人命。但是这种自杀方式效果很慢，而且急性盲肠炎也非绝症，只要来得及进行手术，加以割除，是要不了命的。次日朱枫被看守发现时已经痛得昏迷，如此重要的人物寻死，保密局不敢怠慢，直接把她送往医院。

戴精国赶到医院时，朱枫已痛得捂住肚子，只吐黄水。戴精国问医生："她在吐什么，不是什么胶卷和纸片吧？"

医生说："不是的，是痛得吐出的胃液。"

戴精国说："为什么不给她打一针吗啡止痛呢？"

医生说："急性盲肠炎痛是肯定的，而且通过痛可以观察到她病情的恶化情况。如果给她打了吗啡，她没有痛感了，就是最后肠穿孔了也会不知道的。所以不打止痛针的好。"

不管保密局的保密工作做得如何严密，朱枫被押在医院的消息还是被地下党获悉。左乳接收了营救朱枫的任务。左乳的营救计划获得了上级的同意。左乳在靠近医院的一家餐厅里吃饭，他点了几道菜，要了瓶日本的清酒，装着心事重重的样子，一个人喝着闷酒。一会儿他就扔了酒瓶，捂着肚子只喊肚子疼。餐厅老板也害怕起来。连忙打了急救电话，招来了医院的急救车。急诊科的医生问左乳吃了什么。左乳说了吃了鱼和几样别的什么菜。八成是被鱼刺给卡住了。

医生说："鱼刺可以卡住嗓子，绝对卡不住肠子的。它到了胃里，就被胃酸腐蚀掉了。"

左乳故作惊恐地说："那如果不是鱼刺，难道是金属什么的被吃进了我肚子吗？"

医生说："照个片就知道了。"

左乳说："那就照个片吧。"

医生说："你以为照片那么容易照啊，我还得请示。"医生拿起了话筒，他又抬起头来对左乳说："你最好能确定你肚子里真的有异物。"

左乳有点气恼地说："我来医院看病，是要你医生来确诊的，你还让我自己来确定，这不荒唐吗？"说完左乳又"哎哟！哎哟！"地哼了起来。

医生摇着头说："你不知道，这照片房好进，不好出啊。你要是有问题，倒简单了。你要是没病，你和我都麻烦了，肯定得查上好久。"

左乳装糊涂地问："怎么没病还查啊？"

医生说："跟你也说不清，我这就帮你申请X光机。"一会儿左乳就被推进了照片病室。在机房门前，站着几位保密局的年轻探员。他们警惕的眼睛在左乳的推车上来回搜索着。最终左乳差点被抬了起来彻底地搜身。完了后，左乳在特务们并不放心的眼神里被推进了病室。然后手推车被推到了照片房门外，和其他几个病人一起排队等候。一会儿，另一架手推车被推了出来，对方的脸被白布单怪异地蒙着，就像一个已逝去生命的病人蒙上了白床单。左乳急忙把自己的袜子脱了，趁着那台推车在自己的车旁擦身而过的时候，他悄悄地伸出了脚丫子，勾住了白布单。顿时，白布单被扯下了一截。朱枫那张熟悉的脸显现出来，朱枫熟悉的眼光投射过来。左乳连忙用眼神暗示着朱枫。朱枫有点惊讶的眼神，在暗示着左乳不可轻举妄动。然后朱枫自己轻轻地拉上了床单，蒙上了脸。左乳明白，朱枫知道自己身上也有一份绝密情报。她是担心自己一旦出了事，情报就有可能全部都被保密局缴获。左乳内心里泛出一阵阵温暖的感觉。

左乳和其他几位病人被一起推进了照片室。在关掉电灯后，左乳和其他几位病人轮流上了X光机。左乳照了片子，说要上洗手间，医生让左乳从一个小门去了洗手间。左乳发现洗手间是跟其他病室相通的。于是左乳心里有了底。等左乳一行人照完片子，就被推出了病室，但是他们没有被推回病房，而是在门外的特务们的监控下，等片子的结果。

大约等了大半个小时，片子就全部洗出来。照片房的医生拿着每张片子，在跟特务们解释着什么，他们不时地往左乳这边看看。终于审查完了，前面有位片子上没照出什么毛病的病人被特务们推走了。医生拿着片子走到左乳的面前说："你真是不小心，这么大个鱼钩，你都吃进了肚子。你现在什么都不能吃，只能服些泻药，要把鱼钩拉下来。现在你肚子里的鱼钩位置还正。但是只要钩子掉过头来，那就很麻烦了，随时都有可能挂在你肠子上。那凭泻药就没办法了，非手术不可。你现在必须每个小时都要来照片，我们要随时掌握鱼钩的角度。"左乳点着头。左乳的如期目的已经达到，他就是要制造反复进入病室的机会。下午左乳再次被推进病房的时候，特务们一看左乳的病历，都没有再检查他的推车，就直接让左乳进入了病室。

左乳再次被推进病室时，他把那两支铁疙瘩驳壳枪带在了身上。按照流程他轻易通过了病室外特务们的检查。他被推到了照片室门外排队等候。左乳对着护士扬了扬手里的白纸，说自己又要拉了。他火急火燎地往卫生间里跑，进了卫生间他把窗户打开了。然后他把一截绳子绑在了卫生间的窗户上，他知道只要从这二楼滑到地面，就出了医院，到了马路上了。然后他掏出了怀里的两把枪来，他把枪都顶上了火，再用一块布遮盖着。他转身疾步出了卫生间的小门，完全没了先前病恹恹的感觉，前后判若两人。左乳从照片室的小门溜进照片室，朱枫吃惊地看着悄无声息的左乳说："谢谢你，我走不了。他们要排出我肚子里的金子，给我吃了几天的泻药了，我没有一点力气。"

左乳说："我来救你，是组织上决定的，没有时间了。快！只要你走几步，就可以逃出去了。"

朱枫说："我连几步都走不了，我没有一点力气。不能连累你。再说你还有任务。"朱枫说着开始把左乳往外推了。

左乳几乎感觉不到朱枫的力量。他明白了要想让朱枫自己走出去，再从那根绳子上滑下去，她是无论如何也做不到的。这是他和省工委的同志事先完全没有想到的。他只能放弃现在的营救计划。

医生在用喇叭喊着："好了吗？穿好衣服出去吧，后面还有别人在排队呢。"

左乳见状只好对朱枫说："我们再想别的办法，保重！"说完左乳敏捷地拎着枪走了出去。左乳把卫生间的绳子收了回来，又把窗户关好。他把枪的保险重新关上，然后又病恹恹地原路返回。左乳躺上了自己的手推车，这时朱枫蒙着白布被推出照片室。这次朱枫自己把蒙在头上的白布揭了开去。她用沉静的眼光看着前方，也看着左乳，她的眼光里既有对左乳的感谢，也有一种安慰的神态。左乳还感觉出那种眼神里除了柔柔的温情，剩下的就是一种轻蔑，那应该是对自己所处的险境和个人的安危所表现出来的态度。

左乳照完片，被手推车推着出了病室，现在特务们不再检查他了，他也不需要在这里等待结果。护士推着他准备回病房里去。这时一个低沉的男中音在厉声问道："这个人怎么可以不用等片子？"左乳回头看去，他记起了那张令他记忆深刻的脸，那张刀劈斧削面容严峻的脸正在向特务们发问。

一个年轻特务急忙上前回话："这个病人吃鱼把鱼钩吃进了肚子，我们已经看过他的片子了。医生是担心他肚子里的鱼钩会改变角度，挂在他的肠道上，排不下来。所以要频繁地照片，观察鱼钩的角度。"

面色严峻的人说了句："真够倒霉的。"这是左乳第一次在这么近的距离看清了戴精国的脸庞。但是他还不知道这个面色严峻的干探将成为追踪他一生的死敌，将成为与他斗智斗勇的对手。推手推车的护士看到戴精国没有下一步的指示，就推着左乳回了病房。

四件金饰残片在朱枫胃里留了几天，最后被医生们用泻药排了出来。待了几天，左乳也在卫生间里拉出了肚子里的鱼钩。左乳把鱼钩在水龙头下冲了干净，然后他把缠在鱼钩上面的胶带一层层地解了下来。原来胶带是为了防止尖利的鱼钩钩在肠道上，对身体造成损伤的。实际上，左乳是故意吞下裹着胶布的鱼钩，然后他也没有服泻药。他只需要挨点时间，等着肠胃自动把鱼钩排出体外。

在朱枫被捕的同时，特务们就在她身上搜出了一个火柴盒，里面有一个微缩胶卷。胶卷冲洗出来后，胶卷里的内容是台湾防御图的一部分，果然是戴精国他们正在苦苦寻觅的两份情报之一。现在只要把另一份情报找到，说不定台湾就有救了。这让戴精国如释重负，他在火柴盒上还发现有一个台北的电话号码。他立即吩咐手下排查，最后发现这个电话号码就是吴石家的电话号码。保密局因而认定朱枫就是吴石太太说的“陈太太”。保密局更加严密地防守着进出台湾的所有通道，戴精国心想即使是一张纸片也绝对不能让它飞出台湾岛。

一九八八年的广州精神病院里，现在戴精国问的每个问题，在侦讯对象左乳那里都能得到及时的反馈了。当然不是从左乳的嘴里，而是从左乳的神态。左乳虽然还是一言不发，但只要戴精国一提问完，左乳的五官和肢体就会立即有比较明显的反应。或愤怒、或喜悦、或甜蜜、或失望、或机警，看得出左乳的思维反应速度正在恢复，而且恢复得很快。戴精国把左乳的恢复情况跟劳教授沟通了，劳教授提出，戴精国现在的问话除了仍然坚持以时间顺序为纲，还要加点比较复杂的思想理论和价值观的讨论。戴精国说可以试试。

戴精国看到劳教授有些愁眉不展的样子，就问劳教授有什么事需要帮忙吗？

劳教授犹豫了一下，就说：“这件事跟你说说无妨，我这里关了一个需要鉴定的精神病杀人犯，一直还没有头绪。他是个台湾人。”

戴精国“哦”了一声，看得出他对对方的台湾人身份很感兴趣。戴精国说：“我也是个老资格的审讯专家，何况对方还是个台湾人。让我看看，看能不能帮得上你们？你们是不是还处于保密状态？”

劳教授说：“一个普通的杀人案件，保什么密。没关系的，你去看看说不定真能看出些什么。”于是劳教授带着戴精国到了重症监护室里。隔着很远就能闻到臭味。

戴精国捂着鼻子说：“你这里比我的看守所可臭多了。”

劳教授尴尬地说：“我这里关的可是神志不清的人。”

戴精国指了指铁网里的一个病人说：“是不是他？”

劳教授说："好眼力，一眼就被你看出了。"

戴精国说："这人的外表已经被破坏得乱七八糟了，很多信息都不完整。他这间隔断里为什么多装了两只灯？"

劳教授解释说："这个台湾人很奇怪，晚上睡觉不知为什么，灯不亮，就睡不着。就会大吵大闹。从心理学的角度来说，他可能是犯罪后留下的后遗症，害怕黑暗，害怕独处。"

戴精国笑了笑说："他不是什么犯罪后遗症。他坐过牢。"

这回轮到劳教授吃惊了，劳教授不解地问："为什么你会这样认为？"

戴精国笑着说："你在牢房里待的时间不长吧？"

劳教授回答说："你是怎么知道的？"

戴精国说："因为在你的身上没有后遗症啊，而在他的身上就有。"

劳教授说："你说他坐过牢，而且时间不短？"

戴精国说："对！他是个重刑犯。长时间坐过牢的人，晚上睡觉都习惯开着大灯睡。哪个牢房里晚上睡觉不是开着灯的？"

劳教授说："你这么一说，我倒是想起来了，号子里晚上都开着灯监控犯人，怕逃跑啊。"

戴精国说："你把他的照片给我，我台湾监狱里的熟人比较多，我把照片传真给他们，让他们帮忙查查。"

劳教授高兴地说："那就太好了。"就在医院的办公室里戴精国把传真发了出去。

戴精国说："明天估计就会有回音的。"

戴精国回到"审讯室"，左乳目不转睛地看着他，左乳竟然对他说出了一句："不知你又有了什么新花招，我什么都不会说的。你的审问只是在浪费时间，我早就等着这一天了，不就是枪毙吗？"

戴精国想逼左乳对话，他马上接住左乳的后一句话说："你说你早就等着这一天了，是不是可以说你没有信心跑出我们的手心。说明我们的终生追逃非常有效，你是否一直在惶恐中逃跑？你每天看到你身旁的同志被抓，能不惶恐吗？实际上你内心很虚弱，你早就失去了你的所有上线。哈哈，他们都被抓了，你只是孤军作战，几十年都在进行你的个人战斗。没有后援，只能逃跑。"戴精国已经感觉到自己的语言完全击中了左乳，左乳的面部表情是痛苦的，是孤独的。就像一个受到重创的人伤口还没愈合，伤疤又被人用力揭开，他在做最后的挣扎。戴精国心想这些话应该击中了对方的要害，作为一个常人来说，不管结果怎么样都会进行反驳的。

戴精国留了几秒时间让左乳进行反击，但是左乳没有进行任何申辩。戴精国在想这个人也许是受伤太重了，从表及里都已经严重受伤。而且被伤害的时间太长久了，没有谁能经受得住时间的磨砺，他已经无力反击了。戴精国继续说着："可以说从民国三十八年八月至三十九年三月，也就是四九年八月到五〇年三月，我们几乎每天都在抓人。蒋经国先生曾经在五〇年五月一次总结会上说，那几个月里，我们破获的共谍案有八十多起。"

左乳想起那个寒冷的季节，他和小马在台北的街头的最后一次见面。他们俩手牵手地在街上走着。小马说："这是你要的八音盒。"小马上了上发条，《致爱丽丝》的悦耳音乐就飘了出来。小马柔情地吻了吻左乳，她说："你要这个八音盒是为了时常想我吗？"

左乳想了想说："既为了纪念，也为了工作。"

小马有点不高兴地说："你的情报是放在这里面的，对吗？我就知道你是为了工作。"左乳有点郁闷地拨弄着八音盒，一声不吭。

小马换了种公事公办的语气说："老郑让我告诉你朱枫同志已经到了定海了，但是找不到渡海的船，现在就只有靠你了。他要你尽力把情报送出去，但是不能冒险，情报不能有任何闪失。"

左乳认真地回答："我知道朱大姐受阻，就要用我这份备用的。我明天就去走我的老交通线，看看能不能把东西送出去，当然有任何风吹草动我都不会行动的。"

小马突然紧紧抱住左乳，眼里噙满泪水说："这段时间我们的人被抓了不少，天天枪毙人。你一定要小心啊，千万不能被他们抓住。其他的工作都要停止，明天你要搬家了。这段时间不能联系，我会想你的。"

左乳说："明天我搬家，你也要注意安全。"

小马说："你的那两块铁疙瘩不用，就扔了吧，放在家里是个祸害。如需要联系你，你注意每周周日的《中央日报》中缝。"

左乳回答："我记住了。"两人在寒风中紧紧拥抱在一起。

第二天左乳搬了家，他把东西都绑在一起并掏出了两把驳壳枪看了看，犹豫了一下，有点拿不定主意是否带着枪走。这时门外传来了童子军高声歌唱的《保卫大台湾》，于是他把枪一同打进了包袱。然后他拎着包袱出了门。《保卫大台湾》的歌声响彻云霄。左乳铁着脸孤独地走在台北市的街上，寒风吹着他风衣的竖领，多出一截的捆绑包袱的绳子瑟瑟发抖，左乳坚毅的眼睛直视远方。

左乳在南下高雄的火车上，一个似曾见过的身影闪过他的座位。左乳快速地在脑海里寻找稍纵即逝的印象，他想起来了，刚才那个可能跟踪自己的身影，是老郑被抓后的第二天他去探个究竟时遇到的保密局的特务。左乳不露声色，他估计如果特务在跟踪自己就不可能是一个人。于是他起身走到洗脸间，他从反光镜里看到有三个人跟了上来。

火车到了台中，这是个大站。左乳走到了车门旁，他拿着自己的皮夹，车门外卖烧鸡的小车已经被顾客围得水泄不通了。左乳用余光看见已经有一个特务从另一节车厢下到了站台，眼光时不时地往这边扫视着。左乳伸出钱包，嘴里说着："来只烧鸡。"卖烧鸡的根本就忙不过来，没多久火车又启动了。烧鸡摊上买鸡的旅客都回到车上，左乳在乘客席伸出头来大声地喊："快！买只烧鸡。"

小贩急忙拿了只烧鸡跑了上来，左乳接过烧鸡，把钱包伸出车厢。没想到的事发生了，左乳的钱包掉了下去。旁边的乘客都惊呼起来，左乳毫不犹豫地跳下月台去捡钱包。左乳在地上捡到钱包的同时，用余光看到已经开到前面去了的车厢上扑棱棱地跳下三个人来。他没有再正眼看他们一眼，转身又敏捷地翻上了正在掠过的列车窗口。在翻上车窗转身时，左乳看了一眼站台上那三个目瞪口呆的特务，但他失望地发现三人里没有那张熟悉的面孔。

左乳吃完了烧鸡，然后拿了根结实的绳子，拽在手心。他起身向车尾走去，目不斜视，走得风快。他走到了最后一节车厢，把车门打开，就直接跳了出去。他右手的绳子已经搭在车厢上，把他悬在门外了。一会儿，有一张熟悉的脸和一只枪管同时狐疑地探出车门，左乳伸出手来抓紧对方的领口，一把就势把那张熟悉的脸拉下了奔驰的列车。左乳在火车到达终点的前一个小站提前下了车。

左乳走到了那个熟悉的码头，胖厨师的那艘小客轮正停在那里。左乳回到那家他经常与胖厨师聚餐的小饭馆，准备点菜。老板跑了过来递了张纸条给他说："厨师长前两个礼拜来的，给你留了这张纸条。"纸条上面写着："兄弟，我们船上都换成国军的人了，我得另找工作了。"左乳拿着八音盒发起愣来。

一九八八年的广州精神病院里，此时，劳教授、小关还有戴精国都在劳教授的办公室里讨论左乳的病情。这时，桌上的电话响了，劳教授接起了电话。电话是从台湾打过来的，要找戴精国先生。戴精国接过电话，对方跟他说起那个台湾杀人犯的调查结果。电话里说，台湾监狱里没有见过这个服刑的人。戴精国挂上了话筒，就说："看样子这位杀人犯以前不在台湾服刑。根据他的刻苦习惯，我觉得他以前服刑的生活环境可能要比台湾恶劣得多。"一席话说得听者都竖起了耳朵。"我估计有可能这个杀人犯是在你们大陆服过刑。"

小关连忙辩解着说："戴先生好像对大陆有偏见啊？"

劳教授插话说："无所谓偏见，关键是这样的分析对不对路，只要建立在正确的推理上，我就信你。戴先生是在破案呢，就不要往政治上扯了。"劳教授又补充了一句说："那我马上把这个情况告诉刑侦队，让他们在我们的监狱里查查。"

戴精国说："我敢肯定这小子就是在大陆服过刑。"

大家谈完了台湾杀手的事就又转到戴先生交办的事来。小关对戴精国说："戴先生，我们已经就张志忠和林英杰的遗书电话追问过好多次了，林英杰和张志忠的遗书我们寄给了中组部。现在主要是张志忠的问题，中组部调查局正在调查，希望尽快给死者一个定论。但是因为两岸几十年的对立，信息的阻隔，而且他们又处于保密战线的最前端，很多的资讯都没有披露。特别是大陆前些年的内乱，很多能见证的人和事都被弄乱了，所以甄别起来很困难，他们也希望你能提供一些资料。"

戴精国说："这合适吗？一个你们曾经的敌人，要反过来证明生死相搏的对手是否是英雄，你们会信吗？这是历史给我们开的玩笑吧。"

小关狡黠地说："放心吧，戴先生，你的资讯可以和其他的资讯相互映衬，多种渠道的资讯就更容易证明历史的真相了。"

劳教授则在一旁插话说："我从心理学的角度来看这个问题，从善如流啊。每个人都有英雄情结，都推崇人性光明的一面。戴先生虽然审过很多地下党人，为了自己的利益在当时对那些变节者应该是褒奖有加的。但是戴先生内心里真正赞许的还是那些大义凛然的人，置生死而不顾的人。这可以从戴先生千里送遗书看出，所以戴先生对先烈们的评价应该是公正而且权威的。"

戴精国一时不好意思，连说："过奖！过奖！老先生过奖了。"

小关赞叹地说："教授就是教授，真有水平。"

一九五〇年二月七日，戴精国和保密局的特务包围了中共台湾省工委武装部长藏身的地方，台北新公园附近的中西大药房二楼。

张志忠是台湾地下党武装斗争的总负责人。作为台湾"二二八"事件在嘉义的领导者，张志忠他们当时武装占领了整个嘉义市，迫使国民党部队炸掉了军火库，全部退守到嘉义机场。最后国民政府从大陆调来了大批增援部队，才使得这场城市战争的硝烟逐渐消散，而张志忠的个人能力也得到了最好的发挥和最完美的体现。张志忠经手的武器从手枪到步枪甚至机关枪都有，他把“枪杆子里面出政权”的理论理解得烂熟于心，运用得炉火纯青。他为了夺取武器，武装自己的基地，可以胆大到组织人马直接攻占十几个人的警察署。对这样一位赫赫有名的人物采取行动，戴精国与同僚们是做了充分的思想准备的，他们对可能发生的枪战都精心做了预备方案。

深夜，逮捕行动开始了。那一夜天气特别冷，台北的夜晚异常的寂静。行走在楼道里，戴精国能清晰地听到同僚们的呼吸声。他踢开了那扇樟木板做的大门，踢门的声音在台北的夜空里传得很远。或许正是由于天气的关系，张志忠给人的第一印象是非常失望的，完全不像一个从事武装斗争者那样以武力反抗。戴精国当时有点怀疑是否搞错了对象，难道面前的这位情绪低落的人就是建立过台湾几个武装根据地的组织者，就是那位领导过“二二八”大起义的战斗领袖？但接下来张志忠的表现就让人刮目相看了。

“知道你们会来，我等很久了。”这是见面时，张志忠说的第一句话，然后他又说：“现在你们来了正好帮我完成两件事：第一，帮助我死；第二，撇开政治恩怨，把我的孩子抚育养大，不要再让他从政。”卧室里有张志忠的家眷，他的妻子季芸和他只有三岁大的孩子，显然熟睡的孩子已经被吵醒。

张志忠对孩子说：“杨杨，睡吧，叔叔找爸爸有点事。”

杨杨说：“妈妈陪我！”

张志忠对戴精国说：“能不能让我太太留下来，需要传讯，她立即就到。”

戴精国说：“你们是政治案，你心里明白你们的罪有多大，你们俩都必须去。”

张志忠太太季芸就说：“那让我把孩子放到邻居家，可以吗？”戴精国点了点头，戴精国让两个随从跟着季芸把孩子送到邻居家。

张志忠被捕入狱后向看守所提出过一项申请，希望看守所基于人道主义，允许他们把三岁大的孩子杨杨接到所内共同生活。

杨杨进入看守所之后，他的天真，惹人怜爱，很快便和看守所管理人员打成一片。戴精国跟谷处长等人多次前往探视杨杨。工作闲时，他们就把杨杨从看守所带出去钓鱼游玩。戴精国一次在办公桌上看到了季芸的判决书，得知她将要被执行枪决。戴精国滋生了一种迥异于其他在押人员的同情心理，也许是乖巧的杨杨带给自己的这种同情吧。为了排遣内心的惆怅，戴精国开了吉普车带着杨杨去钓鱼。吉普车一驶离看守所，在天高地广的大自然里杨杨顿时很开心地笑着、叫着，玩了半天，戴精国说："我们今天收获不小，你今天又可以改善伙食了。"

杨杨回答说："我要给我爸爸妈妈改善伙食，他们虽然不能出来钓鱼，但是可以吃到我钓的鱼。"

戴精国连忙说："好！今天钓的鱼就做给你爸爸妈妈吃。他们可以吃好几顿呢。"

杨杨于是咯咯地笑了起来。他懂事地说："谢谢叔叔，我会告诉我爸爸妈妈的。他们也会感谢你的。"在返回看守所的路上，戴精国开着车，杨杨一直装着在看窗外的景色。杨杨可能想起了狱中的爸爸妈妈的现状，他的眼里噙满了泪水。戴精国伸出手来轻轻抚摸着杨杨的头说："杨杨，你恨叔叔吗？"

杨杨用力甩开戴精国抚摸的手，怨恨地说："你知道了，还问干吗？"

已担任国防部总政治部主任的蒋经国先生先后两次来看过张志忠，蒋经国先生以身说法，希望张志忠也能迷途知返，脱离共产党，加入国防部出来做点事。张志忠与蒋经国彬彬有礼地谈了很久，张志忠把自己的信仰和坚守的底线与蒋经国先生交了底。蒋经国在最后离开时很诚恳地问张志忠："张先生，你还有什么事需要帮忙吗？"

张志忠笑着回答说："如果你要帮我，就让我早日死去。"蒋经国沉吟了片刻，最后低头失望地离去。

一九五〇年二月六日，老郑携小马离开台北，前往嘉义县奋起湖投靠林医生。

一九五〇年二月十日，老郑第一次逃脱后，保密局知道了老郑和小马的关系。他们认定老郑必然会同小马一块离台，认为只要找到小马就能找到老郑。于是把从老郑身上搜得的小马的照片，冲洗了几百张，四处散发搜寻。

最后在警务处对照所有申请离台者的照片时，在一大堆已批准出境的文件中，找出了一份署名"刘桂麟"的出境证，居然贴的是小马的照片。这张出境证是以军眷名义申办的，小马冒称是刘永渠高参的女儿，要离开台湾前往定海。在文件角上还留着一张托办出境证者的名片，那是东南军政长官公署总务处交际科科长聂曦的。

查到聂曦名下，才知聂是吴石的副官，过去在国防部史料局任总务组长，赴台后由吴石安插在东南长官公署任交际科长。戴精国从而想到了那晚惊险的汽车追逐中的神秘主角来，当时查到的在中美技术合作所四五年第八期培训的、听过美国中央情报局的斯密斯讲座的国防部的军人有两位，但都不是聂曦。因为聂曦压根儿就不是国防部的人。戴精国现在明白了，当时他们认为是国防部的吉普车，就把嫌疑人的范围错误地限定在国防部内部了。

戴精国现在可以初步断定，聂曦就是他们一直在追捕的军内的神秘人物。戴精国又派人去调了聂曦的档案并查了他的社交网，这才发现聂曦也是在中美技术合作所四五年第八期培训过的。而且聂曦因为工作需要以及他与吴石的关系，自然同国防部的行政部门也非常密切，也就是说聂曦要在国防部开一台车出来，是太简单的事了。

做出了判断后，戴精国立即带人突袭了聂曦。当戴精国问到办通行证的事时，聂曦声称出境证是吴石太太托办的。上面的地址也是吴太太填报的，因为要以军眷身份办证，所以假造了刘永渠高参名字。聂曦已经在押，更让戴精国和谷处长兴奋的是，几条线索归拢后，目标越来越明确地都指向了吴石。

张志忠寻死，按照戴精国的分析，他脑袋里装的秘密太多了。他觉得自己难以守住这些秘密，只有整天嚷着要死，就可以避开保密局穷追不舍的问讯。也只有死亡才可以让那些秘密永远成为秘密。

几年前，戴精国还是个共产党员时，在上海就经历过审讯这一关。因此他知道身陷囹圄，被不断地逼迫招供的压力有多大。即使对方没有动刑，但你没有办法知道对方的下一步会做什么。你只知道只要自己还坚守着，对方肯定就还会来审讯你。你不知道你再坚守一次，对方是否还会耐着性子或是会勃然大怒。你更不知道对方被激怒后，又会采取什么样的新招来对付你。你甚至不知道对方什么时候会被激怒，什么时候会触及对方的底线。你只知道你还是被关押在这里，等待着他对你的再次宰割。如果对方几天没来，你甚至又会着急，你不知道他们是否彻底放弃你了，抑或又要上新的审讯手段了。如果彻底放弃了自己那是不是也意味着自己在对方看来已失去任何价值，那么对方是否会随意处置自己的身体。是杀还是长期地关押？你未知结果。自己唯一可以做的就是耐心等待。他想想自己那时候，也是欲一死了之。可见持续不断的审讯和对结果不能把握所带来的压力，有时远远大于瞬间死亡的威胁。

而现在张志忠一家三口都在这儿，他所承受的压力就更大了。他即便以死来逃避审讯的压力，甚至还可以搭上妻子的性命，但他的儿子他不能不顾。在狱中的这段时间可以看出张志忠是很在乎杨杨的。杨杨还需要我们养大，张志忠对我们的审讯虽然心里很排斥，但表面上却尽量不与我们发生冲突，以不触怒我们为前提。戴精国完全理解张志忠的难处，他知道对方想四面设防是不可能的，张志忠肯定会在一方面妥协的。

戴精国已经有多少次提审张志忠，连戴精国自己也记不清楚了。最开始的提审还是按照程序走的，每次都不忘记写笔录。到了后来，戴精国有意想模糊张志忠心目中被讯问的意识，每次问话都是从拉家常开始。有时候张志忠带着杨杨在院子里放风，戴精国便抓住机会与他聊天。戴精国无数次与张志忠接触，他实际上有一个巨大的阴谋需要得到张志忠的口供才得以实现，那就是他需要张志忠提供出“老郑”的地址。张志忠作为“老郑”的副手，他是不可能不知道“老郑”的藏匿地点的。为了这个目的，地下党的一些小的线索他都不再向张志忠核实了。“老郑”的脱逃连总裁都过问，这给保密局带来了巨大压力，可以说老郑一天不归案，保密局一天不得安宁。

实际上张志忠也知道，保密局一方面对杨杨很关照；一方面对自己好像也没有追逼什么。肯定是有一个重要目的需要自己最后去实现的。他不知道对方的目的是什么，更不希望对方逼自己开口，他只好以死来告知对方。自己连死都不怕，还有什么可怕的。他希望这样一来，特务们会放他一马，不会对他穷追猛打。而且以自己一个人的死还可以换来他们对他妻子、至少对他孩子的同情。张志忠确实是有死的心了，唯有这样才可能保住自己心里的秘密，保住自己的名节，更能保住家人的性命。

戴精国这天看见张志忠正在院子里跟杨杨玩举高高，父子俩很快乐地大笑着。阳光把杨杨的头发染成金色，张志忠跟杨杨在一块总是那么快乐，根本就不像是一个坐牢的人。戴精国走了过去，喊着杨杨：“杨杨，明天跟叔叔钓鱼去，好吗？”

杨杨回答：“好啊，明天我要给爸爸钓一条大鱼吃。”

张志忠高兴地说：“乖孩子，就是要多吃鱼，吃鱼的孩子聪明。”

戴精国指了指正在女监往这边看的季芸说：“杨杨，你妈妈叫你，去跟你妈妈说几句话。”

杨杨高声叫道：“妈妈！妈妈！我来了。”

戴精国望着杨杨的背影说：“杨杨太可爱了，这样的孩子谁都喜欢啊。”

张志忠好像明白戴精国要对自己说什么似的，他看着戴精国说：“有话要问我吗？”

戴精国长叹了一口气，好似欲言又止，最后戴精国看着地上说：“我有件事一直想问你，不知你是不是愿意说？”

张志忠毫不犹豫地回答：“一个临死的人要说的就只有遗言了，我是天天在等着你们来枪毙。”

戴精国没有理会张志忠的回答，继续说着：“这实际上是你我两人之间的事，看你愿不愿意帮我的忙？”

话说到这，杨杨跑了过来。杨杨对戴精国说：“叔叔！叔叔！妈妈让我谢谢你。”

戴精国看了看不远处的季芸，季芸正在向这边挥手。

戴精国对着杨杨说："以后给叔叔做儿子，好不好？叔叔养你。"

杨杨急忙跑到张志忠的身边，回答说："不，我要当爸爸的好儿子。"戴精国和杨杨的一席话让张志忠动了感情，戴精国分明看到了张志忠眼里闪动的泪花。

戴精国认真地对张志忠说："杨杨的事我们肯定会管到底的，不管你怎么做。"这句话让张志忠想起了对方确实是发自内心地喜欢杨杨，自从他们一家人住进了看守所。杨杨就几乎每天都要被这位国民党的特务接出去玩耍。不管工作多么忙，戴精国不来看一眼杨杨，是绝不会下班的。如果将来自己和季芸都牺牲了，杨杨还能指望谁啊，也许只有身边这位保密局的干探才是杨杨最亲的人。他们夫妻俩内心里早已经把抚养杨杨的担子交给戴精国了。张志忠知道自己没有办法跟眼前的对手较量，如果是在战斗中他可以次次冲锋在前，他不惧怕任何敌人。而现在他就像一只被无数根绳索死死地捆住了身体的老虎，他的内心里早已在亲情的围困下瓦解掉了。

这回轮到张志忠欲言又止了，戴精国抓住机会，说了一句："实际上我的问题这里很多在押人员都可以告诉我，我也只会问你这一次。"

张志忠说："是吗？什么问题？"

戴精国说："我就想让你帮我分析一下，老郑有可能跑到哪去了？"戴精国又急忙补了一句："现在有了几个答案，就不知道哪个准？实际上老郑是干吗的，我们都不知道。"

张志忠犹豫了一下说："不知道这个地址准不准？"

戴精国心中一喜，他按捺住激动的情绪，貌似平静地说："看与我们掌握的地址是否吻合？"

张志忠说："台北市中山北路中山市场旁黄天的院子。"

戴精国"哦"了一声说："好像我们那有这个地址。"戴精国又逗了逗杨杨，然后拍了拍张志忠的肩膀，就走了出去，留下张志忠在那里发愣。

戴精国知道像张志忠这样的人物，一定是要给他足够的体面。他一边关上铁门，一边在想自己刚才的言行是否让张志忠难堪了。

抓捕黄天时，给戴精国留下比较深刻印象的是黄天的女儿的那双眼睛。两天前，老郑和小马感觉到台北的风声太紧，他们就从黄天家转移到山区的嘉义奋起湖林医生家去了。

戴精国和十多名同僚前往中山北路中山市场黄天的家搜查老郑的行踪。他们在门口监视，却一直没有等到老郑的出现。直到晚上十点钟，黄天的家除一名学生模样的少女出入外，别无其他动静。戴精国越墙而过，进入院子搜查，刚落地，迎面一道快速的黑影扑了过来，一条狗紧咬着戴精国的裤腿，喉咙深处发出低沉的怒吼。这时，一名学生少女听到响动，出来查看。

“库洛！”她喊住那条狗，然后以相当平静的口气问：“你们是谁？”借着屋内透射出来的昏黄灯光，能看清少女大大的沉静的眼睛。

“黄天在吗？”戴精国问道。

“阿爸出门好几天了，不知什么时候回家，你们改天再来吧。”少女闪动着眼睛机警地回答。

戴精国一行人亮明了身份。他们要求少女按照平日生活习惯，熄灭灯火。然后把库洛放回院子活动。深夜十一点十分，戴精国听到院门响了，一名四十多岁的男子略带紧张地走入院内，库洛静静跟在他后面摇动尾巴。从库洛对待来人的姿态上，戴精国知道这人就是这家的主人，也是他们要找的人。黄天就这样被捕了，因为老郑还没有着落，于是保密局把黄天的妻儿都关进了保密局的牢房里。

黄天是一名死硬派的老台共，是戴精国所遇见过对抗性最强的一个。黄天的拒不配合让保密局的特务们恼羞成怒，于是他们开始暴打黄天。霎时间，只听见拳脚声和惨叫声令人不忍卒闻。一会儿，黄天被架回讯问室，奄奄一息地趴在桌子上，血水从头发、眼角、鼻孔和嘴角汩汩流出，身子抖个不停。打完后，特务们架着黄天返回牢房，到黄天的牢房必须先经过他妻儿的牢房。当特务们拖着黄天通过走道时，血水一直在流淌。戴精国跟在后面，她看到了黄天的女儿的那双大大的眼睛正在恐惧地辨认流血的人是谁，接着少女看出了是自己的父亲被打成这样。她的眼神变得伤心欲绝，那种眼神让人发怵。戴精国连忙把头转到一边。

黄天是“匪谍”，他的财产也要没收。而保密局的干探们都是刚来台湾不久，他们自己的居住条件非常差。于是缴获地下党的住房，抓捕地下党后，赶走他们的家属，占有他们的房屋，就成了不成文的规定了。保密局的干探们就是这样慢慢地占下一家家的住房，改善了自己以及家人的居住条件。

戴精国等人在黄天的住房里休息，这所房子现在已是保密局的公有财产。一天有人进了院子，门外的库洛叫得好凶，来人还在大声地叫唤着库洛的名字。接着有人在敲门。有位探员去开门，戴精国随后也走了出去。这才发现是一群衣衫褴褛失魂落魄的人在敲门，戴精国从那双大大的眼睛里认出了这群人是刚从牢房里放出来的黄天的妻儿们，他们显然不知道这个家园已经不是他们的了。那位少女的眼睛里，此时装满了悲伤与绝望。在他们离去后，戴精国狠狠踢了库洛一脚，他骂道："你这条不知好歹的畜生。"库洛夹着尾巴跑了好远。它不知道这个新主人为什么要打它。

一九五〇年二月二十七日，黄天在严刑拷打后供出了老郑在嘉义的藏身地。

同日，保密局再次提审吴石太太，经过一天一夜的疲劳审问，吴太太没有办法再隐瞒。当化名陈太太的朱枫从定海被押解到台北跟吴太太见面时，吴太太终于说了实话。她说："陈太太是从香港来的，是来找吴次长的，我并不认识她，她到我们家里七八次了，我并不知道所谈何事。至于小马的出境证，则是陈太太托我办的，由我转托聂科长办理。"吴石为老郑的小姨子小马签发的《特别通行证》证据落实。

一九五〇年二月二十七日晚上十时，保密局准备了充足的人员抓捕老郑，保密局在谷处长的带领下，兵分两路，一路九名干探，搭乘铁路夜间末班快车；另一路由两名干探驾驶吉普车取道公路南下。班车在清晨四点抵达嘉义市。他们在车站前方大约三百公尺的一家小旅馆，租了几个房间住了下来。

清晨，天刚破晓，戴精国和谷处长站在晨曦里，谋划着今天的行动。谷处长说："今天我们首先要准确地找到林医生的家，然后再捕人。"

戴精国说："老郑比张志忠的威胁要小，他也不会带枪。"

谷处长说："你千万别忘了，他的身旁不是还有一位姓左的年轻人在做他的保镖吗？那个小伙子可能是个麻烦。"

曾经第一次抓获过老郑的张清杉走了过来，他主动请战。要求天一亮，便单独前往奋起湖探查情况。

谷处长担心地说："好是好，可是老郑认得你，怕会打草惊蛇。"

张清杉回答说："这点我也想过，只要装扮成当地人的模样，就不会引起注意。另外我跟他熟悉，也了解他，我可能比较容易闻到他的气味。"

谷处长说："我看行，你先去侦察，发现情况立即报告。带上一只信鸽。你要真有一副狗鼻子，你就会立大功了。"谷处长和戴精国都哈哈大笑起来，

太阳光从旅馆的木格玻璃窗照了进来。张清杉向旅馆老板借了一双木屐、一顶斗笠和一辆脚踏车。张清杉跨上脚踏车，朝旅馆老板说的奋起湖方向骑去。他头戴斗笠，

踏着木屐，自行车上吊着一只信鸽竹笼，里面一只红眼鸽子在咕咕叫着。张清杉这身打扮真像极了一个游手好闲的乡下人。这是一个艳阳天，虽是初春微寒，可是张清杉心情极好，他一路哼着歌谣。鸽笼随着他的车身摇晃着，红眼鸽子配合着脚踏车的节奏咕咕地叫得更欢。

张清杉骑行在一条没有石子路面的泥土路上，由于很久没有下雨，路面土硬，脚踏车行驶在上面非常颠簸，张清杉的两只手的虎口被震得发麻。他回头看看已经远远落在背后的嘉义市，正在盘算自己的里程时，自行车的链条松掉了。他只好下车来，用一根棍子挑起满是机油的链条来。他转动踏板，自行车的链条重新卡了上去。他擦了擦手，上了车。前方路上过来了一个戴着斗笠的当地人。等走近了，看他身上的装束却不像一个乡下人，来人上身还穿着一件质地很好的西装，脚下一看就知道是日式风格的高吊脚裤腿的西裤。两人愈来愈接近，张清杉好奇地向着来人斗笠下半个脸孔看。对方也忍不住朝张清杉看了一眼。四目相交，两人都觉得十分面熟。

“真有这样巧的事？”张清杉心里想，车子已经和来人擦身而过了。他把速度放慢，回头望望那个人，刚好，那人也回过头来。真是鬼使神差，正是老郑。原来老郑是在乡下憋久了，肚里没油，准备到镇上好好吃一顿的。

“没错，真的是老郑。”张清杉掉了车头。那人不再走动了，他静静站立在路边。等到张清杉骑到自己跟前的时候，他苦笑着，勉强说出一句话：“怎么又是你？”然后，他把手伸出，让张清杉为自己戴上了手铐。

张清杉骑着脚踏车，颠颠簸簸地把老郑载回旅馆。这时候，那些晚起的干员正在打扑克牌。当张清杉、老郑两个人戴着斗笠，一前一后出现在旅馆门前时，大家不免都呆住了，一时都没有反应过来。

“我把老郑带来了。”张清杉好像是在说一个老朋友似的，然后潇洒地上楼去了。进房前他说：“我想，我可以睡一个好觉了。”

戴精国问：“怎么不放鸽子啊？”

张清杉摊开双手说：“不需要增援啊，没有危险。”

“给我一杯水吧，我很渴。”老郑说话时，眼神已不像往日一样地敏捷了。三个月的逃亡生涯，似乎令他相当疲惫。于是谷处长马上叫了一桌上好饭菜，大家都不分敌我地开怀吃了一顿，老郑更是吃得没了绅士样。

大餐将近时，老郑像面对一群老朋友一样突然发起感慨来：“没想到政治局势变幻莫测。早三五个月，我还满怀信心认为解放军必将挟席卷大陆的余威，迅速解放台湾。

现在过去了那么久了，还没消息。”老郑无奈地摇了摇头，又自嘲地说道：“不知什么原因，突然间我们的组织就整个崩溃了。”保密局的特务们就像在听他们的老板发表对局势的讲话似的，没有谁会感觉到这是中共台湾省工委的书记在讲话。

第二天，老郑全面叛变，老郑真正的名字叫作蔡孝乾，中国共产党台湾省工作委员会书记。他除了详细供出如何参加长征，如何潜伏台湾发展组织外，还交代了小马的相关情况，接着小马也一并被逮捕。之后，老郑供出了吴石、朱枫的真实身份。还供出了省工会宣传部长洪幼樵即将搭乘四川轮船偷渡离台的秘密。

一九五〇年三月二日晚上十点钟，吴石夫妇被保密局正式逮捕。逮捕行动开始，当吴石再次见到保密局特勤组的人时，态度仍然很强硬。“你们又来做什么？”他摆出了一副先声夺人的姿态。

“奉命传你去谈话。”谷处长答道。

“我是堂堂的国防部参谋次长，你们怎么可以随随便便就来抓人？”

“是传，而不是抓人。”

吴石仍不想放弃，他说：“不管你们是什么来头，我要见周至柔总长。”

“要见总长可以，我们陪你去。何况，你要见他，他还不一定要见你。”谷处长胸有成竹地回答。

吴石到这时候，才开始有些紧张起来，他故意用愤怒来掩盖内心的失控。“放肆！”他高声叫着，然后摇了电话到周至柔家：“请接总长。”

参谋总长周至柔拒绝接电话，吴石的脸色霎时变得惨白，他知道事已至此，在劫难逃，没有护身符可以借助。过了许久，他颤抖着右手轻轻将话筒挂上，眼光变得暗淡，一时安静下来，抱着双臂在房间内来回踱步。他自知必死，趁保密局干探们在家翻箱倒柜时，他用身体遮挡住谷处长的视线，然后侧身从桌子上摸了一只小小的药瓶，借故上厕所。他进了盥洗室，为了不引起特务们的注意，他只是把盥洗室的门虚掩了一半。吴石闭了闭眼睛，万念俱灰，他痛苦地掏出药瓶来，张开嘴，正待把瓶里的药全部服下去，戴精国疾步闪了进来，劈手把吴石手中的药瓶打在地上，吴石痛苦地闭紧双眼，说：“我是欲死无门啊。”

戴精国站在一旁冷眼注视着吴石的情绪变化，心底深处也涌起一阵悲凉。他就是这样看着一个国防部每有重要会议都坐在台上的威风凛凛、高高在上、前呼后拥、八面玲珑的显赫中将被拿下了马。

吴石从被发现自杀开始，直到进入审讯室之前，他一直保持着沉默。到了这时，戴精国对从吴石那里能获取什么新情报已经不感兴趣了。他想到了对方将要面临的审判，想到了对方的生死，他在押解吴石的侦防车里对吴石只说了一句意味深长的话："你是高级将领，不会让你这样不明不白地死，你很可能要被公开枪毙。"

吴石听着戴精国的话，他的目光直直地看着戴精国的鞋尖，戴精国直到今天还清晰地记得吴石直勾勾的眼神。

一九五〇年三月四日傍晚，基隆码头下着不大不小的雨，空气冰冷潮湿。八点三十五分，洪幼樵撑着伞出现在码头上，戴精国冒着雨，向洪幼樵急奔过去。

"洪先生，多危险呀，你不知道国民党特务很快就要来了吗？"戴精国对洪幼樵急促地说道。洪幼樵撑着伞一时愣住了，不知应该怎么办。戴精国在雨中焦急地说："动作快，我的车在那边等着。"然后，未等洪幼樵反应过来，戴精国便拉着他疾步跑回到车内。

雨水打着车顶，发出滴滴答答的声响，戴精国和洪幼樵上了车都没有讲话。车内的气氛，对洪幼樵而言，是诡异的、未知的。沉默中，戴精国可以听到洪幼樵急促而又粗重的呼吸。洪幼樵终于按捺不住，开口问戴精国说："你不是说国民党特务就要来了吗？怎么过这么久还没动静？"

"其实，他们已经来了。"戴精国回答。

"在哪里？"

"在这里。"戴精国指着自己说，"就在这里。"

第七章　心战

THE SEVENTH CHAPTER

张志忠关在看守所里倒是很坦然，他可以每天看书。这天戴精国去南洋大学提审张志忠，刚进了第二道铁门，就听到张志忠在领头高唱《国际歌》。戴精国问身旁的看守：“他们经常唱吗？”

看守回答说：“他每天都要带头唱，每天都要唱一次，我现在叫他们别唱了。”

戴精国说：“没事，让他们唱完。”戴精国站在张志忠的铁门边，一直等到张志忠把国际歌最后一句唱完，他才让看守把铁门打开。戴精国伸出头对张志忠说：“张部长，我们谈谈吧。”

洪幼樵被抓获，至此中共台湾省工委“四巨头”：老郑、陈泽民、张志忠、洪幼樵已经全部被捕。戴精国把洪幼樵也关进了台北市延平南路的保密局看守所。这就是台湾社会上俗称的“南洋大学”，与后来在延平北路修建的“北洋大学”相区别。“北洋大学”则是后来在被没收的辜氏家族颜碧霞的财产——高砂铁工厂的原址上改建的。

戴精国几乎每天都要出入“南洋大学”。“南洋大学”是日本人统治时期修建的专门用来关押帝国军人的看守所，房间都是用青灰厚砖砌的，地板是用寸余厚的大木板做的。建筑规整，质量上乘，这是戴精国见过的最好的监狱，即使在台北的很多民居的舒适度都比不上“南洋大学”。戴精国对这家“南洋大学”的每棵草、每块砖头、每个角落都如数家珍。

戴精国和他的同僚一样都很愿意光临“南洋大学”。他每次走进这个大门时，都有一种无比兴奋的优越感袭上心头。他觉得到了这儿，他就是主宰，他就是真正的主人，他就是胜利者。他有权来视察他的战利品，他有权提审里面的任何人。

他知道怎么用不理睬的方式来轻易击垮那些年轻的在押人员。也知道用沉默来等待那些滔滔不绝的在押人员一点点地把他所需要的情报主动吐出来。他更愿意与那些老练的嫌疑人在一问一答的斗智斗勇的回合中套取情报。甚至每来一次他都会获得更多的线索，更多的情报，然后又会抓回更多的地下党。他只要有时间待在这里，他就可以有更多的收获。

“南洋大学”就是他的福址，是他取之不尽用之不竭的情报源泉。戴精国在这场厮杀中的前期，很愿意在台北的街头，在车站、码头、学校、机关去侦缉地下党，而现在他更愿意在这所日本人建造的舒适的监狱里待上一天，通过审讯获取更多的情报。

今天戴精国走进“南洋大学”，心情更加舒坦，更有成就感，他一想到中共台湾省工委四大巨头悉数落网，心里就有种说不出的高兴，他仿佛看到高官厚禄正在向他招手。按照对待地下党的基本量刑标准，这四个人都应该是死刑。尽管陈泽民、老郑和洪幼樵已经全部招供了，但法庭不管这些，只要你的罪名足够大，不管你招不招供，最后都得死。戴精国和谷处长认为这四人是台湾共产党的头，如果能促成他们的集体投降，促成他们来做劝降工作，对说服那些还在坚持斗争的地下党来说比保密局的作用要大得多。于是他们一方面对毛人凤、总裁开始做说服工作，另一方面对几位共产党的巨头进行洗头换脑。

他们的第一招是让这四位地下党的领导开一个检讨会，让他们自己总结为什么地下党会全体暴露、集体失败？谷处长亲自作陪，戴精国在一旁记录。这个检讨会是以聚餐的形式进行的，他们让伙房做的菜非常的丰盛。这四个省委委员在看守所是第一次聚在一起，他们相互之间也有很久没见面了。

谷处长说：“你们承认失败吗？我们人没你们多，也没你们强，但是为什么你们会失败？你们可能很久没在一起开会了，你们共产党是很喜欢开会的。今天我们这个会议的主题是讨论你们为什么会失败，为什么你们会在这里相聚。”

谷处长的话音未落，张志忠就站起来义愤填膺地说：“老郑出卖了我们，老郑意志力薄弱，讲吃讲穿，生活腐化。老婆死了，又诱骗十四岁的小姨子跟他同居，从上海带来的一万元美金活动费都被他挪用了。钱不够就以台湾解放后可以给以便利骗取工商企业老板的钱财，到处张扬自己是台共领导人。他天天要在波丽露西餐厅吃早点，在山水亭吃饭、在永乐町看戏。”

洪幼樵苦笑着说：“老蔡你确实出卖了我，我们整个省委班子都坐在这里开会，确实你是召集人。我们都是前两年从大陆被派到台湾来的。你的资格最老，长征干部，什么苦没吃过？经过“二二八”事件后，在台湾我们的群众基础确实要比国民党好得多。而且大陆解放军是以摧枯拉朽的气势解放全国的，在台北，地下党都是半公开地开展活动。日本人当年进台湾，那些主动投靠日本人的家族个个都当了官发了财，成了望族。台湾民众对这一切都非常了解。不用我们去发展，那些有点想法的台湾人都到处打听地下党的下落，主动想加入我们。他们甚至还不知道共产党是个什么样的党派就急急忙忙加入进来。他们保密局比我们还晚进入台湾，我们已经完全拥有了天时、地利、人和。所有人都以为我们胜利在望时，几乎就在一夜之间，我们遭受了灭顶之灾。我们的整个组织是那样弱不禁风，就像一盘散沙，分崩离析。”说到最后，洪幼樵泣不成声，抱头痛哭。

老郑也垂着头，声音低沉地讲了话："我是个老党员，责任最大，这些我辩解也没有用了。但是攻台计划一直没有执行，我们工委的建议书也是石沉大海。我确实失去了信心，还有一点，台湾解放后的领导班子华东局也定了。我们这些地下党也是靠边站的，我们抛头颅洒热血到了最后可能什么都捞不着，我确实心里不平啊。"

张志忠说："老郑你的思想意识真不配是一个共产党员！难道你当年在井冈山、在延安工作时都想的是这些东西？你早年犯过作风问题，受过处分，但不知道怎么还是把你派到台湾来了。台湾党政军宪特系统，几乎处处被我们地下党渗透，什么样的情报我们搞不出来，国民党的军事对我们而言已经是没有秘密可言了。你叛变革命害了我们的人事小，关键问题是影响了台湾的解放。"

陈泽民也有感而发："我们正因为违反了秘密战线纪律，盲目发展地下组织。来者不拒，不经考察，有钱的、有权的，都可以加入。底层的老百姓不经教育，培养，直接按手印就算入了党。大批发展内线、党员，组织游击队，企图举行武装起义。机构松散、漏洞百出，最终反被保密局渗透。"陈泽民看了一眼谷处长，谷处长得意地用手指轻轻敲打着桌子。陈泽民又说："从人数上来说我们确实要比保密局多得多，从民心向背上来说他们也不如我们。但是我不认为我们的人员素质好过保密局，所以最终全盘皆输。"

大家都在激烈地争论，桌上的饭菜反而没有人动筷子。在这里本来到处都是铁栅栏，厚青砖，戒备森严，谁还有心思吃饭。不过为了争取中共台湾省委这帮人，对他们的伙食待遇每天都增加了五元的特别费用。像老郑只要哪天他说了新的线索，看守所还另外给他加菜。别的号子里看到老郑加菜了，就在牢里大声地叫喊："姓蔡的，你别吃了，你一吃又要关人进来了，你积点德吧。"

戴精国心想今天这饭菜吃不动，是因为这几位的注意力都不在这桌上，再加上这几个人平日里伙食都不差，今天的饭菜对他们就没有什么吸引力了。戴精国很清楚在号子里随便挑一个人出来，都可以把这一桌饭菜像风卷残云般地消灭掉。

大家都争来争去，有时候是你一言我一语，说得很零散。谷处长最后讲了话："你们讲了很多失败原因，大部分都是你们的主观原因。但说了那么多，有一个原因你们没有想到：为什么我们保密局的前身军统在大陆各省与你们的谍战几乎都失利了，仅仅在台湾我们取得了胜利。这是为什么？我们国民党逃到台湾岛的情况可能有点像你们经过二万五千里长征到达延安一样。我们败退到了台湾，投降的投降，逃跑的逃跑，死的死了，留下来的都是精英。”

谷处长指了指戴精国，又指了指自己，他接着说：“我们曾经都是共产党员，我们参与这场谍战的很多骨干都当过共产党员，我们的国防部总政治部主任蒋经国曾经也是共产党员。我是三二年的共产党员，一一五师的政工大队长。戴精国先生以前也是你们上海工会的党支部书记。我要强调我们的优势倒不是因为知己知彼，我认为，我们的坚定性才是我们这些共产党的脱党分子的最大的优势。谁比我们更坚决？谁比我们更革命？正如毛泽东说的无产阶级最革命。我要说在台湾这场绝杀中我们脱党分子最革命，因为我们就是没有任何退路的卒子。国民党的哪一级长官你们没有拉下水过，试问你们拉下过一个共产党的脱党分子吗？”

谷处长停了停，看了看各位的表情，然后又接着说：“你们肯定没有拉回去一个你们的叛徒。那么我就要问各位，你们万一解放了台湾，我们能到哪里去？你们可以接受国军高级将领的投诚，但是很难接受一个保密局特务的投降，更不能接受一个你们曾经视为叛徒的特务。那我们除了跳海还能去哪里？”

谷处长停顿了一下，看了看目瞪口呆的其他几个人一眼，又说：“我们除了把你们消灭以外，我们就真的没有别的办法了。事实上不是你们消灭我们，就是我们消灭你们。为了生存下去，我们只能绝地反击。所以我们保密局可以连续七八个月不发一分钱的工资，却能保持旺盛的战斗力。我们是勒紧裤带跟你们战斗啊。你们一点都不委屈，打败你们的是你们昔日的战友！”几位工委的前领导都低着头，默默地听着。

这顿饭一直到下午五点，吃倒是没有吃。大家在不断地谈论，饭菜谁都没有去动一下。戴精国知道谷处长希望通过与他们几个的沟通，达到最后劝降的目的。戴精国也知道，对付台共的一些新党员，以他和谷处长对共产党的了解，往往在第一时间内就可以了解对方的党性强不强，对方的忠诚度高不高。他们可以在短时间里就说服对方，让对方马上意识到自己干了件错误的事。但对这几个大陆派过来的共产党的高级干部，让他们心悦诚服地放弃共产主义的信仰，皈依三民主义投降，除了老郑这个太私利的小人以外，对付其他几位估计在短时间内难以奏效。当然即便他们口服心不服，只要明确表示投降也算达到了目的。

吃过饭，谷处长、戴精国还有一帮保密局的喽啰陪着四个台共班子成员集体逛街。这条西门町街是台北最热闹的商业街，万国商场及西门红楼是西门町的标志性建筑。三十年代开始，西门町就成为台北最著名的电影街。日本战败后，繁荣依旧，四十年代起每家戏院门庭若市。电影院一家接着一家开，仅武昌街二段就连开了十多家戏院，其盛况可见一斑。在台北要看美国的首轮电影，西门町几乎都找得着。而各种大小店家则有六千间左右，这条街上除了有日文杂志专卖店外，还有各种新潮的日本书籍、唱片、服饰，这里的时尚商品几乎与东京、大阪同步流行，西门町街是购买日货的天堂。

街道两旁是一个个灯火明亮的商铺，商铺里摆满了各种各样的色彩纷呈的时髦产品。夜晚逛街的很多都是一对对的情侣和带着孩子的夫妻。戴精国把洪幼樵的太太和孩子接了过来一块逛。戴精国走在一行人的前面，他深信让这些已关在“南洋大学”好几个月的囚徒们悠闲地在西门町行走，体会到自由的气氛，感受到现代生活的节奏，他们的内心世界必定会掀起滔天巨浪。

前面一对相互挽着手的盲人夫妻向他们走来，他们用竹竿敲打着地面探索着道路。妻子脸上挂满了对丈夫谦恭的笑容，她的头紧紧地依偎在他男人的胸前。戴精国闪开了身子让他们从自己身后的队伍里穿插而过。戴精国在想这对盲人夫妻什么都看不见，他们什么东西都没有买，尚且还要来这繁华的世界里来听听热闹，感受感受环境。在常人看来，他们是这样的不幸，而就是这样不幸的人们也不会轻易放弃这难得的人生享受。

戴精国希望他身后的那几位也会触景生情，感悟人生的不易，都会像那对盲人夫妻一样珍惜生命。在戴精国看来，这次能征得总裁的宽容，可以有条件地整体地保全他们的性命那已经是相当的不易。这些日子他都是与这些地下党人朝夕相处，他很了解他们了。他们一样有七情六欲，他们一样为了生计在天天忙碌。他们与自己不一样的只是双方属于两个势不两立的政党。从内心深处来说，即使像老郑那样的小人自己也觉得他有权利活下去。实际上从情报价值来看，这几个人已经被自己榨干了，他们已经没有什么直接价值了。正因为天天的问讯，戴精国对他们的个性、喜好甚至内心深处的思想都非常了解，他是发自内心地希望他们能活下去。

自己当年不也是一个血气方刚的共产党员吗？当年被捕时，自己的内心不是也有过千百次的挣扎吗？强行改变自己的价值观，走上一条彻底否定自己过去的道路，那种内心的痛苦完全超过了对日后千夫所指的恐惧。他希望身后这几个人能活下去，只要他们口头上承诺投降，凭他们现有的地位，对他们的日后安排绝对是有保障的。

另一方面，戴精国也知道，让一个在押人员说出一条情报，签上一个字、画上一个押，这些都不难。难的是要让对方彻底放弃自己的信仰。戴精国在长期的侦讯工作中，他不会过多地考虑对方是不是彻底放弃了自己的信仰。他只要能审出情报，然后把笔录做完，上交军法处，他的工作就算完结了。但是在他看来这个人是否投降，只有一个标准：就看他最后是否放弃了信仰。他知道军法处从不会就匪谍是否签字投降给予赦免，他们只会根据当事人的罪行轻重量刑。

老郑除了每天不停地写材料，就是一个人坐在房间的角落里发呆。老郑写下的书面材料堆起来有半个人高，他在号子里只能默默地书写。为了活命，他将自己前半生所建立起来的信仰几乎完全抛弃了。在一周的时间内，老郑几乎供出了所有他所知道的同志，保密局根据他的供词，抓了四百多名地下党人。现在只要老郑一说话，旁边就有别的牢房里的在押人犯高声叫骂他。老郑一方面在内心深处要进行残酷的自我斗争，另一方面在监房外部要面对其他人的指责，而且还要每天持续地完成对保密局无穷尽的交代工作，其压力是巨大的。老郑的脸每天都是阴沉沉的，开始变得沉默寡言、神情呆滞，进而出现了被害妄想，总怀疑有人要来杀他。戴精国感觉到老郑在看守所里越来越孤立了，他是深有体会的过来者，很有些同情老郑。戴精国把对老郑的病情判断写了个书面报告，没过几天老郑被送到台北医院治起精神病来。

张志忠关在看守所里倒是很坦然，他可以每天看书。这天戴精国去“南洋大学”提审张志忠，刚进了第二道铁门，就听到张志忠在领头高唱《国际歌》。戴精国问身旁的看守：“他们经常唱吗？”

看守回答说：“他每天都要带头唱，每天都要唱一次，我现在叫他们别唱了。”

戴精国说：“没事，让他们唱完。”戴精国站在张志忠的铁门边，一直等到张志忠把国际歌最后一句唱完，他才让看守把铁门打开。戴精国伸出头对张志忠说：“张部长，我们谈谈吧。”

张志忠的儿子杨杨伸出头来说：“叔叔，你找我爸爸时间不会很久吧？”

戴精国从口袋里掏出一把糖果来说：“小乖乖，我还忘了，这些糖是带给你的，你爸爸等会就会回来，很快的。”

杨杨抬起头望着戴精国说：“谢谢叔叔！”戴精国爱怜地摸了摸杨杨的头。

张志忠走进提审室，挑了一张专门给受审人员坐的矮凳子坐了上去。戴精国推开房门走出提审室，他在旁边的房间里，搬了一张高高的审讯人员坐的凳子进来。他把凳子搬到张志忠的身边说：“你先起来。”张志忠站了起来，戴精国把那张矮凳子踢开了，然后把高凳子推到张志忠的屁股下。他说：“请坐。”

戴精国回到自己的位子上说：“今天我们不谈案子了，只谈你的前途问题。首先我要说谈这个问题不是我的工作职责。只是作为朋友，不，还不能说我们是朋友，只能作为熟人的身份来探讨你的前途。”戴精国看了看张志忠的表情。

张志忠说：“我的前途？你继续。”

戴精国说：“你生命的延续对我们的情报工作来讲是没有什么价值了，它的价值在于我们又留住了一条生命。要实现这个目的的前提就是需要你放弃你的信仰，加入我们。”

张志忠说：“我首先得谢谢你们的好意，把我儿子接来，让我在这里与我儿子杨杨共同生活了对于我来说是最后的一段时光；其次我还得谢谢你又给了我选择与我儿子生活一生的机会。但是我要说，我不能苟且，我只能选择死亡。不这样，我一辈子都不会安心的，我一辈子都会受到良心的谴责的。你让我死了，就是成全我。”

戴精国说：“按照法律，你是罪大恶极，你是你们省委委员当中第一个潜入台湾的。你又是直接拿着枪杆子跟我们国民党对着干的武装部长。“二二八”起义，你是最主要的领导人，你的属下杀了我们多少人？攻占了嘉义、台中，就差一点把国军赶下大海喂鱼了。你攻占警察署，抢了那么多武器，武装自己。你培养了多少武装骨干？说句实话，随便哪条罪都可以枪毙你，你被枪毙一百次都绰绰有余。这次能集体留住你们的生命，是总裁特批的。我们侦讯部门花了很大工夫，你应该珍惜这样的机会。”

张志忠脸上浮出了一丝自得的笑容，他说：“正因为如此，我理当被枪毙啊。”

戴精国有点生气地说：“你不要自得，以为我们现在是舍不得枪毙你吗？说句实话，你对我们来说，已经没有什么利用价值了。这是五月十四日的《中央日报》，你看看。”戴精国把报纸递给了张志忠，张志忠仔细看起报纸，报纸上除了详细刊载蒋经国关于台共省委案告破的谈话内容之外，还登出了老郑、张志忠、洪幼樵与陈泽民等四名“匪首”的照片与亲笔签名的《联名告全省中共党员书》。

张志忠很痛苦地抬起头来说：“你们都登出去了。”

戴精国说：“这只是个政治需要。我是过来人，实际上按照共产党的标准，你早已经是叛徒了。黄天是你招出来的吧，黄天不招出来，我们就不可能第二次抓到老郑。抓不到老郑，老郑就不会叛变，你们的省工委也不会被破获。实际上在一定程度上是你出卖了台湾省工委，招致了台湾地下党的全面瓦解。那一天在这里的讨论会上，你是第一个站起来谴责老郑的。我当时就在一旁想，你是不是心虚了，你害怕有人说出是你供出了黄天，所以你就先发制人。你实际上内心是很脆弱的。”

张志忠抱着头痛苦地说：“我确实被你们牢牢地控制了，父子情、夫妻情都成了束缚我的枷锁。实际上早知如此，我选择地下党这条路就不应该去结婚，更不应该要孩子。我不是被你们打败的，我是被亲情打败的。在战场上我什么时候软蛋过，在枪林弹雨中我什么时候后退过。如果时光还能再来一次，我肯定会一个人跟你们干到底。”

戴精国说：“你已经是叛徒了，你现在放不放弃信仰、皈不皈依三民主义对于你们的组织来说，都已经改变不了你沦为叛徒的结果了。但对于能否保全你的性命，能不能跟杨杨度过余生是至关重要的。”

张志忠说：“正因为我顾了亲情，没能保住党的机密，所以我现在也只能以死来补偿我对地下党造成的损失。杨杨有你在，我也放心了。我不能选择保守住我党的秘密，但是我能选择我自己的信仰。没能守住机密那只是一闪念、或者是一松懈，那只是一瞬间犯下的错误。但关于信仰却是一辈子，或者说是长期的坚守，我不会在这个问题上再犯错误的。”

“你坚守的结果，如果在国民党这里你是死刑犯，在共产党那里你是叛徒，两头你都不靠。你的坚守没有得到承认，你觉得你这样做有价值吗？或者说值吗？”戴精国启示着张志忠说。

张志忠回答：“这样的结果是完全有可能的，但是我认为只要我的内心里得到了平衡，我的良心得到抚慰，我觉得两头靠不靠就无所谓了，即使去到天堂我也会很坦然的。”

戴精国说：“你能这样做，我很佩服，说明你是有信念的高尚的人，你比我高尚得多。比我们很多人都要高尚，我做不到。但是佩服你的人除了你身旁的不多的人知道以外，连你儿子杨杨都不知道你的决定。你是有权选择你的信仰和你的生命，但是你的儿子有没有权利来选择他的生活，你去问问他，他愿意离开你吗？再说作为父亲，你既然生了他，你就有义务把他养大，否则你生他干什么？”

张志忠说：“亲情应该对我来说是最有力的杀手锏，谁不愿意共享天伦之乐？何况我的儿子还这么小。我们也没有给他留下任何财产，我要是跟他妈妈都被枪毙了，可以想见他的成长要比同龄孩子艰难得多，这也是我离开这个世界最大的顾虑。”

戴精国说：“你知道，台湾现在没有法律可以由政府保障孤儿学习和生活的费用，可能杨杨十八岁以前的生活和学习的费用还不是个小数字。你们又没有遗产，杨杨靠什么长大？作为父亲不能不考虑吧。你不能一把扔给你的敌人就算是对孩子的交代了吧。”

张志忠痛苦地想了半天，最后他流着泪说：“爸爸只能用在天之灵去保佑他了，谁叫他出生在我们这样的家庭呢？”

戴精国说："你不要固执了，我们都经历过这样的脱胎换骨的阵痛，你现在很容易做到。你只要迈一小步，你的杨杨就有了生活的保障了。还是希望你认真考虑考虑，当然我们会尊重你的选择。如果你们夫妻俩都离开这个世界，我们这些你视为的敌人也会把杨杨养大的。"

张志忠说："如果是这样，我就只能再次感谢你们。等杨杨长大了，只要杨杨不搞政治干什么都行。"张志忠这时站了起来，毕恭毕敬地向戴精国鞠了个躬。

杨杨的母亲先被执行了死刑，杨杨陪伴父亲在看守所内又度过了一段时间，直到张志忠被法院判决执行枪决后，才离开看守所被带到保密局的大院内养大。那个政治年代产生的像杨杨一样的孤儿特别多，这些孤儿很多都是由保密局的特务们收养监护长大的。谷处长收养了陈泽民的两个孩子，令人欣慰的是，这两个孩子日后都很上进，最后留学到美国并在那儿定居。

但是杨杨可能经受父母双亡的压力太大，他的内心里充满了仇恨。渐渐地杨杨成了一个偷窃、逃学和顶嘴的坏孩子，他在学校的表现和在狱中的表现完全相反。小学毕业后，杨杨没有升学，然后多次离家出走。杨杨不愿意回到监护人家里，保密局就把他安排到保密局汽车保养单位担任修车学徒。杨杨修车技术尚未学到，已经从单位的士兵那里学到了一身恶习，抽烟、喝酒、赌博。戴精国每次看到杨杨，杨杨就像老鼠见了猫一样，飞快地躲开了。杨杨知道不躲开，戴精国就会念叨他，而戴精国的念叨越来越严厉，甚至是训斥。

一天，戴精国和谷处长被招到毛人凤的办公室，毛人凤对他们两位说道："在他们的供词中还出现了两名女性共谍的名字，一位是蒋经国先生的副手国民党台湾省党部副主委李友邦的妻子严秀峰，另一位则是刚卸任新竹县长的刘启光的妻子屠剑虹。你们去办一下，要注意好关系，特别是到李友邦家去传讯要谨慎。"

当谷处长和戴精国进入李友邦家时。李友邦见到他们两位，大吃一惊。但是李友邦还是保持了镇静，大度地招呼着说："来，请坐，太太，倒两杯蒋主任送的大红袍来给两位品品。"然后他又回过头来，问道："两位公干吗？"

戴精国点了点头，李友邦紧张地问："找我吗？"

谷处长说："是找严太太的。"站在李友邦身后的严秀峰顿时吓得茶都端不稳了，李友邦连忙把茶接了过来，端上桌子。

李友邦说："先喝点茶，暖和暖和。"

谷处长说："我们能跟严太太单独谈谈吗？"李友邦回过头去看了看太太。严秀峰急忙对李友邦摇手，意思是要李友邦不同意单独谈话，严太太那紧张的神态直看得戴精国想笑。

李友邦很不安地问："秀峰怎么了？"

谷处长回答："交友不慎，地下党供出了她也是地下党，我看还是单独与严太太谈谈吧。"

李友邦闭着双眼，点了点头，长叹了一口气，轻轻地摇了摇头。然后轻轻地吐出了两个字："傻瓜！"然后走了出去。

等到再见到李友邦时，李友邦看了看红着眼睛的太太，急忙问谷处长："怎么样了？"

谷处长说："严太太很合作，承认了。等会儿跟我们回去做个笔录就行了。"

李友邦一听有点慌了，急忙说："要不要打个电话跟蒋主任汇报一声？"然后，他拿起电话就准备拨。

谷处长说："这么大的事，一定要跟蒋主任汇报的，我们回去就汇报。"

李友邦感到大势已去，悲切地说："能给我们一点时间吗？"

谷处长说："我们在门口等。"然后谷处长和戴精国走到了门口，戴精国出门时带关了门。过了很长时间，李友邦搂着太太的肩膀步履沉重地走出了房门。昏黄的路灯灯光把他们的身影在地上拉得很长，李友邦的脸上充满了关切和温情。严太太的脸上挂满了泪水，那是一幅让人不忍卒读的温柔而又残酷的画面。

严秀峰的审问很顺利，不到一个晚上，严秀峰详细交代了她加入地下党和资助地下党的经过，但是严秀峰的供词和地下党的供词都没有涉及到李友邦。

第四天，谷处长和戴精国到毛人凤办公室汇报。毛人凤详细问了李友邦是否涉案，问得非常细。在确认李友邦没有涉案的情况下。毛人凤说："你们慢点走，我要跟蒋主任电话汇报。"毛人凤随即打通了蒋经国先生的电话，毛人凤在电话里最后大声地保证："我们可以担保李友邦先生的清白。"最后，严秀峰依照通匪资匪等罪名被判处了十五年徒刑。

严秀峰的案子对于办案人来说已经了结了，没想到此案在上面还没有完，接下来的事情让戴精国感到非常的荒唐。戴精国还记得严秀峰入狱已经两年了，他被通知参加国民党台湾省部改组会议。戴精国很纳闷，这样的会议为什么要通知保密局参加？通常是出现匪谍和要抓匪谍才会通知保密局参加的。

戴精国早早就和同仁们到了大会堂，他们在大会礼堂的侧门待命。通常保密局参加这样的会议是不需要作为代表入座的，他们充当的只是打手的角色。只要主人在大堂高喝一声“拉下！”，即使是天王老子，这时也要毫不犹豫地拿下。当然能在这种场面下这种命令的肯定是职务最高的老板或者是保密局的直接领导。戴精国从门帘的缝隙里看见了大会堂坐满了台湾的高层文武百官，李友邦和蒋经国并排坐在第一排。从戴精国的角度还可以看到发言台的讲台，蒋经国和李友邦都坐在台下。戴精国从今天的座次和会场布置的规格分析十有八九是蒋总统要莅临会场。

果然，会场里的军乐队开始吹响进行曲，这是蒋总统要出场的标志性礼仪。这样的场面戴精国见过几次，他知道蒋总统要出场了。从会堂的后台走出了面色暗淡的蒋总统，蒋总统今天和平常在公众场合出场的感觉不一样的是他的脸色越来越难看，脸部肌肉越来越没有弹性。

蒋总统还没有登上主席台，就挥着双手，大喊：“出去！出去！”全场都愣住了，都不知道蒋总统要谁出去。蒋总统见大家没有听明白他的话，他就指着乐队指挥说：“指挥，你把他们都带出去。”

然后蒋总统站在那里不出声，一直等到乐队全部出去后，全场都鸦雀无声。大家都预感到要发生什么险恶的事，都安静地等待蒋总统说话。蒋总统端起茶杯喝了一口水，然后用力抖了抖手上的稿子，喊了句：“李友邦！”

第一排的李友邦连忙起立回答：“到！”

蒋总统肌肉僵硬地说：“李友邦，你骗得了别人，你骗不了我。你太小看我了，我就知道你是匪谍。”然后蒋总统抬起头来看着整个会场，他的手对着大家挥了挥。他接着说：“你们都是瞎子，你们全都不知道，你们还把他当成自己的同志，却不知道匪谍就在你身边。像你们这样，我们怎么成功？你们切切要记住：丈夫是匪谍的，太太不一定是匪谍；但太太是匪谍的，那丈夫必定是匪谍。”蒋总统看李友邦还站在那里，就气愤地叫起来：“怎么还不把他带走，快带走他。”

侧门待命的保密局干探们这时终于明白了，今天要求他们到场的目标是谁了。戴精国等同僚们被指挥着一窝蜂地冲进会堂。在众人恐惧的眼神中，当场把一脸惊愕的李友邦铐上了手铐，然后簇拥着，把李友邦直接投进了“南洋大学”。

没多久，李友邦就稀里糊涂地被蒋介石这“欲加之罪，何患无辞”的指令枪毙了。李友邦被杀的当天，戴精国和谷处长在走廊里碰上毛人凤。毛人凤对他俩摇了摇头，苦笑着说了句：“世事难料啊，那个刘启光的嫌疑有没有确定？”

谷处长回答：“刘启光的太太屠剑虹脱逃后，我们一直没能抓到她，因为抓不到太太，就没有办法给丈夫定匪谍罪。”

毛人凤哂笑着说：“看样子这屠太太比那个严太太聪明，她一跑还救了两个人。”

戴精国说：“严太太如果没有身孕说不定跑得还快些。”

毛人凤叹道：“为了个孩子冤死了李友邦啊！”

戴精国还记得，李友邦被毙了的当天夜里，刘启光惊慌失措地来敲戴精国的门，戴精国穿着睡衣只好爬了起来，他让刘启光先坐了下来。端了一杯水给惊魂未定的刘启光，戴精国主动说：“害怕了？”

刘启光鸡啄米似的使劲点着头，戴精国就问：“你太太是共产党吗？”

刘启光回答说：“我也不知道。”

戴精国又问：“不是共产党，跑什么？”

刘启光很委屈地说：“我真不知道屠剑虹是不是共产党。”

戴精国又问：“那你是不是共产党？”

刘启光回答：“怎么会是共产党呢？”

戴精国说：“既然你不是共产党，那你急什么？跑来找我干什么呢？”

刘启光说：“你看李友邦的下场，现在谁给我造句谣，说不定性命就难保了。我希望你们能明辨是非，这点小意思请笑纳。”刘启光从口袋里掏出十根金条，放在桌上。

戴精国说：“金条你还是拿回去，你要真是匪谍，金条再多也保不了你的命。”刘启光说什么也不愿意再把金条拿回去。戴精国心想，这小子不是地下党怎么会出手这么大方？即使没有证据来查办你，但也有必要让你这个匪谍嫌疑人生活在恐惧中。戴精国接着说：“虽说现在没有人举报你，也没有证据证明你是匪谍。但这不等于永远没有人举报你，也不等于你永远安全，现在也没有人敢保你没事。”

在以后的日子里，刘启光隔三岔五地来找戴精国。戴精国却爱理不理的样子，好像对方就是个地下党，唯恐牵连上自己似的。戴精国可以想象到刘启光整日生活在恐惧中、如履薄冰、战战兢兢的样子。

第八章　杀戮

THE EIGHTH CHAPTER

“当”的一声，一颗子弹打在铁门门框上。左乳回过头来，对准跑进来正在向自己开枪的哨兵挥手两枪。左乳喊了句“别捡！”哨兵的卡宾枪被打落在地上，吓得双腿一软跪了下去。

外面的警报被拉响了，“快走！别管我了。”小马在喊着。左乳回头一看，这个角度看不到小马的人，只看见八音盒被小马直直地递出了铁门。左乳向八音盒跑了过去，大门口端枪的警卫人员正在往里面冲。左乳一边跑着，一边开着枪。左乳一把抢过八音盒，回头绝望地看了小马一眼，然后继续向前开着枪。小马却被吓得瘫坐在地上。

一九八八年的广州精神病院里，在医生办公室的小关对戴精国感慨地说：“戴先生，你的经历就是一部历史，是一部谍战史，也是一段党史。”

戴精国笑着问：“是哪个党的党史？”

劳教授接过话茬：“只要客观就都是。怕就怕历史是让那些带有自己的想法或者是出于其他目的写出来的，历史只有客观公正才有价值。那些帝王史、党派史只要是当朝当代或者是继承者写就的，很难跳出门户之见。站在各自的立场，编造历史的假话，最后也会成为历史的垃圾。”

左乳躺在床上。那位保密局的少校特务又进来了，他好像在问我：“我们花那么大的代价诱捕你，你知道是为什么吗？就是因为你手上持有台湾防御部署情报中的最重要的部分。但我们开始不明白，那次诱捕为什么失败了呢？我们那时确实不知道八音盒里有鬼。说实话，行动前我就看到那姑娘手上的八音盒，我还翻来覆去地检查了一遍。我一直不明白你为什么对那个八音盒是那么有兴趣，拼死相争。”

左乳轻蔑地笑着，他在想：“你们想那么轻易抓到我，抢走情报，没门。”左乳想起了老郑最后一次伙同保密局诱捕自己的经历。一九五〇年三月中旬的一个周末，左乳按照事前小马的通知，买了张《中央日报》开始看起中缝广告来。他看到了老郑发给他的通知，让他两天后晚上八点在黄天家接头。左乳看到通知很兴奋，自从上次送情报失利后，他一直揣着那个沉甸甸的八音盒。他已经与组织上完全失去了联系，他在家里被憋得受不了。今天接到通知让他去接头，特别是又可以见到小马了，他怎能不兴奋？

左乳这么多天来，守着那份情报，哪儿都不敢去。这次见面有可能是要商量想办法把情报送出去，也有可能是有新的任务。左乳高兴得把八音盒上足了发条，让《致爱丽丝》响了一遍又一遍。但左乳始终没有想到，这条中缝广告是个圈套。那是保密局在老郑的配合下设计诱捕他，企图追回他手中的最后一份情报。

那天他拿着八音盒就去了黄天的家里，他有差不多一个月没有去过那个院子了，库洛还认识自己吗？老郑是不是又搬回来了？他想着想着，就到了黄天的院子了。他听到了熟悉的八音盒的音乐声，那么清脆悦耳，那是小马亲手戳出来的音乐，左乳听起来就像是喝了蜂蜜一样甜滋滋的。突然左乳感觉到有点不对了，怎么八音盒放的是《何日君再来》呢？这可是自己跟小马私下约定的不能进门的暗号啊。为什么不放《致爱丽丝》呢？“哦！”记起来了，《致爱丽丝》不是在我这吗？她怎么能放得出呢？那她也可以不放《何日君再来》啊，对啊，我是按时来的，已经有报纸通知我了，没事你去放八音盒干什么？等等，看看还有什么变化，怎么这《何日君再来》就放个不停呢，她不是通知我走还是干吗？

里面有圈套，老郑难道叛变了，得弄个清楚，里面是小马吗？不是小马又有谁知道《何日君再来》呢？不行，我得看看，一定得搞清才走。左乳看了看院墙外，并没有什么异常。他准备爬墙看看里面的动静，觉得八音盒放在怀里，杵在墙上不方便。于是他把八音盒拿在了手上，他双手搭过墙，身子往上面一蹿。没想到的事发生了，墙脊上的砖松了。左乳的身体上蹿时失去了重心，糟糕！左乳摔到了地上，砖头和手里的八音盒一起跌进院子里。“扑通”一声，响声在夜空里传得很远。库洛在院子里狂吠起来，屋里有杂乱的脚步往院门跑，八音盒的音乐声也停了下来。左乳没有别的办法，只能爬起来就跑，跑是左乳的专长。但是他没有跑多远，就躲在能看到黄天院门的地方隐蔽起来。只见里面涌出来五六个拿着手枪的人来，他们四下里看了看，没发现目标就回去了。没多久开过来一辆美吉普，院子里那几个人又出来了。后面跟着小马和老郑，“老郑真叛变了，小马在救我。”

等吉普车走了后，左乳又靠近了院子，院子里面没有什么动静，左乳慢慢地攀上了墙头。他看见了库洛在低声示威了，左乳急忙伸出手来，向库洛摇了摇。库洛认出了他，摇起了尾巴。左乳轻巧地落了地，他拍了拍库洛的脑袋。然后他急忙在地上找起八音盒来，没花多久时间，他在花丛中找到了八音盒。他一阵狂喜，连忙又从院墙翻了出来。

到了街上，他把八音盒拿了出来，一时他感到手上有些轻。不对啊，他上了两圈发条，八音盒传出来的音乐竟变成了《何日君再来》。他一时明白过来，是小马捡到了八音盒，她担心情报会被敌人捡去，于是调换了一个。如果我又回来找到八音盒，我肯定知道情报会在哪里。左乳心里不免为小马的机智感到欣慰。

小马现在应该被拘禁起来了，我得找到她，把情报拿回来。想到这，左乳心里有了点底，这才慢慢安静下来。

经多方打听，左乳核实了小马被关在台北郊外的一个感化院里。左乳在感化院门外待了两天，侦查了地形。感化院的院墙不算太高，比一般院墙高不了多少。院墙上没有人把守，院大门有一个哨兵站岗。感化院的门外地形比较复杂，而且附近地广人稀，便于撤退。倒是感化院里面的情况不是十分明了，左乳想要进去看看。左乳发现感化院的菜都是院子里的老头到外面菜市场采买的，但每次都要卖菜人送菜上门。于是左乳有了想法，他不如装扮成卖菜的菜贩子先混进去看看再说。

两天后他挑了担萝卜在菜市场候着，远远地看着那老头来买菜了。老头快走到跟前时，左乳掏出烟来，连忙递上去。老头接过烟看着他说："没见你来卖过菜。"

左乳说："你不认识我不打紧，关键是要认得你就行。在高雄做小工不好混了，就回来种菜了。"

老头看了看手上的烟，说："挺顺口的。"

左乳连忙把烟塞进了老头的口袋里说："高雄买的，我那儿还有。"

老头嘴上说："客气了，客气了，萝卜什么价？"

左乳说："老总看着给，以后还要你多多关照。"

老头笑着说："是见过世面的，说话做人就不一样。担上吧，不会亏待你的。"

左乳连忙快乐地答道："好嘞，跟老总走喽。"

左乳进到感化院院子里，才知道院子就只有一层哨。里面有五个看守在球场闲聊，每人都有枪，但看得出这些看守的枪盒都是扣得好好的。那些看守一个个细皮嫩肉的，那枪肯定使得少。监房就在院子的北边台基上，一排木质两层楼房。每个牢门上吊着一把大锁，牢门里挤满了被监押的人犯。外面有人路过，人犯们就都拥在了门口看热闹。左乳心想小马就在其中一间的牢房里关着，说不定现在也在门口看着自己，他尽量低着头走出那些在押犯的视线。

看守的值班室是砖砌的，还配有铁门，建在院子的东头。左乳估计牢房的钥匙都放在那间值班室里，至于小马关在哪间房里左乳不担心。因为站在球场里发声喊，所有牢房都能听见。左乳把菜送进厨房，舀了瓢水喝。老头把钱点给他时，左乳一把塞进口袋。

老头说："不数数？"

左乳大方地说："数啥？以后常来常往的，还分彼此啊。"

这时牢房里传来了左乳熟悉的八音盒乐曲《致爱丽丝》，左乳抑制不住激动的感情，他对老头说道："挺好听的。"

老头说："天天放，不要电的。"

左乳说："留声机吧？"

老头说："我也说不清楚，这么大的小匣子。"老头比画了一下，接着说："很好看，人更好看。"

左乳问："女的？"

老头说："女的，漂亮。"

左乳吃惊地说："你们这儿还关女的，稀罕啊。"

老头说："老太婆都有呢。"

回到家，左乳把那两支德国造的驳壳枪拿了出来。他反复擦着，直到枪身照得见人影。他把子弹压进弹槽，眼里闪烁出灼人的目光。左乳已经盘算好了，不仅要拿出情报，还要救出小马来。左乳想起小马说的这两支枪是铁疙瘩，他也从没有试过这两支枪，他对这枪还真没有底。他退出子弹，瞄了瞄煤油灯的火苗，嘴里说着："不会不响吧？"

等到左乳再次走进感化院时，左乳换了一担青叶子菜。左乳跟着老头走过操场时，操场的看守跟老头打着招呼："管理员呀，天天的小菜，要开开荤啊。"

左乳没有抬头，他怕自己的满脸杀气把看守们惊了。到了厨房，他接过老头递过来的钱，左乳说了句老头听起来莫名其妙的话："跟你没关系。"

老头一脸纳闷地重复着左乳的话："跟你没关系？"

左乳拎着扁担和菜筐子，往球场上走，此时《致爱丽丝》响了起来。左乳横着眼睛，从箩筐里掏出那两支铁疙瘩来，他扔掉箩筐，一手一支枪。五位看守渐渐反应过来，有的跑了起来，有的在掏枪。所有牢房的铁栏杆门里站满了密密麻麻的犯人，左乳右手先打拿出了枪的，"砰"的一声，掏出枪的看守应声倒地。

每个牢房都像是一个巨大的音箱，随着枪声发出一声巨大的惊叹声。"啊……"惊叹声还在回响，左乳左手又飞出一枪，正在揭枪盒盖的那个看守也倒了。"啊……"巨大的惊叹声伴随着枪声又回响在感化院的上空。一个看守的枪举了起来，子弹从左乳的头顶上飞了过去。左乳两枪齐平，同时击发。那看守的天灵盖被削了起来，看守直挺挺地往后倒去。"啊……"巨大的雄浑的惊叹声就像是清脆枪声的和声，把那枪声的主旋律映衬得异常的华丽，好似一个庞大的乐队奏出的高音部。

左乳高声叫道："响了！响了！小马，这不是铁疙瘩，它能响啊。"

小马已经站在中间牢房的铁门旁了，她对着左乳在哭喊："那真的不是铁疙瘩，我就知道你会来的，我知道你会带着铁疙瘩来的，我天天都在想啊！"

左乳熟练地挥动着手中的双枪，寻找着目标，他已经找到好久没有过的玩枪的感觉了。看守们一个个在他面前倒了下去，巨大的雄浑的惊叹声已经变成了激昂的呐喊声："英雄！英雄！英雄！"声声震耳，直冲云霄。

小马首先是惊讶，转而兴奋。当她看到左乳的冷酷杀戮，看守在他的枪口下一个个地倒下，在地上痛苦地挣扎。她一时又感到一股冷气从脊背上冒了出来，她像个好玩的孩子。此时却觉得事情玩得太大了，她感到不好收场了。她有了恐怖的感觉，她从没有想过这位自己可以任意掌控的大男孩跟枪结合在一块就像个杀人机器。她愿意惹他生气，愿意跟他斗斗心计，愿意在他面前打闹，胡搅蛮缠。但是她没想到这个平日里羞羞答答的大男孩今天却变成了一个满脸杀气的屠夫，这个昨天还在自己的梦里出现的英俊的大学生现在却成了杀人不眨眼的刽子手。她被惊呆了，她就像一个生活在童话里的女孩，竟没有任何思想准备地闯进了一片火海的现实世界。

左乳的准星里最后套进了惊慌失措的买菜的老头，左乳把枪一撇，重复了开始的那句话："跟你没关系。"老头急忙跑开了。

正在此时，一个看守往值班室跑，左乳左右两枪就把那个快跑到门口的看守打得直趔趄。但那看守还是顺着惯性跑进了值班室，并用背脊把铁门给顶上了。左乳想起了自己的目的，他要去值班室拿钥匙救人啊。左乳连忙跑了过去，门已经被关上了。左乳估计那看守快不行了，可能跑不动了，正靠在铁门的另一面喘息呢。左乳用手敲打着铁门，听出了看守依靠在门上的位置，然后对准了看守的脑袋位置连开三枪，看守扑地倒了下去。左乳又对准铁门上的锁连开几枪，铁门却岿然不动。

"当"的一声一颗子弹，打在铁门门框上。左乳回过头来，对准跑进来正在向自己开枪的哨兵挥手两枪。左乳喊了句"别捡！"哨兵的卡宾枪被打落在地上，吓得双腿一软跪了下去。

外面的警报被拉响了，"快走！别管我了。"小马在喊着。左乳回头一看，这个角度看不到小马的人，只看见八音盒被小马直直地递出了铁门。左乳向八音盒跑了过去，大门口端枪的警卫人员正在往里面冲。左乳一边跑着，一边开着枪。左乳一把抢过八音盒，回头绝望地看了小马一眼，然后继续向前开着枪。小马却被吓得瘫坐在地上。

从“二二八”事件以后，在台湾城区里枪声响成一片的场面还是不多的。这事很快惊动了还没有扶正的蒋总裁，官邸传出话来要严查。此事自然到了戴精国特勤科手上，戴精国赶到现场时，现场还没有清理。当时天气很阴冷，场面极为血腥，操坪里到处是一摊摊殷红的血和东倒西歪的尸体，就像刚杀过猪的屠宰场。

在值班室扑地而亡的那位看守最惨，身中五发子弹，五个枪眼排列得极为对称。好像是现代刑场毙人在身上画了圈逼近了才放的枪一样，左右胸并列各中一发，脑勺后并排三个眼。如果没有从那眼里流出的和头发黏在一块的血痕，不会让人觉得是枪眼。戴精国在想，这个看守不跑进值班室，就只会挨两枪。前两发子弹反正会送了命，后面三发子弹挨得值，该奖。要不那小子就拿到钥匙了，小马与其他在押嫌疑人可能就都跑空了。

戴精国找了老头，老头详细说了怎么认识左海的过程。但没有说左海给他的烟和最后对他说的那句“跟你没关系”的话。戴精国又跟小马谈了，小马看样子被左乳杀人的场景和事后血腥现场吓得不轻，上身一直在哆嗦。

小马主动说：“左海是为了来拿八音盒的。”

戴精国问：“拿一个八音盒用得着死那么多人吗？为什么一个八音盒前后能放两种音乐？”

小马哆嗦着说：“后面这个里面可能有情报。”

戴精国又问：“在黄天家诱捕左海前我检查过这个八音盒，里面没有东西，什么时候放进去的？”

小马说：“是两个八音盒，中间在黄天家的院墙下换了一次。”戴精国后悔地在自己的大腿上捶了一拳头。

老郑在医院里一待就是半年，戴精国陪谷处长到医院找老郑。谷处长对老郑说：“你也不能老待在医院啊，你这病是真是假？如果是假的，那就回去吧；如果是真的，那也得有些事做啊！”

“我还能做什么呀？你叫我做的我都做了，我现在就跟牙膏一样，已经给你挤完了啊！住在看守所，天天挨骂。住在医院里我倒成了作家了。”戴精国一看墙角，果然又是一大堆自白书。

戴精国又问了老郑关于左海的情况。老郑仔细地介绍了左海的来历，左海的个性，左海的工作性质。戴精国问：“你知道他的军事素质吗？”

老郑说：“不知道。平常很害羞的一个大男孩。”

戴精国又问："你说你是他唯一的上线？"

老郑说："是的。"

戴精国又问："他的子弹有多少发？有来源吗？"

老郑说："只有五十发，没有来源，是我给他装备的，当时是因为朱枫需要护送。子弹买了五包，一包十发。"

老郑又补充说："他有个与人不一样的身体特征，他只有一个乳头。"

戴精国饶有兴趣地"哦"了一声。

接着戴精国对谷处长说："这个大男孩心理素质出奇的好，单枪匹马还敢闯龙潭虎穴，好在他那两个铁疙瘩没有子弹了。"

谷处长说："关键是这个人还拿着最重要的情报，无论如何要追回情报，这是总裁的命令。从现在起，加强各配枪单位的枪弹管理，严防这个大男孩再次获得子弹。"

戴精国说："我即刻去行文。"

谷处长对老郑说"好吧！那还有没有什么我能帮你的？病总得赶快好起来。"

老郑回答："我吃、穿、住、用都没问题，不过我希望能把我小姨子接来一起住！"

戴精国一听不禁笑了起来，谷处长反问他："为什么不早讲？"

老郑回答："不敢。"

谷处长对戴精国说："戴组长，过几天，抽个空，把他小姨子接过来住。"

戴精国说："好的，我去接。"

第九章 围捕

THE NINTH CHAPTER

戴精国坚定的声音:“谁跑谁就是匪谍,格杀勿论。”他的双眼在闪电中反射着光芒。一道闪电劈了下来,雷霆万钧地击中了人群旁边的一棵三人环抱的老樟树的枯枝,枝丫上燃起了火团。左乳高叫着:“雷打死人了,快跑啊。”人群蠢蠢欲动,左乳推开人群,一马当先跑了出去。人群也炸了锅似的,开始四散而开。

戴精国高声喊道:“蹲下!蹲下!抓住那个最先跑的。”几个士兵习惯性地在拉枪栓,其实枪膛里都没有子弹。

左乳跑出了包围圈，他很自信，按照自己的速度完全可以在包围圈形成之前冲出去，这是一片丘陵地带，他就像平常跑步一样快速冲过了这片山地。他这次没有往市区里跑，而是往东北方跑，他在去年年底那次省工委会议上听说了张志忠在那一块搞了武装基地，发展了不少人。他现在没有别的联系人了，与其他组织搭不上线。只能去北边闯闯，看能否找到其他同志，然后通过他们的帮助找到船把情报送出去。

只有风声在耳畔吹着哨子，旁边的树木、电线杆飞快地往后掠去。左乳心想要是有条大道，他可以这样一直跑到厦门。开始能听到的警报声已经完全听不见了，开始能看到远处大路上，警察在设置路障的情景也已经看不见了。跑出了十几里地，左乳一点也不觉得累，就像两只腿好像是人家的，怎么那么有劲。

左乳跑着跑着，路旁已经有农民在田里忙活了，村妇在院子前大声吆喝喂鸡。左乳于是慢下了脚步，在一片密集的甘蔗地里找了个稍微宽敞的地方躺了下去。他把两支枪枕在头下，他在为今天没有救出小马感到遗憾。转而他摸到了八音盒他又有些安慰，他想至少情报给抢回来了。

他回味起从小马手上接过八音盒的那一瞬间来，他想起自己的手指从小马的手背上轻轻地擦过，他想起自己的指尖轻触着小马的皮肤的感觉。他伸出手放在鼻子下闻了闻，总觉得手指尖还有小马的气味在萦绕。他感到那一瞬间值得他每次入睡前好好想一阵，他要反复地回味，把那一瞬间永远地留在记忆中。那一瞬间竟然是那样甜蜜，他想起了最后抵近看到的小马的眼神，那眼神让他旌摇旗荡、心醉情迷。那眼神里有惊讶，她终于知道这铁疙瘩能打响了，而且不同凡响；那眼神里也有兴奋，左乳的冷血枪战是一场最撩拨人心的激情表演；那眼神里还有担心，她担心左乳会中枪子；那眼神里还有恐惧，她恐惧什么呢？她在恐惧自己的杀戮会给留下的她造成麻烦，抑或恐惧自己的杀戮过于血腥？想到这左乳就不愿继续想了，他觉得这让他很不安，很遗憾。渐渐地左乳在甘蔗地里静静地睡着了，那甘蔗林里的甜丝丝的风或许让他感到了甜意。他睡着时的嘴角微微在上翘，好像在睡梦里一直笑着。

“救命啊！救命啊！”左乳觉得是小马被人在追逐，在拼命向自己呼救。他意识到自己在睡觉，他想掐醒自己，快醒醒啊！怎么就是不醒呢！都什么时候了，自己还在睡，他使劲地掐自己，终于醒了。他直直地坐了起来，才发觉自己是在做噩梦。

“救命啊！救命啊！”这回他清晰地听到了，是有人在大声呼救。他急忙爬了起来，看了一眼藏枪的地方，便向声音的方向跑了过去。一个妇人捶胸顿足地在一个大水塘边号叫。他跑到塘边，塘里面已经有两个孩子在水里扑腾着，挣扎着。水面浮出了两团黑散的头发，旁边漂浮着一块门板大的木板。

左乳本能地脱下衣服，一个鱼跃就入了水。他先游到最近的一个长头发的女孩身旁，伸出手来抓住了她的散乱的黑发。然后自己踩着水，把那长发往上一拖，女孩的头露出了水面。然后他在女孩的身后，让女孩的头暴露在水面上，他很快地把女孩拖出了水面，送上了岸。接着他又迅速接近另一个挣扎的男孩身后，右手托着男孩的腋下，让男孩瞬间脱离水面。男孩一脱离水面就停止了疯狂的挣扎，只是猛烈地咳着。左乳又把这个清醒的男孩送到了岸边。那个妇人又急急地对准备歇口气的他说：“还有一个在底下，怎么得了啊！”

左乳一个猛子钻到了水底，他憋足了气，四下里找了起来。他找了一圈没看见，上到水面换口气。这时已经来了不少的人都往水里跳，左乳喊了声：“找头水牛来。”然后又一个猛子扎了下去，这回他没用多少工夫，把那个沉底的小男孩捞了上来。他爬上岸，牛已经牵来了，他把那位已经没有反应的男孩横卧在牛背上。然后让人牵着牛转圈子，不一会儿小孩肚子里的水都倒了出来。小孩大声咳嗽起来，人群里发出了欢呼声。那个妇人一下跪在左乳的面前，大家鼓起掌来。

一位穿制服的警察走进人群把左乳的衣服递了过来，然后高兴地说道：“我代表派出所要感谢你啊。”左乳想起自己的身份来，想起自己的特别的身体来，他急忙把衣服穿上。左乳说：“不客气！不客气！”但左乳看样子一时走不开了，妇人的丈夫赶回来了，怎么都要留下左乳喝一场酒，就这样左乳被留了下来喝酒。也许是左乳很久没跟人这么暖暖地交流过了，这么多人围着他说着亲热的话，他很受感动，于是他喝了不少的谷酒。乡下的谷酒，很醇，但也很上头，左乳喝多了，他醉了。但即使醉了，他也一直在念叨:“我要走！我要走！”他心里却是知道，世界之大，他又能去哪呢？这家丘姓男主人，跟日本兵打到过琉球、菲律宾、马来西亚，见过不少世面，很讲义气，非得跟左乳喝鸡血，拜兄弟。就这样，这一晚左乳就睡在甘蔗林旁边的这户农家了。

第二天，一道通缉令正从台北下发到各地派出所，通缉令注明了左海的体貌特征，特别后面还有一句“此犯异于常人的是右胸无乳头。”当别的派出所都在为是乳头被割掉留下一个疤痕还是光溜溜的就没有生过乳头争论得喋喋不休时，昨天给左乳递过衣服的那位派出所警察眼前却一亮。他从日本人在的时候起就从事刑侦工作，十几年了从没有碰到过一件像样的案子，今天终于有大家伙上门了。

他在第一时间拿起了电话，报告了昨天他的亲眼所见。过了不到五分钟，保密局的电话就直接打到了派出所，让他等着。再过了四十来分钟，十几台满载国军的美国十轮大卡就开到了派出所门口。这个警察兴奋地带着军队浩浩荡荡地开往那农妇家。

到了农妇家，只有农妇一个人在家里。警察问了农妇，农妇说救命恩人往北边去了，警察又带着车队奔北边去了。北边不远就是一个小镇，这位警察知道这附近方圆几里地没有人家，根据时间推算此犯肯定就在小镇里。

保密局戴精国一干人此时也乘坐吉普车赶上了大队人马，戴精国问清了细节。这时天色已晚，戴精国怕有什么闪失，叫部队把枪里的子弹全都卸了。并要求任何人不能开枪，要抓活的。然后命令部队把镇子围了，一张大网架了起来。

左乳确实被网了进来，开始他想冲出去。后来发现到处是军队，没有空子可以钻，他就想找个地方躲起来。但这里的地形他不熟，他一时找不到合适的躲藏点。他在思索，这些军人是冲自己来的，还是当地的武装基地在搅事？正在想时，军队排了一条几里长的散兵队形从东往西地搜索过来，把所有的人都往镇西赶。

左乳把枪放进了地下水沟里的一块青石板下，然后跟着人群往西走了过去。西头有一个比较大的晒谷场，被集中到晒谷场的人流里男男女女、老老少少黑压压的估计也有几百人。大家都小声地议论，不知道出了什么事。过了好一会儿，军人又在那些当地人的家里清理出一些人来。接着军队让女人都走了，再接着是老头和小孩也走了，剩下两百多人都是些精壮男人。

这时左乳感到有些不妙来，他开始观察四周的地形来。该死！这旁边一马平川，不管你跑多远，也跑不过子弹。左乳把八音盒里的胶卷取了出来，把八音盒扔在地上。前面的男人们被要求敞着胸通过检查，左乳倒吸了一口冷气，他知道这些人都是为了他来的。他看到身后有位戴眼镜的先生模样的读书人，就向他借了胸前的钢笔。他拿过钢笔背过身来在自己的右胸上迅速涂黑，画出一个乳头来，他想趁着这夜色蒙混过关。

他还了钢笔，冷静地跟着队伍往前走。快到检查关口了，左乳一眼看到了一双拥有鹰隼般眼神的眼睛，那双眼睛一动不动地盯着每个过路者的右胸看。而这双眼睛的主人就是注定要成为左乳一生的对手的戴精国，此时左乳还不知道这位国军军官是谁，但是他记住了那双犀利的眼睛。左乳已经想好了，只要被发现了，立马就跑，宁愿被打死，也不能被活捉。

左乳离那个检查口已经越来越近了，他已经感觉到自己被那双鹰隼的眼睛盯上了，他感到了那双灼热的眼光正扫过自己的右胸。左乳做好了随时听到那句“就是他！”大喊的准备。但是那双眼睛好像从他身上滑过了，又盯上了后面的目标。左乳控制好自己的步幅和步频，跟着队伍继续往前走。前面的队伍拐了一个弯就又停了下来，大家还是处于军人的包围之中，军人们还没有打算放掉男人们的想法。

戴精国纳闷了，怎么这位左海没在人群里。戴精国找来那位带路警察，大家分析了一阵，认为左海应该被罩在这张网里了。戴精国走到刚才人群待过的地方，他一眼就看到了地上的八音盒，他笑了，知道这条鱼已经进了网了。他又一想，自己刚才是一个个看过来的，怎么会从自己眼皮底下溜走呢？莫非他又长了一个乳头不成，对！他肯定是临时做了一个假乳头，蒙过了自己的双眼。

台北的天气就是雨水多，特别是初春，这雨是时时刻刻下个不停的。这时那位带路警察提醒着戴精国：“要下雨了，得快些！”

戴精国说：“真还得让他们淋一场雨。左海就在这里，打起精神来。”

带路警察的兴奋劲又上来了：“别说下雨，就是下刀子，也得挨着。”

雨越来越大，人群开始骚动起来。戴精国说：“大家不要乱，你们中间有匪谍，想趁乱跑掉，谁捣乱谁就是匪谍，格杀勿论。”人群开始安静下来。

雨越下越大，雨水渗进了头发，渐渐地从脖子往下淌。三月天淋一场雨，是很容易引起感冒的。有人在说：“就这么傻站着淋雨，这匪谍就淋出来了？他又不是纸做的，我们感冒了，那可怎么办？”

戴精国站在一个石墩上，一身雨水地说：“请大家坚持，谁跑谁就是匪谍，我们也跟着大家一样地在淋雨。”

左乳两只手抱在胸前，他希望这样能阻止雨水冲洗掉他胸前的墨水。时间在一分钟一分钟地过去，雨水已经把衣服湿透了，黑黑的墨水流到了地上。左乳知道这胸前的假乳头肯定要穿帮了，左乳寻思着怎么逃跑。现在天黑了，黑夜就是最好的掩护，只要自己能跑出几百米，就可以消失在夜色里。

新的一轮甄别又开始了，左乳把腰间的皮带，脚上的鞋带都紧了紧，然后跟着队伍向临时检查口走去。天空开始打雷闪电，人群再次骚动起来。有人在喊着："这个地方是落雷区，年年都打死水牛，要出人命的。"

戴精国用坚定的声音喊道："谁跑谁就是匪谍，格杀勿论。"戴精国的双眼在闪电中反射着光芒。一道闪电劈了下来，雷霆万钧地击中了人群旁边的一棵三人环抱的老樟树的枯枝，枝丫上燃起了火团。左乳高叫着："雷打死人了，快跑啊。"人群蠢蠢欲动，左乳推开人群，一马当先跑了出去。人群也炸了锅似的，开始四散而开。

戴精国高声喊道："蹲下！蹲下！抓住那个最先跑的。"几个士兵习惯性地在拉枪栓，其实枪膛里都没有子弹。

戴精国厉声喊道："不许开枪！"几个军人快速地向左乳靠近，左乳把上衣一把脱了下来，把衣服拽在手里。左乳灵巧地躲闪着一双双伸向自己的手，有两双伸得快的手已经搭上自己的胳膊了。左乳湿漉漉的胳膊滑得很，他稍稍转动了一下胳膊，两只搭上来的手就被他轻易挣脱了。军警们听清了不许开枪的命令，左乳也听清了不许开枪的声音。左乳心中大喜，心想，只有子弹追得上我，你们再生两条腿吧。

离散的人群已经被戴精国喝住了，人群四散地都蹲了下来。大家都在看老鹰抓小鸡的游戏。那现场确实有些滑稽，一群军警们围着左乳追。但就是追不上，一时还有不少军警滑倒在泥地里，从旁观的人群里不时传出一阵阵笑声。戴精国也觉得这场面很好笑，一帮拿着美式自动武器的士兵在和自己的对手玩着追逐游戏。戴精国想要不是担心得准确地找到那份情报，早就一枪爆了他的头了，哪用得着玩躲猫猫，让老百姓看国军的笑话。

戴精国倒是暗暗佩服起左海的身体协调性来，看着几双手已经抓住他了，可又被他灵巧地躲闪开了。戴精国一直想努力地看清左海的长相，但是天太黑。虽然有樟树杈上的火光映照着，但是因为左海一直在快速地移动，戴精国始终没有办法看清。

左乳左冲右突，居然在人缝里跑了出来。左乳已经跑上一条大路了，一条宽宽的路舒坦地从他的脚下直直往前延伸，一直延伸到褐色夜幕里。左乳心想，来吧，我们开始赛跑吧。就像当年一样，发令枪已经响起。他当年在中央大学的百米成绩是无人可及的，在全国的青年赛上他拿过冠军。左乳的百米跑中，起跑一直是他的短处。但只要一加速，就没有人可以追得上了。左乳已经开始加速了，戴精国在大叫："把装备扔下，追啊。”

左乳回头看了一眼，几个军警急忙快速地扔下枪械。左乳就像当年比赛时碰上对手弱时，他会首先放慢脚步，等对方的速度上来了，他才迅速拉开距离，以此来击溃对方的自信心。左乳原地慢跑的小动作被戴精国看见了，戴精国不禁倒抽一口冷气，冲口而出：“这小子要干嘛，挑战吗？抓住他。”

但是接下来的比赛让戴精国目瞪口呆，那几个年轻人眼看就要追上左海了，左海一加速就把那几个年轻人随即甩开了。左海就这样消失在黑夜里。

“噢！噢！噢！”蹲在地上的男人们就像开了锅似的全都跳了起来，欢呼起来，就像看了一场精彩的百米赛跑一样。

戴精国铁青着脸，他确实没有想到会是这样一个结果。戴精国让人群散了，他想到了左海的两支枪，他让保密局的几个下属，开始循着左海的大致路径找了回去。在一块青石板下，戴精国的下属发现了那两只驳壳枪，送了过来。戴精国接过枪把里面的弹匣退了下来，他发现两只弹匣里面总共只剩三发子弹了，他把里面的子弹全部退了出来。然后把空弹匣又插进枪里，他示意手下把枪放回原处。戴精国说：“这个地方潮湿，不利于久放武器。他是个神枪手，肯定惜枪如命，很快会回来的。”

戴精国这次把部队也给散了，然后请保安司令部找了三十多个擅跑的小伙子，他在国防部又要了三个长跑冠军。他估计左海肯定会在晚上来取枪，他准备守株待兔。他在想将这三十个人放在什么位置好。一定得隐蔽好，不能让他们预先暴露，否则左海就不会走进这个伏击圈了。如果不先把这三十人埋伏在镇子周围，凭左海的速度可能又会跑掉。但他为在镇子外的开阔地埋伏这三十人很伤脑筋，他有点无奈地看着镇外广阔的田野。

猛然一个个矗立在田间的稻草人引起了他的注意。他想有了，就让这些士兵扮成稻草人站立在野外。这些稻草人在台湾的田野里是随处可见的景观，只要是在夜色里，从轮廓上看真人的造型和稻草人别无二致。于是戴精国决定由白天保密局的同僚们值班，守住那两支枪别被拿跑了。晚上天色刚黑，他就把那三十个善跑的士兵安置在田间地头，扮成稻草人在原地值守。在最外层他又派了一些人值勤，不同的是他们人手一支信号枪，专门指示左海逃跑的方向。

他还准备了三台吉普车载着三个长跑冠军，把守着镇子通向外面的三条路的五里地的地方，准备根据信号弹的方向进行快速追击。所有参与抓捕的人都不许带枪，他这么做，是必须追回那要命的微缩胶卷。左海已经没有什么价值，关键是情报的下落。

布置妥当了，戴精国觉得，这次是缸里捉乌龟——手到擒来。

第一天左海没有出现，第二天左海还是没有现身，第三天还是没有什么动静。戴精国在想自己的方案里是否出现了纰漏，是不是潜伏人员被他发现了。他想应该不会，因为所有的抓捕人员都是穿着便衣，他们白天都在一个封闭的室内休息，连运载他们来的十轮大卡，戴精国都让他们先开了回去。这应该是天衣无缝的部署，可能左海那晚受了惊，还在恢复呢。果然不出戴精国的预料，第四天晚上左海真来了。

左乳还是一个人孤独地走进镇子里的，左乳自从听到了那句不许开枪的话后，他就知道了敌人不愿开枪是为了抓活的，找到他身上的这份情报。他想到这儿，觉得自己有了护身符，这护身符就是那个胶卷，只要胶卷在，他就是安全的，敌人就只能生擒他，也就是说敌人与他的赛跑就要永远进行下去，想到这儿他就有了信心。在他今天出发前，他把护身符胶卷用一块油布层层包了，放置在一个树洞里。然后他趁着夜色踏上了取枪的路程，当左乳一步步接近小镇的时候，清新的月光一泻千里，旷野田间开阔，除了一些稻草人在野外矗立着，四野里不见人迹。

于是左乳渐渐走近了藏枪的地方，他留心地看了看四周。他觉得现在的小镇和上次来时没有什么区别，他丝毫没有察觉，自己正在迈入一个天罗地网。左乳勾下身子伸手到青石板下去摸枪，他刚摸到枪，脖子上就顶上一根冰冷的枪口。“别动，把手举起来。”这是今晚抓捕中唯一的一支枪，被戴精国顶在了左乳的脖子上了，左乳慢慢直起身子，把手举了起来。就在他听到身后传来的打开手铐的金属的声音时，他把身子往下一蹲，接着像一个压紧了的弹簧似的把自己弹射出去。就在他冲出去的一瞬间，他的双腿被后面伸上来的一只腿有力地勾了一脚。左乳失去了重心，身子一斜摔进了水沟里。水沟里的水不深，当左乳迅速地爬起来时，他的衣裤全都湿了，而且身上沾满了烂泥。左乳一把把身上的衣服脱了下来，这是他第一次在雨中逃跑时得出的经验，光身子湿漉漉，滑溜溜的像只泥鳅，是没办法抓住的。果然，抓住他的几只手都被他没费什么力气就挣脱了。他开始撒开腿迅速跑起来，后面的追兵被他越拖越远。

他已经跑出了镇子了，他开始顺着大路往前跑。他想敌人的机动车辆只能在大路上跑，于是他就拐上了田间小路。他看看后面，追兵已没了踪影，就在他把悬着的心放下来时，一个在他左前方的稻草人怎么一下倒了，他不是倒，他是动了起来，几把扯下身上的稻草，径直向自己扑了过来。他明白了敌人在这候着自己呢，因为惯性，他跟稻草人扑了个满怀。对方抓住了他的双手直往下溜，稻草人看抓不稳他，急忙张开手搂住他的腰，手指拽住裤带不放松。对手看样子臂力过人，只搂得左乳腰往上挺，眼冒金星。不远处的另几个稻草人也向这边跑了过来。就在左乳被箍得呼吸困难时，对方已经直起了腰把左乳抱离了地面，同时对方的下身也送到了身前。左乳抓住机会用右膝盖对准对方的下身狠命一顶，对方顿时就撒开手，抱住自己的命根子满地打滚。

左乳做了个深呼吸，看准了几个稻草人正在合拢的包围圈的间隙，一头冲了出去。稻草人在身后渐渐地被拖远了，那夹着干稻草摩擦的声音已经完全听不见了。左乳已经跑出很远很远了，正待换口气，一枚信号弹从他左侧不远的一个稻草人的身后升起。接着一两分钟后天空射过来一块扇形的灯光，前方传来美吉普发动机粗壮的喘气声，迎面开过来一台吉普车。左乳急忙成四十五度角错开美吉普，美吉普在左乳的右前方停了下来，车上跳下来一个体形健硕的长腿男子。奇怪的是，车上除了司机只有这一个乘客，左乳正在纳闷，对方则风驰电掣地冲了过来。

左乳知道了对方是冲自己而来，不敢掉以轻心，他瞬间加快了步频。对方紧追不舍，步步紧逼。从逼近自己的速度看得出对方的爆发力非常惊人，左乳不知道对方的耐力有多强，他在不了解对方真正实力的情况下不敢把自己的实力和盘托出。他知道敌人今天排兵布阵是下了功夫的，在取枪的地点是敌人的第一个包围圈，稻草人是第二个包围圈，而这个单兵对手是第三道关。

能把自己一个人单枪匹马地送到敌手的面前，肯定对方是一个善跑的人，一个真正的对手出现了。而且从整体来看，对方都是经过挑选的，个个身手不凡，全然不同于那天雨中追捕的士兵。今天如果不是身上抹了一层泥，说不定他早已束手就擒了。左乳跟对手保持着一定距离，对方的呼吸声有些粗重，有些急促。看得出，刚才急于求成，他想一把抓住左乳，速度上得快了些，呼吸有些乱。左乳想立马加速融入夜色丢下对方，但是今晚的月光太亮了，很远很远的大路上紧跟自己的吉普车都能看得清轮廓。左乳担心自己猛地加速万一没有甩开对手，跑不出笼罩的月光，对手说不定就可以缠住自己。

左乳还是保持着与对手的距离，只是把自己奔跑的方向与吉普车的行进方向的角度调整得更大些。他想首先要让对手看不到吉普车，要让对手处于和自己一样的孤军奋战的地位。吉普车渐渐听不见声音了，那雪白的灯光渐渐变暗了，最后完全被夜色吞没了。此时只有左乳自己的脚步声和对手的脚步声在这旷野里回响。左乳暗暗佩服起对手来，这个对手越跑越有力气了，他已经从最开始的杂乱的换气状态中调整过来了。

左乳想对方肯定也是一个练长跑的，步幅和步频以及呼吸都能跟得上自己的水平了，现在就看双方的体力了。左乳有点担心，平常，夜色是自己最好的屏障，今天月亮这么清亮，即使自己跑得再远，也跑不出对方的视线范围。左乳和后面的对手两人都在默默地跑着，虽然都没有说话，但彼此都能从对方的脚步声中感受到，谁落后了，谁就是失败者。两人可能都模糊了追上以后是否能制伏对手的结果，他们只在想不能跑输了。他们都是长跑冠军，荣誉对于他们来说是最至关重要的。至于跑赢了是否能打赢，或者是否还有力气去搏斗，在此时双方都不愿去考虑。他们此时就像专业长跑运动员一样想的是不能被对方落下，他们用自己匀净富有节奏感的脚步声在与对手交流，在向对手宣战：我还有力气呢，你跑不过我。

左乳很清楚脚步声在此时确实能击溃对方的自信心，也许只要自己还能有力地瞬间加速，瞬间就可以打败对方的自信心。但是万一丢不掉对方又怎么办呢？左乳确实很矛盾，很犹豫。他在暗暗地叮嘱自己，不能急于摆脱对方，这种想法会给自己产生压力，最终会压垮自己。他还得坚持一步一步跑下去，拖垮对方。可能两人的奔跑已经持续了一个多小时了，估计路程也跑了二十多里地了。对手还没有半点想放弃的意思，对方的脚步依然是持续有力的。正在左乳有点担心时，机会出现了。前方的夜色中像渗进了乳白色的牛奶，那是潮湿的地面被太阳晒了一天，水汽上升形成了白雾。左乳知道只要自己能把与对手的距离在短时间再扩大几十公尺，自己就能跑进这白色的雾团里。于是左乳立即加速跑起来，后面的对手也看到了前面的雾团，他看破了左乳的想法，也提高了步频。左乳不仅步频加快了，而且步伐迈得更大。终于左乳听到后面的脚步声慢慢在变小，渐渐地就听不见了，左乳再回头看时白茫茫一片，什么也看不见了。

再往前走了一些路程，左乳闻到海水浓浓的腥味了。快到海边了，左乳有好长一段时间没见过海了。根据方位判断前面的大海就应该是台湾海峡，而海峡的对岸就是大陆，就是自己的家乡。那里有自己的亲娘，有自己的同学和战友。自己的组织就在彼岸，他们可能还不知道台湾地下党最近发生的情况，他们更不知道老郑已经叛变。自己要是有一对翅膀，就会飞过海峡，飞到首长的身旁。那样就可以报告党组织，台湾地下党必须重建。最重要的是那个胶卷，那份绝密情报就可以送达目的地了。如果真能见到首长，那自己一定要求带着一部电台回到台湾。台湾地下党没有电台，那可是太被动了。

前面传来一阵阵的轰鸣声，就像是很多汽车的马达同时在震响。左乳一惊，难道是保密局在这里又给自己设了一道防线？那可不是小批量的敌人，肯定有成千上万的敌人。左乳正准备转身起跑，离开这个包围圈。一阵海风吹来了大海的浓烈的涩涩的味道，哦！那不是追击的汽车，那只是海浪撞击在礁石上发出的吼声。自己怎么回事，真是有些草木皆兵了。左乳继续向大海走去。

大海终于出现在自己的脚下了，一望无际，像一群庞大的野马，它们好似失去了领头的。马群被巨大的恐惧惊扰了，它们惊慌失措地左冲右突，妄想找到出路，夺路而逃。它们以惊人的力量和速度，急急地涌向东面，东面好像有无际的狼群袭来。它们又仓皇西奔，刚跑到天边，黑压压的强大兵团铺天盖地地压了过来。它们只好回窜，它们各顾各地溃不成军，你追我赶地相互倾轧。它们铆足了劲，径直向左乳脚下怪石林立的陆地争先恐后地奔命而来。它们是溃败的兵团，它们是输红了眼的赌徒，它们没有谁敢停止前来的步履。任何犹豫都会换来同伴的倾轧。它们只能奋力向前，只能跟军团保持同样的速度，才有可能在这场死亡追逐战中保住自己的生命。它们就是这样前来，这样不顾一切地奔来。它们的多次突围都四面受敌，它们只能做孤注一掷的最后一搏。它们就是这样成群结队的毫不畏惧地撞向左乳脚下坚固的礁石构成的陆地。在这里巨浪排空，化成无数的白沫，当它们离开了群体，冲向空中时，它们似乎都感到临终的绝望。它们用最后撞为泡沫的力量发出巨大的悲鸣。

左乳站在礁石上，竟被脚下大自然的精彩绝伦的表演感动得热泪盈眶。他每次看到大海都有不同的心情。而今天的心情却是如此地悲壮，他不知道自己现在是这大海里撞成泡沫的海浪，还是这岿然不动的礁石。他只感觉到自己此时就像一只断了线的风筝，正在向大海的深处摇摇晃晃地坠去。他已经失去了交通线，失去了小马，他的上线老郑也叛变了。他已经完全与组织失去联系。而敌人就像这无边无际的大海，把自己死死地围在中间。他甚至在想如果没有了那份绝密情报，他就可以杀向敌人，拼个鱼死网破。可是自己欲死不能，自己还得活下去，想办法回到组织的怀抱，他必须要把手中的情报交给组织。这是自己的使命，自己活下去的理由。想到这，他望眼欲穿。那对面的陆地，我怎么才能飞越这无尽的海峡啊。我怎么才能回到你的怀抱啊？难道真让我插上鸟儿的翅膀吗？

一个灵光在左乳的脑中闪现，我为什么不能游过这海峡啊。我不能拥有一对翅膀，但是我可以拥有自己的诺亚方舟。自己可没有海水那么弱智，加上自己对大海的了解，我能判断方向，我能知道潮汐的流向。借助漂浮物，借助海流，准备好充足的食物和淡水。应该有取胜的把握。左乳想到这，顿时来了精神。但他的肚子开始咕咕地叫，闹意见了。左乳才想起自己好像有段时间没吃饭了。弄吃的，难不住左乳。他在礁石上寻找着牡蛎，然后揭下牡蛎肉就放进嘴里生吃起来。海面上一束灯光远远地照射过来，左乳连忙伏下身体。他知道这是国民党海军的巡逻艇。自己要想成功偷渡，就必须躲开海面巡逻艇的探照灯。那除了把自己的诺亚方舟变得更小可能别无他法。左乳一边躲闪着巡逻艇的探照灯，一边在想着偷渡的计划。他觉得自己需要冷静地计划，还需要时间来筹备。他现在最想做的就是取回胶卷，走进台湾大学的图书馆去查找海洋资料。

台大图书馆的阅览室里，这两天经常去图书馆的低年级女生发现，阅览室里多了一位戴眼镜的高个子英俊学长。女生们开始在打听这位英俊的学长是哪个年级的，哪个班的。有胆大的女生特意靠近了戴眼镜的学长的座位，发现这位学长看的都是海洋方面的书籍。于是女生开始把注意力放到了海洋专业，她们开始有意无意地找海洋专业的同乡或是熟人打探这位学长的情况。这位英俊的学长就是左乳。只不过他比平常多戴了一副平光眼镜，多挎了一个台大校园里比比皆是的书包。对于校园生活，左乳一点也不陌生。特别是傅斯年校长曾经也是他的校长。走进校园，左乳就如同从没有离开过，他喜欢象牙塔宁静的生活，喜欢校园里女生们一边在青草坪走过，一边抱着一本厚厚的书在读着。他更喜欢校园里热闹的球场传来的欢呼声。特别是他带着满身的疲惫，带着生死决斗过的身心重新返回到这片安宁的世界。他有一种出世的感觉，他感到自己找到了一个可以疗伤的地方。

左乳第一次了解到，台湾海峡总长五百公里，平均水深五十米左右，平均潮差为二十八公分到五点二二米，相差近二十倍。海峡内有仅次于杭州湾居中国第二位的大潮区。台湾海峡的潮流有两个海流系统，即台湾暖流和大陆沿岸流。而这两个暖流的流向，都是从台湾一侧流向大陆，但是在很多区域有些海流却比较复杂。有些地方水面流和水下流甚至方向可以完全相反，可见其水情凶险。但从海流的大致流向来看，台湾向大陆横渡会相对容易些。台湾海峡最宽的地方约二百六十公里，最窄处约一百三十公里，平均宽度约两百公里。左乳综合了海峡海流的流向和两地距离，决定从台湾新竹县入水，选择对岸最近点福建省平潭岛上岸，两地直线距离约一百四十公里。左乳根据洋流及潮汐的影响因素，加上以前在海中泅渡的经验，估计自己在水中实际所游距离要比理论数据多百分之三十，也就是这段距离实际要按一百八十公里计算，这样所需的时间约为七十五小时左右。也就是说左乳要想渡过这段海峡，他要花上三个昼夜。就现在的海洋资料来看，六月初是最适合渡海的日子。

左乳盘算了时间，自己还有近两个来月的时间来完成准备工作。左乳计划好了，自己要在新竹租上一套房子，然后开始体能训练。他对自己的游泳水准是有信心的，但是他知道自己这段时间深居简出，体能有所下降。他必须通过这两个月的强化训练，把自己的体能调整到最佳状态。他虽然有了偷渡的计划，但是还没有想好依靠什么样的泅渡器材来完成自己的偷渡，他还需要更进一步细化它，丰富它。

新竹的海滩叫新月沙滩，是台湾最美丽的海湾，海滩上的沙粒细腻而不含杂物。左乳就是在这片海滩上开始了体能训练，每天早上天刚蒙蒙亮他就开始了跑步。几天下来他的皮肤已经晒得黝黑黝黑的，一眼看去，就像是刚从渔船上打鱼归来的渔民。接着他从每天的三个小时运动量逐步提高到十个小时。左乳觉得自己的力量正在聚集，自己的信心在增强。他每天对着北方暗自祈祷顺风顺水，直达彼岸。

左乳开始策划用什么来充做自己的诺亚方舟，他想到了用带着帆的小船，这样只要顺风顺水肯定一天不到就可以到达平潭岛。那样吃的喝的都可以少带许多。自己还不会受到鲨鱼的威胁，人的体力也会有充分的保证。但如果是小帆船，很难突破敌人的海上防线，肯定会被高速的巡逻艇发现。而且一旦被发现，在海上就没有跑掉的可能。自己牺牲倒没什么，关键是情报就送不出去了，而且这份情报已经是最后一份了。左乳觉得这个方案没有办法执行。最安全的办法就是自己抱上一个救生圈游过去，这被敌人发现的概率大大减少了。不过左乳明白，几天几夜抱着救生圈，自己的皮肤肯定会受不了，皮肤会被磨破。磨破皮肤倒没什么，关键是就没办法继续泅水了。而且台湾海峡行踪不定的鲨鱼又是一个巨大的危险。

左乳在新竹的出租屋里用笔在纸上胡乱地画着，他在设计"诺亚方舟"，可是太大不行，太小连生命都无法保证。经过反复构思，终于他设计出自己的"诺亚方舟"来。在两个独立的汽车内胎搭成的漂浮主体上，安放着左乳自己设计的划桨支架。两个内胎之间是结实的木架，木架上绷着网兜，偷渡时人就坐在网兜里面。这样，不怕翻船也不怕浪大进水。最重要的是，由于横渡时间预计需要三天三夜，自己可不用移动就能够完成吃喝拉撒。这是一个天才的设计。木支架与充气内胎怎么固定？左乳设计的办法是绳索。用绳索一道又一道，将支架围绕并绑在两个内胎上。这一设计理念，鲁宾逊也曾经用过，它是漂流者们普遍采取的一个好办法。这一夜左乳久久不能入睡，他为自己设计出最为理想的诺亚方舟感到兴奋。那将是一只承载着自己全部希望的漂流瓶，那也是一艘不会沉没的航空母舰。左乳手里攥着"诺亚方舟"的设计稿，脸上浮现出甜蜜的笑容，他就以这样的姿势进入了梦乡。这晚波涛声一直在他的耳畔回响，他梦到了江南的水乡，梦到了玄武湖的垂柳。

第二天凌晨四点，左乳就起了床，他带着一袋子凡士林，走到礁石上，脱光身上的衣服。然后他开始往自己身上涂抹凡士林，他让凡士林一直敷满了全身。凡士林可以抵御碱性海水对肌肤的侵蚀。夜色中，左乳那匀称而健壮的身体熠熠发光，就像他披着一件贴身的盔甲。他像个勇士般地投身大海，在大海里连续游了十个小时，直到太阳直直地升到中天时，他才游上海滩。十个小时不间断地游泳已经是他每天必做的功课，他轻松地走上海滩，身后还拖着一条大鱼。他在海滩的细沙上顺势打了两个滚，把身上的凡士林给摩擦干净。然后他用淡水冲了冲身体，套上礁石上的裤子。把那汗衫搭在左肩上，右肩扛着那条大鱼，顶着太阳往街上走去。

左乳就像当地的渔夫一样蹲在地上，把鱼挂在杆子上，一会儿就有两个军容不整的国军的伙夫把那条大鱼买走了。左乳拿着钱在路边要了一大碗新竹最常见的食物米粉，蹲在地上，风卷残云地把那碗米粉倒进了肚里。然后左乳进了一家汽车修理店，他选购了两个旧内胎。他用支粉笔在旧内胎上的旧补疤上画着圈子，他让店小二把那些不牢靠的旧补疤揭下来，重新再补一次。他把补好的轮胎按在大水池里，检验着是不是还有漏气的砂眼。直到最后水里不冒一个气泡，他才放心。然后他又在五金店里买了铁锯和网绳。东西采购齐了，左乳在家里把一个旧床铺拆了，他锯了几根木方，然后按照图纸把木架做了出来。接着他把粗网子叠了三层蒙在架子上，然后他用绳子把木架牢固地绑在两个轮胎之间。他在网上站了站，蹲了蹲，觉得脚下的“诺亚方舟”应该是比较保险了。左乳又用船板做了两支轻便的船桨，他把船桨架在支架上划了划，又调整了几次，直到满意为止。

左乳用笔开始记录自己还需要最后购置的装备：一个指南针，防水海事地图，一个望远镜，两个十公斤重的塑料水壶，两公斤的巧克力，五斤牛肉干，凡士林，再加上一些面包糖果之类的补充食品。左乳把所有需要携带的物品，都做了仔细的计划。第二天左乳抓了两条大鱼。他又蹲在菜市场把鱼卖了。一会儿工夫，左乳就把装备都采购齐了。

出发的日子越来越近了，左乳的身躯已经被晒得像炭一样的黑。左乳已经把自己的身体调整到最佳状态了。他甚至觉得即使自己在偷渡的过程中，意外失去了诺亚方舟，他也可以不需要携带的给养，只靠自己抓到的海鱼，也可以游到彼岸。他已经可以做到不借助漂浮物，让自己的身体舒展在海面上，随海流任意漂荡，身体却不会下沉。左乳心想凭自己一身好水性，这台湾海峡应该不会成为自己回家的阻隔了。

新竹海岸，在五十年代都是台湾岛的前沿阵地，虽然在台湾海峡的彼岸，还有金门岛作为国军的最前缘。但是从新月沙滩远远耸立的岗楼，还是可以看出国军并没有对台湾本岛的防守松懈。连续两个来月，左乳都是在凌晨出发去抓鱼，远远的岗楼里的哨兵已经习惯这位渔夫每天天还不亮就出海的习惯。几天前左乳就开始每天扛着他新式的捕鱼工具“诺亚方舟”往返于海滩上，他要让哨兵习惯他的“诺亚方舟”。出发的一天终于到了，左乳还是按照平日里的习惯，扛着他的诺亚方舟，在深夜里出海了。不同的是他的内胎的中间填满了食物和淡水，他走在沙滩上，只觉得脚板下的细腻的沙子比往日里要陷得深些，他知道自己的肩头比往日里要沉甸得多。探照灯从远远的岗楼上投射过来，左乳顿时被罩在一束光柱里面。左乳尽量保持着自己的行进节奏，保持着抬腿的弹跳力。不知道是不是自己露了馅，那束追光追着自己一直没有挪开。左乳在怀疑自己，是不是自己肩上扛的淡水和食物被哨兵发现了。为什么敌人老盯着自己不放。左乳知道只要自己一暴露，在这辽阔的沙滩上，自己的速度再快，也跑不过敌人的子弹。在这平坦的海滩上，自己就是一个活靶子，跑都没有地方跑。左乳觉得冷汗正顺着自己的脊梁往下，凉飕飕的，就像冷水滴在背上。左乳觉得这段时间是如此的长，如果换个地方，他早就起跑了。海水已经淹到左乳的膝盖上了，左乳像往常一样地把肩上的“诺亚方舟”扔在水里。左乳直起了身子，他这时才发现探照灯早就离开了自己的身体，不知照到哪里去了。

坐上“诺亚方舟”，他开始划起桨来。从现在开始这段海域属于允许的捕鱼区域。虽然不时有巡逻艇在巡查，但是这段海域里的航行还是安全的。左乳一颗紧张的心开始放松起来，这几天他一直处于亢奋的心理状态，这段安全的航线对他来说就是一种休息。他开始想念起小马来，他不知道小马在感化院里是不是会因为自己的暴力行为而被连累，她是不是正在遭受敌人的折磨。他真后悔那天没有把她解救出来。他一直为此事自责自己，他觉得自己当时完全可以在那个看守跑进值班室之前，把他击倒。当时的枪口不应该瞄着他的上部打，而是先要打腿。只要一枪打在腿上，他就跑不进值班室。那么自己也可以按照计划拿到钥匙，救出小马。如果小马被自己救了出来，那么小马可能今天就在这艘“诺亚方舟”上了，他们可以满怀希望地奔向光明的彼岸了。

一艘亮着探照灯的巡逻艇正在向自己这个方向驶来，左乳很熟悉安全区巡逻艇的巡查习惯。他脚一蹬，就把搁在内胎圈中的食品和淡水踢进了海水中，只有一根细绳固定在“诺亚方舟”上。巡逻艇上的雪白的探照灯直直地照了过来，晃得左乳睁不开眼睛。巡逻艇上的阿兵哥大声地跟左乳打着招呼，问他抓到大鱼没有。阿兵哥好像都知道左乳只要大鱼、不要小鱼的捕鱼习惯。左乳把开始抓到的几条不大的鱼扔向巡逻艇的甲板。阿兵哥兴奋地在甲板上拣着鱼。

顺风顺水，这“诺亚方舟”乘着沿岸海流，就像鼓满了风帆的快艇，从西南方一路往东北方驶去。进展神速，左乳心里有说不出的惬意。天已经大亮，这时左乳看看指南针和手表，计算了航行时间，“诺亚方舟”已经驶离了国军划定的安全捕鱼区。现在“诺亚方舟”已经进入了封锁区，凡是在这个海域发现的漂浮物，国军会立即进行炮击格杀勿论。左乳手里举着望远镜，开始紧张地搜索起海面来。他叮嘱自己，必须在第一时间先发现敌舰，才有可能隐藏自己。左乳仔细分析过自己的视觉优势：一是自己本身视力极好，二是敌人是乘船而来，目标比自己要大得多。自己完全可能先发现对方。现在海鸟已经越来越少了，四周都是茫茫大海，浪头越来越大。左乳倒是为越来越大的海浪欢欣鼓舞。他趁着浪头可以立在高高的浪尖上看得很远很远。如果敌舰来了，浪涛就成了自己最好的掩护。左乳的望远镜里突然出现了几只海鸟。左乳的心头不禁一紧，他知道有鸟可能就会有船。于是他从“诺亚方舟”上急忙下到海水中，他把身子完全隐藏在“诺亚方舟”的网子下面。“诺亚方舟”的四周被杂乱的海草簇拥着，就像大海中随处可见的漂浮物。左乳在水中终于看到了一只冒着黑烟的烟囱在海平线上出现了，那是一艘全副武装的炮舰。炮舰正往自己的方向驶来，估计两者会在比较近的距离内交汇。

正在左乳观察着那艘渐渐驶近的炮艇，他的双腿被一个什么水下生物有力地碰了一下。顿时左乳的双腿像触了电似的，他猛然想到这可能是鲨鱼来袭。台湾海峡的鲨鱼以凶猛、残忍、嗜血而著名，这对入海游泳的人构成极大的威胁，而且台湾海峡鲨鱼出没无常。长时间在海中泡着，左乳知道这意味着什么。此时鲨鱼对自己的威胁远远超过了炮舰的潜在威胁。左乳猛然间有种强烈跳上诺亚方舟的冲动，他不知道水下的那个猛兽是不是已经张开了血盆大口对准了自己的双腿。鲨鱼已经不止一次两次地冲撞自己的双腿，它的试探性的工作可能已经完毕，它已经完全了解自己这双腿是美味的甜点。正在左乳已不堪鲨鱼的碰触想要爬上“诺亚方舟”时，炮艇的浑厚的汽喇叭在空中炸响。左乳只好克制住内心的恐惧，把自己强行留在水中。正当此时，一只优美的流线型的海豚滑过左乳的眼前，左乳这位鱼类专家心里一阵狂喜。他知道海豚会驱逐鲨鱼，有海豚的地方鲨鱼一定会消失的。

水下看样子是安全了，左乳的大腿已经感觉不到鲨鱼的碰触，他的腿由弯曲状态完全放松地垂放在水下。但是水面的危险却越来越近。左乳两只手死死抓住水面上的支架，头顶紧紧顶在网兜上，即使站在“诺亚方舟”的正上方，也难以发现那下面躲着一个大活人。炮艇越来越近，左乳有些担心那把自己和“诺亚方舟”抛到风口浪尖的海浪。他担心那样一来，自己就会整体暴露在敌人的面前。他现在希望海浪平静些，希望自己一直停留在海浪的谷底。随着起伏的波涛，炮舰一时高高地挂在自己的头顶上，一时又落在自己的脚下。左乳注意了炮舰的甲板上看不见人影。估计这些兵哥也躲在船舱里避风浪呢。自己在炮舰的眼皮底下溜了过去，不多时炮舰就消失了并踪影。

左乳不停地看着指南针并对照着海事地图，计算着自己的航向。如果有时偏离了方向，左乳就急忙摆着双桨，让“诺亚方舟”保持在往东北方的海流里。借上海流的推力，自己可省了不少力气。左乳不敢睡觉，担心“诺亚方舟”偏离海流。他瞌睡不堪，两只手插在网子里渐渐地睡着了。不知道睡了多久，一阵大浪打过来，他连呛了几口海水。他的手在空中一挥，没有抓到网子，“诺亚方舟”已经被海浪打到浪底去了，而左乳已经被海浪高高地举在空中。左乳抓了个空，心里不免一惊。挥动的手臂上被什么勒紧了，左乳记了起来，原来他早早地做了准备。一根细绳连接着左乳的胳膊和“诺亚方舟”。左乳拽紧绳子，把企图逃跑的“诺亚方舟”拽了回来。

左乳回到“诺亚方舟”上，他第一时间去看手上指南针的刻度，他对照着海事地图，“糟糕！”已经偏离海流十几里了。左乳急忙振作精神开始摇起双桨，摇了一阵，左乳发现“诺亚方舟”没有按照划桨的方向行进，而是停在原处没动。左乳越发急了，他知道自己已经处在台湾暖流和大陆沿岸流两股海流之间，刚才因为睡过了，已经被双流夹击在汪洋中不能动弹。他虽然海洋知识丰富，但也没有遭遇过身处两股强劲海流之间的经历。左乳试图调整方向，先突围出来，再迂回到先前的海流里去。但是不管左乳怎么左冲右突，他使出了吃奶的劲，就是离不开这个巨大的回流区。左乳没想到这东边的黑潮强劲洋流和西边诡谲多变的沿岸流中间形成的回水区的吸附力量如此巨大，更糟糕的是左乳发现放在内胎间的淡水和食物，不知什么时候被抛出了“诺亚方舟”，内胎里只有一节被海水泡断了的绳头在瑟瑟发抖。左乳知道失去食物和淡水意味着什么。食物丢掉了，他倒是依靠捕鱼可以维持。但是淡水扔掉了，却没有办法补充和替代。他只能期盼着迅速摆脱海流回水区的控制。

两天两夜过去了，左乳和他的“诺亚方舟”还是被牢牢地困在回水区没有动弹，左乳因为缺水，嘴唇上出现了一串串的水泡。他发现自己的小便也开始越来越黄，他用手指揉捏着自己的皮肤。他的皮肤弹性变得迟钝，缓慢。左乳知道身处这样高温的海面上，自己的身体再强壮，如果这样持续下去，也会挺不住的。

也不知道过了多长时间，左乳神情恍惚地昏睡了过去。梦中左乳还在奋力地划动双桨，他觉得风平浪静，海阔天空。那碧蓝色的海水连接着湛蓝的天空，海天一体，不知哪是海，哪是天。一面巨大的八一军旗在海天之间迎风招展，两排整齐的小军旗从自己的脚下一字排列过去，一直排向那面巨大的军旗下面。八一军旗下，一张长条桌上铺满了鲜花。鲜花丛中最醒目处摆着军功勋章，还摆着新鲜的水果，桌子边沿竟然放了两大缸清水。左乳丢开双桨，疾步上前，径直冲向了两只水缸去。踏上陆地的感觉是这样的稳妥，陆地是那么的平稳踏实。左乳睁开眼睛，他一时没有搞清哪是梦境哪是现实。左乳摸了摸网子下面的泛着泡沫的水面。他发现那异常多的泡沫下面是细细的沙粒。

左乳有点不相信地伸腿下去，他的腿好像被弹了回来，迎来一阵疼痛。他知道这是自己的双腿长期没有踩踏过硬物了，关节间的缝隙越来越大。猛地一接受压力，就疼痛难忍。第二次左乳又小心地把脚踏向水下。他虽然是缓慢地试探，但是这回他的脚板踏踏实实地踩在了沙滩上。真的是陆地了，他眯着眼睛开始搜寻八一军旗。夜色下，他的视力看不多远。他摸了摸裤裆下的情报，那玩意就像自己的小老二一样，好端端地在那里待着。

他开始慢慢地往沙滩上走着，他的双腿踩在满地的泡沫里。他看到了天空中的探照灯灯柱，他借着探照灯灯柱的光芒，终于看见了不远处飘扬着的一面旗帜。他再仔细看了看，让他吃惊的是那面旗帜不是八一军旗，而是青天白日旗帜。难道自己又被海流送回了台湾岛吗？左乳悲愤地摇着头。肯定是诡谲多变的海流又把自己送了回来。

第十章　陨落

THE TENTH CHAPTER

吕赫若泪水滂沱，他说：“我有嗓子还有什么用，我没了手，我怎么上台表演？我怎么去开我的演唱会啊？我没了手，我还要命干什么？别砍我的手。”

左乳流着眼泪，抽出了身上的手枪，他用枪口顶着刘学坤的后脑勺。刘学坤吃惊地回过头来，刘学坤气愤地看着左乳大声说：“你没有神志不清吧？你没有被蛇咬啊。”

左乳冷静地说：“有些事你不明白，请尊重他自己的选择吧。”

左乳上了岸，跑到一口水塘边猛喝了一阵淡水，然后大口地喘着气。他觉得体力恢复了不少。他走了一段距离，前面有几棵瘦高的树，左乳想在树下歇一歇。刚走到树下，一张渔网从天而降，把左乳严严实实地罩在网中央。几个穿着便服、拿着长长的日本三八步枪的年轻人从树上跳了下来，他们按住了渔网的几个角，横拉竖扯地把左乳包裹在网中。左乳像一条落在网中的鱼开始还能挣扎，随着网被收紧，手脚渐渐地越来越被束缚，动弹不得。然后左乳就像一个布袋似的被扔上了一匹东洋高头大马的背上，有人横竖在他身上捆了几道日本军人的背包带，身上被胡乱丢上的几块日军的破毯子盖住了。这让赤裸着身子的左乳渐渐暖和起来。左乳就一颠一颠地在高头大马的背上摇晃着，随着那几个年轻人往前走去。

那几个年轻人时不时用日语和当地的语言交流着，左乳很想知道自己到底是不是被保密局的人给抓了。根据他们的日式装备和他们的着装，这帮人应该不是保密局的，有个年轻人甚至还穿着日本和服。如果是保密局的人，那么他们也应该往回走，去到台北市才对。现在那匹马都开始喘粗气了，路是越来越崎岖了，这上山的路看样子不好走。这帮人说不定是土匪。想到这，左乳倒是放宽了心，反正自己没有钱。他确实有些累了，在马背的摇晃中，迷迷糊糊地睡着了。

“快醒醒！这小子真他妈能睡，睡了那么久。”有人在踢着自己，左乳睁开了眼睛，这是一间大房子，旁边站立了不少人。

“身上衣服都没有，你们也把他给弄上来了？”一个看样子是头儿的中年汉子问道。

“看他样子像是公家的人，网打的，也不知是肥是瘦。”那个穿和服的年轻人一席话把旁边站立的人都逗笑了。

“你是干什么的？”一个踢着他的脚的年轻人问他。

左乳回答:“当记者的。”

“那怎么成这样了。”

“遇上抢劫的,都抢了。”

“当记者的?那你认识吕赫若吗?”

“你是说那个作家吕赫若吗?”左乳说。

“是的,也是记者。”

“我看过他的小说《牛车》。”左乳回答。有人给左乳拿了衣服来,送衣服的人发现了左乳只有一个乳头,竟高声叫了起来,“啊!快看,他只有一个奶头。”

正在此时,室外有人在高声唱着《在那遥远的地方》。左乳兴奋地说:“这是吕赫若在唱,对吗?”旁边就有人跑了出去,把吕赫若叫了进来,清秀而英俊的吕赫若疑惑地看着左乳。

左乳笑着说:“你不认识我,我可认识你。”

吕赫若问:“我们见过面吗?”

左乳回答:“见过,不过你在台上,我在台下。”

吕赫若猜着说:“你上过我的音乐课?”

左乳说:“去年我在中山堂听过你的音乐会,我还读过胡适翻译的你的小说《牛车》。”

吕赫若高兴地喊道:“是吗?你是我从《光明报》跑出来后遇到的第一个知音啊。”

左乳疑惑地问道:“你是从《光明报》钟浩东那里逃出来的?你们是地下党?”

吕赫若说:“是啊,你是干吗的?”

左乳一时眼泪流了出来,他说:“我是省工委的交通员,叫左海,平时只与老郑单线联系。省工委领导同志全被抓完了,老郑也叛变了。我只身在外一直在寻找你们,经过了很多波折,没想到在这里碰上你们了。”大家都感叹不已,安慰着流泪的左乳。

吕赫若声音低沉地说:“左海同志,我们这里很多同志都是在敌人的大搜捕中逃脱出来的。我如果跑得不快,估计现在和钟浩东同志就是牢友了。留得青山在,不怕没柴烧。”

“那你们为什么把我抓上山了?”左乳不解地问。

吕赫若苦笑着回答:“我们现在都是断了奶的孩子,找不到组织了,没有经费,就有时下山找些地主豪绅或者是政府的人共共产。他们把你这个无产者也当成是共产对象了。”说完吕赫若和大家都笑了起来。

左乳说："现在最重要的是迅速与上级联系上。"

吕赫若说："除了山上的几个武装基地以外，我们的省工委和市工委各级组织基本上都被敌特破坏殆尽，我们现在甚至都不知道上级在哪里。"

左乳说："我们省工委的上级机关就在香港，在上海啊，我就是从那里派出来的。大家知道吗？按照省工委去年的建议，现在就已经到了解放军攻打台湾岛的时候了。现在上级并不知道台湾地下党的损失情况，最遗憾的是至今为止，台湾地下党一直没有配置电台，跟大陆的沟通完全靠交通员来完成的。现在台湾码头、机场一封锁，我们什么情报就都送不出去了。"

吕赫若说："左海同志说得好，要恢复与大陆的沟通，我们必须要有电台。有了电台我们即使在这山上也可以与上级联系。"

第二天清晨，山谷里回荡着"啊～""咿～"，左乳被吕赫若吊嗓子的声音给闹醒了。左乳走出房间，才发现自己是住在一个矿山里。住的地方还是灰砖青瓦房，屋外是一些废弃的铁轨和矿车。吕赫若的嗓音就是基地的起床号，大家有的在刷牙，有的在听收音机，还有的在练习射击动作。

左乳循着声音走上房后的小山坡，吕赫若正在一片竹林旁气宇轩昂地吊着嗓子。他的身旁的一块青石板上放了一口大搪瓷杯，时不时地趁换气的间隙喝上一大口。吕赫若看见了左乳，就招呼着他说："来来来，这里坐坐，听听我吸的山川之气，有没有自然之声。"然后他旁若无人地唱了起来："在那遥远的地方，有位好姑娘，人们走过她的身旁，都要回头留恋地张望……"

左乳在台北中山堂吕赫若的专场音乐会也听他唱过这首歌。那是在音乐大厅里，有乐队现场伴奏，那种余音绕梁的声效赢来了一阵又一阵的掌声，吕赫若换了一套又一套的各式服装出场。他高唱《在那遥远的地方》这首歌时，穿的是蒙古牧民的服装，他那干净嘹亮的歌声如同天籁之音洒向观众。一开腔就引领了一片掌声，他那极富张力的歌声把这首歌演绎得美妙绝伦。今天在这青山绿水中，左乳独自聆听这首他熟悉的歌曲，又别有一番滋味。那歌声在这清晨的山风里，显得那么的清亮。风声、水声、还有悠扬的鸟语则成了他的和声。吕赫若在这种自然的环境里演唱，声带完全处于放松状态，高音竟是如此地平滑、流畅。他那发自丹田的气声徐徐不绝、充实有力。左乳只觉得此时听这歌的应该不止他一人，这歌声会顺着山谷传得很远很远，会有很多人正在倾听。在歌声中，左乳想起了小马，不知道小马现在怎么样。他一直担心他从感化院里杀了出来后，看守们会不会报复小马。

一曲唱罢，左乳鼓起了掌。左乳指着吕赫若正在喝着的大瓷缸说："太美妙了，不需要乐队也唱得如此好。你是不是用了独门绝技保护嗓子啊？你的发音也有诀窍吧？"

吕赫若喝了一大口水笑着说："这不是什么独门绝技，只是我在日本进修时，我的日本恩师告诉我的养护嗓子的方法。你看，这是用新鲜的竹叶、罗汉果和冰糖一块儿煎煮的甜水，能滋润嗓子，效果挺好的。我每天清晨练歌时都要喝这么一大缸。这发音要学会用丹田之气，如果声音从嘴里、从舌尖上唱出来的就太单薄了，不美。"

左乳说："那怎么才能把丹田之气发出来呢？"

吕赫若笑着说："你这是偷学，没交学费啊。"

左乳调侃着说："我看你不像那么保守的老师啊？"

吕赫若说："也没什么巧，我个人的经验很好学，但说出来就太简单了，而且很不雅。"

左乳说："有那么简单吗？我怎么觉得歌唱这样的艺术是要天赋的，像我这样的凡夫俗子是不可能学会的。"

吕赫若说："没这么神秘，我的日本教授告诉我的。你拉过屎吗？拉过屎就会用丹田之气了。"

左乳将信将疑地问："你是说拉大便？"

吕赫若笑着说："是啊，大便，拉过吗？"

左乳说："那谁没拉过。"

吕赫若就轻松地说："那你就能学会。"

左乳说："那就试试看，我学学。"

吕赫若说："你现在找找拉大便的感觉，就是大便拉不出来时，你得使劲往外排便的感觉。肚子用劲，你满脸涨得通红，腮帮子鼓起，额头青筋暴出。终于大便排出来了，同时你嘴里也发出低沉的声音，这声音就是丹田之气发出的。"吕赫若看左乳半天没有发出声音，就急忙说："你可千万别真的把大便排出来了。"

左乳"扑哧"一声笑翻了，吕赫若也使劲大笑起来，两人笑得快岔了气。

过了半天，左乳止住了笑说："你这么说，那厕所里拉大便时大家不都是这么低声咆哮的吗？"

吕赫若说："是的啊，你想想看，这嘴巴和肛门不都是相通的吗？你用肚子使劲，实际上是用肚子里的气体把大便挤压出去，往下挤压大便，往上冲出口的气息就是美声唱法，这肚子里的气不就是丹田之气吗？"

左乳说："这么说来谁都会唱美声。"

"是的，只要学会把这种丹田之气源源不断平稳地发出，那就是一个好歌手了。可千万不能声音没发出，屎倒拉出来了。"吕赫若说得两人又笑了。

左乳感慨地说："环境这么险恶，你还能这么开心，还能高声歌唱。"

吕赫若笑着说："我们这代年轻人，谁没读过一两本马克思的书，我们追求的是光明、自由。我们踏上这条坎坷的路，也是在用我们的行动歌唱，歌唱的是我们伟大的解放事业，歌唱的是我们未来的自由强大的国家，歌唱的是我们未来的富裕幸福的人民。革命需要歌声，生活需要歌声，爱情需要歌声。我这嗓子要保护好，等台湾解放了，我还要去中山堂开音乐会。我还想去上海，去东京开音乐会呢。"

左乳激动起来，他说："无论你的音乐会开到哪儿，我一定都会去听的。赫若，我上次看你的小说，都是翻译作品，你为什么不用母语写本小说给读者看呢？"

吕赫若神色凝重地说："台湾说了几十年的日语，我从小就习惯用日语。以前我写的小说都是用的日语，台湾光复后，我开始用汉语写。也发过几篇小说，《冬夜》你看过吗？"

左乳摇摇头，吕赫若又接着说："等到解放了，我会用母语写一部长篇小说。"

基地接纳投奔来的地下党愈来愈多，经费不够，大家的吃喝也成了问题。于是得有人出去搞钱，他们只能找些大户人家或者是国民党的公干人员要钱。同时基地也开始向国民党情治机关进行报仇雪恨，他们开始有选择地进行暗杀行动。左乳凭着矫健的身手和精准的枪法渐渐成了基地武装人员的骨干。

王瑞是打入地下党台北工会的国民党特务，其公开身份是健育中西大药房的经理。王瑞也确实有一手望闻问切的好本事，在台北开方子是出了名的，就连蒋家父子有个三病两痛也是找他开方子的。由于他的诱捕，最后台北地下党的许多同志都被投入了保密局的黑牢。

左乳和三个同志带着一批打土豪得来的几大箱盘尼西林下山进了台北，他们化装成台中的药商，准备刺杀王瑞。他们先打电话到健育中西大药房说有一批盘尼西林要低价处理，左乳跟三位同志到了大药房。王瑞一看这批药全是美国货而且还真不少，很是高兴。双方经过一番仔细谈价，最终把价定了下来，说好一手交钱一手交货。王瑞叫人拿了现金，左乳他们收了钱，然后左乳给手下使眼色，意思是要动手。就在准备掏枪执行暗杀时，桌上的电话响了，左乳急忙示意慢点动手。王瑞接了电话，左乳在一旁听出来了，是孙立人将军府上的电话。孙立人府上要来给孙立人开方子，先打电话预约。左乳急忙示意自己人暂缓行动，左乳起身要走。王瑞很诚意地邀请来人吃饭，最后是左乳把王瑞拉到一边说："吃饭就免了，我们的老板听说台北的舞厅不错，想去舞厅看看。"

王瑞立即心领神会，说："今晚我们就去舞厅。"左乳装着很有兴趣的样子答应了。

出了门，与左乳同去的同志不解地问左乳："为什么临时改变计划，不杀王瑞了？"

左乳说："孙立人是一位抗日英雄，他要来开方子，我们不应打扰，所以临时改变了计划。不过今晚我们不仅要杀王瑞，还要为基地再筹集一笔资金。"左乳把行动方案给同行的三位同志都交代了一遍。

左乳想在舞厅里实施暗杀计划。一来舞厅什么人都有，影响大；二来夜晚暗杀容易撤退。王瑞给孙立人府上开完方子就陪着左乳四人吃过饭到了舞厅，这个舞厅是台北最热闹的娱乐场所。在舞厅门外听不到里面的乐曲声，但是一进了彩门，就进了一个喧闹的世界。左乳暗暗为舞厅的隔音效果叫好，这里面放枪，外面肯定听不到。跳舞的有穿制服的军人，也有穿中山装的官员，还有些西装革履的商人。舞厅里的灯光比较暗，但音乐声不小，乐曲都是驻场乐队现场演奏的。

伴舞的小姐有的是来宾带来的，有的是舞厅里自备的。王瑞给几位请了小姐，就自顾自地进场跳了起来。左乳要的就是这样的环境，趁大家跳得正欢时，用一条手巾蒙了半边脸的左乳走到王瑞的身边。将手枪顶住王瑞的下巴，自下往上地开了一枪，王瑞迎面倒了下去。舞厅的灯光全开亮了，舞厅里几个角落都传来了"蹲下！不许动！"的命令声。人群全部蹲了下去，鸦雀无声。左乳从容地在已经死去的王瑞的西服里面掏出了一个皮夹子，左乳晃了晃手中的皮夹子，踢了脚下的尸体一脚，沉着地调侃道："不愿掏钱，找死啊。"

左乳话音未落，脚下就丢过来一堆皮包：大的、小的、装美钞的、装台币的、男式的、女式的都有。左乳扔了个提袋给一个伴舞小姐，"捡起来。"左乳命令道。左乳拎上装满钱的提包，接着灯又黑了，左乳连开三枪。传来一片惊呼声，左乳等人趁机溜出了舞厅。

左乳倒药除奸收获多多，基地也过了一段衣食无忧的日子。但是谁也没想到，危险正在迫近。就在一天凌晨，左乳和大家一样还沉浸在睡梦中，突然传来了美式汤姆冲锋枪的猛烈射击声。左乳以为是在做梦，当他完全醒过来时，没有战斗经验的同志正在拼命往外面冲，冲出房门的同志都在惨叫中丧了命。汤姆冲锋枪形成的火力网完全把大房的房门给封死了。

室外传来了一个熟悉的声音："左海，你已经被包围了，今天再不会跟你赛跑了，你已经看到了我们今天是杀戒大开。你只要把胶卷交出来，我保证会放你一条生路。"左乳知道，这是保密局那个有着一双鹰隼眼睛的头目的声音，他已经知道自己躲在基地了。

左乳把一颗手榴弹的拉环加了一根长长的布条，用竹竿挑起那颗手榴弹，拉开了拉环，把依托着山坡而建的屋顶给炸开了。他用室内的一个梯子搭上了屋顶的破洞，他第一个爬了出来，接着吕赫若也爬了出来。左乳带着大家往山上跑，跑到山顶，最后只有吕赫若跟着他。他们在一个山头沮丧地坐了很久，最后吕赫若站起来说："我这个模样现在在城里哪都躲不了。"

左乳看了看他。确实平常没注意，吕赫若长得高大英俊，往人群里一站就是鹤立鸡群，太打眼了。左乳笑着说："都是太漂亮招的。"

吕赫若说："我还有一个红颜知己，在台北市，要是晚上能进到她家就安全了。"

左乳说："可靠吗？是谁啊？"

吕赫若说："辜显荣的儿媳，辜岳甫的遗孀颜碧霞，她是台湾的第一个女董事长。她对文学非常爱好，她会支持我们的。"

左乳说："那是个大资本家啊，她家肯定安全，今晚我们就去她那儿避难？"

吕赫若说："一八九五年《马关条约》清政府割让台湾后，辜显荣是第一个代表台北的富绅到基隆港延请日本人进入台北市维持治安的。从此辜显荣在台湾落了个第一大汉奸的坏名，辜家后来为洗清这汉奸之名，反其道而行之，就跟岛外来的统治者干上了，他们家应该说是很安全的。"

寡居的颜碧霞住在林森北路三条通，宅子是栋二层楼小洋房，有个很雅致的日式庭院，这屋子在日本人统治时代是幢出了名的大宅。已是半夜了，左乳扯了门上的铃铛，不一会儿一个佣人来开了门。吕赫若报上名字，女主人就亲自来开门了。借着灯光，左乳看清了颜碧霞很是清容秀丽。她不由分说，先把他两位请进了院内。在关院门时，还四下里看看，她担心后面有人盯梢。

颜碧霞把两位请进了客厅，举手投足之间能看得出她的果断精干。颜碧霞一脸红晕，幸福的眼光跟随着吕赫若。她对还没有完全放松的两位轻松地说："没事了，我让阿姨先休息了，你们还没吃东西吧，我这就端来。"

不一会儿，一大盆熟牛肉和肉菜就端了上来，还有两瓶清酒。"看看你们的模样是好久没吃肉了，来吧，打个牙祭，好好吃一顿吧。"颜碧霞爽快地说道。

左乳和吕赫若相互欣喜地看了一眼，也不言语，端起碗，就大吃起来。两人的酒都没有倒出瓶子，互相之间也不劝酒，自己喝自己的，一会儿两瓶酒就下了肚。颜碧霞看他两人酒足饭饱，就放心地说："房间都已经给你们安排好了，今天早点休息吧，看你们是很累了。"

左乳和吕赫若就在一间客房的日式榻榻米上睡着了，他们觉得这一晚睡得特别沉，特别安静，就像回到了家一样。第二天清晨左乳是被鸟叫声吵醒的，左乳对吕赫若说："今天可听不见你的歌声了。"

吕赫若不无遗憾地说："唱不了了，噤若寒蝉啊，什么时候我能高声歌唱，那台湾就真的解放了。"

两人起来后，被颜碧霞带入了一间古朴的茶室。进得室内，一张巨大的花梨木树瘤茶台卧在房中央。左乳和吕赫若都被这张变化多端，造型别致的茶台给吸引住了。吕赫若道："这张茶台真有型。"

颜碧霞说："这张台子是于右任老先生送给我们家的，是用海南花梨木的大树根做的。这手工在其次，关键是依着这个根势巧妙布局，把《西游记》的唐僧西天取经的故事全部都刻了上去。你们看这水帘洞、这花果山、这月宫刻得多巧啊，这人物更是传神。"吕赫若啧啧称奇。颜碧霞热情地说："今天我们就在这张台上喝喝早茶，我来给你们泡茶，先洗洗茶具。"

左乳说："我就纳闷了，是先有这间房还是先有这张台子？"

吕赫若好像猛地发现这一现象，"是呀！这台子是怎么弄进来的？"

颜碧霞莞尔一笑，说："你们猜。"

左乳说："这窗，这门，怎么也搬不进来啊。"

颜碧霞说："我们先喝茶，谜底最后解答。你们看看我这三十年的高山乌龙，我说吕老师你在干什么？爬下去干吗？"

吕赫若从台子下爬了起来，说："我想看看这张台子是不是拼接起来的。"

颜碧霞说："看样子你俩都是个急性子，不晓得答案，这茶估计也喝不好。这张台子如果是拼起来的，还值钱吗？你们出去看看房子就知道了。"

左乳和吕赫若两人急忙跑了出去，站在院子里一看大概明白了几分。这间茶室独立于整栋日式楼房之外，是额外搭建的。两人走进茶室，就说："先有台子，再有房子。"

颜碧霞说："于右任老先生就是因为实在没有办法把这张台子放进自己的房里，才送与我们的。我们也没有别的办法，就把茶台的位置定好，然后砌了这间房。”

吕赫若说：“还真给供起来了。说说这茶吧。”

颜碧霞说：“今天我们喝的茶是乌龙茶，是台湾最有年头的茶，可以说是台湾茶的始祖，也是台湾在世界上名声最为响亮的茶。在中国依茶的发酵程度及茶汤的颜色分成绿茶、白茶、黄茶、青茶、红茶及黑茶六大类，俗称的乌龙茶就是青茶。

“欧美国家依发酵度来分，不发酵的叫绿茶，全发酵的叫红茶，而介于中间半发酵的，都视为乌龙茶。但不论东西各国，对乌龙茶的说法，应该是指按照某种做法制成的半发酵的茶，并不指特定的茶叶品种。但是在台湾，本地人所称的‘乌龙茶’，除了它是半发酵的茶之外，还必须用乌龙的品种做出来的，才叫作乌龙茶。

“较有名气的茶，则会加上地方名字，如大众所熟悉的‘冻顶乌龙茶’及‘玉山乌龙’。整体而言，无论是‘阿里山高山茶’，还是‘梨山茶’，其实皆可归类为高山茶的一种。而高山茶之所以迷人，正是其冲泡后，久久不散的茶香气韵及耐人寻味的回甘口感。喝上一杯，自有一种天人合一的感觉，满溢心中。这也正是平地茶难以抗衡高山茶的主因。”

吕赫若说：“没想到碧霞你对茶道这么有研究，很有一套理论啊。”

颜碧霞娇羞地说：“就许你当名作家，咱也有拿得出手的绝活啊。来，品上一口，试试口感。含在嘴里片刻，先闻其味，然后再让它从喉咙里慢慢地滑进去。”

吕赫若喝下一口，放下杯子就说：“唇齿留香啊，醇厚甘甜，不过你也说得太玄了。不从喉咙里下去，还能从鼻子里下去啊？”

“哈哈哈。”大家都开心地笑了起来，颜碧霞也有点不好意思了。

颜碧霞给大家不停地泡茶、斟茶。她问吕赫若：“吕老师，你们这些本土的男作家把台湾的女子写得太凄凉了，你们这些男人是不是让女人在你们的作品中象征了台湾的不幸，做台湾的替罪羊？”

吕赫若吃惊地说：“这条文学罪状，我是第一次耳闻，以前有人批评我是台湾农村作家。倒没人说我让台湾女人悲剧化，我真这么写了吗？”

颜碧霞说：“别恼我，今天没人说，以后也会有人说的。”

吕赫若说：“与其让人家说，倒不如让你来说。”颜碧霞的脸色霎时泛上了红晕。吕赫若又说：“你的《流》被辜家查禁后，你还会出版此书吗？”

颜碧霞说：“那是我一字一字写出来的，我肯定还会出版的。过些时日再说吧，不过以后要出就要重新翻译，你看完了吗？”

吕赫若说："看完了，洋洋洒洒几十万字，我都没有勇气写长篇，你就写出来了。"吕赫若又接着说："书写得不错，就是你也写得太实了，连人物关系都跟辜家对得上号，你这不是家丑外扬吗？怪不得辜家得查封你的书，你可以写得稍稍虚些啊。"

颜碧霞无奈地说："写都写了，出也出了，有什么办法呢？"

吕赫若又说："我的小说《山川草木》和《风头水尾》，曾被大家质疑为皇民文学。其实那只是虚晃一枪，不写虚些，日据时代谁给你发表？只要认真读过这些作品的内容，就了解我的苦心了。我从一九四六年开始用中文写小说，发表了《战争的故事》系列小说。今后我都会用中文写作，也用不着麻烦人家去翻译了。"最后一句话吕赫若是对着左乳说的。

三人一边品着茶，一边谈论着文学，谈论着茶文化。颜碧霞担心地问："你们的《光明报》，这次真的是办不下去了？"

吕赫若说："哪还办得下去？老蒋都过问了，人抓的抓，逃的逃了。我还算跑得快的，否则，也难逃厄运。听说钟浩东他们七个人已经被判了，要枪毙，其他的三十六人都判了刑期。"

颜碧霞说："这是追求自由的代价。"

吕赫若可惜地说："可惜了你给我买的印刷厂那么好的设备，都被他们查收了。"

颜碧霞说："那不算什么，不就是点钱吗？只要你们人平安无事就是万幸了。你们看看还需要我做些什么？"

左乳连忙说："住在你这儿已经打扰了，你就别客气了。"

颜碧霞豪爽地说："你们落难了，不到我这来，那是把我当外人啊。"

左乳感叹说："碧霞有情有义，真朋友啊。"

颜碧霞看着吕赫若明知故问："赫若，我是真朋友吗？"

吕赫若连忙回答："患难见真心，碧霞乃真朋友也！"颜碧霞有点不好意思地笑吟吟地低着头斟着茶，热气腾腾的茶水一时让茶室里雾蒙蒙的，一片温馨在玉壶。

好日子总让人感到时间过得快，吕赫若和左乳在颜碧霞家里不知不觉一住就有了十几天了。每天大家谈天说地，非常快乐。这天起床，吕赫若按照在颜碧霞家形成的习惯打开了收音机，今天的收音机里播放的声音，左乳听起来是那么熟悉，左乳几乎是喊了出来，"是老郑。"左乳看吕赫若没有反应过来，又加了一句，说："省工委书记。"

他们两人都不说话了，他们仔细地听着收音机里老郑的声音。老郑的声音低沉暗哑，他在劝降还在抵抗和斗争的地下党。老郑说解放军已经放弃了解放台湾的计划，左乳厉声说："造谣！造谣！他早就叛变了。"

吕赫若说："我们地下党都被打乱了，现在信息不通，上级的指示我们也接受不到，要打破叛徒的谣言，我们必须有真实的消息。"

左乳说："我们下一步怎么做？"

吕赫若说："我们要拥有电台，能直接跟大陆联系就好了。"

左乳说："我们还需要有密码才能进行联系。"

早晨喝茶时，吕赫若就跟颜碧霞说了买电台的事，颜碧霞说："这是控购物质，可能有点难度，但是我找人想办法试试。"

没有多久，颜碧霞就把一台一百五十瓦功率的电台买回来了。颜碧霞说："我们家负荷大，可以现在就调试。"

吕赫若说："我通通电吧，但是在这里不能工作，否则会暴露的。"于是吕赫若把电源接上了，电台一闪一闪地显示着。大家都兴奋起来。

左乳说："电台只要一通了。再也不用我们交通员跑来跑去了。"

吕赫若说："关键是叛徒的谎言就会不攻自破了。"

左乳说："台湾的解放指日可待。"

他们三人在电台前兴奋地交谈着，憧憬着对解放后的台湾的向往。

吕赫若说："我们还是要准备重返基地，基地那里可以大胆使用电台。"

颜碧霞说："基地有电吗？"

吕赫若说："有啊，那旁边有矿山，有矿山就有电。"

颜碧霞说："电台太大，不好搬，你们用我的车拖去吧。"

一天晚上，他们三人在茶室里聊天，客厅的电话响了。颜碧霞走过去接电话，拿起电话，对方不说话。颜碧霞回到茶室里坐下，一边说："这电话通了，又不说话。"

话音未落，电话又响了，颜碧霞摇着头又起身去接电话。对方问了一句："是颜碧霞太太吗？"

颜碧霞回答："是的，请问你是谁？"对方把电话随即挂了。这次颜碧霞真的有些不明白了，颜碧霞回到茶室说了接电话的怪异的事。

左乳说："可能有问题了，有人在惦记我们了。"

正在此时门铃声响了，左乳马上跑到二楼去观察。左乳从窗帘的缝隙往外一看，借着路灯灯光，发现了外面站了好几个穿马甲和夹克的神情紧张的人。让左乳大吃一惊的是他无意间又看到了那双鹰隼般的眼睛。左乳急忙下楼，他说："是保密局的，快走！”

颜碧霞把汽车钥匙塞到吕赫若的手上，吕赫若说：“快拿上电台。”

左乳飞快地背上了电台，院子外，那个熟悉的声音又响了起来：“颜太太在家吗？我们找颜太太。”

左乳和吕赫若轻轻地从旁门上了车，这是一台迷你型的奥斯汀。左乳把电台放在后排，吕赫若猛地发动汽车，急踩油门，奥斯汀怒吼着冲上了马路。冲过路口时，左乳看到了那些保密局的人全部往停在院子侧面的暗绿色的吉普车跑。当奥斯汀开上了中山北路时，左乳就看到美吉普追了上来。左乳说：“他们的车马力大，我们不能在大路上跟他们跑，快拐小路。”

吕赫若说：“这里没有小路啊，等到了圆山桥就好了。”

眼看着吉普车越追越近，左乳说：“再快点！”

吕赫若摇了摇头，说：“已到极限了。”

左乳回头正好与那双鹰隼般的眼睛对视上了。鹰隼眼一瞪，吃了一惊，他没有想到在这里看到左乳了。转而兴奋地大叫：“快，追上去！这回不能让他们再跑了。”

吕赫若一脸大汗地开着车，他猛打方向盘并喊了句：“坐稳了。”奥斯汀的一边轮子都翘了起来，奥斯汀痛苦地抖动着。接着又是一个反方向的急拐，奥斯汀另一边轮子又抬了起来。左乳再回头看那吉普车，那宽大的车身在树林间没有办法拐弯，正缓慢地扭动着前轮往前走。

左乳高兴地喊道：“好样的！赫若。”吕赫若看了一眼后视镜笑了起来。奥斯汀在树林里左拐右拐终于把吉普车甩掉了，吕赫若把奥斯汀停在一个山坡上。左乳拎上电台，两人就往山上爬去。

戴精国最后回到了颜碧霞的院子里，他们仔细搜查了院子，逮捕了颜碧霞。颜碧霞因为资匪及知匪不报等罪名被判了七年徒刑，其名下的高砂铁工厂被改造为看守所的监房——“北洋大学”。

吕赫若带着左乳一直行进在山间里，左乳对吕赫若说：“唱首歌吧，闷得慌。”

吕赫若说：“这里敌情复杂，你带着电台，太打眼了。”歇了一会儿，吕赫若又说：“你知道我们要去的地方吗？”

左乳说：“不知道。”

吕赫若说："这里是鹿窟基地，这个地方也不是长久之地啊。"

左乳疑惑地问："为什么？"

吕赫若说："因为这里是老郑去年建立的武装基地，这里虽然地形复杂，但它距离台北太近了。"

走到一个山腰上，吕赫若指着山顶最高处的一处掩映在林荫间的古刹说："那就是远近闻名的光明寺，这条山道是鹿窟基地的进出口。"

到了基地，吕赫若就把一个大汉介绍给左乳说："这位是我们鹿窟基地的负责人，他叫刘学坤。"左乳热情地跟刘学坤攀谈起来，刘学坤是一位很豪气的人，他看到吕赫若带了电台上山，很是高兴。

刘学坤说："这下好了，我们有电台了，大陆能知道我们的情况了。"

吕赫若笑着说："别急，还得有电，有一百五十瓦就行。"

刘学坤说："有的，有的，不过不是每天都有。走两个山头，那里有煤矿，那里有电。"

吕赫若说："我们也还得准备多找几个地方，老在一个地方，会被敌人发现的。"

刘学坤说："没问题，这矿山有几个矿道口，相互间隔得很远，只要在开工就会有电。"

吕赫若高兴地说："好，改天我们就去试试机器。"

接着吕赫若又说："老刘，现在这里敌人来过吗？"

刘学坤说："暂时还没来。"

吕赫若说："按说老郑对这里了如指掌，敌人肯定已经知道这个基地了。我俩这次在台北颜碧霞家差点被保密局的给堵住了，就是老郑告的密，他知道颜碧霞的家。"

左乳说："估计敌人现在正全力对付城里的地下党，还腾不出手来。"

刘学坤说："狗日的老郑，他早晚会带人来捣乱的。现在确实让人着急啊，不知到底我军什么时候攻台。我们的基地越来越少，我们的同志也越来越少，叛徒却越来越多。"

吕赫若说："我想攻台时间应该不会太远了，等台湾解放了，让那些叛徒都跳海去吧。"

刘学坤说："赫若啊，这基地也是你协助张志忠、老郑成立的山地工作委员会和自治联军的附属单位。你既然来了，就担任鹿窟基地文宣、教育的工作主管吧。"

吕赫若笑着说："你这是把我绑在你的山头了。"

刘学坤说："你们可能还不知道'四月指示'吧，在省工委被破坏之后，临时省工委下发的一个紧急通知。"

吕赫若说："我们没有接到，跟我们说说。"

刘学坤从口袋里掏出一页纸说："我正准备烧掉呢，最后用一次吧，我来念。'从四月份开始，我们的工作重点是要通过劳动深入农村、山区；禁止坐火车、坐汽车，不走公路、大路，专门走小路、夜路，住山寮、山洞、溪边、荒地、丛林。'也就是说我们这些地下党要习惯从城市下到农村，要在乡村回避敌人的打击，要在乡村等待台湾的解放。你们这些小资产阶级也要和我们这些大老粗一样地生活，你们得彻底习惯农村生活。"

左乳说："可能农村就是敌人的薄弱地方，这也是鹿窟基地到现在还没有被敌人侵入的原因。"

吕赫若说："我看未必，台湾不像大陆有广阔的农村。台湾弹丸之地，不管是哪里，都缺少回旋之地。鹿窟的平静也只是暂时的，我可不是对'四月指示'有意见啊。"

刘学坤着急地说："如果农村也没有回旋之地，那你说我们还能到哪里去，总不能潜入大海吧。"

吕赫若说："我认为在鹿窟一定要做好善后的准备，万一这里被敌人破坏了，我们要转移到哪里去，这个问题必须考虑。"

刘学坤有点着急地喊起来："那就跟敌人拼了算了，还转移个啥。"

左乳一看刘学坤来了脾气，就安慰刘学坤："赫若倒不是说鹿窟基地不好，只是说我们可能要有两手准备。狡兔三窟嘛，鹿窟可以算我们的一窟。'四月指示'是党的指示，我们必须坚决执行，从今往后我们就跟基地的同志一样地在农村生活工作。"

五月春天里的鹿窟，繁花似锦，山头上开满了各种色彩的鲜花。徜徉在花丛间，耳畔回响着各种鸟鸣声，鸟语花香，让人以为是到了世外桃源。吕赫若对左乳说："如果没有战争，我就要在这里修一座房子，在这里可以潜心创作。这里可能是离神仙最近的地方，这里让人的想象力可以发挥到极限。如果有一天我真要离开这个世界，能葬于此地，我也就满足了。"

左乳说："你可不能死，现在还只有你会玩这个电台。再说葬在这里也不好，不方便。你还要想到以后会有人常来祭祀你，人家不方便啊。"

吕赫若说："我哪还管得到那么多啊，我就是想让人家找不到我。就像保密局的密探们一样，永远追不到我们。我死了后也要人找不到我，清静的好，那时我就能集中精力去写我的长篇了。那才是让人最幸福的事，再也不用东躲西藏的。”

左乳说：“但愿这一天离我们不会太远。说不定就是明天，也说不定就是今晚，随时都有可能打响这场攻台战役。”

到了夜晚，左乳和刘学坤陪着吕赫若去到十里外的台阳煤矿，准备找电发报。山上的蟋蟀声和夜行动物的叫声不绝于耳，他们一行人也没有照明设备。好在月光明镜似的，照得山峦清晰可见。路上的石头、沟壑都能看清个大概。

他们走到矿口时已经很晚了，矿口的采矿工已经停止了工作。这山上也没有什么玩的，矿工们早早地睡了，留下一两个值班的在昏黄的路灯下打着瞌睡。刘学坤早已经跟矿上说好了。赫若开始接电源线，然后找了根长长的电线接到路灯杆子上作为天线。为了保证电台的负荷，吕赫若让把几个路灯也关了。矿上的电主要是为了把刚采到的煤从坑道的尽头拖上来用的，电力还是比较充实的。吕赫若把电源接上后，刚准备发些明码，试试机。没想到，电源一下又断了，大家都以为是临时停电，电还会再来。但是等了好久，电还是没来。

刘学坤说：“这矿上的电也没个准，估计他妈的今晚不会有电了。”

左乳说：“没电我们就撤吧。”

吕赫若也说：“反正我们有时间，明天再来吧。”于是左乳就跑去收天线，刘学坤帮吕赫若收发报机。吕赫若正在收拣地上的电线时，他叫了一声：“哎呀！”等左乳走回到电台的位置时，吕赫若正在用嘴不停地吮着手背。

左乳忙问：“怎么了？”

刘学坤说：“不知被什么咬了一下。”

左乳说：“不会是蛇吧？”

吕赫若说：“不知是什么东西，也可能是蛇。你们看这伤口肿得这么快。”刘学坤急忙划燃一根火柴，大家都凑了过去看吕赫若的伤口。只见那伤口有明显的两个洞，洞的旁边已经变得乌黑乌黑，肿得像馒头一样。

刘学坤说：“这是被一种叫龟壳花的蛇咬了，也叫铁烙头，这种蛇的毒性十分的强。赫若同志，你现在不能再动了，一动蛇毒就会迅速扩散到全身。”大家扶着吕赫若坐在一台矿车里。

左乳焦急地问刘学坤：“那有什么办法可想？你快说啊。”

刘学坤难过地说：“按照当地人的办法只有丢卒保车了。”

左乳急问："什么意思，你说明白些。"

刘学坤说："只有砍掉手才能保住命。"

吕赫若大声地喊："不，不能砍手。决不！"

左乳抓住刘学坤的肩膀说："还有没有别的办法，再想想办法吧。"

刘学坤摇摇头："除非有医院。"

左乳愤怒地说："你这什么狗屁办法，送医院，即使是白天……"

刘学坤打断了左乳的话，坚定地说："我的意思就是除了砍手就没有别的办法可以拯救他的性命。而且必须马上就砍，再拖延，砍了也救不了了。"

吕赫若说："不能砍我的手，绝对不能砍。"

左乳抱着吕赫若说："不砍手就活不了，我们要命吧，就痛一会儿，我抱着你。"

吕赫若流出了眼泪，他对左乳说："我不怕死，我更不怕痛，没有了手，我今后怎么去写我的小说啊。"

左乳也流下了眼泪，他说："赫若！你不能写，我以后帮你写啊。以后你口述，我来听写。再说你还有金嗓子，你还能唱啊。"

刘学坤上前，他推开左乳，厉声说道："现在还扯那些干什么，他已经神志不清了，保命吧，按住他。"他大声命令其他几个年轻人按住吕赫若，他强行拖过了吕赫若的手，刘学坤从自己的身后抽出了砍刀。

吕赫若泪水滂沱，他说："我有嗓子还有什么用，我没了手，我怎么上台表演？我怎么去开我的演唱会啊？我没了手，我还要命干什么？别砍我的手。"

左乳流着眼泪，抽出了身上的手枪，他用枪口顶着刘学坤的后脑勺。刘学坤吃惊地回过头来，刘学坤气愤地看着左乳大声说："你没有神志不清吧？你没有被蛇咬啊。"

左乳冷静地说："有些事你不明白，请尊重他自己的选择吧。"

这一晚没有下雨，天空中的星星特别明亮，月亮是那么的皎洁，山谷的夜空也许是少了很多的城市带来的浮悬尘埃，就像被洗过一样干净透明。左乳没有心思去看这清明的夜空，他流着泪守在吕赫若的身旁，听吕赫若在不停地说胡话，他感觉到吕赫若的身体在慢慢变凉。

第二天凌晨，吕赫若就像夜空里的星辰慢慢失去了光彩，消失在清晨的微风里。刘学坤和左乳用一张草席把吕赫若卷了，在旁边的菜地里挖了一个坑，然后把他掩埋了。左乳默默地想，将来解放了，我们一定会回来厚葬你。

第十一章 绝杀

THE ELEVENTH CHAPTER

左乳嘴里轻轻念着:“一、二、三、四、五,一、二、三、四、五。”他在计算方阵通过枪口的时间。他长吸一口气,然后屏住呼吸,他轻轻地扣动了扳机,枪膛里传出来的声音很小。左乳早已经做好了思想准备,要用最快的速度射出第二发子弹。于是他没有丝毫犹豫,他拉开枪栓,他听到清脆的“咔嚓”声,子弹又上了膛。他再一次把头贴上了温热的枪托,瞄准镜里的那副尊容依旧是那样一副矜持的笑容。左乳的脑海里一个闪念:“糟糕,第一枪脱了靶”,接着左乳再次屏住呼吸,扣下了扳机。

又是一个清晨，刘学坤拿着收音机来找左乳。收音机还开着，里面还唱着歌。刘学坤说：“刚才收音机里播了一条新闻，说韩战爆发后，大陆派了军队到朝鲜参战，美国人的七舰队已经开进台湾海峡，美国政府又与蒋家勾搭上了。”

左乳正在刷牙，“这些情况我基本上都知道，你的意思？”左乳口含泡沫含混不清地问刘学坤。

刘学坤说：“我的意思是现在国际局势变化这么大，我怀疑台湾的解放要推迟。”

左乳说得口里的泡沫横飞：“推迟是肯定的，现在都什么时候了，与以前省工委的建议攻台时间相去甚远。”

刘学坤说：“我倒不担心推迟点时间，我就怕无期限地推迟。”

左乳用水清了清嘴说：“关键问题是有什么办法能使这个进程加快？”

刘学坤说：“我有一个办法可能会让局势有所改变。”

左乳笑着说：“有这么神吗？那你得立大功了。”

刘学坤说：“我可不是瞎吹牛，你不愿听就算了。”

左乳说：“那你就说说，我洗耳恭听。”

刘学坤说：“只有刺杀老蒋，我觉得就有可能使局势会有根本性的改变。”

左乳一时停下了手上的事，脸色变得严肃起来，他说：“这确实是一个很大胆的想法，要是能除掉蒋介石，先别说大陆会怎么样，国民党的内部就会乱起来，反蒋的力量就会团结起来。白崇禧、孙立人还有很多蒋家的对头都会一呼百应。到了那个时候，解放军不打台湾都不行。”

刘学坤说：“杀蒋只有一个机会，就是每年的双十节阅兵式。老蒋肯定会亲自到现场的，这个时候动手是最佳时机。”

左乳说:“看样子，你已经有所考虑了，那怎么才能接近他呢?”

刘学坤笑了笑说:“有兴趣了吧，这个事情我跟我一个叔伯兄弟聊过。他是一个台独主义者，是台北介寿路派出所的所长。他说过，每年的阅兵式他虽然不能接触到老蒋，但是他的警卫区离阅兵台也只有几百米。只要枪法好，一枪就可以将老蒋干掉。”

左乳的眼光里顿时有了兴奋的光芒，他说:“这件事我们可以好好策划，只要除了那个独夫民贼，即使台湾没有什么变化，我们也可以为我们那些牺牲的同志报仇雪恨。”

刘学坤说:“真要干这件事，就必须仔细策划，这需要各个方面的严密配合，才有可能达到目的，因为我们只有一次机会。”

左乳说:“是的，我们没有必要做无谓的牺牲，一定要安全第一。”左乳心想除掉老蒋，可比自己手中的情报重要得多，只要除掉老蒋，即使没有情报，凭着解放军的战斗力，台湾的解放也指日可待。

一个深夜，左乳这天不知道吃了什么，晚上拉肚子，起来了好几次。这一次，他刚睡下去，肚子又叫了起来，他只好提着裤子又往野地里跑。等他拖拖拉拉地拉了半天，他发现前方不远处有人匍匐着向自己睡觉的地方接近。他伏下身子想看清对方的情况，这时他才发现四周都有国民党的保安部队和穿便衣的特务。基地已经被敌人牢牢包围了，两颗照明弹升上了天空。漫山遍野都是国民党的部队，每栋房子前都围满了军人。左乳估计国民党的部队不下一个团，敌人终于动手了，敌人开始一间间房子搜查，然后把房间里的人全部赶了出来，押往山下。

左乳躲藏在黑暗的树林里，悄悄跟在被押解的队伍的侧面，他想知道敌人会把他们怎么办。他已经看到了刘学坤也在被押解的队伍中，队伍行进到光明寺前的土坪里就停了下来。坪的四周已经燃起了几堆篝火，熊熊的火焰，照亮了夜空，也映红了每个人的脸庞。人群被手拿汤姆冲锋枪的敌人团团围住，刘学坤已经看到左乳了。他向左乳暗示自己身上带着枪，左乳用手势告诉对方自己没带枪。

左乳小心地在树林里穿行，转到了光明寺的侧面了。他已经能看清站在光明寺石台前的敌人了，佩戴少将衔的、上校衔的有好几个。敌人看样子准备非常充分，派出了大队人马对鹿窟进行清剿。

左乳在一个挂着少校衔的脸上又看到了那双鹰隼般的眼睛，左乳想这个死对头看样子不抓到自己是不会止步的。他是不是又是冲着自己来的，如果自己手上有枪，现在就要结果了他。

正在这时，在敌人旁边的一个厢房里，左乳看到了那熟悉的身影，敌人把老郑和其他几个叛徒也带了来。这些叛徒还是害怕自己以前的同志辱骂自己，他们躲在房间里不敢出来。土坪里的人越来越多，敌人把山上的农民都抓了进来，山口里面还在不断地押解出一些当地的农民。篝火又添了一些干柴进去，火苗蹿得更高。

队伍里有些农民开始抗议了，那个鹰隼眼神的人又开始发话了："谁跑谁就是匪谍，就地正法。"

接着敌人的甄别开始了，敌人让被押的几百人一个个从石台前通过。当第一位基地的同志从石台前通过时，左乳看到了在厢房里的老郑和其他几个叛徒举了举手里的松枝。然后鹰隼眼把手狠狠地一挥，旁边的敌人马上上去给那位基地同志戴上手铐。那位基地同志还在大声申辩："我是农民，为什么要抓我？"

敌人也不反驳，继续甄别着，人流往前走动着。鹰隼眼睛却非常精确地从人流中抓出地下党来，前面被逮捕的地下党员还企图争辩。但是敌人却丝毫无误地甄别出来，农民也被敌人精确地分别出来。这让被抓的地下党员沉默起来，让在人群里的地下党员不安起来，甚至恐惧起来，站在石台上的敌人却在偷笑。因为下面被押的人群看不到老郑和其他几个叛徒。这时人群中有些不开化的农民看到抓人这么神，以为是神灵在显灵了，一些农民都跪了下去。基地的同志一看农民都跪了，自己不跪就等于自动暴露了，于是地下党也跪了下去。坪里黑压压地跪了一大片人，左乳怎么也想不到，敌人会用这样卑鄙的手法抓走自己的同志。正在左乳愤懑时，他的肚子又闹起来，他只好又蹲了下去。

就在此时，让左乳终生难忘的情景出现了。只见刘学坤大叫着，挥舞着驳壳枪，他像头愤怒的野牛向石台上的敌人冲了过来。他大叫："拼了，拼了。"人群里大家惊呼着，有人赞叹也有人惋惜。左乳事后回忆是敌人卑鄙的抓捕方式彻底激怒了刘学坤，使他失去了理智。刘学坤就是这样一往直前、无所畏惧地冲向前去，最后被敌人的汤姆冲锋枪扫死在石阶前。左乳的眼睛里就像冒出了火花，他愤怒，但是他清楚不能这样白白送死。他就在这一时刻，想到了刘学坤的计划，他准备实现刘学坤的方案，刺杀蒋介石。

敌人的花招还没有使完，他们很快把人群里的地下党员抓完了。他们认为还有很多的地下党人躲在山里，这些地下党人还心存侥幸，企图东山再起。于是他们把身上满是枪眼的刘学坤的尸体绑在一个竹椅上，竹椅前挂了一个纸牌，上面书写着：谍首刘学坤。

第二天天亮了，农民抬着绑在竹椅上的刘学坤尸体，沿着光明寺里面的山道四处游山。前面鸣锣开道，敲一下，喊一句："刘学坤被打死了，大家投降吧，既往不咎。刘学坤被打死了，大家投降吧，既往不咎。"陆陆续续又有些地下党员下山投降，鹿窟基地就这样被捣毁了，敌人总共抓捕了六百多名地下党人。

左乳走在台北的街上，满怀伤感。他和吕赫若以及刘学坤在一起谈论武装基地的建设以及发展的情景还历历在目。大家是那么亲密无间，是那么同仇敌忾。没想到首先是吕赫若撒手人寰，接着是刘学坤慷慨赴死。而大家赖以发展的平台鹿窟基地一夜之间竟然灰飞烟灭、荡然无存。左乳悲伤地想，战友一个个地死去，我活着还有什么意义。刘学坤死前的那句话"拼了！拼了！"一直萦绕在自己的耳边，好像那句话就是刘学坤对自己说的。也可能刘学坤在此之前跟他说的刺蒋的计划就是希望自己来实施，而他英勇赴死就是以死来激励自己，即使牺牲生命也要在所不惜地完成任务。刘学坤以自己的生命树立了一根标杆，自己还有什么事不能去干呢？左乳走在夜幕下的台北街头，心中充满了伤感的情怀和赴死的勇气。

在一个飘起了小雨的午夜，左乳敲开了刘学坤堂兄的家门。堂兄的家坐落在台北市的中心街区。他在日据时代就是一个派出所的警察，是一个坚定的台独分子。堂兄刚下夜班，身上的制服还没有换下。左乳说："学坤让我来找你的。"堂兄一听是刘学坤介绍来的，连忙把左乳请进了室内。

左乳坐了下来，堂兄换了一套睡衣，他给左乳沏了一杯茶，然后坐了下来。他问："学坤还好吗？"

左乳说："刘学坤已经牺牲了。"

堂兄突兀地站了起来："怎么回事？"左乳详细地跟堂兄介绍了刘学坤牺牲的过程。堂兄自始至终没有说话，他只是低头不停地抽着烟，等到左乳把刘学坤牺牲的整个过程介绍完了，整个房间已经是云遮雾罩了。左乳被熏得不停地咳嗽，堂兄听完了左乳的介绍半天没有吱声。一阵寂静后，堂兄终于开口说话了："这么说鹿窟彻底完了？"

左乳说："被敌人捣毁了。"

堂兄说："我早就对刘学坤说过，搞武装基地最后打不过国民党的。你们能组织多少人，就算有几百人，算到顶了吧，你的费用能支撑多久？台湾就这么大，不适合团队的展开。"

左乳插话说："只适合单个杀手的独来独往。"

堂兄说："对，我一直强调的是杀手的作用，台湾就适合单打独斗的个人行为。你看你们共产党在台湾只要被攻破一点，就带出一串，团队立即崩溃。"

左乳说："我来找你，就是想当个杀手，刺杀蒋介石。"

堂兄兴奋地说："刘学坤跟你说过了？"左乳点点头。堂兄的兴奋眼光只是昙花一现，瞬间又黯淡下去。他像个陌生人似的上下打量着左乳，然后说："就凭你吗？"左乳点了点头。"恕我直言，我有点不相信你们共产党。"堂兄冷笑了一声，"连你们的省委书记都叛变了，你拿什么让我相信你？"

左乳说："地下党也不都是软蛋，刘学坤你了解的，他算得上是个勇士吧。"堂兄点了点头，左乳又说："既然刘学坤能把刺蒋方案告诉我，那说明他还是相信我的，你只要相信刘学坤就行了。"

堂兄不无忧郁地说："你有想法当然好，但是刺蒋计划为什么迟迟没有动手，就是因为我们没有把握。你要知道刺蒋是件很冒险的事，搞不好是要丢性命的。"

左乳坚定地说："我就是抱定必死的信念，才来跟你合作的。"

堂兄说："如果你有荆轲刺秦王的勇气和决心，那我们就可以干。事实上，枪一响我们就会暴露。我现在一直想搞到一只带消音器的长枪，但是到现在也没有弄到。而阅兵式马上就要举行了，如果用没有消声器的枪来执行刺杀行动，可以说最后的结果就是玉石俱焚。"

左乳说："我已经说过了生死对我来说，已经不在考虑之中了，关键是我们怎么把这件事做得更加可靠些。"

堂兄说："像你这样的义无反顾的猛士应该加入我们的台独联盟。在日据时代，我们反日本人；国民党来了，我们反蒋；但是未必我们与共产党就能处得好关系。如果你能加入我们的组织，我们的配合肯定会更加默契，成功性也更加高，你对此如何看啊？"

左乳说："不管我们未来是否是敌人，但现在我们共同的敌人只有一个。我们最重要的是消灭现实的敌人，而不是与有可能成为敌人的伙伴理论。"

堂兄说："说得好，但是你现在已经与上级组织失去了联系，而且台湾不知道还有没有你们的组织。你已经是单兵作战了，真的做了烈士，谁也不知道。不如加入我们，这应该不算叛徒吧。"

左乳说："我在哪个党派里，这并不是关键，关键是我不能违背我内心的信仰。我信仰的是共产主义，你说我能在我暂时与党失去联系时，自动退党吗？"

堂兄高兴地说："好样的，坚定的共产主义分子。刘学坤没有看走眼，你和刘学坤一样死脑筋，我们求同存异，共同来完成这项任务。"

左乳说："我是我们新四军的特等射手，枪法准，我来负责具体执行。你负责提供后援和情报收集，我想了解你的刺杀计划的细节。"

堂兄说："我这个计划已经策划过一段时间了，就是找不到合适的枪和枪手。你来了，枪手的问题就解决了，我们只要解决枪就好办了。"堂兄拿过纸笔在桌子上画起来。他说："每年双十节的阅兵式，蒋介石都会亲临现场，这也是一年当中我们唯一的一次可以行动的机会。阅兵是在总督府的门前举行，总督府的大门正对着的是介寿大街，而介寿大街是我的辖区。阅兵台就搭在总督府的正门口，蒋介石就坐在最中间。当受阅方队通过阅兵台时，他就会站起来，这个时候是刺杀的最好机会。你可以坐我的警车进入阅兵现场，我的车会停在一台现场救护车的后面。你假扮医护人员，穿着白大褂，把枪随身带着，然后潜伏到救护车的底盘下面。等你刺杀成功后，趁着混乱，你回到我的车上，我带你离开现场。"

左乳说："很周全，还有十二天时间，我们还可以认真准备。我想了解现场的具体方位。"

堂兄说："你看这个建筑正面是对着正东方，背面是对着西向，北向为宝庆路，南向为贵阳街，我们的射击位置就在这里。"

左乳问："阅兵式是上午还是下午？"

堂兄说："上午。"

左乳说："那就最好了，这个射击位置上午正好逆光。瞄准镜里面的反光点基本就没有了，易于隐蔽。而靶子却顺光，目标清晰，便于消灭。"

堂兄放心地说："你是一个很专业的杀手。"

左乳说："我大概明白了阅兵场的方向了。应该说我们的射击位置非常理想，下面除了枪要落实外，可能还需要了解阅兵式那一天的天气、风向。"

堂兄说："这些事都由我来完成，你这段时间在家里好好休息。"

五天后，堂兄告诉左乳说："阅兵式那天，天气情况非常好，这是台北气象站的正式预报。"

左乳说："还得有当天风力的资料，我要精确地知道，当天的风力是几级？风吹的方向？只有知道几级风力和风向，我才能算出弹道的曲线，你还要告诉我目标的精确距离。"

三天后，堂兄告诉左乳，目标到急救车的距离是五百五十米，中间没有任何障碍物。

又过了两天，堂兄告诉了阅兵式的风力资料，风力三级，正东风。

左乳大叫："好！"

左乳又问："枪怎么样了？"

堂兄说："明天告诉你。"

第二天，堂兄说："我们派出所的现有枪支，只有中正式和三八大盖。望远瞄准镜倒是有一个，两支枪我都让人校过了，都很准。根据目标距离，我认为可能用三八式的好。"

左乳问："为什么？"

"三八式有效射程是八百米，中正式只有五百米，可能还没有五百米。子弹都够不着，怎么杀人？"堂兄回答。

左乳笑着说："你还真有研究，但是只听说过用中正式步枪作狙击枪的，没听说过三八式也可以当狙击步枪使的。"左乳看着半张着嘴的堂兄又解释说："中正式步枪采用的是七点九二毫米尖头弹，杀伤力极大。可以与广泛使用的机枪如捷克二六、'二四式'马克沁的子弹通用。与圆头弹相比，尖头弹弹头质量较轻，初速较高，它的弹头是流线型的，空气阻力小，弹道特性好，不容易受到横风的影响。中正式的精度特别出色，比日本'三八式'步枪威力大。'三八式'步枪使用的是六点五毫米友坂步枪弹，到后来又改用了七点七毫米枪弹。但在弹道性能和杀伤力上与七点九二毫米尖头弹有相当差距。'中正式'弹头打到人的躯干部位不死也是重伤。而'三八式'因为弹丸初速高、枪身长、瞄准基线长，因此命中之后往往易于贯通，创口光滑，一打两个眼，对周边组织破坏不大，在杀伤力上不如中国的中正式步枪。"

堂兄恍然大悟："我明白了。但是射程怎么解决，距离万一到不了怎么办？"

左乳说："我来想办法。明天你给我买一点工具回来，然后再带上七八颗七点九二的子弹，再买点水银。"

堂兄说："这些都好办，明天我就给你办妥。"

第二天，堂兄把左乳要的东西都带了回来，左乳接过那一大包东西，然后自己动起手来。只见左乳把四颗子弹的弹头都旋了下来，然后把四颗子弹弹筒的火药全倒在一块。用小刀片刮掉一部分，再把剩下的火药分匀，分别倒进三个弹筒里。

堂兄在一旁担心地说："放的火药多了，不会炸膛吧。"

左乳说："不会的，适度就行，我们经常这么干，子弹打得更远，更准。"左乳接着又把三颗尖尖的子弹头的屁股里的锡都掏空。然后他把倒插在沙盘里的每个弹头的屁股里都倒进一点水银，再把三个倒进了水银的弹头屁股用锡一一封上。

堂兄不解地问："这水银怎么会伤人？"

左乳用子弹示范着飞行的状态，嘴里配着音效，"嗖"的一声，子弹停在堂兄的胸膛上。然后他解释说："现在的弹头变轻了，飞得更远。在高速飞行时，水银在里面沉到了弹头的后部。击中目标后，弹头猛然间停住了。后面的水银就会顺着惯性，冲破弹头的前端，冲入目标的体内。"

堂兄兴奋地说："你这招是双保险，只要击中了，蒋介石的命休矣！"

左乳冷静地问："如果敌人发现了这支枪，你怎么逃脱嫌疑？"

堂兄说："我是让我们管枪械的警员去仓库里找的，这是没收来的枪，没有登记。"

左乳又问："开完枪，我们怎么撤退？"

"坐我的警车啊。"堂兄回答。

左乳又紧跟着问："枪不是没有消音器吗？枪身太响，肯定会暴露，那又怎么办？"

堂兄回答："你再做一个消音器，让枪不响。"

左乳说："不可能没有一点响声，而我就在救护车的下面开枪，上面的人也不可能听不到。我万一被抓了，敌人肯定会使出所有的手段来让我开口。我要是顶不住了，把你供出来怎么办？"

堂兄说："这个我还没想到，不可能这么巧吧。"

左乳坦然地说："你不是没有想到，你都想到了。你离急救车的距离最近，只要急救车上的医护人员发现了我，一声喊，你就是第一个赶到急救车的警员，你直接开枪把我干掉，说不定你还可以立功呢。哈！哈！哈！"左乳高声笑了起来。

堂兄的脸色顿时青一块紫一块，他的花招被拆穿了，半天都说不出话来。

还是左乳开了口："你就这么干，即使这样，我不怪你。我本来不想拆穿你，就让你这么干完，但是我担心你心有内疚，做不干净。"

堂兄"扑通"一声跪了下去，他说："你别这么说，这么说我无地自容啊，这个事情我们就此打住，放弃吧。"

左乳说："我早就知道你的计划，为什么我一直还在做准备工作，我就是抱定了必死的信念。舍不得孩子，打不得狼。我们只有这么配合，这件事情才有可能做成，而且改过的子弹是有可能炸坏枪膛的，暴露是肯定的。再说消音器也会影响射击距离的。”

堂兄说：“你这是条绝路啊。”

“什么绝路，我只是同归于尽。如果你不把我打死，万一被敌人抓住了，我不敢保证守口如瓶。你不是不相信地下党吗？如果一枪杀了我，我就永远也开不了口。”左乳说道。

堂兄不好意思地说：“开始我以为你不知道，我打了黑枪也就打了。现在你都知道了，我还真下不了手。其实我们的目标很明确，就是杀掉蒋某人。不管成不成功，我实际上也是有很大的风险的，我可不是为了立功啊。”堂兄最后解释了几句。

左乳说：“不用多说了，我了解你的想法，就这么干下去吧，打消任何与这次任务无关的想法。”堂兄热泪盈眶地紧紧地拥抱着左乳久久不肯撒手，左乳拍了拍堂兄的肩膀，堂兄擦干了眼泪。然后到了厨房里叮叮当当地做起菜来，不一会儿，一桌菜就上了桌。

堂兄从柜子里拿了两瓶竹叶青出来，然后把酒斟满。堂兄端起杯子，一脸悲壮地说：“古有荆轲刺秦王，今有左海刺老蒋，我这就为壮士送行了。”堂兄连饮三杯，左乳也连干三杯。堂兄又满上一杯酒，然后跪了下来，面对着北方。他说：“今天我要跟左海结为兄弟，我对天发誓：左海的父母就是我的父母。左海去了，我将终身奉养两老，为他们送终。”

左乳连忙扶起堂兄，他说：“我愿意结交你这个兄弟，我在家还有一个哥哥，他会为我尽孝道的。我不是怕麻烦你，我是怕我父母知道我不在人世，会为我伤心。他们本来身体就不好，也好几年没有我的音信了。我离开大陆时就跟他们说过，我会有很长时间不会回去，要他们不要牵挂。他们肯定会永远认为我还活在这个世界上，就让他们永远生活在希望里吧。”

堂兄听到这更是泪水涟涟，他说：“你死了后，我会把你安葬好的。”

左乳说：“不要暴露了你我的关系。”

堂兄说：“你这不是在骂我吗？”

左乳只好说：“那你看着办，不可牵强。”左乳为了缓和气氛，就说：“你总不会为我唱那句‘风萧萧兮易水寒，壮士一去兮不复还’吧？”

堂兄用手指头点着左乳，两人大笑起来，“哈哈哈”，笑声是那么自然和坦荡。

第二天，艳阳高照，蓝天只在遥远的天边挂着几朵白云。穿着警服的左乳坐在堂兄的车行驶在大街上。堂兄一边开车一边说：“这支枪你没打过，你有把握吗？”

左乳说："这枪都校过了，我还有什么不放心的？"接着又说："你至少等我打了两枪后，你再开枪，我不会回头，你可打准点。"

堂兄说："好的，救护车前面没有窗帘，其他三面都拉了窗帘。救护车是靠墙停的，你从靠墙的那边爬到车身下面去。"

左乳说："好的。"

堂兄说："我的车也会靠墙停，你换了衣服，靠着墙下车没人看得见。"

前面有宪兵在设卡检查，堂兄说："要检查了，我来说话。"

宪兵跟堂兄打着招呼，宪兵的头伸进车里看了一眼，之后便挥挥手。左乳他们就这么过了，堂兄说："下面还有个联合检查站。"

车开出不久，前面堵了很多车。堂兄说："这就是联合检查站，人真多，有宪兵，有台湾省保安司令部、台北卫戍司令部，还有我们警方，你看穿便衣的就是保密局的。所有乘客都要下车检查，要看证件，司机不用下车。"

左乳说："没问题，我下去就是。"左乳刚想推门下车，他猛然看到了那双熟悉的鹰隼般的眼光，左乳推门的手一时停在那。

见左乳在犹豫，堂兄连忙问："怎么了？有熟人？"

"是的，那个保密局的少校会认出我来。"左乳回答。

"你是说那个保密局的戴精国，我跟他熟，我来吸引他，戴上这太阳镜。"堂兄说道。

左乳戴着太阳镜下了车，向检查口走去。戴精国正在太阳下一丝不苟地检查证件。左乳很自然地排上了队。戴精国一个个看过来，还有三人就到左乳了。只听见堂兄在喊："戴组长，好久不见了。"

戴精国把正在查看的一个军官的证件还了回去，然后对堂兄喊道："所长，好久不见了。"

堂兄又在车上喊："我这儿有汽水，犒劳你。"

戴精国嘴里答应着："好的，谢谢所长。"然后他向堂兄走去，他刚走过戴着墨镜的左乳的身旁又立马回过头来对几个手下说："刚才那个上尉的军官证，好像过期了，你们打电话核实一下他的身份。"说完，戴精国继续往堂兄的车走过去。他无意间看到了左乳，他觉得很面熟。但是一时又想不起来在哪儿见过，他一边走一边在极力回忆这个熟悉的警察。堂兄看出了戴精国的心思，他转过身从后排堆放的几箱可口可乐汽水中，拿出一瓶可口可乐汽水，揭开盖，递给戴精国。

戴精国灌了一大口汽水，他说："舒服啊，这天太热了。还是你们派出所好，什么都能搞得到。"

堂兄说："你想喝，就抬几箱下去，别说风凉话。叫谷处长也过来喝瓶汽水吧。"

戴精国说："谷处长才不会喝你的汽水呢。"

堂兄不解地问："为什么？"

戴精国说："他从不喝人家的水、吃人家的饭，因为'谍匪就在你身旁'。"

堂兄一愣，旋即平静地说："总裁的话只有保密局的同人记得最牢。"

戴精国指着左乳的背影说："那个警察，是你的手下吧？"

堂兄说："是啊，你们见过面的。"

戴精国笑着说："对，这脑袋就是不够用，我看着面熟，就是一时想不起来了。兄弟们来几个，抬汽水，所长劳军啊。"戴精国的一席话让堂兄心里开始打起鼓来，待会左乳执行了刺杀任务，自己即使把左乳当场击毙，但左乳也难逃被戴精国认出的可能。自己只能用开花弹从左乳的后脑勺打过去，然后在他脸上制造出比较大的创口。这样戴精国就无法认出他来。

左乳过了检查站，然后上了堂兄的车。堂兄说："他差点想起你来了，被我带过去了。"堂兄的警车很平稳地到了指定的位置，堂兄对左乳说："你下来吧，我们今天是来得最早的，车上闷，等快开始了，你再上车换服装。"

左乳说："好。"左乳跳下了车。他看了看总督府前的大道说："到台北也有几年了，还真没看过总督府。"

堂兄说："很遗憾，今天看不了了。"

左乳顺口说道："下次吧。"

堂兄半天没有回应，左乳看到堂兄尴尬的表情，知道自己这句话没有说对，苦笑着晃了晃头。

堂兄连忙介绍起总督府来："现在的'总统府'是殖民地产物，原来是日本驻台湾总督府，是日本在台殖民时期统治的最高行政机关。从一八九五年清廷割让台湾给日本，至一九四五年日本战败宣布投降为止，共五十年五个月。台湾历任总督共计十九人，有武官总督，也有文官总督。总督是最高官员，拥有军事指挥权，并集行政、立法、司法三权于一身。"

左乳说："那段历史就不听了，你给我说说这栋建筑，很有特色。"

堂兄看到已经踏上不归路的左乳竟然能像个普通游客一样投入地听景点介绍而且

还能提出要求，心里不禁暗暗叹服。堂兄心想此人的心理素质作为一个职业杀手那是绰绰有余，他不免又为自己要亲手杀死这样优秀的战士感到遗憾。当然他知道这些情绪的任何表露都有可能造成精心准备的计划流产，何况昨天大家都已经达成了共识，再不说这件事。于是堂兄冷静下来，振作精神又讲起总督府的情况来。

他想把自己的声音控制得尽量平稳："总督府于一九〇七年悬赏五万日元公开征集设计图，并限定，提供设计图者必须为日本本土的建筑师。一九一二年六月一日，总督府正式开工，一九一五年六月主体大致完工。到一九一九年三月竣工，耗时六年九个月，总工程费用高达二百八十一万日元。总督府的建筑物共五层，楼身多为钢筋混凝土结构，部分混用砖石，外围有红砖与灰泥制成的精致简洁的雕饰，塑造出典雅庄严的气势。该建筑的外形呈'日'字形，坐西朝东，面向自称为'太阳国'的日本。台湾有个建造师曾这样形容这座建筑的外形：左右两侧像垫肩，中央塔楼像高耸的军帽，细部装饰像军帽的帽穗。有如戴起军帽、坚挺垫肩的军人。不过，这些东洋特色比较含蓄，不易察觉，反而处处充满欧洲气息。"

左乳说："你可以做个好导游了，你这么了解。"

堂兄说："每次上面有高层来访，都是我来解说的。我不仅是台湾人，而且出身、读书、工作，都在总督府的附近。"

左乳说："我真有耳福，能听到这么专业的介绍。"

堂兄不愿把话题扯远了，他又接着说："很有意思的是这座建筑物内的门把手都比正常的高度矮了一截。对此有两种说法：一说，当初之所以有这样的设计，是由于日本人天生矮小，门把手矮、方便开门；二说，日本人见人就弯腰鞠躬，较矮的门把手必须弯腰才能开启，符合日本人的这种礼节和习惯。"

左乳说："有意思啊，这个日本人的短处被你抓住了。"两人都不禁笑了起来。一台救护车开了过来，停在堂兄警车的前面五十米远的地方。

堂兄说："那台车上有四个人，一个司机，一个医生，两个护士。他们没有事是不能随便下车的。我的车与他们的车两车间距四十八米。你要带着枪，从我们的车上转移到他们的车下，那就是你的位置。枪和白大褂都在二排的座位下，等方阵分列式走起来后你再换衣服过去。"左乳点了点头，堂兄又说："你现在可以去车上等了。"左乳转过身向警车走去。

左乳坐上了警车，他想时间还早，干脆就再睡一会儿，养养精神。于是他坐在椅子上睡起觉来。也不知过了多久，堂兄过来轻轻敲了一下车窗。堂兄也许看到左乳睡得那么香，他那张紧绷的脸最后倒绽开了笑容。他开了车门，坐上了驾驶座，他对刚醒过来的左乳伸出了大拇指并直直地望着前面的救护车，尽量用轻松的语气说道："队列式要开始了，再见了。"然后他伸出手跟左乳握了握，算是永别了。

左乳倒是用调侃的口气对堂兄说："怎么着，都不愿意看我一眼了？"

堂兄转过头来，眼里充满了泪水，左乳厉声说道："别这样，妇道心肠怎么办大事，你这是在侮辱我，懂吗？"

堂兄使劲点了点头，左乳气愤而又坚决地把他推出车外。左乳板着脸，脱去了警服、警裤和鞋子。坚毅的眼神灼灼逼人。他把后面椅子掀了起来，把里面的中正式步枪拿了出来，他瞄了瞄望远瞄准镜。然后把椅子下的白大褂拿了出来穿上了身。椅子下面还有一双普通胶鞋，他穿上了脚，随后他拎出一个沙袋，把脱下的制服全部放进了后排椅子里，最后他复原了椅子。

左乳推开车门，靠着墙，拿出枪，他把步枪放在腋下。中正式步枪只有一点一一米长，他夹着枪，枪身全部可以隐藏在白大褂里，他往前迈步中正式一点也不碍事。他装成一个如厕方便后返回救护车的医生，救护车的后窗被窗帘严严实实遮住了。左乳靠着墙，好像要上救护车似的，实际上他是借助救护车和墙体的掩护，爬到了救护车的车身下。

左乳在车身下，把沙袋拿了出来，他把沙袋垫在枪下。把内衣口袋里的三发改装过的子弹掏了出来，放在枪的旁边。他把枪托放上了肩膀，看样子他感觉到他的卧姿很舒服了，他就开始用那锁定死亡的瞄准镜搜索起目标了。

他很容易找到总督府那栋大楼，然后把枪口往下压。他把瞄准镜顺着大楼中轴线往下移动，很快"阅兵台"的"兵"字出现在瞄准镜里。他把住枪托垂直往上挪动，枪口滑过用松枝扎出来的牌楼，然后一个大盖帽上的青天白日徽自上往下地出现在瞄准镜里。最后准星套住了经常可以在公共场所看到的那副尊容。

左乳知道现在不能击发，因为尊容头像前一直有模糊的影子在晃动。左乳知道那模糊的影子是行进中的队列的人头。大喇叭的乐曲声震耳欲聋，士兵方阵一波高过一波的口号声像冲击波一样地袭来。但是这一切好像对左乳丝毫没有影响，左乳知道一个个方队正在阅兵台前通过，方阵前进的人头正好拦住了射击目标，他只能在两个方阵的间隙中寻机击发。

左乳把三发子弹装进了步枪的内藏式桥夹弹仓，他感受着三颗子弹，它们正安静地躺在弹仓里，等待着自己的派遣。中正式子弹的弹头呈流线型，空气阻力小，弹道特性特别好。今天现场的风向正好是正东风，风速平缓。左乳根据风速和距离最后一次调低了中正式步枪的表尺照门，左乳透过中正式步枪的刀片形准星再一次瞄准了那副熟悉的尊容。

左乳嘴里轻轻念着："一、二、三、四、五，一、二、三、四、五。"他在计算方阵通过枪口的时间。他长吸一口气，然后屏住呼吸，他轻轻地扣动了扳机，枪膛里传出来的声音很小。左乳早已经做好了思想准备，要用最快的速度射出第二发子弹。于是他没有丝毫犹豫，他拉开枪栓，他听到清脆的"咔嚓"声，子弹又上了膛。他再一次把头贴上了温热的枪托，瞄准镜里的那副尊容依旧是那样一副矜持的笑容。左乳的脑海里一个闪念："糟糕，第一枪脱了靶。"接着左乳再次屏住呼吸，扣下了扳机。

这次左乳是张开了耳朵，他似乎没有听到枪弹爆响的声音。他拉开枪栓，子弹完整地跳了出来。他以为是颗哑弹，他拣起子弹想看底火，却不料捡了两颗完整的子弹。这时候他明白了，两颗子弹都没有发射出去。他拉开枪栓，发现枪栓上就根本没有安装撞针。难道是谁做了手脚，是堂兄吗？为什么？想杀我立功？

这时他感觉到有人在踢自己的脚，他回过头。堂兄在焦急地做手势，要他爬出去，原路返回。左乳只好收拾起行头，又从救护车的车底爬了出去。救护车和警车之间依然没有人，左乳回到了警车上。他一上车就气愤地想责问堂兄，刚想说话，堂兄急忙说："快换衣服！"

左乳只好先把衣服又全部换了回来，把后排座椅复了原。左乳坐回副驾驶位，他打开手掌，手上攥着两颗子弹，没有言语。堂兄说："估计是我的枪械专员把撞针取掉了，因为我问的关于狙击枪的性能的事情太多了，他胆子小。"

左乳问："既然他猜到了你有可能干什么，他会不会出卖你？"

堂兄回答："不会的，要出卖了，就不会走到今天这一步了。再说了，他也拿不准，他凭什么告我？"

左乳说："还有办法吗？"

堂兄遗憾地说："这要看运气了，很难。"车开了一会儿，两人都没言语，猛然堂兄说："戴上墨镜，要到检查站了。"

左乳连忙戴上了墨镜，车子很快到了检查站，这次不用下车检查了。戴精国一行还在检查口没有撤岗，堂兄说："对他摇摇手。"然后堂兄高声叫道："戴组长，还没撤啊，我们先撤了啊。"左乳连忙对戴精国摇了摇手。

戴精国笑着对他们说："两位好走了。"

回到堂兄家，左乳收拾起东西说："趁天还没黑，我还是走。"

堂兄说："你到哪里去？"

左乳说："我还没有想好，你所里的同事对你有怀疑，这段时间你要小心为好。"

堂兄说："现在查得越来越紧，你得有个身份。我让我的一个台中的派出所的同志帮你落个户，先隐蔽起来吧，明天我会给他去电话。"

左乳说："那太好了。你把地址给我吧，我去找他。"堂兄写了个地址给了左乳。左乳把地址放进了上衣口袋，然后堂兄拿了一大叠钞票给左乳，左乳怎么也不肯要。

堂兄说："你本来是赴死的人，你肯定在来我这之前，把银子都散了。"左乳被堂兄说中了，苦笑着接过了堂兄的钞票。堂兄又说："我们俩虽然信仰不一样，但经过这次的生死考验，我们是真正的兄弟了。今后有什么难处尽管开口，安顿好了，记得给我来封信。"

左乳动情地说："我们的命都相互托付过，相互之间还有什么不能开口的。兄弟，感谢了，多保重。"说完左乳离开了堂兄的家。

第十二章　挽歌

THE TWELFTH CHAPTER

他不由自主地摸了摸自己的裤裆，摸到了那个鼓鼓的胶卷，他心里才稍微好受些。他想起了自己还有更重要的工作没有完成，他还必须向党报到。他本来就不是这台湾岛上的人，他的同事、他的家乡在大陆。他只是来出差的，是来完成一项任务的。他重任在肩，没有他，这份情报就送不出去，没有了这份情报台湾就不能解放。这份情报是最后一份了，为了它死了多少同志。他不仅要活下去，而且要让保密局永远抓不到自己，要让那双鹰隼的眼睛里只有失望。

左乳一边走着，脑袋一边不停地摇，他在回想着今天中正式撞针的蹊跷。就在堂兄家不远处，一群小孩在打架。他走近了才看清是四五个孩子在打一个男孩，他们一边打，还一边骂："打死你这个匪谍崽子！打死你这个匪谍崽子！"那个男孩十分勇敢，被打在地上了还奋力用两只腿蹬着。

左乳走上前去，制止打架的孩子。左乳说："老师来了，看谁还在这里打架？"孩子们一哄而散，只有地上的孩子没有动。左乳喊道："杨杨！杨杨！你怎么在这啊？"左乳发现这个孩子是张志忠的孩子。

那个孩子用冷漠的眼神看了左乳一眼，左乳急忙说："还认识我吗？我是小左叔叔啊，八音盒。"

那个男孩冷静的声音说道："知道，你有钱吗？我今天还没吃饭呢。"

左乳心疼地说："有钱。"便急忙从口袋里掏出几张钞票递给了小男孩。

小男孩熟练地把钱卷成一个小筒子，从手腕上摘了根橡皮筋把钱币三绕两绕地捆了起来，然后插进裤腰上一个隐蔽性很好的小小的口袋里，杨杨得意地说："他们抢不去了。"

左乳说："我们吃饭去。"

杨杨跟着左乳进了一家粉店。杨杨刚进门就说："换一家吧，这家不好吃，隔壁有一家做上海菜的，味道不错。"左乳满脸狐疑地跟着杨杨进了一家档次不低的上海饭店。

左乳接过服务生递过来的菜单，刚想点菜。杨杨一把将菜单抢了过去说："我来点。"杨杨麻利地点了几个喜欢吃的菜。

在菜没上来之前，左乳问："杨杨，你现在跟谁住一块？"

杨杨说："我爸爸妈妈被他们枪毙了，他们得养我啊。"

左乳疑惑地问："谁啊？"

杨杨说："保密局的特务们啊，我现在住在他们家里，他们养我啊。保密局还有好多像我这样的孤儿都是由特务们做我们的监护人。"

左乳问："他们打不打你啊？"

杨杨说："打我干吗？不打。"

左乳又问："上学吗？"

杨杨说："上啊，天天都上课。"

左乳问："那今天为什么不上学？"

杨杨想了一下："今天放假。"

左乳又问："你逃学了吧？那饭能吃饱吗？"

杨杨犹豫了一下说："吃不饱哦，没钱啊！不过我不担心。"

左乳问："为什么？"

杨杨说："我妈妈死之前都给我安排好了。"杨杨解开衣服的扣子，他说："你摸摸看。"

左乳按照杨杨的引导摸到了衣服的内衬里有一张折好的纸片。"好像有张纸在里面。"左乳说。

杨杨说："那可不是一张普通的纸，那是我的护身符。"

左乳笑起来："不会是银行存折吧。"

杨杨说："比银行存折管用多了，银行存折上的钱可以取得完，我这护身符上的钱可是取之不尽，用之不竭啊。"

左乳逗他说："有那么神吗？"

杨杨神秘地说："你知道华南银行有多大吗？他的总经理叫刘启光，那才是大老板。"

左乳说："他会给你钱吗？"左乳知道刘启光卸任了新竹县长后，后来谋上了这个银行行长的差事。在他还是县长时，老郑就让他去找过刘启光取情报。左乳实际上不知道，他取的不是什么情报，只是赞助款。

杨杨说："他敢不给，我妈妈这封信就是写给他的。我爸爸妈妈都死了，他给点钱都不行吗？不给我就告发他。"

左乳担心地说："别找他要钱，我每个月给你送钱吧。"

杨杨高兴地喊道:“真的?那太好了，我就喜欢小左叔叔。你才是爸爸妈妈的好同志，那下个月的钱你怎么给我?”

左乳说:“下个月，还是这一天，就在这个地方吧。”

杨杨兴奋地说:“谢谢叔叔，叔叔是我真正的朋友。”

每个月左乳都按时来到台北上海饭店，送一笔钱给杨杨。

好多年过去了，又是一个送钱的日子。左乳再次来到上海饭店，他一身高山族人的打扮，穿着麻布裁制的无袖胴衣。里面是以白衣为底的布衣，在胸部和背部都织有精巧的几何图形花纹。衣服的袖口、领口、下摆都镶上了细条的彩色花边。左乳的胸前挂着一个方形胸袋。

那一年刺杀失败后，左乳冒了一个早逝的高山族人的名字把自己的户口落了下来。他拥有了高山族人的身份证在台湾可以自由行走。左乳安静地在酒店里等着杨杨。左乳现在依靠自己的捕鱼绝技，一周只要工作两天，生活费用就没有问题了。他完全能维持自己的生计，而且略有盈余，可以资助杨杨了。

他摸了摸缝进裤裆里的那个微缩胶卷，他觉得人的身体，那个地方是最安全的。否则为什么连男人身上最重要的器官都要长在那里。他没事的时候总喜欢用手往那摸一下，看看那个微缩胶卷还在不在?这会儿他在想杨杨，他总觉得杨杨这么小就失去了父母，而且还不得不在敌人的家里长大，自己又没有什么能力来独自抚养他，他只能积攒些零钱贴补给杨杨。至于小马，他已经完全失去了她的消息。他也不可能再跟她联系上，除了有时会回忆起自己跟小马的过去，他也没打算再找个女人过日子。他想自己是要随时准备回大陆的，不能再在台湾找个女人过日子了。当年老郑，如果不是小马拖住了他的腿，说不定早就转移了。正是老郑舍不得小马，才滞留台湾。导致了自己的被捕，造成了台湾地下党巨大的损失。自己不能再干这样的傻事了，来去一人，轻松自在。

“小左叔叔，我来晚了。”杨杨清亮的声音在饭店里响了起来。

左乳说:“饿了吧?你快点菜吧。”

杨杨说:“今天你点菜，我来请客。”

左乳说:“怎么，发财了?”

杨杨说:“我今天去找了刘启光经理，你猜他给了我多少钱?”

左乳摇了摇头，杨杨从包里拿了厚厚一叠钞票出来，左乳吓了一大跳:“这么多钱啊。”

杨杨得意地说："五千元。"

左乳说："你要这么多钱干什么？"

杨杨说："还债啊，你看我身上。"杨杨撸起袖口，胳膊上青一块紫一块的。

左乳说："你肯定赌钱了吧，只有赌博才会欠这么多钱啊。"杨杨不吱声了。

左乳说："这些钱加起来还得了你的债吗？"左乳从口袋里掏出一小叠钞票。

杨杨说："可以了。"

左乳说："你可再不能赌了，再输了你拿什么去还？"

左乳过了一个月后再到上海饭店时，还没有进门就看见几个小伙子在门口殴打杨杨，杨杨的脸上已经是鲜血直流。左乳马上上前去制止，几个小伙子就问左乳："你是杨杨的叔叔吧？"

左乳说："是的，什么事？"

一个胖胖的小伙子靠上前来说："不让我们打他，也很简单，把欠我们的钱还了。"

左乳一边掏钱一边问："多少钱？"

"八千。"胖子回答。

左乳说："怎么那么多？"

杨杨马上把左乳拉到一边说话，杨杨说："小左叔叔，你一定得救我，我欠了他们的钱，不给他们就打。"

左乳说："你又去打牌了？"

杨杨说："这是最后一次了，你一定救我啊。"

左乳说："你左叔叔能有多少钱，你知道的。"

杨杨说："你帮我去找刘启光吧。"

左乳说："我好久没找过他了啊。"

"这是最后一次了，以后我再也不赌了。"杨杨央求着左乳说。

左乳说："你妈妈留给你的那封信呢？"

杨杨说："上个星期被刘启光撕掉了，他不肯再给我钱了。只要你去，他肯定会给我钱的。"

左乳说："为什么？"

杨杨说："因为你是地下党，他害怕地下党。"

旁边的胖子催着说："商量好没有，我们等得不耐烦了。"

左乳一看没有退路了，就说："那我陪你去一趟吧，但这是最后一次了。"

于是他们一行搭了台载客的后三轮摩托车，往华南银行去了。到了门口，那几个小伙子在门口守着。左乳和杨杨进了银行大厅，前台的小姐一看是杨杨来了，连忙说："你不要来了，刘总说了再不会见你了。"

左乳说："你告诉刘总，就说杨杨他叔叔要拜会他。"

小姐看了看左乳的装束，犹豫了一会儿，就说："你们等等。"一会儿，小姐出来了，她说了声："请！"就把两人带进了总经理办公室。

小姐合上门，退了出去。刘总的办公室宽大气派，张大千的一幅山水画，占满了大班桌后面的墙面。一对插满了画轴和斑斓的长长的野鸡毛的半高瓷花瓶立在地毯上。刘总板着脸从办公室的里屋走了出来，劈头就说："你还敢来？你们信不信，我这就打电话报警，告你们敲诈。"

杨杨大声说："他就是地下党。"

刘总气愤地说："又是地下党，杨杨，你说，你带过几个地下党来了？"

左乳反倒愣住了，他严肃地对杨杨说："杨杨，你怎么可以打着地下党的旗号干这种事呢？"

刘总一听，他仔细打量了一番左乳，他认出了这位曾经多次代表老郑来取过钱的神秘人物。

刘总吓得大惊失色，急忙去拉窗帘，然后又将门反锁上。刘总赔着笑脸问："现在什么时候了，到处都在抓你们，你还敢出门。老郑都降了，现在不知道你投降了没有？"

左乳沉着地说："我降不降你不知道的更好吧？"

刘总讨好地说："是是是！这跟我没有关系。"

左乳继续说："我知道杨杨三番五次地找你要钱，把你也要烦了。"

刘总一听说杨杨要钱的事，也不听左乳说完话，就委屈地诉说起来。他说："你不知道，这杨杨不断地要钱，如果不是我还有点钱，真会被他逼得跳海去了。你问杨杨，让他说说，这些年，我给了他多少钱。他要按他父母说的好好吃饭、读书，这些正当的钱我都愿意给。但是他不学好样，赌博嫖娼，什么不好学什么。年纪也不大，十几岁吃喝嫖赌都学会了。你可能以为这个世界上人人都欠了你的，实际上根据台湾的儿童抚养法律，你监护人那里应该什么都有了。可你就是不满足，还整天来威胁我，叫我又怎么去同情你啊。你真辜负了你爸爸妈妈的一片苦心啊，你妈妈九泉之下又怎么安心啊？"

左乳说："杨杨，刘总说的话都是肺腑之言啊，你确实应该彻底改掉你的老毛病了，要不你怎么对得起你的爸爸妈妈啊。你爸爸是出了名的硬汉，万事不求人的，顶天立地。你真不要把你爸爸的脸都丢完了。"

杨杨说："以后我一定痛改前非，只要这次刘总帮我把赌债还完了，我当着小左叔叔发誓，我一定改好，再也不会找刘总要钱了。"

刘总说："你改得好吗？我都失去了信心了。"

左乳说："今天讨债的都跟到你银行门口了，不给，杨杨只怕是无论如何也过不了关的。"

刘总"啊"了一声，连忙跑到窗口去看。

杨杨说："他们在大门口，这儿看不见。"

刘总说："如果你叔叔愿意担保你不会有下次了，我还是把钱给你吧。"

左乳说："下次再来，你也不要管他了。"刘总最后把钱都给了杨杨。

临出门时刘总对左乳说："今天很高兴又碰上你，但出了这个门，我们就谁也不认识谁了。"左乳一时没有明白过来，他俩走到大厅时，左乳问杨杨："他刚才最后一句话什么意思啊？"

杨杨说："他是害怕人家说他认识地下党啊。"

又是一个左乳给杨杨送钱的日子。左乳在上海饭店已经等了很久了，可杨杨一直就没有出现。左乳有点心急地不时地看看饭店门口。旁边邻座有三个吃完饭的男人在议论当天报纸上的新闻："太惨了，不到四天。就夺命两条，都是祸起地下党。这个刘启光太不经吓了，竟活活吓死。"左乳一听是关于刘启光的事，不知道是不是华南银行的刘启光，他有种不祥的预感。他也顾不了那么多了，于是他走到邻座，借了那份报纸。

他还没有走回自己的座位，报纸上的头版头条就映入眼帘："华南银行总经理刘启光被活活吓死！"报纸上的两幅照片让左乳大吃一惊，一幅照片是刘启光在病床上的遗照，另一幅则是杨杨在寓所内上吊自杀的遗照。

报道中更多地提及了杨杨，说杨杨已于上个星期在自己的寓所里上吊自杀。死后口袋里有一封信，信上详细地诉说了他陷于赌博不能自拔，屡次以妈妈的遗书要挟刘启光。刘启光本来就一直生活在地下党嫌疑人的恐惧中，不得已为杨杨多次还债，直到最后趁杨杨不备撕掉了那封遗书，断绝了与杨杨的来往。杨杨苦于债主的威逼，而又举债无门，于是选择了以自杀的方式离开这个世界。杨杨口袋里的这封信，被报纸登了出来。而刘启光死于心脏病突发，死的时候手里还紧紧地攥着登有杨杨自杀的报道的那张报纸。

左乳看完这篇报道，心中无限感叹。为什么扬扬这么不争气，上次不是说好的再也不赌了？为什么就做不到呢？杨杨你去了黄泉路见了你妈妈又怎么说呢？左乳旋即面如死灰，他深感迷茫，他没想到，现在自己还能为党做的最后一件神圣工作就这样消失了，他一时觉得找不到生活的方向。

他觉得自己在台湾也没有亲人，杨杨就是自己的亲人，他把暗暗抚养杨杨作为了自己的一项日常工作。他不怕辛苦，愿意为此辛勤地工作。杨杨竟然连这样的工作机会都不给他，就这样离开人世，他觉得实在是委屈。他不知道以后日夜工作是为了谁，甚至活在这个世界上是为了谁。

他不由自主地摸了摸自己的裤裆，摸到了那个鼓鼓的胶卷，他心里才稍微好受些。他想起了自己还有更重要的工作没有完成，他还必须向党报到。他本来就不是这台湾岛上的人，他的同事、他的家乡在大陆。他只是来出差的，是来完成一项任务的。他重任在肩，没有他，这份情报就送不出去，没有了这份情报台湾就不能解放。这份情报是最后一份了，为了它死了多少同志。他不仅要活下去，而且要让保密局永远抓不到自己，要让那双鹰隼的眼睛里只有失望。

为了这个，他必须要更加强大，他必须要跑得更快，要比所有的敌人都跑得快。于是他像一个临战的战士一样站了起来，他以极快的速度开始起步。他在店小二“还没买单”的惊呼声里跑出了上海饭店，他跑上了台北的街头。街上尽是些穿国民党制服的打手，他们妄想抓住自己，不！他们不可能得逞。“你们都不可能跑得过你爷爷，来吧，让我们赛跑吧。”左乳开始了加速，他越跑越快，还不停地闪躲着人群。台北街头为他侧目，很多路人都停下了脚步在注视着这位高山族人。左乳就在众人的注目礼中跑出了台北，跑向了台中。

第十三章　反串

THE THIRTEENTH CHAPTER

让戴精国有些恐惧的是，房间里那位用洪亮的声音在电话里向上级首长不断报告的前线指挥员，每次快报告完时，总是不忘在最后加上一句："请首长放心，抓不到蒋匪，不完成任务，我们绝不收兵！"第一次听到这句话时，戴精国有如五雷轰顶。但是到了后来听多了，他就知道了那句话也只是军人鼓舞士气的一种形式了，与自己并无多大干系。他的腿早没有知觉了，他甚至有时候以为自己没有腿了，整个下肢都没有任何感觉。他想掐掐大腿，试一试自己的腿是否真的就麻木了，但是他又实在不愿意把手伸进那污浊不堪的粪水里去。

一九八八年的广州精神病院里，办事员小关还沉浸在戴精国述说的往事里："你觉得黄天是个最勇敢的人，可他最后还是说出了老郑的下落嘛。"

戴精国说："他已经算是非常坚强的了，我们保密局在侦破这系列案子时，可能真正轮到动刑的是很少的。他却经历了，而且开始是抵死不说的，但最后扛不住了。他确实算条硬汉子，我们还是比较佩服他的。"

小关半信半疑地问："那其他人的表现还没有他硬？"

戴精国说："有些是主动说的，像老郑第二次被抓后，那就是从内心深处已经叛变了，他完全放弃了他的坚守，他曾经的信仰；有些是慑于压力，屈于环境，是被迫供认，也就是司法所说的逼供，如陈泽民、洪幼樵；还有些是在侦讯的疲劳战中或长期的交谈中无意间走漏的情报，如钟浩东泄露了'老郑'这个关键名字，张志忠说出了老郑住在黄天家的情况。还有就是本身在地下党中既不担任发展组织的重要工作，也不担任武装或交通的关键工作，这些被捕人员确实无话可说，他们在审讯中留下的记录就显得很干净了。"

小关说："我总觉得他们还可以坚强些，他们是有信仰的啊。"

劳教授分析说："我是过来人，这和信仰应该说是有些关系，但关系不大。但这与人的生理极限和心理极限肯定是有直接关系的。一个战士在战场上做个壮士，要比在监牢里做个烈士容易得多，这就是心理上的差异。人的心理都是有极限的，虽然这些可以后天提高一些，它会随着你的信仰、阅历、学识得到逐步提高。但它还是有上限的，这就好比把你绑在一台时速两百公里的飞机顶上，你兴许受得了；但把速度提到四百呢，你就很难受了；如果能提到一千呢，心脏都要爆掉，估计这个世界上能承受的就很少了。一个战士与战友在壕沟里并肩作战，有依靠，也有侥幸，他心理上的压力并不是最大。但是在监牢里，你不能反击，你只能一个人长期面对。没有任何侥幸可以逃避，肉体上和心理上承受的那种压力应该是战斗中的若干倍。特别是在台湾，地下党人被俘就等于陷入了绝地。没有任何希望，他们只能自己救自己，求生的本能肯定会更加强烈。所以像张志忠那样的视死如归的台湾烈士更是难能可贵。”

戴精国说：“但是能做到他那样的肯定不多，一般都不会和侦讯人员直接对抗，都会比较配合。”

小关就说：“那不等于说，被俘的地下党有很多叛徒？”

戴精国说：“这有什么奇怪，这很正常啊。对待这种情况一是要有平常心，这是正常人的一种正常行为。相反能抵死不屈，视死如归的那不是凡人。二是要有宽容心，人家该干的事都干了，该受的难都受了，有的小命都没了，受不了招了几句能带过就带过。”

小关又问：“那为什么会有那么多地下党被杀呢？”

戴精国说：“我们只负责侦讯，杀不杀是法院的事，如果配合侦讯人员的，可能笔录写得好些。招供很正常，但不一定能免死啊。最后死还是不死，是法庭说了算，要根据匪谍的罪责来定啊。匪谍的罪责重，即使你投了降，照样要枪毙；匪谍的罪责轻……”

小关打断了戴精国的话：“戴先生，你能不能不说匪谍，太刺耳了。”

“可以的，对不起，习惯了。我就说地下党吧，但是像吴石、聂曦、陈宝仓都还没有入党嘛。”戴精国连忙答道。

小关说：“省工委的委员罪责肯定比较大吧？那他们投降了为什么就可以免死呢？”

“这就是党要比法大了，这是蒋总裁同意的。蒋总裁如果不点头，即使是老郑，也不可能当我们保密局的少将，而且脑袋照样不保。”

小关说：“可怜的是那些个基层地下党员，即使都招了，可能还要杀头。像黄天，事也干了，拷打也挨了，房产也没收了，小命还得丢掉，真不值。”

劳教授说：“关键是死后还要背上叛徒的名分，子子孙孙背下去，永远不得翻身。”

戴精国笑着说：“在党派之争中，绝对不能在底层。只要官做大了，风险就小，收益则大。如果台湾真解放了，老郑等人就更不会差了，岂止是个赋闲在家、只会发几篇反共文章的少将？相反你们共产党对待国军的高级军官不也有抚顺战犯所吗？也是特赦嘛。”

劳教授说：“最可悲的是那些被台湾枪毙的、大陆又没有给予身份的那部分人，像你们说的张志忠、陈泽民等人。中国的传统文化是个把名节看得比较重的国家。名节对于那些已逝者是无甚意义的，但对于他们的后人来说，或干扰他们的生活，或有助于他们的前途，这就要了命了。按说敌人反对的，我们就要拥护，国民党匪帮都已经把他们杀害了，我们是不是应该把这些被害者当成我党的大英雄、大烈士给供起来？像睡在里面的这位左乳，潜伏敌营三十八年的优秀特工，那只怕是五百年才出一个，没有推广价值。”

戴精国笑着用手点着劳教授说：“老先生可有点玩世不恭，不过所言极是，两党相争，你死我活。只要是死于党争的，非敌即友，国民党既然把他杀了，那肯定就是烈士；国民党给他封官晋爵的，那肯定就是叛徒。”

戴精国今天面对左乳时，他发现左乳的情况明显有些好转。大多时候左乳的眼神有些迷离、空洞。有时候左乳好像清醒过来，眼神即刻变得明亮起来，他甚至可以用语言清晰地表达自己的理念。但是凡是牵涉到具体的案情，左乳的头脑就一点也不糊涂，他闭口不谈。戴精国问左乳：“你是不是已经跑得太累了，即使被捕也是一件好事，你用不着东躲西藏了。”

左乳当即清晰地回答了这个比较虚、不涉及案情的问题：“我确实一直在躲避，你没有尝过这其中的滋味，孤独而又紧张。即使是这样我也不希望被你们抓到，我不想失去自由。”

戴精国很小心地维持着这个话题，担心对方会中断交谈，他说：“你并不清楚我也尝过被追捕的担惊受怕的滋味。我是一九六二年作为反共救国军独立第七纵队被派遣到你们大陆去的人员，在大陆待了五天。我们去的二十个人，最后返回时只剩下两三个人，其他的都被捕了。”左乳竟然把头扭了过来，好奇地安静地看着戴精国，好像在打量一个刚认识的生人似的。戴精国知道对方被自己的话题吸引了，于是戴精国开始详细地向左乳回忆起那段自己一生最紧张的日子来。

从一九五〇年开始，北从山东半岛，南到海南岛，国民党进行了一波接一波的反攻行动，开始了长期的反攻大陆的系列活动。保密局买了许多渔船和M1橡皮艇，他们在渔船上搭载了M1橡皮艇，每条渔船可以乘载四十名特务。这些特务原本是流浪台湾各地街头的流民，来自五湖四海。最初以逃难到台湾的内地人居多，后来百分之八十是台湾本土的。但不管他们来自哪里，他们都有一个最大的共同点，他们都是天不怕地不怕的亡命之徒。

保密局淡水训练基地，位于淡水的蓝天海水浴场附近。一九六〇年的一天，已被选为第七纵队副总指挥的戴精国和他另一位搭档张清杉正开车前往台北郊区感化院去挑选反攻大陆的人员。

说到感化院和张清杉时，戴精国特别强调了一句："感化院就是你当年大开杀戒的地方，你把那个地方变成了屠场。"

左乳随即反驳："他们阻止我完成任务。"

戴精国又说："张清杉就是曾经两次亲手抓捕老郑的干探，他是台北淡水人。原来在教育厅当工友，因揭发台湾第一宗共谍案——台湾新民主同盟，被保密局吸收为正式情报员。他腰圆腿粗，臂力过人，两次擒获老郑使他声名大噪，被保密局提名为第一届'克难英雄'，他也是这次行动的副总指挥。"

戴精国和张清杉到了感化院，感化院的两百名在押的年轻犯人在台阶下集合了。戴精国站在台阶上，手上拿着被挑选出来的这两百名年轻人的档案。这些年轻人个个都是桀骜不驯、不服管教的不良青年。有些衣服反穿，有些斜着个脑袋，摇晃着身体。

戴精国站在台上说："你们这有两百个候选人，但是我这里只能要二十个人。一旦被选中了，你们就可以转为现役服兵役，你们的所有犯罪前科都将一笔勾销。机会对每个人都是平等的，我们需要的是体力超群的将派往大陆执行特殊任务的勇士。现在选拔开始，你们两百人徒手自由搏击，谁是最后二十个没有倒下的获胜者，就跟我走。选拔时间是一个小时，现在搏击开始。"

曾经是左乳大开杀戒的操场，顿时都骚动起来。随即传来巨大的低沉的咆哮声，肉搏声声声入耳。这些已经在感化院被压抑得太久的不良青年，此时找到了发泄口，他们疯狂地拳脚相加。他们没有目标，没有盟友，有的是想瞬间就打倒身边所有的人。感化院的看守们一个个神情紧张，他们平日里为了在押人员一点点打斗都要反复进行说教劝导工作，今天这样大规模的暴力群殴让他们如履薄冰。没有几分钟，搏斗的每个人身上开始挂了彩，地上已经被鲜血沁红染湿。

这种厮杀在戴精国看来，还不够专业，还不够稳、准、狠。戴精国对身边的张清杉说："培养这些人看样子要从基本功开始。"

张清杉说："还要加强他们的协作意识培养。"

感化院的院长走到他俩身边，他有点着急地说："这样会打出人命来的，不能再打了。"

张清杉说："总裁说过，为了光复大陆，什么我们都可以牺牲。"

戴精国说："不用急，出不了什么事。他们没有经过专业训练，徒手格斗，和农夫打架是一码事，死不了人的。”不到三十分钟就只剩下二十几个人了，这二十几个人还能抱在一起打斗，其他的人都倒在地上呻吟着。

戴精国对张清杉说：“就这二十多人，都弄去，在训练中再淘汰吧。”张清杉点了点头。戴精国说：“大家都停下来，你们这些还站着的全部到值班室门口集合。”有几个获胜者跌跌撞撞地兴奋地冲到自己的监房去拿自己的随身物品，然后一人抱了一堆东西乐滋滋地跑到队伍前。

张清杉对那些人吼道：“你们带上这些垃圾干什么？除了你们的身体外，我们什么都不需要，都给我扔下。”那几个获胜者又抱着那堆垃圾跑到各个监房门口，把些私人物品分发给自己的狱友。他们再跑回队伍时，都是两手空空了。张清杉对着其中一个衣服已经被撕扯成布片的戴着眼罩的年轻人问道：“独眼龙，你口袋里的是什么？”

被问者从口袋里掏出一叠信来，戴精国说：“是情书吧，你的小命都可能保不住，还留这些？”对方沉默了，戴精国接着说：“留着吧，做个纪念，只是不要再写了，害了人家姑娘。要是你做不到，你现在就可以退出。怎么戴着眼罩？像个抢匪。”

“独眼龙”回答说：“我就是因为抢东西被抓进来的。”

“能不能把那个眼罩去掉，要不太打眼了，人家一看就是个特务。”戴精国说。

“独眼龙”把眼罩取了下来，那左眼里突兀地凸出一个小包，很是吓人。戴精国连忙说：“还是戴上吧。”

第二天在淡水基地，戴精国和张清杉清晨已经带着着装整齐的二十多人的特殊队伍在训练了。他们跑步，障碍穿越。戴精国站在正在训练、累得喘不过气的队员前面大声说：“你们现在还有二十七个人，我们只留二十个人，被淘汰的队员照样滚回感化院去。”

两个月的强化训练，队员的体力明显地跟了上来。现在队员开始专业培训了，格斗、射击、爆破、发报、驾驶、野外生存、潜水。戴精国将所有人分成几个小组，训练他们的团队意识。他让队员们从一个两米多高的台子上往下跳，所有的队员都毫不犹豫地跳了下来。然后，他让队员站在台子上，背对台下往后倒。他让其他队员在下面接着，但是队员们没有一个敢于往后倒的。

戴精国站上了台子，他说：“平日里你们在黑道上不是最讲哥们义气吗？为什么今天让你把自己的身体托付给你的队友，你们相互之间就是如此不信任了呢？这一点都做不到，你们怎么可以在战场上生死相托，共同对敌呢？我们现在是一支生死与共的战斗队伍，从今天起，即使你的父母也帮不了你，只有你身旁的战友才可能救你的命。

你只有相信你身旁的每个战友，我们必须相互信任，才有可能在敌后孤军奋战，凯旋而归。不管他曾经是否跟你打过生死架，今天我们必须战斗在一个战壕里了，接着我！”

戴精国自己先背过身子，把手抱在胸前，往后直挺挺地倒了下去。天空迅速地被拉远了，云彩也动了起来。就在戴精国在想这帮小子不会因为忌恨我这些日子对他们的残酷训练来报复我吧，就在戴精国有点绝望的时候，几双手在身后把自己托住了。戴精国站了起来，他命令所有的队员，一个个都要倒下来。队员们开始犹豫、担心。但到了后面，相互之间越来越信任，越来越大胆。他们往后倒的动作也做得干脆、坚决。

在海滩上，戴精国在给新队员上格斗课。他说：“你们平常打架最喜欢动拳头，实际上动拳头是最没有杀伤力的。打半天也没个完，对方还可以反击。真正可怕的是借助器具来攻击对方，拿家伙跟人打架的，一说明这人很聪明，二说明这人是带有杀机的。我们是现代的杀手，绝对不要像原始人那样手无寸铁。大家看看我这张身体结构图，人最脆弱的地方，是动脉。只要开一个小小的口子，就可以让人几分钟丧命。而开个口子，只要用小刀轻轻地在动脉上划上一小刀，就可以让人血流不止。这可以抵得上你打他几十拳。看好这幅图最容易攻击的动脉就在这里，脖子上。其次的位置在这，这几个位置就比较难以攻击。”戴精国指着墙上的人体结构挂图说：“找准了位置，下起手来就要快，哪怕是一块小塑料片，速度快了，它就是一把锋利无比的匕首。”

戴精国开始一个个教授持刀的动作和刀子的进攻线路。给戴精国印象深的是学习射击，有个队员练瞄准，翻来覆去，在中正式步枪上折腾着。戴精国急忙过去问：“怎么回事？”

队员站了起来说：“报告长官，我无法瞄准。我不能单独闭上一只眼睛，一闭眼，两只眼就都闭上了。”

戴精国好奇地问：“是吗？你闭给我看看。”

那个队员果然一闭眼，两只眼就都闭上了。戴精国说：“这实际上很容易啊，你看我，闭左眼，再闭右眼，都能闭啊，你再试试。”试了半天，那个队员还是只能同时开闭两只眼，戴精国只好说：“算了算了，弄块胶布给你，你就贴在左眼上，用右眼瞄准吧。就像那位独眼龙一样，戴个眼罩就行了。”于是在练瞄准的队伍里就出现了两位戴着眼罩的独眼龙在托枪练射击。

就是这位有颗蓝色的猫眼石的独眼龙走横队队列时，老是让队伍走得不直。开始戴精国还以为是这帮家伙的基本功太差，队伍总是歪斜的，不能走在一条水平线上。后来他发现队列都是歪在那个独眼龙的位置上。戴精国就把队列喊停了，然后让独眼龙和他左右的队员都出列。

独眼龙他们三人并排走出队列，戴精国就问："你们三人怎么老是走不齐呢？"独眼龙左右两边的队员答道："都是他的手乱甩，把我们的手背打得青一块紫一块的。"戴精国说："你们再走一次看看。听口令，向左转！齐步走！"

三人并排走着，因为紧张，独眼龙的手甩出去不放松，很僵硬地攥着拳头往左右摔。拳头时不时地正好砸在两边队员的手上，三人队形顷刻间就乱了。张清杉对着戴精国轻轻说："这个队员只怕是要淘汰掉了。"

戴精国点了点头，他也觉得这个队员应该是不合格的。但没有多久，在练习蛙人泅渡的科目时，让戴精国对独眼龙刮目相看。当时是张清杉在和一组队员们在水里训练，戴精国则拿着秒表在艇上计时。大家正在练习水下憋气，时间到了，大家都相继浮出水面。过了一会儿，张清杉半天没有浮出水面。戴精国心里一急，说道："快下去找找，张副总怎么了，大家快下去找找。"大家扑棱棱地跳了下去，独眼龙也跟着跳了下去。过了好一会儿，张清杉被从水里救了出来，救起来时已经不省人事了。原来是张清杉潜水时脚一不小心，踏进了水下的礁石里，被卡住了。

戴精国看着张清杉大口吐水，心里的一块石头落了地。就在此时又有人喊，"还有两个没回来。"

戴精国慌了，连忙命令道："清点好人数，分批再下去。"又下去了六个人，不一会儿六人浮了上来。

接着又下去六人，这一次戴精国有点坐不住了，因为一直没上来的那俩人，已经在水下有七八分钟了，旁边有队员在议论："莫不是共匪在捣鬼？"

接着，那六人也浮了上来，戴精国正准备派第三批人下去时，那两个人浮了起来。只见独眼龙一只手搂在另一个昏迷不醒的队员胸前，全体队员都为独眼龙在水下待了那么长的时间鼓起了掌。原来独眼龙他俩下去救人时被水下一股暗流吸入了一个洞里，两人被紧紧吸住了。最后趁水流稍微平缓时，独眼龙才抱住已失去知觉的队友游了上来。就在此时，戴精国决定了留下独眼龙。但是戴精国对独眼龙的眼罩确实还是有些不放心，总觉得他的目标太大，识别性太强。戴精国不解地问："你那只瞎眼为什么突兀地顶出一块？"

独眼龙说："是一个庸医害的。本来我只有一只眼睛，那位医生说我只有一只眼睛，只怕是老婆都找不到。他说他可以帮我做一个假眼珠，跟真的一模一样，谁也看不出来。他用了一颗蓝色的猫眼石帮我镶了进去，没想到那颗蓝色的猫眼石镶进去后，特别吓人。戴了段时间想再取出来也不方便了，就成了这样了。”

张清杉在旁边说：“也许大陆还没见过这样的特务，说不定更有欺骗性呢。”

戴精国回答说：“也好！反其道而行之。”

经过两年的系统培训，这些队员终于要作为反共先遣军被派往大陆执行任务。这天保密局副局长还有身穿海陆空各兵种服装的将官们都来参加反共先遣军的结业典礼，特别扎眼的是美国军事顾问团的长官也来到了典礼现场。

保密局副局长在台上发言说道：“现在大陆中共形势大乱，很多地方没有饭吃，到处都传来了饿死人的消息。中共的很多基层组织都处于瘫痪状态，各地工人、农民对共产党越来越不满。我们在四川重庆、在湘西等地的谍报人员也纷纷发来电报。他们表示只要我们在沿海开始反攻，他们马上就在内地攻城略地，颠覆政权，配合我们行动。这正是我们反攻大陆的好时机，为加强大陆敌后武装潜伏力量，我们在淡水训练基地成立了反共先遣军总部，从各地招募来的几百位反共义士参加了培训。你们怀着反共必胜、反攻必胜的信念，顶烈日、战酷暑，苦练擒拿格斗、侦听收发电报，个个成绩优秀。”台下传来了一阵阵热烈的掌声。

保密局副局长继续说道：“你们踏上大陆后，将接管一个个村乡、一个个县市，你们将成为各地的领袖人物，你们要作为党国的火种燃遍大陆，直到光复整个大陆，你们的前途远大！”

戴精国在台下微微地笑着，他在回忆昨天晚上上峰给他的任务交底，他作为这次行动的总指挥，随船行动。张清杉以及反共先遣军的目的是台山的荷包岛。他一个人的目的地同船的谁也不知道，只有船长知道戴精国要从福建的大澳湾抵达大陆，他一靠岸就单独行动去厦门。而其他队员去的是广东的台山，张清杉作为副总指挥，他得带领兄弟们在台山的荷包岛登陆。戴精国的任务是确保几天后安全回来，只要带回来一些去过厦门的物证，比如车票、电影票、粮票什么的就是大功告成。

戴精国当时一听到这种匪夷所思的任务时感到太不可思议了，后来他想明白了。他知道自己去大陆的任务是自己的上峰做给老蒋看的。逗老先生开心，让老蒋知道自己的钱都没有白花，特别是台上这帮自己的顶头上司更需要自己的战绩来邀功。想到自己的既简单又繁重的任务他心里不免有些悲凉，他想到按照队列坐在自己身后与自己朝夕与共的这帮年轻人很可能有去无回，心里陡然增添了几许悲伤。但是他耳畔里回响着慷慨激昂的出征誓言，他不知不觉地脸上挤出几丝笑意来。

每回只要隔天有行动，基地总是要杀猪宰鸡的。今天照样基地里的食堂热闹得很，菜加了不少。平常酒不让喝的，今天也破了例，大家都是一醉方休。戴精国好像从没有喝过这么多酒，他端着杯子一个个地敬着。有些队员执意让戴精国意思一下就行，但戴精国就是不允，他非得和对方一样杯杯见底。而且戴精国今晚说得最多的就是："让我看看你，记住你的脸。"戴精国那双鹰隼般的眼睛最后也喝得迷迷瞪瞪。

这酒一直喝到半夜。最后厨师都跑掉了，菜吃完了，戴精国不干了，一直嚷嚷着要上菜。有队员说伙房里真找不到菜了，于是戴精国自己迷迷瞪瞪地跑进伙房。他一看，这桌上不是摆着一块上好的牛百叶吗？这群瞎子！他连忙把那块牛百叶切了。他打开灶门，火还没灭，他足足放了小半瓶油，然后放了不少辣椒、大蒜、姜。他心想这帮伙夫真他妈不是东西，看到这帮兄弟要去卖命了，连加个班都那么吝啬。有什么老子就都给你吃了，气死你这帮龟孙子。一会儿菜熟了，戴精国乐颠颠地装了盘，端进餐厅。

戴精国说："兄弟们，平日里戴某人多有得罪，今天弄了个拿手好菜答谢大家，请大家尝尝。"

队员们纷纷伸出筷子，夹了热腾腾的菜就往嘴里送。有几个快的，三口两口就把嘴里的菜咽了下去，又伸上筷子来，嘴里还念叨："好吃！好吃！"

倒是独眼龙咬了两口，就把菜吐了出来，只叫："这是什么啊？"大家再细细看那菜，才发觉那确实不是什么菜，那就是一块油抹布，被戴精国副总指挥当成牛百叶切碎了炒了辣椒。大家再去看戴精国时，他已经趴在桌子上鼾声如雷了。

第三天戴精国、张清杉带着独眼龙等二十名队员从高雄乘坐伪装成渔船的"协进八号"船出发了。大约到了下半夜，有船员来喊醒了戴精国。戴精国睁开惺忪的眼睛，走到了船尾。他背上了他的背囊，解开船上搭载的M1橡皮艇。船员给他拎上两油桶的柴油。他看了看带夜光的指北针，然后把防水地图打开。他开足马力，独身一人驶进了茫茫黑夜里。

M1橡皮艇的推进器装的是雅马哈的大功率消音马达，M1橡皮艇在推进器的推动下，在波涛汹涌的海面上起伏前进。根据指北针的指示，戴精国已经抵达了大澳湾，没多久，前面黑魆魆的狰狞的陆地就快到了。戴精国降慢了速度，他抵达的是一片平缓的沙滩。这里虽然登陆方便，但是不便于藏匿M1橡皮艇。于是戴精国顺着海边巡视着，走了没多远，终于发现了峭壁礁石。戴精国在峭壁间发现了一个天然的洞口，用电筒往里面一照，洞内的空间好像是为 M1 橡皮艇量身定做的，不大不小正好放得下橡皮艇。戴精国大喜过望，找到了隐藏 M1 橡皮艇的地方，他顺利返回的希望又大了几分。于是戴精国把 M1 橡皮艇在石头洞里固定好，他把两桶柴油、背囊里的食物、水、夜航用的灯、指北针和武器留在橡皮艇上，然后就背着背囊往岸边游去。

第二天早晨，戴精国穿着一身洗得泛白的解放军的旧军装，背着个黄挎包和一只褪了色的军用水壶，就像个大陆的退伍军人似的，坐上了开往厦门的班车。戴精国邻座坐了个孕妇在啃着一个苹果，孕妇一不小心把手里的那个吃了一半的苹果掉在地上，苹果骨碌碌地滚到了前面的座位下去了。戴精国认为那个孕妇不会再要那个苹果了，出乎意料的是那个孕妇看了半天那个在人家座下的苹果，最后她竟鼓起勇气，拍了拍戴精国的大腿，打着手势让戴精国帮他捡回那半个苹果。戴精国没想到身旁的这位孕妇还是个聋哑人，戴精国赶忙帮她把那半个苹果捡了回来。他回到座位后，没有直接把苹果递给孕妇，而是旋开了水壶盖，用壶里的水把苹果清洗了一番。

随后，戴精国把苹果递给孕妇。孕妇接过那半个苹果，贪婪地啃起来。左手却不忘竖个大拇指来表扬戴精国。戴精国想起前几天保密局副局长作动员报告时，说到大陆到处没有饭吃。他从身旁这些乘客的菜色脸上不难看出大陆正在闹饥荒。戴精国毫不犹豫地打开自己的黄挎包，里面有出发时基地给每个人做的煮鸡蛋。孕妇看到了戴精国挎包里的鸡蛋，眼里顿时放出了异样的光芒。戴精国赶忙拿出一个鸡蛋递给孕妇，孕妇有点不好意思接那个鸡蛋，扭扭捏捏磨蹭了好一会儿。但最后还是没能抵住鸡蛋的诱惑，她轻轻一捻就把那个鸡蛋抓在了手中。然后害怕戴精国会把鸡蛋要回去似的，飞快地把那鸡蛋剥了壳。戴精国清晰地看见那个孕妇送鸡蛋入口时，鸡蛋上还沾着没有剥尽的蛋壳呢。

孕妇又伸出了左手大拇指。戴精国顺势又拿了个鸡蛋递给孕妇。孕妇这次没有丝毫犹豫，飞快地接过鸡蛋，熟练地塞进了怀里。孕妇嘴里还嚼着鸡蛋，脸却冲着戴精国笑开了花，戴精国也冲她笑了起来。没多久车停在一个检查站，几位戴着红袖章全副武装的民兵上车检查了。戴精国拍醒了已在睡觉的孕妇，他把自己的车票给孕妇看了看，又指了指前面查票的民兵。孕妇看懂了戴精国的意思，把车票掏了出来，递给了戴精国。戴精国看了看孕妇的车票，他发现对方的车票也是去厦门的。他就把自己的车票给孕妇看，告诉孕妇自己也是去厦门的。孕妇一看找到了这么好的伴，很是高兴。戴精国用手势问孕妇去厦门干什么，孕妇指了指自己的肚子。

当一脸严肃状的民兵走到戴精国的面前时，戴精国不慌不忙地递上了两张车票。

然后又把黄挎包递给孕妇，孕妇这次毫不犹豫地拿起一个鸡蛋就剥。“你们去厦门干什么？”民兵问道。

戴精国也不答话，指了指孕妇的肚子，民兵又例行公事地说：“看看证件！”

戴精国把自己的假证件拿了出来，递给民兵。戴精国问：“她的证件要吗？”

民兵打开戴精国的假证件，扫了一眼，然后把证件递给戴精国说：“不用了，一个就行。”戴精国发现这些看上去极度缺乏营养的民兵，检查起别的旅客的证件来却一点都不马虎。

戴精国庆幸今天遇到了贵人，他心里已经想好了。此次潜入厦门，一定要紧跟这位孕妇，照顾好这位孕妇。这是最好的保护伞，她可以使自己高枕无忧。戴精国沿途对孕妇殷勤备至，使这位孕妇受宠若惊。孕妇只当自己是一个聋哑人，又是一个孕妇，遇上了好人。家人在出门时，左叮咛右嘱咐，大家都不放心。她没想到自己斗胆孤身一人去厦门体检，这刚出门就碰上这么一个好人，而且出手这么阔绰的人，怎么不让她兴高采烈。她开始还有点不好意思，后来就变得心安理得了，享受对方的服务，花对方的钱。

从第一次上车被检查到厦门车站，戴精国乘坐的班车已经被查了好多次。戴精国出发前曾想过，大陆正处在天灾人祸的极为困难时期，应该是安保工作都处于瘫痪的状态。但来了后才知道，大陆虽然经济萧条，但是对台边防前线依然是高度戒备的。居民的敌情意识也是特别的强，看得出国民党败退台湾还只有十几年时间，共产党已经完全拢住了人心。却不像台湾的舆论所说的共产党在大陆已经是众叛亲离了。戴精国时不时地看看身旁这位孕妇，他现在在大陆就是一个孤家寡人，除了这个不知名的孕妇可以借助外再没有什么人可以帮上自己的忙了。想到这戴精国连忙把自己身上的衣服脱了下来，盖在了已入睡的孕妇身上，在旁人看来这两人就像一对出门的夫妻一样。

从建筑和设施上来看，厦门的医院和台北的医院相比差得很远，台北的医院和台北所有的公共服务机构，不管哪些方面都要比大陆先进很多年，这是戴精国当初登上台湾岛的第一感觉。后来在台湾的时间长了，慢慢就没有这种对比的感受了。今天一到厦门，这种两地差异的感受又油然而生。戴精国很明白，这种差异倒不是国共两党治理的结果，而是日本人和中国人统治的区别。日本人在台湾统治了五十年，台湾的基础建设水平都进了一大步，明显要高于大陆的水平，这是四九年赴台人员的普遍感受。可以说日本人不会尽全力去建设台湾，但即使是这样，台湾的建设也远远领先于大陆。戴精国不禁感叹起近代中国这些年的军阀割据，战火连绵，国运不昌来。

戴精国在医院帮孕妇交了费，把孕妇在医院安顿好了。他把医院缴费的凭据都留了下来，作为日后返回台湾的邀功证明。他当着孕妇的面对医生说："医生，能不能让她住下来进行全面的检查？"

医生说："我们这做检查都不能住医院的。"

戴精国说："她是位残疾人，住在外面进出医院不方便。"

医生说："如果是这种情况，我们可以考虑。"然后医生去找领导商量去了。戴精国狡黠地笑了，他已经想到了自己也要一块住进医院。当年在舟山抓朱枫时，她不也是在医院里躲过了几天吗？如果不是封了岛，朱枫就完全可能逃脱。住在医院本身就很安全，何况身旁还有这位不会说话的孕妇作掩护。果然医院院长来了，带着戴精国办好了住院手续。

戴精国把孕妇扶进了病房，孕妇心里美滋滋的，她用手势问戴精国这要花多少钱。戴精国掏出了一大把钞票示意，自己有很多钱，所有的钱都是自己负责。白天做完了检查，戴精国就带着孕妇去吃饭。吃完饭，他俩就逛起街来。戴精国给孕妇买了一些婴儿用品，他看见前面有一家电影院，就去买电影票。他现在知道了，无论他干什么事这位孕妇都不会有意见，她愿意跟在他后面默默地享受，戴精国估计这位孕妇家里的经济条件很糟糕。

走到街口，一群孩子在玩着三角板的输赢游戏，五颜六色的香烟盒折成的三角板成了孩子们输赢的赌注，戴精国用一大把水果糖把孩子们所有的香烟盒都换了过来。

孕妇显然是第一次看电影，进了电影院，好奇地四处张望。影院的灯光一关，影像在幕布上突然投射出来，吓得孕妇死死地抓住戴精国的手。他们看的是部喜剧电影，孕妇虽然听不见声音，但幕布上的活动画面却深深吸引了她。她每每看懂了电影中的喜剧情节，就笑得前俯后仰，全然忘记了肚子里的孩子。让戴精国忍俊不止的是电影看完了，灯光亮了，孕妇拖着戴精国的手与观众背道而驰走上台去。最后戴精国被她拖到了幕布下，孕妇怯生生地掀起幕布，好奇地往里面张望。戴精国明白了，这位孕妇想搞懂刚才台上演戏的那么多人都跑到哪里去了，戴精国被她的举止逗得哈哈大笑。

晚上睡觉时，戴精国就以家属的身份在病床前，搭了个小床，自己就睡在上面。他注意到那个孕妇在一旁悄悄地打开她的一个布制的钱包，认真清点不多的钱币和粮票。戴精国看到钱包里面有一张军人的照片和一些军人的证章。他马上拿了一叠人民币递给孕妇，孕妇摇手不愿意接受，戴精国就主动把钞票放进了孕妇的钱包里。然后在孕妇的钱包里拿了一些粮票，他做着手势，意思是他用钱与她调换一些粮票。戴精国又要了那张军人照片和军人证章，他装作很感兴趣地看了很长时间。戴精国见孕妇没有反应，只得悻悻地把东西退给了孕妇。

几天后，戴精国陪着孕妇踏上了归程。一路上尽管有很多检查站，甚至有些检查人员就是在来厦门的途中都打过交道的。因为有孕妇的掩护，戴精国都轻松化解了。到了终点站下车时，戴精国把身上剩下的钱都一股脑儿给了那位孕妇。这几天的朝夕相处，让他对这位孕妇有了些好感。他觉得自己这次的任务执行得这么顺，这位孕妇帮了大忙了，回了台湾这些钱也没有什么用了。孕妇当着很多人的面竟哭了起来，戴精国知道这不是久留之地。他笑着要了那些军人的照片和军人的证章，这次孕妇很爽快地都给了他。于是戴精国谢绝了孕妇邀请他到家里去做客的好意，径自往藏船的地点走去。

戴精国走到一个拐弯处，就听到身后有几个人一边跑一边喊。戴精国往四周看了看，旁边没有别人啊。后面的人越跑越近，戴精国觉得来者不善，于是在树丛里躲了起来。等后面的人跑近了，戴精国才发现领头者手上拎了把驳壳枪。戴精国觉得此人面熟，旋即想起来者就是自己怀里揣着的照片上的那一位。

戴精国躲在暗处只听得那位边防军人在说："他给我老婆钱，一给就够几个月的工资，还把我这个老边防的照片拿去了，他不是特务是什么？"戴精国心想糟了，没想到太大方，也会惹出事来。等那些追捕的人跑到前面去了，戴精国知道他们找不到他，肯定还会回过头来再找的，自己得马上找个更安全的地方躲起来。

戴精国瞅准了旁边一家农户，他想能在那儿躲到天黑后，就好办了。他于是疾步跑过一口水塘到了那家门口。门上铁将军把门，窗户紧紧地关着。就在这时，他听到了汽车的发动机声传来，他只好转到农户的房后。他从房后立着的一张旧柜子的破洞看过去，他暗暗叫苦。大卡车上的一批全副武装的边防军人正在往车下跳，更为恐怖的是竟然有几位边防军人向戴精国的方向走过来。

戴精国看了看四周，旁边几百米开外，一片空旷，没有任何地方可以隐蔽。房后除了这个破柜，也没有什么东西可以藏身了。那几个军人的说话声越来越大，戴精国情急之中，眼睛一亮，他发现房后还有一个敞开的茅坑。他悄然走近茅坑细细一看，不禁大喜过望。原来茅坑的边沿上搭了两块厚木板，木板下面有一个能容得下一个人头的空间，木板上已长满了青苔和小草。不经意看，怎么也发现不了其中的奥妙。

于是戴精国手里擎着那包证物，轻轻地滑到粪池里。还好粪池的水平线只到他胸部。他也顾不了粪坑里的恶臭，小心地挪到那板子下面。他尽力往里面靠，可惜空间矮了些，他站在里面不得不低低地勾下头来，鼻尖眼看就要垂到那些漂浮物上了。戴精国往上看了一眼，他心里暗自高兴，因为他知道不下到粪坑来是不可能发现自己的。他现在就盼着这帮边防军快点搜索完。等了一会儿，他觉得有点奇怪，边防军只是在房子前面说活，也没看见他们过来搜查。

没多久，戴精国听见了开门的声音。哦！原来他们找房主人开门去了，他们要进房搜查。再没多久，传来电话兵的对话声。戴精国明白了，他们要在这里架电话线，这里是他们搜捕的临时指挥所。戴精国怎么也没想到这大陆边防线的敌情观念是如此强，自己已经处在危机的边缘了。不过戴精国又想这里离自己藏M1橡皮艇的地方最多只有几里路了，只要边防军找不到小艇，他几十分钟就可以赶到那里踏上归途了。

戴精国正在想象，一阵脚步声传了过来。估计有两三个边防军正在靠近、包抄过来。戴精国一时觉得大祸临头，知道自己在劫难逃了。正当戴精国万念俱灰时，几股黄色的尿注倾泻而来，尿水激起的脏污溅到戴精国的脸上。但戴精国却全然不管这些，他竟绽开了苦涩的笑脸。

戴精国想起了自己要再落到共产党的手里，凭他那一段上海工会叛变的历史，共产党绝不会轻饶自己。如果现在共产党真还有可能让自己重返党的怀抱，他还真愿意再次投降叛变。但他很清楚共产党的纪律是绝对不会让自己苟且的。如果自己还没有污点，只是党国一个谍报人员，现在主动投诚说不定还可以得到重用。自己手上并没有血债，何况这次来厦门也不是搞破坏，是来和平旅游的。戴精国同时也想到了在台北他追捕左海的情境来，左海也被自己追得到处逃窜。他那样的窘境此时自己完全体会到了，做个深入敌后的间谍不仅要搭上性命，还一天到晚生活在恐惧中，太不容易了，想到这戴精国满脸的苦笑。

就这样，戴精国白天在倾泻的尿水下体会到由下往上观帘的无奈，夜晚在声声入耳的撒尿声中感受着直下三千尺的听瀑的苦楚。但是戴精国知道从现在开始，自己已经变得安全了。虽然边防军隔三岔五地来撒尿，每个人离他都是那么近，伸手可及。但是没有人会想象到这下面竟然藏着他们正在全力搜捕的敌特。

让戴精国有些恐惧的是，房间里那位用洪亮的声音在电话里向上级首长不断报告的前线指挥员，每次快报告完时，总是不忘在最后加上一句："请首长放心，抓不到蒋匪，不完成任务，我们绝不收兵！"第一次听到这句话时，戴精国有如五雷轰顶。但是到后来听多了，他就知道那句话也只是军人鼓舞士气的一种形式罢了，与自己并无多大干系。他的腿早没有知觉了，他甚至有时候以为自己没有腿了，整个下肢都没有任何感觉。他想掐掐大腿，试一试自己的腿是否真的就麻木了，但是他又实在不愿意把手伸进那污浊不堪的粪水里去。

到了第二天，戴精国最大的威胁不是边防军了。而是睡眠，那瞌睡虫在轮番往复地攻击他。他清楚自己是不能睡的，如果睡着了，摔倒了，就有可能前功尽弃。他一直就这样叮嘱自己，但不知何时他竟睡着了。好像是边防军在呵斥他快上汽车，说汽车马上就要开了，必须把他押赴刑场执行枪决。就在他赖着不愿上车时，汽车的怒吼声把他从梦中吵醒了。

“哦！边防军的汽车真的走了。”戴精国暗自高兴，果然过了一会儿，外面已是鸦雀无声了。戴精国试着移动了一下自己的大腿，发现不管用多大的力气，他都挪动不了自己的双腿。他在想是不是自己站立的时间太久了，血液不流动，大腿会坏死啊。于是他双手使劲，用上身的力量带动下肢。他用了很长的时间，终于脚可以动了。他可能平常只需要几十秒就可以爬出去的坑，现在用了几十分钟才爬了上去。

上来后他才发现因为自己的头勾的时间太长，已经不听使唤了，只能这么勾着。他勾着头发现房檐上吊着干鱼，他觉得饥肠辘辘。当他试图去取那条干鱼时，自己身上的恶臭扑鼻而来。他想起了房前的那口鱼塘，他走到房前观察了一会儿，然后迅速地跳进了水塘里，他用手上下搓着。洗了一阵，他以为干净了，爬了上来。他闻了闻自己身上的气味，觉得还是恶臭难闻，于是他又返回到水塘里重新洗了一番。等到他再爬上来时，也不管身上的味道如何，径直取了那条干鱼，使劲咬了起来。鱼吃完了，他又在屋檐下晾着的衣服里挑了两件干衣服换上。出于职业习惯，他把换下来的衣服扔进了他开始躲藏的洞里。等到天完全黑了下来，他还滑稽地保持着勾头的姿势往自己的目标走去。

没有多久，他到达了自己隐藏 M1 橡皮艇的地方。他从礁石上爬了下去，他一看心里一惊，怎么洞口消失了？仔细观察后才发现原来涨潮，海水把洞口淹掉了。于是他顺着石壁潜进了洞里。他摸到了橡皮艇，打开了夜航灯，艇上的东西都在。他高兴极了，他大口地喝着水，吃着压缩饼干。然后在船上美美地睡了一觉，这一觉他竟睡到了第二天的凌晨。他把枪上了膛，再一次补充了能量。等到退潮露出洞口，他把橡皮艇推出了小洞。外面仍然是伸手不见五指，戴精国发动了雅马哈的推进器，马达轻声地轰鸣起来。他按照指北针上的刻度，驶离了陆地。

戴精国以前每次到总督府来，主要是作为一些大型活动的保卫者身穿便衣参加的。但这次戴精国第一次穿着整齐的军服，胸前别着勋章作为主角站在总督府的大厅里接受蒋介石总统的接见。他从厦门带回来的来回车票、烟盒、粮票、医院的发票、电影票还有那张该死的边防军官的照片以及他的证章都放在桌子的蓝色绒布上展示着。

不一会儿，军乐队管弦齐鸣。蒋总统一身灰色的中山装，笑容可掬地向戴精国走了过来。蒋总统全然没有了上次逮捕李友邦时怒容满面的神态了。他在国防部情治机关头头们的陪同下，在桌子前仔细参观戴精国带回来的战利品，蒋总统一直保持着和蔼的笑容。那帮陪同们更是高兴异常，他们知道蒋总统最关心什么，最希望看到什么，而戴精国帮他们完成了一项比任何军事行动都更具价值的任务。

就在戴精国回来的当天，他获知张清杉带领的二十名反共先遣队在广东省台山县荷包岛登陆后的第三天就被共军包围，与台湾失去了联系。戴精国想张清杉等二十多人，说不定就是为了掩护自己去厦门走这么一趟丢出的诱饵。张清杉他们那几个人被派到大陆简直就是送死，这是戴精国去过大陆以后得出的结论。但是戴精国不会说出来，大家都不会说出来。因为老先生不喜欢听到这类话，老先生希望有朝一日能光复大陆。所以他还会不断地向大陆派出谍报人员进行各种他能够想象得到的报复、制裁、光复行动。这些被派出人员往往是有去无回，这是情报机构最为苦恼的事，怎么能让老先生看到勇士们凯旋而归呢？这就有了戴精国到厦门看电影、旅游这么一出戏。

老先生终于看到了凯旋而归的勇士了，老先生是说不出的高兴啊。他听完了属下的情况介绍，看完了戴精国带回的实物。走到戴精国的面前，握住戴精国的手不放。他说："你是深入敌后的英雄啊，你是党国的功臣。"最后蒋总统站在戴精国的身边，旁边围了其他的高级军官。然后由总统府的御用摄影师给大家照了一张制式合影照片，算是戴精国建功立业永远的见证。

一九六七年的一天，天空下着小雨，戴精国跟同僚们一块驱车到园山忠烈祠参加张清杉、独眼龙等人的葬礼。这天国防部已经正式下文，张清杉、独眼龙等人已在大陆前线阵亡，张清杉、独眼龙等人的神主牌供奉在园山忠烈祠里，还为张清杉、独眼龙等人在三军公墓里特设了衣冠冢。戴精国站在雨里，想起他与张清杉、独眼龙等人在基地艰苦训练的情景来。同船去的大陆，自己得以安然脱险，而张清杉、独眼龙等人却尸骨都不知埋在何处。如果长官当初选张清杉去厦门，自己则去广东，那自己岂不是早已命丧黄泉。想到这儿，戴精国不禁悲从心来，湿润了眼眶。

一九七五年的一天，戴精国戴着刚刚授予的将星在保密局的宽大的办公室里休息。他刚醒来，秘书办说会议室有人在等。戴精国连忙去见，推开办公室的门，让戴精国大吃一惊的是面前站着的就是早已经被认定死亡的张清杉。戴精国连忙问了原委，原来一九六二年张清杉和戴精国在船上分手后，他按计划带领先遣队登上了台山的荷包岛，没想到三天后兵败被俘。在大陆被监禁十三年后，经大陆公安部批准特赦释放，辗转香港才回到台湾。戴精国和张清杉感叹起世事沧桑，人生苦短来。在戴精国的努力下，张清杉又回到情报局第七处。然而，张清杉见到昔日的同僚很多都已挂上了将星，自己还是个校官，总觉得不是个味道。没干多久，张清杉领了退休金，跑到山上养猪去了。没料到养猪亏了本，最后看破红尘当起道教青天宫的庙祝兼汉天师府大法师。

又过了两年，一天下班，戴精国出门突然听到有人喊："戴副总指挥！"这个职务是他被派遣到大陆去的临时职务，挂职时间不长，知道他这个职务的人不多。戴精国也是半天才反应过来，知道是有人在喊他，他驻足一看，原来是早被开过追悼会的独眼龙在喊自己，他那只独特的眼罩很是抢眼。戴精国立马认出了他，戴精国连忙把他引到办公室，独眼龙开始给戴精国介绍起自己的大陆经历来。原来他和张清杉登上荷包岛被解放军包围后，他在最后的围剿中侥幸逃脱。到了广州后，他还坚持敌后斗争，孤军奋战。坚持了四个月的地下工作，发展了下线，进行了一系列破坏工作。最后还是被大陆公安机关破获，入狱服刑，刚被释放回来。戴精国认为对方是有功人员，应该给予重奖。独眼龙说身体不好，不愿意再继续服役。戴精国第二天就为独眼龙打了报告，要求保密局给予独眼龙经济上的补偿。保密局经过核实，认为独眼龙的情况属实，于是给了独眼龙一笔巨款作为他的安家费和奖励。

一九八八年的广州精神病院里，左乳有点好奇地看着戴精国，他有点不明白这位严峻的保密局干探怎么审起案子也有那么多的感慨，他是在对自己说话吗？这间房子里也只有自己啊，那就应该是对自己说话啊。但他那种神态是很投入的，什么事让这位冷酷的国民党干探动了感情，他有必要把自己潜入大陆的故事说给我听吗？他是在炫耀自己的间谍经历吗？他在夸耀自己可以在大陆自由进出吗？他是在取笑我不堪一击被他俘获了吗？不！他是在侮辱我军的战斗力，侮辱我军的反谍战能力。

左乳是领教过的，国民党的侦讯人员缺少人情味。特别是台湾保密局这帮由军统的骨干组成的侦讯队伍，精干、投入、有毅力、有恒心，不达目的绝不罢休。他们捕人也好，审人也好，不追个水落石出绝不罢休。左乳心里明白这位老对手是在给自己打情感牌，想软化自己，想麻痹自己，最终达到瓦解自己的目的。看穿了对方的鬼主意，左乳冷笑了几声，把头扭向了白墙，不再搭理戴精国。

戴精国向左乳回忆了自己单刀赴会的故事，他从左乳倾听的神情能感觉到左乳基本上是听懂了自己的讲述。他只是希望让左乳了解到，自己和他一样也曾经是一名九死一生的谍报人员，他们的人生经历是一样的，他们有着一样的心路历程，他们是完全可以沟通的。他看到了左乳眼睛里闪现出的相互沟通后逐渐变得温暖的眼神。但是那种眼神一直在漂浮不定，是他的信仰在主导着他，还是他的敌对意识让他一直保持着警惕性？戴精国完全可以理解对方长年被追捕，已经形成了一种警惕、恐惧、抗拒沟通的思维定式。左乳应该对任何人的接近企图都保持了高度的防备，对任何人的一句浅显的话语都会再三推敲是否另有含义，不信任是这种职业的代名词。

戴精国曾审过无数个地下党，他深知最开始的突破就是要让对方开口讲话。哪怕说的事与案情毫无关系，但是只要对方开口，就算为说服对方奠定了坚实的基础。这种沟通基础可以确定后面审讯的质量和效率。有时建立这种沟通关系需要时间和耐心，往往在搭建这种沟通平台花费的时间远远长于正式的侦讯时间。但是戴精国认为这种付出是必需的，他也愿意在这个方面付出精力和时间。每次侦讯工作开始时他总是很耐心地与对方沟通，使对方了解自己，让对方认为自己和他一样是正常的人。戴精国绝对不干那种用蛮力来撬开对方嘴的蠢事，搞得大家都像回到了中世纪似的。

也可能当初戴精国被他的老上司谷处长擒获时，谷处长就是这样打开他的嘴的。当初他在南京刚叛变进入军统局，审讯被俘的地下党员时，有些同僚们恶狠狠说出的恐吓性的语言，他无论如何也说不出来。若是采用刑讯逼供的手段对付他昔日的同志，他就更加做不到。其中原因之一是他打骂对方，好似在打骂过去的自己；二是可能他受过的高等教育也使他下不了手。也可能这就是人们常说的心障吧，就这样从开始的心障一直延续到今天，他都是这样完成他的侦讯工作的。他一直想问问谷处长是不是也是出于同样的原因。

左乳这样被追踪了几十年，而且总是有意地避开人群。平日里绝少与人沟通，心障已深，恢复起来肯定是不容易的。就是一个普通的离群索居的人再恢复正常的沟通能力都很难，何况像左乳这样长期处于高压下的通缉犯。戴精国看到那种温暖的眼神在左乳的眼里渐渐消失，他仍然不气馁。他认为不管怎么说，左乳是一天天好起来了，这已经是个令人振奋的消息了，他还有什么理由不高兴呢？

第十四章　谍殇

THE FOURTEENTH CHAPTER

这时白面杀手缓缓抬起了头，他的目光平视，这是戴精国第一次看到这个冷面杀手的眼睛里有了思想，戴精国意识到对方要说话了。白面杀手的眼光慢慢落到了戴精国面前的那颗蓝色的猫眼石，面色渐渐有些变得发灰。戴精国用手指捻起了那颗猫眼石，举在自己的面前，猫眼石在灯光的照射下放出幽幽的蓝光。白面杀手的双唇翕动了两下，欲言又止。

一九八八年的广州精神病院里，戴精国与劳教授在医院的花园里散步，春天的痕迹已经越来越明显了。木棉花树不管高矮，不论粗细，院子里的、马路边的、朝阳的，都竞相争艳开放出火红的花来，红得娇艳欲滴。

戴精国说："你看这大千世界尽是赤色天下。"

劳教授笑着说："也不尽然，那只是在广州春天的空中都开着木棉花。你不知道吧，这木棉花可是广州的市花，我们这里又叫它'英雄花'。"

戴精国："哦！我还真不知道。怪不得这空中到处都是火炬。"

劳教授又说："你再看看这花园里的花草，紫色的是郁金香，粉色的是桃花，白色的是百合，这五彩缤纷才是春啊。"

戴精国说："劳教授说得好，当今台海形势又到了一个新的历史时期。《三国》开篇第一句就形容中国大势是合久必分、分久必合，我看这海峡两岸又到了重新握手的时候了。"

劳教授说："台湾被日本人统治了五十年，最后又回来了。现在台湾应该还是在中国这口锅里，不管是国民党，还是共产党来管理，应该都是自家兄弟在料理。即使台海维持现状不变，我认为也无多大关系，毕竟这块地还是家里的。"

戴精国说："台湾已经取消了党禁和戒严令，双方来往越来越密切了，应该说台湾和大陆的重归一体已具备了一定的基础了。"

两人说着又说到了那个台湾的杀人犯，戴精国问："那个台湾来的杀人犯下落查出来没有？"

劳教授说："我还忘了告诉你了，你估计那个台湾人在大陆坐过牢。但办案人员查了，他在大陆坐牢的记录根本查不到。说明这个人要是在大陆坐过牢，肯定也是在

'文化大革命'之前。因为'文革'前的档案都不健全了，'文革'后的档案还都有。"

戴精国说："那他杀的那个人的身份也没有办法核实？"

劳教授说："没有办法，他把被害人的随身物品全部都烧掉了。不过有人看见那个被害人生前戴了只眼罩，应该是只有一只眼睛。"

戴精国一时想起了独眼龙来，他觉得这种吻合的概率应该很小。但是他知道台湾人中敢于戴着眼罩，公开表示自己只有一只眼的人并不多。于是他用怀疑一切的猜测口气大胆地说："那个被害人是不是跟这个人的年纪相近？那个人的假眼里是不是还有颗蓝色的猫眼石？"

这回轮到劳教授吃惊了，他惊讶地问道："你怎么会这么想？"

戴精国说："在台湾没有几个人愿意戴着眼罩像个海盗似的满世界乱跑，我的同僚中就有一个，所以我才大胆地这么想。"

劳教授说："那这就很简单了，我马上问问公安局。"

戴精国说："那我也马上给台湾去个电话，问问我那位同僚的下落。但这只是一种设想啊，不对就别怪啊。"

劳教授说："看你说到哪里去了，难得你来我们医院一趟，帮了我们这么多的忙。"

第二天，公安局刑侦队来了两位警察，他们一进劳教授的门就把一颗蓝色的猫眼石放在了劳教授的桌子上。

劳教授一见这颗蓝色的猫眼石就惊呼起来，说："真神了，这个戴精国可真是个神探。"

两位警察连忙问道："你们怎么知道有这颗猫眼石的？法医费了好大劲才在那堆肉块里找出这颗蓝色的猫眼石的。戴精国是谁？"

劳教授说："戴精国是位台湾的神探，这个案子肯定可以破了。你们等等，我去请戴先生。"

劳教授走到"审讯室"的门口，敲了敲门。国军"少校"戴精国走了出来，劳教授把戴精国拉到了一边，劳教授说："那颗蓝色的猫眼石，刑侦队找到了。"

戴精国吃惊地说："真的，难道真是独眼龙啊，那就太惨了。台湾还没回电话，我现在就打电话问问结果。"于是戴精国跟着劳教授到了劳教授的办公室。进门后，劳教授给两位刑警做了介绍后，寒暄了几句。戴精国就给台湾打电话查问独眼龙的情况。戴精国昨天已经通过一次电话了，他今天只是问结果的，台湾电话很快就通了。

对方告诉戴精国，独眼龙一个月前就离开台湾去了大陆。他因为在大陆坐过十多年的牢，在台湾的社会关系就很简单。来往密切的是他曾在坐牢前在广州私自发展的下线。这两位下线原籍都是台湾人，曾因为参加了独眼龙在大陆的破坏活动，在大陆也被判了刑，刑期比独眼龙的还长。他们被释放后，回到台湾多次要求国防部确认他们的反共先遣军的身份，因为只要有这个身份才可以得到国防部的巨额补偿款。说到这里，这让戴精国想起了自己为独眼龙办的那笔巨额赔款来。但是他办完独眼龙的事后，没有两年，也就退休了，所以他根本就不知道独眼龙发展的下线回来请求确认身份的事。接着，戴精国连忙说，独眼龙以前也跟自己说起他潜伏广州后，在那里发展了下线的事。

对方解释说，独眼龙也为他俩出具了证明。但是根据我们保密局的流程，进人首先是要审查通过的，才能占编发饷。所以直到那两位下线闹到了法庭，这个问题也没有解决。于是这两个下线又在法庭上告了独眼龙。说是因为他的私自行为，导致他们付出了惨重的人生代价，他们向独眼龙提出了巨额的经济赔偿。应该说跟独眼龙有过节的只有这两个昔日的下线。戴精国听完对方的介绍，就让对方把两位下线的照片和独眼龙的离境记录搜集齐了传真过来。

戴精国放下电话对劳教授和两位刑警说，这位独眼龙曾是自己的部下。如果能证实死者就是他，这个案子就应该很清楚了，只是不知道我这个身份是不是方便参与你们的工作。两位刑警说，台海两岸的关系虽然近年来有些改善，但是还做不到协办刑事案件。戴先生如能参与此案的侦破工作，肯定是开了台海两岸首次警方合作的先例，肯定会被载入史册的。两位刑警非常热情地邀请戴精国参与这个案件的侦破工作。

戴先生说："我不能让一位为了党国效力的部下不明不白地就这样死去，我愿意协同你们侦破此案。"两位刑警指着戴精国身上的制服不解地问："只是不知道戴先生现在在从事什么工作？"

劳教授笑着说："他现在在帮我治疗一位病人，治病救人啊。"

戴先生说："治病救人也好，惩恶扬善也好，都是好事，都值得去做。"

一位刑警说："那我们不妨一块儿去提审那位台湾的杀人犯吧，我们想见识见识台湾侦讯专家的提审风采。"

戴先生说："见笑，我只是想早点为我的老部下昭雪。"大家刚准备出门，戴精国又说："我得把这套制服先脱了。"

一位刑警说："别脱，这不正好能证明你是从台湾来的吗？"

戴先生说："且不说穿着这样的制服肯定是来不了大陆的，只说我这年纪要是还穿着少校服，肯定是个窝囊废。"大家都笑了起来。"至于要证明我是不是台湾来的，一开口他就会知道的。”

监护室里，那位台湾杀人犯本来是坐在地上的。他看到两位刑警和劳教授、戴精国等人走了过来，竟然站了起来。他开始对着刑警和戴精国大喊大叫，显露出自己的精神病人失控特征来。戴精国在想，这位台湾来的杀人犯了解台海两岸的司法不能沟通，了解大陆对台湾人的刑事犯罪处置比较谨慎。于是他才敢于选择大陆作为他的作案地，他才敢于在大陆杀人。再者他知道自己已经处在精神病医院里，就说明大陆警方不能确定自己是不是在装疯。只要自己能装下去，就有可能逃脱法律的制裁。

监护室里的气味的确太难闻，两位年轻的刑警都捂住了鼻子。戴精国是第二次面对这个台湾同乡了。他冷冷地注视着这个看上去神志不清的人，显然对方也注意到这个面容清瘦、眼光犀利、气度不凡的老者。戴精国开始用非常平静的语气自我介绍起来：“我是戴精国，原台湾国防部保密局少将主任。独眼龙是我的老部下，他现在已经死在你的手上了，我是为他来讨公道的。”那个台湾人保持着吼叫的动作，他好像没有听见戴精国在说话，对戴精国的话没有任何反应。

但是全神贯注的劳教授，却在戴精国说出“为他来讨公道的”几个字后，发现台湾杀手有瞬间的屏住呼吸，接着双肩似乎在颤抖，脚步好像也乱了节奏。

戴精国继续说着：“你自以为销毁了所有能证明他身份的证据。但是我为什么又能确认被你杀死了的、只剩下一堆碎肉的人就是独眼龙呢？我们等会儿就会去你的杀人现场，好好想想还有什么证据因为你的粗心留在了现场。台湾方面也正在搜集你的资料，近期我们就会收到的。所有凶杀案子只要明确了杀人和被害人任何一方的身份，这个案子的侦破就会迎刃而解。你本来打算利用海峡两岸的司法尚未合作，大陆对台湾人的司法处置比较谨慎的空子，所以挑选了大陆来实施你的杀人计划。而且烧毁了独眼龙的随身物品，让他也进了绞肉机，毁尸灭迹。无意间被人发现，就又假扮成精神病患者，妄想逃避法律的惩罚。你的如意算盘可能会落空了。我确实有一点还是不太明白，有什么值得你去克服巨大的心理障碍用绞肉机一块块地捣碎他的身体。有这么大的仇恨吗？杀父之仇还是夺妻之恨？”

劳教授注意到戴精国说这段话时，台湾的这位白面书生的手指在颤抖，他的眼神已经聚不到一块了，显然乱了方寸。他虽然还持续着疯子的行为，但是那些行为举止好像都乱了套。他的大脑在想着戴精国的话，他的动作和声音却像个坏了密纹的唱盘老是重复放着一段老调子。

公安局的警察驾着车行进在广州街头，他们带着戴精国前往杀人现场。街头的木棉花已经完全开放了，那些盛开的木棉花热烈地绽放着自己的活力，显示着自己娇艳的色彩。她们互相挤压着向行人争宠献媚。这些木棉花，台北也有，只要开到这个地步，就完全失去了少女般的娇羞感觉。就是一帮无耻的妓女，眼看就要凋零了，却还在卖弄着最后的风骚。戴精国一路看着木棉花一路在想着。

作案的第一现场是广州闹市区一栋普通的居民楼里，这是一套建造时间不长，户型设计比较时尚的两房一厅的板楼。戴精国去过广州的几家房屋看过，那些房屋普遍都是大卧室小客厅。而这套房屋却一反常态是大客厅小卧室，一看就知道这是一套比较新式的居房。打开房门，一股血腥味扑面而来。戴精国熟练地戴上刑警递过来的白色手套，客厅的餐桌上还摆着一瓶开了盖的茅台酒。两双像象牙做的白色筷子很打眼地放在小碗上，几个菜碗显然已经洗干净了，好像正在等着主人开餐似的。白色的粉笔在地上画出了独眼龙倒在地上的轮廓，就像他刚在这儿醉倒。这让戴精国想起他与独眼龙以及其他反共先遣军的队员在淡水基地临出发时一醉方休的情景，那晚自己喝倒后也应该是这个姿势躺在地上。

正在戴精国走神时，一位刑警在提醒着戴精国："戴先生，这是第一现场，他就是在这里放倒独眼龙的。"

戴精国说："按说这位独眼龙是经过强化训练的，那位白面杀手应该不是他的对手。"戴先生又想起了反共先遣军在淡水基地训练的情景来。

"他是在喝酒的过程中，往茅台酒里放了安眠药，独眼龙不是被醉翻的，而是被安眠药放倒的。"

戴精国轻轻地嘀咕了一句："我说嘛，独眼龙的酒量应该是醉不倒的。"

"他们总共喝了三瓶酒，喝完了两瓶再下的药。"

"怎么这里只有两双筷子，不是有两个同案吗？"

"那位是在独眼龙喝完后，才进的房。是他帮忙把独眼龙搬进浴室的，戴先生这边请。"

卫生间的房门是块以磨砂玻璃为主体的现代工艺完成的玻璃门，戴精国在没有推开那个房门前就已经有充分的思想准备了。但是他这位经历过无数案发现场的老干探还是被眼前的一幕给惊呆了。卫生间并不大。也可能是里面装了一只大浴缸，才显得比较小的。这个不大的卫生间本来从上到下都铺上了白色的瓷砖。但现在好像被人用红色的油漆泼过一样，除了地上的痕迹已经被冲洗掉，到处都是鲜红的色彩。那可是独眼龙的鲜血啊。仔细一看墙上的那些血迹是中间的厚，旁边却越来越浅，是那种呈喷射状地冲击到墙上的。如果真是泼上去的，那色彩的附着和走向肯定不是这样的。每一道血痕都有不同的线路，从纵横交错的血迹可以看出杀人者是怎样疯狂地砍杀独眼龙的，每一刀下去，都溅起一缕血线喷射到墙上。那种血腥场面戴精国好似在哪里见过，他想起来了，那是在台北的感化院里，是左乳的两支枪造成的血腥视觉。但是那可是热兵器用速度和精度给人造成的杀伤，而眼下的惨景可是冷兵器的杰作。冷兵器给人造成的创伤面和带来的恐怖感都是热兵器无法比拟的。

浴缸里摆了一台小型的绞肉机，这台碎肉机还有斑驳的绿漆。这是餐厅里普遍的装备，支架都是铸铁浇注的。只是那绞肉机的里面，睁着黑黑的大口，看不到里面的牙齿和消化系统。那绞肉机的大嘴上还叮有两只嗜血的苍蝇，一名刑警急忙捂着鼻子走过去，用手中的手套驱赶着那两只苍蝇。它们似乎还舍不得离去，嗡嗡叫着，围着绞肉机飞舞。另一位刑警连忙把窗户开到极限，两只苍蝇才嗡嗡叫着绕着弯子不舍地离去。那浴缸边上还黑咕隆咚地摆着一只烤炉。

大家都被眼前的惨状所吸引，虽然他们都是老练的干探。但是逢上这样的场面，几个人也是鸦雀无声。两位刑警看到戴精国在认真思考，没有发问，他们也没有主动开口。戴精国在想象着当时的场景，过了好一阵，他才开始慢慢地说起来："这位杀人犯在同伙的帮助下，把处于深度睡眠、人事不省的独眼龙抬到了卫生间。然后他们脱下了他的衣服。然后就用刀，不！从墙上的血迹的形状和线路看，看得出凶手用的不是刀，应该是斧头。对，他是用了斧头把独眼龙活活劈死的。再用斧头把独眼龙分解成一块块的肉块。正是在大力砍伐的分解过程中，才使墙上溅满了血痕。然后，他再把能够塞进绞肉机的肉块丢在浴缸里，一块块地塞进绞肉机再次分解。当然这个白面杀手烧烤独眼龙的肉吃确实有些变态，难道他真想尝试着这样处理掉独眼龙的身体吗？他不可能用下水道冲走这么多的肉块，也不可能把这些肉块全部扔掉。他只是在尝试处理遗体的办法。他应该还有个大冰箱来放置这些肉块，这样他就有时间可以慢慢地处理这些肉块了。这么小的卫生间，只容得下一个成年人的活动范围。这里还摆着一台烤炉，可能只有那位白面杀手独自在这里砍伐尸体，另外一个可能在外面等候。这个洗脸台放刀斧很顺手，瞧，这台子的边沿还有血痕。从它的宽度和长度看，应该是只木柄，我想很可能是斧头，拿起放下，拿起放下，无数次。他为了方便砍伐，要先用双手去扶正尸体的角度，就只好放下斧头，腾出手来。于是沾满血痕的斧柄就多次留在台子上了。人应该就是放在这个位置，可以从血痕的喷溅角度得出。

两位刑警听着戴精国的精确分析完全折服了，开始他们还是笑眯眯的，现在一个个都面色严肃地聆听着戴精国的现场分析，就像他们是第一次进入案发现场一样。戴精国停顿了一会儿，两位刑警没有插话。戴精国又说："你们应该在白面杀手的衣服上没有找到死者的血痕，因为杀手在广州挑一间上下四周都铺有瓷砖的卫生间，据我所知是不容易的。你们看这里还有冷热水，淋浴头的管线还接了这么长。这些都是杀手为了处理尸体方便，便于清洗而挑选的。白面杀手早就想好了，事后不能留痕迹。那他用力砍伐独眼龙时，就应该不穿衣服，赤身裸体地完成这项工作才最便于事后清洗。他的衣服应该脱在门外的这个方凳上。"

两位刑警不约而同地鼓起掌来，一位刑警说："太准确了，就像我第一次到达现场看到的情景一样。斧头在这，衣服在这，一个人动手。"

另一个刑警插话说："还有大冰箱，就像你来过现场一样。还有地面的血痕早已经被杀手冲掉了，法医来鉴定过，确定了独眼龙就是在这个位置挨的斧头。你太神了。"

"见笑见笑，只是有一点我不明白，白面杀手是在绞肉以后，开始吃烤肉时被你们发现的。他是怎么被你们发现的，这一点我看不出来。"戴精国问道。

刑警指了指洞开的窗户说："就是那。"

"外面一二里内都没有楼房，难道是烤肉的气味飘出去了，不对！烤肉的味道不奇怪啊。何况白面杀手还放了香料。"戴精国指着烤炉旁的调料罐不解地问。

刑警说："你看看那远方是不是有栋高楼，今天能见度不好。"

戴精国说："模模糊糊的，好像有栋楼房。"

刑警继续说："那天天气可是出奇的好，那栋楼上有位喜欢摆弄天文望远镜的偷窥狂正在往这边看。也该白面杀手倒霉，可能是血腥味太重，他就开着窗户。就这样被对方发现他在肢解尸体。偷窥狂报了警，我们赶到时，他已经把独眼龙绞完了，正在吃烧烤呢。"

另一位刑警说："他作案的工具需要鉴定，法医拿走了。"

戴精国说："我现在倒不需要。"

傍晚时，台湾的传真就到了，那两位下线的照片非常的清晰。特别是白面杀手的照片，连脸上的一颗不显眼的痣都清晰可见。戴精国又打电话过去，希望把独眼龙的个人账户全面查查，看看独眼龙的存款去向。

晚上戴精国接到台湾的电话，告知独眼龙的存款已经所剩无几。戴精国让台湾把独眼龙的账单传过来。戴精国对照着独眼龙的账户，他发现在独眼龙被害之前，他的账户里还有四千多万台币。而在独眼龙被害后，他的账户却在迅速缩水。每天都被人转账或者提现，现在账上只有几千块新台币了。此刻戴精国可以断定，白面杀手就是为了谋财害命而杀死独眼龙的。

戴精国的脑海里浮现出这样一幅图景：白面杀手回到台湾后，多方谋求国防部恢复自己的身份。但没有达到目的，而此时他们已获悉独眼龙早早就获得国防部的赔偿，得到了一笔巨款。这样他的心态严重失衡，便迁怒于独眼龙。于是为了寻求补偿，他决定抢夺独眼龙的财产。为了这笔财产，他经过了周密的策划。他不惜杀死独眼龙，牺牲掉这位昔日上司的生命。他可能以投资大陆为借口，编造了一个很好的投资项目，把独眼龙骗到广州。在此之前他租好了作案用的房屋和其他工具，专等着独眼龙上钩。而且他让同伙在台湾做好准备，随时把独眼龙的账上的钱卷出去。

第二天，劳教授早早就把审讯白面杀手的地方准备好了。刑警队还在临时审讯室里摆放了磁带录像机，两台摄像机瞪着红红的眼睛，对着被审问人的椅子。公安局已做好了取证的准备。戴精国和公安局两位刑警，都坐在了审讯位置上。一位刑警打趣说："这可能是台海两岸第一次共同审问刑事案，希望合作成功。"说完那位刑警伸过手来与戴精国握了握。

就在刚才进入审问室之前，戴精国问了劳教授几个问题。劳教授说："如果是个大陆的刑事犯罪分子，通过我的判断，就可以确定其精神状态是否正常。我只要签个字，法院也可以据此判决。"但这位台湾来的刑事犯人，在他以往的鉴定经历中，他还是第一次碰上。也没有办法跟台湾沟通，只能是处理时谨慎些。

戴精国一心想治白面杀手的罪，好替独眼龙报仇雪恨。他有些焦急地问："劳教授，那你认为什么情况下，你才可以百分之百地确定他不是精神病患者，你才愿意签这个字？"

劳教授笑着说："看把你急的，不了解情况的还以为我有意要包庇这个杀人犯呢。你不是要说服我，让我签这个字，关键是我们这一次的医学鉴定要经得起同行们的分析，更要经得起历史的考验，经得起台湾方面事后的质疑。"

戴精国说："你这么说，难度就太大了，可以说只要这个杀人犯还是装聋卖傻，不回答问题，你就不会确定他是个思维清晰的人，你们大陆的法律拿他就没有办法，他就可以保命，独眼龙就算白死了。"

劳教授说："我要提醒你，你有些急躁了。以你现在的心态去审问白面杀手，我估计你十有八九会败下来的。他的心理素质可是一流的。"

戴精国意识到自己是有些过了，连忙拍了拍脑袋说："对不起！我有些感情用事了。”

劳教授说：“别让仇恨意识占据你的头脑，你只能比他更冷静，你才可以战胜他。你现在只是一个普通的审问者，你不是当事人。只要让他冲动，说了话，说出实情，你就成功了。让他开口，让他说话。”

一会儿白面杀手戴着手铐被两位体型高大的男医生带了进来，湿漉漉的头发滑稽地贴在他的额头上。他身上换了件干净的病号服。看样子护理人员刚给他冲了个澡。白面书生没有睡好，脸显得更加白净。戴精国细看时，就发现他的眼袋下有了暗暗的黑眼圈。

戴精国心里明白，那天关于独眼龙的一席话可能已经击中了他的要害，让他这几天睡得不踏实。一位刑警喝住了装疯卖傻的白面杀手，开始例行公事地发问。刑警不管对方是不是回答，照本宣科地问他的姓名、出生年月、籍贯、性别。白面杀手还是装疯卖傻地哼哼着。戴精国知道，今天的询问如果不让白面杀手开口，那就是失败。虽然现在已有充分的证据可以指证是白面杀手杀了独眼龙，但是还没有充分的证据来断定白面杀手不是精神分裂症患者。刑警问完那些程序性的话，回过头来，跟戴精国交换了一个眼神，意思是轮到戴精国主审了。

戴精国知道现在想得到白面杀手的回复，是不可能的。就像旁边病室的左乳，都过了这么久了，还没见他开口。来这精神病医院的，要么就是左乳那样的，真疯了，失去了沟通的能力；要么就像面前这个白面杀手一样，装疯，也难以沟通。但前者是真没法沟通，而后者至少可以听得懂对方的话，只是自己不愿意说罢了。但是什么样的话可以刺激到对方的神经，让对方冲动起来呢？毕竟他是个正常的人啊。既然正常，他就有七情六欲，不管他怎样掩饰表情，照样可能激动起来。

白面杀手显然对戴精国的出现已经习以为常了，他没有正眼看戴精国。他的眼睛只是看着脚下，他戴着手铐的手摆在他的膝盖上。戴精国知道审这样的暴力杀人犯，应该是要把他固定在椅子上的。但这是精神病院，没有那种专门的椅子。不过倒不是戴精国担心他会在现场施暴，不管怎么说，他的双手已经被铐住了。他的手臂也已经被精神病院的束身衣给锁住了，加上身旁的两位身强体壮的刑警，他觉得自己已经够安全了。他实际担心的是对方不发火，不激动。唯有让他激动，让他说出来，才可能得到说服劳教授的证据来。

戴精国准备用事实来告知对方，让事实击败对方的侥幸心理。从而达到让对方放弃装疯卖傻的行为。戴精国说：“你现在再演戏已经没有什么意义了，我们有铁的事实证明你在思维清晰的情况下杀了独眼龙。这是台湾方面发过来的有关你个人的资料和独眼龙的资料，你们不仅认识，而且还在一起共过事。独眼龙从大陆放回去，是我亲手帮他办的补偿款，国防部给了他一笔巨款。你和你的同伙为了达到抢夺这笔巨款的目的，就精心策划了这场谋杀。你们把这次谋杀选择在大陆实施，你们是想利用大陆和台湾无法进行司法合作的真空，在这点上你是动了脑筋的。不过现在让你想不到的是，为什么我会出现在大陆办案的现场。”

戴精国让刑警把台湾发过来的传真递给白面杀手看。白面杀手装作不经意地看了看那几页传真件，但是他不敢要求刑警翻看下面的内容。看得出白面杀手开始为戴精国描述的台海两岸司法联手在办他的案子开始担心起来，他那只有规律地不断敲击自己膝盖的手指已经有些不听话了。有时候停止了敲击，有时候又装模作样地猛敲一下。台海两岸警察联手，确实出乎白面杀手的预料。戴精国能看出对方内心的惊恐，但是白面杀手没有多久还是镇静下来，他并没有打算放弃继续扮演精神病人的企图。

戴精国知道自己的第一次打击还缺乏力度，而对方已经把精神病人的身份当成免死牌。他在思维清晰的状态时，根本就难以放弃这一伪装的身份。戴精国拿出了那个蓝色的猫眼石说：“你见过这颗宝石吗？我想你没有见过，正是它告诉了我们被害人就是独眼龙。”白面杀手竟然没有抬头看一眼宝石。戴精国心里暗暗吃惊，这小子的心理承受力果然不一般。戴精国说：“你虽然销毁了独眼龙身上的所有能证明他身份的证据，而且你用绞肉机粉碎了他的身体，但是你却没有毁灭这颗蓝色的猫眼石。想知道它藏在哪里吗？”戴精国故意停顿了一会儿，他看到白面杀手在膝盖上敲击的手停在了空中，虽然他的眼睛还没有离开他的脚尖。

“我可以告诉你，这颗猫眼石就藏在他的身体里，藏在他的那只瞎掉的眼珠里。看样子给他镶猫眼石眼珠的那位庸医不仅害他戴了一辈子眼罩，也害得你败露了身份。”戴精国再看白面杀手的手，已经不由自主地在那里动弹。但这次可不是在有规律地敲击，因为敲击的动作幅度要大得多，它只是痉挛性地在那里颤抖。戴精国没有给对方反应的机会，又接着说：“我们知道了你杀的是谁，就开始顺藤摸瓜，才发现你跟独眼龙很早就认识。你甚至在台北还起诉过他，你想得到他的巨额赔偿款，而且在你杀了独眼龙不久，独眼龙账户上的巨款已经被你的同伙逐步转移走了。台北正在查找这些款项的去向和与你之间的关联。这就是你杀人的主观动机。”

这时白面杀手缓缓抬起了头，他的目光平视，这是戴精国第一次看到这个冷面杀手的眼睛里有了思想，戴精国意识到对方要说话了。白面杀手的眼光慢慢落到了戴精国面前的那颗蓝色的猫眼石上，面色渐渐变得有些发灰。戴精国用手指捻起了那颗猫眼石，举在自己的面前，猫眼石在灯光的照射下发出幽幽的蓝光。白面杀手的双唇翕动了两下，欲言又止。

戴精国心中刚升起的一线希望顿时又跌落下去。他知道自己的杀手锏已经用完，如果他现在还没有开口，就再没有什么办法让他开口了。戴精国收起手中的猫眼石，他就像在收起为独眼龙复仇的强烈欲望，收起未能为独眼龙雪恨的那颗破碎的心，他觉得自己已经被对方打败了。戴精国低着头好像是自言自语地感叹了一句："我就不明白，你为什么去烧烤他的肉，难道你真想这样吃掉他吗？他再怎么还是你的长官啊。"

"现在你们认为他是我的长官了，以前都干吗去了？"戴精国一时没有听出这清晰的声音是白面杀手发出的，他有点迷茫地抬起头看着对面的人。"我那么苦苦地要求国防部给我恢复我的身份，给我点补偿。哪怕比独眼龙少些，只要让我有口饭吃，我就满足了。可是你们就是不愿意给我这个身份，给我这么点补偿。

"当年我被独眼龙发展为他的下线时，还只有二十岁，我那么年轻，很容易就被他的花言巧语迷惑了。我这个父亲被镇压的国民党后代完全相信跟着他就会有好的前途，就会回到台湾光宗耀祖。于是我什么都干，拍摄解放军的基地，寻找解放军的舰队，甚至发传单，搞暗杀。我们下线干的活比独眼龙干的还多。当然我们被判的罪也是死罪，我在号子里被扎过很多次的裤腿。每次都说是要执行了，但不知怎么每次都不了了之，我就是这样每天等待着枪毙，挨过一天又一天。每天警察下班时，我就庆幸自己又多活了一天，我就是在等待被枪毙的清晨迎接每一天的来临。服劳役，做苦工对于我来说都没有什么可怕。因为在死亡阴影的笼罩下我已经麻木，我只盼望快点被枪毙。

"二十年后我奇迹般地被释放了，这个时候我走出监狱已经什么都不会干了。我满怀希望回到党国的怀抱，去获得我用青春换来的荣誉和地位。没想到等我们回到台湾，国防部却根本不认可我们的身份，不认可我们完成的任务，也不理会我们在监狱里度过的二十年时光。他们认为这只是独眼龙的个人行为，不愿意为我们的现在负责。我们不管找谁都没有用，我们起诉了国防部，被法院驳回。那既然是独眼龙的私人行为，我们就只好起诉独眼龙。最后也没能胜诉。我们在没有任何地方说理的情况下，生活早就陷入困顿。而独眼龙却潇洒地躺在我们的功劳簿上，花着国防部给他的一辈子也花不完的赔偿款。我们即使想找他借点生活费，他也是藏着躲着。你说如果你在这个时候会怎么干，只有杀了他，抢回那份该给我们的钱，我们才甘心。我们照样是为了党国在卖命，照样是为了党国去坐牢，但前后待遇却是地下和天上的区别。天理和公平在哪里？杀了他，烤他的肉又有什么过？没错，他是我的长官，但该为我做主的时候，他又做了什么？他既是我的长官，既然发展我为他的下级，他就有义务维护我的权利。卖命的时候需要我们共患难，富贵的时候却不能共荣华，要他何用？”

戴精国一时感到问询的好像是这位戴着手铐的人，而自己却是个嫌疑人在被他提审，不！是自己正代表国防部被他问询，被他质问。他此时应该是为对方开了口感到兴奋才对，为对方有条不紊、逻辑清晰地说出杀人的主观动机感到高兴才对。但不知怎么却高兴不起来，反而在听完对方的慷慨陈词后感到无限的悲哀。他一时不能确定这种悲哀是为了对方的命运抑或是为了独眼龙的惨死。他曾经有过和他一样的遇险经历，只是自己的运气要好些，没有被抓住，也没有进监狱。当然自己还能全身而退，安度晚年。比起对方来说确实是天上和地下的区别了。国防部那帮官员养尊处优惯了，他们哪里能体会到这帮一线谍战人员的苦衷，他们只能坐在办公室里训人。是他们直接造成了这场悲剧的发生。戴精国好像有些明白自己的悲哀是为了奋战在一线的谍战人员，是为了他们所受的苦难，为了他们所经历的这个被深埋在地下的地狱般的命运。戴精国思绪万千，不知道什么时候，提审进行完了。白面杀手被押了下去，一位刑警走了过来，跟戴精国说了几句恭维的话，意思是姜还是老的辣，感谢戴先生为他们套出了关键的供词。戴精国对那些恭维话淡淡一笑，他只是轻轻地问了一句：“扎裤腿是什么意思？”

那位刑警知道戴精国在问白面杀手刚才说过的话，他回答：“扎裤腿，是监狱里担心那些已经被宣判死刑的犯人因为恐惧造成大小便失禁弄脏了监房，所以就让这些已经宣判过的等待执行的未决犯人把裤腿用绳子扎紧，以免大小便流到地上。”

戴精国轻轻地“哦”了一声。劳教授也走过来表示祝贺，劳教授说：“可以签字画押了，完全可以证明他的精神病是伪装的，你是高人啊。”

另一位刑警走了过来说：“戴先生，刚才接到局里的电话，白面杀手的另一位同伙在深圳海关也被捕了。”

劳教授说：“恭喜戴先生啊，你终于可以为独眼龙报仇雪恨了。”

戴精国却若有所思地说：“你们说为什么他们没死在两军对垒中，而是死在自己的生死与共的战友手中？都不该死啊。”说完，戴精国竟一人独自走开了，留着其他人在那里发愣。

第十五章　救赎

THE FIFTEENTH CHAPTER

"解放军"激动地叫道："左乳同志！'特交一号'！可把你找到了。"

左乳忙乱地翻找着裤裆里的胶卷，他郑重地把胶卷交给了"解放军"。他说："这是绝密情报，请马上转交总部。"

"解放军"小心翼翼地接过微缩胶卷，激动地拍着左乳的手臂说："左乳同志，你很好地完成了党交给你的潜伏台湾的任务，现在我代表中国人民解放军，欢迎你光荣归队！"

一九八八年的广州精神病院里，戴精国从左乳的病房里走出来，他一边走一边在脱身上的戏服，今天看来戴精国的心情很好。劳教授正好也从病室里查过房回来，戴精国马上愉快地跟劳教授交谈起来。看样子戴精国已完全从审讯白面杀手的不愉快中脱离出来。两人说着说着又说到了左乳的病情。劳教授说：“根据你的描述，可以肯定左乳的病情正在好转，只要你有耐心就好了。”

戴精国说：“对待这种情况，我是经历过的，我有时感到他就是我的侦讯对象，我确实是在真实地讯问他。我有时自己沉浸在其中不能自拔，甚至有时觉得我是他的侦讯对象，是左乳在拷问我的灵魂。不知是我在悔罪，还是因为年事渐高在追忆往事。”

劳教授说：“按照我们的学科角度，实际上人人都或多或少的有人格缺陷症，只是有些人重些，有些人轻些。比如平常大家看一个人脾气比较大、易怒，在我们看来此人就是一个轻度的人格缺陷；还有些人受的挫折比较多，沉默寡言、看问题钻牛角尖、非常偏激，甚至长时间失眠，这就是我们通常说的抑郁症了。当然这些轻微的患者，并不是时刻都表现出病症状态，大部分时间他还是显得正常。”

戴精国说：“那我是否也有抑郁症呢？”

劳教授笑着说：“至少你们这种时刻处于高压状态职业的人，患抑郁症的概率比其他职业要高得多。你有没有抑郁症，从目前的现象来看，我还看不出。”

戴精国说：“我总觉得这段时间，很沉湎往事。”

劳教授说：“这不奇怪啊，你是在完成一项拯救大脑的工作，你要用你的脑去发动他的脑，你不沉湎往事是拯救不了左乳的。你借此机会总结了人生，平常你哪里有这样静下来的机会。我倒建议你可以写一本回忆录，你的职业生涯肯定是充满了曲折和惊险的。”

戴精国说："不堪回首啊，要是有来世，我再也不会干这种职业了。"

劳教授说："你们这种职业，总是把人的神经绷得紧紧的。绷得太紧，就总有绷不住的时候嘛。"

戴精国说："等左乳好过来，你再问问他，看他是否下辈子还愿意干这种工作？"说完戴精国不怀好意地笑了起来。

劳教授说："我相信要真有来生，他还会干。因为他已经把这种职业自觉融进了使命感中，有任何对立的思想，都会在他大脑里自动被清除。"

戴精国说："那你觉得这是高度的革命责任感，还是精神病的一种？"

劳教授说："肯定是偏执症。但在某些领导看来，这可能就是一种革命精神了。"

戴精国说："这么说，左乳就成了机器人。"

劳教授说："是残酷的斗争把他变成了机器人，有种人的意志力在斗争中，会越斗越弱，有的则会越斗越强。很多夫妻关系也是这样培养出来的，所谓悍妇、娇妻，与女方的前期教育有关，但更多的是现在的家庭的环境把她塑造成的。左乳就是在长期的针锋相对、你死我活的环境中形成了自己的病态，他可能一辈子都很难再返回到轻松的生活状态里来。"

戴精国说："左乳目前的身体条件应该是健康的，只是他脑子出了问题，如果能恢复，他可能很长寿。"

劳教授说："不恢复，估计他还会活得更长些。因为他脑海里没有了冲突，让他远离了风暴的中心，只是处于风平浪静的港湾，他肯定长寿。"

戴精国说："这么说左乳这个样子，比他清醒时更加幸福？"

劳教授说："那是个哲学问题，医生还是要治病救人的，现在我们的医疗方案是正确的。你跟他的对话、从他的表情可以看出他的记忆已经在修复，他的思维已经有一定的逻辑性了。你的目标就是要让他开口，开口意味着他的表达可以变得有序。他只要开口说话，在对话的过程中，更容易来锻炼他的思辨能力，检验出他恢复的程度。在某些个案上你们的审讯和我们精神病的治疗的目的是共同的，都是在理清人的记忆，激发人说话的欲望。当然有点不同的是你们的手段不一样，你们还需要附加刑讯逼供。"

戴精国说："不对！那种下三滥的手段我是从来不用的。但是我以为用我单方面的语言激发，对于左乳来说，不一定管用。虽然他的病情看起来是好了许多，但是要让他开口，越是往后说，我心里越没底了。是不是办法单一了些，我认为可能要想些别的招了。”

劳教授说：“我也在考虑用什么方式能刺激他兴奋起来，让他开口说话，回到现实生活中来。左乳这样的病例确实是很少见，我这还是第一次碰到。刺激得当则好，不当我担心他的病情会加重。他跟白面杀手可不一样，白面杀手是假病人，而左乳可是真病人。但是他们相同的都是要使他们开口，要撬开他们的嘴。我相信你既然有办法撬开白面杀手的嘴，你就可以让左乳也跟你正常沟通。”

“那我们应该用他最喜欢、最盼望的事来刺激他，说不定可以奏效。他跟白面杀手可不一样，两码事。”戴精国说。

劳教授兴奋地说：“说得好，他最希望干什么？他最想得到什么？”

戴精国说：“那还用说吗？他就是想恢复组织关系，落实他的身份啊。”

劳教授说：“明天我们就来办，让民政厅的同志起草一份他的身份确认文件，请两个部队的同志当场向他宣读。极有可能让他激动起来，然后与他对话，引导他回到现实。”

戴精国高兴地说：“这样应该会奏效的，左乳这尊神可以重返人间了。”两人都开心地笑起来。

第二天，左乳在床上刚吃过早餐，他发现那位保密局的少校没有按时来提审，房门推开了，那位他见过的女便衣特务竟然带着两个尉官进来了。

门外，劳教授和戴精国在仔细听着里面的动静。左乳在说话，劳教授和戴精国注意地听着。“你们是来枪毙我的吗？我早就准备好了。”

民政厅小关热情地说：“左乳同志，我们是代表组织部门来落实你的身份的。经中组部调查局核实，你确实是我们在解放前派往台湾的地下党，现在宣读有关你身份确认的正式文件。”小关开始宣读起已经拟好的文件来。

“哈！哈！哈！你们是黔驴技穷了吧。圈套，又是圈套！”屋里传来了左乳的怒吼声。

劳教授和戴精国相互看着，一脸的无奈。戴精国愤愤地说：“我看他比正常人还正常，知道是假的，能识破你的诡计。他可比白面杀手难对付多了。”

小关一脸沮丧地和两个武警尉官走了出来，戴精国恼怒地指着两个尉官说：“这种国际化的军服和我们国军的服装差不多嘛，他怎么能分得清啊？”

劳教授说：“我们这场戏可能还有些细节没做到位。”

正在说话时，走廊里来了一老一少两位男士。小关连忙给大家做了介绍：“这两位是中组部调查局的同志，梁处长和刘科长，这位是劳教授，这位是戴精国先生。”大家相互寒暄了一阵。

梁处长说：“戴精国先生，我们想跟你单独谈谈，想找你了解一些左乳的情况。”

戴精国说：“好的，只要用得着，你们尽管问。”戴精国和两位调查局的同志来到劳教授的办公室。

梁处长说：“左乳同志一直在台湾当局的通缉名单上？”

戴精国说：“是的，从一九五〇年，老郑泄露他的身份后，他的名字一直在保密局的通缉名录里，在我退休之前从未取消过。他在台湾的化名叫左海，因为他持有从吴石那里拿出的最后一份绝密情报。另一份在朱枫手上，我们已经缴获。当时那份情报是关系到台湾的安全防御问题，也就是说这份情报掌控了党国的命运，所以我们把左乳列为了首要通缉犯。为了抓他，我们花了很大功夫，我就是当时的经办人。”

梁处长说：“据我们所知，左乳同志一直没有被逮捕过。”

戴精国苦笑了一声，说：“这位死对头太能跑了，跑起来比狗还快。”梁处长和刘科长都开心地笑了起来。戴精国又说：“因为抓他时，我们必须要保证能追回那个微缩胶卷，所以命令是绝对不能开枪的，否则他也活不到今天。”戴精国有些不服气地强调。

刘科长说：“那个微缩胶卷，你们找到了吗？”

戴精国说：“现在还藏在他的裤裆里，千万别跟他说微缩胶卷，你要找他要，他会跟你拼命的。”

梁处长说：“他在台湾还做了哪些工作？”

戴精国严峻地说：“他在台湾还有几条人命。”梁处长和刘科长“哦”了一声，都紧张起来。戴精国解释说：“按照你们的说法是杀了几个蒋匪。”

梁处长和刘科长一时轻松下来，梁处长问：“说细一点。”

戴精国调侃着说：“这是他的丰功伟绩吧，当时那个微缩胶卷被老郑的小姨子意外得到了，她又被关进了感化院。左乳为了抢回这个胶卷，拿了两支枪，孤身一人杀进了感化院。大开杀戒，五条人命啊。他硬是把胶卷抢了回来，这事轰动了台湾上下，这小子也太狠了些。”戴精国鹰隼般的眼神透出了一股肃杀之气，让人不寒而栗。

梁处长和刘科长半天没有开口，最后还是刘科长说：“除了这些你们还掌握他别的情况吗？”

戴精国说：“老郑透露过，他还护送过《光明报》的余党撤回大陆，其他的情况我们就不了解了。我们当时以为他已经跑掉了，没想到他竟一直留在我们身边，我也很想知道这个谜底。”

梁处长拿出了戴精国曾经递交的林英杰和张志忠的两封遗书，梁处长说：“这两封信都是你转交的？”

戴精国说：“是的，张志忠的遗书本来我已经给了他的孩子杨杨。但这小子不争气，欠了赌债，最后自己寻了短见，这封信我也只好拿了回来。”

梁处长问：“你一直跟他们的亲属有联系？”

戴精国说：“杨杨的爸爸妈妈都被枪毙了，他是在我们保密局长大的，像杨杨这样的孩子，我们保密局还有很多。”

梁处长和刘科长听到这样的消息，显然有些感到意外，两人一时呆住了，梁处长和刘科长沉默了一会儿，梁处长说：“戴先生，我们首先要感谢你为我们提交了这些遗书。其次，这话怎么说呢，你们杀了他们的父母，我们还是应该感谢你们抚养了他们的孩子？”梁处长别别扭扭地把话说完了。

戴精国大度地说：“别感谢了，两党相争，哪能一两句话说得清楚呢。”

梁处长说：“你也知道，都是情报战线的斗争，残酷而且信息封锁，我们很多的死难者的身份确定起来就很有难度。”

戴精国说：“理解。”

梁处长又说：“林英杰的烈士身份我们早就确定了，只是张志忠的，我们还需要考察。”

戴精国说：“张志忠在狱中应该说是最让我们这些人佩服的一个共产党员，左乳在病床上重复的一句话‘早说早死、晚说晚死、不说不死。’就是张志忠在狱中对牢友们经常说的话。他有很多次可以活下去的机会，但是他一门心思要寻死，也不知道他的哪根筋搭错了。特别是，他的妻子季芸先被枪毙。杨杨那时只有几岁，那么点大，天天都跟他住在牢里。这还不能使他留住自己的性命，真有点不可理喻啊。”戴精国满脸遗憾地说。

刘科长说：“那蒋经国到牢里去劝降，是不是真的？”

戴精国肯定地回答：“是事实，两次我都在现场。当时蒋经国先生已经是国防部的政治部主任，他管人事和情治。蒋经国是苦口婆心地劝他投降，他就是不从。张志忠当时管的台湾的武装基地都还没有清剿，能成功劝降张志忠是具有战略意义的，当时张志忠的作用比老郑还大。老郑都给了个少将，张志忠要是真投降了，蒋经国先生什么条件都会答应的。蒋经国走的时候最后问张志忠说：‘有什么还需要我帮助的吗？’你们知道张志忠是怎么回答他的吗？”

梁处长和刘科长面面相觑，都摇了摇头。戴精国说：“他说‘你真要帮我就让我速死！’不可理喻！不可理喻！”戴精国竟大声嚷了起来，看得出戴精国还对过去的那一幕记忆深刻，不能释怀。他动感情地说：“哪怕你为了已经失去娘的孩子想想，也不应该这样啊。”

刘科长拿出了一张台湾的《中央日报》的复印件递给戴精国，然后他问戴精国：“请问戴先生，老郑、张志忠、洪幼樵与陈泽民等四名台共省委委员签名的这份登在《中央日报》的《联名告全省中共党员书》是不是你们杜撰的？”

戴精国想了想说：“这不是杜撰的，它是事实，他们四人都签了字。”

梁处长问：“那老郑的住址和黄天的家是不是张志忠说出来的？”

戴精国说：“是的，是这么回事。”

刘科长很遗憾地说：“他真是糊涂啊，他为什么要去签这个字？”

戴精国反问刘科长：“那由得了他吗？你们是没有体会，在那里面所受的压力不是我们平常能理解的。”

刘科长不解地说：“既然他死都不怕，难道还扛不住压力吗？”

戴精国有点气愤地说：“虽然他宁愿死，但还是签了那字，可见压力有多大。”

刘科长说：“这可是我们给他定性的关键啊。”

戴精国说：“难道说，他签了字，说了黄天，即使他撇下年幼的儿子，献出了自己年轻的生命，即使他还为此献出了他妻子的年轻的生命，也评不上一个烈士身份？”

梁处长和刘科长一时语塞，戴精国又接着说：“我曾经是你们的叛徒，因为我彻底地放弃了共产主义信仰，皈依了三民主义。从形式上我是穿上了国民党的军服，变换了阵营。”

梁处长和刘科长有点惊讶地看着戴精国说话，戴精国目光犀利地继续说道：“我觉得我那是叛变行为，我就是共产党的叛徒。但是张志忠虽然说了一些情报，也签了那个字。但只要他没有放弃信仰，没有皈依三民主义，没有改换阵营，而且不惜牺牲生命，他就应该是烈士，应该是你们共产党的烈士。否则他既是我们国民党的敌人、死刑犯，同时又是你们的叛徒，那他到底算哪个阵营的？他算什么？”

刘科长反驳说：“但他还是招供了。”

戴精国生气地说：“是不是你们认为只要招供了，就是叛徒，并不在乎他的生死？

那我要告诉你们，又有几个不招供的，只是你们不知道而已。等到我们国民党的档案全部解密的那一天，你们会知道答案的。”戴精国停顿了一会儿，动了感情地说：“人家的生命都为了你们献出去了，你们现在都在心安理得地享受着他们这些死难者的奉献。难道给一个烈士的名号就有这么难吗？实际有没有名号，对那些死难者来说，没有什么实际意义了。它只是给活着的还关心这些死难者的人们一点安慰罢了。”

梁处长说：“戴先生，你先别这么激动，身体要紧。”

戴精国说：“一个国民党员为一个共产党员讨要说法，这本身就很有戏剧性，我能不激动吗？”

梁处长说：“戴先生，我们今天找你的目的，主要是为了了解左乳和张志忠的一些情况。至于给他们确定身份的事，我们还得回去汇报，还得讨论。今天我们是定不了的，不管怎么说，都要感谢你对我们工作的关心和支持。”

戴精国说：“没有什么，虽然我跟他们不属于一个阵营，但毕竟打了那么多年的交道。也可以说彼此之间非常了解，晚年能为他们做些事，特别是为死难者做些事，于我而言也算是一种安慰。”三人又谈了一阵，梁处长和刘科长就告辞先走了。

劳教授进了办公室，他看了看戴先生有些泛红的脸说：“怎么还动了点气？”

戴精国说：“哎！我是替古人担忧啊。不说了，不说了，还是看看左乳这病怎么弄吧。”

劳教授笑着说：“左乳这病应该有救了，我觉得开始我们有件事弄错了。”

戴精国兴奋地说：“是吗？劳教授找准药方了？”

劳教授说：“我们开始以为左乳最需要的是落实他的身份问题，落实他的待遇。实际上此言差矣，我们低看了一个英雄的情怀。”

戴精国好奇地“哦”了一句，他急切地等待着劳教授继续说下去。

劳教授说：“你想想看，他在台湾被你们追了那么多年，他在逃亡中，难道一天到晚想的是今后的待遇问题？”

戴精国摇摇头说：“那不可能。”

劳教授说：“几十年的等待，他最期盼的是什么？是他奋斗目标的最终实现。”

戴精国有点糊涂了，他答道：“难道是向上级递交那份情报，说他完成了任务？”

劳教授说：“不！英雄的情怀只有一个，就是他日夜期盼的解放台湾。”

戴精国倒抽了一口冷气，半天才慢慢地缓过劲来。“‘解放台湾’这合适吗？”

劳教授说：“什么合不合适？治病救人才是我们的唯一目的。这只是左乳的愿望，再说又不真解放台湾。”

戴精国自嘲地说：“我着什么急，不就是治病吗？”

劳教授说：“明天我们演一场全武行‘解放台湾’，实现他最大的愿望。这样肯定可以激活左乳的思维。让他找到兴奋点，撬开他紧锁的嘴，然后我们再让他过渡到现实中来。”劳教授又兴奋地大声地说了一句：“他的病可以治好了，左乳完全可以康复了。”

戴精国说：“我想在细节上一定要做得很真实。应该是解放军，当然是四九年的解放军，端着汤姆冲锋枪，拎着驳壳枪冲进病房。把墙上的青天白日旗扯了下来，把我押了起来。大声宣布：‘左乳同志，台湾解放了。’”

劳教授补充说：“还要把蒋介石的标准像扯下来，踏在地上。”

戴精国有点为难地说：“非得这样吗？”

劳教授说：“细节逼真嘛。电影上都是这样的。”

戴精国说：“那是你们的电影。”

劳教授说：“你就是军事顾问。你写个清单，我叫人去准备。”

戴精国开始在桌上写起清单来，他一边写，一边说：“这解放军至少要四个人，有气势，一定是专业演员。”

劳教授说：“没问题，你尽管写清楚了，我去落实。”

戴精国把写好的清单递给劳教授。他有点顾虑地问：“这些费用怎么办？谁来出？”

劳教授笑着说：“费用你就不用操心了，他是不是地下党？”

戴精国说：“他是啊，他肯定是。”

“中组部的两位同志有不同意见吗？”劳教授又问。

戴精国回答：“对他没有任何疑义，只是对张志忠先生的烈士身份还不能明确。”

“那不就行了吗？党买单了。左乳起码也是个离休干部，医药费全报。”劳教授回答。

戴精国惊叹地叫：“哇！这么夸张。”

第二天上午，戴精国被劳教授带进了办公室，四位穿着粗布旧军装的年轻人都站了起来。戴精国挨个看了一遍，就说：“你们四人都要打上绑腿，知道绑腿吗？”戴精国比画着。年轻人都在点头。“还有这汤姆和驳壳枪都是木头做的，一眼就可以看出来，得换真的。你们胸前的牛皮子弹袋也太新了，要换旧的。你们四个都白白净净的，解放军哪有你们这样好的福气啊，一个个养尊处优，都是军需官吧。”

小关说："还加个化装的吧？一化就像了。这些枪是在话剧团借的，不知道电影厂有没有借？"

劳教授说："好的，加个化装的。枪到军区去借，肯定有。所有准备工作下午可以到位吗？"

戴精国说："我还忘了，得准备一挂鞭炮在铁皮桶里爆响，制造一点战场气氛。"

小关说："好，我去买，加快速度。"

劳教授对戴精国说："你跟我来看。"劳教授带着戴精国穿过一个长长的走廊，然后经过一个开满鲜花的花园，劳教授推开一扇房门，说："你看看，左乳被解救以后，我们会把他安置到这里，这里是我们的老干高级病房，他将在这里度过恢复期。"

这间病房被鲜花簇拥着，房间内有一般病房里见不到的单独的卫生间，卫生间里还配有坐便器。病床是可以前后升降的，病床伸手可及的地方，都配有房间灯光的控制开关以及与护士值班室的通信系统、抢救监护系统，病床前还摆有大陆病房里很少见的电视机。窗边是一个能眺望到很远的大阳台，窗外，木棉树上的"英雄花"开得正艳。

戴精国说："这是我在大陆医院里看到的最好的病房了，我想左乳在这里会很快地恢复的。"

下午医生办公室里，戴精国在检查枪，他说："这枪倒是真的，只是都生锈了，哪像天天使用的。"

小关有点为难地说："那些枪都是老古董了，这几支还算好点。那怎么办？"

戴精国说："这容易解决，擦啊，擦亮就行。"戴精国拿了块破布就动手擦起来。

一位拿驳壳枪的"解放军"不高兴了，只见他把驳壳枪往桌上一扔，发着牢骚："几十块钱都折腾一天了。就这么一点劳务费，还带擦枪的啊。谁愿干谁干，我可不干。"戴精国看了他一眼，也没吱声，自己独自在擦着枪。

劳教授端了一碗机油进来，"我到车库里找的，来来来。"一会儿几支枪就擦得瓦蓝瓦蓝的。

戴精国拉了拉枪栓，说："这就像个样了，我看可以开始了。"

劳教授兴奋地说："大幕拉起，好戏开始。"

在审讯室里，戴精国身着少校服，继续审讯着左乳。戴精国知道"解放军"马上就要冲进来了，他望着病床上很放松的左乳，心里有点舍不得，毕竟他俩在这间审讯室里已经待了十几天了。虽然左乳直到现在也什么都没有说，到现在也不愿意搭理他。

但是戴精国通过这么深入地回忆往事，这么持久地倾诉，他觉得自己已经能掌握到左乳的思想脉络了，已经了解透了左乳的爱恨情仇了。戴精国在想，如果没有这场战争，他们也可能是什么都可以说的非常要好的朋友。但转而戴精国又想，如果没有这场战争，他俩也许这一辈子都不能相见。不管怎么说，戴精国要等到左乳彻底恢复了以后，等他俩有了真正的相互对等的交流。但那时左乳肯定会对自己有了一定的了解，那时他才甘心，他才确定返台的日期。

门外激烈的“枪声”响了起来，戴精国急忙恐慌地站了起来，他做出了企图“逃跑”的动作。他惊慌地推开窗，窗户已经被铁栏杆封死了。戴精国用劲地摇着铁栏杆，铁栏杆的斑斑锈迹纷纷落了下来。左乳听到枪声首先是一愣，当他看到戴精国企图逃跑，继而脸上浮出了一丝笑容。左乳拼命挣脱捆在自己身上的皮带，显然他是想抓住戴精国。正在此时，审讯室的木门被“解放军”踹开了，挥舞着驳壳枪、端着汤姆冲锋枪的英勇的“解放军”战士在硝烟中冲了进来。

两名“解放军”用枪口对准了戴精国，他们大喝道：“不许动！举起手来，缴枪不杀！”戴精国惊恐地举起了双手。一名“解放军”跳到桌子上，愤怒地扯下了青天白日旗和蒋介石的标准像，他踏着旗帜和标准像，熟练地背着事先排练过多次的台词，豪迈地宣布：“狗特务，睁开你的狗眼看看，台湾解放了！”

一位皮带上插着驳壳枪的“解放军”亲切地为左乳松绑，“解放军”问候着左乳：“同志，你受苦了，从现在开始，你自由了！”

左乳颤抖着双手扶着“解放军”的手臂流着眼泪说：“同志啊，可把你们盼来了。”左乳用力地掀开自己的衣服露出胸膛说：“你们看，我是左乳啊。”

“解放军”激动地叫道：“左乳同志！‘特交一号’！可把你找到了。”

左乳忙乱地翻找着裤裆里的胶卷，他郑重地把胶卷交给了“解放军”。他说：“这是绝密情报，请马上转交总部。”

“解放军”小心翼翼地接过微缩胶卷，激动地拍着左乳的手臂说：“左乳同志，你很好地完成了党交给你的潜伏台湾的任务，现在我代表中国人民解放军，欢迎你光荣归队！”

此时，这位开始还发着牢骚不愿意擦枪的“解放军”被左乳神圣的表情和纯真的感情感动了。这位演员多次演过英雄人物，但是他从没有跟一个真正的精神病人搭过戏，他开始一直在熟练地背着台词，唯恐背错台词，出错是要扣钱的。他刚握着这个病人的手时，觉得这戏演得有几分滑稽，差点笑场了。但是当他面对这双坚定的眼睛时，渐渐沉静下来。他觉得这个站在自己面前的白发老头像个圣徒，他的眼里没有任何的杂质，他的身上透着用坚定的信仰支撑的一股巨大力量。他已经把自己袒露在祭坛上，他高擎在手中祭献给他的主宰的是他火热的心。这位“解放军”觉得一股激情从自己的胸间往外喷涌，他的眼角开始湿润，他无法自制。他觉得自己应该可以控制好自己的情感，但是在这一瞬间他真正入戏了。他不由自主地增加了台词，喊出了自己心底的声音。他猛然站直了身体，流着热泪高声叫道：“全体立正！向我们最伟大的英雄敬礼！”四位“解放军”神情肃然地一起立正，向左乳行了一个不太标准的军礼。就连戴精国也偷偷地向左乳行了一个国军军礼。

“解放军”高声命令道：“把狗特务押下去！”戴精国垂着头，双臂反剪，被英勇的解放军押了出去。“解放军”从床上搀扶起左乳，屋外穿着白大褂的劳教授和医护人员手捧鲜花一拥而入，掌声响了起来。夕阳金色的余晖透过硝烟把左乳的身躯裹上了一层光环，左乳在众人的簇拥下走进了金色的阳光里，风中拂动的银发在英雄树下闪耀着灿烂的金光。

林英杰同志，一九五〇年七月二十二日被枪杀牺牲，年仅三十七岁。一九五七年，林英杰同志由中共中央毛泽东主席签署确认为“革命烈士”。

朱枫女士、吴石中将、陈宝仓中将、聂曦上校，一九五〇年六月十日，被同时在台北马场町刑场枪毙。朱枫同志一九五〇年七月被上海市人民政府确认为“革命烈士”。一九五二年，陈宝仓同志被中共中央确认为“革命烈士”。一九七三年，吴石同志和聂曦同志被确认为“革命烈士”。

张志忠同志，经四年多“感化”仍坚贞不屈，尽管蒋经国两次到狱中以身说法，得到的回答是“对我最大的帮助是让我速死”。一九五四年三月十六日下午两点，四十五岁的张忠志拒绝了捆绑，昂然走上刑场，一九九八年一月被中共中央确认为“革命烈士”。

台北马场町河滨公园刑场纪念碑写道：“一九五〇年代为追求社会正义及政治改革之热血人士，在戒严时期被逮捕，并在这马场町土丘一带枪决死亡。现为追思死者并纪念这历史事迹，特为保存马场町刑场土丘，追悼千万个在台湾牺牲的英魂，并供后来者凭吊及瞻仰。”

这些有名的或者无名的死难者的身份还需要后人甄别确认。

老郑叛变后改名蔡乾，被委任为保密局少将参议，一九八二年病死。

洪幼樵叛变后任情报局研究员，一九九〇年死于癌症。

二〇一〇年十二月，朱枫的骨灰于六十年后魂归故里，安放在家乡宁波的烈士陵园内。骨灰罐上覆盖着烈士用鲜血染红的中国共产党党旗。

纸手铐

纸系列三部曲

梁奕◎著

人民东方出版传媒
東方出版社

简介
INTRODUCTION

在江城看守所的306室里关押着刑讯逼供的刑警队长、三判无期的贩毒枭雄“下老壳”、二十多起绑架案的傅海涛、非法拘禁的北京人杨明、伤害案的留学生“虾米米”，五个刑事案的主角同押一室，他们与看管的干警表现出来的真善美，以及对监管制度的反思、探讨，甚至是变革的呼声，让人震撼、引人深思；另一方面，他们的双重人格，凶残、暴戾、绝望、痛苦，如同炼狱般的心路历程和写实画面催人泪下、发人深省。

在生活环境极其恶劣的狭小空间里，在劳动任务难以完成的重压下，在每个嫌疑人前途未卜的忐忑中，犯罪嫌疑人为了争生存空间，发泄愤怒，相互倾轧，以强凌弱，没有躲猫猫的轻松，只有纸手铐的恐怖。刑警队长身陷囹圄，不仅要承受被判刑、心理失衡的压力，还要在监房里为保守自己身份的秘密，保持个人的尊严而挣扎、血拼。贩毒枭雄“下老壳”三判无期的犯罪生涯充满了暴力、罪孽，对其生动真实的细节描写，刻画出一位“职业”毒枭的犯罪人生。二十多起绑架案的傅海涛，从经商到犯罪的曲折人生贯穿了诸多传奇。杨明爱情的复活伴随他一步步走向犯罪令人扼腕。“虾米米”的真罪与非罪过程引人遐思。

全篇共十六章，每章分为A、B篇，A篇为看守所的现在进行时，B篇为犯罪过程的回顾。结构独特，语言流畅，视觉广阔，细节生动，时空跨度大，人物刻画细致入微，悬念高潮迭起，层出不穷。作品对监管工作的改革提出了诸多的独到见解，勾画出一幅人性的全景画面。既有通俗小说的可读性，又兼备司法角度的专业性，是一本思想性、可读性兼容的经典小说。

人物表

LIST OF CHARACTERS

看守所

江科长——江城看守所侦察科科长。

刘飞（“下老壳”）——江城看守所306室在押贩毒嫌疑人。

胖子贪官——江城看守所306室在押职务犯罪嫌疑人，李雯菁的父亲，“虾米米”的未来岳丈，江城第一人民医院院长。

曾花惠——江城看守所副政委。

挂职干部——江城看守所306室管教干部，公安厅挂职下放干部。

哑巴——江城看守所306室在押入室盗窃嫌疑人。

刘昆仑刑讯逼供案关联人

刘昆仑——江城看守所306室在押刑讯逼供嫌疑人，江城公安局某派出所刑警中队中队长。

王检察官——江城检察院督侦处检察官，刘昆仑案经办人。

王所长——江城公安局某派出所所长，刘昆仑上级。

杨明非法拘禁案关联人

杨明——江城看守所306室在押非法拘禁嫌疑人。

秦柳新——杨明的初恋情人，杨明案的代理律师。

刘先贵——杨明非法拘禁案的当事人，欠债的香港人。

吴大鹏——杨明非法拘禁案的当事人，房地产商。

龙志生——绰号“龙胖子”，杨明非法拘禁案的同案人，装修商人。

李冰莹——杨明的妻子，北京某出版社编辑。

杨宏秀——杨明的女儿。

傅海涛系列绑架强奸案关联人

傅海涛——江城看守所306室在押绑架罪嫌疑人。

王守义——傅海涛广告公司的老板。

阿雅——傅海涛的妻子。

吴辉——傅海涛的同学，傅海涛系列绑架案的同案人。

阿雯——吴辉的女朋友，傅海涛系列绑架案的同案人。

孙大林——缅甸的赌场老板。

焦丽——按摩中心的老板娘。

翁庆——缅甸人民阵线党野战军副总司令。

刘姨——傅海涛的丈母娘。

“虾米米”伤害案关联人

“虾米米”——原名夏新桐，江城看守所306室在押伤害罪嫌疑人。

张军——“虾米米”伤害案的当事人。

张叔叔——张军的父亲，江城公安局二级警督。

李雯菁——“虾米米”的女朋友，“虾米米”伤害案同案人。

车文波——加拿大华裔，福建偷渡客，包养李雯菁的车店老板。

“下老壳”贩毒案关联人

“下老壳”——江城看守所306室在押贩毒罪嫌疑人。

罗拐子——“下老壳”的贩毒上线。

郭总——“下老壳”的贩毒上线。

目 录

CONTENTS

第一章

THE FIRST CHAPTER

“这个杨明把手铐弄坏了。”刘昆仑心想这号子里怎么还有手铐呢？循声望去，一个文化人模样的嫌疑犯蹲在墙角，手上戴了一副白纸做的手铐，手铐是用手撕出来的不太规则的形状。

“看看坏了几个地方？”

“断了一处，烂了三处。”

“一耳光加三十个弹指。”

有人迅速扯着杨明的头发把他拎了起来，并让他贴墙站着，左右各一人分别摁着他两只手，一个背上文着青龙的大个子，扬起胳膊，给了杨明一耳光，然后用中指在杨明的头上使劲弹了起来。

“一个，二个，三个……”有人数着。

A 看守所／现在

四月三日
阴天 气温寒冷
看守所三栋

刘昆仑不知道从今天开始记下的日记会不会有一天可以带出看守所，会不会有别的人看到，对自己的案情和未来有没有影响，刘昆仑记下的是自己作为在押警察被侦察、被审讯、被看押的真实过程和心路历程，也可能是作为一个尚未被定罪、被开除的刑事警察留下的一部办案的反面教材。

刘昆仑是前天下午从派出所被押到检察院督侦二处的，同时被押的还有所教导员，刘昆仑的副手刑事中队副队和另三位兄弟，涉嫌的罪名是“刑讯逼供”，面对连续不断的审讯，他们已经四十八小时没有睡觉了。临时看押点在检察院的会议室内，他们六人都面对墙壁坐着，只要有人说话，检察官就大声呵斥。他们的事是明摆着的，还需要串供吗？人是死了，刘昆仑认为绝对不是他们打死的，进他们中队不到二十分钟就送医院抢救，如果是打死的，肯定是遍体鳞伤，不被暴打不会死的，而现在的法医鉴定是背部有少量淤伤，小腿和大腿有伤痕，这些轻微的伤痕难道会造成这个毒贩的暴死吗？这个毒贩肯定是因为其他疾病而最终导致死亡的。前两天搞行动本来睡眠就严重不足，现在四十八小时又没睡觉，加上检察官认为刘昆仑不老实，不配合，笔录就做了三次，做了又重做，到最后一次笔录时，刘昆仑实在也熬不住了，基本上没有坚持自己的意见，要怎么写都行。不知道哪位兄弟说刘昆仑动了手，事实是刘昆仑没有抽毒贩耳光，抓他出来时，刘昆仑用自己的衣服蒙他的头，只是手重了点，碰到了毒贩脸上。最后按指模时，王检察官看样子不是很有经验，抓刘昆仑的手指头老抓成斜的，按了十几分钟都印不好，他说刘昆仑不配合。刘昆仑说：我就是干这行的，我自己按，效果比你按会好些。王检察官不听，非得抓着刘昆仑的手指头一个一个按，到了昨晚，刘昆仑已经极度疲乏，就想早点去看守所，可以尽早休息。

昨晚凌晨三点四十分左右，检察官把他们送到看守所，检察官还是比较客气，始终没有给他们几位戴铐。看守所值班的都是老熟人，见了他们都很难过。侦察科江科长也值班，他晚来了一步，没弄清状况，以为他们是来送人的，还大声开着玩笑，最后看到他们六个往那墙角的身高标线，抱着“刑讯逼供”嫌疑犯的小黑板照相时，才知道他们的身份变了。他不相信似的，摘下自己的眼镜多看了他们几眼，又迅速戴上眼镜抢过他们的拘留证，很认真地审看，最后江科长摘下眼镜看着他们，难过地摇了摇头。工作人员走过来对刘昆仑说：“对不起，例行检查。”说完他用金属控测器开始从头至尾地扫描刘昆仑身体。

江科长很激动的声音扔了过来：“别扫了，他们还带了武器不成？收起来。”刘昆仑看了看王检察官，见他低头不语，工作人员就把探测器收了起来。

进监房之前，每人要交一百元钱，要买自己的两床被子，他们六人的随身物品都被督侦处依法暂时扣押了，六人都身无分文。江科长很够哥们，掏了六百元给了值班财务。他们的皮带、鞋带都被收掉了，皮鞋里的金属垫片也被掏了出来。江科长又拿起电话给所领导汇报，请示他们入监后怎样对其身份保密，放下电话，江科长和他的几个手下开始为他们挑选监房，经过很长时间的排选才最终确定，因为关押他们的监房里不能有他们分局送押的嫌疑人。此时他们六个都倚着墙角睡着了，是江科长的声音把他们叫醒的。江科长看着他们一只手提着裤子，一只手抱着两床被子歪歪斜斜站起来，他的眼眶红了，嘴动了几下，他们却没有听清他在说什么。

最后只听到江科长费力地说：“兄弟们！到我这儿来做客，会有很多照顾不周的地方，你们一定要多担待，一定要挺住。你们以前隔三差五地跑这里，自以为对这里很熟悉，我要以兄弟的身份给你们打预防针，这里面比你们预想的要恶劣得多，最可怕的是心理压力，你们一定要做好充分的思想准备。你们要牢记一条，不要泄露自己的身份，你们签字的任何文字材料都不要拿回监房。我们为你们准备了专门的密码柜，大家都是搞刑侦的，保住自己的老底应该没有问题吧。在号子里可能是另一个世界，我们要关照你们也不能过头，过了也会引起同监的怀疑，里面就要靠你们自己了。”

江科长讲话时，刘昆仑一时感到自己好像是即将打入敌人内部的侦察员，看看同案悲戚的表情，才明白自己已经是阶下囚了，事情显然已无可挽回，脱制服也是铁板钉钉，自己已然站在了地狱门口。

刘昆仑低头看见一只棕色的蟑螂在往墙缝里爬，他想自己以后可能就变成了一只蟑螂，不能再见阳光，只能在黑暗里生活，只能在没有人的地方觅食。阳光正在刘昆仑的世界里急速消退，他正堕入无边的黑暗，就像有一个巨大的黑洞正以无可抗拒的力量，以闪电般的速度召唤他、引领他前去。那里没有救世主，没有上帝，能看到的只是无际的黑夜，能听到的只是虎狼和魔鬼的吼叫。他在一夜之间失去了所有的力量，就像一个战士被缴了武器，摘掉了盔甲，身负重伤，奄奄一息。他甚至觉得自己抬一抬手臂，提一提脚都那么困难，那么费力。

他们和后面陆续办完手续的其他犯罪嫌疑人混排在一队，从看守所的一栋到六栋，挨个儿被送进监房。江科长拿着名单到达每栋监房时，就喊出两三个人来，他带着他们走进楼道，其他的人在通道口等待。他们六个同案不能关在一起，一栋只关一个同案犯，这是看守所的规定。到了三栋，刘昆仑和另两个一胖一瘦的嫌疑人被江科长叫了出来，他们三人排成一行往通道里走，江科长跟通道口办公室值班干警打了一个招呼，拿了一大串监房的钥匙，跟在他们后面，江科长喊了一声："停！"他们三人就停在了306房的门口。

江科长喊："贩毒罪嫌疑人刘飞！"

"到！"刘昆仑前面的胖子大声回答。

"伤害罪嫌疑人刘昆仑、夏新桐。"

"到！"刘昆仑和戴眼镜的瘦子齐声回答，江科长已把刘昆仑的罪名改了。

"脱光衣服！"刘昆仑刚要脱衣服，江科长对刘昆仑说："你不要脱！"江科长给他保留了最后一点尊严，"抱着被子！进去！"刘昆仑走进铁门，听到江科长用力地把铁门合上，他转过身，看到江科长望着他，默默地点了点头。江科长带他们上了楼，打开了第二道门。他们现在站着的地方是一间放风用的露天房，房顶用铁网罩住了。透过铁网可以看到星空，铁网上沿墙的一面挂满了衣服，一面沿墙有两排木柜，木柜上有十几个格子，格子里放了一些个人的衣物，柜子上方整齐地摆放着洗漱用具，墙边很好看地挂着几十条毛巾，再旁边就是一个开放式的厕所。放风的这间房在前，透过中间的铁栅门可以看到后面的那间房睡满了人。第二道门是机械装置的铁门，看样子少了点油，不是很灵活。江科长在上面转了半天阀门，门才打开，他们三人挤了进去，铁门又在他们身后"哐当"一声，用力地合上了。刘昆仑回头看了看，已经看不到江科长了，一种无助的感觉涌上心头。这间长方形睡房四十平方米左右，除了沿墙的1.5米宽的过道外，就是一个长长的通铺。铺上铺下睡满了人，花花绿绿的被子两头一致地钻出来两排光头，有几个光头显然被开关门的声音惊醒了，抬起身子，眯缝着眼，打量着三个新丁，过道的顶头坐着两个值班员。

"他妈的，看什么，找个地方蹲下来！"值班员命令着。刘昆仑斜倚着门，把两床被子垫在地上，一屁股坐了上去。两条腿没办法伸开，只有用双手抱着。刘昆仑看着临铺的几个人的睡姿，觉得有点异样，每个人都双手紧握，就像双手被粘在一起一样，即使是打呼噜、翻身，两只手都不松开。他甚至怀疑他们的手是被绑在一起的，没想到有个小年轻起来撒尿，手确实是可以分开的，但是等这个小年轻又重入梦乡，传来轻轻的鼾声时，他的双手又紧紧地合在一起了，刘昆仑百思不得其解，就这样迷迷糊糊睡着了，过了很久，他听到铁门在响，有人在喊“起来！起来！”好像要带他回去，刘昆仑连忙站了起来。

“这个杨明把手铐弄坏了。”刘昆仑心想这号子里怎么还有手铐呢？循声望去，一个文化人模样的嫌犯蹲在墙角，手上戴了一副白纸做的手铐，手铐是用手撕出来的不太规则的形状。

“看看坏了几个地方？”

“断了一处，烂了三处。”

“一耳光加三十个弹指。”有人迅速扯着杨明的头发把他拎了起来，并让他贴墙站着，左右各一人分别摁着他两只手，一个背上文着青龙的大个子，扬起胳膊，给了杨明一耳光，然后用中指在杨明的头上使劲弹起来。

“一个，二个，三个……”有人数着。

B 杨明/从前

杨明就在他们经常开房的青年快捷酒店开了情人房，他按惯例走楼梯去房间，秦柳新则坐电梯。杨明先进房，客房门虚掩着，然后他拉上厚厚的窗帘，烧上开水，打开电视机，搜索到音乐频道，把音响调到适度音量。青年快捷酒店是日式情人酒店，房间不大，非常干净，最为独特的是厕所和淋浴室是分离的，淋浴室设计在客房的正中间，是一个圆桶型的玻璃房，情人洗澡时，可以互相欣赏身体。杨明第一次无意中开了这间房，秦柳新在里面淋浴，洁白的身体透过玻璃房内的水蒸气，完美地展现在他面前——丰乳肥臀，那么诱人，那么性感，杨明一时不能自制。结婚十几年了，杨明跟自己的妻子在性生活上一直很保守，他甚至没有完整地看过妻子的裸体，每次做爱妻子都要关灯，白天是绝对不能做的。做爱时妻子总不愿意脱掉上身的内衣，每次做完，妻子一翻身就拿了内裤跑进卫生间，在卫生间倒腾半天，好像不把什么洗掉就要在身上发霉似的。所以，当杨明猛地透过玻璃看到秦柳新凝脂般的肌肤时，怎能不窒息震撼，从那一刻起，杨明就明白，二十年前他抛弃这位初恋情人是多么的可惜。一阵心痛冲击着杨明，让他感到咽喉干涩，他很用力地吞了口唾沫。门开了，秦柳新熟悉的充满性感的身子闪了进来，打断了他的回忆，杨明迎了上去，双手抱着秦柳新的腰肢，秦柳新反手把门关上，然后把唇凑了上来，杨明则一口咬住了对方湿热的唇，他不断地在秦柳新的脸颊上吮吸着，他要吮吸对方迷人的气息，使自己沉醉，他要从这里找到二十年前的回忆。他嫉妒她身边的所有男人，他甚至想在这气息中找到其他男人的印记。他闭着眼长时间轻轻吻咬着秦柳新，呼吸声越来越粗，他甚至认为只要对方不打断，这种状态每次都可以让自己进入高潮。“好了，好了。”秦柳新轻声地提醒着，“我冲一下。”每次做爱前，他们两人都是要认真洗浴的。

望着秦柳新在玻璃房里充满诱惑的身体，杨明在想，这次找香港刘先贵索要欠债的事还要好好向秦柳新讨教。秦柳新二十二年前与他分手后，两年后考上了西南政法学院的法律系，毕业后分到家乡法院，十年前下海做了律师，在法律上，她很专业。

刘先贵欠杨明的债已经一年了，十年前刘先贵的老板吴大鹏来江城投资，开发了江城最早的楼盘，楼盘卖得很火，江城最先富起来的第一批人都在这个楼盘买了房，当时福利最好的省粮油进出口公司，省烟草专卖局也在这个楼盘里买了几十套房，一时间江城的商务人士、公务人员聊天，说到钱多钱少，福利好坏的关键点上，一般都会以谁买了这个楼盘的房为标准。

刘先贵是肇庆人，1993 年移民香港，送过外卖，做过仓库的保安，1995 年在一次饭局中，经朋友介绍，认识了吴大鹏。吴大鹏那时年近 70，江城的楼盘已经卖得差不多了，但还有一万多平方米的铺面没有对外销售，他想留下来自己经营，没想到因为楼盘土建时的工程欠款未清，被建筑公司最终告上了法庭。吴大鹏自从认识刘先贵后，觉得刘有礼貌，有责任感，就想把江城商业铺面的司法处置权，授权给刘先贵，加上刘先贵愿意去江城任职，并不介意离香港有多远，离家有多久，于是 1995 年年底刘先贵赴任到职。刘先贵看中了吴大鹏切切实实一万平方米的商业房产，这么多年，他一直穷困潦倒，碰上这么一次机会，觉得终于该轮到他发财了。处理房产官司，他既没有专业知识，又没有人脉关系，还没来过江城，但是他并不担心人生地不熟，他知道只要手上有这一万多平方米的商业铺面，就可以呼风唤雨，什么都不缺。

刘先贵首先把吴大鹏给他的在香港公证过的法律事务委托书，通过复印修改成商业铺面装修委托书。按说工程的装修发包权不可能授权给个人和一般机构，国家的《招标法》早已明确规定，发包权只能由有资质的招标公司获得。但在中国的工程装修市场上，很多工程公司并不愿意参与公开的招标竞标，多家公司的竞标结果最终是把利润摊薄，成本加大。最麻烦的是不管是 BOT 类的工程项目，还是地方政府投资的项目都存在着一个最大的风险就是甲方投入资金不够，或者根本不到位。工程公司有的进场后，没有预付款或者没有进度款，有的工程队运气稍好点，预付款进度款都结了，但最终尾款结不到，利润也实现不了，不挣钱没事，就怕是倒贴本钱走人。

刘先贵就看中了这点：“我们的装修工程，没有任何风险，我们的商业铺面是自己的，又不是租来的，自己的项目，我们就不招标了，交质保金没有风险，房产证就是最好的保险。”刘先贵只要碰上装修公司就这样声称。杨明本来是在北京开文化公司的，专门与律师协会联合编辑司法考试教辅材料，通过司法内部和新华书店两条发行渠道发行。近几年，司法考试越来越规范，教辅材料出版发行管理得越来越严，杨明也想张罗一些新的项目，那天也是歪打正着，他跟秦柳新在江城东岸的语意咖啡楼里喝咖啡，邻桌有位胖子跟杨明打招呼，杨明细看，认出了是中学同学龙志生。龙志生看到杨明身旁有位女伴，就没有唐突地走过来，只是远远地招招手，杨明和秦柳新两人聊天，最烦的就是碰上熟人，但是一旦碰上，不说几句，又显得很没有礼貌.

秦柳新看出了杨明的尴尬，就主动劝杨明："你还是过去说两句，要不老是心神不定的。"杨明起身走了过去，龙志生站了起来，两人寒暄了几句，龙志生自我介绍说，自己现在改行做工程，小试牛刀，都还成了。没等杨明说话，他拉过杨明，就给同桌的几位朋友介绍起来，在座的第一位站起来的就是日后让杨明伤筋动骨的刘先贵。

"来吧，还在发愣。"秦柳新已钻进被子里，用她轻盈的手在身旁拍了两下，杨明顿时像触电似的弹了起来，褪去浴巾，钻进被子里。每次做爱他们都是从亲吻开始的，杨明的嘴触到对方的唇，双手则在秦柳新的双乳间来回抚摸，直到秦柳新轻轻呼唤时，杨明就一个鹞子翻身，骑到对方身上，杨明在秦柳新的叫喊声中，体会到未曾有过的刺激，就像电流冲击到自己的心尖上，一年来他跟秦柳新每次做爱，都觉得有新的不同、新的刺激，秦柳新已经让杨明如痴如醉。杨明觉得有什么事要对秦柳新说，但一时又记不起来。

秦柳新每天晚上要洗浴，清早起来则要洗头，不管什么天气，一年365天，天天如此。她此时刚从淋浴间里出来，在穿衣镜前侧倾着身体仔细端详着自己的身材，又用两手托起自己的乳房，然后脑袋两面侧侧，惬意地笑笑，她对自己的身材很满意。她裸着身躯收拾洗漱用品、衣物。长长的潮湿的头发贴在额头上，悬挂在双肩和乳房上。她洗头从不乱用洗发用品，也不用电吹风，洗完后自然晾干，头发黑亮，浓密，垂顺，没有一丝杂色，她的女儿都读高二了，而她的头发依然能跟女儿的头发相媲美。女儿一坐上她的车，或抱着妈妈睡觉的时候总是要把头深深地埋在她浓密的黑发里，呢喃着"好香啊！"

秦柳新一米六八的身高更是让她显得高挑迷人，上初中时，秦柳新从异性的眼神中开始意识到自己身材的优越性。参加工作后，她一直在司法口工作。中国司法界基本上是男人的世界，她从同事和上下级看她的眼神中，就知道自己拥有女人最有力的武器，在男人圈里长期的奋斗，更让她觉得自己驾驭男人易如反掌，只要她愿意，几个暧昧的眼神和几句善解人意的话就可以让身边的男人为她做任何事，甚至与老婆离婚。身材和美貌让秦柳新成为江城市司法界首屈一指的大美人，这在江城公检法人尽皆知，但只有有幸与她深交的异性朋友才知道秦柳新作为红颜知己，那才是极品了。秦柳新跟人交流，从不谈个人生活，不谈自己老公孩子，不谈家庭琐事，她就像一个单身白领丽人一样跟人交往，不对人说尴尬的事，不给对方增加压力。但是她的魅力远不止于这些，这个只有她丈夫和情人杨明知道。秦柳新对于性爱的态度，让男人为之着迷，她认为女人的身体是给男人欣赏的，是给心爱的人使用的，否则女人漂亮的身体就白长了。

在她还没有再次遇到杨明之前，尽管在男人堆里纵横捭阖，但随着年龄的增长一直有一个夙愿越来越强烈地撞击着她，她想把自己少女时代的遗憾补回来，她想找回二十年前抛弃了她的杨明。这么多年来，她多次想象，让杨明再爱上自己，然后甩掉他，狠狠报复他，也确实有一两次机会接近杨明，但最终都没能交往下去。一想到再过上几年，自己人老色衰，就再也没有能力抓回杨明的心了。

80年代中期，江城还保留着江南古城的风貌，沿江没什么高层建筑，都是新中国成立前遗留的青砖黑瓦房。稍微阔气的，推开两扇大木门就有一个青石板铺就的院子，院子里面一般都有口水井，然后院里两侧有厨房、厕所或杂屋类的小木房。面对院门的正面根据主人家的实力建有两层或三层甚至于一栋到三栋不等的主楼，主楼一楼正中间的大堂，是接待来宾、家庭聚会或吃饭的地方，两面和楼上就是家庭成员的起居室。杨明和秦柳新就都住在江城这条沿江而建的青石板铺就的古街上，不同的是秦柳新的房子紧临着青石板街，推开房门就是街道。秦柳新的爷爷和爸爸是青石板街挑水卖的老把式，据说秦柳新家里的八只大水桶都刻有癸未年间监制的字样，很有一些年头。而杨明家与秦柳新家一墙之隔，是青石板街最阔气的小院——将军楼。

杨明的父亲戎马一生，1955年被授予少将军衔，解放江城后休了农村的结发妻，娶了江城有名的贺记桐油货栈的大家闺秀，生了杨明，杨明在家里排行老五。杨明和秦柳新不在一个中学读书，杨明在一中读书，在这个学校读书的都是机关干部的子弟，秦柳新在二十三中读书。每天早上七点三十分秦柳新和杨明都几乎同时推开自家的木门，然后“嗑！嗑！嗑！”地踏上青石板，前后差个十来步一起走向青石板街口。十五六岁正是情窦初开时，他们俩不知从哪天开始，就互相注意对方，清早打开两扇门，总是不差分毫，秦柳新走前，杨明走后，秦柳新有时故意放慢脚步，想让杨明赶上，但杨明生性害羞，秦柳新一慢，他就慢下来。有两次走着走着秦柳新听着杨明的脚步声若即若离，生气地干脆完全停下来，杨明不知所措也慢慢地停下了脚步，秦柳新腰一扭，脚一蹬生气走了。

一个夏天的清晨，秦柳新、杨明像往日一样，慢悠悠地往外走，恰好前方来了一辆板车，人车相汇正好是青石板街的最窄处。秦柳新往墙角一站，杨明连忙向对面墙角靠了过去，拖车师傅对杨明一吆喝："你俩夹道欢迎我，过得去吗？"杨明连忙靠向秦柳新那面墙，还没碰到墙，就觉得秦柳新往自己身后横插了半个身子，但此时板车已挤到胸前，只得把身子尽量往后靠，这一靠便碰到了秦柳新的胸脯——那个紧致却柔软的胸脯。也让杨明体会到了触电是什么感觉。这种感觉一直在多年后还会出现，当他在北京读书、工作，搭乘公汽、地铁时，遇到拥挤的人潮，还常常会出现靠上秦柳新胸脯的幻觉。那"一靠"以后，他们就像天下的少男少女一样，从牵手到接吻，一步一步地发展着感情。晚上他们外出散步，可以沿着河岸从南走到北，一直走到没有路的地方，这才遗憾地掉头往回走。那时候电视台正播放《霍元甲》，万人空巷，整个城市的夜空里飘着霍元甲的主题曲，"风吹百年，国人渐已醒……"杨明和秦柳新的初恋，像江里的芦苇一样自由地生长，他们只要对父母说家里太吵，要到外面找个安静的地方复习备考，父母就像放飞小鸟似的放走他们。江城的每个角落都留下过他们的足迹。每次拥抱接吻，杨明总是对秦柳新说："你有世上最漂亮的头发，我会永远记得它。"秦柳新认为杨明就是她未来的老公，就像自己的爸爸妈妈一样，他们也会幸福地生活，拥有自己的家庭，拥有自己的孩子，拥有她理想中的一切。

杨明考上了北京的一所重点大学，秦柳新没考上，在杨明要走的那个晚上，两人在公园里情不自禁渐入佳境，不巧被公园联防队的赶了出来。但两个少男少女激情之火一旦被点燃，哪里还能抑制得住，他们相拥着往家里走，分手时，谁也不愿意先走，离秦柳新家还有二三十步路的时候，秦柳新勾住杨明的手，把他牵回了自己的家。秦柳新的家是前后贯通的三间房，中间只有门框，没有门，父母睡里间，她睡中间房。杨明勾着她的手一直走到了床前，两人嘴唇相碰的一瞬，激情彻底被点燃了。他们不顾一切地脱去彼此的衣服，一条碎花短裤成了秦柳新身上唯一的点缀，那是用她妈妈做衣服剩的布头做的，当全身只剩这最后一点衣物时，秦柳新仿佛惊醒了，双手紧紧攥着这最后一道防线，口中喃喃着："我怕！我怕！"但杨明只是轻含着她的乳头，两手紧张地在她身上揉搓，那条碎花短裤很快被当作战利品俘虏了，就这样，所谓的"贞操"伴随着那条短裤一起破碎了。第二天杨明对着秦柳新山盟海誓，说大学毕业后，一定来娶她为妻。

大一暑假，杨明的妈妈发现了他们的恋爱关系，并坚决反对，甚至宣称杨明不回头，就断绝母子关系。在家庭的压力下，大四时杨明和秦柳新彻底断绝了关系，这是秦柳新复读考上西南政法学院的两年后。自从和杨明分手后，她感到极度自卑，觉得自己就像一只丑小鸭，再没有人会关注她，爱上她。大学四年，她总是一人孤单地学习、生活，不愿意参加集体活动，不愿意与同学交往，特别是男生。秦柳新就像一个插班生一样安静地过了四年大学生活。毕业分配，她又回到了江城，分到江城市中级人民法院，但是杨明带给她的阴影一直没有消除。到了新的工作单位，尽管追求者无数，但她只是找了一个办公室的同事结婚，原因只有一个，这个同事为人踏实。在她看来，像杨明那种高干子弟，事业有成，做事大气的男人肯定是靠不住的。于是，她用与杨明相反的标准来寻找自己的丈夫。三十岁以后的秦柳新下海开了律师事务所，经过岁月的打磨，她已经光彩照人，信心百倍。丈夫的官越做越大，女儿也很优秀，秦柳新的生活、工作都如鱼得水。尽管婚后秦柳新身旁也一直围绕着不少追求者，她也乐意玩这种感情游戏，但她自己绝对不投入真情，更不会搭上自己的身体，连她自己都弄不清，为什么自己爱玩这种感情游戏？难道还是杨明留下的阴影在作怪吗？她一直忘不了杨明妈妈鄙视地看着她说："一个挑水夫的女儿还想攀高枝，癞蛤蟆想吃天鹅肉。"她觉得自己的生活过得越好，杨明留给自己的耻辱就越强烈。她觉得自己一生中如果没有杨明的介入，将会非常幸福，如果她不彻底清除杨明留在心中的阴影，她将永无宁日。她决定用报复的手段来清除杨明的影响，她觉得自己已经有能力实施报复计划了，她对杨明的报复即将揭开序幕。

去年的春节前，江城的青石板街要拆了，扩建为江城市最繁华的商业步行街，秦柳新得知杨明从北京回来，会在拆迁前去看老屋。这一天上午九点钟，秦柳新精心打扮一番后，就到了青石板街。青石板街两旁的房子已拆了一半，杨明家将军楼和秦柳新家的老房子还在，但从门庭的败落程度上可以看出这里早已人去楼空了，青石板路被拆迁的大卡车碾压得高低错落。秦柳新正看着一大一小两个门庭，回忆着少年时期她跟杨明上学时的情景，突然一声大喊，"注意，汽车！"一个男人强壮的手有力地拽了她一把，她差点扑在拉她的男人怀里，是杨明。四目相对，两人都像是回到了二十多年前，看到了少年时期的恋人。"杨明！""秦柳新！"两人一时都愣住了，过了十多秒才反应过来，他俩对视着，端详着彼此，既是那样熟悉，又是那样陌生，彼此之间没有了少年的青涩，多了份成熟，杨明的头上偶尔有几根白发在闪动。秦柳新在心里暗暗提醒着自己，他是我的仇人，我要报复他！但秦柳新明白，面前这个男人有可能再一次吸引她，俘虏她。杨明此时见到秦柳新更是感慨良多，说了一阵子话，杨明说要急着赶飞机去广州，不能停留了，秦柳新马上递上自己的名片，说上面有我的 QQ 号，我们可以多联系。说完，两人客气地分手了，二十年的冰封之情，解冻尚需时日。

第二章

THE SECOND CHAPTER

“请问热水怎么开？”一句话把整个号子里的人逗乐了，“妈了个×，你是哪来的富家子弟，这里有热水？来，冷水管够。”青龙文身大个子拿着水管上的胶管对姓夏的瘦子喷起了冷水。

刘昆仑却一副毫不惧怕、拼死向前的气势，通缉犯从刘昆仑直视的眼神里读出了初生牛犊不怕虎的勇气，他看着这双冷冷的没有丝毫表情的眼睛想起了自己年轻时的参军岁月，想起了自己不惧死亡的青春，他右手一挥，刘昆仑的战友应声倒了下去。

A 看守所/现在

四月四日
阴天 寒冷
看守所三栋

王所长今天给刘昆仑送了一袋衣服，还带了两条烟。刘昆仑的烟可得锁在密码柜里，要不一进监就会被同监的拿走。王所长说正在找局领导想办法，给他们办理取保，王所长让刘昆仑再坚持两天，出去应该没问题，他说，里面的滋味肯定很难受，但是还得咬牙坚持。实际上王所长多虑了，刘昆仑不是推卸责任的人，他想得很透，自己咬咬牙，坚持坚持，伤害更多的朋友有什么好处呢？到时候连救自己的同事，给自己送衣送烟的人都没有了。刘昆仑对王所长说，让他帮自己联系老战友，他们在公安部和最高检工作，让他们帮自己想办法。王所长都答应了，王所长走了，刘昆仑又接着昨天的日记继续写。

一个小小监房里关了三十五个人，早晨起床时两个厕所位根本就忙不过来，又有大小便的，又有洗脸漱口的，三十多个人都默不作声，迅速而有条不紊地忙着自己的事。只有文着青龙的大个子在使劲叫唤："妈妈的，快点！快点！"刘昆仑心想这个文着青龙的就是外面经常说的牢头狱霸吧。他们昨晚新来的三人被勒令站在悬挂着看守所监规的墙前学习监规内容。那个戴着眼镜、学生模样的姓夏的瘦子，站在刘昆仑左侧，眼睛却看着地下，眼泪正一滴一滴掉在地上。文着青龙的大个子走到瘦子旁边，狠劲两脚踹在瘦子的身上，瘦子差点倒在刘昆仑身上。

"叫你看监规，你他妈看地上，地上有钱是吗？你他妈在这哭，哭死了都没人理你，你们三个现在都他妈给我洗澡去，臭烘烘的。"刘昆仑闻了闻自己身上，这几天的确没洗过澡，一直处在高度紧张状态，身上的分泌物尤其多，体味特别重。他看了看身旁的两人，全身也是脏兮兮的。刘昆仑干刑侦知道，他们肯定是从被抓捕那一瞬间开始到现在一直还没洗漱过的，更不用说洗澡了，平常看这种状态的人看多了，怎么看都是犯罪嫌疑人。想想现在自己的模样跟他们应该没有什么区别，不也是坏蛋一个吗？

姓夏的问：“请问热水怎么开？”一句话把整个号子里的人逗乐了。

“妈了个 ×，你是哪来的富家子弟，这里有热水？来，冷水管够。”青龙文身大个子拿着水管上的胶管对姓夏的瘦子喷起了冷水。看得出来，姓夏的是个养尊处优的阔少，被冷水激得直喊冷。刘昆仑在想自己怎么才能不与这青龙文身大个子发生肢体接触，避开他的公开欺凌。根据以前的办案经验，这小子肯定不是一个人，肯定有一帮人在后面撑着他。打架个对个刘昆仑不怕他，但是好汉难敌四手，还有自己的身份，要是被捅破了，可能就是众矢之的，他必须忍着、忍着、再忍着。洗完澡后他们俩都穿上了昨天脱下来的衣服，脱光了进号子是为了检查身体，怕有什么皮肤病等其他传染性的疾病带入监房。接下来就是搜身，青龙文身大个子首先搜的是姓夏的，他认为这是条肥鱼，他首先用双手的拇指和食指在他的衣服上捻来捻去，那种仔细程度较之警察搜查证据毫不逊色。捻到他罩衣的下摆时，他好像发现什么似的，眼睛一亮，大喊：“有了！有了！”他撕开衣服，七八张百元大钞掉了出来，他兴奋地对姓夏的说：“谁给你缝的？”

“我妈！”

“你妈很专业。”

“我妈怕里面要花钱。”

刘昆仑心想这衣物进看守所都是经过严格检查的，竟然也有漏网之鱼。接着是搜刘昆仑，刘昆仑身上没有什么油水，最后青龙文身大个子要借他的夹克。刘昆仑知道这是有借不还的，还是立马脱了下来递给了他。后面那个贩毒的更是什么油水都没有，脑袋上最后挨了两巴掌。青龙文身大个子正想放过他，人群里闪出个花白头发、头发里透出几道白色疤痕的汉子，他说：“慢！他身上有 2 号。”

那青龙文身惊异地张开了嘴，他回到那个毒贩身旁，甩了毒贩两耳光，“你他妈不老实，带了好货，不进贡我们老板？”

“不敢，不敢，我还是三天前过的瘾，这衣服上留了点味道。”毒贩把衣服快速扒了下来说：“这味道孝敬给老大。”

“你他妈孝敬味道，不孝敬粉，老子还得揍你。”青龙文身说完又要打。

毒贩说：“我家真还有两包，老大出去得早，那就权当是我的孝敬了。”老大走了上来，接过青龙文身递过来的毒贩的上衣，捧在手上，贪婪地用鼻子长嗅了一通。这让刘昆仑想起《智取威虎山》中座山雕接过栾平的联络图时表现出来的那种贪婪神态来，刘昆仑想这青龙文身这么敬畏的这个半老老头子可能才是真正的牢头。

一会儿青龙文身叫刘昆仑进里间去登记，半老老头子坐在一张靠床的塑料凳子上，一个装水的大塑料桶立在他前面，一块方便面包装纸板盒压扁了做成的桌面铺在塑料桶上。刘昆仑顺势坐在床沿上，他的腿刚站立时间太长了，酸痛酸痛的，实在想歇歇，但是刘昆仑担心因为自己的动作幅度太大得罪了这个牢头，尽量大角度地躬着腰装出谦卑样，半边屁股小心地搭在床沿上。屁股刚搭上床沿，肩膀上挨了狠狠一掌，刘昆仑知道是青龙文身给的这一下。

“这床也是你坐的？”

刘昆仑看了看床位，刚才屁股搭上的地方刚好是一号铺位，刘昆仑知道号子里是按睡觉的床位来排定每个人的地位的，连忙赔罪说：“对不起！对不起！”于是拖了一张塑料凳子坐在牢头的对面。没想到，青龙文身一脚踹掉塑料凳子，然后，两脚重重地踹在刘昆仑背上。一股怒火从刘昆仑心里腾空而起，刘昆仑刚抬起脸，牢头这时也抬起头，注视着刘昆仑的表情，两道冷冷的目光投了过来，目光里暗藏杀机，让刘昆仑不寒而栗。刘昆仑一时冷静下来，避开了牢头视线的锋芒，把脑袋低了下来。

身后是青龙文身凶狠的声音：“没过过堂吗？你敢跟警察平起平坐？真他妈自不量力。”刘昆仑那气啊，呼呼地往上冒，真想举起身边的矮凳子扣在那小子的头上。作为一个刑警，审过多少嫌疑犯，今天没想到要被一个嫌疑犯来审讯，刘昆仑真有点想豁出去。

“叫什么？”刘昆仑想起那幼儿园二年级的小儿子，想起老婆，他们还盼着自己平安回去，自己不能不冷静啊，不能跟这帮地痞流氓拼命；真要拼死在这里，不就成了畏罪自杀吗？

“问你话！”青龙文身捅了捅刘昆仑的背，呵斥道。

“刘昆仑。”

“什么罪？”

“伤害罪。”

“伤了几个？”

“一个。”

“有单位吗？”

“城管队。”

“你这人模狗样的不像是坐办公室的。”

“我是开车的。”

“那有点力气吗？”

“有点蛮力。”

“看你好像有点不服气？”

“我服气。”

“把犯案经过说一遍。”刘昆仑把早已编好的城管队员上街执法，和小商小贩发生冲突造成了伤害案说了一遍。他一边回答着牢头的审问、但脑海里却只有一个想法，快点把自己弄出去，这里实在待不下去了，自己本是一个驱魔人，现在却变成了一个魔鬼，不得不在此忍气吞声，“快把自己弄出去！”这是他此时的唯一想法。

“住什么地方？”刘昆仑担心他们谁要是早出去，会打自己家里电话，以致暴露自己的身份。于是根据堂兄家的地址，编造了一个家庭住址。牢头一双不信任的阴毒眼神又投了过来：“不对吧？你瞎说了吧？”

“我天天回，不会记错。”刘昆仑肯定地回答。

“座机号呢？”

“8765914。”刘昆仑把堂兄家的座机号最后一位电话号码数改了一下，报了出来。

牢头回头问：“那个区用的是这几位数吗？谁住那片？胖子贪官，你他妈住那边，怎么哑了？”

被称为贪官的胖子站了出来说：“我没住那边儿，我堂兄住那儿，这个号码前面几位数都是一样的。”

审讯完了，牢头放下笔，一双阴毒的眼神又投了过来，说：“小子，我不知怎么老不相信你，你说你是初犯，说你是当官的，我怎么就觉得你不怯火，好像是个惯犯。是警察没把你审出来，还是我没把你认出来。不过不管你是哪路神仙，到这里也不怕你蹦上天，昨天没让你脱光了进来，看样子你还有点关系。有关系，进了这道门就什么都不灵了。这是什么地方？这里是暴力机关，翻脸比翻书还快，不听话不守规矩的就要你生不如死。”牢头在宣布规矩时，刘昆仑一直低着头，中间他还插了两句话。“抬起你的头来，看着我，你还敢随便插话？”刘昆仑抬起了头。“看看这张纸条。”刘昆仑看了牢头递过来的一张纸条，上面歪歪斜斜写了几个字：老板，求你了，让我说话，已经有十二天了，我下次再也不插嘴了。

牢头抽回纸条：“这小子受的是最轻的处罚，不许开口说话，我就要憋死他，憋臭他的嘴，让他做个假哑巴，看他下次还插不插话。记住了，我就是江城江湖上的‘下老壳’。”

江城望江山的“下老壳”在江城的流子中大名鼎鼎，他花白的头发里透出几道白色的刀疤痕迹，见证他年轻时代闯荡社会留下来的荣耀。他对同监的人炫耀他的刀疤：“这第一刀是我十三岁在王家口和周家矮子打架时被他们用三角刮刀砍的。第二刀是我十九岁在船员俱乐部跳舞，邀一个女孩她没跳，第二个男人邀他，她却跳了，我们上去把那男人给打了，他被打在水果摊上起不来，顺手抄了把西瓜刀，给了我脑门一刀。这第三刀是我在九路车摸坨子（手机）被人砍的。第四刀是我和黑皮、刘子、九哥、杨跛子八个人打一百多人，大场合，打大架，不晓得是哪个砍的。”“下老壳”或许已感到日薄西山，力不从心，不能跟年轻人一样再在社会上闯荡，再决高低，他只能讲讲过去的故事，给年轻的后来者听听，灭灭他们的威风。只是年轻人总是在他讲完后不断重复地问，九哥是谁？黑皮呢？杨跛子现在在哪儿？一到这时，“下老壳”就很生气地说：“九哥、黑皮、杨跛子都不知道，亏你们还在社会上混。”“下老壳”认为他们这些前辈，年轻人天经地义地应该知道，还应烂熟于心。“下老壳”甚至还能把江城公安局的领导从建国初期的军管会主任、副主任，到还没上任的下一届公安局长，上至市局局长下到派出所所长都说出来，这些人他都没有不知道的，甚至他们曾经住过的门牌号他都能说出个一二三来。

B 刘昆仑/从前

刚进入武警新兵连的刘昆仑有点没头没脑，见到肩上有肩花的，他都主动敬礼，通常是一个不太标准的军礼。那天早晨上厕所，他刚蹲完，擦了屁股，搂了裤子站起来，一个肩上扛着一杠三星的大个子走进来如厕，刘昆仑立马松了手，紧张地向大个子敬了个不标准的礼，肥大的军裤则滑到了脚跟。大个子两只手正在解裤扣子，没有给他回礼，他看了刘昆仑裸露的下身一眼，说："他妈的，屌毛还没长齐就来当兵了，多大了？"

"报告首长，我十九岁啦。"

首长抖了抖撒尿的家伙，眼睛看着墙壁说着："新兵蛋子啊，记住了，以后上茅房不用敬礼。"

"报告首长，我记住了。"

刘昆仑这几天训练，每到临吃饭时，肚子就饿得不行。排队打饭时，看看自己的碗，又看看别人的碗，他觉得饭碗并没有任何区别，都是部队统一发的墨绿色的大海碗，这碗少说也能装半斤米饭，可是自己为什么老是吃不饱呢？在家里每餐饭哪能吃这么多，可能是新兵连训练运动量太大，也可能是新兵连人多，大锅炒菜油少，每当训练快结束时，肚子就饿得不行。踢正步时，后腿只发软，前腿踢不直。打饭是需要排队的，排到自己时，自己掌握饭勺，尽可以多装。吃饭的新兵太多，每个人饭量都大得出奇，这米饭就只能装一次，装第二碗时就没有饭了。这次刘昆仑吸取了以前的教训，也不怕旁边的人笑话，他用饭勺把米饭装得尖尖的，然后用饭勺把尖尖的米饭压紧，然后再把米饭堆尖，这样他心满意足地离开了饭盆。但是下午太阳西晒时，他的肚子又开始"咕咕"叫了，刘昆仑的额头上渗出来细密的汗珠，他知道自己一饿就出冷汗。接着他的后脚被踢了一脚，"没吃饭啊，脚晃什么？"班长大声训斥。

刘昆仑大声回答："报告班长，我是没有吃饱饭。"

班长大声训斥："大家都能吃饱，你为什么不能吃饱？"

"我吃了一碗，再去装，就没有饭了。"全班的新兵听了不禁笑了起来。班长说："小豆渣，告诉刘昆仑你是怎么吃饱的。"

被称为小豆渣的新兵立正回答："是！班长教导我们第一碗饭只装半碗，第二碗米饭装满一大碗，这样就可以吃饱了。"

刘昆仑迷惑地说："关键是哪来的第二碗啊？"

班长正色说道："你第一碗饭不要贪心，就可以吃到第二碗了。"晚上刘昆仑装饭时，首先装了半碗饭，他紧扒快赶地几大口就吃完了。接着他再去装第二碗米饭，这时大家都还在吃第一碗，装饭都不用排队，刘昆仑连忙装了一大碗，他装着装着就嘿嘿地笑了起来。

新兵训练三个月很快就过去了，按惯例，新兵训练胜利结束要进行一次阅兵式表演，通过上级首长的检阅，新兵训练就宣告圆满结束。阅兵式表演分为两部分，首先是首长动，部队不动，首长沿着部队的队列线走一圈；然后是部队动，首长不动，部队按照分列式的队形以正步行进的方式在首长面前鱼贯通过。刘昆仑在这次阅兵式上可出了大名，有了绰号，成为新兵连人人皆知的明星。

阅兵式这天，战旗猎猎，新兵们都戴上了肩花，这标志着他们通过三个月的训练已经从一个普通的学生锻造为一名军人。新兵们个个精神抖擞，意气风发，斗志昂扬，手戴洁白的手套，脚踏高腰作战鞋，79式微型冲锋枪寒光闪闪，光可鉴人。一股强烈的自豪感从刘昆仑的心中油然而生。刘昆仑本来就长得黑，三个月来艰苦的新兵训练，更是变得又黑又亮。新兵连墙外的树枝上，临街的楼上站满了群众，他们都在期待着阅兵式的开始。刘昆仑和战友们早早就着装整齐地站在操场上，现在太阳快升到旗杆的正上方了，但阅兵式还没开始，战友们的神情都有些懈怠了。正在大家有些懈怠时，戴着"总指挥"字样的红袖套的新兵连教导员跑步过来，他一直跑到队伍的正中央，高声喊道："全体注意，立正！现在阅兵开始，标兵就位！"刘昆仑站在第一排最后一位。

"同志们好！"

"首长好！"

"同志们辛苦了！"

"首长辛苦！"一声高过一声，从队伍前方传了过来。就是这样简单的两句口号，刘昆仑和他的战友们已翻来覆去地练习了若干次了。新兵们第一次参加阅兵心情是既兴奋又紧张。首长是从队伍的前面走过来的，越走越近。首长看样子也是舟车劳顿，没有休息好，脸色黑黑的，写满了疲惫。

当首长看到队列快走到头了，心里一阵轻松，脸上也绽开了一丝笑容，他走到了队列最后的刘昆仑面前，喊完了最后一句："同志们辛苦了！"

刘昆仑这时跟着大家憋足了劲儿回应了一句："首长辛苦！"让刘昆仑始料不及的是首长等一行人本来是侧身对着队列的，当他走到刘昆仑面前时，竟停下了脚步，舒了一口气。刘昆仑觉得自己最后一句"首长辛苦！"喊得太大声，太激动，他甚至觉得自己的唾沫都已经喷到了首长的脸上，他越发变得紧张。

首长想调侃一下气氛，就声音大大地对着刘昆仑笑着说："这个战士真黑。"此时的刘昆仑却紧张到了极点，他从没有见过这么多的大官，他们新兵连最高首长在这群人中警衔是最低的，他没有想到大首长会对自己一个人说话。

他的脑海里一直在嗡嗡回响着："首长好！""首长辛苦了！"的高亢的口号声，猛地听到首长一句"这个战士真黑。"他立马昂首挺胸，像喊口号似的使出浑身的力气，涨红了脸高声回应："首——长——黑！"

刘昆仑木然地看着面前的首长们笑了起来，继而是身旁的战友们也大笑起来。从此以后，这个"首长黑"的故事在整个部队乃至全军的范围内传了开来，刘昆仑这个名字或许很多人不知道，但"首长黑"这个绰号简直成了全军最经典的谑称，刘昆仑更是"无人不识君"。战友们围着他开着玩笑吓唬他，有的说："你这回敢污蔑首长，你会挨处分的。"也有的说："处分可能不会有，但下连队估计你会去养猪。"大家七嘴八舌地说着，说什么的都有，最后刘昆仑的嘴里蹦出三个字："怕个屌！"大家见吓不住刘昆仑也就悻悻地散了。"怕个屌！"从此后也成了刘昆仑的口头禅。

刘昆仑从新兵连下到连队还不到六天，他又干出了一件全国闻名的事。他下到连队奉命上街巡逻，这是他下连队的第三次巡逻。他跟另外一个战士一人拎了一根橡皮警棍，披着夜色，沿着都市的人行道，巡视着。他们巡视的街道还没有走完三分之一，前面有两位妇女和一个中年男子在争吵，并夹有相互推搡的动作，于是刘昆仑按照条例上前制止。两边都互不相让，男方说这俩女人是骗子，在火车站出站口把他骗到了这所谓的宾馆，没想到就是一个破招待所，男子不愿意住了，要走。这两女的不让他走，说是火车站有那么远，把他运过来怎么也要掏个百八十才能让他走。刘昆仑和另一位战友都没有处置这种情况的经验，旁边围观的群众越来越多，于是他俩就决定把他们三人带到派出所去处理。男人问派出所多远，刘昆仑他俩记得不远处有一家，就说不远，就在前面。于是一行五人就往派出所去了。这个刘昆仑俩人说的派出所实际上是市公安局。走到大门口，那中年男子猛地看到公安局的大门，他好像触了电似的，呆住了，继而像是醒悟过来，他像上了马达似的冲了出去，向着市公安局相反的方向猛跑。那个年长一点的女人惊讶地指着那个男人跑去的方向说："怪了，他跑什么？"

这中年男子原来是公安部当年一号通缉令追捕的杀人犯，他从东北一路杀过来，已经负有十三条人命了。他能屡屡得手，第一靠娴熟的枪法，当年他在部队服役时，曾经拿过全团的特等射手称号。第二靠良好的心理素质，在特快火车上跟乘警已经交上了火，相持不下时，他可以把 54 式手枪放在餐桌上，安心地吃完一盒盒饭，期间还不忘夹些菜给邻座的小孩解解馋。再有他在被通缉的时候，走在大马路上，一时来了烟瘾，找不到火，只要旁边有人在抽烟，即使对方是身着警服的警察他也敢走上前去对个火。就是这么一个胆大妄为的杀人犯，为什么突然狂奔起来呢？原来他不知道刘昆仑他们两个是刚下连队连公安局和派出所都分不清的新兵蛋子，他走到市公安局门口时，才猛然反应过来，以为今晚发生的一切是武警公安设的套，正把他一步步拖进圈套里。接下来的事更是他始料不及的，刘昆仑喊了一句："怕个屌。"他和他的战友胸怀抓贼立功的朴素理想，夹带着新兵连的汗腥味，他们像旋风似的扑了上去。通缉犯看见前方马路边有一人正在发动铃木摩托车准备离去，抬手一枪，那摩托车驾驶员和摩托车一道缓缓地倒在路上。通缉犯跑到车前把摩托车扶了起来，他坐上了车，惊讶地发现刘昆仑他们两个当兵的飞舞着橡皮警棍越冲越近了，并没有被他的精确枪法给吓退。他厉声喝道"再上前要你们的命！"他右手举枪，左手捏离合器，右腿忙着用劲蹬发动机。

刘昆仑两人却一副毫无惧怕拼死向前的气势，通缉犯从刘昆仑直视的眼神里读出了初生牛犊不怕虎的勇气，他透过自己冷冷的、没有丝毫神情的眼睛想起了自己年轻的士兵岁月，想起了自己不惧死亡的青春，他右手一挥，刘昆仑的战友应声倒了下去。刘昆仑终于停下了脚步，他急忙回过身去搀扶他的战友，子弹打在战友的大腿上，鲜血汩汩地从警裤里渗了出来。刘昆仑高喊一句："怕个屌！"他捡起警棍，掉过头又扑了上去。通缉犯的摩托车已经发动了，他正准备加油离去，没想到刘昆仑又扑了上来。他平抬右手，刚想对准刘昆仑的心脏击发，他的准星上是刘昆仑毫无畏惧的眼睛的大特写，他欣赏这样的眼神，他把 54 式手枪的枪身往下压了压。轻扣扳机，巨大的枪击声伴随着54式手枪的强大后坐力，刘昆仑捂着肚子蹲了下去。

通缉犯把54式手枪插进了后腰带里。右手移到了摩托车的油门上，刘昆仑在通缉犯的余光里竟然恐怖地又站了起来，只见他右手擎着警棍，左手捂着肚子扑了上来。通缉犯伸出手去摸枪，手指刚触到枪柄。只听得刘昆仑大喝一声："怕个屌！"随着一股风声，警棍狠狠地砸在通缉犯的后脑勺上。"嗡"的一声，通缉犯双手抱头痛苦地滚到了地上。刘昆仑疾步上前，单腿压在通缉犯的后腰上。他一把抽出了通缉犯别在裤腰带上的54式手枪，然后一个健步骑在通缉犯的后腰上，他把缴获的54手枪咬在嘴里，然后把通缉犯的双手一把掳到通缉犯的身后，牢牢锁死在自己的两肋旁，动作连贯，一气呵成，刘昆仑自己觉得就像在阅兵式上表演捕俘拳，只是又重复了一遍三个月来天天训练的捕俘分解动作。

刘昆仑的捕俘动作被刚赶到现场的市公安局局长尽收眼底，局长不禁把自己的枪放进了裤兜，像看京戏一样高声叫好，对着他身后相继赶到的干警大声命令道："鼓掌！"掌声热烈。等刘昆仑揭开衣襟看伤口时，旁边的人都惊叫了起来，一小截肠子已经流出刘昆仑的肚皮，刘昆仑眉头都没皱一下，用手指把肠子顶进了肚皮。

接下来的就是立功受奖，刘昆仑和那位战友被武警总部授予二等功，并免试直接进入武警军校就读，成了武警士官生。两年后，刘昆仑就戴上了少尉衔，成了一名年轻的武警警官。

但是通缉犯那一枪打中了刘昆仑的脊椎骨，留下了他一辈子的创伤，他由此不能在部队里摸爬滚打，他服从安排被那位看过他精彩表演的公安局局长要了去，转业到了派出所。到了派出所，刘昆仑的"怕个屌"精神有点不合时宜了。那个时候风气不好，大家不干活，专找钱。派出所也是以罚款创收作为单位的主要任务。刘昆仑上班不久，就领了任务，一个月要完成两万元的罚款，这还是所长看他是功臣，而且加上他是新来的，任务减了半。但到了月底，刘昆仑的罚款任务基本上还是零，大家的奖金都是从罚款中来，谁没完成任务，大家都有看法。

所长一看这样不行，于是就专门叫了派出所罚款创收最厉害的一位老干警带着刘昆仑，想把刘昆仑带出来。老干警告诉刘昆仑，这有些案子不好碰的，碰了也没钱罚，要抓就抓赌和嫖，赌嫖都离不开钱。刘昆仑跟着老干警出警抄一个赌场，他们冲了进去，桌上堆满了钱和麻将，人赃俱获，他们当面清理了桌上的赃款赃物。接下来要将赌徒挨个搜身，但是令刘昆仑不解的是，搜身不在赌钱的房间里，却要换到隔壁的房间里，警察全部去了隔壁，老干警把刘昆仑也带了过去。然后赌徒们被挨个叫到隔壁来搜身，搜一个押到警车一个，等所有的犯罪嫌疑人被全部带走了，干警们又回到赌徒刚才等候搜身的房间里，开始在房间里仔细搜查起来，不一会儿他们就在房间的各个旮旯里找到不少现金和首饰以及高档手表。这时刘昆仑才反应过来，原来让赌徒去隔壁搜身，就是为了让赌徒有时间在这个房间里把一些值钱东西给预先藏起来，他们以为日后可以回来再找。而同事们拿了这些没有入账的东西就可以据为己有。对此刘昆仑很有看法，包括老干警带他去抓嫖，刘昆仑也在心里嗤之以鼻。老干警只要抓到一个卖淫的，就连哄带骗地要她供出五个嫖客，不管是什么时候嫖宿过的，只要把人交代出来，就罚五千元的款。交罚金时还很有讲究地故意问嫖客身上带了多少钱，嫖客说个数字，那要的罚金数肯定会超过嫖客说的这个数，然后要嫖客按照这个差额数打一个欠条，放走嫖客时就告诉嫖客下次补齐欠款时给收据。当然没有哪个嫖客会再回来交欠款，干警也不会催，那么嫖客开始交的罚金也就成了小金库的私房钱了。

刘昆仑第二个月仍然没有完成创收任务，这次领工资时，他也不愿意同僚们再来议论自己，他就拿了国家给的干干净净的工资，把多余的奖金部分全部退给了财务。有同僚善意地提醒他，他说："怕个屌！"

所长问他："你任务都不能完成，那我能让你干什么？"

"破案啊，警察能干的我都能干，我当兵出身，就是不会做生意。"

所长摇摇头说："哪有那么多案要你去破。"

所长的话还没讲两天，他们的辖区就发生了一起惊天大案，一家三代五口被灭了门。嫌疑人是这家小姑子的未婚夫，未婚夫是菜场的收费员，这收费员在大案发生的当天就销声匿迹了，所里要求调查、蹲点收费员的所有可能藏身之处。刘昆仑这算有了用武之地了，他最后捡了大家都不愿去的地方，收费员的二舅家——西藏林芝。刘昆仑怎么也没想到西藏之行又铸就了他生命中的另一座里程碑，一案成名，就像他当年的二等功一样。

按说当时去外调，应该至少去两人，但一是因为收费员的社会关系太复杂，要外调的地方实在太多；二是林芝路途遥远，来回时间太长。好在派出所已经跟林芝的公安部门打通了电话，林芝有关部门会派员协助。所长问刘昆仑敢不敢一人去，刘昆仑照样还是那句老话："怕个屌。"大约一个星期刘昆仑赶到了林芝的米林县，收费员的二舅在米林县的一个空军基地的家属宿舍楼里。

刘昆仑到了县公安局请求援兵，不巧的是米林县刚发生了枪案，警察全部都参与围捕去了，局里只留着守电话守门的。刘昆仑当即决定单刀赴会。他准确地找到了收费员二舅的家，他摸了摸情况，确定了收费员的二舅家来了客人。二舅家住的是一栋平房，这栋平房大门只有一条大路跟外界相通，平房后有一条小路是沿着雅鲁藏布江的一条支流可以走上四五天的死胡同。他先在外围看了看，发现这栋平房只有前面的一个门，房后可能是为了防备野兽，后窗建得老高老高，窗户上还横了几根钢条，他想只要把前门堵上，插翅难飞。刘昆仑心里有了底，他把64式手枪抽了出来，然后轻轻地靠近了大门，贴在干打垒的土墙上。他敲了敲门，一会儿一位老妇人来开了门，老妇人刚想开口说话，刘昆仑闪过了她肥胖的身体，钻了进去。这是个筒子间似的房子，有前后两三间房，刘昆仑举着枪飞快地过了第一间，老妇人大声质问的声音传了进去。第二间房坐了两个人，刘昆仑搜索的眼光和手枪的准星在他们的脸上滑过，猛地听到后面的房门“砰”的一声给关上了。他起身转体冲向了刚关闭的房门，他使劲地推门，门已被拴牢，清晰地听到门的里面有移动桌子的声音。他退后几步，然后倾全身之力用肩膀猛撞那扇木门，连续几下，木门门栓终于被撞开了。后房里一张桌子被移到了窗户下，刘昆仑爬上桌子，凭窗望去，他看见了收费员正向那条绝路上跑去。窗户上钢筋窗棂被整个端了下来放在桌旁，窗口上还搭了个用哈达编织的软梯，看样子这小子早就准备好了逃生的退路。刘昆仑也爬上了窗口，房内的两个男人已经站了过来，一个穿着空军制式军裤的男人指着刘昆仑说：“你敢在这撒野？”

刘昆仑掏出了一个证件，向那个男人扔了过去：“你是他二舅吧？”

“退役证？你也当过兵？”二舅说。刘昆仑知道在部队的地盘上这里不会认警察，只会讲战友关系。

“这是我的警官证，你已经涉嫌窝藏杀人嫌疑犯。”刘昆仑冷冷地说。

二舅心里有点发憷，他说：“我不知道他……”

刘昆仑打断了他的话：“你拿双解放鞋给我，我的皮鞋换你的解放鞋，再给我多准备点干粮，我不想让你外甥饿死。”

二舅连忙答应了，把家里存的糌粑给刘昆仑装了一背囊，刘昆仑背上背囊，换上解放鞋，一跃跳下了窗台。他一边走，一边在想自己是在这儿守候，还是跟踪追击。收费员并不知道自己是一个人，他肯定不敢回头，等他受不了时，想回头，却又来不及了，他毕竟什么吃的也没带，刘昆仑决定还是跟踪追击。这条小路的正前方是高耸的皑皑雪山，就像是天国的洁白世界。右边是悬崖绝壁，刘昆仑抬头往上看看，头上一片青黛色，青绿色的松树和浅白色的藤蔓纠缠不清，再往上就是缥缈的白雾，白雾在绿色的包裹中显得更加洁白。往左看去，让人不寒而栗，一眼望不到底，眼神再好的也穿不过绝壁上的攀缘植物和凸出的怪石以及亚热带雨林气候形成的原始森林构造的屏障，耳朵里充斥着高达100分贝以上的水流冲击的轰鸣声，这么大的噪声以至于天不怕地不怕的刘昆仑时不时都要猛回头看看身后是不是有人突然对自己发起攻击，趁着这么大的水流声偷袭是很难被发现的。实际上刘昆仑很清楚收费员肯定是在前方，借他十个胆也不敢从路的左边或者右边绕到自己后面去。高原距离太阳显得特别近，阳光亮晃晃的，就像刘昆仑家乡夏季正午时刻，不同的是高山融雪汇聚的河流带来的阵阵寒意，让刘昆仑裹紧了外套。

刘昆仑沿着山涧走了四天，雪山还在前头，但雪线已经看得清了，雪线下面依次是戈壁、草原、森林。刘昆仑估计收费员已经饿得差不多了。果然，在一个拐弯处，看到了坐在地上的收费员，收费员见到刘昆仑的第一句话就是："有吃的吗？我不跑了。"刘昆仑保持着距离，眼睛警惕地盯着收费员。手在袋子里掏着面包。收费员双手接过面包狼吞虎咽，刘昆仑一句话没说，他默默地走上前，用手铐把收费员的双手铐上。吃完东西，刘昆仑压着收费员踏上了回程。晚上过夜他俩烧了一堆火，夜深了，刘昆仑见收费员睡着了，几天来的疲倦一起袭扰过来，他也顶不住了。刘昆仑再次醒来，是被手枪撞针的空击声惊醒的，他又清晰地听到64式手枪上膛的声音，他似乎感到这64式手枪就在自己的耳旁，他终于从熟睡中醒了过来，他说了话："没当过兵，空枪掂不出重量吧？""啪"他又听到一声空空的击发声。他翻身站了起来，一把夺过收费员手中的枪。

刘昆仑盯着收费员的眼睛，收费员已经是将死的人，任何思想工作都是没有意义的。他只能把警惕性提高到极限，但是回程至少还有十几天，老虎也有打盹的时候，这小子已经知道了自己就是一个人在执行任务，为了逃命，保不准这小子还会要了自己的命。于是他做出了一个极端的决定，他走到收费员的面前，打开了收费员的左手手铐，然后连同自己没有子弹的手枪和自己的左手拷在了一起，然后他把裤兜里的子弹全部掏了出来。收费员一直紧张地注视着刘昆仑的动作，他不知道刘昆仑要干什么。刘昆仑把手里的所有子弹给收费员看了一眼，然后扔进了激流。接着他又掏出了手铐的两支钥匙，张开手掌，给收费员展示了一下。收费员好像明白了什么，急忙说："别！别！"伴随着收费员的急叫声，刘昆仑手里的两支手铐钥匙，在空中翻了几个跟头，阳光下闪烁着银光，相互追逐着扎进浪花里。刘昆仑冷冷地对收费员说："我是武警内卫部队中尉转业，别跟我动拳头。"他用一件衬衣把铐住两人的手铐和枪裹在一起，拖着收费员踏上了回程。

他俩走了四天路，骑了一天马，搭了半天拖拉机，碰上泥石流在马路边歇了三晚。当他们搭着货车抵达成都后，已经是第十天了。两人的奇异模样引起了火车站民警的注意，刘昆仑出示了警官证，但是铁路警察还是怀疑，最后调查电话一直打到刘昆仑所在的市公安局局长办公室。刘昆仑的身份被确认了，同一时刻，这一消息震撼了刘昆仑所在的市公安局并传遍了全体公安干警。当刘昆仑满脸黝黑、一身汗臭味地返回目的地时，市公安局全体党组成员都到车站站台上来迎接他了。局长紧紧地一把拥抱住刘昆仑，摄像机、闪光灯照得刘昆仑睁不开眼。十三天来刘昆仑没有洗过一个澡，没有和收费员分开一秒，就是睡觉上厕所都是形影不离。当收费员被押着要离开刘昆仑时，他恭恭敬敬地给刘昆仑鞠了个躬。

刘昆仑立功受奖，成了“破案能手”“十大优秀刑警”……若干个荣誉称号都落到了他的头上。刘昆仑在所里成了红人，没多久被提拔为刑警中队队长。随着名气越来越大，自己的虚荣心也不可遏制地在增长，他觉得自己就是一个神探，没有破不了的案。一次他们集中学习，观摩一部美国的破案电视纪录片，片中是一个杀人嫌疑人，把一个女孩在有人看见的情况下劫持走了。嫌疑犯的汽车内发现了女孩的毛发和血迹，但因为嫌疑犯不肯交代出女孩的尸体，警方找不到杀人的证据，最后这个嫌疑人只被判了绑架罪。看完这部纪录片，刘昆仑对同事们说：“这美国警察真没用，要是我来办这个案子，我不要半天，就能让他招供。”

刘昆仑不仅有勇，而且有谋。一年春节，市公安局大院出了一起大案。市公安局预审科科长值班当晚，局财务室的保险柜失踪了，里面有市公安局想存入小钱柜的一百多万元的罚金和四十万元的国库券。当晚只有预审科长的小舅子开车进过大院，而失踪的保险柜没有两个成年人是抬不起来的，没有汽车也是拖不走的。预审科长和他的小舅子立即被控制了，案子被市领导知道了，限期二十天破案。局长觉得这个案子已经锁定了嫌疑人，百分之百可以完成任务，于是他在政法委和市领导那里都拍了胸脯，保证完成任务。

审案的是专门请来的预审专家，他们采取疲劳战术，预审科长顶不住了，就说保险柜埋在某个山脚下，但是派人掘地三尺，费了很大工夫，就是找不到。预审专家回过头又分别去审预审科长和他的小舅子，小舅子一问三不知，预审科长就说：“你们不是不让我睡觉吗？现在我休息好了，你们再审吧。”预审专家换上瓦数更大的灯泡，光亮直射预审科长的双眼，七个预审警官按照工作程序轮流上，每个人都从姓什么、叫什么、多大了、哪里人这些最简单的问题问起，一直问到预审科长不知道外面是白天还是晚上，实在是想睡觉了，预审科长就又招了，说保险柜丢河里去了，他们紧急调集了专业潜水员，下河打捞，来来回回捞了三天，确定河里什么都没有。于是新的一轮审讯又开始了，就这样拖了一个多月，预审科长就对预审专家们说："你们也要看看审的是谁，我搞预审二十多年了，别说我没偷，就是我偷了，你们这个水平也休想审得出。"

市委主要领导把局长叫了去，说："你们监守自盗，社会上的谣言太多了，人不是抓起来了吗，再破不了案，我看你这个局长也别当了。"

局长这回可真急了，他看了预审科长的审讯笔录。在专案组会议上敲着桌子愤怒地说："他这是凭借他二十多年的预审经验公然向法律挑战，明明只有他小舅子的车进去过，又是他值班，他竟然敢盗，就说明他确实准备了很久，而且他俩的心理素质太好了，你们也太无能了。"

下面有人发言了："不是我们无能，上面要求我们按程序来，按规定审，他什么不懂？我们再审一个月也审不出来。"

局长把警帽往桌上一扔，"难道就没有办法了？"

"有办法，只要让刘昆仑来，这个案子就可以破。"一个警官插话。

"你怎么可以那么肯定？"局长面有喜色地问。

"去年他曾经跟我讨论刘昆仑办案的风格时，他说刘昆仑是魔鬼办案，我可以断定他惧怕刘昆仑。"

"好！调刘昆仑。"局长下令。

刘昆仑在看守所刚办完提审预审科长和他小舅子的手续后不久，就清晰地听到"砰"的一声枪响，他马上就分辨出这是81式自动步枪的枪声，他知道这是警戒的武警哨兵开的枪。果然是出事了，哨兵打死的是刚被提出警戒区、准备接受审讯的预审科长的小舅子，他刚想越过警戒线，就被刚下连队的一个新兵惊慌失措地打死了。但这给刘昆仑出了个难题，现在只剩下预审科长一人了，这叫死无对证。刘昆仑冷静地想了想，他直接向看守所所长提出要借小舅子的尸体一用。所长听完刘昆仑的想法，自己不敢做主，刘昆仑说："怕个屌！"看守所所长也知道刘昆仑的使命，所长就直接给局长去了电话请示，局长说："只要破了案，他要什么，你就给他什么。"

刘昆仑将小舅子还未僵硬的尸体安放在一间审讯室的椅子上坐好，把小舅子的一只手臂按照规定程序铐在椅子上，椅背是对着审讯室门口走廊的。刘昆仑故意把门打开了一半，从外面能一眼看到里面，然后他让人把预审科长从门口带过，再押到隔壁的审讯室里。他知道预审科长快到门口了，就开始愤怒地大骂小舅子，他一直大声地问小舅子情况，小舅子“不知道”的磁带录音在回答刘昆仑。小舅子的“不知道”最终激怒了刘昆仑，刘昆仑不顾同伴的劝阻开了枪，他把小舅子的尸体拖了出来，一直拖到预审科长的审讯室门口。预审科长扭头看到了小舅子的尸体，他刚想骂刘昆仑，只见刘昆仑冲了进来，把审讯室的警官推了出去，然后用椅子顶住了审讯室的门。他转过身来，抽出了64式手枪，黑洞洞的枪口直接瞄上了预审科长的眉心，外面的警察一边焦急地推门想进来，一边大声地劝告刘昆仑别胡来。刘昆仑杀气腾腾地说：“杀一个也是杀，杀俩还是杀，我就问你一次，保险柜在哪儿？”预审科长早已吓得面无血色，他说：“别开枪，保险柜在我们局里食堂下面的人防地洞里。”证据找到了，预审科长被定了罪，刘昆仑又立了一次特等功。

刘昆仑不仅自己相信自己就是一个神探，连全局的干警也相信没有刘昆仑破不了的案，刘昆仑觉得自己破案并不费力，开始认为只要能破得了案，用什么手段都行，他的经验告诉他办案的捷径就是要依靠口供，而口供的突破是成本最低的。有的吓唬几句，有的打一打，只有老油子才需要下死手。当然打人他很有办法，不在嫌疑人的身体上留下痕迹，比如胸口垫上一本书用棍子打；打肉多的地方，脚板、腿肚子、大腿、皮肉伤好得快；用手铐把嫌疑人长时间吊在窗台上，让他脚跟悬空，只靠脚尖顶在地上，全身重量都压在脚尖上；计算好嫌疑人刑拘的时间，在嫌疑人脱离刑拘的法定时间内伤痕可以完全恢复，即使嫌疑人有法律意识，想取证那也是不可能的。刘昆仑作为刑警，觉得自己越来越老练，越来越成熟。这个灯红酒绿、纸醉金迷的时代，哪里还有经得起拷打的硬骨头，刘昆仑只消看一眼犯罪嫌疑人的眼神，就知道可以花多少时间让对方开口，突破口供就是刘昆仑办案的最重要的目标。

第三章

THE THIRD CHAPTER

这一整天，刘昆仑发现双手只要闲下来就会本能地合到一起，他想起进号子的第一晚，他看到临铺的睡觉时双手总是紧紧握在一起的情景，忽然明白了，那都是戴纸手铐落下的习惯。

“怎么会是假的呢？”海涛疑惑地问。

“鱼钩是真的，但它是被透明胶布包住后再吞进肚子的，对人体无害，但照的片子看上去却是千真万确的。”

A 看守所/现在

四月五日
阴雨天 寒冷
看守所三栋

王所长刚才带来了个令人沮丧的消息：市局领导说他们六个人，全部取保肯定有难度，现在已保了两名普通警察，其他四人希望不大。刘昆仑对王所长说，这里面实在是太难受了，我真的待不下去了，你要再想想办法。王所长连忙说："我一直没有放弃，一直在想办法。"

刘昆仑有点埋怨地说："你开始不是一直对我说过两天就能出去，为什么过了七八天还出不去啊？"

王所长也有些急了，他说："要不先给你换个号房？"

"不用了，哪儿都一样。"

"你北京部里的战友不是跟我们市公安局领导挺熟的吗，打个电话给他吧！"刘昆仑点了点头，王所长把电话拨通了。

刘昆仑简短地跟战友说："打这电话也不容易，别的废话不说，你来一趟，一定要来救我，你先飞过来再说。"说完，刘昆仑也不听对方说什么，就把电话挂了。

昨天吃过早饭，号子里就让他们新来的三人开始学习手工——串门帘。刘昆仑一看到门帘的塑料珠和热带鱼的造型就想起老婆前年夏天买的门帘，那门帘是用塑料线把不规则的珠子和热带鱼形状的塑料块串在一起拼成的一幅幅图案。刘昆仑老婆一挂上门帘就发现热带鱼那块塑料片上两边歪歪斜斜分别刻了两个字："悔"和"恨"，他俩都很奇怪怎么刚开封的新产品会有这样的残次品，拿回商场去换，营业员怎么也不肯换，说这不是质量问题，是人为损坏的。现在刘昆仑明白了，这些产品都是由这些在押人员手工做的。他们今天学习穿珠子，青龙文身对他们三人说："今天不给你们任务，会穿就行，明天就要给老子穿三千个，后天五千个，大后天七千个，完不成任务的看家伙。"他们右手拿根很粗的钢针，针眼里穿着塑料线，桌上放了一大一小两个盆，大盆装珠子，小盆装热带鱼。刘昆仑老忘记穿热带鱼，一根线上穿的全是一种颜色的珠子，因为他脑袋里老想着自己的案子，想着怎么出去，就分了神；左手只是机械地拿着同一个盆里的塑料块往针上穿，穿的门帘没有一根是不返工的。被牢头称为“虾米米”的那个姓夏的戴眼镜的青年在旁边穿着线，他的眼泪就没干过，泪珠一滴滴地滴到装塑料珠子的塑料盆里。

“你他妈明明是三只手，我看你跟胖子贪官的速度一样慢，你在外面怎么干活，偷得到吗？”牢头在训斥“三只手”。“傅海涛！今晚盯着这小子，没完成任务就整死他。”

“好的。”被称为傅海涛的青龙文身大个子答应着。傅海涛跟胖子贪官两人一组，面对面地坐在床上，他俩共同穿一挂门帘，傅海涛只要穿完一根，就催对面的胖子贪官：“快点！快点！下一根还跟不上，你就试试厉害！”胖子贪官哪里是傅海涛的对手，动作缓慢，那根钢针习惯性地要在每个珠子上捅两下然后才能捅进去。刘昆仑真弄不懂这个胖子贪官为什么要捅几下才穿过去，明明是已经穿了过去，他又要抽回来，看着都替他着急。

“哎哟！”胖子贪官用两只手去捂右大腿，原来傅海涛用钢针扎了他一下。

“还不快做？”傅海涛训着胖子贪官，胖子贪官吓得抽回双手，赶紧去抓钢针和塑料珠子。

不一会儿“哎哟”的声音又传了过来，开始还有人看看，后来也没人看了，胖子贪官的浅色裤子已渗出淡淡的血迹来。

傅海涛在做胖子贪官的工作：“你让家里寄点伙食费来，一个月也就两千块，你也不用受这些累啦！”

“大哥啊！我就搞了七十万，花的花了，追缴的追缴了，我现在家都没了，哪来的钱啊！”

接下来胖子贪官的哀叫声不绝于耳。猛地，胖子贪官把面前正在做的门帘和塑料盆往床下一甩，高声叫道：“老子不干了，老子不活了！”说完一头撞向过道的墙壁，大家都没反应过来，凑巧的是门帘的一大堆塑料线绊住了胖子贪官的脚，所以他只是额头碰到了墙上。傅海涛赶紧冲了上去压住胖子贪官，“下老壳”按下墙上的紧急报警按钮，值班干部就赶来了。

“下老壳”报告说：“胖子贪官不愿意完成劳动任务，要撞墙自杀。”看守所对有自杀倾向的在押人员是高度警惕的，谁都害怕有人死在这号子里，哪怕是死刑犯，在没有执行前死在号子里，都属于非正常死亡，就会处理一批干部。值班干部拿了一个四环套的铐子来，这种铐子能把人的两只手腕和两只脚腕铐在一起，胖子贪官两只手抓着自己的两只脚踝骨，手脚四肢都被铐在一起。他肚子又大，被铐上后，出气都有点困难。值班干部一走，傅海涛叫来“三只手”和“虾米米”把丝毫动弹不得的胖子贪官抬到厕所角落里，一放到地上，胖子贪官就喊爹叫娘地嚷嚷起来，原来地上铺了一层尖利的塑料珠子废品，胖子贪官蹲坐在地上，脚底、屁股都被刺出了血。

“你一个医院院长，少说也搞了个几百万吧，哭穷谁信，你不拿钱来，明天再给你加码一千个任务，逼死你！”傅海涛恶狠狠地对胖子贪官说。

“你是李雯菁的爸爸吧？”“虾米米”满脸泪水地带着哭腔问胖子贪官，没等胖子贪官回答，“虾米米”蹲了下去，他哭着喊着双手胡乱地扒开胖子贪官身下的碎塑料珠子。

胖子贪官疑惑地问：“你是？”

“我是李雯菁的男朋友夏新桐啊。”“虾米米”哭着说。

“那你怎么到这里来了？”胖子贪官急切地问着。

“李雯菁也关在里面。”

“到底出了什么事呀？”胖子贪官完全忘了痛，“扑通”一声，双膝跪倒在地上，他恨不得马上就知道答案。

“虾米米”一把鼻涕一把眼泪地开始诉说起来。杨明端了一杯水给“虾米米”，“三只手”也拖了一捆塑料软线垫在了胖子贪官的身下，傅海涛和“下老壳”也不做声，只是静静地听着“虾米米”的哭诉。

中午刘昆仑上厕所，把钢针别在衣服上，等准备重新开始干活时，钢针却找不到了。旁边的“三只手”说：“快找找，找不到针那真是找死。”旁边几个干活的都连忙把自己手里的钢针攥紧，好像刘昆仑要偷了他们的似的。这钢针按照规定是严格禁止带进监房的，因为害怕犯罪嫌疑人吞针自残，但是为了干活创收，没有办法，钢针随着生产任务进来了，但对钢针的管理很严，早上发，晚上收，绝对不让钢针在号子里过夜，就是劳动时搞断了的钢针也都要上交，现在刘昆仑把针弄掉了，就是犯了大忌。

“下老壳”也知道了，他命令所有人停下手中的活，一起找钢针，“下老壳”那双阴毒的眼睛还看了刘昆仑两眼，恶狠狠地说：“今天要是找不到钢针，晚上有你好受的。”刘昆仑这时也顾不得再想怎么出去和案子的事儿了，低着头一门心思地找钢针，最后是“虾米米”在他脚底下找到的钢针，旁边找钢针的人都直起了腰笑了起来，连“下老壳”也是一脸的惊喜。

吃过晚饭大家坐在铺上看电视，刘昆仑困了好几天，实在想迷糊一下，就对傅海涛说：“我这几天都没睡好，我现在能睡一会儿吗？”

傅海涛说：“睡吧。”刘昆仑把鞋脱在床边，靠墙边倒了下去，刚躺下，一只皮鞋飞了过来，打在墙上，另一只打在刘昆仑的肚子上，“他妈的，让你睡，我让你睡！”傅海涛骂骂咧咧，刘昆仑一翻滚，连忙爬了起来。

下午五点看守所的干警搭班车回城里宿舍休息，一栋几十个号子，只留下一两个干警值班，到第二天上午九点干警回来上班，这段时间被在押人员称为“我们的时间”。傅海涛拿出一个本子开始清算今天犯了规矩的人，首先是举行欢迎会，昨晚新来的三个人因为来得太晚，没来得及开欢迎会，今天补上。据说这“欢迎会”每个人监的新人都免不掉，即使有熟人，熟人也会装着没看见。让新人过过堂，这可能是出于对后来人的担心，怕他们造反，抢了这牢头的头铺，另外也可能是因为号子里没有任何娱乐活动，三四十个大老爷们儿要找找乐子。欢迎会第一道程序是“喝啤酒”，一人喝五碗自来水，看着他们三人喝不下去的窘态，号子里的人都笑翻了天，这五碗自来水确实太难喝了。“下老壳”说：“这是给你们清清肠，你们刚从社会上进来，肚子里油水太厚，刮刮油水，准备过清苦的日子。”

冷水刚喝下去，刘昆仑就憋不住了，跑进厕所，一阵狂泻，肚子里的东西给拉得干干净净。如果说第一道程序还有点环保的色彩，第二道程序就完全是肉体折磨了，号子里叫“坐飞机”。他们三人分别被五六个人手脚摊开面朝地面地平抬起来，然后几个人突然松手，来回三次。刘昆仑当年当武警时学过前后倒地的基本动作，倒是轻松地应付过去了，身上没受伤挂彩。“虾米米”摔在地上半天起不来，眼镜也摔坏了。那个毒贩最惨，嘴里掉了几颗牙。“下老壳”见刘昆仑没事，围在刘昆仑旁边转了一圈说：“哟！这小子还有点功夫，你到底是干啥的？”

刘昆仑说：“我当过兵。”

“当兵有什么稀奇，这号子里关的退伍兵多着呢。”

欢迎会结束后，接下来处罚的对象就转到今天没完成任务的人身上了，傅海涛点了四个没完成任务的在押人员。这四个人每人拿了一个自己的牙膏盖，将牙膏盖放在头和墙壁之间，身体前倾，头向后仰，与墙体形成一定角度，脚尖处大概离开墙体两尺左右，这样全身的重量都靠一个小牙膏盖支撑着，顶的时间长了，头顶上顶出的包几个月都消不了。因为藏在头发里，那包还很难被发现，傅海涛罚那四个人顶墙两个小时。今天刘昆仑掉了根针，虽然找到了，但是因为耽误了全体人员三十分钟时间，所以罚刘昆仑戴一晚纸手铐。这晚刘昆仑还睡在地上，因为太困了，刘昆仑担心自己会睡得很死，将纸手铐弄破，就让“虾米米”用串门帘的胶线把自己的手死死地缠住。刘昆仑睡得很沉，梦见回到了家里，又穿上了警服。清早刘昆仑醒来时，才发现自己嘴里塞了东西，吐出来才知道是自己的袜子，临铺的几个看到刘昆仑恶心的表情都开怀大笑，估计是他昨晚打呼噜太响，谁恼怒地把袜子塞进了他嘴里。

刘昆仑的纸手铐没断，但是有三个缺口，傅海涛要在刘昆仑头上弹三个“崩崩”，弹之前，傅海涛看着刘昆仑说：“别怪我，我刚来也是被人这么整过的，我不干照样有人干。”“下老壳”一双阴毒的眼睛往他们这边扫来扫去，

刘昆仑说：“你弹吧，我不怪你。”傅海涛就咬着牙，使出吃奶的力气，狠劲弹了起来，只弹得刘昆仑脑袋嗡嗡作响。此时刘昆仑开始恨自己没有嘱咐好下属按规矩办案，最后把自己害到这里来；也恨王所长在办这个案子时说那个毒犯是个老油条，不下重手他不会招；更恨分局一天到晚考评这个破案率，要那个抓人的任务指标。刘昆仑在想，今天被关到这里来，如果是出于个人原因，因为个人的利益都好说，但他完全是为了工作，出事后没有一个领导站出来帮他顶责任，帮他说句好话，甚至反过来都希望让他一个人扛着，都说执法犯法，严查严纠，犯到哪里，查到哪里。其他兄弟也都统统是他妈的软蛋，什么责任都往他身上推，可能是想让他做第一被告吧。刘昆仑越想越后悔，那天本来不是自己的班，是副所长家里有人生病，让他临时来顶班的，真冤，心里不服气啊，如果还不把自己弄出去，他怀疑自己在这能不能扛得住，老天呀，快来救我吧！

这一整天，刘昆仑发现双手只要闲下来就会本能地合到一起，他想起进号子的第一晚，他看到临铺的睡觉时双手总是紧紧握在一起的情景，忽然明白了，那都是戴纸手铐落下的习惯。

B 傅海涛/从前

傅海涛是河南人，是二十起绑架案的犯罪嫌疑人，谁也看不出这个底气不足、说话声音里还夹有明显童音的小伙子竟是二十起绑架抢劫案的主犯。一年前，傅海涛还是洛阳牡丹花节广告代理公司的总经理，他很善于和人打交道，情商比较高，业务做得好，勾女朋友的手段也十分了得。从读书开始就不断往家里带女朋友，看得爸妈眼都花了，也懒得去说他。工作后的一天，海涛带了个女人回家，因为前两天他才带了一个女朋友来家里，这次一看他又带了新人回来，他爸把他堵在洗手间一顿臭骂，说他玩弄女性。傅海涛谈女朋友一般维持几个月，很少超过一年的，追女朋友完全是凭兴趣，开始追得死去活来，一旦没兴趣了，他就立马不理人家了，他的朋友有好几个，最后找的老婆都是海涛的前女友。

这一天，海涛和董事长王守义两口子相约去龙门石窟，参观户外广告的发布位置。龙门石窟管理处的户外广告几年来一直是他自己在经营，广告牌挂出去的多，价格却硬是上不去。龙门石窟是旅游局的直属单位，广告经营一直没人来承包，招商工作由办公室兼管，等米下锅的局面延续了几年，就算是有了业务，也都是上面领导打招呼或者是中介公司拿来的，去掉中介费、优惠价，一块广告牌的广告价只能卖出个二三折。这次管理局就是想让经营六年牡丹花艺术节广告发布的傅海涛他们公司来承包。

傅海涛已经在王守义的公司干了五年，从业务员开始做起，一直做到总经理，他一个人的业务量占全公司的80%。王守义两口子除了看看财务报表，发发工资，平常的日常工作都是由傅海涛主持，有时王守义两口子可以一二十天不来公司，而每年傅海涛都要给王守义两口子交四五十万元的纯利润。王守义还想把业务做大些，把石窟的户外广告经营权也接下来。客户对牡丹花节广告发布效果都很满意，可惜季节性太强，过了三、四、五月，一年基本上就没活干了。但石窟就不同了，一年十二个月，客流量都比较稳定，淡季不淡，旺季特旺。王守义是打定了主意，说什么都要让傅海涛谈下来。他们三人都上了傅海涛的桑塔纳2000，傅海涛开着车心里想：三年前你俩答应给我一套住房的，今天要是同意了，什么都好说，否则我就出去单干。

王守义在洛阳最火的小区有四套房，每套房都有120平米，当时这个小区在开发初期，开发贷款没有到位，资金紧张，又想投资牡丹花节广告的冠名，傅海涛最后用以房抵广告费的方式做下了这单业务。当时王守义怎么都不同意，傅海涛说："这艺术节还有十几天就开幕了，冠名权闲着也是闲着，现在确实没有现金进，但是房子是不动产，过了几年还得涨。"最终艰难地说服了王守义。没想到不到半年的时间，几位洛阳籍的影视明星相约在王守义这四套房子的单元里，前后买了几套房子，王守义的房子跟着飞涨，一直涨到两倍价才打住。王守义两口子一高兴，就在一次夜宵酒桌上喝过两杯白酒后表态，要拿一套房奖励给傅海涛。后来王守义在公司员工的一次户外活动中，当着全体员工的面也承诺了这套房子。傅海涛跟女朋友阿雅也谈了几个月恋爱，想下个月结婚，他一直跟父母住一块，说起结婚用的婚房就想到了王守义承诺的那套房子的事儿。

车刚上高速，王守义老婆就问："海涛，什么时候办酒啊？"

傅海涛早就等着这句话了，连忙接上话："万事俱备，只欠东风，就差房子。"这话说出来，车子里一时就安静了下来，傅海涛心里咯噔一下，他瞟了瞟反光镜，只见王守义两夫妻一个望左一个望右，两人都装作没听见。傅海涛不死心追着又问："嫂子啊，公司那四套房，能不能先租我一套？我交租金。"

王守义老婆这一下憋不住了，连忙说："噢，那四套房啊，王总的一位朋友想全部买去，这两天正在谈呢，守义是不是啊？"

王守义连忙机械地回答："是啊！是啊。"接下去的广告代理权的谈判，傅海涛一句也没听进去，他已经下定了决心，辞职单干。

四个月后，傅海涛投资的海涛大酒店在洛阳的老城区开张了，海涛带着女朋友阿雅楼上楼下应酬着，没人的时候，他抱着女朋友狠劲地亲上几口，此时的傅海涛踌躇满志，他觉得自己仿佛已经踏到成功的门坎了，他看着酒店的员工，看见谁都热情地打招呼。24岁的海涛毕竟太年轻了，他没想到危机正一步一步向他袭来。海涛总共投资了120万开这家酒楼，装修费就花了80多万，还欠了20多万的尾款，装修公司已同意尾款抵消费。厨房设备、桌椅、餐具也只付了一半的费用20多万，剩下20多万做周转资金。海涛大酒店定位以海鲜为主，地方菜为辅，海鲜师傅七人是从潮州挖过来的，每月工资 5.5 万，加上白案和管理服务人员，每月工资超过了 12 万，好在人员工资是下个月发上个月的，海鲜和其他送菜都可以拖上一个月甚至两个月才结账。海涛算过账，虽然流动资金是紧了些，但还是应该能挺得过去。

开业的第二天，中午来了三位客人，两男一女，听口音是陕西人。一上来就要吃海鲜，他们点了一份清蒸鲈鱼，一份蒜蓉小龙虾，一份橡蚌棒生吃，还有一份多宝鱼。菜还没吃到一半，女孩突然肚子痛了起来，两位男士很夸张地问女孩，“怎么回事？”大厅服务员全都能听见问话声。

女孩说：“不知吃了什么东西？”

领班出来问：“要不要喝点热茶？我们还有些头痛脑热的药。”

两位男人敲着桌子问：“你们海鲜怎么做的？”

潮州师傅闻讯，也急忙出来问：“小姐，你平常吃海鲜过敏吗？”

“过你妈的头，我们天天吃海鲜，从没见过过敏。”

女孩开始干呕，两个男人嚷嚷着要去医院看病。大堂经理只得打电话给海涛，海涛说那派个人跟她去吧。

过了个把小时，那两个男的和领班回来了，女孩没回来，海涛看着他们往外掏医院照的 X 光片就知道糟了。X 光片清晰地透视出一个刺眼的大鱼钩触目惊心地挂在肠道上，海涛的大堂经理转过头问陪同看病的领班：“你看见她是脱了衣服照的吗？”领班点头首肯，那手持 X 光片的男人上来就是一耳光，打得大堂经理坐在了地上。

“现在我们的人还住在医院里，要动手术取鱼钩，有生命危险，我们要转最好的医院，进特护室，你们马上叫人跟着我们付账去。”

傅海涛没想到问题有这么严重，他努力使自己冷静下来，他想到只能尽快处理完这件事，于是他问对方要多少钱才能平息这件事。

“十万！”对方回答之快，让傅海涛猝不及防。

“太多了吧！”傅海涛本能地回答。对方一看不行，就开始破口大骂，然后又拿起手机打电话，不到半个小时，三三两两地来了不少看上去不像是来吃饭的客人，他们占据了大厅的各个座位，然后喊打喊杀的。

傅海涛吩咐手下打 110 报警，民警不到几分钟就到了，警车上下来两位年轻的民警问了问双方，又看了看照片，然后跟傅海涛说：“这是你们的经济纠纷，我们管不了。”傅海涛无助地看着警车离开，最后在街口消失。海涛大酒店通过艰难谈判，最后付了八万元现金，才把这场纠纷彻底解决掉。

“海涛大酒店差点吃出人命来”这条消息在洛阳城不胫而走，从开业第四天开始，酒店的生意就越来越冷清，一天做不了一两千元，海鲜更是无人问津，傅海涛一筹莫展。

这天上午阿雅对傅海涛说：“我有了救你的绝招。”

傅海涛急忙问：“什么招？灵不灵？”

阿雅卖着关子说：“肯定灵，中午请我吃了饭，再告诉你，我先给你做个文案出来。”

中午傅海涛请阿雅在小包厢进餐，阿雅拿出了一份文稿，《海涛大酒店盛体宴策划案》，傅海涛飞快地将策划案扫了一遍，说“这方案太好了，你怎么想出来的？亲爱的！”

阿雅说：“你个文盲，网上到处都有，这是日本最时尚的进餐方式。挑选几位漂亮的女孩，特别是身体皮肤要好，没有疤痕，然后把身体上的腋毛、阴毛剃尽，用香水洗浴，全身香气袭人，再把做好的海鲜用保鲜膜垫放在裸体女孩不同身体部位，那真正是秀色可餐，海涛大酒店肯定能起死回生。”

“海涛！海涛！我是吴辉！”

海涛连忙兴奋地站了起来迎了出去，“吴辉，你这个狗杂碎，这些年你跑到哪里去了？”傅海涛和吴辉一见面就抱在一块，又喊又叫的。阿雅也跟着迎了出来，傅海涛连忙做介绍，搂着吴辉的肩膀说：“这是我小时候最好的朋友，一块长大的铁哥们。”吴辉也招了招手说，看看我的女朋友阿雯，维族的。傅海涛看着面前这位维族美人，很面熟，感觉好像在哪见过。

“今天我请客！”吴辉大声说。

“我的店你买什么单？”

吴辉说：“别看不起我，我现在还有点钱。”傅海涛这时才注意到吴辉的着装：一身鲜亮的白色休闲服，脖子上戴着一根暗红色圆柱形的藏族天珠，右手戴着一根金灿灿的金手表，手表是帝舵的镀金表，左手手指上还戴着两枚耀眼的戒指。阿雯虽然神态略显疲惫，但身上就好像开了一个金器珠宝店，极不协调地挂满了各种宝贝：脖子上一根白金项链和一根金链杂乱地交错在一起，手上的金链和金戒指也是随意地戴着。傅海涛也连忙把阿雅介绍给吴辉，吴辉对阿雯说：“给弟媳一份见面礼吧。”

阿雯连忙掏出一块女式欧米茄手表，单手随意地递给阿雅。阿雅高兴地双手接过手表，连忙说：“谢谢！谢谢！”傅海涛兴奋地望着面前这位高大壮实的儿时玩伴，他根本不知道眼前这个男人将要带他走上一条不归路。

接下来的一天，阿雅做了第一位盛体宴的模特，傅海涛面有戚色，站在经理办公室目送着阿雅被抬进了包间。好在能吃得起盛体宴的客人都是洛阳城有头有脸有身份的人，所有客人见了盛体宴首先都是惊讶，转而是兴奋，没有谁敢把目光放在女孩子的敏感部位停留得太久，更没有谁敢把筷子伸到那些“高危部位”，顶多是说说黄段子。阿雅做了两次盛体宴的模特后，马上得到一千元的红包，她开始游说那些长得漂亮的女服务员。接连有几位外地女服务员愿意做盛体宴的模特，生意一天好过一天，海鲜几乎天天卖空。吴辉也每天都踩着点按时来海涛大酒店进餐，每顿菜都要吃上四五百元，每次除了阿雯外，几乎都带着不同的朋友，但每次都是吴辉自己买单，不管傅海涛怎么说，吴辉就是不让。渐渐地，傅海涛也习惯了，他心里也纳闷，吴辉哪来那么多钱？这小子做什么生意？是在帮我忙吗？

吴辉第十五天来到海涛大酒店时，给傅海涛带来了一条让海涛气得吐血的消息。吴辉说：“是不是有一次来了一个女孩，在你这吃海鲜吃下了一个鱼钩，然后来了很多闹事的？”

“是啊。”海涛回答说。

“后面来的那帮人都是本地人，是他们一人花五十请来帮忙的，我有个朋友他表弟也来了，他后来正巧听到那三个陕西人的谈话，原来那鱼钩是假的。”

“怎么会是假的呢？”海涛疑惑地问。

“鱼钩是真的，但它是被透明胶布包住后再吞进肚子的，对人体无害，但照的片子看上去是千真万确的。”

傅海涛听了一拳砸在桌子上：“他妈的，这帮诈骗犯，我要去告他们！”

“你上哪儿找他们？他们是流窜作案，全国到处跑，打一枪换一个地方。”正说到气愤之时，一帮扛着摄像机，拿着话筒的记者朝包厢涌来，他们一拥而入，包厢里立时传来一片叫骂声，盛体宴的女模特一个个光着身子从包厢里惊呼着冲了出去，记者还追了出来，一阵狂拍。接着工商、公安等等行政执法部门的工作人员鱼贯而入，出示着证件，粘贴封条。傅海涛顿时感到眼前一片漆黑，嘴里喃喃念着：“完了！完了！”他感到大堂的穹顶仿佛正往自己头顶压下来，让他不能呼吸。

第四章

THE FOURTH CHAPTER

“虾米米”这段时间像亲儿子似的照料着胖子贪官，胖子贪官被四环铐铐住，生活完全不能自理，吃喝拉撒睡都要靠“虾米米”照顾。傅海涛看见“虾米米”在喂胖子贪官，就走过来对“虾米米”说：“别喂得太多，我们这只要戴了四环铐，生活都不能自理，吃饭一般就喂三口，水就喝一口，省得拉起来麻烦。”然后他又转过头对胖子贪官说：“你是撞了大运了，捡了这么一个好儿子。”

A 看守所/现在

四月六日上午
阴雨天 寒冷
看守所三栋

今天对刘昆仑来说是最黑暗的一天，王所长陪着刘昆仑的两个战友来了，他们是一大早从北京飞过来的。但是他俩见到刘昆仑时，都摇了摇头，说各级领导他们都找过了，领导们说这件案子已经捅到网上去了，影响太大了，人肯定不能保，而且一定要判。两位战友最后只能宽慰刘昆仑，希望他调整心态，积极面对，他们三人看着刘昆仑都是一脸的无奈和惆怅。刘昆仑此刻心痛死了，感觉连今天的日记都写不下去了。

杨明的律师秦柳新来看守所看杨明，这是杨明进看守所后第一次见到他的律师兼情人。杨明被带着走向律师接见室，一边走，一边想，秦柳新看到自己这副模样，心里肯定会很难受的。杨明从进了这个看守所，就没再刮过胡子，他从来没有留过这么长的胡子。这看守所里面没有金属用品，刮胡刀是绝对不能用的，号子里的在押人员刮胡子都是用细绳线来拔的，把细绳线在手指上缠好，然后把两根绷紧的绳线相互交叉地缠在胡子上，再用力往外拔，胡子就这样硬生生地被拔了下来。这是古时候黄花闺女拔脸上汗毛的办法，不知通过什么途径传到了监狱。杨明看到同监的人一个个被拔得龇牙咧嘴，他怕痛，就没有拔。现在他可后悔了，监房里一块镜子也没有，他不知道自己现在是一副什么尊容。前面拐弯处有一面镜子，他想停下来照照，但押他的警察是不会同意的，于是他要了个小聪明，走到镜子前，他猛然说了一句："我鞋坏了。"说完他停下脚步，弯下腰，装作弄鞋子，然后侧过脸去，好好看了看自己那张倒置的脸，那张脸把他自己吓了一跳，他觉得镜子里面的分明是张飞，胡子拉碴的，哪里像自己啊？

"还没搞完啊？"旁边的警察开始催了起来，杨明不情愿地起身，忐忑不安地走进了接见室，秦柳新已经在栏杆外坐着了。她性感的身体依然那样楚楚动人，一声不吭地低着头在等着他，杨明在秦柳新对面惴惴不安地坐了下来。

杨明看到秦柳新还没有抬起头，就轻声说："你是害怕看到我的这副尊容吧？"

秦柳新听到声音后，抬起了头："我当律师的，什么模样没见过。"说完，她面带微笑地看着杨明。秦柳新飞快地递给杨明几张百元钞票："快！趁现在没人。"杨明急忙接了过来，

杨明觉得秦柳新的笑容是强装的，不怎么自然。

秦柳新问："没有挨打吧？"

"没有啊。"

"有吃的吗？不，我是想问你吃得习惯吗？"杨明看到秦柳新的眼角泛出了泪花，秦柳新难过地说："你瘦了。想我吗？"

"很想。"

秦柳新的嘴角微微翘起，露出得意的神态来。但旋即她的脸色又暗淡下来，眼睛里带了一丝狠狠的凶光，那是杨明从没有见过的神态。

"你可能还不知道，你为什么会进到号子里来。"

杨明回答："我当然知道，非法拘禁啊。"

"那我告诉你，是我给公安局报的案。"秦柳新狠狠地说。

"不可能！你开玩笑。"杨明笑着说。

"就是我报的案，我还要告诉你，抓刘先贵的证据其实早就充足了，是我顶着说证据不足，刑警支队才没有办法立案。"后面几句话，秦柳新几乎是喊出来的，杨明从没见过秦柳新这样歇斯底里的样子。

"为什么？"杨明轻轻地问了一声，又好像是在问自己。

"因为二十年前你抛弃了我，我的痛苦要你加倍偿还！"秦柳新理了理头发，冷静地说道，"现在你可以恨我了，你也可以换律师。"

杨明摇摇头说："不！"秦柳新转过身，逃也似的走了，留下目瞪口呆的杨明在那发愣。

"虾米米"这段时间像亲儿子似的照料着胖子贪官，胖子贪官被四环铐铐住，生活完全不能自理，吃喝拉撒睡都要靠"虾米米"照顾。傅海涛看见"虾米米"在喂胖子贪官，就走过来对"虾米米"说："别喂得太多，我们这只要是戴了四环铐的，生活都不能自理，吃饭一般就喂三口，水就喝一口，省得拉起来麻烦。"然后他又转过头对胖子贪官说："你是撞了大运了，捡了这么一个好儿子。"

从前

“虾米米”是八零后，他成长的过程，正好伴随着中国经济的高速发展，也伴随着他父亲——夏老板的房地产事业不断壮大。“虾米米”从小就没吃过苦，他在一岁时就创下过一项吉尼斯纪录：即世界上最小年龄独身搭乘出租车的纪录。那时“虾米米”一岁不到，夏老板和老婆抱着他去朋友家吃晚饭，吃过晚饭夏老板有朋友相约谈合作，“虾米米”妈妈又要上桌子打两圈，于是妈妈打电话给保姆，要她下楼准备接“虾米米”，并告知在“虾米米”的身上藏着几十块钱。妈妈把住家地点告诉出租车司机，出租车就这样把不到一岁的“虾米米”送回了家。

“虾米米”的妈妈对他倾注了不少心血，为了更好地教育他，妈妈自己看了一堆幼教的书，还遍访专家，最后她总结出一条经验，要让孩子以后聪明，成绩好，就一定要让孩子以后在课堂上安心听讲，使孩子的注意力集中并连续保持在45分钟左右。怎样培养“虾米米”的注意力呢？妈妈经常在带他外出散步或者坐车旅游时，跟“虾米米”比赛数物体。“虾米米”数狗，妈妈就数鸡，看谁数得多，或者是数摩托车、小汽车，反正尽挑些处于运动状态的东西，这样容易吸引“虾米米”的注意力，数着数着，“虾米米”越数越多，注意力集中的时间也越来越长。到了后来，妈妈用粉笔在地上画了个圈，抓来两三个蚂蚁，放在圈里，然后叫“虾米米”拿上根稻草守着蚂蚁，不让蚂蚁出圈。“虾米米”就像个哨兵似的撅着屁股，瞪着圆圆的眼睛，坚守着防线不让蚂蚁越雷池半步。就这样，“虾米米”两三岁时，就可以比同龄孩子保持更长时间的注意力，这为日后“虾米米”在小学里成为优等生奠定了坚实的基础。

升入小学的“虾米米”更显示出超凡的学习能力，功课门门优秀，每次考试都是全班第一名，七岁读《三国》，十岁看《拿破仑》《希特勒传》。当“虾米米”十四岁时，爸爸怕他只会读死书，就开始教他怎样和女孩相处，怎么对待女孩，爸爸甚至开始教他怎么避孕。一年后爸爸想把他送到加拿大留学，为了提升“虾米米”的人际交往能力，爸爸还带着“虾米米”去江城最好的酒吧喝酒。爸爸对“虾米米”说：“看看我怎么找女孩？”爸爸端着酒杯走到只有两个女孩的邻桌去了，没几句话，爸爸就和那两个女孩说笑起来。爸爸还大声要酒，对“虾米米”招招手，让“虾米米”也过去，他把“虾米米”作为新朋友介绍给了两位女孩，慢慢的，“虾米米”也就放松了，知道怎么跟女孩子说话、搭讪了，也知道女孩子喜欢听哪些话，不喜欢听哪些话，他知道跟女孩子相处得花钱，女人就喜欢男人给她们买礼物。

出国的日子越来越近，就在一个周末，夏老板回来对“虾米米”和妈妈说，明天全家要去农家乐吃饭，他要请一个重要的客人，那人是个警察。“虾米米”知道爸爸做房地产生意，一天到晚需要不断认识新朋友，对有权有势和对自己事业可能有帮助的公务员都视为重要的客人。第二天，爸爸开着他那台奔驰600带着全家去了河东区的农家乐，这家农家乐离市区不远，但离马路有个一两百米，外面看上去是个寻常的农家，只有进到里面，才知道别有洞天。那位警察叔叔开了一辆警车来，警车停进农家乐，外面一点都看不见。警察叔叔姓张，张叔叔也带了全家来，张叔叔的儿子张军和“虾米米”同岁，他俩聊了没多久就毫无陌生感。张军虽跟“虾米米”同岁，但看上去要比“虾米米”壮实多了，高了大半个头，而且肩膀也厚实，从后面看就是一个成年人，只是五官还是个学生样。“虾米米”那时怎么也想不到张家父子在未来会和自己的牢狱生活发生一段故事。

第五章

THE FIFTH CHAPTER

据说每次打开长镣时，死刑犯都已经不能走路了，都是用手推车把人推出去执行枪决的，这个台湾死刑犯已被长镣锁了两年多，可能最近最高法要批复了，这两天台湾人伙食卡上的钱花得很快，餐餐都要加菜，看样子是不想当饿死鬼。

小姐很专心地点了两次都没点燃，小姐有点急了，屁股在海涛的腿上挪了两下。海涛顿时觉得心里火烧火燎的，没想到小姐第三次打燃火机时腰弯得更低，透过小姐的低领，两只洁白的乳房暴露无遗。

看守所/现在

四月六日下午
阴雨天 寒冷
看守所三栋

刚才督侦二处的王检提审很有戏剧性，他们来了两个人，王检一见到刘昆仑就用手机拨了一个电话，说：“你的一个朋友想跟你说几句。”

刘昆仑接过电话，那边是刘昆仑在北京高检的战友的声音，他说：“下面我说的话很重要，你要仔细听好。上回我不方便说，你们搞那个毒贩子之前，王所长、教导员、还有你，你们三个人开了个会，王所长说这后面有大鱼，他是个老油条，不下点重手是不会招供的。教导员已经站出来指证了王所长，如果你也能指证的话，这就不是你们刑侦中队的事了，那王所长就是一被告，教导员是二被告，你就降为三被告。如果你不指证，教导员就只是当班领导，你是组织者又是实行者，你就是一被告。检察院这边我都通了气，你要是降为三被告，检察院就会同意你取保，听我的，我会尽力而为，不多说了。”

刘昆仑说了声：“谢谢。”对方就挂机了，他一时还没有反应过来。

王检问：“是不是你的老朋友？”

刘昆仑说：“是老战友。”

王检递了一盒没抽完的烟给刘昆仑，说：“抽烟吧。”

刘昆仑说：“一根就行。”

王检说：“那号子里的不找你要啊！”

刘昆仑想起来，今天上午傅海涛还说下次谁提审你，你都得跟他们要烟，不给烟你不签字。于是刘昆仑说了声谢谢，就收下了这半盒香烟。

王检对刘昆仑说：“有什么新内容需要补充吗？”

刘昆仑抽了两口烟说：“让我想想。”

这几天，王所长不管天气怎么恶劣，总是来看刘昆仑，王所长每次看刘昆仑的神态，又是伤心，又是忧虑。刘昆仑知道王所长怕自己把他招了，现在教导员已经招了，加上刘昆仑的指证就是铁证如山了。王所长平常待刘昆仑不薄，刘昆仑这个中队长就是王所长力排众议提上来的。王所长再干两年就要退了，他上有一个瞎眼的老母亲，下有一个跛脚的女儿，王所长要是进来了，他整个家就都完了。刘昆仑呢？反正制服肯定是要脱了，当一被告充其量也就是三年以下，也可能判缓刑；当三被告肯定也会判，只不过是个缓刑，最关键的是刘昆仑现在就可以出去，不用待在这该死的地方。高检的战友受刘昆仑之托，是为刘昆仑好；王检他们想让刘昆仑指证，也是职责所在，无可非议。但是刘昆仑有自己的原则，损人不利己的事，他绝对不干。权衡利弊后，刘昆仑决定不指证王所长，大家都是政法系统的，王所长迟早会知道。这样一来，保了自己的领导，保了朋友，刘昆仑并没有什么太大的损失，只是在意志上得扛住，在皮肉上再多吃点苦。

刘昆仑抬起头来对王检说："王检，我想了半天，还真没有什么可以补充的。"

王检说："我相信你朋友绝对是为了你好，他对情况也很了解，我希望你再好好想想。"

刘昆仑说："我已经想好了，确实没有什么可以补充的。"

王检说："那这样，今天我们就谈到这儿，也不要下结论，你再好好想想，过两天我再来。"

上午刘昆仑被安排在律师接见室与北京来的战友和王所长碰面，下午在提审室见的王检。刘昆仑是第一次去律师接见室，没想到律师接见室的环境条件竟然那么差，基本上没有办法交流，律师和那些在押人员双方说话都得扯着个大嗓门喊，至于其他，比如说光线、空间、座椅等，跟提审室相比不知差多远。

上午去律师接见室，中间隔的距离比较远，值班干警要给刘昆仑戴手铐。刘昆仑对他说："能不能给我留点面子，好歹我以前也是给别人戴铐的。我不知道是谁来见我，万一是家里人，看见我戴着这个，他们会伤心的。"

干警说："我们有规定，去的过道上有很多探头，如果不戴要扣我们分的。这样，你先戴上，到了门口，我再给你脱了。"于是刘昆仑第一次双手被戴上了钢铐，到了接见室门口，值班干警给刘昆仑打开了一边手铐，右手仍然戴着。刘昆仑右手抓住手铐的另一边，免得它吊得太长，同时尽量把右手衣袖管扯长，想让袖管把手铐遮住，等袖管基本上能盖住手铐了才走进接见室。

来看他的是王所长。可能是王所长真不想让北京的战友给刘昆仑传什么话，怕对他不利，所以面色有些不安。其实王所长多虑了，虽然下午确实有来自北京的电话，但刘昆仑还是守住了底线。

此时刘昆仑已经明白，他一时半会是出不去了，只能耐心等待，希望自己的案卷走得快点，判个缓刑，早日出去。现在刘昆仑的材料还在督侦二处，还有两天就是批捕的最后期限，批捕后就到了公诉，然后再到法院等待判决。以往自己的工作到了批捕环节，把案卷一交，就不用管了，现在看了监房墙上贴的刑事案件从刑拘到判决的时间表，才知道全部走完要三到四个月。

中午，刘昆仑还专门就看押时间询问了一名死刑犯，他在这间房子里被关了两年多，是个台湾人，贩白粉 5 千克，肯定死刑。从他进来就被长镣锁在床上，倒不是看守所为了惩罚他，只是怕出意外，一收监就用一根长镣锁在离厕所最近的床上，直到执行那一天，才用专业工具把长镣撬开。据说每次打开长镣，死刑犯都已经不能走路了，都是用手推车把人推出去执行枪决的。这个台湾死刑犯已被长镣锁了两年多，可能最近最高法要批复了，这两天台湾人伙食卡上的钱花得很快，餐餐都要加菜，看样子是不想当饿死鬼。他还买了蚊烟香，让其他人给他点上，供上，他说自己已经是死人了，你们给我每天烧几炷香，我会保佑你们早点出监的。他还准备了一套干干净净的白色睡衣睡裤，是准备上路用的。刘昆仑跟他说话时，差点坐在他的那套衣服上，他不由分说，一把就把刘昆仑推下了床。

刘昆仑现在安了心，北京的朋友已经说破了，就不抱幻想了，知道出不去，心里倒安静下来。他现在要做的就是想办法跟号子里的人把关系处理好，不要挨打，保护好自己。今天有两个当过兵的在押人员跟刘昆仑悄悄打招呼，他们一个当过野战军，一个当过武警，说是再来两个退伍兵，他们就有势力了，说不定可以"掀"掉"下老壳"和傅海涛的"桌子"。"掀桌子"就是造反的意思，就是把牢头的"小饭桌"给掀掉，刘昆仑也觉得有五个人他就敢动手。前些天，以为自己这几天就会出去，也根本没想到在号子里会久待，没想过要怎么处理里面的关系。现在如果这样熬下去，在"下老壳"和傅海涛的淫威之下屈辱地活着，那真是生不如死。本来自己的案子和自己的身份带来的压力就够大了，加上牢头狱霸的欺凌，估计很难挺下去。

回监房前，刘昆仑想到今天号子里的开水早就喝完了，昨天喝了五碗冷水，又有点拉肚子，今天不能再喝冷水了。于是刘昆仑开口找值班干部要水喝，值班干部说："这没有杯子，你回监房拿杯子来吧。"刘昆仑跑了回去，号子里的"虾米米"帮刘昆仑把杯子递了出来，他喝了一大杯，然后又带了一杯水回到监房。刚才刘昆仑被提审，出门前，他就看到每天给他们送饭送水的“内改”，在铁门口跟傅海涛对自己指指点点。所谓“内改”就是那些判决在一年以下的轻刑服刑人员，不用到监狱去服刑只需继续留在看守所里就行，看守所内的一些体力活就由他们承担。刘昆仑出门时，“下老壳”狠狠瞪了他一眼。

杨明今晚肯定要戴纸手铐了，从他上午见了秦柳新后，他就一直在悄悄流泪，中饭也没有吃，整个人就像喝醉了酒似的，恍恍惚惚，手上穿门帘的速度也明显慢了下来，到了快吃晚饭时，还没完成任务的一半。

B 傅海涛／从前

公安、工商查封海涛大酒店的同时，傅海涛接到二十万元的行政处罚通知书，当时海涛虽然生意好了几天，流动资金也多了二十万元，但扣掉被陕西人骗走的八万元，再扣掉海鲜和装修以及厨具设备的分期付款，也就只剩下几万元了，缴罚款肯定不够。这个月还有十几万的工资没发，傅海涛开酒店的一百二十万元投资款还有部分是找人借的，想到这些傅海涛就一筹莫展。

这天，吴辉打电话约傅海涛洗桑拿。这是傅海涛酒店开业以来第一次出去休闲。吴辉早早在休息厅等着他，见傅海涛走进大门，连忙起身拿了两个号牌，一个给傅海涛，然后对服务生说两双皮鞋都要擦，就进了更衣室，把所有衣裤脱尽，把包和衣物都放进了储物箱，用号牌上的钥匙锁好。再走到澡堂接过服务生递过的毛巾，吴辉和海涛先到洗漱台，漱了口，刮胡须，洗脸，然后进桑拿湿蒸室。吴辉嫌室内温度不够湿热，用木瓢连浇了几瓢冷水，散热的石头顿时有了声响，"嘶嘶"的声音伴随一阵白雾升起，湿热的空气扑面而来。海涛本来就觉胸闷，顶不住这湿热空气的冲击，连忙退出桑拿间。海涛这几天工作忙，没洗什么澡，他叫了一个搓背师傅。北方的搓背师傅就是专业，把客人递过来的毛巾往手掌上一扎，先后再前，用力均匀，非常流畅，气不喘手不停。海涛以前搓背，师傅每每搓到睾丸，他就紧张，害怕被弄痛，这师傅这时放慢了速度，很小心地把他下身搓得干干净净，海涛轻松地舒了一口气。

吴辉一蒸完就过来招呼海涛："这里上星期刚引进一批人体清洁工，非常漂亮。"

海涛问："有多少？"

吴辉答："多着呢，有几百。"

海涛跟着吴辉走到另一间房，吴辉跳进一个水池。

海涛问："在哪儿？"吴辉指了指水里。

海涛："是群鱼啊。"

吴辉大笑，"这鱼就是清洁工，专吃人身上的死皮。"

海涛跳进池里，立刻感到无数的小鱼围上了自己的身体左叮右咬的，全身痒痒得爽。

洗完澡到了更衣室，服务生拿着一套睡衣裤问："老板是要收费的还是要免费的？"

吴辉说："你那免费的纸裤，还没见小姐就撑破了。"

"收费的要一百元一套……"

"我知道了。"吴辉没等服务生说完就打断了他，"拿两套！"他俩穿好睡衣睡裤在服务生的引导下上了一层楼到了休息室。休息室灯光昏暗，五六排宽大的沙发前都设置了可调节距离的17吋液晶电视，他俩刚躺下，穿着吊带裙、裙衩开到腰际的女服务员端着木质烟盒，就俯身凑了上来，"先生您抽根烟吧。"

海涛看了看烟盒里放的全是雪茄等高档香烟，说道："这雪茄怎么抽得完啊？"

小姐回答："老板，我们会为你保存好，下次老板来了可以继续抽。"

"噢。"海涛下意识地应了一声，拿了一支最好的哥伦比亚雪茄烟。

小姐右腿轻轻地搭在海涛光着的左腿上，左手掏出一只精致的打火机打上火苗，轻声说道："哥！我给你点上。"那雪茄烟不容易点。小姐很专心地点了两次都没点燃，小姐有点急了，屁股在海涛的腿上挪了两下。海涛顿时觉得心里火烧火燎的，没想到小姐第三次打燃火机时腰弯得更低，透过小姐的低领，两只洁白的乳房暴露无遗。小姐好似无意地用右手撑在海涛身上，这一撑不要紧，正好撑在海涛的下身敏感处，海涛那玩意一下子不争气地挺了起来。正在这时吴辉挥了挥手，示意要他上楼去，吴辉另一只手搂着一位香烟小姐。

海涛望着那道厚实的铁门，连忙问身边的小姐："这安全吗？"

小姐说："这家店你还不知道啊，是公安局长小舅子开的。"

云雨了一番，吴辉和海涛都有点累了，返回休息室，抽上雪茄烟，海涛和吴辉开始聊了起来，海涛长吁短叹，又开始算起账来，吴辉问："你是真的顶不住了？"

"当然。"

"要多少钱可以摆平？"

"至少还差三十万，政府的罚款可以不交，我破了产，关了门他们对我也没有办法。关键是我的那些员工工资，都是左邻右舍，七大姑八大姨，低头不见抬头见，我不能不还。"

“那还差多少？”

“二十来万吧。”

“你店里不是还有些设备吗？我陕西咸阳有位朋友要开饭店，前不久也跟我说过，看看他设备买了没有，将就着用你的，你也折点价给他。”海涛一听有这好事，连忙点头说可以。吴辉拿出手机，马上就跟咸阳的朋友联系，海涛看着吴辉打电话的认真劲儿，一股暖流涌上心头，关键时候，还是老朋友靠得住。第二天咸阳的朋友就到了洛阳，看完货后，给了个18万的价。海涛高兴坏了，答应过两天把东西拆装后送货上门，对方也客气地打了两万元的订金。为了表示诚意，海涛决定自己亲自押车送货。

这几天也真巧，正赶上洛阳牡丹节，整个洛阳的交通都紧张，连出租车、货车也难找到一辆空的，价格上涨了两倍不说，出差去郑州、西安都得想办法搞票了。海涛急得上火，他已经答应了对方，对方也付了订金，连一张收条都没要，他一定要按时把货送到，保证人家正常开业。出两倍价都弄不到货车，还是阿雅想了个招，干脆在马路边立了个牌子:“有货去咸阳。”看能否找辆顺风车，说不定价格还便宜。说也巧，不到半天时间，还真来了一辆印有开封电业局字样的八吨东风大卡车。师傅说车是开封的，正好要去咸阳拉货，价格就按平价，反正是顺风车，不拉白不拉，只是没有发票，言下之意，私人要挣几个钱。海涛满口答应，还豪迈地说我另外包吃包喝，第二天货装了车，海涛就和开封师傅开车出发了。

一路顺利，路况又好，吹着车窗外的风，海涛心里感到连日来少有的高兴。不管怎么说，酒店是亏了，但现在还不至于在亲朋好友中亏了面子，私人的钱我一个不欠。车到潼关，海涛说找个好点的饭店喝上两口，开封师傅说：“那能不能挑一家吃烤羊排的？”

“没问题，那我们找一家回民饭店。”不一会儿他们找到一家回民饭店，海涛先进去占了一个座位，里面生意不错，几乎没有空位，海涛担心烤羊排上得慢，连忙点上了三斤羊排，要老板先烤上。

一会儿开封师傅就进来了，他左手拿着一个货车司机常用的大茶缸，右手拿了一瓶火箭状的玻璃瓶，大声说：“酒你别点了，我这还有半瓶仰韶酒，就喝它了。”说完用个大啤酒杯给海涛斟了一满杯，自己用小白酒杯倒了半杯。

海涛连忙说：“这不好！不好！”

开封师傅却说：“我开车，你不开车，你中午多喝，喝完上车就睡；晚上到了咸阳我俩换换，你少喝，我多喝。”见开封师傅说得在理，海涛也不好意思多说什么，菜也上了，那羊排烤得外焦内嫩，咬一口，嗞嗞冒油，就着羊排，海涛、开封师傅大口吃喝起来。

不知过了多久，海涛醒了过来，回想起刚才自己好像没有喝多少啊！怎么就醉了，平常他可以喝上个七八两，那仰韶酒一瓶还不够他一个人喝呢，他今天是客气，不好意思大喝，唉！开封师傅到哪去了？海涛连忙起身，这才发现自己的包也不见了，手机也没了，他出去再看那辆八吨东风大卡车，哪里还有车的影子，什么都没有了。海涛连忙去问回民店的老板，老板服务员都说不清楚，只怪这店生意太好，人来人往，谁也没注意。倒是海涛这么一说，老板就盯上了他，老板担心最后一个买单的也跑了。海涛身上一分钱都没有，他只能再借老板的电话，一要报警，二要借钱，海涛甚至把电话打到开封电业局汽车队，问有没有那辆八吨的东风大卡车，对方回答说那辆车上个星期就被盗了，他们已经报了案。

第三天海涛悄悄回到洛阳，给吴辉打了电话。吴辉又请他去那家桑拿店，海涛又要那个香烟小姐，这次香烟小姐用尽了所有招数也没有让海涛兴奋起来，回到休息大厅，海涛问吴辉，你还有什么招吗？再救老弟一把，吴辉说：“你想要什么招？”

海涛说：“投资要少，见效要快。”然后他又补充了一句，“风险大些都无所谓。”

“那倒是有个项目。”

“什么项目？”

“抢银行。”

“啊，你说真的，真抢银行？”

“银行倒不用抢，那风险太大了，我们要干就干风险小一点的活，抢小姐。”

“抢小姐？”

“对，就抢坐台或者桑拿浴的按摩小姐，我们男人有几个钱，还不是砸给小姐了。小姐越漂亮越有钱，一个小姐干得好的一个月挣个几万块是没问题的。做小姐的家没家，单位没单位，她们的钱都在卡上，卡都随身带，只要有密码，钱马上就能转出来，而且小姐不会报案，除非她不想在这工作了。”

听完这话，海涛脑海里立刻浮现出香烟小姐的形象：“你觉得真没有风险吗？”

“实话告诉你，我跟阿雯已经打湿了脑袋了，我俩已经干过几次了，阿雯身上的穿戴都是抢小姐的，你以为我真发了，我是抢小姐抢来的。”

“万一被抓到怎么办？”

“我们是兔子不吃窝边草，不在本地抢，还记得那伙用鱼钩钓你八万块的人吗，他们就是全国流窜，谁也找不到他们，打一枪换一个地方，没有规律地乱抢，谁能找到我们？”

海涛低头沉思，一时无语。

第二天，海涛用手提电脑刚登上QQ，很多“老婆”就找上门了。海涛没有隐身，没想到阿雅站在了身后，阿雅要点开海涛的QQ好友看看，海涛犟不过她，只能让她看。阿雅一看QQ名为“老婆”称呼的有二十来位。

海涛不敢让阿雅看以前“老婆”们的聊天记录，因为每个老婆他都是在网上认识的，都有过一夜情，但他有过一次后，绝对就断绝关系。海涛QQ聊天水平很高，人家请教他高招，他说主要是要不卑不亢，而且聊过后他一般就去请人家吃饭，吃饭后去开房。见面前，他都会提前到约会的地方，给女孩子打电话。他坐在车里，对方看不见他，他看得见对方，他要是觉得丑，就推说有事，以后再约；看姑娘长得还可以，就下车见面。开房第二天，女孩如果再给他发短信、打电话，他就开始回避了。她俩第一次见面时，阿雅还是别人的女朋友。阿雅和另一个女友陪海涛去找网吧的收银员，收银员还没下班，说让他们三人先上网玩一会儿，等下了班大家再一块去玩。海涛和阿雅这是第一次见面，刚交换过QQ号，于是他俩中间坐着他们一起来的那位朋友，两人直接聊了起来。海涛这回隐身，专心致志地跟阿雅聊天，海涛大阿雅八岁，很会说话，也很会体贴人，就这样接触一段时间后，阿雅就跟了海涛。

海涛坚持不给阿雅点开聊天记录，阿雅没办法，也只得作罢。

第六章

THE SIXTH CHAPTER

曾副政委打完一圈后，又看了看五张屁股，她对着傅海涛说：“就你这张屁股还最白。”她又抡开胳膊给了傅海涛的屁股狠狠几下，傅海涛的屁股立马变成茄子颜色。这还不算完，曾副政委把胶皮管往地上一掼，说：“一人戴副镣。”

“他们单响炮，怕个屁，冲啊。”人群又涌向前来。第二支短铳也被黑皮点燃了，黑皮看看“下老壳”，只见“下老壳”牙关紧咬，铁青着脸，只有黑发中的刀痕不时露出白光来。

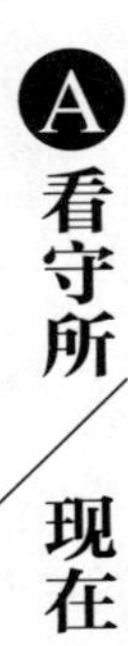

A 看守所/现在

四月八日下午
雨天 冷
看守所三栋

今天提审时间是最短的，问完刘昆仑的名字，直接让他在逮捕书上签名、按手印，一式几份，刘昆仑留了一份。这份写有刘昆仑罪名的逮捕证，是不能带回监房的，只能让它躺在这个密码柜里。刘昆仑一时又想起了看守所领导的好来，想起看守所侦察科江科长对他们的关心。前天下午被王检提审过后，回到号子里"下老壳"一脸阴沉地坐在只能他一个人坐的铁门旁。刘昆仑一进门，还没脱下黄马褂，就先把王检给的半盒烟递给了"下老壳"，"下老壳"头也没抬，说："你告我们状了？"

刘昆仑疑惑地说："没有啊。"

"你去干部那说我们不给你开水喝，让你喝了五大缸自来水？"

"我只是提审完了后，口渴，找干部讨了点凉开水喝，杯子还是回号子里拿的。"

"下老壳"不信，问了"虾米米"和其他几个人，确认刘昆仑是回来拿的水杯。

"下老壳"又说："那你找干部讨水喝，不就等于说我们号子里没给你开水喝吗？"

刘昆仑回答："我有点拉肚子，今天不能再喝自来水了，怕引发传染病。"

"下老壳"说："你他妈还是在坏我们的事，傅海涛！今晚再给他戴一晚纸手铐，看他老实不老实。"

"好！"傅海涛答应着。

今早醒来时，刘昆仑发现他的纸手铐断了几处，心想糟透了，这会挨几个耳光的，没想到一个偶然的变故救了刘昆仑。之前刚进来就听闻号子里的人闲聊，说看守所有一个副政委，是女的，叫曾花惠，人长得很漂亮。因为她是所领导，男监女监都可以出入，很多在押人员长时间没见过女人，就是抓到一只小虫都要研究下公母。女副政委也就成了看守所男监难以见到的靓丽风景了。今天曾花惠不知什么原因，七点多钟早早地就到了。曾花惠今天穿的裙子很漂亮，她从他们监房门口经过，就往里面去了，因为每一栋监房都是一个死胡同，她肯定还会原路返回。“下老壳”就叫“虾米米”用脸盆装了一盆自来水，然后慢慢倒在门外走廊上。泼了水的水泥地面上，顷刻间变成了一面镜子，清晰地照射出走廊天花板上的灯泡来。

曾花惠回来时，“下老壳”和傅海涛等几个睡在前铺的老大们蹲在门口盯着，曾花惠缓缓地走过来，裙子飘过水面，他们几人就兴奋地争论起来：“红色的”“是粉色的”“不，粉红色的”……没想到不到十分钟，曾花惠副政委就换了一套二杠三星的制服，拎了一串钥匙一脸怒气地走了回来。她一边把门打开，一边对里面的人喊道：“集合！”大家急忙扔了手上的活跑进里房，沿着床铺和人行通道面对面坐了两排，他们三个新丁也随着人流坐了下来，傅海涛在刘昆仑还没坐下来之前，一把把刘昆仑的纸手铐扯了下来。

曾副政委大声地问：“谁泼的水？”这时“下老壳”已吓得不敢抬头，傅海涛指了指“虾米米”，“虾米米”就蹲在曾副政委面前，他哆哆嗦嗦在曾副政委的身旁站了起来。曾副政委看都不看，一耳光打得“虾米米”的眼镜飞了出去，“虾米米”的鼻子立马流出了殷红的鲜血。

胖子贪官戴着四环铐蹲在地上大声地喊：“他还是个学生。”

曾副政委扭过头看了看“虾米米”稚气的脸庞，就说：“不是他，有人指使。”几十个人鸦雀无声。

“睡头铺的，刚才你跟那几个在门口说红的，黄的，到底什么颜色？看清没有？”

“下老壳”恐惧地站了起来，刘昆仑还从没有看到“下老壳”这么惊吓过。“下老壳”的腰还没支起，曾副政委的警用女式黑皮鞋尖就直接命中了“下老壳”的命根子，“下老壳”捂着命根子应声倒地，在地上哀号着。

“还有谁？”傅海涛等几个睡在前铺的老大们都陆续站了起来，曾副政委每人都给了一下，五个老大全捂着命根子在地上滚动着。曾副政委还没有歇手的意思，她高声叫道：“都给我把裤子脱了，趴到柜子上去！”

“下老壳”等五人把裤子脱了，光着白屁股趴到柜子上。曾副政委熟练地把自来水笼头上的黑色胶皮管旋了下来，然后她挽起衣袖，两手抡圆了，挥着胶皮管，像打高尔夫球似的一棍子一棍子打下去。刘昆仑看着那白色的屁股一下下地变红、变紫、变黑，直打得那五个大佬喊爹叫娘，刘昆仑又看了看身旁坐的那些在押人员，一个个面有喜色。

曾副政委打完一圈后，又看了看五张屁股，她对傅海涛说："就你这张屁股还最白。"她又抡开胳膊给了傅海涛的屁股狠狠几下，傅海涛的屁股立马变成茄子的颜色。这还不算完，曾副政委把胶皮管往地上一掼，说："一人戴副镣。"然后曾副政委指挥"内改"拿来五副镣，她叫人搬了把椅子，坐在旁边亲眼看着那五副脚镣给"下老壳"等人戴上，然后问道："还敢看吗？"那五人脑袋全勾着，直摇晃着脑袋说不敢。

曾副政委走了后，刘昆仑心想这曾副政委确实替他们这些平常被"下老壳"和傅海涛欺凌的人出了一口恶气。但是刘昆仑这个老刑警心里也为曾副政委下手狠感到吃惊，这么一个美女，下手怎么这么狠，肯定是长期在看守所里工作，被这些在押嫌疑犯气的，练的，培养的。

号子里的人一见到曾副政委发脾气、打人，就谣传她昨晚性生活肯定不顺。实际上，曾副政委是军人家庭出身，从小就受到很正统的教育，她一直认为性是不洁的，丑陋的，她不能理解监房里关的男嫌疑犯一个个竟像色狼似的看着她。她对这些色狼的好色行为从来是严惩不贷，痛下杀手的。但她就是不明白这号子里的色情事件不管怎么惩戒依然是屡禁不止，层出不穷。前两天，女监里一个女嫌疑犯竟然当着全号子人的面隔着铁栏杆跟一个送饭的男"内改"干上了。曾副政委教育了半天那个女嫌疑犯，最后说了一句："下次你再发骚，我把你丢到男监里去。"那女人轻轻回了一句差点没把曾副政委气死，她说："那我就先谢谢你了。"当然曾副政委的婚姻也是极为不顺的，前后两次婚姻，都离了。而且都是男的主动要离的，旁边人不理解，就去做男方工作，"你老婆人漂亮，高干家庭，工作稳定，性格开朗大方，你一个农村苦读出来的小干部，凭什么还嫌弃人家？"男方总是苦笑着，避而不谈。其实曾副政委的两个男人都知道，她是在性观念上有问题，没的救了。当然还是有很多追求者继续孜孜不倦地追着曾副政委，而曾副政委却看懂了男人们，他们都是想着那些事，带着那些肮脏的念头来追自己的。自己是什么人啊？革命家庭之后，堂堂人民警察，可不是花瓶，更不是妓女，臭男人我才不侍候。这可害苦了号子里已经被憋得不行的色男色女们，凡是没有憋住的，而且被曾副政委撞见的，那就有得好看。

今天曾副政委在他们这一栋不知有什么事，来来去去走了好几次。有一次刘昆仑正好从"下老壳"的身后走过，本来"下老壳"像往常一样正透过铁栏杆往外面张望，猛然往后倒退了几步，好像一股巨大的力量在推着他往后退，差点就撞到刘昆仑身上。刘昆仑正觉得诧异时，看到了曾副政委从门口飘过。

中饭前，随着监门外通道口一声高喊"头子！尾子！"，尽管那位"内改"的声音嘶哑，但是整栋在押人员听起来却是个个都兴奋，接着铁轮压着水泥地面发出嘈杂的声响渐渐临近，牢头都在高喊：“头子，尾子进站了！值班的准备！”这时“虾米米”拿了一个大塑料桶和一个菜盆站到了铁门口，“内改”推着的“头子”“尾子”车挨着铁门一个一个把菜和饭送到各个监房。“头子”和“尾子”，分别是指送餐车前后运着的菜和饭，这“头子”和“尾子”名称究竟是怎么取的，从什么时候开始有的，谁也说不清楚。据号子里一个七十多岁的老扒手说，这个“头子”“尾子”和纸手铐的叫法，解放前号子里就有了，据说从古到今号子里都这么叫，那个时候不叫纸手铐，叫纸枷锁。而“头子”“尾子”历来也是这样叫的，一听喊“头子”“尾子”，干活的疑犯手上的节奏就明显慢了下来，这时“下老壳”、傅海涛等人催人干活的声音就又响了起来：“手别停！他妈的，今天没完成任务的晚上看家伙。”

送餐车到了门口，“虾米米”把菜盆子从铁门里递了出去，“内改”拿着盆子在“头子”桶里轻轻舀了一盆，舀起来的都是清汤寡水。地方财政给每个在押人员每个月补贴一百二三十元生活费，就这点生活费，别指望“头子”“尾子”能有多好了。“虾米米”把第一盆汤从栏杆里小心地端进来，倒在脚边的水桶里，又把盆子递给“内改”。这时，“下老壳”连忙给“内改”递上一根香烟，“内改”耳朵上夹着“下老壳”代表整个号子给的香烟，第二次舀“头子”时，盆子在“头子”汤里待的时间就明显长多了，而且盆子在汤里沉得更深，然后慢慢地舀起点货真价实的菜汤来，这次可能有半盆货真价实的包菜叶，就这样来回三次把水桶装得差不多了，再递进来两三屉铝皮四方盆子装的米饭来，送餐车就轰轰隆隆地往下个号子去了。“虾米米”把饭菜端上来放在铺着纤维袋的席地餐桌，就站到一边去了，分饭、分菜“虾米米”是不具备资格的。

分菜分饭的是“下老壳”属下的四号人物，四号人物先把饭中间最好的位置切一块下来，在菜桶里舀一盆菜，一起送到前五铺老大们的小桌上。那五个老大是单独开的小灶，他们可以坐在小椅子上吃，其他的人则每人一个塑料饭盒、一个塑料调羹，席地而吃。然后四号人物把铝盒里的米饭按大概四两一块地切好，放到每个塑料饭盒里，然后把塑料桶里的汤汤水水，给每个饭盒里舀两勺，菜汤里主要成分是水、盐、油，如果能漏进一两片菜叶，那就算洪福齐天了。如果你对免费的伙食不满意的话，可以自己掏钱加菜，加菜就什么菜几乎都能吃到了，只是号子里不允许用现金，你可以写信或者让值班干部打电话通知你家里或者你的朋友把现金存到看守所前台财务的户头下，财务会给你发一张储值卡，你用这张储值卡就可以加菜，也可以买生活用品。当然每到一笔钱，因为刷卡车要推到号子门口来让你签字刷卡，那每张卡首先要按百分之十交一笔公积金，这笔钱是用来买整个号子的卫生纸、通讯费以及给“内改”们进贡、拉关系等公共费用。今天加菜的车来了，“虾米米”给老大们刷了一只整鸡，60元钱，又刷了一个蒜苗炒肉，30元，这两个菜都送给了老大们，五个老大戴着脚镣，高兴得直跺得满房子铁镣声。“下老壳”当场宣布“虾米米”明天起不用拖地板了，工作任务减半。

“虾米米”自从捡了个爸爸，每天号子里就数他最忙，他不仅要完成和其他人差不多的劳动任务量，还要负责拖地板，最大的问题是他还要服侍那个捡来的爸爸，常常是他还没给胖子贪官喂完饭，外面又喊他拖地板了，于是“虾米米”的名字在号子里回响得最多。胖子贪官的四环铐还没有取下来，吃饭时，要昂着头让“虾米米”一勺一勺地喂；方便时，则要先让“虾米米”把裤子脱下来，然后“虾米米”把他抱到厕所边，让胖子贪官蹲在茅坑边，“虾米米”还要从前面按住胖子贪官的鸡鸡，以免他把尿撒到裤子上。开始“虾米米”一边忙着这些事，一边掉眼泪，他几乎天天完不成任务，天天挨罚，后来他知道哭只会影响工作效率，于是干活时就不哭了。杨明、刘昆仑有时也会帮帮他，他就给他们加个菜表示感谢。后来“虾米米”发现那些家里没有钱寄来，也从没有人来看守所送衣物的同监的嫌疑犯劳动力最廉价，他给人家加份几十元的菜就可以让人家给他帮一天的忙，发展到最后给根烟就有人愿意帮他洗一个礼拜的衣服。到后来，“虾米米”侍候胖子贪官和自己的劳动任务都有人抢着帮他做，他谈完价后，就安静地靠着墙吸烟，看别人干活。“虾米米”明白了在这样暴力的地方，金钱就是他最有力的依靠，有了钱什么事他都不害怕。他还知道怎样花最少的钱办最多的事，他甚至去问傅海涛能不能给曾副政委点些好菜，让她把胖子贪官的四环铐给卸了。“虾米米”觉得在这号子里短短的时间里他学到的东西比他以前在学校里学到的要多得多。

这几天给“虾米米”干活要菜吃的飞车抢劫嫌疑犯又来找“虾米米”要活干了，他对“虾米米”说：“今天怎么不找我了？”

“虾米米”说：“我现在请不起了。”

抢劫犯说：“昨天不是说好的吗。”

“虾米米”说：“你每天都要我加菜，现在人家比你便宜，三天才加一次，我请人家了，不过你要是五天加一次我照样还可以请你。”

抢劫犯说：“你这小兔崽子还跟我玩心眼，看我怎么收拾你！”

“虾米米”说：“我这是谈生意，又没有强迫你，你愿意就干，不愿意我就请别人。”

抢劫犯说着就要冲上来教训“虾米米”，“虾米米”淡定地说：“不要跟我打，我给大个子加个菜，大个子肯定愿意帮我打你的。”

被称作大个子的连忙走过来问：“老板有什么吩咐？” 抢劫犯吓得急忙躲到人群后面去了。号子里的菜贵而且难吃，这些都不难理解，最让人受不了的是卖小百货的那个外地妹。本来这个外地妹穿的衣服很性感，号子里的人都愿意多看她两眼。她也是推一部手推车带着一台刷卡机，因为每个号子要买的小百货挺多，比如：拖鞋、信纸、笔、扑克牌、肥皂、香烟、饮料等。本来这些小商品的定价就是市场上的两到三倍，因为刷卡麻烦，一个号子不方便每个买货的人都刷一次，一个号子买完了，她就只拿其中一张卡刷一次总价，扣一次钱，然后让你们相互间慢慢去算账。可恶的是她没有一次不把总价算错的，而且每次都要多算好几十块，她推车返回时，你跟她说算多了，她就说：“卡能刷出，不能刷进。要么就在车上再多拿些货下来冲抵。要么下次卖货时，你们号子少付些钱吧。”等到下次，她又矢口否认，也不知道她是哪家的关系，让她霸着独家的高额利润的小生意。

B『下老壳』/从前

“下老壳”七八岁就开始在社会上混了，那种混最开始是充满娱乐精神的，上课调皮不听话，喜欢打架，青春期的叛逆让很多孩子慢慢走上了反社会的道路，“下老壳”就是其中之一。首先在大家的眼中，这孩子调皮，无药可救，然后是孩子本人也开始认为自己就是那种人。大人们不喜欢孩子抽烟打架，“下老壳”就模仿大人抽烟。没钱买烟，就割根干丝瓜藤当烟，有事没事地叼根丝瓜藤在嘴上，看到大人们不喜欢的神态，他就得意。11岁时，“下老壳”成绩还很好，在全区还排过第一名。12岁那年的一天晚上，“下老壳”和四个同龄孩子，借了个汽车内胎，他们用塑料袋装好自己的衣裤，绑在内胎上。黄昏下，几个光着屁股的孩子欢天喜地地抬着内胎扑进清水河，义无反顾地游向对岸。到了对岸，发现是绿意葱茏的小区，别致的泰州石，扬州桥，曲径通幽，于是大家玩起警察抓小偷的游戏。他们在小区里互相追逐，后来开始撞向小区居民家的房门，试探一层二层的住房里是否有人。如果有人开门询问，他们就哄笑着假装是小孩在玩游戏；如果没人开门，他们就爬到二楼阳台偷走住户挂的腊肉、腊鱼。他们像一帮小猴子似的窜上窜下，直到搬不动为止，然后用塑料袋把鱼肉密封好，坐上内胎，扑进清水河返回。回到家，爸妈问他们哪来的腊肉，他们就说某某同学家里分的、送的，看着爸妈的笑脸，“下老壳”心里乐开了花。

上五年级时，当时家里经济困难，他经常吃不饱肚子。有一天，他跟三个同学饿得不行，就派一人望风，另两人爬进了校长的房门，把校长家能吃的翻了个底朝天。也无非就是些沙琪玛、饼干之类的食物，校长居然报了案，派出所最终破了案，他们仨一人赔了5.9元。“下老壳”的父亲气坏了，狠狠教训了“下老壳”一顿，把他打得好惨，足足让他记得一辈子。“下老壳”不愿再回学校上课，想转学，家里觉得只有一年就要毕业了，不想再托人，最后连校长也来做思想工作。于是，“下老壳”两个月后又来上学了，但这时“下老壳”再没有了自信。

15岁那年“下老壳”下午上的是劳动课，劳动课也就是放羊课。没有了老师的约束，“下老壳”和两位同学一起往家的方向溜达。走到一座桥前，有两个身材个头和自己差不多的男孩子站在树下，那两个男孩看了他们一眼，“下老壳”认为那分明是挑衅，就和两位同学走了过去，准备给那两个男孩一点教训。他的两位同学对付一个，他对付另外一个。“下老壳”让对面的男孩把口袋里的东西掏出来，男孩没听他的，伸出手来狠命地推了他一把，“下老壳”被突然袭来的反击吓坏了，掏出经常揣在口袋里的小匕首，往对方的怀里刺了一下，对方立刻像个煮熟的面条似的软了下去。“下老壳”连忙招手，带着另外两位同学飞也似的跑了。他们三人不敢回家，躲在离家不远他们经常捉迷藏的一家豆腐店里。第二天豆腐店不知怎么的没人来上班，于是他们三人就躲了一天。下午快放学时，“下老壳”看见堂弟带着两位穿警服的警察走了过来……最终他被判了无期徒刑，公判大会是在江城的市中心体育广场举行的，“下老壳”和另两个同案犯三人低着头站在台上，下面是黑压压的人群，四周到处都是警察，高音喇叭高声地响着，三个人被宣判后，直接押往劳改队。

15岁的“下老壳”因为杀了那个小男孩开始坐牢，他从来没想过牢狱就是他的家，他会待上大半辈子。在劳改时，“下老壳”还碰到了堂兄，堂兄坐了十多年牢，每次来探视他，就告诉他，要对父母好，只有父母可以伴随你的牢狱生涯。堂兄还说：“宁可相信世界上有鬼，不可相信女人的XX和嘴，这世界上三只腿的蛤蟆不好找，两条腿的女人到处都有。”这些话也成了“下老壳”在劳改队的经典名言，只要判几年以上的，犯人老婆鲜有不离婚的，只有父母亲人不离不弃。后来在他的牢狱生涯中，他牢记：一、有了钱首先交给父母，决不在女朋友身上乱花一分钱；二、一旦再进宫，立马主动斩断情丝，免得自己肝肠寸断，痛苦不堪……

“下老壳”的无期最后坐了十二年，实际上是坐了十三年牢，有一年多是在看守所刑事拘留度过的。根据刑法规定，刑事拘留的在押期是可以在判决后抵刑期的，但死刑死缓和无期徒刑不算，所以“下老壳”老是说他的“十三年”刑期。“下老壳”下到劳改队时，正是70年代末，少年被判无期的少，而且干的活多是扫地之类的轻活，大家都叫他“铁扫把”，意思是天天坐牢，天天扫地，天天扫不烂的铁扫把。为了便于少年犯学些文化，就把他们和“反革命犯”编在一个队服刑。当时的“反革命犯”都是些文化人，“下老壳”以前见到的重刑犯很少，在这里碰上的政治犯多是无期徒刑，他就好奇地问那些无期犯坐了多久牢了，那些政治犯就告诉他，他们都坐了十七八年了，现在还是个无期，说得“下老壳”心里没有一点底，非常绝望。过了段时间，他们队一个政治犯，本来是无期，没几天落实政策竟一下子穿上了警服，成了管教干部，再后来听说去了警校当校长，这一下又让“下老壳”鼓起了对生活的勇气。

“下老壳”离开劳改队时，已经是个大小伙了，领了劳改队的十元路费，吃饭花了两元，路费花了一元，到江城火车站时身上的钱就花光了，步行了一个小时才回到家里。他要重新在当地派出所上户口，在街道办事处报到。办事处让他去街办企业上班，一个月几十块钱，“下老壳”干了一段时间就不干了。每次当地发生什么案件，派出所的户籍处就要找他谈话，问他听没听说那个案子，知不知道线索，还不断说些要向政府积极靠拢等类似的话。每次快问完时，户籍处就开始尖锐地质问，那段时间你究竟在干什么？有谁与你在一块？户籍处好像在提醒他，他这一辈子都是犯人，什么案子都可能跟他有关。

“下老壳”和他的小学同学已经完全没有联系了，而工厂的同事看他的眼神也总是怪怪的，他觉得没有办法跟他的同事融成一片。经常找他的就只有一同坐过牢的“同学”，牢里的牢友回到社会互相之间也是以“同学”相称。“下老壳”在劳改队靠自己的拳头打出了名，很多“同学”回来后也没事干，但凡社会上有些摆不平的事，“同学”们就来找“下老壳”帮忙，大家也可以按人头分些钱。“下老壳”他们每每出发，总要带些三角刀、短铳等武器。“下老壳”说：“东西带过去不难，难的是到了现场，枪要响，刀要见红。”“下老壳”回回去，都是站在队伍的最前面，如果自己的人数有优势，“下老壳”就不会主动动手，只是冷冷地望着对方，不需多久，对方肯定会派出面熟的人过来谈判。只要对方有人叫一声“下老壳”，“下老壳”的下巴就往右边摆摆，意思是来谈吧，一般就是对方给一笔茶水费，大家分了钱就作鸟兽散。如果“下老壳”只有两三个人，对方有几十个人，文谈不行，“下老壳”绝对是先下手，要么开枪，要么动刀，“下老壳”明白，只有这样才能殴散对方的队形，打赢这场架，显出英雄本色。

“下老壳”确实不是枉得虚名，他相信暴力，从小喜欢看香港的黑社会暴力电影，年轻时一次斗殴让他判了七年刑，他现在记忆犹新。江城那时正处在改革开放刚开始的阶段，有许多关于引进外资和聚集社会闲散资金的项目，江城一天天在扩大，人口也从三年前的几十万飚升到一百多万。城市的公交系统体制老化，政府不管追加多少钱，都打了水漂，永远是亏损，政府开始允许私人购买小型客车经营市公交线路。这些私人车经营方式灵活，一天24小时都在线上跑，越是堵车，越是天气恶劣，就越能看到这些小型客车的身影，这些小型客车很好地弥补了江城市区的运力不足，江城市民都称这种小型客车为“小巴”。一开始，这些小巴按照政府指令都要由市交通局直属的江城五星汽车制造厂统一管理，统一交费。所有经营车辆都要购买五星汽车制造厂的五星牌小客车作为唯一经营车辆，然后由五星汽车制造厂统一办理手续，统一交费。五星汽车厂当时是一家濒临破产的国有企业，这样一来五星汽车制造厂不景气的情况暂时得到缓解，政府的压力也小了。但时间一长，五星汽车厂发包的车辆越来越多，以前每台车首付5万元保证金，每个月交800元规费，五年后合同到期5万元保证金全退。刚开始个体经营户，一个月可以跑上两万块营业额，除了上缴，扣除人工工资、汽油费、维修费，还能挣几千块钱。随着五星客车厂的发包车辆越来越多，竞争越来越激烈，线路车辆开始变得越来越密集，经营者之间的竞争日趋白热化。有的线路不让新来的车辆加入，尽管五星客车厂批了牌，老经营者就是硬板着不让新车进入，然后把既有车辆都编上号，每一刻钟或十分钟发一趟车，有时候也按坐满客后再发车的规矩执行。即使这样，经营者之间还是不断发生摩擦争斗。“下老壳”的小叔叔就有两台这样的小巴，车辆请亲戚开，婶婶卖票。

有一回一台江城本地的小巴，按照规定，他们应该排在后面，但他们老板自己是江城本地人，开车时还拿出来一份劳改释放证晃晃。这台不守规矩的车动不动就插婶婶的队，小巴车队跑的是2路线，起点是火车站停车坪，这里线路本身就多，划给2路线的停车点就那么巴掌大，2路线起点站，公交车就占去了一大半。小巴车是后娘养的，只能占线路的边角余料。小巴的发车位就那一个，前面的走了，后面的才能依次进站发车。这天也巧，2路线起点站的加长公共汽车先后坏了两台，一会儿动员乘客下车推车，一会儿又调拖车来拖。小巴车门口等候的客人倒是不少，但因为公共汽车堵了路，就是开不出去。路障好容易清除了，婶婶的小巴排在候车小巴的头个位置，看着那么多候车的客人早就急红了眼，一见发车点的位置腾了出来，连忙加油上前。没想到，他们身后的“劳改释放犯”的小巴油门加得更大，急速地从左边超了过来，正好停进发车点的位置，婶婶的车一脚刹车没踩住，一头撞在“劳改释放犯”小巴的屁股上。后面小巴的司机都走过来谴责“劳改释放犯”。不远处的交警也走了过来，看了看现场，就根据道路事故情况判婶婶的车负全责。这一罚一赔要一二千块，而根据内部规定这责任完全应该由“劳改释放犯”负责的。婶婶不答应了，立马打电话，叫来叔叔，叔叔一到现场，就跟“劳改释放犯”吵了起来。当时引来很多人观看，阻塞了交通。车站派出所也来过问，双方也不好吵下去了，相约第二天晚上 8 点在清水河桥东大桥下，来摆平这件事。江城所谓摆平就是要请社会上的人，要么通过武，打架；要么通过文，谈判。这也难怪，中国人没有把所有的矛盾冲突都交到法院来解决的习惯，所以就成了社会的一种普遍现象：私下摆平。叔叔离开现场后，第一时间 call 了“下老壳”的 BP 机，“下老壳”摩托罗拉 BP 机是叔叔送给他的，叔叔一来电，“下老壳”立马找了个公用电话回复了。叔叔在电话里把事情的来龙去脉都说了个清楚，“下老壳”说欺负你们这么久了，怎么不早说，明天，我带上几个兄弟，一定给你摆平。第二天上午“下老壳”通知了六毛坨、九哥、黑皮、杨跛子等九个社会上的朋友，这几个朋友都是从小一块玩到大的，偷鸡摸狗，滋事打架，社会上什么地方热闹，什么地方就少不了他们。

他们也是派出所的常客，什么警察都认识。“下老壳”有一次和其他朋友走在大街上，碰上两个中年人，“下老壳”连忙客气地上前递了两根好烟，回来朋友问他：“你社会上的朋友？”

“不是，是派出所的，那个高个王警官打人真他妈毒，每次搞我，我都要在床上躺几天。”

“那我看你跟他们关系挺好的，你不恨他们？”

“挨打的时候确实恨，等判了你刑，关了几年，回来后也就不恨了，我们这些人注定一辈子就干这个行当，一辈子要跟他们打交道，我们还得跟他们搞好关系，希望下次碰上，手下留情，警察和我们的关系就是猫和老鼠的关系，我们要想少受点皮肉之苦，就得了解警察，认识警察。”

晚上七点半，“下老壳”邀集的人都到齐了，叔叔在旁边不停地发着香烟，“下老壳”清点着武器和人数。九个人带了两只短铳，两根水管，六把三角刮刀，一把日式 38 式步枪的刺刀，两把杀猪刀。短铳是江城农村专门用来办丧事放响的，两尺来长，生铁铸成，前面是个短筒，后面是根握把，短筒里面装上火药，上面敷层黄土，插一根引信，点火就可以放响。如果在火药里掺一些铁钉铁砂，短距离就具有很大的杀伤力，其形状和发射原理有点像步兵用的掷弹筒。“下老壳”拿了两把三角刮刀，他习惯左手使一把八寸的，右手使一把十二寸的。叔叔走过来担心地说：“这么打不会有事吧？万一打死人怎么办？”

“下老壳”说：“江城社会上过不了几天就会有这样的打架，太多了，都是为摆平一些解决不了的问题，实际上这也就是一种谈判方式，和做生意谈判没有两样。只是社会上摆平处理方式不管是文谈，还是武谈，都得从召集人开始。首先看谁喊的人多，其次看谁召集的人势力大，最好的结果是两方的人喊多了，自然就会有相互认识的，认识的人就可以面谈，达成协议后就散伙。还有一种武打，我们人少他们人多，或者他们人少，我们人多，势力悬殊，就很难坐下来谈，必须打。会打的，也不会把人往死里打，打出人命是要坐牢的，不要下死手就行了。”“下老壳”说了一通江城打架的规则，叔叔听得直点头：“没想到你们这一行也有很多门道。”

“下老壳”接着开始部署：“六毛坨和黑皮各拿一支短铳，先把药装好。如果对方人多，就要注意，我们要放第一枪，第一枪由六毛坨放，对地打。如果对方还要继续进攻，我们就由黑皮放第二枪，这一枪对人的脚和腿打，打倒一两个。如果对方还不服气，我们就要用刀，动刀看我的。”部署完，“下老壳”挥挥手说：“我们过去吧。”

加上叔叔，他们一行十人，分两排往大桥走了过去。前排“下老壳”走中间，六毛坨、黑皮走两边，叔叔走在旁边，后排是刀棍手。江风拂面而来，不时掀起他们的衣襟和头发，“下老壳”头发里的刀疤在月光下泛出瘆人的青光。这清水河大桥，“下老壳”和他的哥们再熟悉不过了，江城的清水河大桥建于70年代，建桥以前清水河两岸都靠轮渡，过一次河，没有两个小时到不了。到了70年代开始建桥，当时政府财政困难，就动员全体市民义务出工，只要五六十年代在江城出生的江城人，几乎都为清水河大桥建设出过力。“下老壳”和他的哥儿们也曾在大桥建设工地干过几天，对这里的地形非常熟悉。“下老壳”跟人相约干架最习惯约在这，这里交通方便，四通八达，任何一个方向都容易跑。特别是防洪大堤下，杂草丛生，警察也不敢往下跳，实在不行，还可以跳进清水河。大桥下水情复杂，就是大白天也没有人敢下去。“下老壳”领着九个人往桥头走，他充满信心。离大桥还有几十米，就看见大桥下黑压压地站着一大群人，有将近一百来人，那些人一看见他们十人迎面而来，马上就呼啦啦地冲了过来。

叔叔小声说：“现在跑还来得及。”

“下老壳”冷冷地说：“要跑了我们还在江城混吗？六毛坨，准备点火！”只见六毛坨麻利地打开打火机，给短铳上的引火线点上火，扑面而来的人群越来越近，六毛坨把铳缓缓地举了起来，“下老壳”的八寸三角刮刀往六毛坨的短铳上一按，一团火球冲了出去，打在扑上来的人群脚下，冲动的人群顿时停住。

只听见“劳改释放犯”的声音在叫：“他们单响炮，怕个屁，冲啊。”人群又涌向前来。第二支短铳也被黑皮点燃了，黑皮看看“下老壳”，只见“下老壳”牙关紧咬，铁青着脸，只有黑发中的刀痕不时露出白光来。就在短铳即将喷发时，“下老壳”用右手十二寸的三角刮刀将黑皮的短铳轻轻一抬，只见火球一闪，对方最前面两个人跪倒在地，涌上的人群倏地都散了，只有“劳改释放犯”和另两个死硬分子还在往前冲。

“下老壳”回头对第二排的兄弟喊了一句：“先别动！”自己一个箭步冲了上去，右手十二寸的三角刮刀平举，一刀刺进了“劳改释放犯”的肩胛骨。

只听见“劳改释放犯”大喊：“服了！服了！朋友，刀下留情，有事好说。”一场血战几十秒不到就结束了，接着双方开始一起抬伤员送医院。正在这时，几台三轮摩托车载着十几个武警例行巡逻到了此地，接到群众举报马上就抓住了“下老壳”和他叔叔以及“劳改释放犯”，也扣住了去看病的受伤人员，其他的兄弟跑得无影无踪。武警马上把他们送到河东公安分局刑侦队，后来“下老壳”就去了省三监服刑。

第七章

THE SEVENTH CHAPTER

傅海涛变得异常安静，脸上的肌肉也放松了，有了笑容和伤感。只要他一看信，就像曾经历过狂风巨浪的一条船驶入了平静的港湾，就像一头刚追逐过猎物的母狮回到了幼狮面前。

泪光中杨明仿佛看到秦柳新正向他大步走来，他已不能拒绝她的到来，多少年来，他的家庭、学校、环境、文化给他铸造的盔甲在秦柳新一步步走近的时候全都土崩瓦解，分崩离析。

四月十二日下午
阳光 温暖
看守所三栋

王检刚走，今天让他失望了，他劝刘昆仑只要据实说了，他保证三天内能让刘昆仑出去。刘昆仑说自己已经想好了，确实没有什么可以补充的了。王检说："现在像你这样的人真不多了，你也真傻！"王检又给了刘昆仑半盒香烟。

他们号子里新来了个看管干部，据说是公安厅派下来锻炼的，这两天他们的家书来去都快了。来去的信都是要检查的，这一检查就与每个值班干部关不关心有密切关系，有的信三五天还放在窗台上，有的十天半个月都没人拿走，这位省厅下来的干部当天的信当天就检完寄走，寄得快，家里的来信也比以前快多了。这号子里面没有任何个人隐私可言，三四十号人全住一个房间里，凡是寄来的信都是拆开的，北京的一封来信，是杨明的女儿写的，寄来的家书早已被前台检查开了口子。傅海涛尖着嗓子，学着小女孩的口气，正大声念着杨明女儿的来信，大家跟着傅海涛的阴阳怪气的声音大声哄笑着，信是这样写的：

亲爱的爸爸：

你好！爸爸你怎么了？为什么这么久不回信？你知道吗？奶奶住院了，奶奶经常问我们，说你怎么还不回信？爸爸，你为什么不写信给他们？问候他们？奶奶很期待你的来信。奶奶腿痛，好像是骨质增生。奶奶满75岁的生日，做了酒，你还记不记得，你曾经承诺过奶奶，说等她过生日，会好好地替她庆祝，但是您都没有兑现诺言。过生日那天奶奶很开心，我们一起吃生日蛋糕，好大的生日蛋糕，很多亲戚他们都来了，所有的人都到齐了，唯独只缺您。我们唱了生日歌，还抹了奶油到奶奶的脸上，很高兴，很久都没有看到奶奶那么幸福，那么快乐，我忘不了奶奶当时的笑脸。

爸爸，你知道吗？妈妈、奶奶她们都很生气，气您为什么这么久没有来信，我们希望收到您的来信。爸爸，我的功课很紧张，月考过了，马上就是期中考试了，我有许多的压力，但我会努力的。爸爸，虽然哥哥所做的事，让妈妈很伤心，但我会劝他，哥哥心里有一个结。自从您不在我们身边后，哥哥变得孤独，只是静静地躺在床上想事情，他说可能是因为您的离开，才会让他做出让妈妈生气的事来。他说假如您还在身边，他不可能变得那么不听话的，他缺少了一个避风港，所以他心里很孤独。爸爸您知道吗？每当妈妈生气时，妈妈在哭时，我就会躲在被窝里，独自一个人哭泣。我知道，生活中有许多无奈，我现在懂了，这是个残酷的世界，它带走了我们的幸福，带走了我们的快乐，所以我恨它。

爸爸　祝您

身体健康！

您的女儿：杨宏秀

刘昆仑看到杨明听到信中写到的唱生日歌时开始抽泣起来，傅海涛看到杨明哭了，更来了劲，念的声音更大，大家也笑得更欢。但是没想到的是信中的最后几句话："这是个……所以我恨它。"傅海涛念这句时，声音一下变得严肃起来，他念完最后一个字时，似乎也被打动了，他没有笑，一脸的肃穆。其他的人也没有一个笑的，一下都安静了，这封信可能一时打动了大家，让大家想起了家人，监房里安静得像没人似的。新来的值班干部走到窗口，好奇地往里面瞅了几眼，他不明白，刚才闹翻了天，怎么一下沉寂下来，他确认没什么事才离去。傅海涛两个眼圈红了，走到杨明的面前，把信折好还给了杨明，对杨明说："你有一个懂事的女儿，把信保管好。"傅海涛说完又回去翻他那几个信封，刘昆仑发现貌似强大的傅海涛，其实内心很脆弱，他除了打人、骂人，也有安静的时候，那就是当他看那几封被他翻来翻去的信件的时候。他每次躲到一边去看他那几封信时，就变得异常的安静，他脸上的肌肉也放松了，有了笑容和伤感。只要他一看信，就像曾经历过狂风巨浪的一条船驶入了平静的港湾，就像一头刚追逐过猎物的母狮回到了幼狮面前。有一天半夜，刘昆仑醒了，发现傅海涛抱着那堆信件在流泪。傅海涛的信是随身带的，人到哪儿，信到哪儿。每晚睡觉，放风区到睡觉的这间房子的通道会关死，因为床位很紧，他们每个人身上的物品一般都会放在外间，不会随身带，但傅海涛的信都是枕在头下睡的，刘昆仑确实对他那几封信充满了好奇心。

这位公安厅新下来的管教干部让号子里面的人都感到很新鲜，他让大家每天早晚两次报数，不是简单地念阿拉伯数字，而是点名，每个人他都要点到，看得出他想记住每个人的名字。他开始了解每个人的思想状况，分别叫出去谈话。号子里有的人被关进来后，从没有跟管教干部说过话，说来也怪，只要跟这位新来的干部谈过话后，每个人的脸都涨红着，荡漾着笑容。就连那个台湾死囚犯，这位管教干部也主动走进来跟他聊过天。只有胖子贪官最倒霉，四环铐他是取下了，可是更提升了一级管制措施，他被锁进了猪笼子。猪笼子是钢筋焊的，比一个人高不了多少，人被锁在里面，四肢都被固定，白天笼子立在厕所边，吃饭、上厕所都要有人帮忙，这样一来，坐笼子的人不敢吃不敢喝；晚上猪笼子横倒在地上，四肢被固定，翻不了身。这种笼子是给号子里高危嫌疑犯用的，要么是爱打架的，要么是自杀的。胖子贪官出去看了一回病，回来后就直接住进了猪笼子，大家都觉得奇怪，“虾米米”上午问他是怎么回事，他还没说话就哭得不行了。

原来是这几天胖子贪官一直戴四环铐，手脚都磨破了，“虾米米”说：“骨头都看得见了。”炎症引起发烧咳嗽，昨天把四环铐给他打开时，他手脚都伸展不开，只能像一个球似的在地上滚，到看守所医务室看病，发现他肺部有阴影，医务室治不了，得送挂钩的市一医院。这挂钩医院就是胖子贪官当过院长的那家医院，胖子贪官要求戴上头套去看病，他害怕医院的老部下认出他来。看守所的病人到市医院看病不管案情大小，一律都要戴手铐脚镣，万一跑失了疑犯，谁也负不了责，胖子贪官就这样戴着个头套，像个重刑犯似的被两个管教干部和两个武警带到医院。到三楼去拍片子，胖子贪官一出电梯，厅堂里的人以为是来了个杀人的重刑犯，纷纷拿着手机给他拍照。说也巧，正好一个病人举着盐水瓶支架蹒跚走了过来，他速度不快，与胖子贪官擦肩而过，不巧的是，吊盐水瓶的铁架钩子钩住了胖子贪官的头套，而且当即把头套带了下来。胖子贪官身后的武警急忙去捡头套，但是已经来不及了。“李院长！啊！是李院长！”大堂里传来一片惊呼声。治疗室里的医护人员都跑到走廊上，纷纷往这边涌了过来。胖子贪官一时觉得无地自容，竟爬上了三楼窗户想跳楼自杀，幸好被武警拖住了。这样，他一回到看守所就直接进了猪笼子。上午他就开始号啕大哭，说对不起他老婆，对不起他孩子。从中午起，胖子贪官就有点讲胡话了，他时不时一个人打电话，就两个内容：“喂！谁啊！你们先开会吧，不要等我了。”“喂，什么事啊！你们先吃吧，我晚点来。”不是吃饭就是开会，他电话打个不停，吵得大家都不得安生，平常他最怕傅海涛，今天傅海涛去吓唬他，也不灵了，他照打不误。

最后“下老壳”说：“这样的人见多了，你帮他接个电话就好了。”

傅海涛马上就对猪笼子里的胖子贪官说：“我的电话，给我啊。”

果然胖子贪官在电话里说：“找我们领导啊，他在啊，等会啊。”胖子贪官正儿八经地像真的似的把手中的手机递给了傅海涛。

傅海涛煞有介事地接过电话说：“饭嘛，我就不来吃了，你们吃吧，挂了啊。”傅海涛装着合上了手机，再把手机递回给胖子贪官，这么一接电话，胖子贪官还真歇了下来。现在的“虾米米”除了在一边为胖子贪官买单创造好外部环境外，他也不知道还能为他捡来的爸爸干些什么。

杨明这两天好像也被胖子贪官传染似的，要么就喜欢问人家，看守所的门口是不是开了栀子花？要么他跟谁都赔笑脸。谁要用水了，他就连忙跑上前去递给别人；谁要在洗澡，他就站在身后，给人家殷勤地递香皂，他好像担心得罪所有的人，害怕号子里任何一个人不理睬自己，背弃自己。秦柳新向他索讨二十年前的情债，他一直认为这不是真的，他意识中还是认为秦柳新是爱自己的，认为她对二十年前的被抛弃只是有点怨恨，不会往心里去的。杨明在想秦柳新来跟自己见面的那天，是不是看守所的门口开着很多栀子花，是那些花让秦柳新的老毛病又犯了。但是秦柳新要与他一刀两断的态度显然已经对他造成了压力，所以他害怕被抛弃，恐惧背叛。

前两天刘昆仑被提审时就发现有一个二级警督来提审室提审“虾米米”。昨晚“虾米米”就跟刘昆仑说来看他的警察是张叔叔，张叔叔是他爸爸的好朋友，张叔叔正在想办法把他弄出去呢。刘昆仑问“虾米米”他的伤害罪是伤害了谁，他说不是他伤害的，凶手还没抓到，凶手抓到了他就可以出去了。

刘昆仑说：“你不是凶手吗？”

他说：“不是，但是是因为我打了架，张叔叔的儿子当时是我喊出来帮忙的，最后是张叔叔的儿子被对方捅伤了，现在凶手还没抓到，我和张叔叔儿子喊来帮忙的另两个朋友还有我女朋友都被关进了看守所。”刘昆仑问他张叔叔的儿子伤得重不重，“虾米米”说，开始法医鉴定是轻微伤，后来张叔叔说日后要让凶手多赔点钱，找法医帮忙弄了个轻伤。

刘昆仑说“那没多大关系，你应该很快会出去的。”

“不一定，张叔叔这次来，就是希望我给我爸写封信，劝劝我爸，我爸现在不理张叔叔了，不跟他说话。”

刘昆仑说："那是为什么？"

"我爸可能不愿意一个人出那么多钱，张叔叔的儿子住院，我爸拿了十万元，现在张叔叔想再要四十万，我们四人，每个家庭出十万，我爸爸也同意了，但是那两个家里没钱，说宁可坐牢，也不会出这个钱，他们都想让我们一家出，我爸可能就不同意了。你说张叔叔要让我坐牢，我真的会坐牢吗？"

刘昆仑说："你爸爸肯定会救你的，你爸有钱，他最后会想通这个问题的，你看着吧，你可能是我们这个号子里最先走的人。说不定今晚上，铁门一开就喊：夏新桐出来，不要穿黄马褂，那你肯定就是一去不复返了。"

昨晚"虾米米"是接着刘昆仑值班的，刘昆仑到了点就叫"虾米米"接班。他们晚上值班是两个人一班，一晚四班，看守所晚上的灯是不熄的，摄像头也是24小时连续开着，至于晚上还要人值班，主要是担心有人自杀或者恶意报复。

号子里也没有钟表，对时间的掌握白天是依靠杨明根据阳光光斑在号子里的墙上移动的位置来报时的；晚上是值班干部定时巡视，到了换班时间，值班干部就拿了金属钥匙在铁窗口敲着铁杆喊："换班了，换班了。"刘昆仑听见了值班干部的提示声叫醒了"虾米米"。

没想到"虾米米"还未从梦里完全醒过来，一翻身就径直往铁门走去，嘴里念叨着："不穿黄马褂！不穿黄马褂！"刘昆仑连喊了几声，才把"虾米米"喊醒。

B 杨明/从前

杨明今年四十冒头，算活了半辈子，这一辈子他就谈过两次恋爱，一次是他的初恋秦柳新，一次就是他现在的老婆。两次相比，应该是秦柳新留给他的印象更深，跟秦柳新谈恋爱正是他们情窦初开时，秦柳新的任何一个动作、说过的话都让他铭刻在心。特别是很多个“第一次”，第一次秦柳新拉住自己的手，第一次他吻秦柳新的唇，第一次拥抱秦柳新，第一次进入秦柳新的身体……一想到这些，他就情不自禁。杨明大三时，遭到母亲的坚决干预，那时他们全家迁往北京，父亲身体不好，病危频发，他妈妈就是以父亲的身体做托词，阻止杨明与秦柳新的交往。杨明妈妈甚至不惜用老战友的关系，让杨明的辅导员拦截秦柳新的信件，阻断他俩的联系。渐渐地，杨明就与秦柳新断绝了关系，从此他一心向上，认真读书。爱情给他留下了阴影，他害怕与女同学交往，他害怕爱情再次给他造成伤害。毕业后，很多朋友给杨明介绍过女朋友，杨明都不愿意交往，一直到三十来岁时，他都没有找女朋友，杨明妈妈最后对他说：“儿啊，以前是妈妈耽误了你，但妈妈也是为你好，你原谅妈妈好吗？如果你愿意，妈妈再也不反对你找任何女孩子，你去找回秦柳新，妈妈也认了。”

听了这话，杨明在家大哭了一场，妈妈也陪着哭，哭完以后，杨明就对妈妈说：“那我们开始找媳妇吧。”杨明妈妈四下托老战友帮杨明物色对象。第一个女孩子是北京王府井新华书店的营业员，说话声音清脆，见面那天，姑娘在客厅，还没见到人，杨明在卧室里就嫌人家说话声音太大了，不愿见第二回。第二个女孩是北京一家外企的白领，形象、气质都不错，只是说话太直来直去，每次约会时间都要精确到分，绝对守时，对什么事情表态一点都不含糊，行还是不行，意见明确，约了几次，杨明觉得不太合适。杨明毕业后分配在一家电视台的演艺中心，按说漂亮女孩一抓一大把，但杨明有过初恋留下的阴影，对身旁的女孩子从来不留意，也从不主动搭讪，有女孩想接触他，他也是退避三舍。演艺中心的男女在一起经常开开玩笑，说说黄段子，但杨明从不参与，杨明是圈子里少有的没有绯闻的人。不管什么应酬活动，杨明只参与到吃饭为止，他害怕一旦沾上女孩就又会出现秦柳新的结局，他承受不了这种压力。另外一方面，杨明身体强健，富有理想激情，而且有毅力，只要他认定的事他会坚决干到底，曾有朋友说："杨明找不到老婆肯定是眼光太高。"也有朋友说："杨明这么有激情的人，一生当中肯定要演一出死去活来的爱情戏。"但杨明好像一直找不到这种感觉，他觉得身边的这些女人，要么俗气，太假；要么市侩势利。妈妈看杨明高不成，低不就，急得不行，而杨明父亲的身体一年不如一年，躺在床上，根本下不来，经常重复着一句话：杨明不结婚，我死不瞑目。

这年国务院机关事务局、总政团委，联合北京妇联和北京市高教委开始定期举办大龄青年周末鹊桥会。杨明妈妈早早给儿子报了名，周六晚上杨明妈妈带着儿子兴冲冲地去了，一进体育馆，人声鼎沸，大龄男女至少有三四千人，加上他们带来的亲朋戚友，估计有上万人。杨明跟妈妈开着玩笑说："妈，你急什么？这么多大龄男女都是孤男寡女的，人家父母看上去可没你急。"到了报名处，每人领一个编号，佩戴在身上，然后就可以在馆内任意走动，谁要是被看中了，既可以当面谈，也可以先去报名处查阅对方资料以及联系方式。妈妈要把号牌挂在杨明身上，杨明怎么也不愿意，妈妈没法子，只好自己拿着号牌拉着杨明四处走动，杨明妈妈一看见稍为漂亮的女孩，就扯扯杨明，"那个怎么样？墙角边，看见没有，穿红衣服的。"

杨明说："膀大腰圆的，又不选运动员，不行。"

"那个怎么样？清秀小巧。"

"你愿意养一个林黛玉，我可心疼你啊！"娘儿俩说笑着，就是碰不到合适的，妈妈说："没关系，明天再来，每周六、周日晚上都有。"

杨明说："不来了，不来了，尴尬死了。"

"不行，我问了报名处，组委会会不断改变见面方式，以后不会这么尴尬了。"

"不来了。"杨明脾气又来了，妈妈委屈得直咽口水，娘儿俩往体育馆西4出口走去，快到出口，杨明猛的往前踮起了脚，好像发现什么人似的，然后飞也似的追了过去。这个举动把杨明妈妈吓愣住了，也连忙追了出去，杨明站在出口处东张西望找人呢。杨明妈妈刚要问他，他倒先开口了，"妈，你在这儿别动，我就回来。"说完，又急忙跑了出去，过了二十来分钟，杨明从相反的方向钻了回来，一头大汗，气喘吁吁地说："妈，我们走吧，明天再来。"

妈妈说："你看到中意的了。"

"是。"

"那好，明天我们再来。"杨明妈妈兴奋地回应。

第二天，杨明早早地就提醒道："妈，你早点做饭，我们早点去啊。"

杨明妈妈高兴地说："我已经做好了。"杨明妈妈大声地向卧床不起的杨明爸爸以及家里的其他成员通报："今天晚上杨明就会找到媳妇了，过两天就要把人领回来，我们等着抱孙子吧。"

这晚，组委会改变了查资料的方式，把每个人的情况都用纸打印出来，然后在体育馆牵上绳子，一张张地挂上去。昨晚个人资料没办法查，一个几米宽的台子围了几百人，谁也查不到，但是今天这么一挂，又出了个新问题，不管是谁，大家都顺着挂着资料的绳子往前走，每个人的脸大部分时间都贴在那张 A4 的纸上看资料去了，大龄男女之间就很难碰面。没办法，杨明只能带着妈妈顺着资料一张张地看下去，一直到散场。

杨明视力再好也看得头昏脑涨的，杨明妈妈问杨明："下周还来吗？"

"来，一定来！"接下来几周，杨明每次都按时来，每次来了都不愿意走，工作人员不清场，杨明就不走，杨明心疼妈妈，就没让她再去。鹊桥会组委会倒是非常认真，相亲方式变了又变，因为考虑到男女见面主要是看形象看气质，组委会就把主要工作放在见面上，资料平常都可以到办公室去取，杨明把鹊桥会新改的相亲方式说给了妈妈听。

妈妈问杨明："你上次看中的女孩到底长个什么样？把你魂都勾走了，要没她，这一辈子你又不娶老婆了？"一说到这儿，杨明就支支吾吾，说我就是去看看，有合适的我肯定不再挑剔。杨明妈妈和爸爸心又悬了起来，"杨明到底看上个什么女孩，真碰鬼了。"杨明的妈妈决定晚上一定要跟杨明一同去，"我是远光，近的看不清，远的看得可清楚了，多一双眼睛，多一份希望。"

杨明说："你又没有目标，你找谁啊？"

"谁漂亮我就找谁，你不告诉我，我就瞎找。"杨明只好带着妈妈一块儿去。这次去有点堵车，他们赶到工人体育馆时，相亲活动已经开始了。陪同人员都坐在四周的看台上，相亲的人在体育馆中间组成了奥林匹克的五环图案，不同的是每个环都有两层，里面一层是手牵手的女性，她们面向外层站立，而外面一层却是男性手牵手面向里层。这样男女两层环，面对面地旋转，大家容易近距离地看清对方，这个圈子看完了，你又可以并入另一个圈，只要大家相互满意就可以彼此示意，停下来到一边去详谈。杨明把妈妈安置在看台上坐好，自己就急切地融了进去，杨明今天特意穿了件火红的衣服。妈妈虽然坐在看台上，但儿子一直在她的注视下。杨明转了一个圈，又换了另一个圈继续转着，猛然间杨明妈妈看见杨明从圈子中间插了过去，然后又连续横穿两个圈子，他通过最后一个圈子时，绊倒了一群女人，但杨明什么都不管径直往前，在旁边的休息椅边拦住了一对刚看对眼儿从人群中分离出来的男女。

杨明妈妈心里一阵狂喜，“找到了，终于找到了。”情不自禁地喊了起来，急忙往台下走，她急于知道让儿子苦苦追寻的女孩到底长个什么样。杨明妈妈走近场边时，杨明正好面对面地对着妈妈来的方向，那位姑娘则背对着妈妈，杨明急切地跟刚才那位先生和姑娘解释着什么，那位先生面带不悦，最后悻悻地走了。杨明妈妈走到姑娘的身后，她对这个背影有种似曾见过的感觉，正当她回忆着，杨明把手往这边一指，说:“这是我妈妈。”姑娘缓缓地转过身来。杨明妈妈顿时惊呆了:“这不是秦柳新吗？”她差点叫出声来。

这个姑娘叫李冰莹，是司法部下属的一家出版社的编辑。那天杨明来鹊桥会第一次偶遇到，旋尔即逝的就是李冰莹，杨明今天看到她时，一时自己都糊涂了，这肯定不是秦柳新，秦柳新早就结婚了。杨明一直提醒自己别弄错了，但他怎么也克制不了自己的情绪，眼眶一直是潮潮的，他好像又回到了江城青石板街，与秦柳新脉脉含情相望，他终于找回了心爱的女人，他不禁伸出手去牵对方的手，对方害羞地避开了。一时杨明清醒过来，回家的路上，杨明无限感叹，世上竟有这样偶然的事，他要有机会碰上秦柳新，一定要问问她，她有没有走散的双胞胎亲姐妹。

不到两个月李冰莹和杨明就结婚了，结婚一个星期后，杨明的爸爸就过世了。杨明和李冰莹一直跟杨明妈妈一块住。

80年代末90年代初，北京市场经济越来越活跃，出国、进入外资企业成了北京年轻人事业有成的象征。杨明在演艺中心上班，一个月挣个两千多，如果在电视栏目里做个制片人费用可以报销些，哪怕在栏目里做节目，只要有选题，每个月也可以挣个四五千。但报选题、做节目，这些工作正式工基本上是不干的，大部分都交给应聘人员干。杨明干的活比较死，做做外联，没有什么收入，也没有更多空闲时间。倒是李冰莹的单位效益好，一个月拿个几千没问题，年底一次还能拿两到三万元奖金，李冰莹的收入是杨明的好几倍。李冰莹也跟杨明说过几次，希望杨明下海办个文化公司，与李冰莹编辑部合作编一些司法教辅材料也能挣大钱，杨明犹豫再三，最后辞职跟李冰莹单位合作干，在事业上一开始两人合作得很好。

但杨明和李冰莹夫妻时间一长，彼此问题就出来了。杨明老要求李冰莹穿他喜欢的衣服，杨明一直坚持去裁缝店里加工那种只有农村姑娘才穿的碎花松紧带内裤。他经常跟李冰莹说："女为悦己者容，你穿衣服给谁看啊，不就是给我看吗，我喜欢就行。"实际上杨明要求李冰莹穿的衣服都是他记忆中秦柳新穿过的衣服。其次是李冰莹，生过孩子后，她的感情完全放在孩子的身上，对丈夫杨明却日益冷淡。在夫妻生活方面，李冰莹不愿付出一点点激情和主动，就是在思想沟通上两人也不能正常交流。每次杨明追着妻子说话，总是热脸贴冷脸，杨明有时觉得他与李冰莹之间似乎有个第三者在游弋，但不管杨明怎么去查证，第三者又确实不存在。到了后来，杨明也懒得去修复感情了，要不是女儿杨宏秀，他真想离婚了。

二十年后与秦柳新意外相遇，让杨明既有欣喜，又有担忧，欣喜的是又见到了初恋情人，担忧的是二十年前留给秦柳新的那份痛楚，秦柳新忘记了吗？已经原谅自己了吗？杨明有点害怕去揭开过去的伤疤，他害怕早已结痂的疤痕如果再重新揭开是不是又会造成新的创伤。初恋的甜蜜已被二十年的时间车轮辗压得体无完肤，那种支离破碎的感情他还依然记得，但究竟是二十年了，他们之间还会有未来吗？朋友说我杨明一生中必定有一次轰轰烈烈的爱情，为什么我这次见到秦柳新却没有那种大爱将至的感觉，是不是我这么多年感情的火山没有迸发，我的激情已变成死火山了？我老了吗？杨明不断地反问着自己，检讨着自己，他真的觉得自己老了，在与李冰莹相处的生活中已没有了激情，四十多岁的人在感情上不能不服老啊。为什么自己当天不敢邀请秦柳新出来坐坐？为什么在她面前还那么矜持呢？当时心里确实有种想与她交流的想法，为什么就说不出口呢？为什么就要抬腿走人，不能留步呢？飞机起飞的时间还早着呢，说到底还是自己他妈的假，他妈的酸腐，读了几年书，怎么就变得口是心非了呢？变得那么不真诚了呢？

一个风和日丽的冬日午后，在办公室的杨明顺手打开电脑，他好久没上QQ了，想问候老朋友近来如何。猛地他想起秦柳新的名片，找到秦柳新的名片后，输入她的QQ号，她正在线。杨明习惯性地输入"你好！"，对方回答："你好！"杨明打字速度不快，没想到对方接着又敲了几个字"是你吗？"杨明也鬼使神差地输入了"是。"他们之间谁也没问对方是谁，但都同时心有灵犀地回答了这个问题，接下来的聊天让他们渐渐冰消雪释。

杨明：你好！

秦柳新：你好！是你吗？

杨明：是。

秦柳新：哦。

杨明：很久没上网。

秦柳新：哦，在哪儿啊？

杨明：在阳台上。

秦柳新：那天你离开后，我想了很久，包括以前的人和事。

杨明：是，我也想了。

秦柳新：总结一句话，你改变了我整个人生，20年后的现在内心很平和了，能自由地说说自己了，我也很庆幸，能和你再遇到，用这样的方式交流。

杨明：我一时无语。

秦柳新：我改变了很多，我希望自己成为一个淡定的女人，很自我，也宽容，有时孤独，但也享受这样的孤独。

杨明：我觉得你现在的状态非常好。

秦柳新：我很满足现在，真的，我喜欢这样。

杨明：我觉得你活在自己的精神世界里。

秦柳新：我很感谢，生活给我的磨炼。我失去了很多，但是我现在拥有很多别人没有的东西，不好吗？

杨明：非常好！我也很羡慕，你的确过得很好，因为你很超然。

秦柳新：是！这是我第一次在你面前这样说，已经20多年了，现在能把理性和感情分得很清楚，还有内心的阳光，纯净和透明。

杨明：实际上，你没有什么特别大的变化，还那样年轻。

秦柳新：我内心很自由，这很难。

杨明：事实上，你内心也没多大改变，我体会到了。

秦柳新：哈哈，你也学会甜言蜜语啦。

杨明：没有，我上次就有这样的感觉，很强烈。

秦柳新：你觉得我这样有什么不好吗？但我觉得这很好，很多人都做不到。不知道为什么我会是这样？

杨明：我知道，你什么都没有变。

秦柳新：是！爱你也没有变。

秦柳新：我没有别的意思，很平静地说，你不要介意。

秦柳新：说和不说是我的事，和你无关，也是最后说，不会当你面说。

秦柳新：没了。

秦柳新：喂！你还在吗？

杨明：（杨明流泪）在，没什么，我有点伤感，显得我小家子气了。

秦柳新：我在听阿桑的《一直很安静》，很喜欢，对很多东西现在可以做到一笑而过了。

杨明：你很有闲情逸致，我的压力比你大。

秦柳新：肯定啊，因为你是男人。

杨明：是的，你很解人意的，你是在过生活，我们是在打拼。

秦柳新：那是你们男人自己选择的，只能去面对，没有退路。

杨明：是，我聊天很多是为了工作。

秦柳新：知道。

杨明：有时，也孤独的时候。

秦柳新：但是工作之余还需要内心的放松，其实我一点也不了解你啦。

杨明：是，男人很好强。

秦柳新：你平时都做什么，喜欢什么，有什么心事我不懂，你不说我也不会问。但是有一点：我一直在默默祝福你，不论你知道不知道，明白不明白，那是我心甘情愿，其实你也没变，是吗？

杨明：（杨明流泪，一时打不出字来）能有什么高深莫测，我也一样。

秦柳新：每个人的需要不一样，食色后还有成就，然后社会价值等，最后是内心的需要，如果满足了就很快乐很轻松。

杨明：你不需要他人知道你生活得怎么样，你就过自己的生活。

秦柳新：其实我也不在乎别人怎么看我啦，因为我很充实。

杨明：我们是群居动物，群聚性太强，就容易显摆了。

秦柳新：等到我们都老了，回过头来再看看现在，也可能会嘲笑现在的自己呢。你一直居高临下，我不敢主动走近你。

杨明：你真这样认为吗？

秦柳新：是的。

杨明：我觉得自己有时也很自私。

秦柳新：不知道你现在怎样看我，已经过了这么多年，其实很多话都没有必要再说，对吗？但是我前面说的全是我的心里话。

杨明：是，我很愿意跟你说话。

杨明：很怀念跟你过去谈天说地的时光。

秦柳新：哦，我会一直陪伴你，在我心里，那是我年轻的时光和最纯洁的感情，你知道就行了。

杨明：（杨明流泪）是的，我很想能有机会去做驴友。

秦柳新：创造机会吧。

杨明：人是怀旧的。

秦柳新：你老了吗，哈哈！人老了就容易怀旧，我一直认为你经历过很多，我不过是你的一片落叶，能想起我已是我的幸运了。

杨明：没有，可能我给人的感觉就是这样。

秦柳新：我一直希望你回江城来，不是和老朋友在一起才见面，而是和我打个电话，两人一起好好聊聊，但是你没有，我以为你很忙，而我排在你忙碌的事情之后，所以……但是我总在心里和你最亲，知道吗？

杨明：不知道，我一直认为你很记恨我。

秦柳新：你错啦，我不是否定自己的人。

杨明：是，只是因为有些东西是永远不能忘怀的。

秦柳新：我一直想，那是你有难处的时候，也想过是命运的安排，但是从没怪过你，因为我们都还小，很多事不懂，但是善良让我一直坚持下来，我不怪你，真的，从来没有。但是那段日子很难熬，我还是熬过了，甚至不想活……现在想起来都过去了，你不必自责，人生就是这样，过了那道坎不就好了吗，对不对？

杨明：（杨明泪如泉涌）我很喜欢和你能有这样的交流。

秦柳新：嗯，一样。

杨明：我觉得我慢慢真实起来。

秦柳新：我想我们会好的，是吗？

杨明：是的。

秦柳新：你是树，我是藤，我缠你；你是茶，我是水，我泡你，哈哈！行不？

杨明：（杨明笑着流泪）你能这么轻松，是因为你没有错，错在我。

秦柳新：不要啦，都说明白了。

杨明：今天的太阳很暖。

秦柳新：是啊，特别有你。很温暖的冬日。

杨明：（杨明脸上绽放了笑容）感谢上帝，我们能这样交流。

秦柳新：也感谢我们自己。

杨明：今天，我掉了泪。

秦柳新：一样。

杨明：这又成了我们的难忘记忆。

这是二十多年来他最内疚的痛，他没想到会以这样的方式去纾解。在这段聊天内容中，杨明并不知道秦柳新比他内心平静得多，她的字字句句都打在他的心里。她描述自己像一个大病一场的病人，在渐渐苏醒，说自己的心灵像冬天的寒冰渐渐消融，让杨明整个人激情澎湃，心潮起伏，热泪盈眶。泪光中杨明仿佛看到秦柳新正向他大步走来，他已不能拒绝她的到来，多少年来，他的家庭、学校、环境、文化给他铸造的盔甲在秦柳新一步步走近的时候全都土崩瓦解，分崩离析。他仿佛仍是二十多年前的那个少年，无论如何都无法抵御少女的温柔眼神，他紧闭了二十多年的胸襟，渐渐地被秦柳新打开了，难道是解铃还需系铃人吗？坚冰在融化，春天的步履正在走近，他不知道他一生中最激情的爱情是否已到拉开大幕的时候，他真的要大爱一场吗？

第二天，他飞到江城约了秦柳新在语意咖啡厅喝咖啡，他们两人从下午两点一直坐到晚上八点。秦柳新感觉跟杨明聊天总觉得有点不对路，杨明确实不会谈恋爱了，他说的东西，政治、文化都是离个人感情十万八千里的话题，秦柳新习惯男人对她说些暖昧的话，她最爱听，而杨明恰恰就不会说甜言蜜语，好在两人分别那么久，这场谈话还进行得下去。第二天他们又相约去了望江山，望江山的临江阁把贯穿江城的清水河最精彩的景色尽收眼底。他们俩坐在临江阁，谈到过去的离别，聊到秦柳新那段失去自信甚至自我怀疑的日子，杨明泪眼婆娑，他心痛她的过去，秦柳新已慢慢走进了他的心田了。

夕阳西下，秦柳新开着车载杨明下山，秦柳新把手随意地搭在杨明的手上，说：“什么都不要担心，我们现在不是在一起了吗？”碰触到秦柳新的手，杨明就不能自已，他记起了这双手，年轻时，他最愿意相牵的手。而秦柳新也感到吃惊，她为杨明这种有着丰富阅历的男人，在感情上却显得这么单纯而感到吃惊，她为她的初恋情人虽然在外闯荡多年，但并没有学会市侩油滑而自豪，她心里暗自高兴，收回这个初恋情人的心，易如反掌，杨明比她以前碰到的很多男人都容易对付。她也暗中警告自己，不能在同一条河里再翻一次船，跟所有情人打交道秦柳新都牢记一条：不能真正投入感情，让自己深陷，这是杨明带给她的教训，这次自己一定要谨慎，让杨明深陷进来，然后抛弃他，这样还不够，还要想办法，让他多受苦，加倍补偿二十多年前他带给她的情感灾难。

第二天，他们又约在语意咖啡厅，现在俩人谈话时，秦柳新对不愿听的高谈阔论她可以直截了当地指出来。秦柳新想听杨明的暖昧语言，经过两天的熏陶，杨明的话也开始有点甜味了。秦柳新说："看得出你是个激情澎湃的人，你难以控制自己吧，我们以后相处总要有个底线吧，谁来控制这个底线？"秦柳新继而提出由她控制底线，这个底线是不影响双方家庭。杨明满口答应，杨明虽然感到秦柳新经常说他高谈阔论，离题万里，但杨明认为秦柳新和自己对待人生和爱情的看法很一致，他们的价值观极相似，秦柳新对杨明说："你还喜欢我吗？我真的还值得你爱吗？"

杨明说："你跟以前已不一样了，你还保留着善良、多情、正直，但你的职业让你比以前尖锐了，你跟我最大的区别就是你跟人交往没有贫富贵贱之分，你待人对谁都一样低调。而我不行，表面上我有礼貌，实际上跟任何人交往都有距离。你活得真实，我活得虚假，也活得比你累，你愿意听人倾诉心中的苦闷，你是最好的红颜知己。我对你的爱当然源自我们的初恋，但以后我俩感情的发展还要取决我们彼此的内心，我们都是四十来岁的人，阅人无数，对方合不合自己的意，有没有共同的情趣和爱好，肯定有待考验。我现在喜欢你，也可能是我的感情等得太久，我现在对你非常满意。"

秦柳新听了这一席话，心里自然满意极了，她说："没想到二十年前失去的感情，我现在还能找回来，我这一辈子以前什么都满足了，缺的就是我的初恋，留下了终生遗憾，但现在我又找回来了，现在我就是被枪毙也值了。"他俩激动时，在咖啡厅也只是拉拉手。杨明知道秦柳新在江城是个风云人物，别让人看到什么。秦柳新又担忧地问："我知道你现在激情似火，不知道你的激情能保持多久，像你这样从事文化工作的人激情来得快，去得也快。你以前的突然离去让我至今心有余悸。"

杨明解释说："年轻时的爱情给我留下了一辈子的阴影，我二十年来，没有异性朋友，压根就不会谈什么恋爱，我是一朝被蛇咬十年怕井绳啊。"杨明又接着说："昨晚我看到一篇文章说是一个中年人去酒吧见一个被他年轻时伤害过的初恋情人，他在酒吧等了很久，那女孩一直没露面。邻桌一位老太太看到这中年人坐立不安，就问他在等谁，中年人给老太太说了自己的事，老太太说我也来等年轻时曾伤害过我的一个男人，但他现在已离世了，其实我早就原谅了他，我每天都来这儿等他。你放心，那女孩肯定会来的，只要这女孩为你付出过感情，她就会原谅你。”

“那位女孩最后来了吗？”秦柳新问。

“最后来了。”杨明答。

“到现在为止，我还是不明白，你当初为什么不要我，说走就走呢？”秦柳新猛地回到仇恨恼怒的状态上。

“不是都过去了吗？”杨明轻声说。

“是，但那种痛你没有经历过，你毅然而去的背影，我现在回忆起来还是那么清晰，你知道吗？你跟我断了后，我天天坐在我家门口，闻着栀子花淡淡的香味，看着栀子花花瓣不时地从树上飘落，极不情愿忽左忽右，最终无可奈何地落在地面上，我同病相怜地看着那些坠入尘埃渐渐由白色褪成褐色、黑色的花瓣，台阶前、庭院里零星躺着惨白的、黯黑的、蜷曲的、绝望的栀子花花瓣。我听到栀子花花瓣剥离树枝的炸裂声和飘落到地面的扑簌声，我就像是那寥落的栀子花无助、绝望，我的泪水就像关不住的笼头从清晨流到晚上，我就这么坐着，一坐就是七天，现在只要闻到栀子花的香味，我就记起那离别的痛楚。”

杨明猛地闻到了栀子花的香味，顺势一望发现邻桌吧台上，花瓶里插了一束栀子花，杨明马上走上前去，告诉服务员，说他栀子花过敏，嘱咐服务员马上移去栀子花。但是回到座位，秦柳新已经站了起来，坚决要走，杨明把她送到车前，秦柳新说：“我没事了。”然后就开车走了。车在前面要掉一个头，再从门口开走，等秦柳新再从杨明身边开过时，杨明挥挥手告别，但秦柳新却目不旁斜地开车径直走了，留下杨明一脸愕然。

第二天，一到上班时间，杨明就拨打秦柳新的电话，但秦柳新没接，电话里传来一段彩铃：“我曾经爱过这样一个男人，他说我是世上最美的女人，我为他保留着那一份天真、关上爱别人的门。也是这个被我深爱的男人，把我变成世上最笨的女人，他说的每句话我都会当真，他说最爱我的唇，我的要求并不高，待我像从前一样好……”彩铃中的女人唱得凄凉、哀愁，一下就抓住了杨明的心。歌没放完，彩铃就断了，杨明又拨过去，那段歌声又响起来，杨明的眼泪一下就夺眶而出。他好像看到秦柳新站在青石板街，靠在旧式门楼前，看着她凄楚地对他轻声唱，他的心都要碎了，他越是难受越想听这首曲子，他又不停地拨秦柳新的电话。他一时糊涂了，他究竟是要找秦柳新，还是想反复听那首歌，他不知道那首歌的歌名，也从没听过那歌的旋律，但那歌就像是秦柳新的一个特殊标记，完全击中了他。杨明觉得自己这一辈子都不可能忘记这首曲子，他一定要找到这首歌，完整地听一遍。杨明见秦柳新没接电话，转而上了网，在QQ里找。

杨明问："在吗？"

那边回复："在。"

杨明试探着问："昨晚你还好吧？"

"好呀。"

"没生气吧？"

"生谁的气？没有啊。"

"我看你开车头也不回地走了，以为你生气了呢。"

对方停顿了一会儿，然后又开始打字："对不起，让你误会了，自从我们年轻时那次分手后，我就养成了这样一个习惯，跟谁分别时，从不回头，原谅我。"杨明内心一阵难受，好半天才缓过劲来。对方猛催："你没事吧，还在吗？快回话。"

杨明敲了几个字说："说对不起的应该是我，毕竟那些都过去了，我们重新开始吧，我会加倍对你好的，忘记过去吧，好吗，我尽力。"

"但千万别让我想起过去，别让我再闻到栀子花的香味。"

"好的，我一定注意，告诉我你手机中的彩铃是什么歌吧？"

对方停顿了一会儿说："以后你会知道的。"关了电脑，杨明沉思，我是在谈恋爱了吗？我怎么那么脆弱？我以前哪会这样啊，秦柳新真是我一生中最爱的人，她真的出现了。杨明想了想，他一时半会回不了北京，先给家里打个电话，他给李冰莹去的电话很少很少，基本上没有重大的事，双方不通电话，他俩有时一周也难得有一个电话。他在电话中对李冰莹说在江城，可能要谈项目，一时半会不会回京。挂了电话，杨明也开始想，既然江城有个秦柳新，自己也不愿意走，也可以在江城找找项目，看看有没有合适的，于是他开始打电话联系他中学的同学。

接下来的六天里杨明和秦柳新天天下午在语意咖啡厅聊天，双方之间的感情迅速升温。第八天，吃过午饭，秦柳新对杨明说："我有点困了，要不我们找个地方休息一会儿。"于是杨明在青年快捷酒店开了间情人酒店，为了躲人耳目，他把房间号发了个短信给秦柳新，自己先去了酒店。他把窗帘拉上，烧上开水。然后在玻璃浴室洗了个澡，出来时把大浴巾缠在身上。过了一会儿秦柳新到了，一进门看见杨明身上只缠着浴巾就会意地笑了笑，然后自如地褪去衣裙。杨明半张着嘴，惊愕地盯着秦柳新的一举一动，他完全被秦柳新在他面前自然裸露的神态和性感的身材折服了。他们上了床，杨明一贴近秦柳新的身体就不能自已，他双手用力机械地揉着秦柳新的双乳，杨明顿时感到灵魂出了窍，好像一下腾空而起。他想把她搂进自己的怀里，可是，下身还没靠近秦柳新的身体就不行了，几分钟杨明就败下阵来，杨明不好意思地摇了摇头，秦柳新只是温柔地看着他笑，她对杨明说："没关系，慢慢来。"没一会儿杨明睡着了，他梦到自己在空中飞着追着秦柳新，秦柳新猛地像折了翅膀似的垂直地掉向地面，杨明眼一睁，醒了，正看见秦柳新用一双异样的眼神在盯着自己看，杨明一时有点茫然，秦柳新随即对他莞尔一笑说"醒了！"

秦柳新跟杨明说起性、感情、婚姻，她认为三者是可以分离的。但杨明却完全不同意这种看法，他认为性和感情是不能分离的，但可以与婚姻分离，感情也可以与婚姻分离。杨明很固执地坚持这点，秦柳新就笑他："你这是只许州官放火，不许百姓点灯。"到了后来，秦柳新发现杨明是个醋坛子，特别盯着秦柳新的思想中关于男女相处的方式不放，秦柳新就开始改口说自己只是转述了性学专家的观点，并不是自己的主张。经过这一次与杨明的做爱，秦柳新更是感叹，杨明在男女之事上真是幼稚得可爱，太嫩了，她感叹这么多年老天爷还是把一个少年时期的杨明又原原本本还给她，现在像杨明这样不谙男女之事的中年男人可是太罕见了，这也算是极品。另一方面，秦柳新又不断地提醒自己，接触杨明的目的是决不能忘记的。二十多年前自己的身子就给了这个男人，他虽然没有成为自己的丈夫，但他对自己身体的了解程度跟自己的丈夫又有什么区别，他甚至比丈夫更早了解自己的身体。秦柳新在跟丈夫结婚后的很长时间里，每次做爱她都挥之不去杨明跟她在黑夜里紧张地匆匆忙忙的性爱影像。秦柳新虽然在心里认为杨明是自己复仇的对象，但在生理上，她又认为杨明是他的男人，杨明进入她的身体是天经地义的。她没有丁点儿的不自然，从她在青石板街见到杨明的那一刹那，她就觉得自己的身体就应该是这个男人的，就应该任他来抚摸、出入。尽管理智一百次地提醒她，这个男人是自己的仇人。

自从离开杨明后，二十多年来，有多少男人对她垂涎三尺，围着她的石榴裙转，她也糊弄得那些男人不能自已，但最终她绝对不让男人们越雷池半步。曾有位她的法院上司，一直跟她眉来眼去，上司也给她送了不少礼物，她也一一接受。有一次上司带她外出出差，晚上赖在她房里不走，而且明确告诉秦柳新，他实在太喜欢她了，身体克制不住了。秦柳新说："这是你自己的事，跟我没关系，你要想那事，楼上就有小姐。”她马上打电话叫来这个城市认识的朋友过来聊天。让那位领导知趣地离开，当然秦柳新绝对不会把这样的事说出去，不会伤男人的面子，这就是她的聪明之处。

最后那位领导在公开场合对秦柳新赞不绝口，说她工作能力强，有水平。私下里跟要好的朋友说：“秦柳新那个女人厉害得很，可别打她的主意，捡不着便宜。”秦柳新结婚以后，对这种感情游戏也是乐此不疲，凡是对她有好感的异性，只要基本达到她心中的标准，她都接触。一方面享受着别人对她的好，笑纳对方给她的礼物，当然钱从不要，从不拿。另一方面她什么感情都不付出，不投入，但每次请她吃饭，只要她有空她就争取去。弄得很多男的为她闹离婚，为她肝肠寸断，而她却潇洒地过着自己的生活。她从不把男人当对手，从来认为男人就是为女人挣钱的，就是被女人驾驭的，实际上直到杨明出现，她的感情游戏也一直没有断过。但这个世上只有两个男人是她的性伙伴，一个是她丈夫，一个是杨明。对于杨明，她已经有了她明确的想法，一方面要他受到惩罚，以报二十年前的负情之仇；另一方面她要享受杨明的好，不仅要他像她以前所有男朋友那样为她买单，送她礼物，甚至给她钱花，最重要的，她觉得杨明在性方面很干净，完全可以塑造，她要杨明变成她的性奴，她要在杨明身上得到最好的回报。

杨明在与秦柳新重逢的初期，完全是基于对秦柳新的感情回报，他从心里喜欢秦柳新，爱她的思想，欣赏她的与人为善，喜欢她温柔的神态。他对她的感情一开始是没有性、没有肉欲的，应该说是秦柳新完全以精神层面吸引了杨明。从他们在宾馆开房后的第一次性爱早泄后，接下来的性爱杨明获得了意想不到的满足，他完全没有预想到秦柳新的身体对他充满了无穷的诱惑，他有太长的时间没有得到这种享受了，他快乐极了，他每天都要在网上给秦柳新留言，赞美他们之间的爱情。秦柳新说恋人的激情只有十八个月，你杨明的激情到底有多长？杨明说自己就是一个激情似火的人，蓄势已久，一旦喷发，炽热而持久。我们不仅有感情上的支撑，还有性爱，不论婚姻格局是否改变，杨明都愿意将这条路走下去，他太需要这份感情和性爱了。一天下午秦柳新来了，秦柳新对杨明说：“我周末可以休两天，我们出去一趟吧。”

杨明说：“好啊，有什么地方好玩？”

“这天气冷，我好久没泡温泉了，我们去温泉吧。又可以健身，又可以美容。”

周末他们去了太天山温泉，太天山温泉距离江城市一百多公里，开车一个多小时就到了。太天山温泉常年四季暖流不断，宾馆就建在温泉上，温室池设计得很巧妙。一个个别致的温泉池，从山腰逦迤下行到山脚，每个池子都有一个好听的名字。地上、水里装点着各种颜色的灯具，水面萦绕着薄纱似的热气。天色渐暗，猛地走进温泉区，疑是琼瑶落九天。

杨明从男更衣室出来，顺着长廊往前走，一路找过去，看到秦柳新穿着泳衣泡在一个温泉池里，同一个池子里没多远，还有个男人正在偷看秦柳新，杨明顿时妒火中烧，一步跨进池子，紧贴着秦柳新。然后他们一个一个温泉池泡过去，愈往上走愈没有什么人，在一个掩映在竹林里的温泉池，杨明和秦柳新紧紧地拥抱在一起。他们接吻牵手，但是两人究竟是成年人，公共场所不敢太放肆，于是两人互相倚靠着，对唱起歌来，一人一首唱得异常开心。直到月亮隐去，温泉池也熄灯了，两人才牵着手回到客房。

温泉客房的双人床宽得离奇，估计有3米。秦柳新先进卫生间冲凉，这卫生间和卧室之间是透明玻璃的，里面有一道窗帘，秦柳新没拉上帘布，直接冲起凉来。看得杨明两眼发直，目瞪口呆。秦柳新出了卫生间，什么也没披挂，径直上了床。杨明刚想去搂抱，秦柳新一把推开他说，去洗洗。杨明一进卫生间，就把与卧室之间的窗帘布拉上，杨明看见了秦柳新在笑他。他按着秦柳新的吩咐，把自己好好清洗了一番。当他走进卧室时，灯光已被秦柳新调得似亮非亮，一种暖昧的情调弥漫在四周。秦柳新快睡着了，杨明一上床就把秦柳新弄醒了，杨明爱抚着秦柳新的丰乳肥臀。秦柳新说："我全身都敏感，你的动作轻柔些，好吗？亲爱的。"杨明点点头，秦柳新的双手在杨明的胸前背后乱抓一通，高潮褪去，秦柳新抚摸着杨明身上的血痕，心痛地说："对不起，我太兴奋了。"

随后他们交流了彼此身体最兴奋的地方，秦柳新先睡了，杨明望着秦柳新的面容喃喃地说："碰上你是我三生有幸。"这一晚，杨明做了一晚的梦，他梦见自己长了一双白色的翅膀，在一条没有尽头的隧道里飞翔，飞翔，自由自在。

第二天早晨，杨明梦见一只小鸟在自己的嘴边抢饭粒吃，杨明睁开眼，知道是秦柳新在吻他，"亲爱的，起来吧，抱我起来。"杨明机械地把秦柳新抱了起来，一直抱到沙发上。杨明边穿衣服边想，我这前半辈子真是白活了，跟我老婆怎么就一点都亲热不起来。宾馆的早餐是算在房费里的，杨明被秦柳新按在餐桌边，秦柳新说："想吃什么，我去拿，你别动。"正说着，杨明看到对面餐桌正坐着中学同学胖子龙志生和上次在语意咖啡厅里见到的香港刘先贵先生。龙志生眨眨眼，别有用意地对杨明笑笑，杨明只得走了过去，大家爽谈起来。杨明这才知道，刘先贵是香港派驻江城的代表，手上有一万多平米的装修工程要往外发包。龙志生就是请刘先贵来泡温泉攻关的。于是杨明把秦柳新请了过来，给两位新朋友做介绍，然后一上午他们都在谈工程的事，杨明抽空把龙胖子喊到一边，问龙胖子这个项目能不能包点出来做。

龙胖子说："没问题，我们是老同学，可以一起做，因为要交百分之十的工程保证金，要一百来万，我一时资金周转有问题，我们可以各做百分之五十。"

杨明听了心里大喜，说："好啊！回去我们去工地看看，再看看手续齐不齐。"

"没问题，我都看过了，你这老同学再把把关，特别是你那律师情人把把关，不是更保险吗。"

"别瞎说。"杨明说完，两人都笑了起来，杨明的笑声中透着几分男人的自豪。

第二天，杨明、秦柳新一起开车到了装修工地。龙胖子和刘先贵已在门口等候。他们一行在一楼拿了两个电瓶灯，一起进了工地。这房子的结构是上有二十多层的住宅楼，住宅楼都已销售完毕，一到四层是商业铺面和写字楼，地下两层是车库，车库的停车位没有卖出去，是为了给商业铺面和写字楼留用的。商业铺面看得出已经开始了装修，只是现在暂停下来了，装修是从四楼到一楼往下的顺序施工的，四楼是KTV，屋顶和墙都装了，只是没上油漆。三楼是餐厅，装修的程度和四楼差不多，包括古桥，亭台楼阁都做好了，只是有些大理石地板没完全装好。一楼、二楼基本没怎么动工，但厨房是设计在一楼的，土建已干完，排烟管道、排水也都做好了，连海鲜池也像模像样了。中央空调管道，消防系统都到位了，但观光电梯只做了一半，没装上去的吊箱放在一楼大厅里。秦柳新看了看，说："这个项目如果是一千万的投入，利润肯定可观，关键要看它的手续怎么样？前面这家公司的遗留问题搞清了没有。"

龙胖子说："我上去看看，你们等等。"龙胖子看得出来很敬业，中午三个人一起吃饭，杨明找了家中西餐厅。他知道秦柳新喜欢在那种装修精致、店面讲究的餐厅吃饭。中西餐厅近几年像雨后春笋似的在江城冒出来不少，江城有些讲究的公务人员、白领阶层、商务人士，以及那些正处于热恋中的男女都喜欢到这类餐厅来消费。中西餐厅安静干净，而且吃过饭以后还可以喝喝茶，喝喝咖啡，聊聊天，谈谈事，不用吃完就立即走人。有时候一个人在餐厅等人还可以看看餐厅里提供的书刊杂志，甚至讲究的餐厅还能上网，提供办公条件。这种餐厅对外发消费卡，一种卡是储值的，凭这种卡可以以较低的折扣进行消费，直至卡上的钱全部消费完毕再续费；还有一种卡是打折卡，凭这种卡可以享受8.8折优惠。龙胖子手包里装满了这种卡，不管在哪里消费，他都可以拿出对应的消费卡享受优惠。他们三人找了一个靠窗的台子坐了下来，龙胖子把厚厚的菜谱递给秦柳新，说："秦柳新，你点菜。"秦柳新把菜谱接了过去，点了青椒炒肉、剁椒鱼头、香干芹菜、湖藕炖汤。

秦柳新吃得很清淡，她跟杨明说："你跟我一块吃，保证你不会有'三高'，高脂肪、高血糖、高胆固醇。我就中午吃一顿米饭，晚上吃点面食，水饺、大饼之类的就行，我吃得很清淡。"确实杨明跟秦柳新相处后，两人每天几乎都只吃一顿饭，杨明从来没有过油腻和饱胀感，吃的都是绿色食品，所以每次吃饭，杨明都让秦柳新点菜。

秦柳新点了四个菜后，龙胖子还拿着菜谱往杨明身上推："你还是点个菜吧。"

点完菜，大家一边等着上菜，一边又讨论起生意来。秦柳新看着杨明说："如果是谁承包了某家宾馆经营，让我们装修，我认为这有风险。但如果宾馆产权是经营老板的，哪怕我们装修多垫些钱，这事我看也能干，跑得了和尚跑不了庙，只要产权是他们的，我们就不怕。再加之龙同学刚才说了利润还可以，为什么不干呢？"

杨明觉得这确实是个好办法，他正好想留在江城，找个项目也不容易，这个项目看样子还不错，只要没有太多的问题，他很乐意干，不仅自己挣了钱，而且又拉近了与秦柳新的关系。一举多得，为何不干！实际上杨明犯了生意场上的大忌，做生意哪能跟爱情掺和在一起，这会使人丧失正常的判断力。最后秦柳新提议，最好要见见吴大鹏，这件事才能最后定。

吃过饭，秦柳新开车送他们两位。秦柳新每次送人，只要杨明在车上，秦柳新肯定先送别人，最后一个送杨。

到了杨明住宿的宾馆，杨明拿着包下车，秦柳新猛地叫了起来："你怎么把人家的菜谱拿回来了？"

"哈！哈！哈！"杨明也大笑起来，杨明平常都带包跑的，今天没带包，习惯性地把人家菜谱当成自己的包拿了回来。秦柳新加了油门走了，照样是义无反顾。

不久刘先贵回了话，说最近吴大鹏先生不会来江城，如果要见面，可以去深圳见。时间在十天后，秦柳新、杨明、龙胖子一合计，觉得可以去一趟。杨明心里还有自己的算盘，那天温泉之夜秦柳新在床上给他的印象太深了，回到江城，秦柳新每天晚上都要回家，白天大家都有工作，即使抽出来一两个小时云雨一下，也是点到为止，极不过瘾。正好这几天秦柳新手上没什么开庭案子，有时间度假。龙胖子还有别的工程项目要投标，只能在与吴大鹏见面的当天临时飞过去。杨明计划和秦柳新开车绕道梧州、北海，然后走湛江进入广东过虎门大桥去深圳与吴大鹏见面。时间上也很宽裕，他把计划跟秦柳新一说，秦柳新满心欢喜，立马同意。接着他们开始准备，杨明买了几箱矿泉水和营养快线，营养快线是秦柳新最喜欢喝的饮料。在家秦柳新经常跟女儿发生矛盾就是因为争抢营养快线，两人都爱喝。杨明还买了不少零食，秦柳新也买了不少开车提神的酸梅、甜橄榄、生姜。然后两人按照计划出发了，傍晚他们到了广西著名景区龙脊梯田。车开到山下，得步行上山，开了一天车，那个时候两人都有点累了，杨明只让秦柳新拎着自己的手提包，其他东西全部自己扛上，拿着手电在前面引路，秦柳新跟在身后，走几步，杨明就返过头来告诉秦柳新："有石头！""有水！""小木桥！"

秦柳新就说："你干脆把我也背上吧。"

杨明却认真地回答："好啊！"

"你这傻瓜，你背得动吗？"秦柳新心里一时充满了阵阵温暖，但她马上又醒悟过来，不，我应该享受他的好，他在赎罪，他做得还不够，一时秦柳新心里又轻松下来。龙脊梯田的宾馆客栈都是山上农民自己开的，每个农家都按照当地民房的木质风格扩建成小宾馆，一般每栋房都有三四层楼高，一楼是大堂，摆的方桌、木长凳，供客人吃饭休息；二楼是客房，每间客房不大，但有大床、写字桌、卫生间；三楼是客栈主人自家的天地。房间倒很干净，只是木板楼走起来"嘎吱、嘎吱"地响。杨明心想：楼板响没关系，只是晚上床别响。

这个地方最让人吃惊的是家家户户的大堂墙上写满了英文、韩文的旅游信息提示和景点宣传，倒是中文的很少，连墙上旅游的地图都是外文的，原来这个景点的游客大部分都是老外。稍为讲究一点的客栈还提供西式早晚餐，英文菜单做得比江城的中西餐厅还漂亮。

杨明问老板："你们还请翻译吗？"

"没有啊，我们的孩子送出去读书，专门学外语，我们是自己翻译，一般情况下我们也能对上几句。"

杨明真没想到这个穷乡僻壤里还有这样一个地方，连叹："不可思议！不可思议！"

晚上吃饭，他俩和台湾的几个旅客一桌吃的，这么晚，大家也不讲究了，气氛也很融洽。吃完后，台湾一个六十多岁的男子对杨明说："先生你好福气啊，太太多漂亮啊！"杨明还没反应过来，秦柳新一笑，摇头晃脑起来，杨明就知道秦柳新这德性，只要有人夸她漂亮，她立马发晕，神志错乱。杨明对台湾人回答说："谢谢！"

上了床，杨明就叫苦不迭，他只要一动身整栋房子都在响。秦柳新说："不要弄那么大动静。"反正这晚杨明狼狈不堪地到了高潮，他也管不了秦柳新是否和自己同步。

第二天早上，到大厅吃早餐，刚进大厅，就听到昨天那个台湾人在对他的同伴大声地说："昨晚不知谁那么大的力，搞得整个房子都要飞下山了，我可一夜没睡好。"杨明秦柳新相视地对看了一眼，杨明是一个极要面子的人，他都不想过去吃早餐了。是秦柳新硬拉着他过去的，好在早餐是各吃各的。

他俩吃完早餐后就往梯田的最佳观景点爬，爬了十几分钟就到了观景台。秦柳新带了一台5.0的卡片式的数码相机，这款机型成像清晰，特别是照逆光照，轮廓明显，面部曝光十分精确，效果完全可与专业相机媲美。杨明很善于拍逆光照，他认为所有相机逆光照的效果决定该机型的档次。秦柳新这台数码机，杨明自从用它照过逆光照就认为它是一台精品机。清晨的阳光在梯田的春水中形成反光，从山脚到山尖一层层梯田像一条条白色带子，为群山镶上一道彩虹般的缎锦，一圈圈梯田蜿蜒而上，首尾衔接，组成一个个圆弧图案，变化无穷，线条流畅，大气磅礴。据说这里的龙脊人从元代开始不断开山辟地，通过几十代龙脊人的艰苦奋斗，终于铸成一份这样厚重的家产留给了后代，让他们享用不尽。看着秦柳新身后环环相连、连绵不断的线条，杨明觉得这线条好像也连接着自己与秦柳新，他有了想与秦柳新合影的想法。

第二天他们下山时，遇上塌方，汽车出不去了。第三天他们才开着车从塌方处的石头上开出来，当时，杨明在前面用手引导，秦柳新胆战心惊地往前一步一步地挪着。她看不到车轮前的状况，她只能顺着杨明的手势往前开。车轮下的石头路是由刚塌方下来的碎石铺成的，山民在汽车旁不断填埋石头和清除车轮前的路障，塌方随时有可能发生，一旁是湍急的河水，万一车要是掉下去，杨明已想好了，他会随车而去，去拯救他心中的爱人。通过险路后，秦柳新可能是刚才精力消耗得太多，加上昨晚没休息好，有些累了，就换杨明开车。秦柳新在副驾驶座上睡着了，杨明开的这段路可能是一段很久以前修的柏油路，路不宽，全部是弯道，两边是连绵不断的竹海，竹叶上挂满了雨水。杨明不顾零星飘着的小雨，他按下车窗玻璃，大口呼吸着竹海的自然气息，心爱的人就睡在身边。驱车在竹海穿行，游弋，虽然路上不见任何车影人迹，但心里充满了幸福，他愿意这条铺满绿色、晶莹剔透的竹海之路没有尽头。

中午他们到了古镇黄姚，这是一个极富广西色彩的自然村落，抗日战争时，国民党很多政要以及一些著名的民间人士内迁，都在这里小驻过。这里的大榕树、古庙宇、拱桥、流水、豆腐坊、打油坊、脚踏水车、牛拉磨盘，一物一景，尽显自然村落的风俗民情。杨明和秦柳新停好车，买了门票进村子，刚到桥头的一棵大树下，碰上一群写生的美术班学生在合影。带队老师把不远处的杨明请过来帮忙照相，杨明刚按快门，又陆续有学生赶到加入，这样杨明就按了N次快门才算完成任务。老师很不好意思接回相机，主动地说我也帮你们俩照几张吧？杨明心里一万个愿意，不知道秦柳新怎么想，没想到秦柳新朗声说："好啊！"他们俩随意一站，老师卖力换了一个又一个角度，按下快门。

老师看了回放说："很好，我多给你们照两张。"美术老师换了几个背景照了几张，这一组照片轮到杨明和秦柳新看的时候，他们俩都惊住了，照片色彩、构图、光线自不必说，关键他们两人在照片中那种你中有我，我中有你的心心相印的感觉通过他们的眼神表露无遗。眼睛是心灵的窗户，这是一对真诚相爱的男女，他们的爱穿过了二十多年的时间长廊，悄悄定格在南方这个古村落里。他俩看着照片，慢慢地回放着一张张合影，心里充满惆怅感叹，直到现在他俩每每独自去端详他们的合影都会激动不已，不忍释手。从此以后，合影成了他们每个所到景点必做的功课。

"我现在好像变得越来越缠绵，我的感情正被杨明一步步拖进旋涡，我不能迷失自己，我有我的目的，我从来就没被哪个男人打败过。"秦柳新一遍遍地提醒自己，教导自己，她望一眼睡在副驾驶座的杨明，心想，我不能让这小子太安逸了。她立马把杨明弄醒说："我困了。"

杨明说："我来开吧。"

"不，你给我喂吃的，提神。"杨明连忙把食品袋找出来，打开递到秦柳新的嘴前。秦柳新双手扶着方向盘，目不转睛地开着车，只是张嘴接住杨明递上来的食物惬意地吃着。"你跟你老婆出去也像照顾我这样服侍她吗？"

"没有啊。"杨明一脸愕然。

"没有，你敢说没喂过她东西吃？"

"那可能有，这是哪出跟哪出啊。"

"我妒忌她，我妒忌她那么年轻就得到你无微不至的关怀，你们做爱快乐吗？"

"可以不回答吗？"

"不行！"

"我们质量不高。"杨明没有直接回答。

"哼。"秦柳新有点得意，"帮我按摩。"

"好！"杨明连忙用矿泉水把手冲了冲，然后转过身子用双手去按秦柳新的肩膀。

"谁要你按这，按我的胸，给你老婆按过胸没有？"

"没有啊。"

"那好，帮我按吧！"杨明感到秦柳新有点怪怪的，但只好按了，但哪里是按，杨明在副驾驶座位上没办法用力，只能是轻轻抚摸，秦柳新享受似的轻声哼着，口里念着："好的，就这样，亲爱的。"他们就这样晚上做爱，白天轮流开车、睡觉，杨明唱情歌给她听，杨明也真能唱，一首接着一首，一刻不停，可以一唱一两个小时。

随着杨明的《死了都要爱》，他们的车也开到了北海沙滩。他俩上了海滩，秦柳新马上脱了鞋，跑到海边踏着海水尖叫着。杨明则发现海滩上有数不清的像黄豆那么大的螃蟹，他们看得见，就是抓不到，人在很远的地方，能看见它们爬出海滩上的小沙洞，在洞边歇着。一旦听到人的脚步声就迅速爬进洞里躲了起来，所以你要是在远处用眼睛盯着沙滩，慢慢走进，你的视觉感会觉得很恐怖，因为那么多小螃蟹同时爬进洞里就像整个沙滩在动。

秦柳新从浪花的追逐中跑了过来，让杨明拥抱她，他们静静地，感到天与地之间只有他们俩。他们在为自己的爱祝福，希望彼此相爱长久再长久。海边停了几艘摩托艇，可以前后坐两人，秦柳新租了一台，两人都穿了救生衣，杨明坐在秦柳新身后，抱着她的腰。秦柳新右手加油，向大海深处冲去，速度就是激情的时空体现，两人大声地叫喊，秦柳新说："杨明，你爱不爱我？"

杨明大声地回应："爱，我爱你。"

"愿不愿意娶我？"

"我愿意娶你为妻！"摩托艇惊起一群群小飞鱼在波涛中飞跃。

秦柳新猛地喊出一句让他俩都兴奋的话："小飞鱼作证，我爱你，杨明！小飞鱼你们听见了吗？"杨明的"明"字，音拖得长长的，杨明幸福地紧紧地抱着秦柳新，任摩托艇在峰谷间颠簸前行。

杨明和秦柳新离开北海，就上了粤西高速。当车拐向虎门大桥后，秦柳新就对杨明说："我在虎门有一个很好的女朋友，我们在这儿歇一晚吧。"秦柳新的朋友给他们俩开了一间房，然后相约去吃夜宵。杨明在摊子上喝了不少啤酒，吃了三十多个烤生蚝，江城烤生蚝要4到5元钱一个，而虎门的烤生蚝只要2元钱一个，吃一个送一个，杨明是放开肚子吃的。

虎门秦柳新的朋友打趣地说："吃这么多要有地方消化。"接着大笑起来。

晚上回到宾馆，杨明喝了不少酒，秦柳新看看时间还早，就对杨明说："今晚我们休息，明早我们做吧。"第二天清早，秦柳新把杨明叫醒，迷迷糊糊中杨明和秦柳新做了起来……随后，秦柳新的朋友来找他们，她要陪两位客人去虎门炮台玩玩。杨明看到人家热情，又是女孩，连忙帮她们提东西，递吃的，大家高高兴兴在虎门炮台玩了半天。吃过中饭，秦柳新要送走朋友，站在宾馆门口两女人说着私密话，杨明连忙整理了一些吃的，很主动地帮她叫出租、拎包，很是殷勤。秦柳新的朋友乘坐的出租车一消失，秦柳新就发了火："你看你多贱，对人那么殷勤，你是我的人，凭什么去照顾她，我不去深圳了，我直接去广州，你去吧！"

杨明一时愣住了，正不知道说什么好时，杨明无意当中一转头，猛地发现秦柳新左侧是一排惨白的栀子花。栀子花的暗香淡淡飘来，杨明二话不说强拉着秦柳新上车就跑，四十来分钟就到了深圳。

他们与刘先贵约好在深圳佳宁娜大酒店二楼餐厅会面，杨明和秦柳新先到。不到一会儿，刘先贵就到了，刘先贵说吴总事多，我们边吃边等。菜刚上齐，吴总也到了，吴总身材不高，戴一副金边眼镜，杨明一行三人都见过吴大鹏的身份证明，一见人就对上了。

吴大鹏和他们可能是第一次见面的缘故，话不多，很矜持。也可能是香港人在内地人面前的那种优越心态造成的吧，总是有距离感。吴总在餐桌上停留了十五分钟，说了几句话，第一句是你们想看产权证吧，我带来了。吴总出示原件，和复印件是一致的。然后吴总说："我今天还有应酬，我要失陪了。"

杨明说了："既然吴总有事，那我们也不留了，我们合一张影吧。"秦柳新拿出了相机，龙胖子、杨明与刘先贵、吴大鹏合了一张影。事后，因为这张照片，杨明、龙胖子在被刘先贵诈骗了保证金后，他们都认为吴大鹏也负有责任，没有吴的配合，他们是不会单方面相信刘先贵的。

第八章

THE EIGHTH CHAPTER

不论什么国家，什么朝代，什么社会都有三六九等，我们这个号子里也应该有三六九等，有吃肉的，也有喝汤的，有干活的，也有什么活都不干的。靠什么说话？靠实力说话，靠拳头说话，谁的拳头硬谁就坐江山，睡头铺。

这所大学位于离多伦多市两个多小时路程的 Waterloo 小镇，Waterloo 这个名字让“虾米米”想起了拿破仑，想起了滑铁卢战役，怎么起个这样的鬼名字，反正是不吉利。

四月二十五日上午
阳光 温暖
看守所三栋

王所长今天来了，他快有二十多天没来了，估计这段时间他的日子也不好过，督侦处肯定反复在找他。还有他也要避嫌，心里虽然急，但是也不敢频繁来。刘昆仑这次看到王所长，觉得他非常疲惫，显得老了许多。王所长这次见刘昆仑分外激动，他已经知道刘昆仑死扛他的事了，还没开口，眼圈就红了。这次王所长没有在提审室见刘昆仑，而是托了熟人直接到了三栋监管干部办公室见的刘昆仑，他穿了制服。刘昆仑进去前，他在跟他看守所的朋友说话，刘昆仑一进去他连忙招呼刘昆仑坐他旁边的沙发上，公安厅那位下来挂职锻炼的干警马上说："不好！不好！所领导看到了会说的。"刘昆仑知道号子里的规矩，穿着黄马褂的嫌疑犯怎么能跟穿制服的警察平起平坐呢？刘昆仑连忙取了一张他们专坐的小木凳靠墙坐下来。

这一下王所长简直就是扑过来了，连忙抓住刘昆仑的一只胳膊把刘昆仑整个人提了起来，连声说："这哪行，我们还是同事，战友呢！"

刘昆仑对王所长说："王所长，冷静点，再也不是了，只要你心里还有我这位老部下、老同事，我就心满意足了。"说到这刘昆仑难过地哽咽起来。

王所长眼睛红红的，说："那我也坐这小木凳。"王所搬了个小木凳坐了下来。

那位公安厅下来的干警急了，说："你们来这不是为了讲究贵贱高低的，你们不是要说事吗？再说他的身份还在保密状态，哪有警察坐这凳子的？"王所长这才换了沙发坐。

王所长说："你们的案卷已经到了起诉科，你为我做的事我都知道了，兄弟，我这一辈子都不能忘了你啊！患难见真情啊。"

天空瓦蓝瓦蓝的，小鸟的叫声是那样清脆悦耳，好久没有看到这样的蓝天了。刘昆仑仰头望着天，没有立即回应王所长的话，一股咸咸的液体流进了刘昆仑的嘴里，他费力地在干涩的咽喉里吞咽着口水，好像一个犯了错误的孩子猛然得到了老师的谅解感动万分。

王所长递过来两张餐巾纸，刘昆仑擦了擦脸上的泪痕，王所长说："这个月伙食费我给你交了，另外号子里还待得下去吗？要不要我再打打招呼？"

刘昆仑说："暂时没问题！还好，有问题再说。"估计现在材料到了起诉科，案子已经定性了，王所长也安全了，所以王所长的每句话里都充满了真情和伤感。在旁人面前，案子里的事刘昆仑也不好多说，不过只要王所长知道了他在扛着，那刘昆仑的苦心也是没有白费。

王所长走后，公安厅那位挂职锻炼的干警把刘昆仑留了下来，刘昆仑以为他要跟自己谈话，不料他从办公桌里拿出一篇他起草的报告来，报告名是《关于全省看守所建立监房提审原始记录档案的报告》。他对刘昆仑说："你也是一个老刑警了，帮我看看这篇报告，提提意见。"报告的核心内容是为了减少嫌疑犯刑拘后刑讯逼供案的发生，要建立一套由被提外审的嫌疑犯和同监房的三名在押人犯以及监房值班干警记录并共同签名的、关于被提外审嫌疑犯的身体健康记录。这套记录可以作为原始证据，永久保存，并向社会公开，供办案单位和当事人律师取证并作为法庭的呈堂证据。这位公安厅挂职锻炼的干警对刘昆仑说："现在很多民法专家教授对我们公安办案出现的刑讯逼供案颇有微词，特别是认为看守所成了公安局的后花园，侦查羁押一体，从办案的体制和时间上为刑讯逼供案的屡禁不止提供了前提和条件。如果这种现象不能杜绝，我们看守所可能会有一天从体制上跟公安系统分离。如果这个报告真正能得到实现，并在全国推行，我想看守所的司法独立性、公正性都会得到大幅提高，客观上也可以保证看守所长久地保留现有的体制结构。"

刘昆仑认真看了报告后，说他的这个报告很有角度，是站在全国公安的体制建设的高度提出来的，对加强公安队伍建设，树立人民警察的良好形象都将起到积极作用；但刘昆仑还笑了笑，说它不利于破案率的提高，加大了他们办案的难度。跟这位新干警的交流不仅让刘昆仑觉得对方的水平和境界都比较高，而且还让刘昆仑暂时忘却了自己犯罪嫌疑人的身份，好像在跟战友讨论案子，争论法律问题。争论激烈时，新干警竟用手指点到刘昆仑的额头上来了，他连说："你也就只能当刑警，就知道一个破案率。"刘昆仑也笑起来了，说他肯定是公安厅派来卧底的。

前天下午"下老壳"被提外审，"下老壳"走到铁门口，正在穿黄马褂，他一看提审的干警不是他们这栋的值班警察，而是前台看守所值班干警，他问那位干警一句：

“是提外审吗？”

那位干警说：“是。”提外审是办案单位把在押的犯罪嫌疑人重新提出看守所，押回办案单位审讯，通常是因为犯罪嫌疑人的犯罪关键点没有交待彻底，当然也有因为案子还需要补充侦察，指证作案现场等其他工作。但这个时候的犯罪嫌疑人基本已定性，在劫难逃，处于非常的弱势。“下老壳”把穿好的黄马褂猛地一脱，然后倒退两步再猛地往半开的铁门撞去，“砰”的一声，“下老壳”迎面倒下，满脸鲜血，看守所的医务人员来了，掐人中，量血压，那位来带“下老壳”的前台干部摇了摇头就拎着钥匙回去了。

等“下老壳”醒来，他说的第一句话就是：“老子宁愿撞死在里面，也不能再被提外审了，上次老子被提外审，被打得个半死，最后抬到医院去拍片，我还以为要抢救我，原来他们是怕看守所不收我，拿着我的片子给看守所的干部看，说没事，都是皮外伤。”刘昆仑知道“下老壳”被这么弄了一下，晚上他肯定要迁怒别人的。到了傍晚，他们五个老大几乎把睡在最后的十来个在押人员的茬子找了个遍。

刘昆仑这天晚上是第三次戴纸手铐了，他戴着纸手铐就在想，只要有机会，就一定要把“下老壳”的锅子给端了。“下老壳”经常说“不论什么国家，什么朝代，什么社会都有三六九等，我们这个号子里也应该有三六九等，有吃肉的，也有喝汤的，有干活的，也有什么活都不干的。靠什么说话？靠实力说话，靠拳头说话，谁的拳头硬谁就坐江山，睡头铺。我以前也睡过地下，也干过苦工，但现在是我当权了，我不好过，你们都要不好过，我不舒服，你们全部都要难受。”刘昆仑在屈辱中等待着机会。这个号子空间小，人多密度大，人的肢体难免有些碰撞、摩擦。当人心里压力巨大时，火气就旺盛，动辄以拳相向，打成一团，有时就在自己身旁的两人，毫无前兆，没有过渡，猛地一下打了起来，让人匪夷所思。而这时“下老壳”、傅海涛等人就乐得看表演。号子里没有凶器，连买进来的牙刷都是齐刷刷地掰断了把的。仅有的两把生产工具都牢牢掌控在“下老壳”等人手上，打斗完全成了肉搏战。但是有可能造成明显伤痕的斗殴，大家就会集体拉架，因为看守所为了避免伤害事件的发生，隔三差五地派几个干警进入号子对在押人员进行脱衣检查。如果发现有殴打痕迹的，那就要一查到底。对于打架，大家都知道底线在哪里。

刘昆仑今天早上在办公室看到了号子里要寄出去的信，其中有封“下老壳”的。平常号子里每个人写信，“下老壳”都要从头看到尾，甚至一个字一个字读出来，今天刘昆仑倒是想看看“下老壳”给家里写的信，他的信是这样写的：

老婆，你好.！

你的信我已收到，然而我却不能按时回信，实在是身不由己，请原谅！

自我被抓以后，你为我及亲人所做的一切我将铭记心中，并非常地感激你。

老婆，4月8日我收到了“起诉书”，所诉内容的确很严重。刑期是漫长的，我的心情既复杂也难以平静，就我目前的年纪和身体状况能不能重获自由是个未知数。其实就我个人而言，事已至此，我无怨无悔。但最让我放不下的就是你和儿子以及亲人们，因为大家为我付出太多，而我却不能回报，实在是于心不甘，但又有什么办法呢？

老婆，你要好好保重身体，因为儿子需要你培养，还有很多亲人要你照顾。我认为在今后的生活当中你需要一个比我更好的人来照顾你，陪伴你，使你多点幸福，少点烦恼。你还年轻，应该去追求属于你的美好生活。相信我，我是一个开明、懂道理的人，如果儿子及家人不能理解，我会写信解释的。只是你必须按照我所说的去做，不要过多地为我考虑，只要你和儿子及亲人生活愉快，我就开心，也是我最大的心愿！

祝工作顺利！

身体健康！

老公

看来“下老壳”认为这次他肯定是无期了，他以前经常在号子里吹牛皮，说他可以申请吉尼斯纪录，他这一辈子，从十五岁开始先后被判了三次无期徒刑。刘昆仑没想到的是“下老壳”认为自己这次出不去了，故想让老婆改嫁，顿时刘昆仑又觉得这个无恶不作的恶人竟也有一些人性。

B『虾米米』／从前

随着夏总房地产事业的不断扩大，“虾米米”也在不断长大。这几年，江城的房价每年都在上涨，但比较江城附近的城市，江城的房价还不算高，周边的城市早就涨过每平米大几千元了，而江城的房价一直在三千元左右。有点眼光的商人都觉得江城的房价还有上涨空间，夏总也是在这样的大环境下，从做小百货的生意转行到地产来。夏总的起步是从老家的一块一千亩地开始的，他首先得知三环准备修建，三环正好从夏总的老家夏家村通过，他就把夏家村最好的一块地，以每年八万元的价格租了一千亩，合同一签30年，30年不变。然后夏总办了一个苗圃场，把从山里收集来的各种树木移植到这里，还栽培了一些小树苗。以前一百多亩的水面改成了休闲垂钓的鱼塘，在市场上买来草鱼、鲤鱼、青鱼放进塘里，再让来消费的城里人自己钓，每斤鱼要纯赚几块。夏总还在鱼塘边修了几栋简易麻将房和餐厅，这下一个综合性配套的农业环保、休闲中心就开张了。夏总还真有财运，开张不久，苗木挣钱，餐厅挣钱，鱼塘挣钱，但他知道这都是小钱，自己要钓的是大鱼。

开业大半年后的一天，夏总的休闲中心来了四位客人，他们看起来对休闲中心这个项目很感兴趣，对休闲中心投入产出的账很关注。夏总心里一亮，终于来了，这就是夏总一直准备钓的大鱼。这四位客人是浙江一家顶级房地产公司的老总，他们此次来江城是为了收购几块十年内有开发前途的地，先贮存起来，为公司做上市前的财务准备。他们已经看中了夏家村的四千亩地，但最好的地在夏总手上，他们如果谈不下夏总这一千亩，其他三千亩也不打算要。夏总这一千亩如果合同约定的租赁期只有10年都好办些，关键问题是30年，他们绕不过去。于是他们决定直接找夏总谈，对方开出的条件是六百万补偿金，夏总想要八百万，对方没同意。但是对方在夏总的经营期限上让了步，可以先不让夏总搬家，让夏总在这里免交租金再经营五年。村委会主任也多次来找夏总，希望夏总顾全大局，说是邻村也在抢这个项目，开出的价位要低得多，最后村主任也同意夏总五年后搬迁时，村里还一次性支付给夏总搬迁费五十万元。

这样夏总就同意了，实际上对方条件再苛刻些，夏总也会同意的。因为夏总心里有块心病，就是“虾米米”到初三时成绩就开始走下坡路。夏总那段时间的生产也不是很景气，一天到晚“抓革命、促生产”，就没管“虾米米”的学习。而考高中比之高考，竞争激烈程度毫不逊色，同学们都是全家一齐备考，一家家在学校附近租了房子，家长陪读，有专门照顾安排孩子学习的，有专门做饭的，有专抓考试、针对每门功课单独请家教的，一门一门地抓。初三学生的学习成绩排名表的名次可能是各年级中变化最频繁的，每周的名次都在变化，“虾米米”的成绩就是在这段时间被同学一个个挤下去的。最后中考还差六分考上重点高中，夏总花了六万元，好歹让“虾米米”挤进了重点高中，但进校后，“虾米米”已没有了自信，成绩每况愈下。

夏老板早就寻思，要把“虾米米”送到国外去读书，哪怕是学不了什么专业知识，也可以挣点社会经历回来。要去加拿大留学，首先得有一百万元人民币的保证金，在去加拿大十八个月之前，就要存进银行。而“虾米米”留学手续已经开始办了，夏总着急这笔钱，怎么会不同意房产商的条件呢？合同是顺利地签了，四百万一次性就划到夏总账上，还有两百万五年后夏总搬家时再付。有了钱，所有的手续办起来就很顺了。“虾米米”也提前一年到了北京海淀区报名参加新东方英语学习，这是这几年出国留学的必经之路，新东方是中国最有名的外语培训学校。经过一年的强化训练，“虾米米”准备起程了，夏总把“虾米米”送到上海浦东机场，进安检，两父子要分手了，“虾米米”从出生到现在是第一次离开父母，而且这一去就要几年后才能相见。“虾米米”一开始还没有完全反应过来，夏总对“虾米米”说，没关系的，即使没有学到知识，学一些经历也好，放心去吧！通过安检门，“虾米米”看不到爸爸了，泪水才缓缓流了出来，一滴滴地滴在人行通道上。

上海飞多伦多，是直飞航班，13 个小时就到了。

到了加拿大，“虾米米”首先进的是语言补习学校，虽然在北京也恶补过英语，但他还是不自信。加拿大的语言学校也不便宜，学费一个学期差不多 1 万加币，生活费也不少于 1 万加币，没有 20 万人民币，可能读不完语言学校，钱对于“虾米米”来说已不成问题。一年后“虾米米”的雅思成绩考了 7.5 分，顺利进入 University Of

Waterloo，这所大学位于离多伦多市两个多小时路程的Waterloo小镇，Waterloo这个名字让“虾米米”想起了拿破仑，想起了滑铁卢战役，怎么起个这样的鬼名字，反正是不吉利。这所综合性大学最有名的专业是电脑程序设计，据说微软公司在加拿大招聘毕业生指定的就是这所学校。留学生可以考这所学校，但要求较高，雅思成绩要7.5分以上。学校的学制很有特色，他们实行COOP，即半工半读的学制方式，程序设计的一个学年，课堂学四个月，其他时间可以到各个程序公司工作。不过加拿大再好的学校对于留学生来说都不是最好的，加拿大本地学生进入大学读书都可以向政府申请无息贷款，而且学费是平价的，留学生的学费是本地学生的2至3倍，一年要两万多加币，相当于16万元人民币。

“虾米米”对这所学校的环境倒是印象不错，宽阔的道路平坦无痕，随时随地都可以穿旱冰鞋滑行。在国内爸爸曾给他买过几双旱冰鞋，用了没多久就坏了，那是因为国内的路面质量不好导致的。学校的绿化环保也让“虾米米”大开眼界，图书馆不远处就是一片原始森林，古木参天，遮天蔽日；小溪依着草地蜿蜒前行，时不时有野鹿跃过。“虾米米”第一次来这还以为走错了路，跑到动物园来了，他从来没有想过大学校园会是这样迷人。最让“虾米米”感兴趣的是这所大学的学生宿舍竟然是男女生混居，一层楼上，男女生宿舍相为邻居，每层宿舍用的是楼层东头的公共卫生间，只要去上洗手间，“虾米米”的余光总能瞟到虚掩着房门的女生宿舍里换衣服的女生或者是穿着内衣的女生，这个情景在国内是绝对碰不到的，这也是“虾米米”对这个学校最为夸耀的特点之一。“虾米米”的房间和其他学生宿舍一样住了两人，每个房间配置了一些小家电——冰柜、微波炉、洗衣机，条件很让“虾米米”满意。

“虾米米”住的是401房，第三天就发现404住了个体态丰满的女孩，说的中文口音里很有点江城味道，心想是不是在这也碰得上小老乡，他想有空去拜访拜访。没想到过了几天，那女孩主动来找他了。这天下课，“虾米米”回到寝室，正要开门，他看见门上贴了一张便条，那便条是留给自己的，第一行该写他名字的地方因为对方不知道自己的名字就画了“虾米米”的头像，惟妙惟肖，后面是“你好！我是对门的，刚才不小心，掉了几张动画设计稿，滑到你房间里去了，麻烦你帮我留好，过几天我来取。”落款处又是一幅头部漫画，寥寥几笔就把404那个胖女孩的面部特征勾画得细致动人。“虾米米”打开门，把地上的几页设计稿拾了起来，然后他又看了一遍，琢磨起“过两天”这词了，心想就住对门还需要过几天来取吗？“虾米米”并不知道此时这个404的胖女孩已进入美国境内。

她叫李雯菁，“虾米米”的耳朵好使，没有听错，她确实是江城人。而且小学也是与“虾米米”同一所学校，这所小学是江城名气最大的贵族学校。李雯菁的父亲是江城第一人民医院院长，是江城市有名的外科医生，能请他动手术的患者非富即贵。倒不是她爸爸嫌贫爱富，而是请他的人太多，都是北京、广州等地一些大医院的患者指名道姓地邀请。刚开始，李院长还能应付过来，后来医院下面也有意见，说院长都成名誉院长了。李院长就定了一个规矩，谁请都不去，后来除了外地医院通过市领导打招呼非去不可的手术才去，除此之外李院长很少出门。李雯菁从小成绩不是很好，但是外语和绘画两门专业出类拔萃，于是李院长就动了心思，要把这掌上明珠送出国好好培养。从幼儿园开始，李雯菁就一直住校读书，只有周五晚上才回家过两晚，周日晚又送回学校。在学校憋了一周，李雯菁每每回到家里，总要给父母出点难题。也不知哪儿学的，李雯菁周末回家就要去买新衣服，这孩子就喜欢那种配饰特别多、手工复杂类似新娘的婚纱装，随便一件也要一两百元，那时李院长哪有那么多钱给她买衣服。

一次上街，李雯菁又提出要买花衣服，李院长说：“爸爸没钱了。”

“爸爸没钱可以到提款机里取啊！”

“那提款机里可以随便取，为什么叫花子要讨钱啊！”

“因为他们没有卡。”李院长被缠得没有办法。正好看见旁边不远处有台献血车，于是带着李雯菁走上了献血车，李院长献了血后，工作人员给了一瓶可乐。

李院长把可乐递给了李雯菁说：“爸爸卖了血，现在有钱了，我们可以买衣服去了。”李雯菁平常最爱喝可乐，但这一瓶可乐，她一直攥在手上，爸爸怎么劝，她也不喝，花衣服李雯菁也不愿意买了。从此以后，李雯菁再也不提买新衣服的事，爸爸妈妈陪她上街，她也不要。当时，李院长为自己的小聪明高兴过好一阵子，而现在李院长一想到这些就心痛不已。李院长的夫人是他中学同学，体质很差，李雯菁小学二年级没念完，妈妈就因乳腺癌晚期去世了。去世时，她两眼直直地看着李雯菁，一动不动，最后死了眼睛也没闭上。李院长知道妻子是不放心女儿，女儿成了李院长的心病，他一直觉得太对不起她。李院长为了李雯菁出国读书开始张罗起来，他选好了加拿大学校 University Of Waterloo，但关键是保证金不够。李院长以前有些积蓄，为李雯菁妈妈治病花了一些，现在只有六十多万，还差三四十万。

李院长正在为此烦恼时，市第一医院正好要采购一台癌症早期预测机，这种设备通过诊断可以提前三年预测人体身上癌症细胞的变化，世界上只有德国和瑞典两个国家能生产，一台机器三千万人民币。要求买这台设备的是江城的老市委书记，他老伴一年前身体有些不适，老书记带着她去了北京的中国人民解放军总医院做了个全面检查，查出了老伴身上的早期癌变，使用的设备就是这台癌症预测机，因为发现早预防及时，今年再去检查早期癌症的症状全部消除了。于是老书记联合几位退下来的老领导坚决要求市财政掏钱买一台，最后把这台设备定点放在附属设备最好的市人民医院。李院长也就成了这桩买卖的关键人物。外人都不知道德国、瑞典两家竞标厂家实际上都是由北京的代理商来操作的，而瑞典的这家代理公司的老总是李院长大学时的同班同学。竞标还没开始，他的老同学就到了他家，拎着一个皮箱。老同学告辞时说："你也不要有压力，能成就成，不能成也无所谓，我这80万先放在你这儿，下次免得我再来。"李院长推辞了半天，最后还是代为保管了。当然最后的竞标结果德国那家的设备因李院长的一句"售后服务时间太短"出局了。李雯菁按照李院长的安排成功留学了，前两个学年李雯菁很顺利地读过了。天有不测风云，中国政府近两年对医疗界的滥收回扣、抬高药价等不法行为，进行针对性的重点打击，李院长同学那家公司受到查处，牵连出全国二十多家医院院长的受贿大案，李院长最终因受贿80万元人民币被双规了。

李雯菁一时断了生活来源，她当时想中断学业回国，但是一想到妈妈死了，爸爸入狱，父母都是从农村考出来的大学生，家里亲戚都在农村，谁也帮不了她，她就放弃了这样的想法。李雯菁现在只有一条路可以走下去，就是想办法弄些钱把书读完，拿到毕业证。李雯菁首先想到打工，她虽然学的是电脑动画设计，学校很多同学可以半工半读，但是她没有打工卡，打工卡是加拿大政府为那些合法的国内打工者发的一种工资支付卡，所有雇主在聘用打工者后，发工资都要通过支票转账把工资转到打工卡上。李雯菁以前家里资助不断，用不着为打工奔波，现在不一样，她必须想办法养活自己，继续学业。在加拿大李雯菁几乎没有什么熟人，唯一的一个熟人是她第一次乘飞机时认识的一位叔叔。

这位叔叔叫车文波，是福建人，那天和李雯菁邻座，在飞机上他看李雯菁不会填写入境单，他就帮李雯菁代劳了。他告诉李雯菁他已经有加拿大绿卡了，也住在多伦多，如果在多伦多有什么需要帮忙的话，可以去找他。李雯菁以前也没有什么事需要帮忙，没有找过车叔叔，倒是车叔叔经常有事没事地往她这边跑，给他送些小礼物。李雯菁给车叔叔打了个电话，说自己想去打工，应聘时想借车叔叔的打工卡用用，以后每个月还要麻烦车叔叔帮她把工资提出来。车叔叔满口答应，立马打来电话很关心地问她："没什么事吧？一切都还好吧？"

李雯菁猛地碰上一个人关心她，询问她，这是她爸爸出事后，几十天来第一次有机会能倾诉内心的痛苦。她差点在电话里哭了起来，噙着眼泪说："没事，没事，我只是想打工，体验生活。"说完，就急忙把电话挂了。李雯菁找到一份麦当劳的收银员工作后，就通知了车叔叔，车叔叔按时把卡送了过去。李雯菁拿了车叔叔的卡去应聘，那打工卡如果是用英文签名，是看得出性别差异的，但中国人都是用中文签名，老外也就区别不了名字，中国留学生就可以蒙混过关。但这份工作一个小时只有十加币工资，李雯菁又不能全天工作耽误学业，仅靠打工生活费算是勉强够了，但高昂的学费仍然是个大缺口，她想通过打工完成学业的想法越来越难实现了。第三学年就要放暑假了，下学期一开学，最多有十天期限，学费就必须交上，但是李雯菁还看不到钱的影子，她知道必须在这两个月的暑假里筹齐学费。李雯菁打开了电脑，上了互联网， 打开 www.sexyorbbs.com 网站，她看了女学生卖淫的信息栏，基本价位都是一百三十元加币，三十元是提供地方的房费，一百元是不提供地方。李雯菁的室友暑假是要回国的，倒是有地方，但李雯菁一算账，她要赚一万加币的学费，两个月怎么都挣不到。于是她又点击了交友专栏，上面有寻求包养的信息。她也发布了一条求包养的信息，要价每个月七千加币，然后留了她的 QQ 号。过了一周，仍然没有人来询问，学校都放假了，李雯菁有些急了。又过了几天，还是无人问津，她想是不是包养的信息太多了，没人会注意她，她觉得要短平快，单刀直入了，于是把自己的照片发了上去。

过了两天，就有人上网找她了，但看起来这个人对她的身世很有兴趣。他反复在 QQ 上问她为什么要寻求包养，她说要生活费、学费。他又问中国留学生一般都是家境比较富裕的，他相信她是留学生。如果是以前，李雯菁是不可能跟一个这么饶舌的人聊这么久的，但现在是为了解燃眉之急，她只能陪着聊下去，她说："你可以来我这里的学生宿舍见面。"

对方问了她的地点，她如实地打上了 404 房的地址，对方半天没有回话，她担心他走了，她发了几个字，"你还在吗？"

对方回答："在！"她放心了，没想到对方还是穷追不舍，"那你既然是留学生，家里为什么不管你？"李雯菁回答："不测祸福。"

对方说："那我就来。"

李雯菁急忙输入几个字："价格你同意吗？"

对方说："没问题。"

李雯菁说："好吧。"

李雯菁连忙收拾起宿舍来，然后又急忙去冲了个凉，还没有擦完护脸膏，门就响了。李雯菁急忙收拾停当，打开门，她愣住了，门口站的竟然是眼眶潮红的车叔叔。

进门后，俩人聊了起来，李雯菁这才知道他的一些事儿。原来前些年，车叔叔是和一群福建人坐船偷渡来的加拿大，老婆孩子都留在了福建老家，来加拿大目的就是淘金，多挣点儿。一开始打黑工，后加入福建帮，收保护费、卖毒品，什么都干。一次偶然的机会，他认识了一个华人报纸记者，通过那位记者，车叔叔拿到了绿卡。

因为他一人长期形影孤单，就经常登陆一些黄色网站。有天他又上了www.sexyourbbs.com，正好看到了李雯菁的个人信息。实际上从车叔叔第一次见到李雯菁，他就喜欢这个女孩，只是因为年龄的差异，他一直不敢敞开心扉跟李雯菁表达自己的想法。前些日子，他就感到李雯菁家里发生了些变故，但没想到事情会这么严重。两人跟对方把彼此的信息都交流得很透明，两个人也达成了一致。车叔叔的年龄比李雯菁的父亲还要大五岁，但从今天开始李雯菁就要喊车叔叔为老车了。

老车在多伦多有一个卖二手车的车行，装修豪华的车行门面里停了几台新车，而车行外面停的全部是二手车，什么车型都有，价格从几百美金到几万美金不等。当然老车他们这帮福建人不是靠门面正经生意发财，他们一直没有放弃传统的黑市买卖，收购别人的赃车，然后低价卖出。还有就是制作倒卖信用卡，加拿大的银行信用卡，没有密码，主要是靠签名，靠信誉来约束的，每张卡可以透支五千、一万、二万加币不等，而中国名字老外都不认识，这样福建帮就把一张中国人使用的有效信用卡复制为多张卡，然后以半价或更便宜的价格出售这些卡，牟取暴利。

李雯菁自从跟了老车，没事时老车开着车带她在朋友圈里或者客户圈里转悠。他让李雯菁带着画夹，到哪儿都让她给人画一幅速写，借以提高自己的身价和品位。不过，老车也没少在她身上投入，李雯菁的穿着也越来越洋气，只要她想要，老车立马就给她买。李雯菁跟着老车，今天吃日本寿司、三文鱼，明天吃韩国的大骨汤和拌饭，烤肉、清酒也是他俩喜欢的食物。但不管老车对她怎么好，李雯菁心中很清楚他们之间的关系：老车帮她完成学业，她给老车排除寂寞，拿到学位那天就是她离开老车的日子。

就在"虾米米"看到李雯菁留在他门上的便条时，李雯菁此时已经到了尼亚加拉瀑布，这个瀑布号称是世界上最大的瀑布，位于美国和加拿大的国境线上。Waterloo

到瀑布有四百多公里，李雯菁还是第一次来看大瀑布，老车花了一百加币买了两张船票，观光船可以一直开到瀑布下方，船越来越近，水雾越来越大，李雯菁和老车以及旅客们都穿上了雨衣。瀑布冲落到谷底发出震耳欲聋的巨响，那种气势让任何经过它旁边的人一辈子都忘不掉。

三天后的中午，“虾米米”正在寝室里上网。有人敲门，“虾米米”打开门，认出是404的女孩，于是说：“我认得你，你画得很好，就是把我画得太丑了。”

李雯菁说：“像不像？”

“虾米米”回答：“很像。”

“那就对了，那说明你先天不足，跟我技巧没关系。”

“虾米米”把那几张作业递给李雯菁说：“你是不是江城人？”

“是啊！”

“我也是。”

“是吗？”本来李雯菁准备拿了作业就走的，一听“虾米米”是江城人就坐下来，俩人聊了起来，聊着聊着他们的话题就越来越一致了，一致到共同的学校，共同的老师，他们越谈越兴奋，整整一下午他们都在聊江城，聊学校。对于李雯菁来说压根就没想到在异国他乡还能这么近距离地遇到同乡，而且是校友，虽然比“虾米米”大了三岁，但一说到共同的话题，就让李雯菁想起了她父亲，以及早逝的母亲，她还想起了过去的很多同学，这些模糊的过去在遇到“虾米米”之前，她基本已经淡忘了。

“今晚我请你吃日本料理吧？你喜欢吃吗？”李雯菁忽然提议道。

“虾米米”知道在留学生之间请吃饭的事是很少的，就是恋人之间请吃饭也是AA制。李雯菁这么主动，他还真不好意思，连忙说：“还是我请，我请！”

李雯菁说：“今晚我请，别的先别说，我们先自我介绍一下吧！”“虾米米”这时才意识到彼此还不知道对方的名字呢，于是两人作了自我介绍。晚上他们借了一辆自行车，两人踩着自行车去吃韩国烧烤。李雯菁显得很兴奋，胃口极好，牛肉他俩吃了四盘，羊肉吃了两盘，鸡翅也吃了一份，其他小盘子还吃了七八个。李雯菁还要了两瓶清酒，清酒是韩国的一种十五六度的低度酒，别看它度数不高，但是后劲特别大。“虾米米”说两人喝一瓶就行了，李雯菁坚决不同意，说：“别小瞧了你师姐，今晚你就陪我一醉方休吧。”“虾米米”也只好舍命陪“师姐”了。“第一杯酒让师姐敬你一杯，有缘千里来相会，我非常荣幸。”两人喝了第一杯，然后又连喝了几杯。第二杯酒的敬酒词，"虾米米"一直很清晰地记得，还是李雯菁说的，她没什么亲人，想认他这个弟弟，感谢"虾米米"给她带来了故乡的回忆，以后只要看到"虾米米"她就会想到江城，想到老师同学。说到动情处，两人都哭了。服务员看得出他们是留学生，知道他们在思念故乡，快打烊了也没去催他们，最后整个烧烤店只剩下他们俩。末了，李雯菁抬起头猛喊了一句"买单！"服务员连忙跑了过来，菜钱酒钱花了60加币，税金15%，小费10%，最后这顿烧烤吃了75加币，算是一顿比较贵的晚餐。李雯菁买单，但是心里挺高兴，她觉得这样的晚餐好久好久没吃过了。

然后他俩歪歪斜斜地骑着自行车往大学城方向去了，骑到大学城的林荫大道时，两人酒劲上来了，踉跄着从车上滚了下来，摔在地上，两人倚着自行车睡着了。过了一会儿李雯菁把"虾米米"叫醒了，她说："你看，不知道哪个傻瓜丢了一部自行车在这，我看两个轮子都能转。"

"是吗？有这样的好事？""虾米米"一翻身从地上爬了起来，"果然是部好车，我们骑上快走。"于是两个醉醺醺的人又骑上车兴冲冲地回了宿舍。

接下来的几天，在过道里李雯菁碰上"虾米米"也只是点头打打招呼，也没再进一步接触。"虾米米"总觉得李雯菁开朗的表情后隐藏着一种忧郁，他不知道那是什么，但他知道那种阴影正影响他们两人的交往。他想关心她，帮助她，他觉得自己有点喜欢这个师姐。这天"虾米米"上了QQ，见李雯菁也在线，就上前打招呼："还好吗？"

"挺好啊。"

就这样两人一问一答。

"我早上看你好像很忧郁？""虾米米"还发送了个面带悲伤的表情。

"谢谢你的关心。"李雯菁发了个甜西瓜的卡通图案，然后两人又聊了半天有关留学生的生活情况就下线了。

又过了几天，有回"虾米米"去卫生间，路过404房间，他的眼睛斜视了一下，虚掩的门内李雯菁正好在换内衣，洁白的双乳猛地映入"虾米米"的眼帘，"虾米米"顿时像被电击中似的全身都酥了。这以后"虾米米"像得了尿频症一样，有事没事地往洗手间走几趟。"虾米米"发现李雯菁每周的周六、周日两晚肯定没睡在宿舍里，因为早餐和晨课时间全校都统一，加上漱口洗脸，上洗手间一大堆事，一早上有时往洗手间跑的还不止一趟，所以这时的寝室门都是不会关的。"虾米米"周六、周日两天早晨见李雯菁的房间一直没开门，还以为李雯菁晚上上网太晚，起不来。"虾米米"患了单相思，他非弄清楚李雯菁的去向不可。于是专挑了一个周六的清晨，他穿好一身运动套装，脚穿运动鞋，跑到李雯菁的房门口，如果李雯菁在，他就邀请她一块去跑步。可敲了半天门，里面没有丝毫反应。事后，虾米米问李雯菁，李雯菁回答说，她有个远房亲戚在多伦多，周末都要到他那去。

不过时间一长，“虾米米”偷看李雯菁换衣的习惯被她发现了，她一点都不恼，倒觉得被一个这么亲近的小师弟关注，她很兴奋，觉得很刺激。于是只要听到走廊里“虾米米”的拖鞋声，她就迅速行动起来。有一次，她正在电脑上给一幅动漫三维的边角上色，猛地听到“虾米米”的拖鞋声传了过来，李雯菁迅速起身，到门口把房门轻轻打开一半。然后侧身对着门，两只手交叉抱着，就像脱汗衫一样迅速把罩衣脱掉。这时候李雯菁还假装半闭着眼，但她仍能感觉到“虾米米”灼人的眼光从自己的身上滑过，她心里腾起一阵畅快感。有时候如果“虾米米”走得太快，可供准备的时间太短，李雯菁来不及脱衣秀，那她就会耐心地等“虾米米”上了洗手间返回的时候开始内衣秀，这时候李雯菁肯定是脱了内衣让“虾米米”一览无余。“虾米米”看到的就是限制级电影片，李雯菁愿意演，“虾米米”愿意看，两人配合默契。

僵局最终由“虾米米”打破了，“虾米米”报名参加了由多伦多附近的约克大学、多伦多大学、滑铁卢大学这三所大学联合主办的华语歌曲新秀大奖赛，这场比赛每年都要举行，当地华语电视台还来做现场直播，这届比赛有两千多人报名。比赛前天“虾米米”通知了二十来个要好的同学，组成了声援团。“虾米米”给李雯菁打了个电话，邀请她也参加声援团，李雯菁欣然同意了，“我还要告诉你，那首歌我是专门献给你的。”“虾米米”补充说。

“那你告诉我你准备了首什么歌？”

“现在不想告诉你，你一听就知道，是一首忧郁的歌。”

第二天清早，“虾米米”准备好行装，然后去敲了李雯菁的房门。李雯菁已换好了衣服，还做了两块写有“虾米米”名字的现场声援牌。“虾米米”说：“真谢谢你，你想得这么周到。”

李雯菁回答：“歌是为我唱的，我得付点歌费。”比赛现场在多伦多的锦绣中华中心广场，歌手排队登台比赛，现场有评委直接打分，让歌手晋级或者淘汰出局。轮到“虾米米”上台了，台下他的声援团开始大声喊起来，为他加油，尤其是李雯菁特别卖力。“虾米米”的同学都知道“虾米米”暗恋李雯菁，所以在来的路上就策划了一个阴谋。“虾米米”一上台，他们就在底下吵成一片。这时主持人见现场这么火爆，适时地走了出来，开始调节气氛。他对“虾米米”说：“今天你的声援团是我们比赛现场最优秀的团队，他们给我们现场带来了活力，带来了气氛，我们感谢你们，今天不管你个人的歌唱得怎么样，但是有一个奖我现在就颁发给你，那就是今天的最佳声援团奖。”台下的“虾米米”声援团又是一阵欢呼。

“今天你唱的是什么歌？” 主持人问。

“陈小春的《我爱的人》。”

主持人又问：“你爱的人来了吗？”“虾米米”望了望声援团，声援团又是一阵欢呼。

音乐起，“虾米米”开始唱了起来，看得出“虾米米”是满怀深情，像是在对自己心爱的人倾诉，“我爱的人不是我的爱人，从她的眼神说明了我不可能说真心话，付出的很残忍，让我又爱又恨，她的爱怎么那么深。”音乐过渡时，台下声援团齐声高呼：“虾米米！虾米米！”没想到接下来三个字“我爱你”，只剩下李雯菁一个女音，特别扎耳。原来是声援团其他成员喊完“虾米米”的名字后，齐刷刷地全部停了，只剩下李雯菁“我爱你！”一个声音了。全场观众把眼光投向李雯菁，“虾米米”也激动地愣住了，连后面的歌词也记不起来了，只知道顺着曲调哼了。“虾米米”自然被淘汰了。而李雯菁喊完“我爱你！”就知道声援团的其他成员给她设了套，她气恼地看着声援团其他窃笑的伙伴。

在返校的地铁里，“虾米米”声援团人群里还不时传出一阵阵的爆笑，“虾米米”轻声地对李雯菁说：“做我的女朋友吧，好吗？”

李雯菁倒是很痛快地说：“好！”“虾米米”第一次轻轻地牵起了李雯菁的手，李雯菁也温顺地把头靠上了“虾米米”的肩。他们俩的手一直牵着直到回到寝室。晚上“虾米米”在李雯菁的房间里，“虾米米”轻轻地为李雯菁脱掉了内衣。李雯菁挺拔的双乳骄傲地凸现出来，“虾米米”终于完整地看到李雯菁的傲人乳房，他呆住了，手举在空中也没落下去，李雯菁见状忙抓起他的手按在自己的乳房上，还温柔地说着：“你是个小傻子，我亲爱的。”

这是“虾米米”的第一次，动作机械，李雯菁的情欲却被“虾米米”的迟钝点燃了，像一根火柴扔进了汽油桶里。“虾米米”觉得自己像一只踩紧了油门的跑车，腹部有强烈的膨胀感，逼得他松开离合器，冲向赛道，以前对男女性爱长期形成的恐惧感灰飞烟灭，李雯菁的疯狂最终让他进入了高潮。渐渐地“虾米米”睡着了，等他再醒来时，天已经蒙蒙亮了，他睁开眼睛，头一扭就看到窗前赤裸全身的李雯菁，李雯菁对“虾米米”说：“今天我还要到亲戚家去，明天我才能回。”

“虾米米”这才想起今天是周六，连忙说：“快起床，你去吧。”

老车今天很高兴，昨晚朋友从渥太华开了一台奔驰SLK300的红色跑车来，车子刚开进车行停车场时，老车一眼就看出这台要二十多万美元的跑车至少还有9成新，一看里程表，果然只跑了两万来公里。这台车对方要四万加币，他跟早就订了货的印度人在电话里沟通好了，重新套张牌，八万五加币卖出。他打开电脑，找出同号、同颜色的另一台车来，图片上的车是六个月前上的车牌，他按照这块车牌又制作了一模一样的一套车牌，然后把车牌挂到红色跑车上。随后他给那位做生意的印度客户打电话，印度人最后说：“只要行驶里程数没超过两万公里，他就付八万五。”然后双方谈好了交货地点，这单业务转手就挣四万五，老车心里别提多高兴了。加拿大驾照使用的是IC卡，每张卡在警察巡逻车的电脑里刷一下，相关信息连同汽车牌照信息就会同时呈现出来。因为IC驾驶执照不好伪造，所以加拿大黑车的价卖不起来。这种黑车不能出事，也不能碰上警察。

老车住在多伦多富人区的别墅里，这栋别墅有三层，地下一层，地上二层，整栋别墅花了五十万加币，地下一层老车租了出去，地上二层自己住。实际上加拿大的别墅也是分档次的，富人区的别墅绿化好，公共面积大，公共设施齐全，道路宽阔平整。像老车的别墅区里就配有棒球场、足球场、篮球场、网球场，还有游泳池，小区环境优美，空气清新。进入别墅区，李雯菁总是闭上眼睛深深地呼吸几口新鲜空气，好像要把地铁里的污秽从自己的肺叶里吐出来似的。李雯菁走到老车的别墅门口掏出房门钥匙，但她每次不是用钥匙直接开门，而是先揿门铃，然后再开门进去。她进门就听到老车在那里喊：“说了多少次，你直接开门就是了，不用揿门铃，你就是改不了啊。”

“都习惯了，还改什么。”李雯菁直接上了二楼，把随身带的小包挂在梳妆台上，把首饰和衣服也换了下来，然后打开衣柜门，里面是各种各样的睡衣，李雯菁随意拖了一件，顺手套在身上，然后穿上拖鞋，踢踢踏踏地下了楼，对老车说：“我来做午饭。”

“好啊，就吃牛肉咖喱饭？还有没有咖喱粉？”

“应该有吧。”李雯菁在冰柜里找到咖喱粉，牛肉和土豆是现成的，“都有。”

“那就开始做吧，我下午还要去趟蒙特利尔，晚上才能回，你下午有空，就叫下面那几个希腊人把积雪铲铲吧。”

“好，我来安排。”这时，老车已从阳台走到厨房，他一边说着一边用右手揽着李雯菁的腰，说完亲了亲李雯菁的脸颊。李雯菁跟老车学会做的牛肉咖喱饭，做起来简单，她自己也喜欢吃。用电饭煲把米饭给焖上，等到电饭煲的米饭冒气了，再用地中海的橄榄油，把牛肉煎得七分熟，然后放进土豆泥，再放水煮，期间倒进半盒咖喱粉，不停地搅和，一直到咖喱粉调和成糊状，再把电饭堡的熟米饭倒进锅里翻炒一会儿。李雯菁喜欢让每粒饭都沾上咖喱糊，觉得那样的咖喱饭吃起来更香。饭好了后，她把饭盛进大碗，一人一大碗，吃起来简单，碗也好洗。然后再把冰箱里的水果洗干净，去了皮，切好，装成果盘。李雯菁喜欢简单，更喜欢干净，她用餐桌布把装食物的碗四周都擦拭得干干净净，然后端上桌，摆好餐具，她就喊声：“老车开饭了。”

老车还在阳台上读报，听到开饭声，才进屋，走到李雯菁身边又抱着她亲了一下，说：“谢谢你。”然后两人开始吃饭。一边吃，老车还一边问问李雯菁学校的情况，李雯菁回应着。吃完饭，老车匆匆忙忙吃了一点水果，就上楼换衣服去了。李雯菁喜欢吃水果，她慢慢品尝着盘中的水果，老车下了楼，刚要出门，又转身走近李雯菁亲了亲说：“亲爱的，等我，我晚上稍微晚点才能回。”说完就出门了。

吃过中饭，收拾干净了，李雯菁换了双鞋，拿了工具，出门铲雪。加拿大的冬季特别漫长，每年十一月到来年四月可能都在下雪，而且雪一下就有三四十公分厚，铲雪成了加拿大居民每人应尽的义务，如果你没有按时铲雪，有人在你家门口因雪滑倒，告到法院，一告一个准。即使你全家出去休假了，你也要请亲戚朋友每天为你清扫门前的积雪。扫雪的距离是从家门口到主车道，一般有三四十米，一个人铲雪比较吃力，通常得要两到三人。而且积雪当天没铲完，一旦出了太阳，很容易结冰，那时候铲起来更吃力，在上面行走，人也很容易摔倒。李雯菁走到地下室的自动升降门前，敲了敲门，一个希腊男人来开门，她用英文跟他们交流，说要铲雪。希腊男人说马上就来，希腊男人租住老车的房有半年多了，他们已经很了解这里的规矩。过了一会儿那个希腊男人和一个很漂亮的希腊女孩走了出来，于是他们三人开始铲雪，那两个希腊年轻人一看就是一对情侣，眉来眼去，左吻一口，右亲一下，基本上没消停过，全然不管在场的李雯菁。李雯菁笑着摇头：“这些希腊人。”这时，她突然间想起了“虾米米”，心里一阵温暖。

李雯菁昨天跟“虾米米”缠绵了一晚，体力消耗不小，晚上开着电视机，没多久就在椅子上睡着了。遥控器掉在地上时，她才被惊醒。她知道老车回来还得缠绵，于是她没在沙发上边睡边等，而是去洗了个澡，上了二楼，像平时一样脱得一丝不挂，上床睡觉。每次老车回来都没有个准点，她也懒得再起来脱衣服，反正脱光了由得老车去摆弄。不知睡了多久，李雯菁被电视机的声音吵醒了。她记得是关了电视机才睡的，李雯菁眯缝着眼睛看了看，原来老车在看电视，里面正在播放成人电影，屏幕上正是男女间的性爱大战，巨大的喘息声，声声入耳。加拿大的电视台一到晚上十二点就播放成人电影，也就是国内的黄色录像，这种成人电影主要是为了满足像老车这样的单身汉的性需求。没有李雯菁之前，每到这时，老车总是打开成人电影，盯着电视里的性感女人，度过一个个寂寞难耐的夜晚。有了李雯菁后，虽然他的情欲得到了极大的满足，但他还是保留着过去的习惯，把看成人电影当成是自己的前戏。果然，李雯菁看到老车正痴迷的时候，猛地，老车起身扑到一动不动的李雯菁身上，在她身上疯狂地抚摸起来，直到高潮来临，李雯菁和老车之间的性爱一直是这样。对李雯菁来说，没有前戏，没有互动，只需要提供身体就行了，她在床上只是应付而已。今年寒假李雯菁提出要和同学去美国旅游 15 天，但老车坚决反对，李雯菁问他是不是心疼钱，老车马上拿了一万美金现钞给她。

李雯菁不解地问："那你为什么？"

"舍不得你。"

"舍不得我？"

"啊！我知道了，是舍不得我的身体吧。"

老车不语，李雯菁又撒娇地趴在老车肩上，轻声说："我走之前，我们加加班，回来之后再加加班，不就补回来了吗？"老车仍然没有吱声。

第二天，李雯菁返校了，老车接到一个电话，是礼品公司的电话，礼品公司问他是不是今天过生日，他说是，礼品公司说："有人给你送了生日礼物。"

他问："谁？"

礼品公司说："对方要求保密，送来你就知道了。"

下午五点，礼品如约而至，一位西装革履的小伙子搬进来一个大盒子，"哇，什么东西？"老车惊叫起来，小伙子把包装盒拆开，是一个充气娃娃，像真人一模一样的性感女郎，赤身裸体睡在里面，老车很尴尬地对送货的小伙子笑了笑，"谁送这么个礼物？"

小伙子没有直接回答老车的问题，"是不是完好无损，你再看看后面。"小伙子把裸体女郎扶了起来。

老车面对这倔强的小伙子只能服从地转到裸体女郎后面看了看，连说："没问题，没问题。”老车在送礼回执上签了字。

小伙子递给他一封信说：“这是送礼人的信。”然后他又郑重地对老车说：“本公司的礼品绝对一流，好好享用吧。”老车拆了信，才知道是李雯菁送的礼品，信是这样写的：

老车：你好！祝你生日快乐！这是我送给你的生日礼物，在你生日这一天，首先我要感谢你，你是我生命中的贵人。在我最困难的时候，你伸出了援助之手，帮我渡过了无法逾越的困难。感谢归感谢，我知道你很爱我，很疼我，离不开我，但我究竟不是你的附属品，我还有我的学业，有我的圈子（我很感谢你遵守承诺，从没有去干扰我的生活）。我不是充气女郎，我有思想，我想去美国看看，但对于你来说，我在家就是充气女郎。现在我送给你的这个充气女郎不仅24小时可以值守，而且还会叫床，最绝的是她下面有温度还能收缩，绝对比我强，还有她绝对温柔不发牢骚。

你的雯菁　即日

老车看了这封信后哭笑不得，但是他确实很爱这个聪明的女孩子。晚上，李雯菁请老车到酒吧庆贺生日，老车也同意了她去美国旅游，所有费用都由老车出。但是老车说的一句话却让李雯菁背上了思想包袱，他说：“雯菁，毕业后能不能不走了，留下来跟我结婚，我跟我妻子已经离了，你用不了几年就能拿到绿卡，现在你不用急着回答我，好好想想再说吧！”

老车高潮完后，李雯菁摸了摸老车的脸，问他：“舒服吗？”

“很好！”老车又说，“我今天很高兴，晚上我还想做一次，好吗？”

李雯菁说：“没问题，只要你高兴。”李雯菁总觉得她花了老车的钱，老车提出的任何要求，她都应该尽量地满足。

就这样，李雯菁在一老一少两个男子间周旋着，老车确实是个很守信用的人，自从以客人的身份第一次来过404房后，就再也没来过第二次，甚至她的学校他都没去过，李雯菁的同学里没有人知道她与老车的关系。这样就让她有了足够的空间来与“虾米米”交往。李雯菁比“虾米米”大三岁，而且她也比同龄人显得成熟老练得多，这更使李雯菁在“虾米米”面前显得放松自信。而“虾米米”作为独生子女，缺少独立性，有很强的依赖心理。“虾米米”能碰上像李雯菁这样温柔体贴的恋人怎么会不爱得死去活来，除了异国他乡难以排遣的寂寞，他们同为江城人而有的共同话题成为他们爱情的坚实支撑。

就像天底下所有的恋人一样，在校园里他俩每天都有说不完的话，每天在一起牵手散步，休息时依偎着，他们的室友只要有一个不在，他俩马上就睡到一间房去了，恋爱的幸福感充满了他们的生活。一天，“虾米米”下完课后，按照平常的习惯去李雯菁的教室找她，但李雯菁不在，他又到电脑室去找，也没找到，花园里也没有。“虾米米”只好失望地回了宿舍，刚上楼梯，“虾米米”就听见有人在哭泣，循着声音“虾米米”停在了404房门口。敲了敲门，里面哭声断了。“雯菁开门。”门打开了，是李雯菁满脸泪水的样子。“虾米米”心痛地问李雯菁：“为什么哭？”李雯菁又抱着“虾米米”哭了起来，手里还拿着一封信，“虾米米”接过信看了起来，是李雯菁的爸爸写来的：

女儿，我的好女儿，你还好吗？这些日子我是第一次给你写信，不是爸爸不想你，而是爸爸不知道这封信怎么写给你，因为爸爸已经不能帮你了，也不知道这段时间你是怎么度过的。从你出生后你就是我们家的掌上明珠，你就是我的幸福，我的骄傲。爸爸到现在还在内疚，在你小时候爸爸用卖血的谎言来改变你买新衣服的习惯，吓得你以后再也不敢买新衣服了。也不知道你现在还有新衣穿吗？我可爱的女儿，你妈妈临死前把你托付给我，是那么不放心，以致她死后眼睛都没能合上。正如你妈妈所料，我没有能力把你供养出来，在单位，作为领导我不是好领导，在家里，作为父亲我不是好父亲。我现在是负罪之人，只能祈求苍天保佑我女儿平平安安。

……我被押在看守所已有几个月了，估计还有大半年才能判下来。

李雯菁的父亲在信的末尾留了通信地址。“虾米米”看完信也不知道可以做什么，只是抱着李雯菁任由她大声地哭着，他没想到他心爱的女人美丽的笑脸后面藏着那么大的悲痛，他心里暗暗发誓一定要帮助李雯菁。“虾米米”说：“只有两个月你就毕业了，我也放假了，我陪你回江城，我们去看你爸爸。然后我一定要帮你找到工作，你要是有什么别的困难，就尽管对我说，我一定会帮你的！”李雯菁只是轻轻摇了摇头说：“我只要你陪我回去。”然后，她马上给父亲回了封信，她写道：

亲爱的爸爸，你好，不管什么情况，无论发生了什么事，我都是你的女儿，是你最可以信赖的人。亲爱的爸爸，为了培养我让你走上了犯罪道路，该愧疚的人不是你，应该是我，是我用了这笔钱。我虽然不能以负罪之身陪你共度漫长的牢狱生活，但我会以负罪之心祈求上苍保佑我爸爸身体健康，尽早服完刑。至于我们已经用过的国家的钱，做女儿的这辈子一定会还上。还有两个月你的女儿就要和她的男朋友一道回国来看你，同时，你女儿也完成了学业。爸爸，我的男朋友也是江城人，和我是校友，他对我挺好，你一定会喜欢他……

祝身体健康！

你亲爱的女儿：雯菁

自从看过李雯菁父亲写来的信后，“虾米米”对李雯菁更加亲密，更加关心，与以前不同的是“虾米米”看李雯菁的眼神中多了几分心痛，李雯菁走到哪里，“虾米米”的眼神就跟到哪里。“虾米米”对李雯菁什么事都极感兴趣，有几次问李雯菁能不能带他这个男朋友去拜访那个多伦多的亲戚。李雯菁拒绝了，说这是她一个亲戚，以前说好的，不能带同学去他家。李雯菁还解释说她后来的学习、生活费用都是这位亲戚出的。但“虾米米”总是觉得有点不对劲，上次看李雯菁爸爸的来信，当时看得很激动，也没仔细看，他总觉得在信中他爸爸没有提到这位亲戚，后来“虾米米”再找李雯菁要那封信，李雯菁却怎么也找不到了。

“虾米米”还发现李雯菁用手机有一个特点，就是喜欢用手机发短信，不喜欢接电话。“虾米米”问她，李雯菁就解释说：“上课时接电话总不礼貌吧，短信就没有关系。”当然李雯菁就是发短信也是三言两语回得很快。有那么一次李雯菁说周末不用去亲戚家，他们可以找个地方玩，于是他们和同学一起去了一个森林氧吧，晚上还打算就住在那儿。没想到天刚黑，李雯菁收到一条短信，就说有事要马上走。“虾米米”说：“明天去不行吗？”李雯菁说非得去。“虾米米”说天都这么黑了，我送你到亲戚家去。可是她又不同意，最后，只同意“虾米米”把她送到马路边。“虾米米”陪李雯菁在马路边等车，半天没有车来，加拿大一般家家都有车，所以街上很少有出租车放空跑的，要用出租车必须先打电话到租车行去电话预约。“虾米米”只能陪着李雯菁耐心等，这条从森林出发的路，几乎看不见一辆过路车。等了一个半小时才等到一辆顺风车，车是一个老太太开的，老太太很热情、友善。“虾米米”拿了五美金递给李雯菁，说："等会记得给点小费。"老太太就开车走了。

虽然李雯菁最后打到车走了，但"虾米米"为了这事郁闷了好几天，他不理解为什么李雯菁那个时候非得要走，甚至不愿意给对方回条短信，解释一下特殊情况，又不是去签合同，非要那样按时按点。

两个月很快到了，李雯菁的学分修满了，学校举行了盛大的毕业典礼，李雯菁顺利拿到学位。"虾米米"给家里打了电话，家里热切地欢迎他回家过暑假，也非常欢迎李雯菁来家里做客，"虾米米"在网上查询了飞机票，最后订了两张多伦多直飞上海的飞机票。

第九章

THE NINTH CHAPTER

哑巴只好对杨明比划，杨明翻译说："他平常都带着两片刀片，24 小时不离身，一边牙帮放一片，吃饭说话都不影响，进看守所时，金属探测器查到了嘴里的刀片，他拿了一片给他们，嘴里还留了一片。

明天中午，开上一台翻斗车，装一车黄泥卸在他们公司门口，堵了他的门，看他出不出来。想赖账，看他赖到哪儿去。如果还不行，就叫上三个兄弟爬上他们楼上的天线杆，跳楼自杀，叫几个记者来拍拍。

A 看守所／现在

五月八日下午
阳光温暖
看守所三栋

刘昆仑从五月一日前的最后一个星期天就开始一天天算着日子，等着在起诉科提审他之前被保释出去。这是最后一次保释机会了，办完起诉手续，签完字，就没有希望保释了，那就还要再熬两三个月，他在这儿度日如年，一天都不想待下去了。他计算着五一节最后几个工作日，每天刘昆仑都竖着耳朵听监管办公室的电话响铃，只要电话一响铃就有可能是前台通知要放人。因此每次监管办公室的电话铃响都让刘昆仑燃起新的希望，那响声对刘昆仑而言就像是歌声，美妙悦耳，精美绝伦，他是那么急切地等着电话一个又一个响起，就像等着自己久违的女朋友。刘昆仑不管是在睡觉、在吃饭、在穿针引线地工作；不管他的四肢，他的嗅觉、味觉、触觉、感觉在忙什么，但是大脑能够清晰控制的就只有他的听觉。刘昆仑甚至觉得此时此地他的什么感觉器官都没有自己的听觉重要。他的听觉此时表现得异常出色，异常灵敏，不管自己其他的器官是否处于休息状态，听觉系统却是24小时在不间断地工作，即便深夜沉入梦乡，只要值班室的电话铃声一响，刘昆仑的听觉系统就像一台雷达一样可以准确地捕捉到，并且迅速把他唤醒。刘昆仑计算着每个节前的工作日，甚至想象着检察官们已经整理好了案卷，已经上了车，已经离开了检察院大门，已经向看守所开过来，甚至他们已到了前台，已经开始在前台办理他的取保手续，已经有前台值班警官拿起了话筒，他们在拨号……啊！太美妙了，值班室的电话铃声也同步响了起来。值班干警拿着那一大串叮当作响的监房钥匙走了过来，越来越近了，“哐当”一声门打开了，押进来一个拿着两卷被子的新丁，“哐当”一声门又关上了。“他是个哑巴。”干警对着铁门里喊了一声，那一大串监房钥匙相互碰撞着发出“叮当”的声音，渐行渐远。

“是个哑巴，揍你就当打墙啰，不会喊啊。”号子里传来其他人的应和声，“别是个假的，警察审不出，我们肯定审得出，晚上验验真假。”“下老壳”不怀好意地说着，傅海涛一脸讨好地应承着。“呀！呀！”哑巴比划着手势想说话，大家都没见过这种场面，都停下了手上的活儿，看着哑巴。

傅海涛指着哑巴对“下老壳”说：“他想说话。”

“下老壳”说：“傻，谁不知道他在说话，关键他到底在说啥啊？”

“他说有宝贝要献给老大。”答话的是杨明。

“你这个文化人懂哑语啊，别干活了，过来翻译翻译。”哑巴继续“呀！呀！”地发着音，比划着手势。

杨明在翻译：“他说他要献个宝贝给老大，希望老大放他一马，不要教训他了。”

“下老壳”说：“那要看他的宝贝是不是座山雕要的联络图。”五个老大就像八大金刚似的大笑起来。哑巴双手一摊开，什么都没有，然后拍手、拍脸，一个刮胡子用的半边刀片就出现在他的手掌里了。

“下老壳”倒抽一口冷气，接过刀片说：“我操！问他怎么带进来的？”杨明打着哑语问哑巴，哑巴摇了摇头不愿意说。

傅海涛说：“不说就揍他！”

哑巴只好对杨明比划，杨明翻译说：“他平常都带着两片刀片，24小时不离身，一边牙帮放一片，吃饭说话都不影响，进看守所时，金属探测器查到了嘴里的刀片，他拿了一片给他们，嘴里还留了一片。”

“下老壳”把刀片递给哑巴，说让他表演表演。哑巴把刀片重新放进嘴里，他“咿呀！咿呀！”说了一番，“下老壳”勾着脑袋盯着他的嘴，可看不见刀片，“下老壳”叫拿了个苹果给哑巴吃，哑巴可能真饿了，三口两口把苹果吃了。“下老壳”又从哑巴嘴里拿回刀片，不可思议地说：“这小子活好！”

他对杨明说：“问问他怎么被抓的？”

哑巴比划着，杨明在翻译：“他说他们五个人，只有一个是健康人，他们干的是入室盗窃。每次进门时，都要使劲敲门，屋里如果有人出来问，就瞎编一个人名，别人就以为找错门了，如果没有人应答，那就说明屋里没人，他们就直接开锁进门。”

“下老壳”打断杨明的话问：“哪种门？”

杨明继续翻译：“是防盗门，不管什么样的防盗门他们都只要两到三分钟就可以套开，他们干的是技术活，从不撬门砸门。”

“问他怎么被抓的？”“下老壳”催着杨明。

哑巴又开始比划着，杨明说：“前天上午他们去敲一家房门，敲了一阵子，确定没人，他们就开门进去了。没想到一进去，客厅里坐了两个人，这两个人也是聋哑人，他们听不见敲门声。他们一进门，被人家看见了，就追了上来抓住他们。”

“下老壳”说：“我在江湖上混了几十年，还没听说过聋子抓哑巴的，绝了！小子，你还没出师，入室盗窃，你得带上半口袋黄豆，有人追上来，往地上一撒，不就没事了。”

杨明翻译给哑巴听，哑巴一听半天没合上嘴巴，连忙比划了几下，杨明又翻译给“下老壳”听：“他说要拜你做师父。”

“下老壳”很开心地说：“今天这小子进门礼不薄，免了他的欢迎仪式了。问问他脖子上这么多刀伤是怎么来的？”“下老壳”继续问杨明。

哑巴把他的脑袋勾了下来，用手指了指自己的头顶，“下老壳”也拍了拍自己满是刀痕的头顶说：“我这是打架打的，他的呢？”

杨明翻译着哑巴的手势说：“他说是自己用刀片割的，被警察抓了，趁警察不注意，用嘴里的刀片在脑袋顶上划两刀，警察一看满脸的血，一般情况下就会放了他，碰上还不愿意放的，那就只能割颈自杀。”

“下老壳”疑惑地问：“在自己脖子上割一刀？”

杨明说：“是的，就是在自己脖子上割一刀，他脖子上的刀痕就是这么来的。”

“下老壳”说：“这小子不老实，割一刀不就死了吗？他那有七八条刀痕了，怎么割的？让他说清楚。”看得出哑巴不愿意把自己看家的老底给抖搂出来，不过怪不得“下老壳”要生疑，哑巴那脖子上的七八道刀痕，刀刀都是从左到右，几乎都拖了个一两寸长，可以说刀刀致命，这哑巴挨了七八刀都还活蹦乱跳的，谁都会感到好奇。看着“下老壳”那一脸不达目的不罢休的神态，哑巴用左手的手指从左至右把自己下巴下脖子上的皮给揪了起来，然后使劲往前拽，让脖子上的皮几乎脱离脖子，然后他伸出右手的食指在左手捏住的那把脖子皮上横向作了一个刀划的动作。原来在他把脖子皮捏住时，以前的刀痕就都看不见了，当他左手一松开，刀痕就布满了脖子，实际上在他动刀时，刀子划不到他的脖子，肯定也划不到他的血管和动脉，只是在表皮划了一个口子，而且这个口子在松开皮层时显得非常长、触目惊心，相信这一招肯定会让他多次逃脱了法律的制裁。

“下老壳”听明白了，笑了，他让“虾米米”把他的一双从外面带进来的布鞋用晒衣杆顶到放风屋的屋顶铁网上去，刘昆仑一直很纳闷，这顶上放了十几双北京布鞋，看上去都还比较新，就是没看到人拿下来穿，放在上面晒，就应该会有人再穿。“下老壳”从外面带来的布鞋也有几双了，他喜欢穿布鞋，有时还把布鞋送给其他几个老大穿。“虾米米”在晒衣杆上抓到一只蜻蜓，兴奋地大声叫着：“蜻蜓！蜻蜓！”在这号子里能碰到的非人类的动物除了蚊子，苍蝇和床铺板下面的一些让人恶心的小害虫就很难再有别的了，这只蜻蜓不知从哪飞进来的，飞进来了也活该它倒霉，有人喊：“可以做宠物，别放了它。”

只有“下老壳”的声音最有威慑力：“给它戴副镣！”于是一根从被子上拆下来的长长的白线就成了这只蜻蜓的脚镣，那只蜻蜓还没意识到戴上脚镣的后果，它的眼珠还在骨碌碌地乱转，轻盈透明的翅膀不时微微地扇动，它好奇地打量眼前这个新的环境。“虾米米”把戴了脚镣的蜻蜓用力地往空中一掷，蜻蜓扇动着翅膀，刚开始它的身子还往上飞了一尺多高，但尽管它使出了全身力气，只能像直升机空中悬停似的停顿了一会儿，最后它被那根长长的“脚镣”羁绊着，慢慢降到地面，尽管后来它还做了几次努力，但是越飞越低，它似乎也明白它已经没有可能飞出去了，于是完全没有了飞的欲望，甚至它的翅膀都不动一下。“虾米米”说：“这可能给它判了无期徒刑。”

“下老壳”不屑地说：“它肯定比我的刑重，是死刑。”

傅海涛说：“这人要是有一对翅膀多好，我肯定会飞出去。”

“下老壳”说：“人只要有一副胆就行，要翅膀没用，我十年前一次被押在区看守所，那时江城的看守所还没统一起来，结构还没有现在的牢靠，每级公安机关都有看守所，我们经常越狱。那次我们的头铺老大，突然宣布凌晨1点准备全体逃跑，离时间还有五分钟，大家做好准备。我当时刚被抓进去，我四下看了看，门锁着，窗户好好的，都是金属的，怎么跑？往哪跑？我还在纳闷中，老大一声喊，一、二、三，十几个人把一架有上下铺的铁架床抬了起来，然后插进墙上铁栏杆窗户的栏杆里，二三十个人再往下同时一块用劲拉扯，活生生把那铁窗和膨胀螺丝连根拔起，整个铁窗被一起扯了下来，他们二三十个人都跑光了只剩下我一个没跑，我心想不跑可能还能立功、减刑，没想到看守所抓住我，把我打得个半死，说我为什么不早报告。我要是胆子大些也就逃走了，哪里还会挨打。”

同监的人都感到很奇怪，杨明在哑巴进来的那天晚上睡觉前问了一声，“你进看守所时，注意大门口有没有栀子花？”哑巴摇了摇头，杨明又反复问了哑巴，哑巴还是给予了否定回答，当天晚上杨明就再也没有说一句话。第二天吃早餐，杨明推说不舒服，就没吃。到了中午杨明还是以不舒服的借口没吃。按照惯例，每月看守所都要改善一次伙食，所谓改善也就是每个在押人员可以发到两个肉包子，虽然只是两个肉包子，但在在押人员的眼里，凡是嘴里能含上带肉的食物那就不啻于吃上了山珍海味。可杨明偏偏是山珍海味都不愿意吃，这可就不是身体是否舒服的问题了，那就是绝食的行为。绝食这个名词一定程度上在看守所的影响力不亚于斗殴，那是一种软暴力。它不像斗殴针对的是同监的在押人员，而绝食直接对抗的可能是看守所的管制甚至是更高的社会制度，看守所对绝食这种行为向来是极为重视的，杨明“山珍海味”也没吃，“下老壳”终于按响了报警器。

这天是公安厅挂职干部值班，他疾步跑了过来，“下老壳”报告说：“杨明三餐没有吃饭了。”

“杨明，为什么不吃饭？”公安厅挂职干部问杨明。

杨明站起来立正回答：“我身体不舒服。”

“那你现在想吃了吗？” 公安厅挂职干部问。

“还是不想吃。”杨明回答。

“不行！我命令你必须吃东西，谁有饼干？”公安厅挂职干部问，立即有人递上了饼干。“给我搬张椅子，我要看着杨明把这饼干吃完。”公安厅挂职干部坐了下来，杨明慢慢撕开了饼干的包装袋，缓慢地吃起饼干来。“到底是什么原因？”公安厅挂职干部问起“下老壳”来。

“昨天晚上，杨明问了哑巴几次，问他门口有没有栀子花，哑巴只是摇头，杨明的神态就不对劲了。” “下老壳”回答说。

“栀子花？” 公安厅挂职干部疑惑地反问，“杨明你是想要栀子花吗？”杨明站在那里费劲地咽着饼干，“拿点水来给杨明。”

“我不要栀子花。”杨明缓过劲儿来回答说。

“哑巴怎么会注意大门口的栀子花呢？我天天上下班都没注意。”公安厅挂职干部问起哑巴来，哑巴打起哑语来。

“只有杨明懂哑语。”“下老壳”回答说。

公安厅挂职干部转过头看着杨明。杨明翻译着：“他说这是他们团伙的习惯，他们被抓了，他们往往通过自残或者凭借一般警察不懂哑语的特点逃脱打击，所以一般他们的同伙会早早来到公安局的门口接他们，所以他们很注意观察大门口。”

“那你为什么要绝食？”公安厅挂职干部问。

“我不是绝食，我是身体不舒服。”杨明还在嘴硬。

“你没有给我说实话，好，我也不追究了，只要你明天吃了饭就说明你是身体不适。”公安厅挂职干部说完就回办公室了。

B 杨明／从前

这些天杨明经常和龙胖子一起陪同刘先贵吃饭、洗脚，最近刘先贵不知道怎么知道江城有一家三妞妞休闲中心，说那里特别好玩，据说是江城公安局某某领导的亲戚开的，生意红了几年，从没有出过事。今天刘先贵又喊着要去玩，杨明想逃脱，龙胖子就一点都不依，说："杨明，你在北京做做文化项目还可以。你要是下来做工程，不抽烟，不喝酒，不泡吧，不打K粉，不打麻将，不嫖娼，你哪能交到朋友，谁会把业务给你这样的人做，现在有钱有权的人什么不会玩，人家一看你这样没有情趣，会躲得远远的。我跟那么多权力部门的人打过交道，靠什么？两个字：钱、色，今天说什么你都得去。"杨明没办法再玩清高，就答应了去。

三妞妞休闲中心的门面没有什么特别的，江城像这样的休闲中心比比皆是，秦柳新曾跟杨明开过玩笑，想要解决男人的问题，尽管去休闲中心，家家户户都有色情服务。杨明跟着龙胖子、刘先贵进了这家貌似平常的休闲中心，一进到门里面，音乐声一下就把耳鼓膜撑了起来，红色的灯光布满了整个房间，杨明一时找不到方向，他在龙胖子的带领下到了进门靠右的茶座，服务员倒了杯茶水端上来。龙胖子和刘先贵坐在桌子一边，杨明坐另一边，杨明还在纳闷龙胖子和刘先贵一坐下来就盯自己的身后看，接着就开始指指点点。杨明回头一看，自己身后不远处是一个上楼的楼梯，楼梯上坐满了衣着性感的女孩，女孩上下的衣服薄如蝉翼，胖的、瘦的、高的、矮的什么都有。杨明眼光一扫过去，就感觉到每个女孩的眼神都在主动暗示着什么，看得出，她们都希望快一点被客人挑中，龙胖子示意杨明挑一个。

杨明说："你们先去挑吧，我等会。"龙胖子和刘先贵走了过去，龙胖子是个老手，这个摸摸，那个捏捏，还叫女孩站起来，看看身材，最恶心的是龙胖子把女孩的松紧带裤子往外拉了拉，把脑袋贴上那女孩的肚皮，可能是在闻那女孩下身有没有异味，然后他满意地挑中了一个。接着他帮刘先贵挑起女孩来，他感觉到刘先贵选中的这个女孩的乳房露在外面的部分显得太夸张了，于是把手伸进女孩的胸衣里，松了一个扣子，然后让那女孩挺直了腰，刚才夸张暴露的乳房魔术般地消失了，旁边的女孩一个一个掩嘴笑了起来。折腾了半天，他俩都满意了，抬腿上楼去，那两个被选中的女孩下了楼梯来端龙胖子和刘先贵他俩的茶，后面的一个女孩故意端错杨明的茶杯，杨明指着说："是那一杯。"

那女孩挑逗地说："没关系的，谁的不都是水吗？"那女孩端着茶临走时，身子还在杨明身上擦了一下，说："哥，等着我。"杨明暗骂了一句，操，这婊子真不要脸。杨明一人喝着茶，看着电视节目，过一会儿有楼梯上的小姐过来说："先生，上楼去吧，先生，我陪你上去，好吗？"杨明只是摇摇头，轮到第四个，也可能是第五个小姐走过来时，她竟一屁股坐在杨明身旁，没动。

杨明问："你的生意不好吗？"

"我生意好得很，一天我要出十个点，人都困死了，就想睡觉，我 24 小时都不出这个门，没有休息，没有周末，你说我生意好不好。"

"一个台你挣多少？"

"老板太黑，我只挣 80 元，我们都是卖皮肉，挣点钱不容易，哥，今天我一定让你享受皇帝的待遇。"

杨明还是拒绝了，觉得这里的气氛他有点待不下去了，他给龙胖子和刘先贵各打了个电话，他们都没接。他又在电话里约了秦柳新，去语意咖啡厅喝茶，然后他发了个短信给龙胖子，叫服务员买单，他对这里的价格便宜感到吃惊，他俩的所有费用加上自己的一杯茶还不到 300 元，然后他叫了辆出租车往语意咖啡厅去了。

第二天，龙胖子打电话给杨明，说："老同学你思想不够解放，你当了逃兵了。"龙胖子在电话里埋汰了半天。

杨明说："你是与时俱进，我可落伍了。"

杨明没忘记时不时跟家里通个电话，还特意跟妈妈聊了聊，交流了双方情况，还跟妈妈说了项目的进展情况，妈妈为他的工作进展顺利感到很高兴，女儿杨宏秀也在家，杨宏秀今年十二岁了，说起话来也像个小大人。她说："爸爸我想你，你什么时候回来，我经常梦见你。梦见你和妈妈，还有我，我们去动物园玩，爸爸你回来再带我们去，好吗？"杨明听见女儿的声音感到特别温馨，女儿嘴甜，说得他心里甜丝丝、酸溜溜的。杨明还记得很多年前带着全家去过一次北京动物园，当时北京动物园搞了个亲近动物的主题活动，很多小朋友喜欢的小动物都放养在外面与游客贴近展示。小朋友可以亲手给小动物喂食物，杨宏秀那时候只是四五岁的样子，第一次见到活体动物，她都要在每个动物前加一个“电动”，比如电动牛、电动兔子、电动羊、电动鸭，可能是孩子出生在城市，跟大自然接触太少，从小只能通过玩具识别动物，她以为动物原本就是电动的。

杨宏秀的纯净给杨明一家带来了极大的乐趣，有一次她拿杨明的皮包玩，把钱包里的钞票一张张都翻出来，杨明连忙提醒她说：“这个钱好脏，快别玩了。”到晚上李冰莹去倒垃圾，猛地发现撮箕里有几张百元大钞，李冰莹一问才知道是小宝贝当成脏东西丢的。

杨明还经常跟朋友说：“人本来胆子是非常大的，无惧无畏，什么都不怕，是因为成人教会孩子害怕的。”有一次杨明看见家里的客厅有只奄奄一息的小老鼠在作垂死挣扎，秀秀也好奇地凑了上来看。杨明让秀秀拿起老鼠的尾巴，秀秀用三个指头立马夹住老鼠的尾巴。李冰莹正在厨房做菜，杨明叫秀秀拿着尾巴甩起圈来，秀秀一边笑，一边就甩着尾巴转起圈来，然后杨明让秀秀甩着圈去厨房，秀秀也照办了。但是随后传来的是李冰莹在厨房里的大呼小叫，从此以后，杨明让秀秀再去抓小动物，秀秀就怕了。

那次杨明一家三口去动物园亲近小动物也是为了给秀秀进行针对性的心理治疗，很多小朋友在旁边采些小草，买些饼干、玉米喂小动物。秀秀开始很害怕，有一只鸭子，秀秀一走过去，它就张开双翅扑扑腾腾地奔跑过来，每次都是这样，秀秀吓得大哭。杨明只好把秀秀抱起来，那只鸭子还气愤地老啄杨明的脚，杨明请教饲养员，饲养员告诉他们说可能是秀秀穿的衣服色彩吸引了它，让孩子换件衣服试试看。果然秀秀把罩衣一脱，那鸭子只追衣服不追人，经过这么一折腾，秀秀的兴趣也被激发出来了，那个下午秀秀逗得那只鸭子满园跑，成了动物园的小明星，最后电视台还跑来拍了新闻，秀秀也过了一把明星瘾。

秀秀跟杨明讲了一会儿电话后，妈妈又接过电话跟杨明说了半天，主要问他最近跟李冰莹通了电话没有，等会一定要跟李冰莹通个电话，杨明知道这几年，妈妈又在为他的夫妻感情问题担心了。

李冰莹是一个比较冷淡的人，不管跟谁都保持着一定距离，对杨明的妈妈一直很客气，但是杨明的妈妈总觉得拿不准这个儿媳。李冰莹对家里的基本应酬都还可以，逢年过节，不要杨明买东西，一式两份，宁可自己娘家少一点，婆家的是绝对不会少的，礼貌礼节都很到位。倒是近几年杨明的生意做得不太好了，李冰莹经常在婆婆面前有一句没一句地说，谁谁老公怎么有钱，谁谁老公怎么有权，让杨明听了就来气。杨明离家也有一个多月了，杨明不给她打电话，她是绝对不会来电话的。杨明自己也不明白两人的关系怎么就冷淡成这个样子，他对李冰莹最开始的意见只是以为她不愿跟他说话，其次认为她不愿过性生活。这也让杨明痛苦不堪，杨明甚至怀疑是自己不行了，但是与秦柳新相处这么一段时间，他知道不是自己不行，而是潜能根本没有开发出来。他有时就傻想，如果秦柳新没有出现，他难道真的就没有高潮、没有激情地跟李冰莹过一辈子吗？那不太冤了。

他打心眼里感谢秦柳新，让他知道人活得什么叫质量，爱人之间怎么相处才叫真爱。有了这些，他觉得自己比当个名人做个大富翁都要值得多。有时候他还很同情李冰莹，他想李冰莹跟自己结婚这么久了，从没有过高潮，也不敢轰轰烈烈爱一次，如果她真要有个情人还好说，什么都没有，也是太悲哀了。他有点自责，旋即又否定了刚冒上来的内疚，李冰莹要是还愿意跟我交流，我也还愿意告诉她这其中的缘由，但哀莫大于心死，难道是李冰莹对感情对生活彻底死了心吗？但她又确实没有碰到过什么大的生活波折啊。是对我杨明绝望了吗？我杨明这一生也没犯什么大错啊，不就是下了一趟海吗？家里的收入肯定要比我在单位上班挣得多，那她为什么会变成这样？也许，杨明对于她只是一个符号，就像所有的正常女人一样有个老公就行，有没有爱情无所谓。李冰莹可能觉得没有丈夫或者离婚，在外面都是一件非常不好听、不好看的事，至于要不要真诚的交流，如漆似胶的激情，缠缠绵绵的性爱，都是无所谓的。她不愿在此投入半分，她骨子里甚至认为在这方面的认真是玩物丧志的行为，是没有出息的。

李冰莹可以有自己的信念，有自己的价值观和性爱观，她也有这么做的权利，但杨明觉得自己做不到，他想去放肆拥抱他的女人，他想在他女人身上得到充分的性满足，他想有话就对他的女人去说去讲，他想每天可以没有禁忌地亲她抱她爱抚她，但是他只能看着自己的老婆李冰莹一点点变老，看着落花流水成旧影，他不能摸，不能碰。他不愿意只做个符号，不愿意只做个陪葬品一天天老去。这么想着，杨明犹豫了半天，最终给李冰莹拨了个电话："你好。"

"你好，你是杨明啊，我正在与我们同事弄选题呢，有事吗？"

"没事。"

"多注意身体啊，你忙吧！"每次他俩的电话不超过一分钟。如果李冰莹旁边有人，她的嗓音会有点大，故意要让身旁的人听清，是她老公给打来的电话；如果旁边没有人，那电话里的声音会更加缺少温度，弄得杨明每每跟李冰莹通电话，总要把自己的心态调整一番。

杨明打开电脑都会上QQ看看，他知道秦柳新一上班就把QQ打开，没事就挂在上面。他知道秦柳新网上有很多喜欢她的年轻人，秦柳新在QQ上的年龄只有29岁。她胆子大得出奇，经常跟网友见面，不管是要一夜情的还是放长线钓大鱼的，她没有不敢去见面的。杨明上了QQ就会给秦柳新留上一段情意绵绵的话，他知道秦柳新喜欢这个。有一段时间，杨明每天都给秦柳新留言，没想到他一停，秦柳新就在QQ上问他："怎么不写了，在干什么？"

"我想先把手上的工作忙完，再给你写。"杨明输了几个字。

"不行，你应该把我放在第一位，给我写完再说，好不好？"又蹦了一排字出来。

杨明没办法，只得回了一句话："好吧，我先给你写情书。"

"傻瓜，我逗你玩的，先忙完工作吧，等会儿到哪去？"

"等会儿与龙胖子、刘先贵喝茶去。"

"哪个茶馆？"杨明都一一明确答复她。

只见秦柳新说："我还有事，你先忙。"

但杨明看见秦柳新的QQ还挂在线上，没有下线，肯定又在钩谁。想到这儿，杨明心里一阵难受，慢慢使自己冷静下来。到了茶楼里，杨明把一份合作合同递给龙胖子和刘先贵，让他们提意见。杨明刚说完自己的意思，手机里就来了个电话，杨明一看是秦柳新的电话赶紧接起来，秦柳新在电话里说："别说话，我在你门口，你走出来。"

杨明对其他两位说了声："你们先谈，我先出去一会儿。"杨明往外走，秦柳新的车已经停在门口。秦柳新打开车门，招手示意杨明上车，杨明屁股刚坐进去，秦柳新一加油门，车就离开了茶馆，杨明马上喊了起来，"我的包还在茶馆里，我就拿了个手机。"

"没关系的，他们不是都在吗？你的包不会掉的。"

"那我们上哪去？"

"跟我走就是，我又不会吃了你。"

原来是去望江山临江阁，他们来过几次，汽车可以直接开到临江阁。下了车，两人在山上的林间小道散步，秦柳新对杨明说："我想听你当面给我说你在QQ上给我的留言。”杨明于是把那段情话重复了一遍，秦柳新说：“大点声不行啊！”杨明急忙提高音量把那段话又说了一遍。秦柳新听完杨明的独白后，抱着杨明的头急切地相拥而吻。山林里只听得到风吹树梢的声音，清水江传来的是轮船切开水面的马达声，杨明陶醉在秦柳新火热的双唇间。

杨明以前在杂志上看到外国经常举行亲吻大赛，比谁的接吻时间长，杨明很纳闷，这嘴对嘴的游戏能坚持多久，有什么刺激的吗？现在他知道，只有相爱的人才懂得吻是多么好的游戏，亲吻可以坚持很久很久。杨明抱着秦柳新，他觉得他可以和秦柳新一道去参加接吻大赛，真的。接吻也是秦柳新二十多年前教会他的，告诉他要把舌头长长地伸向对方的口齿间，让对方吮吸，还要让舌尖之间互相碰撞，感觉那种细腻微妙的摩擦。杨明一直没有学会怎样送舌头，但他学会了吮吸和轻轻地碰触对方。他俩吻着，脑袋交叉地转动着，过了一会儿，双方都感到该停下来，才缓过劲来。

秦柳新说：“记得几个月前我们第一次来这吗？”

杨明回答：“记得啊。”

“你当初打我的电话，约我来这里，我还听错了，没听出是你。”杨明心里不高兴了，没有吱声，他心想你没听出是我的声音，听成别人的声音，也跑来。正说着，秦柳新的电话响了，秦柳新一说普通话，杨明心里一股醋意油然而生。“你好啊，没有，今天好累的，不行，我在外面，跟朋友在一块，今天不行啊。”

杨明有点克制不住自己，便大声说：“讲什么，快点，快点！”

今天如果不是秦柳新在他面前装出那么亲密的口吻接别人的电话，他不会受不了的，他不知道秦柳新是有意培养他的忍受力和宽容度，还是故意刺激他，伤害他，或者是欲擒故纵，把自己拴得更紧。但杨明知道自己只能跟着感情走，他爱秦柳新，他没有办法驾驭这份感情，他只能让这份感情牵着自己。可是只要秦柳新在他面前说了几句好话，他的心就又软了，他疼爱地握了握秦柳新的手，算是求和了，他俩的感情在江城永远只能处在地下。秦柳新虽然时刻不忘对杨明的报仇计划，但她又抵御不了杨明这份爱的吸引。秦柳新有时也分不清自己对杨明的复杂感情，理智上有个声音在提醒她：恨杨明，感情上她却爱杨明。不管爱还是恨，但是她总是希望杨明心里永远爱自己，希望杨明把爱自己的消息传达给每个人，她有时有种冲动，要让全世界都知道杨明对自己的爱。这时杨明的手机响了，是龙胖子的电话：“你还来不来？你玩的是哪出？整个就是人间蒸发。”

“没事的，你把修改好的合同和我的包放在前台，我等会儿去拿。”说完秦柳新得意地拍了几下杨明的脑袋，两人笑成一团。

杨明清早起来，把合同改好了，用E-mail发给了北京和香港，杨明知道只要双方把这份合同一签，装修工程合同就可以动工了。这两天刘先贵在江城找了个女朋友，其实刘先贵结婚好多年了，家里只有老婆守在香港。一个人来江城也很孤独，他新找的女朋友还是一个在校的女学生，一会儿搬家，一会儿要接送人。为了工作方便，杨明新买了辆小车，刘先贵有了女朋友，他也不怕麻烦别人，一天到晚都打电话找杨明要车。好在杨明在江城也是一个人，都快成刘先贵的专职司机了，只是苦了秦柳新，她为杨明一天到晚忙忙碌碌气愤不已，占用了他们亲热的时间。杨明也没法，毕竟自己是乙方，这就是中国做工程的潜规则，只要对方的身份是甲方，那就是掌握权力和利益的代名词，就应该受到爱戴尊重，走到哪里，都可以颐指气使，大呼小叫，到哪里都不用自己花钱买单。如果是乙方，那就是讨好和奉承的代名词，只要跟甲方在一起，就应该被忽视，被边缘化，在社交场所里更是低人一等，甚至连智商都低人几个等级，只有在花钱买单的时候乙方才被人惦记起。

也不知道刘先贵是非常了解甲方和乙方的这种内在规则，还是真的没钱，任何场合，他都不会掏钱。平常出去玩，消费什么的，都是其他人买单。龙胖子跟刘先贵在一起的时间最多，所以他买的单也最多。但是刘先贵为人特别低调，说话总是客客气气，语调不高，语速不快，让人感觉十分和善。一次杨明下车后鞋带松了，刘先贵发现后竟然弯腰帮杨明系上，弄得杨明很不好意思。每次进出房门或者进出电梯，刘先贵也要礼让半天，让旁边人先上。在外面吃饭，刘先贵就经常帮龙胖子和杨明扶扶椅子，显得很有绅士风度，平常怎么也看不出刘先贵是甲方，倒像个乙方。

今天杨明接到龙胖子的电话，说刘先贵在医院，要他们俩马上赶过去。杨明立马开车接上龙胖子去了医院，到了医院门口刘先贵正在焦急等着，原来是刘先贵的女朋友要流产，刘先贵要龙胖子借五千块给他，龙胖子只得到旁边的ATM机上去取了现金给刘先贵。杨明见过刘先贵的女朋友，接送过她几次，还在一起吃过两次饭，她是江城一所学院的大三学生，父母是江城下面一个县的科级干部，这女孩也不了解刘先贵的情况，只知道对方是个香港人。这年头女孩子也不嫌对方丑，只要有钱，其他什么条件都可以不管。杨明心里想，其他你可以不管，你也得看清对方到底有没有钱。那女孩自从跟了刘先贵，学生味看着看着就淡了，没了。染指甲，画眉毛，衣服也越穿越洋气，实际上那些衣服都是龙胖子和杨明他们买的。有一次，女孩过生日，刘先贵让龙胖子给订了一个KTV大包厢，让杨明买了一大捧玫瑰花，还买了一个九层生日蛋糕。杨明窝了一肚子火，他从不喜欢给人买花，连自己老婆、秦柳新，他都没送过花，没想到为了这工程业务，倒给甲方的一个二奶不是二奶，情人不是情人的学生送起了玫瑰花。唱歌的时候，杨明的嗓子一亮，博得满堂彩，刘先贵的女友就点了几首情歌与杨明对唱。刘先贵是个公鸭嗓，唱不出来，衬不出来今天的主角，所以杨明就当起了绿叶。杨明本来那晚想约秦柳新喝咖啡的，唱两句就打算开溜。没想到被红花盯上了，走也走不掉，刘先贵也留了他几次了，杨明只能给秦柳新发了个短信："公务，走不开。"

秦柳新回了个短信，"什么公务，不就是吃喝玩乐吗？"

杨明又回了条短信："要开工了，关键时候不能不顶。"杨明想象着秦柳新气恼的样子，心里不好受，但只能强打精神。啤酒喝了不少，舍命陪君子。唱完歌，龙胖子好像又搞定了一个女同学，嚷着要单独走。杨明心想，一会儿都让我开车送，你们要单独走，什么意思？还不是去开房？杨明开车送刘先贵和他的女友还有其他几个女同学，刘先贵抱着那个大三女生又啃又咬的，杨明就说："刘老板你要给其他几个女同学留点面子嘛！不要这样欺负小同学嘛！"

刘先贵的女朋友说："杨总，是不是嫉妒了，要不要我也给你介绍个女朋友。"

杨明说："好啊好啊，长得怎么样？"

"长得比我好多了。"

刘先贵见过秦柳新，知道杨明跟秦柳新的关系就插话说："杨总可不喜欢你们这些小朋友，杨总喜欢阿姨。"

最近，杨明和龙胖子一直在为工程拖了时间感到恼火，本来是前两个月就要开工的，现在又过去了这么久，一问情况，说还有些手续没办好，还要等等。而且龙胖子明显感到刘先贵经常有意躲着他，接电话也是躲躲闪闪的，龙胖子对杨明说："会不会有问题？"

龙胖子在西郊开发了一个农贸市场，与当地的农场合作，将沿着大马路两千多米长的小坡地推平，然后修建沿街的三层楼门面，对外出售、出租。为了方便工作，龙胖子在工地旁边搭建了一栋百平米的工作用房，有办公室、厨房、宿舍，大家有事没事地常在龙胖子这里聚。加上龙胖子还请了厨师，一日三餐都要做，等于有了自己的食堂一样。厨师的手艺不错，每次吃完，大家都夸厨师手艺好，龙胖子也是一个大大咧咧、不惜小钱的人，大家来了也很开心。如果在龙胖子那酒喝多了，愿意在那睡的也可以不回家。今天，龙胖子的乡下亲戚送了两只麂子来，野味对大家都有吸引力，实际上龙胖子重点是想把刘先贵吸引过来，然后再好好商量下一步的工程事宜。杨明按时到了，刘先贵还没来，杨明对龙胖子说：“这刘先贵会不会来？”

龙胖子说：“下午我打电话，他说一定来，这小子最近不知忙什么，一天到晚老是有事，打电话就说有事，待会过来。说来就不来，没见他来过。”

杨明说：“是不是恋爱谈得火热，没时间工作？”

龙胖子说：“不可能，他女朋友每天要上课的，况且刘先贵也不是一个只谈恋爱不干活的人。”

两人正说着，刘先贵就来了，大家寒暄了一阵，就上桌吃饭了。今天的麂子肉真香，肉质细腻，刘先贵喝了两口，好像就有了醉意，大家没好意思提工程的事，倒是他主动开口了。

他一开口让全桌吃惊不小。“吴总，我老板关键时刻就软了，我拿他真没办法，你们都知道那家在一楼的建筑工程公司没走，而且在法院起诉了我们，他告我们还欠他们两百万土建费用。我们一楼几千个平米，当时只办了个房产证，你们都看过的。建筑工程公司的工程量还没有结算，但是这家土建公司对我们一楼门面进行了诉讼财产保全，法院就拿这二百万元的申请冻结了我们大几千万元的财产。这段时间，吴总让我跟建筑工程公司谈判，我跟对方已谈好了，他们拿钱就可以走人。吴总又反悔了，说钱给多了，又让我去做法院工作，让我们把一楼产权分成二十个产权证，然后让法院按照冻结标的物价值大小冻结相应的产权作为建筑公司的诉前财产保全。我找了你龙胖子帮忙，忙了半天，眼看有眉目了，吴总又说缓缓，这就又耽误下来了，现在办事哪有那么容易。”

龙胖子插话说：“产权分成多户是我在跑，法院也同意分，房产局也派了专人来勘查，四十户的勘查报告已经出来了。我们可能要再交一笔费用，就可以办下来了，产权办好后就可以立马贷款，工程也可以顺利开工。”

“那吴总为什么会不支持呢？这不是件大好事吗？”杨明说：“是不是吴总认为建筑公司的价格太高？”

刘先贵回答：“是有那个意思，这年头，你想挣钱，自己不掏钱，能行吗？”

“那对方要多少？”杨明又问。

刘先贵说：“反正也没多少，但吴总横竖就是不同意。”

杨明对龙胖子说：“我们也应该推推这项工作，这也是我们自己的事，刘总你觉得有没有必要也让我们给吴总说说情况，帮你推一把？”

龙胖子也说："应该应该，让我来解释这件事最好，我几句话就可以消除吴总的误解，刘总，要不我来打这个电话？"

刘先贵马上站起来，"不必不必，我再跟吴总好好说说，吴总还是相信我的，实在不行，我再请你们出来说话。"刘先贵正说着，他的手机响了，刘先贵看了眼电话号码，犹豫了一下，按断了来电说："谈个女朋友也烦人，有事没事地老打电话。"

龙胖子说："是弟媳吧，我可以帮你解释。"

"别当回事。"刘先贵笑着说。这时龙胖子的手机响了，龙胖子每次接电话都只会大声喊叫，从来不小声说话，杨明一听他接电话心里就骂：就他妈一个包工头！

这会龙胖子接电话，声音大得桌上吃饭的人都没人说话了，只听见龙胖子一个人在作报告，"准备好了就行，明天中午，开上一台翻斗车，装一车黄泥卸在他们公司门口，堵了他的门，看他出不出来。想赖账，看他赖到哪儿去。如果还不行，就叫上三个兄弟爬上他们楼上的天线杆，跳楼自杀，叫几个记者来拍拍，农民工的工资能欠吗？再不行，再不行，就抓人，反正钱要弄回来！"

杨明问："多少钱？这么大动静。"

"三千万啊。"龙胖子长吁短叹摇着头说："我自己的工地都快被拖垮了，也怪我胆子太大，这两年房地产价格涨得快，我把重点就放在小楼盘建筑上。这个拖欠的老板以前也是我的一个兄弟，他好不容易谈了一块地，把工地出让金一交，进场证一拿就没钱了，要我带资建到封顶再付款。我觉得那块黄金地盘，房子好卖，资金应该回笼快，即使房子没有卖完，给我几十套房，我也乐意啊，所以觉得很保险就进了场，等封了顶……"

"房子没卖掉？"杨明插话。

"房子好卖得很，一个月就卖完了，正因为房子卖得太好，他就觉得行情好，想拿着这笔资金多滚几道，又去收购其他两块地，弄得我建完房子收不到钱，现在那么多农民工、材料商一天到晚在催我账，我不找他，你们说怎么办？"龙胖子说。

大家听完这些话，都为龙胖子感到难过。杨明说："现在做生意稍不留心就被骗了进去，而法律在保护债权人的利益上显得那样苍白无力，要想干点事，一定要多长几个心眼。"

刘先贵也随声附和着说："现在骗子太多，一定要当心。"正在这时，刘先贵的电话又响了，刘先贵看了看号码，好像不认识这个号码，口里还喃喃自语："谁的？"他接起电话，看他的神态和说话的内容好像是一位很关心刘先贵工程的人打来的电话。

刘先贵说："快了，快了，一切都很顺利，等着吧。"看得出刘先贵不愿多谈，没说几句，就急忙挂断了电话。刘先贵要先走，说要先去女朋友那儿。

龙胖子说："让杨明送送你。"杨明拿起车钥匙，就站了起来。

刘先贵按了按杨明的肩膀，"你们饭还没吃完，你又喝了酒，今天就不劳驾你了。"刘先贵是退着走出房门的，嘴里还一边念着："就此留步，就此留步。"然后随手带上了房门。

他刚一走，一个副手走了进来，开门就问："刚才出去的是不是香港的刘老板？"他问龙胖子。

"是啊。"龙胖子回答。

"好漂亮的奔驰车，他新买的吧？"

龙胖子看了看杨明说："不知道，可能是吧。"龙胖子、杨明俩人都有点心不在焉。

杨明说："这件事，我看可能还是有一点问题，时间过了一个月又一个月，现在都快十月份了，转眼就到年底，时间都过了半年了，还没有消息，肯定是哪里出了问题。"

龙胖子说："我现在资金压力很大，外面的钱还没收回来，这里的钱我借的是2分的高利贷，如果再有问题我就转不动了。开始还把我们催得那么急，什么图纸预算我都给他弄出来了，这会儿又没有戏了，被吊在半空中。"

杨明说："现在我们也不好断定出了什么事，就是出了什么事我们也不怕，房子在这怕什么，当然我们都不希望出什么事，现在关键问题是要搞清真相，我们要迅速知道问题在哪儿；知道问题在哪儿，我们就能对症下药，能帮忙解决的，我们就去帮。要想了解真相，就只能找香港的吴总，看得出吴总和刘先贵之间已经有隔阂了，能否联系得上吴总？"说完杨明望着龙胖子。

"别望着我，我虽然比你早介入这件事，但是吴总的联系方式我没有，我几次想要吴总的电话，都被刘先贵推脱过去了。"龙胖子说。

杨明说："那我们只好再等等机会，想办法联系上吴总再说。"

没过几天，杨明接到刘先贵主动打来的电话，这让杨明感到有些意外，一般刘先贵找杨明都是先打电话给龙胖子，龙胖子再转告杨明的。

刘先贵说："今天麻烦你帮我到机场接个人，行吗？"

"可以，几点？"杨明爽快地回答。

"下午上班时，我会联系你的，你就别对龙胖子说了。"

“好的，没问题。”杨明想了半天，没想透，来的人肯定和龙胖子有关，但跟自己可能没关系，要不他怎么会让自己去接呢。还有一点他拿不准，是告诉龙胖子，还是暂时别告诉他？最后他还是打了电话给龙胖子。

龙胖子想了半天，但是也没想通，最后还是讲了一句：“这小子真不好说，为了省钱，他会干出不合常理的事，你去了，就会知道的。”

在去机场的路上，刘先贵对杨明说：“等会接的人就是吴大鹏，我希望你不要对他说什么，别乱问话，就帮我忙接接他就行，可以吗？”

“没问题。”杨明回答得很坚决。杨明心里想这个小气鬼，还是龙胖子说得准，就知道这小子因为小气肯定会干出些不合常理的事。明知我们现在急于了解工程装修真相，还让我与吴总接触，这去机场接趟人，要几个钱，你既然让我去接，我一定就要弄得清清楚楚。

吴总是从香港直接飞过来的，一见面，杨明就感到吴总与刘先贵的距离感，而且他同时也感到吴总对自己的热情。大家上了车，吴总和刘先贵坐在车后，只听见他们两人在争论，杨明这时才懊丧起来，因为他根本不懂粤语。上次去漂流的时候，刘先贵就已经掌握了这一情况，上次在深圳和吴总见面，吴总一共加起来也没说几句话。

不过，吴总在车上还是客套地跟杨明拉拉家常，吴总用普通话问杨明家在哪儿，杨明说：“现在家在北京，以前家在江城。”

吴总又问：“有几个太太？”

“我们内地只能有一个。”杨明一边回答，一边想起了秦柳新。

“上次我们到深圳去，陪你一起来的那位小姐是你什么人呢？”吴总是急于要了解杨明的个人情况，建立一种信任。杨明越来越清晰地感觉到这一点，杨明在反光镜里扫了一眼刘先贵，看得出刘先贵紧绷着脸，一脸的苦大仇深。要在往常刘先贵对吴总这个话题肯定是最感兴趣的，现在他却充耳不闻。

杨明回答：“好朋友。”

“哇，看得出你们很好了。”

“哈！哈！哈！”大家都笑了起来，只有刘先贵皮笑肉不笑。到了宾馆，刘先贵把吴总的行李拿下去。

刘先贵是想让杨明先走，就主动对杨明说：“谢谢了！杨总，今天让你辛苦了。”

杨明说：“多大的事，没关系，都是一家人了，还说两家话。”

吴总这时主动走了过来，对杨明说：“杨总，谢谢了，你是刘总的朋友，就是我的朋友，方便留张名片吗？”

杨明确实还没有江城的名片，他只好对吴总说：“吴总，我还真没有印名片。”杨明看得出吴总一脸的懊丧。他马上又说：“没关系，我先给你留个电话吧！在江城有什么事，要用我这个破车的话，给我来个电话。”吴总连忙拿出一个本子，杨明把电话当着刘先贵的面留给了吴总，刘先贵也无话可说。杨明在回家路上把今天的情况通报给了龙胖子。

又过了两天，杨明刚准备吃晚饭，龙胖子打电话来说你马上过来，杨明问什么事，龙胖子说：“你来了再说。”杨明开着车，走二环想快点。现在的江城交通完全不像前两年，到处都堵车，每天一到下班吃晚饭时，那个车一辆挨一辆，整个城市像瘫痪似的。现在是家家户户都买车，怎么不堵？杨明开着车左超右包地，还是开不快。他真希望车上装一对翅膀。前面就是二环路口，杨明眼看着绿灯就要变色了，心想一定要在红灯亮之前超过去，黄灯亮了，杨明的前方一辆别克车看样子也想闯这个黄灯，也加速往前开，杨明紧随其后。根据经验，杨明完全有把握在红灯亮之前闯过去，没想到前面那辆别克车眼看就要闯过黄灯了，猛然间来了个急刹车，杨明急忙把右脚前掌从油门换到了刹车踏板，全身力气都压到了右脚上。随着一声刺耳的刹车声，杨明的车停在别克车后，没有传来预料中的撞击声。旁边行车道一辆出租车缓缓超过杨明的车，车上的出租司机偏着头认真地看了看差点撞上的两辆车的车距，然后对着杨明伸了伸大拇指，杨明会心地笑了笑。

等杨明赶到龙胖子工地时，龙胖子责怪地对着杨明嚷着：“怎么现在才到？怎么现在才到？”

杨明说：“到底什么事？这么着急？”

“刘先贵失踪了，我从昨天开始就跟他联系不上了，昨天打他电话还响铃，但就是不接，今天电话都关机了。”

“他香港电话呢？”

“香港电话也关机了。”

“她女朋友呢？”

“女朋友刚才还给我打电话找刘先贵呢！”龙胖子回答。

杨明想到昨天把吴总送去的那家宾馆，他说：“我们找吴总去。”杨明开着车载上龙胖子就往宾馆开去。杨明直接走到总台问昨天吴大鹏开的是哪间房，总台查了查电脑说没有这个人的登记资料。杨明说可能是以另一个香港人刘先贵的名义登记的，服务员又查了一遍说还是没有。龙胖子说也可能是事先以别人的身份证开好的，他们两人讨论了半天，也没有主意，决定先在宾馆大厅等等，看有没有可能碰上吴总。杨明还没吃饭，就到宾馆外面去买了两块面包，一边啃一边等，又等了两个多小时，还是没看见吴总的人影子。龙胖子的手机快没电了，他就拿着杨明的手机不断地给刘先贵打电话，但刘先贵好像在这世界上蒸发了，电话关机，一直没有音讯。两人都心灰意冷了。

杨明说："走吧。"龙胖子一边往外走，还一边回头看看，希望有奇迹出现，到了停车坪，杨明说："我送你回去吧。"

龙胖子说："不了，你走你的。"正在这时，杨明的手机响了，杨明一看来电显示，号码的末尾好几个"8"，他判断这可能是哪家宾馆的总机号。杨明打开话筒，里面传来吴总那口香港普通话，杨明一阵兴奋。

吴总说："还好吗？今晚有空过来坐坐吗？"

杨明说："我正好和龙总在一块没事聊天呢。刚才还聊到您呢。"

"是吗？两位要是方便，可以一块过来坐坐，我们也一块聊聊，沟通沟通。"

杨明说："好啊，那我们就过来吧，您住哪个宾馆？"

"我在九天宾馆，我们就在九天宾馆一楼大厅的咖啡厅里喝茶吧。"

"好的，好的，我们大约二十分钟可以到。"杨明约了时间，然后他就拖着龙胖子往九天宾馆去了。

九天宾馆是五星级宾馆，也是江城档次最高的宾馆。它的前身是一家部队宾馆，是伴随着改革开放诞生的，双轨制时代部队建造，划拨地方后股票上市，改革的每一个环节，每一轮节奏它都赶上了，短短十几年，九天宾馆从一家投入几百万人民币的部队企业成长为拥有几百亿资产的上市公司。

二十分钟不到，杨明、龙胖子就到了九天宾馆的一楼大厅。九天宾馆不愧是一流宾馆，大堂内每块地板，墙砖都透射出富丽堂皇。杨明正好内急，上了一趟卫生间，九天宾馆的卫生间里也一尘不染，卫生间的服务生周到，殷勤有礼。杨明心想这家宾馆就是放在北京与凯宾斯基、贵宾楼、香格里拉相比也毫不逊色。杨明和龙胖子坐了一会儿，吴大鹏就到了大厅茶楼，看得出吴大鹏没休息好，一脸的倦容，眼睛里还夹着淡淡的血丝。吴总见了杨明和龙胖子显得很兴奋，但欲言又止，不知从什么地方开始。

杨明见状就主动打破沉默："不知这两天刘先贵怎么电话也关了？人间蒸发似的。"杨明故意直呼其名，语气中流露出对刘先贵的不满。

吴总一听杨明这么说，马上就呼应了，他说："我这两天也找不到刘总了，不知他搞什么名堂，这个人干了很多事，很不好。"

杨明说："我们有些不好的感觉，但是不了解情况。"杨明附和了一句模棱两可的话。

吴总又接着说："他背着我做了很多不好的事，你们的钱是打给我的，我都知道，但是他背着我还跟江城其他公司也签了类似的装修合同，拿了人家的钱，可能还不止一家。"

杨明和龙胖子听罢大吃一惊，如果吴总只是说说他个人与刘先贵的恩怨，他们两人是有心理准备的，也准备做些安慰工作。可现在听到的是吴总首先承认他俩的装修合同，于是二人心里好像吃了定心丸似的，杨明心里还暗自庆幸，多亏当初我把钱打到了吴总的户头上。可是，没想到接下来吴总说的合同的事儿原来还有内幕，两人都有点坐不住了。杨明底气不足地说："这可能吗？怎么会这样？"

吴总二话没说，拿出江城河东区法院的开庭通知书和两份装修合同复印件。开庭通知书的案由很清楚，就是装修工程合同书的乙方，他们告的是合同书的甲方，那份合同不看乙方单位名，龙胖子和杨明都认为是自己签的那份合同，但通知书上写明签约单位乙方是江城白亭乡装修工程公司，甲方签约人是刘先贵。

"这里还有一份装修合同收了人家20万履约保证金。"吴总又递上来一份两页纸的合同书，签约人还是刘先贵。

龙胖子和杨明看完两份合同书，心里充满了愤恨、气恼，他们没想到这刘先贵一副道貌岸然的样子竟然干得出这样的事。龙胖子更想不到他每天像伺候大爷一样地伺候他，要钱给钱，要物给物，有什么困难只要刘先贵开口，没有不立刻满足的，刘先贵倒好，竟然背叛他们！

龙胖子拿着合同还傻傻地问吴总："这是真的吗？"

吴总说："事实是我们都被骗了，这份合同原件你们可以去法院查，我还可以立即打电话把受骗的老板找来跟你们解释。"

杨明摆了摆手，说："吴总我们相信你的话，只是在感情上猛然接受不了，我们还想听你说得更详细些，更透彻些。"

吴总说："我如果开始不相信他，事情就不会发展到今天这个局面，我也是因为轻信了他，才酿成大错。"

杨明又问："刘先贵最后一次跟我们见面时说现在整个项目推不动是因为两个问

题没处理好：一个是那个建筑工程公司与你们没达成协议，你没有同意刘先贵谈的价格；另一个问题是法院同意一楼产权在冻结的状态下分户，如果分户成功后，一楼产权就可以得到解冻了，你也没有同意这个方案。”

吴总摇了摇头，叹口气说：“那个调解协议，我是没有同意，哪有那样的不平等条约，开个价格你多少要有点依据吧。谈出这个条件，他就是吃回扣吃得太狠，你说这种协议，我会同意吗？还有那个分户方案，那是我自己的房产，我自己的项目，先别说我是否欠了银行的钱，单说我房子放在这里不开门，一年我也要损失好几百万。凭什么我不着急啊？关键问题是刘先贵又要找我要五十万，我已经给了他两三百万了，你们那一百万刚打到我账上，我就马上给了他，他一天到晚要钱。”

“他找你要钱干什么？”

“他说要打点房产局、法院，我都快被他榨干了，我每次都抱着侥幸的心态想，就满足他这次，等事情办好了再说，但是没想到拖到现在，临门一脚，他还是不放过我。我这次拿这个钱出来实在有点困难，我就想过来跟他们谈谈。”

龙胖子问：“他们？他们是谁啊？”

吴总说：“邓建国啊，邓总，刘先贵在江城什么事都是靠他摆平的啊，邓总跟你们公检法很熟的呀。”

龙胖子问：“你怎么知道的？”

吴总回答：“都是刘先贵告诉我的，说每次都是邓建国要钱，我就只好把钱给刘先贵。”

杨明说：“法院、房产局的关系是龙胖子的，请他们吃饭，还都是龙胖子掏的钱，他们是打着行贿的幌子，利用你不了解大陆情况，在你这儿拼命榨钱。”

“是的，我从来没想到刘先贵是个这样的小人，他可把我害惨了，我现在才知道邓建国他们甚至想吃下我在江城的整个产业，我公司的所有账务、印鉴、法律文书、档案都被他们转移了。他们俩一唱一和，刘先贵利用他是香港人以及与我的关系在外面诈骗，我给他们的只有一个香港律师楼开出来的授权书，我只授权他处理我产业的法律事务，并没有授权他帮我招商，帮我装修。他利用这份法律的授权书又制造了一份工程授权书，再用这份假工程授权书四处签装修合同书。我现在还不完全了解刘先贵到底诈骗了多少钱财，我今天之所以非常坦诚地跟两位交谈，就是想把你们两位当成我的朋友，帮我把刘先贵的事情搞清楚，把我的事业再搞起来。你们都是本地人，况且也都投入进来了。我看你们两位做事也认真，有水平，我想跟两位合作。”

龙胖子站起来说："感谢吴总对我们的信任，没有你今天的开诚布公，我们可能还会被蒙在鼓里，这件事我们投入了钱，肯定要先保护自己的利益，我们也想彻底地弄清真相。至于下一步怎么做，我们回去再商量商量，明天我们答复你。吴总你看这样行不行？"吴总连声说好。然后吴总还留了名片，特别还加上他在江城临时使用的电话号码。

杨明和龙胖子两人暂时没走，他们在茶座里继续讨论。龙胖子说："这是一潭混水，我们要是趟进去会半天出不来，大家事又多，哪有时间去处理这样的事情。如果能拿回一百万元退款，就是损失点利息也值得。"杨明也同意这个观点，他说："三十六计走为上计，走当然好，关键问题是我们能不能走得出来，如果能走得出来什么话都别说。现在的问题是我们的合同，吴总是可认也可不认，他愿意认我们这份合同有效，也是希望我们能帮他一把。如果我们不愿意帮他，先别说有没有一百万元放在那儿等着还我们，他就是往后拖拖，让我们帮他点忙再退给我们钱，是不是我们也会感恩戴德？如果我们先跟吴总建立一种良好互信的稳定关系，我们以前跟刘先贵签约的书面合同让吴总以书面的形式再确定一次，至于退款还是继续执行合同，我们可以看事态的发展再定。我们当初签这个合同不也就是盯住了港方的产权证吗，现在我们如果与产权证的关系更近，更铁，那应该更放心才对。我建议先合作，书面固定合同，再看下一步怎么走。"杨明这么一说，龙胖子对他都有点刮目相看。

龙胖子说："我只是担心事太多了，忙不过来，以前有个刘先贵已经把我磨得够可以了。我真怕又来个吴总让我伺候。"

杨明对龙胖子说："这样吧，这一次有什么事我多跑跑腿，以前的关系还是需要你维系的，你要出力。"龙胖子说那没问题，两个人说着说着也来了兴致，开始的那些懊恼也不知躲到哪里去了。

第二天上班时，杨明和龙胖子到了吴总住的宾馆。杨明不好贸然上楼，就在宾馆大厅往房里打了个电话，吴总非常高兴地说："快上来，快上来，我在房里等。"杨明、龙胖子上去后，吴总正在冲凉，杨明在沙发上嗅到从卫生间飘出来的香波味，他一时想起了秦柳新身上的香水味，想到跟秦柳新有好几天没见面了，这几天发生了很多事，他还没来得及对秦柳新说，他想今晚要是有空，一定要约秦柳新聊聊。电视机里在播放《香水有毒》，杨明猛然想到与秦柳新重逢时，她的手机彩铃放的就是这首歌，这首歌把他搞得神魂颠倒，直到现在听到这首歌开头那柔柔的几句，还是让他心痛，不过现在他已经知道这首歌的歌名了。而且他挺在意中间的一句歌词，当时因为彩铃声太短，总是听不明白，现在知道了原来是：擦干眼泪陪你睡。当时他反复问秦柳新这是首什么歌，秦柳新就是不愿意告诉他，他在想秦柳新是不是就是要把这句歌词传达给自己而又不好直说呢，想到这里杨明乐了。

吴总洗完澡就给两位沏了茶。杨明首先开口说："我们俩人昨天商量了，愿意跟吴总合作，也希望吴总再次确认我们装修工程合同是这个项目中唯一有效的合同。"

吴总兴高采烈地说："没问题，我们可以互相帮助，互利互惠，双赢，我会确认你们的合同的有效性，你们帮帮我，把我内部的事务理顺，我们把几层楼都装修好，你们挣你们的钱，我挣我的钱，以后还有很多项目都可以合作。"杨明也表示可以长久合作，看看现在需要他们做些什么？

吴总说："我想我们应该先从查清刘先贵的问题开始。他现在什么实情也不告诉我，什么资料、公文、印鉴都不移交给我，我成了睁眼瞎，我们就从了解他的情况开始吧。"

杨明说："好！我们也想了解一些具体情况。"吴总说，他想先从了解房产产权变更情况开始。

杨明说："你不是只有一个房产证吗？"

吴总说："那是商业房，我还有住宅，还有其他的产权房。"

杨明说："那我们先去房产局查查。"于是三人开着车直奔江城市房产局。在房产局的产权查询中心，他们输入吴大鹏的名字和身份证号码，吴大鹏在江城的房产资料就一目了然，然后又输入刘先贵以及身份证号码，让大家大吃一惊的是，刘先贵在吴大鹏的小区内，曾有过八套房产证，其中有四套为了过户上过刘先贵的名字，有一套现在还是他的产权。杨明把那几套房产证号全部抄了下来，把过户时间也抄得很清楚。他们又去办分户的柜台前打听，分户手续按规定办就是了，现在都是窗口式办公，办起来并不复杂，手续公开透明。吴总说这和刘先贵之前跟他说的难度差之千里。

查完房产资料，他们就开始商量对策。吴总说："我快被刘先贵捆死了，我现在要开始下一步工作，就得先把我公司的手续要回来，还有刘先贵诈骗了我太多的钱，如果能拿回些自己的钱岂不是更好做事？"

杨明说："要把钱拿回来不是没有可能，我们首先要合法，通过告他，把东西追回来，所以要有他诈骗的证据。"

吴总说："如果告他诈骗，那讨回的钱不是帮我，而是帮那些受害人，关键是我想首先要回我的钱，当然也包括你们的钱。"

杨明对法律略懂一二，杨明说："那就只能告他职务侵占罪，关键问题还是证据。"吴总于是打开自己随身带的箱子，里面放满了各种资料。

吴总说："杨总，你把这些材料都看看，哪些用得上，哪些用不上，帮我把把关。"杨明把吴总两个箱子的所有文件一张不落地开始查看。

龙胖子说："这些是公司以前的材料，与现在无关。"

杨明说："我都看一遍，然后再看哪些有用，哪些没用。"吴总一看杨明做事分外认真，也就更加信任杨明，把公司的核心信息及公司的财务状况，都对杨明说。杨明心想，怪不得刘先贵那么容易取得吴总的信任，吴总也太容易信任人了，刚跟人家打交道两天，就和盘托出，掏心掏肺，这种人容易打交道，但是也太没有主见，容易偏听偏信。从这里也可以看出，如果是刘先贵在这里把持装修工程，这项工程永远不会开工，因为一开工，那么多装修单位一起找过来，不就穿帮了吗？实际上故意拖延整个项目时间的恰恰是刘先贵和邓建国，想到这儿，杨明不禁额头上冒出了冷汗：任何事情，了解真相才是最重要的。没有第一手信息，做出的决策都有可能是错误的。杨明越看资料心里越气，他想到自己和龙胖子的一百万被刘先贵和邓建国骗了，心里就一阵阵绞痛。

杨明问吴大鹏说："吴总，现在你有办法找到刘先贵吗？"

吴总回答说："现在还没联系到，但是回香港后我会想办法联系上他，看看有没有办法找到。"

杨明说："现在我们的意见认为可以从职务侵占罪的角度来告他，明天我把资料看完，把报案材料写出来。"说完三人一块吃了饭，饭后杨明和龙胖子就与吴总道别。他们约了秦柳新，说好一块聊聊这个案子。三人坐在语意咖啡厅，一边喝着茶，一边说着装修工程案子的事。龙胖子表述得很清楚，秦柳新基本上没有打断他什么话，一直让龙胖子讲，秦柳新静静地听着。有时杨明甚至怀疑秦柳新是否还在听，他暗自庆幸叫了龙胖子来，而且还是让龙胖子来陈述事情的来龙去脉，要是换了自己跟秦柳新说，一是很难进入主题，秦柳新不愿意跟杨明在咖啡厅里讨论除了感情以外的任何话题。几次杨明要说工程方面的事情，秦柳新都打断他说："要说这事，就到办公室去说。"二是即使说上了，秦柳新也总是不客气地打断他，要么说："快点！快点！太啰嗦了。""这个，我知道了，往下说。"杨明一直认为自己的口才是非常优秀的，怎么到了秦柳新面前就显得婆婆妈妈了。其实根本不是杨明婆婆妈妈，只是秦柳新任性，她希望只要跟杨明有关的事，杨明嘴里吐出来的每个字都应该是爱你、喜欢你、想你、你真漂亮。四十来岁的秦柳新在职场上很能干，但是一谈情说爱就犯晕，什么事都不想管，不想做，只愿意泡在爱情的蜜罐里。

今天是龙胖子来了，秦柳新才这样投入，如果是杨明哪会有这样高的效率。秦柳新听完龙胖子的情况介绍后，说了几点意见："第一，你们的合同，吴总口头上认可了，但书面还没有同意，那就要尽快促成这件事；第二，刘先贵弄那么多钱，钱的去向能否摸清楚？也就是刘先贵现在还有没有钱，我们找刘先贵还有没有价值；第三，刘先贵的材料证据足不足？是否足够举证他、告倒他；第四，这件事如果你们想通过我去联系警方来举报刘先贵，我会坚守一条，先退钱再抓人，退了钱工程还要做，对他们不能手软。吴总也不是什么好东西，是他派了刘先贵来，是他促成了刘先贵骗走你们的钱。而且你们把钱打到他的账上，还是他把钱交给了刘先贵，所以他的错误要他自己负责，我们可以帮他，但在原则上对他不能退让半步，这也是合同里约定过的。"杨明认为秦柳新说得有理有节，分析得很透彻，但是他还是担心如果在这一百万上跟吴老板叫上板，既不利于下一步合作，也没有把握能够拿得到这笔钱。

秦柳新接着说："我看得出来，你们有顾虑，担心跟吴总闹翻。没关系，恶人我来当，就说我非要拿到这钱才肯帮忙，也不管能不能告成刘先贵，要把我们利益放到第一位，钱是第一目标。"

杨明说："如果吴大鹏有钱，我们能拿回，当然好，因为以前合同约定的是到时不开工，钱退回，工程照样可以做。"

秦柳新插话说："不管他有没有钱，我们首先得按步骤来做，在法律上这叫程序正义，没有正确的程序就没办法保证事情的正确。还有一点像吴总这样的老板仅江城一地的固定资产已上亿，我就不信他还差这一百万，不逼是出不来的，我来帮你们把这道关，你们两个大男人软弱，我来坚挺。"这话一说，倒是把有点紧张的讨论气氛激活了，三人都不约而同地笑了起来。正在这时，秦柳新的手机响了，她接起来，没听出对方是谁，那边的人大概是喝多了点，老让秦柳新猜名字。秦柳新不好意思当着杨明的面打这种不明不白的电话，她知道杨明的醋坛子的威力，但也不好在没弄清楚对方是谁的情况下，就把电话给挂了，对方不说，她又猜不到对方是谁，这倒显得有点像调情了。杨明气不过，叉了果盘里的几块西瓜，接二连三地送进秦柳新的嘴里。秦柳新含了一口西瓜跟对方更加说不清。好不容易挂了电话，杨明恨恨地说："你怎么老跟这些没档次的人来往，几十岁了还左猜右猜。"看着杨明气急败坏的样子，秦柳新掩饰不住内心的几分得意，心想，"气死你，就是要气你，你难受我就开心。"

离开咖啡厅时，杨明心里开始犯难了，秦柳新要真的在这一百万的问题上揪住不放，这件事也不好办。

现在杨明和秦柳新是一人开一辆车，上车后，杨明打了个电话给秦柳新说："今天我们放松放松。"

秦柳新说："怎么放松？"

杨明回答："情人旅馆。"

秦柳新知道情人旅馆就是那家青年旅社："好吧，开好房给我发短信。"

杨明高兴地回应："好的。"五分钟后，杨明到了宾馆，报上姓名。他是会员，电脑里有资料，不需要登记，然后交了押金，拿上房卡就行了。他把房号发给秦柳新，自己则先进了房，他把空调调好，开水烧上，电视机打开，然后先进了玻璃浴缸淋浴起来。房门是虚掩的，正对着浴缸，杨明自嘲洗澡为洗萝卜，先打湿身体，从上到下擦一次香皂，搓摸一次，然后淋浴一次，就搞定了，这是他从孩提时代一直保留下来的习惯。也不奇怪，杨明少年时期哪有现在这么多的淋浴护肤产品，有一块香皂就很不错了。

杨明刚从玻璃浴缸里出来，正好秦柳新推门进来，杨明急步上前把秦柳新揽进怀里，浴巾从杨明的身上无声地滑到地面。秦柳新从身后把门关上，她轻声对杨明说："想我了吧？"杨明也不回答，只是紧紧地吻住秦柳新的唇，淋浴喷头洒出来的水流过他们光滑的身体，溅到玻璃缸上，透过玻璃缸模糊的水痕，房间内的景物变得朦胧，充满幻觉。

第十章

THE TENTH CHAPTER

果然到了下午，杀牛叫的声音都传进了监房，鞭炮也接连放个不停，晚餐大家都吃上了几块牛肉。据说杀牛、祭天、冲喜，跟纸手铐、“头子”、“尾子”的传统一样在号子里传了很多年，是中国监牢文化的一部分了。

说不定李雯菁的后期学费就是这个男人出的，而每个周末雯菁就去陪他，回报他。这种现象在中国女留学生中并不少见，很多女留学生家里生意破产，父母做官倒台，学费无以为继，通常采取卖淫或寻求包养的方式来完成自己的学业。

A 看守所/现在

五月十二日
阳光 炎热
看守所三栋

天气变热了，木床板下面的小虫子也纷纷爬了出来，歇凉透气，把疑犯们的背脊、肚皮咬得红红的，痒痒的。看守所烧了不少开水，他们用桶拎进来，然后顺着木板缝倒下去，想烫死这些恼人的小虫子。在干警的监视下，他们把厚厚的被子铺在监房外的草地上晒了两天，然后把被子里的棉絮抽了出来，晚上睡觉就只盖被套了。没想到晚上一出汗，那被套质量差，全部脱了色，把在押嫌疑犯个个染得五颜六色，像一个个妖怪。刚才所里的同事来看刘昆仑，盯着刘昆仑的脸一直在问："里面是不是经常打架？""你没有吃亏吧？""要不要再换个号子？"刘昆仑刚才写日记前，才在办公室干警的警容镜里发现自己的额头上深红深红一大片，看上去就像被打了似的，实际上那是被套脱色染的。

几天前，台湾人终于上路了，他一审就被判了死刑，也没上诉，他说早死早投胎。可他的同案却上诉了，一直让他速死不成。他说："这就叫生不如死。"确实，他被这长铁链锁在这铺上钉了两年多了，活动的范围不足三平方米，好在还能挪到厕所旁上厕所、洗澡。他仅有的活动也就是在床上用手挪动身体，他的脚几乎不能行走了。上路的前晚，看守所送了两个菜和半瓶酒给他，他自己也加了几个菜，一个人独自喝了一场上路酒。晚上他把用过的物品都提前分给平时帮过他的人，然后他让人把剩下的蚊烟香全部点上，让别人祭拜他这个活死人。第二天清早他还让临铺的两个人帮他把那套白色的睡衣换了。给戴着镣铐的人换身衣服不容易，衣裤在镣铐和四肢间穿来穿去，完全是在绕着镣铐走。清早号子里照样吃的是米饭，死刑犯吃的是八个肉包子。然后两个武警进来，用一辆小翻斗车把他装了出去。出门时，他用台港普通话跟大家打招呼，说："再见了！再见了！"有人就纠正他说："你应该说永别了。"他听了就笑，他确实是早有死意！也很平静，武警给他脖子前套了一个绳子，主要是预防死刑犯执行死刑时喊口号。

这个台湾人说："不用给我套绳，我早盼着这一天，我不会喊的。"

这一批被枪决的有12个人。那天送这些死刑犯出去的警车警报一响，"下老壳"高兴地说："今天有牛肉吃了，要冲冲喜。"果然到了下午，杀牛叫的声音传进了监房，鞭炮也接连放个不停，晚餐大家都吃上了几块牛肉。据说杀牛、祭天、冲喜，跟纸手铐、"头子"、"尾子"的传统一样在号子里传了很多年，是中国监牢文化的一部分。第二天"内改"就把执行死刑的一些细节添油加醋地变成不同版本的故事在各个号子之间流传开来。"台湾佬被崩的时候，跪在地上猛然回过头来对正准备开枪的法警说了一句：'兄弟，打准点，就一枪啊，我在天上会保佑你的。'说得那法警最后开不了枪了，换了队长才把他崩了的。""那个杀了丈夫，又杀了情人的四小姐，上刑场前可风光了，她早上三点就起来了，对她同监的姐妹们说：'今天要用最少的化妆品化出最美的妆来。'果然四小姐漂亮极了，枪毙她的法警还轻声说：'这杀了多可惜！'"

江城今年的水灾比往年严重得多，每年刘昆仑他们派出所捐款赈灾都成了例行公事。前天看守所的喇叭响了起来，曾副政委在喇叭里动员在押人员捐款赈灾。公安厅那位挂职干部也到号子里直接动员，他问有没有捐款的。最后"虾米米"带头捐了一百元，刘昆仑和另外两个人也跟着"虾米米"捐了款。刘昆仑本来想捐两百元，但是看到"下老壳"狠狠看着"虾米米"的眼神，刘昆仑就只捐了一百元。当晚无事，第二天上午开始干活时，"下老壳"说："你们几个都有善心，特别是'虾米米'最有善心，应该表扬。但是我们当头的是不是都没有善心呢，在一个单位，你们应该尊重领导，领导没有表态，你们就不要表态，你们要以领导为中心。'虾米米'还有几个捐款的不仅应该捐钱，还应该出力，以实际行动支援抗洪救灾，你们几位一人多穿一千片，傅海涛你记数啊。"

刘昆仑的右手食指为了赶任务，伤口一直没好，已经感染了，化脓，按照"下老壳"的话说"要轻伤不下火线，继续工作"。那些塑料片穿成一串时，要用食指去用力攥紧，刘昆仑每次用力伤口都钻心地痛，他暗暗地骂着"下老壳"这个王八蛋。刘昆仑趁公安厅挂职干部来巡房时，向他报告了自己的伤口需要治疗。这位新来的干警很有人情味，只要向他报告有病要看，他马上就会同意你看病，跟刘昆仑同去医务室的还有"下老壳"等三人。

他们去了医务室，今天光线很好，医务室里阳光充足，有一个男医生在那看病。那个男医生不管是谁，只要在他面前坐下来，他也不问病情，第一句就是："想偷懒吧？装病吧？你们这些懒鬼！”“下老壳”悄声说了句：“兽医！”房子里坐了十七八个病人，这个医生看样子，忙不过来，就打了个电话，好像是要另外一位曾医生来帮忙。过了一会儿门口传来曾副政委的叫骂声：“你们几个兔崽子想女人了吧？”几记清脆的耳光声传了进来，身着制服、一脸怒气的曾副政委走了进来。她一边骂着，一边甩着手，看样子她的手抽耳光时也抽痛了。医务室正对面的是女监，里面关了据说有三四百个女嫌疑犯。公安厅挂职干警问曾副政委什么事，曾副政委说：“几个胆大的‘内改’竟然跑到女监去看女犯，欠抽！”

“下老壳”一看到曾副政委来了，吓得躲到刘昆仑他们几个身后去了。曾副政委走到医务室的里间，不一会儿她换了一身白大褂出来。原来曾副政委是学医的，最开始就是看守所的医生，现在也还兼着医务室的医生。曾副政委看见阳光太大，说了声：“人都晒黑了。”就上前把窗帘拉上了，室内的光线顿时像照相机装了柔光镜似的变得柔柔的。曾副政委摘掉警帽，一头长发像瀑布般地泻在肩上。刘昆仑是第一个接受曾副政委治疗的，曾副政委盯着刘昆仑的食指说：“全感染了，怎么不早点来？”她的声音很轻，语速很慢，说话的语气跟刚才穿制服时的她相比，完全变了一个人。这曾医生就是曾副政委吗？刘昆仑恍惚中一时有点糊涂了，这分明是两个女人。这个曾医生用棉签沾了碘酒给刘昆仑涂抹，他痛得倒吸一口冷气，曾医生马上像个女孩似的嘟着嘴，帮刘昆仑的手指吹气，她还连声说：“对不起！对不起！痛吧，都怪我不小心。”她近在咫尺，她用的香水和刘昆仑妻子用的香水是一个香型的，她的额头上渗出了细密的汗珠，一绺卷发被汗水沾在她的额头上使她显得妩媚温柔。她用纱布轻轻地缠着刘昆仑的食指，像哄孩子似的念叨：“不痛，不痛，就好了，就好了，听话，别动。有病就要来看，我们会帮你治疗的，从今天起你休息三天，每天上午下午都来换药，听到没有呀？”刘昆仑听着她的医嘱，眼睛却湿润了，这些话可能是刘昆仑一辈子听到的最温柔的话，也是最能打动刘昆仑的话，充满了关心、充满了柔情。曾医生最后看的是“下老壳”。“下老壳”可能害怕曾副政委记起上次他泼水的事来，但曾医生却照样是轻声漫语地问“下老壳”哪里不舒服。刘昆仑站在一边看着此时温柔体贴的曾医生，柔光让她的脸庞显得更加生动，她的大眼睛关切地盯着“下老壳”，刘昆仑知道那种神态完全是发自内心的，她拿听诊器的手是那样轻柔好看。回到监房，一些老的在押人员说：“曾花惠这个人是两个人合成的，一个是穿警服的，一个是穿白大褂的，那就是魔鬼和天使的差别。当她穿上警服时，你千万别惹她，她教训起人来就往死里整，但是她一旦穿上白大褂，那她就是天使，就是你的情人，谁都愿意在她身边多待会。”刘昆仑在想是什么使曾花惠合二为一呢，是经历、是工作性质决定了她的双重人格吗？刘昆仑对这个问题百思不得其解。

B 『虾米米』/从前

“虾米米”和李雯菁双双踏上了回国的航程，此时两人对未来充满了憧憬。

李雯菁的情绪有点乱，昨天她离开老车的别墅时，她把自己所有用过的物品都整齐地摆放在柜子上，把老车送的衣服全部洗干净了，整齐地挂在衣柜里，然后把房间彻底地清扫了一遍，给老车写了封长信。在信中她感谢老车这一年时间里对自己的关照，是老车让她完成了学业，但她必须回国看望她父亲，照顾她父亲，她不可能再跟老车一起生活了。按照最开始他俩的约定，他们双方都很好地履行了承诺。老车当时去蒙特利尔了，李雯菁计算过时间，估计自己到了上海，老车才会看到她留下来的信。李雯菁觉得老车的事可以了断了，在内心深处，李雯菁觉得自己对老车也没有什么亏欠，从踏上了飞机的一瞬间，她就开始在忘记老车这个人了。李雯菁现在脑海一直浮现的是父亲的形象，她不知道爸爸现在身体状况怎么样了，她担心爸爸的身体承受不了监狱劳改的繁重劳动。

此时“虾米米”在李雯菁的身边睡着了，“虾米米”这几天买机票，帮李雯菁处置个人用品，办理手续，也是没休息好，这一上了飞机，就长睡不醒。李雯菁也没打扰他，就让他好好休息休息，回到江城他们还有好多事要办。“虾米米”的老爸夏总来接的机，夏总见了李雯菁很是高兴，他送“虾米米”的时候，只有一个儿子，没想到回来的是一对儿女。

第一天，夏总带上全家和李雯菁，还叫上了公安局的张叔叔以及张叔叔的儿子张军，在江城河东区的农家乐吃饭。张军羡慕地听着“虾米米”吹嘘着加拿大的留学生活，私下里“虾米米”还对张军吹牛自己怎么去追的李雯菁，李雯菁的画画得多么好。就在餐桌旁，李雯菁拿出随身携带的画板，寥寥几笔就把张军的面部特点勾画得活灵活现，李雯菁署上了自己的名，把画送给了张军。张军的父亲一看李雯菁有这样的功夫，就让她也为自己画一幅，接着是夏总，还有“虾米米”的妈妈都让李雯菁给画了一幅。张军的个头比“虾米米”高大多了，但是他看上去却比“虾米米”稚嫩得多，张军的心理年龄要比“虾米米”小一两岁，也很喜欢听“虾米米”说话，听“虾米米”吹嘘艳史。张军见“虾米米”从加拿大带回来一个这么有才气的女孩，便对男女之事产生了一些朦胧的感觉。之前他可连女孩子的手都还没牵过，“虾米米”对他大吹特吹跟女孩子的床第之事，这让张军更对“虾米米”佩服得五体投地。忽然“虾米米”看见李雯菁一个人望着膝盖上的画板在垂泪，他走近一看，李雯菁的画板上画着一位望眼欲穿的长者，正隔着铁窗对外眺望呢，“虾米米”心里明白李雯菁是想爸爸了。“虾米米”蹲了下去，抱着李雯菁轻声说：“明天我们就去看你爸爸。”

第二天下午，“虾米米”和李雯菁、张军三人开着夏总的车去了看守所。李雯菁办完了接见手续就独自去了接见室，安静地等着爸爸的出现。第一次见爸爸，李雯菁想单独与爸爸见面。“虾米米”一再提醒李雯菁，告诉她要有充分的思想准备，说她爸爸的模样可能变化会比较大。李雯菁也反复在心里告诫自己，不能当着爸爸的面哭泣，她担心那样会引起爸爸的情绪波动。但是李院长出现的一刹那依然让李雯菁泪如雨下，倒不是爸爸的面容变化那么大，而是头发白了不少。李雯菁想起几年前离开爸爸时，爸爸还是踌躇满志、风华正茂的院长，他豪迈响亮的笑声至今好像还在李雯菁的耳旁回响。而现在看着爸爸强颜欢笑的面容，像有锥子在刺痛她的心似的，一阵阵心痛。隔着玻璃，两人都颤抖着手去拿话筒，他们都克制不住自己的情绪，两人隔着玻璃泪流不停。李雯菁拿起了话筒，爸爸也拿起了话筒，李雯菁说：“爸爸，我回来了，我以后可以经常来看你了。”

爸爸说：“回来就好，我们家的房子还在那儿，你可以去住的。”

李雯菁说：“把工作落实好，我就去弄房子，我在网上跟江城的几家大动漫公司联系过，有两家都谈得差不多了，可能再去面试一次就差不多了。”

父女俩谈了很多话，李雯菁把“虾米米”一家的事告诉了爸爸，爸爸为女儿在江城找到一个新的家感到欣慰。他对李雯菁动情地说：“你现在是一个无依无靠的孩子，能找到对你好的人，真是你的幸运，特别是他们帮助你完成了学业，我出来后，这一辈子做牛做马来报答他们的大恩大德。”

李雯菁把自己的电话号码告诉了爸爸，爸爸交代了她家里的钥匙和其他一些贵重物品的存放位置。45 分钟很快就到了，父女俩挥泪而别，结束了李雯菁的第一次探视。李雯菁探视完出来后就对“虾米米”转达了爸爸对他的感激之情，“虾米米”心想我也没帮什么忙啊，伯伯对我的评价怎么这么高啊。实际上，“虾米米”对李雯菁提到的完成学业，心里一直有疑惑，他对李雯菁的亲戚也总有一种不好的感觉。但是现在这一切都过去了，他觉得再去刨根究底地问都是不明智的，既然过去了就让它过去吧。“虾米米”陪李雯菁在探视室外的石凳上坐了一会儿，李雯菁慢慢在痛哭中冷静下来，平复情绪后，“虾米米”就陪着李雯菁往外走。让李雯菁没想到的是，刚出大门，竟然有人叫她的名字。她侧过头一看，大吃一惊，居然是老车。

她尴尬地对“虾米米”说：“我碰上熟人了，你先上车，我说两句话就来。”李雯菁向老车走了过去，老车旁边还站了一个面相凶恶的年轻人。李雯菁走近老车就问：“你怎么来了？怎么找到我的？”

老车一脸凄苦地说：“你不见个面就走了，把我急死了，我知道你会马上来看你爸，所以我就在这大门口等着，已经等你两天了。”

李雯菁说：“我们俩的合约已经到期了，我爸爸在这儿，我哪儿都不会去，你也不要再来找我了。”

老车说：“雯菁，我这一辈子已经离不开你了，你到哪儿，我也到哪儿，我可以把加拿大的房子、车、公司全卖了，你现在也没有亲人了，我愿意陪伴你。”

雯菁说：“老车，我们的关系就到这儿吧，你也早点回加拿大，不要再来找我了。”

老车说：“一日夫妻百日恩，你心不会那样狠吧，我离不开你。我知道你在学校有个男朋友，是那个小伙子吧。”雯菁回头着急地看了一眼“虾米米”，说：“今天不能再跟你谈了，他们等着我。”老车一见雯菁要走，也急了，上前一把拖住她的手。雯菁马上冷静下来，说：“今天我们不能谈了，再约地方。”老车要留李雯菁的手机号。李雯菁把手机号告诉了老车，然后转身走了，上了“虾米米”的车。

“虾米米”问：“熟人啊？”

雯菁说：“是。”

“虾米米”心里感觉这两个熟人不像跟雯菁很多年没见面的老熟人，那位年纪大点的穿着让他感觉像是长期侨居加拿大的华人，而且他觉得这人来者不善，说不定对自己和雯菁的关系就是一种潜在危险。“虾米米”在回家的路上发现雯菁使用手机的习惯又回到了在加拿大时的样子。雯菁在 Waterloo 就是习惯发短信，不喜欢接电话，到家没多久，雯菁跟“虾米米”说她晚上有朋友约，想单独去会会朋友。

“虾米米”说：“要不要我送？”

雯菁说：“不用。”

但“虾米米”还是暗暗打了电话给张军，让张军再帮他叫两个同学来帮帮忙，马上到他家楼下等。“虾米米”担心对方两个比自己都强壮的男人，万一动起手来，自己不是对手。“虾米米”等张军到了楼下，找了个借口，先开了车在家门口和张军还有张军的两位朋友碰了头，四人上了车，在车里静静等着。过了一会儿，李雯菁出了门，在马路边拦了一辆出租车。“虾米米”掉了个头，就跟上了出租车，出租车一直开到了火车站，在火车站的邮政所门口李雯菁下了车。“虾米米”四人在车里没有下车，远远地跟在李雯菁后面。走了两个灯柱，在监狱门口见过的那两个男人闪了出来，年长的男人抱住李雯菁。但李雯菁的手没有抬起来拥抱对方，然后那个年轻的男子走开了些，年长的男子在跟李雯菁说话。看得出主要是那位年长的男子在向李雯菁诉说，李雯菁不时地简单地回答一两句。那位男子一直盯着李雯菁的脸，在不停地说话，而李雯菁的眼睛一直盯在地上。那位男子在不停地央求李雯菁，但李雯菁好像不为所动，男子说到伤心处竟抹起眼泪来。“虾米米”听不见他们在说什么，但是他感觉得到李雯菁和那男人之间肯定有比较亲密的关系，他猜想这位男子肯定就是李雯菁在 Waterloo 每个周末要去拜访的那位亲戚，李雯菁刮风下雨按时按点去见的那个亲戚。这个亲戚甚至连李雯菁的父亲都不知道，说不定李雯菁的后期学费就是这个男人出的，而每个周末雯菁就去陪他，回报他。这种现象在中国女留学生中并不少见，很多女留学生家里生意破产，父母做官倒台，学费无以为继，通常采取卖淫或寻求包养的方式来完成自己的学业。

“虾米米”也上过 www.sexyourbbs.com 网站，他在那上面也找过女孩，他甚至都知道他们的校友中有好几个女学生留过帖子卖淫寻求包养。“虾米米”看到那位男子又想起了在加拿大最后一次森林氧吧聚会，李雯菁收到了这位男子的短信，坚决要返回城里。他推测李雯菁那么坚决只不过是为了履行承诺，她对那位男人的感情，此时此景“虾米米”完全能看得懂。但是“虾米米”一想到自己最爱的女人曾经那么长时间一直陪伴着这个男人，心里就一阵难受。就在这时张军拍了“虾米米”一下，说：“打人了。”

“虾米米”抬头一看，那位年轻的男子正推打着李雯菁，年长的男子在拉扯年轻的男子，但是他好像拉不住那位狂暴的年轻男子。“虾米米”只觉得怒火中烧，他气愤地喊了句：“下车！”他们四人像阵风似的卷出了车门，向对面那位年轻的男子扑了过去。那位年长的男子已经看见了“虾米米”，只听见他大喊那位年轻男子：“快走，快走，他们来了。”那位年轻男子拔腿就跑，张军个子大，速度快，一马当先，冲在最前面。

"虾米米"听见了李雯菁的叫声："别打了，别打了。"张军几大步把那位年轻男子追到一个放着水果摊的死角。那位男子一看自己没地方跑，情急之中在水果摊上抽出一把水果刀，返身对着张军一顿乱划乱刺。"虾米米"跟在张军身后，还没来得及冲上去，只见张军浑身是血地倒下了。"虾米米"一把抱住了张军，然后李雯菁和张军的两位朋友也慌忙跑了过来，他们把张军抬上了车送去了最近的一家医院。"虾米米"打电话告诉了父亲夏总，没多久，夏总和张警官就都赶到了医院。张警官问了儿子的伤情，然后又问了"虾米米"凶手的去向。"虾米米"他们几个人都答不上来，刚才急忙去救张军，忘了记那两个人的去向。张警官一边打电话报警，一边做法医鉴定。夏总交了三万元的治疗费，法医鉴定的初步意见为轻微伤，张警官不太高兴，夏总心想不能这么便宜了凶手，夏总也凑了过去，帮助张警官一块做工作，最后法医鉴定为轻伤，大家才松了一口气。事发点派出所来了两位警官，简单地问了情况，就要求所有当事人都去派出所做笔录，协助调查。作完笔录后，警察说，他们四人因涉嫌伤害罪现在不能回家。"虾米米"他们很纳闷，自己分明一直在同仇敌忾地指证凶手，怎么就成了故意伤害案的犯罪嫌疑人。

第十一章

THE ELEVENTH CHAPTER

例行公事地拿着一把长钥匙从第一个监房的第一根铁栅栏开始刮起，一直要刮到最后一个号子的最后一根铁栏杆，“当！当！当”要连续响二十多分钟。刚来的不知道这是干什么，后来知道了这样做是为了听出哪根铁杆被锯过或者被损伤过。

“下老壳”戴着亮铮铮的手铐一出现在灵堂里，灵堂里顿时像炸了锅。“下老壳”的哥哥冲了过来，揪着“下老壳”的衣服，愤怒地喊着：“你跑回来干什么？你这个畜生，快给我滚回去，我们家八辈子的丑都被你丢完了！”

A 看守所/现在

五月十八日
阳光 炎热
看守所三栋

从前天开始，号子里所有的劳动都停了下来。据说是下面一个县看守所的在押人员，穿塑料片时，把钢针别在胸前，参与斗殴时，钢针插到了心脏上，人死了，所以上面要求所辖看守所的劳动任务全停了。现在的这些活都是浙江老板为了降低生产成本，提高产品的市场竞争能力，专挑些内地的监狱看守所的犯人和嫌疑犯来干。按说已判过的服刑人员必须参与强制劳改，但是作为犯罪嫌疑人肯定是不能实施强制劳动改造的，这一出事，好了，大家就全然没有压力了。大家手上的活都歇了，劳动材料和工具也全部上交了，只有傅海涛的一套门帘没有上交，他拿着哑巴带进来的刀片，挨个在门帘的塑料片上不知刻些什么，一边刻一边显露出很痛苦的样子。

刘昆仑终于发现屋顶上那些布鞋的作用了，监房里谁家寄送了物品和钱来，“内改”推着手推车挨着号子门叫出接收人，隔着铁门办理手续。签收后，拿着储值卡，在他的储值机里刷一下，现金就刷到持卡人的卡上了。是物品的就让你签字，收货，所有物品都要通过检查，检查人也是“内改”人员，碰上送的货品没写明数量和质量的，检查人员就经常直接扣下若干数量或者调换下来留给自己用，在押人员也没有办法追究。倒是“下老壳”的布鞋，每次都只送一双，而且就是一个牌子，布鞋也是那种比较便宜粗糙的，检查人员就不好调换，“下老壳”的布鞋也就从来没有丢失过。今天没干活，闲着无事，刘昆仑就特别注意“下老壳”收布鞋的细节。

“下老壳”的新布鞋几乎每周都能收到一双，这不能不让人生疑。刘昆仑看到“下老壳”拿着布鞋走到墙角，用一个金属物件把鞋底从里面弄开，然后从里面掏出了几张百元大钞和其他物品。刘昆仑明白了“下老壳”就是通过布鞋作为运输工具，把他需要的东西送进来。昨晚值班干警睡觉前，例行公事地拿着一把长钥匙从第一个监房的第一根铁栅栏开始刮起，一直要刮到最后一个号子的最后一根铁栏杆，“当！当！当”要连续响二十多分钟。刚来的不知道这是干什么，后来知道了这样做是为了听出哪根铁杆被锯过或者被损伤过。今晚值班干警的长钥匙响到他们这个窗口就停住了，值班干警听出了窗上有根铁杆的音色不同于其他的铁杆，他清理了铁杆旁堆着的杂物，平常这里是不让放东西的，他小心地用嘴吹掉铁杆上的灰尘，最后发现了两个巧妙伪装过的铁杆创口。这两个创口已被铁锯锯掉了一半，稍稍用脚一踹，这两根铁杆就会同时断掉。当晚，侦察科江科长还有好几个干警到了他们监房，首先翻箱倒柜地将犯人身上和房间里搜了遍，但是一无所获。刘昆仑知道这锯子肯定是夹在布鞋底带进来的，然后“下老壳”他们把这些违禁物品用塑料袋装好，放在厕所的下水道里，在下水道口子上，他们斜斜地卡上一根棍子，然后把塑料袋悬吊在棍子上。这样即使站在厕所里也看不到塑料袋。江科长带着干警拎着电警棍站在这些疑犯的两排人之间，大声喊着：“谁干的，自己站出来，要是等我查出来，看我怎么整死你。”

刘昆仑用眼神示意江科长，自己知道这一切。但江科长好像故意躲着刘昆仑似的，就是不往刘昆仑这看。江科长来回踱着步，正好从刘昆仑身边擦过。刘昆仑用手捅了捅他，他却好像木头人似的，一点反应都没有。刘昆仑急得不行，江科长像是没有感觉似的，不知是他故意不理睬刘昆仑，还是感觉迟钝，刘昆仑实在不能理解。直到江科长他们一无所获，悻悻地离开监房，江科长也没有看刘昆仑一眼。刘昆仑却从头至尾紧盯他的眼睛，希望他能把自己带出去审问。江科长前后叫了几个人出去问话，刘昆仑心想，原来江科长是为了掩护自己，故意先叫几个人作幌子，可能马上就要提审自己了。但不幸的是江科长一直没提审刘昆仑。最后虽然锯子的主人没有查出来，但是吊在下水道里的锯子等工具被江科长全部收缴了。所有被江科长单独喊出去问话的人，都被“下老壳”、傅海涛挨个整了一遍，刘昆仑这次当然不在其中。

“虾米米”是大前天出去的，当时，他正在刘昆仑身旁干活。“虾米米”急切地想出去，他是利用暑假从加拿大回来的，如果不能按时返校，他的学籍就会受影响。从他知道爸爸跟张叔叔闹翻了后，就觉得出去的希望越来越渺茫了，他心想就在这陪岳父大人得了。

没想到有一天，值班干警站到门口，喊了一声“虾米米”，一般这种情况，在押人都知道是提审，不能让干警在门口久等。他们会第一时间放下手中的事，立马跑到放衣服的柜子旁拿出黄马褂穿上。看守所明确规定，只要出监房就必须穿上黄马褂，“虾米米”的第一反应也照样是跑到柜子旁穿黄马褂。他再跑回铁门时，干警开了门，一看他穿了黄马褂就对他说："不要穿黄马褂了。"

"虾米米"一时愣住了，几秒钟后才反应过来，立马带着哭腔语无伦次地说："真的，没有骗我吧，你们不会开这样的玩笑吧。"

刘昆仑走上前去，帮"虾米米"脱了黄马褂，对他说："你可以回家了，马上要见到你爸爸了，你爸爸就在大门外等着你呢！"

"虾米米""哇"的一声号啕大哭起来，杨明把他推了出去，胖子贪官在喊："不要回头，出了门把你身上的所有东西全部烧了，都别要了。""虾米米"就这样伤心又幸福地走了。他走了后，监房里至少沉寂了一两分钟，没有任何人说话，每个人都在盘算自己还要在这待多长时间，刘昆仑也一样，又过了一会儿，不知从哪里传来轻轻的哭声，旋即号子里哭声连成一片，浓烈的悲伤仿佛从铁杆里溢出去了。

"虾米米"的爸爸这次可花了血本了："虾米米"的十万是他出的，李雯菁的十万也是他出的，张军的两位朋友的二十万最后降到十万，还是他出的。没办法，"虾米米"开学在即，再不返校，学籍都会丢掉，再说了，花钱消灾，免了几个年轻人的牢狱之灾，这钱也花得值啊。

胖子贪官早就从猪笼子里放了出来，但是他"打电话"的毛病一直没好，清早起床、晚上睡觉都要"打电话"，如果有人跟他急，那他电话就打得更勤，现在"下老壳"、傅海涛他们都懒得理他，怕他烦。

这回"虾米米"一走，胖子贪官毛病又来了，"电话"打个不停："喂，女儿啊，回家了吗？'虾米米'可回去了，你们先吃吧，我晚点就回。"刘昆仑在想这里有心理问题的绝对不止胖子贪官一个人，每个人多少都有，有些是幻觉，有些是焦虑。像"下老壳"和傅海涛他们占着号子的最上层，表现出来的症状就是过度暴力，底层的则是压抑、哭泣、喃喃自语、长时间发呆，种种症状比比皆是。前段时间自己对电话铃声就表现出异常的敏感，甚至产生出各种幻觉来。现在经常感到好像有人在喊自己的名字，不管在干什么都能清晰地听到，虽然走近铁门有可能遭受到"下老壳"的惩处，但是刘昆仑还是有好几次都无法自制，走进铁门看看到底有没有人在叫自己，是谁在叫自己……这些症状到后来有的是自动消除的，有的是理性克服的。胖子贪官打电话的毛病，大家都知道现在要用新招来对付了，那就是要像开饭前似的喊一声："头子尾子啦！"胖子贪官一听到"头子""尾子"的喊叫声，就知道要开饭了，于是就安静下来了。

杨明自从上次绝食事件后，就像变了一个人似的，饭还是坚持吃了，但看得出他一天天地瘦了，每天都闷声不响。刘昆仑预感杨明可能要出事，但是谁都没想到，杨明出事会出得那么快。杨明早早就盯上了哑巴带进来的那块刀片，现在的刀片掌握在傅海涛的手上，傅海涛每天拿着刀片刻他那套门帘。瞅准时机，傅海涛一时内急要上厕所，扔下刀片跑向厕所。杨明连忙走了过去把刀片放进了口袋。过了几分钟，傅海涛拉完了，走到帘子前找起刀片来，“我的刀片呢？谁看到我的刀片了？”

一听说掉了刀片，“下老壳”是最急的，他得罪那么多人，害怕晚上有人拿刀片划了他的喉咙。“他妈的，谁敢偷刀片，我要剥了他的皮。”“下老壳”大声恐吓着，那几大金刚也紧张地叫嚣起来。

刘昆仑认为很有可能是杨明拿了，“杨明你没拿吧？”刘昆仑大声问着。所有人的注意力都被刘昆仑的声音吸引了，大家齐刷刷地看向了杨明，只见杨明飞快地从口袋里掏出一个东西塞进了嘴里。

傅海涛惊恐地用河南话叫了起来：“我的娘啊，你真要自杀！”

“下老壳”紧张地喊着：“报警！报警！”

刘昆仑按响了报警器，傅海涛对杨明说：“你小子要自杀，早说啊，让我报告一声，立个功，减个刑，你这不是白干了吗？还要加刑，损人不利己，哑巴啊，可把你害了。”

“下老壳”嘱咐着哑巴说：“等下干部会问你刀片从哪来的？你可要想好词，是捡来的还是带进来的？”

公安厅挂职干部迅速跑了过来，一听说是吞刀片自杀，他不敢怠慢，连忙往所里汇报。一会儿，曾副政委也赶了过来。公安厅挂职干部正在盘问刀片是怎么带进来的，曾副政委一来就打断了他的盘问，说：“先把杨明带到医务室拍片子。”她跟公安厅挂职干部一边押着杨明往医务室走，一边狠狠地对杨明说：“要不是你怀里揣了把刀，老子就要狠狠抽你，我的前任就是被这该死的刀片搞得脱了制服的。”

公安厅挂职干部说：“他是个文化人，是初犯，非法拘禁。”

曾副政委说：“那就更麻烦了，这小子可能是真的，不是闹着玩的。”

公安厅挂职干部不解地问：“闹着玩的？”

“是的，有的人这么干就是想吓唬我们，放了他，逃脱法律的惩罚，不想真死。”曾副政委回答，“照个片，看看再说。”

到了医务室，曾副政委迅速换了一件白大褂套在身上，她轻柔地把杨明扶上X光机，“往前来点，慢点，轻点，没关系，再往左移一点，一会儿就好了。”她说：“谢天谢地，位置还正。”过了一会儿，曾副政委拿了一张片子给公安厅挂职干部看，她说：“你看，现在是刀背在下面，刀口对着上面，位置还正，还比较安全，如果反过来，随时都有可能出人命。”

“那现在能判断出他是真想死，还是想吓唬我们？”公安厅挂职干部问。

“还不能，见了刀片再说，马上让食堂炒两斤韭菜给他吃，让人守着他必须全部吃掉，然后叫人24小时盯着他，让他拉出来，记住不要直接拉到茅坑里，用盆接着，我要看到刀片，还有，4个小时来照一次片，随时跟踪刀片的位置。”曾副政委快速清晰地下着命令。

杨明这一辈子从来没有一次性吃过这么多韭菜，他吃得直想吐，吃得两眼翻白。公安厅挂职干部这回又搬了张椅子坐在铁门外，他要亲眼看着杨明一口口把这两斤韭菜吃下去，他知道杨明肚子里的那块刀片如果出了事，将意味着什么。他听曾副政委的，现在不着急去查刀片的来龙去脉，人都在号子里跑不掉，关键是先把刀片拿到手。杨明好容易把两斤韭菜吃完了，号子里的人两人一组编好队，24小时监视着杨明的屁股。曾副政委每4个小时就让把杨明带到医务室，她不断地为杨明照片，追踪着刀片在杨明肚子里的角度变化。刀片快要拉出来了，曾副政委也搬了把椅子坐到了门口。没有多久，值班的人就叫了起来：“拉出来了，拉出来了。”

曾副政委说：“用水冲一下，给我。”曾副政委接过还带着腥臭味的刀片，在墙上轻轻划了一下，墙上马上现出一条深深的刀痕，墙上的白粉都飘下了一溜。曾副政委对公安厅挂职干部说：“你看他要是想吓唬我们，这刀口就会被磨钝，或者他会用透明胶把刀口贴起来，但他没有这么做，说明他是真想死，高度危险。”

公安厅挂职干部倒吸了一口冷气，问曾副政委：“那怎么办？”

曾副政委立刻说：“先把他押到软包里去，但这只是权宜之计，我们要查出他想自杀的真正原因，才能避免他的死亡，拯救我们自己。”公安厅挂职干部接着说了栀子花的事，曾副政委说：“栀子花可能只是印证了一个事实，它不是直接原因，调出他的所有提审记录和外面的来信。”

软包是看守所专门为那些一心想死的在押人员准备的，顾名思义就是整个包厢的四壁、顶、地都是软性材料制作的，连灯也设计在墙体里面，在这里面你不管怎样折腾，都死不了。

公安厅挂职干部和曾副政委调看了杨明的所有提审记录和外面的来信，询问了杨明同监的其他人员，最后发现杨明是从4月6日上午见过律师后思想开始出现波动的。

栀子花这件事只是一个印证，不是决定性原因，律师那天跟杨明的谈话内容才是直接造成杨明想自杀的原因。二十多年的监管经验告诉曾副政委，解铃还须系铃人，她吩咐立即通知杨明的律师，要跟律师见面。

秦柳新接到消息已经是第二天了，她赶到看守所时，曾副政委和公安厅挂职干部正在办公室里等着她。两个女人的交锋也由此展开。曾副政委盯着秦柳新的眼睛介绍杨明的情况，曾副政委最后说："我们已经断定杨明就是在跟你见过面后，而且是在确定看守所大门口没有栀子花的情况下，他才执意要死的。"

秦柳新听到杨明竟然为了自己的离弃而自杀，心里感到不可抑止的兴奋，她觉得杨明这次肯定会被关上一段时间了，这也足以抵偿他二十年前的罪过。但杨明入狱前与她相处的那些日子又为他们间的情感增添了新鲜的感受，在感情深处她是忘不了杨明的，特别是杨明被关押后，秦柳新愈来愈感到每天的生活少了什么。

"我觉得你听完了我的介绍后，有点无动于衷，好像还有点高兴，他究竟是你的委托人啊，你这个律师真有点怪怪的，你能给我一个答案吗？"曾副政委问。

"我可能给不出你什么答案，但是我答应帮你们做做工作，跟杨明再谈次话，让杨明配合好你们的工作。"秦柳新回答说。

曾副政委想了想说："我现在可以不问原因，我只看结果，我们已经确定了是因为你跟他见面转达了什么信息，才导致他想自杀。如果这次杨明跟你见面，情绪稳定下来，什么都好说；如果杨明的情绪更加波动，甚至最终造成了杨明的自杀，那你绝对跑不掉，我们会找你寻根问底的，你可以担保吗？"

"担保什么？"秦柳新问。

"担保杨明见了你后，不会再自杀了。"曾副政委说。

"是不是我不担保，你就不让我见杨明了？"秦柳新问 。

"你说呢？如果我明明知道你与杨明见面，极有可能会造成他的死亡，我还批准你去和他见面，我不是帮凶是什么？你如果不能保证，不仅今天我不让你与他见面，以后也绝无可能，哪怕你是律师。"曾副政委仿佛已经看懂了秦柳新心里的想法，她毅然决然地向秦柳新传达自己明确的观点。

秦柳新低下了头，说："好吧，我担保他跟我见面后，不会再有事发生了。"

"我最后还得告诉你，我的办公室安装了监控设备，我们的谈话都录了下来。"曾副政委说。见秦柳新面有愠色，曾副政委又补充说了一句："监控设备不是为你专门准备的，你还没有这个待遇，那是早就装好的，专门对付说情送礼的客人的。"

曾副政委说："今天你就不要去律师室见了，去提审室吧。"

"为什么？"秦柳新疑惑地问。

"你愿意被录像吗？提审室里不录。"曾副政委回答说。秦柳新这才放心出去了。

曾副政委对公安厅挂职干部说："提审室的椅子是可以锁住嫌疑人的，提审的安全程序你一个都不要少。他们谈完后，你把杨明再带到医务室来，我要给他做个检查。"公安厅挂职干部答应后，去了。几十分钟后，杨明被带到了医务室，曾副政委一看杨明就觉得他的精神面貌和昨天相比是天壤之别了，曾副政委会心地笑着，她拿出听诊器一边听着杨明的心音，一边和他说着话："你漂漂亮亮一个文化人，怎么也进来了？"

杨明答："不是讨债吗？"

曾副政委问："钱弄回来没有？"

杨明答："一分钱都没有要到，倒把自己给要进来了。"

"你也不是干这个的，这里面关了多少讨债的，那都是搞专业的，人称看牛的，你要请这些看牛的给你去讨啊。不过那些欠债不还的真可恶，害了多少人啊。哎！柳新走了，人家心里可有你啊。"公安厅挂职干部和杨明两人听了这话齐刷刷用诧异的眼神看向曾副政委，曾副政委依然低头在忙着。

杨明的眼里充满了幸福感，他说："你跟她熟啊，她就是那脾气。"

曾副政委头也不抬地说："你可不能欺负她啊，她还让我多关照你呢？我跟她认识多少年了，你们呢？"

杨明说："我们认识也有二十多年了……"

杨明开始滔滔不绝地说起他与秦柳新的初恋来。等杨明说完了，曾副政委也做完了的身体检查。等杨明离开后，公安厅挂职干部悄悄问曾副政委："你怎么知道他俩是情人？"

"观察。"曾副政委笑着回答说。

"你真神了，那杨明是回软包还是猪笼子？"公安厅挂职干部问。

"没事了，都不用了，以后多跟他聊聊，他喜欢讲话。"曾副政委说。就这样，杨明又被关进了号子。

第二天，秦柳新接到了杨明一个老同学的电话："杨明的老婆从北京来了，找到了我……"

秦柳新打断了那位老同学的话，本能地说："我不见她，别带她过来。"

老同学说："你让我把话说完，她并不知道你跟杨明的事，她只是想见见这个案件的律师，作为当事人的亲人，她有这个权利。”秦柳新此时不好说什么了，现在自己已接手了这个案件，涉案人的亲属要见律师合乎程序，如果不见，那倒不正常了。

秦柳新对老同学说：“那好吧，你带她过来。”

老同学说：“你见了她后，你可能会有些惊讶。”

秦柳新急忙问：“为什么？”

老同学担心节外生枝，也不多说，只说：“下午见了面后你就知道了。”说完就挂了电话，秦柳新则满心狐疑地缓缓放下话筒。

正如秦柳新第一次到看守所见杨明时所说，是她报的案，是她把杨明关押刘先贵的宾馆房间号准确无误地报给公安局的，但秦柳新所说的刘先贵的合同诈骗案确实是证据不足公安局立不了案。秦柳新对杨明说是自己捣的鬼那不是事实，那是秦柳新为了刺激杨明故意夸大的。曾副政委看出了秦柳新的顾虑，知道秦柳新害怕不能见到杨明，才逼迫秦柳新放弃了对杨明的进一步刺激。而此时复仇的计划得以实现的秦柳新，又处在两难的十字路口，她不知道下一步该怎么办。

过了两点，秦柳新给老同学去了两次电话，她催问他们什么时候到。老同学问她是不是下午还有别的事，秦柳新倒是没有什么要紧的事。她只是注意力完全被老同学在上午电话里留下的悬念深深吸引了，她想尽早知道事实的真相。她从老同学的口气中可以感觉到这个真相对自己可能非常的重要，更确切地说是对自己和杨明的关系有着休戚相关的作用。不一会儿老同学打了电话来，说还有几分钟就到了，秦柳新走到房门后的穿衣镜前，整了整服装，她对自己的形象还比较满意，对着镜子里的自己自信地笑了笑，然后回到办公桌前。

有人敲门，秦柳新说：“请进。”杨明的老同学带着一个穿着入时的中年女子走进办公室来。

那位女子一边进门一边侧身对着杨明的老同学说：“怎么都把我认错了？”

秦柳新只能看清这个女子的侧脸，老同学接下来就给双方做介绍，两个女人隔着办公桌伸出手准备握手，但是两只手都在办公桌上方停住了。秦柳新看着眼前的女人惊讶地发现自己就像在照镜子，老同学在说什么她一点都没有听清。她只是仔细地端详着对方的五官、身材，她想找出对面这个女人长相、身材上跟自己不一样的地方，但是她的努力看样子是白费了。

还是李冰莹先握住了秦柳新的手，她恍然大悟地说：“怪不得我进你们单位，那么多人都喊我秦主任，原来有个双胞胎在这里。”

接下来李冰莹好奇地问了问秦柳新的家庭情况，杨明的老同学则插话说：“你是不是想查出你和秦主任是不是真是一对走失的双胞胎吧？”

李冰莹有点不好意思地笑了笑说：“这也太不可思议了，我们之间可能真有一种内在的联系。”杨明的老同学听李冰莹那么说，有点急了，连忙把话题引到了杨明的案子上。半个小时以后，秦柳新送走了杨明的老同学和李冰莹。关上房门，秦柳新泪如雨下，就在她看到李冻莹的那一瞬间，她终于明白了杨明曾经是怎样爱过自己，二十多年里他从没有忘记过自己。她好久没有这么痛哭过，上一次这么痛彻心扉地哭还是和杨明分手时。她觉得自己必须这样号啕大哭，才能把内心的悔恨之意发泄出来，她觉得必须这样大哭才能表达对杨明的深爱之情。

号子里大家手上没事干了，立马就无聊起来，有玩牌的，有看书的，有聊天的。但是近期书越来越少了，看守所知道很多同案犯虽然分栋关押着，但很多人都通过传递书刊来互相串供，这些同案嫌疑人把需要串供的案情写在书刊的空白处，通过“内改”把书刊送到同案手上。刘昆仑第一次看到写有这些信息的小说时，上面书写的内容如此丰富，着实令他大吃一惊。

打牌没有现金，不能赌钱，但是可以赌烟。烟是可以在小百货推车那里买到的，这种烟在当地市场上很少见到，是一种名不见经传的外地无名杂烟。看守所之所以只卖这种烟实际上是为了与私自带进号子的香烟区别开。号子里的在押人员即使有了外面带进来的别的牌子的香烟，他们也都会把盒子换成看守所官方卖的无名杂烟的包装。号子里虽然赌的是廉价烟，但是仍然可以赌得豪气冲天，有时候一个月的几条储备烟没几个小时就全部输给对手了。其他人则经常性地能连续几天都免费抽到赢家分发的香烟。他们打牌时的豪气、赌性还可以折射出他们曾经何等潇洒，不在乎输赢的过去。一些年轻的在押人员总是为一些小卡片争来抢去，开始刘昆仑还以为是扑克牌，后来才知道，那都是浙江老板奖赏给那些生产效率高的号子的一种奖品，他们专门制作一些色情照片，对手脚快的监房进行奖励，他们知道这号子里最缺的是什么，投其所好。大部分色情照片都是印在卡片上的，也有的是印在打火机上，甚至还专门做成可以投影的小玩意，一按按钮，色情图像就投在墙上了。有了这些图片，激发了在押人员更多的性渴望，睡觉时除了前面几个老大睡得很宽松，其他的在押人员都是人挤人，经常有在押人员起床时抱怨：“你又跑马了，昨晚还弄到我衣服上来了。”都是憋了太长时间的健康男人，对这样的现象大家也只是开开色情玩笑罢了，一般都不计较。

B『下老壳』/从前

“下老壳”所属的劳改队是采茶大队，都是五年以下的轻刑犯。每年过了春节，一开春，就是南方采茶的最佳时节。管教干部说：“晚上睡觉你要是注意听，都能听见茶叶冒芽往上窜的声音，嗞！嗞！嗞！一年之计在于春。一个芽头的是银针；一芽一叶的是毛尖、碧螺春；一芽二叶的叫龙井；一芽三叶四叶的叫绿茶。”经过简单的培训，“下老壳”和同监的其他犯人就开始了每天的采茶工作，他们大约四五十人一队。初春的天气异常寒冷，每个服刑人员都想尽办法来避寒，有的在棉衣上多加两粒扣子和扣带，让衣服穿得更紧身些，有些就干脆用布条和线头横绑在自己的腰上、袖管上、裤腿上，以抵御风寒的侵袭。如果再看看他们的鞋和帽子，就更觉得这帮人就是一群叫花子。他们清晨五点就要起床，黑夜还没散去，晨雾正在飘聚，这一帮衣衫褴褛的年轻犯人就扛着四面旗帜，抬着看管干部专用的烤火炉、椅子，顶着寒风，向茶山进发。到了茶山，四面旗帜呈四方形地在茶山上插好四个角，采茶时服刑人员不允许越过这个四方形警戒区。四五十个犯人成横队开始低头采起茶来。采茶完全要靠左右手的两根指头轮流作业，要采得快准。初春的茶树叶上挂满了冰冷的露水，两只手长期暴露在寒风中用不了多久就冻得全部麻木了。有时采茶的队形会大乱起来，那是因为有野兔子窜了出来，这时，年轻的服刑人员就完全恢复了活力，全然不顾劳动纪律，篓子筐子全部挥舞起来，他们也不管警戒线，也不管管教干部，这时候的管教干部也不吱声，任由年轻服刑人员放肆一次，直到最后把兔子追捕归案，才算平息。这样，每天下午六点收工时，服刑人员的队伍中就多了两三只活泼的野兔。

在劳改生活中，让“下老壳”最受刺激的是以服刑人员的身份参加他妈妈的葬礼。那是刚服刑一年，“下老壳”家里打来电话说他妈妈死了。他妈妈从小就疼他，妈妈信佛，每天烧香拜佛，说儿子你别害人，我给你烧百炷香，磕百个头，请来令旗令剑，把观音菩萨请到家里保你平安。她还经常带“下老壳”去烧香拜佛，为他赎罪。现在妈妈死了，无论如何家里要让他回去一趟参加追悼会。家里寄了担保信，街道和派出所也出具了证明。“下老壳”第一次坐牢时，他父亲的葬礼，他没有参加，这次监狱同意了“下老壳”家里的请求。

就在葬礼正在举行时，“下老壳”和教导员、大队长一起回到家。根据规定，教导员和大队长给“下老壳”戴上了手铐，“下老壳”戴着手铐走进了母亲的灵堂。灵堂里哀乐不断，哭声一片，参加送别的不仅仅是“下老壳”家的亲人，还有很多朋友和街坊四邻。江城人是很注重葬礼仪式的，人死了，再穷的人家也要当街搭起灵堂，请来中西乐队，甚至唱土戏，唱中外流行歌曲，热热闹闹闹几晚，祭仪上什么音乐和歌曲都可以放，可以唱，情歌、悲歌、革命歌曲、京戏，美声唱法、民族唱法样样都上，灵堂只要不断了响声就行。

“下老壳”戴着亮铮铮的手铐一出现在灵堂里，灵堂里顿时像炸了锅。“下老壳”的哥哥冲了过来，揪着“下老壳”的衣服，愤怒地喊着：“你跑回来干什么？你这个畜生，快给我滚回去，我们家八辈子的丑都被你丢完了！”哥哥抽了“下老壳”两耳光。

“下老壳”说：“哥，亲友们，我是个不孝子，我爸死的时候，我在服刑，没有赶得上给他送行，这次妈死了，我得赶回来啊，妈妈在世时，最疼我，大家都知道，今天我以戴罪之身给我妈磕三个头，送我妈一程。以后出了这个门，你们大家都可以不认我这个丢尽祖宗脸面的不孝子，让我磕三个头吧。”大家就都不作声了，哥哥给他让开路，“下老壳”两眼噙着泪花，三跪两拜地爬到母亲的灵像前。哥哥递了三炷香给他，他在烛火上点燃，高高举过头顶，手铐在白炽灯下，闪耀着扎眼的寒光，三炷香的轻烟飘向了母亲的遗像。“下老壳”跪在地上，脑门重重地叩在水泥地上，震得灵堂里其他人的心底隐隐发痛。最后一个响头，“下老壳”的脑袋碰在地上，就像要扎进去一样，四周的人立马把他拉了起来，只见他额头上已青紫了一片。

第二次走出劳改队，“下老壳”的父母已不在了，家里的依赖顿时少了很多，兄弟们也各自成了家，不可能像以前那样资助他。“下老壳”这时也有了成家的想法，但是他知道，自己这么一个没有工作四处打流的流子，凭什么娶到老婆呢？他想要干点正经的工作，但他没有受过教育和职业培训，从他十五岁开始服刑，他的生活圈子和朋友就仅限于劳改队的“同学”了。每次家里有红白喜事，需要人帮忙，他的朋友来了一大群，都是劳改队的同学，而这些劳改队的同学也都已经远离社会，生存情况、状态也都差不多。他们从劳改队出来，没有经费，没有技术，没有信誉，甚至连起码的保险也因为在劳改时断了档。政府虽然给他们尽可能多的就业政策和经营优惠，但到具体实施的时候，又有很多困难。“下老壳”就是在这样的环境下，开始寻找自己的坐标。他先是去找了份招待所的保安工作，每个月五百元。但前人欺负新人，晚上值班的工作基本上都派给了他，他昼伏夜出，每晚睡在招待所的大厅沙发上，遇到有客人进出门，不管多晚他都得起来开门，睡眠不足。冬天冷，夏天热，小招待所大厅到了晚上是不给开空调的。但这些对“下老壳”来说都不算什么，他在意的是别人对他的态度，吆喝他的口气，他觉得这五百元太不值了，干了几个月，他就辞职了。然后自己在劳务市场对门开了家盒饭店，一开张生意火爆，但是生意越好，亏得越多，“下老壳”月底一算账，亏了几千元。最后发现是因为三元钱的盒饭吃饭不要钱导致的。一个三元盒饭，要贴几盒免费米饭的成本，米价涨得快，成本根本控制不了，店也就开不下去了，但是“下老壳”知道自己如果不坚持下去，老婆就更难找到了。

于是他选择了做水果蔬菜生意。那时候全国交通不大方便，蔬菜水果都有个季节时间差，搞得快，钱完全能挣得到。“下老壳”第一单业务很偶然，广西柳州的同学约他过去玩，他玩了几天，看到柳州的郊县到处都是粗长的甘蔗，他就顺便下车去问了问价。这里的甘蔗每斤只要一毛二，当时江城的甘蔗价已卖到四毛五分一斤，如果雇一台车，运费也就一千多元，路桥费用两三百元，这生意怎么都能做。“下老壳”叫了两个朋友，三人拦了一辆回头车，借了台磅秤，把车开到田间地头，把磅秤往路边一放。然后“下老壳”给甘蔗地里的蔗农说明来意，蔗农们马上张罗起来，组织人马砍伐甘蔗，没多大工夫蔗农把一捆捆的甘蔗绑好送了过来。“下老壳”说，我只要粗的，细的我不要。但蔗农哪管那么多，一股脑往磅秤上抬，“下老壳”最后也没有办法，只得听之任之。不到两个小时一万多斤甘蔗就全部装了上去，“下老壳”给蔗农点了现金，然后三人把磅秤抬上了车，到了柳州市，还了磅秤，一切都很顺利。

没想到出柳州城，碰上市政府联合执法队把车拦了下来，有工商、税务、公安等部门在这里联合执法，税务局的听说他们是买来的甘蔗，就找他们索要发票。“下老壳”说：“我们的甘蔗是找蔗农直接买的，他们没给我们开发票。”

税务局的就说：“如果你们不能提供发票，就要补交农林特产税。”

“下老壳”问：“多少？”

“五千。”这一下没把“下老壳”吓个半死，他说:“我一车甘蔗总共才一千多元，你让我交五千，我干脆货都不要了。”正在僵持不下时,“下老壳”想起自己的身份来，他连忙掏出一张劳改释放证，税务局的一看说：“这有什么用？”

旁边公安局的一个中队长看了劳改释放证，说：“他们从那里出来能做点合法生意已经很难能可贵了，没有给社会造成负担就别罚他们的款了。”最后税务局象征性收了他们一百多元的农林特产税，那位警察非常热情地又开了一张通行证，说：“你们放心走吧，不会有人再罚你们的款了。”“下老壳”三人满怀感激地上了路。

江城的甘蔗价确实不低，他们租了门面，花了一段时间才把甘蔗卖掉，最后剩下一大堆细小的甘蔗销不掉，顾客买甘蔗专挑大的粗的，挑剩的都是卖不掉的。末了一算账，“下老壳”没有挣到钱，也没亏本，两位搭档抱怨着，但是“下老壳”心里却像吃了甘蔗似的甜蜜蜜的。

前天下午天快黑时，来了一位大眼睛年轻姑娘，要买甘蔗，问老板多少钱一斤，“下老壳”说：“4 角 5 分。”

她又问：“这一堆呢？”她指着那堆没人要的。

“下老壳”本来没打算卖钱，听她这么一问就说：“随便给就行。”

那女孩拣了几根甘蔗，给了“下老壳”两块钱说：“老板，够了吗？”

“下老壳”回答：“够了够了。”

“下老壳”又拣了两根给那姑娘，姑娘很感谢地说：“谢谢！谢谢！”

今天上午，那大眼睛姑娘又来买甘蔗了，“下老壳”想起自己的终身大事没有解决，急忙又拿了几根小甘蔗送给那大眼睛姑娘，姑娘高兴坏了说：“大哥，你常在这做生意吧？”

“下老壳”说：“是啊，我经常在这卖东西，水果、蔬菜，什么都卖。”

“那我以后都到你这儿来买东西。”

“好！好！”“下老壳”高兴得语无伦次。“下老壳”细细打量那大眼睛姑娘，人长得挺耐看的，穿的衣服虽然旧了点，但衣服洗得干净。“下老壳”心想这姑娘挑甘蔗的认真劲儿，肯定是操持家务的好当家，家里不富裕，做事就勤快。最关键的是，大眼睛姑娘走出去一段距离还回过头来看了这边几眼，四十多岁的“下老壳”心想，老子要走桃花运了！“下老壳”今天甘蔗一卖完，马上就跑去找到门面老板说，过三天，他还要租这个门面。老板问他准备卖什么，他说我还不知道呢，然后“下老壳”满脑壳的进货、摆摊、开卖。

这一次“下老壳”到花垣县进了一车椪柑，货一上车，“下老壳”就说要走。

搭档说：“昨晚我们通宵赶过来，今晚回去就不赶路了行不行？我们住上一晚，晚上还可以放松放松。”

“下老壳”说：“我们现在还没发财呢，加上今天我看到江城还有老板来进货了，我们不早点赶回去，到时候人家的货到了，我们的货可不好销了。”搭档听他说得有理，连夜赶回，第二天早晨，“下老壳”的货又摆进了门面。大眼睛姑娘果然又来买椪柑了，姑娘买了一斤，“下老壳”起码给了三斤，后来姑娘还从家里搬来了电扇、桌椅、板凳，帮起“下老壳”的忙。大眼睛姑娘后来索性帮他们看摊卖货。这样他们就有更充裕的时间看货、进货，他们去安徽汤山收购脆皮大棚西瓜，去河南信阳搞板栗、辣椒，去湖北洪湖采购大白菜、湖藕，到湛江收购冬瓜、茄子、黄瓜，到海南、河南收购西瓜……

这样他们匆匆忙忙做了一年，利润确实不大，但最后一人好歹也分了一万多块钱。而且“下老壳”多挣了个老婆，成了家、结了婚，结婚没到四个月，孩子就生了，这给“下老壳”带来了无穷的乐趣。“下老壳”一次给他妈上坟时，跪在地上说：“妈，你没看到你儿子做老子，你想不到你儿子还会有这一天吧，妈，是你帮我烧香拜佛修来的正果，我现在是世界上最幸福的人了。我在你老面前发个誓，我一定要让我老婆和孩子过上好日子，我不会让他们吃苦的。”

但是谁知道，事事总是难以如愿。“下老壳”的蔬菜水果生意越来越难做，因为越来越多的蔬菜水果老板都是靠量做大的，货用车皮进、飞机运，把进价压得低低的，到了江城再批发给一级、二级销售商。“下老壳”没有本钱，每次做的量不大，而且都靠自己门面销售，资金运转太慢，周期还长，单打独斗形不成竞争力，渐渐地就挣不到钱了。“下老壳”非常着急，小孩子要吃奶粉，要看病，家里三口要吃饭，只靠低保过活，低保还不到三百块钱，眼看着坐吃山空，“下老壳”怎么不急？

这天他坐公共汽车，这趟车特别挤，他前面有个中年男子，屁股口袋里插了一个皮包，那个裤口袋估计不深，皮包插在里面露出一大截。“下老壳”在江湖上闯荡了多年，他在劳改队碰上的那些老扒手告诉他，做小偷七分胆量三分巧，外面传说的什么把肥皂泡在水里然后用两根指头夹，进行反复训练，那都是鬼扯淡，做贼就是靠胆。“下老壳”趁着人挤，他挤了挤前面的男子，那男子没有反应，第二次再挤那男子时，他的右手把那男子右边裤口袋里的皮包夹了出来。得手后，“下老壳”马上下了车，找了个僻静地方，打开皮包，里面有现金两千多元，他心中一阵狂喜。这钱来得真容易，那个时候人们都还没有开始用信用卡，喜欢带现金出行。“下老壳”心想这小偷不难做，就干这一行。“下老壳”开始包装自己，买了一套白色的西服，下面穿一双老人头皮鞋，还配了一副平光眼镜，有时还拎一个公文包。每天早晨五点他就起床，然后在火车站搭上去汽车站的汽车，专门偷盗火车转汽车的外地旅客，然后原路搭车返回。在公共汽车上，拦截带着旅行箱要乘坐火车南下采购的乘客，经过几个来回，快到早上上班时间，警察要上班了，他就回家睡觉。到了中午吃饭以后，他又趁人们午睡时上街，这段时间，他专逛那些小商店，一两个服务员坐店的小商店。那时服务员都昏昏欲睡，他就偷收银台，趁服务员睡眼惺忪时，将收银柜打开，把钱掏出来走人。到了下午上班时间，他又回家休息，到了下午下班时分，他就拎一个菜篮，专门到江城最大的农贸市场追着那些卖了一天菜准备坐轮渡回家的乡下的大婶大嫂，这时候的命中率极高。就这样一两个月下来“下老壳”完全变了样，他本来胆就大，加上自己的技巧和心细，他已经是一个老道的扒手了。

一天他去一个服装店买衣服，看中了一件380元的夹克。正在看这件衣服时，猛然有一个广佬进了门，广佬背了一个挎包，也是进来买衣服的。广佬刚开始转悠，包里的手机就响了。广佬打开包伸手去拿手机。“下老壳”隔着五六米远看到广佬的挎包里放着的一沓一沓的人民币，“下老壳”一阵狂喜，慢慢靠了过去，假装在看衣服，趁广佬电话没接完，在他挎包里飞快地抽出一沓人民币。柜台前的服装店老板已经看到了这一切，正想喊出来时，“下老壳”对他微笑着轻轻吹了声口哨，用食指在自己的嘴边摇了摇，示意服装店老板不要出声。然后左手迅速抽出了五张百元大钞给了店老板，店老板机械地接过了钱，对他皮笑肉不笑地笑了笑，最后店老板把那件380元的夹克硬是送给了他。以后他再去这家店干活，店老板再也不说什么，但他每次得手后，都会在这家店买上一两件衣服。

那个时候也有联防队员抓小偷，“下老壳”双手插在口袋吹着口哨徘徊在大街上，他一点儿也不怕，因为他能分辨出这些联防队员。行动前，他会加快步伐在街上行走，碰上拐弯的地方或者是在很直的街上，他会猛地停下脚来，急转身，后面如果有联防队员盯梢，会猝不及防，他们的反应肯定是迅速停下奔走的脚步，扭过头装着看橱窗内的商品或者是街景。但“下老壳”一看他们生硬做作的动作就知道这些人吊了自己的尾线，他也不急不恼，只是对他们笑笑，然后他也会试试对方是友还是敌。“下老壳”的三角裤放了五百元钱，有三百是夹在裤子底下的，有两百是插在松紧带里，这是他的保命钱。他就带着盯梢的联防队员往人群里攒动，装着偷了旁边的路人，联防队员上来抓住他："开张没有？"

他就回答："还没有，等会儿我给你。"接着"下老壳"就多了这两个保镖，他可以大摇大摆出入楼堂馆所。"下老壳"有所斩获，他也会分一两百元给联防队员，万一失手，有人抓他时他就会把双手伸向紧跟的联防队员，只要手铐一铐上双手，"下老壳"就心安了，大不了找个僻静的地方再把他给放了。如果是被陌生的联防队员抓了，不愿放他，他的确又还没开张，为了不耽误时间，"下老壳"就会主动拿出内裤里面的二百或三百元保命钱来保自己。还有一次"下老壳"在公共汽车上偷了一个皮包，刚拿到手，旁边有几个便衣就扑了上来，他趁乱把皮包往地上一丢，人最终被铐了，但是"下老壳"知道只要自己不承认，警方就很难指证他。果然审讯他时，他就是不承认，而失主又说不晓得是不是他偷的，除了警察指证外，没有第三方能够指证他，到了第二天晚上就只能放了他。

"下老壳"每天都可以偷三千元以上，那段日子，"下老壳"的小家庭过得有滋有味。他们家的手机、电话都没买过，都是"下老壳"偷回来的，连撮箕、扫把"下老壳"也不会买，全都从别人家里搬回来。每逢过节的鱼、鸡就更用不着买了。连街坊邻居每每看到"下老壳"都不忘嘱托他："出去啊，帮我带个脸盆吧。""注意安全啊，看到合适的鸭子，帮我带一只吧。""大兄弟啊，你答应我的皮鞋一直还没给我啊？""下老壳"知道这街坊邻居虽然没有钱给，但他会尽量满足他们的要求，他知道处理好群众关系对他这样职业的人意义重大。而且"下老壳"觉得被人拜托，就是被人重视，那感觉就是爽，就是豪气。即使冒一些风险，耽误一些时间，他都觉得值。

"下老壳"越偷胆越大，当时社会上流行一句话"男人有钱就变坏，女人变坏就有钱"，"下老壳"钱一多，周边的"同学"来往也渐渐密切。当时社会上闯荡的流子都以吸食白粉为荣，一次，"下老壳"的一个同学来了，带"下老壳"出去玩。"下老壳"自从老婆生了孩子之后，好久都没干那事了。同学带了两个女孩，开了一间房。同学和那两个女孩都吸了白粉，同学也教他吸。同学拿了一小块锡皮纸，倒了少许白粉在上面，然后用打火机在锡皮纸下烧，鼻子则在上方接住冒上来的烟。"下老壳"就这样烧了一次，第一次吸食白粉，他有点想呕吐，接着就昏昏欲睡。到了晚上四点多的时候，他的瞌睡醒了，睁眼看到旁边睡了一个姑娘，是个玲珑剔透的女人，顿时就来了精神，他伸手去抚摸女人的胸部。那女人也蹭地一下坐了起来，把"下老壳"吓了一大跳，但那女人也没睁开眼看“下老壳”，只是把自己的内衣内裤脱了个干净，然后一声不吭地爬到了“下老壳”的身上。“下老壳”这时才反应过来，知道是白粉起了作用，“下老壳”把那女孩摁倒在床上，自己三把两把脱了个干净，然后骑到了姑娘身上。不知过了多久，他再次睁眼看了看时间，已经五点四十分了，迷迷糊糊中，他又睡着了，这次睡梦中觉得自己在飘，在云层中漫步。暖暖的金色的阳光洒在自己的肩上、手上、身上，他一会儿飘进了森林，那里有各种各样的水果，各种各样的鲜花；一会儿又飘到了一条布满银行的金融大道，地上洒满了金币，他弯下腰一枚一枚地捡起来。先用口袋装，一会儿口袋就装满了，再用皮箱装，装满了一个又一个皮箱，老婆跟在后面搬着皮箱，孩子吃着巧克力，跟在妈妈后面晃；他又往前飘呀飘，飘到一个温泉旁，温泉旁站了好多仙女，他正一个个地欣赏着，猛地有一个美女蹦到他身上，骑在他腰上。

他醒了，睁开眼，真有一个丰满的女人赤身裸体地压到身上来了。他看看旁边之前那个女孩，她已经跑到了邻床上跟他的同学滚成一堆了。这个丰满的女人运动着，这回“下老壳”也学刚才那位姑娘的享受神态，闭着眼任那胖女人摆弄。只是他知道自己那杆红旗还在迎风招展，威风凛凛，他就在这样的坚守中不知享受了多久。最后“唰”地一声，同学猛地把窗帘拉开了，强烈的阳光刺了进来，胖女人滚到一旁去了。“下老壳”说：“人家还没完，你拉窗帘干什么？”

同学说：“吸了这玩意儿，不会有完的，快起来，都十二点了，要退房了。”“下老壳”只好穿衣服起床。过了两天，“下老壳”又想起白粉那腾云驾雾的感觉来，于是打电话给他那同学，说要他今天再弄点白粉。

那同学说：“你来吧，我去想办法。”

同学带“下老壳”去了个神秘的地方。同学说要找上线去买点白粉，自己已没有货了，转来转去，就是找不到人。“下老壳”马上明白了，对方是要他出钱。于是“下老壳”问他要多少钱，同学说三百就行，“下老壳”给了他三百。一会儿同学又出去转了个圈变戏法式地拿出了白粉。“下老壳”从此以后就成了同学的下线，以后每次“下老壳”要货就打电话给同学，同学马上给他送货来。

有一次“下老壳”找同学要货，同学可能也刚吸过，正躺在床上缓着劲，同学让“下老壳”上门去取。“下老壳”知道地方，于是径直去了，到了门口，“下老壳”敲门，门没开，“下老壳”又接着敲，里面还是没动静。“下老壳”拿手机给同学打了过去，“下老壳”清楚听见室内的手机响铃。手机响了半天，同学终于接了电话，“到哪儿了？”

“到你家门口了。”

“噢，你等着，我叫我老婆来开门。”“下老壳”一听，心想这两口子有意思，两个大活人睡在房里，怎么没有一点动静。过了一会儿，同学老婆来开门了，一开门，把“下老壳”吓了一大跳。同学老婆脸上像擦了猪血似的，弄了个大花脸，乳罩也没有扣扣子，下身只穿了条T字裤。“下老壳”心想，这包烟量肯定下得不少，他想回避一下尴尬的局面，就对同学老婆说，我想上洗手间。

“你去吧，在那儿。”同学老婆指了指方向。“下老壳”进了洗手间，看着洗手台上放了一个红色的白纸，他定睛一看，好一阵恶心。那是一块用过的月经纸，刚才同学老婆把这当成是底粉打到脸上去了。“下老壳”想立马离开这个房间，刚走到客厅，他全身血管已经痒起来了，好像有无数只小蚂蚁在血管里爬动，他知道自己走不了了。他喊醒了同学，同学迷糊中给了他一小包，他把钱递给了同学。

同学说出去了两天没回，来了瘾，注射时没控制好量，打多了点，不好意思。“下老壳”接过白粉，就在同学家客厅里，找了个烟盒锡皮纸，自己烧了起来。“下老壳”看见客厅里的注射器就在想，这种注射器用起来很容易出事，一来注射器没有消毒不说，关键是注射器里的容量不好控制，靠注射吸毒的瘾君子往往贪求刺激，用量大。注射器里的水剂是稀释后的白粉，而每次白粉来源地不一样，比例也不一样，有浓有淡，如果使用者都按一种容量比例来注射，极易出事，甚至死亡。“下老壳”已经听说过很多吸毒死人的事，心想自己吸毒绝对不要发展到使用注射器，一定要控制住底线。今天“下老壳”一直还没有吸起床烟，从上个星期开始，他每天起床都要吸一道起床烟，不吸这起床烟，这一天就没精神，就出不了门，摸不了荷包。这不仅仅是多了一顿的问题，关键是要提前一天备货。

一天晚上，同学打电话来让他晚上过去开神仙会，这开神仙会就是吃大烟，公共场所瘾君子之间说话都会回避白粉、大烟、海洛因这些字眼。同学在招待所开了一间房，“下老壳”去招待所和同学碰了面，同学开心地说今天又发展了三个新下线。随后同学拿出三个小包，放在玻璃板上，然后拿了张IC卡片，每个小包里弄出一点，又凑出一个小包，他把新凑出来的小包递给了“下老壳”说：“我请客。”

“下老壳”心里想，这小子平常给我的是不是也这样刮来刮去的。过了一会儿来了四个男子，他们把钱给了同学，其中有一个没接包，直接问：“有满的吗？”

“满的呢，以后你们长期在我这儿拿货，我敢少吗？”这个问话的是个老手，他抽出烟盒的锡皮纸做了个吸筒，然后轮流教那三位男子吸。

趁同学上洗手间时，那个没吸大烟的老手对“下老壳”说：“这个上线太狠了，少货，质量也不好，下次试一试我的，绝对上等。”他把电话号码留给“下老壳”。等那三个新人都睡着了，那个老手把手上的烟筒慢慢展开，只见那烟筒的锡皮纸内壁上沾满了像抽过香烟的烟嘴里的焦油，那男子用打火机在下面烧了一道，又过了一次瘾。

“下老壳”和同学从招待所出来后，“下老壳”把那个男子跟他说的一席话告诉了同学，同学听后非常气愤，说：“这小子没钱抽烟，急了，竟然敢骗公安局缉毒队长的钱，他对缉毒队长说他有重要线索，毒品交易地点和时间他都可以提供，最后，队长真给了他几百元，第二天跑去，什么鬼都没有，但他后来就成了公安局的线人。”“下老壳”听了这番话后心想这行水真深，比做小偷摸包复杂多了。

90年代末，江城的酒吧每到夏季就成了江城夜生活的代名词。一到夜晚，酒吧一条街霓虹灯闪烁，映射出巨大的门牌。性感妩媚的酒吧女郎，葡萄酒高脚酒杯，红色的高跟鞋，各种各样的洋酒品牌，各种色彩，各种造型悬挂在酒吧的门面。刚步入酒吧的街口，芝华士、轩尼仕、杰克丹尼、黑方、红方、马爹利，各种洋酒的酒味顺风飘来，整个街道弥漫着一种浪漫的气氛。“下老壳”就是在这样的气氛中步入酒吧街规模最大的辛巴达酒吧的。今天是罗拐子请客，罗拐子和“下老壳”一起在二监狱待过，当时“下老壳”当大组长，罗拐子是第三小组长。罗拐子是保外就医出来的，出来得比谁都早，他把自己的左腿放在铁窗上，让同监的跳起来用脚把他的腿活生生踹断的，这样他才被保外就医。出来以后，罗拐子就开始做新型毒品生意，听说现在是日进斗金。这次罗拐子想请“下老壳”泡酒吧，一来是为了叙叙旧，二来他想拉“下老壳”入伙。“下老壳”当大组长时，下面有两百来号人，这帮人出来后，大部分没事可干，“下老壳”号召力强，说不定有他的参与罗拐子的业务可以做得更大。“下老壳”随着服务员去了888VIP包厢，罗拐子到了，两人寒暄了一阵，罗拐子就开门见山地跟“下老壳”说起这事，“下老壳”觉得既然要干这个事，就不如大干一场。

罗拐子拿出一包有点像白粉却闪着银光的粉末，说：“这是K粉，也叫盐，这是一种化学合成产品，学名氯胺酮，是用吸管直接吸进鼻腔里提神用的，吸了会有幻觉，不想睡觉，精神极好。”他又拿出一粒很小的药剂片，上面写了WY，他说这就是最新型的兴奋药，是缅甸发明的，叫“麻古”。麻古的主要成分是甲基苯丙胺，也叫“冰毒”，它最大的作用是男性可以提高性欲，吃过麻古以后做爱时间可以明显提高好几倍，效果非常明显，这种药片比较贵，一粒就要卖一百多元，用它的很多是三四十岁的老板，有的一天可吃几十粒，不像白粉是小年轻玩的。最后罗拐子拿出一把直径稍大的药片，上面刻有苹果、大拇指、子弹头、梅花、狗脑袋的标记。他说：“这种东西就是摇头丸，外面大厅那些泡吧的男女脑袋摇得那么狠，就是吃摇头丸摇的，摇头丸是苯丙胺。这几种新型毒品不会有瘾，今天来玩可以吃，等药劲过去后，你明天可以不吃，不会上瘾的。”

“比白粉强？”“下老壳”问。

“肯定比白粉强，吃白粉就像抽大烟的，只听说过有‘参军’的，没听过有‘退伍’的，人对药物的依赖性太强，生理反应也太大！”

“没有退伍的，那人都到哪里去了？”

“都死了呗，等会儿，等朋友到齐了，我们试试这些新药的效果。”趁这机会，“下老壳”好好看了看这包厢，包厢装修得非常豪华，就是没有什么设备，除了一台DJ唱机，几台音箱之外就没有什么了。靠墙的就是一条豪华皮具沙发，服务员上了茶水果盘，还上了两瓶芝华士，以及一些雪碧和空杯子。过了一会儿，罗拐子邀请的朋友陆续到齐了，罗拐子一一作了介绍，然后他把芝华士和雪碧倒在一个大灌里，顺手丢进一大把摇头丸。然后他把放碟的DJ和服务员叫了进来，DJ开始根据客人的要求放碟，什么曲子都有。大家喝了几杯酒，马上就有了反应，有的跑到包厢中央大幅度摇动上身。服务员负责地上的卫生，她还不断地将餐巾纸搓成细棍子。“下老壳”喝了酒就坐在沙发上，很期待又小心地等待着，不久，他不知什么时候开始摇起头来。这时候的音乐，只有那低音炮的每个节拍打击在“下老壳”的心上。又不知过了多久，罗拐子给每人发了一小包K粉。“下老壳”也学着其他人那样，用包箱提供的吸管头往后一摆，整个一道K粉全部吸进了鼻腔，很快就到了大脑。他顿时觉得身体轻松起来，鼻子不舒服的，可以用服务员搓好的纸条捅捅鼻孔。腾云驾雾，很多幻觉慢慢出现，他记起第一次吸白粉，也好像有这样的感觉，幻觉不断。

过了好长一阵子，他慢慢清醒了。他看到最后一个进来的大胖子在地上捡烟屁股，而且一边拣一边往口袋里放，他走了过去，问那个胖子：“你在干什么？”

“嘘！”胖子连忙示意他别声张，还警惕地望了望四周，他对“下老壳”说，“别出声，这么多金戒指，不要告诉别人。”胖子又继续拣，口里还轻轻念道：“一个、一个、又一个。”

坐上沙发，“下老壳”又看见一个女的把两只脚都缩到沙发上，双手紧紧抱着自己的两条腿，两眼直直地看着前方，口里在喊：“别锁我，笼子太小了，别关我。”“下老壳”心想这玩意真那么神奇，肯定好卖。他想，要找几个得力的同学，让他们一人带几个年轻人，这酒吧街只要那些稍大的酒吧，他都能派人进去卖货，这生意就能做起来，他就可以迅速致富，他要让老婆和孩子过上有钱人的生活，他要彻底改变自己的生活状态，想到这里，他就热血上涌，信心百倍。

第十二章

THE TWELFTH CHAPTER

“湘军一大批退伍兵涌入社会，社会消化不了，慢慢融入哥老会，最终与同盟会一道成为清朝的掘墓者。”挂职干部觉得退伍兵犯罪问题应该引起高度重视。刘昆仑只觉得这位挂职干部忧天下之忧，而他在想象今晚让“下老壳”、傅海涛戴上纸手铐的情景。

他们看着这个重庆人，认为他实在是没有任何希望了。吴辉在街上随便找了两个身着制服背微型冲锋枪的缅甸军人，带他们到了房间里，架走了重庆人。

A 看守所／现在

五月二十三日
小雨 凉爽
看守所三栋

天气连续热了好几天，难得今天来了场及时雨，现在如果能坐在干警的办公室里，那就是真正的享受了。但号子里热得像蒸笼，和有空调的办公室相比，简直就是地狱天堂的差异。他们号子上个星期来了三个新丁，这三个新丁是白天来的。让刘昆仑高兴的是来了两个退伍兵，还有一个小白脸。小白脸长得像女孩，“下老壳”竟然对小白脸说：“晚上把屁股洗干净点。”然后望着小白脸淫荡地笑了起来。下午，刚到五点，号子里就举行了欢迎仪式，照例是喝啤酒、坐飞机，两个退伍兵被弄得很惨，小白脸则被免掉了。“下老壳”审讯三个新丁，高个儿退伍兵说他是涉嫌伤害罪，“下老壳”问他伤害了几个人。他说天黑看不太清楚，连捅了四个，两个重伤，两个轻伤。“下老壳”吃惊地看着高个儿退伍兵说：“厉害啊，一人对四人。”

第二天中午，一个“内改”送饭时带了一张纸条过来，那纸条是另一个号子里的一个惯偷送过来的，那个惯偷就是被这个高个儿退伍兵抓的。这个退伍兵是小区的保安，他抓这个小偷花了不少工夫，小偷也进行了反抗，保安最后制服这个小偷，气不过，竟用锤子把那个小偷的小腿使劲敲了一下，造成轻伤，保安也被刑拘了。那惯偷知道保安关了进来，就四下里打听。这些以犯罪为生活职业的惯犯都是几进宫的常客，每个号子里都有他们的熟人，而且在号子能睡头铺，做牢头的也几乎是这帮人，外地人和初出茅庐的都很难坐到这些位置。保安初进号子担心案子不大不足以唬人，这号子里案子越是重大，犯案人就越是受人尊敬，所以保安在说自己的案子时，就恨不得把自己说成是杀人犯。“下老壳”看了这张纸条，斜眼瞟了下高个儿退伍兵说：“你他妈背个死老鼠冒称打猎的，看老子今晚怎么收拾你。”

这个退伍兵无论如何都没有想到自己的身份和案情会被暴露得这么快，他确实对看守所的情况一点都不了解，这晚这个退伍兵被傅海涛等人修理得很惨。看着那个退伍兵无助的表情，刘昆仑在想，他们几个刑警队的同案要不是看守所给他们保密，说不定他们的身份早就穿帮了。这些职业惯犯，你随便报个社会上的小偷的外号，他们都清楚他是本地的还是外地的？家里有什么人？是跟谁出来混的？家里干这个行当有几代了？常在哪里干活？一清二楚。如果刘昆仑当初冒称他们行当的，十有八九就穿了帮。刘昆仑很明白，即使侥幸蒙混到现在，免不了最终还是会被发现。刘昆仑只能早下手，掀了他们的桌子，占了头铺，把“下老壳”和傅海涛赶到末铺去睡。现在加上刘昆仑本人有五个部队下来的，他们四人都是退伍兵，包括了海陆空武四个兵种，没有一个吸毒的，都年轻体壮。这位高个儿退伍兵是武警特警支队的散打冠军，刘昆仑的军衔最高，武警中尉转业。刘昆仑想大家都受了凌辱，而且个个身强体壮，现在只需要有人登高一呼，他们肯定会积极响应。最有把握的是，他们五人有一个共同点，都是军人出身，军人的特性已给予了他们至强至高的勇气和胆识，军人的荣誉感会让他们在每一场暴力斗争中竭尽全力，军人就是正义的武力，军人就是战斗的代名词，只要唤醒这些退伍兵的军人意识，他们抢班夺权稳操胜券。

高个儿退伍兵被他们打得爬不起来了，躺在床上，刘昆仑负责给他送水端饭，期间，悄悄告诉他自己是武警部队退役的上尉指导员。所有进号子的新丁的内心都是孤独恐惧的，谁也不会忘记第一个主动跟自己交流沟通的同监人，这个时候两颗心最容易贴在一起。刘昆仑的几句话就让高个退伍兵感激有加。刘昆仑告诉他，他们前面几个退伍兵也经历过肉体的折磨和内心的孤独，军人最重要的是坚强、团结。他点着头，眼睛盯着刘昆仑的眼睛，捕捉刘昆仑内心深处的想法。

刘昆仑说：“怕个屌！等你恢复了身体，我们就一起干！”

他说：“我跟着你。”他们两只手紧紧握在一块。接下来的几天时间里，刘昆仑跟其他几个退伍兵谈话聊天，只谈部队上的事情，谈那些让人热血沸腾的事。解放军提高战斗力，思想政治工作至关重要，特别是临战前的战前动员。解放战争时期，国民党的士兵被俘虏过来，一旦加入解放军，经过我军的几天教育，再投入战斗，就像完全变了一个人似的，勇敢顽强，战斗力得到充分发挥。那就是得益于我军的忆苦思甜控诉大会，那会一开，苦一诉，泪一流，整个人的思想意识就都变了，打起仗来就真不要命。而刘昆仑的对手“下老壳”、傅海涛他们几个，除了傅海涛以前没沾过毒品，其他几个都离不开毒品。他们只是进了这看守所才开始跟那玩意脱钩的，可见他们几个人的体质是没办法跟刘昆仑他们抗衡的。至于下面的喽啰，那都是在“下老壳”等五个老大得势的时候狗仗人势，一旦动起手来，他们肯定会坐山观虎斗，然后谁赢了跟谁。刘昆仑比“下老壳”高了半个头，再说“下老壳”也快成老头了，对付他应该不费力气。关键是刘昆仑不能让他喊出声音来，要让他指挥不了下面的人。还有，刘昆仑要有力地控制住他那几个金属物件，控制武器的目的是不让事态升级，不要形成皮外伤。刘昆仑把自己的战术要求归纳为几点，他要在行动前用最短的时间告诉自己的战友。刘昆仑让高个儿退伍兵对付傅海涛；除了一个空军退伍兵没有经过近身格斗训练，其他几个都没有问题，刘昆仑准备安排这个空军退伍兵控制其他人员的参与，他们必须在非常短的时间里结束战斗。刘昆仑思考了三天，然后做出了细致的谋划，准备在睡觉前通知他的战友，在第二天清晨起床后，干警还没有上班前动手完毕。

刘昆仑在前天晚上把战斗方案告诉了几位战友，几位战友很兴奋，面露喜色。“下老壳”可能感觉到什么异样了，一双眼睛在他们身上扫来扫去。平常晚上五个老大是不值班的，这次他通知他们五大金刚，晚上轮着值班。他可能害怕晚上睡着了会有人加害他，这一晚“下老壳”起来了好几次，甚至有两次还跑到刘昆仑的床铺跟前，想看看刘昆仑到底在干什么。

他们忙碌了一晚，第二天起床时，一个个哈欠连连。吃早饭时，“下老壳”他们的小桌子刚摆好，“下老壳”正要坐下来，刘昆仑说：“你别坐了，这个位置我要坐！”

“下老壳”指着刘昆仑说：“你想掀桌子？”刘昆仑一个掏裆砍脖，就把“下老壳”打在地上，然后骑上他的背，右肘用劲锁住了“下老壳”的喉咙，“下老壳”一时憋得说不出话来。傅海涛刚想冲向刘昆仑，高个儿退伍兵抓住傅海涛的胳膊顺势一带，右手插到傅海涛的裆下，他整个身体被高个儿退伍兵扛了起来；高个儿退伍兵接着腰部用力，一个过背摔把傅海涛摔了出去。傅海涛是整个身体横飞出去的，身体翻滚着最后重重地摔在厕所里。听着那么大的落地声，刘昆仑心想这高个儿退伍兵可能是上次被傅海涛打得太狠，报仇心切，可千万别弄出什么乱子来。这过背摔的动作刘昆仑也练过，摔的人手松得越早，腰杆挺得越直，腰部用力越大，被摔的人就会摔得越惨。刚才高个儿退伍兵把这个过背摔的动作做到了极限，傅海涛被摔在地上就动弹不了。“下老壳”被刘昆仑锁住了喉咙，只会翻白眼，他手下其他几大干将是一动都不敢动。

刘昆仑对他们说：“我们这几个当兵的，随便哪个都可以对付你们几个。”他们几个退伍兵马上坐上了早餐小桌，刘昆仑吩咐“下老壳”拖地，傅海涛洗碗，并明确了他俩睡在最后两个铺，他们几个当过兵的都睡到前面来了。

公安厅挂职干部发现刘昆仑睡了头铺，就把刘昆仑和杨明喊出来谈话。他坦诚地说："你这次是用退伍兵抢班夺权，你们号子里关了五个退伍兵，你知道整个看守所关了多少退伍兵吗？这些退伍兵大部分从农村出来，当兵几年开阔了眼界，不愿意再回农村原籍，往往他们都留在服役的地方，但是这些地方就业形势大多不好，很多退伍兵最后就只能干一些替人讨债、放高利贷等非法生意，于是号子里退伍兵越关越多。"

杨明说："湘军挽救了清政府，但最终功高震主，曾国藩不得不忍痛割爱，大量裁减湘军。湘军一大批退伍兵涌入社会，社会消化不了，慢慢融入哥老会，最终与同盟会一起成为清朝的掘墓者。"挂职干部觉得退伍兵犯罪问题应该引起高度重视。刘昆仑只觉得这位挂职干部忧天下之忧，而他在想象今晚让"下老壳"、傅海涛戴上纸手铐的情景。

B 傅海涛/从前

自从傅海涛那天在桑拿厅听完吴辉的话，心里久久不能平静，他确实还没有那个胆量，这天他又接到吴辉打来的电话，犹豫了一下，他最终还是接了。吴辉着急马上见面，说有好项目可以做，傅海涛说："又是绑小姐？"

"这次不是，这样吧，你带阿雅，我带阿雯，我们一块吃个饭，我请客。"晚上四个人聚一块吃羊排，气氛比较压抑。吴辉说："今天我在白马寺帮你抽了一签，那是上上签，说你有发财机会，不过是在南方，在北方你还要亏，你以后的事业必须往南。我这次叫你来，就是要给你一个项目，我大前年去过那儿，就知道那是个发财的地方。"

"什么地方？"傅海涛问。

"缅甸。"

"什么项目？"

"投资少，见效快，风险不是很大，关键问题是要心狠，我知道你小子就缺这个。"

"又去抢银行？抢人？"

"都不是，我们去赌场放高利贷。"傅海涛知道吴辉这小子这些年干过不少事，但真还不知道他去过缅甸，当然他也相信吴辉是不会骗他的，是真心想帮他翻身。傅海涛不知道赌场放高利贷有多大风险，那边的环境，他一点都不了解。吴辉又问他："你这次押车又被折腾了一下，还剩多少钱？"

"大概还有10万吧，但现在什么债都还没还，如果把几个单位的账结了回来，可能还剩几万。"

"后面那几万就先别说了，我就说你现在的十万，我也拿十万，我们兄弟俩凑个二十万，最后干一把，看能不能彻底翻过来？"

“要多长时间？”

“一个月吧。”

“一个月能翻一番？”

“是，但要看你心硬不硬，不硬还拿不到，硬，可能挣得更多。”

“没关系，有你还怕什么，我听你的就行，你具体给我说说怎么挣钱。”

“先别急，我们把这羊排吃了再说。”这家烤羊排店叫一分利店，生意好得很，那羊肉带点肥，烤起来，洒上孜然，香气扑鼻。第一回合几块羊排，啤酒送着，没多大工夫就全下肚了。傅海涛听了吴辉有这么好挣钱的点子，胃口大开，心想：上次吴辉帮忙联系买二手厨具设备，那个咸阳朋友，多好！人家不就是看吴辉的面子吗。吴辉说：“三年前跟我一起在那边放高利贷的一个朋友去年就挣了两千多万，今年自己又投资搞了一个赌场。这里有他写的一封信，要我去他赌场放债。”傅海涛接过信一看，果然是吴辉的朋友写来的，只不过信是从瑞丽发过来的。

傅海涛说：“怎么是从瑞丽发来的。”

“就是瑞丽，一条街，这边是中国，那边是缅甸，缅甸那边中国就管不了。”

傅海涛说：“那我们什么时候出发？要不先去了再说，不行就当旅游吧。”

“这两天我就订机票，把钱存在卡上，那边随时可以提，没有什么大问题，我们就不要回来了，就在那里干。”吴辉说。

傅海涛说：“我想带阿雅一块去玩玩。”

吴辉说：“也好，我们俩如果留下来了，让她们俩一块干也行。”

“阿雅，你明天先跟你妈说一声，你妈如果同意，我们就一块去，项目的事就千万别跟长辈说，怕老人担心。”傅海涛对阿雅说了一阵，阿雅只是点头。

过了两天，他们一行四人就从洛阳坐车到咸阳，咸阳那位要厨具设备的朋友请他们吃了饭。然后，他们从咸阳机场直飞昆明，再坐汽车转瑞丽。赌场老板那边吴辉已经打过了电话，派车到机场接上他们直奔瑞丽。吴辉告诉傅海涛说：“只要你带了五万、十万的赌资，打电话给缅甸任何一家赌场，那边都会有车来接客。”两个女孩子是第一次到云南，看到和家乡完全不一样的风光，显得格外兴奋。昆明到瑞丽行程十来个小时，阿雅和阿雯总是不会区别香蕉和芭蕉，两人一路上争来争去。过了一会儿，阿雯指着路边农舍旁的几棵芭蕉树说是香蕉，阿雅偏说是芭蕉，于是两人又争了起来。最后吴辉插了几句话说：“你俩别争了，我告诉你俩，看个头来区别，像小男孩小鸡鸡那么大的就是芭蕉，像我和傅海涛那么粗壮的就是香蕉。”两人齐声骂他流氓，一车人笑成了一团。

沿途经过了澜沧江、怒江，江面波光粼粼，一口水塘连着一口水塘，就像一串串珍珠镶嵌在山野间。阿雅说："这里的人怪不得喜欢玩什么泼水节，这么多水不泼白不泼啊。"说完大家又笑成一团。云南到瑞丽沿途景色秀丽，路旁房前屋后一簇一簇的凤尾竹连绵不断，齐刷刷整齐的是甘蔗，三角梅姹紫嫣红，风光变化无穷。公路弯曲着往前延伸，不像北方一条大道通到底。这里公路拐一道弯，美景就更新一次，大家大呼小叫地享受着沿途景色。

瑞丽是一个不大的城市，带电梯的宾馆没有几栋，高层建筑也很少，街道异常地宽阔。棕榈树像哨兵一样挺拔矗立在街道两边，大榕树交织着、缠绕着，拽着长长的胡须倚老卖老地占据着这座城市交通要道的各个显著位置。街上三三两两行走的穿傣族民族服装的姑娘，吸引了阿雅和阿雯，她俩吵着要找个照相点，换身傣族民族服装照张相。两个男人拗不过她们，找了个地方换了两套衣服给她们留了两张影。吴辉的朋友给他们在瑞丽已开了两间客房，他们洗漱了一下就准备去中缅街看赌场，见见老朋友。

瑞丽市的南边，一条街道以中间为界线，南面是缅甸，叫木姐；北面是中国，叫姐告。最容易区别是两国国旗和文字，其实缅甸人也好认，他们可能也属于傣族，穿的服装都是傣族服饰，比较而言，肤色稍黑，个头稍微瘦小些，头发卷曲。中缅两国的街道门面上的文字也不一样，当然缅甸对中国方面开的门面基本上都有中国文字，但是两边卖的商品都大同小异。傅海涛问吴辉的朋友派来的向导才知道，这两边的门面卖货的老板基本上都是中国人。出售的有缅甸的玉石翡翠，还有缅甸的木材制品，也有中缅边境一带出产的农林牧副特色加工产品。到中缅街看了后，按说他们四人只要一人交五元钱，办个七天通行证就可以马上过缅甸。但是他们四人在缅甸向导的带领下，什么证都没办，进了一片甘蔗林，穿过这片甘蔗林，向导便说："欢迎你们来到缅甸。"

他们四人雀跃起来，傅海涛马上反应过来，说："别大声！小心被警察抓到。"

向导说："没事，这么长的边防线谁来管，每天这样进出的人成千上万。"他们花了几分钟又到中缅街缅甸属的木姐。木姐这块地方不大，倒是十分的热闹。标准的低档赌城，挂有万达、万丽、万花、博创、博富、博友等博彩公司招牌的赌场有三四十家，小赌场有个几百平米，大赌场有二三千平米，赌场基本都是一层建筑。赌场的四周就是些红灯区：有休闲中心、按摩中心、美容美发中心等。

阿雅指着红灯区不无担心地对傅海涛说："你以后要在这儿干，可得老实点，这里面的女人可坏了。"傅海涛只是笑笑，拍了拍阿雅的后脑勺。

他们一行几人走进了万博赌场，一进赌场，吴辉的老朋友孙大林就出来迎接他们。孙大林站在自己的赌场里意气风发，趾高气扬，大声地向他们几位介绍赌场情况。吴辉指了指百家乐台子旁边的几个人，对傅海涛说："瞧，这就是放点的人。"傅海涛一眼看去，觉得那是几个中国人，他们并不关注下注，只关注下注的赌客，见孙大林老板一行转悠，还注意了他们几眼，以为又新来了几个赌客。"这赌场的饮料、水果、香烟、矿泉水、点心和盒饭都可以免费。只要你在赌场耗着，那一日三餐，吃喝拉撒，都可以免费。"

阿雯问了孙大林一句："那就是说，睡不行？"

"赌场24小时开放，没有地方可睡，要睡得睡在外面宾馆。"孙大林回答说。

"外面便宜吗？"阿雯又问。

"外面一晚五百元。这儿住的贵吃的便宜，开赌场、开宾馆的都是中国老板。"

"孙老板，你们这背大刀带枪的是政府军队，还是警察？"傅海涛指着那些背着长长砍刀和冲锋枪的年轻人问。

"那是我们的保安，是怕人闹场子。"孙大林接着说，"我中午先给几位接风洗尘，吃过饭，我送些筹码给各位，试试手气好吗？"孙大林挑了家门面显得很豪华的饭店吃饭，六七个人吃了一桌，总共就花了五六十元，菜的分量和味道都不错，一般小菜就三元，好点的菜也就五六元，十分便宜。孙大林说："这个地方很特殊，消费者都是中国人，赚钱的老板也是中国人，本地消费水平非常低，如果你们在这里放点，就在瑞丽租房，那边房价便宜些，然后每天过来上班。"

下午孙大林给了一人二千块的筹码，让他们试试手气。傅海涛还从未进过赌场，这可是第一次。其他赌法太复杂，他就觉得"百家乐"简单些，好学，赔付的概率可能最高，他就守着百家乐玩。过了一会儿，吴辉过来，他给傅海涛介绍起放点的规矩："我们就是要把钱放给那些想借钱，而且还能还得起我们钱的人。"

"这个我知道，想要钱的人到处都是，关键问题是如何区别哪些是有偿还能力的，哪些没有。"

"说得就是，我们又不能一一去调查他们的财产，甚至不能看他们的信用卡，我们只能凭自己的经验，凭自己的观察力来判断。比如我们看这个老板前面已经买了多少筹码，或者看看他每次押注的数量，几百还行，一百、几十的就算了。"

“还有，吴辉啊，我还搞不清我们贷款的利息怎么核算？”

“每单10%的利息，利息先扣，也就是说，假如他要借一万，只能给他九千。除了利息外，我们还可以用现金帮他买筹码，赌场为刺激赌客多买筹码，作为奖励，多付15‰的筹码，这千分之十五的利润，我们也可以挣，用现金是一万换一万码，换成现金码，然后再去换赌码，这时候一万现金码可以换一万零一百五的赌码，扣掉一百五的赌码当成利润，再将一万元赌码交给赌客，这个过程就叫洗码。”吴辉介绍时停顿了一会儿，说：“如果赌客欠了我们钱，我们就只能追着要钱、控制他，让他打电话回家，想办法要回钱来。这就是我们挣钱的整个流程，孙大林就是这么发家的，最可怕的敌人就是心软……”

“听你的，听你的，别心软心硬的。”傅海涛马上打断了吴辉的话。

“我们干吧！”

“好吧，有孙大林在这帮忙，我们试试看。”

晚上回到宾馆，吴辉和傅海涛商量着几个人的分工，两个女人专门负责洗码，至于放点，以后看需要找几个马仔，还可以请孙大林推荐。傅海涛和阿雅负责找宾馆，每天住在国内的宾馆，反正赌场每天有车接送。他们最后看中了一家宾馆，十五元一间房，四间房只要六十元。瑞丽夏天都不用空调，天气凉爽，房间里有热水、卫生间、电视，他俩就交了订金。同时吴辉找了孙大林，要他帮忙找六个小兄弟，孙大林说第二天就可提供，工资一人一百元，手机费全报，包吃包住。晚上他们四人搬进了新租的宾馆，四个人一合计，算了笔账，工资每天六百元，吃饭每天要四百元，住宾馆六十元，通讯费每天也要三百元，他们把本钱估计大些，可能一天的费用要两千元。如果每天能贷出去两万元就可以保本，如果能贷出去四万元就可能翻番挣钱，如能贷得更多，利润就相当可观了，四人算了账都兴奋不已，准备大干一场。

这天晚上傅海涛阿雅很兴奋，两人在床上翻江倒海，傅海涛已经不记得上次和阿雅做爱是多久以前的事了。过后，傅海涛望着阿雅的脸，觉得阿雅的脸是那么好看，他想到阿雅自从跟了自己以后，就没有过上好日子，自己每况愈下，但是阿雅却痴心不改，一直跟着自己，帮自己出主意，想办法，陪伴着自己。他想着想着，眼睛湿润了，他说：“阿雅我要是挣了钱还了债，我们就结婚，我好好伺候你，我一定要让你过上好日子。”

阿雅说：“我们现在能天天在一起，不就是过日子吗，多好，只要能跟你在一起，我就开心幸福，我愿意天天陪伴你，你不烦我吧！”

“不会的，我也愿意天天跟你在一块，今生今世只要我们能守在一起，我们就不分开。”傅海涛紧紧地抱着阿雅柔软的身体。

过了两天，人员都到齐了。吴辉还在木姐租了两间平房，房价不便宜，两间房每个月要两千四百元，租这两间房，主要是为了扣押欠债的赌客。

这天，他们开业了。傅海涛在孙大林的场子里转了一圈，发现一个中年男子，中午跟他们一起坐赌场的依维柯班车过来，那男人穿件七匹狼的夹克，皮鞋亮闪闪的，身上散发着淡淡的古龙香水，头发是一丝不苟的大背头，西裤的裤线笔挺挺的，看上去像是有钱有身份的人，听他说话的口音，还有点接近自己的家乡话。于是傅海涛就多留意了他，这位赌客每次下赌注不大不小，一般是一百到一千左右。他买码时傅海涛没有看到，不知道他买了多少，到了晚上八点多，傅海涛估计他输得差不多了，只见他到处转。傅海涛就上去问他要不要放点，他说等会儿。傅海涛又把吴辉叫了过来，说了这件事。

吴辉说：“说不定他等会儿会来找你，我看可以试试。”傅海涛上了一趟洗手间，出来就碰上那位赌客，赌客一说话，傅海涛就知道对方是个西安人。

西安人说：“借给我两万，明天给你。”

傅海涛说：“规矩你懂吗？”

西安人说，“你再说说。”

“每天百分之十的利息，我给你洗码。”

“没问题。”傅海涛给阿雅一个暗示，阿雅就去了总台。一会儿买了一万八千元的赌码递给了海涛。海涛走到百家乐台子边，把一万八千元赌码递给了西安人，他跟阿雅站在西安人身后。这西安人急于翻本，一次就下了五千元注，这一次庄家输了，闲家赢，西安人押的是闲家，一次赚了五千元。第二次西安人押的是庄家，而且西安人觉得好运来了，于是一下子压上了一万元。这一次庄家赢了，西安人又跟对了，庄家扣掉百分之五的抽水，西安人净赚九千五百元整。西安人赢了一万四千五百元，但都是现金码，不能再拿到桌上赌，这又需要拿去总台换赌码。海涛把一万四千五拿给阿雅去换赌码，这次海涛又可赚上15‰的费用，如果赌客不赌了，用赌码到总台换钱走人，总台则要扣掉千分之二十的手续费，赌场前面已多付了千分之十五的奖励，现在要多挣千分之五的手续费。这个西安人最好的手气也就是赢了那一万四千五百元，后面一把接一把地输。阿雅还不断去拿点饮料、水果给西安人吃，但西安人好像对什么都不感兴趣，不到晚上十点，连利润带本金统统输光。海涛的两个手下早就跟在身后了，海涛安慰西安人说没事，今天你手气不好，输了，改天我们再来，我今晚请你吃夜宵。大家都还没吃晚饭，西安人就跟着一块去了。海涛要了啤酒，西安人可能饿了几顿了，吃起饭来不要命，开始什么话都不说，只顾吃，狼吞虎咽吃了大约半个小时，才开始喝啤酒。傅海涛、吴辉、阿雅、阿雯和几个马仔，开始都忘了吃，看着西安人一人表演进餐秀。

西安人开始喝酒，大家也都喝了啤酒，西安人跟傅海涛慢慢交流起来。他来木姐有两个多月了，前一个多月他在赌场里赢了八十万，他想赢到一百万就收手。在赌场中，他认识了一个赌场发牌的女孩，他赢了钱，给那女孩前前后后买了三四万的首饰和礼品。没想到等西安人把八十万全部输完时，西安人想找那女孩借两万再去试试手气，那女孩就不愿意拿钱出来了，他只好找傅海涛他们放点。吃完夜宵，海涛他们把西安人带到在赌场附近租的房子里，两个马仔陪着他住一间房。第二天天亮后，海涛他们请西安人吃了早餐，上班时间一过，西安人就拿海涛的手机跟老家通话了："叔叔，我现在在缅甸的赌场，你先听我说完，我现在输了钱，借了高借贷，我要是还不了钱，肯定回不去了，可能还要遭受很多折磨，这边是缅甸的地盘，想别的什么招都没用，唯一的办法只能还钱，你把我房子先卖了，给我打过来六万块，卡号我告诉你。"他用手势示意海涛给卡号，吴辉马上递上了自己的银行卡，阿雅小声问海涛："不是两万块吗？"

海涛说："我也不知道。"

海涛对西安人说："你说错了。"

西安人回答："没有，那四万我得再去试试手气。"第二天钱到了，海涛他们把那四万退给了西安人，然后他们陪西安人又杀回了赌场。西安人还是让阿雅帮他洗码，可这四万只坚持了两天，西安人又输光了。这回西安人又找傅海涛放点，傅海涛他们没借。最终西安人找一帮浙江人放了四万元的点，没过两天，西安人又输了。这回西安人没那么幸运，他被关的地方离海涛他们住的地方没多远。过了几天，钱没有还上，西安人估计自己的麻烦大了，就趁上厕所的时候跑了。西安人一跑，整个赌场放点的人都知道了，都认为浙江人倒了霉。没想到浙江人厉害，他们追回国内，一直追到德宏机场，在机场把西安人拦截了，最后抓回来，打了个半死。西安人受不住，最后打电话又借到了五万，连本带息都给还上了，西安人被放了出来。他也没回国，一直还在赌场混，想再挣回个八十万走人，有一次他对吴辉说他几天没吃饭了，想要点饭钱，吴辉给了他十元钱。

西安人嫌少，吴辉说："你想要就拿着，不想要，我就收回了，这不是讨饭的地方，没钱就不要在这里待。"西安人还是拿走了十元钱。

按照孙大林的观点，不怕你不赢，就怕你不来，你赢得越多，下次就更有可能回来，而且你赢得越多，回去一宣传，带来的朋友就更多。所以才有西安人这样的赌客，连饭都吃不上，但那颗想赌的心却永远在。

傅海涛、吴辉他们第一次动手打的是一个上海人，那个上海人是经黄牛（中介）介绍认识的。放了他八万，一晚就输光了，这个上海人来木姐也有好几个月了，已经把上海的一家小型加工厂、汽车都输了，但还是赌心不死，一直漂在木姐。让吴辉生气的是这个上海人没钱还了，让他打电话回家找他老婆要，找他老爸要，他家里可能是以前被要得太多，只是敷衍，又不打钱来。下午再打电话，家里态度还是那样。吴辉叫一个手下上去就踢了上海人两脚，上海人在电话里的叫声传到他父亲那里，他父亲才说："有事好商量，我们还钱。"

到了第三天，他老爸来了电话，并希望海涛、吴辉他们把上海人送回家，愿意多交两万元。但谁愿意送呢，搞不好把自己送进了牢里，电话打完了，八万多的本息都打了过来，上海人也自由了。但直到傅海涛、吴辉他们两个月以后离开缅甸回国时还看到那个上海人、西安人，像失魂落魄的孤魂野鬼游走在木姐的各个赌场间。

让吴辉、傅海涛自信心第一次受到挑战的是一个重庆人。当时这个重庆人在牌桌上，吴辉看着他输了几十万。他输完后主动找上吴辉他们，借了四万块。借钱的时候吴辉还问了他，明天能不能还上，这个重庆人说没问题。一晚上重庆人只剩了个六七千元，吴辉他们还是把这点余款收了回来。第二天上午，吴辉让重庆人给家里打电话，重庆人拿着手机犹豫了半天，最终把电话打给了他哥哥。他哥哥是个农民，哪里去弄四万块，结果是显而易见的。吴辉说："给你爸妈打打电话。"

重庆人说："我都四十多岁了，我父母早就不在了。"然后吴辉对手下使了个眼色，那几个手下，一拥而上打得重庆人狂叫。

吴辉说："声音太大了，用毛巾把嘴堵上，让他叫不出声来。"于是手下给重庆人扎了根毛巾绑在后颈上，堵着嘴。然后他们开始轮流打他，打一阵就问他一次，有没有电话打。他受不了了，就说可以打。但是每打一个电话，不是没有钱，就是半天电话里不知所云。他们气不过，有事没事就揍他一顿。海涛下午回去，正好看见那些手下用打火机在烧那个重庆人的毛发，一房子的焦臭味，重庆人的毛发都烧得差不多了。

他问吴辉："这样太过了吧。"

吴辉说："你狠不过他，我们就拿不回钱，这个地方哪有心软，哪有同情，只有钱，有钱拿钱挡，没钱拿命挡。"第二天，重庆人的十个指头全被打肿了，但钱还是没有任何着落。第三天，重庆人的左手被打断了，这时重庆人身上已没有一块好皮肤，青一块紫一块。但打出去的电话没有一个能让人看到希望的。吴辉对重庆人说："你还不想办法，明天中午十二点我们就把你送给缅甸人，他们会活埋你的。"看来这个重庆人的信誉太差，没有任何朋友愿意帮他。傅海涛在想：赌博的人到了这个地步，还有什么必要活在这个世界上，没有温暖，没有关怀，没有亲人，没有朋友。第二天下午他们用五指金属护套在重庆人背上打了两下，留下十个血淋淋的洞口。他们看着这个重庆人，认为他实在是没有任何希望了。吴辉在街上随便找了两个身着制服背微型冲锋枪的缅甸军人，带他们到了房间里，架走了重庆人。吴辉告诉海涛："我已经告诉这两个当兵的，他欠四万元人民币，搞回来就是他们的，人由他们处置，这边都是这个规矩。"

"当兵的会怎么处置他？"海涛问了句。

"把他像吊猪一样地悬空吊在山坡的树上，下面挖一个坑，里面放毒蛇，有钱就可以活命，没钱就死路一条。"傅海涛听后摇了摇头。

傅海涛这天碰上一个客人，主动找他要放点。傅海涛问："你明天有钱还吗？"

客人答："不用明天，今天就可以还，不用出赌场大门我就可以还你。"傅海涛知道这很可能就是所谓那种不缺钱，但又要借放点的钱来冲喜，不想先用自己的钱来赌的玩法，图的就是个吉利。

"你要放多少？"

"三万就行。"傅海涛扣了三千利息给了他两万七，客人手气一时好一时坏，阿雅照样来回跑着洗码。到了晚上十二点，那位客人重新点了三万元现金还给了傅海涛，傅海涛心想每天要都能碰上冲喜的该多好。

转眼两个多月了，这天晚上傅海涛、阿雅、吴辉、阿雯四人把银行卡上的账对了一番，一算账有五十多万收益，这与吴辉离开家乡以前曾经预计的收益基本相同。四个人都很高兴，喝了十瓶昆明产的金星啤酒，然后大家高兴地去了一家卡拉OK，四人轮流地点歌。阿雯坐在点歌台前，回过头来对傅海涛说："傅哥，唱什么歌？我来帮你点。"这一瞬间，傅海涛一下子就记起了曾在洛阳某个歌厅见过阿雯，也是这个场景，这个神态，看来，阿雯做过歌厅小姐。当然这些东西他觉得跟吴辉去说也没有什么意义。大家继续开心地唱歌，然后阿雅跟傅海涛，吴辉跟阿雯两对情人对唱，阿雅最喜欢唱《知心爱人》，她跟傅海涛对唱着，“让我的爱伴着你走到永远，你有没有感觉到我为你担心，在风起的时候你是不是才知道什么是缘……”阿雅唱着唱着，抱着傅海涛，吻了几下。歌声让他们暂时忘记了两个月来紧绷的神经，劳累的心。喝了不少酒，他们回到房里就睡了，阿雅这一晚睡觉时紧紧抱着傅海涛，她两只手抱得那么紧。傅海涛喝了不少啤酒，老要上洗手间，花上好长时间挣脱阿雅的拥抱，一上床又被阿雅死死地抱住。到了下半夜，傅海涛被阿雅轻轻的哭声吵醒了，他睁开眼，见阿雅在床头哭，他问阿雅：“什么事啊，梦到什么了？”

阿雅见状扑在海涛怀里说：“我梦到你进赌场，把所有的钱都输了，然后你被缅甸兵吊了起来，呜呜。”

“别哭了，你是在做梦。”阿雅抽泣着，身体也一颤一颤的，让海涛浮起无限怜爱，他轻轻地把阿雅抱到了胸口，不停地安抚着，直到阿雅停止了哭泣，渐渐睡着。

第二天，那个湖北人和他老婆来找海涛。海涛曾经主动要放点给他，但是这个湖北人有钱不要他们的钱。原来湖北人来主动认识海涛是为了骗一个湖北当官的过来赌钱，他介绍当官的和傅海涛他们一块吃饭。然后让海涛给这个当官的洗码，最后拿了他的现金就跑掉。之后湖北人分了六成，海涛他们拿了四成。为了策划，他们吃了好几次饭，海涛和湖北人都很熟了。

今天这个湖北人要借二十万，湖北人平常下赌都是一万一万的，出进很大，怎么说都是一个大赌家。海涛和吴辉两人商量了一阵，然后问湖北人，第二天是否有钱还，湖北人说没问题，他俩就把二十万给了湖北人。实际上此时的湖北人已经弹尽粮绝，他们两口子已经在赌场输了几百万，两口子幻想着再最后搏一把，搞点本钱回去。但今晚这两口子的手气坏得不行，赌什么输什么，没有多久，两人就输完了二十万。

这晚海涛他们带走了湖北人，留下他老婆第二天去搞钱。到了第二天下午，湖北人老婆还是什么钱都没借到。吴辉让湖北人给老家打电话，可这个湖北人在老家也没什么朋友。吴辉、海涛此时开始慌乱起来，也不管昨天大家还是坐在一起喝酒的朋友，立马翻了脸。让湖北人头上顶着一盆水，脚下烧着火，折磨他。他们不断地打电话给湖北人老婆，催她把钱还上。随着时间的推移，吴辉、海涛越来越恐慌，折磨也在升级。湖北人的老婆也越来越绝望，她知道他两口子再借不到钱了，最终下场会是什么。

她想到了去缅甸警方报案，警方也会打人，也会索要欠款，但至少可以保住性命。吴辉和傅海涛此时并没有意识到灭顶之灾即将降临，在他们的印象中缅甸警方是从不管赌场纠纷的。实际上警方为了经济利益，办案遵从民不举官不纠的原则，只要有人举报，警察就追查，如果你能把欠债人送给警局，他也愿意把人关起来，帮你追账，只是没听说过债主得到返还款的。第三天湖北人的老婆报了案，警察当晚找到了吴辉、傅海涛他们俩休息的地方。警察说是查查暂住证，看了看就走了。那晚下着大雨，阿雅和阿雯回瑞丽休息，只要这边有欠了钱的赌客要看守，吴辉和傅海涛两人就不回瑞丽，而是在木姐留守。

清早天还没亮，缅甸警方开车又来了，他们把吴辉和海涛带回警察局。吴辉和海涛被关在楼梯下的房子里，在这里，他俩碰上了那几个看守湖北人的手下。才知道昨晚警察没把他俩抓回警局是因为还没有找到湖北人。警察提审他俩时说："本来欠债还钱，天经地义，但是你们不应该把他打成这样。他欠你们的二十万，我们会要求他还，他不还，我们不会放他走，但是你们也犯了罪，你们每个人要交五万元罚款，才能把你们全部六人放走，你们俩先回去一人弄钱去。"于是吴辉先走了。到了上午，吴辉来交钱把其他人员都保出去了。花了三十万，账上就没有什么钱了，他们用几万块钱把人员工资发了，其他费用交了后就所剩无几了。

阿雅和阿雯两人都哭了起来，她们想不通就在几十个小时之前，他们四人还在这里喝酒，兴高采烈。那个时候他们都认为这两个月，二十万块来这里翻了三番，多好！海涛和阿雅在那时都想过还清欠债，步入婚礼殿堂。二十万到五十多万用了两个月时间，他们想五十万到一百万可能只要一二十天。他们觉得美好的未来已经展现在眼前，已经伸手可及了。但是没想到乐极生悲，刚过了几十个小时，这个美好的现实就被一个湖北人颠覆了。整个世界对他们四人来说就好像从白天一下子变成了黑夜，简直就是万丈深渊。就在阿雅和阿雯的哭声中，傅海涛又想到了吴辉第一次跟他说的那个风险大的项目，他心里想难道是我在劫难逃吗？冥冥之中谁扼住了我的命运？为什么我没有出头之日？吴辉说我的上上签不是在南方吗？我怎么到了这儿，还是出不了头？傅海涛真的感到很迷惘，很困惑。而吴辉这时想的下一步是重操旧业，绑架小姐。

第十三章

THE THIRTEENTH CHAPTER

“关键是我讲了胖子贪官在看守所被关押的事情，还讲了其他一些领导干部在号子里的服刑情况，党校老师认为这些活生生的现实案例比什么都更有震慑力，教育效果比那些理论教育要好得多。”

“这种病当时是入缅远征军的头号杀手。你们没有我都不一定走得出去，带着我，三人都会死。我会在天上看着你们走出这片森林，我一点都不后悔认识你们两位。”接着焦丽开了枪。

A 看守所/现在

五月二十四日
晴天 炎热
看守所三栋

今天挂职干部把刘昆仑提出监房，在阳光下，他俩坐在草坪上谈了起来，他开口就问刘昆仑："是不是共产党员？"

刘昆仑说："到现在为止应该还是，但是我不知道刑讯逼供会不会双开？我知道制服是肯定要脱的，但党籍开不开，我不清楚。"

挂职干部说："公职人员千万不要犯法。"他说他前段时间受邀到党校给一些党员干部上了一堂廉洁为公的法制教育课，现在，党校期期培训班都请他去。

刘昆仑说："那肯定是你水平高，课上得好。"

他说："根本就不是那么回事，那么多搞廉政研究的专家教授，我水平能比他们高吗？不可能嘛，关键是我讲了胖子贪官在看守所被关押的事情，还讲了其他一些领导干部在号子里的服刑情况，党校老师认为这些活生生的现实案例比什么都更有震慑力，教育效果比那些理论教育要好得多。"他还说他要把讲课内容写出来投去杂志社发表，甚至出书，以便影响、教育更多的人。刘昆仑从心里就佩服这位有想法、有责任感的干警，他想问题的触角超出了他的工作岗位和职责范围。

刘昆仑现在虽然睡到了头铺，不再受"下老壳"等人的凌辱，但是每天看着监房里满墙划着、刻着渴望回家的语录，也勾起了他无时无刻不想家的思绪。监房的白墙上留下了若干年来在押人员刻写的想回家的话，有的只用具体的年月日以及"入监""批捕""送检""退侦""起诉""开庭""上诉""二审"等极少的文字记录下自己在这里度过的上千个难熬的日日夜夜，有的就是东一句西一句地表达渴望自由的愿望，还把一些想家的歌词刻在墙上寄托思念。被这些言词包围的环境里，营造着浓浓的思乡氛围。今天刘昆仑出监房时，把傅海涛的那几封宝贝信带了出来，刘昆仑想看看这几封信上写了什么，让这个凶狠的家伙感染得爱恨交加。刘昆仑还看到傅海涛在那套私自留下来的门帘的每个塑料片上，用刀刻下一个“雅”字，刘昆仑估计这个“雅”是他的女人，果然第一二封信就是“雅”写给他的，信是这样写的。

海涛：

你好！我来江城看你了，虽然我们中间隔了许多墙，但是，我知道你一定能感觉得到。我每天晚上得看着你的照片才能入睡，哭个没完没了，我真的好想好想你，没有了你，我觉得一切都没有意义了。

你知道吗？你真的很重要，我都不知道用什么词来形容我有多么爱你。海涛，虽然你和我以后要分离好久好久，但是不管有多久，我都会等你回来，我恳请你为了我们将来幸福的那一天，你要好好改过，表现得最出色，好吗？我仍然那么喜欢你，请你不要再说什么有适合我的男人就去见，我看到这样的话好失望，那代表你放弃了我。我要你知道，除了你我谁都不要，以后慢慢地你就会知道，我对你是多么用心！既然爱了，就要坚持到底，我们两个的感情有多深，从这次就可以看得到，这次就是一次大大的考验。

我现在最担心的就是结果，会是意想不到的，即使是十年以上我都可以接受，唯有那个没有期限的答案，让我不敢去想，去面对，我真的有些害怕了，可我真不愿失去你呀……

不要让我再听到你把我推向别人的话！我就当你是去当兵了，在这几年里，我会好好去努力，等你回来和我团聚！

我们都要坚持到底，如果你敢放弃，我就恨你一辈子！难道我们之间的感情就这么经不起考验吗？我能做到的你也要做到，我再次求你不要再说那些放弃我的话好吗？你是我所有一切的最大动力！如果你想让我痛心死，你就放弃我吧！可你忍心吗？

我家人都认同我等你回来，因为他们已经把你当成是自己的孩子了，他们都在想着你，等着你回来和我团聚！

雅雅

My love 海涛：你好吗？

今天是9号，我刚刚从重庆回来。你知道你有多大魅力吗？妈妈早上发短信说你来信了，下午我就买了票坐上火车了……真的好想马上看到你的信。朋友都说我是疯子，才出来一个星期就要回家。我也不知道为什么你竟如此重要！十月一号，爸妈说让我出去玩，就当散散心，我和圆圆还有她弟弟一起去四姑娘山玩，后来又去了成都。其实去玩的第一天起，我就很不开心，心里高兴不起来，表面还要装着很开心地笑。我走在山里的时候好想你奇迹般地出现在我的面前，真的好想和你住在这里的深山里。我不怕苦，只要有你在身边，我什么都不需要，嘿！他们说以后再也不和我出去玩了。其实，我也不知道为什么，只要一有你的消息，我就像疯了一样，开心得不得了。我在外地手机也一天24小时都开机，电话号码也不换，就怕漏掉你的电话。

你写的每一封信，我都可以倒背如流了，看了又看，每天脑子里想的全是你。坐车、在家里、外出，脑子里全都是你，我真的是掉到一个好深好深的感情世界了，这一辈子都跑不掉。

好想好想见你一面。

雅雅

两封信都能看出傅海涛的新婚妻子雅雅很爱傅海涛，傅海涛也给他的新婚妻子回了一封信：

亲爱的雅：展信舒眉！

今天是3月27日，祝你生日快乐！虽然给不了你鲜花、礼物、烛光晚餐，但我希望你快快乐乐地过着每一天。我要你知道，只要我这颗心脏还跳动着，它就无时无刻不在想念你。回忆我们在一起的点点滴滴，我的心是甜的。亲爱的，你知道吗？我现在备受思念的煎熬，满世界装的都是你。“没有你的日子里，我会更加珍惜自己，没有我的岁月里，你要好好保重自己！”唱着齐秦的伤感老情歌，我泪如雨下，堂堂大男儿，情到深处亦忘形，也不知道对你这份思念的痛，到何时才能愈合。亲爱的，相信我内心的苦只有你能懂。前些日子写信给你，说了分手的话，我知道伤了你心，可那并不是我由衷之言啊。以我现在的处境，不得不让我想更远更多的事情啊。刚来的那段时间，心里难受痛苦，想到我们相见的日子遥遥无期，我真不知道该怎么办，迷惘彷徨。你看，假如要你坚守这份爱情的话，还不知道要等多久，也会让你受尽思念的煎熬折磨；可是要你放弃呢，又会让我心如刀割，伤痛万分。你说我该如何选择呢？我拿出你妈妈寄给我的信，我看了一遍又一遍。其实坦白了讲，我怎么舍得放弃呢？我要告诉你一件事情，这辈子我认定你了。不论以后岁月如何变迁，我对你的爱始终如一，相信我们这份沉甸甸的爱情是经得起岁月的洗涤的，就算历经岁月的磨砺，依然是最真挚、热烈的。我坚信！人在最危难的时候更需要亲情的抚慰和爱情的滋润，相对来说，我是幸运的，因为同时拥有这两样，亲情和爱情，也是支撑我走下去的精神支柱和力量。在这里，我要感谢你们赐予我这些最珍贵的感情，这是让我一辈子都值得为之期盼和守候的。亲爱的，非常感谢，感激你这份真挚。等着我，我出来的那一天，就是我们团聚的那一天。我一定好好改造，争取早日出来，一生踏踏实实地呵护我最亲爱的你，补偿以往对你的亏欠。

最亲爱的人：海涛

傅海涛信中提到的爱情和亲情是支撑他生活下去的全部动力，他的这份亲情刘昆仑在他岳母的一封信中感受到了。

海涛：

你好！你3月17号写的信，在3月30号寄出，我于4月15号收到了，还有你写给雅雅的信。看着你的来信，品着字字句句流露的真情，让我倍感伤痛，止不住泪水纷纷。老天啊！你为什么不给真心悔过的海涛一点自由，还他和阿雅快乐时光呢？

家里的房子正在盖还没完工，等你出来，这儿就是你的家。只要你和阿雅真心相爱，你俩的事我和你爸决不反对。其实家人也早已接受了你，那次吃饭不是告诉你了吗？家人没有因你犯错而嫌弃你。我知道你对阿雅的感情是真诚的。那天，当你离开洛阳让警察告诉阿雅你想见她时，我就知道你放心不下阿雅，那天一家人哭成了泪人，你知道吗？

人心都是自私的，为了我家阿雅，我必须强求你坚强面对，莫被现实摧垮，尽最大努力争取早日回家，因为阿雅不能没有你，这是我从阿雅的日记中发现的。一个偶然的机会，我读了阿雅的日记，从你离开洛阳的那天起，阿雅一直在写日记，一直写到今日，字里行间无不流露出对你深深的思念，她渴望能见你一面。我是流着泪读完了她的日记的，写得是那样真切，让我心痛如割，感叹她的情感之路走得那样艰难苦痛。

你要照顾好自己的身体，调整好情绪，安守现状，努力争取，为了你和阿雅重逢相见的那一天。

多写信给她，只要能抓住她的心，你就不会输，也能让她在期盼中感受到一份甜蜜的真爱，其实伤痛的爱也别有一番幸福的滋味。

细想人生在世就是为消耗时间来的，无论干什么都伴随着时间的流逝，只不过是方式、方法和地点不同罢了。不要总活在阴影里，不要有任何顾虑，家门永远向你敞开，等你回来。

你家奶奶回来了，她特意让阿雅去了趟你家，还给了阿雅几百元钱。家人都特别关心你和阿雅的事，希望你不要自暴自弃。有机会给家里写信问候奶奶和爸爸妈妈，他们都很想你。

阳光的心态、健康的身体就是你获取幸福的资本，照顾好自己就是替家人分担了最大的忧愁，阿雅一切还好，请你放心。

你的刘姨

爱情也好，亲情也好，在号子里都被称为家庭温暖，这种家庭温暖是在押嫌疑犯最强大的精神支撑，有些可能是唯一的支撑。

傅海涛绑架二十多起，是重刑犯，估计刑期在十五年之上，能够支撑他渡过这漫长刑期的，除了爱情和亲情他什么都没有了。他对待号子里的人就是混社会的态度，他把号子里的狱友当成是自己的竞争对手，认为这些人要跟自己在一个槽里抢食吃，争地盘，只有战胜对手，自己才有安身之地，才有相对舒适的生活。他的观念中没有双赢，没有竞争伙伴，只有打得赢才是硬道理。成则王败则寇，你死我活是他谋生活、闯社会的生存原则。而亲人爱人不是他的竞争对手，那是温情，没有对抗，家就是他的一切。据说他在外面绑架得到的所有钱财都给了她未婚妻，自己从不留钱。傅海涛就是狂暴和柔顺的结合体，是暴力和柔情的混合物。

B 傅海涛/从前

傅海涛和吴辉、阿雅、阿雯从缅甸回到老家后无所事事，吴辉每天都要吹几粒麻古，而海涛害怕见到熟人，大白天也躲在家里。这天吴辉来海涛的房里，吴辉说："我这两天吃饭都困难了，不干不行了，要干我们就干单大的。"

海涛说："这次去缅甸也算实习了一把，世面也见了，牢也坐过了，再狠的事也干过了，要干就干吧。"

吴辉说："像我以前跟阿雯那么干都小了。"

"那还算小啊？！"

"以前每次绑一个，你我联手就要一次绑三四个，必须要有枪，没枪不行。"

海涛说："有枪你还真敢杀人啊，你不要命，我还想活呢。"

"有枪并不等于就要杀人，有枪就是一种威胁，加上我俩的身材，谁不害怕。小姐什么人没见过，你不真干，那钱也是不容易逼出来的，你担心杀人，我每次干活前把子弹都卸下来不就行了。"

海涛也没多说什么，只问："枪从哪买？"

"我们这就有，但不能在本地买，买枪的目标大，一旦人家那边出了点事，公安局破枪案力度最大，我们也会被带出来的，我们只能远点去买。"

这时傅海涛脑海浮现出缅甸赌场的孙大林，他脱口而出："孙大林！"

"对啊！我们就找孙大林，在缅甸买回来，天知地知你知我知。"

海涛叹了口气说："早知如此，回来时，不如带一把回来。"

吴辉说："我先给孙大林打个电话。"

海涛摆了摆手说："慢点，大概要多少钱，我们先算算家底，孙大林电话打了后，掏不出钱来多不好意思。"

吴辉说："还有个办法，那枪我会做。"

"你会做？"

"是啊，用发令枪我可以改出来。"

"复杂吗？"

"两个小时可以搞定。"

"算了算了，别伤了自己，发令枪那么小的枪管，看上去都不像，人家一看我们就是小毛贼。"

"打不了子弹，可以打钢珠。"

"你还是问问孙大林，看真家伙到底要多少？"

"好的，好的。"吴辉接着就给孙大林打了电话，孙大林可能正好有事，说了两句话，就挂了。

吴辉和傅海涛中午一块吃饭，饭还没吃完，孙大林就来了电话，电话里连枪提都没提，但是让他俩喜出望外。原来孙大林与缅甸一个非政府武装人民阵线党的参谋长几年前在赌场就交上了朋友。人民阵线党的武器装备主要是苏式和中式的，武器用了十多年，子弹供不上，现在紧缺7.62mm的口径子弹。以前子弹都是零星进口，现在军火买卖控制越来越紧，人民阵线党想进口一条7.62mm子弹生产线。于是参谋长找到了孙大林，孙大林在重庆一家兵工厂谈好了一条子弹生产流水线，那条线多年前就停产没用了。孙大林用很低的价格买了下来，现在他需要找两个人帮他去盯盯这条生产线的恢复调试，拆卸装箱以及报关，一直负责送到缅甸。上午孙大林正在给缅甸打电话商量这事，吴辉给他来了电话，孙大林正愁没好人选，立马就想到了吴辉。他给吴辉打电话的时候还特别问到傅海涛能不能一块去。孙大林对傅海涛一直有较好的印象，谈吐文雅，做事稳重可靠，让人放心。吴辉干这样的事显得档次低了点，孙大林要了吴辉的卡号，马上打过来两万元经费，并答应等他们两位到了缅甸后再付两万元。

这消息对于傅海涛和吴辉来说简直就是雪中送炭。孙大林接着给他俩发来传真，上面写明了地址、联系方式、工作安排，傅海涛看了看时间往返最多十五天。让他感到意外的是，出口报关栏要求填写的产品名称是"二手五金工具"，傅海涛心想一条子弹生产线拆零后报关写成五金工具，确实没有人看得出。他们按照时间约定第三天赶到重庆，兵工厂在重庆市西面的一个县城的大山里，到了县城，兵工厂的厂长、副厂长开了一辆很旧的北京213吉普车来接他俩。两位厂长非常热情，让傅海涛和吴辉受宠若惊。工厂离县城还有六十多里路，公路年久失修，厂长在车上跟两位客人解释，本来工厂到县城专线铁路都有，二三十年前，这里热闹得很，中央的大领导每年都会来，火车每天都有两班往返县城。这个厂是民国时期汉阳兵工厂的一部分，抗日战争迁到重庆，解放后成了国家常规弹药的重点生产厂家，当时级别跟重庆市平级。这两年很多国防厂军改民，这家弹药厂一直改不了，生产设备单一，固定资产巨大，位置太偏僻，交通不便。工厂效益江河日下，工人上访也成了家常便饭。兵工厂猛地听说有人要买子弹生产线，无异于天上掉馅饼，他们高兴坏了，都把吴辉和傅海涛当成贵宾了。车子开到一个很简陋的水泥操坪上停了，一下车，傅海涛就看到操坪边有两栋很陈旧的四层高的办公楼，办公楼的外墙上还有“抓革命促生产”过了时的标语。

傅海涛说：“就是这里吗？”

厂长回答：“这是我们厂部，流水线在我们车间。”

“那我们去车间看看吧。”傅海涛说。

“从我们这儿去车间，可能还有十三公里。”

“怎么生产区还有那么远？”

“我们厂部正好在中心位置，从这里出发有八个方向，每个方向十公里外就有一个车间或者是仓库，全部都在大山里，飞机在上面都发现不了。”

吴辉和傅海涛不理解工厂为什么要这么修，连说：“不可思议，不可思议。”吉普车终于停在一个静静的大门前，公路在这里消失了，大门是直接开在山崖上的，原来这个车间几乎是修在山洞里。一片鸟语花香，青山翠绿，山泉形成的瀑布冲击山谷的声响在山岭里回荡。吴辉和傅海涛跟着两位厂长往洞里走，洞里的照明灯没有开足，昏暗昏暗的。往里面走了大约几分钟，灯光霍然大亮，十多个工人在沿着一条生产流水线工作，有的上油，有的刷漆，还有的拆换零配件。

厂长说：“他们已经干了三天，估计明天可以带电起动了，后天开始拆装，七天时间发货。”

傅海涛说：“我们每天都来看一次。”

厂长说：“没问题，你们想过来就打电话给我，我派车过来接你们，其他时间你们就休息，住就住我们这最好的宾馆，山渝宾馆，房也给你们开好了，就在我们生活区。每天吃也在宾馆，我们两位会轮流来陪你们喝喝酒，生活区离厂区不远。生活区的居民主要是工厂的老职工和附近的农民，还有来这里做小买卖的外地人。”

到了山渝宾馆，吴辉和傅海涛在副厂长的引导下找到了房间，副厂长敲开房门，里面一个刚洗过澡的妇女开了门，傅海涛正感到奇怪，副厂长有点生气地问："怎么还没洗完？"

妇女边开门边说："老大还在洗，我们都洗完了。"

副厂长回过头对海涛和吴辉不好意思地说："这是我老婆，我们家洗澡不太方便，就挤到这来了。"

傅海涛说："没关系的，没关系的，慢慢洗。"

到了吃饭时间，副厂长全家还有傅海涛吴辉六人走下楼来，在一楼餐厅的包厢里厂长携全家三口已经在等。厂长见大家都到齐了，就吩咐上菜，四盘凉菜，八盘热菜，最后还加了四个菜。两瓶泸州老窖下了肚，菜吃得干干净净，两下就抢完了。最后加的四个菜没怎么吃完，吴辉对两位厂长说："打包打包。"实际上这时吴辉根本没吃饱，但是在这个氛围里，是不可能吃饱的，吴辉心想晚上再去吃夜宵。

副厂长的老婆孩子吃完饭，打了两个包就回家去了。但是厂长的家属都没走，傅海涛想了半天，一下明白了。他对厂长说："我们等会去散步，你们要不上房间洗个澡去。"

厂长说："好啊，好啊。"厂长接过傅海涛的宾馆钥匙。傅海涛随即和吴辉上街散步去了。

这时，副厂长急步赶了上来，说："我陪你们转转，这生活区是沿着厂区的马路修建的，前后可能不到一千米，中间有小学、厂办医院，还有一所幼儿园，有两个超市。"傅海涛吴辉进去转了转，超市里的商品都很低档，很多小商品在城里都很少见过，看得出这里的购买力很低。不到一根烟的工夫，海涛和吴辉、副厂长就把小区逛完了。副厂长离开时对海涛和吴辉说："超市后面有按摩中心，你俩可以去休息休息，放松放松。"

海涛和吴辉于是去了按摩中心，老板是个三十多岁的少妇。

吴辉说："有小姐啊？"

"有。"

"看看。"少妇带他俩往里面一间包厢走去，里面有七八个女孩。海涛看了一眼，觉得那一帮女孩个个都发育不全，面黄肌瘦，一时没了兴趣。吴辉退出包厢时说："都一个个没长开。"说这话时吴辉的手在少妇的胸上蹭了一下，说："还有没有？"

少妇连忙说："这都没开包的，多好。"

吴辉对海涛说："怎么样？"

海涛说："就将就吧。"

吴辉用手把少妇腰一揽，"就要你了。"

少妇说："不行不行。"

吴辉装着生气地说："那就算了，我们走吧。"带着海涛就往外走。

那少妇咬了咬牙说："我陪你，兄弟啊，我本来是不陪客的。"

吴辉说："知道，我多给点钱嘛。"少妇让他俩到前台换了个手牌。他俩到前台脱了皮鞋，换了衣服。

门口一位五十多岁的男子，提着他俩皮鞋问："老板要擦鞋吗？只要1元钱1双。"

吴辉头都没抬说："擦吧。"

陪海涛的是位十七岁的姑娘，个子挺高，但发育不全。看得出，这女孩入行时间不久，手忙脚乱的，一点都不到位，海涛手把手教了半天，那女孩还是做不了。隔壁的吴辉和少妇动作大得吓人，弄得三夹板隔墙山响。海涛怎么也进入不了状态，那女孩也急了，更加手足无措。

海涛说："算了算了，不做了。"那女孩更是急了，也不表态，只顾一股劲地乱弄一气。海涛最后无奈地说："别做了，钱我照给。"那女孩才停下来。海涛在大厅里等着吴辉，他把皮鞋领了回来，一看那皮鞋就说："错了，不是我的。"

那个五十岁的男子看了看他的手牌说："老板，没错，是你的鞋。"海涛再仔细看看，发现确实是自己的鞋。这双鞋海涛早就打算扔掉，没想到经这老师傅一擦，竟焕然一新，自己都差点认不出来了，他从没有想过他的皮鞋还有那么新。

他不禁赞叹起来："老师傅你这手艺真好，我这鞋擦那么多次没有一次擦好的，今天这双鞋被你彻底擦出来了，你以前是干什么的？"

"我在厂里擦了一辈子子弹。"

"怪不得这么专业，好活，好活。"傅海涛连声赞叹。

"我们这谁的活都好。"老板娘拉着吴辉的手走了出来，边走边说。

海涛连忙补了一句："就是小姐的活不好。"

"这位老板看样子有意见。"

"没关系，钱我照付。"

老板娘连忙叫泡了几杯茶，吴辉和海涛想回宾馆还不知道厂长一家洗完澡没有，干脆在这坐坐也好。少妇陪他们聊着天，说工厂这几年不景气，家家户户都缺钱，以前我们工人都是老大哥，现在家里的女孩嫁给附近的农民都算高攀了。最困难的时候有些工人每天都跑到菜市场拣烂菜叶子吃，有的还跑到农民地里去偷小菜，真难过。

吴辉说："你们这就没有什么特产，能弄出去换点钱的？"

少妇想了想："我们这都是穷山恶水，东西是外面拖进来的，没有什么特产。不过我们厂有很多女孩都愿意出去，不管是做小姐还是嫁老公都可以。真的，你们要能成全她们，她们会感谢你们一辈子，你们认不认识大城市夜总会的老板，帮我们介绍介绍吧。"

吴辉就海阔天空跟老板娘吹了一道，他说海涛小时候怎么淘气，后来海涛怎么开饭店，还吹了去缅甸的事，海涛对他说："你就不能少说两句，你不说话，没人当你是哑巴。"

正说着，进来一位亭亭玉立的姑娘，老板娘说："这女孩怎么样？"

傅海涛一时呆了，疑是西施在世，半天才反应过来，"漂亮！"

"好的都留在后面，老板娘你太不够意思了。"吴辉嚷嚷起来。

老板娘应声道："没关系，你明天再来嘛。"傅海涛随着那美女进了包厢，美女进了房间就低声对海涛说："大哥，我来伺候你。"傅海涛见过那么多网友、三陪女、按摩女，但是眼前这个有着惊人美貌的姑娘让傅海涛一时也变得手足无措。傅海涛记住了那美女的丹凤眼，整个过程中，他一直盯着那双丹凤眼看，觉得自己还没怎么开始，就不行了。

第二天，傅海涛和吴辉大约九点来钟坐上北京213吉普车去了车间，厂长在亲自指挥流水线的最后调试，没有半个小时，流水线就开始通电运转起来，傅海涛和吴辉对机械不专业，只是看着整条生产线都能动起来，所有电机听起来声音都很正常。傅海涛不放心地说："这就行了？"

厂长说："我们得真枪实弹地干干。"流水线的尽头上了一卷钢板，然后被切割挤压顺着流水线到了傅海涛他们的脚下，7.62mm弹筒的外形已初步形成。这让傅海涛想起了美国一部由尼古拉斯·凯奇主演的《军火王》来，那部大片的开场镜头就是子弹在生产线上一步一步加工出来，然后装厢、运输，最后压进了弹匣，直到射进一个非洲人的脑袋。那个镜头，完整、钢性、残酷，给傅海涛留下极为深刻的印象。想到自己正站在一条7.62mm子弹生产流水线旁，傅海涛心里升起一种自豪感。厂长拿过来几颗成品，亮闪闪，溜尖的弹头暗藏杀机。吴辉拨通了孙大林的电话，瑞丽的手机在缅甸木姐都能收到，信号还很好，吴辉让傅海涛给孙大林汇报。海涛三言两语把情况说了一遍，孙大林很高兴，又问了问时间，傅海涛说一切都按拟定的时间表走。

晚上吃饭，厂长没来，副厂长负责陪同傅海涛和吴辉，副厂长的妹妹和妹夫也来吃饭。副厂长的妹妹一进包厢惊得吴辉差点站了起来，因为她就是和吴辉昨晚苟且的按摩中心老板娘。倒是这位老板娘显得像阿庆嫂似的大方，进门开口就主动问副厂长两位贵客来自何方，副厂长给妹妹、妹夫两人做了介绍。这时吴辉怦怦乱跳的心才渐渐平息下来。老板娘坐在吴辉和老公之间，喝酒时桌上敬酒，桌下却用脚不断地碰撞吴辉的大腿。吴辉心里想："该死，碰上这么一个胆大的娘儿们。"大家边吃边聊，吴辉记住了老板娘的名字叫焦丽。焦丽很大方地邀请吴辉和傅海涛两位去按摩中心休闲，像是头一次跟吴辉和傅海涛介绍按摩中心的情况似的。但饭桌下，脚趾头却在给吴辉按摩起来，按得吴辉皮笑肉不笑，实在受不了，吴辉喊了出来："海涛，吃过饭我们就去。"

海涛想起昨晚意犹未尽的丹凤眼也立马回答："好！好！好！"

餐桌上七扯八扯，不知怎么又扯到本地特产了，焦丽的老公也很郑重地拜托他们两位带些姑娘出去做小姐。傅海涛和吴辉面面相觑，副厂长也在一旁帮腔加油。海涛和吴辉确实有点搞不清楚，怎么大家都愿意出去做小姐，两人只好说一定尽力。吃完饭，焦丽就带吴辉和海涛去按摩中心了，到了按摩中心海涛很失落，因为昨晚那位丹凤眼今天去重庆上班去了。

倒是吴辉很兴奋，他刚进大门，焦丽就伸手在他裤裆里捞了一把，吴辉兴奋地大叫："小心一点，别废了我。"说完两个狗男女在海涛艳羡的眼神中搂抱着进了包厢。

第二天早上，副厂长来接他俩，他俩上车后很好奇地问："你们这姑娘为什么都很想做小姐？有那么多女孩去做小姐吗？"

副厂长说："我带你们去个地方。"他让司机开车到"富人区"去。不到两分钟，车子就绕到了厂区宿舍的后面。平常这里都被家属楼挡住了，站在马路上也看不见这块地方，但这里漂漂亮亮建了几十幢两三层的小洋房。外墙上全贴了白瓷砖，阳台上镶着蓝色的有色玻璃，窗门都是铝合金门窗，楼顶的设计各有春秋，有的楼顶还种满了鲜花，搭着葡萄架。这片小洋房与前面灰色陈旧的旧宿舍楼群形成了鲜明的对比。副厂长说："看见了吧，这片小洋楼每栋房子都意味着一个女孩在外面做了小姐，我们这儿学生读书是读不出来的，但是女孩家家都有，现在是笑贫不笑娼，你说哪一户人家不愿意修一栋好房子。"

此情此景让傅海涛和吴辉同时想到了他们预备要干的大事：绑架小姐。吴辉走到傅海涛面前一语双关地说："看来小姐挣得可真不少啊！"

副厂长说："现在小姐的竞争也越来越激烈，以前我们这里出去做小姐是偷偷摸摸的，一年给家里寄个十几万，现在漂亮的小姐每年给家里也只能挣个几万。以前重庆歌厅的老板每年都要来我们这里挑小姐，现在来得越来越少。那时，快过年的时候，我们这儿的邮局一天要进几百万的汇款。这里没有别的收入，要想富裕起来，就得有个女孩为全家做出牺牲。你们看那家楼上有葡萄架的小洋楼，他们家五个孩子，老大是个女孩，书读得很好，已经在我们厂办小学当老师了。但她家下面的四个孩子没钱读书，妈妈瘫痪在床，父亲在我们厂烧锅炉，家里穷得没办法。老大跑去广州做了小姐，供养四个弟妹读书，最后他们家出了三个博士和一个硕士，全是靠姐姐一人供养出来的，她妈妈的病也治好了。"副厂长说到这里停了停。

傅海涛问："再后来呢？"

"她得了一身病，死得很惨，这个房子是他弟妹出钱建的，在大堂中央他们为姐姐立了尊像。"副厂长哀伤地说着，好像在给他们介绍一个先进人物的事迹。

傅海涛说："这个故事太惨了。"

吴辉说了一句："为小姐塑像，天下奇闻。"傅海涛瞪了他一眼，吴辉连忙改口对海涛轻声说："以后家里有读大学的，我们不抢。"

这两天厂里开始加工木板，钉木架，做木箱，流水线也在拆卸中。吴辉和傅海涛很轻松，白天在车间盯进度，给孙大林通个电话，晚上就在焦丽的按摩中心度过。现在他们有时晚上都懒得回宾馆，直接睡在按摩中心。这里除了晚上按摩中心的一百元费用要自己出，白天的费用都是厂里负责。吴辉跟傅海涛说，"这里的小姐一夜费用五十元，可能是中国最便宜的小费，他妈的，要是抢这样的小姐，就是抢上一万个，也发不了财。"

傅海涛说："我们要干，一定要选择大城市最豪华的娱乐场所下手，而且专找那些最漂亮的小姐。"

吴辉说："海涛不想就不想，一想就这么专业。"就在说话时，孙大林来了电话，吴辉正准备去接，电话又没信号了。傅海涛在想：平常都是他们给孙大林去电话，今天怎么打过来了，不会有什么事吧。正想着，傅海涛的电话响了，还是孙大林，改打傅海涛的电话了。

孙大林在电话中说："海涛，缅甸方面可能有点变化。"海涛心里一惊，"人民阵线党现在提出一个新的要求，他要求我们帮他们把流水线在基地安装好，当然安装的费用另算。虽然他们参谋长跟我是朋友，但是我觉得很为难，缅甸你们俩倒是来过，我不担心，但是厂里的工人愿意来吗？还有这些地方武装一般很稳定，但有时也冷不丁出个什么事。这话你们就不要对厂里人说，现在你俩想想办法做厂里工作，你俩的报酬我也会考虑的。”孙大林没有跟吴辉再说什么就挂了。傅海涛转达了孙大林的意思，吴辉也没了主意，他俩心里都没底，怎么说服两位厂领导呢？这里的工人都没出过远门，一听说去缅甸地方军组织，不知他们愿不愿意。

傅海涛心生一计，他又回了个电话给孙大林，孙大林一接电话就说：“没这么快吧！”

傅海涛说：“我要给你说另外一件事。”他就把厂里的女孩想出外打工、做小姐的信息告诉孙大林。

孙大林一听很不理解地问：“这个时候你想这个事干什么？”

傅海涛说：“两件事密不可分。”

孙大林说：“那这样吧，我这里赌场、按摩中心都有，做发牌的、服务员、迎宾小姐或者是做小姐都没问题，最低我保证每个月工资两千以上，这仅仅是服务员这种最低岗位的薪酬。”

傅海涛说：“那大概能安排多少人？”

“二三十人都行。”

“太好了。”傅海涛说：“我去找厂长。”

晚上吃饭时，副厂长和妹妹、妹夫又来陪吃了。餐桌上，傅海涛开着玩笑说：“今天有两个消息，一好一坏，大家愿意听哪个？”

焦丽插嘴说：“先说好的。”

傅海涛说：“好消息是我跟我们老板通过电话，老板愿意这次让我们带二三十个女孩到缅甸去工作，做赌场的发牌员、服务员、换码员、礼仪小姐，想多挣钱也可以去娱乐中心做小姐，最起码的工资二千元以上。”

焦丽一听，高兴地说：“太好了，太好了，两位是贵人，我们先敬两位贵人一杯酒。”

还是副厂长冷静，说：“别着急，再听完海涛的坏消息。”

傅海涛说：“也不算坏消息，就是缅甸方要我们带工人去把这些设备安装好，安装费另付。”傅海涛说得很轻松。

副厂长听后一时也拿不定主意，说：“我看也不算什么坏消息，我们先喝酒。”副厂长心想，货我都干了一半了，我敢说不去吗？安装费只要多付点，不出别的意外，还是可以干的，怕就怕死一两个人，万一死了人就不好交待了。这又没有保险可买，如果孙老板答应给出去的工人有个赔偿承诺，就好做通大家的工作。喝了几杯酒，副厂说："回头我先跟厂长商量商量，明天答复你们。"

晚上，焦丽坐在吴辉腿上，摸着吴辉的脸说："我想跟你们去缅甸。"

"你老公舍得你这个小骚货吗？"

"我不管，我要去挣钱，玩一趟回来也好。"

吴辉说："我当然不反对，有你每天晚上陪床，我何乐不为？"

"我那老公又不会逗人开心，哪能跟你比。"

"你不怕我吃了你？"说着，吴辉就把手伸到焦丽的内衣里，随即，两人便融在一起了。

厂长和副厂长第二天派车接傅海涛和吴辉去了流水线车间，流水线已经拆卸得差不多了，每个部件都被拆分成可以装进大木箱里的最小结构了，大木箱也都准备就绪。厂长对傅海涛说："孙老板这个时候忽然给我们来这么个要求，是让我们有点为难，但是都已成这样，箭在弦上，不得不发，我们两人商量过了，安装费要二十万，要孙大林先给。"傅海涛刚想插话，厂长摆手示意说："听我说完，要想让每个工人愿意去，关键是要能保证他们的安全，拿什么保证呢？保险公司不会保，我们只有让孙老板帮我们保，万一我们死了一个人，那就要给死者家里赔五万的保险金，如果只是受伤那还好办，治好就行了。这个保险金我们不要预付，只要安装费预付，怕万一有什么意外发生，这个钱厂里也可以先拿出来应急。孙老板照顾我们，在这里招工，我们深表感谢。"

厂长这话说得周全，方方面面都考虑了，吴辉和傅海涛一时都无话可说。于是傅海涛给孙大林去了一个电话，细说了厂方的意见。孙大林听完兴奋地说，"好！太好了！钱不是问题！"孙大林嘱咐傅海涛马上起草一份补充合同，他接着打钱过来，说完就挂了。这时傅海涛一时才明白过来，合着这是孙大林早就想好的棋，一步棋分两步走，一步怕走不过来，傅海涛心中暗自佩服孙大林的计谋。

吴辉碰了碰傅海涛说："我们俩他说了什么没有？"

"什么？"

"我们俩的钱啊！"

"我，我还没问他，他也没说。"傅海涛接着说："他不会亏待我们的。"

吴辉说："我俩在那边待过，缅甸那边没有法治的，全凭人家的高兴，万一小命留在那儿就不好说了。”

海涛说：“你不是帮我算过一卦吗？说我会在南边发财，上次是时运没到，这次到了，该我俩发了。”

海涛正说着，电话又响了，还是孙大林的电话，“我忘了，你和吴辉这次肯定很辛苦，又冒这么大的风险。我看这样，不管缅甸你们干得怎么样，我的尾款能否收回，你们的钱我先给，不要你们冒这个风险，我再给你俩一人四万，加起来就要给你们一人再付五万，今天我就叫人一次性给你们打到卡上。”

海涛听完这话，感激之情油然而生，说：“孙老板，你这么仗义，我们还能说什么呢？争取尽量不出事，把人都安全带来，你的尾款也给你拿到。”吴辉在一旁听得也很激动，接过话筒对孙大林说了段感恩的话，把胸脯拍得砰砰响，像当兵的一样攥着拳头发誓，请领导放心，保证完成任务。

合同很顺利签了，传真也发给了孙大林，去缅甸的10个工人都准备了照片，其他22个年轻姑娘的名单也列了出来。重庆到昆明的火车票不难买，吴辉和海涛成了工厂的大恩人，所有出国人员的家庭都轮流请他俩吃饭，晚上还加一顿夜宵。这一天四餐都有人请，吴辉和海涛实在没时间安排过来，两位厂长倒是清闲了。厂里本来经费就紧张，吃了几天，两位厂长虽然可以跟着沾些油水，但毕竟还是吃自己的。现在倒好，两位厂长每天陪着他俩到各家各户吃百家饭，厂里不用掏钱，这个国防大厂好久没有这样热闹过了。苦的是吴辉，每天吃了晚饭还要吃夜宵，吃完夜宵又要聊上半天，第二天早上还要去人家家里吃早餐，每晚跟焦丽在一起的时间就没了。焦丽平常晚十二点才能回家，这下吴辉一忙，焦丽倒是可以早点下班回去跟老公亲热亲热，一想到这次去缅甸不知何时是归期，焦丽几乎天天晚上都要跟老公恩爱。焦丽的老公猛然发现妻子是那样善解人意，温柔可人，但是离别的日子正一天天迫近。

离开工厂这天，厂里租了辆大客车。厂长和副厂长还有厂里最漂亮的4位女孩给吴辉和海涛两人系上了中国六七十年代常见的五花大绑的大红花，然后还给大客车剪彩，举行了一个简短的发车仪式。两位厂长还想请海涛、吴辉讲话，但他俩推辞了。出国的人都上了车，车子一发动，车上车下的人哭声一片。海涛和吴辉坐第一排，海涛摸着大红花，眼泪流了出来，吴辉说：“你哭什么？又没有人送你。”

海涛说：“这么多人谁知道我们这两个大英雄一个月之后就要成为绑架犯了，我在送别我自己的灵魂。”吴辉一时也沉默了。

到了瑞丽，上午海涛去了一趟海关，出口的货柜正在通过商检，“五金工具”顺利出去了，海涛给孙大林去了个电话，报告了消息。然后，海涛把自己的所有私人物品、身份证、银行卡都寄存在宾馆前台。吴辉则拿了10个工人的手续带着焦丽去办了边防证。吃过中饭后，吴辉带着焦丽和那22个姑娘一起走过国境线，傅海涛则带着10个工人走边防通道正规过境。吴辉和焦丽不时招呼22位姑娘跟上，其中有位姑娘指着旁边的人流说："这些人是去赶集的，还是和我们一道过境的？"

吴辉说："都是过境去赌钱的，天天如此，以后你们就要靠他们来养活了。"

晚餐，孙大林在木姐最好的餐厅订了一个大包厢，宴请所有来宾。孙大林坐在上席，他特别叫傅海涛和吴辉坐在他的两旁，他端起第一杯酒对着所有来宾宣布："我第一杯酒要敬我的常务副总经理傅海涛先生，感谢他给我带来的财运！"傅海涛根本就没想到孙大林会这么任命自己，在此以前，孙大林从没有说过这个意思，他还来不及细想，先把酒喝了下去，但是他觉得心里甜丝丝的。

第二杯孙大林又端上了，然后他转向了吴辉，对吴辉说："第二杯酒我要敬我的高级私人助理吴辉先生。是他多次帮我化险为夷。"全场一片掌声，吴辉也一头雾水。第三杯酒孙大林敬的是33位远道而来的客人。晚餐的气氛非常热闹，大家喝开了，孙大林在桌上分别对海涛和吴辉两人作了解释，他说："我现在盘子越来越大，一个人也忙不过来。想邀请两位老朋友加盟，我这样做可能有点唐突。"海涛此时想的是，这兴许是件好事，不用去绑人了。吴辉和海涛当即表示愿意加盟，三只手紧紧握在一起。饭吃到一半，吴辉和海涛却争了起来，明天吴辉和海涛要带10个工人去给人民阵线党安装流水线，吴辉提出要带焦丽去，海涛不同意，他们两人很少有争吵的时候，但这次海涛态度很坚决。吴辉实际上把焦丽的边防证都悄悄办好了，海涛大声地问吴辉你有什么理由要带姓焦的去。

吴辉听出了海涛的愤怒，解释说："她不是只姓焦，她以前在厂里医院做过护士，可以当随队医生。"最后两人的争执惊动了孙大林。

孙大林说："吴辉，人民阵线党相当于地方野战军，那里当兵的男人很多年都没见过女人，是本地的女人还好说，反正又黑又丑，你带这么性感的漂亮女人去，你自己要想好。"孙大林在这时候确实不好说什么，刚宣布任命令，他不好太偏重谁。第二天，13人的队伍要出发了，焦丽不知从哪里还弄了个卫生箱出来。孙大林把吴辉和海涛叫到办公室，拿出了两只小左轮，一人给了一把，他说："中国人在这里是不能拿枪的，但没有人会搜你的身，把枪放好了。"

吴辉和海涛带了13个人租了一辆车往西部开去。路很难走，到处都在修。他们

13 人是以旅行团的名义进入缅甸腹地的，行装很简单，确实像旅游的，他们的工具和其他稍大的用具都随“五金工具”运走了。他们坐车坐了两天，车最后在原始森林的一个坟地旁边停了下来，人民阵线党的接头人员在这里等着他们。接头人员让他们全部套上了迷彩服，然后两人一匹马，行走在原始森林窄窄的马道里。

吴辉和焦丽两人骑了一匹马，跟在队伍的最后面。焦丽和工厂的那 10 位工人都熟，所以在公共场所她跟吴辉两人并不敢怎么亲昵。走在这热带雨林中，后面的人看不见前面的马，这些老马也不需要赶，它们会自动地跟着前面马脖子上的铃声衔尾而行。焦丽发现了这个特点，她就张果老倒骑驴反过来骑在马背上，她上身穿着迷彩服，下身还穿着裙子。吴辉这五六天舟车劳顿，也没开荤，这会连忙拉开了焦丽的迷彩服拉链，把焦丽的帽子反扣在她的头上，掀起焦丽的裙子，手伸到焦丽的下身把她的 T 字裤给扯断了，把自己的裤子褪了下去，然后搂了焦丽在胸前。马在一步步往前走，马背上他们两人根本不需要什么动作，只需找准位置，顺着马的节奏上下颠簸着。他俩的感觉舒服极了，不那么猛烈，又源源不断，吴辉一开始受不了，觉得马上就会到高潮。于是他调整了位置，不到几分钟终于找到最好的接触点，前两下浅，后一下深，让他既亢奋，但是又没到最高限。他俩这一辈子确实是第一次在马背上做爱，俩人还在想，为什么以前不知道有这种做爱的方式。他俩一直舒适地小声地有节奏地哼着歌，吴辉看到前面快走出森林了，过了个石滩河，他搂抱着焦丽，两只脚把马夹了下，马开始跑起来，颠簸着，顷刻间两人受不住了。见马快追上前面的马队，吴辉连忙勒住马，两人整好衣服，赶上了马队。

海涛紧随着人民阵线党的向导往前走，路虽然复杂，但海涛还是注意看了，向导带他们走的道路旁边树上和石头上都有路标，一个三角形的毒蛇头。他们走了大约六个小时终于到了人民阵线党的总部。这个总部像个野战军部，到处是帐篷和简易的木板房，欢迎仪式是在军部的大门口举行的，除了他们 13 位中国人外，还有两百多名军人。由 30 个高矮不齐的军人组成的仪仗队，进行了队列表演。他们经常在电视上看中国人民解放军仪仗队的分列式，哪里能看得上这些游击队的正步表演，但是这些游击队表演起来却一本正经，他们还是忍俊不禁，最后大家都笑得前仰后合。

接着人民阵线党的翁庆副总司令致欢迎词，旁边一个翻译在同步翻译，他的大意是：大家一路辛苦，是代表伟大的中国人民来支持我们的革命事业，我们和中国人民在一起，中国人民是我们的坚强后盾，我们要遵照毛主席的教导将革命事业进行到底，伟大的中缅人民友谊万岁。傅海涛也上台发言，他讲了简短的答谢词，也多次说到中国人民和缅甸革命斗争正义事业之类的话。傅海涛发言时注意了翁庆副总司令两眼直勾勾地盯着对面的焦丽在看。可能刚才走得太热的原因，焦丽把迷彩服的拉链拉得很低，发完言，翁庆副总司令就像新闻联播里国家领导人挨个接见对方带来的高层随访人员一样，翁庆也要接见所有的中国人。傅海涛只能一个个介绍，有的工人师傅傅海涛还叫不出名字，他就在旁边提醒说："师傅，你自我介绍一下。"到了焦丽的面前，翁庆司令一把握住焦丽的手不放，傅海涛很快把焦丽的情况介绍完了。站在焦丽旁边的是吴辉，吴辉看出了翁庆副总司令的异样，连忙把手伸到翁庆副总司令和焦丽之间，翁庆这时才把手松开与吴辉握手，眼神依依不舍地收了回来。散了会，大家都往宿舍走。

吴辉生气地对傅海涛说："你看那个土包子，色迷迷的样子。"

傅海涛说："来的时候孙大林不是都跟你说了吗，你看这些当兵的眼神。"山林两旁的当兵的全部都齐刷刷把目光投向了吴辉和海涛的前方。焦丽正在前面一边走路一边把迷彩服脱了下来，她只穿了一件贴身的性感T恤。

第二天，吴辉清早从焦丽的房间里走出来回到他跟海涛的房子里，只见山坡上堆满了他们从重庆发过来的大木箱。吃过简单的早餐，大家就开始工作，海涛和吴辉也加入了工作的团队，还有人民阵线党专门选了30个小年轻跟他们学徒，焦丽拿着个药箱在工地转来转去。

昨晚吴辉专门跟焦丽强调了一通穿衣的问题，焦丽反问："有这么严重吗？"

"有，比这严重得多，到时候我们走了，留你一人在这儿给哪个当兵的当老婆，当一辈子老婆。"吓得焦丽直吐舌头。今天焦丽提着药箱转悠时，迷彩服迷彩裤穿得很整齐，但是她坚挺的胸脯和长发还是充分体现了她的女性特征，她走到哪儿，总有无数火辣辣的眼光跟着她转。

快到中午时，翁庆副总司令和翻译走了过来，他俩找到在工地上的焦丽，翻译跟焦丽说："司令昨晚有点咳嗽，要请医生看看病。"焦丽犹豫了一下，她心里不太有底，因为很长时间没操持旧业了，但是她还是马上镇静下来，从药箱里拿出听诊器。翁庆副总司令连忙配合地解开上衣扣，焦丽拿着听筒在翁庆身上换了几个地方听了听，焦丽的手无意中在翁庆胸上碰触了几下，翁庆闻着焦丽的头发香味，就像着了魔似的直勾勾地看着焦丽，想入非非。焦丽看完病，拿了一板感冒胶囊和一瓶咳嗽宁给了翁庆。

焦丽对翻译说："这是热感冒，没多大事，吃点药就好了。"翻译给翁庆翻译时，翁庆一个字都没听进去，他脑袋里只装着焦丽那只在自己胸前移动的手。

第一天子弹流水线的安装很顺利，人民阵线党总部的几位大头头都来视察了，翁庆也陪在身后，看得出他们对设备和工作进度挺满意的。晚上领导设宴款待中国人，吴辉、傅海涛还有焦丽跟人民阵线党的领导坐在一起，其他工人坐一桌。酒宴比较豪华，上了八个菜，其中鱼和水鸟这两道菜很有点特色，鱼是一条大鱼，有点像中国的草鱼，嘴微张着，看得出鱼嘴里和肚里塞满了草；这种草是当地一种香草，塞在鱼肚里，然后把鱼放在火上烤。估计火候没掌握好，有些地方还烧黑了，可能是缅甸没有污染，这鱼吃起来又香又甜。几个中国人都说："这么甜的鱼这一辈子头次吃。"还有差不多一脸盆的水上野鸟，外表看起来有点像中国的鹌鹑，吃起来有股淡淡的竹香味。原来这种鸟是在水面上长大的，专吃鱼的小鸟，加工时放油，然后拌上些盐，再把鸟塞进竹筒里放在火里烧，等竹子烧爆后，小鸟自然熟了，而且全无土腥味。

酒过三巡，翁庆副总司令有些醉意，他端起酒杯走到焦丽面前，手故意不小心地擦到焦丽的屁股上。吴辉不愿意了，他想去挡驾。翁庆有点不高兴，把吴辉往旁边一拽，差点把吴辉拽倒了。吴辉恼怒地冲上去想揪翁庆，被傅海涛拖住。焦丽一看气氛有点紧张，端起了酒杯，用眼神宽慰着吴辉。翁庆让翻译对焦丽说："三大纪律，八项注意第一条就是要一切行动听指挥。"焦丽也让翻译帮她翻译，说："三大纪律，八项注意第七条是什么？"翁庆一时给问住了。焦丽接着说："第七条是不许调戏妇女，流氓习气一定要去掉。"翻译笑了，翁庆一听就愣住了。她又笑着说中国人的习惯是好男不跟女斗，翁庆如果想敬酒，她谢谢，但是要二敬一。翁庆很高兴，执意要三敬一，他喝三杯，焦丽喝一杯。焦丽笑了笑，表示谢意，端起酒杯，脖子轻仰，长发一甩，一杯酒就喝下去了。翁庆只好收住滔滔不绝的唠叨，连喝了三杯。这喝的酒是剑南春，饮料是健力宝，焦丽倒不觉得这是国外，除了语言，其他和重庆老家没什么两样。翁庆敬了酒没有走的意思，焦丽主动回敬了一杯，翁庆又只得喝了三杯，这时翁庆还没走的意思，但酒劲看得出有点上头了。

吴辉一直也没坐下，海涛警惕地守着他。焦丽为了缓解这胶着状态，就对翻译说："今天很高兴，来者不拒，愿意奉陪到底。"她还主动敬起人民阵线党的其他几位领导，对峙的局势顿时被冲乱了。那些军人都开始轮流敬焦丽的酒，焦丽也是来者不拒，一杯接一杯地往下喝。因为焦丽已经对大家公开宣布，吴辉和海涛也不好怎么劝阻。但是他们俩谁都没想到焦丽有这么大的酒量，傅海涛心里暗暗佩服起这个女人来，别看她风骚，但是对付这种场面，她又大气又冷静。最后翁庆和几个部下都被抬了出去，焦丽只是脸红红的，吴辉要扶她，她拒绝了。她自己很镇定地走回宿舍，回宿舍路上，傅海涛听到了身后传来焦丽的老同事对焦丽的赞许。

第二天起床，吴辉回来对海涛说，昨晚回去焦丽也吐了一晚。但是上班时，海涛又看到焦丽拎着医疗箱在转悠。中午吃饭，海涛问翻译，怎么不见翁司令？翻译说："他起不来，现在还在吐。"这天晚上，吴辉在跟焦丽做爱时，老觉得身后有一双眼睛在注视着自己。最后他听到了房屋后有树枝断裂的声音，他急忙跑到窗户前往外看，一个身影消失在夜色中，从背影上看有点像翁庆，回到床上，吴辉对焦丽说了。

第二天早上，焦丽在墙上发现了一个新近捅开的小洞，她把小洞重新堵严实了。吴辉确实没有看错晚上去偷看焦丽的人，就是翁庆。翁庆对焦丽的思念已经是单相思的病症了，昨晚他忍受不了这种思念带来的折磨，偷偷跑去焦丽的宿舍。月色中看见了焦丽娇美的身躯，同时让他怒火中烧的是他看到吴辉压在了焦丽身上。从平时他们俩的关系上他可以断定，他俩不是夫妻，只是偷情。果不其然，翁庆对吴辉表现出来的敌意，几乎所有人都感觉到了。海涛心里暗暗叫苦，他一天到晚带着吴辉小心避开翁庆，海涛把这种顾虑告诉了焦丽。焦丽也把被偷看的事告诉了海涛，海涛叮嘱"这两天你们俩就分开睡吧。"吴辉和焦丽都同意了。

好在国营大厂的工人师傅的工作水平令人叫绝，个个干起活来，行云流水，流畅、准确，一次成功，整个流水线安装调试比预定时间整整提前了两天。下午验收，海涛有点担心翁庆会刁难他们。但是验收现场，焦丽也在，翁庆显得格外高兴。翁庆好像不是在验收设备，而是焦丽走到哪儿，他就跟到哪儿，翁庆喜欢焦丽，连那些老工人都看出来了。看完一圈后，海涛就问翁庆怎么样，正在跟焦丽闲扯的翁庆爽快地说："很好！很好！"海涛拿了刚从生产线下来的子弹样品给翁庆看，翁庆看都没看就塞到口袋里去了。海涛把验收合格的表让翁庆签字，翁庆一看一大堆，就不耐烦地说："晚上写，晚上写。"海涛正战战兢兢不知如何是好的时候，焦丽一把把笔抢了过去，拉开笔帽，把签字笔塞到翁庆手上，嘟哝着嘴要翁庆立马就签。翁庆开心地看着焦丽，一张一张都签了。海涛看了一眼焦丽，感激地笑了笑。

子弹正连续不断地从流水线上滚落下来，来参观的人络绎不绝。翁庆、吴辉、海涛他们三人都陪着兴奋的客人们参观、讲解。海涛心里有些暗暗担心，他有两次都看到翁庆的手装作无意碰到焦丽的屁股，海涛知道焦丽不喜欢翁庆，但焦丽装作不在意，海涛不担心焦丽，他知道焦丽会妥善把握这些分寸的。他担心万一吴辉看到这情景会弄出事来的。晚上举行篝火联欢晚会，也是一个答谢会，焦丽没按时来，翁庆、海涛都讲了话，焦丽才一拐一拐地出来了。焦丽告诉大家，她刚才不小心崴了脚，来晚了，很抱歉。吴辉和翁庆都很担心地问这问那，倒是海涛看出了奥秘，他看到焦丽过一个大树墩子时，正好是受伤的脚在受力，那一下，焦丽晃都没晃。海涛估计在篝火晚会上可能会要她跳舞，所以她就演了这出戏，今晚只做观众，不上台，想到这儿，海涛会意地笑了。篝火晚会气氛相当好，但翁庆显得情绪不高，翁庆最后宣布流水线安装一次到位，中国工人第二天就可以撤离了。翁庆告诉海涛、吴辉、焦丽，说30万美金余款要两天后到，要再等等。他还特别挽留了焦丽，说焦丽腿受了伤，休息两天养好伤再走，还有这几天他的病情加重还希望焦丽帮他看看病，说完就招呼其他人去了。

海涛对吴辉说："那我们还是应该有人留下来等钱，我留下，你们和工人先走。"

吴辉说："孙大林临走前跟我说过，如有危险，余款就可以不要，只要回去。"

海涛说："现在大家都很友好，看不到危险，孙大林待我们不薄，又是30万美金，200多万人民币，我们不拿回去，好意思见他吗？我们还能在他那里干下去？"

焦丽说："反正我也走不动了，我和海涛留两天，吴辉你带其他人先走，我和海涛一定把钱拿回来，一分不少。"

吴辉说："你俩如果都不走，我肯定也不会走，让工人把我们验收表带回去就行了。"大家又争论了半天，最后达成一致，三人都留下，拿到钱走人。第二天早晨他们三人和翁庆副总司令等人一道送别了10位中国工人。然后他们三人就回了寝室，这几天大家都累了。第一天大家在床上休息了一天，恢复体力，翁庆来找过焦丽看病。第三天大家都有点等不及了，有事没事地就往路口上跑，看总部财务回没回。到了中午，财务回来了，拎了一个鼓鼓的大钱包，他们三人高兴极了。海涛下午到了翁庆办公室，翁庆支支吾吾说钱倒是到了，不过需要等司令回来签个字才行。海涛出了门后，去打听司令的去向，才知道司令下营地去了，路上没有几天回不来。海涛着急了，把这消息告诉了吴辉和焦丽，吴辉一听就要跑去跟翁庆理论，被海涛拉住了。

大家又反复商量，海涛提出一种方案说："明天我们先回，现在大家面子也没撕破，验收单他们签过了，等过个十天半个月我们再来结账，这样不也挺好吗？"

吴辉说："孙大林跟他们那么熟都不信任他们，准备随时放弃余款，我们再来，肯定没戏。"

焦丽说："等翁庆再来看病，我再跟他说说，问问他具体情况，大家先别作决定。"吃过晚饭翁庆和翻译又去了焦丽那里看病，海涛远远地见翁庆他们离开了焦丽的房间马上就走了过去。还没等海涛开口，焦丽以一副不容置疑的口气告知："明天上午可以拿钱走人，今天晚上你盯好吴辉，你走吧。”

海涛听出了她话里的意思，木然地走出焦丽的木房，他想起中学时读过一篇莫泊桑的小说《羊脂球》，他觉得焦丽就是羊脂球。他若是容忍这样的事继续发生，自己是不是有点对不住吴辉，对不起焦丽的丈夫，对不起她的哥哥呢？但除此以外还有什么别的办法吗，没有了，没有了，什么东西能比这200多万人民币值呢？他跟吴辉去焦丽的休闲中心，头一晚上只花了两百元人民币，就什么都搞定了。再说焦丽也是做皮肉生意的，多一次少一次又有什么关系，在中国在外国又有什么区别，那22位姑娘此时不也是在木姐做小姐吗？是不是焦丽这些日子显示出的顾大局、识大体、豪爽聪明的个性让自己了解得太多，淡化了她红尘女子的形象？如果是刚认识她，也就是顶多掏一份小费的事，哪能让自己如此为她牵肠挂肚，海涛知道自己这样是干不成什么大事的。他最终安慰自己说：“其实今天焦丽没跟自己说什么，只是告诉自己明天可以拿钱走人。”海涛心想：沟通让人变得美好，以前他总认为焦丽做鸡、偷人，肯定不是个好女人，他内心深处就对焦丽没有好感，倒是近段日子的认识了解，焦丽在他心目中的形象完全改变了，要不是今天发生的事情他都快忘记焦丽以前的身份了。他认为焦丽是他这次行动最可信任的人，这种信任程度甚至超过了他对吴辉的信任，焦丽比吴辉聪明、冷静，海涛甚至想过回到木姐一定要重用焦丽。

他回到房间，把孙大林给他的枪掏出来，压在枕头下。他想只要今晚没什么意外，明天就可以开始崭新的生活了。他决定今天一整晚不睡，守在吴辉身边，平平安安过这一晚。睡觉时，海涛一直跟吴辉在床上聊天，吴辉有点心不在焉，自从翁庆偷窥事件发生后，他就没跟焦丽同过床，这几天每天看着她娇美性感的身体，晚上又不能亲近，让他好不烦恼，他想等海涛睡着以后，再溜到焦丽房间里去。没想到海涛今天谈兴这么好，靠在床上没有丝毫睡意。吴辉想着想着不知什么时候就睡着了，吴辉的鼾声传了出来。海涛这时也不知干什么，看书没书看，看电视也没电视，他只能这么坐着，迷迷糊糊海涛也睡着了。海涛梦见他们拿着钱回去了，孙大林和公司的人都出来欢迎他们，旁边好像有人在放鞭炮，“砰！”海涛被惊醒了，他看了一眼吴辉的床，没人。外面又清晰地传来“砰！”的一声，是枪声，海涛明白了刚才梦到的鞭炮声是枪声。他听到外面缅甸人的叫喊声，不好，吴辉出事了，他急忙穿鞋，从枕头下抽出手枪。刚打开门，就看见吴辉一只手挥舞着枪，一只手拖着赤身裸体的手里拿着衣裤的焦丽往这边跑过来，探照灯的光柱照着他俩，后边有军人在追赶。海涛大喊：“快跑！”海涛跳下走廊。军人的自动步枪开始追着吴辉和焦丽打，打得走廊上的木屑四处飞溅。海涛对着岗楼顶上的探照灯打了一枪，探照灯黑了。然后海涛又对着追赶的军人连开了几枪，那些军人趴了下来，不再追赶。吴辉和焦丽在海涛的带领下从木板房的底层爬了过去，直爬到营地的外防线，他们就钻进了树林。

营地那边还喧闹着，海涛说："已经安全了，我们停一会儿，看还有没有挽回的余地？"

吴辉说："我去了这个婊子的房间，没人，就去翁庆那里找，看见翁庆他俩人睡在一起，我就跟翁庆打了起来，翁庆拔了枪，我抢过他的枪，朝他开了一枪，他直挺挺地倒了下去，估计没戏了。"焦丽开始轻声哭了起来，海涛一拳打在自己腿上，他很后悔自己一时疏忽没有看住吴辉。吴辉对着焦丽喊："你这个婊子，还不把衣服穿好。"他狠狠地推了两把焦丽。

海涛喝住吴辉："我们回不去了，不要互相埋怨，我们先慢慢往回走，再好好想想。"

吴辉说："我们往回走，是往哪走？"

"回国。"大家都不做声了。沿着当初从国内来的方向走，热带雨林的气候湿热难耐，走了半天也看不见阳光，他们一直以为天还没大亮。后来他们看到了一条小溪流，天空开阔起来，根据太阳高度，海涛可以识别方向了。焦丽可能晚上受了寒气，有点咳嗽。海涛看过中国抗日战争入缅远征军的回忆录，他知道远征军打日本人非常勇猛，但是在撤退时，差点在缅甸的热带森林里全军覆没。他们走了大半天路，吴辉猛地发现地上有人的白骨，还有美式钢盔、刺刀和铝饭盒。钢盔、刺刀、饭盒锈迹斑斑，年代已经很久远了。

傅海涛说："我们正走在当年中国远征军撤退的路上，这条路死了不少中国人。"

吴辉说："那我们回得去吗？"

海涛看了看正在打摆子的焦丽说："不知道，我们要先找吃的。"海涛明白，焦丽得的就是当年给远征军带来致命打击的热带虐疾，得了这种病是无论如何也走不出这片森林的。大家走累了，说歇歇再走，海涛靠着一棵树很快就睡着了。

过了一会儿海涛被吴辉的声音吵醒了："你这个婊子，给那个臭当兵的操，我操死你，操死你。"

焦丽在低声哭泣，海涛掏出枪来冲了过去，他把枪口抵在吴辉的额头上，说："你这个畜生，给我站起来，她都成这样了，你还去操她。"吴辉吃惊地从焦丽身上爬了起来，他从来没有见过海涛发这么大的脾气。

焦丽把衣服整好了，对海涛说："我愿意的，我不是哭他，我是哭我们三人怎么会变成这样啊？眼看着好日子就要开始了，没想到却又悲剧了。海涛，我想问问你，你认为我是个婊子吗？”

海涛说：“我现在很了解你，你在我心目中是个有分量的人，我很敬重你，我们回去后，一定让孙总重用你，你有能力、有智慧、大气。”

焦丽接着说：“谢谢你，我从第一次与你们打交道，就知道你们仗义，你俩为我们厂做了一件大好事，他们会感谢你们一辈子。我知道孙总很在乎这30万美金，不拿回这笔钱，你们是什么都得不到的。吴辉什么都对我说了，我不希望你们去搞绑架。我知道翁庆不得到我，你们的钱也是拿不到的。可惜吴辉这个小气鬼太小气了，当然我还是喜欢这个在乎我的小气鬼。”说到这焦丽对吴辉爱怜地笑了笑。她又接着说：“我一点都不怨他，我就喜欢他爱我的那股醋劲。我很想跟你们在一块，跟你们玩下去，你俩能答应我吗？答应我回去后不去绑架。”

吴辉连忙说：“我答应。”

海涛听到这里已是泪流满面了，他真的不知道焦丽是为了让他们不去参与绑架犯罪，才这样不顾一切去拿回这30万。而且这个女子竟有超强的洞察力，她早看透了那30万美金对孙大林具有那么强大的吸引力，以至于出发前就给吴辉和自己封官许愿。正因为她知道30万美金对吴辉和海涛的未来意味着什么，所以她才志在必得。焦丽从身子底下拿出了吴辉抢来的那把枪对着自己的头。这一下让吴辉和海涛惊恐万分。

“为什么这样，我们好好的。”

“是，我们一块走。”

焦丽打断了他俩的话，冷静地说：“我也看过海涛说的那些书，远征军当时是带着干粮的，只是干粮不充足，我们现在什么都没有。再有我得的是热带疟疾，时间长了就会虚脱，还会传染，这种病当时是入缅远征军的头号杀手。你们没有我都不一定走得出去，带着我，三人都会死，我会在天上看着你们走出这片森林，我一点都不后悔认识你们两位。”接着焦丽开了枪，枪声在森林里回荡，子弹是从焦丽的左太阳穴打进去的，又从右边打了出来，出口要比进口的洞大得多，鲜血顺着焦丽洁白的脖子往下流。

海涛跟吴辉抬起焦丽走向一个低洼的地方，焦丽的身体软软的，海涛一边抬一边想这是一个什么样的女子，这么柔软的身体这么性感的神态，内心深处却藏着这么巨大的自制力，想走就走，想停就停，生命的车轮可以戛然而止，没有前奏，没有缓冲，一脚踩死，停得让人惊心动魄，刻骨铭心。一个男人都难以做出的决定，干出的事，她都可以瞬间做到，她的内在精神力量有多大，她没有读多少书，也没有经历很多事，她怎么能修炼到这种地步？

海涛的左轮手枪六发子弹早就打完了，海涛把枪扔了。吴辉抢来的那把翁庆的手枪是一支银白色的美国斯密斯威尔逊手枪，非常漂亮，枪身大，膛线长，容弹量九发。这种枪经常出现在美国大片上，以火力威猛、准确率高而著称。现在枪里还有五发子弹，吴辉把这支枪插在腰里。海涛说："我俩现在第一任务就是要找吃的，没吃的我们就走不出这片森林。"他们一边沿着远征军行走的路线往前行进，一边寻找着树上有没有野果。第一天他们什么也没有吃到，走了一天，饿了一天，两人都有点扛不住了。海涛想起远征军当时有种办法来获取食物，他在潮湿的地上随手挖了一个洞，一会儿水漫漫浸了上来，一见反光的水面，一种趋光性很强的蚂蚁就爬到了水面来，不大一会儿水面就被这些蚂蚁全占满了。吴辉好奇地看着海涛，海涛把蚂蚁捞上来，直接送进嘴里，然后大口咀嚼起来。海涛感觉到蚂蚁在嘴里蠕动，一股土腥味冲鼻而来，差点吐出来，但他强忍着下咽，终于一口一口地把蚂蚁吃了下去，然后他又继续捞着蚂蚁往嘴里塞。吴辉在旁边看得嘴馋，加上饿得实在难受，就也学着海涛大口大口地吃蚂蚁，两人就这样吃了两个小时，才和衣躺下。第二天，他们醒来还是感觉到饥饿，昨天就吃了一顿蚂蚁，怎么不饿，但是大白天没有月光，怎么钓到蚂蚁。没办法他俩只好上路，除了这窄窄的森林道路，两边都是密不透风的雨林植物，藤蔓交错，没办法行走。头顶上是几十米高的树冠，上面有没有野果也没办法看清，即使看清了，也采摘不到。

海涛越走越没信心，他对吴辉说："八成我们会饿死在这里。"

吴辉说："那不如早点回头，要死让我跟焦丽埋在一块。"

海涛骂道："你死也不忘做风流鬼。"

吴辉说："那我们估计什么时候有吃的。"

海涛说："晚上。"

"晚上吃什么啊？"

"蚂蚁。"

"又吃蚂蚁。"

"还不知有得吃没有。"果然海涛不幸言中，晚上他们再也挖不出水来，没有水就钓不到蚂蚁。换了几个地方，他们都没有挖出水，他俩彻底绝望了。又累又饿，两人背靠背地睡了起来，也就睡了一会儿，两人都梦到回了国，吃上了大餐。海涛还梦见了一条蛇在他脚边爬来爬去。第二天醒来后，吴辉喊了几声海涛，没见他反应，吴辉给吓坏了，以为海涛饿死了，忙打了海涛一耳光，海涛这才慢慢睁开眼。

吴辉说："吓死我了，我还以为你饿死了。"

海涛说："我是睡死了，昨晚老梦见吃大餐。"

吴辉说："我也梦见了，吃都吃醒了，我们可能真会在这里饿死。"

海涛说："昨晚上奇怪，我老梦见有蛇在我腿边爬来爬去。"说完他看了看腿，这一看不打紧，吓了他俩一跳，就在海涛脚下的树叶上有明显的一条拖痕，像是有电线杆那么粗的东西在上面拖过，痕迹一直延伸到下面一个土坡旁就不见了。

海涛说是蟒蛇，这条蟒蛇少说有七八十斤重。吴辉连忙来了劲，把枪拔了出来，说："我们有吃的了。"他俩走到土坡旁看到了蟒蛇的洞，洞边的泥是刚被爬过的，而且显然是爬进去的方向。吴辉正准备掏枪对准里面开枪。

海涛制止说："打死在里边，我们也挖不出来，怎么吃啊，何况还不知道这洞在里面拐弯没有？"

吴辉说："那怎么办？"

海涛说："我看过一本书，上面讲过非洲人抓蟒蛇是用小孩子去钓的，他们把小孩的两只腿绑到一块，裹上厚厚的布，外面再缠上钉尖朝外的钉子，一直缠到小孩腰部，然后把小孩慢慢放进蟒蛇洞。蟒蛇吃东西是一口吞下的，吞得很深，蟒蛇一合上嘴，碰上满嘴的刺，吐不得吞不下。然后大家把小孩拖上来，就把蟒蛇也抓上来了。"

"还有这样的事？海涛你喜欢看书就是不一样，懂得挺多的，我来钓钩，趁我还有点力气。"他们随手捡了些树皮和又尖又硬的刺条，海涛把一件衣服裹住吴辉的右手，外面再绑一层树皮，再在树皮上紧紧地绑住刺条。

海涛最后拿一根两头尖的木棍塞在吴辉手掌里攥着，说："如果蟒蛇咬住你的手了，你就要把木棍横在蛇的食道里，别让蛇滑脱了，然后我俩再往外拉它。我们生存在此一举，今天不是我们吃它，就是它吃我们。昨天看我俩都是活的，可能还有那么大就没吃我们，今天我们不给他机会了。"海涛还拾了根木头和一块大石头放在旁边。两人休息了一阵，恢复了体力，一切准备就绪，才敢动手。吴辉把右手缓缓地伸了进去，海涛在吴辉身后抱住吴辉的腰，吴辉感到海涛急促的呼吸气流直冲自己的脖子。吴辉的手伸进了一半了，还不见动静，等到吴辉的肩膀快贴到洞口了，猛地感到一股阴森森的寒气劈面而来，吴辉觉得手臂渐渐感到的压力有点像量血压时手臂上绑了胶带，医生加压加到最高点的那种力量。只是眼前这种压力要大得多，而且是来自手臂四周全方位的，他只觉得整个手臂都一下被卸掉似的麻木起来，就在吴辉有些绝望的感觉时，那种压力好像猛地停止了。

吴辉大喊："咬到了，咬到了！"

海涛说："别动，把短棍横起来！"

吴辉动了动自己麻木的手，说："能行！能行！"他用劲地把短木棍艰难地横在蛇的食道里，他感到一些黏黏糊糊的东西好像流进了他的手指缝里。吴辉说："横好了，我们拖吧！"海涛抱着吴辉的腰拼命往外拖，一会儿一条金黄色的十来米长的大蟒蛇被拖了出来，一动不动。蟒蛇巨大的嘴深深地含着吴辉的右手臂，吴辉看着那么大的蟒蛇嘴含着自己的胳膊不禁有些毛骨悚然，他对海涛说快弄开它。

海涛说："它现在不动是因为一动它就痛。"海涛说不能松棍子，海涛把吴辉的枪掏了出来，贴在蟒蛇的头部开了一枪。蟒蛇没有立即死亡，而是全身开始翻腾，吴辉也只能随着蟒蛇滚动。海涛看到蟒蛇在用身体死缠吴辉，连忙也扑了上去抱住蟒蛇。但蟒蛇力大无穷，把他俩都死死缠住，两人都没力气反抗了，喘着粗气。

吴辉喊："再开一枪，再开一枪！"枪早就不知飞到哪里去了，海涛渐渐失去了知觉。

不知过了多久，吴辉把海涛叫醒"醒醒，醒醒，蟒蛇不行了，我们活着。"海涛睁开眼时，吴辉已抱着蠕动的蟒蛇在大口吮吸血，吴辉把蛇拖了过来，让海涛吮吸从蛇的伤口中流出来的血，没有刀他俩就用石头把蟒蛇砸开，砸烂，然后吃起生肉来。两人吃饱了又睡了一觉，体力渐渐恢复了。

吴辉对海涛说："如果焦丽还在，我们一定能把她背回去。"

海涛说："但是她的病是走不出去的。"他们俩把穿的长裤脱了下来，把蛇肉最好的几部分砸断，塞进裤管里，然后背着两个裤管又开始往前走。这一次他俩不缺吃的，脚走起路来虎虎生风。海涛边走边问："你说我俩回去干嘛？"

吴辉说："孙大林那儿我们肯定不能去了，说不定人民阵线党早在他那里告了我们的恶状，说我们把钱拿了就跑路。即使没告恶状，我们两手空空，孙大林也不会要我们的。那我们只能干老本行了，本来这趟不就是为了买枪吗？我们卡上还有 10 万元，人也杀了，龙也屠了，枪也开了，胆也壮了，我们死都死过几回了，现在活下来就是赚的，还有什么不敢干。"

海涛暗暗赞同吴辉的观点，说："行，只要拣了条命，我们回去就干。"他们又在森林里走了两天，肩上的两条裤管里的蟒蛇肉都有点腐烂了，臭水不断地往下滴。但是他们俩都饿怕了，舍不得丢。一直扛着，实在饿了，也皱着眉头吃一块腐肉。

吴辉说："我俩都成了食腐动物了。"

海涛说："你知道我们吃的这条黄金蟒值多少钱吗？"

吴辉说："不知道。"

"这种黄金蟒是世界上最昂贵的蟒蛇，一条普通黄金蟒怎么都要好几百万，这么大的黄金蟒就是价值连城了。"

"早知这样我俩还不如把它弄回去卖个好价钱。"吴辉遗憾地说。

海涛说："你忘了，那天不是我们吃它，我们可能就是它的下饭菜了。"肩上的肉已经臭得实在不能吃了，这天他俩吃完最后一顿腐肉，正在犹豫丢不丢蛇肉的时候，猛然听到有女人说话声，他俩连忙丢掉肩上的蛇肉，迎了上去。

吴辉用中国话问："边境在哪儿？"那几个女人指了指他俩的身后，然后吓得转身就跑。吴辉和海涛互相打量了一下，觉得两人实在太可怕了，全身都是砸蛇扛蛇留下的血污。他们找了一个有水的地方，跳下去连身体和衣服都清洗了一遍，然后两人又往回走。海涛纳闷这缅甸人都能听得懂中国话啊，他想这肯定是边境线，只有边境的居民能听懂两国语言，于是信心大增，不久，他们终于看到两国国旗了。但等他俩走近时，发现这关口两国国旗怎么挂反了，吴辉首先反应过来，他擂了海涛一拳说："我们早就回到中国了。"

海涛也恍然大悟："是是是，我们都走糊涂了，转了向了。"

海涛对吴辉说："把枪藏好。"然后两人找到一户有人的农家，搞了一顿饭吃。

主人挺热情，告诉他们这地方是德宏州，离瑞丽有 20 多里路，他们家有辆本田五洋 145 摩托车，答应吃过饭后送他们俩去。他们俩高兴极了，身上没有一分钱，碰上了一个好人，下午海涛和吴辉去了海涛放银行卡的宾馆里。海涛开了房，又取了钱，给了送他们来的农民 300 元钱。

吴辉觉得身上那支枪太大了，随身带着很不方便，就上超市买了一把带外包装的打 BB 弹的玩具枪。玩具枪透明包装盒很大，里面还配有塑料的手铐、子弹、刀剑之类的配套玩具，那把玩具手枪跟吴辉带回来的斯密斯·威尔逊的手枪差不多大。回到宾馆，吴辉把假枪掏了出来，把真枪放了进去，盒子一盖上，谁也看不出。他俩不敢在瑞丽停留，晚上就坐通宵车去了昆明，在昆明没坐飞机，继续坐火车，一路北上，到了洛阳两人把手机卡全换成了神州行。

傅海涛那辆老款车，行驶证上的名还是朋友的，一直没过户。傅海涛说："我们出去转，把这辆车套个车牌不就行了？”

吴辉说：“肯定不行，这是一套正规牌，我们要接受正式检查时就用这副牌，去作案时，就要用假牌。”

傅海涛说：“那要几套假牌？”

吴辉说：“最好准备两套假牌，一套军牌，一套地方牌。”傅海涛第二天把车开到火车站。中国每个城市都差不多，火车站是最乱的地方，傅海涛戴上墨镜，在车站广场一走就有人主动上来问：

“要发票吗？”

“要办证吗？”

“要车票吗？”

海涛找了个办证的问：“能办行驶证吗？”

“要不要牌照？”

“要。”

“一套一千。”

“贵了。”

“那少两百。”

“还是贵了。这样吧，两套一千二。”

对方磨蹭了一阵就同意了，说要给车照相，海涛说：“那你上我车吧，你带路，今天能取吗？”

“能。”

“上车吧！”海涛在办证人的带领下开到一个小停车坪。办证人打了个电话，来了一个女的拿着数码相机，问海涛：“你两副车牌有要求吗？”

海涛说：“一副民牌，一副军牌。”

那女的说：“你们就在这等几分钟，马上就好。”然后她把海涛车上的车牌换下来用数码相机给车身拍了两张照片，拿了海涛的行驶证就去了。

海涛和那个办车证的人聊了几句，说：“你们这些照片和证件留不留备份？”

“我们从不留备份，丢都丢不赢，谁还敢留，你下次掉了要再补的话只能重办。”

“那你的车牌能做得那样快吗？”

“不可能很快，那是铝材的，还有防伪标志，我们是早就做好的，你今天来办牌，我们随便拿副车牌给你，行驶证是临时做的，只要把车牌号和你的发动机号、车驾号填上去，把你车子照片贴上去不就妥了，行驶证又没有什么防伪技术，做起来比别的证件好做。”

正说着，那个女的拿了两副用报纸包着的车牌上了车，女的把车牌递给海涛。海涛打开一看就问：“怎么是旧的？”

那女的笑了笑说：“你车是新的就给你新的，你车是旧的就要加工成旧的给你，挂一块新牌还不穿帮呀。”海涛看了看行驶证，行驶证倒是做得很漂亮。他把自己真的行驶证放在一起比较了一下，两个证果然没什么区别。于是他拿了一千二给了对方，那女人下车后递了一百块钱给那个带路来的办证人。

办证人给傅海涛塞来一张名片，说：“老板，留个电话，下次要再办证找我，什么证我都能办。”

海涛说：“好，再联系。”

下午海涛去找吴辉，吴辉买了一把专门用来捆扎的塑料卡子。他是在电视新闻中看到美国大兵经常用这种塑料卡子捆绑伊拉克的反抗分子。

吴辉说：“东西我们都齐了，试试手，干第一票吧。”

海涛说：“郑州作为我们的第一站吧，俗话不是说‘占有中原，就占有中国。’”

第二天他们开车到了郑州，先在车上睡了一觉。吃饭时，打听了郑州最好的KTV“夜之都”，下午去看了“夜之都”的外部环境，然后开车在郑州闲逛以熟悉道路，找了个僻静的地方，换上了那副假地方牌。晚上吃过饭后，他俩找了个洗浴中心把自己彻底清洗了一番，然后海涛全身穿了一套纯白的休闲服，脚下是一双老人头的白皮鞋，金利来皮带，贴身穿一件黑色的圆领T恤，一身显得休闲、富贵、洒脱。吴辉一身皮尔·卡丹的红西服，领带也是皮尔卡丹的红色领带，衬衣是浅红色的，脚穿一双皮尔·卡丹的红色皮鞋，这两套服装他们花了两万多。然后开着车去了“夜之都”KTV，一进大门，迎宾小姐就迎了上来，问道：“两位先生，请问有预订吗？”

“没有预订，可不可以现订。”吴辉喷着烟圈问迎宾小姐。

迎宾小姐说：“可以，可以，请问先生要什么档次的？”

吴辉卖着关子说：“我要你这最好的包厢。”海涛打量着这家KTV的大厅，这家KTV气势非凡，一进大门，穹顶是泊金的圆形吊顶，中间还有很多造型，海涛搞过饭店的装修，知道这个顶大概就要花掉百把万。正对大门左右两边是环状月牙形楼梯，到了二楼两个月牙形楼梯迎面相拥，与二楼的厅内阳台相连接。阳台的罗马柱和斯巴达裸体战士显示出阳刚之美，楼梯和阳台的材料都是用了上等的汉白玉，玉石之美，富贵之气，融为一体。

“两位先生，我们这最好的包厢是每晚最低消费四千八百元，大包房，先生不知有几位？”

“就我们两位，没关系，我就要大包房，关键有没有大波妹，哈！哈！哈！”吴辉大笑着。

迎宾小姐说：“两位先生这边请吧。”迎宾小姐带着他俩上了环形楼梯。环形楼梯每一级靠边都站着一位穿着高开衩旗袍的小姐。吴辉、海涛跟着迎宾小姐，拾级而上，吴辉的右手往外伸着，也不收回，摸着前方台阶上站立的小姐的腹部。他依次走过小姐的身旁，小姐对每个上楼的客人都要弯腰敬礼。吴辉手掌往外伸着，小姐弯腰晚的，吴辉的手掌就摸到了小姐的腹部；弯腰太早的小姐，吴辉的手掌就摸到了小姐的脸或者是胸部。小姐只有顺着吴辉的手的到来，弯下腰去，才有可能躲得过去。但是小姐们几乎个个都中了招，海涛跟在后面，看见小姐又不敢挪步纷纷中招，就笑了起来。他想起了上小学四年级时，一次放学，他跟吴辉一块回家，他俩走在自行车道上。自行车道和机动车道是用齐腰的红白相间的栏杆隔开的，看上去栏杆上很干净。吴辉就调皮地伸出书包往前走，书包碰在一根根栏杆上“砰！砰！”地响。海涛也是像今天一样跟在后面，不同的是回家后，吴辉老爸一看新买的书包上沾满红色白色的新油漆，气不过，追得吴辉满院子跑，为此他爸爸还收缴了吴辉最喜欢在女同学面前炫耀的BP机。海涛看到吴辉的熟悉动作，怎能不联想起往事。他觉得吴辉身上还有很多孩提时代的痕迹，调皮、好吃懒做、喜欢女同学，这些坏毛病一点都没改。

到了四千八百元的包厢，这包厢还真大，可能有七八十个平米。洗手间都有两个，四面墙都是由非常高档的镜面黑色大理石装修的。最绝的是地板，上面全部镶上了水银镜，海涛心想这个点子真有创意。吴辉对礼仪小姐说，“叫妈咪来，我要看看有没有好小姐，没有高档小姐和这个包厢相匹配，我们就走人。”礼仪小姐连忙出去叫妈咪，吴辉对海涛说：“今晚你先看看我平常怎么做的。”妈咪急匆匆地跑过来了，吴辉也不言语，跷着一个二郎腿，掏出了一根烟，丢进嘴里，妈咪急忙掏出打火机为吴辉点火。吴辉对妈咪喷一口烟，说道：“有漂亮的没有？”妈咪一看两位的穿着，看看他们的气势，就知道今天是碰上大老板了。她还从没遇到只有两人就包下这个顶级豪华包厢的，千万得留住这两个客人。刚才礼仪小姐上来要给他俩点茶，被吴辉摇手拒绝。妈咪清楚，说明这两个客人还没确定是否在这儿玩下去，任何时候都有可能走。妈咪在这个场子干了六年了，什么客人都见过，她相信自己的判断力。

“两位大哥在这儿不知有没有熟悉的小姐？” 她说。

“没有，我们是第一次来。”吴辉简洁地回答，“说句实话，你们这儿小姐漂亮不漂亮，你们的规矩，我们都不知道。”

“小姐肯定是我们郑州第一流的，小姐漂不漂亮，来过的朋友都知道，两位大哥玩过后就知道了。”此时妈咪与吴辉已经贴坐在一起了，还把自己的两张名片分别递给了吴辉和傅海涛。“我们这儿规矩嘛，也没什么，只是小费比别的场子稍高一点。”

“多少？”吴辉问。

“三百。”

“不高，要不要给服务生和你呀？”

“那就看哥的意思啦。”

“好吧，算你一个，但你要给我选几个漂亮的，要出得台的。”出台意味着晚上要带出去，妈咪一般情况下是不会让第一次来消费的客人就把小姐带走的。这有两个原因：很多客人来的目的就是为了跟小姐上床，一旦上了床，这个客人可能就彻底失去了，只有吊着胃口，让他多消费几次，才能多挣钱；另一个原因，就是出于安全的考虑，妈咪对小姐的安全负有直接责任，妈咪同意了小姐才能出台，也意味着妈咪对客人很了解，觉得很安全。如果小姐擅自出台，安全问题就与妈咪没有关系，而且妈咪知道了肯定要给小鞋穿的。当然新来的小姐都没这个胆，只有经验丰富的小姐才敢自作主张。“你快点，不行我们还得到别处看看。”吴辉说着把汽车钥匙和手机从裤口袋里掏出来放在茶几上，妈咪知道这两位是开车来的，可以看到车牌找到人，于是就放心了。

她轻轻拍了拍吴辉的腿说：“哥，等着，我去带小姐过来。”妈咪一出门，吴辉对海涛得意地笑了笑。一会儿妈咪把小姐带了过来，这一趟可能有七八个。海涛一眼看中了第二个小姐，这个小姐一看就是新疆少数民族的，面部特征非常明显。海涛稍低头就发现地板玻璃镜的特殊功效了，来的小姐一律穿裙子，有长裙、旗袍、超短裙，透过地板上的镜子一眼就可以看到小姐们穿的内裤颜色，甚至是不是T字裤，看得海涛手热心跳，眼光像被磁铁吸住了似的，老离不开地板。倒是吴辉非常“专业”目不斜视，他犀利的眼光从一个个小姐的脸上、身材上扫过去，他要挑选出接客最多、出台率最高的小姐。哪些小姐客人最喜欢，吴辉知道客人首先看五官、看长相，其次看身材，身高胸大屁股翘，有了这几条这位小姐肯定出台率高，当然挣的钱也多。吴辉的眼光落在第三位小姐身上，这位小姐脸小，有点像中央台某位文艺节目的主持人，身材高挑，胸部却鼓得老高。吴辉用手点了点她，然后手在茶几上转了两圈，那位小姐没有看懂他的意思，马上就走了上来，一屁股坐在他身旁。

吴辉有点生气地对她说："我让你转过身让我看看。"其他小姐掩嘴都笑了起来，妈咪马上叫那位小姐站起来转转。吴辉看了看这位小姐的腰和屁股，心里暗想这确实是个性感尤物。海涛在一边没出声，心里在想这吴辉眼睛真他妈好毒，一眼就把最漂亮的小姐挑了出来。

"这位小姐，前天才来，从来没出过门的。"妈咪一句话让吴辉改变了主意。

"是吗？你就是不老实，所有的小姐，你都说刚来的，实际上不知道干了多久了，哈！哈！"吴辉笑了笑，挥了挥手把这个小姐打发回去了。吴辉又直起腰板，往下继续扫描。刚扫过一个小姐的脸，他已经看到下几个了。他猛地又回头再细看刚才那位看过的小姐，那位小姐还是保持着直勾勾的眼神一直盯着吴辉。吴辉心想，这眼神勾人而且很老炼，然后他上下看了看这个小姐的身材，觉得曲线明显。他招了招手，让那位小姐坐到自己身边，然后对妈咪挥了挥手喊道："换一批。"

妈咪对海涛说："这位大哥挑挑看，有没有喜欢的？"海涛看了看吴辉，吴辉没有回应。

海涛说："第二个吧。"

吴辉一看，是个新疆小姐。就对海涛说："再看看吧，后面还有呢。"

海涛马上说："好，好。"妈咪只好带着这一批小姐回去了。

吴辉轻声用家乡话对海涛说："新疆妹到时候说话我们都听不懂，要她打电话回家要钱，她一说家乡话，我们都傻了。"

海涛顿时反应过来，连说："好的，好的，都听你的。"

"姐妹们都往里站！"妈咪的声音又出现了，这回进来的小姐明显比前一批漂亮多了。

吴辉说："你还敢给我打埋伏，把好的都藏起来。"

妈咪连声说："没有，没有，她们刚才先进别的包厢见客去了。"

吴辉点了点中间的一个女孩，对海涛说："行不行？"

海涛问："哪一个？"

"大波妹。"吴辉声音大大的。海涛一眼看过去，知道了吴辉说的那位小姐。她是这些小姐里穿得最暴露的，里面一件红色内衣，外面套一件完全透明的浅黑色的丝衣，下身穿着短裙，透过裙子能看见内裤是大红色的。海涛觉得这个小姐穿得太大胆了，摇了摇头。吴辉说："没关系，坐我这儿，我今天要双飞燕，这么性感的女孩，我怎么能错过。"妈咪笑了。吴辉又挥了挥手，说："再来一批。"妈咪又把这批小姐带了下去，妈咪心里很清楚，第一批小姐选的是中等水平的，如果客人挑中，那第二批最漂亮的小姐就可以留下来，让后来的客人有挑选余地。如果第一批小姐推不出去，说明客人胃口大，就要用第二批认真对待，推出看家的小姐。如果客人这时还以为有好的小姐在后面，这时就要显显自己的家底空了。果然，第三批小姐上台，吴辉和海涛扫了一眼，两人都感到第三批是今晚最差的一批，知道妈咪手上已没什么人了。

于是吴辉摆摆手说："换刚才的第二批，快快快。"吴辉有些急，第二批来的小姐别又到其他包厢见客了。妈咪边走边笑，心想自己这三招，一般都能把客人留住。第二批回来了，吴辉对海涛说那个大眼睛的挺迷人，海涛一眼看过去，那位大眼小姐马上低头对海涛放电，海涛一看那身高估摸着有 1.68 米。

他说："行吧！"那小姐屁股一扭，就坐了过来，半边大腿还搭在海涛的腿上。然后她熟练地挽起海涛的手，另一只手抓住海涛的手掌，手指在海涛的手掌里轻轻挠着。

妈咪把剩下的小姐都带了出去，服务员敲门弯着腰进来问吴辉："老板，要什么酒水？"

"杰克、丹尼两瓶，把最低消费配齐了，小姐们要什么自己要吧。"吴辉的左右两只手在两位小姐的胸上用劲抓着，两位小姐连忙找服务员要高档香烟，要夜宵，要盒式纸巾。

海涛也拍着大眼小姐的脸，问："你要什么？"

小姐把手从海涛的衣服里抽回来，说："要香烟。"

"好。"

"来四包芙蓉王！"

陪吴辉的两位小姐，见这位小姐一人要了四包芙蓉王，也不客气了，一人也要了四包芙蓉王香烟。吴辉只是笑着，他已经把身边两位小姐的胸罩都解开了。妈咪来包厢敬酒，吴辉一手抱着妈咪的腰，两个人肚皮贴肚皮，把一杯杰克丹尼一饮而尽。妈咪说好事成双，要喝第二杯，吴辉说坐我身上，妈咪坐到吴辉的腿上。

吴辉轻声地说："没有顶着你吧。"

妈咪假装生气，屁股在吴辉的大腿上狠狠地扭了几下，说："你以为你是千斤顶啊，小姐们坐我身上。”另两位小姐又坐到妈咪的两条腿上，三位女人兴奋得大笑。海涛跟大眼小姐也渐入佳境，大眼小姐迎面坐在海涛的身上，这时海涛想起了他十天前还在缅甸的热带森林的死亡线上挣扎，在为生存拼尽最后一丝力气，而现在他们重返人间，重新过上了纸醉金迷的生活。他想自己既然活过来了，就等于挣了，他要挥霍自己的幸福，挥霍自己的时间，他不能再到临死时去后悔。想到这儿一行热泪流了出来，他把头埋在大眼小姐的双乳间，激动地摇着脑袋。大眼小姐以为海涛是喝多了，只是例行公事地搂着他。正在此时，妈咪已经从吴辉的纠缠里挣脱出来，端着酒杯过来敬海涛，他拍了拍海涛的肩。海涛从大眼小姐的胸脯上抬起头来，泪痕还挂在脸上，他接过妈咪的酒杯，跟妈咪干了一杯，说道：“为我们大难不死干杯！”

妈咪也没听清海涛说什么，她只当他喝多了，附和着说：“干杯！”

妈咪又端起酒杯喝第二杯，海涛站了起来说：“为我们今天的幸福生活干杯。”海涛也不管对方喝了没喝，自己一饮而尽。

吴辉和小姐合唱了一首《选择》，然后吴辉对两个小姐说：“今晚上我们玩双飞，你俩要多少钱。”

两个小姐说：“不过夜三千。”

吴辉骂道：“你们是金X！”

两个小姐又说：“那就两千。”

吴辉说：“你们是银X啊。”

小姐商量了一会儿说：“一千五，不能再少。”

“狗X，就这样定了。”

海涛正抱着大眼小姐吻来吻去，大眼小姐问海涛：“现在玩够了，晚上还要吗？”

海涛说：“要玩！”

海涛抬头问大眼小姐：“你出台要多少钱？”

大眼小姐说：“一千。”海涛说贵了。

大眼小姐说：“我们这至少要六百，不过夜。”

海涛说：“好，按这个价吧。”

到了晚上十一点，吴辉站起来说：“这没意思了，双飞去，叫妈咪来结账。”妈咪满面笑容地跑过来结账，妈咪看他们最低消费还只花掉三千块，就给他们打了个8折。吴辉给了现金，每个小姐加上妈咪一人给了三百元小费。

海涛给了大眼小姐一千元，说：“我提前都给了，免得到时候说钱影响情绪。”海涛已经被大眼睛撩拨得不行了，他真有点担心大眼小姐别临时有事变了卦。所以在付小费时，他干脆一块连晚上的小费一次性都付了，海涛欲火一上来，一时忘记了今晚是来绑架小姐的。

妈咪问吴辉："都谈好了吗？"吴辉点点头，妈咪很客气地把他们五人送上了海涛的车，海涛和吴辉坐在前排，三个小姐坐第二排。傅海涛发动车时，从反光镜里看了一眼妈咪，她在悄悄用笔抄他们的车牌号，这时傅海涛脑袋突然间变大了。他一时明白过来自己是出来干活的，是来铤而走险的，不是来享受生活的。这妈咪是出来盯梢的，不是讲客气。海涛顿时为自己刚才的欲望感到好笑。吴辉提醒了海涛一句，就去我们下午去的地方，下午他们去的是市郊一条简易公路，那公路两边是长长的围墙，估计是些老工厂，很安静，没有什么人走动。他们下午商量好了，就在那里动手。海涛看见吴辉打开了副驾驶座前的工具箱，吴辉用手摸了摸红绸子布包的那支枪，显然枪在里面，吴辉又关上了箱子，然后跟小姐乱聊起来。

海涛把车开到了下午来的那条公路上，他放慢了速度，他和吴辉紧张地看着马路两边是否有行人。车的灯光光照度宽而且远，这车用了好几年，车灯照出去还是雪白的两条光柱，把马路两边照得通亮，连马路两边的夹竹桃树下偶尔跑过的野猫也一览无余。吴辉向海涛点了点头，海涛把车缓缓地停在路边，吴辉轻轻打开工具箱，把枪掏了出来，把红绸子抓了下来，哗啦一声用左手把枪上了膛，然后转过身拿枪对着后排的小姐说："这是抢劫，都背过身去。"

海涛看吴辉把枪上了火，连忙提醒一句："别走火了。"海涛把中央门锁按了下来。小姐们半天没反应过来，接着小声哭了起来，小姐们一个个背转身去，把手背在身后。吴辉把早已准备好的塑料卡口套在小姐的手腕上，然后勒紧，三个小姐都从后面被捆紧了，然后吴辉让她们转过身来。车子停在马路边，海涛警惕地注意着汽车前后的情况。

吴辉把枪口对着下方，说："今天我们有缘在这里撞上了，我俩兄弟就是没钱找钱来的。你们也不要害怕，只要把钱交出来，我们就放你们走，没有钱可能就要你们的命了。"吴辉把三位小姐的手包都拿了过来，他熟练地把小姐的手机收了起来，他发现只有两部手机，就警觉地问："还有一部呢？"三位小姐不吭气，他就把小姐一个一个拽了起来，最后在后排坐椅上发现了那部手机。然后他把小姐的银行卡，都收集起来。他让小姐一个个表态，第一个是大眼小姐，她比较老练地说："卡上有两万多块钱，你们拿去吧，别伤害我，放了我，好吗？"

吴辉说："拿到钱再说放人，你呢？"这位小姐早已花容失色，她吓得直哆嗦，半天说不出话来，吴辉抓住她抖个不停的下巴，说："还没打算杀你，你怕什么，有钱没有？"

"我卡上没钱了，前天刚寄回家里了。"

"那就打电话回家要，要不你再也见不到你父母了。"吴辉把手机递给小姐，小姐正在拨号。

吴辉说："记住给你家里打电话，你只讲一句，我会接过来讲的，我会告诉你家里你在做小姐，钱我找你家要，听懂了吗？"小姐点点头，小姐拨通了电话，用家乡话讲了两句。

吴辉就抢过手机说："你女儿在坐台，当小姐，今天搞坏了我们的东西，她要赔给我们五万，你们要是不赔的话，我们就对你女儿不客气，让你女儿告诉你银行卡号。"吴辉把手机又递给小姐，小姐连忙把银行卡号报给了家里，说完，吴辉把手机拿了过来挂掉。

然后他喊了一句："下一个。"第三个小姐，是穿得最性感的小姐。吴辉对她说："你这么会勾男人，千万别告诉我你没有钱。"

"大哥！"那小姐声音没到，脸先到了，嘴快贴到吴辉的嘴上了。

吴辉张开嘴咬了小姐猩红的嘴唇一口，嘴里骂道："你这个骚货，现在还勾人，真不知死活。"

这时小姐低下头说："大哥，你别杀我，我那卡里还有些钱，你都取了吧。"

"有多少？"

"有两万多。"

"怎么又是两万多？"

"大哥，我没骗你，反正有多少，你取多少吧。"

这时刚才的手机响铃了，吴辉看了看号码，就是刚才那位小姐拨过去的号码，吴辉接了电话，对方听出了他的声音，就说："这么晚了家里凑不出五万块钱。"

吴辉插话说："明天九点以前你们可以打多少钱到卡上？"

对方说："三万。"

吴辉说："三万就三万，钱到放人，别啰嗦了。"说完吴辉挂了电话，这一晚吴辉和海涛两人轮流休息，吴辉先睡，海涛值班。三个小姐看海涛一直没说话，觉得他好像比凶神恶煞的吴辉友善些，她们就跟海涛套近乎，三个小姐最担心的是生命安全问题。

大眼小姐说："大哥，我今天见到你，就觉得你是一个好人，你我有缘分才聚到一起的，你给我的小费我带着呢，我还真想跟你做，不管你什么时候来，我都会帮你做的。"

"现在行吗？"

"可以呀，我俩下车去做吗？"

海涛说："我逗你的，怎么可能呢。"

那小姐马上哭了起来，"大哥你别开我玩笑，我家里还要靠我养，你要放了我。"海涛猛地想起重庆兵工厂的那些建房子的小姐。

傅海涛厉声打断她："别说了。"那小姐不知自己说了什么就刺激了海涛，连忙不敢出声了。海涛把收音机打开，放了点轻音乐，大家的情绪渐渐稳定下来。

海涛缓缓地说："明天只要你们的钱到账了，我们保证放人。"三位小姐听了海涛这席话，心里慢慢平静下来。过了一会儿，三个小姐在后排东倒西歪地睡着了，海涛看了看表已经是凌晨三点了，他觉得自己睡意渐浓，他只得摇醒了吴辉。

吴辉醒来，说："你睡吧，我也很困，我吸点就好了。"吴辉拿了一瓶百事可乐，喝了一小半，然后把麻古点燃，用吸管吸起来，吸得可乐瓶里咕咕地响，吴辉眼睛在黑暗中变得明亮，精神为之一振。海涛没多久就睡着了。第二天八点多，海涛被吴辉叫醒了。吴辉对海涛说找个提款机吧，海涛开始沿街找银行。吴辉把后面的小姐一个一个叫醒，问清楚每人银行卡的密码，吴辉把车停在一个自动提款机旁。银行刚开门，有一些零星的过路人。吴辉打开了枪的保险，海涛感到一阵紧张，吴辉把银行卡和密码都给了海涛。海涛下车后，用中央门锁把车上了中控锁。提款机旁边没有人，傅海涛用提款机查询了余额，三张卡上有七万多。他每张按最高限额提了款，然后余款转到一张吴辉早已准备好的有效卡。取出卡，他还警觉地四下看看，发现街上没有什么异常，然后上了车，对吴辉说有七万多。

吴辉说："开回刚才那个人少的地方把她们放下。"

吴辉又把手机递给了那位昨晚给家里打电话的小姐，说："给家里打个电话，说就放你们。"那位小姐立马给家里打了个电话报平安。吴辉把车开到那条路上人很少的地方，不过这时候街上已经有人了。吴辉说往前离开大路找个僻静地方。前面有个右转弯，是个小岔道口，海涛就右转，这条路上开了半天果然没什么人，海涛把车掉了个头。吴辉用小刀把塑料卡挑断，然后让她们马上下车。三个小姐一下车，海涛加着油就往回开，三个小姐在反光镜里越变越小，最后看不见人影。吴辉说："我们再找个地方，把真牌给换上去，就回家吧。"海涛心里一阵轻松，没想到这七万块这么容易挣。吴辉说："大难不死必有后福。"海涛心想，命都是拣的，不赚白不赚。海涛和吴辉把车开上了回程，他们想回家先休息几天，然后再跨省接着干。实际上，他们俩已没有了回程，他们踏上的是一条不归路，而经过劫难的他们俩也不愿意去想其他了，只想怎么挥霍余生。

第十四章

THE FOURTEENTH CHAPTER

他觉得这次肯定是个无期，出去是无望了，他想跟他老婆离婚，但是他老婆说不管他在哪个监狱服刑，她都准备在那个监狱门口租个小房子，然后弄个小摊儿，专门炸油饼，带着孩子等着他。

有酒就有雄性，就有力量，就有暴力。酒吧的经营都处于半地下状态，今天这场架早就惊动了整个酒吧街，大家都拭目以待，最后没想到只是一个人的名字——“下老壳”，就制止了几百人的暴力冲突。

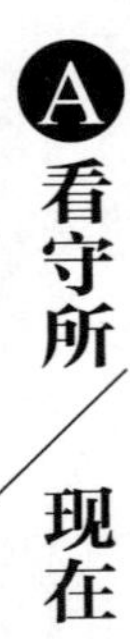

五月三十日上午

阳光 温暖

看守所三栋

今天天气很好，昨晚下过一场雨，小草尖上还挂着小水珠，绿草中小蚱蜢跳来跳去，杨明高兴地在草地上抓起蚱蜢来，挂职干部坐在沙发上对杨明说：“别跑过了警戒线！”杨明止住了脚步乐颠颠地跑了回来，刘昆仑跟杨明一人拿了把小木凳坐在挂职干部的对面。

挂职干部对他俩说：“我觉得你俩跟其他人不一样，想跟你们多聊聊天。我在这里值班 24 小时，寸步不离，虽然在号子外面，但不让上网，也不能看电视，憋得慌。你们在里面，一个号子里关几十人，有人聊天，还可以看电视，打扑克，比我这儿强多了。”

杨明调侃着说：“那领导呀，我们可愿意跟你换换！”说得他们三人都笑了。

挂职干部又说：“换一天几天，甚至更长时间或许你们都愿意，我知道你俩最多三四个月就会出去的。我让你俩换一辈子，在这儿干到退休，你们肯定就不干了，我们很多干警在这里待了一辈子，你们是有期，我们才是无期。”说得他俩引起了共鸣，确实，让刘昆仑在这待一辈子，就这又枯燥又风险极高的工作，刘昆仑还真不乐意。挂职干部又说：“等到放你们自由的那天，你们肯定一点也不留恋地离开这里。”

杨明说：“我头都不会回。”

挂职干部又说：“昨天，省第三监狱，一个十五年重刑犯自杀了，你们猜猜是什么原因？”

杨明说：“刑期太长，绝望了。”

挂职干部又说：“还有十五天，他就服完了刑期，可以出狱了。”

刘昆仑说：“那肯定是受不了其他服刑人员的折磨。”

“不对，他是烧锅炉的，一个人住。”

杨明说："他已经失去了重返社会的勇气，他没有自信重新融入社会，他肯定也没有家庭温暖。"

挂职干部说："就是因为没有家庭温暖。要是回到他的家，他的家人对他是冷眼相看，甚至不会接纳他，他服刑这么久家里从来没有人来看过，也没有寄钱寄物。他离开监狱连一个落脚的地方都没有，无依无靠，没有存款，没有住房。"

杨明接着说："这个人即使出去了，他没有正道上的朋友，除了去找那些提前释放的狱友外，他还能找谁。他们都没有谋生的技能，知识信息远远落后于这个社会，何况他们身上还背着这么大个伤疤，谁愿意用他们。他们除了重新犯罪难有别的出路，所以犯罪就成了他们永恒的职业。"

刘昆仑插话说："看守所和监狱实际上就成了他们干活累了的时候需要休息和补充知识、交流经验的地方。"

挂职干部说："你们说得好，所以我认为家庭温暖是他们重新开始生活、支撑他们的最主要力量。"

刘昆仑说："这肯定是对的，'下老壳'有个好老婆，我看过他写给他老婆的信，他觉得这次肯定是个无期，出去是无望了，他想跟他老婆离婚，但是他老婆说不管他在哪个监狱服刑，她都准备在那个监狱门口租个小房子，然后弄个小摊儿，专门炸油饼，带着孩子等着他。"

杨明说："这些狗杂碎找的老婆怎么都是死心塌地的，他老婆也没读过什么书，也没有什么别的生活技能。"

挂职干部说："正是因为这样的家庭即使什么都没有，只要还有温暖，就不会让'下老壳'对未来绝望，对生活就还有憧憬，这样才有可能使他们这些人配合管教干部，争取减刑。"刘昆仑想起"下老壳"即使最嚣张时，整人也不会下死手，不会弄得自己刑期加重，实际上这种结果完全是因为"下老壳"的妻子没有放弃他。

前天是中秋节，看守所在这个传统的节日里给每个在押人员都加了菜，改善了伙食，他们这间号子里有38人，有趣的是每次报名时只有37人，哑巴报数时是拍一下巴掌。家里能寄钱的可能不到一半，剩下的一半人每个月吃的就只有地方财政补贴的一百多元，从来就没有吃过肉荤。"下老壳"、傅海涛现在也是蹲在地上和其他在押人员一样吃饭了，号子里再没有谁对他俩有恐惧感了，现在他们吃桌子饭的，吃的都是自己的，没法克扣下面谁的一分钱，有时还把肉菜和烟分给大家享用。下面的在押人员跟挂职干部谈话时都说他们这个号子管理得好，人家号子的牢头狱霸的现象他们这里都没有。中秋节刘昆仑花了六百多块给全号子点了十多个菜，还买了十瓶啤酒。啤酒瓶是不能拿进监房的，他们就拿一个洗净的盆子放在铁门内，送餐的“内改”把啤酒一瓶瓶打开，再从铁门的杆子间把酒倒进他们的菜盆子。刘昆仑把平常干活的大木台子撑了起来，做了会餐的桌面。十几个菜端上了桌子，酒也给每个人都倒上了，刘昆仑让大家尽量地坐在桌子边，但还是有一大半人挤不上桌，还是习惯性蹲在地上。

刘昆仑高声说：“今天过节了，我们蹲在地上，也不好夹菜，大家都直起腰杆吃一次饭，‘下老壳’、傅海涛你们也要站起来。”刘昆仑第一杯酒敬了大家，祝大家节日愉快，身体健康，和和睦睦，相安无事，大家三四十个人都很高兴，一口把酒喝了。第二杯酒刘昆仑提议敬他们的家人，祝他们身体健康，少让他们操心。这话一说出去，刘昆仑的酒就有点喝不下去了，不知道为什么嗓子好像一下子被堵上了，刘昆仑只感到自己的喉咙哽咽，泪光模糊，一下子伤感起来。让刘昆仑诧异的是，好像整个号子都得了流感似的，个个端着第二杯酒都站在那儿低声哭泣起来。刘昆仑回过身擦眼泪，看到了站在铁门外的挂职干部也擦拭着眼泪。刘昆仑想起家庭温暖这个词来，有些人是为了有这份温暖，为了感激这份温暖而哭泣，有些人是因为没有这份温暖，为缺失这份温暖感到痛苦而哭泣。不管他们这些人曾经表现出多么凶残，多么狡猾，多么冥顽不化，但是在这个时候，在亲情的感化下，每个人的内心里都充满了忏悔，每个人的灵魂都得到了一次洗礼。酒过三巡，刘昆仑说今天是中秋节，他们也不方便表演什么节目，每个人说一段自己家人的故事吧。

跟刘昆仑一块进来的贩毒犯刘飞是第一个诉说自己故事的，刘飞进来后，每个月外面寄来的钱是最多的，大概有三千多元，刘飞还经常收到女朋友的信。刘飞说：“大家都以为我有女朋友，实际上我这个女朋友是我同案的老婆。同案跟我是一块进来的，这个女朋友以前是我介绍给我同案的。以前我俩开班车顺便帮人家带毒品，我俩挣了钱，我也没有家，就都交给我同案的老婆让她保管。我俩犯了案，同时进来了，我同案的老婆就拿我们的存款救我们。最后却被律师把钱全骗了，一开始我收到她寄来的钱还以为是我自己的存款，后来我才知道是她挣的。她每次给她老公寄钱寄信，同时也会寄给我一份，我很感激她。但是昨天，我从‘内改’那里知道了她也被抓进来了。原来她的钱被骗了以后，没了经济来源，又知道我们这需要钱，她就把我们那些老关系又联系上，自己去贩毒给我们挣钱。我没有父母，也没有女人，我只能讲讲人家老婆的故事，以后再没有人给我寄钱了。”

刘飞讲完了，接下来又有几个讲述了自己的故事，刘昆仑对“下老壳”说，“‘下老壳’你也讲讲你老婆吧。”

“下老壳”说：“我老婆的事，大家都知道，我就不讲了，我只想说说我那已不在阳世的妈妈，她给我烧了一辈子香，希望我学好，可我还在这里。我那可怜的娘啊，一辈子啊，一年 365 天，一天都不少啊。”

最后是那个小白脸，小白脸的故事把刘昆仑震憾了。他说：“我染上毒瘾怎么也戒不掉，我爸爸是个石油公司的老总，他当过解放军的团长，打过仗，意志力过人，我爸爸对我说，‘儿子，哪有戒不了的毒瘾，只要有毅力，有恒心，肯定能戒掉。’最后爸爸抽了我的海洛因，他要做个戒毒榜样给我看，带着我把毒戒了。”

“那戒了吗？”杨明问。

“最后我爸爸也戒不掉，发展到挪用公款买毒品，去年就被判了。”

这餐酒他们喝了很久，也是刘昆仑前半辈子经历过的印象最深的一次酒席了。

B『下老壳』／从前

酒吧街“下老壳”的新型毒品的销售开始生根了，他带了四个老同学去搞定第一家酒吧，这家酒吧叫“黑色森林”，“下老壳”去的时候，“黑色森林”已经有两三种摇头丸在那卖了。但是这些来卖货的没有守在酒吧里面，而是根据老客户的电话送货。在“黑色森林”里待了几个晚上，他基本摸清了新型毒品的销售方式。“下老壳” 周转资金不够，第一次在罗拐子那只进了几千元的货。他估计自己的货也进得比较贵，但是他无论如何都要先打响这一枪。他们五个人带着这批货到了“黑色森林”酒吧，“下老壳”自己随身带着货在旁边一个茶室里坐了下来喝茶，其他四位就进了“黑色森林”酒吧。他们开始跟酒吧的服务生套近乎，说：“我们手上有批货能否帮忙推推。”

服务生说：“你们上别家看看，我们这不卖这些东西。”

他们说：“我们就在这喝酒，需要的话我们马上可以给货，我们就在这里等。”服务生笑了笑就忙别的去了。不多时，包厢进客了，他们四人中两人去了门口。这两人形象长得比较恐怖，而且都是江城有名的钳工（小偷）。过一会儿天天给酒吧送货的人坐着的士来了，“下老壳”的人已经认识了这些送货的专职人员，他俩一上去，也没怎么费劲，要送的货就到了他俩的手上，那个送货的人吓得面如土灰。

“别害怕，今天是第一次，下次再来这家送货就送你去缉毒队了，把手机关了，有人盯上你了。”接着，他们把货完好无损地还给了送货的人，送货的拿了东西连滚带爬地跑了，包厢里的客人再打送货的电话，怎么也打不通。客人只好找服务生，服务生找到大堂的那两个人，一个电话出去，外面站哨的那两位立马到“下老壳”那里把货提了过来。这样第一单买卖就成了，第一个晚上五千元的货还不够销。第二天，“下老壳”就把罗拐子请了过来，他说我的钱有限，在你那儿进不了多少货，一晚都不够销，你现在必须亲自带货过来，我随时提货，当晚付完余款，我们先给你五千元的预付款。

罗拐子问："你一晚打算销多少？"

"一万。"

"太少了。"

"但是一个星期后，我可以保证销五万，一个月后三十万。"

罗拐子一听就来了兴趣，连忙同意。第二天罗拐子三万元的货在茶楼里一销而空，罗拐子从来没做过这么大的生意，既兴奋又紧张。第三天，他要备齐五万元的货才好去应战，罗拐子的钱也不够，他四处借钱，加上"下老壳"预付的一万元货款基本上能备齐。"下老壳"又喊了八个出来后一直没有事干的老同学，把他们分成三个组，让老的带新的，他们准备挤进"黑色森林"隔壁的"五月花"和"金色世纪"的新场子，这两家规模都要超过"黑色森林"。"下老壳"通过电话调令，他要明天调集至少20人以上的队伍，他估计明天可能会爆发斗殴。他知道自己只能逆流而上，靠的就是硬碰硬，不怕死，这点威名在江城还是有的。如果跟酒吧的老板拉关系，比资金实力自己绝对不是对手。再一个，玩这一行的老的肯定怕新的，老的尾巴太大怕把事搞大，而新的什么劣迹还没有，只是抢地盘。黑道上混的规矩，"下老壳"清楚得很，有钱比钱，没钱比命。我他妈这条命不值钱，烂命一条，就是这么冲杀过来的，到现在也算拣了一条命，要不是现在有老婆孩子，我比以前还不要命呢。"下老壳"明白以前干了那么多事，什么都没干出来，现在每天可以净赚几千元了，必须得扛下去。没有过不去的坎，没有爬不过的坡，谁来跟我抢地盘，谁就是断我的财路，害我的命。

晚上毒品销售非常顺利，罗拐子的货差不多又卖完了。罗拐子这一单可能净赚将近两万，他把K粉掺了对半的底粉，等于利润翻了一倍，而且罗拐子的摇头丸和麻古都要比外面的价卖得高些。罗拐子想挣钱的欲望太强了，他总觉得钱不够花，再多的钱都太少。他以前贩毒还让他的舅外甥、小姨都吸上了，有亲友指责他，他说这不能怪我，这只能怪他们自己，明明知道吸那玩意令人上瘾，还偏要去试，他们不是猪是什么？包括他对父母的态度，他说他们在自己小时候从来也没给过他钱花，凭什么现在要把钱给他们花。罗拐子这种见利忘义的做法，已经让"下老壳"以及他手下的兄弟很恼火了，现在客人都有反映，说K粉掺假掺得太多了，摇头丸和麻古价也高了。"下老壳"他们把利润已经压得不能再低了。

罗拐子不知道"下老壳"今天晚上有三个酒吧同时开工了，估计十万的货都销得完。他自己怎么也凑不出这十万元的货，必须让他的上线郭总垫货，才有可能做下这单。郭总这些天一直在问他这几天业务量怎么上升得那么快。他本来不想把这单业务告诉郭总，但是不说，郭总肯定不会为他垫货，甚至不见到“下老壳”，也不会同意垫货。另一方面他让郭总和“下老壳”见面，他还有点担心“下老壳”会甩开自己。这几单业务“下老壳”老逼着自己降价，他也知道“下老壳”那股狠劲，翻脸比翻书还要快。但是他更知道十万元他可以挣三万，实在有点割舍不了。于是他想了个巧计，在九天宾馆开了门对门的两间客房，让郭总和“下老壳”分别待在两间房里，只要没有明确表态，他俩肯定不好交流，就让他们互相看看就行。

约好上午十点三人去九天宾馆见面。“下老壳”早就想好了，只要能认识罗拐子的上线，就把罗拐子甩下。开始还以为罗拐子多有实力，实际上就是买空卖空，钱也没钱，人也没人，现在完全是靠“下老壳”和他的兄弟们为他挣钱。清早“下老壳”就接到罗拐子的电话，说要十点钟跟郭总见面。“下老壳”十点准时到了九天宾馆，他打电话给罗拐子，说他到了，罗拐子支支吾吾半天。

“下老壳”觉得很奇怪，“你要我来，来了又支支吾吾，你搞什么鬼啊？”

罗拐子说：“你上来吧，我跟郭总在1218房。”

罗拐子很清楚是自己把事情搞砸了，平常九天宾馆上午一般都会有空房的，今天却那么巧，偏偏只有一间房。他跟“下老壳”打电话怎能不支支吾吾，“下老壳”到了1218房敲门，罗拐子开了房门，然后他把“下老壳”介绍给了郭总：“郭总，这就是我给你说的我的同学老大‘下老壳’，他下面有几十号人在帮我们拓展市场，他很厉害。”

郭总一看这“下老壳”心里就生出几分畏惧来，他已经听说这个人是几进宫，在江城黑道上是个赫赫有名的人物，一直想认识认识他。“这就是我经常给你说的郭总。”“下老壳”走近一步跟郭总握了一下手，郭总一愣，旋即又笑了起来，就在这握手之间，“下老壳”把写有自己的手机号码的一张纸条塞给了郭总。“下老壳”的手很灵巧，郭总这么精明的人都一时没反应过来，他抓住郭总的手热情地摇了几下，郭总才反应过来。罗拐子守住他们两个寸步不离，他也一直不给“下老壳”说话的机会。坐了一会儿“下老壳”主动告辞说自己还有事处理，然后下到一楼咖啡厅找了个僻静处坐下静候佳音。不到二十分钟，郭总打来电话，说正在九天宾馆门口，“下老壳”要郭总到咖啡厅来。“下老壳”挂掉郭总的电话，罗拐子的电话就来了：“郭总不同意垫资，怎么办？”

“下老壳”回答说：“那我们马上行动，都去找找新货源，还是要看看价的。”两人都答应了，就挂了机。郭总落了座，“下老壳”开门见山：“郭总你要把给罗拐子的价给我，我现在都快做不下去了，成本太高，还有你要帮我垫货，今晚可能会卖十万的货。”郭总笑了笑，他喜欢面前这个直爽的人，他做毒品很多年了，从来没见过这么没有城府的人。他心里想：说不定这种人才是最可靠的，无产者最革命，而且嘴可能最硬，不像别的线上人一抓进去什么都说。

他说：“我让你享受罗拐子的价格，货你能卖多少我就垫多少，但是结账不过夜，你看怎么样？”实际上郭总给“下老壳”的价还是比给罗拐子的价高了10%，但对于“下老壳”来说这已经要比罗拐子给他的价低25%，他可多挣25%的利润，以前的利润都让给兄弟们，如果今晚做到十万，他跟兄弟们就可以挣上四万，而且不需要自己出一分钱，他真有点喜出望外。

他由衷地对郭总表示：“郭总，我这下辈子就跟你干了，你在暗处，我在明处，砍了脑袋算我的，挣了是我们的。”郭总正在想以后应该让“下老壳”打冲锋，没想到，“下老壳”自己就表了态，不谋而合。郭总觉得有这么个黑道上的人帮自己，如虎添翼。想到这里他不禁心花怒放。郭总接着跟“下老壳”交待了以后跟送货的人接头的办法，还把自己的专用号码给了“下老壳”，约定了以后的固定称呼，如果打电话改变称呼就意味着出事了。比如说平常喊郭总，如果喊郭老板，就意味着称呼人出事了。商量好后，郭总要请“下老壳”吃饭，“下老壳”说不吃了，他还要去处理点急事。郭总也没有留他，他知道“下老壳”是个直截了当的人，有事肯定是有事。“下老壳”刚才在跟郭总说话时，接了个电话，他约好的摆平，提前到下午了。“下老壳”心想下午最好，晚上可以去专心做那十万元生意了。

“下老壳”赶到老地方，清水河桥桥东的引桥下，心想人生怎么有这么多的巧合，他一辈子到底要在这里打多少架？但是他这次去再不用拿刀提棍了，他就带了两万元现金准备作劳务花的，他已经有足够的资本来应对了：一是自己的资历，这么多年的闯荡拼杀，谁都知道他的大名了；二是他内心的修炼，他现在在内心深处很难找到可以正视的对手，他确实不害怕什么了，大不了，再坐几年牢。他昨天喊的20个人，今天好像来了百把人。对方也来了不少人，但是对方来的首领一出现，他下面的弟兄就哄笑起来。“下老壳”在桥上没看清，等走近一看，原来也是他的同学，他记得自己临出狱几天前这个同学才入狱，他也不熟悉，毕竟对方是晚辈了。“下老壳”早就估计这件事会这么协调处理的。现在在江城只要“下老壳”出面，这个架就很难打起来，因为辈分太高，下面的人太多，总有认识他的。果不其然他的手机响了起来，意思是对方要和解，来的朋友一百元辛苦费，再给一包烟，晚上还一块吃一顿饭。地盘以“下老壳”的生意为主，他们不驻守，有点货要送，也希望不被拦阻，“下老壳”同意了这个解决方案。最后对方非请“下老壳”给个面子，晚上一块吃饭，“下老壳”同意了。但是吃晚饭时，“下老壳”怎么也没想到，当他走进大厅时，全场都站了起来。他连忙看了看身后，还以为后面是不是有大人物跟他一起进来了，然后他确信大厅里欢迎的就是他。马上有人过来给他带路，他看到坐在下面有他的老同学，也有很多不认识的新面孔，但是每个人都在对他笑。他一直被带进了一间豪华包厢，一进去照样全体起立，他的一个手下给他介绍，这是“黑色森林”的张老板，这是“五月花”的刘老板，这是“金色世纪”的江老板，一口气给他介绍了十家酒吧的老板，差不多酒吧一条街的大酒吧老板都到齐了。

“下老壳”还在琢磨是什么风把这些老板吹来的，他一直不敢想象打一场架能招来这么大的动静，招来这么大的影响，确实想不透这个谜。现在的酒吧一条街是一个文化与力量的竞技场，酒是什么？自古以来，酒壮英雄胆，酒是力量、胆识的支撑，酒和战士、猛士、斗士永远不可分离。酒吧里尽管处处充满温情浪漫，但是永远也离不开冲突暴力，有酒就有雄性，就有力量，就有暴力。酒吧的经营都处于半地下状态，今天这场架早就惊动了整个酒吧街，大家都拭目以待，最后没想到只是一个人的名字——“下老壳”，就制止了几百人的暴力冲突。而且这个名字以前从没在酒吧街出现过，而今天的出现却是那样富有力量，这些老板已经有所耳闻了，“下老壳”以他不可动摇的节奏正在稳步走进酒吧街。听说今天能见到这位黑道老大，这些老板怎能不趋之若鹜。大家酒桌上都要敬“下老壳”的酒，“下老壳”现在吸毒，不敢沾酒，一沾酒就要吐。有些喝过酒的瘾君子一针打下去说不定就丢了小命，酒和毒是不能相融的。“下老壳”看到那么多酒要敬自己，真有些后悔吸毒，早知今天何必当初，他反过来又安慰自己，自己要不沾毒，又怎么会有今天。

一个老板的女秘书过来敬酒，“下老壳”说：“我就以茶代酒了。”他想站起来，全桌人都反对，“下老壳”就这样坐着以茶代酒喝了一肚子茶。吃过饭，“下老壳”安排好今晚的工作，他让手下和郭总派来送货的人碰了头，一块分了工。做了详细安排后，他就回家了，还没到家门口，他想起口袋里有两万元现金，刚才每个老板都给他封了个红包，估计也有一两万，他想应该给自己和老婆孩子买点礼物。他先到那家他经常去干活的服装店，老板看他来了，问他：“你好久都没来上班了。”

“是啊！我现在下岗了，我今天想给老婆孩子买两套衣服。”

“你今天又搞了？”老板问。

“我改行了，拿两套好点衣服给我。”老板瞪大了眼睛看着“下老壳”，从精品柜里拿出一套三千多元的女式套装，“下老壳”看了看大小觉得差不多，“就它了。”

老板说：“你让她来试试不更好吗？”

“没关系，要是不合适她自己来换，你还不认啊？”

“没问题，没问题。”

“打包。”

“下老壳”又去了他家门口不远的超市，一进门，营业员就认出了他，营业员之间开始互相提醒起来。“下老壳”在玩具柜里挑起玩具来，突然他听到每次进这家商店都能听到的广播声：“顾客同志们！谨防小偷，谨防小偷，注意把你随身携带的提包手机保管好，大家请提高警惕，提高警惕。”他今天一听这广播声，就有点冒火，他叫：“服务员！服务员！”

服务员跑了过来。“你们这还有好点的玩具吗？”

“这边有真正的航模飞机，你看行不行？”

“这架飞机多少钱？”

“三千八。”“下老壳”一生中还没有见过这么贵的玩具，也没有给人家买过这么贵的礼物，他一时愣住了。那服务员催问：“先生，你还要吗？”

“下老壳”马上从沉思中反应过来，商场广播刺耳的声音又传过来：“谨防小偷！”

“开票！我要了。”

“下老壳”自豪地拎着飞机走出商场门口，营业员议论他的声音飘了过来：“今天不知谁倒了血霉了！”

“下老壳”一听这话，一气之下差点把飞机砸在地上。回到家里，把礼物一件件呈上，他幸福地看着他老婆孩子脸上惊讶的表情。老婆说这不是摸来的吧？“下老壳”把付款的两张收据递给老婆，老婆痴痴地看了看两张收据。“下老壳”以为收据开错了，连忙凑过去看，但是他没看出什么异样，他看着老婆问：“怎么了？”

老婆突然失声痛哭起来，“下老壳”连忙问：“到底是怎么回事？你说话呀。”

“我终于看到你的收款凭据了，当初我嫁给你时，就希望你能这样堂堂正正做人，但是没想到跟着你这些年，你总是偷！偷！我们家什么东西不是偷来的，什么东西有收据啊。小到白菜、卫生纸，大到手机、电视机，哪样东西不是你偷回来的。你是恋家，爱我，爱孩子，每次回家都没空过手，但哪一次不是偷回来的，我总担心你挨打，挨骂，被抓，被判刑，我每天过着提心吊胆的日子。今天你能自己掏钱买东西，真是你妈给你烧一辈子的香显灵了。我要把这两张收据挂起来，让它照亮我们家不人不鬼的生活，让它给你带来好运。”他老婆搬了张椅子，把挂在客厅正中央的玻璃镜框取下来，把里面的照片统统倒了出来，然后把两张收款收据抚平，放进玻璃框中间，又挂上了墙。

“下老壳”流着泪，说：“老婆，我从现在开始，一定要让你们过上最好的生活。”

“下老壳”的财富和他的名气一样与时俱增，每天“下老壳”都有几万元的进账。“下老壳”知道这样做下去，早晚会出事的，他早已忘记少年时堂兄对他说的“千万不要相信女人”的教诲，他有了儿子，这些家嘱遗训他已经忘得干干净净。他想先给家里买一套房子，他问过律师，即使是犯罪所得，唯一一套房子国家是不会充公的。还有购买的保险，国家也是不会没收的。他火急火燎拖着老婆四处看房，然后看中了一套240平米的单位自建房。他知道这种房没有电梯，又是单位自己盖的，以后物业费不高，再加上下面还有一个车库，可以改成门面，实在不行，老婆还可以在这里开个小商店。他一次性付了款，然后开始装修。他每天去催进度，他希望那房子早日建好，费用他不在乎。然后他带着他老婆去保险公司，那些人寿、平安、中国人保几大保险公司的业务员都知道这个老板为自己、为老婆、为孩子买保险都买疯了，只要你推荐的险种稍微有那么一点能打动他，他就立马买下，而且付款一律是趸交，一次付清。“下老壳”的老婆天天接到保险公司的电话。但凡有个什么节假日，保险公司就送来鲜花或者是其他礼品，老婆幸福死了，他们家什么时候这么热闹过，什么时候被他人重视过。

房子装修搞完了，“下老壳”买了一房新家具，全新电器，等离子42寸大彩电买了四台，每个卧室一台，电脑买了一台联想配置最高的双核机。搬家时他老婆什么都没要，只把旧房里那个镜框搬了过来，她还是把它挂在客厅中央。“下老壳”又给老婆买了辆本田车，让老婆去考驾照，老婆这些天每天都去学开车。“下老壳”忙完家里这些活，心里渐渐轻松，他觉得从小大家都歧视他，认为他没出息，现在自己可以人模狗样地出出风头。他只是遗憾父亲母亲去世得太早，他还没来得及报答。正因为这样他把对父母的回报都转移到老婆孩子身上，他知道孩子就是父母的血脉延续，父母不在了，只要对孩子好，他们在天之灵也会感到宽慰的。“下老壳”的亲戚朋友也都发现“下老壳”原来是个如此大方豪爽的人，以前他是没钱，现在发财了，谁家有红白喜事，只要请他来，他没有不来的，而且他的红包从不少于两千元。

只有一次吃喜酒让“下老壳”拂袖而去。那天也是一位乡下亲戚办喜事，请了“下老壳”，“下老壳”和老婆在进餐厅门口的收账台上交了红包，他这次还是交了二千元。一年前，他也是在这个餐厅吃喜酒，他没带红包，他跟老婆就直接坐上餐桌。他注意到有一位不认识的红脸男子的右边裤口袋有一个红包，几张百元大钞露出一点点尖角，但“下老壳”的座位与那位红脸男子的座位中间至少隔了两个座位。他那时见了钱、见了荷包心里就像猫抓似的难受，心里老惦记着，这一桌生熟面孔都有。吃酒席开餐时间没个准，一般只要有点面熟的人都会在这种婚宴上说些黄段子。前面几位说的黄段子弄得一桌的人都笑得很开心，特别是那个红脸男子咧着大嘴笑得最开心。“下老壳”对大家说的笑话一点都没听进去，但当他看见桌上那块菱形的桌布时，他有了主意。正好同桌一时没人说笑话，有点冷场，他就说：“我给大家说个段子。”

同桌的都说好，红脸男子更是拍着桌子高声喊道：“好！好！”

他说有个美国男人和一个中国男人在同一张桌上吃饭，那时中美关系不好，这两个人吃饭时又发生了一点小摩擦。但是两人因为语言无法交流，两人都有脾气，那个美国人立刻把这个餐桌布的一个角揭了起来。“下老壳”说：“我这没有桌布的角尖，角尖在哪位那里？”

立即有几个人回答，“在我这儿，在我这儿！”红脸男子也拿起身下的一个角尖一起叫。

“下老壳”笑了笑，走到红脸男子旁边的位置坐下。“下老壳”把桌布的角尖攥在拳头里露出很短一截，说：“那个美国人就这样拿着，指指中国人。然后再指指那个很短的角尖，然后他又把那个角尖慢慢抽出来一大截，让露出的部分远远超过了刚才露出的角尖的长度，他又指了指这个长长的桌布尖，又用大拇指指了指自己，意思是中国男人的阳具比西方人的短得多。这个中国人很聪明，立刻把自己那一头的桌布尖也拿了起来，就像这样，他也学美国人那样留了一长截在外面，指了指美国人，又指了指长桌布尖，那个美国人知道中国人已经看懂了自己的手势，便得意地笑了。没想到中国人另一手轻轻碰了下露出来的长截桌布尖，那长截桌布尖立刻弯了下去。然后他让桌布只露出一个小布尖，又指了指自己，他用另一只手在这个小布尖上来回打，这个小布尖却一直挺立在那根本没有弯折，那个美国人见状气得饭都不吃了，甩了桌布就走。”听到这儿，全桌人都乐了，而“下老壳”就在把桌布揭起来的时候拦住了全桌人的视线，也牢牢实实拦住了红脸男人的视线，红脸男人的那个红包也就顺利到了

"下老壳"的口袋里。"下老壳"在大家欣赏的目光中，潇洒地回到了自己的座位上。过了一会儿"下老壳"把红包掏了出来，看红包外面还没写字，于是把自己和老婆的名字写了上去，然后他叫老婆把红包送上。

过了一会儿，红脸男子的老婆来了，这时"下老壳"心里暗暗叫苦。因为这个做小生意的女人也是"下老壳"的远房亲戚，彼此之间很了解，这个女人的泼劲在他们家族中是出了名的，谁都怕她三分。那个红脸男子就是因为不知道新娘的名字，所以还没在红包上写名字。这女人一来，就要红脸男子拿钱，红脸男子掏了半天，就是找不到。只见他老婆凶狠狠地盯着"下老壳"，对老公耳语了一阵，两个人把目光齐刷刷地投向了"下老壳"。"下老壳"也是个老江湖，眼光也迎了上去。那女人走上来，右手往"下老壳"面前一摊，说："我给你留点面子，拿来。"

"下老壳"心想钱也不在我们身上，你找不到证据，于是他冷静地说："不用你给面子，你们可以搜，搜不到怎么办？"

那个女人立马喊道："给你脸你不要脸，你非得老娘动手是吧。"

只听那个红脸的男子在旁边喊："老婆，今天我卖肉时，我在一张钞票上记了个'瘦肉 11 斤'。""下老壳"顿时蔫了，最后泼女人在"下老壳"送出去的红包里找到了那张钞票，"下老壳"只好和老婆落荒而逃。

今天也是冤家路窄，"下老壳"他们坐的是最后一桌，这一桌没有坐满，"下老壳"快吃完饭时，只听到一个很熟悉的声音："我的手机被谁偷了，刚才还在这儿。"

"下老壳"抬起头来，正好与一年前被对方抓了现形的那位泼女人的目光相对。泼女人冷笑道："真是冤家路窄，我怎么一丢东西，就能碰上你。"

"下老壳"说："你再找找，说不定还在呢。"

"除非你扔在地上我就找得到。"

"下老壳"的老婆连忙站起来说："嫂子，他很久前就不干那事了，你再找找。"

"狗改得了吃屎吗？你俩一唱一和的，男盗女娼。"

这时邻桌一位大人牵了一个小朋友过来。"对不起，这孩子喜欢玩手机游戏，见手机就拿。""下老壳"见状拖着老婆拂袖而去，新娘怎么留也没留住，只留下泼女人在酒桌旁发愣。

"下老壳"之所以对亲戚朋友很大方，他心里清楚，自己现在钱越多，路越顺，离他该去的地方就越近了。他仿佛看到了监狱的大门对他已徐徐打开。他经常晚上做梦，梦到自己又回到监狱了。他自嘲地想：没有我们这些人，警察不都失业了吗？监狱就可以放羊了。他确实把钱都当成身外之物了，超然物外。他不停地请客、喝酒，他想我现在多给人家一点，以后我的家人可能会多得到一点回报。

“下老壳”的风光发达深深地刺痛了罗拐子，那天十万的单，罗拐子没有做下来，按说“下老壳”自己也是没有实力做的。当天“下老壳”没有再给他电话，说明他自己做了，肯定是后面有人帮他做下来的。短短几个小时，“下老壳”能耐再大也不可能瞬间取得新老板的绝对信任，那只有一个人会信任他，就是郭总。关键问题是“下老壳”怎么与郭总联系上的，那天“下老壳”进房间只有短短十来分钟，在床上只坐了几分钟，卫生间都没去，自始至终没说什么话。而且从头到尾，罗拐子一直盯着，甚至他走后，坐过的床铺，他都仔细看过，什么也没发现。后来他从郭总手下那里知道的消息，“下老壳”确实已经跟郭总全面合作了，而且“下老壳”的业务开展得非常神速。

罗拐子可以推算出“下老壳”每天都要挣几万，心想：这些钱本来是应该由他罗拐子挣的，至少他罗拐子有一半。你“下老壳”认识我之前，是个什么人物，谁不清楚，偷鸡摸狗。是因为我带你进了这道门，你才从地狱到了天堂。而现在顺了，就把我这师傅一脚踢出了门。罗拐子想到这些就怒火中烧，他要报复“下老壳”。“下老壳”现在有钱有势，加上他那股不要命的狠劲，罗拐子想起来头都大了。但是他非得出这口恶气，他转而想到了报复郭总，郭总现如今对自己而言意义不大了，以前有个“下老壳”的业务衬在这，他非找郭总不可，现在“下老壳”抛弃了自己，自己手上没有什么业务，即使有些小业务也不会去找郭总要批发价了。不如搞郭总一次，抢他一批货。郭总心里也清楚，他跟“下老壳”直接做业务，玩了我，他多少会有点内疚。只要我搞得不是太出格，他不会太在意的。而且现在他还感到郭总跟他打电话比以前都要客气些，他心里肯定很内疚。罗拐子打定了主意准备绑架郭总，他在老家请了两个远房亲戚，等人来齐了，他们三人碰了个头，他只说对方借了他的钱，他要把钱要回来。上午他打电话给郭总说他有个客户要一批货，他用暗语把具体要求告诉了郭总，并约郭总在九天宾馆交易。郭总一看是老熟人要货心里自然高兴，就愉快地答应了。

第二天按惯例，罗拐子在九天宾馆开好一间房，然后他把房间号告诉郭总。过了一会儿郭总就到了，按门铃。罗拐子开的门，他把郭总请进了房间，然后把房门关上。郭总刚坐了下来，卫生间冲出来两个年轻人，郭总惊慌地问罗拐子：“你这是干什么？”

罗拐子说：“我今天找你是来算账的，你跟‘下老壳’一块做，抢了我多少利润，我今天要讨回来。你带来的货呢？”他一把抢过郭总提的公文包，往床上一倒，银行卡、现金、钥匙什么东西都倒了出来，就是没有白粉。

郭总连忙说："货在我车上，都送给你吧。"

罗拐子拿了车钥匙说："你俩看着他。"他自己下楼找郭总的车。郭总的车是一台白色奔驰，他认识。到了车库里他按了一下遥控锁，循着声音，他找到那台白色奔驰。打开后备箱，在备用轮胎的下面他找到了那包东西，罗拐子眼睛一亮，拎上那包东西锁上车门就往楼上走。他一边走一边想，这包货只有七八万元，郭总已经同意送我了，但可能只是"下老壳"一个晚上挣的钱，想到这里他觉得让郭总出这么点钱似乎太少了点。等回到房间，他看到郭总脑袋上流着血，急忙问："怎么了？怎么搞的？"

那两个年轻人中的一个连忙把罗拐子拖到洗手间，他说："你下去以后，我们看到两张银行卡，就追问他的密码和卡上余额，他不说，我们就打了他，最后告诉我们余额有五十万，密码也说了。"罗拐子表面儿上还是说不应该打人的话，但是他心里很高兴，这五十万他想就是都给自己也是应该的，那也仅仅是"下老壳"、郭总几天的收入。

于是他拍了拍年轻人的肩膀，说："谢谢！不管怎么说你俩帮了我大忙，完了我会感谢你俩的。"然后他走过去对郭总说："郭总，对不起，今天让你受苦了，年轻人气盛动了手，希望你能原谅。今天的事，你也清楚，我为什么要找你。'下老壳'是我把他带入这行的，他的市场也是我协助他开发的，生意刚起来，你们俩合伙就甩了我。现在你俩每天的收益应该有十多万，你这五十万就算给我一点分成，以后这件事就算扯平了，你走你的阳关道，我过我的独木桥。郭总，你看这件事这么了断行不行？"

"我都已经成这样了，你怎么说就怎么做吧。"

"那我们就写份协议书。"罗拐子手写了一张协议书，意思是他和"下老壳"联手开发了酒吧一条街的市场，现在愿意把市场转给上线郭总，郭总付转让费五十万元。罗拐子写完后，他让郭总在协议上签了字，然后他自己下了楼，到一楼大厅的银行自动提款机上把郭总的卡插了进去，卡上有余额五十一万八千元。他是个贪心的人，心想这零头正好给那两个乡下小伙，于是他把卡上的余款全部转到自己的卡上，然后再提了一万八千元现金。他买了点跌打损伤的药，就又回到了房间里。他把药给了郭总，让他清洗了伤口。然后把其他东西都退给了郭总，就让他走了，郭总临出门时，罗拐子问了郭总一句："郭总我很想知道那天'下老壳'是用什么办法跟你联系的。”

郭总笑了笑说：“搞清这个问题你觉得还有什么必要吗？”说完郭总就走了，罗拐子把零钱给了那两位小伙子，然后就把房间退掉了。罗拐子现在有点害怕，究竟拿了人家六十来万，郭总会甘心吗？郭总他倒不害怕，他害怕的还是那个“下老壳”。他急忙退了房，这段时间得躲躲，避避风头。郭总离开罗拐子后第一个电话是打给“下老壳”的，他告诉“下老壳”罗拐子绑架他的经过。

“下老壳”说：“罗拐子有气，要出点气是很正常的，但是他找你出这口气就不行，我肯定会收拾他。但现在不着急，估计他搞到钱已经躲起来了，我们这个月不动他，下个月搞他。”“下老壳”接完电话后，想罗拐子虽然搞的是郭总，实际上是冲着自己来的，现在罗拐子对自己没办法，所以就只能拿郭总开刀。如果不去管他，听之任之罗拐子肯定迟早还会来找麻烦的。必须主动出击，但是现在不能动，罗拐子不知在哪儿悄悄地躲了起来。他觉得对付罗拐子肯定得有枪，因为罗拐子曾经跟他说过，他有一把铁家伙。

“下老壳”吩咐几个亲信要买支枪，然后把眼线布了下去，严密注视罗拐子的踪迹。过了十来天，有电话来，说送枪的来了，一支枪四千元，可以挑选。对方很老练地约了一个大型基建工地见面，那里每天有打桩机工作，“下老壳”一个人开车去的，在基建工地的三号搅拌站他跟一个不起眼的男子碰了头，“下老壳”问：“是广东客人吗？”

“不，是青海的。”两人对上了暗号，就不再说话，“下老壳”就跟着卖枪人走。卖枪人走到一栋没有完工的大楼里，拿了一个安全帽让“下老壳”戴着，他说上面在施工，戴着安全。“下老壳”戴上头盔又跟着卖枪人沿着没有栏杆的楼梯拾级而上，可能上到三层的地方，就不往上爬了。转而在楼道里走，没见到任何人，只听得隔壁打桩机轰轰的炸响声。到了最后一间看上去像个大会议室的地方，卖枪人从墙后面拎了个箱子出来，他首先从箱子里拿了一张自己画的只有两个圆圈的靶纸，用砖头压在二十多米的毛坯墙上。然后他示意“下老壳”走到他站的位置，说：“现在我们验枪，老板我先要把话给你说明白，这些枪生产出来后从来都没试过，现在外面抓得紧，试一次风险多一次，所以我们要把试枪的次数降到最低，这个试枪地点我花了两天时间才选定，你如果不是一次要两支，我是不会冒这么大风险的。你等会射击时要根据外面打桩机的气锤声来开枪，还有，这枪能差不离就算合格了，不可能是百发百中的，打不出子弹的枪，不用你要。”

“下老壳”点了点头，卖枪人揭开箱子中间的隔板，里面露出五支黑亮的仿“六四”手枪。“下老壳”以前还没用过这种军用手枪，他看这五支枪的外形都非常漂亮，就笑着说：“多好的枪，你还净说瞎话。”

卖枪人笑着说：“这些东西中看不中用，你试试就知道了。”然后卖枪人从箱子里拿出子弹，拿了一把枪压了一发子弹进去，然后打开保险，上膛，他把枪递给“下老壳”。“下老壳”右手持枪，他对准了对面的白纸，耳朵听着打桩声，跟着打桩机的节奏，轻扣扳机。但击发声还是把“下老壳”吓了一大跳，“下老壳”急忙问卖枪人，说：“声音太大了吧。”

“没事，你开枪，感觉声音大，很正常，你刚才瞄准了那张白纸没有？”

“瞄准了正中间。”

“那子弹到哪儿去了？”卖枪人自言自语，然后他接过“下老壳”的枪，顺着阳光看了看枪管，说：“他妈的，膛线都没有，你不要吧？也好，这枪干过事后，是不会留下痕迹的，不要，就换一把。”他又拿了一把枪掏了一发子弹压进去。

“下老壳”这次有点不放心地问：“子弹不会炸吧？”

“不会的，子弹是真的，枪是自己造的。”“下老壳”还是按照第一次的程序打了一枪，这一枪，子弹打到大白纸下方，明显留下一个洞。卖枪的说：“这支没问题，再试一支。”卖枪人又给一支枪上了一发子弹。“下老壳”这次没打响，卖枪人接过枪也开了两下，仍然没打响。

“下老壳”说：“是子弹有问题吧？”

卖枪人说：“不会！应该是撞针的问题。”他把子弹取了出来，再压进另一支新枪弹匣，“下老壳”这一枪正好打在白纸的中间。

他们两人都叫了起来：“好枪！”“下老壳”又买了四十发子弹，一发十元，“下老壳”点了八千五百元，有意多给了买枪的人一百块，对方谢了两声。临出大楼门时，对方就对“下老壳”说：“千万别说‘再见’，不吉利，出了这个门我们谁也不认识谁。”

“下老壳”会意地说：“本来我就不认识你。”

一个月后，下面有人报告，罗拐子要去送货，罗拐子的下线被控制了，他愿意配合，“下老壳”立马打了个电话给郭总，他说：“郭总，我们这次搞罗拐子主要是给你出气，我觉得也不搞狠了，要搞得他至少下次不敢再来找我们的麻烦，我想给你搞回个三十万的货或者钱，你看行不行？”

郭总说："按你的意思办，主要是教训教训他，这小子太狠了点，但是都是道上的人，不可赶尽杀绝，至于钱和货我不要了，就给你和你的那帮兄弟吧。"

罗拐子的交易地点是离江城三百多里地的一个城市的三星级宾馆，"下老壳"这次开了两辆车过去。他带了五个人，这五个都是特种兵退伍的，身体健壮。他在宾馆里开了门对门的两间房，然后让两个退伍兵在对面房间里陪着那个罗拐子的下线，他和另两个退伍兵在对面这间房，楼下安排一个通风报信和后援。一旦罗拐子敲开了对面的房门，房里的人就拖住罗拐子，对面房的人就冲出来从后面把罗拐子推进房。控制住罗拐子后，从电梯把罗拐子带到地下车库，然后把罗拐子拖回江城。商量好后，"下老壳"的下线就打罗拐子的电话。罗拐子没开车，这个城市是罗拐子开发不久的市场，但来势很好。他今天也犯了这个行当的大忌，他要给这个城市的五个下线送货，把近二十万元的货带在身上跑。他拎了一个最普通的那种商场买衣服附送的纸袋，货就放在下面，每次收了钱回去，纸袋里的货就变成了钱，他觉得这样送货收钱是最安全的。

他今天去三星级宾馆送货的是第一家下线，他没有想到这个下线会出卖自己。一楼大厅来电话，说罗拐子已经到大厅了。"下老壳"叫大家做好了准备，他此时最不放心的就是这个小地方的宾馆。可能是为了多安排几个人工作的缘故，每层楼都设了一个服务员。"下老壳"有点担心，怕惊动了服务员。他把枪递给了在门口观察孔往外看的小伙子，说："不能真打，吓唬吓唬。"罗拐子在敲对面的门，对面一开门两个退伍兵冲了出来，拖住了罗拐子。然后"下老壳"这间房也打开了门，他前面两个退伍兵像一阵风似地冲了过去，他们从后面把罗拐子顺势推了进去，枪顶在罗拐子的脑门上。当"下老壳"想跟进去时，门"哐"的一声被关上了。"下老壳"被关在门外，里面接着传来激烈的搏斗声，开水瓶爆裂的声音、镜子被打破的声音、几个人在房里撞来撞去的声音。楼层的服务员往这边跑了过来。

"下老壳"连忙迎了上去，说："没事，没事，几个朋友喝醉了酒正闹着。""砰"的一声，枪响了。"下老壳"心想完了，出大事了。

服务员问："什么声音？"

"下老壳"连忙回答："开水瓶摔了。"

"下老壳"往房间跑，这时门开了。"下老壳"问："怎么开枪了？"

"枪走了火。"

"'下老壳'！"罗拐子高兴地叫了起来，"我他妈还以为是警察呢，怎么不早说。”“下老壳”真是气不打一处来，冲了上去甩了罗拐子两耳光。罗拐子已经被铐上了，房间里已经打得杯盘狼藉，“下老壳”拿过罗拐子的提袋往床上一倒，所有的货全都倒在床上。

“下老壳”说：“怪不得你不要命地反抗，这些东西够你枪毙几次了。”

罗拐子说：“我知道你迟早会找我的，你说你想怎么办？”

“下老壳”说：“我就收你这些货，然后狠狠教训你一通，让你三天起不了床。”

罗拐子说：“不会比十几年前第一次被你教训还惨吧？我这腿都可以自己搞断，还怕再挨两下。”

“下老壳”说：“你搞人家郭总也够狠了吧。”

“我就打了他两下。”

“下老壳”说：“你是烂命，人家是富贵命，能比吗？“

罗拐子又接着说：“你俩甩了我，我亏大了。”

“下老壳”说：“正因为这样我才没跟你算经济账。”

罗拐子不做声了，一楼大厅打来电话，说总台报了110，可能110马上到。“下老壳”把银行卡、现金、一些零碎东西塞回到罗拐子口袋里，说：“你们带着他先上车走。”

“戴不戴铐？”退伍兵问。

罗拐子说：“放心吧，你就是教训我一顿吧，我不会跑的。”

“把这袋他的证据拿着，他敢跑就报警，松铐，刚才那颗子弹打在哪儿了？”退伍兵指了指墙上，“下老壳”看了看说：“谁有刀？”

“我这儿有。”罗拐子把一把瑞士刀递了上去。

“你们快走。”

罗拐子又问：“那天你到底是怎么跟郭总私下联系的？”“下老壳”握了握罗拐子的手，也没吱声。罗拐子一边往外跑一边在想，终于他笑了，他知道“下老壳”握他手的意思了，他暗暗骂了一句：“这个钳工。”

“下老壳”搬了把椅子，踩了上去，用刀去抠那颗弹头。弹头打进了水泥墙体，撬出来还挺困难。电话又响了，大堂报信，说110知道是枪声，已经进电梯上来了。“下老壳”对着话筒喊了一声“撤！”“下老壳”用牙齿咬住了那弹头的屁股，一用劲，把那弹头咬了出来。然后他往电梯口跑，电梯正在开门。他已经听到电梯里警察说话的声音，他急速绕过电梯往消防通道的楼梯方向跑，一口气跑到了楼梯顶。他知道警察一旦知道那是枪响，肯定会当成大案破的。他跑到楼顶平台上往楼下一看，十几台防暴车在宾馆门口正一字儿排开，全副武装的防暴警察正在包围宾馆。他把弹头吐了出来，一吐竟吐出来两颗。原来是他的一颗牙齿被咬掉了。他想这弹头现在是警方的唯一证据，他扔到哪儿都觉得不安全，于是他没丢掉，放进了自己的口袋。他估计警察会一层一层拉网似地搜查，那个服务员见过他，他只能找个地方躲起来。

他看了半天，楼顶上只有一个水塔，上面可能可以藏人，其他地方无处可躲。但是那个水塔外墙只有一个多年没人用过的铁扶梯可以勉强上人，“下老壳”毫不犹豫地爬了上去。他往上爬的时候，感到手拉着的铁扶梯会往外掉出来似的，他并不迟疑，飞快地爬上了水塔顶。不大一会儿他听到警察说话的声音，警察正在说要往水塔上面来搜查，接着一个警察一步步往上爬，那个警察看来也是一个不要命的主，脚步毫不迟疑。“下老壳”知道危险时候到了，他把那颗子弹头掏了出来，放进嘴里，一口吞了下去，他像个壁虎似的四肢紧贴在水泥板上。那位年轻的警察爬到了最顶端，他四周看了看。“下老壳”藏身的地方正好是个大龙头，不走到跟前是看不到的。最终那个警察没有往上移步，一直踩在铁梯上。警察走了，“下老壳”没有马上下来，直到晚上七八点的时候，他才随着人流离开了宾馆。

第十五章

THE FIFTEENTH CHAPTER

我们试想一下如果国家能承担在押人员最基本的养老、医疗、失业保险，让他们出狱后能够平稳地过渡到社会，保障他们最低的生活水平，岂不是比家庭温暖对在押人员的帮助更大、更彻底吗?

海涛自从在郑州干了第一次绑架后，钱带来的快感倒不是太大。但是成功的喜悦感和一种施暴后的感觉让他感到自己像个有巨大操纵力的男人，体验到在这个社会的主宰地位，还有驾驭他人、唯我独尊、驰骋四海、天马行空的心理感受。

A 看守所/现在

六月五日下午
阳光　炎热
看守所三栋

今天天气非常热，监管办公室刘昆仑跟杨明、挂职干部对面坐着。挂职干部对他们说："我以前向厅里打的报告，要由在押人员记录提外审的嫌疑犯身体状况的报告，厅里已经通过了，马上要在全省实行。"刘昆仑跟杨明都为他高兴，说了很多鼓励的话。他说："这次我叫你们两位来聊聊，是我有一位老师，全国政协委员，他们当政协委员的可能每年要交一些提案，他认为涉及司法界看守所、监狱的提案不多，希望我在这方面能帮他找找。"

杨明兴奋地说："太好了，我在这儿待了这么一段时间，还真有些想法。"

挂职干部就说："那好，你先说说。"

杨明说："上次我们谈到了家庭温暖，我思考过，有家庭温暖确实让服刑人员和犯罪嫌疑人能够比较平稳地渡过羁押期，看守所和监狱对有家庭温暖的在押人员管理难度小多了，但有家庭温暖对改变犯罪人员的犯罪习惯或者说让他们彻底摆脱犯罪职业，影响并不是很大。"

刘昆仑说："有家庭温暖可以大大降低犯罪率，家庭温暖少的犯罪率肯定高。"挂职干部也同意刘昆仑的看法。

杨明解释说："我说的对象不是初次犯罪的，我说的是已经在押的嫌疑犯和服刑人员。他们拥有的家庭温暖，有了的早就有了，不是现在才有。那为什么进号子前有家庭温暖的人也会去犯罪呢？这说明家庭温暖并不是降低犯罪率的良方，它只能让在押人员有盼头，有希望，平稳地渡过羁押期。但是羁押以后呢？它不能改变他们的犯罪习惯，比如说'下老壳'，他有家庭温暖，他老婆在监狱门口等着他，他再调皮也不会调皮到哪里去，因为他心里有希望。但是他出来后呢，他没有生活的技能，加之愧对家庭，他只能加倍偿还对家庭温暖的回报，他才能得到心理平衡，最终他唯一赚钱的手段就是继续犯罪。所以说仅仅靠家庭温暖，不能改变在押人员的命运。我记得前些年最高人民法院，出台了一项新的司法解释，是指犯罪人的财产如果只剩一套住房时，就不能没收冻结。这样就能保证犯罪人最基本的生存空间，沿着这个思路，我们试想一下如果国家能承担在押人员最基本的养老、医疗、失业保险，让他们出狱后能够平稳地过渡到社会，保障他们最低的生活水平，岂不是比家庭温暖对在押人员的帮助更大、更彻底吗？”

刘昆仑说：“那样是不是鼓励大家都去犯罪呢？”

杨明肯定地回答：“不会，没有人愿意用昂贵的自由去换取廉价的保险，除非心怀不会成交的侥幸。”

挂职干部说：“我觉得杨明说得有道理，我要把这条给在押人员和服刑人员买基本保险的提议写上去，本来在押人员也一直在强制劳动，他们也在为社会创造财富。”

杨明说：“说到强制劳动，我没有异议，但是定任务、分指标，与监管干警的待遇福利挂钩，我觉得这就有问题了。这会让牢头狱霸有了欺凌同室的借口，它让号子里的斗殴有了长盛不衰的理由。那些吃过苦头的在押人员恨牢头狱霸，牢头狱霸说别恨我，是干警下的任务。那他们就恨干警，恨社会。周恩来总理早就提出过对待服刑人员要像父母对待儿女，像老师对待学生，像医生对待病人。从83年开始严打，就变成以专政为主，打击惩罚为主，在押人员就完全被划分到与社会对立的一面去了，社会的犯罪率却越来越高，社会矛盾越来越复杂。我想在教育管理服刑人员的政策中改变这种敌对的状态，重新实行周总理的三个对待，强制劳动不与监管干部的福利待遇挂钩，服刑人员中的暴力犯罪会降低许多。”

“好！”刘昆仑和挂职干部异口同声地说了出来，挂职干部说：“说得很好，我要把你这几条全部写给我的老师，我要代表我老师谢谢你们两位。”

刘昆仑说：“这是杨明的功劳，你谢他吧。”

挂职干部又说：“我对待你们还是合乎周总理的三个对待标准吧，我还是很听周总理的话的。”他们都大笑了起来。窗外一个过路的“内改”看着他们在大笑，不解地望了望他们。确实在这个特定的场所，刘昆仑和杨明都还没这么开怀笑过。当笑容还挂在他们的脸上时，挂职干部却一本正经地说：“你们两个就别走了，在这多待点时间吧。”刘昆仑和杨明紧张地相互看了看。挂职干部旋即笑着说：“我是舍不得你们走，希望你们能与我多聊聊，当然你们放心，我决定不了你们的去留。”

杨明说：“吓我一跳，我还以为你要学习那部美国电影《刺激1995》里的监狱长，留着银行家给他做账呢。”

挂职干部说：“关在这里面的不一定都是坏人。”

刘昆仑说：“人都有两面性。”

杨明说：“对法律而言，这高墙内外，没有好人坏人之分，只有犯法的人和守法的人。”

挂职干部最后问：“你们昨晚唱歌了吧？”

刘昆仑说：“是的，是不是声音太大了？”

“那倒不是，关键是你们什么歌都能唱，就是不能唱那首歌。”

刘昆仑明知故问：“哪首？”

挂职干部说：“你是明知故问。”

杨明开玩笑说：“这《国际歌》也是我们无产阶级的歌，电影里的英雄们不都是在唱这首歌吗？”

挂职干部说：“不能唱的原因：第一，这不是那个时代，你们在里面的也不是什么英雄，我在外面也不是反动派；第二，这首歌现在在号子里唱，就有点鼓动暴力，越狱的感觉，所以不能唱，可以说没有哪个号子让唱这首歌的。”他俩一边听着，一边点头，挂职干部说完了，还不忘说一句：“我这三个对待都到位了吧。”挂职干部最后还给他们说了一件事，让刘昆仑和杨明心里顿时凉了半截，他说：“看守所为了防止所内的监管干部和在押人员建立一些不健康的关系，比如说贿赂关系，扶持牢头狱霸，也为了防止号子里的在押人员拉帮结伙，滋长牢头狱霸，每到半年时间，监管干警和号子里的在押人员都要进行一次大调整，我们不知道调整的结果，希望你们做好思想准备。”挂职干部又对刘昆仑说：“不过你不会动，不管我到哪里，我都会来看你们的。”刘昆仑估计他们那几个刑警队的同案都受到了重点保护，不会有大的调整。

B 傅海涛／从前

傅海涛和吴辉回到老家，下高速已是晚上七点，他们两人把用过的手机卡和小姐的信用卡都收拾好了，然后海涛把吴辉送回家。这一晚吴辉休息不好，精神却好得很，今天回程主要是他开的车，吴辉几次对海涛说："麻古这玩意关键时候起大作用，吸上几口精气神就都有了，你也来上两口？"

海涛只是摇头，说："那玩意只解得一时乏，一旦依赖上了，就摆脱不了，钱再多我也不沾这玩意。"

吴辉说："没关系，我吸的是冰毒，上不了瘾。"海涛一直在想，他跟吴辉是小学时的玩伴，从小吴辉家里经济条件好，滋长了他性格中很多不健康的毛病，一辈子都游走在犯罪的边缘，小时候打架滋事，后来偷鸡摸狗，然后吸毒，现在跟自己干的是绑架，这是为什么？他家里条件不好吗，他家里条件很好，他父亲已经把公司的股份给了他一半，那他这么干图什么呢？需要刺激吗？需要自由吗？他确实不喜欢被约束，不安于平淡。你要他天天穿上衬衣，打上领带，坐到写字楼去上班，他不愿意也做不到。他需要的是放纵，他不需要条条框框，他不知道这件事做得还是做不得，他甚至不想知道这个社会有没有圈圈套套。这可能就是人们平常所说的底线，吴辉就是一个这样的人，为所欲为就是自己的生活。海涛知道跟吴辉在一块终究会出大问题的，但两人都已经是这样的了，生死之交，已经无法改变了。管他呢，就这么一天天地往下过吧。

海涛没有直接回家，而是去宾馆开了间房，他打了电话给阿雅。阿雅在电话里高兴地大叫："我就跟妈妈请假，马上过来。"阿雅对于海涛来说，就是真实，清纯，富有朝气。海涛在外面见识过多少女人，但转来转去就阿雅单纯、真实、朴素。他俩散步时阿雅可以冷不丁地窜上他的背让他背着，在大庭广众下，她可以抱着他亲。给他写张生日卡片或者寄封信，总是要把纸张的空白处全部填满，而且画满各种各样的表达爱的符号，甚至是唇印、指纹、手掌印。阿雅就像一个在校的女生，活泼、开朗、阳光，给海涛带来清新和朝气。

阿雅揌了门铃，海涛打开房门，阿雅就像一只小花猫窜了上来，两只脚紧紧缠在海涛的腰上，海涛手腾不出来，用脚把门给踢上了。阿雅说："出去几天把我想死了。"

海涛也咬着阿雅的耳朵说："我也想死你了。"两人不再说别的什么，只往床上滚。海涛闻着阿雅身上熟悉的香水味，情欲难耐。阿雅好像想起什么事来，支起身子从旁边的外套里掏出两个避孕套。海涛问："你不会现在让我戴吧？"

阿雅捶了海涛一下："不是那意思，我问你啊，这是哪来的？"

"在你口袋里，我怎么知道啊。"海涛开着玩笑说。

"我让你猜嘛。"

"那是买来的，总不会是你自己在网上买的吧？"

"不是，是我妈给的。"

"哦，这有点意思，你妈给你的。"

"我刚出门时，我妈一把塞给我的。"

"你妈给你的？我知道了，美国人就是这样干的，美国女人出门，爸爸或者是丈夫都要给她几个避孕套。"

"给女儿避孕套，我理解，但是为什么要给老婆避孕套啊？"

"哦，你不知道美国社会治安不好啊，给避孕套是担心女人出外被强奸。"

阿雅用两只手轮流拍打着海涛的胸口，口里嚷着："你坏，你坏，你对我好不好？"

"我对你最好。"

"好在哪里？"

"好在这里。"海涛边说边用手指指自己的脑袋。

"不行！"阿雅摇摇头说。

"那好在这里。"海涛又用手指了指心口。

"还是不行。"阿雅继续摇着头说。

"那就应该好在这里了，我知道了。"海涛一个鹞子翻身，骑到了阿雅身上。阿雅不语，一双眼睛只是直勾勾地望着海涛，等待着海涛的下一步动作。海涛一时想起了阿雅的身体曾被用来做盛体宴的道具，他想到这个城市曾有那么多的男人看过这美妙的身体，他们曾用筷子和其他餐具碰撞过她的敏感点。他一时就觉得自己要痛苦得昏厥过去，内心里感到针刺似的心痛。凭什么让那些丑陋的食客来分享阿雅的身体。想到这儿他就有一种独占欲，他有一种强烈的进攻愿望。他大喝一声，阿雅感到了海涛身下未曾有过的力量。海涛像个发情的雄狮，一下比一下猛烈，持久。阿雅都感到自己身下有些受不了了，她想提醒海涛。就在此时，海涛大喊了一声："操！"阿雅有了一种被子弹射中的感觉，这子弹个个都是开花弹。

第二天起床时，海涛拿了四千元给阿雅说："自己去买衣服吧！这两天我还要出去，没时间陪你逛街。"海涛自从在郑州干了第一次绑架后，钱带来的快感倒不是太大。但是成功的喜悦感和一种施暴后的感觉让他感到自己像个有巨大操纵力的男人，体验到在这个社会的主宰地位，还有驾驭他人、唯我独尊、驰骋四海、天马行空的心理感受。这种心理体验海涛以前从没有过，他想吴辉那种无拘无束的生活状态是不是源于此。他可以确定美国西部牛仔，中国古代的武侠剑客们所崇拜的，血液里流淌的应该都不外乎这种精神感觉。武侠小说能让现代男人手不释卷，对于这些没有任何疆场可以驰骋的现代男儿，也只能停留在对白底黑字描述的想象中了。能勉强借以宣泄的，除了商场和情场这种没有空间定义的角斗场还可以小试身手，除了足球场、赌场还可以有视觉和心理的满足，那现代的角斗场在哪里呢？国与国的战争吗？地区之间的冲突吗？没有个人色彩，更没有唯我独尊。驾驭他人意志，驰骋四海，天马行空的只有超乎法律之上。敢于上这种角斗场的人只有两类，一类是清醒的，他们知道最终的结局，但他们胆敢以身试法的是走在寻求刺激和侥幸逃避的分水岭上；还有一类是不清醒的，他们不知道底线在哪里，就顺着势头走，直到天际尽头。海涛属于第一类，他认为命是捡回来的，干一桩赚一桩。他确实有些期待第二次绑架了。

这一次傅海涛主动打电话给吴辉，说："吴辉啊，我们要行动了，要开工了。"吴辉揣着几万块钱今天跟阿雯睡，明天不知睡到谁的床上去了。身体不行了，精神不足了，就吸冰毒、吹麻古。他想只要钱还有，花天酒地先玩着，钱花完了再开工干活。先玩够了，哪天真要有个意外，那也够本了。

吴辉接了电话就打的去了海涛住的宾馆，海涛正拿了一张中国地图在研究线路。吴辉到了后，两人开始商量。从洛阳出发，要找大城市，只能有两个方向，往东或往西。往东到了郑州就既可以向南也可以向北，还可以再向东，武汉、石家庄、济南都在三个点上。如果往西可以到西安，再往西宝鸡分叉，可去兰州，也可以南下成都、重庆。他们俩讨论了一会儿，形成两种意见，吴辉的意思往西，到成都、重庆、贵阳、长沙、武汉、郑州转一圈。傅海涛的意思是往东，到石家庄、天津、济南、青岛、扬州、无锡、南京、苏州、杭州、南昌再往回走，这一线比较富裕。傅海涛还有一层意思是认为经验还不太足，再单干一两次，然后再纵横四海。最后两人达成一致，方向听吴辉的，时间上听海涛的，到西安单打一，干完就回。第二天他们就出发了。

在车上，吴辉说："没去过华山，想上趟华山。"

海涛说："我们过的都是刀口舔血的日子，有什么好玩的地方，趁早享受。"这天晚上他们把车停在华山脚下，然后买了门票。坐登山缆车上山，他俩排队的前面不远处有两个很时髦的美女，两人都穿着白色T恤，下身穿着牛仔裤，一人还戴着一顶太阳帽，两人身材棒极了。

吴辉在身后捅了捅海涛，说："这两个美女漂亮吧？"

海涛点了点头说："漂亮，不错。"

吴辉说；"我俩搞定她们，怎么样？"

海涛说："我没信心。"

吴辉说："跟我上。"吴辉拖着海涛就往前面插队，旁边有人批评他们随意插队。吴辉说："我妹妹在前面，我得去帮她。"

快到女孩旁边，一个老头横着腿就是不让他们过去，那老头还说："你妹妹在哪儿？别跟我瞎扯。"

吴辉就指着前面两个姑娘说："那胖点的就是我妹妹。"

那老头将信将疑地问："是吗？"

"是的。"吴辉像跟老熟人打招呼似的对着那两个姑娘大叫，"嘿！"然后边叫边摇手，那姑娘见状也对他轻轻摇了摇了手。

"看见没有，那就是我妹妹。"吴辉对老头理直气壮地说，老头只能放他俩过去。

那俩姑娘好奇地看着吴辉和海涛走近，吴辉走近那姑娘开口就说："没办法，今晚我俩想住北峰，听说今天想看日出的人很多，怕没房子，我俩就只好插队，没有借口，就只好说你俩是我们妹妹，你们不介意吧？"

那两个女孩看到这么两个高大威猛的帅哥早就乐开了，说："不介意不介意。"吴辉听口音这俩姑娘像是东北人。然后俩姑娘偷偷看了他们两眼，吴辉悄悄地对海涛得意地眨了眨眼睛。

一台缆车标准乘坐六个人，前面的那台电缆车只坐了两人，服务员招呼他们四人，吴辉大声说：“我们四人一起的，要坐包车。”那两个姑娘被吴辉逗笑了。四人在缆车上，放眼望去，刀削斧劈、万仞险峰尽收眼底。吴辉一路风趣幽默，四人笑声不断，到了站四人成了老熟人，一路欢声笑语往北峰走去。吴辉用手机不停地为两个姑娘取景照相，买饮料，买纪念品，争着大献殷勤。

到了北峰餐厅，也到了吃饭时间，海涛对吴辉说：“今晚吃饭我请客。”

吴辉说：“行。”

“那晚上睡觉我请客。”

海涛问：“开几间房啊。”

吴辉盯着两姑娘的表情说：“不能一人开一间吧，也不能四人开一间吧，只能是两人开一间嘛，开两间。”两个姑娘听着就笑了。

吴辉说：“我们四人有缘分，从现在开始，所有单都归男士买，你们女人只需要享受就行。”到了晚上上床时，海涛觉得有点不对劲。那白天淑女似的女孩脱起衣服来那么麻利、熟练，都没有一点羞涩感。海涛没费什么力气两人就在床上渐入高潮。海涛正在感叹这个世界上女人越来越解放时，身下这个女人开口了，她说，她想要两千元买衣服。海涛没听懂，问买什么衣服？她说买件二千元的好衣服，而且停了下来让海涛完全听清楚。

海涛说：“继续吧，姑奶奶你就是想买貂皮大衣我也出钱。”

第二天天没亮，四人就往东峰上爬去。今天海涛身旁这个女孩变得可肉麻了，左一个老公右一个亲爱的 。相反吴辉身旁那个女孩有点闷闷不乐，海涛走过去问吴辉怎么回事。

吴辉说：“昨晚跟我上床要两千元，说她是做鸡的。我就觉得挺倒胃口，倒不是为了几个钱，本来不是两个淑女嘛，怎么凤凰一下就变成鸡了？我没好气地告诉她，我也是卖的，我是鸭，也要收费，所以她就生气了。”

海涛说：“算了，算了，小钱买开心，还有一天，这开心谁给你啊？”吴辉想倒也是，吴辉就跟那个女孩说了几句话，钱也给了。那女孩就像充了电似的情绪大增，人马上像变了一个似的。海涛感叹这钱的魅力就是大。

到东峰有一条捷径可走，管理单位专门在一个绝壁上设置了几道几乎与地面垂直的铁梯，他们四人到达时，下面已聚集了几十个可能是单位搞集体活动的男女。那里面的姑娘比这俩东北女孩矮了一截，而且一个二个都戴着眼镜。他们正犹豫着爬还是不爬，这两个东北女孩丝毫不犹豫，到了铁梯下，直接往上爬。那一身紧身服，显得性感迷人。特别是牛仔裤包着圆屁股在铁梯上扭动，看得那帮男男女女在下面都没有了声音。

东峰，太阳从地平线上喷薄而出，大家欢呼雀跃。两位东北姑娘抱着、跳着，她们对吴辉说，她俩到西安五年了，没想到临到要回家了，才来第一次，真是太漂亮了。闪光灯闪个不停，那群在铁梯下遇到的搞活动的男女，其中一位男士想邀请这两位美女合一张集体照。这两位东北姑娘问吴辉、海涛："老公行不行？"海涛点头同意，海涛看着照相的她们，心里在想这美女除了少数在娱乐界，可能大多数都去做小姐了。长得差的女孩从小就没有受到什么诱惑，专心读书去了；长得好的女孩，从小就受到男人诱惑，长大了也学会跟男人周旋，靠男人吃饭，挣男人的钱。现在都市大街上只有下午才能看见美女，上午美女都在睡觉，因为美女晚上要坐台加班。中午他们四人在西峰旁边的一个餐馆里吃饭，这个餐馆里的菜贵得离谱，一条糖醋鲤鱼要88元。海涛打开皮包，满口袋的钱。他用钱和吴辉一样毫不在乎，毫不犹豫。倒是两位东北姑娘说菜太贵了，这个不点，那个不吃，主动为傅海涛省起钱来。最后海涛只花了一百多元买了单，海涛心想，昨晚要钱买衣服买那么贵的，今天吃饭却那么省，这东北女人可能讲究穿不讲究吃。倒是吴辉跟那个女孩打得火热，走路都是抱着搂着的。到了苍龙岭，这段石梯是华山最陡峭的，单向只能走一个人。

吴辉这个时候靠近海涛说："这两个女人在西安做了五六年小姐，现在准备不干了，你看她们要钱那么狠，又那么小气，两人肯定挣了不少，八成都存了起来，我们把她们抢了吧？"

海涛一时没有反应过来，说："这合适吗？"

"有什么不行？我们不是专干这个的吗？这两条送上门的大鱼不抢，还重新物色吗？等会吃晚饭时，你先把汽车牌照换了，然后我们在送她们回西安的路上下手。"

四人到了山底电缆车站旁边的一个餐馆，吴辉对海涛说："你去把车开过来，我们先在这儿点菜。"

海涛找了个地方，把车洗了，然后把牌照换了，再开车到餐馆。菜都上桌了，有一个东北女孩不在。海涛问："还有人呢？"

吴辉说："出去买饮料了。"

海涛说："这里没有吗？"

"她俩嫌这饮料贵，非要出去买。"过了一会儿，那女孩回来了，提了四瓶可口可乐，一人一罐，那女孩把饮料放到每人面前。

海涛把面前的可口可乐推了回去，说：“我不喝饮料的，我喝酒。”

那女孩一听急了，连忙把饮料又推了过来，说：“老公，我就请你喝一瓶饮料，你都不给面子，看得起我就喝，看不起我就别喝。”海涛心想这劝喝饮料倒有点像劝酒，海涛一看那菜怎么都是牛羊肉，原来是一个回民餐馆。海涛猛地想起那次被卡车司机用仰韶白酒骗走他一车货的事来。

他问吴辉：“这儿离咸阳多远？”

吴辉说：“不远。”

海涛笑着说：“我上次拖餐具就是在这样的饭店吃的，这些东西很像。”说到这儿，海涛还使劲摇摇可口可乐罐。这一摇，把吴辉摇醒了，他知道海涛在提醒自己上次就是吃了麻醉药被骗了，这个可口可乐里面有鬼。

吴辉连忙说：“我拿点白酒来，我俩兄弟喝点酒，饮料上车再喝，等会不是还送你们回去吗？”这两个东北女人一看这样，也不好说什么，大家就开始吃起来。

上了回西安的高速，海涛和吴辉两人交换了眼神，海涛把车开到高速公路一个临时停靠点停了下来。吴辉猛地掏出了枪，转身对准后面说，“别动，你们被绑架了。”没想到那两个女人像猛虎一样扑了上来，吴辉这次为了安全，枪没上膛。见那两个女的同时来抢枪，海涛也不顾一切地迎了上去，把两个靠得很近的女人脑袋往中间一碰。这两个女的马上就撞晕了，软软地瘫倒在后排椅子上。吴辉用塑料扣，把那两个女的手反绑着。然后把那女孩的包拿了过来，把手机银行卡和身份证全找了出来，随后吴辉把那两个女的摇醒。东北女孩醒来，张口就骂：“你妈的，没想到骗子碰到强盗。”

吴辉说：“少说废话，把钱交出来，你们的情况我们都知道。”

“我们钱都寄回家了。”

“知道你寄回家了，现在就打电话，把钱打到你们卡上。”

“我们打电话他们不打钱咋办？”

吴辉说：“那就杀了你们。”那两个女的看到吴辉的狠劲，觉得不是闹着玩的，连忙给家里打电话。吴辉照样是拿过话筒亲自施压，两家都愿意打钱，问要打多少？吴辉说五万。天黑了，银行也下班了，他们只能静静等待。吴辉把晚餐时那女孩买的可口可乐拿了出来，让她俩喝了。她俩不愿喝，吴辉问她俩为什么不喝？

“会死人嘛？”

“不会。”

“那你俩喝下去，省得晚上找麻烦。”吴辉逼着俩女的把可口可乐喝了下去。

没一会儿两个女人就睡死了，而且打鼾声比男人鼾声还大。吴辉、海涛两人轮着睡，海涛爬山爬累了立马就进入梦乡。吴辉也有点困，他拿出一瓶饮料，用一张锡皮纸烧起麻古来。他过了瘾，精神大振，脑袋一下清醒不少。看看后面的两个女孩，玉体横陈，他想要了。他下了车把靠进护栏的车门打开，把靠进车门的那个女孩的牛仔裤脱了下来，再把她T恤揭了起来。这个女人仍然没有感觉，照样鼾声如雷。吴辉把她摆成什么样就是什么样，干脆他把她抱放到地上，然后骑了上去。吴辉吸食过麻古，非常兴奋，他觉得面前这个女人没有配合，没有反抗，他自己想怎么做就怎么做，这种逆来顺受，让吴辉感到分外刺激。他把那个女孩换成各种各样的角度，让自己尽兴，满足。这一次吴辉可以自由控制自己的节奏，玩得精疲力竭后，他才把女人搬进车里。他发现女孩的胳膊刚才在地上摩擦时蹭出了血，便撕了几张湿纸巾帮她擦干净。

再醒来时，已经差不多九点了，吴辉把后面两个女的喊醒了，吴辉说："昨晚睡得好吧？"

两个女的都点了点头，吴辉说："现在我给你们家打电话。"吴辉打了第一家，第一家说，只凑了五千元，他们马上给打过来，家里现在没钱，请他们放了她。吴辉挂了电话，又拨打了第二个电话，第二个电话的回答也不好，说实在没钱。吴辉反问对方，你女儿这几年交给你的钱呢？

对方说："这几年她哪里挣过钱，没给过我们一分钱。"

吴辉把电话一挂，"你俩都听见了，你俩从来没给家里交过一分钱，还让我们找你家里要钱，耗了我们一晚。你们的钱到底放在哪里去了？说，快说。"吴辉狂暴的一面立马显露出来。

有个女孩说："大哥，我们真的没钱。"

傅海涛插话："你俩没钱？出来五六年，长得那么漂亮，一夜两千，还麻醉抢钱。"

"大哥，我们愿意再陪大哥几晚，但是钱真的没有。"

这个女孩话还没落下，吴辉猛地转过身子，用枪把砸在女孩的额头上。女孩"啊"的一声，往后一倒，晕过去了。吴辉狂暴地用枪在挡风玻璃的前台板上一顿乱砸。海涛大叫一声："停，别走火了。"海涛对着后面喊："快把钱交了，不交钱是会出事的，你们是骗钱的，还留人性命，我们是抢钱的，可以不留人命。"

"哇！"那女的开始大哭起来。"你们能答应不杀我吗？我保证不报案，报案我们也完蛋，我把钱给你们，你们放了我吧。"

海涛说："只要给了钱，我们立马就放你。"那女孩把卡和密码都告诉了海涛。海涛问："她的呢？"

"也在卡上。"

吴辉掐住那个女孩的人中，那女孩醒了，另一个女孩马上给她做工作："把钱给他们，他们答应马上放我们走，我的都给了他们了。"那女孩看拗不过去，只得把密码说了出来。这个时候差不多已经中午十二点了，傅海涛下高速找了个提款机，把两张卡一查，余额加起来有十五万。海涛又把第一次抢得的银行卡拿出来，看哪张还能用，然后把钱转到那张能使用的卡上，他俩再找了个僻静处把两个女孩放了。

傅海涛和吴辉这次拿下了这两个老江湖，信心大增。傅海涛说："我们现在应该说有一定经验，我们在西安再干一场然后再回家休息。"他们在西安开了一间房，好好睡了一觉，精神养足了，第二天去鼓楼、大雁塔、碑林玩了半天，顺便打听了西安KTV的经营情况。他们把目光锁定在钟鼓楼广场的蓝月亮KTV，这家KTV有两百多个包房，生意异常火爆，小费听说单唱歌就要四百元。他们俩就在西安换了一身行头，到了晚上精神抖擞地进了KTV。这次海涛看见吴辉又有了新的招式，点烟用上了百元大钞，烧得一旁的妈咪小姐们心尖尖痛。到了午夜，三位小姐被骗上车，海涛还是故伎重演，先给了一千元小费。海涛在前面开车，那位小姐就坐在他身后，手不老实地在他胸前抚来抚去。傅海涛经过两次锻炼，胆子也大了不少，他对吴辉说，"先找个地方，你带两位小姐下车等等。"

吴辉说："这干什么？什么时候？"

傅海涛说："我等不了了，让我先把事干了吧。"

"好好，你找地方吧。"傅海涛找了树多的地方把车停了，吴辉就叫了另两个小姐下车等候，那两小姐直埋怨哪有这么急的。

吴辉说："不管他俩，我们等会儿去宾馆好好玩。"那辆车在傅海涛的猛烈作用下，上下起伏，发出阵阵声响。正好有两个骑车的小孩路过，停下车往里看，吴辉大喊："没见过你爹妈怎么制造你的吗？"那两个孩子吓跑了，完事儿后，傅海涛在擦汗，吴辉他们重又上了车。

跟海涛刚做过爱的小姐问海涛："大哥，能先送我回去吗？"

吴辉拿出了枪说："不行，你们被捕了。"一切都按计划进行，电话打了，三家都愿意出钱。已经是凌晨两点了，傅海涛找了非常偏僻的地方停车。他下去把车子前厢盖撑了起来，又把两副车牌取了下来，让人看上去好像车坏了，车上的人在等待救援。然后落了中央锁，五人在车上就睡了。吴辉是被敲车窗玻璃的声儿吵醒的，吴辉吓了一跳，一看是个老头。傅海涛这时也醒了，他们同时看到了车后停了一辆警车，警车的驾驶室是空的，估计是这个老头开的。傅海涛这时才发现他们昨晚的车不偏不倚正好停在一个工厂的大门前，那个车窗外的老头掏出带警徽的工作证晃了晃。海涛猛地一下把汽车打上了火，吴辉在副驾驶位上配合着迅速把档位推到了一档上。吴辉在前面的引擎盖板完全立着的情况下踩下油门往前冲了出去，他只能透过车盖板下面细窄的缝隙观察前方。

天下起大雨来，吴辉从反光镜中看到那个警察正掉头往自己的警车跑去，傅海涛也不认识路，分不清方向，连拐了几个弯，最后车子开进了一个废弃的厂区。车陷进了烂泥中，傅海涛怎么开也开不出来，急得衣服全都湿了，但是车还是开不出来。傅海涛最后绝望地从反光镜中看着后面的大门，等待着警车随时开进来。他们静静地等着，只有雨刮器在前窗玻璃上来回刮着，刮出来的声音是那么尖利，让人恐惧，幸运的是警车最终没有出现。

傅海涛回洛阳已是第三天了，这两天海涛一直在跟阿雅商量买房子的事，海涛想买一套房跟阿雅把婚事办了。阿雅妈妈刘姨却不希望他俩买房，她说他们的老房子要拆了，准备扩建成八间大房。刘姨希望他俩一起过来住，先别买房，用买房的钱先做点生意。海涛还是坚持要买房，他觉得有套自己的房，住得自在，在洛阳买房也不算很贵，最终大家同意了海涛的意见。今天风和日丽，海涛开车接上刘姨和阿雅去看房。海涛开车往市里走，今天要看的房是市中心的“华庭世家”小区。洛阳的小区建设现在已开始追求环境，有环保的概念了。“华庭世家”小区正门是个气派的半圆形广场，广场的正中是一座圆形的音乐喷泉，喷泉的中心位置是鲤鱼跳龙门的造型。七八条鲤鱼活蹦乱跳地从水中跃出，活灵活现。小区里面有三十多栋小高层，楼间距异常地宽，中间是绿茵草地和小桥流水，间或垂柳依依，梧桐蔽日。

阿雅欢快地叫起来，“真漂亮！妈，家里的房子再怎么舒适，但是环境跟这里是没有办法比的。”

刘姨也说：“买的房子确实比自家的好。”

海涛说：“我们去看看房间，里面感觉可能更不一样，你们等着，我去叫售楼小姐开门。”一会儿海涛叫来了售楼小姐，他们进了电梯，电梯倒是不算大，坐上四人就有点嫌挤。

阿雅说：“这电梯不大啊！”

售楼小姐说："电梯大了，既占空间，又耗能源，我们这一层只有六户。"售楼小姐打开了三楼一间房，这间房是两室一厅，坐南朝北，南北通风，这栋楼是一栋板楼。"我们公司还专门为新婚夫妻准备了优惠套餐，凡是在我们这儿购房的新婚夫妻，我们赠送二十桌宴席。"售楼小姐说着，从一堆资料中拿出了一套资料，"漂亮吗？这个不干胶还可以贴，很可爱的。"售楼小姐把一张印着一对亲着小嘴的男女儿童的画像不干胶小广告画递给了阿雅。

阿雅念着广告画上的字说："华庭世家，名字也挺好的，两个小家伙好可爱。"她转过身对傅海涛说："把它贴在车上吧。"傅海涛点点头。

刘姨和阿雅进了房间就开始兴奋地计划每间房子的用途，刘姨说："这第一间房做客房，以后也可以给孩子当卧室，第二间做书房。"

阿雅说："沿墙这面我要从屋顶到地面，做两排顶天立地的书架。"

海涛说："这么高的书架，我都拿不着，方便吗？"

阿雅说："方便，你没看过欧洲那些大图书馆，里面的书架好高好高，都是用活动梯子取书的，我也要木匠做个梯子，可以爬上爬下。"阿雅天真的想法说得大家都笑了。说了一会儿，大家又为洗衣机放在什么位置争论起来。刘姨说要放在洗衣间里，阿雅说放在阳台上，阿雅很在乎洗手间的完整性。她说："洗手间面积就那么点大，放了个抽水马桶、一个浴缸就没有什么空间了。"

刘姨却说："洗手间可以不用浴缸，也可以不用抽水马桶，那么笨重的东西太占地方，没什么实用价值。"

阿雅一听妈妈这么说，她就私下对傅海涛说："那两件东西缺一不可。"

傅海涛明知故问："要那些干吗？"

阿雅轻轻拧了傅海涛的手说："做爱。"

第二天，阿雅要搭傅海涛的车到一个朋友家去。阿雅上车后，看见房地产公司的广告还丢在座位上，就把那张不干胶广告画找了出来。她把不干胶撕了下来贴在挡风玻璃的右上角。傅海涛对阿雅说："我这给你三千元钱，你去花吧，我明天又要出门，你自己照顾好自己。"

阿雅要找水喝，把副驾驶座上的工具箱打开了，猛地发现工具箱里有很多手机，就问海涛："怎么有这么多的手机啊？"

海涛愣了一下，说："那是一个我认识的人偷来的，要我还过去。"

阿雅说："别弄出事来。"

“不会的，我会注意的。”

阿雅下车时回过头对海涛说:“你记住了，一定不要乱搞，别出事。”海涛笑了笑，开车返回，还没到终点，就收到阿雅的一条短信。短信是这么写的：海涛，我有个女朋友，她男朋友每次见到她，都给她二三千元钱，女孩子很自豪。但没过多久，这个男孩出事了，人被抓了，最后这个女孩什么都没有了。我不希望成为那个女孩，我只希望你好好的。

看着这条短信，傅海涛把车停了下来，他为阿雅的那种担心感到伤心。他爱阿雅，就希望她开心，希望她轻松，现在阿雅为自己担心，傅海涛怎么能不内疚伤心呢？另一方面，他也觉得阿雅长大了，知道为心上人分忧解难了。她正在变得成熟起来，傅海涛想到应该给她婚姻，他心里计划，我再在全国走两趟，挣点钱就不干了，我要去跟我的阿雅过安稳的生活。

清晨，他们就开车出发了。他们的路线是郑州、石家庄、天津、济南、青岛，他们白天赶路，晚上干活。第二天上午拿到钱，又出发奔向下一个目标。他们就这样经过一个又一个城市，一路顺风。高速公路的长途奔袭，让傅海涛和吴辉倍感刺激，速度是激情的时间和空间的体现。他们两人聆听着音乐，从一个城市奔向另一个城市。吴辉用冰毒和麻古支撑着，傅海涛用音乐和阿雅的爱情支撑。任人驰骋的高速公路，斑驳陆离的霓虹灯，五光十色的KTV，漂亮可人的小姐，取之不尽的金钱，美不胜收的风景，天马行空的刺激，构成了他们的日常生活。

这是个秀丽富裕的城市，隋炀帝当年沿着京杭大运河一路南下，他一生以荒淫无度、生活糜烂而著称。他的幸临，给这座城市留下千古风流的美誉。多少年来，这里美女辈出，名姬云集。多少达官贵人拜倒在此，流连忘返。火玫瑰KTV是城里很出名的场子，吴辉、傅海涛在这里绑了三个小姐。晚上他们让三个小姐给家里打电话，但是让傅海涛和吴辉吃惊的是这三个小姐全是本地人，其中家住得最近的离KTV只有200米，每天是她妈妈接送她上下班。

吴辉问:“你们怎么敢在本地上班？”

“我们这里笑贫不笑娼，都这样。”因为她们是本地人，晚上吴辉再没去骚扰小姐，而且他们俩加强了警戒。傅海涛坐后排两个小姐中间，前排副驾驶座上一个小姐，吴辉开车。他们晚上把后排的锁锁上，从车里面没有办法往外开门，然后再锁中央门锁。第二天清早，吴辉说肚子有点饿了，傅海涛说那找个地方买早点吧。吴辉找了个不大的早餐店，过往的人不多，吴辉把车停在离那家店一二十米的地方。他下了车，锁上中央锁，吴辉拎着早餐回到停车位置，打开了遥控锁。正当吴辉往车里坐的时候，副驾驶座上的小姐趁中央锁被打开之际开了车门就往外跑。吴辉一把拽住了小姐的手，小姐车门已打开了一半，一只腿已迈了出去，小姐拼命往外抽身。吴辉和傅海涛都在车里拉扯着小姐，双方僵持着，进不来，出不去。

傅海涛说："你点火啊！"吴辉把马达打上了火，傅海涛把车窗玻璃撤了下去，手伸在窗外，把车门打开了。

傅海涛一下车，就有行人来问："怎么回事？"

傅海涛连忙回答："夫妻吵架，没事。"傅海涛外面抓住小姐的手和腿，把小姐推进车门。他刚关上前车门，没想到后排小姐也把车门打开了，人也要往外走。吴辉在车上急了，加上油门挂上挡就起步冲了出去。

傅海涛一看车跑了那么远，急得头发都像要立了起来，他迅速往前跑去，去追赶自己的车。吴辉边开车边等傅海涛。车速渐渐慢下来，傅海涛还差十多米时，前排那个小姐再一次跳下了车。这一次这小姐跑起来毫不犹豫，穿着高跟鞋，像一只小鹿一样往路旁的一条小路跑去。傅海涛第一反应是今天可能要出事了，但是他也来不及气恼，一坐上车就叫吴辉马上开车，吴辉一边开车一边暴怒地狂喊"他妈的！他妈的！"拍得仪表盘乱响。

后面两位小姐，惊恐万状，轻声哭泣，然后求饶："大哥，这跟我们无关，跟我们无关。"

傅海涛说："找个地方把她们放了。"

吴辉暴怒地喊："凭什么，放他妈的屁！"吴辉把手上的手机往仪表盘上猛力一砸，手机的电池都被砸了出来。

傅海涛也冲动起来，两只手拍打着仪表盘，口里大声喊着："放了，放了，先放了再说。"吴辉不说话了，找了个僻静处把车缓缓停下，那两个女孩一边喊着谢谢，一边头也不回地跑了。

傅海涛说："我们得马上离开这座城市，把车牌也换了吧。"

这次绑架失败是他们的第一次失手，但是这次意外并没有阻止他们的疯狂，他们仍然按照原定计划一个城市一个城市地往下走。他们确实认为这就是一种娱乐，一种消遣，一种刺激。他们有时就觉得自己仅仅就是去歌厅唱了一次歌，最后不但没花钱，倒还找小姐要了一笔钱。他们认为小姐的钱也不是血汗钱，来得容易也应该去得容易。傅海涛在整个绑架过程中，越来越容易陶醉在一个驾驭他人命运的角色里。而吴辉则沉醉在施暴者的角色中，他们都在享受那些漂亮女人向他们跪地求饶、摇尾乞怜的感觉。那个时候，他们都感到自身的价值，感到自己的权力，感到自身拥有的受人敬畏、令人恐惧的强大力量。傅海涛甚至还想不透这种心理需求是不是人的虚荣心导致的？它到底是属于强者还是弱者的心理活动呢？但他知道它不健康，它产生在两种力量不对称的基础上，它是强势力量对弱势力量的凌辱，特别是当它成为一个群体性的指导思想时，人类表现出来的倚强凌弱的残酷性更让人类自己都毛骨悚然。

杭州的绑架让傅海涛又经历了一场灵与肉的体验。那个晚上，月光皎好，他们俩选了一家月朦胧 KTV。这家歌厅的灯光设计很有特色，都是淡蓝色灯光，光线、光斑、光型、光色都非常有创意，确实有点月朦胧的感觉。只是有一点，人的五官看不清。按惯例，傅海涛每次选一位小姐，吴辉选两位。傅海涛这次挑选的小姐，长相也看不清，就看到小姐身材亭亭玉立，婀娜多姿，就马上点了她。吴辉照例一边用百元大钞点香烟，一边挑选了两位小姐。妈咪见这两位老板很有钱的样子，于是坐在包厢里不走了，妈咪跟吴辉摇起骰子来。吴辉定的规矩，如果妈咪赢了，吴辉付一百元钱；如果妈咪输了，就脱一件衣服。吴辉把一万元现钞放在茶几上。妈咪没有几分钟，就赢了七八百。但衣服也都脱得干干净净了。妈咪今天是想把桌上的钱都赢过来，于是她叫两个小姐陪吴辉，吴辉也同意。但吴辉有个条件只要这输赢游戏玩下去，前面脱过的就不能再穿衣服，妈咪也同意。于是三人陪着吴辉玩，吴辉一边潇洒地玩着，一边有事没事地还在妈咪身上摸一把拧一下的。三个女人眼看都要脱光了，妈咪把陪傅海涛的小姐拉到卫生间，说了半天。估计傅海涛的小姐不愿意这么玩，妈咪也没得办法。三人全脱完了，吴辉问妈咪还有什么游戏。

“三人轮流陪你跳舞，你给奖金。”

吴辉点头同意，妈咪带头跳，吴辉于是搂一个裸体女郎一扭一扭地跳起舞来。傅海涛在男女方面虽然很开放，但是他还是做不到像吴辉这样没有任何心理障碍，他只是搂着身边这个高挑小姐的腰随着音乐轻轻摆动。妈咪过来也让海涛的小姐陪海涛跳裸体舞，傅海涛的小姐不吭声。

妈咪对海涛解释说：“这小姐刚来两天。”

吴辉不耐烦地说：“那就换人。”

傅海涛见这小姐还有点羞涩感，心里不禁有一些好感，就说：“算了，算了。”这晚他们玩得很尽兴，三位小姐也很轻易地被他们带上了车。吴辉上车后，车开到了一个僻静处，吴辉露出了庐山真面目。三个小姐乱成一团，然后是捆绑，打电话，忙完这一切，吴辉拿出饮料灌吸食麻古。

吴辉说："今晚有一个小姐自作清高，今晚我要把她办了。"那个高挑小姐知道是说自己。

她急忙从身后拍着傅海涛的肩膀说："大哥，我来伺候你。"傅海涛听着这声音觉得非常熟悉。他从反光镜里往后一看，他看到了一双熟悉的丹凤眼，原来这个丹凤眼就是在重庆兵工厂焦丽给介绍的丹凤眼。傅海涛想起了重庆，想起了焦丽，想起了焦丽的按摩中心。

傅海涛平常从不在车上跟吴辉争小姐，但这一次，他跟吴辉说："让她跟我吧。"

吴辉说："好，这个纯情少女就跟你。"

傅海涛说:"我得带她下去。"吴辉也知道海涛从不当着别人的面跟女孩发生关系。

吴辉说："你小心点。"傅海涛点了点头，他下了车打开了后门，把丹凤眼小姐带下汽车。然后再把中央门锁锁上，傅海涛把丹凤眼小姐带到路旁的一棵树下。

小姐说："大哥，能把我的绳子解开吗？我不会跑。"

傅海涛说："你认出我们了？"

小姐点头，傅海涛把她身后的塑料线剪断了："我知道你后来去找过我。"

小姐说："全厂的人都感谢你们，你们为什么？"小姐欲言又止，海涛把缅甸的事简单地说了一遍。

"难道你们没有回头路了吗？"

海涛轻轻摇着头，他想到了家乡的阿雅："我不知道还能不能回头。"

"为什么大家都这么惨啊！"丹凤眼垂着头小声抽泣起来。海涛想起了重庆、缅甸，想起了焦丽，他又感受到自己在工厂出发前大客车上哭泣的痛楚。他眼睛有点潮湿，轻轻地拥抱了丹凤眼，丹凤眼顿时两只手搂抱着他失声痛哭。在哭声中，傅海涛泪眼朦胧，心想这个世界除了吴辉就只有这个不知道名字的漂亮女人了解他俩的目前处境。只有这个女人为他们洒下了热泪，她带着温暖，带着回忆，又把傅海涛带回到美好的过去，他想向她倾诉。她是焦丽的朋友，她是留下他与吴辉美誉的那个地方的女孩，他跟她曾有肌肤相亲，他确实发自内心地想亲近她，爱抚她。他含着泪轻轻地吻了她，而丹凤眼也以热烈的吻回应着他。

他漂亮的衣服就像是包装，她帮他解下衣服就像是在撕开他的包装。她一直不相信眼前层层包装的傅海涛，是一个疯狂的绑架犯。她用力地剥去傅海涛身上的衣裤、鞋袜，直到傅海涛赤身裸体地站在她的面前。她上下反复地打量着傅海涛，然后把傅海涛扑到地上，对他说："你一点都没有变，你还是你。"丹凤眼一边脱着衣服一边哭着说："这个世界本来很多事都不应该是这样的，为什么会这样？为什么会这样？"丹凤眼流着泪与傅海涛交媾，她在强迫傅海涛高潮，傅海涛一直含着热泪注视面前这丹凤眼，就像第一次注视她一样。他想如果没有现在，他俩可能会成为一对很好的红颜知己的，如果当初那晚没有去重庆，历史会不会改写？如果她也跟着他们去缅甸，这个丹凤眼说不定现在还跟自己在一起。但谁又能想到他们现在都以这样的方式在这样的地点见了面，但不管怎么说，能见面不也是一种缘吗？世界上古往今来芸芸众生能有幸见上一面的男女能有多少？他俩还能在这样的时间地点巧遇，这不就是缘分吗？就在此时，他们能身体相融、心灵相通，难道不是这个世界上最幸福的人？最亲爱的人吗？想到这儿，他激情澎湃，他在丹凤眼的哭声中得到了升华的快感。

傅海涛带着丹凤眼姑娘上了车，吴辉开玩笑地说："过足了瘾吧。"

傅海涛对吴辉说："她的钱你别要了，她都给了我。"吴辉异样地看了傅海涛一眼，什么都没说。第二天上午，另两位小姐的钱打到了卡上，然后傅海涛、吴辉找了个僻静的地方放了她们三人。傅海涛把手悄悄伸到车椅后和丹凤眼握了握手。这次小姐下车的位置，是吴辉选的。每次选择小姐下车的地点，是按照至少要走半个小时的路程后才能报案的位置来选择的。傅海涛他们的车放下小姐往前走了还不到十分钟，一拐弯迎面来了一辆交警巡逻车。吴辉算了算可能最多十分钟，小姐们就会遇上这辆巡逻车，于是傅海涛加大油门开始狂奔。

吴辉说："你那么着急干什么？"

"昨天的小姐就是焦丽那里的小姐，第二天去了重庆的那位。"

"那你怎么把她就放了？"

"我们能绑架焦丽吗？能绑架那22个送出来的女孩吗？"吴辉一时哑口无言。

八天后他们驱车到了重庆，这一路他们绑架了多少小姐，他们也不记得了，但抢下来的钱估计有八十多万了。他们经过重庆，两人都说去那家老兵工厂看看。他们开进生活区时，把车窗玻璃摇了起来，两旁的街景没有丝毫改变。买菜的工人师傅很多，他们都认识，但是他们不敢打招呼。他们住的那家最好的宾馆门口照样是冷冷清清。他俩去了焦丽的按摩中心，这家店已经歇火了，门可罗雀。他们俩悄悄找了一个电话亭，用公共电话给焦丽家打了个电话。接电话的是焦丽七岁的孩子，焦丽的老公不在家，他们让小孩下来取东西。他们用报纸包好了八万元现金，交给了那个孩子，告诉他这是他妈妈给的。

男孩问：“我妈妈快回来了吗？”

“是的，快了。”然后他们告别了男孩，驱车成都。上了成渝高速公路，吴辉就哈欠连天，吴辉开始满车翻着东西。

海涛问：“你找什么？”

吴辉说：“我应该还有一小包麻古的，准是刚才下车的时候，掉在工厂了。”海涛心里咯噔了一下，他了解吴辉，要是没有麻古，这小子干什么都没有劲。海涛开了一百多公里，感到有点困了。他看了一眼吴辉，吴辉说：“你歇一会吧，我来开开。”海涛找了个临时停靠点，然后两人都下了车，换了个位置。开车后，海涛昏昏沉沉刚想睡一会儿，就觉得车又停了下来，海涛不解地看了一眼吴辉。只见吴辉正张着大嘴打着呵欠，困得不行。海涛只好又下了车，回到驾驶座上。海涛这次坐上驾驶座就再也没有换吴辉，海涛如果困得不行，就把车靠在马路上，睡一会儿。有时索性直接把车开进加油站，用冷水冲冲头，再继续往前面赶路。吴辉一直在旁边昏睡着，太阳从海涛的右车窗升起，那清晨的朝阳圆圆的，轮廓清晰，像个金盘挂在车窗上。当太阳降到左车窗，和左车窗并行时，此时西沉的太阳就像咸鸭蛋的蛋黄，通红通红，海涛陶醉在夕阳晚景中。

到了夜晚，高速路上汽车川流不息。迎面而来的汽车开着大灯，远看觉得好像和自己的车在同一条车道上，逆向行驶，扑面而来。他真以为是对面高速公路修车，临时性改道，对面的车开到自己的道上来了。直到会车的时候，呼啸而去的汽车才让海涛感到这是一场虚惊。海涛最担心对面的车走的是下坡路，自己上坡。对方下坡时，对方的大灯高过中间的隔离带，直射海涛的眼睛，时间长了，海涛的眼睛也被照射得直流眼泪。这次回程，虽然傅海涛体力付出很大，但是这次比起他俩从缅甸回家那次，他心里要轻松得多，充实得多。他的轻松是因为他们这一程的系列绑架活动暂告结束，他已经没有心理压力了。他的充实是因为他们这次通过绑架已经抢到了八十多万，海涛拿一半也有四十万。他想用这四十万回家娶阿雅，成家，过正常的生活了。

但是他俩不知道的是，他们绑架过的一位江城小姐，也许是这个小姐的所有皮肉钱都被他们抢光了，也许是吴辉实施的强奸太狠了。反正这位小姐被他们放了后立马就报了案，而且她还清晰地记得绑匪的汽车挡风玻璃的右下角贴了张“华庭世家”房地产的小广告，她当场就画出了那张小广告的形状。警察立马调看了发案地点的摄像监视资料，一直查到高速公路入口，没有多久就锁定了傅海涛的车。

海涛看过一部美国的大片《末路狂花》，那部电影说的是两位美国女郎本来是去休假，在路上杀了强奸犯无意中犯了罪。她俩也是在高速公路上逃亡，警察步步紧逼，最终两位美国女郎在无路可逃的情况下，把车开下了悬崖峭壁。海涛还有点印象，《末路狂花》的发生地应该是美国的大峡谷，苍凉的荒野，卷起阵阵狂沙，此时，海涛想起《末路狂花》两位女郎的亡命情景，心中不免生出几分惬意。他跟吴辉现在是凯旋而归，满载而回。想到这里，海涛的睡意就烟消云散，他拧开CD的电源键，听起了那张《唐古拉风暴》。激越昂扬的音乐，让海涛精神为之一振，他一只手驾着方向盘，一只手兴奋地和着音乐的节拍，拍打着方向盘。

这两天，傅海涛和阿雅准备去照婚纱照。让傅海涛烦恼的是他拍婚纱照的礼服还没落实，他希望照片上和婚礼上穿的礼服是一样的。他喜欢那种纯白色的衬衣，衬衣袖口上的袖扣和领带夹是三件套的，用完后可以单独取下来。那袖扣和领带夹放在一个首饰盒那么大的盒子里，非常精致，与之配套的衬衣是全棉的精制衬衣。为了买这么一件衬衣及附件，海涛跑了不少商店，就是没买到。海涛气恼地说买不到一件这样的衬衣，他就不照婚纱照。急的是阿雅，她心想这房子装修都完了，家具也马上到货了，酒席也在预订中，海涛这结婚照老不照可怎么能行。阿雅急中生智，想到了一位白马寺管理处的同学。同学每天都接待全国来的游客，让同学找北京、上海旅行社的朋友帮忙，兴许可以买到。她打电话告诉她同学，她同学答应明后天给她带到。阿雅为了保险，让带了三套。过了两天，海涛正在网上看一部美国的爱情电视节目，叫《诱惑岛》，阿雅叫了海涛几次，让他出门，海涛屁股就是不离开椅子。最后是阿雅把电脑关了，海涛才心思沉沉地起了身，海涛问阿雅到哪去，阿雅说跟我走，给你惊喜。

阿雅问海涛："刚才你看什么？看得这么痴迷。"

海涛："一部美国爱情节目，像我们这样准备结婚的人就可以参加，接受爱情考验。"

阿雅问："怎么考验？"

"把我俩分开，一人给你配上十个各行各业中挑选出来的优秀单身异性。然后在栏目组的安排下这十个异性和我们在诱惑岛分别生活一段时间。两个月后，我俩再见面，如果我们俩还愿意继续结婚，我们举办婚礼的所有费用就都归栏目组负责。"

阿雅说："有这样的好事，中国有没有这样的节目，有这样的节目，我们也报名参加，省得结婚自己要出那么多费用。"

海涛说："关键是这个节目开办几年来，没有一对未婚夫妻拿到了这笔费用。"

阿雅问："为什么？"

海涛说："因为参加节目接受考验的一百多对未婚夫妻没有一对通过考验。"阿雅听后，不作声，她只是抓住海涛的一只手，陷入了沉思。

到了婚纱摄影中心，两人下了车。傅海涛边进门边说："《诱惑岛》的节目也是从这种婚纱摄影中心寻找一对结婚的新人开始的。"

阿雅一走进店门，就四处张望。傅海涛问："你找电视台的人啊？"

阿雅说："你看电视都走火入魔了，我们是来照相的。"

海涛这时才恍然大悟："我的衬衣，领带夹都没有。"

阿雅指了指玻璃柜台。海涛凑过去一看，正是他一直想要的套装！三套不一样的衬衣、袖口扣和领带夹，整整齐齐排放在玻璃柜上。袖口扣和领带夹在灯光下闪着暖色的光芒，三套金色饰品主题都不一样：一套是宝剑的造型，一套是爱神造型，还有一套是运动项目造型。

这时吴辉来了个电话，吴辉告诉海涛，这段时间他要离开洛阳，跟阿雯去北方旅游去，可能短时间不会回。吴辉也问候了海涛，海涛说这段时间他准备跟阿雅把婚给结了，正在照相。

吴辉说："那要祝贺你了，你把大喜之日订好，一定告诉我，我会赶回来的。"两人说好了，就把电话挂了。

海涛一把抱过阿雅高兴地问："你是从哪里买到的？我怎么四处都买不到呢？"

阿雅说："这是秘密，快换衣服吧。"两人开始换衣服，海涛穿上新衬衣，别上爱神袖扣。

阿雅给海涛打着领带，海涛惊讶地问："你这领带反手打得怎么这么顺啊。"

阿雅神秘地笑了笑说："我当过三年的红领巾大队长。"

婚礼当天，海涛穿着白色的棉质衬衣，别着爱神袖扣，和穿着婚纱的阿雅站在酒店的大门口，满面笑容地迎接着三三两两来参加婚礼庆典的亲朋们，他俩身后站着伴郎伴娘。客人入席了一大半，海涛看见了吴辉和阿雯两人一身光鲜地走了过来。海涛兴奋地远远地和他俩打招呼，两人越走越近，最后两人拥抱在一起。阿雯走上前去也跟阿雅打招呼，把一个大红包塞给了阿雅，阿雅说了声谢谢。

就在这时，七八个精壮的男人不知从哪里钻了出来，他们扑在了吴辉和傅海涛身上，然后给吴辉和傅海涛、阿雯三人戴上了手铐，随即他们出示了警官工作证，嘴里喊道："我们是江城公安局的。"傅海涛的车和另外两辆江城的车被开了过来。惊呆了的阿雅半天才哭出声来，伴郎、伴娘跑进了餐厅，等到餐厅的人蜂拥而出时，三辆车早已绝尘而去。傅海涛回头看时，透过玻璃，他看见阿雅昏倒在大门的台阶上。

第十六章

THE SIXTEENTH CHAPTER

“你不知道你被抬出来时有多惨，你们分局当晚来了四十多位兄弟，把看守所的大门都围了，非要把打你的那帮小子抓出来，为你报仇。”泪水模糊了刘昆仑的眼睛，他喃喃地说：“他们还当我是兄弟。”

秦柳新为自己打给公安局的报案电话导致杨明被抓的结果既感到有点兴奋，又感到失落，兴奋的是杨明终于按自己的复仇计划那样陷入了困境，但她内心的这种复仇心理，既不敢对外人说，也不敢在记忆中去强化，她始终认为自己的这点隐私太狭隘，太自私了。

看守所／现在

六月十九日晚
阳光
看守所定点医院

刘昆仑在床上已躺了整整三天，现在身体一动，全身哪里都痛，这帮小子下手真狠。江科长刚才一进来，就说："对不起，对不起，是我们失职了，没有保护好你，让你受苦了。"刘昆仑估计自己的脸肯定被揍得很惨，青红皂白，五彩缤纷。刘昆仑虽然没照镜子，但他从江科长的眼神里可以看得出来。

刘昆仑说："让他们打打吧，解解气，我以前揍他们也没手软。"

江科长说："你不知道你被抬出来时有多惨，你们分局当晚来了四十多位兄弟，把看守所的大门都围了，非要把打你的那帮小子抓出来，为你报仇。"

泪水模糊了刘昆仑的眼睛，他喃喃地说："他们还当我是兄弟。"

江科长也含着泪握着刘昆仑的手说："你就是我们的兄弟，我们都把你当兄弟，不管是从前，还是现在，还是将来，你永远是我们的兄弟！"

刘昆仑连声说："谢谢！谢谢！受点委屈，受点皮肉之苦，我都不在乎，我在乎的就是你们会怎么看我。"

江科长说："别想多了，你都不知道，你在床上躺了三天两晚，你的战友、分局领导都来看你了。动手打你的那八个人都被我们查出来了，我们在重新整理他们的证据，到时想听听你的意见，怎么赔偿？怎么处罚？"

刘昆仑说："如果只是些皮外伤就算了，我很在意'下老壳'和傅海涛动了手没有？"

"没有，我仔细查过，这两人从头至尾没动过你一下，中间还说了几句有利于你的话。"江科长回答。

"江科长，我还想问问你，那次锯铁窗的事，你来调查盘问时，我使了那么多暗示就是想告诉你，我知道是谁锯的窗，你当时为什么没有理睬我啊？"

"你以为我有毛病啊，我早就看到你的暗示了，我是不愿意由你来提供线索，由你来承担压力，我知道你已经落难了，就不能再给你添麻烦了，兄弟啊，我照顾你唯恐照顾不周，我哪里还敢给你加压啊？”

刘昆仑听完江科长的这席话，唏嘘不已，动情地抓着江科长的双手摇着说：“兄弟，真兄弟！”

刘昆仑在床上写日记，全身都隐隐作痛。两位看守所的监管干部在刘昆仑的房间里守着他。

大前天下午，看守所的在押人员开始调整了。他们号子里只留下刘昆仑、杨明、“下老壳”、傅海涛四人没动，其他的都重新分到其他号子里去了，他们这号子又分进来三十多号人。刘昆仑睡在头铺，新来的人自然最关心他。罗拐子也进来了，他主动跟刘昆仑搭讪，说我俩肯定在哪儿见过，肯定是老熟人。刘昆仑知道在这遇到面熟的绝对不是好事，不愿意去想，只说肯定是记错人了。这罗拐子当然也认识“下老壳”，看得出这罗拐子跟“下老壳”有过过节，两人爱答不理的。但这罗拐子是江城的一个惯犯，他们一块儿进来的三十多号人，有七八人他都认识。罗拐子注意上刘昆仑了，他从见到刘昆仑第一面开始，就一直在脑海里回忆对刘昆仑的记忆，时不时瞟刘昆仑几眼。前天清早一起床他带了七八个他熟识的人，气势汹汹地站到了刘昆仑的床前，刘昆仑说：“你这是要掀桌子，想睡头铺？”

罗拐子摇了摇头说：“我不是来掀桌子，睡头铺的，我是想来算总账的，你也有今天，我真没想到。”

刘昆仑说：“我可不认识你。”

“你不认识我不要紧，但我认识你，你就是烧成灰，我也认识你，看看我这条腿，就是你欠下的。”

刘昆仑说：“我要真打断过你的腿，那我不早就进来了。”

“你好好想想，你在派出所上班的第一天，办的第一个案子。”罗拐子这么一说，号子里所有人都惊呆了，“下老壳”也诧异地看着刘昆仑与罗拐子。刘昆仑的记忆闸门渐渐打开了。

刘昆仑记起了转业到派出所上班的头一天，那时工作证、公安制服还没有发下来。一大早刚上班，来了个女的报案说她的项链和钱包被抢了。刘昆仑正准备登记，她说别登记了，刚才被抢了后，也没有大叫大嚷，她悄悄地跟上了那个抢劫犯，现在他就在附近吃早饭。清早只有刘昆仑一个人在派出所，什么警具都没有。刘昆仑是第一次办案，心想先抓住抢劫犯再说。等他们赶到时，抢劫犯刚付完账，正要走，看他们追上来了，于是撒腿就跑。刘昆仑一个人追了上去，最后把这小子追得跑不动了，他就问刘昆仑是哪儿的。刘昆仑说出派出所和自己的名字，因为刘昆仑老家不是本地的，不会说本地话，而且这小子对他们派出所上上下下的干部个个都熟，他就说刘昆仑是冒充的，于是他又跑，刘昆仑又追。

他最后对刘昆仑说："没人看见，你拿项链，我拿钱包，各走各的。"刘昆仑不同意，他就说刘昆仑不懂规矩，不是警察，然后跟刘昆仑对打起来。那时刘昆仑刚从部队伤残转业，旧伤未好。他俩都打得很顽强，彼此都受了伤，最后他们所的战友赶过来才把抢劫犯抓住。抢劫犯确实认识他们所里的上上下下，他听说刘昆仑是刚转业的，就抱怨说："我不知道他真是警察，要不借我十个胆子，我也不敢跟他对打啊。"王所长看到刘昆仑身上被抢劫犯打伤多处，气不过，抽了抢劫犯两耳光，然后兄弟们狠狠教训了抢劫犯一顿。最后抢劫犯被判了几年，后来听说他弄断了自己一条腿，保外就医了，这个抢劫犯就是现在站在刘昆仑面前的罗拐子。

罗拐子问："想起来了吧？"

刘昆仑说："想起来了，怕个屌！"罗拐子招了招手，他们七八个人都围了上来。罗拐子一拳直面打了过来，刘昆仑用左小臂架住，随即用了一个冲拳打了回去，罗拐子仰面倒地。接着一条腿直奔刘昆仑下身而来，刘昆仑侧身躲了过去。忽然，刘昆仑右耳挨了一拳，接着肚子上挨了几脚，他觉得自己一下子失去了平衡，倒在地上。他用手抱着脑袋，弯曲着身体，尽量保护着自己的前胸。刘昆仑模模糊糊中，好像听到"下老壳"在说话："这小子也是条汉子，别搞过了。"接下来刘昆仑就什么都不知道了。

杨明这次把手提电脑带到吴大鹏的房间里来了，杨明翻阅着资料。吴总不停地倒水、洗水果，就像服务生一样在旁为杨明提供服务。杨明不时地在电脑上敲着键盘，没多久，一篇《关于举报刘先贵等人职务侵占案的报告》就写完了。报告是对江城市公安局经侦支队打的，报告的举报内容只有两页，但是后面的证据附件有一大本。每份证据都编了号，然后在举报材料中标明出来，对应地印证一个观点。这份报告言简意赅，条理清晰，叙事清楚，每个观点都有相应的证据对应。

吴总看过大喜，他觉得有了这么一份材料，证据这么扎实，肯定可以告倒刘先贵、邓建国，可以把刘先贵、邓建国他们关到监狱里去，他的钱物、公司的手续、印鉴都可以拿回来。他现在已经非常信任身边的杨明了，依靠杨明他就可以收拾残局，东山再起。中午吃饭时，吴总把个人的家庭身世都一五一十地告诉了杨明。杨明在谈话中更感到一种强大的压力和使命感，他本来跟这个老人素昧平生，是命运让他们走到一起。秦柳新还提出先找吴总索回一百万元再给他帮忙的建议呢，现在杨明越来越有压力了。他很不愿意给面前这位完全对自己放弃戒备、视自己为救命草的商人增加更多的压力。另一方面刘先贵、邓建国的所作所为，也使杨明骨子里的正义感激发出来，他认为刘先贵、邓建国他们太过分了，这样卑鄙的敛财手段，这样巧取豪夺的花招，应该受到社会的谴责和法律的追究。他心里暗下决心，一定要把刘先贵、邓建国告上法庭，让他们接受法庭的制裁，并追回自己被诈的钱财，追回吴总公司的手续、印鉴。

到了下午，杨明把打印好的举报材料交给了秦柳新，让秦柳新先看看，然后再当面交流。杨明心里想着秦柳新肯定是以欣赏的神态看他写好的材料，想到这里，他心里就美滋滋的。第二天中午，吴总请秦柳新吃饭，吴总已经知道秦柳新的社会背景，他知道杨明他们想依托秦柳新解决这个问题，因此自己就必须事先取得秦柳新的认可。这一顿饭是在宾馆的餐厅包厢里吃的，杨明特地给秦柳新点了一道土鸡炖汤，这道菜是秦柳新平常最喜欢吃的。秦柳新打扮得光彩照人，杨明以自豪的眼神看着秦柳新。在外面吃饭时，他俩从不坐一块，这次他俩是面对面坐，这也是他俩平常相聚最喜欢的角度，彼此随时都可以看到对方。

但杨明觉得秦柳新今天的神态有点太冷，她的职业感从她的眼神中流露出来，看得出秦柳新不想与吴总太近，她想保留一段距离。杨明心想保持距离是为了提出那一百万的要求而设置的。吴总给秦柳新敬了酒，杨明连忙解释秦柳新是不喝酒的，秦柳新就以茶代酒喝了。吴总把自己的情况给秦柳新作了介绍，秦柳新静静地听着，不时地点点头。吴总说到刘先贵的情况时有点激动，秦柳新不语，略有所思。杨明坐在对面，心想秦柳新在准备台词了，吴总的悲情陈述影响了其他听众，但对秦柳新好像影响不大。吴总说完自然轮到秦柳新说话了，声音很轻，但让人明显感到其言语的力量。吴总身子前倾，注意听着秦柳新的讲话，他已经感觉到这个女人的态度会直接影响杨明和龙胖子。

“我们都非常了解吴总你现在的状况，对刘先贵我同样充满了憎恨，因为他在诈骗你的同时也诈骗了我们，我们已经统一思想愿意帮助吴总你夺回你的损失，并将刘先贵告上法庭，而且我们已经开始做工作了。”说到这儿，秦柳新看了看杨明。

听到这吴总很兴奋，连忙点头说：“是，是。”

秦柳新又接着说：“但是有一种法律关系我们要强调一下，按照目前我们双方之间的唯一合同，听说吴总以担保人的身份又给我们增签了一份，非常感谢。但是即使没有吴总这个签字，这个合同也是一个有效合同，因为加盖了贵公司的公章，这个章肯定是个合法的章，不是刘先贵私刻的章。”秦柳新说到这儿停了停，看了看吴总。吴总点了点头，对秦柳新的话表示认可。秦柳新又接着说：“关键问题是一百万我们是直接打到吴总的账上，吴总还开具了收条，这也完全可以证明我们的合同是跟吴总签的正式有效合同，正是为了防止刘先贵这个环节出现意外，我们才坚持要去深圳见你，要把钱直接打给你。我们为了防止自己的风险，同时也是为了最大限度地保护吴总的利益，我们已经尽力了。至于出了这个刘先贵职务侵占案，第一，他是在你公司的职位上出的事，我们才称为职务侵占案，那么吴总作为老板你对用错手下应该负有全部责任。其次，我们把钱直接打给你，你又把现金全部交给刘先贵，据说一个收条都没有，我们暂且不怀疑吴总你说话的真实性。但这一百万又确实是你送出去的，你应该承担这一百万的全部责任，我们为了这单业务除了这一百万，还花费了大量的人力财力。现在不管什么情况我们都愿意帮你，因为我们最终要做你的装修工程。但根据合同约定和我们的资金周转情况，你要先退还我们的一百万，我们才好开展别的工作。”

杨明听着秦柳新的讲话，心里感到一阵难堪。但当秦柳新讲完后，杨明还是感到内心的畅快。杨明心想这个情感动物说起话来怎么这么准确到位，针针见血。倒是秦柳新讲完这段直白的话后，语调依然平和，表情依然那么淡定。末了，还举起茶杯以茶代酒说“为了我们共同的事业干杯！”与吴总干了一杯。吴总起初闪烁其词的回答，让在一旁的杨明听起来感到十分难受，但到了最末他还是回答得很清楚，说尽可能想办法。吴总的这个回答让在座的都很满意，杨明也说了他的前期准备工作一定要大踏步往前走。

吃过中饭，秦柳新就叫杨明和龙胖子到她办公室去，三人进了办公室，秦柳新一入座就对杨明和龙胖子说：“我看过你们的材料，杨明很得意吧，我跟你说，职务侵占罪套不住刘先贵。”

“为什么？”

“因为主体不对，犯罪主体有问题，我问你，刘先贵和吴大鹏是什么关系？”

“老板与雇员的关系。”

“有聘用合同吗？”

“没有，他们之间只有一份授权委托书。”

“对，我看到了，就是这份授权委托书明确了他们之间不是聘用关系，而是合作关系，就像律师和代理单位的关系一样，他们之间也没有领工资的报表吧。”

“是的，没有，所有可以收集的证据你都看见了。”

秦柳新说：“如果刘先贵不是受聘的员工，就构不成职务侵占罪。”杨明根本没想到会是这种结果。

龙胖子着急地问秦柳新：“那你刚才在餐桌上为什么不对吴总说。”

“我在餐桌上只能说一个问题，那就是为你两个倒霉蛋要钱。这个犯罪主体问题说出来，我担心会影响吴总的情绪和信心。没关系，现在所有材料不是都交给杨明了吗？我们现在只能从合同诈骗这个角度去搜集证据，我看过材料，这方面的证据很充足。杨明再重新整理一下，把刘先贵的案子定在合同诈骗上重新写一份报案材料。定刘先贵的合同诈骗案，比较好立案，因为证据容易找，只要把他控制住，就有时间追他的房产转移、私卖房产、侵占公司财产等其他罪证。这样就不用担心这个案子只帮其他债主追债，没有帮吴总的忙了。”秦柳新又补充说：“你们现在要告诉吴总，我们可以去立案，但是他要先退给你们那一百万，否则其他免谈，这是你们的首要任务。”

吴总第二天就回香港了，走的时候对杨明说回去一定想办法筹钱，同时他也叮嘱杨明，希望杨明马上把工作往前稳步推进，也希望杨明跟秦柳新再说说好话，钱能不能分期给或者再想想别的办法，他担心自己一次性拿不出这个一百万来。

杨明也只好说：“那我再去跟秦柳新说说。”说完这话杨明就后悔了，秦柳新不是在为自己要钱吗？人家比自己坚决，现在反过来，自己还答应对方去做秦柳新的工作，实在太窝囊了！杨明重新把材料整理成一份关于刘先贵合同诈骗案的事实报告，报案人是吴大鹏，吴大鹏上飞机前已经签了字。杨明把这份材料传真给了秦柳新，秦柳新看过说可以了。她也开始拿着这份材料和系列证据跑公安局，找了区公安局和经侦支队。回来后她对杨明说，区公安局说管辖权有问题，经侦支队说现在案子太多，一时办不过来，最后他们都没接。秦柳新说估计刑拘香港人手续比较复杂，谁都不愿意接。杨明说：“这也不是愿不愿意的问题，不是有案必接吗？”

秦柳新说她再去想想办法。

杨明知道这消息后，暂时没有告诉吴总，所有工作都在往前推动，杨明首先想暂时放弃一百万元的要求，他觉得在这个时候刘先贵不能立案，还对吴总提出一百万的还款要求显得很不合适。他想这边让秦柳新跑跑，那边还是跟吴总说“公安局没问题”。吴总欠的一百万先别让他还，但是所有准备工作还是要继续。他又起草了一份授权书，意思是吴大鹏诉刘先贵的法律委托人全权委托给杨明，包括向司法单位举报，起诉，变更诉讼请求，追讨刘先贵的债务、公司手续、文件以及印鉴等。因为吴大鹏早就说过这个意思，一是他在香港，来大陆少；二是他年事已高，怕对付不了；三是抓捕刘先贵，他肯定会全力配合，提供信息的。

秦柳新这天打了电话约杨明和龙胖子，三人一块去了语意咖啡厅，秦柳新对两人说：“依靠公安局不管以职务侵占罪还是合同诈骗罪刑拘刘先贵都有问题。”

杨明问：“职务侵占罪我们都知道是因为犯罪主体不对，合同诈骗罪的问题是什么？”

“证据不足。”秦柳新很干脆地回答。

龙胖子说：“别找什么公安局了，即使公安局同意立案了，抓到刘先贵，一个香港人，公安局还不是客客气气地审问，钱肯定也是拿不到的。文的不行，就来武的，公安局不行，我们就自己干，我们自己抓到刘先贵后，强行让他还钱。”

秦柳新说：“那你们就有可能犯非法拘禁罪。”

杨明说：“如果没有别的招，我们也只能这么干，这叫逼上梁山。”

龙胖子说：“干我们这行，为了讨要工程款，我们经常这么干。我有地方也有人，没问题，只是现在刘先贵，我可能招不来了。”

杨明说：“这倒没多大问题，我还是告诉吴总按过去的办法办，这样让吴总先把人带过来，我们再行动。”

秦柳新说：“你们要这么干，我不反对，因为没有其他办法可以解决此事。但是你们要小心，不能出事。”

“非法拘禁罪可处三年以下有期徒刑，千万别出事了。”秦柳新心里闪过一丝念头，莫不是命运之神在推动这件事，非要把一件很平常的小事推向风口浪尖。她有一种不祥的预感，她甚至想在此时制止事态的发展，让大家彻底放弃这种想法。但是刻骨铭心的那份痛又在磨砺内心那柄复仇的剑，她又有点期望如果这次讨钱过程中出点状况，说不定杨明真会身陷囹圄，那自己对杨明感情上的恩恩怨怨是不是就扯平了呢？杨明欠她的情债也就一次偿还了呢？她觉得如果真是那样，她就可以原谅杨明了，自己对杨明的爱就会变得毫无瑕疵了，变得非常透明了，她觉得这种结果可能是最理想的。但另一方面，这些日子杨明带给她的爱越来越浓，自己快要被这种深爱淹没了，如果没有杨明的相伴，她的日子顿时就会失去色彩，就会失去活力。她甚至觉得现在的自己比二十多年前更爱杨明，这种爱是复杂的，沉重的，但也是深刻的，是不能割舍的。她甚至不止一次地想过自己离了婚，嫁给杨明，永远跟这个让她不能释怀的男人生活在一起，天天接受他的爱，天天可以看着他，天天可以抱着他，吻着他。

秦柳新听着杨明和龙胖子的讨论，她看着杨明的脸，内心里泛起一阵阵心痛。这个男人竟使她这样揪心，这样牵肠挂肚，这一生一世，她都会跟这个男人牵扯不清吧。她爱他，内心深处又想让他饱尝一次失去爱情的痛苦，但她越来越感到，让杨明心痛就会同时让自己心痛，这好像成了两人之间的交叉传染病。她觉得杨明在情感上的悲喜制约着自己的痛苦和欢乐，她并不愿意这样与杨明在感情上同步。但是她又没有办法在这场情感游戏中独善其身，超然物外。她没有能力摆脱这份感情带给自己的束缚，想到这她苦恼无奈地闭上了眼睛。

杨明此时也想到万一出了事，就会有牢狱之灾。但现在确实有不少这种债务纠纷，欠钱的太多，非法拘禁案比比皆是，前些年非法拘禁案查都不查，只要说是债务纠纷，就没人管了。如果非法拘禁了刘先贵，刘先贵是绝对不会报案的，因为他已经是“一女多嫁”，涉嫌多起合同诈骗，他肯定不敢报案。这样很有可能他会把钱悄悄还了，把这件事平息掉，但前提是刘先贵手上还有钱。只有这样自己才不至于去冒犯法的危险，而且对吴总也好交待。如果现在告诉吴总，说在内地因为证据不足，治不了刘先贵的罪，吴总肯定会大失所望。另一方面，如果直接抓了刘先贵，自己弄不出东西来，扭送给公安局，公安局的最后结果，可能也只是放人。但是最坏的结果可以保全自己不触犯法律，想到这里，杨明就打了个电话给秦柳新。

秦柳新听完杨明的想法觉得这个方案可行，在电话里对杨明说：“如果先抓住刘先贵，然后扭送公安局，只是稍微把扭送的过程延长，构成非法拘禁案的时间如果能控制在几个小时内，问题倒不大。在几个小时内，钱和吴总公司的其他手续，如果能弄出来，那就算成了。如果钱弄不出来，马上以合同诈骗嫌疑犯的名义将刘先贵扭送公安局，只要控制得当，这个方案是最佳的，关键在于是否控制得好。”秦柳新在时间上故意淡化了够罪条件，实际上非法拘禁只要有犯罪事实，就没有时间长短之分。

杨明通完这个电话又与龙胖子通了话。

龙胖子觉得这个方案很好，说：“我们就按这个方案做。”

最后一个电话，杨明打给了香港吴总，杨明告诉吴总，公安局可以逮人，但刘先贵是否真有诈骗和其他犯罪行为，拘捕了人后，才能进一步调查。但是公安局不可能上门抓人，需要我们扭送公安局，吴总一听很高兴，他说他有办法让刘先贵来江城。

吴总说：“这几天我找刘先贵要公司营业执照，他找我要几万元钱，没钱他不愿意给我，营业执照他放在江城，我可以以此为借口把他带过来。”

杨明说：“那就太好了，我们随时保持联系，你只要提前一天告诉我到达的时间就行。”杨明觉得万事俱备，只欠东风。过了大半个月的一天傍晚，杨明接到吴总的电话，他说第二天会带刘先贵到江城，杨明分别告诉了龙胖子和秦柳新。

没多久，秦柳新给杨明回了电话，问杨明的方位。杨明说在家，正准备出去见一个朋友，秦柳新对杨明说：“哪儿也别去了，在家里等我，我就过来。”杨明只好给朋友去了电话，改了见面时间。杨明不清楚秦柳新现在来找自己是什么事，平常两人很少在家里约会的，明天就要开始行动了，这么晚秦柳新还专程跑过来，真不知道是什么事。杨明推测秦柳新肯定是有重要事情，才会赶过来通报的。秦柳新进了门，放下包，她对杨明说她只是想他了，没有其他。俩人就拥抱在一起，初恋时的感觉顿时又回来了，双方都感受到对方带给自己微妙的触电的刺激。

他们在回味，在回忆，他们二十多年前就是这样爱抚的，就是这样亲热的。那时他们没有场地，只有青石板，只有大马路，那个时候公共场所连张椅子都没有，他们的恋爱大部分时间是压马路，站马路，亲热的标准动作都是站姿造型。接吻、拥抱则是他们最多的肢体接触，而嘴唇触嘴唇，成了他们的保留节目，他俩就这样在杨明的房子里温习着少年时期的爱情游戏。

杨明觉得秦柳新是自己的，自己可以为所欲为，想带她到哪儿去就到哪儿去，什么时候需要她就会满足自己。

而躺在他身下的秦柳新此时抚摸着身上的男人，她想这个男人就是自己的爱神，不管自己离这个男人多远，只要他召唤自己，她都会飞奔而去。不管时光过了多久，即使两人鬓发全白，只要他在身旁，自己内心的激情之火就永远不会熄灭，就能重返少年的爱情体验。她太爱这个男人了，她太需要这个男人了。她感谢上帝让自己失而复得这个男人，她感谢上帝让这个男人身上还保留着少年时期的那些纯净和浪漫。她的眼眶湿润了，她觉得自己体内的液体是那么的丰富，就像自己的爱情一样，碧波荡漾。

秦柳新估计到这次与杨明的亲热可能是最后一次了，有下一次可能也是在几个月以后了。她已经想好了，无论如何都要杨明去号子里待上一段时间。不这样不足以填补他俩二十年的感情裂痕，不这样不足以补偿他亏欠她的情感孽债，该是她索债的时候了，该是他还债的时候了。

龙胖子带了四个小伙子来，据龙胖子介绍这四个年轻人是专门吃讨债这碗饭的。杨明问这还有专业？龙胖子说："现在哪一行都有专业的，讨债更有专业。"龙胖子又说："只要把授权书和借款凭证交给对方，对方会不惜采用一切手段帮你把钱给讨回来。"

杨明说："按照我们的计划，我们的权力不能交出来，否则的话可能会失控出大错。"

龙胖子说："那我俩一块陪同参与，抓人看人要钱，就让他们来完成吧。"杨明点头同意了。

吴总上午十一点钟带着刘先贵到了江城，吴总利用上洗手间的机会，给杨明打了个电话，说："我俩等会儿在烧鹅仔饭店吃饭，你进来带人时，先打我一个电话，让我避开，然后你们把人带走。"

杨明说："明白，我们大约十二点半动手。"说完两人挂了机，到了中午十二点二十分左右，杨明跟龙胖子一人开了一辆车，一前一后。杨明站在酒店的玻璃橱窗外，酒店里面有几桌客人。一时还分辨不出吴总和刘先贵坐在什么方位。杨明看了看里面，然后拨通吴总的电话，电话通了。杨明看见吴总站了起来，然后向酒店的纵深走了进去，杨明说："你是不是进洗手间了！"

吴总说："是。"

杨明说："那我们进来了。"

吴总说："好的。"

杨明向龙胖子等一干人招了招手，大家鱼贯而入。当杨明和龙胖子带着四个年轻人出现在刘先贵的面前时，刘先贵惊愕得大嘴半天没有合上。

龙胖子说："你现在什么话也不用说了，跟我们走一趟吧。"刘先贵看了看吴总刚才离去的方向，然后拎着自己的行李箱，被他们六人簇拥着，走出酒店，上了车，车停在九天大酒店，他们让刘先贵自己开了房。几人进了房间，龙胖子开始向刘先贵直截了当地要钱，没想到刘先贵好像早就料到有今天了，一张口就说钱都没了。

龙胖子手往茶几上一拍："以前我当你是兄弟，什么都相信你。没想到你在外面恶意欠款，签下一大堆装修合同，收取一家又一家的质保金，一女几嫁。今天你要是把我们的钱还了，也就罢了，如果不还钱，非搞你个三等残废不可！"刘先贵一听对方掌握自己不少底细，一时也没有了刚开始的嚣张，只是辩解钱都花了，现在没钱了。

杨明说："你这样嘴也太硬了，那么多钱你不可能都花了，总还有点。"

龙胖子说："我们的忍耐是有限的，如果你还不把钱交出来，那就别怪我们不客气了。"

刘先贵还是一副死猪不怕开水烫的口气，他说："我有钱会还你们，我现在钱都没了，你让我拿，我也拿不出来呀。"龙胖子招了招手，那四位年轻人就把刘先贵架到洗手间去了，他们把刘先贵的衣裤脱了下来，只剩一条三角短裤，然后开始用冷水淋他。这二月天，淋着冷水，一般人是难以承受的。杨明事先了解过刘先贵的个人经历，刘先贵去香港时间比较晚，以前在东莞什么苦也吃过，就是去了香港，他干的也是香港比较底层的工作：保安、送货的、夜总会看场的，从个人经历来看，估计淋点冷水他也能扛得住。果不其然，洒冷水的效果没有见效，龙胖子有点急了，他走到了卫生间直接指挥洒水。没想到的是刘先贵心更狠，他竟然当着龙胖子和杨明的面，用脑袋往墙上撞。龙胖子连忙叫人拖住刘先贵，在拉扯中，刘先贵的头上又流了血，这时龙胖子和杨明有点着急了。他俩不知道下一步该怎么办。如果再往公安局送的话，刘先贵的头出了血，公安局问起来，这件事怕有点说不清了。不送，刘先贵的钱又不给，放了他也不可能，就在这时，刘先贵主动提出来一个方案。

他说："你们别把我送公安局，我想办法找朋友要点钱。"

龙胖子问："能筹多少钱？"

刘先贵说："我尽量想办法，尽可能多筹。"龙胖子和杨明商议了一会儿，觉得现在也只能这样了。于是他们就让刘先贵往外打电话借钱。第二天下午两点多钟，刘先贵还在往外打电话，杨明和龙胖子心灰意懒地等着，四个小伙子东倒西歪地在房间里休息。猛然客房门被打开了，几位穿便装的警察闯了进来，出示了证件，七个嫌疑人都被传唤了。

没有几个小时，秦柳新就知道杨明和龙胖子被公安局带走了，她为自己打给公安局的报案电话导致杨明被抓的结果既感到有点兴奋，又感到失落，兴奋的是杨明终于按自己的复仇计划那样陷入了困境，但她内心的这种复仇心理，既不敢对外人说，也不敢在记忆中去强化，她始终认为自己的这点隐私太狭隘，太自私了。秦柳新的失落是因为杨明究竟是自己最爱的男人，自己心目中的情人失去自由，不管是从感情上，还是在身体上，她都会暂时失去一个好伴侣。她想先让杨明一边尝尝失去自由、失去爱情、没有情欲的痛苦，自己也可以慢慢实施拯救情人的计划。

尾声

THE END

杨明答：“纸手铐。”

秦柳新高声叫道：“留着！”她把皱着的纸手铐接了过来，蹲下去，小心地在膝盖上缓缓展开，她端详了一会儿，就认真地把纸手铐折叠起来。她把折叠好的纸手铐递给身旁的秀秀说：“好好保管，小心照看，一辈子都要保护好它，它会给你带来平安的。”

法院的判决最终不可逆转地宣判了，306室原来的在押犯罪嫌疑人一个接一个地告别了看守所去了劳改监狱开始服刑。

刘飞因贩毒罪被判处有期徒刑十一年，押往省三监狱服刑。

哑巴因入室盗窃罪被判处有期徒刑七年，押往省四监狱服刑。

胖子贪官因受贿罪被判处有期徒刑六年，押往省四监狱服刑。

刘昆仑因刑讯逼供罪被判处有期徒刑三年，暂押看守所。

傅海涛因系列绑架强奸罪被判处无期徒刑，押往省四监狱服刑。

“下老壳”因贩毒罪被判处死刑，缓期两年执行，押往省五监狱服刑。

罗拐子因贩毒罪被判处无期徒刑，押往省四监狱服刑。

杨明因非法拘禁罪被判拘役三个月。杨明的案子在短短的时间内开了三次庭，秦柳新准备了大量的证据，在法庭上她一改刑事庭审的律师辩护风格，咄咄逼人，据理力争。一开始她是为杨明做无罪辩护的，最后控辩双方都做了让步。离开看守所的那一天，秦柳新带了杨明的女儿秀秀来接杨明，杨明走出铁门，张开双臂紧紧地抱住扑进自己怀里的秀秀。

秦柳新开车把杨明带到一家洗浴中心，让杨明进去洗澡换一身崭新的衣服，杨明下车时，秦柳新说：“别忘了把旧衣服都带出来烧了。”

杨明问：“为什么？”

秦柳新说：“待了那么久还没学会？这是规矩啊。”

秦柳新把车开到一个僻静处，三人下了车。杨明把在看守所里穿过的衣服从口袋里一件件拎出来丢进火堆里，最后拎出来的是一张皱着的白纸，杨明刚想扔进火堆，秦柳新问：“是什么？”

杨明答："纸手铐。"

秦柳新高声叫道："留着！"她把皱着的纸手铐接了过来，蹲下去，小心地在膝盖上缓缓展开，她端详了一会儿，就认真地把纸手铐折叠起来。她把折叠好的纸手铐递给身旁的秀秀说："好好保管，小心照看，一辈子都要保护好它，它会给你带来平安的。"

图书在版编目（CIP）数据

纸系列三部曲 / 梁奕 著．—北京：东方出版社，2015.5
ISBN 978-7-5060-8183-2

Ⅰ．①纸…　Ⅱ．①梁…　Ⅲ．①长篇小说—小说集—中国—当代
Ⅳ．①I247.5

中国版本图书馆 CIP 数据核字（2015）第 099727 号

纸系列三部曲
（ZHI XILIE SANBUQU）

作　　者：梁　奕
责任编辑：简以宁　杨　灿
出　　版：东方出版社
发　　行：人民东方出版传媒有限公司
地　　址：北京市东城区朝阳门内大街 166 号
邮政编码：100706
印　　刷：北京市大兴县新魏印刷厂
版　　次：2015 年 7 月第 1 版
印　　次：2015 年 7 月第 1 次印刷
开　　本：710 毫米 ×960 毫米　1/16
印　　张：57
字　　数：725 千字
书　　号：ISBN 978-7-5060-8183-2
定　　价：106.00 元
发行电话：（010）64258117　64258115　64258112

纸篱笆

纸系列三部曲

梁奕◎著

人民东方出版传媒
東方出版社

目　录

CONTENTS

第一章 暗恋的女同学登门了

THE FIRST CHAPTER

只要下雨，雾水河狮子岩的狮鼻就会变红。

可天还没下雨，王玉珲的鼻子却变红了。

都是当年的中学校花老同学赵梦茹刚刚一个电话闹的。

王玉珲揉着他那红红的鼻子，一直揉得眼眶里溢出了泪水，他才摇摇头，把右手从鼻子上拿了下来。

只要下雨，雾水河狮子岩的狮鼻就会变红。

可天还没下雨，王玉珲的鼻子却变红了。

都是当年的中学校花赵梦茹的一个电话闹的。

王玉珲揉着他那红红的鼻子，一直揉得眼眶里溢出了泪水，他才摇摇头，把右手从鼻子上拿了下来。他在镜子里看着自己的鼻子，觉得鼻子似乎红得比以往更厉害，他在想自己的过敏性鼻炎，是不是越来越重了。以前这鼻子一红，天气就会变化，可是有好长一段时间鼻子不红了，天气预报也没有了。前段时间，公司里的一位山东来的电工从家乡给他带来了一个偏方，这个药方据说已治好了不少顽固的过敏性鼻炎。他按方子吃了几个疗程，果然有效。好长一段时间，他都没打喷嚏了。而且即使他坐人家的车，进入刚装修的楼堂馆所，这鼻子也安静得很。他真的以为自己这老毛病给这山东药方治好了。为此他还专门请了那山东电工吃了一顿饭。但是今天接到赵梦茹的电话后不到三分钟，他就连打了十几个喷嚏。而且喷嚏打得凶猛程度超过了以往任何一次。并且鼻子又不合时宜地变红了。刚才他脑袋嗡嗡地在镜子里看了半天，就像照相机取景器里的焦距没有对好，自己那熟悉的大脑袋就是在镜子里看不清。

他却在镜子里仿佛看到了另外一个窈窕的身影，那是校花赵梦茹的倩影。他松开了鼻子的手不禁又想去触摸那刚放下的话筒。他眯上眼睛开始回味起刚才听筒里既遥远又清晰的声音来。他对那声音太熟悉了。倒是赵梦茹刚才在电话里还想玩点悬念，让他猜猜自己是谁。猜什么猜嘛，虽然岁月过去了三十年，这三十年里王玉珲可说是阅尽人间春色，但是赵梦茹那令人心尖儿发颤的清脆的声音就像是刻在唱片上的密密的纹路，深深地留在他的脑际里。只要有根锐利的唱针在上面划过，它就会重复响起那悦耳的声音。王玉珲只听了对方的第一句：“你好！是王总吗？”他就明白那熟悉的声音就像来自天际。一时唤起了他少年时就留下的朦胧感觉。要知道他曾经最早喜欢的女同学可不是他现在的妻子，而是听筒里姣美的赵梦茹。

他打开抽屉，翻找出一本已经泛黄卷边的歌谱手抄本，在夹页里抽出了他百看不厌的那张毕业合影。他除了高中，就再没有读过更高的学堂，这张合影也象征着他最高的学历。当然他每每端详这张合影，绝对不是为了品味他的最高学位。文凭对于他来说算个屁。他看合影就是为了去回忆赵梦茹的身姿，想想赵梦茹秀美的面容。他在抽屉里拿出了一个放大镜，不用寻找，就直接用放大镜套住了娇小的赵梦茹。他在放大镜里端详着赵梦茹熟悉的脸庞，耳朵里却回响着赵梦茹刚才的声音。恰如潺潺流水声的话语，让他内心里充满了甜蜜。赵梦茹为什么要给我打这个电话，她那婉转的声音转达了什么信息。王玉珲一时竟记不起来了。他只记得赵梦茹的声音是那么甜美，但是她在电话里对自己说什么，他却一时想不起来了。王玉珲拍了拍自己的脑门，他真的记不起什么了。好像说要登门拜访。她是不是找自己来借钱的？现在自己名声大了，来登门拜访最多的就是想借些钱。借钱的老朋友，老同学也有不少了。如果赵梦茹来找自己借钱那可是自己最容易办到的事了。那好办，赵梦茹能来求自己，她要借多少都行，借条都不用打，自己身后就是保险柜。真的，自己得先检查柜里还有多少现金，万一赵梦茹来了，可不要出丑。于是他连忙转过身打开身后的保险柜。他看了看柜里还有四五万现金，他想赵梦茹来借钱，顶多也只会开几万块钱的口，这几万肯定是够了。但是轮到赵梦茹找自己来借钱，她肯定已经认可了自己有钱，认定自己已经是个成功人士，赵梦茹肯定对自己充满了好奇、充满了期待。他要让赵梦茹那双扑闪着的充满好奇的大眼睛继续闪个不停，让她眼见为实，让她崇拜自己，王玉珲于是拿起了桌上的电话，拨通了财务室，他让财务室马上调四十万现金来。现在王玉珲真的希望赵梦茹是找他来借钱的，钱是准备好了，她借，或者不借，钱都在这里。他再看了看自己身上的西服，那是曾经为了接待几位重要的日本客户专门去日本定做的，花了他两万多人民币，西服内层口袋上还绣有王玉珲三个汉字。他低头看了看自己的鞋跟，西裤裤脚离皮鞋有四十多公分高，他摇了摇头，这日本人做的上衣他是很满意的，笔挺有型。就是这西裤，他不理解为什么裤脚要做得那么短，就像吊脚裤。他个子不高，就喜欢穿裤脚长的裤子。当他第一次穿这条裤子时，以为是搞错了尺码。后来才知道日本人的西服裤脚都是短短的。他就感到莫名其妙了，日本人普遍也不高，怎么裤脚做得那么短？这条短了一截的裤子也就成了他莫名其妙的一点小小的忧虑。每每他感到不自信的时候，他都想是否要换条别的裤子。王玉珲从柜子里抽出了一条全新的灯芯绒休闲裤，他换上了新裤子。在镜子里反复看了看，觉得新裤脚终于可以把皮鞋盖住了，就像把自己不长的双腿延长了似的。他松了一口气，心里在想赵梦茹看到自己的装扮会是什么样子。

他把那本卷边的歌谱理平了，那封面用蓝墨水画的五线谱已经变得浅浅的，就像是淡淡的水墨画，那上面认真却缺乏力度的线条显示出是学生的作品。这本歌谱可是赵梦茹的手迹啊，他珍藏了好多年。翻开第一页是朝鲜电影《金姬和银姬的命运》主题曲《孩子快快睡吧》，第二页是另一部朝鲜电影《轧钢工人》的主题曲《重逢》。那个年代出版业不发达，很多歌谱和小说都是用手抄的，他还记得当年乔军和自己一块儿偷偷看过的手抄本小说《少女之心》和《第二次握手》。女同学们都爱精心制作这么一本歌曲集，收集最喜爱的电影歌曲，没事时就互相交换着一起抄歌、唱歌。赵梦茹的这本歌曲集被王玉珲捡到了，他没有还给它的主人而是收入私囊。王玉珲嘴里轻声地哼着《重逢》，检视室内，桌上是一只堆满了金币的金蟾蜍，墙上飘着青烟的是供奉的财神菩萨。他把这本歌谱压在了金蟾蜍身子下。他还不确定这次见面会不会让它完璧归赵。王玉珲又环顾了一圈自己气派的办公室，他不能确定赵梦茹会不会喜欢自己的办公环境。他一点都不了解赵梦茹的爱好。但从她的工作经历来看，赵梦茹绝对是个酷爱时尚艺术的女人。她肯定对这些招财进宝的把戏嗤之以鼻。王玉珲可是非常地迷恋这些器物，连楼道里的清洁工都知道：王总的这两件宝物是不让外人擦拭的，他得自己伺候。王玉珲打了个电话，找来了办公室主任王晓。他对王晓说："找俩人来，把桌上和墙上的这两个大家伙搬下来！"

王晓觉得纳闷了，太阳从西边出来了？她知道王总平常是很看重这两件宝物的。王总可不止一次说，我们公司这两年风调雨顺，全赖我的菩萨保佑。当初从南岳大庙里请来这尊菩萨，也没少花钱。这下王总要把他们请出去，不知道他搭错了哪根筋。但是王晓心里知道，王玉珲决定的事只管执行好了，有时候你多问他几句，他就会很生气。但是近段时间公司好像很正常，并没有什么异常情况发生，这财神爷为什么要请出来？真邪乎。王晓只是像以往一样什么事都埋在心里不出声。她立马喊来了两个小伙子，把东西轻手轻脚地搬了出去。

王玉珲用手轻叩着自己的办公桌说："这香火可不能断啊，过两天我还得搬回来的。"王晓连忙指挥两个年轻人把两个器物搬进了自己的办公室。王玉珲又对王晓说："你把你办公桌上的那尊维什么斯的塑像搬到我这儿放两天。"

王晓一边答道："好的！"一边往外走去。

王玉珲说:“不急，这墙上被烟熏得像腊肉似的，找幅什么画来盖盖。”王晓虽然也是王玉珲的老同学，但是她的嘴十分紧，她在王玉珲的面前永远都不会问为什么，她只知道回答“好”或者“是”就会使王玉珲满意。在王玉珲的面前她永远是服从，这王玉珲可不像自己的丈夫曾金刚那样羸弱，他是异常地强势，从内心到举止都永远保持着强人的姿态。

王玉珲走到办公室的窗口前，他推开窗户。前方不远处就是雾水河。雾水河的流速舒缓而平静，也许是它流经的地方都是森林植被覆盖茂密的山地，常年四季河水的颜色都是浅绿色的。即使是六七月山洪暴发的时候，也只有短暂的几天河水会变得浑黄，等上游浑黄的洪水过了后，它又会变回浅浅的绿色来。它是沅水的一条支流，这条支流发源于黔东，然后在湘西转了一圈，再与沅水汇拢，最后注入烟波浩渺的洞庭湖。黔东湘西的苗民自古就有造反的传统，雾水河因此也就成了一条忙碌的河流。河里总有从下游驶来的官府的运粮船，几十丈见长的运粮船，有时只能靠着人力拉纤才能逆水而上。雾水河两岸的石头上因此就留下了好多纤夫的脚板磨出来的脚窝窝。这些逆水而上的粮食就这样被长木船运到了沿岸的湘西黔东的一些兵营里，成了进攻苗民的军士们的补给。返程的船上又装满了当地盛产的桐油、板栗、柑橘、茶叶甚至烟土，顺流而下，日行百里。作为朝廷征战苗民的供血动脉，那可是雾水河最为荣耀的时期。到了现在，这条河水虽然更见丰盈，但是水中的行船却不见了，水面上只有些不动的挖沙船，不舍昼夜地发出难听的聒噪声。

雾水一中的校友们对雾水河是不陌生的，雾水一中的校办农场邻着雾水河的三角滩，三角滩的对岸是一个被雾水河包裹得很紧的叫瘦岛的半岛。这个雾水的三角弯在这里拐得急了些，几乎就是九十度的一个直角。雾水河在这里掉了一个头，留下一个墨绿色的深潭，就径直奔东边去了。凡是到雾水一中农场待过的校友，对雾水河记忆深刻的有两点：一是每年三角滩都会夺走几条生命，大部分是同龄的学生，有些年头淹死的就是同班的学友；二是三角滩的对岸瘦岛的顶端有一尊酷似狮子的礁石落在水中，校友们把它称为“狮子岩”。狮子岩常年孤零零矗立在水中遥望着雾水一中的同学们，这倒是很平常。稀奇的是每当涨水，那狮子的鼻子就会变红。于是狮子岩为什么每逢涨水鼻子就会变红这一现象成了雾水一中校友们课余间议论最多的话题。久而久之，狮子岩这一标志性的景致就成了刻在雾水一中校友们心中永远的记忆。

王玉珲估摸着赵梦茹快来了，他还有件事没有准备好，让他放不下心来，那就是如果让公司的财务部长、自己的老婆张灿看到赵梦茹单独来找自己，那张灿肯定会不依不饶，自己下不了台，让大家难堪。得找个法子把张灿支使出去，他想自己孩子的学校是不是需要家长去转转，好像理由并不充分，老师最近没有来过电话。财务方面的对口单位从来就是直接找张灿的，自己反倒插不进去。他一时还没了办法。但是他知道无论如何都要把张灿弄出去。于是他又习惯性地想到了何疆民，用一句“有困难找警察”来形容王玉珲和市公安局经侦支队的支队长何疆民的关系就再适合不过了。何疆民这位老同学可是及时雨，不管王玉珲碰上什么难缠的事找何疆民肯定能摆平。果然王玉珲一个电话去，何疆民就一口应承下来。何疆民答应得太快，王玉珲有点担心地追问了一句：“你拿什么借口跟张灿说啊？”

何疆民急急地回答：“我还没想好，我在开个小会，等会儿我会处理好的。”

王玉珲又打了个电话给门卫，让他们直接放行一个会来找他的赵女士。然后他不断地看表，开始算计赵梦茹现在应该到哪儿了，他等得有点焦躁不安了。他好像很多年都没有这样焦虑地等人的感受了，现在还有谁让他这么急切地等待，客户吗？领导吗？他才不在乎呢。他为赵梦茹的即将到来感到一阵阵的兴奋，他就像在等待一个好久没见面的恋人似的。但是即使到了现在，他也没有像平常对待其他可心女人一样，还没见面，就开始设计如何拥她入怀占有对方。他只是想象着两人相见的各种场面，想象着对方对自己的财富充满了憧憬的眼神，想象着对方对自己的财富张着嘴半天合不拢的惊讶表情。他确实没有其他肉欲的幻想，对赵梦茹的身体甚至没有半点觊觎的想法。但是这次见面又显示出不愿让人知晓的心理。他不知道这是自己心灵深处尚未自知的龌龊还是返老还童的羞怯使然。他担心的倒不仅仅是自己的老婆，连王晓甚至所有了解他过去的人他都不愿意让他们知晓此事。他不停地看表，甚至走到窗口眺望远方，即使从窗口看不到马路。王玉珲就是在这样紧张而又期待的焦虑中度过每一分钟，渐渐接近那个让人心动的时刻。

王玉珲记得自己在初中开学报到的第一天，那是个阳光灿烂的日子。他在红旗飘飘、大喇叭声声震耳的校园里兴奋地游弋着。猛然一股栀子花的香味袭来，他四处看了看，旁边没有栀子花树啊。他又觉得这股香好像来自地底下，于是他低下头好奇地找寻着芳香。他发现了一双秀气的女式白塑料鞋，两只鞋上插了几朵栀子花。他抬起头来看了看花鞋的主人，那是一个秀气的女生，一双大大的好奇的眼睛正在找寻着什么，那张娇媚的脸蛋让王玉珲怦然心动。王玉珲应该属于那个年代早熟的学生。那时的开学报到要缴费，交作业，领课本，还要找教室，找座位。一切都是新的，刚入学的新生都有点摸不着北。王玉珲真想走上前去问问这位漂亮女生有什么需要帮助，但少年的羞怯还是让他反应迟钝。转瞬间那位漂亮女生就消失在人群中。

王玉珲寻思着，这么漂亮的女生不知道是哪个年级的，更不知道是哪个班的。真要能与她同班那会多开心啊。开学上课的第一天，王玉珲早早到了学校，走进校园他就在校门口候着，他多想再看到那位漂亮女生。但是直到上课铃声响了他也一直没看到那娇媚的面孔出现。他悻悻然走回自己的教室，边走边阿Q式地安慰自己，那女生报到的那一天八成是来找人的，或者是陪人家来报到的。说不定她根本就不是本校的学生。王玉珲坐到自己的座位上，书包随意地放在同桌的椅子上。他在低头整理着自己桌子里的杂物，猛然一股栀子花香袭来，他没有抬头就看见了那双他期盼的插着栀子花的白色塑料鞋停留在他的课桌前。王玉珲已经不敢抬头去看那双好奇的大眼睛，心咚咚地乱跳，他只是低头把放在同桌的椅子上的书包狼狈地抓了回来，这位大眼睛女孩名叫赵梦茹，后来成了王玉珲的同桌。

王玉珲好像又闻到了栀子花的香味，他有点茫茫然自己是否还沉浸在旧日的思绪中。但是终于他听见了清晰的敲门声。他连忙把搁在大班桌上的双腿放了起来，此时他已经闻到了浓郁的栀子花的香味。他知道那位他等待的人已经到了，他急忙放下双腿，走向门口。情急之中，他踢翻了脚下的纸篓，他既想去扶起纸篓，又急着去开门，局促令他的鼻子更加发红。门终于拉开了，赵梦茹曼妙的身影闪了进来，王玉珲正担心赵梦茹会嘲笑自己的红鼻头，可赵梦茹好奇的眼睛并没有在王玉珲的身上停留片刻。眼睛就直往屋里瞄，嘴里玩笑地说着："母老虎不在啊？"

想象的场景没有出现，王玉珲有点失落地回答说："张灿外出了。"

"哦！是你故意安排的吧？"

"没有没有！"王玉珲好像被赵梦茹看透了心思一样，急忙否定着。王玉珲轻轻地阖上房门。

"那她的小帮凶王晓呢？不会也被你安排出去了吧？"

王玉珲苦笑着说："她有她的事，你想见她吗？"

赵梦茹一听两位克星不在，一时放松下来，她像个女主人似的扭着腰肢，轻松地在室内踱着步，栀子花香水的味道在房间里萦绕。赵梦茹笑吟吟地摆着手说："我没事找事呀，找她们干什么？我是来找你的，王董事长。"然后她直接坐到王玉珲的椅子上，并把双腿搁上了大班桌。皮鞋上缀着几朵洁白的栀子花。"这么多年了，我老了吧？"说完赵梦茹一双好奇的大眼睛直视王玉珲。王玉珲这位情坛老手见了梦中情人竟然像一位情窦初开的少年郎一样手足无措。他连忙弯腰扶起倒在地上的纸篓，以掩饰内心的恐慌。赵梦茹得意地说："老同学见了我还紧张吗。你可是见过大世面的啊，见一个女同学都会不好意思啊？"

"你变化真不大，还像过去一样漂亮。"

王玉珲的赞扬可不是情人眼里出西施，这么多年过去了，如果站在赵梦茹身后，一眼看去，你肯定会以为亭亭玉立的她是一位二十岁的少女。即使从正面看，岁月在她的脸上也没有留下什么印记，她的脸还是那么娇艳欲滴。你很容易会误认为那是一张似曾见过的明星脸，那张脸你一定会认为是用了昂贵的羊胎素或者是什么最新科技产品养护而成的。因为你不会相信天生丽质会达到这个高度。

"是吗？王董事长在夸我吧。"赵梦茹斜倚在大班椅上的身子一时兴奋地挺立起来。声音看上去不高，但声调明显提高了几度。她同时掏出个小面镜照了照脸，然后又把粉脸伸向王玉珲笑着说："好看吗？"

门外有人在敲门，"王总，市政府外宣办找你。"是王晓的声音。赵梦茹紧张地把搁在大班桌上的双腿急忙抽了回来。

"怎么不打我的电话？"

"是不是你的电话没有挂好？老占线。"

"就说我不在，明天再说。"王玉珲霸气十足地回应。赵梦茹看着前后判若两人的王玉珲。大眼睛扑闪着。她轻轻地拿起桌上的话筒，准备挂回话机。王玉珲摆了摆手说："电话太多。"

赵梦茹轻轻地"哦"了声，就把话筒轻轻地放回到桌子上，一时房间里变得很安静了。王玉珲上前一步，掀开桌布。那本画着五线谱的歌谱手抄本就映入了赵梦茹的眼帘，赵梦茹初看觉得它怎么这么眼熟？定睛细看恍然大悟，她惊喜地捧起了那本年代久远的手抄本，嘴里喃喃地说着："这是我的歌谱，我找了好久都没有找到。怎么会在你手上？你好坏啊，不还给我。还记得当年我为它哭了好多次。"赵梦茹翻着歌谱问："这首歌你会唱吗？'睡吧啊，我的宝贝，我可爱的宝贝，夜已深啊，黑又静，睡吧啊，我的宝贝。白头山上有颗星，日夜照耀。'"

王玉珲在一旁看到，赵梦茹的双眼渐渐变得湿润，心想她还是那么一个富有激情的浪漫女人。这么个浮躁的时代，居然没有消融她的率性。还是那么与众不同，这正是令王玉珲对她念念不忘的魅力所在。等赵梦茹一曲唱罢，王玉珲递上一张纸巾，赵梦茹接过纸巾拭了拭眼角。

王玉珲说："这本歌谱可以正式送给我吗？"

赵梦茹如梦初醒地，嘴角露出一丝笑容说："我这次来可不是来找歌谱的。"赵梦茹一双带泪的大眼睛仰视着王玉珲。

直看得王玉珲心都要碎了。王玉珲连忙接茬说："有什么事尽管说。"

赵梦茹装出一脸嗔怪："找你还能有什么？找你要钱啊。"

果然不出所料！王玉珲二话不说，旋开保险柜。柜门"砰"的一声打开，满满一柜的人民币出现在赵梦茹的眼前。

王玉珲淡定地问："要多少？"只有与钱在一起，王玉珲才能在赵梦茹的面前显出自信，才能结束面对赵梦茹就张口结舌、面红耳赤的窘境，否则他觉得自己又回到只能在心里暗恋她，在暗处偷窥她洗澡的份了。实际上王玉珲已经给自己打了不少气了，他告诫自己，自己已经不是读书时期的王玉珲了，他现在是公司老板，是社会精英，他阅人无数，他腰缠万贯。而赵梦茹只是位普通的幼儿园教师，她除了容颜未改可没见过什么大世面。自己完全有理由在她的面前轻松地说话，就像自己平常跟任何一个美女说话一样。这些美女不是一个个对自己趋之若鹜、有求必应吗？不管他们有没有丈夫，有没有相好，只要目睹到自己的经济实力，她们就没有一个不被自己所征服。根据赵梦茹的性格和经历，王玉珲认为自己俘获她的芳心应该是为期不远了。今天她来借钱了，那余下的事还不是水到渠成？但另一方面，王玉珲又不希望赵梦茹会这么轻易地被自己征服，他不希望看到自己少年时期矗立在心中的女神会轰然倒地。会像自己征服过的那些美女那样不是被自己的内在折服，而仅是为自己的金钱倾倒。他内心深处甚至还有一种念头就是希望赵梦茹有坚强的定力，希望她在与金钱的抗衡中持久坚守。但不管怎样，这时的他没有任何想通过外力来得到赵梦茹的想法，一丝一毫都没有，他会充分尊重她的选择。

王玉珲料定赵梦茹会惊讶的，他的内心既有得意，又浮起一丝淡淡的哀伤。人到底还是脱不了俗。赵梦茹挑起眉毛瞪大了眼睛："这么多钱啊，就像银行一样，一辈子都花不完。"王玉珲没有搭腔，他只是在默默注视着赵梦茹的表情，他不愿看见神像坍塌后的废墟。"我这次看样子不会白来。"

王玉珲终于把话说开了："你是来借钱的。"

赵梦茹还是那样率性，说话偏要拧着劲，摇摇头说："我是来要钱的。借钱是要还的，要钱可不用还。"

这回轮到王玉珲吃惊了，还没有人敢在他的保险柜前说这样的话。他不由自主地

"哦"了一声。他不知道赵梦茹要钱干什么，而且口口声声是没有还的。他知道不管怎样自己是挡不住赵梦茹开口的，甚至还不好意思跟她讨价还价。他一时有些后悔自己太显摆了，应该听完赵梦茹的要求后再给她展示保险柜的。他有点含含糊糊地说："你要钱干什么？"

赵梦茹显然没有听清他在说什么，她反问了一句："你说什么？"王玉珲只好重复了一句，他的额头上渗出了细细的汗珠。赵梦茹看出王玉珲的紧张，马上反客为主地说："怎么？紧张了吧，找你借钱看来不难，找你要钱就有点要命了吧。"然后她轻轻地补了句："小气鬼！"语气中充满着不屑。

王玉珲显然被赵梦茹后面的嘲讽刺激到了，他声音一下提高了，粗声大气地问："要多少？"

"十万！"王玉珲立马伸手准备拖现金。"不想知道我用钱干什么去？"

王玉珲说："不想，给你就是了。"然后王玉珲毫不犹豫地从保险柜里拿了一捆十万的现钞放在赵梦茹的桌前。

赵梦茹拍着桌上的钱，盯着王玉珲的眼睛说："这些真给我了？"王玉珲轻轻地阖了一下眼示意点头。赵梦茹追问："也不用还了？"王玉珲又点了点头。赵梦茹说："有什么附带要求吗？"王玉珲稍微迟疑了一下继而又快速地摇了摇头，他好像要把自己头脑里的"要求"用力地摇出去。"哈！哈！哈！"赵梦茹猛然大笑起来。王玉珲被赵梦茹的大笑搞糊涂了，现在轮到他惊讶地看着赵梦茹了，不明白她葫芦里卖的什么药。"王玉珲啊王玉珲，你看样子真是发了财了。气魄啊。"

王玉珲急忙说："换个人我兴许不会给，是赵大美人你开口了啊。"

赵梦茹的眼神变得温柔，她笑意盈盈地望着王玉珲说："谢谢你心里还有我！这些年当官发财的很多人都是贵人多忘事。有你这样的真不多。"王玉珲还期待着赵梦茹褒奖的话再往下说。可赵梦茹的话锋来了个急拐弯，"他们那些老同学都推着我来，说我一开口，你肯定不会拒绝的。还是同学们了解你。"

王玉珲满脸遗憾地望着赵梦茹，他心想弄了半天，你赵梦茹还是代表人家来的，此行还不是你个人的意愿。王玉珲故作轻松地问："谁啊？"

赵梦茹回答："老同学啊，彭洋、刘旭、孙红梅他们推着我来的。今年不是我们毕业三十周年吗，大家都认为要热热闹闹庆祝一下，这经费要是能落实，后面的工作就好办了。"

王玉珲讪讪地笑着说："那你是为大家做事，我可更要支持了。"

赵梦茹说："不是为了老同学，我哪敢来求你。"

王玉珲说："都是老同学了，还这么见外呢？你看你开口，我可没说一个不字啊。"

赵梦茹说："我刚才不是表扬你了吗？"

"按说这事应该是小喇叭来找我才对。"王玉珲有点不甘心地说。"小喇叭"是孙红梅，她以嗓门大而且传播小道消息速度快而出名。

"同学们都知道我俩的关系，才让我来的。"赵梦茹大大咧咧地说着。

王玉珲倒是有点不好意思了，他有点受宠若惊地问："我俩算什么关系啊？"

赵梦茹说："不就是那个那个，我也说不清。"

王玉珲一看有些尴尬，就连忙转了个话题说："钱我用个袋子给你装起来。"

赵梦茹说："不急，等他们的策划方案出来后。报请大家同意，再来开支。只要你今天同意了，我就可以复命去了。"

王玉珲说："那也好，钱先留在这，等你们准备好后随时来取。没事时也可以经常来看看我，多关心我们这些老同学！"王玉珲依依不舍地送着赵梦茹，他打开房门，想送远些，可看着长长的走廊又有点犹豫。

赵梦茹看出了王玉珲的犹豫，会意地抿嘴一笑，就伸出纤手来，握了握王玉珲的手，疾步离去，她也不愿意在这是非之地招惹不必要的麻烦。

三月的天如同孩子的脸说变就变，此时天空竟突然下起了暴雨，噼里啪啦敲打在屋顶上，就像滴在头上。赵梦茹已经走出了大门，又不好再折返回去，只好在屋檐下停了下来躲雨，一位高大帅气的男子从屋檐的那头跑了过来。一只手还遮在头上，挡着雨水。旁边的空地上停满了货车，屋檐下雨打不着的地方已经很窄了。赵梦茹正在犹豫着怎么把路让给对方，对方已经跑到了她跟前，绅士般地伸出另一只手来，示意她不要动，他准备擦身而过。赵梦茹定睛一看，怎么这么巧，那人居然是老同学乔军。就在那一瞬间，赵梦茹的脑海里又泛起了一幅久远的画面来。

中学时代的校办农场也是下着大雨，孙红梅和赵梦茹站在屋檐下，对着雾水河对岸指手画脚。赵梦茹说："我听人说，只要下雨，对面狮子岩的鼻子就会红。"

孙红梅说："我怎么就看不出呢？"

刘旭正好要从屋檐下过，见两位女同学站在那儿，只好在屋檐外拐了一个弯，在雨里淋了雨。刘旭摸着头上的雨水搭讪着说："好狗不挡道，在看狮子岩啊？"

孙红梅说："不告诉你，一边去。"

这时乔军走了过来，那张阳光帅气的脸，把她俩的视线吸引了过去。乔军的身材虽然还显单薄，但他的身形却像极了那时的日本电影《追捕》中的男一号高仓健。即使是现在，乔军也完全能算得上是帅哥。如果乔军踏上演艺道路，可以断定黎明也好、陆毅也好、谢霆锋也好，肯定都会排在他的后面。真可惜了乔军一副好相貌。

屋檐下赵梦茹和孙红梅站在一排，孙红梅连忙尽量往里靠了靠，好让乔军不淋到雨顺利通过。只有赵梦茹看到乔军走近时，身子首先跟着孙红梅往后退了半步。但随即赵梦茹好像后背顶住了什么东西似的“哎呦”叫了一声，往前故意鼓着个不大的胸脯扑了上来。正好扑在乔军的身上，赵梦茹那不高的胸脯抵在了乔军的手臂上，乔军像触了电似的“嗷”的叫了一声，便将手抽了回去，自己也退到了雨地里。

孙红梅吃惊地去看乔军的手臂，问道：“怎么了？怎么了？”

乔军好像在掩饰什么似的，只把手臂往身后藏去，嘴里说着：“没什么，没什么。”

刘旭想跑到赵梦茹的身后去看刚才她是被什么顶了一下，赵梦茹也摇着手，嘴里说着：“没什么，没什么。”

孙红梅和刘旭都说：“两个神经病。”赵梦茹低着头，为自己的小伎俩得逞窃喜。乔军真被吓到了，那个时代男女同学的身体是不可能有接触的，刚才赵梦茹的胸口在自己的手上擦过，感觉手臂就像被电打过一样，一直在发麻，而胸口却是狂跳不已，半天停息不下来。

刘旭对乔军谄媚地打着招呼说：“班长亲自上茅房啊？”乔军哼了一声，就走了过去。

等乔军的身影一消失，孙红梅大着嗓门喊了起来：“你拍他马屁，马屁精！马屁精！”

刘旭说：“我拍马屁？你俩才拍马屁呢。乔军来了，俩人都使劲缩肚子。我来了，俩人都把身子横在路上，害得我淋了一头雨水。”刘旭还夸张地拨弄着短发弹着头上的雨水，惹得赵梦茹、孙红梅都笑了起来。赵梦茹悄悄地目送着乔军的背影。

孙红梅问刘旭：“你知道对面狮子岩的鼻子会红吗？”

刘旭说：“谁不知道，下雨会红的。”

孙红梅说：“你看现在红了没有？”

刘旭看了看说：“已经开始红了。你注意看那个狮子的鼻尖的下面，是从下面开始红起来，然后再红上去的。”

孙红梅在刘旭的耳旁大声叫了起来：“看见了！看见了！”

刘旭急忙用手堵住了耳朵，嘴里嚷嚷道：“你小声点好吗？小喇叭！把我的耳朵都吵聋了。”

想到这，赵梦茹对近在咫尺的老同学大叫一声：“乔军！”正跑着的乔军始料未及，急停下来，却没留神踩到凸出的地砖上，一个趔趄险些失去平衡，与赵梦茹撞了个满怀，使得赵梦茹差点栽到了雨地里。他这次倒不像当年那样触电般的反应，而是手疾眼快地扶住了赵梦茹的肩头和手臂。惊魂甫定，他礼貌地道歉：“不好意思，你没事吧？”此时的乔军才认出了屋檐下的漂亮女人，开心地笑道：“啊！是赵梦茹啊。”

赵梦茹又看见了那摄人心魄的笑容，她有点故作矜持地躬身打着招呼：“老同学好。”

赵梦茹自从高考失利，上了一所幼师学校，毕业后就分在县幼儿园当孩子王。在情感上，她在中学就心仪乔军，但在王晓和张灿的干扰下，乔军好像对她一直没有那个意思，赵梦茹也就渐渐放弃了天真烂漫的少女梦想。最后经人介绍，完成任务似的嫁了个边防军人。老公虽然不在身边，但幼儿园孩童们朝夕相伴，却像个保鲜桶一样，不操凡人半点心，让她青春永驻，容颜不改。她面对曾心仪的男生，一时有些紧张，又有些兴奋。

倒是乔军显得很轻松，他说：“好久没见，你怎么在这儿，来找王总的？”赵梦茹点了点头。“来化缘的？”乔军估摸八成是这个原因。

平心而论，赵梦茹在这家企业里虽然有很多老面孔她不愿意看见，但是乔军却是她最愿意见到的老同学。她回答说：“要搞同学聚会，来拿点赞助。”

乔军问：“同意了吗？”赵梦茹得意地点了点头。

乔军若有所思地一时沉默起来。乔军被王玉珲聘为玉龙公司的总经理后，在一起合作了多年，他太了解王玉珲了，王玉珲在公司的财务上向来都是我行我素，独断专行。公司的钱就像他自己的银行卡，想给谁就给谁，何况这次来要钱的还是王玉珲学生时代的梦中情人。乔军本来还想问问赵梦茹要了多少钱，但是转念一想，也没什么意思。关键是自己管不住自己的合作伙伴。乔军很多次想在财务上规范起来，他知道要规范玉龙公司的财务就等于是跟王玉珲叫板。这一回自己没有那么傻，拿同学聚会的事跟王玉珲叫板，那不就等于是跟全体老同学叫板了吗？看样子机会还不成熟，但是也要想办法给王玉珲制造点麻烦，让他今后不要太肆无忌惮了。

赵梦茹打破沉默地问：“听说你也在这里上班？”

乔军笑着说：“打打工，帮帮忙。上去坐坐吧，这么大的雨你也走不了。”

赵梦茹说：“不了，回去还有事。”

乔军说:“那这样,我去找把伞来。你等着。”说完便冲进了雨幕。一会儿乔军撑了把花伞回来了,他对赵梦茹说:“走吧!我给你喊台车去。”雨伞显然小了许多,俩人的肩膀都露在伞外了。乔军伸出长长的手臂,很自然地遮护在赵梦茹的肩头上。赵梦茹闭上了眼睛,心里在默默地惊呼:“我的天啊,这个男人的手臂怎么那么有力。”赵梦茹有点眩晕了,以前想了多少年,梦想被这双手臂抱一抱,没想到今天就这样轻易地实现了。赵梦茹只感到自己的心房跳得猛烈。如果没有乔军有力地簇拥着,她怀疑自己还能不能迈得动双腿。赵梦茹感到乔军坚实的胸膛衬在自己的肩膀上,她觉得自己太需要这样的臂膀了,如果能这样延续下去,什么代价她都愿意付出。就在这一刻,赵梦茹似乎又回到了中学时代的甜蜜时分。

乔军刚送走了赵梦茹的出租车。旁边就传来了一个女人的声音:“看样子乔总要抱得美人归了。”乔军一听就知道是公司财务主管、王总的太太、自己的老同学张灿在说话呢。

乔军没转身就开着玩笑说:“我可没走桃花运,美人可不是来找我的。”张灿一听脸上马上就挂不住了,红一块紫一块。她转过身就冲向王玉珲办公室。

乔军在后面叫道:“我可什么也没看见啊!”

第二章　张灿挑起事端

THE SECOND CHAPTER

张灿没有转过背来，只是冷冷地说："你高兴了，那你就去赞助吧，赵梦茹也会很高兴的。"张灿这女人光想着钱只进不出，每次要说服她往外拿一点额外的钱，王玉珲都要想尽办法，说尽好话。这次自己可是已经在赵梦茹那里夸下了海口，张灿这样不合作的态度让王玉珲已经苦恼了几天。他想如果张灿死板着不同意，自己在赵梦茹那边颜面尽失不说，老同学那里后果更是不堪设想。每次额外开支，其他股东都好对付，难对付的是自己的老婆。

清晨，王玉珲在床上开始了与妻子的例行动作，他看着妻子张灿怡然消受的背影。便抓住机会讨好地说："老婆，还有几个月就是我们老同学毕业三十周年了，这三十年大庆可是个好日子，我们玉龙公司可以借这次老同学聚会好好宣传一下，我们也可以出一点赞助。"

张灿没有转过背来，只是冷冷地说："你高兴了，那你就去赞助吧，赵梦茹也会很高兴的。"张灿这女人光想着钱只进不出，每次要说服她往外拿一点额外的钱，王玉珲都要想尽办法，说尽好话。这次自己可是已经在赵梦茹那里夸下了海口，张灿这样不合作的态度让王玉珲已经苦恼了几天。他想如果张灿死板着不同意，自己在赵梦茹那边颜面尽失不说，老同学那里后果更是不堪设想。每次额外开支，其他股东都好对付，难对付的是自己的老婆。

一想到这些，王玉珲下面就马上软了。赵梦茹可是王玉珲的梦中情人，赵梦茹、王玉珲与张灿都是十四班的老同学。王玉珲一开始喜欢赵梦茹是众所周知的，张灿倒不是第三者插足，不过张灿最后还是被王玉珲娶了过来。直到现在，在王家是绝对不能提赵梦茹名字的，只有张灿敢经常有事没事地说到赵梦茹。张灿看了王玉珲一眼，看到王玉珲不吱声，她的嘴撇了撇，说："一说到赵梦茹，你的激情就不知到哪里去了，阳痿了不是？"

前几天张灿知道赵梦茹来找过王玉珲，便大发雷霆，而且那以后一直横眉冷对，今天估计是张灿自己耐不住寂寞了。昨天晚上，两人的功课都不理想，今天早晨王玉珲加倍补偿，趁机提出赞助的事，看样子计划又要泡汤了。每次有额外的开支，王玉珲都要想尽办法讨好张灿，久而久之，张灿觉得这个时候才能显示自己的重要性，更不会随便答应。王玉珲认为，一般家庭中老婆越是优秀能干，越是有成就感，夫妻之间的话语就会越来越少，夫妻生活质量也越来越差。他俩已经发展到每次做爱时张灿就催促他："你能不能快点，你越来越重了，哎哟我受不了你。"要么就说："我看你是越来越不行了，半天到不了高潮。"王玉珲就是在这种不断被埋怨的境况下完成一次次的家庭作业的，且每次都非常地快捷。但有什么办法，张灿就是这样一个老婆。

重重的关门声，王玉珲知道张灿出门了。他如释重负地迅速爬了起来，穿衣、穿鞋。然后，他走到餐桌前，张灿已经给他准备好早餐了。张灿确实能干，每天的早餐都变着花样，今天是面包片中间还塞了两片火腿肠，牛奶也是温热的。说实在话，王玉珲从心里一直认为张灿是个能干的女人。她出身贫寒，完全是靠着自己勤奋念书，考上了物价学校，然后在雾水物价局工作了几年。王玉珲在雾水一中农场的那一偷窥事件中就决定了要娶张灿为妻。就这样当王玉珲开办公司后，便让老婆下了海，跟自己在公司干起了财务。有张灿的铁算盘，玉龙公司确实正规了不少，现金流越来越稳定，业务也越做越大。玉龙公司的充电电池起步早，技术领先，很多进口的大牌手机也用上了玉龙镍镉充电电池。企业发展起来了，王玉珲有一天明白过来，发现张灿实际上是把自己的企业管得死死的。自己的空间越来越小。最为头痛的是张灿的个性也越来越飞扬跋扈了，全然不把自己放在眼里。表现在夫妻关系上，就是对自己的日趋冷淡。

王玉珲吃过早饭，他简单收拾了桌子，就面对穿衣镜扎了根鳄鱼皮领带，这根鳄鱼皮领带还是乔军送给自己的，这也是王玉珲最喜欢的领带。当时乔军是因公司业务第一次去了香港，他在香港买了四根一样的鳄鱼皮领带，回来后就分别送给了自己和訾金刚还有法院的彭洋。乔军自己也系了一根。王玉珲知道他们这四个人之所以玩到了一块，还是源于初中时的一次文艺演出。他们四位的个头在班上属于最高的一拨，就像一个模子倒出来似的，齐刷刷一般高。乔军和彭洋都是在高中时期个头才窜上去的。

班主任杨思冲老师就是看中了他们身材的共同特点，才强迫他们代表班上参加了全校的文艺会演。七十年代的表演也没有现在这么多的艺术形式和演出设备，那个年代的演出都是因陋就简。有一种非常简单的舞台表演形式叫"三句半"。四人同时上台，一人拿一面铜锣，四人每人说一句话，前面三位说的内容和韵律都差不多，只有最后一位说的话只有一个词组，相当于半句话，加起来正好是三句半话。说完一轮，大家就把铜锣敲打一下，然后大家绕场一圈，又开始第二轮。每次"三句半"都会绕着一个主题展开。这次杨思冲老师要他们表演的是反映农村现代化建设的主题。他们四人每天放学后就凑在一块琢磨台词，最后杨老师通过了节目方案，他们又排练了一段时间，就十分紧张地上台演出了。

王玉珲至今还记得他们四人上台的情景。学校礼堂是一个巨大的长方形的红房子，前后一般宽，舞台上没有候场的地方和幕布。前面的节目完了后，演员就在观众的视线里直接从舞台右边的台阶跑下舞台。报幕员就雄赳赳气昂昂地上台预报下个节目的内容。而下个节目的王玉珲、乔军、彭洋、曾金刚就在舞台左边的台阶上紧张地候场。左右台阶实际上都是直接通向观众区的。在众目睽睽下候场，对于王玉珲四人来说是最要命的，他们恨不得节目马上开始。

而舞台工作人员因为怕出错，总是早早地让下个节目的演员在台阶上候着场、曝着光。那时学生们登台演出的妆扮是最简单的，脸上由音乐老师挨个潦草地抹上两坨红晕。正是这两坨红晕使演员们迥异于其他作为观众的同学，而且还得带着这两坨红晕在台前台后跑来跑去，这可能就是让王玉珲他们最不愿意参加文艺活动的原因了。

王玉珲他们前面的节目是一个歌颂解放军的舞蹈，最后的结尾用了一个军人步枪突刺的刺杀动作，而且配以有力的大喊“杀！”报幕员上台昂首挺胸地预报了王玉珲他们的节目，王玉珲、乔军、曾金刚、彭洋就依次登上了舞台。

王玉珲到现在还记得最开头的那几句台词：“稀奇真稀奇，插秧用机器，老汉六十七，开眼。”王玉珲记得更为清楚的是他们四人正在紧张地表演时，语文老师周致平的三岁儿子不知什么时候跑上了舞台。只见他拿着一根木棍，学着前面那个节目的结尾亮相动作，对着台下来了一个有力的突刺动作，大喊了一声：“杀！”这一“杀”完全把王玉珲他们四人的声音盖住了，引来全场的哄堂大笑。当时就把乔军的台词给笑断了。后面曾金刚和彭洋两位的词也没办法接了。还是王玉珲反应快，他用力打了一声锣，提前带着大家在舞台上转了一圈。重新又把这组刚断了的三句半表演了一遍。直到现在王玉珲还没忘记那个三句半的台词，有时一个人有事没事地还来几句。

王玉珲念着：“稀奇真稀奇，插秧用机器，老汉六十七，开眼。”司机给他打开车门，他坐进了新买的宝马745。王玉珲是个很勤奋的人，按照他的个性，这车应该是自己开的。可惜王玉珲对现代的很多新玩意却玩不转。不要说驾车、用电脑、传真机，就是他天天使用的手机，除了接打电话外，储存个号码、发个短信，他都统统不会。他的头脑实际上每天都装了无穷的东西，实在是没有耐心再去学习这些小玩意，装进这些新知识了。

宝马车融入了车河。雾水早在十几年前，就已经由县改为市了。城市的建筑水平是其发展的标志。雾水市的地标建筑每年都在更新。十几年前的地标建筑物在雾水市的外宣画册上还能看到，但在现实里早就被一个又一个的新型建筑物挤压得看不见了。你要是按图索骥的话，兴许你再也找不到地图上的那栋建筑物了，它可能早就化身为一栋造型新颖的新大楼。再就是雾水的建筑物虽然越修越高，马路却一直没有拓宽，车倒是越来越堵。有时候置身车流中，却仿佛像穿行在香港一样，狭窄而又拥挤。满街的商业广告，琳琅满目的各式商品堆在一个个紧挨着的门面里。以前在雾水的任意一个角落里都能听到雾水的乡音，但是现在大街上敢大声说话的都是那种南方腔的普通话。有时候说了半天，你才发现你的对方是个本地人。反正以前随处都能看见的熟面孔，现在好像都躲在家里不上街了。上街的好像都是外地人似的。雾水已经是一个能纳八方客、能听四方音的现代都市了。

你站在雾水的街口，你会想这些外地人熙熙攘攘都忙碌什么。这些人十有八九都是生意人，雾水城里有外地人开办的食品批发市场，塑料市场，钢材市场，还有水产市场。总之只要你有足够的想象力，你就可以建一个专业大市场。而且开张后，保准这个市场火爆，人气旺盛。雾水就是在商贸中，建起了自己的发展模式，在流通中带动了当地的 GDP。懂雾水历史的学者开始长篇累牍地论述雾水的商品流通模式已经从雾水河的古老河运转变为陆地运输，由船运变为火车、汽车运输。雾水河已经变为娱乐和餐饮的中心，一份份带来财富和官司的合同就是在这条河上签署的。如果有一位站在雾水河的船上、卷着裤腿、打着领带的汉子在兴奋地打着电话，这八成是雾水河上的娱乐中心又签署了一份可以给签署人带来几个晚上睡不着觉和美好期望的被称为合同的东西。

王玉珲记得在七十年代的雾水河畔，连绵不断的崇山峻岭，簇拥着雾水河。阳光下雾水河就像一条泛着光的丝带，绕着绿色的山峦，变幻着曲线，迤逦而去。雾水一中的校办农场就坐落在这苍山绿竹之间，它与瘦岛隔着雾水相望，狮子岩孤零零地蹲在对岸的水中。半山腰上，搭着在当地很常见的两栋房，一栋是当地的木质农屋，雾水流域很常见的木板房。这种房屋首先用粗大的杉木柱打出房子的梁架，大梁架好后，就能显现出三间房的雏形。然后在梁架间隔上杉木板，中间的是堂房，两边的是厢房，中间房用来吃饭，卧室则在厢房里。

南方潮湿，木房的梁架都是立在石礅上的，房子下面留有一尺的离地高度，这就成了鸡鸭狗猫的天堂。这个天堂的生活细节是成人们的眼光寻视不到的，只能残留在农家长大的儿童记忆深处。在三间房的楼上是屋顶部分，一般农家是用来放些农作物和农具的。如果子女多，也可以把顶房四面围了，住住人，但是顶房中间部分的高度还可以直立行走，到了两边就只能勉强蹲着才能进去了。这屋顶青瓦盖得中间高两边低，南方的雨水丰沛，不像北方屋顶都是平的。这山上的雨水可能是太多的缘故，这青瓦屋顶更是倾斜得可以。以至于你见了会想，这顶上的瓦片会不会随时滑下来，砸在谁的脑袋上可是不太妙啊。这木房子的抗震性肯定是最佳的，可惜建这房子的地方从来没地震过。这房子还环保呢，建好之后刷一层桐油，白色的木质上亮晃晃的，很是炫目。过不了多长时日，木板的颜色就返璞归真了。颜色越来越暗，最后竟然跟苍绿的山色融为一体。如果你站在山的对面一眼看过来，要发现那间暗色的农屋，你的眼力必须要非常地好。

比这农屋还要环保还要防震的房子，那就是雾水一中农场的另一栋被称为教室的牛棚了。说它是牛棚，是因为它的结构和建筑的材料和牛棚的都一样，只是比牛棚要大得多，毕竟里面得放上几十张课桌，还要坐进几十位发育不全的学生。牛棚教室的四周都是用了细木条编成的篱笆墙，外面糊了一层黄泥。糊得薄的地方，能从小洞里看见屋外的青山，当然冬天的时候也会从这小洞缝隙里刮进寒冷的风，冻得学生们上课都在跺脚。课桌椅都是从学校本部搬来的用油漆编了号的连体桌椅，这种连体桌椅当初从山下搬上来时，肯定是费了很多劳动力的。这里的环境有点像现代旅游时走到大西南的深山里，猛然碰到了一所在半山腰建造的最简陋的学校。当然你若是坐汽车碰上的还不算，你得像个驴友似的在步行了两个小时的山路后偶遇的才有点那个味道。因为雾水一中校办农场就是一间没有通公路的深山学校。

王玉珲和雾水一中十四班的同学就坐在牛棚教室里听农场的老场长致欢迎词，教室的正前方贴着“开门办学兼学别样”八个黑墨写的大字。一块比门板大不了多少的刷了黑油漆的黑板立在讲台上，上面写着几个斗大的粉笔字：“热烈欢迎！”

老场长在台上说着话：“你们看这农场的山水美不美啊？”

同学们齐声回答说：“美……”大家巨大的声音在山谷里回响，同学们兴奋地张开了嘴巴仔细谛听着自己的回音。

“这里的上课环境安不安静啊？”

“安静……”大家的声音更加高昂。

老场长满脸风霜，一看就像让人尊敬的老农民伯伯，他热情激昂地说：“你们知道南泥湾的故事吗？三五九旅啊。我们这里就是南泥湾，你们就是三五九旅。这个农场有大片的荒地等待你们去开垦，去种上果树，庄稼，要通过你们在这里的劳动改变旧模样。到了秋天你们再回来的时候，到处都是甜美的果实，丰收的庄稼。你们敢不敢向荒山进军，向荒山要粮啊？”

同学们兴奋地回答：“敢……”大家甚至为群山呼应自己的声音都感到新奇，感到兴奋。

老场长开始为同学们唱起《南泥湾》那首开荒种地的名曲来：“往年的南泥湾，处处是荒山……”虽然老场长五音不全，把这首《南泥湾》唱得找不着调。但同学们的热情被老场长完全点燃了，他们恨不得马上就能扛把锄头上山去开荒。他们从小就接受劳动光荣的教育，他们的哥哥姐姐很多都已经在农村改天换地了。每次送别哥哥姐姐下农村锻炼时，他们就只恨妈妈晚生了自己几年。那时很多家庭早早地就把给孩子下放的箩筐扁担准备好了，就像现在早早地给孩子们买保险似的，那时的孩子中学一毕业就要到农村去接受贫下中农再教育。他们一直盼望着奔赴农村，虽然这一次只是在校办农场短暂的学习，但足以把他们的革命豪情激发出来，足以令初到这里的他们热血沸腾。

接着带队的杨老师代表大家表示了决心，但杨老师强调同学们都处于长身体的时候，劳动时不可蛮干，一定要适可而止。老场长好像对杨老师的话有些不满意，站在一旁的小田老师没有发言。称数学老师为小田老师，是因为她实在不比这帮学生大几岁。当时师资力量缺乏，就在社会上请了一批临时的代课老师，小田老师就是一位代课老师。欢迎会在一片热情洋溢的气氛中结束了。

王玉珲走进办公室的时候，王晓进来汇报，说张姐来找过他。玉龙公司的职工不分年龄大小都把张灿称为张姐，可能是张灿在公司除了会计一职外，并没有担任其他的职务。所以大家也只好以示尊重称她为张姐了。王玉珲对王晓说：“你给她去电话，就说我已经到办公室了。”王晓答应着退出了办公室。不一会儿，张灿来了，王玉珲说：“有什么事不能在家里说啊？”

张灿愤愤地说：“我一上班就听说了，乔总反对由你小舅子来承包门面的开发，他凭什么啊？”

王玉珲心里一喜，知道张灿有事要求自己了。他连忙赔着笑脸开玩笑说：“只怕是我小舅子的姐姐来承包这个门面，只是用小舅子的名义而已。不过这件事好像我们确实还没有画押的哦。”王玉珲这么一说，至少挑明了自己老婆与这个项目的关系，同时也表明了自己的态度。王玉珲虽然不是很支持，但也没有反对。王玉珲知道这可能会成为张灿愿意给同学聚会提供十万元赞助的关键点，张灿肯定会以让自己支持她弟弟开发门面来换取她同意资助这十万元。想到这王玉珲又是一身轻松起来，他这次费不了多少口舌就能说服自己的老婆。

张灿看到王玉珲一脸得意的样子就说："你不就是一天到晚想着怎么帮赵梦茹搞定那十万块钱吗，看你有多大出息，那屁大的事。现在关键是人家股东都要骑在你头上拉屎了，你还无动于衷。"王玉珲知道张灿算是对那十万元解禁了。心里既有释然的轻松，又有一种说不出的悲哀。他想自己跟老婆打交道怎么就这么累呢，就像跟自己的竞争对手做交易似的。只要自己想实现一个目的，肯定就要先行满足她的一个要求。

王玉珲知道在张灿的眼里，只有她娘家的人最要紧。张灿现在忙于把公司门口的临街门面开发出来。只要把这些门面房盖好，每个月可以净挣房租三十多万。但是张灿想让自己的弟弟来开发这些门面，要开发这门口的门面，她不想让公司来做，暗地里指使她的弟弟跟公司签十五年土地租赁合同，以她弟弟的名义来开发这沿街两百米的门面。现在的问题是股东会上过不去，其他股东要求由公司自己开发。特别是乔军，不知道怎么回事，对自己的抵触情绪越来越大，自己现在的所有提议，他几乎都要提出异议来。前些年，可不是这个样子。以前公司都是董事长负责制，一般的事都是由王玉珲一个人说了算。股东甚至连账都不看，只是参与每年的分红。

王玉珲自从偷看女同学洗澡的事件败露后，他的学习成绩就一落千丈。高考时，他跟张灿都没考上大学，他父亲自从下台后，一直赋闲在家，家里负担不轻。于是王玉珲在大家各种相异的眼光里开始办起小饭店，做起小买卖来。屈指一数，他开过卤菜店，皮具店，服装店，KTV……一步一步完成了资本的原始积累。这个玉龙公司是王玉珲一人投资的，他以前是个门外汉，他掘到了第一桶金，就把乔军从国营电池厂总工程师的位置上挖出来，他给了乔军玉龙企业百分之三十的股份。乔军一门心思放到产品研发上，对企业的账目根本就不介入。等曾金刚和王晓加入玉龙企业后，王玉珲又送了百分之五的干股给曾金刚。曾金刚也是化学系出身的技术干部，只管埋头拉车，绝不搭理公司的钱财。时间一长，就形成了王玉珲一个人独断专行的工作风格。虽然张灿独自开门面的想法不太妥当，但乔军也用不着那样激烈地反对。王玉珲确实不明白是不是大家的经济地位提高了，要求当家做主的意识也渐长？

王玉珲摆出一副严肃的样子说："我可不是那十万元就能搞定的，乔军说的也有道理，你换位思考下。不过……"

王玉珲话还没说完，张灿就大声喊道："放屁！"脸上的怒容却晴朗了不少。张灿继续说着，好像王玉珲不了解情况似的。实际上王玉珲对这些沿街门面的开发已经关注很久了。张灿说：“这两百米的地方本来是公司当苗圃用的，种些花草有个屁用。你们两年前不是就准备改门面，乔总那个脾气又协调不好园林局的关系。来现场看绿化带的人还没上饭桌就被他搞僵了，人家放出话来只要是玉龙公司的绿化带改门面，一百年内都不批。”张灿每次给王玉珲说事时，总是把王玉珲已经明白的事不厌其烦地又诉说一遍。实际上这也是他们夫妻沟通的一种办法。张灿这么重复一次，实际上不是在说服王玉珲，而是在告诉王玉珲怎么去说服外人。张灿自己不是老总，她总不能亲口去说服当事人吧。她只能借丈夫的口去表达自己的理由。这已经是他们夫妻遇事处理的一种默契了。

王玉珲说：“人家说这是公司的地盘，理应由公司来开发。”“人家说”这几个字一说出来，张灿也明白，这是王玉珲的一种暗示，意思是人家的道理是这样的，你还有没有别的高见来说服对方。王玉珲在心里想女人就是女人，抓不住要害。你就说当初我们股东口头上不是都同意他去跑手续，他去经营的吗。人家还能有什么话好说，但是他不想把这些要点都告诉自己的老婆。他担心张灿得理不饶人，会对乔军穷追猛打。

张灿说：“人家的道理不存在啊。现在这么说，早干什么去了。我弟弟也没什么钱，他真借了不少钱才把这事摆平的。这一摆平，你们见桃子熟了，就想抢桃子，没门！”

王玉珲说：“乔总说了，可以双倍返还你弟弟的花费。”

张灿说：“不行，我们这可是有合同的，反悔不成。”

王玉珲说：“合同？怎么我不知道。”

张灿微微一笑说：“我弟弟跑批文前，不是跟你和乔总，包括曾金刚都说过了吗？他说这个地方空着也是空着，不如让他去试试。万一没跑成，算他赔了。如果跑成了，这个地方就让他来盖房子，让他来承包。你们不是当时都爽快地同意了嘛？口头合同也是合同的一种啊。”

王玉珲心想自己低估了老婆，这个张灿还是厉害，关键问题肯定抓得住。他说：“跑这批文花的钱肯定不多。关键是要把这几十个门面盖起来，要花的钱也不是一个小数。张军能拿出这个钱吗？”

张灿知道这是王玉珲在跟自己论证这个方案的可行性，她也不恼。她说：“你就别操这个心了。钱他不会去找人借啊，反正绝不会找玉龙公司借钱。”

王玉珲对张灿说：“好吧，我先跟其他几位股东说说，你先回去吧。”

王玉珲拿起桌上的电话机给乔军拨了个电话，电话通了。王玉珲大声地喊着：“怎么出气出不赢啊，气喘吁吁的，是不是还在床上忙着？”

乔军严肃地说着："别瞎说！我在办公室，我就过来。"说完乔军就挂了电话。一会儿乔军就到了王玉珲办公室。乔军刚一进门就开门见山地说："反正我不同意你的小舅子开发门面，你那小舅子不知欠了人家多少钱。就在我们公司里至少不下十几个人跟我说过，张军借了他们的钱。指望张军把门面经营好，做梦！"乔军就是一个急性子，不到两分钟，他就横眉立目地把自己的态度表述得清清楚楚。

王玉珲走上前去，扶着乔军的手说："别着急啊，有的是时间。要不我们再开个股东会议一下？"

乔军说："不是已经开过了吗？再开，太多余了。"

王玉珲说："你知道我要跟你商量的是什么事啊，我要跟你说同学聚会的事啊。你也知道赞助的事吧？"

乔军先是一愣，然后说："你说的不是你小舅子的事啊。什么赞助啊？我还真不知道。"

王玉珲笑着说："那一天不是你把张灿的那把火烧起来的吗？"

乔军也笑了，他说："你说赵梦茹啊，那天是张灿看到我跟赵梦茹在一起就开我的玩笑。我跟她解释说赵梦茹不是来找我的。她也不容我说第二句，就冲向你办公室了。"

王玉珲有点恼火地说："你了解她那个脾气，跟她说话你一定要当心。你一个玩笑搞得我俩冷战了几天。"王玉珲看了看乔军开心的样子就不失时机地说："那天赵梦茹来找我，说是受全体老同学之托，为毕业三十年欢庆，要我们赞助十万元。"

乔军想起赵梦茹跟他在雨里说的赞助费的事情来，他接着说："这么一位美人上门要钱，你肯定很豪爽地答应了。"

王玉珲连忙说："哪里，我说还要经过我们股东会讨论。如果乔总觉得不妥的话，我们当然可以拒绝。"王玉珲心里跟明镜似的，他知道乔军无论如何在这十万块钱上是不会投反对票的。

乔军一听王玉珲这么一说也醒悟过来，自己可不能当这冤大头，让王玉珲日后在同学面前说自己的不是。反正自己也不是大股东，有什么必要去为此得罪老同学。但是他实在不甘心就这样轻易地让王玉珲又一次遂了心愿。他知道独断专行往往来源于自信，而自信可能就是来源于若干次正确的决断。这件事让王玉珲轻易过关，与其是让他讨好了一把女同学，还不如说是又一次助长了他的独断专行。于是他灵机一动地问了一句："那张灿的态度呢？"按说张灿不是股东，这件事用不着去问她，但是玉龙公司的财务管理具体情况就是这样。因为只有张灿可以在财务上约束王玉珲，所以大家也只好顺其自然了。

王玉珲轻轻一笑说：“她已经同意了。”

乔军还是不死心地回了一句说：“那还是开个股东会，大家一块儿来决定吧。”

王玉珲的目的就是为了开这个股东会，他就是想逼着乔军来提议开这个会。他接了一句说：“好吧！那就开个会，其他几件事也可以顺便讨论一下。”

乔军已经意识到上当了，但是又不好意思反悔。

第三章　乔军应变同学圈

THE THIRD CHAPTER

于是乔军的声音放大了若干倍。那时在那寂静的山上听恐怖故事就有点像现在看电视娱乐节目一样上瘾。“那棺材盖实在是钉得太紧，他们费了很大劲才把它打开。”乔军故意卖着关子，停顿了片刻。

这回是王玉珲着急的声音：“看见什么没有？”

乔军不紧不慢的声音：“结果里面挖出了一件红袍子，其他什么都没有看见。”

王玉珲说完，乔军就起身走了，回到自己的办公室，乔军躺在沙发上想，自己这么多年来就一直在同学圈里打转转，从七十年代末到现在都三十年了他就没有离开过这个圈子。

七十年代末的农场，一天下午，课堂里很是安静，只有班主任老师杨思冲的声音在屋里飘荡，杨老师正在上着物理课。教室里荡漾着山林绿色植物的气味，偶尔有些牛粪的气味被风带了进来。即使是牛粪，也比城郊的牛粪多了些许的青草味。教室里除了杨老师那带着省城口音的声音外，就只有远处传来的山涧流水声和各种鸟鸣声，这看似简陋的环境却没有引起同学们的不安。大家从城市里初到乡村，有无尽的新鲜事在满足他们的好奇心。王玉珲就愿意上劳动课，即使在这牛棚教室里，他也愿意早点结束这枯燥的课程，投身到让人兴奋的山野里去。也许是上午开荒太累的缘故，王玉珲迷迷瞪瞪打起瞌睡来。

杨思冲老师正说着抛物线的定义，他说："什么是抛物线呢？是这个物体抛出去在空中划出的弧线。"杨老师显然看到了王玉珲在打瞌睡。只见他用手上的粉笔头，瞄了瞄王玉珲。然后，他把粉笔头扔向了王玉珲。第一次，粉笔头在空中把抛物线是画出来了，但是显然没有击中王玉珲。于是杨老师又说："大家看清楚没有，如果没有看清楚的，我再演示一次。"说完他又把粉笔头扔了出去，这一次粉笔头很精准地击中了王玉珲的脸。

王玉珲受了惊似的弹起脑袋，涎水从桌子上一直拉到王玉珲的脸上。不过因为张力太大，涎水很快地在空中闪着光亮地被拉断了。杨思冲老师暗自笑了起来，旁边很多同学也笑了。

杨老师说："搞劳动时，我叫你们不要下死力气，你就偏不听，这下午上课就顶不住了吧。毛主席不是说以学为主、兼学别样吗。”

让王玉珲怒火中烧的是他最心仪的女同学赵梦茹瘦削的肩膀也在一动一动地偷着笑得正欢。乔军在地上捡了个粉笔头趁杨老师背过身子在黑板上板书时，向王玉珲扔了过去。粉笔头只是在王玉珲的头上擦着头发飞了过去，王玉珲勃然大怒，拾起桌上的文具盒向乔军扔了过去。文具盒没有按照主人的指令飞向目标，而是在空中就打开了盒盖。里面的铅笔、钢笔、三角尺、直尺、圆规都纷纷掉了下来。圆规从空中落下，竟直直地插在何疆民放在桌上的右手的虎口之间，何疆民用恐惧的眼光看了王玉珲一眼。

这稀里哗啦的响声惊动了台上的杨老师，他严厉地喊道：“何疆民，站起来！怎么回事？”全班同学都哄堂大笑起来。杨老师脸上浮起了笑容，他走到何疆民的课桌前，看了看屋顶说：“这屋顶也没见开了什么洞，难道这些东西是从飞机上掉下来的吗？”

何疆民哆哆嗦嗦地站了起来，他颤着声音说：“我也不知道，这东西就怎么从天上掉了下来？”

杨老师厉声问道：“今天我讲的内容都听懂了吗？”何疆民紧张地鸡啄米似的点着头。

杨老师说：“那你提个问题吧。”

何疆民支吾起来，一旁坐着的曾金刚哧哧地笑着，曾金刚是班上成绩最好的学生，杨老师就是不问曾金刚。杨老师指着何疆民严肃地说：“你提不出问题，就一直站下去吧。”说完，杨老师就走了回去。何疆民吭哧了半天，最后提问：“不知道狮子岩的鼻子为什么会红？”全班同学都大笑起来。

杨老师缓缓转过身子，看了何疆民一眼说：“第一我不知道狮子岩的鼻子为什么会红，第二我要求的是提与上课内容相关的问题。继续站着。”

何疆民恼恨地把头转来转去地分别瞪了王玉珲和乔军两人一眼。乔军摊着双手，做着鬼脸；王玉珲则对何疆民竖起了大拇指。何疆民的腿碰动了连体式桌椅，坐在何疆民前面的女同学张灿的两只脚板蹭在地上把椅子使劲往后挤，开始重复着男女同学间最为常见的抢地盘的战事。何疆民站立着艰难地用大腿顶着。经过一番争斗，何疆民终于全线败退，他只能把椅子往后面挪了挪。

快下课时，一直在后面站着的何疆民把张灿的辫子和娇小的王晓的辫子轻轻地相互缠在一起。杨老师一说下课，何疆民迅速就离开了座位。只见张灿和王晓收拾好文具，站起来迈步走时，两人都痛苦地齐声大叫了起来。此时，何疆民溜出了牛棚教室，一路小跑上了木屋的男生宿舍。男同学都睡在不能随意直腰的楼顶上。那楼面也是木板铺的，同学们带来的花花绿绿的被子，都沿着屋檐席地放着。中间屋顶的最高空间则成了行人通道。何疆民跑上楼梯，一屁股坐在被子上。捂着肚子使劲笑了起来，他直笑得用两只手相互拍着木楼板砰砰地响。

刚走进楼下厢房的赵梦茹端起窗台上的茶缸准备喝水，楼上不知谁在跺地板。赵梦茹愤愤地抬头往上看了看。屋顶的间隙处正有一些脏物噗噗地往下掉，尘埃在明亮的冬日光线里飘浮着。赵梦茹熟练地抄起靠在墙角的一根长竹竿，对准天花板连捅了几下。楼上的何疆民顿时反应过来，做了个无奈的鬼脸，静了下来。楼下的赵梦茹举着竹竿，见上面没了动静，就停止了男女生间的这场习以为常的对抗战。然后赵梦茹端起茶缸走到门外，把茶缸里的水泼了出去。乔军正巧从门前过身，茶水泼了乔军一脸。赵梦茹吃惊地用嘴掩住了自己的嘴，“嘭”的一声，茶缸掉到了石头地上，弹起好高。乔军生气地停下了脚步，恼怒地用手一把抹下脸上的茶叶。他扭过头来，正好看见赵梦茹紧张而又兴奋的眼睛，赵梦茹一副潮红而又含羞的脸庞好像正在等待乔军的呵斥。乔军看了看地上的茶杯，没有说什么，迈动了他颀长的双腿径自走去。

王晓走了过来，关心地问赵梦茹：“他没有把你怎么样吧？”

赵梦茹像是梦中醒过来似的，说：“没什么，没什么。”像是怕被人猜透了心思，赵梦茹躲避着王晓的眼神，急忙蹲了下去像在掩饰什么似的捡拾自己的茶缸。王晓一脸哀怨地望着乔军渐去的身影。

“开饭了！开饭了！”“当！当！当！”那是彭洋在敲击屋前吊在一棵苦楝树上的半截锄头。吃饭在这开门办学的日子里算是最幸福的事情。大家排上队，一个个端着碗，在耐心等候。没有一位同学像现代的孩子似的，还没动筷子，就要先把所有的菜目视一遍，然后再开始下筷子。他们实在是太了解自己的伙食了，上山已经有十几天了，到现在还没尝过肉味。他们知道每顿菜大不了就是炒南瓜、炒白菜一类的，若放在现在倒是特绿色的时令蔬菜。大家也懒得像个饿鬼似的挤到前面去看了。彭洋是炊事班班长，他带着张灿等几个手巧的女同学负责把每天的菜做出来。这些都是十五六岁的孩子，刚上山几天，谁也没用过这样大的锅给几十号人煮过米饭。要么是水放少了，饭给煮糊了；要么水多了，饭没有煮熟。弄得这帮习惯到点吃饭的孩子把个手上的搪瓷碗敲得震天响，直敲得炊事班手忙脚乱，每到开饭时间都要延迟一两个小时。炊事班成了大家诟病最多的小集体了，以张灿为首的炊事员们罢了几次工以表示抗议，班上差点找不到愿意出来做饭的同学。其实在校办农场只有做饭这个差事算是最轻松的。

既不要开荒种地，又不要到点上下课。但是因为大家都怕临开饭时，听到敲饭碗的声音，所以除了张灿那几个最为剽悍的女同学，没人敢出来接这个活。最后杨老师制定了吃饭时谁敲碗谁就洗碗的规矩，才把敲碗的歪风邪气杀了下去。但是后遗症还是留了下来，大凡在炊事班干过的女同学，包括彭洋成年后，每当在家里主勺时，有儿女要敲敲缸碗的，必然要换来他们的一顿气愤无比的臭骂。

同学们排着队先在菜锅前装了菜，然后再走到饭锅前去装米饭。每个人都机械地伸出饭碗，不抱任何希望地等着装进一瓢被称为菜的东西。这段开门办学期间的伙食影响了这班同学成年后的饮食习惯。首先是彻底破坏了他们的味蕾，不管他们日后吃什么，他们的胃口极好，吃什么都香，极易满足。其次，只要有吃，不管三七二十一，先填饱肚子再说。即使儿女们剩下的一点饭菜，都要想尽办法送进肚子而后快，绝无浪费。何疆民也是麻木地递着饭碗，他不用看，今天打进碗里的东西还是有点分量，他掂着心里踏实。然后他又随着队伍走到饭锅前，向前伸出饭碗。彭洋用饭瓢铲了一坨米饭，他刚想送进何疆民的饭碗。他觉得那碗里的菜的颜色不对。彭洋的视力不好，他凑上前去，闻了闻。他问："何疆民，你自己带的菜啊？"

何疆民狐疑地看了看自己的饭碗。他发现那不是什么菜，那是潲水桶里捞出来的潲水。他回过头去，正看见张灿一只手撑着菜勺子，一只手在捂着嘴笑。何疆民气坏了，拿着手上的碗就向张灿冲去。张灿一见形势不妙，丢下菜勺子，掉头就跑。何疆民看样子非要把手里的潲水泼到张灿的身上不可。张灿在几个女同学的身后左躲右藏。那些女同学但凡只要看见何疆民手里端的东西，就没有一个见义勇为的。反而花容失色地躲到张灿的身后。张灿的个子本来就比一般的男同学还要高，她哪里能躲得过那些娇小的女生。正在张灿实在是躲不过去的时候，只听得王晓在喊，"快找杨老师！"

一句话提醒了张灿，张灿扯开了嗓门杀猪般地大喊："杨老师！杨老师！"

"哎！就来了。"杨老师在茅房里答应着，那时候的厕所不像现在受重视。看看如今的饭店、酒店的厕所有的比餐厅、大堂还要卫生豪华。那时山区、乡村里都把厕所称为茅房。首先是因为其构造简单，就是一些茅草和木板交错搭出来的。而且粪坑为了便于农作物的利用，出粪方便，茅坑也挖得很浅。茅房的一切都是为了简陋，就连茅房门也只是一堵拐弯的土墙。

"杨老师，快出来啊。"张灿已经什么都不顾地向茅房跑了过去，何疆民则是怒气冲冲地紧追不舍。张灿跑到男厕所的门口放肆地大喊："杨老师！杨老师！"其他同学端着饭盆站在房檐下大笑着，看着热闹。张灿恐惧地看着何疆民端着那盆潲水越来越近，她已经是无路可跑了，竟然大喊着“杨老师！”一头扎进了男厕所那拐弯的土墙内。

接着厕所里传来的是杨老师惊慌失措的叫声：“你怎么进来了？”

“何疆民在追我，他用碗里的东西泼我。”何疆民端着饭碗站在门口，已经犹豫起来。他不知道是不是应该继续追进男厕所。他转而一想，觉得有些害怕，就端着饭碗往回跑。继而把碗里的东西都往外面倒。

杨老师则提着裤子狼狈地从男厕所里走了出来。张灿则紧张地跟在他身后，惴惴不安地提防着。杨老师提着裤子，虚张声势地边走边喊：“人呢？人呢？”“何疆民！何疆民！”

何疆民空着手跑出人群，说：“我在这儿。”

杨老师厉声训斥道：“你在干什么？你的碗呢？”

何疆民跑进人群中拿碗去了。等何疆民拿了碗出来，只有张灿一个人站在男厕所门口恐惧地看着何疆民手里的碗。何疆民用目光四下里找寻着杨老师，王玉珲告诉何疆民说：“进去系裤子去了。”

何疆民拿着空碗假装里面还盛有东西似的往张灿身上用力一倒。张灿又是杀猪般地叫道：“杨老师！杨老师！”何疆民害怕了，就把碗底亮给张灿看了一眼。张灿一看是个空碗，就放心了，只见她示威似的向何疆民做了一个鬼脸。何疆民气不过，飞快地捡起一个石子扔向张灿，石子打在了张灿的头上蹦起好高。

杨老师走了出来，问张灿：“怎么回事？”

张灿捂着头说：“他用石子打我。”

杨老师问：“多大的石头？”

张灿在地上捡了一颗，递给杨老师看说：“这么大。”

杨老师说：“你就用这颗石头打他。”

张灿疑惑地看了看杨老师，她确定了杨老师不是开玩笑，她就把石头扔向了何疆民。石头在何疆民的头上弹起好高。杨老师说：“这下都扯平了，不准再为这件事闹了。”

这一天，校办农场出了件怪事。农场养的一群鸡，同学们也不知道是集体的还是老场长私人的，不知怎么了，操场里、屋檐下、厨房边死了三只母鸡。老场长气愤地说这是一起蓄意的破坏事件，一定要追查到底。

杨老师倒好像不那么紧张，反而笑着说：“这也算是割资本主义的尾巴，既然死了，那就马上剖了，晚上吃了。”

老场长说："瞎说！这是农场的集体财产，谁害死了这鸡，谁就是破坏生产，谁就是反革命。"

杨老师就是等着老场长这句话，他说："既然是集体财产，我们把它们吃了，也算它们死得其所。慰劳了我们这些开荒种地的英雄们。"

老场长知道自己的话说错了，知道自己上了杨老师的当，但是已经没有办法说回来了。他只是在嘟哝着："你们算什么英雄？"

小田老师说："还不知道是怎么死的，能不能吃？"

杨老师看了看一脸阴沉的老场长说："只有剖了，才知道这鸡是怎么死的，是不是还能吃？解剖也是破案必备的程序，不解剖怎么搞得清敌人是下了什么毒呢，没有证据啊。"

老场长就说："那先剖了再说。"

张灿负责剖鸡，剖开后，食袋里并没有发现什么可疑的东西。只是发现所有死的鸡的屁股里都塞进了一截树枝。这样怪异的死亡事件确实把三位老师都难住了，他们百思不得其解，不知道"凶手"这样凶残的作案手法的动机是什么？杨老师也不管什么破案了，他说："至少有一点我们明白了，这鸡可以吃。张灿！今天晚上就炒着吃。去挖点生姜来，用干辣椒炒，放茶油。"一说到吃，杨老师总是很关心。他要亲自决定每个重点菜的做法，按照他的意思，凡是带点荤腥的菜，在那个年头，来得不容易。若是重点菜，就千万不能浪费了，就必须做好。

老场长恼火地看着杨老师说："这案就不破了？就只吃鸡了？"

杨老师装着义愤填膺的样子说："此案必破，不破此案，绝不收兵，先立着案。"杨老师说完就走到张灿身旁指导炒鸡的程序去了。

老场长望着他的背影对小田老师说："看样子杨老师不吃完这只鸡，是不会破这个案子了。"小田老师已经看懂了两位在斗法，竟扑哧地笑了起来。

吃完鸡，何疆民一嘴油光地走到杨老师身旁说了一句："杨老师，你看我们是应该谴责这位冷血杀手，还是应该感谢他。不知道他是不是连环杀手？还作不作案？"

一句话把杨老师逗笑了，杨老师说："有鸡吃还堵不住你的嘴啊。"杨老师笑着把手里的鸡骨头扔向了何疆民，"还想吃鸡啊，我拿鸡骨头砸你。"

山区的夜晚来得早，天很快地黑了下来，气温也迅速地降了下来。同学们无事可干，蹲在哪儿，都感到异常的寒冷。大家只好躺在被窝里聊天，在农场的日子，一到夜晚聊得最多的是当地广为流传的"红袍子"的故事。

乔军对王玉珲说："今天我问了农场的老场长，见没见过'红袍子'？老场长说，几年以前，这山上闹鬼，都说是山脚下吊死了个姓周的地主婆。他们家就住在我们上山的必经之道，就是长了一棵大槐树的那家。我们买菜的板车就停在他们家对面，鬼是从周家地主婆的坟墓里闹出来的。于是山下的民兵营长就带了几个民兵，去挖那座地主婆的坟墓。"

这时睡在靠门口的何疆民便大声要求："声音大点，我们听不见。"

于是乔军的声音放大了若干倍。那时在那寂静的山上听恐怖故事就有点像现在看电视娱乐节目一样上瘾。"那棺材盖实在是钉得太紧，他们费了很大劲才把它打开。"乔军故意卖着关子，停顿了片刻。

这回是王玉珲着急的声音："看见什么没有？"

乔军不紧不慢的声音："结果里面挖出了一件红袍子，其他什么都没有看见。"

彭洋的声音："那地主婆呢？难道地主婆没死，是隐蔽下来的特务？"

"不可能，民兵营长亲眼看见地主婆死去的，也是他亲自监督下葬的。"乔军坚定的声音。

何疆民充满恐惧地问："那这么说，地主婆变成鬼了？"

乔军说："我可没有这么说啊。不过据民兵营长事后回忆，他撬开棺材盖的那一瞬间，就发现有一缕青烟从棺材里飘了出来。"

何疆民恐怖的声音："我说是变成了鬼了吧。"

曾金刚插话说："别打岔，让乔军说完。"

"那民兵营长也是一个当过兵且胆大的人。他说这件红袍子还很新，于是便打了这个地主婆的土豪，将红袍子拿回家自己穿去了。"乔军诡秘的声音在被周遭无尽的黑色包裹下的木屋顶上徘徊着，左右着十四班全体男生的心理世界。屋外传来的凛冽北风吹得四面挡风的竹席刺啦啦地响，就像是给乔军的悬疑故事配上的音效，这可比现代版的恐怖片《沉默的羔羊》的音效逼真得多。那种音效就压根不是后期配的，而是真实的现场直播。

何疆民的声音越发有些颤抖："那……那民兵营长后来呢？"

乔军说："民兵营长穿了这件衣服后，不到三天，也死了。"乔军又停了一会儿，谁也没有问话。只有外面的北风吹得席子传来的刺耳的声音。

"呵呵！"可能是彭洋大声咳嗽了一声。何疆民被吓得把脑袋藏进了被子里。接着传来了大家一片谴责声："别吓人啊，人吓人吓死人的！"

乔军诡秘的声音又在黑夜里回响，大家顿时安静下来。乔军继续说："故事还没完，大家把棺材抬来，准备去搬民兵营长的尸体时，发现民兵营长的尸体不见了。大家再去看那件挂在墙上的红袍子时，居然也没有了。从此后这边山林里就经常传来红袍子的故事了。"

何疆民急切地说："怪不得今天早晨，我去上茅房，雾色很浓。我从茅房里往外走，怎么也走不出来。我以为是我在做梦，我确实迈不动步子。我发现雾里面有个红色的影子，一直等到那红色的东西消失后，我才走了回来。"正在此时，只听得门口那块临时充作门的木板被推开了，还听得"呜呜"的哭叫声，就是不见人进来。

有同学大喊了一声："红袍子！"顿时大家被吓得没了声音。何疆民被吓得从自己的被子里跳了出来，径直钻进了彭洋的被子里。但是门还在被继续推着，哭叫声继续传了过来。王玉珲胆子大些，竟直起身子认真看了看，说："什么红袍子？是楼下的狗吧？谁开开电筒。"于是几道电筒光照了过去，确实是楼下的那只老黄狗冷得受不了，也想跑到楼上跟大家暖和呢。那狗正被门卡住了，进不来，还在"呜呜"地叫呢。

彭洋连忙起身跑了过去，把那狗放了进来。何疆民回到自己的铺上，踢了那狗一脚。嘴里说："吓死我了，我还真以为是红袍子呢。"那狗也十分乖巧，找了个有稻草的角落，盘着身子睡起来。

这山区的夜晚是特别不一样，夜晚吓得死人。除了肆虐的北风就再也听不到别的声音了。但是到了清晨，被窝外照样寒冷。但屋外的鸟鸣声却让人感觉到这山野清晨的温馨和诗意。

彭洋瞌睡大，鼾声如雷。何疆民没穿罩衣，就拿了火柴和牙膏跑到彭洋的床前。他熟练地挤了点牙膏到彭洋的手上，然后拿了一根火柴划燃。他让火柴从头到尾燃烧一遍后，立马就用火柴盒子把火柴上的火焰压熄。这时这根火柴没有回火，完全被炭化，这是杨思冲老师告诉大家烤火用的炭是怎么烧出来的小窍门。杨老师还跟大家说过，牙膏虽然很清凉，但是它的导热性也是极其快的。何疆民正在用学来的知识做小实验。他把烧好的火柴炭棍子插到彭洋手背上的牙膏里，然后他又划燃了一根火柴，果然那根炭棍子迅速被点燃了。只是它没有明火，像根炭一样地烧着了。这根炭很细小，所以燃烧起来的速度比我们平常看到的烧着的炭要快得多，有点像导火索的燃烧速度。

何疆民急忙回到自己的被子里，躲了起来。一会彭洋拍着自己的手背，从被子里跳了出来，他不知道是什么弄得自己很生痛。但是他从同学们开心的笑声里听出来了，有人使坏。昨晚被彭洋的鼾声折腾过的同学都在这一瞬间找到了心理平衡。这时何疆民火烧火燎地站了起来，他扭曲着身体。看样子是刚才他恶作剧时受了点凉，肚子有点憋不住了。彭洋则跑了过来，一把揪住何疆民说："是不是你小子使的坏？"

何疆民说："不是我，我要上茅房了。"

彭洋还是不依不饶地不肯放过何疆民："那是谁？你不说就不让你上茅房。"

何疆民急忙解释说："我真要上茅房了，再迟就不行了。我刚才睡着了。"正说着，何疆民放了一个臭臭的屁。

一旁的曾金刚将头藏进被子里高声喊道："快放他走，别让他在这放毒了！"

彭洋手一松，何疆民就顺手抄了一把黄草纸，往楼下跑去，只留下一连串的响屁。一会儿，楼下的杨老师在大声地催促大家起床。同学们都一个个地往楼下走，最先出门的同学大呼小叫地喊了起来。大家都跑了出来，才看见楼梯台阶上很有规律地散着一个个金黄色的小圈子，一直向茅房延伸过去。这是何疆民的杰作，大家一路追了过去，何疆民还在茅房里大呼小叫地拉着大便。

彭洋解气地说："你一路拉过来，还没拉完啊。"

何疆民说："我肚子痛，帮我请个假，我出不了操了。"彭洋答应着走了。

过了一会儿，彭洋在茅房外高声喊："何疆民，杨老师准你的假，你不用做操了。不过你要把你拉出来的东西给收拾干净了。"

何疆民有气无力地说道："好的！"

彭洋没有听清何疆民的回答，就跑了进来问何疆民："你听清没有？"

何疆民难堪地说："你小点声啊，你是怕大家不知道是吧。"

彭洋恨恨地说："知道害羞，你就别拉啊。"

下午三点，股东会就在会议室里开始了。玉龙公司的股东全部加起来就只有王玉珲、乔军、曾金刚三人。王玉珲的股份占了百分之六十，乔军占了百分之三十，曾金刚是百分之五。还有百分之五，王玉珲说由他来决定送给以后对玉龙公司有重大贡献的人，实际上这是王玉珲开公司的一贯做法。那就是每次都要预留一些股份给那些对自己公司有生杀予夺大权的公务人员，他这一招屡试不爽。这样做首先从制度上解决了与公司有利益关系的人，不会因为出现临时拿一笔钱出来进行商业贿赂而纠结不已。其次，对公务员预留的股份一旦成交，会让对方觉得自己很有诚意。这比拿钱赤裸裸地行贿要让人感到舒坦得多，安全得多。最主要的一点，送股份实际上就是把对方牢牢地套住了，他得永远为玉龙公司效力。王玉珲就是依靠这招过关斩将，一路杀过来的。

曾金刚是最后一个到的，曾金刚屁股还没坐下就说：“王晓刚才对我说，周致平老师病了，我们等会儿去看看吧。”

王玉珲说：“行，我们开过会就去看吧，大家知道今年是我们高中毕业三十年，三十年应该好好大庆一下吧。老同学赵梦茹跟我说，要我们玉龙公司赞助一把，不知你们两位意见如何？”

乔军还在较劲，他说：“董事长，这算不算今天的议题？”

王玉珲说：“乔总，平常我们都是大家合计一下就算过。既然认真起来，认真也有认真的好处，以后开股东会会议我们最后一个程序就是表决。”王玉珲停顿了一下又补充了一句：“按股份表决。”

这句话一说出，大家都知道按股份表决，实际上就是控股方说了算，王玉珲占的比百分之五十一还多，不就是他说了算吗？王玉珲这句话说出口，实际上也是在提醒另外两位股东，以前我什么事都跟你们商量，是因为大家都是老同学、老朋友，彼此之间都相互尊重。实际上按照公司法，我是绝对控股方，我完全可以不与你们商量。还有一个意思，就是以前大家认为我王玉珲独断专行，实际上是有法可依的。乔军愣了愣，马上就明白了王玉珲那句“按股份表决”的含义了，乔军在此以前，确实还没想过会有这么一说，但是王玉珲今天说了出来，他马上就明白了其中的分量是不容自己质疑的。乔军想到，王玉珲提出这个意见来，肯定是针对自己的。乔军一时觉得自己是不是有点太过了，是不是有点太逼王玉珲了？才迫使他收回了他的权利。

曾金刚也听出了王玉珲的意思，他知道这是王玉珲要收回自己权利的开始，也是要加强他个人领导的信号。在这三人股东会里，自己是最小的一个，是最没有权利的一个股东。他大学考上了企业管理专业，毕业后，分配到大西北工作。王晓学的中文，毕业回了家乡雾水六中教书。两人在省城读书时建立了恋爱关系，分居了几年后。他费了好大的劲，把自己的关系调回到省城一家部属企业。刚报到，这家企业就干部冻结，集体搬迁到华东去了。他又等待了两年，最后去他妈的，辞职下海跟了王玉珲。王晓因为一中进不去，去了六中。六中高考连续几年剃了光头，学校不景气。在六中干也没什么盼头，王晓只好办了停薪留职手续，到玉龙公司打工。王玉珲、张灿两口子对他俩一点都不薄，让他当玉龙公司的总工程师。工资待遇那就不用说了，就是家里有什么红白喜事，王玉珲也是当仁不让，全力以赴。曾金刚一直认为自己是得了王玉珲的恩赐才会有今天的，公司不管什么大小事，他都是唯王玉珲马首是瞻。曾金刚是一个典型的中国知识分子，总认为自己得到的要比付出的多得多，已经很满足了。曾金刚听到王玉珲这么说，就有点不祥的感觉，他害怕开会时，几位好朋友会争吵，他心想只要不吵架，最好就是王玉珲一个人做主就行了。

还是乔军开的口："我同意给同学聚会捐款，就是不知道要捐多少？"

王玉珲说："现在匡算是十万。可能刘旭、赵梦茹他们想先组建一个筹委会，等预算出来后才知道具体数额。"

乔军说："那这个问题，下次再开个会明晰一下就行了。今天的会议主题可能不仅仅是为聚会捐款吧？"

王玉珲开门见山地说："以前我小舅子跑门面项目时，不是问过我们吗？当时我们都是同意的，现在批下来了，我们反口，怕有点不合适吧？"

乔军说："当时确实都同意过，但是这么大的事不能就站在街头上那么一说，便草率决定了吧？"王玉珲心里明白乔军是指张军上次给他们提这件事时，他、乔军还有曾金刚当时就是站在公司的大门口正准备上车时说的。正因为如此乔军就认为这样形成的决定不是正式的，是随意敷衍的。

王玉珲想到这儿就说："你觉得那不够正式，但是我们至少答应人家了。口头约定也是合同的一种啊。"

乔军的倔脾气又上来了说："反正我认为那不能算，那是大家闲谈之余随意答应的。"他停了一会儿又说："公司门口的临街门面由谁开发的问题，我的意思是不能由张军来干。因为道理很简单，这个门面的投入是一次性，而获益是永久的。为什么这么好的项目要让公司以外的人来干，自己不干？"

曾金刚只是静静地听着，脸上并无任何的表情。王玉珲也没有言语，他从身边的公文包里拿出了几份文件。王玉珲说："这份文件，是张军以玉龙公司的名义给区园林局打的请示报告。区园林局刘局长的签字是：此地建筑密集，绿地太少，不可再废止绿地。"

王玉珲说："大家都看看，我手上这份报告，是张军打给区城建办的。城建办在一个月后终于签了字，上面是这么写的：拟同意，请市城建局刘、王局长批示。又一个月后，王局长签了同意两个字。这时一把手刘局长又出国了，半个月后，刘局长回来了，他签的意见是请区园林局拿个具体规划。这又弄回到区园林局。区园林局又签上了最开始的意见。张军等于是干了半年，终点又回到了起点。"王玉珲边说边把手上的报告递给乔军。

王玉珲接着说："张军每走一步，在经济上和时间上都花费了不少，他一直想绕过区园林局，因为区园林局已经跟我们玉龙公司结怨，他左冲右突就是过不去。最后还是没能绕过去。这个时候张军都想放弃这个项目，他跟我诉苦。我就对他说，干项目哪有那么容易的事，你如果不往下走，前面你的投入就和你以前干的项目一样打水漂了。你现在只有坚持，才有可能在这个项目上挽回损失。你是不是把所有的路都试了，都是此路不通，肯定还会有办法的。于是他想到了找上面，靠上面往下压，把这个项目拿下。但是这次他的代价更大，他用了一年的时间去结识主管副市长，正好副市长的老妈得了肺癌，吃不了医院的伙食。于是他对副市长说他老婆在家闲着，反正得给孩子做饭吃，顺便可以给老太太做三餐饭的工作，实际上张军一身欠账，他老婆早就跟他离了。就这样张军自己把厨师工作坚持了下来。副市长老妈的癌症拖了半年，张军也坚持了半年。等老妈去了，张军拿到了副市长的这份签字。这上面是这么批的：同意，请市城建局督办，月底审批结果报市三办。张军这次虽然没花什么钱，但是用心了。"王玉珲把手上的最后一页报告递了出去。

曾金刚说："没想到建个门面还要这样麻烦。"

乔军说："那区园林局的最难伺候，就是一帮龟孙子。"

王玉珲说："你们觉得这个门面是不是应该给张军来干？"

乔军就说："从情感角度来说，张军把这个项目批下来，确实不易。我是没有这个本事把它搞定的。但是理性看这个问题，这么大一个项目，把它交给公司以外的任何人来做，我觉得都不妥。还有一点，如果张军不做，我想在经济上绝对不能让张军吃亏，一定要给予张军优厚的回报，至少他把这个项目批下来了。"

王玉珲转过头去问曾金刚："曾总的意见呢？"

曾金刚很清楚，上次开会已经讨论过这个项目。乔军当时就是毫不含糊地反对让张军来干。今天怎么又拿出来重新讨论？可以想见，乔军和王玉珲在这个问题上是意见相反的。王玉珲肯定是同意张军上这个项目的。而且会议一开始，王玉珲就明确了，今天的会议是股东根据股份来投票决定事项。那自己的表态还有什么用呢？想到这儿，曾金刚就说："以前我还真不知道，这事竟这么周折。我个人觉得张军拿下这个项目是很不容易的，付出了极高的代价，不管是经济上，还是人力上。再加上张军干这个项目时就跟我们打过商量，虽说就只有那么几句话，但是那几句话双方都表达得很清楚。到今天为止，大家对那几句话，也没有别的什么异议。那就是说至少张军是在我们同意过后才开始干的。现在这事办妥了，我们又要收回这个权利，违背我们当时的承诺。这可能就是我们的问题了，人家张军是没有错的。我的意见是这个项目还是让张军继续干下去，此项目虽然有稳定的现金流。但是对于我们其他项目来说，也只是一个零头。更何况，这块地是我们的，张军还是要给我们交钱的。我们并不是没有钱挣。说不定，张军帮我们来管理，还是一个好事。我们既不需要承担风险，也不需要管理那么多的商户。每个月的房租催起来也要命，生意好时，还好说；生意不好时，那催房租就是一项非常具体的事了。”

王玉珲脸上浮起一丝笑意："曾金刚你的意思，前面两句话就可以表达清楚。后面啰嗦了半天，还是这个意思，就是你同意把临街门面交给张军开发？”

曾金刚笑着回答："就是，就是这个意思。”

王玉珲说："那好，大家时间宝贵。我们现在就开始表态吧，我个人也同意曾金刚的意见。”

乔军还是板着脸说："我反对。”

王玉珲说："根据《公司法》，我们是百分之六十五的同意。反对意见只占百分之三十。此提案可以通过了。再补充一句，以后通过提案，都按照《公司法》、遵循这个定律吧。”乔军心里愤愤不平地想，遵循这个定律还不是遵循你王玉珲的定律。

第四章　青春期的故事

THE FOURTH CHAPTER

王玉珲醒悟过来，于是他也好奇地轻轻揭开自己的垫被，然后扒拉开下面的稻草，他很容易地找到了一条缝隙。他把眼睛凑了上去，他看清了是小田老师正在下面洗澡。小田老师是站立着的，她那前凸后翘的白白的身体尽入眼底。王玉珲吃惊地抬起了头，不敢再看。他想了想，这个老流氓还在看小田老师洗澡。怎么办呢？他干脆趴在旁边的木板上，轻声地喊：“老场长！老场长！”

开完会，他们三人就准备出门去看周致平老师。王晓已经把车子准备好了，她在公司前台等着他们散会。王晓从他们三位股东比较严肃的表情感觉到，今天他们三人在会议上定是有了争执。王晓也是年近半百的人了，但是她的身材依然还是中学时代的小巧玲珑，没有半点其他女同学忧心忡忡的发福迹象。王晓戴着眼镜还是那样温柔文弱，她说话的音量就注定了她不是个好老师，做她的学生听她的课，估计从中排开始一直到后排可能都听不清她的声音。自从三十年前她在王玉珲挨批斗时替他说出那句关键的话，便被其视为恩人。王玉珲当时在批斗台上暗暗发誓：有朝一日发达了，绝对不能忘记两个人。第一是张灿，第二就是王晓。王玉珲被批斗的故事跟青春期有关，发生在七十年代缺少精神生活的雾水一中校办农场。这个故事彻底改变了王玉珲同学的命运，也让很多同学的个性和人格都产生了变化。

七十年代的农场大山上满是绿荫葱葱的松树和杂木，簇拥着这些树林的是些齐腰深的杂草。老场长站在一块大石头上，给大家下达着今天的劳动任务：“今天我们的任务是把这几块荒山开垦出来。大家要先把这几块地的周围砍出一条防火道，要使烧荒地的火不要烧到防火道外围去。等我检查完你们砍出的防火道以后，听我的命令才能点火。等过了火后，就把地一块块地整出来，用石块把每块地的护坡垒出来。”

对于现在的十五六岁的孩子们，要让他们去开荒种地，那估计不如杀了他们。但在二十世纪六七十年代，那时的孩子们就是这样过来的。今天是杨老师和小田老师带着大家劳动。看得出老场长对小田老师厚待有加，高看一眼。小田老师走到哪里，老场长就跟到哪里，而且眼神总是围着小田老师打转转。如果是杨老师带队劳动，老场长是绝对不会全程陪同的。

小田老师来自新疆，她的爸爸是转业干部，在新疆娶了维吾尔族的老婆，生了小田老师。小田老师身材高挑，容貌秀丽，她已经习惯成年男人注视自己的火辣眼神了。小田老师指挥着大家砍着山地上的灌木丛和藤蔓，稍大点的树早已经被砍掉了。剩下的残枝败叶倒是好清理，没多久，防火道被清理出来。

老场长对小田老师说："田老师，我们一起检查一圈吧。"

小田老师答应着："好，王玉珲、曾金刚，你们俩带着砍刀跟着我们一块儿检查。"王玉珲和曾金刚拿了刀，跟上了两位老师。老场长悻悻地低头往前检查起来。其他同学则在防火道外面休息，等待着放火后进行开荒。他们四人转了一圈，又回到原点。彭场长下达了放火的命令，男同学特别的兴奋，每个人都抢着放火。于是防火道里几个方向都同时燃起了熊熊大火，寒冷的空气被大火烤得热烘烘的，火焰在大家兴奋的眼睛里闪现。

一会儿工夫，山地就被烧平整了。小田老师说："现在是党和人民考验我们的时候了，我们要把地里的土都翻一遍，把树兜子都要挖出来，再用石头把一块块的土地护坡垒起来。"大家开始用锄头挖起地来。这山上的土多是红色的泥土，特别适于种茶树，当然也有种花生、红薯、高粱、玉米的。这红泥土的上面已经有一层厚厚的黑红色的有机肥了，这些肥料本来是大自然给予这些山林的，现在十四班的同学要把它们翻过来，变成生产粮食的有用肥地了。那个时候还没有绿色环保一说，只有"人定胜天""开荒种粮"的口号在激励这些热血少年。他们用尚未发育成熟的胳膊，举高了锄头，向荒山要粮。

乔军的身材是同学中最高大的，他开荒的速度也最快。他先把土里的树兜挖出来，然后就把泥土全部翻松一遍。他尽量把里面的泥土往外面挖，这样使开垦出来的一块完整的地显得宽大些。然后再用就地取材的石头把这块土地的边缘垒起来，以防止下雨时雨水冲走了泥土。乔军默默地干着，把本来并排的何疆民渐渐地拉远了。何疆民看了看在后面检查的小田老师，又看了看他无论如何也赶不上的乔军。他觉得自己落在乔军的身后，差距太大，对自己不利。于是他挪了挪，把自己的劳动位置调整到女同学当中去了。

杨老师跟在何疆民后面，杨老师说："我俩算一组的，我们一块干活。"杨老师在上课时要求大家严厉，搞劳动就正好相反。他自己就是一个出勤不出力的懒骨头，只见他一会儿拣拣树枝，一会儿拣块石头。没动几下他就坐下来歇歇，要不就在一旁提醒着同学们要爱惜身体，看得老场长在一旁对他不停地翻白眼。杨老师认为，以前自己下放在农村，那就是干农活的。现在读了书，出来当老师，那就是教书的。自己也是很小就被弄出来干活，弄得书没好好读，现在不能再干这种傻事了。学校要求开门办学，他也没有办法抵制。但磨磨洋工，你奈我何。

赵梦茹可能是挖累了，拄着锄头看了看前边抡圆了锄头的乔军，她看他的眼神有些痴了。真有点像日本电影《追捕》中的风见明子注视着田岛耕作驾驭烈马的情景。王玉珲也在注视着，他注视的是赵梦茹。他看见赵梦茹对乔军的神态，眼里就流出些许的伤心来。还有一位也在注视着赵梦茹，那是王晓的眼神，她的眼里充满了嫉妒。她对准赵梦茹扔了一块泥疙瘩。赵梦茹猛地醒悟过来，也不看谁扔的泥巴，就心虚地拿着锄头继续挖了起来。

过了一会儿，王晓凑到赵梦茹的身边。赵梦茹显然已经缓过神来。赵梦茹自言自语地说："你看那小子怎么像个机器人似的？使不完的劲。"

王晓幽幽地说："你是说乔军吧？"

赵梦茹嘴里嘟哝了一句："是的。"

王晓说："他老子是南下的，每天都要他早起跑步，做俯卧撑。这么长的鞭子拿在手上，做不完就抽，做不好也抽，动作慢了还抽。他身上都是一道道黑黑的伤痕。"王晓比划着鞭子的长度和抽鞭子的动作。

赵梦茹一把抓住王晓挥动的手，心痛地说："真的，怎么能这样呢？这不是法西斯吗？"

王晓看了一眼赵梦茹抓住自己胳膊的手说："你抓我干吗？我又没抽啊。"

赵梦茹疑惑地看了王晓一眼问："你怎么知道的？"

王晓说："我跟他住对门，天天都能看见。"说完王晓扭过身子，把个赵梦茹留在那里独自伤心。

小田老师在大声指导同学们："大家注意啊！一个人的力量是撼不动大树兜的，大家先不要管它。我们等会集中优势兵力来对付它。"一会儿，她叫齐了乔军、曾金刚等几位体型高大的同学。

何疆民大声地掺和道："田老师，我们班还有一位大力士，可以成为攻坚力量。"

小田老师问道："谁啊？"

何疆民说："彭洋啊，他是我们班力气最大的男同学。"

小田老师说："别瞎掺和了，彭洋要给大家做饭吃，要不你代他去做饭。"何疆民顿时没了声音。小田老师又问大家："先从哪里开始？"

赵梦茹连忙举手说："从我这吧，这棵树兜实在太大了，不先挖出来，就没办法干别的了。”王晓在一旁轻蔑地瞥了赵梦茹一眼。

小田老师说：“好，乔军，你们就从这里开始吧。”乔军有些热了，他利索地脱下身上的毛衣，里面就剩下一件海军衫。脱毛衣时，把里面的海军衫带到了腰部。赵梦茹极想看到乔军的背上有没有鞭痕，但是又不好大胆地直视。

到处都是黑乎乎的泥土，乔军不知道要把脱下来的毛衣放到哪里。赵梦茹接了过来，说：“没有地方放衣服，我来拿吧。”乔军就把毛衣递给了赵梦茹。赵梦茹抱过毛衣闭上了眼睛，轻轻地闻起了衣服上的气味。王晓连忙接过其他几位男同学的毛衣，一把全部堆在赵梦茹的怀里。赵梦茹睁开眼睛时，竟发现自己的胸前被毛衣堆过了额头。

乔军让其他男同学把树兜下的泥土尽量掏空。然后再用砍刀把连接地面的根须一根根砍掉，然后他使劲摇起树兜。最后把树兜尽量掰歪，反复顺时针和逆时针转着树兜，直到树兜下面的主树根断掉为止。就这样一棵大树兜被挖了出来，大家齐声发出胜利的欢呼。

接下来，要拔掉的是王玉珲那块地里的一棵大树兜，只看那树兜，也不好辨别是什么树。乔军等人又是如法炮制，但是前面的手段都好使。到了最后，树兜下的那根主树根实在长得太粗了，而且还长得很隐蔽。砍刀锄头都够不着，不管大家怎么用力，那根主树根就是断不了。

所有人几乎累得不行了，全身都已经汗透。连小田老师都把毛衣脱了下来。她那发育成熟的鼓鼓的乳房看得老场长眼睛都不会转了。那时的学生比现在学生的性成熟期晚得多，同学们的性意识是自生自灭。没有催长的，却有打杀的，所有文字和图像以及口头的教育都是禁欲的口径。所以大家的性启蒙都来得很迟，当然也不是像上下课似的一般整齐，有快有慢。王玉珲看过“手抄本”，算是懂事比较早的，他觉得自己的眼睛管不住似的总想往小田老师身上溜，特别是想停留在小田老师的胸部。他知道这是资产阶级的腐朽堕落的思想在诱惑自己，他不能上这个当。他强迫着自己不去看小田老师，尽量把眼神停留在别的地方。

乔军把衣袖卷了起来，他说“大家让让，我再来试一把。”于是乔军两只手用力地转动起树兜，小田老师也站在了乔军的对面，为乔军加油。随着乔军一声大喊，树兜被乔军掀翻在地。乔军用力太猛，也倒在对面小田老师的身上。王玉珲清楚地看到乔军的胳膊挤到了小田老师的胸部上，小田老师的胸脯猛烈地弹跳着。王玉珲的心脏随之激烈地跳动起来，此时王玉珲的心跳比乔军的要跳得快得多。

中午，老场长说今天任务完成得很好，他把仓库里的一筐花生拿了出来慰劳大家。

大家都出了不少汗，煮过饭后，那些堆得像小山似的树兜的后面就成了天然的澡堂。乔军、曾金刚、王玉珲等男同学一人提了桶饭锅里烧热的水，那水上还漂着油花。大家也没人计较那菜锅里烧出来的水，站在树兜上就哗啦啦地洗了起来。

下午上小田老师的数学课，没多久，很多男同学就一个个趴在桌子上，打起瞌睡来。倒是王玉珲睡不着，他一直在克制自己别去看小田老师，但他又管不住自己的眼睛。他弄不清楚资产阶级腐朽思想到底是在自己的脑子里，还是在小田老师的胸部？他觉得要抵制资产阶级腐朽思想太难了。怪不得思想教育是这样的重要，抵制资产阶级的侵蚀是长期艰苦的一项斗争。小田老师知道同学们上午的劳动体力透支过度，她自己也觉得非常疲劳。好在这农场也只有杨思冲老师和小田老师两位正副班主任，她也不需要向谁请示，于是她干脆就直接下课让同学们休息去了。小田老师不明白的是，怎么一说下课，那个王玉珲就火烧火燎地跑出了牛棚教室，难道他有什么急事不成？

傍晚，农场又发生了一件怪异的失盗案件。吃过晚饭后，王晓、张灿到操场旁去收自己的衣服。她们发现自己的衣服掉了几件，最后经仔细清点，她们确认丢失的衣服全部都是自己贴身穿的内衣和短裤。她们又急又羞，张灿说：“这跟老师说不说啊？说出去人家会笑话我们的。”

王晓说：“肯定要跟老师说，不说，下次可能还会偷的。”于是他们决定先去跟小田老师报告，看小田老师怎么处理。小田老师听完她们的报告，大吃一惊。她从来就没有听说过这样的丑事，她觉得这样的事不像是真的，太匪夷所思了。

小田老师说：“这样的事还是要告诉杨老师，他见过世面，知道怎么处理。”

王晓就说：“小田老师，这样的事说给杨老师听，多不好意思啊。要早知道你会跟杨老师说，我们就不会告诉你了。”

小田老师说：“那我们能把这件事搞清楚吗？这样吧，我们先分析一下，你们说这件事有可能是什么人干的。他想干什么？”

王晓说：“我想应该是个男的，而且有可能是外面过路的男人。”

张灿说：“为什么就不是我们农场的人呢？”

小田老师说：“农场的人除了老场长，就是我们班上的人了，难道是我们的男同学干的？”

王晓说：“不可能！应该是外面过路的人呢。”

张灿说：“我看何疆民就完全可能干得出来。”

王晓说：“那你说，何疆民偷你的衣服干什么，他家里总不缺这几件衣服吧？”

这一问倒是把张灿问住了，张灿一时无语。小田老师问王晓："那你为什么说是外面过路的人偷的？"

王晓说："因为这里过路的人，大部分是比较穷的山民，他们才有可能需要这些衣服。"

张灿又问："那为什么只偷小衣服，大衣服不偷呢？"小田老师显然认为这个问题提得好，她也一脸狐疑地看着王晓，等着王晓的回答。

王晓说："这个问题我想过了。因为那些过路的人还要走远路，他们不便于带这些外衣，太重了。正因为如此才能解释为什么不是我们内部的人偷的。"直说得小田老师连连点头。

张灿站立起来，掏出了一条小手巾和一双毛线手套，她说："这两样东西是我爸爸在上海给我买的，也是小东西，他为什么不要。"

小田老师接了过来，端详着。她说："是啊，为什么这么好的东西他不要呢？"

王晓说："也许是山里人，不识货。"

张灿说："那就更不对了，我那条短裤，是妈妈拿我姐姐的几条红领巾自己拼接起来的。做得很差，谁都能一眼看出来。"王晓也想起了自己的那条碎花内衣也是妈妈自己做衬衣多出来的一块布料子，在自己家的缝纫机上踩出来的。王晓一时也找不到合适的理由了。

张灿却猛地反应过来，她说："说不定这个过路人不是为了偷衣服，而是另有目的。"

小田老师说："你说下去。"

张灿凑近了神秘地说："说不定就是留个记号，然后再来杀人。"王晓一听吓得差点把自己的双手都塞到嘴里去了。正在此时，一只猫跳到了小田老师的窗台上。猫的尾巴猛地打到窗纸上，那猫还凄厉地叫了一声："喵！"三个人顿时吓得抱成了一团。

小田老师撒开抱着两位女同学的两只手，气愤地说："你的这种判断太荒唐了，太牵强了，也太恐怖了。"小田老师的气愤神态把两位女同学全部逗笑了。小田老师趁机说："这件事情必须跟领导们汇报，别真的弄出什么人命案，谁也担待不起。"两位女同学就都不吱声了。

不到几分钟，老场长和杨老师都到了小田老师的房间里。房间里只有一张椅子，小田老师就坐在椅子上，老场长和杨老师一并坐在床上。小田老师跟他们两人把情况介绍了一遍。杨老师听得很仔细，老场长的两只手在小田老师的床上移来摸去的，弄得小田老师心里直反胃。

老场长听完了小田老师的介绍就说：“这没有什么啊，两条短裤和衣服还当不了一只鸡呢。农村掉点这样的东西是常事，没有什么事。这远远没有比整死鸡的性质恶劣。”

小田老师不无担忧地说：“就怕是外面的人别有企图，先拿衣服，再制造恶性案件。”

老场长立即接上话，很淫秽地说：“你是怕招来强奸犯吧，先奸后杀。”

杨老师连忙打断了老场长的话，他说：“我估计这是我们男同学干的事，没有什么大问题。”

老场长立即站了起来说：“这就好办了，马上突击检查，把男同学全部叫下来，然后挨个检查铺位。赃物肯定还没有转移，很好查。抓到了严惩不贷。”

杨老师很淡定地说：“这件事我以前处理过，还是由我来处理吧。”

小田老师马上说：“我同意由杨老师来处理。”

老场长只好说：“你的学生，你处理吧，那我就不管了。”老场长说完就回自己的房间去了。

杨老师立即把张灿和王晓叫到小田老师的房间里，杨老师严肃地对两位女同学说：“这件事说出去丑，就不要对其他同学说了，不会有什么问题的。”两位女同学都同意了。杨老师离开小田老师的房间时回过头来对小田老师说：“这件事确实没什么，我见过。田老师你还小，以后你会明白的。”小田老师满脸疑惑地送走了杨老师。

晚上，王玉珲在自己的铺位上辗转反侧，久久不能入睡。乔军又开始讲起红袍子的恐怖故事来，但对于王玉珲来说，他是一句也听不进去。没多久，彭洋的鼾声又传了出来。王玉珲的脑海里总是抹不去乔军的胳膊撞击到小田老师的胸部那一瞬间的情景。

想着想着，王玉珲好像听到了窸窸窣窣的声音，但不是从同学这边发出的。是从相反的一面传过来的。王玉珲连忙凑近了隔板，从缝隙里看了过去。他第一次发现隔壁还摆了一张床，但是床上没有人，桌上的煤油灯还亮着。老场长就睡在这里。不知怎么能听见声音，却看不见人呢？正在王玉珲纳闷时，老场长的那张布满皱纹的脸隔着木板突然出现在他的眼前。正当王玉珲被吓住时，那张脸并没有看他，而是又矮了下去。看样子老场长正在聚精会神地贴着地板寻找什么东西，但奇怪的是老场长怎么脸贴在一个地方就不动了呢？那不像是在寻找东西。好像是在看什么。对！他是在看楼下的什么东西。

王玉珲醒悟过来，于是他也好奇地轻轻揭开自己的垫被，然后扒拉开下面的稻草，他很容易地找到了一条缝隙。他把眼睛凑了上去，他看清了是小田老师正在下面洗澡。小田老师是站立着的，她那前凸后翘的白白的身体尽入眼底。王玉珲吃惊地抬起了头，不敢再看。他想了想，这个老流氓还在看小田老师洗澡。怎么办呢？他干脆趴在旁边的木板上，轻声地喊："老场长！老场长！"

老场长被喊声吓得连忙站了起来，半天才搞清了方向，凑了上来呵斥道："怎么这么晚了，还不睡啊？"

王玉珲轻声地说："老场长，我饿，睡不着。"

老场长也不言语，走到一口大柜子前面，打开了木柜子，只见他拿了一只小簸箕铲了一小堆花生，然后走了过来。他从上面一个孔里递了过来。他说："拿着，明天再吃，快睡吧。"

王玉珲说："我饿得不行了，我吃了就睡，老场长你也睡吧，你今天也累坏了。"

老场长无奈地走回了床铺，脱了衣服，吹了灯。王玉珲则傻傻地看着老场长睡觉，自己却故意地把花生吃出声响来。王玉珲边吃花生边想，即使今天老场长不会偷看了，但明天后天呢？以后呢？不行，我还得想办法。让他永远偷看不成，他想好一个办法，于是他掀开了垫被，他不敢再往下面看，只是机械地用一些稻草和纸片往那缝隙有光处塞了进去。塞完后，他铺好床铺开始睡觉。

王玉珲就是睡不着，他开始用数数的办法，一直数到五百多下，他还是睡不着。只要闭上眼睛，小田老师那前凸后翘的身段就出现在他脑海里。就这样辗转反侧不知道过了多久，他迷迷糊糊渐入梦乡。他感觉好像在奔跑，然后遇到了赵梦茹拦住了自己。赵梦茹笑吟吟地看着他，他被看得不好意思了。赵梦茹好像还在往自己身上凑，他猛地觉得赵梦茹好像没穿衣服。定睛一看，发现赵梦茹光着身子，他大吃一惊。赵梦茹的身材竟是这样玲珑剔透，凹凸有致。那身体不由自主地向自己靠拢，王玉珲的下身竟也径直地迎了上去。王玉珲被吓得停住了脚步，但是自己撒尿的东西却不听使唤地在疯胀，他想捂也捂不住，想拉也拉不回。那东西竟直突突地向赵梦茹伸了过去。

就在王玉珲既惊又喜完全放弃了控制、信马由缰的时候，他觉得自己的身下有种从未有过的舒畅感像放电似的通遍全身，五体通泰。王玉珲被那种触电般的刺激感搅醒了瞌睡，大口地喘气。他还沉浸在那种过电般的刺激中，他还没有弄明白那电波是怎么发源的，又是怎么传递的，他的心脏一直突突突地跳个不停。他好奇地摸了摸自己的身体，竟发现身下有些黏糊糊的排泄物。他想起了平常那些大男孩跟他说的一些男女间的事来，他有点明白自己是怎么回事了。他连忙找了些作业纸，把自己的下身擦了擦。当他重新躺下去时，他还在胆战心惊地回忆自己身上的美妙瞬间。

第二天清晨，王玉珲出操时，他不由自主地向赵梦茹看去。他怎么看也觉得赵梦茹的身材不像梦里的她。他疑心是自己没看准，他想梦中的赵梦茹是没有穿衣服的。而现在的她，穿了这么多，怎么还会有那样的身材呢？

王玉珲没有忘记帮助小田老师的计划，他找了个空与小田老师搭讪。王玉珲说："小田老师，我们男同学在上面很闹的，没有影响你休息吧？"

小田老师说："有点影响，你们在上面一动弹，那上面的灰尘就噗噗地往下掉，弄得我的床好脏。"

王玉珲低头得意地笑了，他接着说："小田老师，要不我弄几块板子，把你的屋顶补一下吧？"

小田老师说："麻烦吧？"

王玉珲说："我一会儿就可以搞好，很快的，不麻烦。"王玉珲在农屋后拣了几块长长的木板扛进了小田老师的房间。他叫了乔军、曾金刚、何疆民，又到炊事班叫了彭洋来。他们在外面还搬了十几条长条凳子来。王玉珲吩咐大家，把长条凳分成两组，挨个垒起来。一直垒到天花板上，他和何疆民揣了一些钉子和锤子，各选了一摞长凳爬了上去。乔军和曾金刚在下面扶着凳子，防止长凳垮下来。彭洋则去搬一块块的木板。

彭洋从被叫离炊事班时起就一直在问："干什么？"一直到现在还在问："这到底是做什么？"

王玉珲回答说："你就别问了，反正是小田老师让干的，待会儿你就都知道了。"

彭洋则不依不饶地说："你不告诉我，我就不给你递板子，你自己下来拿吧。"

王玉珲摇着头，无奈地说："小田老师晚上没办法睡觉。这天花板上的缝隙太大了，我们要用板子把这些漏洞堵上。你重得像猪一样，把些稻草杂物什么的都压了下来。"

彭洋倒是不恼，恍然大悟似的点了点头，说："这么回事啊，你卖什么关子啊？"说完他就把手上的木板递了上去，其他同学都被彭洋的迂腐逗笑了。

何疆民用手顶着木板对王玉珲说："要钉几块啊？"

王玉珲说："都得钉上，把顶上两块木板间的缝都要钉一遍。"

何疆民说："不用吧，只要把缝隙大的地方钉上就行了吧？小的东西也掉不下去。"

王玉珲肯定地回答："小田老师说的都要钉上。"

何疆民嘟哝着："不知道是小田老师说的，还是你小王老师说的？"王玉珲也不搭理他，自己乒乒乓乓地钉了起来。何疆民揉着眼睛又嚷了起来："这样不行，都弄到眼睛里去了，让他们四眼狗上来。"

王玉珲也被灰尘眯了眼，他坚持把手上的木板钉完，然后就和何疆民撤了下来，把戴着眼镜的曾金刚和彭洋换了上去。看样子何疆民的提议很正确，钉木板的工作往下就进行得很顺利了。

又过了几天，杨老师接到通知，要去学校学习几天。他吃过早饭就走了。老场长见杨老师走了，立马就安排上午劳动。一上午的开荒，把大家累得够呛。下午小田老师在教室里上课，有很多同学都在打瞌睡。王玉珲倒是没有打瞌睡，他看着赵梦茹的背影又开始想入非非了。王玉珲自己也纳闷，去年这些女同学在自己眼里还像狗屎似的，嫌弃得不得了，早些时候还经常与女同学争抢座椅。自己在校本部的那套座椅就是跟赵梦茹坐的，现在那上面还留有自己用小刀子划上去的分界线。他对赵梦茹当时就宣布过主权："这是三八线，越线就打。"赵梦茹那时的手上经常被自己打得红红的，赵梦茹也有事没事地找杨老师哭诉。杨老师倒是没有批评自己，只是杨老师使坏，把全班最暴力的女同学张灿调到与自己同桌。从那时开始，自己就没好日子过了。张灿主动划线，还把三八线划到自己的领土里来了。弄得自己经常越线，张灿的手又重，自己的手就基本没有痊愈过。打不过她，还不好意思去杨老师那里告女生的状。

仅仅过了一两年，不知道怎么回事，猛地发现以前嫌弃的女同学都越长越漂亮了。他曾经对何疆民说过这种感受，他问何疆民是不是发现班上的女同学有什么变化。何疆民说有啊，班上女同学的成绩现在比不过男同学了。他提醒何疆民说，你没发现班上的女同学比以前好看多了？何疆民的脑袋摇得像拨浪鼓似的。王玉珲现在对女同学的态度变了，别说打她们，就连骂她们也说不出口了。他越来越想看到她们，越来越愿意与她们在一起。干什么事女同学在，就觉得有劲，否则连去都不想去。他现在的内心好像总是有一团火似的，经常烧得自己坐卧不宁。今天他又觉得心里的这团火又燃起来了，他发现自己已经没有办法来抑制这团火的燃烧。他只能任凭这团火在内心里熊熊燃起，渐渐充满自己的胸膛。顺着动脉，然后到每个血管，以至于燃遍每一根毛细血管，终至全身。那火越烧越旺，越烧越大，越来越烈。烧得他恨不得脱完所有的衣服，跳到山泉里去降降温，熄熄火。

而且只要这把火烧起来后，他就极想看到赵梦茹，看到她的脖子、她的手，甚至……这让他已经心存罪恶。但是他没有办法不去想她，不去想她的身体。他曾经多次发誓，这是最后一次了，不会再有第二次了。但是只要那团火一旦点燃，那种淫秽的思念又会死灰复燃，又会像一个魔鬼似的不可阻挡地重返他的身体。他只能在它的肆虐中匍匐在地，委屈投降。他知道只要这个魔鬼回到他的身体，他就没有办法集中精力去听老师讲课，他只能随着魔鬼的旨意让自己的思想停留在欲海不能解脱。他的父亲前些日子一直要帮他找找成绩下滑的原因，可是一直找不到。不是找不到，他早就知道自己学习下降的原因。但是他不能说，更不能对自己的父亲说。

而且让他难堪的是，这把火一烧，他撒尿的东西就会渐渐变硬，变大。以致他走路都害怕那里顶得太高，让同学们看到后笑话。他利用下课的间隙，跑到楼上，趁着无人，他舀了一瓢冷水小心地淋在自己撒尿的家伙上。随即他那撒尿的家伙慢慢变软了、变小了。他为它的迅速变化感到奇妙，他心想但愿脑子里的魔鬼也被冷水淋跑了。他穿上裤子，又走进了教室。小田老师在台上讲述着，赵梦茹坐在王玉珲的左前方。王玉珲不用偏头，他的余光就能直接看到赵梦茹的背影和她脸庞侧面的玲珑线条。王玉珲只要看到那玲珑的线条，就会情不自禁地去想它。整堂课看样子又要泡汤了，王玉珲的思想又一次陷入了恍恍惚惚的状态，他知道自己的努力又白费了。王玉珲看着她洁白的脖子，他在想象那白色脖子下面应该是什么样的走势，他非常渴望能看到那下面的风景。他觉得今天就必须看到，否则自己今天就过不了这个关。

他在构想能用什么办法实现自己的目的，他想到了老场长能在木楼上看到小田老师，那女同学就睡在另外一个厢房里，那木板顶肯定是同样的做工，缝隙就肯定同样的大。只要跟其他男同学换一个铺位，就应该能看到下面的厢房里面。想到这儿，他就没有兴趣上课了。他甚至觉得这堂课竟这么漫长，小田老师今天怎么这么能说。他盼望小田老师快点讲完，他需要马上回到木楼上去。

小田老师刚宣布下课，王玉珲就迅速地跑上了木楼。他趁同学们还没到，他估摸好女同学住的厢房的位置。就飞快地掀起几位男同学的铺下的垫被。好在大家的铺位是直接铺在木板地上的，操作起来很简单。果然他看见了几条宽宽的缝隙，他凑上前去，就能看到下面女同学的铺位。他心里一阵狂喜，此时他已经能听到同学们上楼梯的脚步声。他急忙把铺位恢复好，然后装出若无其事的样子回到自己的铺位上。

他发现了那个让他狂喜的铺位是曾金刚的，等曾金刚坐下来后。他走了过去，他对曾金刚说：“我想跟你调换一下铺位。”

曾金刚问：“好好的，为什么要调换？”

王玉珲说：“睡在那个靠墙的铺位，乔军晚上讲红袍子，我有点害怕。”

乔军一听，兴奋了，走过来揶揄着说：“你不是不信这些的吗？怎么也害怕了？”

曾金刚二话不说，把自己的铺盖立马卷了起来。王玉珲也回到自己的铺位前，清理起自己的东西来。每个人的东西都很简单，一个书包，一个提袋，里面放了一些日用品，还有就是自己的铺盖了。三下两下两人的铺位就换了过来。

吃过晚饭，天色黑得晚，有些同学还在排队打水准备洗澡。因为上午搞了强体力劳动，洗澡的同学就比较多。王玉珲也拿了个桶在下面排队。等赵梦茹说说笑笑出来排队提水，王玉珲就把自己的桶拎了回去。他已经知道赵梦茹在提水准备洗澡了，他满怀喜悦地等待那一时刻的到来。他算准了时间，自己就睡进了被子里。

一会儿，乔军的恐怖之声广播电台又开始广播了，整个男寝室只有一盏油灯昏黄地亮着。吹来一阵北风，油灯里的灯光就会随风摇曳。于是男寝室里的影子都会随机地在摇晃，给乔军的恐怖之声平添了几分恐怖气氛，于是大家越发觉得红袍子要来了。

而此时的王玉珲则在被子下，悄然地揭开垫被，拨开下面的稻草，寻找到那条宽宽的缝隙。那条缝隙不难找到，里面透出了一线黄黄的光芒。王玉珲急切而又兴奋地把眼睛贴了上去，女同学的寝室尽收眼底。女同学不像男同学睡得那么早，此刻，大部分人都在洗浴。她们只是在寝室的一个角落拎上一桶水，然后用毛巾沾着桶里的热水，往身上擦洗。

他搜索着期待的目标，不一会儿，他发现了坐在铺位上的赵梦茹。此时的赵梦茹在兴奋地说着话，她就像平常一样地说得手舞足蹈，兴高采烈。她开始去脱身上的衣服了，她一件件地褪掉沉重的服装。这让王玉珲越来越兴奋，他只觉得魔鬼又开始附体了，他的身体正在膨胀。天气很寒冷，赵梦茹脱衣的速度越来越快。王玉珲瞪着眼睛死死地看着，他不会放过这最难得的机会。赵梦茹终于脱完了自己的衣服，可能是天气太冷的原因，她用双手相互抱着赤裸的身体。王玉珲几乎是从她的头上垂直看下去的，他既看不清赵梦茹的胸部，也看不清她的臀部。

他揉了揉自己的眼睛，眼光一直追随着赵梦茹到了洗浴的那个角落。他起初以为赵梦茹双手交叉抱住了胸部，导致自己看不见她那凹凸有致的身体。等赵梦茹开始用毛巾擦拭着身体时，他终于看清了赵梦茹的胸部是扁平的，还没有发育好，这跟男同学的身体没有什么区别。他想起那天晚上他看见小田老师的那一幕来，他在此以前一直以为，是女人就应该都是小田老师那样的身体。但是赵梦茹让他大失所望，他一直期望的情景并没有出现。他觉得自己的身体在悄悄降温，慢慢变软。就在他失望的时候，突然一位前凸后翘的异性闯进了他的视线。那就是他一直期望见到的赵梦茹的身体。他觉得自己马上像喝醉了似的，全身沸腾起来。他马上有了异样的感觉，他看着看着，身下变得湿润起来。就在他浑身火烧般时，他看清了那位女同学的面容，原来是张灿。

接下来王玉珲狼狈地在被子里处理起自己的内裤来，他用作业纸反复地擦拭着内裤上面的排泄物。等他清理完后，他开始把头露出了被子，魔鬼终于被驱赶了，燃烧过的身体渐渐冷却下来，他终于可以安静地睡觉了。就在他进入梦乡之前，他的脑海里一直在闪现张灿的面容，这张脸太熟悉了。他从来是把她当一个女魔头看的。他平常是既讨厌她，又恨她，但是又拿她没有任何办法。他打不过她，骂不过她，她就是自己内心的魔鬼。魔鬼也会溜走，那是在自己排泄过后，就这样他渐渐地睡着了。

第二天，王玉珲的眼光在女同学中逡巡的目标已经不是赵梦茹了，而变成张灿。他感到张灿这个平日里的女魔头，今天看起来显得很漂亮，他猛地发现张灿才是自己心仪的女孩。而张灿也在众同学的眼光中，发现了一双对自己脉脉含情的眼睛，当她认真地捕捉到那眼神时，结果让她大吃一惊，她没有想到竟是她的死对头，小冤家王玉珲。她在兴奋地回忆自己是什么地方打动了对方，她不知道。她想起来了，这么长时间，死对头、小冤家平常对自己的野蛮侵略，从来就是打不还手，骂不还口。她以前一直以为是对方害怕自己，这时她才明白是自己狗眼看人低。实际上是对方喜欢自己，怕伤害自己。她开始后悔了，开始自责起来。她没有想过自己这么粗鲁的女孩子，还会有人喜欢。她家兄弟姊妹多，父母带孩子都是一种放养的方式，带得很粗糙。对于爸爸妈妈来说，只要把孩子养大，就算完成任务。父母的爱心平均分配到每个孩子的身上就很有限了。因为害怕人家欺负自己，自己就变得很蛮横，张灿对外一直具备一种积极防御的心理。她因为缺少爱，极想得到爱，对人家的爱意也特别地敏感。想到王玉珲能喜欢自己，她就觉得自己是那么幸福，自己的生活充满了阳光。

张灿完全变成了另外一个人，炊事班的活，她现在都抢着干。以前炊事班的同学都知道张灿的脾气是最大的，最多的。她有没有气，你只要听她手里的锅碗瓢盆发出的声音就可以判断出。大凡只要她手上的那几样家伙的声音不大，而且富有节奏感，那就是平安无事；要是那声音大，而且没有节奏感，那就千万不能惹她，因为她发火了，而且后果很严重。现在她不仅让手里的几大件每天都发出悦耳的节奏，还一边干活，一边唱着朝鲜电影的插曲《卖花姑娘》。把一首悲悲戚戚的歌曲演绎成一首欢快的抒情歌曲，这让文艺委员赵梦茹很不满。她对张灿说："张灿，高兴时你可不能唱《卖花姑娘》啊。"

张灿咧着大嘴笑着说："为什么？"

赵梦茹说："那是一首悲伤的歌曲啊。"

张灿说："那我可以唱什么啊？"

赵梦茹说："唱些欢乐的歌啊，可以唱《打起手鼓唱起歌》，还可以唱《翻身农奴把歌唱》，还可以唱……"

赵梦茹的话还没有说完。张灿就唱起来了："打起手鼓唱起歌，我骑着马儿过山坡……"

赵梦茹摇着头，轻声说了声："神经病！"就走开了。

王玉珲已经找出张灿洗澡的规律了，其他同学是搞了强体力劳动，就会烧水洗澡，而张灿不用外出搞劳动。她在炊事班总是有热水的便利，她每周会在周一和周四晚上洗两次澡。王玉珲就是掐准了这个时间来开始驱魔的，魔鬼来之前，王玉珲学习没有劲，上课恍惚；一旦魔鬼离开了，自己又可以重新投入学习中，这让王玉珲不能自拔，让他上瘾。

又是一个驱魔的日子，也是改变王玉珲一生的日子。恐怖之声广播电台开始广播了，乔军正在述说红袍子的新编故事，突然曾金刚打断了乔军的话。曾金刚这两天感冒了，有点发烧，他找乔军要退烧药。乔军只好停止恐怖电台的播送，他点亮了灯，开始给曾金刚寻找退烧药品。乔军没找到，何疆民说他那里有。于是整个寝室的灯都被点亮了，乔军走了过去帮曾金刚拿药。他拿了药回来，看见王玉珲在被子里弓成一团，他就说："这王玉珲在干吗？"

王玉珲的邻铺同学就说："他经常这样，是被你的故事吓的。你一说故事，他就被吓成一团哆哆嗦嗦。"

乔军了解王玉珲，他认为王玉珲的胆子是比较大的。他们在一个院子里长大，王玉珲就是院子里的孩子头。小时候躲猫猫，只要是找王玉珲，就特别麻烦。他是什么地方黑就往什么地方钻，院子里哪怕比他大几岁的孩子都怕跟他捉迷藏。上次王玉珲要求与曾金刚换铺，乔军就有点纳闷。但是王玉珲要是被吓成这样，打死乔军，他也不会相信。这小子肯定是在搞什么名堂，于是他心生一计。他轻手轻脚地招呼楼上的同学围拢来，示意他要揭开王玉珲的被子。

大家也对乔军的新奇想法感到好奇，被蒙在被子下的王玉珲哆哆嗦嗦的举动所吸引。一个个喜笑颜开地等待着谜底揭开。乔军伸开他的长胳膊，猛地抱起王玉珲的被子。“嗤”的一声，被子不知挂在哪里，被撕开了一个口子。王玉珲正赤裸着下身，趴在地上。内裤、垫被和稻草都被掀到了一边。大家一时都被眼前的一幕惊呆了，有些同学根本还没具备看懂这幅画面的心智。曾金刚好奇地问了一句：“你尿裤子了？”

何疆民推开王玉珲，趴在那道露出黄色光芒的缝隙上看了看。他站起来说：“你们来看看。”就有几位同学趴了上去看。何疆民接着说：“他不是尿裤子了，他是在偷看人家女同学洗澡。”

乔军站在一旁，厉声呵斥道：“你真无耻！”同学们也嚷嚷起来。乔军自小就在他父亲的严厉教育下成长，他正直刻苦，旗帜鲜明，眼里是容不得沙子的。他看不惯的东西就会立马说出来，他不喜欢的东西也会直接表态。他的爱憎都写在脸上，他的好恶都是由传统的思想教育决定的。他注定是与这个现实的社会格格不入的。他不善言表，也不苟言笑。他身材挺拔，形象出众。看得出他出身于干部家庭，思想正统，观念固执。

王玉珲一时无地自容，他默默地穿起裤子来。等王玉珲穿好衣服，隔壁的老场长已经听到动静了。他跑了过来，急问大家发生了什么事。何疆民猛地叫了起来：“这被子里怎么还有女人的衣裤？”被撕烂的被套里露出了几件花花绿绿的内衣裤来。

老场长想起了上次女同学反映被偷裤子的事，他就问：“这是谁的被子？”

何疆民说：“是他的。”他指了指坐在地上的王玉珲。

老场长想起了自己上次偷看小田老师洗澡被这小子打断的烦心事来，还想起了王玉珲从城里带回了领导要抓好自力更生改善伙食的指示，那是王玉珲父亲的指示。那指示使这个班开垦土地的面积远远不及上个班级的一半。杨老师不也是拿鸡毛当令箭，故意消极怠工。名义是开门办学，实际上每日带学生们游山玩水。还有上次杨老师搞回来茶油，他去问王玉珲，王玉珲却公开撒谎，根本就没有把自己这个场长放在眼里。他不就是以为自己有个好老子，看不起别人吗？再说杨老师上次表示要一个人处理偷衣服的事情，但后来就没有下文了。说不定杨老师早就知道这件事是王玉珲干的。只是为了讨好他爸，故意包庇他。想到这儿，老场长新仇旧恨一起涌上心头，他觉得今晚就是个好机会。正好趁杨老师不在，要把这件事搞大，要把王玉珲搞臭，要扭转这个班的歪风邪气。杨老师走的时候已经吩咐了自己临时负责。

老场长对男同学们说："现在所有的人都到教室集合，今天晚上我们要开王玉珲的批斗会，带上他的证据。"

然后老场长下楼去敲小田老师的门，他跟小田老师通报这件事："小田老师，这是一个很严重的问题。偷衣服是他，偷看女同学洗澡也是他。一定要开他的批斗会。弄不好还要送公安局。"

小田老师想起了王玉珲给自己钉屋顶的事，她不由自主地往屋顶上看了看。老场长见状，做贼心虚地说："你这屋顶没事。"

她觉得王玉珲那次是很有善意的，他要想偷看，为什么要把缝隙都钉得那么密实呢？但话说回来，他要是没有偷看，他又怎么知道那上面有缝隙呢？小田老师有点百思不得其解。她觉得自己是真的不了解这帮学生，都出了这么多这么大的事，自己却一点都没有察觉，可见现在的学生胆子确实是越来越大了。但是她听说老场长要送公安局，就觉得是不是把这事处理得太严重了。她现在唯一的想法就是要跟杨老师商量，听听杨老师的意见。以前在校本部她对杨老师并没有太深的了解，通过农场这段时间的相处，她发现杨老师是一个极有个性的老师，可以说是一个另类。同学们也都很喜欢他，她以前不了解杨老师的这种魅力。现在她知道了，杨老师不仅有智慧、有阅历，还富有人情味。他就像一个大哥哥让人放心，他总是有办法应对任何事情，什么难事在他手上都可以轻易化解。此时小田老师多么希望杨老师就在身旁。让杨老师来处理这件事情，肯定是迎刃而解。

小田老师说："要不要先给杨老师打个电话？说说情况。"

老场长有点不高兴了，他说："这么晚了，给他打电话。他也来不了，岂不是干着急？明天我们一早再给他去电话，催他回来吧。"老场长又说："这件事情在男同学那里已经是众人皆知了，今天晚上不开个会，我担心会出别的什么事。我们要统一大家的思想，稳定同学们的情绪。"

小田老师说："你想过没有，这么做，会不会过火。再说王玉珲的爸爸是我们的县长。"

老场长得意地笑着说："我就知道你跟杨老师都是害怕他爸爸，所以才让他一步步滑向犯罪的深渊。如果上次我们发现他偷同学的衣服时，及时指出纠正他的毛病，他就不会有今天的问题了。就是杨老师姑息养奸，包庇纵容，才让他落到这个地步的。"

听到老场长这么说杨老师，小田老师正色道："老场长你这么说，可能有些不合适吧？"

老场长知道自己说得太过了，就打了自己的嘴一下说："看我这张嘴说到哪里去了，我是着急啊，怕出大事啊，出大事我们谁都脱不了干系。"老场长说："你也用不着担心王县长了，他可能现在正在写交代材料了。"

小田老师说："怎么回事？"

老场长满脸淫笑地贴近了小田老师，故意压低声音说："还不是犯了男人下面的错误，男女作风问题。这件事是乔军他爸爸乔书记亲自办的，错不了。"

小田老师有点着急地问："他们都知道这事吗？"

老场长凑近了小田老师的脸说："刚发生几天，还只有我知道。这父子都犯同一个错误，男人啊，可怜！"

小田老师最讨厌老场长一跟人说话，就跟人靠得紧紧的，而且是越靠越近。小田老师已经退后了几步，她对老场长有一种厌恶感，她觉得这个人给人的感觉就是黏糊糊的、不健康的。她甚至发现他的语言、行为，都是那么猥琐。她是从心里看不上他。对于老场长说话的方式，可能有点误会，这个人倒不是只跟小田老师说话才贴得比较近，他不管对方是男是女，都是这种说话方式。反正小田老师已经不愿意在这里跟这个她不喜欢的人说话了。

批斗会现场，还是布置得像模像样。农场还没有通电，照明主要是靠煤油灯和蜡烛。如果批斗会也放上几支蜡烛，肯定会让现在的年轻人以为是烛光生日晚会，够浪漫的。虽然这件事发生在几十年前，但前后几代人对美的理解可能还是很有共同点。至少老场长就认为，这蜡烛没有杀伤力，太软了。煤油灯还勉强，但是也还不够亮度。好在农场不缺松树，那几根粗松木做成的火把，是不能放在室内的，于是被插在教室的两个门外和几个窗户口。那松木烧起来就相当于火上浇油，直烧得松木上的松油噼噼啪啪爆响。那火苗直往上蹿，很有点气势。那个时候能想到这种场景的人确实是很有创意的。放在现在，这样的人才当个现场导演、舞美设计什么的应该是绰绰有余的。

场面一旦部署好了，战斗肯定是要打响的。那个时候的人确实喜欢斗来斗去，而且是明摆着的斗，有众人斗一人或几人的，那叫批斗。形式类似于现在扑克牌的三打哈；有用大字报相互攻讦、谩骂的，那叫文斗。形式类似于今天网上的拍砖，人肉搜索；还有群体性的、动用机枪大炮进行相互斗争的，那叫武斗。类似于现在小规模的局部国际武力争端。当然最伟大的是全国人民团结在领袖身旁，由领袖直接发动的对付一人或一小撮人的斗争，那叫路线斗争。类似于现在的对重大恶极的刑事犯罪分子的最后宣判。不管那个时候怎么斗，基本上还是有些骑士风范的。一般都是要先叫阵，然后再进行决斗。当然有的时候双方力量虽过于悬殊，但还是能感到一方叫阵的声音是那么的雄壮。总的来说大体都还能找到决斗的影子。不像如今的一些斗争，被斗趴下了，还不知道对手是谁。或者是打了大胜仗，兵不血刃。一张大字报也不用写，一句口号也不用喊就屈人之兵。

老场长站在台上一脸踌躇满志的模样，他觉得今天是个不同凡响的日子。他在这一天可以决定一个人的命运，何况这不是一个普通人的命运，他还是一县之长的公子。能让一个县太爷的公子在自己面前发抖，那可不是一件容易的事，那需要过人的勇气。他在家里还从没有听说过祖上有干过这样伟大事业的人。他听过祖上最荣耀的事就是当年，清军剿苗的时候，几十个清军在他们家住过几晚。他祖上为清军做了几天伙头军，清军还留下一个漂亮的鼻烟壶送给他的祖上。这个鼻烟壶作为传家宝已经传到了他的手上了。现在他可以来宣判一个县太爷公子的命运，今后后人们肯定会议论自己的功德，他今天完事后一定得留下一件纪念物作为证明。他想他们家如果没有一个乡邻里都没有的鼻烟壶，他祖上的事业谁还能记住啊。

教室里已经坐满了男女同学，男同学都已经知道今晚的事，一个个显得很镇定。女同学有不少可能还是从梦里被叫醒的，都在交头接耳地打探到底发生了什么事情。小田老师站在一边显得心事重重。

老场长清了清嗓子，说：“大家安静了，我现在宣布把流氓犯王玉珲押上来！”

“啊！”女同学们叫着，全部惊讶地站了起来。

王玉珲被乔军和何疆民押着走到讲台上，老场长对乔军说：“现在请乔军同学发言揭露王玉珲要流氓的过程和批判王玉珲。”

乔军就说：“这些情况，我们男同学都知道了，只是女同学不知道，我就简单说一下。”乔军就把当时的情况介绍了一遍，介绍完以后乔军就接着说：“我认为这件事情完全违背了三大纪律八项注意，这是流氓习气。是因为王玉珲同学放松了对自己世界观的改造，让资产阶级的腐朽思想占领了自己的头脑。”乔军说得义愤填膺，让台下的赵梦茹频频点头。赵梦茹一直就认为乔军正直上进，身为领导的孩子，却能艰苦朴素，而且他看问题也和其他男同学不一样。她觉得乔军就是班上最优秀的男同学。而此时为王玉珲心如刀割的同学就是张灿了，张灿刚从王玉珲的眼里体会到温情和关切时，他却去看女同学洗澡。这让她觉得王玉珲太窝囊了，太不争气了，她心里很是恨他。当她看到王玉珲站在台上，那双平日里偷看自己的眼睛此时却不敢抬起来，这让她感到好心痛好心痛。

正在此时，王晓在台下轻声地问："那你看到谁了？"这个问题显然问出了全体女同学的心事，现场一下全部安静下来。张灿从没有感到此时自己的心脏跳得那么猛烈，她内心里既希望听到王玉珲说看到自己，又害怕听到他说出来。但是她更恐惧地是害怕听到他看到了别的女同学。她知道今晚在房间里洗澡的绝对不止自己一个人。她闭上了眼睛等待着王玉珲吐出那个名字。但是她等待了好久王玉珲也没有开口。今晚上洗澡的女同学每个人都很紧张，担心说出自己的名字。赵梦茹更是双拳紧握，眼睛用力地闭着等待噩耗传来。"说啊！说啊！"这是王晓小声地催促。实际上王晓今天没有洗澡，但她知道赵梦茹洗了澡。她希望王玉珲在全班所有同学面前说出赵梦茹的名字，她特别希望乔军能知道这一切。

老场长严厉的声音："王玉珲，老实交待，你不要顽抗到底。"

何疆民显然承受不了王玉珲的继续沉默。他害怕老场长再次发火。何疆民冲口而出："我知道他偷看了张灿和赵梦茹。"

"哇！"的一声，赵梦茹竟在教室里大声哭了起来。张灿紧闭的双眼终于打开了，她终于听到了自己的名字。当她自己的名字被说出来时，她就再没了恐惧感。她眼里流出了泪水，她是为自己的名字在教室里回响，而感到内心的满足。她知道那只是他为了多看自己一眼才犯下的过错。对于她来说这不是过错，这是骄傲，这是她长这么大第一次被人这么关切而感到骄傲。她从心里感谢王玉珲，他让自己有了面子。

王晓还在小声地问："那你到底是为了看谁，才偷看的？"王晓知道，王玉珲一直对赵梦茹情有独钟，她想让他当众说出来是想看赵梦茹。实际上有这种想法的还有其他那些不太被男同学关注的女同学，她们知道赵梦茹平常就是男同学心目中的焦点人物，就要让她当众出出丑，让那些对她有好感的男同学去伤感吧。

顿时，整个教室又安静下来，曾金刚觉得这么做太没意思了，他就插话说："这有什么意义吗？这有什么意义？"

没想到曾金刚的声音马上被女同学愤怒的声音掩盖了。"与你有什么关系？又不是你的姐姐妹妹被看了，你当然不关心。"曾金刚差点被愤怒的女同学赶了出去。

何疆民也急了，他焦急地劝着王玉珲："该做的你都做了，你还有什么不好意思说的。快说吧！"何疆民说完，连忙看看老场长的脸色，他是担心老场长又会发火。

张灿现在倒是坦然了，她已经知道答案了。但是她还是急切地希望自己的名字从王玉珲的口中说出来，她希望王玉珲当着全班的同学来宣布他的心事。要让那些平常看不起自己的女同学重新认识自己，要让那些不把自己当回事的同学瞠目结舌。她低着头闭着眼睛，她不想让大家看到自己的真实表情。

王玉珲声音不大地求着情说："这个可以不交代吗？"

"不行，必须交代。"女同学们不依不饶的声音。

"是张灿！"王玉珲声音极小地回答。

"是谁？再说一遍！"王晓有点不相信自己的耳朵，她实际上听得非常清晰，但是她确实不能接受王玉珲是为了偷看张灿，才闹出这么大的动静，一时她感到非常的失望。赵梦茹也听到了王玉珲的回答，她虽然一直在用劲地夸张地哭着，但是她照样非常关心王玉珲的最终答案，她没想到自己竟然是被捎带着偷看的，他要看的竟是张灿。如果换个别的名字，她觉得都不难理解。为什么他会选择张灿呢？难道自己连张灿都比不上吗？赵梦茹想到这儿，真的生气了，她的哭声也更大了。其他的女同学也没人会想到会是这个结果，她们早就在等待王玉珲的嘴里蹦出"赵梦茹"三个字来。但偏偏就不是，但是大家转念一想，说出张灿，也是把赵梦茹比了下去。连张灿你都比不过，还算什么中心人物，你们那些男同学的眼神是不是都有点问题啊？想到这儿，众女同学心里都觉得解气，都找到了平衡。张灿的脑袋一直没有抬起来，她在轻声地哭泣，她的肩膀在不停地抽动。同学们又一次猜错了，他们都以为张灿是受不了打击，才伤心而哭的。实际上张灿是因为感到太幸福了才哭泣的，这是她十几年来第一次因为受到其他人的关爱而哭泣。

老场长说："大家不要悲伤，我们马上就要开始清算王玉珲的罪行，看看他的罪行给我们的受害人带来多大的伤害？下面由你们两位女同学控诉，对王玉珲进行批判。"

赵梦茹第一个站了起来，只见她掏出手绢擦了擦通红的眼睛，她说："王玉珲的行为完全是流氓行为。他偷看同班的女同学，他不尊重我们女同学。如果是你的姐妹，你还会去偷看吗？如果是你的母亲你还会去偷看吗？"台下一片议论，刚才赵梦茹把自己比成了人家的母亲，大家发出了议论。赵梦茹继续说着："是你的家人，你绝对不会去看的。而我们你却偷看了。"赵梦茹难过得哽咽起来，有点说不下去了。赵梦茹顿了顿，又伤心地说："你让我们以后怎么见人啊？"这句话激起了女同学们的同感，大家又是一片"嗡嗡"的议论声。与其说赵梦茹是痛恨被偷看，倒不如说她更痛恨被陪着偷看。如果王玉珲最后说出来的名字是她而不是张灿，那她兴许不会控诉得那么狠，那么坚决。她最后说："伤害是已经造成了，希望老师对王玉珲的行径不仅要批评教育，还要进行严惩。”

张灿本来是不想上台说的，但是她听到赵梦茹要严惩王玉珲，有点急了。再联想到今天这样的场面，老场长肯定是不打算放过王玉珲的，于是她觉得自己应该为王玉珲说两句话，她擦了擦眼泪，走上台去。了解他们俩历史的，甚至担心张灿会冲上去打王玉珲。张灿一反常态，冷静地走到讲台上，她给大家鞠了一躬。没有人会想到今天的张灿不仅不臊，反而变得彬彬有礼。她开始说了：“偷看人家洗澡确实是件不光彩的事，但是男孩子又有几个不是这样的呢？”同学们一时都被她的发言搞糊涂了，不知道她要说什么。张灿继续说：“我们家的兄弟多，那帮男孩子一天到晚就爬人家窗户偷看女孩子洗澡。有时候是一大堆男孩子一块看，我放学的路上经常看到他们爬人家窗户。”

有女同学在下面问：“那你告诉你们家大人吗？”

“告诉啊，我回家就告诉爸爸，我爸爸说这是没有药治的。我问他你怎么就知道没有办法教育他们呢？我爸爸说，因为你爸爸也是这么长大的。”张灿说到这儿，全班都哄堂大笑起来。小田老师也笑了，连老场长也跟着笑了起来。不过老场长随即就恢复了正常。老场长一看这批斗会的气氛有点减弱，火药味也变得淡淡的，这么下去可不行啊。于是他提醒着张灿说：“张灿同学，你的话应该围绕着控诉王玉珲的罪行以及造成的严重后果来发言。”

张灿答应着：“好，先让我继续说完。我发现爸爸不管他们，以后看见他们爬人家的窗户，我就不告诉我爸爸了，我自己来管他们。”

下面同学又问：“那你怎么办？”

“我就喊，有人来了，吓得他们撒腿就跑，但次数多了，也就不灵了。于是我就改变了战术，我碰上他们在偷看人家，我就猛喊，有人偷看啊。这一招肯定会吓得他们立即就跑了。”

何疆民笑着说：“那你这样是说，下次碰上王玉珲偷看你们，我们只要大声喊就行了。”

张灿看到何疆民说话，好像想起什么事是的。她就当场问何疆民说：“你之前帮王玉珲回答，说看到了赵梦茹和我。我要问你，你是怎么知道王玉珲在看赵梦茹和我的？”

何疆民被咄咄逼人的张灿吓住了，他没有正面回答张灿的问题，而是含糊其辞地说：“好多男同学都知道。”

张灿咬着牙齿说："我再问你，你是怎么知道的。"

女同学已经听懂了张灿的意思了，也帮着张灿催着说："说！快说！"

何疆民只好说："我们为了收集他的证据，也看了一眼。"

张灿说："我开始就说了吧，男孩子都是一样的，都是一伙伙地看。你何疆民还有其他男同学也应该站到台上去，接受我们的批判。"何疆民真急了，他在张灿的拉扯中已经没有办法说清楚自己了。

老场长又说话了，他说："我们要集中火力，愤怒声讨王玉珲。"

张灿这次就直接反驳了老场长说："我和赵梦茹是受害者，我们要求全面清算所有参与偷看的同学的罪恶，梦茹，你说是不是？"赵梦茹泪水汪汪地点着头。王晓可能是第一个意识到张灿上台不是为了控诉王玉珲的，而是替他解围的，张灿实际上喜欢王玉珲。王晓是一个心思比较细腻的女孩子。她第一次感觉到现在的这个张灿完全不是以前的张灿了，大家都小看了她。她不仅有勇气，而且有头脑。她平常看上去是那么的粗俗，但是关键时候她表现得那么冷静，做得那么隐蔽。她帮王玉珲帮得多巧妙，从头到尾没有说王玉珲一个好字，但确实使这个批判会开不下去了。

就在此时，只见老场长在口袋里掏出了从王玉珲的被套里搜出来的女式短裤和内衣。老场长说："王玉珲和其他同学的性质确实不一样，这是从他的被套里搜出来的证据，可见王玉珲是个老流氓了。这几件内衣裤是你的吧？"老场长把内衣裤送到张灿的面前辨认。张灿第一眼就看见了自己那件由几条红领巾拼接的短裤。张灿把自己的内衣接了过来，她好像不愿意让其他同学看清似的，连忙把短衣短裤塞进了口袋里。王晓也上台把自己的内衣拿了回来。

老场长喊住了她，他说："你们上次报案，说衣服掉了，今天破了案了。我们知道是王玉珲悄悄干的。王玉珲偷人家的衣服，这是一起严重的偷盗事件。王晓你也应该站出来勇敢地控诉王玉珲，你们都要像赵梦茹同学那样，说出来问题的实质和对你们造成的伤害。"

一听到老场长提到了自己的控诉和对自己的伤害，赵梦茹一时又悲从心来。她平常觉得在这个班上任何时候自己都是主角，而且今天本来是个受害者，理应是今天的主角。但不知道为什么，到了后来自己完全成了配角，完全被边缘化了。不仅是女同学都忘记了自己的存在，就连那些平常奉承自己的男同学也好像忘记了自己的存在。最可悲的是抢去自己风头的是平常不管是自己还是其他女同学甚至是男同学都看不起的张灿，她是班上最粗俗的女同学，她竟然成了自己今天的对手，自己成了她的配角。

更可恶的是王玉珲冒这么大的风险偷看的是她，这实在让自己接受不了。赵梦茹打心眼里就厌恶王玉珲的偷看，但是现在她情愿王玉珲偷看的是自己，而不应该是张灿。她确实没有搞清楚张灿是怎么一步步走到舞台的中心的，自己又是怎样一步步退到舞台的边缘的。她甚至有点预感以后这个舞台的中心位置就要被张灿给占去了。这一切都是这个猪狗不如的王玉珲一手造成的，是他毁了我，想到这儿，赵梦茹不禁又放声哭了起来。

张灿在台上听到赵梦茹夸张的哭声，她很是反感，人家又不是看你，你哭得那么伤心干什么？张灿就气愤地在台上使劲嚷了一句："你哭得那么大声干什么？他又不是看你。"赵梦茹显然被这句喊声给镇住了。但是赵梦茹的哭声只是停留了片刻，旋即赵梦茹的哭声变得更大，更加悲愤。因为张灿不说这句话好像这窗户还有一层纸没有捅破，被她喊这么一嗓子，赵梦茹颜面尽失。很多男同学事后总结，即使张灿喊那一嗓子，也还看不出张灿的爱憎来。大部分同学只是认为张灿喊那一嗓子是在为自己叫屈，发泄自己的不满。但是王晓却完全听懂了张灿的弦外之音，她明白这是张灿在明明白白护着王玉珲。言下之意是王玉珲偷看的是我，与你们没关系。我没意见，你们凭什么有意见，狗拿耗子多管闲事。还有一层意思就是你们平日里不在意的张灿，没准也是男同学的最爱。

王晓想明白了，她如果按照老场长的意思上台去控诉王玉珲，肯定是会彻底得罪王玉珲和张灿的。得罪王玉珲，虽然他爸爸是县长，但问题还不算大。要命的是得罪了张灿，她会每天对着你来，让你过不去。她知道在这件事上可以公开批判王玉珲的还只有班长乔军。一是乔军是班长，父亲又是县委的书记。乔军说这件事，是名正言顺当仁不让的。二是乔军跟王玉珲是好朋友。平日里，大家都知道他刚直不阿的品行，他对王玉珲说出什么话都是真性情的表达。虽然他们父辈不和，但王玉珲最终是不会怪罪乔军的。想到这儿，王晓不禁看了一眼余怒未消的乔军。

张灿在大家的诧异中走下了台，大家觉得张灿说了半天，还没有正式说，怎么就下台了呢？有些同学还以为她是临时下台为了放下手里的衣服的。但是张灿在大家的注视中竟然坐回到自己的座位上了，这时十四班的同学有很多人明白过来了：张灿喜欢王玉珲，她想保护他。

老场长是不可能了解这些十几岁孩子的想法的，他还在等待张灿正式控诉王玉珲。他一直以为张灿的发言没有抓住要害，他没想到张灿就这样草率地结束了自己的发言。老场长很遗憾地在想，张灿就根本没有说出王玉珲的性质和危害。他本来还想要求张灿再补充几句的，但一看到张灿的神态，他就打消了那种想法。转而喊起了王晓，王晓站了起来，她早已经想好了怎么说。她依然是弱不禁风的样子，柔声说道："我没有什么说的，他只是拿错了衣服。"王晓这句话完全顺应了张灿的心愿，一方面她只说了拿，没去说"偷"字，保护了王玉珲。另一方面，"错"的相反就是本应该拿"对"的是张灿的衣服，强调了张灿和王玉珲的单线关系，肯定了张灿在这个事件里的中心地位，极大地满足了张灿的虚荣心。王晓深思熟虑的这句话，使她成为张灿今后的闺中密友，也使她从此取得了王玉珲坚定的信任。

轮到小田老师发言了，她确实有点拿不准王玉珲这件事情属于什么性质的问题，她也不知道她应该怎么表态。她心想今天晚上自己的态度在所有发言人当中可能是最模糊的，但是她的地位完全决定了她今晚必须来表这个态。最开始她一直寄希望于杨老师能从天而降，后来她把自己的态度寄托在对同学们的发言的总结上。但是同学们莫衷一是的发言又使她失去了主意，她最后说："王玉珲偷看女同学们洗澡是很不礼貌的。"她又想起王玉珲给他钉屋顶的情节来，她想这件事情过了以后，她一定要问王玉珲为什么要帮他钉屋顶。乔军侧过身来，看了看小田老师，同学们也交头接耳起来。小田老师立即感到自己的话说得不到位了，她连忙补充："应该说对于中学生来说，发生这样的事很耻辱，很羞耻。当然这也是我们老师的耻辱和羞耻。证明了我们老师教育很失败，我只是觉得我作为十四班的副班主任，是有很大责任的。对于王玉珲同学来说，一定要认真认清自己的错误和问题。认真听取同学和老师的批评和教育，总结自己的过失。另一方面也不要背思想包袱，要轻装上阵，跑步跟上同学们的步伐。"

小田老师的发言不长，但是大家觉得小田老师的发言入情在理，同学们都比较能接受。王玉珲站在台前，他一开始是非常内疚的，后来被张灿和王晓一说，他的思想又出现了波动。他一度感到自己的做法也不是什么大不了的事，也是没有办法的。但听小田老师的一席话，他开始反思了，他开始认识到是自己的不对。

在老场长看来，小田老师的发言太没有杀伤力了，也起不到教育其他同学的目的。他觉得自己要加些火药味进去，让斗争气氛再热烈些。他清了清嗓子，开始发言："王玉珲既偷东西又偷看，这是腐朽的资产阶级思想在他脑子里作怪。他的性质是恶劣的，行为是肮脏的。我们要充分认识到他的错误，要看到这些错误的本质。王玉珲之所以犯这样的错误，就是因为他放松了对自己的世界观的改造，放松了劳动锻炼。具体表现在我们平常劳动时，王玉珲拈轻怕重，哪像乔军同学干什么活都是真抓实干，从不偷懒。大家试想一下，如果你每天都投身于火热的劳动锻炼中，你哪里还有时间去偷东偷西的？如果你每天都忙于社会主义建设，你哪里还有时间去偷看人家洗澡？”

老场长在台上说着，王玉珲在台下恨不得大声喊出来：我就是跟你学会偷看的，你太不要脸了。但是王玉珲明白自己没有任何证据能证明老场长的不是。老场长最后说：“大家可以讨论一下对王玉珲的处理意见，是把他扭送公安局，还是报请学校给他处分？”台下传来一片嗡嗡的议论声，张灿板着脸一言不发。

小田老师说：“等明天杨老师回来后，我们再来定最后的处理意见吧？”

“不行！这么严重的问题，我们必须马上要有处理意见。今天晚上就要报告给学校领导。”老场长立马说。

彭洋站起来说：“我觉得这样的事情不应该报告学校。”很多同学也附和着彭洋的意见。

老场长一看没有谁支持自己的意见，也有点急了。他看到只有乔军没有表态，连忙说：“乔军，你说说你的意见吧。”

乔军说：“我同意田老师的意见，对于王玉珲来说，我们应该主要是以批评教育为准。”

老场长有点气恼地说：“你们都是杨老师的学生，还是等明天杨老师上山来处理吧。”

当天晚上，山雨下了一夜，清晨雨停了。孙红梅今天起得很早，她昨天一晚上都没有睡好。昨晚做了一夜的噩梦，梦见了狮子岩上有个人跳了下去，她走近一看发现那个人好像是王玉珲，再一看那五官是个女的。再仔细一看，她发现躺在地上、浑身是血的竟然是自己，她觉得自己好像在照镜子。这时她完全被噩梦吓醒了。孙红梅今天起得早，穿了件红衣服，上了茅房。刘旭今天也闹肚子，起来就往茅房里跑。刘旭上完厕所后，一出厕所就模模糊糊地看见前面有个红袍子。他被吓得叫了声：“红袍子！”转身跑回了厕所。

孙红梅一听乐了，就在男厕所的墙外，举着双手在墙头上张牙舞爪恐吓刘旭。刘旭在茅房里紧张地连声呻吟着：“完了！完了！”

正在这时，昨晚接到电话的杨老师赶回来了。他站在孙红梅身后笑着说：“这红袍子看来很讲文明的，男厕所不敢进啊。”

孙红梅被杨老师突如其来的声音也吓了一跳。孙红梅拍着胸膛说：“吓死我啦！吓死我啦！”

刘旭从茅房走了出来，要打孙红梅。孙红梅灵巧地躲到了杨老师的身后。

吃过早餐，杨老师召集了老师和学生干部开会。他听完了大家的意见后，就说："这件事情在中学生中多次出现过，这个年龄处于青春发育期，对异性充满了好奇。王玉珲的家庭背景看上去是不错的。但是王玉珲的母亲早亡，家里只有他一个孩子。父亲工作繁忙，对孩子的教育特别是青春期的教育肯定是缺乏的。加之我们学校也没有开过青春期的课，同学们在这个方面接受的信息是少之又少。碰上这样的情况就很容易把它简单视为流氓行为。这样的事情处理不当会给同学们留下一辈子的阴影，会影响同学们的身心健康。现在我们要做的是消除大家心中的影响，特别是王玉珲同学心中的阴影。也要做好昨天其他参与此事的同学的思想疏导工作，大家作为学生干部要保证自己不再消极地谈论此事，也要让同学们逐渐淡忘这件事情。"杨老师给班委会每个干部部署了谈话的任务，他自己负责与王玉珲同学谈话。

王晓通过这个青春期的事件，自己也懂事了不少。三十年了，别说是受过她的恩惠的王玉珲，就是平常外出随便碰上一个陌生人，特别是男同志，王晓都有把握可以使对方怜香惜玉，帮衬自己。确实王晓生就的模样就是让人怜悯的，加上她柔柔的声音，她那林黛玉似的娇弱不堪的神态简直就是一把利剑，所向披靡。王晓在公众中得到的怜爱和帮助应该是最多的，但是她内心里却像个黑洞，她永远在吸收着别人的光与热，她从不懂得回馈和赠予。她总是觉得她来到这个世界上，就是来索取的。她历来就认为人们欠着她的，她丝毫不懂得感恩，丝毫不懂得互惠，她总觉得她付出的要比她得到的少得太多。她与曾金刚虽然睡在一个被子里，但是两人的价值观却相差得十万八千里。

王晓深埋在骨子里的是她的另一面，这一面可以说很少有人了解到，包括她的老同学和她的丈夫。那就是她的坚韧，与她柔弱的外表恰恰相反的就是她的坚韧。这也许是那个时代留给这批人的共同特征，他们都能刻苦，坚忍持久。但对于王晓来说她的这一特点就值得多说几句。一是这坚韧的伪装性，因为她给人的印象与她实际的精神特质的反差；二是这坚韧的隐蔽性，一旦图穷匕首见，那是非常震撼的；三是她的坚韧是因为她所受过的磨难不一样。她的磨难是在她临近高考的最后五个月，她的父母和哥哥在一天清晨突然人间蒸发，一天后她在学校收到了她妈妈同城发出来的一封信。意思是他们三人都走了，他们对不住她，他们必须走，再也不会回来了。家里有个存折是给她留下的完成学业的费用。

一天后王晓就知道了"对不起"的含义了。她的父母以及她的哥哥在亲戚朋友中以高息揽存的方式，非法集资了一笔巨款，然后人间蒸发。现在亲戚朋友全部找上了门，家里所有值钱的东西在十几分钟内全部被搬空。空空四壁的房子里全部挤满了人，最中间就只有王晓蹲在地上哭泣。有说要她交出她父母藏身的地方的，有说要王晓上他们家去做保姆抵债的，还有的要王晓做他们家儿媳。当晚王晓是在派出所度过的，派出所门口围了上百人，整个县公安局的警力都调到了这个派出所来。派出所又审了她三天，从她妈妈留给她的那封信里最后确定王晓确实没有参与此事，而且对她父母、哥哥的去向确实不知晓。最后派出所没收了她妈妈留下的那个存折，让班主任杨老师保了出去。那个时候雾水一中还没有住校生。杨老师只好把她安顿在学校与食堂工友一块儿住。王晓就是在千夫指的险境里培养了她超凡的忍耐力和承受力。她从此之后就觉得这个世界上再没有什么天大的事了。她的三种特性任选其中一种可以说都是一件致命利器，何况这三种利器都集于一身的王晓，可以想象她的锋芒是何等锐利。

第五章　旧情复燃

THE FIFTH CHAPTER

乔军把赵梦茹抱上了出租车，赵梦茹像只小猫似的躲藏在乔军的怀里。她的脸颊随着汽车的晃动轻轻地摩擦着乔军的手臂，乔军的手臂换了一个角度，但是那张漂亮的脸颊渐渐地又开始摩擦上来。城市不大，同学们都知道彼此的住所。乔军还记得赵梦茹结婚时，他跟大家一块儿闹过新房。

三位股东走出了公司大楼，正准备上车。一位女清洁工在花坛里惊恐地叫了起来“蛇！蛇！”。

王玉珲急忙跑了过去，乔军对曾金刚说：“玩蛇少年手痒了，要耍耍蛇技了。”乔军从会议室出来，一直若有所思，他觉得自己在抵制王玉珲的独断专行上还没有找到有效的办法，才能这样轻易地让王玉珲过关。这次他一定要找出对策来制止张军开发门面。如果自己的想法能获得成功，那王玉珲以后就再也不能为所欲为了。自己一定要加倍努力，肯定会有办法的。

这条蛇有三四尺长，是条大蛇。蛇已经感觉到来者不善，张着嘴摆出一副进攻的样子。只见王玉珲快速而又轻巧地用脚踩住了蛇的头部，然后他移动着鞋子，使蛇的七寸露了出来。蛇的身体已经开始缠绕王玉珲的小腿。女清洁工急忙跑了过来，给王玉珲递过一块石头说：“老板，打七寸，快把它打死。”

王玉珲说：“这么大一条蛇，打死了可惜。”他蹲了下去，准确地用手掐住了蛇的七寸。然后顺手把拖把布拿了过来，凑到蛇的嘴边，蛇把嘴张到了极限，紧紧一口咬住了拖把布。蛇使足了全身的力气，拖把布已经深深埋进了蛇的嘴中。然后他抓住拖把布和蛇的身体往相反的方向，猛地一拉。拖把布被蛇的利齿刮得七零八落，蛇的利齿有的挂在拖把布上，有的掉在了地上。王玉珲再让蛇张大了嘴，摸了摸蛇的牙床，他已经感觉不到蛇的尖牙了，牙齿都被拖把布挂掉了。他就把蛇缠上了自己的胳膊，他放开了蛇的七寸。吓得女清洁工倒退了几步，他对女清洁工笑着说：“它已经认识我了，它不发火了。”他用手轻轻地摸蛇的头，那条蛇好像就是他的宠物似的，真的一动不动地卧在他的手臂上。

王玉珲带着那条蛇坐进了汽车，他对乔军说：“正好送给周老师一份野味，补补身体。”

曾金刚说：“玩蛇少年！我初中时就有两个问题不理解，一直没问过你。”

王玉珲一边逗弄着蛇，一边说：“请问啊。”

曾金刚说：“一是不知道你怎么会抓蛇？二是你那个时候，玩蛇是为了什么？”

王玉珲说：“我跟我爸爸下乡，住在一户农民家里，那个农民的孩子比我大两岁。他就喜欢抓蛇玩，可能农村没有玩具吧，就玩蛇啰。至于我为什么喜欢玩蛇，很简单了。”

乔军说：“我知道就是为了惹女同学注意，出风头！从小就知道勾女孩。”乔军话一说出口，让车上的人一时想起了王玉珲读书时的偷窥事件来，车里静默了一会儿。

还是王玉珲打断了沉默，他说：“王晓同学，我们除了这条蛇还要再给周老师买点什么东西吧。”

王晓说：“前面顺路有家超市，那里什么都有。买点什么好呢？”

曾金刚说：“买点补品吧。”

乔军说：“那玩意华而不实，不如买点水果。”

王玉珲说：“多买点吧！多多益善。”车停了，王晓一个人下去买东西去了，没一会儿，王晓拎了一塑料袋的东西回来。王玉珲问：“买了什么？这么一点。”

王晓说：“也不少了，两斤香蕉，两斤最好的苹果，还有一斤荔枝。”

王玉珲一听声音就高了：“说了多买点，多多益善，就拿着这么点猫食去看周老师？”老同学都了解他是心里怄不得气的，只要怄了气，他肯定会在短时间里找到一个机会发泄出来。听得出王玉珲是被乔军刚才提起的话题刺激了，来了气，又不能说乔军说得不对。乔军就是这么一个破嘴巴，说话从来也不管对方受不受得了，只图自己嘴里快活。

曾金刚一见这个局面，马上下车，他说：“王晓只怕是拿不动，我可以多拿些。”

王玉珲又返过身子对乔军说：“乔总，你也不要哭丧着脸。到时候周老师还不知道我们公司发生了什么大不了的事。”

乔军马上醒悟过来，他苦笑着说：“难道我脸色很难看吗？”

王玉珲说：“反正阴沉着脸。”王玉珲看见乔军满脸狐疑的表情，就说：“不信，你问曾金刚。”曾金刚摊着手不置可否。乔军觉得等会要见周老师，自己的心情确实要调整好，不能让工作上的不愉快影响到其他的人。再说这件事还没完，自己一定要抗争到底。

王晓一边在超市货架上拿着东西，一边抹着眼泪。曾金刚跟在后面安慰着说："玉珲也不是针对你的，你知道他心里有气，肯定是要发出来的。只是被你撞上了，认倒霉吧。不过你也是，每次给人家送东西，不管是私人还是公司，你都那么小里小气的，只要你去买，就是舍不得。何苦呢，你去省那个钱干嘛？本来早考虑你来当公司办公室主任的，就是这个毛病，怕你干不好事情。别哭了，别哭了啊。"

正在此时，王晓的手机响了。是彭洋来的电话，彭洋向王晓打听周老师的病情。曾金刚在一旁把手机接了过去，曾金刚说："我们现在正在给周老师买东西呢，就准备去周老师家。"彭洋急忙表示自己马上就来，让多买些，算上他一份。

彭洋高考是考得比较好的，考进了西南政法学院的法律专业，毕业后就分到了家乡法院，慢慢地升到了副院长的位置，是同学中最早解决处级待遇的一位。现在听说正往院长的位置积极靠拢。彭洋曾跟乔军吹牛说：他父亲是北京大学毕业的少数民族高材生，虽然写了不少书，教了很多学生。可职务只是做了个教育局长就到了顶。彭洋读书读不过他爸爸，写书写不过他爸爸。但是他相信做官他父亲是怎么也做不过他，他怎么都要搞个副厅级才对得起他的父亲。

周老师家门口有个院子，本来这只是一块平地。同学们记得初中时，周老师就种了棵葡萄树。一到葡萄成熟时，同学们就会聚集到葡萄树下，大家一边跟周老师学唱着歌曲，一边吃着葡萄。那时的葡萄都是土生土长的，味道极酸。但是在那个物质极度匮乏的时代，能吃上酸葡萄，也算是有口福了。杨思冲老师第一次吃到这酸葡萄时，就说来年这葡萄树下得打点底肥，葡萄会更加甜些的。他还说得请个果农来，品种还可以改良的。当时王玉珲就在一旁表示，请果农的事他来负责。

以前的葡萄架是周老师自己用几根木架撑起来的。时间久了，木头就朽了。里面长虫子不说，关键是葡萄藤已是枝繁叶茂了，陈师母老是担心那架子会垮。还是何疆民心细又乖巧，连忙让辖区的一个建筑公司，用水泥和钢筋浇注上几根预制件。趁学雷锋日叫上派出所的几个部下，帮周老师打了个结结实实的钢筋水泥葡萄架。王玉珲走到那葡萄架下说："你们看看，这老藤发新芽，越长越茂盛，今年的葡萄应该比去年结得多。"

曾金刚说："不知道今天有没有牛肉吃，我今生第一次吃牛肉就是在这儿吃的。"实际上周老师的学生有很多都是在这个葡萄树下吃的第一次牛肉。周老师是回民家庭，在那个年代每个月都固定有牛肉供应，这份牛肉自然被同学们长期惦记。

曾金刚提醒着王玉珲说："你一直答应要帮周老师请位果农来的。"

王玉珲一拍脑袋，懊悔地说："看我这记性，马上打电话，我来找园艺场的蒋场长。”说完王玉珲开始拨起电话来。陈师母走出来迎接大家了，大家都进入了周老师的卧室。周老师正躺在床上，胡子头发都有点长，瘦削的脸显得愈发瘦了。大家都俯下了身子挨个跟周老师打着招呼，周老师的眼睛放出了欣喜的光芒。周老师用十分标准的普通话一个个地喊着大家的名字。大家的心都是揪着的，打完招呼，大家退到了葡萄架下，听陈师母介绍周老师的病情。

陈师母说：“前段时间，老是咳嗽，还有低烧。前两天，我带他去了医院，医生开始以为是肺炎，但是现在排除了。最终结果还没出来，我就担心他是癌症。”说着话的陈师母竟轻声抽泣起来。同学们都在轻声安慰着师母，但是大家的心情都被师母的一席话给悬了起来。

这位周老师对于这帮学生来说，就是他们精神上的支柱。在杨思冲当他们班主任之后，就是周老师当了他们的班主任。周老师在他们的学生时代，是一位严厉、不苟言笑的语文老师。他从不批评人，但不管是像何疆民那样成绩差的学生，还是像彭洋、曾金刚这样成绩好的优等生，都害怕周老师的不怒自威。周老师上课有个特点，从不在后门和教室的窗口观察学生的表现。每次他目不旁视地从窗口掠过，调皮的同学都受了惊似的立即回到自己的位置，正襟危坐。但对于周老师来说，也不知道他是否看到，他反正都当没看见。他从来就只在台前观察人、批评人。他严肃的神情、瘦削的脸、络腮胡子、不离手的卷烟、直立的头发以及他不高的身材，让他看起来像极了那个时代曝光率最高的鲁迅先生，确实他的学生很多都是把他当成活着的鲁迅来敬仰的。

一会儿彭洋也到了，大家的气氛渐渐活跃起来。陈师母指着王玉珲的手说，你的右手上怎么缠上这么一条彩色绳子。王玉珲连忙跳开了，他确认与师母的距离已经够远了。他开始往下解开那条绳子，王晓对师母说：“师母！那不是绳子，那是一条蛇。”

师母惊异地问：“他怎么敢把蛇缠到手上，是死的还是活的？”

曾金刚说：“是刚抓的一条活蛇，玉珲想拿这只蛇给周老师熬汤喝。”

师母说：“我想起来了，初中时他有次玩蛇把周老师给吓着了，好长段时间，周老师不敢碰这棵葡萄藤。那应该是他干的吧？”

乔军说：“正是，我还记得当时是在毛主席的追悼会散会后，周老师带着我们出场，刚下完台阶，有位女同学高声尖叫起来。”

彭洋插话说：“是赵梦茹。”

乔军说：“对！是赵梦茹叫的，她发现了周老师的提袋上挂了条蛇。周老师当时一看到提袋上的蛇，急忙把提袋往地上一丢，他自己吓得一屁股坐到了地上。”

彭洋说："我知道王玉珲玩蛇，我叫的王玉珲。我说王玉珲！王玉珲！你的蛇跑了。王玉珲连忙从前面跑了回来，把蛇装进口袋里。他还安慰着周老师说，这蛇不咬人。"

师母摇着头笑着说："这个王玉珲啊！"

王玉珲已经在葡萄架上把蛇给倒吊起来准备剖了，王玉珲一边熟练地剐着皮，开着膛，一边说着："这蛇胆要给周老师生吃，师母你拿一点酒来，我来泡泡。"

师母从屋里端了点酒出来，王玉珲把蛇胆摘了下来，泡进了酒里。正在这时，周老师笑着站到了门口。大家急忙扶住了他，想劝周老师回床上休息。师母在一边说道："他看到你们，他的病就好了一大半，他想跟你们在一起，就别劝他回去了。"

王玉珲连忙把蛇胆给端上来，他想让周老师把它吞下去，可周老师就是不敢。乔军说："都是以前被你这调皮学生吓的。师母说了这葡萄藤他都不敢碰，哪里敢吞下这蛇胆啊。"

周老师惨白的脸笑了笑，他费力地解释着说："知道这是好东西，就是没胆子。"

彭洋说："周老师不敢吃就别吃了。"

周老师对彭洋关心地问："你爸爸身体还好吗？"

彭洋说："好得很，每天要吃两斤肉。"

大家笑了笑，周老师又问："你爸爸最近在写什么书？"

彭洋说："好像在写一本有关地方谚语的书。"周老师不停地点着头。

周老师又费劲地跟彭洋说："我的一个同学，医校的教务处长，已经出了三本书了。"他叫师母进室内去拿书。师母很快拿出了三本医学方面的书籍。周老师缓慢地抚摸着那三本书的封面，眼里露出倾慕的光芒。周老师说："他现在准备写第四本了。"大家都感觉出周老师对那铅印的铜版纸的热爱来。

周老师又对乔军说："乔军，你还是一个人啊？"

乔军开着玩笑说："我倒是想变成两个人，就是人家看不上我啊，我也就只能是一个人了。"乔军已经把股东会上的不快忘得一干二净了，他的情感已经完全和大家融为一体了。确实融入浓浓的师生情感中，很多不快都会自动被遗忘的。但对于乔军来说，遗忘只是暂时的，他已经动了要抗争到底的心，就没有什么能挡得住了。

周老师说："你这个帅哥都有白发了，就不要选了。"

师母说："你还当乔军找不到老婆啊，只要他想结婚，想嫁给他的女孩子可是一大堆啊。"坐在一旁的王晓微微笑着，但是她的内心却掀起了层层波澜。从中学开始，乔军就是女同学心目中的白马王子，是她们那个时代的高仓健、阿兰德龙。在班上，赵梦茹和自己经常为了乔军吃醋闹别扭。赵梦茹对乔军的喜爱是比较表象化的，自己对乔军的那份情感可能就只有乔军和自己知道了。

如果不是丽江的那次旅游，她的丈夫很可能就不是曾金刚而是乔军了。王晓了解乔军，乔军的外表对女人的迷惑力可以使人在短时间内窒息。但是王晓知道，实际上年轻的乔军的心智年龄比他的实际年龄要稚嫩得多。乔军是个独生子，在那个时代的独生子是非常罕见的。加之乔军的干部家庭身份。正是因为这，乔军不可避免地有了与其他同学不一样的特质，那就是特立独行。王晓从幼儿园开始就跟乔军是同学，对乔军非常了解。虽然她非常地爱乔军，但同时她又明白自己跟对方的差距。她知道自己跟乔军能走到一起的可能性非常小。如果她与乔军之间这一辈子都没有发生过爱情，她觉得那就太欠缺了，她这一辈子也肯定不完美，毕竟这是她少女时期的梦想。但是她知道跟乔军谈恋爱又是很危险的，一旦此事不成，甚至弄出些动静来，在同学圈里将会传得沸沸扬扬。于是她想好了，在没有绝对把握时，此事绝不对外公开，就这样她跟乔军走到了一起。

乔军一直认为王晓是个娇弱的小妹妹，现在也已经是事实上的孤儿了，她父母和哥哥自从离开后就再也没有回来。乔军很快地同意了与王晓接触，那个时候乔军也是个刚参加工作不久的技术员。他对户外旅游活动刚入门，干什么都背着高出自己一头的登山包。他们两人都是雾水土生土长的本地人，走到哪个角落都免不了碰上熟人。为了保密爱情，两人在雾水约会的机会就不是很多，两人都选择了出门旅游。

云南的风景自不必说，俩人都陶醉在美丽的景色和温暖的爱情中。他们在滇池荡桨，在洱海垂钓，到了香格里拉，两人还温存了一夜。清晨起来，乔军已经不见了，桌子上留着一张便条。那是乔军给她写下的："亲爱的！昨天的那帮背包客，他们准备进入大森林，我想跟他们去一趟，一天就回。勿念！乔军即日。"

王晓就在宾馆里静静地等了两天，到了第三天。王晓恐惧地想到乔军他们一帮人可能是出事了。她发疯似的拨打乔军的手机，但永远是忙音。也许是大森林里没有手机信号，他们正在等待救援呢。于是王晓急忙跑到就近的派出所报了案，警察同志却告诉她：手机信号已经全部覆盖了，一个人的手机出了问题，应该还有同伴的手机可以用。到现在为止，公安部门没接到任何报案。估计他们很安全。王晓希望派出所能派人进入森林寻找。警察笑着说即使让我们香格里拉的所有警察集中起来，估计我们也找不了森林的一个小角落。

王晓只能提心吊胆的在宾馆里孤独地等待。还有就是不时地重拨乔军的手机号，但是电话里传来的永远是忙音。她甚至无数次走到了昨天与那帮背包客相遇的地方，看看能否有奇迹发生。王晓现在才体会到，因为秘密的恋爱，此时竟不能找一个人倾诉自己的痛苦和压力，是多么的难熬。她又去了派出所，派出所的警察告诉她，应该没有发生什么意外，否则早就会有报警的了。

王晓开始反思自己的这段情感。她在这段恋爱的日子里，已经感受到了乔军带给她的浪漫的爱情冲击，她觉得乔军就像个大男孩给了她梦幻般的情感生活。在大理的蝴蝶泉，乔军魔术般地变出一束鲜花，为她庆贺生日，在苍山的山坡上，乔军抱着她骑马奔驰，白云像棉花薄纱缠绕在马蹄下，在丽江的溪边客栈，乔军抱着吉他为她深情地弹唱，歌声就像溪流里的清水欢快地蹦跳着。但是王晓很清楚这些浪漫都不能代替将来日复一日的生活，乔军此次不辞而别却反映出他内心的坚忍，也可以看出乔军并不是十分地依恋自己，他怎么能把一个娇弱的恋人带到这陌生的地方便弃她而去？这让她想起自己的家人就是这样把自己孤独地留在这个世界上，不知生死，她不能再找一个有可能让自己陷入孤苦境地的爱人了。如果不说他是冷酷，肯定可以断定他是个不负责任的人，至少也可以证明，他不在乎自己。

王晓认为乔军就是一个只能做短暂情人的大男孩。她打定了主意，这段感情只能到此为止了。五天后，乔军回来了，王晓没有对乔军说什么。回到他们的城市，两人也自然而然地分开了。

周老师对大家说：“今天有牛肉，加上你们的蛇肉汤，大快朵颐啊。”

王玉珲说：“师母做的红烧牛肉我们确实愿意吃，不过今天周老师身体欠佳。我建议今天就在家门口找家餐厅大快朵颐吧。”

大家都说：“好！”

王晓说：“干脆把赵梦茹和刘旭喊来，把三十年大庆活动具体商量一下，看怎么弄？”

周老师说：“这三十年纪念日还有多久？”

刘旭说：“都是七月毕业的，还有几个月就是了。”

周老师高兴地说：“老师你们都要请回来吧？”

王玉珲说：“那是肯定的，我们玉龙公司各位股东都商量过了，这次需要多少钱，我们都赞助。”

乔军说：“我们还是到餐桌上去商量吧。王董事长啊！你的果农请好没有？我们等着今年吃甜葡萄呢。”

王玉珲一拍大腿：“唉！园艺场的蒋场长没接电话，等会儿再打，今天这事怎么都得办好，不能再拖了。”

吃饭时，赵梦茹和刘旭先后都到了。说到赵梦茹，这位昔日的校花往餐桌上一坐，整个餐厅顿时热闹起来。大家的话语多了起来，也俏皮起来。

王玉珲发着感叹说：“风韵犹存啊！”

彭洋掏出手机来，一边做出打电话的姿势，一边说：“我把张灿叫来看周老师。”

王玉珲笑着说：“张灿来了，后果很严重。”一句话引起哄堂大笑。

刘旭从怀里拿出了一张纸，他说：“这是这次三十年大庆的预算表，请各位老总过目。”乔军接了过去。

彭洋说：“你学会拍马屁了。”

刘旭马上说：“这让人掏钱的事在这个时代比计划生育工作还难搞啊。拍拍马屁能给我几万，我愿意每天拍啊。你有没有？我也愿意拍你啊。”

乔军拿过预算表转过头来问刘旭：“这烟花费要一万五千？”

刘旭说：“要有气势，就得多放焰火。”

彭洋说：“现在不是这样吗？乡下暴发户家里的红白喜事都放这玩意。”

刘旭说：“是不是因为百姓家里死了人，都放哀乐。那中央领导过世了，就不放哀乐了？”

周老师说：“刘旭啊！你这个比方打得不恰当。”

王玉珲问：“总共多少钱？”

刘旭说：“预算是八万。”

王玉珲说：“那就抛一点。十万，够了吧。不过不能大吃大喝。”

乔军一听显然有点不高兴了，他说：“是多少就多少，按预算来嘛。”

刘旭一看气氛有些不对就说：“是，是，是！预算是多少就多少，够用了。”

乔军又补充了一句：“万一超支了还可以追加嘛，万一超过了十万呢？难道让大家出钱不成，我们玉龙也还可以补嘛。”

周老师说：“这样挺好的，用多少花多少，别铺张浪费。”王玉珲被乔军这么当众一顶，心里很是不快，就没有掺和意见了。接着大家推选了刘旭和赵梦茹等人组成筹委会。

刘旭说：“我们都可以出力跑腿，但是这个筹委会的秘书长和财务一定要有玉龙公司的人参与。”

彭洋也说：“这玉龙公司出的钱虽是不要回报的，但让玉龙公司的人员监管是很有必要的。”

周老师说：“我看王晓就行，王晓是你们玉龙公司的，也没有你们几位老总那样忙。”

曾金刚连忙站起来说：“不妥，不妥，周老师你不了解她的理财能力。家里没多少钱，她都管不来。我看既要懂财务，又要是玉龙公司的，还要有时间，那就非张灿莫属了。”

乔军说：“我看行，就定张灿做筹委会秘书长了。”乔军在想，张灿虽然跟王玉珲在很多问题上都是穿一条裤子的，但是至少在公司的财务支出上是严防死守的。王玉珲照样没吱声。

赵梦茹说：“我和刘旭都算是筹委会打杂的。”

乔军说：“这打杂的两个人肯定是不够的，还得有几位同学帮忙才干得过来。要不等我们的聚会搞完了，我们的校花可能也就凋谢了。”

赵梦茹笑着说：“真忙起来了，你乔军是不能跑的。”

乔军说：“随喊随到，只要我们的校花一声召唤。”

刘旭说：“那今天我们至少可以定下一个聚会内容，晚会主持由赵梦茹和乔军担任，大家同意吗？”大家都鼓起了掌。王玉珲的脸上闪过了一丝异样的表情。大家商量好，具体方案由刘旭、赵梦茹拿出来，十天后再讨论。这时菜上来了，王玉珲的那条大蛇一蛇三吃，做了个椒盐蛇，脆熘蛇皮，煲蛇汤。

彭洋说：“拿酒来，吃饭不喝酒，那等于没吃。”

曾金刚说：“你这个法官又贪杯又想扶正，你上得去吗？”

周老师笑着说：“可不要喝了酒就开庭。”

乔军说：“关键是不要喝了原告喝被告。”

彭洋说：“没事的，喝酒、开庭两不误。不喝酒那叫不会生活；瞎断案那叫不要饭碗。我先敬我们的校花一杯。”

王玉珲说：“院长大人，这就叫不尊师重教。”彭洋马上明白过来，急忙把酒杯端向周老师。酒过三巡，酒桌上开始热闹起来。女同学只有王晓和赵梦茹在。人家两口子都在，也没有人拿王晓打趣，所有的焦点都集中在赵梦茹的身上。王晓有点感觉这场面像回到同学时代了，赵梦茹永远是同学们的中心，自己则成了陪衬。但即使是这样，王晓也不会有任何表示，她只是微微笑着，看着大家在打趣敬酒。王玉珲的兴趣看样子是被赵梦茹点燃了，他已经忘记了乔军刚才当面给他的难堪。他要与赵梦茹喝交杯酒，赵梦茹端起杯与王玉珲两手相交，准备喝了。

彭洋轻声说了一句："张灿来了。"王玉珲的酒杯哆嗦了一下，就撒了些许出来。大家开心地笑了起来，连赵梦茹都笑弯了腰。

赵梦茹说："你还是怕张灿啊！我还以为你是谁都不怕的。"

王玉珲说："来了也喝，怕什么。"说完一仰脖子，酒就下去了。男同学都嚷嚷起来，要求一视同仁。

赵梦茹无奈，只好说："我一人敬这么多酒，万一我倒了，你们要送我回家。"

王玉珲说："我们都愿意送啊，谁有这福气？"

赵梦茹说："我倒在谁那里，谁就送。"

王玉珲说："反正已经喝了，我没戏了。"赵梦茹开始跟每个人都喝起交杯酒来。最后喝到了乔军的面前，赵梦茹好像有点站不稳了，她晃了晃。乔军急忙一把扶住赵梦茹。

乔军看赵梦茹有点醉态，就说："算了，你再喝真会倒了，我可不敢为你负责，这杯就免了吧。"王晓在一边听得直想笑，她认为这是乔军的心里话，他就是一个不愿意负责的人。

王玉珲不依不饶说："不行，就你乔军会怜香惜玉啊，我们都喝了，为什么你的不喝呢？"王玉珲倒没想让赵梦茹醉在乔军面前。他只是想不能让乔军一个人显得特殊。他就是一个习惯跟大家不一样的人。但在美女面前不一样往往会引起对方的青睐。

赵梦茹醉意朦胧地说："这杯酒我喝了不会倒的，我不会让你负责的，我就是倒我也会倒到他那里去，你就放心吧。"赵梦茹指了指刘旭。赵梦茹几乎是靠在乔军的手上喝下了交杯酒，她喝完酒推开乔军，向刘旭走去。刚走两步，便身子一斜倒了下去。好在乔军手长，一把将她捞了起来。

乔军看了一眼刘旭，刘旭说："别看我，不归我负责。"赵梦茹开始干呕起来，大家都忙乎起来。最后乔军把赵梦茹抱到了沙发上，赵梦茹睡着了。大家吃完饭，就各自散去。当然送赵梦茹的任务就落在乔军的身上了。

王玉珲要把车子留给乔军，乔军说："说不定她还要吐，免得洗车，我打的吧。"王玉珲坐车离开时，心里在想，为什么我就这么傻，早早敬了她的酒。所有人都认为这是一次巧合，只有王晓认为这是赵梦茹演的戏。她早就计划好了怎么让乔军把她送回家，她认为现在的赵梦茹已经不是同学时代的赵梦茹了。现在要再与她斗心计，恐怕早就不是她的对手了。赵梦茹在与男人们的斗智斗勇中茁壮成长，她在对付男人们的游戏中已经得到了充分的锻炼。

乔军把赵梦茹抱上了出租车，赵梦茹像只小猫似地躲藏在乔军的怀里。她的脸颊随着汽车的晃动轻轻地摩擦着乔军的手臂，乔军的手臂换了一个角度，但是那张漂亮的脸颊渐渐地又开始摩擦上来。城市不大，同学们都知道彼此的住所。乔军还记得赵梦茹结婚时，他跟大家一块儿闹过新房。下车前，乔军问："房门钥匙呢？房门……"乔军以为赵梦茹酒醉听不见自己的声音，想多问一句，第二句话还没问完。赵梦茹已经把钥匙递到了眼前，乔军松开了手又问："你醒酒了。"

赵梦茹又糊涂起来，她嚷嚷道："我还要喝，给我酒。"出租司机都暗自笑了起来，乔军觉得车上的灯开着，太打眼，他赶紧将软绵绵的赵梦茹抱了起来。

趁着黑夜，乔军把赵梦茹快速地抱进了她的闺房。房间的正墙上悬挂着他们的婚纱照。乔军想好了，把赵梦茹放到床上就转身离开。然后立马去见一个男同学，以此证明自己的清白。他想说不定那帮小子正在等着明天编瞎话嘲笑自己呢。乔军刚准备把赵梦茹放到床上，赵梦茹嘴一张，又呕了起来。这一下不打紧，全部呕在乔军的衣袖上和自己的胸口上。乔军从洗手间了拿了湿毛巾出来，他想给赵梦茹擦一擦。但是他看到赵梦茹高耸的胸部，便犹豫了。赵梦茹嘴里嘟哝着："我不要擦，要洗澡，帮我放水。"乔军又回到卫生间，这时他才注意到赵梦茹的卫生间有个浴缸。他打开了热水，试了试水温。就往浴缸里放起热水来。

乔军趁此机会连忙把自己衣袖上的污秽物处理了一下，赵梦茹在房里喊："好了没有？我好难受啊，我要死了。"

乔军连忙跑到床前，向赵梦茹汇报："水放了一半了，马上就好。"

乔军刚想说自己要走的话。赵梦茹说话了："我一个同事，上次喝醉了，在宾馆浴缸里泡澡，差点淹死了。你可不能让我淹死啊，我死了，你也跑不掉的。"

乔军说："不会的，我在这儿，淹不死你的。"乔军把赵梦茹扶了起来，赵梦茹跌撞着，乔军不敢撒手，一直把她扶到洗手间。

赵梦茹说我的扣子呢，赵梦茹胡乱摸索着自己的衣扣，乔军把赵梦茹的手指头按到了她的衣扣上。然后试了试水温，准备离去。赵梦茹背对着他，飞快地退去了衣服。乔军急忙带上卫生间的房门，但是他还是瞥到了赵梦茹瘦削的肩膀和她挺拔的乳房。乔军用手按住了自己怦怦乱跳的胸口。但他究竟也是一个成年男人，他不是不谙男女之事，他只是觉得对自己的女同学有非分之想，不仗义，容易闹出事来。

正在此时，赵梦茹又在叫了："帮我拿干净衣服来！"

乔军忙问："在哪？"

赵梦茹说："你不知道找啊。"

乔军逐个开起她家众多的抽屉来，乔军问："是睡衣睡裤吗？"

"不是呢，是内衣内裤啦。"里面在答，好似一对夫妻在一问一答。

乔军终于打开了一个装满各式精巧美丽而又性感的情趣内衣内裤的抽屉，他一时辨别不了哪是内衣哪是内裤，反正是满眼的筋筋条条，乔军这位见过一些世面的成年男性面对这些时尚的东西也一时有些耳热。他自言自语："哪件是裤子啊？"

赵梦茹这时两手扶着高盘的发髻，身上缠着条浴巾，轻轻地在乔军的身后说："是那件黑色的。"乔军被吓得一愣，一股淡淡的香波味道正在房间里弥漫开来，裹挟着乔军，乔军闭了闭眼睛，不可抗拒地吮吸着这股好闻的气味。乔军有些害怕看到身后的赵梦茹，他脑海里已经浮现出刚退出卫生间时瞥到的乳房来。

赵梦茹用肩膀把乔军轻轻地顶了开来，柔声地说道："傻愣着干嘛？"乔军被机械地顶了开去。他睁开眼睛，看到了几滴晶莹的水滴还在赵梦茹瘦削的双肩上不舍地往下滚动着。乔军觉得自己好像就成了那水滴，正在不由自主地往下滚动。他突然发现自己一时很男人了，去他妈的嘲笑吧，关键是活在当下；去他妈的结婚照吧，只要此时能在这张大床上睡上一觉。就在乔军胡思乱想时，赵梦茹身上的浴巾滑落到了地上。那美妙的背部曲线全部呈现出来。她的曲线在她的腰部深深地垂了下去，以至于她的小屁股蛋像个要往上飞的小气球骄傲地翘了起来。那诱人的身段顿时占满了乔军的眼球和脑海。赵梦茹好像在呻吟："傻瓜！快把我的浴巾拾起来啊。"

乔军弯腰捡起浴巾，他双手拿着浴巾环绕着赵梦茹的身体。但是浴巾又一次滑落到了地上，乔军的双手没有再往下去捡拾浴巾。他的两只手掌摊开着，从赵梦茹的后背伸到了她的胸前。赵梦茹的双手没有从头发上放下来，她只是微微转过上身，侧着头就像喝交杯酒似地伸展着她白皙而修长的脖子，与乔军相交而吻。两人的喘息声越来越粗，乔军急忙搂住她娇柔的身体，把她放倒在那张大床上。

乔军感到浑身热血在涌动，自己想进入对方身体的欲望像葡萄藤似的在飞速地蔓延。赵梦茹好像也进入了痴迷的状态，她的上身在有力地往上颤动。这就是我从小迷恋的白马王子吗？他今天终于与我肌肤相亲了，他彻底地被我战胜了，还有人与我抢吗？我没有看走眼，他的身体是那样地匀称。即使是现在，他也是雾水市的第一大美男。他的腰部多有力量，一冲一冲地直冲得自己全身在跳动。“我要来了！加油！亲爱的。”乔军一声大喝，就像一个愤怒的战士掷出了手中的长矛。赵梦茹则像被长矛击中了似的高声应叫了一声“啊”。那一声犹如细细的娇喘，只叫得乔军的手舍不得离开赵梦茹的身体，他们好似没有过高潮似的都相互缠绕着不愿松开。

他们也不言语，只是用身体相互地缠绕，玩着互动游戏。乔军想这么多年以来，他没有固定的性伴侣，只有短暂的女朋友。但是除了刚谈恋爱时交过和自己年龄相近的异性朋友，以后上床的都是年龄比他小得多的女孩。他从没有想过与自己的同龄人上床做爱，他甚至完全放弃了这种可能。他总把这个年龄的女人和孩子妈妈、家庭主妇联想在一块儿。即使平常碰上一些这种年龄的大胆的女性勾引他，他也会装成纯情少年，故意错过。在遇到赵梦茹之前，他以为他除了王晓之外，再也不可能与第二位女同学上床了。他在回忆读书时的赵梦茹的模样，他那时的确很单纯，他感觉不到赵梦茹是否那时就对自己有好感。他觉得不能那么想，那时的赵梦茹是多么的纯洁啊，洗澡被王玉珲偷看了。在王玉珲的批斗会上哭得多伤心啊，不像那张灿没事似的。乔军还记得自己是站在王玉珲的身后，能清楚地看到台下所有同学。赵梦茹哭得身体一触一触的，眼睛都哭红了。现在赵梦茹在幼儿园当老师，丈夫又不在身边，社会交往肯定也不多。她是个热爱生活的人，一柜子的衣服，她会得体地打扮自己。

今天自己到底是怎么走进这扇门，躺上这张床的？自己单身惯了，乔军已经熟知身旁的女性勾引自己的手段和技巧了，除非是自己愿意，早就打好了算盘，否则自己是不太可能被动临时上床的。但是今天却是怎么回事，是自己愿意的吗？不是，自己一开始并无此想法，今天见了赵梦茹也是和大家一样开了些带荤的玩笑，但是确实没有与之同床共寝的企图啊。那又为什么自己犯了忌呢？他想今天如果不是酒精的刺激，赵梦茹也不会走到这一步的，大家毕竟都是几十岁的人了。不会像年轻人一夜情似的说来就来。但自己毕竟就突然来了，还有个重要原因，那就是赵梦茹的身体一步步吸引了自己。应该说从一开始轻触她的肌肤，乔军就没有想到，这个年纪的女性，还有这么娇艳的身体。当然赵梦茹那娴熟的调情技巧也是乔军从来没有遇到过的，成熟女人的情爱自然有年轻女人比不了的优势。

正当乔军浮想联翩时，睡在身旁的赵梦茹又在轻轻地亲吻乔军的脸颊，她的双手痒痒地在乔军的两肋移动着。乔军的情欲再次被她重新点燃。乔军心想，怎么让我有幸遇到了这么一位性爱女神，太神了。乔军的脑海里又渐渐被赵梦茹的乳房和臀部占满，他开始了一场新的革命。

第六章　彭大法官的吃喝哲学

THE SIXTH CHAPTER

彭洋颤抖着声音说："出师未捷身先死。"

杨老师笑着说："你要死了我就麻烦了。这里的山流真还看不出来，这么厉害。上面看上去平静得像面镜子，下面凶险得很。大家注意了，谁也不能再下水了。看我来姜太公钓鱼愿者上钩。"

彭洋回到自己的车里，头有点晕。他想今天这酒不至于把自己搞醉吧？不知怎么的现在是每顿都离不开酒，离不开肉。这些年来，他一直在怨自己的胃，怎么就那么贪杯。倒回去三十年，那时的胃可没有这么讲究，只要能够消化得了的东西扔进嘴里就行。他一直以为现在自己好吃，好喝，都是读书时饿的，是那个年代落下的毛病。那个时候实在是太缺吃的了。以至于现在不管吃什么都是狼吞虎咽，吃相异常地难看。一端起饭碗就非吃撑了不可，潜意识中老是担心下一顿没有吃的。这么多年的法院工作每天都是大鱼大肉，就是没有把他的少年恐饿症给治好，他依旧是那么狼吞虎咽特别能战斗。模模糊糊他忆起了那时在校办农场当伙头军为大家找吃的情景来。

一中校办农场的那伙食，要是搁现在，恐怕连猪都不会吃。那天中饭吃的又是白菜梗子炒辣椒，杨老师端了饭碗，边吃边摇头。何疆民和曾金刚走了过来。何疆民说："杨老师！曾金刚这里还有点腐乳，你来尝点吧。"

杨老师眼睛都笑眯了，连忙伸出筷子，问递来瓶子的曾金刚："这是你妈做的？"

曾金刚说："不是，是我外婆做的。好吃吗？"

杨老师尝了一点，就快活地倒吸着冷气，说："味道好极了，就是太辣了。"

何疆民连忙伸出手来，挡住曾金刚，故意对曾金刚说："杨老师是大城市来的，吃不了这么辣的菜，快拿回去。"

杨老师连忙推开何疆民说："辣是辣了些，不过味道非常好啊，我喜欢。"杨老师也不客气地用筷子在菜瓶子里放肆夹起菜来。

杨老师今天穿了一条从屁股到脚脖子都包得紧紧的紧身裤。他比他的学生大不了多少，来自省城的他爱赶时髦，总是把一些最时尚的信息言传身教地传给他的学生。

何疆民从侧后上下打量着杨老师的裤子，何疆民讨好地说："杨老师，你这条裤子好好看，很时髦啊，它是什么裤子？"

杨老师得意地抖抖自己的腿，用余光看着何疆民说："这是省里正在流行的裤型，这种裤型据说来自香港，叫鸡脚裤。"

曾金刚惊讶地说："那应该是资产阶级的东西？"

何疆民说："杨老师啊，你经常说资产阶级的东西是不能要的。"

杨老师脸色一沉："瞎说！一条裤子跟资产阶级有什么关系。天天吃这白菜梗子，就是无产阶级了？你们愿意天天当无产阶级吗？"一席话说得曾金刚和何疆民面面相觑。

吃过饭，杨老师看着彭洋拿着锅铲围着锅子转。彭洋是想小心地铲起饭锅里完整的锅巴。炊事班的同学都知道杨老师就爱这口锅巴，他每次吃完饭都要守着这口饭锅子，等着彭洋把那黄灿灿的锅巴给铲起来。杨老师两个嘴角笑得连上了双鬓，他用手掰了一大块焦黄的锅巴，然后美滋滋地咬了起来，嘴里说着："就这锅巴好，好香、好吃。要是有点汤就最好了。"锅巴就成了杨老师的餐后甜点，也是他每天的一点小特权。

等彭洋收拾停当，杨老师就对他说："炊事班长，你有没有办法给大家改善改善伙食啊？都十天半个月没沾过肉末了。"

彭洋为难地说："杨老师啊！同学们天天问我，能不能搞点肉吃，我回答他们，巧妇难为无米之炊，当然，还有一个办法。"彭洋卖了个关子。

杨老师急忙问："什么办法？快说！"

彭洋说："把那几只鸡杀了。"

杨老师用手打了他一巴掌说："彭洋，你也会开玩笑了，还来蒙老师。"杨老师又招了招手，把逃到一边的彭洋招了回来，小声地对他说："我们班的同学家长，谁管肉？"

彭洋不解地反问："谁管肉？"

杨老师说："这么迂腐，肉食水产品公司的，开后门买肉啊。"

彭洋恍然大悟，他低头想了一下，说："好像没有啊，不过有管肉食水产品公司的。"

杨老师说："谁啊？"

彭洋说："乔军爸和王玉珲爸啊，一个是书记，一个是县长。"

杨老师说："那谁不知道啊，你找县长书记买几斤肉，可能不合适吧？"

彭洋说："只要有肉吃，找谁都行。就怕买不到。"

杨老师说："那你下山去找找吧？"

彭洋说："我可不敢去啊，要去得叫乔军和王玉珲。"

杨老师说："行！明天你带上他们两个，吃肉是大事，都快把肉味忘了。"说着，杨老师舔了舔嘴唇。

第二天吃过早饭，彭洋、乔军、王玉珲一行三人在杨老师期待的眼光下下山了。到了山脚的大槐树下，彭洋掏出钥匙准备打开锁在槐树上的买菜的板车。这时对面跑过来一位中年汉子，他看样子认识彭洋，他对彭洋说："今天能不能请你们帮帮忙，我们队里的劳动力都到公社修水库去了，我们实在是缺人手。至于你们老师那里，等你们忙完了，我就给你们写封感谢信带回去，中午我们管饱。我还忘记问你们了，你们是准备进城买菜的吧？这两位同学是第一次去吧？"

彭洋说："王队长，我们是去买菜的，但今天买的菜有些不同，今天想去买肉。"

王队长说："现在城里哪里还有肉买，一人一个月才一斤肉，你们买不到的。"

彭洋说："我们不知道去开后门啊，他们两位的爸爸……"

乔军连忙打断了彭洋的话。说："王队长，你让我们干什么？我们可什么都不会干啊。"

王队长爽快地说："也没什么，只是让你们出点力，这队上就我一个劳动力了，搞不动啊。"

王玉珲说："出力没问题啊，这是我们的大力士。"

王队长感激地说："今天就别买菜了，小菜我们这地里还有些，扯些去就是了。肉吗，我们昨天刚杀了猪。准备给水库送去的，也给你们留几斤吧。"

彭洋说："这样就太好了，省得我们跑一趟。"

王队长说："那就这样吧，把板车推过来，跟着我。"彭洋连忙去开了板车的锁，然后熟练地推着板车跟上了王队长。王队长往对面一间农房走了过去。农房门口有些老人孩子站在门口张望着，议论着，看到王队长一行人走了过来，就闪出一条道来。王队长对彭洋说："板车就停在这里！"

旁边用石头架着一口大锅。下面烧着火，可能是木柴不太干的原因，烟雾特别大，那柴火还烧得噼噼啪啪地爆响。不远处放了一口专门用来杀猪的椭圆形的高木桶，王玉珲对乔军兴奋地说："要杀猪了。"

乔军说："王队长不是说猪昨天就杀了吗？"王队长带着这三个中学生，往人群里一走，都高人一头，几位同学心里不免生出几分自豪感来。乔军说："王队长，让我们干什么？”

王队长说：“你把锅里的烧热的水提到木桶里，掺些冷水，不烫手就行。你们两位跟我来！”乔军拿了个大木桶，从铁锅里拎水。

彭洋和王玉珲则跟着王队长进了门。厢房里有一个像小房子的木床足足占了大半个厢房。那大床的上上下下还刻满了花鸟虫鱼，木床前的踏脚板上都有精美的图案。只是年代久了，图案有些模糊。王队长撩起有点泛黑的蚊帐回过头来对彭洋和王玉珲说：“你俩把他抱出去。”

王玉珲和彭洋答应着，就弯腰把一个面色灰暗且双眼紧闭的老人抱了起来。彭洋问：“队上的老人我都见过，怎么没见过他？”

王队长说：“他的腿断了十几年了，每天都只能在床上坐着，没出过门。”王队长又补充了一句说：“不重吧？”

王玉珲和彭洋异口同声地回答说：“不重。”王玉珲对彭洋说：“你松手，我一个人抱还方便些。”王玉珲一口气就把老人抱到外面的坪里，彭洋发现外面的人都用一种异样的眼光在看王玉珲和老人。王队长让王玉珲把老人抱到大木桶里，人群闪躲得异常地快。王玉珲把老人放到了木桶的桶沿上，王队长说：“扶好他，要给他脱衣服洗澡。”

乔军还在提水，彭洋走过去对乔军说：“那个老人已经死了。”乔军惊讶得张开了嘴。彭洋说：“要命的是王玉珲还不知道，现在我俩必须把他换下来。他没有思想准备，要是被吓出毛病来就会出大问题了。”乔军麻木地点点头，拎着木桶跟在彭洋后面。彭洋扶着老头的肩膀对王玉珲说：“你去提水，我跟乔军来给他脱衣。”

王玉珲说：“没事。我一个人就行了。”彭洋也不多说话，把王玉珲轻轻地推开了。乔军手不敢靠近老人的身体，机械地解着老人那种老式的布做的扣子。

乔军不敢抬头面对老人的面容。彭洋说：“看你胆小的样子，我来解，你扶着他。”彭洋倒是很利索地把老人的上衣很快脱了个精光，老人骨瘦如柴的身体，已经看不到什么脂肪和肉了。等彭洋去脱老人的裤子时，老人的小腿裤管是空空荡荡的。

王玉珲提水时听见旁边的众人在指着刚才他抱过的老人在说着什么，他们说得最多的词就是“死”，王玉珲好像有点明白过来了。他回过头来，看了看刚才抱过的老人，他确定对方确实已经死去了多时。他惊得把手里的木桶给扔了。

王队长一边挽着袖子一边说着：“他的腿十几年前就弯成这样了，本来该他扫的这条青石板村道都让他老婆每天打扫。”但是等到彭洋把老人的大裤子脱了下来时，所有人都呆住了。老人的两条小腿竟是用两根结实的背包带死死地捆在大腿上。王队长找了把剪刀来，把背包带一截截用力地剪断。背包带都已经深深地勒进了肉里。王队长用力拽，才把带子完全扯出来。王队长说："看他的腿能否放直？"彭洋让老人的腿自然下垂，果然老人的腿渐渐地垂了下来。王队长摇了摇头，眼里竟然泛出了泪花。他对着老人说："你说你不愿扫大街，跟我说一声嘛，用得着你这样装一辈子断腿吗？用得着这么折磨自己吗？"王队长把老人在水桶里放平了，用一条雪白的毛巾给老人洗起澡来。

王玉珲终于明白了是怎么回事，他提了桶水，按照王队长的意思给老人自上而下地淋起来。他问王队长："他难道就是为了不扫街一辈子都没有伸直过腿？"

王队长说："他是个留过洋的读书人，要面子。真是死要面子活受罪啊。"王队长给老人洗完澡。三个中学生都过来给老人穿起新衣服来。不知怎么的他们对面前这位仙逝的老人已经没有任何恐惧感了。王队长带着他们几个拖着板车到自己家里拖了父亲的棺材来，然后他们一块把老人放进了棺材里。王队长对着老人说："周老先生！你现在可以伸直腿好好休息了。"他们把棺材盖给合上，然后用米汤把纸糊在棺材盖的缝隙上。

几个年纪大的老人已经把饭菜做好了，他们在棺材旁边支了一张小桌子，上面摆了几副碗筷。王队长开始在棺材的前面烧起一堆黄草纸，之后，他让别的老乡接着烧，自己则招呼着几个学生，"来吧，我们先吃饭，肚子也饿了。今天要是没有你们，我就真不好办了。"

桌上摆的是一大盆黄豆炒肉和萝卜丝，那肉放得特别多。他们三位也不客气，端起大海碗来，一人装了满满一碗饭。三人话也不说，只听见大口吃饭的声音。就像在比赛似的，一大碗饭眨眼工夫就没了。王队长没想到三人这么能吃，连忙叫再煮一锅饭。他问："山上饭不好吃吧，我们这儿都是新米，多吃两碗。"

乔军说："不是饭不好吃，是菜不好吃，没肉吃。"另两位都一边大口吃着，一边点着头。这时一条黄狗的脑袋凑上了桌子，王队长用筷子敲了一下，那狗迅速跑开了。一个流着长鼻涕的小孩走过来，看着乔军吃饭。乔军夹了一大块肉递了过去，那小孩偏过头来想用嘴接着。乔军把筷子上的肉递到了他的手中。

王队长说："你好良心啊。"

乔军委屈地说："问题是不给他吃，他不走，我吃不下去啊。"

王队长学着乔军的学生腔笑着说："问题是你给了他，他尝到肉味，就更不想走了。"王队长站起来大声地吆喝起来，把流着长鼻涕的小孩和旁边围观的孩子们统统赶了开去。

吃过饭，他们三位开始清理起老人房内的遗物来。彭洋在柜子里清出一堆照片，上面有这个老人身穿军装的合影。彭洋递给王队长。王队长说："他的祖父就是我们这儿考出去的状元。到了他这一辈，他也留了洋，这是他穿着日本衣服照的相。"

乔军插话说："这日本人的服装有点像我们的洗澡服。"大家都不约而同地笑了起来。

王队长又指着一张合影上中间的人说："这就是孙大炮，他做过孙的秘书。他过去是很威风的，每次回家，都有好多枪兵跟着保卫。"

彭洋说："那他算是反革命吗？"

王队长回答："那不能算，不过出身肯定不好。"

王玉珲从柜子里拎出一个平绒布包着的一包东西来，他打开一看，里面都是一块块白色的长方形的晶莹剔透的袖珍砖头来，一面还刻着图案。王玉珲叫来王队长，王队长看到这堆东西倒抽一口冷气说："这可是象牙做的啊。"

王玉珲问："这是干什么用的？"

王队长连忙解释："这是过去用来赌博的麻将。"

王玉珲吓得把麻将扔在地上，说："这可是大毒草啊，残害人的东西。"彭洋和乔军也被吓得一退三尺，躲得远远的，好像这麻将比那死人可怕得多。

清理完遗物，王队长让人去买了鞭炮。然后就和三个学生把棺材弄上了板车，他们几个人拖着板车，沿着一条不宽的小路上了一个小山包。到了几个坟堆旁，王队长就指了一个方位说："这旁边就是他老婆，就埋在这儿吧。"乔军就开始从板车上拿下工具，挖起坑来。天色都快黑了，坑终于挖好了。王队长先在坑里放了一挂鞭炮，说："这叫炸坑，把地方先要清理干净。死去的人才好安身。"然后他们几人齐心合力地把棺材抬了进去。临走时，王队长又放了一挂鞭炮，但是不知是什么原因，那鞭炮点了不知多少次，最后才点燃。王队长在坟前说："周老先生，今天多亏这几位学生帮了忙，你就多担待些。你委屈了一辈子，今天终于伸直了腿。你去了阴间地府，就千万不要难为我们了。你要告诉你那先去的老婆，不要用红袍子来吓唬我们，吓唬这些学生。"

他们三个听到王队长说到红袍子，都有些紧张。相互看了看，没有说话。

王队长没有食言，让人砍了五六斤重的猪肉和扯了一大堆青菜、萝卜，让彭洋他们带走。上山的路上，王玉珲说："弄了半天，今天我们到了红袍子的家里去了，也没什么啊。"

乔军说："今天你不害怕？"

王玉珲硬着脖子说："怕什么？有什么可怕的？我还不是一个人把他抱出来的。"

乔军说："你以为他是个病人吧？还是彭洋在你后面发现了，他怕你猛地发现抱着的是死人，吓着你，连忙叫我换下了你。"

王玉珲半天没有作声，末了，他对彭洋说了一声："谢谢。"

彭洋说："今天要谢就谢王队长，让我们带了肉回来。杨老师肯定会很高兴的。"

乔军诡秘地说："关键是今天我们找到了红袍子的大本营，而且我们今天安葬了周老先生，红袍子绝对不会为难我们了。"

王玉珲说："你还真信这些，我不信迷信。"

彭洋说："那天讲红袍子，我看你也被吓住了。"

王玉珲辩解着："那不是红袍子鬼吓的，那是你吓的。"

乔军故意往后面恐惧地看了一眼，然后他拉着彭洋跑了起来。他说："快跑！我好像看到红袍子了。"他俩一拐弯就跑得看不见影子了。

王玉珲说："别吓唬人了，跑什么啊？"天色已完全暗了下来，王玉珲本能地往后面看了一眼。也没看到什么，只有黑魆魆的树影和灌木丛。他脚下却不由自主地加快了速度，最后王玉珲克制不住内心的恐惧，竟也害怕地跑了起来。

杨老师听说彭洋他们提了肉回来，很是高兴。他围着挂在墙上的肉看了好久，一边嘴里还直说："不错！不错！今天三位立了大功，得来全不费工夫啊。"彭洋心想杨老师只怕是恨不得今晚吃了这块肉才安心啊。晚上上茅房时，彭洋碰上了后面进来的杨老师。彭洋撒尿快，他走到茅房外面时，杨老师喊他等等，他出来就对彭洋说："明天的肉你准备怎么做？"

彭洋说："炒萝卜啊，放些辣椒。"

杨老师说："还有别的东西可炒吗？萝卜是要煮的。一煮，肉味就全部进了萝卜里了，肉就没有味道了。"

彭洋说："那就炒黄豆，他们还送了些黄豆，不多，一顿还是够吃的。"

杨老师的眼里放着兴奋的光芒说："那好！就炒黄豆。"说完两人要分手了，杨老师又喊住了他说："你还是切一斤肉下来煮萝卜吧，可以煮久点，肉得切细些。"

晚上同学们睡进了被子里，被彭洋称为恐怖广播电台恐怖播音员的乔军又开始广播了。乔军今天可是有丰富的一手素材可以对外广播。王玉珲上床前已经把一双手用肥皂洗得泛白了。但是在被子里，他还是不放心地将手放在鼻子下嗅来嗅去。彭洋则像个早已经知道故事结果的男孩对听故事已经完全失去了兴趣，在大家的一片谴责声中发出阵阵鼾声。

第二天中午做菜时，杨老师就站在炊事班，亲自指挥。杨老师吩咐着切菜的张灿说：“肉切细点，那么多人，大了就有很多人吃不到了。”等杨老师转了一圈返过身再来看时，杨老师拿起切好的肉末在手上搓了搓，又大呼小叫起来：“别切了，再切就看不见肉了。切得太细了，可惜了，可惜了。这肉吃进嘴里，哪还有肉的味道。”张灿在一边委屈得直抹眼泪。

吃饭时，大家都笑逐颜开的。杨老师一边吃着饭一边问何疆民：“好不好吃？”何疆民一边大口吃着菜，一边使劲点着头。杨老师更乐了，竟把饭都笑出来了。杨老师说：“今天吃肉，下回吃鱼。”同学们一个个都更加兴奋。杨老师看到张灿蹲在地上，就跑过去说：“怎么还不吃饭啊，是不是怨我之前批评你了啊？”杨老师看了一眼旁边的彭洋，彭洋点了点头。杨老师说：“不过事实说明你的肉切得非常好啊，这菜做得好吃啊，这菜炒出来非常好吃啊，同学们，是不是啊？”

大家都异口同声说：“是的。”张灿一听，破涕为笑，去端饭碗了。

杨老师也笑了起来。吃完了饭，杨老师把彭洋、乔军和王玉珲叫到一边，他咂吧着嘴巴问他们：“好不好吃？”

乔军说：“我们今天吃了两餐了，还是觉得不过瘾。”

杨老师说：“要想过瘾，明天你们继续下山买肉。”乔军和王玉珲都点着头。

第二天，他们三人就推着板车进了城，乔军可能是个头比较高，走到哪儿都是鹤立鸡群，很抢眼。他们推着板车快到县委大院了，彭洋猛然看到一个高个的中年妇女跑了上来，一把抱住乔军的肩膀哭了起来。王玉珲对彭洋说：“乔军妈妈。”

彭洋很纳闷地说：“好好的，哭什么？”

王玉珲说：“你好好看看我们这农场下来的，像不像土匪？”

彭洋打量起自己的同学来，乔军是他们中间最注意仪表的，他穿着军大衣虽然显得很威风时尚，但是毛领子上、头发上都沾着短短的稻草和谷壳。大家的头发自从上了农场后就没有剪过，看上去比街上的人都要长许多。最关键的是三人一致的面黄肌瘦，可能是没有肉吃，更主要的是没有油水。农场的碗是最好洗的，从不用热水冲，也不要用洗碗布擦。只要舀一瓢冷水淋一淋就干净得很。他们都是第一次离开父母，时间长了，这父母见了，就觉得变化大。

乔军妈妈哭完了，就看到了其他两位同学还一直站在一旁，她认识王玉珲，王玉珲的爸爸是县里的县长。乔军的爸爸是县委书记。两人的关系比较紧张是县里公开的秘密。她跟王玉珲打着招呼："小王也回来了。"

王玉珲说："阿姨好！"

她又问彭洋："这位同学是……"

乔军马上介绍说："他叫彭洋，是我们的学习委员。他爸爸是县文化局长。"

乔军妈妈说："彭局长的儿子啊，我们经常在一起开会。你们回来休息吗？"

乔军指了指板车说："老师让我们来找爸爸，想买点菜和油回去，特别是买点肉回去。"

乔军妈妈说："这件事好办，我带你们去找你爸爸。孩子们在山上总要吃点肉吧，看把你们瘦成什么样子了，你们可是长身体的时候。走，到你爸爸办公室去！"

乔军妈妈让他们把板车停在县委县政府的大门口，县委县政府都是在一个大院里办公。然后乔军妈妈就领着他们三人往常委办公室走去。快到常委楼了，乔军妈妈有点担心地说："你爸爸那个死脑筋说不定还不会同意，到了那儿，你别讲话，我来说。"乔军点了点头，乔军对自己的父亲确实从小就有惧怕心理。乔书记是位北方来的南下干部，对孩子们的严厉是县委院子里出了名的。乔书记认为孩子们得从小吃苦，只有多吃苦，长大才能经得住风雨的考验，才会有出息。

当乔军妈妈领着三个小叫花似的同学站到乔书记的办公室时，乔书记首先是愣住了，继而才认出是自己的儿子回来了。乔书记端详了儿子一会儿，很高兴地说："瘦了，壮实了，还长高了。"又欣喜地说："农村锻炼人啊。"他叫来通讯员，给大家倒了茶水，还吩咐通讯员拿三张理发票来。乔军妈妈把他们回来的目的说了一遍。乔书记对三位同学说："你们老师叫什么？"

彭洋说："教物理。"

乔军马上补充说："叫杨思冲老师。"

"你们回去跟你们杨老师说，这次去农场对于你们来说，是一次极好的受教育的机会。少吃顿肉，少吃点油，那不算什么。关键是你们感受到农村生活了，知道农民兄弟是怎么生活的了。我们当年打仗，哪有肉吃。一手拿枪，腰上吊个饭碗，走到哪儿就把饭要到哪儿，只要有口饭吃就行。红军吃草根皮带还要每天跟国民党反动派打仗呢。你们就是要接受锻炼，多吃苦。这算不了什么。"

乔军妈妈在一旁插嘴说："老乔啊，你看孩子们个个都像小叫花似的。你让肉联厂给批点肉和油吧？再说王县长的孩子也在这儿。"

乔书记说："那肉就是那么随意批的？一个月一人才一斤肉，这可是国家规定的。由得你瞎弄？"乔军妈妈眼睛都红了。乔书记说："转告你们杨老师，要自力更生、艰苦奋斗，想办法解决困难。靠山吃山，靠水吃水。"

彭洋说："乔叔叔，我们一定转告你的指示。"

妈妈把他们送了出来，她对王玉珲说："你们乔叔叔就是这么个人，只要是与家里有关的事，他就通通不管。要不你们再去找找王县长，王县长是具体管这个的，他应该会给你们批的。"

王玉珲说："好，找找我爸吧，看看我爸能不能高抬贵手。"

好在县长办公室很近，拐个弯就到了。王县长看来比乔书记和气多了，见了面，眼睛也不仅仅盯着王玉珲看。他反而更关注乔军和彭洋，他热情地招呼他们坐下来，然后挨个问起农场的建设情况和他们的个人情况。他问完后，就问彭洋："你们找我有什么事？"

彭洋就把杨老师的吩咐给县长说了一遍，县长看了乔军一眼说，"你们去过乔书记那儿吗？"

彭洋说："刚去过。"

县长又问："他怎么说？"

彭洋看了乔军和王玉珲一眼只好结结巴巴说："他说，他说，他说要自力更生、艰苦奋斗。"

王县长低头沉默了片刻，随即就反应过来，他抬起头笑着说："乔书记说得好，说得对，你们这个年纪就是要学会自力更生、艰苦奋斗啊，我看你们回去后要传达和学习乔书记的指示。自己动手、丰衣足食。你们都是干部的孩子，应该要更严格地要求自己。玉珲啊！别一副丧气的样子。你看乔军多精神，你要向他学习，他能做到的，你就要做到。他能吃什么苦，你也应该吃什么苦！"

王玉珲轻轻地说了一句："不就是几斤肉，都听了你们好几次教诲了，反正就是不给，对吧？"

王县长气得把桌子一拍，说："瞧你这点出息，人家乔军为什么能做到，你为什么就不能呢？多向乔军学习！"

彭洋马上站起来说："王县长，别生玉珲的气了。我们回去想办法克服困难，我们一定把你们的意见传达给杨老师，那我们就先去买菜了。"

王县长说："等等！你们今天中午就在我们机关食堂里吃饭吧，这是餐票。"王县长从抽屉里拿出一叠餐票递给了彭洋。

彭洋三人垂头丧气地走到自由市场，买起小菜来。街上倒是有很多买菜的干部认识乔军和王玉珲，他们跟他俩打招呼，回过头又在议论这两个死对头的孩子怎么会走到一起。彭洋看样子是个老采购了，那些卖菜的看着他们推着板车，就主动凑上来推销自己的小菜。彭洋要不嫌人家的菜太老，要不嫌人家的菜虫子太多。

王玉珲对乔军说："没想到这买菜的学问好大。平常我们老是抱怨炊事班的伙食不好，今天来买了一次菜就知道不容易了。"

乔军苦笑着说："问题是肉没买到。老师对我们的期望那么大，这多让人伤心啊。"

王玉珲也哭丧着脸说："传达精神吧，自力更生、艰苦奋斗。"彭洋在前面买菜，他俩在后面推车，他俩心里有愧，做起事来就特别殷勤卖力。菜买齐了，他俩就推着板车去县食堂吃饭，彭洋想推车，他俩就是不撒手。

食堂里的餐票都注明了"壹份"的字样。那时的供应紧张，连吃饭的数量都是控制的。每个成年人的配给是每人一月二十七斤大米，饭量大的还真不够。打饭的师傅认得他俩，于是手里的勺子用上了力气，舀得深，菜装了大半勺。乔军和王玉珲的饭碗堆得老高，一只手都端不了，得两只手捧着。到了餐桌，彭洋一只手端着饭碗，端上来时里面的饭菜几乎没高出碗口。王玉珲一看就有了气，他一把拿过彭洋的碗，彭洋没拦住，王玉珲就气冲冲地走到打饭的窗口。他把碗递了进去说："这是我们的同学，太少了。"打菜的师傅连忙打了满满一勺。王玉珲走回餐桌，把满满一碗递给了彭洋，乔军说了句："真是狗眼看人低。"

彭洋轻轻地说了一句："你看看人家的碗。"王玉珲和乔军转过头去扫视了一圈，他俩发现人家的饭碗都是平平的，没有谁碗里的饭菜比他们三位的多。于是两人都没有作声，好像做错了事似的默默吃起饭来。彭洋连忙打趣地说："这两天可是好口福啊，连吃了几顿肉了，何疆民他们就享受不到了。"

吃完饭，他们三人就到了大院里的理发室，县委大院的理发室虽然不大，但陈设看得出还是很有档次的。那玻璃镜子的框子是椭圆形的，框子上还有个外面很难看到的雕刻的藤蔓。那理发椅子是出奇的大，白色而厚实的铁架子，连那铸铁的踏脚板都做得那么厚实，整个椅子是可以四面转动的。上面有已经变得皱巴巴的棕色的皮革，连扶手也用棕色的皮革裹了。虽然整个椅子比较陈旧，棕色皮革和白色的铁架都掉了不少漆，但依然掩饰不住它昔日的豪华和如今的霸气。乔军和王玉珲是这里的常客，对这里一点都不陌生。只有彭洋是第一次来，进了门口就东张西望起来。

彭洋是第一个坐上椅子理发的。理发师是个女同志，动作很娴熟。随着理发推剪的“嗡嗡”声，彭洋又黑又粗的头发一簇簇地掉在地上。一会儿，彭洋的长发就被推短了。理发师看推得差不多了，就出去调热水去了。彭洋勾着头老实地等在椅子上。王玉珲一看有机可乘，就对乔军摆摆手，意思是不让他出声。然后自己走上前，他拍了拍彭洋的肩膀。彭洋以为要洗头了，勾着头站起来。王玉珲没有彭洋高，他伸出手来，用手指捏住彭洋的脖子。他只能是高高举着手，动作特别滑稽，玉珲就这样推着彭洋往水龙头走去。彭洋则是很听话地顺着。乔军想笑不敢笑，看着这场戏继续往下演着。王玉珲让彭洋坐了下来，然后把彭洋的头往水龙头下一按，打开冷水龙头就给彭洋淋起来。彭洋被冷得一激灵，下意识地用手去护头，王玉珲装出很气愤的样子打了彭洋的手一下。彭洋马上把手收了回去，脑袋却依然放在冷水下淋着。

王玉珲担心淋得太久，人会感冒。他把笼头立即关了，扯了条毛巾，往彭洋的脑袋上胡乱地擦了几把。然后又推着他的脖子，押着他返回了座椅。这时乔军被乐得不行了，笑得前俯后仰。彭洋转过身来，看见整个房子里只有他们三人，这才明白是怎么回事。他摘下自己脖子上的围兜，追着笑翻了的王玉珲打，他们快乐地从室内追到了室外。跟理发师碰了个满怀，理发师进到室内，对乔军说：“那你就先来吧。”

理完发，他们就踏上了归途。回去的路上，乔军和王玉珲十分地卖力。彭洋说：“这段路程不算什么，关键是等会儿得把这些菜挑上山，那就是党和人民考验你们的时候了。”

王玉珲说：“放心吧，我们俩今天保证这些菜按时到家，也让你今天休息一天。”果然，挑着担子爬山和推板车的感觉是两码事。王玉珲只挑了一个弯道，就觉得胸口堵得慌。乔军换了上去，他坚持的时间比王玉珲长多了。他以前没有挑着东西爬过山，这是他第一次一口气走这么远。为了让他长个，她妈妈平常是不让他挑担子的。她担心这担子挑多了，影响孩子长个。

在那个年代，挑担子是很经常的事。那时的学生肩膀上除了书包，承担的最多的就是挑担子了。搞劳动，挑担子成了家常便饭。不是挑肥料，就是挑土方、挑窑砖、挑公粮、挑塘泥、挑米挑菜。也许那时的交通工具太少。肩膀这种最廉价、最简单的运载工具既灵活，又有运输力。跋山涉水都可以灵活变通，而且可以任意组合。既可以单兵作战，又可以大兵团集结。肩膀就成了那个年代最普及的运输工具。那个时候经常可以看见，大道山坡田埂上经常会出现排成长龙的挑着担子的运输大军在游走。

乔军的体能从小就在他行伍出身的军人父亲的指导训练下变得异常地强壮，只是乔军的肩膀从没有被磨砺过，还是一副细皮嫩肉。被扁担稍稍磨磨，就疼痛难耐。乔军知道王玉珲肯定是承受不了这副担子，自己不坚持，就又会落到彭洋的肩上去。

彭洋走在后面，倒是轻松。他在想自己第一次出来买菜，也是挑着这副担子爬山。当时天都快黑了，那山路就是走不完，他又急又怕。到了后来，他每次起步就先确定一个能看见的参照物，然后憋一口气，不管怎么轮换着左右肩，就是不放下担子，直到一口气非坚持到那个参照物不可。就这样他汗透了衣服，终于把那副该死的担子挑到了家。后来再出来买菜，小田老师就让他任意挑一个同学给他帮忙。他挑的同学，到了上山这截山路就都不行了，挑不了多远就要歇脚。每次还是要靠自己去独自承担。他也对两位老师都反映过，希望换一个同学来干这个活。老师掰着手指一个个地给他数，就是挑不出一个可以替代他的。最终他坚持到了今天，磨出了自己的一副铁肩膀。但是他也成了这项工作不可替代的人选了。

彭洋看到乔军咬牙切齿的样子，就主动上去说："别强撑啊，我来吧。"

乔军确实有些吃不消了，他就对王玉珲说："我就不信我们俩就挑不回这副担子。"

王玉珲听懂了乔军的报警信号。连忙上去推开彭洋接过担子说："是的，你就先走吧，今天我们保证到家。"

乔军脱下了身上的毛衣，做了个垫肩。他想这样去担担子，可能肩膀不会那么痛，会舒服些。

天快黑了，乔军和王玉珲终于一脸大汗地把担子挑到了校办农场。彭洋和杨老师、小田老师他们都在山坡上等着他们。

杨老师对情绪低落的两位说："彭洋都跟我说了，你们不要不好意思。今天你们的功劳可大了，拿到了最高指示，比几斤肉的功劳大多了。你们的爸爸都说得很对，我们要自力更生、艰苦奋斗。辛苦你们了。"杨老师和彭洋把箩筐抬进了厨房，留下乔军和王玉珲站在那里发愣，他们还没有明白杨老师的意思。

彭洋对杨老师说："我今天上山时发现山脚下的小溪里有好多这么长的杆子鱼。"彭洋用手掌比画了一下鱼的大小。

杨老师兴奋地拍了一下大腿说："好啊！明天我们吃鱼，以后班上的主要工作要放到改善伙食上来。看你们一个个肌黄寡瘦的，回家怎么去见你们的父母。"

杨老师对彭洋说："明天吃过早饭你叫上何疆民、乔军，多叫几个人，带上箩筐。"然后他转过头去对一旁的小田老师说："你那里准备点线和大头针给我，我们搞鱼去。"

小田老师不无忧郁地说："我们开门办学，上课时间去抓鱼，学校知道了怕不好吧。"

杨老师说："毛主席教导我们说，改善人民生活是头等大事，我们要按毛主席的话去做。再说县领导都发话了，要求我们自力更生啊。"小田老师点了点头。

曾金刚说："杨老师，毛主席语录上好像没有这一条啊。"

杨老师说："还没来得及登呢，下一本语录就会有的。"

第二天上午校办农场的羊肠小道上走着一群兴高采烈的年轻人。何疆民走在最前面，有说有笑，还不时地跳起脚来去摸那山崖上垂下来的藤蔓。杨老师提醒着说："小心，地上都是湿的，别摔着了！"

一会儿，他们就走到了山脚下，吐着白沫的一条湍急的山溪冲到了脚下。这冬日里，水流不算大，但冲击声还是让大家讲话的音量比平日里提高了许多。何疆民大声问："这么急的水，别说是小鱼，就是大鲨鱼也会被冲走的。"

彭洋说："不急嘛，前面就要到了。"果然沿着山脚一块突兀的巨石，山路竟绕了大半个圈。小溪的水势看上去平缓了许多，水能清澈见底。三四寸长的瘦瘦的杆子鱼在水底快速地穿梭着。大家见了这么多的鱼一时都沸腾起来。彭洋卷了裤脚，拿着箩筐就冲进了水里。他还没走到溪水的中间，溪水也没有淹没他的小腿肚子，他竟然举着箩筐站在水中不动了，只有身体在那里轻轻晃动。

杨老师急忙问："是不是太冷了？"杨老师的话音还没落，只见彭洋扔掉了手中的箩筐，颓然倒在水中。然后被水冲得在水中直打滚。大家都愣住了，还是杨老师反应快，他说："快追！"

大家于是顺着水流往下面跑去，他们在水流最窄的地方，站在礁石上，伸出手来，等着顺水而下的彭洋冲到面前。几双手同时把彭洋拽了上来。彭洋大口地吐着水，几双手立马把彭洋脱了个干净。彭洋的四肢已经被石头碰得青一块紫一块，伤痕累累了。刘旭把自己的军大衣脱了下来给彭洋裹住，彭洋颤颤巍巍地两只脚还在急剧地摆动。他自嘲地说了一句文绉绉的话，大家没有听明白。杨老师说："你再说一遍。"

彭洋颤抖着声音说："出师未捷身先死。"

杨老师笑着说："你要死了我就麻烦了。这里的山流真还看不出来，这么厉害。上面看上去平静得像面镜子，下面凶险得很。大家注意了，谁也不能再下水了。看我来姜太公钓鱼愿者上钩。”杨老师把大头针弯了起来，用带来的白线捆上，把白线绑在顺手折来的棍子上。然后鱼钩上什么鱼饵都不挂，就扔进了水中。

曾金刚疑惑地说：“杨老师，这能钓上鱼吗？”杨老师没有回答，把手一扬，只见半空白光一闪，一条半尺长的杆子鱼已经在草地上蹦跳起来，大家兴奋地扑了上去。

杨老师笑着说：“你们知道这里的鱼为什么都是长条的吗？”大家摇着头。“我告诉你们，这里的鱼没被钓过，它们是饿的，长期没有东西吃，碰上什么东西都会咬一口。而且它们的记忆中从没有住嘴的基因，它们也不知道张嘴的风险。你们都像我这样做鱼钩来钓鱼。”不一会儿，大家站成了一排，肩并肩地钓起鱼来。杨老师又对何疆民说：“你去石头下翻螃蟹，不能下水啊！还是我带你去吧，要不今晚我们就只能吃一道菜了。”

何疆民屁颠屁颠地跟着杨老师往下游去了。走了不多远，出现好大一片河滩，到处是石头，水在石头下面泛着光。杨老师用双手把一个泡在水里的石头揭了起来。石头下有两只浅黄色的螃蟹被突然发生的变故弄得不知所措。正在犹豫时，杨老师用手指夹住螃蟹的两侧，轻松地把螃蟹捏了起来。他让何疆民按照自己的动作去抓另一只螃蟹，何疆民的动作有点犹豫，那螃蟹立马举起了一对与身体不成比例的大钳子，对着何疆民的手张牙舞爪。何疆民连忙把手缩了回来，他恐惧地看着那螃蟹一时没了主意。杨老师看见那螃蟹要跑，连忙用另一只手的中指顶住了螃蟹的背。他对何疆民说：“你这么大一块，总不至于还怕它不成。”

何疆民尴尬地笑了笑，他接过杨老师递来的螃蟹，学着杨老师的动作也用手指捏住了螃蟹的背。何疆民把螃蟹放进了衣服口袋里。杨老师把另一只螃蟹又用手指捏起来，他准备把螃蟹放到何疆民的裤脚里。何疆民吓得跳了起来，杨老师说：“怕什么啊？我教你怎么装螃蟹回家。”

何疆民这才放下心来，杨老师说：“把这只螃蟹卷进你的裤腿里就行了，每一层可以多卷几只螃蟹，这样螃蟹抓得越多，裤管就卷得越高。”

何疆民顿时来了兴趣，他把两只螃蟹都卷进了裤腿。何疆民神气地说：“一切螃蟹都是纸老虎，只要把他们卷进裤腿就行了。”

杨老师说：“你要是不敢抓，你就当搬运工吧。好在你这条军裤够大。”

何疆民不服气地说：“我敢抓螃蟹啊。”他弯下腰去，翻开了一个石头。发现下面有几只螃蟹，他首先去抓指甲盖大小的一只螃蟹。

杨老师笑着说：“这螃蟹也太小了，肯定没有肉的，下次再抓它吧。”何疆民开始哆哆嗦嗦地抓起螃蟹。杨老师也勾着腰开始了捉蟹的工作。没多久的工夫，杨老师就把裤子卷到了大腿根了。他开始帮何疆民抓螃蟹。

何疆民说：“今天好在你没穿鸡脚裤，那鸡脚裤就没办法卷起来了。”

杨老师说：“我知道今天要抓螃蟹的，怎么还会穿鸡脚裤呢？就你嘴贫。”

何疆民突然发现问题似的问道：“杨老师，你是大城市来的，你怎么懂这些歪门邪道？”

杨老师说：“我下放过两年，为了填饱肚子，只要是搞吃的旁门左道我都会。”

何疆民说：“还是毛主席说得好啊，‘农村是一个广阔的天地，在那里可以大有作为’。”

杨老师说：“看不出来啊，你还一套一套的。”两人的裤管都卷到了大腿根了，里面红色蓝色的毛裤很滑稽地露出长长的一截。两人趴开腿，像螃蟹似的走路。杨老师说：“我们也成螃蟹了。”

等杨老师他们两人走到钓鱼的地方，那杆子鱼在箩筐里蹦来跳去的，也有一小箩筐了。钓鱼的笑捉螃蟹的走路的步态，几个人笑弯了腰。杨老师说：“我们还是早点回去吧，这鱼和蟹要吃新鲜的，今天中午就要让大家尝到我们的胜利果实。”大家收拾起家伙，杨老师和何疆民把裤管里的螃蟹一层层放到箩筐里。然后他们用彭洋的湿衣服盖住了箩筐，抬起箩筐就往农场的山坡上爬去。

一行人还没爬到半山腰，农场那只黄狗就叫了起来。杨老师一边喘着气，一边说：“这只黄狗够忠诚的，根本就没有肉吃，却在这农场不离不弃，换成别的狗早就投奔新主子去了。”

彭洋说：“它吃老鼠，我看见了。那茶山上好多老鼠，又肥又大，这只狗专门跑到那里过瘾。”

杨老师说：“看样子狗拿耗子不是多管闲事，是为了解馋啊。什么动物都不能饿啊，饿则思变。有了，下一步我们也可以吃老鼠肉啊，这黄狗给了我们很好的提示啊。”

何疆民摇着头说：“打死我也不敢吃，谁吃那玩意啊？”

杨老师说：“也不是什么老鼠都可以吃，我们下放时，就只吃谷仓里的老鼠。这山上的老鼠是吃野果茶籽的，和这山上的野兔没有区别，这肉当然好吃了。”

何疆民说：“我们可不敢吃。”彭洋和乔军其他几个同学也摇着头。

杨老师说：“好了，再饿你们几天，你们就什么都会吃了。”

到了场部，小田老师、张灿、赵梦茹、王晓很多同学都围了上来。赵梦茹要揭开箩筐上的衣服，王玉珲讨好地主动停了脚步，想让女同学看。乔军则大声地吆喝着："让开！让开！别让螃蟹爬出来了。"他一边喊着一边还抬着箩筐继续往前面走着。王玉珲没办法，只能一边向女同学赔着笑脸，一边跟着乔军走进厨房。

赵梦茹气恼地说："神气什么，不就抓了几只螃蟹吗？"王晓在一旁看着笑。

杨老师喊着："这螃蟹用水清煮，那鱼就要用油炸着吃。"

彭洋说："昨天忘记买油了，油不够。"

"那就煎一煎吧，再放辣椒炒。"杨老师高声命令到。

小田老师看到彭洋把螃蟹都倒进了锅里，就说："这螃蟹还没洗的。"

杨老师说："这螃蟹天天在山溪里泡着，干净得很。田老师讲卫生，你们第一锅水就先洗一道再煮吧。"

"杨老师，这清水烧开了，要不要放些油盐啊？"彭洋望着满锅的螃蟹问。

杨老师说："清煮，什么都别放，吃的时候，蘸些酱油就行了。"

晚餐，大家吃了一顿上山以来最丰盛的饭菜。杨老师连螃蟹腿，都蘸着酱油吃了下去。杨老师吃着杆子鱼，说："这鱼可惜就差茶油炸一下，明天上午我带你们搞茶籽油去。"同学们一阵欢呼。杨老师又接着说："不过今天下午大家要认真上课啊。"

老场长走了过来，对杨老师说："今天上午本来是劳动时间，你们抓鱼去了。明天上午，要安排你们去把南面的荒山开垦出来。你们又放假去搞油，这可能不好吧？再说了茶籽早就被摘光了，你从哪里去搞茶油啊？"

杨老师笑眯眯地说："没什么不好嘛，大家饭都吃不饱，哪里还有力气去开荒啊？"

老场长意味深长地说："要是学校领导知道了，你们带队老师可担待不起啊。"说话时，老场长看了一眼一旁的小田老师。

"老场长，你就放心吧！学校领导的领导的领导已经发话了，希望我们自力更生。"杨老师依然笑眯眯地不紧不慢地说着。

老场长诧异地问道："我怎么不知道，是哪位领导说的？"

杨老师喊道："彭洋，过来一下，你把县里书记和县长的指示给老场长传达一下。"说完杨老师就走了开去，留着彭洋给老场长传达最新指示。

第二天吃过早饭，杨老师带了全班的大部分同学，小田老师好奇地问："要这么多人去找油吗？怎么找？"

杨老师说："这是一堂活生生的生物课，人是越多越好。彭洋啊，带上一对箩筐装茶籽，带上所有的油桶装茶油。”

老场长在一边抽着烟，他对彭洋说：“城里娃娃懂啥？瞎胡闹嘛，我等着看你们的茶油啊。”

杨老师也不辩解，只是轻轻对小田老师说：“你说农场每年学生种的茶油、花生、黄豆还有水果都是谁吃了，你吃过吗？”小田老师摇了摇头。杨老师两手一摊说：“我也没吃过。”

小田老师有点担心地问杨老师：“到底有油吗？”这次杨老师也没有回答她。小田老师就说：“那我也去。”杨老师把农场的那只黄狗也带上了，一时人欢狗叫的，好不热闹。彭洋走在最前面，杨老师让他把老鼠横行的地方找出来。乔军今天按照杨老师的指示给黄狗牵了一条绳子，把黄狗的脖子系得紧紧的，那黄狗一直摇着脑袋，想咬那条绳子。乔军一路呵斥着黄狗，走到了那片茶林边。

杨老师让穿着长筒套鞋的学生一人拿一根长棍子，排成一线。他说：“这茶树林里蛇特别多，现在大家要走成一排。速度不要太快了，主要目的是把蛇赶跑。”于是排成一线的同学们开始用棍子一路赶过去，等大家赶了一遍后。杨老师就指挥大家退回来，离那片茶林一段距离。

小田老师看着大家都按照杨老师的命令坐在地上，就好奇地问杨老师：“你这是玩什么花招？”

杨老师诡秘地说：“我要引鼠出洞。”接着杨老师又对大家说：“注意了！等会就要放狗了，狗会追老鼠的，狗追到哪儿就说明那里有老鼠洞。你们两三人一组，大家要盯住狗跑的路线，要注意它在哪里停了，在哪里叫了。大家都要跟上，看见洞口就挖。最好的茶籽就在那里藏着。一斤茶籽可以榨四两油，看我们今天谁挖的茶籽最多，现在大家先进茶树林里分散站好。”大家一听个个摩拳擦掌，都分好组，先进茶树林里站好自己的位置。小田老师也对杨老师笑了起来，她还直竖大拇指。

“放狗！”那只黄狗早就等得不耐烦了。乔军的绳子一放松，黄狗就像利剑似的冲进茶树林。那黄狗一会儿在这里刨一下，一会儿对准那里叫几声。也许是同学们先进入了茶林，早把老鼠吓进了洞里。那黄狗就只好在老鼠的洞外面打转转，这一下暴露了老鼠的藏身之地。同学们顺着狗的足迹，把一个个老鼠洞都刨开了。大家对那洞里窜出的肥硕的老鼠没有兴趣，只是把装满了整个长长的老鼠洞的茶仁都掏了出来，那洞里面还夹有毛栗。一个老鼠洞被掏开后，里面足足可以清点出三四斤茶仁。这些老鼠还真有眼力，尽挑些饱满个大的，连茶籽的壳都不带进洞里。那茶仁看得出已经放过一段时间了，已没有什么水分，只有含油丰富的核仁了。同学们把毛栗子装进了自己的口袋，把茶仁倒进了彭洋的箩筐里。彭洋在同学们的大呼小叫中跑来跑去，他担着的箩筐眼看着装得越来越高。

而这时的杨老师一个人跑进了旁边的一块石头围绕的小盆地，盆地里长满了藤蔓。放眼望去只见古藤缠绕，藤攀藤、叶挤叶，像铺上了一层翠绿色的大地毯。山崖上，树挂藤，藤缠枝，一阵山风吹来，绿波荡漾，绿浪翻腾。他蹲了下来仔细辨认了一会儿。他发现那藤蔓的树叶呈三叶状，于是他兴奋地跑回了茶树林。叫上一些同学带着锄头跟着他，小田老师拉住杨老师兴奋地指着箩筐里的茶籽让杨老师看。杨老师恍然大悟地对小田老师说："我说这山上的丰收果实到哪里去了，原来是被这些硕鼠吃了。"杨老师说完就往那块盆地走去。小田老师听明白了杨老师的画外音，不禁露出牙齿笑了起来。

杨老师说："你们守着一个藤根，小心地往下挖，别把根挖断了。这根会越来越粗，但不会太长。这根就是葛根，可以当饭吃，特别好吃。"

有同学说："这根我吃过，街上有卖的，很甜。"大家顾不得欣赏绿色的美丽景致，找到一处松软的黄土堆，选中一株粗壮的青藤。他们用锄头轻轻地刨，将一棵碗口粗的大藤根掏了出来。然后大家各自为战，一会儿工夫，大家就挖上来七八蔸粗壮的葛根。大家欢笑着，回到茶林里。

小田老师说："这下老场长要傻眼了，不知道你怎么变的戏法。"

杨老师对同学们说："大家就说是杨老师买的，谁都不能说破这个秘密。否则下次大家就再也吃不到了。"杨老师又对小田老师说："我还要榨油去，你带着女同学把这些葛根送回去吧。"

小田老师说："我还没见过榨油呢，我想去看看，让女同学自己扛回去吧。"

女同学们不乐意了，赵梦茹说："不行不行，这些葛根好重好重的，只有男同学拿得动。男同学先拿回去吧。"

乔军说话了："还要走好远的路，你们等会儿走不动，怎么办？"

杨老师说："大家不要争了，这样吧，玩个游戏。猜对的，就可以去。猜错的，就回家。只有小田老师有豁免权。大家同不同意？"男女同学都齐声欢呼起来。杨老师在箩筐里捡了一颗茶仁，他合掌搓了搓茶仁。然后两只手快速地分开，他说："现在大家认为茶仁在我哪只手上，认为在我左手的，请站到我左边来；认为在我右手的，就站在我右边。没猜对的就回家。"

同学们马上分为了两个阵营，有的同学还在犹豫，左右都跑了一遍。最后只有何疆民还在两边跑。杨老师就说他："你真是个两面派，再不能跑了，现在必须确定了啊。左边的同学请回家。"杨老师笑嘻嘻地摊开了空空如也的左手，又摊开了右手，亮出了茶仁。左边的同学传来一片巨大的哀叹声，杨老师立马安慰着大家说："大家不要灰心，只要大家能保守住今天的秘密，我保证带今天回家的同学再去一次榨油坊。今天的老鼠洞不是还没有掏完吗，下次再来。"左边的同学一时又欢腾起来，他们还热烈地鼓起掌来。

路边是哗哗作响的山涧。白色的水流像一条长长的银链，盘缠在黑色的石头和绿色的苔藓间。偶尔一截枯死的粗大的树干像渴极了的巨蟒一头栽在水里，尾部还留在绿色苍茫的丛林中。而在半空中张牙舞爪的藤蔓有的青绿，有的枯黄，粗长有力的线条像时间的尖刀在壮实有力的枝干上刻划出青筋凸暴的印记。水流声有时陡然增大，那是山势变得峻峭，水流加速所致。此时，冲击山谷的回声在耳际久久激荡。山道也失去了韵律，时高时低，起伏凶险。山势和缓，水流声则低吟浅唱，绿草茵茵。山道也随之变得舒缓，人们行走的步履也有了节奏，就像在漫步似的。

小田老师已经完全被这奇异的风光给迷住了。她被张灿牵着，眼睛已经不管地面的道路了，只顾欣赏着四周的美景。她深一脚浅一脚地往前迈着步，她那黑平绒的布鞋已经被山流打湿了。

何疆民挑着茶仁，他可是最累的，在前面歇了脚。他愁眉苦脸地问正在说笑着的杨老师："杨老师！还有多远啊？"

杨老师打量了一下他的窘态，说："本来你没有份，非要自告奋勇地来挑这副担子，挑不动了吧。我告诉你啊，走完这个山口，到了平地就算到了目的地。"杨老师继续说笑着往前走去。何疆民绝望地看着杨老师扬长而去，他狠狠地踢了箩筐一脚，一百个不情愿地又去捡那副担子。杨老师走到前面一堆男同学面前说："你们去帮帮何疆民，他扛不住了。"

出了山口，能看见成片的长满绿油油的草籽开着蓝色的小花，走在前面的女同学尖声叫了起来。山涧流出去的正前方，一架褐色的木制水车正在那儿吱吱呀呀转着。白色的水花和水流在它的身上流泻着。榨油坊建在水车旁，它的基座很敦实，是用水泥浇筑的。上面搭建的却是就地取材的木料和木方。木质呈黑色，木墙上的木板拼接得十分粗糙，缝隙特别地宽。

大家涌进了房间，水车吱呀吱呀的叫声在房间里就听得不是十分清晰。代之的是木板下的水流声和一个大铁盘碾压茶仁的声音。大家看见水流冲击着水车，水车在转动，通过一根木轴和齿轮带动着碾盘。碾盘上装了一个大铁盘，大铁盘在碾槽里滚动。杨老师就让同学们小心地把茶仁均匀地撒在碾槽里。大铁盘在碾槽里慢慢地滚压。将茶籽仁慢慢碾碎，最后碾成粉末状。然后，杨老师让同学们协助榨油工将茶籽粉收集起来，放进一个大笼子里。大笼子扣在一口铁锅上，铁锅下面烧着柴，笼子里的茶籽一会儿就蒸出了一股浓浓的茶香。茶籽蒸烂了，榨油工就拿出一个圆形的铁框。他在铁框里灌进蒸熟的茶籽粉末，铺些稻草，开始用力地踩起来。反复踩压后，圆圆的茶饼粗坯就成型了。榨油工再把一个个茶饼整齐地排放在榨槽内。

大家惊讶的是那个巨大的榨槽，它是一根完整的大松树干做的。同学们从来就没见过这么粗大的松树，他们在想这棵松树是长在什么地方的，是什么时候砍伐的。这根几吨重的松木干内部被掏空，成长方形，用于放置油饼。榨槽上的宽宽的铁箍圈已深深地嵌进了松木里，与松木融为了一体。整个榨槽油光闪亮，通体焕发出夺人的神采。这个榨槽俨然已经成了炸油坊里最抢眼的宝贝。在炸油槽里把油饼放好后，两边加进一块块的铸铁作为楔子。然后榨油工几个人摆动一根结实的木柱，一下一下地撞击铁楔子。这个场景对于现在的年轻人并不陌生，经常会在一些广告片中看到。只是广告中的榨油工全部光着膀子露出略显夸张的肌肉，显得更为彪悍。

伴随着“哐哐”的沉闷的撞击声，油饼被夯得越来越实，清亮的茶油流了出来，直流入榨槽下面的油盆。

何疆民他们几个男同学显然被榨油师傅们悠悠荡起的榨槌，一下又一下准确无误撞击铁楔子的动作吸引住了。杨老师看出了同学们的想法，就跟榨油师傅商量。然后让男同学们也学着榨油师傅的动作，将油槌用力地荡了起来，槌尾像秋千一样荡得好高好高。然后他们操纵油槌往前猛冲，没有瞄准，“砰”的一声暗哑声音，油槌冲到了榨槽上。榨槽只是微微颤了一下，逗得女同学哈哈大笑起来。杨老师也笑了。杨老师说：“最主要的是一定要瞄准，否则使多大劲都是白搭。”

第二次，男同学们的动作协调好了，他们把油槌瞄得准准的。“乓”的一声，油槌的铁头与铁楔子撞中了，发出清脆的钢铁撞击声。接着榨槽里的油饼开始流出一缕清亮的茶油，全场顿时沸腾了。大家都为自己亲手榨出了茶油欢欣鼓舞。于是张灿、赵梦茹和一些女同学也上了场，一会儿工夫油饼就被榨干了。油饼被榨油工从榨油槽中撤出来，杨老师吩咐把饼子带回去。杨老师又说：“给你们布置一项作业，你们先去测测水的流速。明天我要让你们把水车带动碾盘的传动方式给画出来，并计算出它的力量。”

这时早过了中午吃饭的时间了，这里的农村一天只吃两顿，中午是不吃饭的。杨老师让榨油工给弄点吃的。榨油工提了半桶白白的糯米，就在窗台上用吊桶把溪流的水打了上来，将米淘了。然后把蒸笼撤了下来，露出一口大锅。大锅蒸过茶仁，还能闻到一股油香味。榨油工也不洗锅，直接把米倒进了锅里，然后在灶洞里塞进几个木棍。

小田老师上前小声地问杨老师：“这还得炒菜，要弄到什么时候去？”

杨老师说：“他们每天都要给来这里榨油的老乡榨油，肯定有办法对付这种场面的。”说话之余，每人手里都多了一副碗筷。

再过了一会儿，伴着白色雾状的蒸气，混合着茶油的清香和糯米的米香气味从蒸锅里飘散开来。勾人胃口，撩拨食欲。王玉珲说：“我恨不得钻进这笼子里大吃起来。”一句话激发起大家的共鸣，大家都咽着口水，尴尬地笑着。

滚烫的米饭打进了碗里。王玉珲、何疆民几个人竟等不及了，开始扒拉着往嘴里送。张灿说：“应该还要放糖吧？”

赵梦茹怀疑地问王玉珲：“没菜怎么吃嘛？”

王玉珲连忙说：“好吃极了。”榨油工喊他们过去，把刚才榨出来还温热的茶油往每个人的碗里泼上一勺，顿时一股油香扑鼻而来。

张灿美美地吃上一口，立即兴奋地叫道：“太好吃了！太好吃了！”

吃过饭，杨老师留下一些茶油饼和装不下的茶油，算是加工费和饭钱。同学们离开了他们一生都不能忘怀的榨油坊。

回到农场，最关心他们收获的是老场长。老场长看到带走的油壶油瓶都已经装得满满的，就产生了好奇心。他又不好意思询问老师，就走到王玉珲的面前问道：“你们的茶油是从哪儿弄来的？”

王玉珲说：“买的，杨老师买的。”

老场长气愤地说：“胡说！现在茶油都是统购统销，哪有茶油买？”

王玉珲说：“在农民家买的。”

老场长恨恨地说：“还在撒谎。”

王玉珲一脸不在乎地说：“反正不是偷的。”一句话气得老场长背着手就走了。

小喇叭孙红梅走了上来高声说着：“别问他，我知道，是老鼠洞里掏的，榨油坊里榨的。”一句话把个老场长说得喜笑颜开。

第七章　王玉珲要帮小舅子的忙

THE SEVENTH CHAPTER

几天后，王玉珲的小舅子张军来找王玉珲。王玉珲一看到嬉皮笑脸走进来的张军，心里就知道，这位仁兄又有麻烦事了。果不其然，张军建门面，还是借不到钱。这不，正是来向姐夫讨办法的。王玉珲只要对方能做正事，就是砸锅卖铁也要帮他，这总比他一天到晚觍着脸到自己办公室来讨钱花要好些。

几天后，王玉珲的小舅子张军来找王玉珲。王玉珲一看到嬉皮笑脸走进来的张军，心里就知道，这位仁兄又有麻烦事了。果不其然，张军建门面，还是借不到钱。这不，正是来向姐夫讨办法的。王玉珲只要对方能做正事，就是砸锅卖铁也要帮他，这总比他一天到晚觍着脸到自己办公室来讨钱花要好些。王玉珲主动问："借不到钱吧？"

张军说："我这人说话没分量，人家都不相信。"

王玉珲说："你拿玉龙公司与你签的合同给人家看啊。"

张军说："看了也不信，怕我以后管理不好。不过有家银行，只要姐夫出面估计可以搞定，他们有这个意向。"

王玉珲吐了一口烟圈说："是要担保吗？你告诉银行要玉龙公司担保肯定不行，如果是我个人，还可以考虑。"

张军不解地问："为什么？你公司以前都可以担保的，不就是你一句话吗？"

一说到这儿，王玉珲就有点来气了："为什么？为什么？为了你非要搞这个门面。你姐姐说肯定不找玉龙公司的，我也向各位股东做了保证。现在同意你干了，你又要找玉龙公司，我怎么向其他股东交差？"

张军说："什么时候又需要交待了，你以前不是一个人说了算吗？他们的股份可都是你给的啊。凭什么需要交待啊？"

王玉珲不耐烦地说道："去去去！别在这儿瞎搅和，你就跟银行这么说，行就行，不行拉倒。"

张军悻悻地说："那我先去做做工作吧。"说完就走了。

张军一走，王玉珲的心情平静不下来了。他被张军留下的几句随意的话搅得心烦意躁。确实啊，这家公司是自己投入了五百万才建立起来的平台，他两人的股份都是自己给的。自己那五百万的原始积累充满了汗水、泪水甚至屈辱和血腥。但是对于乔军和曾金刚来说，他们都是从养尊处优的位置上退下来的，哪里能理解自己创业的艰难，哪里品尝过自己经历过的艰辛。特别是乔军，越来越不会尊敬人了。前几天在周老师家关于赞助款的数额问题，当着那么多同学的面，竟然直接驳自己的面子，弄得自己下不了台，他自己倒是会出风头。最后还捞了个送赵梦茹回家的美差。不过好在这次给同学捐款和让张军建门面都没有碰上什么麻烦，自己也用不着太计较了。乔军虽然想有所作为，但最后还是服从了自己的意见。想到赵梦茹，王玉珲本来阴沉的脸也渐渐开朗起来。他甜蜜地遐想，赵梦茹怎么还有那么好的身段和脸蛋，她甚至比学生时期更加漂亮，更加撩拨人了。王玉珲心想要是有机会一定要跟赵梦茹单独在一起，好好地倾诉自己的衷肠。这么多年了，从没有机会把自己的心思说出来。

王玉珲又想到了自己在农场的那一次偷窥。本来是准备偷看赵梦茹的，没想到赵梦茹那时没有发育好。如果能有现在的身材，可能这辈子，他就不会娶张灿了。想到这儿，他都有点嫉妒乔军那晚夜送赵梦茹回家。也许乔军那笨小子又浪费了一次机会。如果是自己，绝对会把什么事都办成的。

正想得美的时候，张灿来了电话。王玉珲知道这个电话肯定是为了张军的事来的，果不其然，张灿张口就说张军借钱的事。王玉珲无奈地说："我已经同意了，我愿意为他私人担保。只要银行同意就行。"

张灿又说："凭他是搞不定银行的，他连请客吃饭的钱都是在我这里拿的，你可能要亲自出面跟银行打交道。"

王玉珲说："好吧！为了你们张家，我肯定会赴汤蹈火、义不容辞的。"

张灿不无担忧地问："你私人担保，用什么做抵押啊？"

王玉珲一听张灿这么问，也就顺水推舟地说："那只能拿我们的别墅了。他要的不是几十万，是几百万啊。"

张灿说："不会有事吧？"

"现在你知道怕了。不会的，我看看能不能信誉担保。这肯定得花笔钱。"王玉珲说道。

张灿回答："花小钱倒没事，最好不要把我们的房子押了。等会儿我给你准备一些费用。"接完电话，王玉珲也懒得再去想赵梦茹了。他想到这几天自己的父亲前王县长来过几次电话了，要自己过去，今天有点空，就去看看他老人家吧。

王玉珲坐着“745”就出了公司的门。前王县长，自从犯了男女作风错误后，被乔军的爸爸乔书记彻底整倒。他早早就没有上班，拿了点基本生活费，就在家陪着王玉珲做生意。前些年，王玉珲生意没做起来时，前王县长也跟着吃了不少苦。王玉珲最没钱时，有时家里买米，都只能两斤两斤地买。前王县长吃些生活上的苦，他都能受得了，最难受的是有时候王玉珲欠了一屁股债。讨债的围上了门，王玉珲溜了。只留下一个前王县长在家，那些讨债的是什么难听就骂什么。前王县长也是一个打过很多大仗的南下干部，还是一个当过县长的人，讨债的都认识他。但是下了台的干部就什么都不是了，讨债的有的甚至还动了手。这些前王县长都忍了下来，甚至事后，他对王玉珲也是只字未提。

经过大难的前王县长现在把什么都看开了，他不像其他老干部每天打打门球、钓钓鱼。也不去养什么花草虫鱼。更不搞什么字画学习。他每天头发染得漆黑，梳得油光。没事就在那些媳妇堆里说笑，要不就请些寡妇在饭店里谈笑风生。王玉珲每个月给的费用都是按前王县长的要求来，反正是管够。还有件大事一直压在王玉珲的心里，他也不敢对前王县长说。去年在医院体检，前王县长竟然被查出了肺癌晚期。医生说没有手术的必要，只嘱咐了一句：“你爸想吃什么就吃什么，想玩什么就让他玩什么，总之一句话他想干什么你就多花些钱让他干去，尽尽孝吧。”

前王县长好像对自己的病情浑然不知，没有丝毫的焦虑感和悲伤，每天照样在成年女人堆里混。王玉珲倒是有点急了，今天扛一箱茅台回家，明天让海鲜楼煲上两罐鲍鱼燕窝送上门去。前王县长开始训斥着王玉珲不要刚挣几个钱就不把钱当回事了，多想想被人追债的日子。

王玉珲含着泪跟老同学何疆民诉说着自己的苦恼，何疆民问：“你也不用着急。想尽尽孝肯定会有办法的。你不就是想在你父亲身上多花些钱吗？”

王玉珲想了想，觉得何疆民说得对。他说：“事实上就是这么回事。”

“我帮你把钱花出去，绝对花在你爸爸身上。”何疆民肯定地说。

王玉珲问：“干什么呢？”何疆民笑而不答。王玉珲说：“你说的当真？”

何疆民说：“肯定当真。”

王玉珲拉开皮包问：“多少钱？”

何疆民说：“先给四千吧，看看你父亲的反应。反应好，就再往下花钱。否则再想别的招。”

王玉珲就说：“那行！”他拿了四千元给何疆民。

王玉珲的宝马 745 开进了前王县长住的小区，本来王玉珲要父亲与自己一块儿住。但是前王县长说什么也不同意，他说自己一人住着方便。就这样王玉珲按照前王县长的指示，在最偏僻的一个小区给他买了一套三居室的电梯房。小区的保安都认识这辆宝马车，车一到门口，门栏就升上去了。王玉珲按了按门铃，王玉珲有钥匙，但每次来，他从不开门。都是按门铃，让前王县长自己开门。

前王县长开了房门，让王玉珲进去了。他又往王玉珲的身后看了看，王玉珲就问："你还看谁啊？"

前王县长反问："就你一人啊？"

王玉珲奇怪地问："那还有谁啊？"

前王县长说："何疆民说要来的，怎么这么久都没来？"

王玉珲就说："那我打电话问问。"王玉珲打通了何疆民的电话，说："你怎么没来啊？前王县长还在等着你呢。"

何疆民说："我等会儿就过来。"王玉珲打开厨房间的冰箱门看了看，他每次进这个家门，首先习惯看的是冰箱的内容。他能从冰箱里面的食物配比和食物的多寡基本看出父亲的胃口和身体状况。

他又在房间里四处转了转，父亲也跟着他转悠着。前王县长开着玩笑说："王总还想视察什么？"

王玉珲走到阳台上说："这么多床单都是你自己洗的？"

前王县长说："是洗衣机洗的。"

王玉珲又说："每天吃饭，你都得自己做，这也挺麻烦的。要不干脆找个就近的餐厅，长期在那儿吃。"

前王县长说："反正这么多年，就是这么过来的，穷也这样，富了也改不了了。"

王玉珲想，父亲的病说不定就是几个月的事，让他一个人住也不放心啊。现在还能料理自己的生活，但再过段时间，说不定就只能睡在床上。现在得马上找一个保姆来，照顾父亲的生活，主要是要让这位前王县长先适应一段时间才行啊。于是他郑重地对父亲说："我还是要坚持给你找一位保姆，要不我让王晓帮你到劳动力市场去物色一位做事稳重的老阿姨？"

前王县长说："打住啊，不用找！"

王玉珲欲言又止，他走了两步还是回过头来说："肯定得找一个。"

前王县长笑起来说道："要是这样，我请何疆民来找吧。"

王玉珲说："王晓是专门负责招工的，她方便啊。"

前王县长说："何疆民脑袋好使，你就别管了，我找一个就行了。"

王玉珲摇了摇手说："我不说了，你下个星期把人找进来就成。"

前王县长又说："你的那帮同事都好吗？张灿呢？"

王玉珲说："都好！你不用担心，张灿也很好。"

前王县长说："乔军跟你还处得可以吗？"

王玉珲责怪地说："我又要叫你前王县长了，你还管得那么宽干吗？"

前王县长："我哪里还有点老干部的味道，这窗户外的事我什么时候管过？对政治我从没有发过感叹，对在职领导的工作我也从没有议论过吧。我只是希望我的儿子周边环境好一些，我一直担心你跟乔军的关系会受我们上一辈人的影响。应该说乔书记跟我当年都是工作上的矛盾，只是大家的工作思路不同，乔书记确实是没有私心。我到现在为止，都对他没有怨言，更没有仇恨。我一直想找个时间去跟乔书记好好谈谈，让他完全能够了解我这个大家看来很倒霉的当事人对当年的个人境遇的一些看法，但是也许这一辈子都不会有这个机会。这一点你一定要记住。"

王玉珲说："爸爸，你说着说着，又动感情了。你的思想我都了解，你也不止一次跟我说这些了。你要相信，你们那一辈的恩怨是不会影响我们的，或者说跟我没任何关系。"

前王县长打断了王玉珲的话说："我们这一辈就没有恩怨，你怎么老认为我跟乔书记之间有恩怨呢？"

王玉珲说："口误！口误！我心里不是这么认为的。关键你要看我跟乔军的关系，从小我们就像铁哥们似的。现在也很好啊。"说到后半句时，王玉珲的脸上闪过了一丝忧虑的神情。但那只是瞬间的变化，转而王玉珲又恢复了平静。他接着说："但不管怎么说，你们的过去肯定不会影响到我跟乔军，这下你放心了吧。我可以向你保证。"

"你们玉龙的产品，现在还贴牌吗？"前王县长问。

王玉珲说："现在还有一部分。没办法，都是销售商下的订单。连包装都是他们印好的，我们只管贴上去。"

前王县长不无忧虑地说："现在国家对假冒产品越抓越紧，处罚力度也越来越大。你们的风险也会加大的，快收手吧。"

王玉珲说："其实我们产品的各项指标，都超过了日本电池的指标。比如说我们的五号镍镉电池，含电量早已经达到了七百毫安时。而我们仿冒的日本名牌电池的外包装上面注明的含电量只有五百毫安时，我们超过了吧。你在厂里的时候，我们的含电量还只有三百到四百毫安时。含电量就决定了电池的放电时间，放电时间越长，电池使用的时间也越长。”

“王董事长，被你这么一说，你的产品就比日本的名牌电池质量还好啰。那我再问问你，你那台盖帽用的冲床换了吗？只要那台冲床不换，你电池上面的盖口就会盖得不到位。电池充电过了一百多次，就会漏液，你必须换德国的冲床。否则，你生产的充电电池就是不达标的电池，也就是不合格产品。”前王县长说。

王玉珲说：“我们又回到玉龙公司创业初期的论战状态了，每天吵一次。现在就别吵了吧，要不我又要喊你为前王县长了。”

前王县长骄傲地说：“你当初要不是听了我的，把乔军、曾金刚搞了进来。玉龙公司哪有今天的飞速发展。”

王玉珲呵呵一笑：“不是我舍不得买那台冲床，那个纳粹就是一点价都不降。他说这个型号是他们厂里卖到中国的第一台，中国人的模仿能力很强。只要进了一台到中国，这个市场就丧失了。所以他们这台冲床非要高价卖给我们，价格相当于卖到土耳其的五倍。”

前王县长说：“那你也可以去找找第三国的经销商委托采购。”

王玉珲说：“我们正在动这个脑筋。这个何疆民怎么还没到啊？”王玉珲看了看手表说。

前王县长说：“要是这样，你就不用等他了，他来了，我跟他说。下个星期争取把保姆找好，接受你的检查。你先走吧。”

王玉珲说：“我是不是也要见见他？”王玉珲有点拿不定主意。

前王县长说：“他是来找我的，你跟他又没有事。”王玉珲一时想起了何疆民帮他尽孝道的事来，何疆民还不愿意说是什么事。自己是不是问问父亲，看何疆民到底是玩的什么花招。但是王玉珲转念一想，还是不妥。何疆民想对自己说，早就会跟自己说的。肯定有什么难言之隐，那就不问了，免得尴尬。也不等这小子了，他说了如果要进行到下个周期，他自然会找我要钱的。

想到这儿，王玉珲就对前王县长说：“那听你的，我就先走了。”

王玉珲的745刚开出小区门，就接到了张军的电话。张军说：“银行行长同意晚上一块儿吃饭了，不过你肯定得来。”

王玉珲问："对方有几个人？"

张军说："就是行长一人。"

王玉珲又问："准备在哪里请？"

张军说："雾水河上的娱乐城。"王玉珲又问了时间，然后就挂了电话。

王玉珲回到办公室时，张灿已经把三万块现金放在办公桌上了。王玉珲给何疆民打了个电话。何疆民半天才接电话，何疆民压低了嗓门轻声说："我在陪你老子。"

王玉珲说："陪我老子又怎么了？神秘兮兮的。今晚上吃饭帮我扮演一下省里的领导，要搞定一个行长。"说完挂了电话。王玉珲每次要采取些灰色手段比如行贿啊、色情啊，他从不找乔军和曾金刚商量，更不会让他们参与，甚至事后也不跟他们通气。倒不是王玉珲想隐瞒什么，只是他认为他们都是搞技术、搞管理的，不懂得也不能理解这些下三烂的手段。他们都不像自己就是通过这些下三烂的手段一步步做起来的，而何疆民还在警校读书时，就开始穿着校服帮衬着王玉珲，他完全能理解王玉珲的做法。

一会儿，张军的电话打了过来，王玉珲就对他说："晚上请客我叫了何疆民，他的身份是省里来的领导。别穿帮，你跟着转就是了。"

张军兴奋地说："大哥，我听你的就是了。"张军知道，姐夫这是要来真的了，是当回事在干了，只要姐夫想干的事就肯定可以干成。何况姐夫就是一个对付官员的高手。张军明白，虽然姐夫有时候瞧不起自己，认为自己是稀泥糊不上墙。但实际上姐夫这些年干什么事都没避开自己。就是嫖娼也是郎舅同去的，不过这些男女之间的事做小舅子的张军知道，即使自己的姐姐也不能说。可能张军最大的优点就是嘴巴紧，这一点是王玉珲身旁的很多人都没有的特点。因为王玉珲这人重感情，用的人多是同学朋友，平常与自己都是很近的人。这些人说起话来也就自然放肆，口无遮拦。而张军就不同，即使在公共场合，他也从来不提自己与张军的这层郎舅关系。他不让张军叫他姐夫，只让他喊大哥。想到王玉珲关键时候对自己的信任，张军心中暖暖的。脸上的晦气一扫而光，晴朗了许多。

这雾水河有半边水面都被鳞次栉比的餐饮和娱乐中心占住了，雾水人管这里叫红灯区。王玉珲这些老雾水人都知道，这雾水河靠近城区这边的河滩长，浅水区很宽。靠近对岸的水深而湍急。于是最开始那些市场意识比较强的人围着浅水区搭起桥墩，在上面建起餐厅和KTV来，这就相当于在最繁华的大街上拥有了一个别具一格的门面。这门面的下面还流淌着绿色的雾水。几乎所有的水上门面都在地板上铺上了透明的加厚玻璃。坐在这门店里，不需要凭窗，只要俯首就可以看到清清的雾水河了。这里的生意不好都难，这里是开一家就火一家。既无产权，也无主管部门。如果在这里转让一个门面，转让费早早就跳过七位数了。

为此，市政协委员、人大代表都提了不少意见。每年两会期间，提案更是满天飞。很多刚上任的一把手都想把清理红灯区当成自己履职的第一把火。但是结果呢，运气好的是维持现状不变；运气差的，还没干几天，就被调离了雾水。

王玉珲也曾经动过心思，想趁乱把这块地方整体开发出来。提高服务品位，改善整体形象。为此他扔进去一百多万元，专门在北京请了策划高手。经过四个月的考察策划，最后向市里提交了"空中雾水"整体设计方案。市领导如获至宝，向省里层层报批，最后止步于省环保局的专家。也算王玉珲倒霉，环保一票否定的新政刚推出，"空中雾水"成了第一个被否定的提案。红灯区再次得到保全。

王玉珲对这个雾水的红灯区是又爱又恨。恨的是他投了钱，费了力，但是一根毛都没有捞到。爱的是这里是他的福地，他的第一单合同，重要的生意，包括关键时刻玉龙公司的融资谈判都是在这红灯区达成的。王玉珲每次大的飞跃应该说都离不开这个红灯区，可以说这里留下了他创业初期的每一步脚印。

王玉珲先到了包厢。他把张灿给他的现金拿了一万出来，然后分成两个信封装了。一会儿，何疆民也到了，他一进包厢就问："王玉珲！今天是什么角色？又让我们假戏真演了。"

王玉珲说："行长！要贷款。"

何疆民说："你现在还缺钱啊？"

王玉珲说："是张军要的，我来担保。"

何疆民伸出手说了声："钱！你爸爸前王县长很喜欢，得进入第二个周期了。"

王玉珲打了何疆民的手高兴地说："等会儿会给你的。你给我说说，是什么玩意吸引了前王县长？我说今天我回去，他老找你，就想见你。我心想你是给他吃了什么迷魂药，让他只惦记你了。"

何疆民说："你就别问了，只要老头子高兴，你就只管出钱吧。"

王玉珲说："不行！不行！以前说好的，只要继续，你就要告诉我实际情况的。还有老头子要找个保姆，他非得让你给他找。你要给他想想办法。找个能做饭、能洗衣的。"

何疆民说："你啊！还是不了解老人的心啊，特别是你爸爸的心思。你是不是非得要知道我施了什么魔法，拢住了前王县长的心。”

王玉珲说：“肯定要说，以前说好的。”

“嫖娼！”何疆民轻轻地在王玉珲的耳朵边说了一句。

王玉珲有点不相信地大声说：“什么？你说是嫖娼。”何疆民点了点头。王玉珲又问了一句：“你说是带着前王县长去嫖娼？”何疆民照样点着头。王玉珲显然有些气愤了：“去去去！你这么做，对得起我那早死的妈吗？”

何疆民说：“这可是我们说好的啊，只要让前王县长高兴就什么都可以做啊，现在别反悔啊。活人都管不过来，你还管阴间的。你好好琢磨一下，你爸爸一个人把你拉扯大，他自己还背了一身的臭名。他真不容易，等你刚挣到钱，他又要去了。他现在无论干什么，你都得无条件地支持才对啊。他真不知道还有多少时间可以苟延残喘。说不定哪天清早起来就不在了。”何疆民见王玉珲低头不语，就又接着说：“一个寡妇很难，一个鳏夫就更不容易了，我们都是男人。你知道男人一辈子单身意味着什么。你父亲为了你一辈子都选择了单身，你可不能现在自己吃饱了，就不管你老爸饿不饿了。”

王玉珲说：“你小子还真说得对啊，你是怎么悟到这些的？”

何疆民笑着说：“我比你人性，比你客观，更尊重人些，我是发自内心的。我认为人的本性是最需要尊重的，就像要吃饭、要喝水一样。这是人的根本，不能强行改变，更不能视而不见。”

王玉珲说：“太深奥了，下次探讨吧。”正说着，张军带着一个戴眼镜、穿西服的中年男子走了进来。张军进来就跟王玉珲做了介绍。王玉珲把廖行长带到何疆民的身边说：“我来介绍一下，这是省里来的省警察基金会的黄秘书长，这位是我们雾水银行的廖行长。我没有经两位同意就擅自把两位领导安排在一起吃饭，失敬！失敬！”两位领导连忙说客气了。大家交换着名片。

何疆民确实还有个省警察基金会的头衔，那是很多年以前，何疆民动员了一个有点不是很干净的工程老板给省警察基金会捐了一笔不小的赞助款，省警察基金会就给他挂了个不到位的虚职。倒是这个位置好，人家一般都弄不懂这个组织的性质，更弄不懂这个组织的行政级别。一般都认为，这个警察机构是个正规的警察部门，这个秘书长嘛应该是个副厅级待遇。何疆民反正就将错就错。王玉珲则拿着这个名头专搞接待用，关键时候让它起到领导带头作用。

而且王玉珲每次不经意就会先把何疆民的厅级干部级别显示出来，他端着酒站了起来，说："我得先敬我们省里的领导。"

何疆民也优雅地站了起来说："我们就是办事的。"

王玉珲说："在省里你可能就是办事的，要是在京城你可能就是打杂的。但是到了我们雾水你就相当于我们的市级领导，那就不是办事的了。我都喝了，你随意。"王玉珲头一仰，酒就下去了。何疆民端着酒杯用嘴唇碰了碰酒杯的杯口，做了个样子就先坐了下去。何疆民和王玉珲已经是多次配合了，那种神态做得是十分到位，没有人会怀疑他俩的真实关系。

然后，王玉珲又端了第二杯酒，对廖行长说："我与廖行长今天有缘才在这里相遇，甚至合作。为了我们能合作成功，我先敬廖行长一杯。"

廖行长说："谢谢王总的盛情款待，王总是我们雾水人民的骄傲。如果能与王总合作，那是我们的幸运，为了我们的合作顺利我们干了这一杯。"

何疆民知道王玉珲每次让自己喝酒都是随意，这样做的目的有两个：一个是为了体现自己是省里的领导，喝酒不能太随意；二是万一他喝醉了，还留一个清醒的可以开车送他。这样也好，每次他来赴宴都没有精神压力。想喝可以多喝，不想喝就容易躲过。敬完第一轮酒，下个节目，王玉珲就要派送红包了。可惜的是每次何疆拿到红包时候都得退给他。反正起到领导带头作用后，就没有用了，何疆民就这么想着。

果然，王玉珲从口袋里掏了两个红包出来。王玉珲说："这是我们的规矩，凡是第一次见面的朋友或者是省里来的领导，我们第一次都得送份见面礼。"

何疆民知道这是王玉珲事先说的要带前王县长嫖娼用的费用，他假意推脱了几个来回，最后就说："恭敬不如从命。不会让我犯错误吧？"

王玉珲说："不多！四千九百。"

何疆民笑着说："你们很懂政策嘛！下不为例。"搞定了省里的领导，这市里的领导就好搞定了。何疆民也把同样的红包双手递给了廖行长。

王玉珲用余光注视着廖行长，廖行长接过红包很为难地在低头沉思。片刻他抬起了头说："王总！我们初次见面，这样是不是太客气了？"

王玉珲大气地说："正因为是初次见面，要留点印象。下次是老朋友就不会了。"

廖行长把红包放到桌上，说："这心意我领了，红包就别拿了。"

何疆民一见廖行长把红包退了出来，连忙装着不好意思地也从怀里掏出了红包，推给了王玉珲，还一边说着："这确实太客气了，受之有愧啊。"

王玉珲装出很为难的样子，看着张军说："张军啊！这可不好！这可不好。"

张军心领神会地伏在廖行长的耳边耳语了几句，大意是如果你廖行长不收这红包，省里的领导也不好收。廖行长好似明白了似的说：“既然王总这么大气，那我们恭敬不如从命。”廖行长把红包放进了自己的怀里。然后他端起了酒杯开始敬起何疆民来。

何疆民看着桌上多的几副碗筷就说：“就我们四个人，弄这么多碗筷碍事，叫服务员撤了吧。”

张军说：“不能撤，还有几位贵宾没到呢？”大家好像都愣住了。只见张军走到包房门口，他打开房门，拍了拍手掌。一群穿着性感的小姐鱼贯而入，在一位妈咪的带领下，小姐们躬身敬礼。齐声喊：“老板！晚上好！”

何疆民笑着说：“你们雾水是把KTV文化和餐厅文化都结合在一块了。”

王玉珲对妈咪说：“你是不是把最漂亮的小姐都带出来了？”

妈咪一屁股就坐到了王玉珲的腿上，她已经敏感地判断出这就是今晚买单的主。她掏出打火机，给王玉珲的香烟打着了火说：“哥哥今天要是看见外面还有漂亮的没进来，妹妹今晚就免费了。”

王玉珲笑着说：“谁要你免费了。让各位老板先挑吧。”这回廖行长学乖了，什么事自己都别表态，都按照省领导的意思来，小心扫了省里领导的兴。王玉珲在一旁暗暗地笑，他这一招是次次都灵。他吃准了这些当官的软肋，什么地方都得讲究长官意志。谁官大就听谁的，在会议室、在餐桌上。所以只要给他们安排一个起带头作用的领导，此事就好办多了。一会儿，每位男嘉宾的身边，都多了一位性感的美人。不知道是谁的发明，这雾水近两年开始流行喝花酒。王玉珲认为这个发明应该得奖，它太体现创意了。这花酒一喝，就什么都能喝下去，什么关也攻得下来。酒下得很快，酒精在空气中弥漫。小姐们左一杯交杯，右一杯海底捞月。反正这喝酒的招数围着这男女的肢体转，听那名字就觉得这些喝花酒的小姐上岗前的培训还是很专业、很烦琐的。

小姐一上来，自己倒是没什么事了，王玉珲任由着小姐在自己的旁边整来整去。王玉珲点的小姐还真有点像赵梦茹。她的脸蛋，特别是眉眼，笑起来的时候就更有点赵梦茹的味道了。刚才王玉珲就是看见她长得像赵梦茹才点了她。王玉珲的注意力还是放在了客人身上。何疆民是位江湖老手了，那一双手除了端酒杯时才能看见，平常总是躲在小姐的小背心里。只是这个廖行长今天看上去还是很拘谨。刚才小姐可是他自己挑的，但是现在廖行长的双手还死死地夹在自己的双腿间，看得王玉珲心里发麻。王玉珲知道，这样肯定不行。他轻身问了问自己身旁的小姐：“你们这儿还有什么别的服务吗？”

小姐说：“等会儿可以到后面去啊。”

王玉珲说：“前面都没有搞定，怎么还能去后面呢？”

小姐摇摇头说：“这里真没有了。”

王玉珲给张军使了个眼色，走了出去，王玉珲又对张军说：“这样廖行长到不了位，这花酒还有没有其他服务？我说吃饭时。”

张军摇了摇头说：“没有了，这家店我一年前就来过了。”王玉珲让张军先回包厢，自己叫了妈咪来。他把自己的要求对妈咪说了一遍。然后就上卫生间了。王玉珲回到包厢时，包厢里的灯光已经暗淡下来、音乐响了起来。四位小姐开始在餐桌前表演起脱衣舞来，王玉珲品着酒，不经意地瞟了廖行长一眼。此时的廖行长已经被四位小姐的表演吸引住了，他惊讶得微张的嘴证明了他平常是个洁身自好的人。廖行长那有点担忧的眼神好像是在担心台上的小姐们会脱光自己的衣服似的，他既有点不愿意事态持续发展，又在内心里有所期待。这种眼神王玉珲是见得太多了，他每次一见到这种眼神心里也会感到痛苦。他知道没经历过这种场面的官员，只要一接触，日后就像吸毒上瘾似的热爱这种生活。有的会经历家庭破碎，有的会丢官弃职，有的直到被关进大牢里才刹得住这种爱好。

但是，王玉珲知道，自己的这种同情心不能太多，也只能藏在心里。为了挣钱，自己除了利用人性的弱点，还能依靠什么去击垮对手呢？虽然这么做会对不起他们的孩子、他们的妻子。但是谁让他要成为自己的目标呢。这个世界毕竟被强迫的事还是很少的，最关键是自己自愿，这就怪不了任何人了。想到这儿王玉珲的那点负疚感就烟消云散了。小姐们的衣服在不一样的眼光里、不一样的心态中，最后还是一件件脱得精光。她们开始一个个地把情欲亢奋的来宾拖起来，跟她们跳舞。廖行长已经架不住气氛的影响和情欲的滋长。他已经和大家一样抱着全裸的小姐，随着音乐摇着慢四呢。

再接着这些男女便一对对地相互搂抱着消失在后面一排带着床铺的小包房里，何疆民是第一个出来的。本来今天他已经陪着前王县长高潮过了，但是他看到陪他喝花酒的小姐形象俏丽，言语甜美，于是他那点所剩不多的情欲又被挑逗起来，他抱着小姐美滋滋地上了床。但是他没想到的是，当他进入角色的时候，那位小姐随着何疆民上下起伏，非常怪异地张着嘴有规律地吞吐着舌头。这让他很好奇，后来又觉得恐怖，最终让他半途而废，真是典型的始乱终弃。

张军今天是带着疑问做完那点男女间的事的，他从看到四个小姐开始跳脱衣舞时起，疑问就产生了。今天的包厢是他自己定的，这个地方是他半年前就经常出入的老场所了。他还从不知道这里还能跳脱衣舞，开始王玉珲问他还有没有别的项目时。他并没有骗王玉珲，他可是真不知道这吃饭还能附带有脱衣舞表演。

张军提起裤子，就去找妈咪。他问妈咪："你这里怎么还有脱衣舞啊？"

妈咪说："一般情况下是没有的。"

张军很气愤地说："我在你这消费大半年了，也不见你们表演过啊。"

妈咪说："你也从没有跟我们提过这样明确的要求，我们也只是在外面表演过，今天不是那位大哥特别要求，我们也不会表演的。"

张军回过头来一想，只有佩服王玉珲的份了。他知道王玉珲就是一个不把事情做到极致就绝不会停下来的人。王玉珲为什么能成功，就是他能比其他人在最后的时候还能多走一两步。自己为什么干什么都成不了，就因为还缺那么一点后劲。

王玉珲今天可是感觉极好，他在小包房里问小姐："你叫什么？"

小姐回答："我叫白雪。"

王玉珲说："从现在起，你就叫'赵梦茹'，记住了吗？"

小姐重复着："我叫赵梦茹，记住了。"

王玉珲又说："'赵梦茹'，你这样仰着脸看着我姿势最好看，对，就这个景仰的神态。'赵梦茹'！'赵梦茹'！你怎么又忘记你的名字了？"

小姐说："对不起，老板，刚才我只记得摆动作去了，我没注意你喊我。"

王玉珲说："你把衣服脱了吧。"

小姐说："我脱。"

王玉珲说："再帮我脱吧。"小姐又帮王玉珲把衣服给脱干净。王玉珲看着小姐的裸体就想，赵梦茹的身材比这个小姐的身材可能还要丰满些，她的胸比这个小姐的还要高，她的腰身比这个小姐的要细。"赵梦茹，帮我按摩吧。"

小姐快乐地回答："好的！我拿点 BB 油来。"

王玉珲闭着眼睛甜蜜地体味着"赵梦茹"的小手在自己的身上摩挲着，"赵梦茹"的小手真是轻巧、光滑。那双手在同学时代，自己曾经多少次注视过。"让我来摸摸你的脸。"王玉珲把手伸到了那张小巧的脸上。虽然他没有摸过赵梦茹的脸，但是他可以确定这张脸，和真正的那张曾让他萦怀的小脸是完全一样的。这是她白皙的脖子，他在课堂里无数次注视过的地方。这是她的小耳朵，这副耳垂比一般女人的耳垂都要长些，王玉珲早已经烂熟于心了。这眉毛、眉骨、小脸蛋、翘鼻子、小嘴唇，王玉珲闭着眼睛一点点抚摸，一点点回忆，那些回忆总让他想起同学时代的往事。但是王玉珲好像只是对这张脸蛋感兴趣，对脸蛋以下的部位，他碰都没有碰。让王玉珲自己感到奇怪的是他越是沉浸在回忆中，就越没有了冲动。他不知道是赵梦茹让他不能进入状态，还是"赵梦茹"的魅力不够。

时间已经过去了几十分钟，"赵梦茹"看到王玉珲还没有任何生理反应，也有点急了。"赵梦茹"在王玉珲的身下把十八般武艺都用上了，王玉珲还是没有动静。

"赵梦茹"无奈地说："老板的身体太棒了，我都有点吃不消了。"可能是回忆不能让王玉珲进入状态。如果是在平常，王玉珲从来就没有缺过子弹，而且可以一天数发。王玉珲对自己今天的表现也有些意外。

但是王玉珲倒好像没有懊恼的感觉，他安慰着"赵梦茹"说："'赵梦茹'！今天不怪你啊，是我的名字没取好。"

那位小姐担心今天的钟点白干，也有点得理不饶人地说："是啊！赵梦茹哪像个人名？"

王玉珲一听勃然大怒，愤怒地叫道："赵梦茹是你可以随便叫的吗？滚！给我滚！"小姐抱着衣服惊慌失措地跑出了小包房。

第八章　老同学的聚会方案

THE EIGHTH CHAPTER

刘旭从没有做过这种老同学聚会的方案设计。他花了几天时间，首先了解场所、吃住、交通、烟花等项目的市场价格。然后他勾画了几个模板，再自行排出。最后交出了这个方案。他开始想公开地挣点设计费，就像往常报价一样把设计费开宗明义地列上费用表中。但是转念一想又觉得不妥，大家都是老同学，自己干了点事还要同学的钱，肯定会招来非议的。

乔军这天接到了王晓的通知，按照上次的约定，这次同学聚会的方案出来了，要大家都讨论一下。周老师因为身体原因没能来，王玉珲和曾金刚两人也因为要接待技术监督局的检查组缺席了，不过大家把杨思冲老师和小田老师请了来。讨论会是在一家中西餐馆里举行的，往年在雾水市还看不到的中西餐厅这几年已经随处可见了。这种中西餐厅的好处是不仅可以吃饭，还可以在吃过饭后正儿八经地谈事。因为进餐和谈话都有专门的时间，这里进餐的时候就真有点像在欧洲的某家餐厅里，显得比较安静。还有一点，这里的口味也比较清淡，也不提供白酒。这就把一些当地习惯大吃大喝还捎带划拳的低层次客人给自动排除了。按说这样的口味是彻底改变了本地人的饮食习惯，开这样的店也是风险极大的。但是这些中西餐厅竟一家家地火了起来。

对于乔军来说，他是这种中西餐厅的老主顾了。前期主要是为了解决单身问题，后期是为了解放男人的性问题。乔军总是在这些不同的中西餐厅里频繁出入，去结识不同的异性。乔军还是一个洁身自好的人，从不去那些色情场所。即使有时饥渴得不行了，他还是宁愿去中西餐厅彬彬有礼地见那些良家女性，绝不迁就马虎苟且。也可能正是因为乔军这样的绅士多了，中西餐厅的生意也就自然好了。

杨老师和小田老师早就生儿育女了，小田老师还是用同学们熟悉的那种敬仰而又信任的神态注视着杨老师。杨老师那豁达的笑容依然挂在脸上，他们两口子已经是雾水一中的招牌教师了。

彭洋对杨老师说："现在还带学生去打那些来校园闹事的小流氓吗？"

杨老师摆了摆手笑笑说："现在也打不动了。你们那个时候，我们都年轻啊。那个时候我最看不得外面的流氓来欺负学生，只要是我在场，我们就没有打输过。记得有次小流氓都跑远了，我叫了乔军几个高个子学生，又追了上去，把他们揍了一顿。乔军你还记得吗？”

乔军说：“我怎么不记得，对方有个高个子，你打不到他的头。你还是撑着我的肩膀，跳起脚来，给了他一耳光的。”大家都开心大笑起来。

何疆民说：“杨老师最让我们敬佩的就是对什么人都没有恐惧感，社会上什么样的人你都敢碰。我搞公安工作以后老是跟这雾水街上的人打交道，多少年啦，他们谈起杨老师来都认为你是一条汉子，就像谈论社会上的大哥一样。”

杨老师说：“你好像要把你的老师变成黑老大才甘心啊。”

彭洋说：“何疆民！是不是杨老师以前老是批判你，你打击报复啊？”一席话又说得大家乐不可支。

正说着，秘书长张灿和王晓赶到了。张灿还没坐下就埋怨着说：“也不知道是谁找的地方，这个旮旯湾里，真不好找，我们都找了半天了。”

刘旭急忙说：“不好意思，是我定的地方。我昨天晚上来这里，觉得环境不错，也还安静，就选了这里。”赵梦茹和乔军心虚地相互对望了一眼。昨晚，乔军和赵梦茹两人就是在这里点着蜡烛共同度过的，不知道刘旭昨晚是否看见？

这里是乔军的老点了。两年前，有一次乔军连续两晚都到这家店喝茶，每次带去的女孩都不一样。最要命的是那位女招待认出了他，并且还跟他搭腔。

那位女招待说：“这位帅哥天天都来我们这儿。”乔军一听真急了，他不知道怎么回答才好，他只希望这位讨厌的女招待马上离开。但是那位女招待还在往下说：“今天是这位帅哥第一次带美女光临我店，我们给帅哥和美女送上一盘小果碟。”说完，女招待给乔军呈上了一盘果碟。乔军顿时释然了，乔军挺了挺已经汗透了背，给女招待送上了一张放松的笑脸。从此后，乔军只要带了新的女朋友，都会来这家店里约会。每次乔军都会享受到这位女招待的小果碟和那句经典的台词。但是，昨晚乔军和赵梦茹在这儿坐了一夜，可能是太投入了，他们俩没有看到刘旭也在座。今天见到刘旭，他的表情，好像也没有什么异样，估计刘旭昨晚并没看见他俩。

会议开始了，首先是刘旭介绍方案。刘旭用投影机把文案投到幕布上，便开始讲解具体部署。刘旭说：“聚会活动分几大部分，第一部分是筹备：这包括了制定方案、联络所有同学、发出通知；然后选定场地、准备资金、前期采购、联系好车辆、准备名单。第二部分是执行：这包括报到、接待、聚餐、聚会、焰火、文艺晚会、酒会、游览、参观、合影、订票、欢送。第三部分是善后：包括同学录的印制、影碟的刻录，费用的结算。”大家提了些问题，刘旭逐个解答。刘旭又接着说：“主要的费用花在餐饮和焰火上，这些费用大概占掉了总费用的五分之四。具体大家可以看刚发给每个人的详单。现在总费用估计可以控制在十二万以内。”

张灿说：“上次不是说好十万的吗？这次怎么涨这么多？”

刘旭说：“上次只是匡算，以这次为准，这次明细都出来了，比较精确。”

张灿说：“那下次又来一个更精确的怎么办？”

刘旭说：“不会了，所有的细节都算出来了。大家看看还有什么细节需要增加，如果没有，费用就不会变了。当然如果大家觉得费用太高，也可以削减些项目。比如说是不是时间太长，少做两天。”

乔军说：“我们玉龙公司已经统一了思想，多少费用我们都包了。不过我想问问这十二万，你做没做意外超支？也就是不可预计费用。”

刘旭说：“做了，按照十万元的百分之二十的额度做的。这也是张灿问的问题，为什么上次十万，这次到了十二万，多的部分就是不可预计费用。只是有一项没有做进去，就是人力成本。因为所有的人力都是由老同学自己来义务承担，这就没算费用。但他们筹备期间的正常工作餐还是造进了计划，比如说今天开会产生的费用。”

孙红梅站了起来说：“出点力气，那是应该的，我愿意这段时间做个全职义工，我跟单位请个假就行了。我服从组织安排，党叫干啥就干啥。实际上我早就已经开始工作了，我现在只要碰上同学就会告诉他们这次聚会活动。”

杨老师说：“小喇叭开始广播了，看样子本次活动的宣传部长非小喇叭莫属了。我和小田老师也可以为这次聚会出一把力气，大家有什么需要跟母校沟通的，还有和其他老师联络的事就算在我们身上了。另外我要感谢王玉珲以及玉龙公司的全体股东，你们为这次聚会提供的资金相当于给了这次聚会成功的一个保证。同学们！让我们先以掌声表达我们对他们的谢意。”说完杨老师就带头鼓起了掌，大家也跟着鼓起了掌。

乔军连忙示意大家停下来，他说：“这里是讲情调的地方，我们这掌声一响，把很多情侣吓住了。”

孙红梅就打趣说：“我们的白马王子就最懂情调了，今天可没有打扰你吧？”

彭洋说：“这小子不结婚就是为了跟人讲情调的。”

乔军反驳道：“彭洋你就别开口了。”

彭洋问：“为什么？”

乔军说：“你一开口，满屋就是酒气，今天中午也没有上酒啊？”

彭洋有点不好意思地开着玩笑说："我就是怕中午增加你们玉龙公司的负担，今天早晨特地多喝了两杯。"

何疆民说："怪不得人家对我们政法部门的印象不好，实际上都是被你们法院给喝坏的。"

杨老师有点担心地问："彭院长！你平常开庭不喝酒吧？"孙红梅和赵梦茹掩嘴而笑。

彭洋气恼地说："杨老师你不要听他们胡说，败坏我的形象。你去调查一下我判的案子，到现在为止还没有一起原被告任一方上诉的案例。"

赵梦茹说："好！我相信你，彭院长，下次我的案子就要请你来判。"

彭洋这次也不饶人了："什么案？离婚案啊，我申请回避，我担心你老公告我以权谋私。"大家都笑了起来。

赵梦茹娇羞地骂道："一个大院长，号称我们同学中的高干，嘴里就没有一句正经的。"

彭洋说："谁让你们泼我的污水啊。"

张灿说："今天我们是来干什么的，是来讨论这个方案的。又说到哪里去了？"张灿最不希望任何话题都往赵梦茹身上转。她认为只要自己在，就不能让赵梦茹露出一点点风骚苗头来。都半老徐娘了，还在这儿卖弄风情。对这种女人就绝不能轻饶，这男人就没一个好东西，一碰上风骚劲就一拥而上，像苍蝇似的赶都赶不开。张灿确实不明白漂亮女人为什么对男人有那么大的杀伤力，而卖弄风情的女人永远是男人心目中的一道风景线。难道你们这些男人就不明白那都是女人伪装出来专门迷惑你们的，你们就这么好骗吗？张灿就是一个不会一丝情调的女人，在她看来所有的柔情都是假装出来的，一个女人为什么要这样强迫自己呢？为什么这些假的东西竟成了男人的抢手货呢？她自己从没有尝到被男人追逐和呵护的幸福，自然也就体会不到其中的快乐了。

确实张灿的一声提醒让赵梦茹清醒了不少。今天张灿在此，不可造次。赵梦茹知道自己的女人味道是绝对不能被张灿接受的，在同学时代，王晓来阴的、张灿则来明的修理自己。现在都几十岁了，犯不着被她们寒碜一顿。看看张灿的打扮，可以用雍容华贵来形容。但是她除了这些，还有什么？即使是她的老公，可能每天想的都是怎么尽可能地离她远些，好方便跟其他女人去幽会。而王晓呢，想了一辈子的乔军，还是没能得到，乔军现在可是我赵梦茹的奴隶了。哪一天真要在你王晓面前显摆显摆，气死你。想到这儿赵梦茹柔柔地看了乔军一眼。

孙红梅说："具体分工看怎么分，这么多工作要分工到人，责任到人。"

刘旭说："下次我就会拿一个具体分工方案给大家派工，大家可以根据自己的时间来调换工作。但是不许拒绝，每个人都必须像孙红梅一样党叫干啥就干啥。"

何疆民说："张灿就是秘书长，你就是CEO，我们坚决服从你的安排就是了。都不许偷懒啊，而且还要明确纪律，上班时间不能喝酒。"何疆民说到这儿，看了看彭洋的表情。

彭洋说："你小子真是欠揍吧，等会儿离开这个讲情调的地方看我怎么教训你。今天的酒是我自己带来的，大家没有意见吧，我请大家喝酒。"在一片惊呼声里，彭洋从裤子的左右口袋里掏出了两瓶五粮液。

何疆民说："这法官的口袋就是大，装两瓶酒一点都不显山露水。"杨老师连忙打岔，意思是小田老师要说话。

小田老师说："我来提两点意见。"

张灿连忙说："请小田老师讲。"

"我看你们给老师造的礼品预算，一个人就高达一千元，没有必要这么浪费吧？再一个就是，每年我们都要参加这种老同学聚会，家里的礼品用不完，有的也用不了。你们要买就买些实用的东西，比如说高压锅啊，电饭煲啊，柴米油盐都行。千万别整那些好看不好用的玩意，我们家里都成灾了。"小田老师说。

张灿说："这好办，标准就不要降了，老师辛苦地把我们教大，我们现在买点礼品孝敬一下，再多都不多。至于买什么礼品，刘旭你可以把给老师买礼品的事交给小田老师来定，不买那些红漆马桶，好看不好用。今天预算的事，我回去跟王玉珲再汇报一下，我想应该没什么问题。"听到张灿这么说，一旁的乔军就有点郁郁寡欢了。今天是他和张灿两人代表玉龙公司来开会的，这好像也是他跟张灿第一次代表公司出来开会。张灿的心目中，玉龙公司的股东好像永远只有王玉珲一个人，在她的心里从没有乔军和曾金刚。这种心态可不是一般人的心态，她可是玉龙公司的财务主管啊。实际上，张灿这么多年来从财务控制上就是这么执行的，报账的程序也是这么操作的。玉龙公司报账都只要王玉珲一人签字就行了，即使乔军和刘旭的发票也是王玉珲签字才可以报账。

玉龙公司的账本有两个，给税务的一套，自己还单独做一套。但是作为股东的乔军也只能看到对外的那套账。这让乔军一直耿耿于怀。以前没有合作时，你王玉珲单枪匹马，不管你们怎么做账，跟我乔军都没有关系。但是现在合作了，你就应该公开账目。至少股东可以看账，股东要知道实情。现在大家甚至对玉龙公司的股东情况都不掌握，除了三个同学股东外，乔军感觉到公司的那百分之五的股份也是名花有主的。而自己并不知道这些神秘的股东是谁。乔军想到这儿，只觉得心里的一团恶气在酝酿、在凝聚、在翻腾。乔军心想一定要团结曾金刚，鼓动他到股东会去争取权利。即使曾金刚不参与，自己也要单枪匹马去闯一回。想到这儿，乔军觉得这件事必须马上去办，不能再耽误片刻。

杨老师说："看样子除了小喇叭以外，包括刘旭等同学都已经开始投入这项工作了。"杨老师的话把大家都说笑了。接着杨老师又说："我看刘旭的这份预算是花了一些功夫的，这么详细的预算好像你只用了十天不到的时间吧？"刘旭点点头。"这么短的时间，光说要搞清每个小项目的报价都不容易啊。应该说刘旭给这次聚会立了头功。"

这话说得大家都暗自佩服，刘旭心里也像灌了蜜似的甜。至少他的前期工作已经获得了大家的认可，为实现他的下一步目标打下了基础。刘旭心里是有个小九九的。他高考只考了个轻工美术学校，毕业后分到雾水轻工局的下属公司做设计工作。没多久单位改制，他便办了停薪留职手续。出来后就开了一家文化公司，专门承接活动策划、广告设计等业务。

但这不大不小的文化公司，业务是不好做的，经常是今天有一单明天没一单的。没有现金流的公司，日子最难过。最开始，刘旭还像模像样地聘了一些设计和业务人员，前台也安排了一位高挑美女。可除了自己不停地在外面跑，偶尔拿一两个单回来外，很难有别的业务上门。每个月下来，交了房租水电，再把工资一发，就没有钱剩。甚至自己的生活费还需要东拼西凑。刘旭想了想，觉得是自己在拼命打工养着这些个雇员，而这些雇员却没有给自己创造效益。于是他先辞退了那个前台的高挑美女。

一天，终于有一单业务上门了，是一个外地驻雾水的销售经理。他看了看刘旭的营业执照就说："能给我开个发票吗？"

刘旭说："当然可以，除了要扣税外，还要给我们公司多交两个点。"外地人递了根烟给他，让他立马就开。刘旭说："开什么项目？"

"你们营业执照允许的设计费。"销售经理说。

刘旭一边写发票，一边问："你的方案都没有，你开了发票怎么回去报账？"刘旭还是想多揽些业务。

销售经理是个很开朗的人，他笑着从提袋里拿出了三份同样题目的不同内容的方案放到桌上，说："你帮我看看，不让你白看，再给你加两个点。"

刘旭一看才发现，这个销售活动征集设计方案的广告曾在雾水报纸上看到过，当时自己看到这个征集广告时就已经过了投稿时间。他还懊恼地在公司总结会上，为此事好好地让大家反省过。现在这三个方案是雾水三家比较有名的文化公司做的，这三个比较专业的方案一时让刘旭有点自愧不如。他一边端详着这三个很详尽的方案，一边暗自高兴这单业务又飞到自己碗里来了。真是"踏破铁鞋无觅处，得来全不费工夫"啊。但是销售经理接下来的话立马就让刘旭心灰意冷，使他对自己这个行业的前途都丧失了信心。

销售经理说："你帮我把这三个方案重新排列组合，只要让这三家公司看到了你重新组合的方案后，不能确认新方案是他们整出来的就行。这个容易吧？"

刘旭一边整合这个杂交方案，一边想，怪不得我的那些投稿方案都石沉大海。有这帮这么会算计的奸商居中，我们这些文化公司不死才怪了。他把这单业务做完了，就辞退了公司所有的坐班员工。他开始单枪匹马地干，自己跑业务。有了业务再去人家家里找设计师做设计，再不养人了，更不投那种没有底的设计稿了。

这次聚会方案，他照样是抱着在做业务的心理来干的。就在做这个方案之前，他本来接了一单可以挣上一笔的业务。是帮一家产品做《雾水晚报》的广告平面设计和广告代理。就是在做这单业务时，他知道了今年老同学聚会的活动消息。他当时确实想过，做完这一单业务，好好为老同学免费服务一次。但是人算不如天算，他的这单业务进行到最后一个半版设计时出了一个大差错。当时晚报就要排版了，催得急。他的广告墨稿一直没出来。最后匆匆忙忙地完工，送到了报社。报社广告部的编辑又是急急忙忙地排版。时间是没有耽误，但是报纸一发出去，市委宣传部的电话就打到了报社。出大事了，原来这个设计稿是在一张全国地图的基础上展开的创意。刘旭为了赶时间竟忘记把台湾岛画上去了。没有多长时间，产品商就知道了此事。

厂商的态度很强硬，说这是个政治事故，给企业的品牌造成了巨大的负面影响。厂方不仅拒付百分之三十的尾款，而且还要刘旭的公司赔付全部广告款。刘旭动用了自己所有的关系，做通了厂里的工作。最后厂方接受了以尾款冲抵广告带来的损失。

刘旭从没有做过这种老同学聚会的方案设计。他花了几天时间，首先了解场所、吃住、交通、烟花等项目的市场价格。然后他勾画了几个模板，再自行排出。最后交出了这个方案。他开始想公开地挣点设计费，就像往常报价一样把设计费开宗明义地列在费用表中。但是转念一想又觉得不妥，大家都是老同学，自己干了点事还要同学的钱，肯定会招来非议的。于是他就准备以另一家设计公司的名义来报这个方案，给那家公司交点税金和手续费就行了。但是雾水就这么大，人家的公司不好控制，说不定哪天就传出去了。

最后他决定了，这个设计费不能公开地拿，因为大家接受不了；也不能隐蔽地拿，因为欲盖弥彰。但是不拿自己的心里又接受不了，自己就是靠这个为生的，这是自己的饭碗，现在业务竞争这么激烈，如果连这样的业务都做不下来，那自己还有什么能力接别的单，这不是挣多少钱的事，这是有关能力的问题。实际上，刘旭现在很缺钱，很需要钱。他的儿子读书不争气，现在的教育现状是成绩越不好，父母的投入就越多。刘旭的儿子已经读到高三了，再过几个月就要上大学了。这些年挣的并不多的钱都投在他身上了。按儿子的成绩来看，大学一本二本可能都没有指望，考一个那种民营的大学估计读下来钱不会少花。现在刘旭就是为了儿子的大学学费在拼命挣钱。如果这种十拿九稳的项目都放弃了，他无论如何都是不愿意的。刘旭计划好了，这个钱只能在采购费里以回扣的方式逐步拿些回来。他知道住宿、酒水、餐饮，那些资源大家都有关系，自己不一定拿得住。但是同学录的设计印制，还有这次视频信号的记录和制作，烟花和会场布置，这些工作肯定会交给自己来完成。这些项目他在预算中已经预先造得比较高，当然刘旭很自信，非行业人员是肯定看不出来的。

张灿听完大家的意见后就宣布了筹备组日后的财务计划和管理办法。张灿说："十二万元我想玉龙公司会很快到账的，我们为了销账方便，会把钱打入玉龙公司的一个分账号上，作为我们此次活动的专用账号，这笔款也作为我们此次活动的专用款。我还建议我作为会计，刘旭作为出纳。大家有意见吗？"大家伙都在点头首肯。"如果大家没有意见，我就再提议，以后的报销账、发票都由经手人和证明人先签字。然后由分项目的负责人签字。最后由刘旭和我签字报账。每个分项目都不得超过今天我们定的预算框架。当然确实有需要突破的要由我们今天在座的理事会成员来开会商议讨论。理事会就相当于我们此次活动的最高组织，就相当于公司的股东会呢。"

大家都开始议论起来，杨老师说："没想到我还过了一把股东的瘾，张灿究竟是玉龙公司的财务主管，一下就把我们的财务管理理顺了。"

刘旭说："我们董事长夫人张灿那是什么人啊？玉龙公司的财务主管，她今天说的就是我们的公司章程。不过张灿主管，我还有点不明白：是不是理事会就是今天这些人？另外是否每次单项费用超支我们这些理事会的成员就都要到齐才能商量？你们玉龙公司股东会是否财务也是这样管理的。"

乔军在心里暗暗说，玉龙公司的财务不可能是这样的，那都是董事长两口子都定好了才对外宣布的；有些定好了，也不宣布，要等到做完了才让其他股东知晓；有些事即使做完了，还不对外宣布，甚至永不宣布。其他股东永远不知道，反正账目其他股东也看不到。乔军很明白自己心里不管怎么憋气，也绝不会把这事搞到老师和同学那里去。他认为确实没有必要让大家为玉龙公司来担心，为自己担心。特别是在周老师的眼中，玉龙公司的学生就是他心目中最团结最有出息的学生。玉龙公司就是他的骄傲，也是他的心血。

张灿说："我说的理事会成员可以是今天在座的各位，也还包括今天没来的其他同学和老师。这应该是个松散结构，下次可能有些今天来过的因为有事不能来，也有可能会来些别的同学，那理事会也照开不误。只要有那么十来个人能形成相互监督机制就行了。我们这个理事会只是个概念，也是个形式，只要起到最后的决策作用就行。至于玉龙公司股东会是怎么弄的，乔军在这儿，你们可以问问他。我只是玉龙公司的财务主管，我并不是很了解。"

乔军一直在听张灿的讲解，心里觉得这些意见都说得很有见地和专业。玉龙公司就应该这么做。这难道是张灿说出来的吗？为什么她回到玉龙公司又不是按照这些意见来管理财务呢？以前自己还一直以为张灿是因为业务不专业才造成玉龙公司财务一言堂的局面。今天才知道张灿并不缺乏专业知识和专业理念，她缺乏的是一颗公平的心。想到这儿，张灿正好提到自己的名字。于是乔军说话了："以前虽然都是一个公司的，但还是不太了解张灿对财务管理有这么高的水平和理念。今天听张灿这么一说，才觉得张灿的提议都非常到位，我完全赞成。至于我们玉龙公司的财务管理，实际上有很多做法都还有欠缺，我们需要学习和改进。不过我们公司有张灿这样的财务高管，我们就不愁玉龙公司的财务管不好。我们会加大玉龙公司的管理力度，让玉龙公司的财务管理逐步完善。"张灿是满腹狐疑地听完了乔军的发言，她已经感觉出乔军对玉龙公司现有的财务管理有所不满了。她不知道自己的什么话激起了乔军要使玉龙公司的财务正规化的兴趣。但她能肯定乔军这次真的要对玉龙公司的现有财务管理制度开炮了。她不知道乔军想达到什么样的目的，她更不知道乔军会采取什么手段来实现自己的目标，今天回去一定要提醒王玉琿关注这个苗头。

王晓安静地坐在一旁，她今天没说什么话。只要跟张灿在一起，她就不会说什么话，这是她多年形成的习惯。不过她从乔军最后紧跟张灿的发言里听出了她好多年前就想听到的话，她也是玉龙公司的老员工了。进入这家公司没多久，她就发现这里说起来是个股份公司，实际上却是一家私营的个体户，反正不管大事、小事都是王玉珲一人说了算。后来她发现张灿只要有什么想法公司就会马上执行，但是张灿自己不会在公司的会议上提什么意见，王晓明白张灿是通过控制董事长来实现自己的想法。刚开始，她还不好对曾金刚说自己的不满，她担心曾金刚这个窝囊废不仅说不好话，还会把自己给卖了。因为她知道在曾金刚的眼里王玉珲就是天下最好的人，甚至比老婆都值得信任。

后来她觉得长此以往，玉龙公司各位小股东的利益都会受到侵害。她开始寄希望于乔军，但这个乔军王晓是非常了解的。他如果还没有意识到问题时，他肯定就像个孩子似的，不管不问。果然，乔军一天到晚就像没事似的，干着自己该干的事，对公司的大事一副与我无关的神态。王晓有时趁着吃午饭时，故意用话去刺激他。乔军只是瞪着个眼睛盯着她，很奇怪王晓也关心这些事，当然眼里还有一些迷惑和不解。因为与乔军的那段不为人知的恋情，王晓平常很忌讳与乔军私下接触太多，看着乔军的那双眼睛她确实是不敢跟乔军多说什么。但是随着时间的推移，王晓愈来愈有些沉不住气了。她总觉得玉龙公司存在大股东侵害小股东利益的现象。她甚至觉得王玉珲两口子把曾金刚的很多分红直接拿走了。曾金刚每次把分红拿回家交给王晓时，王晓都高兴不起来，她觉得曾金刚本应该得到的要多得多。

她开始找一些刊有大股东侵占小股东利益的书刊放到床头来点拨曾金刚，但曾金刚就像个榆木脑袋，一点都不开窍。他拿起床上的书刊总是迅速地翻过那张上面有案例的页面，从书刊的封面开始阅读。往往是还没有阅读到王晓希望他看的内容时，就已经鼾声响起，进入梦乡了。王晓无奈，开始跟曾金刚讲述这些自己亲自看到的案例。曾金刚要么就说："有这样的事吗？那是人家作者为了挣稿费，瞎编的故事吧。"

王晓就说："不信你自己看看，这些个案例有时间、有地点、有细节，都是些新闻报道。"

曾金刚就说："那只能说明作者很高明，写得跟真的一样。"王晓被曾金刚气得半死。后来王晓为了证明故事来源的真实性，开始照本宣科读这些书刊上的故事。曾金刚没办法，只好让她读，但往往是王晓还没读完，曾金刚的鼾声又起来了。王晓只能将书一把扔到床下，一个人在一旁生着闷气。渐渐地王晓就放弃了对曾金刚的想法，她觉得曾金刚就是稀泥巴糊不上墙。

今天王晓猛地听到乔军提到了要改进玉龙公司的财务管理制度，如果她只是单独地听到乔军一人说这个意思也就罢了。刚才可是在张灿提出同学聚会要采用灵活的理事会集体管理制度管理好这笔捐款的话题后乔军才顺势讲到的。那么可以判断乔军已经意识到玉龙公司财务制度的缺陷了。王晓了解乔军，如果是乔军打内心这么看这个问题，他就会义无反顾地做到底，不撞南墙不回头。乔军的觉醒让王晓本来已经凉了的心像被重新点了一把火，又燃了起来。王晓有点喜不自禁了，她猛地想到张灿就在自己的身旁，于是她又偷偷地看了张灿一眼。发现张灿注意力正放在听大家的发言上，她才安下心来。她决定要严密注视着乔军的进展，她认为这次在乔军这头犟牛的努力下，财务管理有可能会改观，曾金刚的股份将有可能变成实股。乔军是不需要自己援手的，但是在关键的时候，自己也会想方设法地帮助乔军。想到这儿，王晓又不禁想起乔军以前的好来。

第九章 乔军的力量

THE NINTH CHAPTER

乔军说："你怎么说人家偷税漏税了，你有证据吗？人家挣了钱你们不能眼红啊，是不是？那里面的暴发户我还真认识几个。人家是勤劳致富，你认识人家吗？"

"我怎么不认识，卖菜的、洗脚的，都是这些人发财了。"乔书记说。

"这些人发财就不正常了？非要做官的发财，非要官商勾结的生意人发财啊，那会出问题的。"乔军说。

晚上，乔军回了家。这么多年来，除了在外面读大学，其他时候乔军基本上没有离开过父母的身边。父亲是离休干部，房子在县改市之前，可能是整个雾水县最大的。他们家的房子就在老县委里面，县委大院里单独划了个角出来，给几位县里的离休干部一人建了栋老干楼。外面还用红砖砌了一圈高高的围墙，从外面看去就只能看见里面小楼的灰瓦顶了，这个老干部的院子也被县里的百姓习惯地称为老干院。

一道红墙隔断了视线，让墙外的人对大院里面多了几分神秘感和憧憬，而墙内的对外面的世界也多了一些偏见和误解。乔军的爸爸乔书记就是这样一位老领导。反正每天有事没事地都要把县里的大事挨个点评一遍。当然这种点评基本属于泛泛而评，指向性并不明确。主要的敌人就是“当下”，主要的正面形象就是“我们那时候”，总而言之就是今不如昔。最近让乔书记最头疼的是随着房地产的开发，老干院的隔壁也被房地产商开发成高档别墅区，取的名字就叫“贵府官邸”。那一栋栋别墅建得比老干院高档多了。中央空调，全天热水，视频监控。最让乔书记受不了的是“贵府官邸”开发商在大小广告牌上都要标明：“占‘老干院’天时地利人和，比‘老干院’高档安全舒适。”

乔书记退下来这么多年，照样能以老干部的胸怀对待基层群众。他上街买菜，肯定会顺便问问菜农的疾苦，多给菜农些菜钱。如果有老菜农认出了他，要白送菜给他，不要他的钱，那他说什么都不会同意，定要对方收下钱才罢休。当然他要是看见管理人员跟菜农们闹矛盾，他肯定会很生气，然后旗帜鲜明地站在弱势群体的一方。

可是让他窝火的就是旁边的豪宅，乔书记认为这旁边就不应该修这栋高档别墅。没修这个“贵府官邸”之前，老干部还可以在这片树林里散步、下棋、聊天、遛狗。

在乔书记的心里，这里早就是老干院的后花园了。当初开工前，乔书记还为此事专门找了雾水市的市委书记。市委书记解释说，现在市里没有钱，又要修路，开发商同意为雾水修路，但是要把这块地抵给他们。当时市里担心老同志会有意见，也不想用那块地抵，但对方好像就是看中了那块地似的，不买到那块地就撤资走人。最后市里只得做出了让步。一栋栋漂亮的小别墅就是在乔书记的眼皮下建起来的，这让乔书记很不高兴。

今天当乔军在中西餐厅开会时，乔书记要外出，他打电话到市委老干办要了车子。然后就走到院子门口等车。以前市委办的车可以到乔书记的家门口来接人，而现在司机老抱怨老干院里面的私家车多，不好掉头，坚持要使用车的人走到院门口来等。乔书记在院门口等了一会儿，老干办的车还没来。隔壁的“贵府官邸”开出一台黑色的豪华奔驰车来，车开到乔书记的面前竟停了下来。车窗自动地滑了下去，一张饱经沧桑的脸露了出来。乔书记觉得似曾面熟，对方尖着个嗓门大喊乔书记。乔书记愣了一愣，突然想起对方就是他每日里买菜多给钱的老菜农。

老菜农一边伸出手来跟乔书记握手，一边尖着嗓子大声说：“乔书记要上哪去啊？我们送你去。”

乔书记伸出手迎上去，和蔼地笑着问：“这是谁的车啊？奔驰车，好车啊。”

老菜农说：“我女儿买的，我们在你隔壁住呢，女儿买了这里的二号楼。”

乔书记有点纳闷地问：“那你女儿是做什么买卖的？能挣那么多钱？”

老菜农自豪地说：“我女儿在深圳开洗脚城，开了好几家了。”

乔书记放下手来，他猛地感到本来应该是自己坐在车里面对外面躬着腰的人说话，今天竟然倒了过来。何况今天坐在豪华车里跟自己说话的是一位自己从来就视为需要救济的老菜农，自己也确实每天在救济他。但是此时此景让他很不适应，很不舒服。乔书记和蔼的笑容好像一时凝固了，他对菜农说：“你走吧，我在等车呢。”

老菜农的奔驰车走了，老书记又在门口踱着步等着车。现在这领导一旦退下来，小车司机的车就越来越不好等了。这也难怪，那时在台上时就知道，小车司机没有领导愿意要的，就都分到没有油水的老干办去了，现在也该轮到看他们的脸色了。乔书记注意了一下“贵府官邸”进出的车都是一些好车名车，而且都是清一色的官方习惯的黑色。“贵府官邸”的大门高大庄重，门口站着两个扎白色武装带的很威风的保安。再看看老干院这边的院门，明显小气多了，一个戴着红袖章的瘦小的老头在传达室门口烧着开水，红袖章上还沾着不知从哪里蹭来的白色油漆。大门边好久没人清理过的杂草里，几只老干部家里养的鸡正在觅食。乔书记只是觉得这个世界变化得太快了。怎么当领导的就不像领导了，当农民的也不像农民了。你说刚才那个卖菜的老菜农都住到这里了，还跑菜市场那里去卖什么菜，装什么穷。弄得我是剃头挑子一头热，真是出洋相。

正想着，老菜农的奔驰车又开了回来，老菜农伸出脸来说："乔书记，车还没到啊。要不你就坐我的车去办事吧，没关系我走回去。"老菜农边说边下了车。

乔书记鼻子里哼了一声，就背着手，一个人走回家去了，把老菜农撂在大门口发愣。这位老菜农实在不理解乔书记为什么要气冲冲地走回去了。

乔军回到家时，正碰上乔书记在沙发上生闷气呢。乔军进门换着拖鞋，乔军妈妈连忙走了过来问他吃过晚饭没有。

乔军说："已经在外面吃了。"

乔军妈妈嗔怪地说："每次外面有应酬也不预先来个电话，跟你说过多少次了，害得我们又要吃几天的剩饭。"

乔军说："剩饭可以吃，但是剩菜就不能放了。"说完乔军就去开冰箱，他拿出两盘菜就往洗手间走去。

他妈妈急忙问："你要干什么？"

乔军说："我要帮你把中午的剩菜都处理掉。"说完乔军就把剩菜一股脑都倒进了抽水马桶。

妈妈抱怨着说："这中午的菜我想留在明天吃的，你就这么浪费啊。这菜又不要你吃，你倒它干什么？"

乔军爸爸在一边搭腔说："他现在就像隔壁什么官邸的人一样摆阔气，像暴发户一样浪费。"

乔军立住了，对乔书记说："我说乔书记，你们这些老干部不是一天到晚都喊着要使老百姓富起来。这老百姓一旦富起来，你们又说人家摆阔气、浪费。"

乔书记说："那你也要看看那都是什么人富了？都是些暴发户，偷税漏税。"

乔军说："你怎么说人家偷税漏税了，你有证据吗？人家挣了钱你们不能眼红啊，是不是？那里面的暴发户我还真认识几个。人家是勤劳致富，你认识人家吗？"

"我怎么不认识，卖菜的、洗脚的，都是这些人发财了。"乔书记说。

"这些人发财就不正常了？非要做官的发财，非要官商勾结的生意人发财啊，那会出问题的。"乔军说。

乔军妈妈说:“你们两父子一见面就要吵，你们可以一天不争论吗？人家发不发财跟你们又没有关系，你们老为人家的事去争论值得吗？”乔军妈妈摇着头说。

乔书记仍然不服气地说:“你说卖菜的一天能挣多少钱？洗脚的一天能挣多少钱？不偷税漏税怎么能发财。还有一点我早就提醒你，要跟王玉珲保持距离。他的屁股上不干净，他迟早会出事的。”

乔军说:“你不要瞎说，都是些没有根据的话，你这些话真传出去是要负责任的。”

乔书记:“放屁！我也是一个国家干部，会随便乱说吗？我再跟你说一遍，王玉珲的爸爸曾经跟你爸爸有过过节，你要担心他会报复你。”乔军的妈妈一看两父子又纠缠在一起了，急忙把乔军拖进了里房。

乔军的妈妈说:“你爸爸年纪大了，看什么都不顺眼，你就让着点吧，他也是为了你好。你爸爸说的话也可以给你提个醒，你只是注意点就行了。”

夜深了，乔军在沉思。这次该怎样向公司股东会提出调整公司的财务管理方案，财务管理方案以前的问题出在哪里？乔军想《公司法》对股东的权益早就有明确规定，财务肯定是对股东公开的，不能再做账外账了。王玉珲一直在沿用他过去开夫妻店的思路在管理公司，他自己主外，妻子张灿主内，完全忘记了股东的存在。之所以会有这样的局面，主要是源于这个公司所有的资金是由他一人出的。至于其他两位股东的股份，对于王玉珲来说就像那个公司留为机动的百分之五的股份一样。他是送出去的，送给谁，是他说了算。他送的对象基本上都是权力部门的负责人，人家持有了玉龙公司的股份是不可能来玉龙公司参与管理的，也不可能来监管玉龙公司的账务的。这就促成了玉龙公司现在的管理模式。玉龙公司到底挣了多少钱，最后都由张灿一言堂了。

现在王玉珲对待自己和曾金刚的股东问题也沿用了对那些官员股东的处理方式，他认为自己跟曾金刚的股份也是他王玉珲送的，和其他官员的股份并无二致。既然是一样的，那管理也应该是一样的。但是实际上我和曾金刚的股份与官员的股份完全不是一码事，我们的股份已经堂而皇之地在工商局注册备案了。股份是多少，出资多少，都很明确地在公司章程里写了。虽然我跟曾金刚的出资是假的，是由王玉珲垫付的，但公司注册的那个时候，知识产权、无形资产还不能作为入股条件。按照现在的公司法，我跟曾金刚也可以以无形资产和知识产权直接入股了。更何况我跟曾金刚的股份总和也没有超过国家规定的限额。而且当时股东签的股份合作书，各位股东出资的比例也都经过了公证。

应该说自己跟曾金刚的股权是已经被确实了的，没有争议的。现在只是要求严格按照公司法来管理玉龙公司就行了。恢复正规管理也很简单，只要张灿不要再管玉龙公司的财务就可以了。财务主管和财务人员都可以对外公开招聘。财务的账以后里外也只能做一套，财务公开是最基本的要求，如果股东连公司财务都不能掌握的话，这个公司管理上肯定是不透明的。想到这儿，乔军觉得需要更加具体化，他必须用文字来写个报告，详细地把自己的诉求全部都写出来，再提请股东会执行。乔军想自己的财务方案是公司法要求这么做的，尽管王玉珲的个人股份已经是玉龙公司的绝对控股方，但这次王玉珲是怎么也逆转不了这个方案的实行的。于是，乔军开始坐在电脑前写起报告来。

正在此时，乔军的手机有短信进来了，乔军一看是赵梦茹的短信："我想你了，你快来吧。"乔军也有一段时间没干那事了，他想起赵梦茹那熟透了的魔鬼身材，不禁有点蠢蠢欲动。他思索了一会儿，看了看打开的电脑，他想还是先干完正事再说吧。于是他回了条短信："今晚有点工作没完，明天行吗？"

赵梦茹又回了一条短信："今天你有事，说不定明天我也有事呢？"

乔军回信说："生气了？"

赵梦茹回信说："没有啊，你先忙吧，明天有正事跟你谈。"

王晓这天晚上是怀着十分欣喜的心情回到家的，她觉得自己的想法借助乔军的力量是很可能会实现的。王晓想把今天的事情跟曾金刚好好说一下，她倒不是希望曾金刚能帮乔军什么忙。主要是她想跟曾金刚说好，让曾金刚注意乔军的进度，她想掌握乔军的步骤。她很清楚，依靠曾金刚，是徒劳的，曾金刚帮不了乔军什么忙。但至少要保证在乔军全力争取权益时，曾金刚的屁股不能坐到王玉珲那边去。最关键的是，曾金刚作为玉龙公司的股东，他可以最快地了解到乔军的信息。

王晓准备做饭了，她每天都必须把孩子一天三餐准备好。玉龙公司是有免费午餐提供的，曾金刚经常在公司食堂吃饭。王晓每天还得赶回家，把清早出门前已经准备好的菜下锅，做熟。清早煮上的米饭早就煮熟了，在电饭煲里保着温。中午她只要比在雾水一中念书的孩子早回来二十分钟就可以把饭菜准备妥当。等孩子吃过中饭，她把锅碗洗了，收拾妥当，便去上班了。出门之前，她得叫醒午睡的孩子。然后楼道里就传来王晓高跟鞋急促的下楼声音，这时王晓的孩子知道，再不起床，上课就会迟到了。于是在上初三的男孩，就会一掀被子，滚下床来，飞快地穿衣、穿鞋，很快楼道里又会传来男孩急促而又富有弹性的步履声。

下午下班时间比孩子放学的时间要早得多，王晓这时候就显得比较从容。公司到家里只要走上十几分钟就够了。王晓会在途中停下来，拐进旁边的一个自由市场，她得顺便带点新鲜小菜回家。肉类一般都是在超市里提前买好的，只有这新鲜小菜她还是愿意在自由市场买。在菜摊上，她还能经常碰到提着菜篮子的乔军的父亲，但是乔军的父亲并不认识她。她一直庆幸自己跟乔军悄悄恋爱了一段。两人当时爱得天昏地暗的，也可能一开始她就对这段爱情有顾虑，所以早早设计了保密的底线。这个底线到现在，还在发挥作用。曾金刚能跟乔军正常地共事，自己的家庭和和睦睦。

今天王晓经过鲜鱼摊位时，她看到新鲜的基围虾。不知道是基围虾不容易养还是太贵，反正王晓在超市里，从没碰到过。她还记得上次乔军请客，让把家属都带上，自己的孩子也去了。一大盘基围虾，自家的孩子吃了一半。于是王晓买了一斤基围虾。老板用网兜在鱼池里捞了一下，就上了秤，老板麻利地说："一斤一两。"

王晓说："我只要一斤。"

老板捡了几只出来，又称了一下说："一斤！"

王晓说："我看见了，那里面有死的，挑出来。"老板只好挑了出来。王晓接过基围虾，付了钱。她想了会，说："我回去路上，又会死掉一些。这基围虾得吃活的，死了就等于白吃。"老板没办法，就接过基围虾走到房里去。王晓跟着老板走了进去，老板打开一个氧气瓶，把装基围虾的塑料袋子充满了气。塑料袋子顿时就鼓了起来。王晓说："你有氧气还藏着掖着，不愿意用啊，真抠门。"

老板说："我这氧气是专门用来长途贩运的，不是碰上你这么精明的客人，我还真不会拿出来呢。"

王晓又问："这基围虾怎么做？像餐厅里那么剥开吃的。"

老板耐烦地介绍说："很简单，开水开了锅，把这基围虾放在开水里煮熟，然后捞起来。自己配上点调料，酱油、醋倒一块。蘸着调料吃就行。"

王晓说："倒是简单，你也很耐烦。"

老板笑着说："本来这雾水没人吃基围虾，都是我不停地教会顾客做，我这生意才慢慢做起来的。耐烦可以给我带来效益，我当然会耐烦了。"

这时王晓的手机响了，来电话的肯定是曾金刚了。王晓接过电话温柔地说："又不回来吃饭吧，我今天可是买了基围虾，第一次学着做基围虾，你不回来尝尝？"

曾金刚说："今晚要陪客人吃饭，吃了饭再回。"

王晓说："那我给你留些基围虾吧。"

曾金刚说："今晚我陪客人吃的就是海鲜，你就别留了。"

王晓撒娇地说："那毕竟是我做的嘛？"

曾金刚说："那好！你跟儿子多吃，给我留几只就行。"王晓知道必须把丈夫哄好了，这个家庭才和睦。王晓因为高中毕业时遭遇到的那次家庭灾难，她一夜之间就失去了父母和哥哥。事实上她就成了孤儿，因此她是特别看重现在这个家庭的。她的家对她来说就是她的港湾，也是她所有安稳的寄托。

她想为孩子买一台钢琴，她想换一套更大的房子。她希望曾金刚能穿上和王玉珲一样的名牌服装，自己也能穿上和张灿一样的服饰。她还想等孩子初三升学考试完成后，她一家三口出去旅游个十天半个月。但是钱成了阻止她实现这些梦想的障碍。王晓一直认为她的家庭本来是可以过上她梦想的生活。只要玉龙公司的分红能切切实实地分到曾金刚的手里，他们家就不缺钱用。而现在是因为玉龙公司的财务被控制了，玉龙公司的股东分红完全是张灿说了算。她相信王玉珲在财务的分配上完全会服从张灿的意志。

她认为决定他们家的富裕程度完全取决于玉龙公司的年终分红，而确定分红的最终裁判就是张灿。她对张灿太了解了。在张灿的心目中，除非她自己娘家的人，她可以顾及，即使是王玉珲，在张灿的眼里也只是一个挣钱的工具而已。在分红这个问题上，王晓从来就没有期待张灿会大发善心。

王晓一边寻思着，一边把基围虾做了出来，她再炒了个鸡蛋，做了一个小菜，打了个汤。她一边尝着自己调配的基围虾调料口味，一边加着酱油。直到她觉得有点海鲜楼的味道，才把调料端上桌。她估摸着孩子快到家了，她把拖鞋先放到门口，然后把门打开，虚掩着。她开始为儿子剥起基围虾来，基围虾还有点烫手。儿子一头撞了进来，王晓兴奋地招呼着："宝贝！快去洗手，吃饭！"

儿子可能是饿了，飞快地洗手，然后一屁股坐在餐桌旁。他一看有剥好的基围虾，也等不及了，伸手就去拿。王晓兴奋地呵斥着儿子，用手去打他那只抓基围虾的手。儿子还是把基围虾送进了嘴里。王晓剥了半天的基围虾，被儿子几口就吃完了。王晓只能赶紧加快速度去剥，剥一个，刚泡进调料碗里，儿子的筷子就跟了上来。就这样，王晓还没吃一口饭，基围虾就没有了。等基围虾被吃完了，儿子也饱了。儿子吃完后，就坐到电视机前去了。王晓就喊着："只能看新闻啊，七点半就开始做作业了。"王晓把剥了基围虾的手洗了洗，自己装了一碗饭就开始吃起来。

吃完饭，王晓便连哄带骗地把儿子弄进了书房，自己开始洗碗。接着她开始收拾起清早上班前没来得及收拾的房间。正干着时，曾金刚回家了，他一身酒气地躺在了床上。王晓洗干净手，为曾金刚脱了鞋，然后脱起衣服来。曾金刚可能是敏感部位被摩擦了一下，他搂过王晓的头就亲了起来。王晓用手遮挡着，嘴里轻声地说着：“儿子还在做作业啊，一身酒气！”

王晓将儿子的作业检查了一遍，就让他洗脸、洗脚、漱口，然后上床睡觉。王晓把孩子第二天要穿的衣服准备好，放到他的床头，再关了房间的灯，带上房门。她知道今天晚上丈夫会与她同房。按照多年的习惯，王晓先给曾金刚泡了一杯浓茶，她知道每次同房前他都习惯要喝一大杯茶水，他是试图把自己的小老二涨得大大的。然后王晓端了盆热水，要给曾金刚擦拭下身。曾金刚每次喝过酒，好像酒壮英雄胆似的，他就会要求同房。曾金刚曾经阳痿过，是自己慢慢把他治好的。她也不嫌弃曾金刚满身的酒气，每次他俩做爱都是在强烈的酒精气味中进行的。

高中快毕业时，曾金刚得了阑尾炎，痛得不行。医生害怕穿孔，没给他服止痛药。并立即实施手术。手术前，根据流程要先把下身的毛给剃干净。来了两个女护士，她们大大咧咧地让曾金刚把裤子脱了。曾金刚害羞，扭扭捏捏地不愿脱。那位护士的一句话，就让曾金刚听后毫不犹豫地脱了。那位漂亮护士说：“你那玩意我们就像每天拿筷子一样，见多了。”刮毛时，曾金刚的小老二竟不争气地疯长起来，直直地立在那儿。漂亮护士干完活，收拾好东西，就用刚脱下来的橡皮手套打了曾金刚的小老二一下。嘴里还轻轻地骂了一句：“小公鸡！”这一打“小公鸡”立马就蔫了。从此后，曾金刚就得了阳痿。那个时候没有医闹，医患关系纯净。最关键的是曾金刚根本就不敢对父母提起自己的阳痿。

曾金刚的阳痿毛病也就没有传出去，也许不结婚便不会知道自己有阳痿。倒霉的是王晓，她也是在离开乔军后的两年，被学校好心的同事不断地介绍与不同的男青年见面，才巧遇曾金刚的。老同学互相了解，于是两人谈起来就很快。王晓在完全不知晓的情况下走进了新房，就在洞房花烛夜，王晓知道自己遇上了麻烦。不过王晓没有慌张，也没有责怪。她知道婚都结了，等于新闻发布会都开了，她已经没有回头的可能了。不像与乔军即使分手了也神不知鬼不觉。她开始带着曾金刚四处寻医访药，最后一位老者告诉了她现在的方式。

王晓把自己收拾干净了，在镜子前还补了补妆。然后她穿着在网上买来的丁字裤和性感内衣。她开始一件件地脱着曾金刚的衣服，小手还不时轻柔地碰触着曾金刚的小老二。曾金刚醒了，他看到王晓的装束，知道他们夫妻间的游戏又要开始了。他端过王晓递过来的已经凉下去的茶水，咕噜噜地喝了下去。然后他舒坦地躺在床上，王晓用热腾腾的毛巾开始擦拭着曾金刚的身体。

多年的擦拭，王晓已经完全懂得丈夫身体的敏感点。她有些地方擦得轻，有些地方擦得重，有些地方反复地擦。而在曾金刚朦胧的醉眼里，现在的王晓就是他的性奴。王晓仍旧结实的乳房在他的眼前不时地晃动，王晓的丁字裤吸引着自己想伸手去扯一扯。王晓摩挲着曾金刚的身体就像摩挲着婴儿的身体。她渴望自己的摩挲会激起曾金刚的激情，会让曾金刚百倍地爱抚自己。她每次只要激发了曾金刚的情欲，曾金刚就像一头野兽无休无止地与自己交合。王晓知道这不是所有做妻子的都有的运气，这也是吸引自己去摩挲对方的动力所在。

曾金刚的阳痿就像一把锁，这把锁可只有王晓的这把钥匙能打开。现在这个花花世界，做老婆的到了王晓这个年龄，没有谁不担心老公哪天在外面就有了相好的。如果这个世界上还有一个妻子不用担心老公出轨的，那就是王晓。因为没有哪个女人拥有王晓的这把钥匙。

到现在为止，王晓至少跟两个男人做过爱，一个是她的前任男友乔军，一个是现任丈夫曾金刚。乔军在做爱上面，也许是太年轻。在王晓看来有着高仓健形体的乔军，在床上却丝毫没有高仓健的风采，他的表现太令王晓失望了。王晓想起乔军在床上的表现只觉得他就像个绣花枕头。而曾金刚正好相反，长得就是个书生样，做爱前还得把眼镜取下，小心地放在床头柜上，但是一旦进入了角色，那就像一部不知疲倦的机器，永远地工作着。王晓现在就是在心摇旗荡地享受着这部机器带来的刺激。

王晓曾经想过，老公的功夫可以治疗任何性冷淡的女性，保证一次就有效果。有一回王晓带着孩子在散步，一个农民正赶着一头专门用来配种的公猪往前走。那头公猪体形高大，四肢较别的猪都要长一些。王晓知道这猪是干什么用的，她第一印象就是想到了自己的老公曾金刚，她觉得曾金刚就像这头种猪。儿子是第一次见到这种猪，他不解地问妈妈：“这是什么猪啊？”

王晓冲口而出：“这猪就是你爸爸。”

儿子有点生气地指着妈妈说：“你骂爸爸！”

王晓连忙笑着改口说：“我是说你爸爸每次喝了酒一动不动就像个懒猪。”

两人高潮过后，在床上静静地躺了一会儿。王晓等曾金刚的身体完全柔软下来，她才抽回了自己的身子。王晓问道：“舒服吗？”

曾金刚用手摸了摸王晓的脸说：“每次你都要问同样的问题。”

王晓说：“因为你每次都要做同样的事啊。”

曾金刚笑了说:“舒服!痛快极了,我真的很幸福,这辈子娶到了你。”

王晓说:“好了,情话我们就不多说了,今天我做的基围虾你还没吃呢?”

曾金刚说:“你看我还能吃得下吗?”

王晓又说:“今天要跟你说的不是吃基围虾,我今天中午跟同学们讨论怎么管理好玉龙公司的这笔捐款时,张灿说要在筹委会的上面设个临时性的理事会,依靠理事会来管理好筹委会的财务。这席话让一旁的乔军听进去了,乔军发言时就顺便讲到了玉龙公司的财务管理也要规范起来,我估计乔军肯定会有具体的行动。”说到这儿,王晓不禁有些眉飞色舞了。

曾金刚在一旁泼着冷水说:“搞不好的,乔军没这个能耐,王玉珲改不过来的。”

王晓说:“你不了解乔军,人家是不撞南墙不回头,乔军是撞了南墙也不回头。这事让乔军去捅,有八成把握。”

曾金刚摇着头说:“你可不要帮衬着哪一方去对付另一方,乔军肯定会碰得头破血流的。你以前不是提醒过乔军吗,为什么那个时候他不去争取,现在倒想干了?”

王晓说:“乔军这人,他如果还没认识到这个问题,便想都不会去想。但是一旦他认清了这个问题的严重性,那他就会一条道走到黑。当初我跟他说的时候,他还没开化,这一次可是张灿提醒他的。我现在倒不需要你去干什么事,知道你义字当头,你也不愿意跟王玉珲去对着干。但是有一点你要明白,不管是从《公司法》来说,还是从作为玉龙公司的股东的实际利益来说,乔军的思路是完全正确的。”

曾金刚说:“正确的事情不一定能行得通,说不定现在这种格局就是玉龙公司的最佳平衡。打破了这种平衡,也许玉龙公司就会解体,就会完蛋。”

王晓有点气愤地说:“按照你的意思,任人宰割、安于现状就是保持平衡了?只要维护自己的权益就是不对了,就是破坏平衡了?现在好在不是让你来做,你除了床上那点功夫,其他都窝囊。”

曾金刚说:“我们现在的待遇不差吧。那都是王玉珲给的,你就当他本来想给一百块,最后只给了五十块就行了。你只要这么想就什么都想通了。”

王晓说:“不对!他为什么不把这五十块随便给一个大街上的人。因为他给的股份和你的付出是一致的,你的价值就值这个股份,这是你应该得的,不是他施舍的。现在我们只是要搞清我们该得的是不是都得到了,不能被欺骗。我们到现在为止并没有任何非分之想,我们并不是去要更多的利益,我们只是想要回我们该得的那部分。”

曾金刚有一会儿没出声，他从来没有听到王晓这么系统地说这件事情。今天是第一回，他被王晓这么一说，开始觉得她的一些观点能站得住脚。他沉吟了半天最后说："你让我做什么？"

王晓说："实际上有了乔军在这里弄，你不用抛头露面了。但是话讲回来，乔军来跑这件事情，最后我们也将获益。所以我们能帮乔军的地方，一定得帮他。但我不是要你公开地站出来和乔军站在一条战壕里，我只是希望你每天注意乔军的进度，然后我俩通气。"

曾金刚说："你是让我当间谍啊，这容易啊。乔军和王玉珲以后有什么风吹草动我及时向你汇报就是了。"

王晓说："我们家的彩电都偏颜色了，实在是没有办法看了。"

曾金刚说："我已经跟朋友说好了，周一带钱提货，就是你上次看好的那个型号。"

第十章　王玉珲的赌场

THE TENTH CHAPTER

王玉珲的赌博历史伴随着他经商创业的始终，他一直认为人生就是一场长线赌博，做生意是中线赌，只有在赌场里才是短线快赌。一个生意人不敢赌就不可能有什么大成就。王玉珲倒不是时时刻刻泡在赌场里不能自拔，他是一个无赌可以过，有赌不放过的人。他喜欢赌场里那一掷千金的豪气，更欣赏愿赌服输的潇洒。

快下班了，张灿刚走，张军便到了王玉珲办公室。张军说："大哥！明天周末，有个朋友打电话来，说他新近开了个场子，邀请我们去玩，不知你有别的安排没有？"

王玉珲刚才被张灿一席话说得心里七上八下的。张灿介绍了她讨论赞助方案时乔军发言的内容，她已经感觉出乔军对玉龙公司现有的财务管理非常不满。她能肯定乔军这次真的是要动手了。王玉珲满腹的委屈，他想乔军你怎么能这样呢？自己将所有都投了进去，含辛茹苦地才打拼下这么一片天地，乔军就要捣乱，这是为什么啊？王玉珲正在苦闷时，一听张军有赌局，他的眼里就闪出兴奋的神采，他问："远吗？"这么多年来，王玉珲一碰上生意上的压力，他就需要用豪赌来宣泄自己的情绪，缓解心中的压力。这已经成了他生活的一部分，可能每个敢于拼搏敢于承担压力的人都有自己排遣压力的绝招。而王玉珲的绝招就是豪赌。

张军说："不远，有车接，坐一二十分钟车就到了。"张军这个小舅子，能跟王玉珲处得来，就是因为能玩在一起，王玉珲还没跟张灿结婚前，他俩就在一起玩。俩人第一次出去玩，是张军来邀的。当时王玉珲还有点担心，是不是张灿故意派来考验自己的？但王玉珲又碍于面子不能不去，于是就勉为其难地去了。

王玉珲至今还记得张军带自己去的地方是一个公共澡堂，从外面看这个澡堂与别的澡堂没有什么不一样。洗完澡，他们换了一套澡堂的服装。张军说："我们到VIP房！"于是张军带着他穿过一道厚厚的防盗门，走过一条暗暗的通道。有服务员在一个拐弯处等着他们，服务员把他们领到一个大房子。里面的灯光暗暗的，服务员把手掌一拍，大厅的灯光亮了。服务员和张军的目光都注视着王玉珲的身后，王玉珲转过身去，吃惊地发现身后台阶上坐着几十位衣着暴露的小姐。张军这时也不管王玉珲了，点了个身上挂着七十五号牌子的女孩进了包厢。服务员把眼光礼貌地落到了王玉珲身上，王玉珲也没办法，只得点了个女孩进了包房。但这次王玉珲却什么都没干，他出来结账时，自己把单买了。通过这一次和张军出去玩，王玉珲就了解了张军邀他出来，是想与他接近些，但最主要的是看中了他口袋里的钱，想让他买单。而他自己没有那么多的时间，去寻找这些比较隐蔽的场所。再者有张军做掩护，在张灿那里就好过关了。从此后郎舅两人成了吃喝嫖赌的搭档，两人各取所需，谁也离不开谁。

王玉珲说："那我们就去玩两天，好久没过瘾了。"王玉珲拎了个包，张军用王玉珲办公室的座机给张灿去了个电话，随便说个理由请了假。说来也怪，张灿是一个不太相信别人的强势女人，但对自己的弟弟却是偏爱有加，王玉珲只要跟张军一块出去，她从不拦阻。

张军又陪着王玉珲去了趟银行，两人就上了赌场来的车，车上已经坐了几个人了，车开了一会儿，司机说："现在快要到了，为了保密，要委屈大家了。每个人都要戴一会儿眼罩。"于是有人走了过来，给每人戴上一只眼罩。同时，王玉珲也听得车窗的窗帘被拉上了。根据车窗外的声音，车子好像开进了一条暗道，过了一会儿，汽车在加油爬坡。王玉珲心想这是个什么样的赌场，以前也去过不少赌场，也没见过这么戒备森严的。

王玉珲的赌博历史伴随着他经商创业的始终，他一直认为人生就是一场长线赌博，做生意是中线赌，只有在赌场里才是短线快赌。一个生意人不敢赌就不可能有什么大成就。王玉珲倒不是时时刻刻泡在赌场里不能自拔，他是一个无赌可以过，有赌不放过的人。他喜欢赌场里那一掷千金的豪气，更欣赏愿赌服输的潇洒。他跟人打牌，不论输赢，都是谦谦君子，从没有半点赘言。雾水很多打牌的人都愿意找王玉珲打，王玉珲从没有给牌友压力。王玉珲打牌还有一个特点就是敢赌，敢打大牌。他曾经一晚输过两百多万，他喜欢体验那种一个回合定生死的感觉，他觉得这也是常人体验不到的心理感受。实际上一锤定音是缩短了生意中的很多环节，让生意变得简单，直接。但王玉珲每到赌场，总是不盲目，如果他认为有人在玩老千，不管有多大的诱惑，他也不会上牌桌。再有一点，打牌前，他会先说好自己退场的时间，时间一到，不管输赢，王玉珲肯定走人。坚定的控制力是王玉珲在赌场里逢凶化吉的法宝，也是他坚持打了二十多年牌的利器。

等王玉珲摘开眼罩后，便揉了揉眼睛，让眼睛适应了周边的光线。然后他开始观察起四周的环境来。张军问："这穷山僻壤，到什么地方了？"

王玉珲睁开眼时，便觉得这周边环境好像眼熟。短短的一会儿他就反应过来了，这是他曾经生活过的雾水一中的校办农场。那栋他曾睡过的农家老屋就在身后，那间牛棚一样的教室也还静静地待在原地。教室旁的山坡上挖出了一个篮球场大小的停车坪。在农屋的后面用红砖修建了一栋三层楼高的楼房。

王玉珲走到那老农屋前，指了指一间虚掩的房门，对张军说："你推开看看，天花板上的缝隙上钉上了很多长短不一的板子。"

张军推开那间虚掩的房门，看了看天花板。诧异地说："你还真说对了，上面确实钉了不少的木板。"

王玉珲说："那是我钉的，这里是我们雾水一中的校办农场，我跟你姐姐都在这儿待过。不过那时没通汽车，要走几个小时才能到城里。"

张军说："我记得姐姐读书时在你们农场住过，她还有一副箩筐送给了我，说等我再下农村就不用买了。那你们玉龙公司的股东们都在这里住过？"

王玉珲说："是，那段日子生活上很苦，我一天到晚就是想吃肉，做梦都梦到吃肉。"王玉珲不知怎么想起了自己青春期的那几件难堪的往事来。

张军看到王玉珲陷入了沉思，就说："这让你很怀旧吧？"

王玉珲说："是想起一些过去的事来，你跟我来看！"王玉珲带着张军往农场的茅房的位置走过去。

赌场的工作人员在喊他们，张军说："我们就过来。"

王玉珲指着远处的雾水河说："雾水河你是知道的，看到对面的那尊石头吗？像头狮子吗？"

张军说："像！很像。"

王玉珲说："我们把它称为狮子岩，那头狮子的鼻子下雨时就会渐渐变红，很奇异吧？"

张军问："那为什么？"

王玉珲说："我也不知道。"

直说得张军连声说："奇怪！真奇怪！"

"再看看我的鼻子是不是有点红了？"

张军说："真红了，你跟狮子岩有关系吗？"

王玉珲开着玩笑说："交叉传染。"

张军大吃一惊的感叹："真的？那你可是真命天子。敢跟石狮子同步，天意啊！今天你不赢都不行。”

王玉珲拉了一把还在看狮子岩的张军说：“走吧！打牌去。”王玉珲揉了揉鼻子，心想要变天了，这该死的鼻炎又要来了。

王玉珲是见过大世面的，他也多次去过马来西亚的云顶大赌场和澳门的葡京赌场。但是他满怀自信地踏进这栋红砖楼时，还是被眼前的豪华装饰震撼了。他没有任何思想准备，甚至还没有把这栋外表普通的楼房和几十年前简陋的农场分别开来。这家赌场的大厅说不上大，但是内部的装修却下了一番功夫。王玉珲也接过不少装修工程，知道这个大厅的材料和工艺都不亚于四星级宾馆。顶部用了金箔，不仅全部都覆盖了，而且还做出了许多的花饰。地板的拼花大理石是产自意大利的天然黑色石头，大理石一直铺到齐胸高的内墙上。四周的墙壁上则是栩栩如生的天使和天堂里的人物，也许是为了安慰那些输了钱的赌徒们要有一颗平和的心。大堂的四周则分布着各种各样的赌具，左边是老虎机、牌机等各种现代电子赌具，右边则是一个个被很多人围住了的赌台。若干个穿着性感的女服务生端着饮料茶点穿行在赌客中，只要轻轻一个手势，吃的喝的就会送到面前，可以任客人免费品尝。

张军到前台办了个手续，就领着王玉珲上了楼。王玉珲说：“这儿还能住啊？”

张军说：“吃喝拉撒全都免费。”

王玉珲说：“我去过那么多赌场，从来没有见过可以免费住的赌场，客人都睡觉了，谁还愿意下来赌啊。”

张军说：“想赌的都不会跑来睡觉的，他们将免费住的赌客分为几种：一种是第一次来的；第二种是他们请来的知根知底的老板；第三是一些有钱的官员。”张军边开房门边说。

王玉珲说：“投入这么大，一般赌场都开不了多久。”

张军说：“这本来是准备搞个森林旅游宾馆，老板认为这样来钱快些，就临时改了。万一被查，再做宾馆慢慢经营也不迟啊。”

王玉珲说：“这么算账还是有些道理，这里还能上网啊？”王玉珲指了指桌上的键盘说。

张军把电脑打开了说：“不能上网，这些键盘是用来下注的。因为这家赌场大堂面积不够大，没有 VIP 室，赌得大的老板可以不去大堂，就在房间里通过电脑直接下注。”

王玉珲惊异地叫道：“他妈的！这么高级，都赶上葡京赌场了。”

张军说："你看看，电脑里可以看到整个大堂。你想去哪张台子，就直接按下面的台号。你先设一个密码吧，下注密码。"

王玉珲设完密码，就问："那我们怎么买筹码？"

张军说："就在电脑上买啊，不过你千万不要把它当成是在家里玩游戏，这都是要兑现的。你看你下赌注的透支额度出来了。"

王玉珲数起额度后面的零来："一个、两个、三个、四个、五个、六个、七个、八个。他妈的，这帮小子真他妈大方。比银行大方多了，一给就是一千四百万。"

张军说："他们可不是盲目大方，他们了解你的资产。谁欠了他的钱，离开这儿就会有人陪着你回家了。"

王玉珲仍很兴奋地说："那至少他们的评估能力很强。"

张军说："他们有一帮人，每天就在雾水打听哪些老板有钱，哪些老板有资产，甚至资产在哪里，是什么，他们都会调查得清清楚楚。然后就想办法把你吸引到这里来。估计雾水的大老板，随便谁打开电脑都会看到自己的下注透支额度。他们早就做好前期调查了。"

王玉珲说："这帮小子真专业，让人很容易以为是在玩游戏呢。"

张军说："那我们下一步怎么办？"

王玉珲说："我先睡一觉，头脑清醒了，再好好干一场。"

张军说："那行，我先下去玩玩牌机，要我叫你吗？"

王玉珲说："不要，睡到自然醒吧。"张军带上房门就出去了。王玉珲工作了一天脑袋都有点大了，他衣服也没脱，倒头就睡。这一觉足足睡到第二天天亮，王玉珲醒来时，张军也回来睡了，还没醒。王玉珲起来后，洗了个澡，他觉得脑袋清醒了许多，就像脑袋里被倒掉了不少杂物。他想到大堂里看看，走到台阶上，大堂究竟比不了葡京赌场的人气。这晚上看样子就没有什么人玩了，只有牌机前还坐了三三两两的赌客在麻木地敲着按钮。王玉珲继续往楼下走去，他还想去户外看看他熟悉的农场的晨景。大堂大门被一把大锁给锁住了。这时王玉珲想起这里是个特别的地方，任何人都有可能欠钱而逃。锁住是应该的，哪有欠钱不还的道理。

一位服务员走了过来说："先生是要用餐吗？"

王玉珲顺口答道："是的。"

服务员说："早餐在二楼的左边。"

二楼的餐厅可以容纳几十人同时用餐。早餐是自助餐，和星级宾馆的早餐并无二致，连装菜的盆子也是宾馆那种翻盖似的不锈钢的盆子。早餐丰盛而又精致，王玉珲更喜欢中式早餐，他要了一碗米粉，自己倒了杯牛奶，就坐到一个靠窗的座位慢慢地喝起牛奶来。王玉珲看着楼下不远处的那间老式农屋，心里又激起诸多的想法。他在想那个时候梦寐以求的东西现在可以轻易得到，比如这满屋的美食。那时刚有点性意识的自己对女性的身体充满了好奇，充满了冲动。而现在性却是一种最容易得到的商品了，自己对性都开始厌烦了。而那时同学间被称为纯真的东西被人与人之间的利益完全取代。同学时代的相互信任也在物化，变得扑朔迷离。他不知道山后的那块葛根地的葛根还在不在，但是他知道现在葛根已经是女性丰乳的重要补品了。还有杨老师带他们掏老鼠洞、抢茶籽，现在这门功夫说不定还能挣钱。茶油现在都是好东西了，现在的物理压榨又回到了过去传统的造油方式。王玉珲心想现在投资几十个水车水磨榨油坊，生产一种水车牌茶油肯定好卖。那个时代吃了那么多的红薯片，本来以为自己从小营养不良，现在才突然发现这些都是绿色环保食品。看看现在的食品，不管是哪种食品，媒体经常会报道一些不法商人掺和添加剂、以次充好、以假乱真等消息，让人不知所措。而那个时代就没有这些，吃的都是绿色食品，土鸡土鸭土猪肉。对比今昔，王玉珲有太多的感慨。

用过早餐，王玉珲又到大厅赌场去看了看，现在一些台子上已经围了一些人。赌厅里有些热闹了，王玉珲在每个台子边都坐了一会儿，但他在赌大小的台子边停留的时间最长。王玉珲喜欢这种国际通用的赌法，赌大赌小这种方式简单，回报的概率比较公平。两个骰子任意摇动，摇出后的点数相加，可以产生从二到十二的十一种结果。低于七的为小数，高于七的为大数，如果相加的数为七，就是庄家通吃；如果相加的数为小数，赌小的赢，赌大的输；如果相加的数为大的，赌大的赢，赌小的输。押多少钱，输赢多少。庄家有一次在七数上的通吃机会，但庄家提供这么多便利，总要有点回报才是。即使是葡京大赌场也是这样的回报条件。所以王玉珲以为赌大赌小这种赌法是比较公平的。

王玉珲熟悉了赌场后，就回到了自己的房间。他洗了洗手，然后坐到电脑前，打开了电脑。张军这时也醒了，王玉珲说："下面有早餐。"

张军说："我不吃了，昨晚上吃了不少夜宵，还饱着呢。"

王玉珲说："赢了还是输了？"

张军说："本来赢了两万多，最后贪心，输了一万。"

王玉珲说："你给自己设定一个标准，每次能赢到百分之三十的利润就走人。这样赢的概率就大了。”

张军说：“那今天你带了十万，是不是赢到三万就走人？”

王玉珲说：“如果我拿现金去赌，真赢了三万我会走的。不过今天赌场是让我带来一千四百万，应该可以赢得多些。何况我们是在这VIP室下注，也没人看得见，压力会小一些。”

张军说：“我觉得压力不是看出来的，压力是内心里产生的。”

王玉珲说：“好吧！看看我们今天的手气吧。”王玉珲输入了密码，账户打开了，摄像头对准了王玉珲刚才在楼下坐了半天的赌大赌小的台子。王玉珲先押了个五十元，赌大数。骰子摇出来后是个小数，王玉珲输了。接着王玉珲又拿了一百元继续赌大数，骰子摇出来后还是小数。

第三次王玉珲继续用两百元押大数，张军在后面说道：“你改押小数，说不定还是小数。”王玉珲摇了摇头，他继续押大数。果然还是小数，王玉珲还是输了。张军说：“是不是啊？你听我的就赢了。”

第四次王玉珲拿了四百元，继续押大数。结果开出来的是七，庄家通吃。王玉珲说：“这回应该是大数了吧？”

张军说：“我看可能还是小数。”果然开出来的还是小数。张军就在身后说：“改一个台子吧，这个发牌的老太婆一脸凶相，不吉利。”

王玉珲说：“不改，继续押。”王玉珲又翻着倍拿八百元往大数押。

张军说：“你可以少押点，试试看再说。”

王玉珲说：“最开始押的五十就是为了试一试的，现在是开弓没有回头箭了。”这是第五次，结果还是小数，王玉珲又输了。第六次王玉珲押上了一千六百元。

张军说：“我不明白你每次押钱都是上次的倍数，为什么？”

王玉珲说：“我只有这么押，只要赢一把，我就可以赢回我开始所输的全部赌资。”这一把王玉珲还是输了。他一边押钱一边说：“这张台子是第七次没出大数了，我还不信大数就不出来了。昨晚我可没干坏事，我的手气不应该这么背啊。”但是事与愿违，王玉珲还是押输了，他就这样继续押着。

第十一把时，王玉珲押上了五万，他还是押的大数，可惜的是结果依然是小数。张军在身后有点害怕地说：“今天要是这台机器不出大数了，你是不是就这样押下去。”

王玉珲说：“我肯定会押下去的。”

张军说：“你万一输了，我会后悔带你来这家赌场的。”

王玉珲说："这跟你没关系，你着什么急啊。"王玉珲这一把还是输了。他在看自己输了多少钱，赌台上的庄家老太婆则抬起头来看了看摄像头。她好像是在等待这位较劲的VIP客户下注。

张军说："你看他还在等你下注呢，你看看她那模样，他们会不会出老千啊？"

王玉珲又押上了十万说："我就不相信这台子就不出大数了，他们即使玩老千，也不会永远不出大数吧。我刚才看过那张台子，桌面很薄，下面放不了机关。那骰子也是用一次就换，那一大盆骰子不可能个个都带遥控器吧。"王玉珲的语音未落，那十万又没有了。再下来，王玉珲又狠狠地押上了二十万。张军紧张得不行，就走开了，到厕所去洗脸。王玉珲说："我今天就不信了，你帮我算算，我这一千万翻着倍押，还能押多少次？"

张军带着哭腔的声音传了过来："姐夫哥！我们罢手吧，这可不是玩电游啊，真可以让你倾家荡产的。"

王玉珲说："哎呀！连姐夫都被你小子喊出来了，你快算啊，穷哭个啥？"王玉珲又押上了四十万。

张军的哭腔传了过来："一千四百万你可以翻倍押，如果你都没赢的话，等到十八次，你就会输六百五十六万。再往下押，就一把要押一千三百多万，那你的额度就不够了。"

王玉珲说："我还有几次机会？"

张军说："加上这次，你已经押了十四次了，你还有最后四次就到头了。"

王玉珲说："没有可能它十八次都不出一次大吧，这出大出小的概率应该是差不多的啊。"说话间王玉珲又押上了八十万。

张军都快哭了，他说："虽然这个台子有十四次没有出大数了，但不一定它下一次就会出大数。因为实际上精确到每一次，出大出小的机会又都是差不多的。"

王玉珲说："今天不出大数，老子就这样赌下去，你再去前台申请一千五百万的赌注额度，要快！不能停。"张军急忙跑了出去。王玉珲又押上了一百六十四万。他这时想到了乔军，乔军你不是想搞乱玉龙公司吗？好啊！干脆把玉龙公司都给输了算了。等玉龙公司一根毛都没有了，看你们还去闹什么，看你们还争什么。押，要么就输光拉倒；要么就全部赢回来。反正老子今天要豁出去了。押！押！押！

王玉珲下注的那张台子旁边已经挤满了赌客，他们都知道这张台子已经有十五次没有出大数了，所有的赌客都跟着王玉珲押大数了。那些赌客看到VIP的赌注已经押到了一百六十四万，赌场里传来了一片惊呼声。王玉珲更加有信心了，这么多赌客都开始跟着自己下注了。赌场即使想玩老千，肯定也不敢了。注定这些赌客谁都不会撒手的，他们会一直赌到大数出来为止。

张军正在前台申请额度。他满脸大汗，已经从大堂的显示屏上看到了王玉珲的赌注下到了一百六十四万。他也看到了别的台子前的赌客都往那张赌大赌小的台子前涌，那张台子前已经挤不进人了。别的台子上好几个发牌员因为没有赌客已经无事可干了。张军此时又怕又急，怕的是今天这张台子万一不出大数了，那不是把姐夫给坑了。他急的是再次申请手续竟是这样难办，万一没有给姐夫续上钱，那张台子又出了小数，姐夫肯定会怪自己的。

大堂里又是一片叫骂声，姐夫又输了一百六十四万。接着大堂又传来了一片惊呼声。不用说姐夫又押上了三百二十八万，大屏上醒目地显示着姐夫的赌注数额。一片“押！押！押！”的大叫声随即而来，赌客们震耳欲聋的叫声盖住了大堂的所有声音。张军焦急地等待着前台主管上楼去请示，他只觉得身上凉凉的，全身衣服都已经被汗透。他急步走到了楼梯口，心急如焚地等待着前台主管的出现。如果追加额度没有批下来，那姐夫就肯定输定了。正在此时，主管跑了下来。主管远远地对着张军摇了摇头。张军懊丧地一拳砸在楼梯的栏杆上。大堂里又传来了巨大的抱怨声和叫骂声，张军知道这一把王玉珲又输掉了三百多万。张军的泪水流了下来，大堂随即安静了下来，赌客们在继续下注。接着大堂里又发出巨大的一阵惊呼声。玩电子牌机的赌客全部起身都往那张赌大赌小的台子跑了过去。张军知道王玉珲赌上了最后一把，那可是六百五十六万啊。如果这一把输了，王玉珲一千三百多万将彻底失去。张军已经不敢再看那最后的结果了，他觉得这大堂里让他喘不过气来，他想走到门外去透口气。张军推了推大门，大堂的大门被锁住了。张军异常愤怒，他狂躁地推打着大门。几名保安跑了出来，张军愤怒地大喊：“开门！开门！”

一个高个子保安耐心地解释说：“这个门只能进，不能出，出口在地下通道。”

张军已经像个暴躁的狂徒，他一把揪住高个子保安的胸口，声嘶力竭地叫喊：“开门！开门！给我开门。”

正在此时，大堂里传来了欣喜的叫喊声：“大！是大啊！他娘的，大终于出来了。”

张军大哭起来：“第十八个是大啊，第十八个才是大啊！”张军不再喊开门了，他只是蹲在地上开始痛哭，他觉得他太有理由需要哭了。他觉得这短短的几十分钟自己好像已经在地狱里走了一遭，自己的生命好像是失而复得。他在想他妈的下次再也不能来了，这种赌法真要出人命的。今天张军确实是被吓住了。

旁边的赌徒，齐声高喊：“英雄！英雄！英雄！”他们在为那位神秘的VIP齐声高喊，很显然，他们已被这位英雄的底气和执着所折服。

此时的王玉珲坐在客房里，他已经在电脑上看到大堂的热闹场面了。他关闭了电脑，把已经汗透的衣服脱了，走进卫生间冲起凉来。此时，他的脑海里不知为什么一直在想着三十年前，他被老场长及班上的同学揪斗的画面来：那火把、那一双双睡意惺忪的眼睛、那响亮的口号声。那种场景带给自己的耻辱和恐惧至今都让他不敢面对群情激奋或者是欢呼的场面。王玉珲心想还是乔军赢了，自己没有输掉玉龙公司，就等于还得跟乔军去搏一搏。

第十一章　乔军起诉了

THE ELEVENTH CHAPTER

乔军说："我认为这是公司的方针政策，它不针对个人，也不应该让个人的情感好恶卷入其中。如果我们股东会不能接受，我想我们可以请一个公证的裁判来决断。"

王玉珲疑惑地问："谁？"

乔军回答："法律！法院！"

星期一一上班，乔军把题为《关于玉龙公司财务管理规范化的报告》带到了公司，王玉珲和曾金刚的办公室就在他办公室的左右两边，乔军先把报告送到了王玉珲办公室。王玉珲扫了一眼，他连忙叫住正要离去的乔军说：“我们坐下来先商量，我想先听听你的具体想法。”

乔军说：“你看都没有看，你先大致看一下吧。”说完乔军就出去了。

乔军又去了曾金刚办公室，曾金刚还没来。乔军心想等会儿再来，乔军回到自己办公室。大约又过了半个小时，乔军拿着那份报告又去了曾金刚办公室，曾金刚办公室还是没人。乔军正准备回自己办公室，王玉珲也拿了那份报告来找曾金刚，两人这时碰上都有点不自在，乔军说：“曾金刚还没来呢。”

王玉珲说：“那我等会来吧。”乔军想了想，就把手上的那份报告塞进了曾金刚办公室门缝。

此时的曾金刚在干什么呢？他正在街头跟一个小偷捉迷藏呢。今天曾金刚家门口的银行一开门，他就进去取了六千块钱。他约好了朋友今天去提那台王晓看中的彩电。曾金刚出了银行的门，就上了公共汽车。他上车时，觉得今天搭车的人没几个，怎么有些挤呢？曾金刚心里发着感叹：这帮没有素质的人，世风日下啊！曾金刚的钱是放在手提包里的，他在车上站了一站就坐到座位上了。一会儿，曾金刚身旁的座位也空了出来，一个面相凶恶的年轻人一屁股就抢了上来。他坐到了曾金刚的旁边。曾金刚手里的提包一直是放在膝盖上的，他的两只手压在包上护着。曾金刚是个谨慎的人，胆子小而细致。他坐了一会车，猛然觉得脖子上痒痒的，他伸出左手摸了一把，有点气愤地扭过头对后面说：“谁把烟灰弹进我脖子里了？”后面一位迷迷瞪瞪的老大爷正好奇地看着他。

曾金刚只觉得膝盖上的提包在动。他马上回过头来，惊异地发现提包上已经被划开了一道小口子。曾金刚马上明白有小偷盯上自己了，公共汽车正好靠站，他抓起提包，冲出了车门。这车也停得正好，就停在公安分局门口，他准备走进公安局去报案。不过他转而一想，我报什么案呢？钱还好好地在这儿，小偷也没有抓住。再说这小偷怎么会知道我提包里有钱？他们肯定是早早在银行就看见我取钱了。这也可以从刚上车时拥挤的现象里得到印证，明明没有几个人，却是那么挤，是小偷故意制造混乱。曾金刚想小偷如果是从银行开始就盯上了自己，那就可怕了。因为银行距离自己的家不到三百米，是不是小偷连自己住哪里都已经掌握了？想到这儿，曾金刚的汗毛都要立起来了。他想：好在自己没有报案，马上离开公安局的大门，不要让小偷以为我在报案，以后招致他们的报复。他从小就听过不少小偷报复当事人的故事，不管是小偷故意编出来的，还是确有其事，反正小偷肯定最恨那些报案的人。即使他被关进去了，他还会被放出来的，他还有同伙啊。而自己的房子在这儿，也不是想搬就搬的。他们要找自己就太容易了，他们在暗处，自己在明处。犯不着得罪他们。

他一回头，看见刚才坐在他身旁的那个年轻人正在电线杆后注视着自己。曾金刚现在只有一个念头，就是要把钱藏起来。他看见街道边有个公厕，便装着要方便的样子，捂住肚子就进了公厕。曾金刚在厕所里忙乎了一阵才出来，他一出来便看到路边背对着自己的那个小偷正装着若无其事的样子，潇洒地抽着烟呢。曾金刚想现在应该往哪里去呢？是去提电视机吗？不行，万一小偷跟着去了，那他就更知道自己的底细了。要不回家吧，那不等于引狼入室吗？那就到单位去上班吧，王玉珲和乔军已经来过几次电话了。因为怕被小偷偷听了去，被他掌握行踪，只得挂断电话。单位是肯定不能去的，现在唯一的办法就是先甩掉这个尾巴，然后再干别的事。

想好了思路，曾金刚就瞄准了一部准备关门的公共汽车，他一步就跨了上去。等他回头看那小偷，那小偷没有追上公共汽车，竟拦下了一辆出租车，追了上来。下一站，小偷就一步上了公共汽车。小偷好像跟自己是老熟人似的，上了车就直视着自己冲着自己挤了过来。曾金刚有点惧怕那双凶神恶煞的眼睛，不敢与他对视。他只要不小心一对上，连忙就把脑袋扭到窗外去了。那个小偷肆无忌惮地逼近着他，他一直往后面退着，直到无路可走。他又挤过小偷往公共汽车的前面挤去，他挤过小偷的身体时，小偷竟紧紧地贴了上来。小偷借机把他的提包以及口袋摸了一个遍。

曾金刚那夸张的挤车动作引来了其他乘客的不满，“挤什么？都要下，别挤了。”“你干什么呢？”曾金刚真想告诉大家，这车上有小偷，他在追着我偷呢，我没有办法啊。但是他又不敢说，他害怕这个小偷会捅上自己一刀，而且其他乘客不会帮忙，也不会救他。他知道一旦动起手来，自己绝对不是这个年轻人的对手。如果大家不帮忙那就太惨了。他现在只能跑，为了自己，也为了大家。只要今天不出事就好，只要今天能平安地像往常一样回家见到孩子和老婆就好。想到这儿，他心里有点埋怨王晓了。如果不是王晓吵着喊着要买这该死的电视机，哪里会碰上这样的倒霉事。

公共汽车又靠站了，曾金刚飞快地下了汽车。他看到那个小偷从中门也下了车。曾金刚拦住了一辆出租车，他刚上去，心想不行。那个小偷胆子这么大，我一人搭出租车，他会追上来的。这车上除了我就只有司机一人。他要是公开抢可怎么办。现在自己不能够脱离群众，一定要在人群中。谅他胆子还没有那么大，他总不敢公开抢劫吧。于是曾金刚飞快地下了车，身后的司机气愤地骂了一句：“神经病！什么人呀？”

曾金刚看到那个小偷上了后面的一辆出租车，小偷坐的出租车的空车标志灯已经变色了。车子开了几步，司机不让那小偷就这么走。曾金刚一见机会来了，连忙钻进一家路边的超市。进了超市，他回头看看那个小偷正把十元钱狠狠地甩给了司机。小偷转身又追了过来。曾金刚连忙往超市里跑，他一边跑一边想：今天这个小偷为了偷我的钱已经花掉了十元出租车的费用了，他肯定是志在必得。我是不是把这钱给他一部分算了。就算十倍赔偿他的出租车费，再给他一百元公共汽车费用做补偿，实在不行就再付他一百元餐费算我请他吃饭，这总可以了吧。但这小子看模样不是个善茬。他肯定不满足，他可能在自己取钱的时候就知道取了六千块钱了，他肯定会全要。全要可不成，不是我不同意，是我老婆不会同意。挣点钱也不容易，她可是一天到晚逼着我找董事长要钱，要多分红。她要是知道我把这六千块钱送给了小偷，那还不吃了我啊。想到这儿，曾金刚横下一条心，今天豁出去了。不管怎么困难，钱是绝对不给的，一定要斗争到底。

曾金刚认为到了现在，这小偷之所以没有明抢，之所以没有狗急跳墙，肯定是自己的战术对路，没有激怒他，没有把他逼上绝路。所以这小子还不会玩命，不会对我怎么地。曾金刚在超市里转了好久，这里人多，让他觉得安全。再有这里又不像公共汽车上那么人贴人地拥挤。这里的人都自己推自己的购物车，没有谁敢贴到人家身后，这可是个安全的地方。不过时间长了，超市的工作人员开始注意他了。他们担心曾金刚不买东西，只是在超市里瞎转，不会是想偷货的吧。于是有工作人员故意上前来问曾金刚，曾金刚的回答支支吾吾，他自己也觉得在超市里再待，也待不下去了。他在超市买了两块面包，也算是消费者的佐证。他付过费后就在收费台后面很快地吃完了。他想即使是吃午饭，最好也不要让那个小偷看见，以免引起他的反感，因为这小偷可还没吃饭的啊。他在超市待的时间实在是太长了，超市工作人员又开始注意他了，他只能悻悻地离开超市。他走出超市的门口时在想，自己在超市里待了那么久了，兴许那个小偷等不了了，走人了。

曾金刚左顾右盼，确信小偷已经走了。现在终于安全了，他开始准备往自己的方向走去。就在他一身轻松地行走时，他觉得身后又有人在摸他的裤兜。曾金刚知道那小子又粘上来了，曾金刚于是加快步伐。但那小子的步频比他的还要快，于是曾金刚又急刹车，猛地停下来。那小子没有防备，竟一头撞了上来，那小子受了惊似的，连忙跳开。那只是短暂的休息，一会儿那小子又贴上来了。曾金刚就这样一脚油门一脚刹车地时快时停，两人在街头上就像两个相识的人在开着玩笑似的，玩着追逐游戏。

天开始慢慢变黑了，曾金刚中午吃的那几片面包早就被胃摩擦得差不多了。曾金刚有些焦急了，如果天完全黑了，街上的人就会越来越少，这小子要耍横可怎么办？这时曾金刚的肩膀被人拍了两下。于是，他站住了，曾金刚第一次这么直接地看到了那张一直像个影子一样地跟着自己的脸庞。那张凶神恶煞般的脸上竟然会绽放笑容，他还长有两颗小虎牙。那小子就是这样在夕阳里憨憨地看着曾金刚在笑。曾金刚也迎合着对方皮笑肉不笑地干笑了几声，连曾金刚都觉得自己的笑太机械、太没礼貌了。那小子说话了，那是一口很好听的普通话："你不要再跑了，我不偷了。"

曾金刚仍然不信任地借着夕阳最后的余晖看着对方，曾金刚没有吱声。还是那憨憨地笑脸发出了尴尬的声音："我今天算是服了你了，我今天算是栽了，我就想知道那钱还在不在你的身上？你是不是把那钱藏在公共厕所里了？"曾金刚摇了摇头。对方几乎是央求的声音："告诉我吧！我搜遍了你全身就是没见到你的钱，我真不偷了，就告诉我吧！"

曾金刚还是不信任地看着那张憨憨的脸，他现在不再觉得那张脸很凶，他有点同情起这个小偷来，就像平日里人家有事非得求助自己似的。那小偷转身叫了台出租车，把自己的身体搁进了出租车里。然后他大声地说道："去火车站！"他伸出头来以谦卑得像个奴才的口气说道："叔叔！你现在可以告诉我了吧。"

曾金刚把自己的裤脚提了起来，那六千元钱，他用胶带稳稳地绑在了小腿肚子上。只见那张憨憨的脸，长叹了一口气，往椅背上倒了下去。出租车在落日余晖里向火车站的方向开去。

王玉珲今天不下十次去曾金刚的办公室，这小子压根儿就没来。手机开着机就是不接，莫非这小子跟乔军已经串通好了，故意躲着自己，王玉珲心想这年头老实人也会变的。乔军一天都没有见到曾金刚，觉得很奇怪。不来办公室倒不为怪，打手机不接，最后竟然关机。乔军就感到有些怪异了。快下班了，乔军也不管他了，有什么事明天再说。

赵梦茹已经约过几次了，今天晚上说什么都得去见见了。乔军与赵梦茹的幽会没有选择外面的公共场所，他们彼此都觉得不安全，他俩在赵梦茹家里偷情已经有好几次了。乔军熟门熟路地上了赵梦茹的私宅，轻叩房门，一重一轻。赵梦茹那只修长的手伸了出来，一把扯住乔军的衣衫，拽了进去。乔军进了房门，看着只穿着情趣内衣的赵梦茹吃惊地说："你要是把个过路的拽进来，可怎么办？"

赵梦茹说："凉拌！再推出去呗。"

乔军点着赵梦茹的情趣内衣说："你穿这么性感的衣服都给谁看？"

赵梦茹反问着说："喜欢吗？"乔军点了点头。赵梦茹接着说："就给你看的。"

乔军说："不对，第一次我来时，你的衣柜里就放满了这种衣服。"

赵梦茹说："不给谁看，自己看的，你看看这四周，最多的是什么？"

乔军说："镜子特多啊，你很自恋啊。"

赵梦茹说："我去冲一下，这里有红酒，还有饮料，你可以随意饮用。"说完赵梦茹就进了卫生间，让人浮想联翩的莲蓬头淋水的声音传了出来。一会儿，赵梦茹盘着头发，缠着浴巾，踱了出来。乔军迎了上去，他刚想凑上嘴巴，赵梦茹纤纤小手伸了过来，堵在乔军的嘴上。赵梦茹说："热水已经调好了。"

乔军有点牢骚地说："这一天不知要洗几个澡，早晨出门洗澡。中午打球洗澡。这晚上做爱还得洗。"

赵梦茹说："心理需要，就在这儿脱吧！"乔军就在赵梦茹的面前脱起衣来。乔军颀长的身材让赵梦茹的眼神变得柔软，她灼热的眼光追随着乔军宽宽的肩膀和紧绷的腰肌。赵梦茹情不自禁地伸出纤纤细手抚摸着乔军的臂膀。她双目微闭，依偎着乔军柔声说道："别洗了，抱抱我。"

乔军却故意大声说道："不行，得讲生活品质。"说完，乔军毅然裸身走向卫生间，赵梦茹在身后追打着乔军的屁股。嘴里嚷着："打你这个绝情郎！打你这个绝情郎！"

赵梦茹斟了小半杯葡萄酒，房间里飘荡着柔柔的萨克斯音乐。她坐在微型吧台前，吧台的黄色软光像一层金粉洒在赵梦茹那瘦削的肩膀上，整个房间的灯光都呈现出暧昧而又温情的基调。赵梦茹端了葡萄酒坐在高高的吧台椅子上随着音乐轻轻地晃动着身子。乔军一身潮潮地围了浴巾走了出来，他走到赵梦茹身后。赵梦茹把小手从身后伸了过去，把乔军拽到自己的旁边坐下。赵梦茹靠在乔军的胸口上，还在随着音乐轻轻摇晃。她把葡萄酒高高举起，向自己的身后递了过去，一直伸到乔军的嘴前。她就这样晃动着，让乔军把红酒喝了下去。接着赵梦茹自己也摇晃着喝下了半杯红酒。

两人喝了几杯酒以后，赵梦茹醉意朦胧的眼神散在乔军的脸上。赵梦茹说："我想给你跳段芭蕾，喜欢吗？"

乔军摸着赵梦茹的肩说："喜欢，就跳《沂蒙颂》吧，我还记得我们曾同台演出。"

赵梦茹疑惑地问："同台演出？我怎么记不住了？"

乔军说："你跳的是《沂蒙颂》中的'我为亲人熬鸡汤'那一出。我们演的是三句半《插秧用机器》。"

赵梦茹摇了摇头说："我真没印象了。"

乔军说："别回忆了，就跳《沂蒙颂》的'乳汁救伤员'那一段吧。"

赵梦茹说："你不怀好意，英嫂可是良家妇女啊。"

乔军做了个亮相的动作说："方排长也不是坏人啊？"

赵梦茹惊异地说："没想到你还记得方排长，你俩还真有点挂相，不过方铁军还是没有办法跟你比，哪有你这么英武啊？"赵梦茹不失时机地拍着乔军的马屁。"你说的那段我确实记不住了，但是'熬鸡汤'的这段独舞，我作为形体训练保留下来了。"说着赵梦茹就去鞋柜穿了双芭蕾舞鞋，赵梦茹有点不好意思地对乔军说："衣服就不换了。"

乔军说："免了！免了！"

音乐缓缓响起，"蒙山高、沂水长，沂蒙山水映朝阳，军民鱼水情深似海洋，炉中火、放红光，我为亲人熬鸡汤……"乔军第一次看裸体芭蕾，他压抑不住想笑的欲望。赵梦茹赤裸的女性身体最吸引乔军的是她蓬勃的乳房，他在想那对乳房在芭蕾的节奏里会有怎样的弹跳。乔军觉得轻松好玩，即使是当年的革命舞剧今天也可以作为调情的重要工具。乔军跟很多不同的女孩上过床，但是跟芭蕾女人可是第一次。音乐还刚开始，乔军就觉得自己的身下有生理反应了。

赵梦茹那结实的乳房在芭蕾舞曲中沉甸甸地颤动起来，就像她两只有力的脚尖。当她的脚尖在沂蒙大地上急促地跳动时，那双脚交替的频率让乔军眼花缭乱，目不暇接。与之相伴的是她那对乳房配合着她娇小的脚尖也在疾速地颤动，如果那不是个花季少女的乳房，乔军宁可不相信自己的眼睛。从观察那对娇美的乳房到赵梦茹那双变化莫测的脚尖，乔军显然已经被赵梦茹的整个形体以及形体的协调性和灵巧性所吸引。他听着那节奏昂扬的芭蕾舞曲，注视着赵梦茹魔鬼般的舞姿。她那双脚尖竟然是那么的有力，就像可以撑起整个世界。

赵梦茹全然忘记了赤裸的身体，她脸上从开始略带羞怯的表情慢慢进入了沂蒙山英嫂的内心体验。她就是解放军方铁军排长的救世主，她本来只是个普通农妇，因为救赎他人而变得自信，变得充实。她从来就是在循规蹈矩中生活，她从来都没有干过离经叛道的事情，而现在她已经被这异样的新鲜的刺激的工作所吸引。她救赎了一条生命，也救赎了自己。音乐就是这样放射状地诠释着英嫂的激情，而赵梦茹专业而又激情四溢的舞姿又是以另一种语言对英嫂情感世界的注解。那是舞神的舞蹈，那是心灵和肉体的混响。乔军此时的生理反应已经烟消云散，荡然无存。他只是以轻轻地摇头表达着不可思议的感叹，他完全忘记了赵梦茹的裸体，他只觉得她是在大剧院的舞台上表演，他觉得身旁有很多的观众在一起观看着赵梦茹的神圣表演。他甚至屏住了呼吸，他甚至不敢有较大的形体动作，他怕破坏了赵梦茹的芭蕾，他怕惊扰了其他观众的欣赏。

随着音乐的戛然而止，赵梦茹一个英嫂标志性的亮相动作，刹住了急促的步履。但她那澎湃的激情依然随着她起伏的胸膛在蔓延、在奔流。乔军坐在吧台上却没有丝毫地动静，赵梦茹走了过去，对乔军说："好吗？"

乔军站起来说："我该回家了。"

赵梦茹不解地问："我们还没开始你怎么就要走呢？"

乔军说："今天我如果还有半点苟且的想法，那就是对圣洁的亵渎，也是对我们美好过去的背叛。不行！我必须走了。"说完乔军开始穿起衣服来，赵梦茹没料到会有这样的结果，她只是站在一边手足无措。

赵梦茹对乔军说："那就改明天吧？"

乔军穿好衣服，吻了吻赵梦茹说："明天再联系吧。"

第二天上班，曾金刚到了乔军的办公室，曾金刚对乔军说："你写的东西我都看了，董事长也跟我交换了意见。我觉得你这么提出没有什么用，他现在也不答应。他让我跟你说明他的态度，他说所有的投资都是他出的钱。我们的股份是他送的，我们只有干股，并无实股。每年能分成，实际上是王玉珲个人的情谊决定的。他认为你这么做是不是太过了？要求太高了？”

乔军说：“我们的股份已经写进了公司的章程，我们作为玉龙公司的股东已经在工商局进行了登记，我们是玉龙公司的合法股东是符合法律规定的。依据《公司法》，是股东就应该享有应有的权利。我没有任何错误，是董事长的理解有错。”

曾金刚一听乔军的说辞，脸上闪过了一丝欣喜。但是乔军看得出，那丝欣喜几乎没有在曾金刚的脸上做任何的驻留就稍纵即逝。曾金刚站起来对乔军说：“那我再跟王玉珲去说说你的道理。”曾金刚说完就合上了乔军办公室的门，去了王玉珲的办公室。

王玉珲给曾金刚泡了杯绿茶，曾金刚说：“茶就别泡了，我办公室里还泡着呢。”

王玉珲说：“这是福建的客户送的大红袍，你试试看。”王玉珲静静地听完了曾金刚的转述，就说：“你在玉龙公司做股东已经有好多年了吧？”

曾金刚连忙点着头说：“是的！”

王玉珲又说：“你还记得当初我邀请你来玉龙公司做股东时的感受吗？”

曾金刚说：“当时你是帮了我们的大忙，我内心里充满了感激。我现在还记得你对我宣布你的决定时的情景，就像一切发生在昨天。”

王玉珲说：“乔军只是比你早一些进来，我给他的在先，那时空间大些，所以给的就比你的多些。我想当年乔军的心情应该和你的心情是差不多的。是不是时间隔得远了，就把这些都忘记了？”

曾金刚说：“你对我们的恩赐，我们没齿难忘，不能忘记，也不应该忘记啊。”

王玉珲说：“我是个念旧的人，没有我们同学时代的那段友谊，也不会有我们三驾马车的齐头并进。你说是不是？”

曾金刚连忙答道：“当然，同学时代是我们合作的基础。”

王玉珲又说：“乔军这一辈子真的欠我的太多了，他爸爸对我父亲是什么样子？雾水谁不知道；他在雾水校办农场对我做的一切事情，我们同学谁又不知道。反过来。我在雾水农场是怎么雪地里救他，乔军的父母都是知道的；我拿股份去换取他的信任，我们同学哪个不知，哪个不晓啊？”王玉珲有点动了感情，曾金刚站起来内疚地轻抚着王玉珲的肩膀，好像乔军的行为都是自己指使干的。

王玉珲说：“我跟乔军的这些陈芝麻烂谷子的事，我从来没有提过。但乔军就为什么不能站在对方的立场上考虑一下呢？”

曾金刚说：“玉珲啊！你先别急，让我再好好地跟乔军去说说。”说完，曾金刚就又回了乔军的办公室。

乔军听曾金刚激动地把王玉珲的观点陈述完，乔军说：“王玉珲对我的好，我将永远记在心里，我也不会忘记。但是金刚啊，你知不知道，感情是不能代表法律的，感情是不能代替制度的！否则玉龙公司永远就是个夫妻店，永远也做不大，甚至会越做越小。我提出玉龙公司的管理要按程序来，要按《公司法》来，实际上并不是针对哪一个具体的人或者是具体的家族。我的目标是针对玉龙公司不合理的制度和不合法的程序。你说我的提案哪一条不合法，哪一条不合理。至于在这件事上，情感是风马牛不相及的东西，不要牵强地扯在一块呀！”

曾金刚有种感觉，乔军说的是法，王玉珲说的是情。但是两人的话分开听，好像都有理，自己已经不好定夺孰是孰非，真有点左右为难。曾金刚心想如果让他们直接面对面来讨论，可能要比自己中间传话好一些，效率也会高一些。于是曾金刚就开口说：“乔军，是这样。你们俩是公说公有理，婆说婆有理，我是莫辨东西。你们俩敢不敢直接交锋一下，互相陈述自己的道理？”

乔军说：“这不存在敢不敢，道理是越辩越明的。”

曾金刚说：“那你等我电话吧。”说完曾金刚又去了王玉珲办公室。

等曾金刚把自己的想法全部说完，王玉珲就说：“好啊！都是老同学，什么事都摊在桌上讲，开诚布公好啊。大不了最后表决嘛。”

半个小时后，玉龙公司的三名股东都坐在玉龙公司的会议室了。曾金刚首先说：“今天是我提议开会的，还是我来说吧。乔军的提案我们都看过了，我觉得从法理上来说，乔军是说得有道理的。从历史角度和情感上来说，我觉得董事长的道理更能站得住脚。”

曾金刚不开口倒罢了，一开口把另两位股东的头都说得扭到一边去了。王玉珲开口了，他说：“这份提案我看了，这要改变我们公司一贯以来的财务管理制度，伤筋动骨，牵动面很大。我个人认为这要慎重。”

乔军说：“对一个要做大做强的企业来说，首先要在企业内部建立规范的规章制度。只有公司的内部各项管理制度正规了，我们企业各项生产指标才会做得更好，我们才有可能发展得更快。”

王玉珲说：“我们公司的各项管理制度已经运行了十多年，从没有出过问题。而且每遇险情，都能逢凶化吉，事实证明我们现有的管理制度是健全的。而你的新制度，没有经过实践的检验。你用什么保证我们玉龙公司采用后，不会出大问题呢？你又凭什么证明你的提案就是正确的？”

乔军说：“这不用我乔军来保证，这是《公司法》和《合同法》来保证的。账务公开，阳光操作，这是所有大型公司共有的特征。我们现有的财务制度你刚才也说了，还是遇到过险情，只是逢凶化吉了。但是谁能保证玉龙公司按照既有的制度次次都能逢凶化吉、侥幸过关呢？”

王玉珲说：“我不相信那些所谓的大公司都是阳光操作，都是里外一本账。当然国企是有可能的，反正税也好，利润也好，都是国家的。他们可以无所谓，我们私企就有所谓了。我们企业是每一分钱都要挣。”

乔军说：“我说的财务公开，并不等于说就不能做内外两本账。我是说即使有两本账，我们股东至少都有权知晓。”曾金刚听到这句话，不禁内心一阵紧张，他甚至不敢抬头去看王玉珲的表情。可以想象王玉珲肯定是非常地愤怒，他已经做好了准备，等待暴风雨的到来。

王玉珲强压怒火，他坚决地说：“如果我把账务向各位公开，我即使同意，只怕是合作的一些官员不会同意。如果非得这样做的话，我们公司可能会面临重大的危机。我不是危言耸听。”

乔军说：“一个公司的财务情况对于各位股东还存在有秘密的话，这个公司肯定是极不正常的，是带病运行的。”

王玉珲说：“如果你们非要坚持自己的意见，那就按照我们公司的表决程序进行表决吧。”曾金刚从一开始就明白乔军最后成不了，就是因为王玉珲最后这一招是乔军绕不过去的。因为王玉珲在公司是绝对控股方，只要他反对就什么决议都形成不了。反之只要他支持就什么决议都可以通过，这就是玉龙公司的死穴。

乔军的嘴角挂出了一丝冷笑，他冷静地说：“这个提案和开发门面不一样，是不需要股东表决的，它只是恢复股东的合法权利，校正我们股东会的错误做法。”

王玉珲愤怒地敲着桌子说：“我就不信了，不经过股东会的讨论，这个方案可以直接执行。”

乔军说：“我认为这是公司的方针政策，它不针对个人，也不应该让个人的情感好恶卷入其中。如果我们股东会不能接受，我想我们可以请一个公证的裁判来决断。”

王玉珲疑惑地问：“谁？”

乔军回答：“法律！法院！”

王玉珲愤怒地说：“你凭什么要去告我们？你这是要挟吗？”

乔军说："没有那么可怕，只是一个第三方裁判而已。"王玉珲桌子一拍，竟转身走出了办公室。留下曾金刚和乔军在那里面面相觑。

今天一整天，乔军都闷闷不乐，心里憋得慌。他的想法在股东会上遭到王玉珲强烈的反对，这让本来已有思想准备的乔军仍然感到了从未有过的压力。他以前虽然也有过和王玉珲的冲突，但不至于像这样针尖对麦芒地直接。乔军把自己关在办公室里，久久地回忆着自己的观点是否有偏颇，回忆自己的提案是否有瑕疵。他再一次论证了自己没有做错，错在王玉珲的私心，错在王玉珲抱残守缺。他在回想王玉珲今天的对话内容，王玉珲开始是让曾金刚对自己动之以情晓之以理。他也确实想维护大家的这层友谊，他也不想与自己直接交锋，他想保住大家的面子。但是到了会上，他还是选择了权利，他还是站在了利益的一边。为了这些，他开始想偷换概念。他把自己的财务公开偷换成两套账变为一套账，把自己要求实行的内部阳光财务变为取消偷税漏税。最后在自己一步步的解释下，他不得不举起最后一张王牌，受贿过的官员不愿意玉龙公司的所有股东都了解玉龙公司的财务。王玉珲确实是无路可退了，他押上了友谊这张王牌，他只能用最后的愤怒进行顽抗。

乔军现在还是有点担忧，如果自己再坚持己见，自己和王玉珲的关系将会越走越窄，他们几十年的同学友谊将受到严峻的挑战。但乔军又一想，这件事本来就跟感情是没有关系的，是王玉珲在玩弄情感这张牌，是王玉珲企图以情感这张牌来阻止自己的进攻。实际上王玉珲比谁都明白，自己的提案并没有进攻性，只是在要回股东最基本的权益罢了。王玉珲在利用各种理由想维系玉龙公司的过去。只要自己坚持不懈，王玉珲就不能不改变。而最简单的、不用闹得面红脖子粗的做法，就是让法庭来判决，判决是必须执行的。这样大家的面子保住了，也没伤和气。乔军决定不再像今天这样去争论了，他要走最简单的法律程序。

快下班时，赵梦茹又发来了幽会的短信，乔军很是高兴。也许是他今天有些身心疲惫，他很愿意放松一下自己，也许他愿意补上昨天的遗憾。乔军下了班就如约去了映月楼，映月楼有一道名菜叫仔姜鸭。乔军以前是从不吃鸭的，什么北京烤鸭、酱板鸭、血鸭他都一概拒绝，唯独这个仔姜鸭他是百吃不厌。

那仔姜鸭是专挑那些没生过蛋的活鸭宰杀后去其内脏，剁成大块。老姜、大蒜、辣椒切片，大葱扎成麻花状备用。先在炒锅里放油，大火烧热后，将鸭头和鸭腿放入，加老姜、大蒜和辣椒片稍炒一下，再加入鸭肉块，大火爆炒，直到鸭子外皮成金黄色。此时锅内加水，用小火慢慢炖两个小时即可，起锅前十分钟加入大葱。

乔军按赵梦茹的要求先点了仔姜鸭这道名菜，其他菜他想等赵梦茹到了再点。不一会儿，赵梦茹就到了。让乔军吃一惊的是，赵梦茹还带了一位金发碧眼的洋妞。她给乔军介绍说，洋妞叫玛丽，是她小叔子爱尔兰的同学。这段时间来中国做课题，专门研究湘西的服饰文化。然后赵梦茹用流利的英文给玛丽介绍了乔军。玛丽恭维着乔军，说乔军是他在中国见到的最男人的男人。

乔军故意好奇地问赵梦茹："最男人的男人是什么样的男人？"

赵梦茹扭过头去问玛丽，玛丽说了半天。赵梦茹就装着略微明白的样子对乔军说："男人的男人就是乔军。就是很优秀的男人。"赵梦茹调侃地说："都说中国人含蓄，我看玛丽比中国人还中国人。她不就是想说你长得很英俊吗？还得绕这么大的圈子来表达。"这时仔姜鸭端上了桌，赵梦茹才想起别的菜还没点。她连忙点了几道本地菜：蕨菜炒大片腊肉，蒿菜粑粑，蛋卷杂烩汤。

乔军在一边说："够了！够了！等会儿吃不完的。"

赵梦茹说："请老外可以丢你的丑，可别丢我的面子。"赵梦茹又点了个雾水小鱼虾，泥鳅炖豆腐。玛丽尝了尝仔姜鸭，她用疑惑的神态问着乔军，意思是她想知道这是什么菜。

乔军用手掌的虎口不停地开合，模拟着鸭子的嘴巴。嘴里发出鸭子的叫声："嘎！嘎！嘎！"玛丽响亮地笑了起来，她显然被乔军惟妙惟肖的神态逗乐了。玛丽快乐地吃着鸭肉，她不断地学着乔军模仿鸭嘴的动作。仔姜鸭的鸭肉色泽黄亮，吃起来肉汁酥香嫩软，油而不腻，味道爽口，又有嚼头。不管是对美食无比挑剔的人，还是遍尝山珍海味的食客，只要你吃过仔姜鸭，必定会再想方设法地吃第二次。

玛丽吃得很投入，她对其他几个菜也产生了兴趣。她好奇地询问赵梦茹蕨菜炒大片腊肉，蒿菜粑粑的来头。赵梦茹被她问住了，便问乔军："怎么回答？我也不知道蒿菜和蕨菜怎么翻译？"

乔军说："很简单啊！就说是野菜吗。"玛丽用汤匙捞起杂烩汤里黄色的软软的像海绵一样的东西询问。赵梦茹又被问住了，看来她是个不擅厨艺的女性，她只能扭过头来向乔军求援。

乔军说："亏你还是个雾水人呢，这是猪皮你都不知道？"

赵梦茹理直气壮地说："你好好看看啊，这比大象皮还厚能是猪皮吗？"

乔军笑了笑，摇了摇头说："这种猪皮是干了后，涂一层糖，再用油炸，炸完后就放在水里泡，最后猪皮就变成这么厚厚的了。"赵梦茹佩服地向乔军伸出了大拇指，然后翻译给玛丽听，玛丽一面听着赵梦茹的介绍，一面以惊讶的目光注视着乔军。她知道赵梦茹只是二传手，乔军才是老师。

玛丽的好奇心还没完，她又指着泥鳅炖豆腐那道菜问起赵梦茹来，赵梦茹听了半天才听明白玛丽的问题。于是赵梦茹就反过来问乔军，说："这个豆腐块怎么像快要消融的冰块千疮百孔，但看上去这块豆腐是没有用刀切过的，还是一个整体。"

乔军就说："是泥鳅钻的，这泥鳅放进锅里时是活的。当冷水慢慢加热后，泥鳅难受，就会往温度相对低一些的豆腐里钻，这样豆腐就千疮百孔了。"

赵梦茹给玛丽翻译了一遍，玛丽摇着头连声说着英文。

赵梦茹解释给乔军说："她认为这道菜太残忍了。"乔军用筷子夹了一条泥鳅，一口咬断。泥鳅肚子里露出了一肚子的鸡蛋和辣椒。玛丽也好奇地咬了一口，她也一样地吃到了泥鳅肚子里的鸡蛋辣椒。她又产生了疑问，便问赵梦茹。

赵梦茹一头雾水地问乔军："玛丽说得对啊，你刚才说泥鳅放进冷水煮的时候是活的，怎么肚子里又能灌进鸡蛋和辣椒？我都不明白了。"

乔军说："你告诉她，这泥鳅买来后要放在清水里养三天，让它每天把肚子里的杂物全排出来。到了第四天，就把生鸡蛋打几个伴着辣椒放进水里。泥鳅已经饿得不行了，很快就会把鸡蛋和辣椒吃下去。当它们刚吃下去就开始水煮泥鳅了。这样这道菜就全有了。"

乔军一席话只说得赵梦茹连声叹道："长见识！长见识！"赵梦茹说给玛丽听，玛丽一双蓝色的眼睛只瞧着乔军发楞。接着乔军看到玛丽在凑近赵梦茹的耳朵旁说着悄悄话，只说得赵梦茹连连点头，不时也附和几句。俩人像一对好姐妹似的忘情大笑起来，引来邻桌一双双好奇的眼睛。乔军知道她俩在议论自己，反正他也听不懂，他就一个人埋头吃着菜。

过了一会儿，赵梦茹就对乔军说："你知道她对我说什么吗？"乔军茫然地摇着头。赵梦茹接着说："她说你这样的男人是最好的情人，她要我找你做情人。我说我有丈夫，她说我丈夫应该支持我找这样的男人做情人，因为只有这样我才不会去背叛我丈夫。我说中国的传统不能这样，我不能找你做情人。她说如果我不找，她就会找你交朋友，她正儿八经地问你有情人没有。我说你没有，现在还是单身。她说她要追你，要我通知你。"赵梦茹一边说一边乐不可支。乔军看了看玛丽，玛丽正用火辣辣的蓝眼睛直视着乔军。

乔军也乐了，他笑着说："她也不考虑俩人语言不通？"

赵梦茹有点醋意地说："她说让我帮她翻译，帮她的忙。"

乔军故作泄气地说："这不是与虎谋皮吗？我还没那么大的胆，敢泡洋妞。"

赵梦茹有点醋意地用英文让玛丽站了起来，原地转了两圈。乔军问赵梦茹是什么意思。

赵梦茹说："让你看看洋妞的身体真正是前凸后翘，性感极了，你可以上啊。"

乔军连忙说道："姑奶奶，你别考验我啊，我可没这个意思啊。人可是你带来的啊，跟我没关系啊。你别跟我急啦。"

赵梦茹说："你还没这个意思，那你昨晚怎么什么都没干就直接走人啊。"

乔军说："干了，我看了你那么精彩的表演，让我又回到了那个革命的年代，我哪里还敢想那些龌龊的事啊？"

赵梦茹说："刚进门时，我看你就不怀好意，盯着她看了半天，眼珠子都不带转的。"

乔军说："这洋妞我也很少看过，我好奇啊。我压根就没有那样的想法，你要是不高兴我就立马走人，好不好？人是你带来的，怎么瞎往我身上栽呢？"乔军说完就站起身来要走。

这下赵梦茹还真急了，她说："你敢！你要走了，就不要再见我了。"

乔军开着玩笑说："那三十年大聚会时总可以见吧？"乔军又坐了下来。玛丽在一旁不知他俩在说什么。她显然有点急了，她急促地向赵梦茹解释着，赵梦茹轻声安慰着她。

然后赵梦茹又回过头来对乔军说："她说你如果不愿意，可以不谈。我说你很愿意，只是你今天有点事可能急着要走。"

乔军说："你真无聊，这都是你自己要干的，等会你又来跟我急。"

赵梦茹有点不好意思说："我是考虑到中英两国的国际关系，爱，你可以谈，但你必须保证不能跟她上床啊。"

乔军有点哭笑不得地说："你哪里是考虑国际关系，你是做贼心虚。"赵梦茹得意地晃着身子。乔军又说："你下了逐客令，我只能走了，我在你家门口等你。"

赵梦茹说："你不能去我家了，玛丽跟我一块儿住。你先开间房，然后给我发短信，我把她送回去就来。"乔军跟玛丽打着招呼，准备告辞。玛丽站起来跟乔军拥抱了一下。赵梦茹一脸无奈的样子。

乔军刚把房间开好，赵梦茹就发来了短信。乔军心想赵梦茹还挺着急的。他打开手机，便觉得赵梦茹的短信很怪异，赵梦茹的短信说："虽然不能说是一见钟情，但是你给我留下了非常博学的印象，我是位研究民俗的学者。很希望跟你交个朋友，得到你的支持，我喜欢你。玛丽。"

接着赵梦茹又发来了一条短信："上面那条短信必须回。"

乔军就回了一条短信说："我跟赵梦茹今天晚上已经在城东宾馆308房间，开了房。欢迎光临！乔军。"

一会儿乔军又接到赵梦茹的短信："我不是开玩笑，你必须回，先应付她，还得写得像那么回事。"

乔军又发了短信回去："反正她不懂中文，你爱怎么写都行。"

赵梦茹又回了短信："不行，她要把你的原版短信让我转发到她的手机里，然后再翻译给她。还有她追的是你，我写不像的。快回吧！"

乔军就只好写："我也喜欢你，我想跟你学英文。"

赵梦茹回了短信："她很高兴，就这样写，加油！"

乔军刚洗完澡，赵梦茹就进了房，赵梦茹说："玛丽看到你的短信，很高兴。她明天还要见你。"

乔军说："不去！不去！都是你惹的祸。"

赵梦茹一边脱衣，一边说："不行啊！你是帮我啊。"

乔军说："那你还吃醋不？"

赵梦茹说："除非你跟她上床。"

乔军说："你就是怕你小叔子告发你，故意演一出苦肉计。"

赵梦茹又说："我现在喜欢看你的暧昧短信，你就当发给我的，对我说的情话就行了。以后我俩可以公开在手机里谈恋爱了。"赵梦茹穿着内衣，贴在乔军的耳旁轻轻说了一句："这是最好的掩护。"

乔军说："你好狡猾啊，想谈恋爱还找个老外做掩护。"赵梦茹得意地笑了笑，就钻进卫生间冲澡去了。这回赵梦茹没有再玩情调了，她害怕情调玩起来，乔军又中场退出。赵梦茹直截了当地把乔军拖上了床，然后两人就温存起来。

也许这个世界确实是太缺乏温情了，有些人愿意用钱去买，有些人愿意用权力去换。但真正的温情是买不来、换不到的。赵梦茹此时就沉浸在多年积淀下来的温情里，她觉得有这种情感的滋润，她的什么烦恼都可以忘掉，赵梦茹呢喃自语："我们可以结婚吗？我爱你。"

乔军揶揄地说："我俩结婚将是我们同学聚会最大的八卦新闻。"

赵梦茹用手拨着乔军的手臂，有点气恼地说："什么八卦新闻？那会让我们的同学羡慕不已。"赵梦茹依偎在乔军的怀里继续说："真结婚，我们就要去照一组结婚照，用结婚照作为邀请函的封面。然后就在同学聚会的礼花中完成我们的婚礼，那场面又热闹，又有激情，我们的婚礼只请同学参加。结婚照就在以前的校办农场里拍。"

乔军用手拨弄着赵梦茹的头发，他调侃地说："现在社会上不是流传着这么一句话吗？同学会同学会，拆散一对是一对。我们婚一结，同学聚会以后只怕就没人敢来了。"

赵梦茹蹬了乔军一脚，就说："你没有一点激情，老说扫兴的话。"

乔军说："你呀，也只是说说，你有一个完整的家，你敢吗？我可是一人啊，我什么都可以干啊。"赵梦茹一时无语。对于乔军来说，他没想到在他与老同学之间会在这个年龄段发生一段情感故事。但赵梦茹确实是个懂得生活和浪漫的女人，在这个年龄段，还有这样的激情，让乔军都自叹不如。何况赵梦茹的性爱观念也是让乔军十分满意的。但是赵梦茹说到的结婚，乔军可是从没有考虑过的。乔军早已经打消了结婚的想法，他觉得结婚后两人世界需要看着另外一个人生活，那是十分辛苦的。现在都是AA制了，各人干各人的，不用去因为顾忌他人而改变生活。至于男女间的事不可或缺，大家互相看得来，就可以在一起。互相愉悦后就可以一拍两散，各奔东西。用不着整出一个沉重的婚床来，把大家紧紧地绑在上面，都不自在。

但是，对于与赵梦茹的这段情感。他觉得既有点像在路边捡来的，又有点像是命中注定。也许是彼此间早已熟悉，也许彼此是过来人。两人并没有更多的沟通、磨合，一粘到一块儿，竟是如此地密切。乔军有种感觉，他俩不管最终能否走到一起去，他俩相处的时间会比他之前遇到的情感要长得多。乔军想起赵梦茹吃醋的样子，就觉得好笑。她的形体如同她的心态都是那么年轻和新鲜。乔军心想真要是跟赵梦茹结了婚，可能也会很有意思。赵梦茹身上没有家庭主妇的能干，但同时也没有这个年龄的女性普遍拥有的失去自我，整天围着小家庭转的味道。这可能就是乔军最欣赏她的地方。乔军以为找个料理家务、伺候男人的老婆并不难，难的是要找个懂得生活、心态年轻、两人的思想有交流的情人。赵梦茹倒属于这个范畴。

清晨乔军被赵梦茹的短信吵醒，乔军打开短信，才看到落款是玛丽。乔军也回了条短信："早上好！昨天虽然没有梦到你，但是至少我现在想起了你，祝你一天都有好心情。”

在赵梦茹的家里，赵梦茹兴奋地看着乔军的短信，她只当是乔军给自己的甜言蜜语。她开心地把乔军的短信翻译成英文转发给玛丽，玛丽在洗手间里开心地大笑起来。

赵梦茹又给乔军发了条短信：“你一条短信让两个人都开心，太有价值了，我真的好爱你。”

乔军：“我也同样想念你，现在上班，吃饭，不管在干什么只要脑子没有使用时，装的都是你。我有时自我怀疑，我怎么会有少男初恋时的感受，我怎么还会这么狂热地爱上一个同龄人。是你的魅力太大，还是我的爱情从来就是没有吃饱过？此条信息不要转发。”

赵梦茹正好收到玛丽的短信，她觉得这段话也完全能代表自己此时的心态，她高兴地翻译，然后又发给了乔军：“我虽然与你昨晚才分别，但是我一醒来，就开始想你了。我渴望与你的再次见面，我发现我真的喜欢上你了。”

赵梦茹觉得这么谈恋爱很有趣，很好玩。乔军对玛丽说的任何话，她知道那都是对自己说的。而自己对乔军的很多心里话，好像玛丽都猜得到，这天下的有情人实际上说的话是那么的相似。

乔军打开了办公室的电脑，他用电脑开始写民事诉状。乔军准备向法院起诉王玉珲，没多久他就把诉状写好了。他想今天就到法院立案，反正法院的每一步程序都需要时间。他出门去了区法院。在区法院把起诉书和相关证据递到了法院窗口，然后交了诉讼费，他就准备回公司。

第十二章　乔军的把柄

THE TWELFTH CHAPTER

在柳城报了案，又转悠了两天，还是没找到任何线索。乔军觉得现在最有可能的就是迅速找到蒋健，然后控制住他，贷款说不定还能追回。于是他轻装就简地搭了长途汽车去往蒋健家。一路舟车劳顿，乔军昨晚就没休息好。这乡下的公路估计有好久没怎么维护了，颠簸得很。一摇一摇地随着车身的摇晃，乔军渐入梦乡。

这时乔军的电话响了。是玉龙公司营销部主任来的电话，电话里对方火急火燎地讲述着公司一百五十万的产品被骗的过程。原来是一个叫蒋健的跟乔军做过几单业务的外地客户，他骗得了乔军的信任后，这一次的货就进得比较多，但只带了三十万的货款。他主动要求玉龙公司派一个财务人员，跟他一块儿押货回家，到家先付款再卸货。乔军见对方是个老客户，也就同意了。财务人员押着车，到中午时，他们一起在外面吃饭。饭桌上，蒋健坚持要请几位押车人员喝几杯酒，谁知他竟在酒里放了麻醉药。财务人员一喝就倒了，一倒就是两天，好在人还没事。但等到他们醒时，蒋健和那辆装电池的货车早都不见了。乔军连忙让对方给董事长报告，他自己也急匆匆地赶了回去。

按照约定，刘旭和孙红梅今天约好了以筹委会的名义到母校联系同学聚会的相关事宜。刘旭和孙红梅首先去找杨思冲和小田老师，不巧的是两位老师都在上课。传达室老头问他们找两位老师有什么事，他俩说了来校的目的。那老头说，这事有人管，学校专门成立了一个老同学聚会办公室，专门接待历届毕业生返校搞聚会活动。刘旭和孙红梅一听，喜出望外，两人高兴地去了聚会办公室。

聚会办公室一位形象精干的徐老师热情地接待了他们，徐老师迅速问清了他们的班级，就从电脑里调出了他们的资料。徐老师问刘旭的计划以及需要学校配合的工作。刘旭汇报了整个同学聚会的宏大计划，徐老师听到聚会规模如此大，眼睛就闪闪发亮。刘旭最后说可能需要麻烦学校的是，要请现任校长和以前的任课老师出席。再就是老同学要来母校参观一圈，合个影什么的。

徐老师等刘旭说完了，还有点不甘心地问："说完了，就这些？"

孙红梅说："就这些，已经很打扰了。"

徐老师沉吟了一会儿，就说："你们这个聚会方案非常气派，至少是目前我们学校校友聚会最阔气的一个方案。你们应该拿到赞助了吧？"

孙红梅嘴快，就说："是玉龙公司给了十几万。"

徐老师又说："玉龙公司的王老板是你们这一届的？"

孙红梅说："玉龙公司的所有股东都是我们这一届的。"徐老师马上把这一信息记在了小本子上。

然后，徐老师说："你们这个方案有气势，搞的时间也长。不过根据我参加前面同学聚会的经验，时间长了，也没什么好。后面几天，老同学都成了新牌友，每天都泡在麻将桌上。还有大家聚的时间太长，最后就成了东家长、西家短的闲聊。这个年龄的人聊一两天就聊出很多是非来。"

孙红梅和刘旭一听徐老师这么一说，就像被泼了一盆冷水，站在那里发愣。孙红梅半晌才反应过来，她说："那照你这么说，这聚会没有什么意思？"

徐老师笑了笑说："哪能这么说，聚会是老同学相聚，有些同学是一毕业就再也没见过面。你们想想看，大家相聚了，感情可以交流，人生历练的感受可以诉说。最主要的是过去的那些模糊的回忆都会被一点点激发出来，清晰起来。每个人都好似回到了同学时代，个个都变得年轻了，多么美好的事。"

刘旭感觉到徐老师话里有话，就问："那依徐老师的意思，这个方案应该怎么搞才最好？"

徐老师说："我也没有什么高见，只是参与得多了，有些体会。"

孙红梅急着说："你就直说，应该怎么改进？"

徐老师喝了一口茶说："我认为你们聚会除了吃吃喝喝，娱乐聊天。还可以留下些什么做纪念，这样搞完了这次活动大家还留有些实物做纪念。"

孙红梅说："我们都有啊，视频全程记录光盘，还有精美的同学录。"

徐老师说："那是必须的，不过那只是每个人手上保留的小物件，我的意思是不是还可以共同留下一些永久性的纪念品。比如说能不能栽上几棵树？立一块纪念碑？这些东西都不会在短时间里消失，可以作为永久的纪念。"

孙红梅大声地表态："应该搞，这样好啊，我看就可以定。"

刘旭在一旁想，这些开支如不大，倒是应付得过来，但是费用太大，那就又要理事会讨论了。刘旭想起表弟是做园林的，如果能在表弟那里弄几棵树种上，自己可以顺便挣点钱，那就解决大问题了。再说自己真解决了这个难题，也算是给同学们办了一件实事，说出去脸上也有光。他曾几次给表弟免费搞过设计，这次他应该会给自己面子的。刘旭便对徐老师说：“你们等一会儿，我先打个电话。”刘旭就走出办公室在外面直接给表弟去了个电话。表弟也很爽快，直接问刘旭要什么树。刘旭说自己也不懂，就看着办吧。表弟说桂花树，给六棵。

刘旭回到办公室就对徐老师说：“树可以解决，我们种上六棵桂花树作为纪念吧。”

徐老师说：“八月桂花香，是好树啊。但不知道树是多大的？”

刘旭是个外行，他说：“我没问，我再问问。”刘旭又给表弟去了个电话，表弟在电话里说二十公分的。刘旭就在电话里重复了表弟的话。

徐老师笑了笑说：“这二十公分的可能小了点。”

孙红梅说：“没关系，都可以长大的。”徐老师也不声辩，只是继续笑着。

徐老师说：“这样吧，我先带你们去学校的校园参观参观。也开开你们的思路，你们先看看再说。”于是徐老师就带着他俩去了校园的绿化区。现在的校园已经比以前的校园大多了，看得出这所学校的生源不错，升学率肯定也是十分地高。刘旭、孙红梅以及老同学的孩子都是在这所名校里毕业的，他们了解母校的实力。母校把旁边是一所印刷厂的一百多亩地都征了过来。校园看上去扩大了很多。学校老师的宿舍连外墙都刷了进口油漆，教学楼的外墙也都挂了蓝色的玻璃幕墙。刘旭他们上学时的教室都是平房和两层楼的楼房，现在都已经看不到影子了。

刘旭问徐老师：“我们的杨思冲老师也住在这栋楼吗？”

徐老师说：“就住我隔壁。”

刘旭指着几棵高大的银杏树说：“这几棵树有几十年历史了，我们读书时就有。”

徐老师很在行地说：“这几棵树应该有上百年的历史了，现在这一棵没有一百万肯定是买不到的。”

孙红梅说道：“那这么说，这树的价格是树龄决定的，一年一万。”

徐老师说：“那倒不是这么计算的，主要看树的品种和造型，当然树龄也是重要的依据。”他们走到一块绿化得很好的树林旁，还有一条小溪蜿蜒期间。徐老师说：“这块林地叫英才园，就是学校专门给校友们栽树立碑的处所。你们看这前面几棵树是高你们两届的校友们栽的，这块碑是低你们一届的立的。还有这溪上的小桥是这届应届生捐建的。”刘旭看了看这树也好，碑也好，桥也好，哪样都不便宜。他想今天这六棵树的小钱怕是挣不到了，这事不上理事会只怕是包不下来的。

孙红梅说：“要不先给王玉珲打个电话，先给他说说，我们也好有底。”孙红梅嘴快，话说出来了，刘旭也不能不办，他就只好给王玉珲去了个电话。

王玉珲说："那你说哪种形式最好？"

孙红梅抢过话筒说："小桥好看，再建一座小桥吧。"

王玉珲说："种树、立碑、修桥，我觉得都是为了留名。前两者都还得立块小碑来留名吧，我看不如直接立一块大碑吧。"

孙红梅说："那好，我们就跟学校说立碑。"

王玉珲又说："这碑一般的要多大？就是说现在校园里的碑石最大的有多大？"

孙红梅现场就问徐老师："王总问校园里的碑石现在最大的有多大？"

徐老师指了指前面："就那一块。"

孙红梅就对着话筒说："不算大，也就一人高吧。"

王玉珲在电话里就说："那你跟刘旭辛苦一下，找一个比它大三四倍的询询价，我再跟大家商量一下。"孙红梅在电话里答应着。

孙红梅挂了电话，就说："没问题了，王玉珲同意了。"

徐老师高兴地说："还是财大气粗啊，你们两位有办法啊。今天时候不早了，中午就在门口吃个便饭吧。"

刘旭说："这多不好意思，麻烦你那么久了，还是我们请你吧。"

徐老师说："你们又为学校添了一处景致，我们当然要感谢两位。"

酒过三巡，徐老师说："不瞒两位，我这个聚会办主任也不好当啊，学校也给我下了任务，每年要完成经济指标。"

刘旭说："你们这个还有指标啊？那怎么干啊？"

徐老师说："你俩今天至少就帮我完成了几万块钱的任务了。那块石头，立在校园里，当然就是学校的财产。如果你们做同学录、拍视频、刻光盘，我们还有学校的资料，包括你们在校时的照片，我们办公室都可以提供服务。当然是要收取一定的费用的。"

刘旭一听这徐老师要抢自己的生意，有点急了。他就说："徐老师，是这样的，有些项目我们会找你们来做，有一些我们就不麻烦你们了。到时候我们再具体商量吧。"

徐老师说："那就感谢了，反正能照顾我们的业务就请多关照。我这儿有张价格收费表，可以给你们做参考。"孙红梅想接，被刘旭一把先拿了过去。

乔军火急火燎地赶到公司，他已经想好了，装货的车是蒋健喊来的。他要先从装货的车入手调查，车的目标大，总比人好找。他到公司的物业监控室，根据日期，他让保安调出了那天的出货视频。乔军把视频定格在蒋健那台装货车的车牌上。乔军把车牌号抄了下来，又发给在市交警支队工作的老同学。一会儿老同学就查出运输车的车牌号所属公司是捷成物流。乔军打114，问到了捷成物流的电话号码。乔军又给捷成物流去了电话，问到了捷成的地址，他立马就带了监控的视频资料赶去了捷成。到了捷成，乔军没费多少周折，就搞清了捷成的那台运货车已经在昨天把货卸在了柳城。

柳城是蒋健的老家，乔军去过一次蒋健家，他估计要想找到这批货，必须去柳城。这个蒋健是乔军的客户，以前他就感到蒋健这个人，嘴上的功夫强了点，有点让人不放心的感觉。但后来做过几次业务后，还是放松了警惕，实际上这个客户是迟早要出事的。他太疏忽大意了，责任全在此。于是他决定马上去一趟柳城，看看能不能趁早把货找回来。他给王玉珲去了个电话，把他的想法说了一遍。

王玉珲说："要不你还是带个人去吧？俩人好商量，我跟何疆民随后就到。"

乔军说："公司现在人手紧，我先去，只要有线索，我会马上通知你们的。路上我会小心，再说在没有眉目之前，人多了也没有用。还是我先去吧。"两人又谈了处置的办法，乔军就去了火车站。

蒋健住在柳城的乡下，乔军第一次去那个地方的时候就留下了比较乱的印象。他先在柳城开了一间房。他不想带着自己的所有行囊展开行动，更不愿意带着这些累赘到蒋健家里去。他想轻装就简以当地人的身份悄悄地接近目标，于是他把行囊都留在了宾馆里。他按照捷成物流提供的卸货地点，首先到了公交公司的汽修厂。汽修厂就在公交公司的停车坪旁，乔军直接走进了汽修厂。一个满脸油污的修理工问他什么事。

乔军说："我住在旁边的小区，昨天老婆的一只白色的波斯猫走丢了，这孩子丢了，做妈妈的在家痛苦得寻死觅活，我这个爸爸要是找不到，就回不了家了。有人说在你们修理厂看见过这只猫，就想来找一找。"

满脸油污的修理工都快被这猫爸爸的诚恳态度说笑了，他确实还没有办法理解这些住在高档小区的有钱人的习惯，他只是觉得这些有钱人有很多奇怪的爱好。他对乔军说："我不认识什么波斯猫，但是这个修理厂里面，我只见过一只黑猫。如果你那么想当猫爸爸，我看你可以把那只猫抓回去，反正那只猫没有爸爸妈妈。"

乔军有点为难地说："我的那只可是白色的。"

修理工吃惊地说："黑的白的有什么区别，你实在要白的，可以骗你老婆。你就把那只黑猫抱到隔壁理发店给它染点色不就行了吗？"

乔军知道碰上个二愣子，不能再费口舌了，先顺他的意思找了再说。于是他说：

“对！你说的很对，就按你的意思办。你忙你的，我来找猫。”说完，乔军直奔汽修厂的那排平房而去。乔军嘴里呼唤着猫，喊着：“美姬！猫！美姬！猫！”他一间房一间房地找了过去。没上锁的房间，他都挨个推开了房门，看了看里面。上过锁的房间，他进不去，就透过窗子把里面的情况搜索了一遍。整个汽修厂他全找了，也没有发现自己的货。

正在乔军纳闷时，那位满脸油污的修理工抱了只黑色的猫跑了过来。他把那只黑色的猫递给乔军说：“可好了！一个孤儿有了爸爸妈妈了。”

乔军抱着那只黑色的猫，对着面前这位热情而又执拗的修理工连声说道：“谢谢了！谢谢了！”

乔军知道那车货肯定是被蒋健转移了，现在只能希望这车货还没有处理掉。他又想那车货是不是被蒋健拖回了乡下老家呢？他立即排除了这种可能，他知道蒋健已经有了下线客户，他没有必要把货弄得满世界乱转，增加物流成本。可能性最大的是蒋健早就找好了买家，货一到马上就可以出手。蒋健拿到了货款就会销声匿迹，这也是乔军最不愿意看到的结果。

在柳城报了案，又转悠了两天，还是没找到任何线索。乔军觉得现在最有可能的就是迅速找到蒋健，然后控制住他，货款说不定还能追回。于是他轻装就简地搭了长途汽车去往蒋健家。一路舟车劳顿，乔军昨晚就没休息好。这乡下的公路估计有好久没怎么维护了，颠簸得很。一摇一摇地随着车身的摇晃，乔军渐入梦乡。

乔军被一阵吵闹声给吵醒了。睁开惺忪的眼睛，他看到客车的车厢里有几个挥动刀棍的蒙面人在大声吆喝着。乔军心想，坏了！碰上了拦路抢劫的。那几个抢匪竟敢在大客车上动手。他们高声地叫喊着：“把钱都拿出来！要钱不要命，快！快！”前面几个大个子在大声威胁着每个乘客，他们不时地用刀尖逼着座位上的男女老少掏出身上的钱财来，后面一个拿着小提包的把每个乘客手上的钱包和现金收进了提包。一个女人的金耳环在熠熠闪光，小个子两下就把一对耳环扯了下去，伴随着女人的惨叫声，那女人用双手捂住了自己的耳朵，蹲了下去。一个强壮的男人看样子是不愿意拱手相让自己的钱财，动作比较迟缓。那个持长刀的劫匪立马就把手中的刀给砍了上去，强壮男人的脸颊呈现出一道长长的血痕。持刀的劫匪声嘶力竭地大叫着：“不拿钱就挨刀！”

乔军知道这帮小子已经是极度的紧张了，他们因为恐惧已经变得草木皆兵了。这个时候的主动杀人都是因为恐惧，因为恐惧他们极易攻击对方。此时最好的办法就是顺势而为，顺从对方的意旨是确保自己安全的最佳选择。乔军的钱包早就放在行囊里了，他随身只带了一百多元钱。他早就为到蒋健的家做好了最坏的准备。只不过没想到的是在还没有到达蒋健的家，就遇上意外了。看样子蒋健的家乡确实是个凶险之地。乔军把手机悄悄塞进了座椅里，然后把自己口袋里的钱全部掏了出来，他甚至把自己的口袋布全部倒翻出来，以证明自己的彻底。

劫匪持刀走到了乔军坐的位置旁，用刀威逼着乔军的邻座。也许是邻座的动作慢了点，劫匪的刀子划过了乔军的脸庞，砍在邻座的手上。乔军把钱高高地举起，但乔军也在想，他已身无分文，怎么回到宾馆去呢？他连张银行卡都没有带。但现在不给钱，弄不好会丢命的。这帮小子全急红了眼睛，动作稍为缓慢点，他们都视为反抗，立即给以血的教训。但是自己要是都给了又怎么赶到蒋健家？到蒋健家除了坐这趟长途汽车外，还需要转三轮车甚至拖拉机。不行，自己还得要回这笔钱。

劫匪的手快速地从乔军的手里抽走了为数不多的纸币，劫匪开始洗劫乔军身后的乘客。乔军的手放了下来，他的脑子开始高速地运转，他在想怎么弄回自己的钱。整个车厢都被洗劫了一遍，劫匪得手了。恐怖的声音开始平静下来，车上乘客痛苦的呻吟声和抽泣声渐渐大了起来。劫匪已经是胜利者了，刀棍不再举着，要不就是提着，要不就是夹着。他们已经从开始洗劫前的高度紧张的状态变得轻松起来。小个子劫匪的脸上甚至露出了轻松的笑容，吹起了口哨。乔军见这帮小子完全已没有了先前的战斗姿态，他觉得自己的机会要来了。乔军一直在清醒地构思怎么跟这帮劫匪交涉，一是时机，二是怎么开口。

劫匪开始三三两两地往车下撤了，估计走下了一半人数时。乔军站了起来，他大声地对正在往前面走的小个子说：“朋友！你们就这样走了，有点不够意思吧。”

小个子返过身子奇怪地问：“怎么啦？”

乔军说：“我也是在江湖上跑的，我口袋里的每一分钱都给了你们了，我没办法回家。”

小个子顿时直起了身子，也许是今天的收获超过了他们的预计，也许是他们还想给诸位受害者留一点侠盗的印象。他大着声音问道：“多少钱？”

乔军一时没有明白对方的意思是在问自己已经给了多少钱，还是现在想要多少钱？乔军没再往下面细想，他知道有戏了，就顺口答了句：“三百元。”

只见那小个子顺手递过来三张百元大钞。“接着！”

乔军高兴地说道：“谢谢了！”乔军把钱接了过来。他压根儿没想到今天会被打劫，更没想到这钱还可以要回来，更加离奇的是，要回来的钱还多些，居然还挣了。一会儿，乔军到了乡政府所在地，就下车了。他叫了台小面包车，又花了十元，就到了蒋健家的村口了。

蒋健的家依山傍水，紧邻公路。乔军是几年前来过的，那个时候，蒋健家所在地就那么几栋房子，还显得比较冷清。蒋健的房子还有些鹤立鸡群的感觉，站在他家门口满眼都是青山绿水。而现在仅仅过了几个年头，这里已经发展成一个小集镇了，置身其间，熙熙攘攘，还以为是到了市区。乔军还想找找过去的感觉，蒋健家也被旁边的水泥楼房挤到了街道的一个角落。那条小溪的水边飘着一些盒饭盒子和塑料垃圾袋。山岭上绿色的植被需要在楼房间找到合适的角度才能偶尔看到几方。

乔军没有贸然走进蒋健的那栋楼房，他在蒋健家对面的一个小饭店找了个凭窗的座位。他坐了下来，正好可以看到对面蒋健家的大门。乔军点了两个菜，叫了瓶啤酒，然后他开始一边喝着酒，一边监视着对面的楼房。这时王玉珲打来了电话，王玉珲告诉乔军他跟何疆民快到柳城了。乔军告诉了王玉珲自己现在的情况，然后他让王玉珲等他的通知再决定来不来蒋健的家，说完大家就把电话挂了。乔军眼睛盯着对面的大门，时间长了，就开始走神。他又想起了赵梦茹，前几天赵梦茹说要离婚跟自己过，真不知道她是一时兴起，还是经过深思熟虑。不过自己结婚还是不结婚都无所谓，真要是跟赵梦茹结了婚，那肯定是他们这个圈子里最大的新闻。但乔军可不是一个愿意张扬的人，他艳遇赵梦茹本来就是意料之外的事，他只想能偷着乐就行了。如果赵梦茹真离了婚，那就结吧；即使没离成他跟赵梦茹也可以像现在这样过，他也觉得适应了。

天快黑了，这时蒋健家门口来了一群人。他们揪着一个男孩，看样子那男孩是蒋健的儿子。那帮人开始拍打着蒋健的房门，蒋健的老婆开了门。那帮人愤怒地对蒋健老婆述说着那个男孩的什么，那个男孩低着头。蒋健的老婆开始气愤地揍着自己的孩子，对方倒是拦住了。这时乔军走出了饭店，混进了看热闹的人群中。对方看样子是要蒋健的老婆赔钱，蒋健的老婆跑回家里拿了些钱出来。对方接过钱数了数，看样子钱的数字没有达到对方的要求，对方还缠着蒋健老婆述说着。看得出蒋健老婆已经不想再拿钱出来了，也有可能拿不出钱来了。

对方在问蒋健老婆："孩子他爸呢？他总有钱吧？"

蒋健老婆回答："孩子他爸出门三个多月了，电话都没来过。"

对方又问："那你现在打个电话给他，现在就要钱。"

蒋健老婆说："我们早就给他去过电话了，孩子要看病，他电话都关机了。"

对方问电话号码，蒋健老婆报上了号码。乔军知道那号码是真的，而且肯定是关机状态。果然电话拨了，换来拨电话人的一顿埋怨：“你这号码对不对？还有没有别的号码？”对方无论如何还要她老婆再给两百元。乔军摸了摸自己口袋里的钱，他留了二十元在口袋里。然后他拿了其余的两百元递给了蒋健的老婆，他说：“我是蒋健的朋友，你先拿去用吧。”

蒋健老婆打发了要钱的那伙人，她把乔军请进了家里，给乔军泡了一杯茶。蒋健老婆很是感谢乔军。乔军说：“几年前我到过你们家，你可能不记得了。”

蒋健老婆确实是记不起他了，蒋健老婆又问他是不是来找蒋健的，乔军就把来这里的原因一五一十地对蒋健老婆说了一遍。蒋健老婆说只要她遇上了蒋健，肯定会劝他把钱还给厂里。

乔军知道再在蒋健家守着也是耽误时间，他告别了蒋健老婆。他先给王玉珲去了电话，说了这边的情况。王玉珲让他马上赶回柳城，会合后再商量下一步计划。

乔军就往开始来时下车的地方走过去，他想找台面包车把自己送回柳城。他还没走到下车的地方，就有一辆面包车贴上了他，开车的是位络腮胡子。络腮胡子对他说：“这位老板，是要回柳城吗？”

乔军说：“是啊。你跑吗？”

络腮胡子说：“跑啊。”乔军正欲上车。络腮胡子又说：“不过回去的车费不一样啊。”

乔军忙问：“多少？”

络腮胡子说：“五十。”

乔军的口袋里只有二十块了。“怎么要这么多啊？”

络腮胡子说：“你不知道，我现在进城，肯定是放空回来，要五十不多啊。”

乔军继续往前走着，面包车紧贴着乔军往前开着。乔军说：“我来的时候，只要十块。”

络腮胡子说：“反正现在要这个价。”

乔军没有正面去埋汰对方。乔军心想说不定今天真栽在他手上，没有必要得罪他。他指了指前面停车场的面包车说：“那前面还有别的车吧，人家的价可能比你的便宜。”

络腮胡子自信地说：“你看看吧，他们的价不会比我的少。”乔军紧走了几步，挨个问了一遍那几台停在那儿等客的小面包车。怪了，那些司机有的还没等乔军开口，脑袋就摇得像拨浪鼓似的。等乔军问完一圈后，回头看到络腮胡子得意的笑脸。乔军明白了这络腮胡子可能是他们中间的头，他的客人没人敢抢。乔军只好又踱了回去，边走边想，自己身上的钱不够，得想个什么招才好。

乔军走到络腮胡子的车旁，对络腮胡子说："果然，那些司机的价比你的还高。现在我想问你，这台车只要我出五十，是不是就是我的专车？只要去柳城，就应该完全服从我？"

络腮胡子说："那当然。"

乔军说："那好！现在你就掉头。"络腮胡子满脸疑惑地让乔军上了车，他把车又开了回去。乔军开始从蒋健家出来时，就发现还有几个讲外地话的背包客在街上溜达。他想把那几个客人拖上车，车费的问题就可以解决了。乔军看到那几个外地客就喊："回柳城的车，一人十块。快上车，最后一班了。"

那几个外地客，看样子也正准备回城了，他们连忙就往车里钻。乔军一数，有六人。络腮胡子有点坐不住了，他递了根烟给乔军，并把乔军拖下车子说："你老弟真厉害，跟你商量下行吗？你的钱我就不要了，我就收他们一人十元。你白坐，我想跟你交个朋友。"

乔军大方地说："小事一桩，我倒还有件事找你帮帮忙。"

络腮胡子说："你尽管说，老弟脑子好用，我打心里佩服。你有事就直说。"

乔军说："你认识住在那儿的蒋健吗？"

络腮胡子说："那小子是个诈骗犯，认识。"乔军就把自己被骗的过程说了一遍，络腮胡子听了就说："这小子每次回家都带不同的女人，他自己回家住一两天，把野女人就安排在小旅社住。他油头粉面不务正业。"

乔军说："我想请你帮个忙，如果他回来了，只要你见了他，请你给我来个电话，我们公司奖励你一千元。"

络腮胡子说："这是好事，既帮了朋友，自己又挣了钱，我干。"

乔军赶到柳城时，已经比较晚了。他跟王玉珲、何疆民汇合了，乔军把这几天的情况详细地给大家作了汇报。大家商量后，觉得再在柳城待下去，也没有什么实际意义了，只能先回去再等等看。

从柳城开车回雾水，沿途风光迤逦，山清水秀。山间公路蜿蜒多变。直直的高速公路已经在中国的西部土地上纵横交错。相反柳城这里的山区公路路面不宽，一律的柏油马路。有的地方柏油铺得薄，粗硬的石砾暴露在路面。车轮压在上面，你会心痛备受折磨的轮胎。但是更多的是沿途的风景带来的心旷神怡。竹海绵延不绝，高高的竹子有些已经垂到了路面。汽车还得在路上绕行避让着竹枝。更奇妙的是山涧的泉水到处泛滥，就像个调皮的孩子在跟路人躲着迷藏。一会儿在路径的旁边泛着白色的水花炫耀着自己的身姿，一会儿在深不见底的深谷里整出骇人的冲击声，一会儿蔓延在路面随时覆盖着你步履的印记，一会儿在汽车的上空凌空掠过卖弄着自己的飞行技巧。

沿途的风景让人心醉情迷，但是王玉珲和乔军还是没有多少心情来欣赏沿途风景。他们一直在寻思怎么才能找回被骗的货物，何疆民只能一人静静地看着窗外的景致。他不是第一次跟着王玉珲出来追货了，谁叫大家是同学。每次遇到玉龙公司追款或者追货的案子，何疆民都是在第一时间办好立案手续。有时甚至在时间不允许或者案子不明朗的情况下，何疆民也是先出了警再说。反正干这些事的作案人都是做贼心虚，没有人胆敢审查自己的办案手续，没有人敢对自己的犯规手段提出质疑。只要自己的身份是真实的就够了。疑犯先抓回来审了再说，不怕找不到抓他的理由。有时候往往是本来抓个诈骗犯，可能到了立案时就变成了盗窃嫌疑人或者是贩毒嫌疑人。

他这几十年就是这样为王玉珲保驾护航的，但除了赚点吃喝赚点玩，他还真没有在王玉珲那里得到过什么。王玉珲跟他是老同学，几十年就是这么玩过来的。何疆民可以在别的地方去弄钱，但他从没有想过要在王玉珲这里分杯羹。但只要何疆民手上有点资金短缺，王玉珲总是毫不犹豫地拿钱出来为他把问题摆平，而且从不会催促何疆民还钱。当然何疆民也会及时把钱还上，何疆民的心里并不觉得王玉珲有什么对不起自己，反而他觉得拥有王玉珲这样的同学兼朋友是他的荣耀。雾水城可以不知道他何疆民，但提起王玉珲谁个不知。他认为王玉珲的存在直接影响到他的生活质量，王玉珲的发达就等同于他的发达。何疆民以为谁要是跟王玉珲过不去就等同于跟自己过不去，他就是一个不拿工资的玉龙公司的股东。王玉珲不管有什么难事了，也是在第一时间告知何疆民，甚至有些事连乔军和曾金刚都还不知道，何疆民就已经进入角色了。时间长了，王玉珲和何疆民两人之间也形成了一定的心理依赖，两人一天不互相通一两次电话，就觉得好像当天还有些事没办完似的。

车快到雾水时，道路被堵死了。王玉珲下了车走到前面看情况，才知道山石塌方，山上滚下来几块大石头，把路堵了个严实。离塌方处最近的一台奥迪 A6 的车被一块石头砸中了引擎，看样子是动不了了。王玉珲认出了这台奥迪车是市政府接待处的接待车。车的不远处蹲了两位惊魂未定的女同志，那位年纪大的满头银发的老年妇女引起了王玉珲的注意。老年妇女虽然脸上布满了皱纹，但看得出她那几乎没有晒过太阳的脸保养得异常的好，再从她身上雍容华贵的衣着可以判定这老年女人非富即贵。中年妇女看得出对老年妇女非常地尊敬，两人都是一口京腔。王玉珲用心在听着她们的对话，分析着她们的身份。

老妇人问中年女性："是谁给他们打的招呼啊？"

中年女性回答："阿姨，是参事室的王伯伯打的电话，省接待处袁处长又给雾水政府打的电话。"

老妇人说："什么？哪个袁处长？"

中年女性靠近老者的耳朵大声说道："是小袁啊，驻京办的小袁。"

老妇人还是不明白地嘀咕着："谁知道你说的哪个小袁？"

中年妇女大着嗓子说："往年我们家吃的甲鱼就是他送的。你最爱吃的甲鱼啊。"

老妇人看样子明白了，笑着说道："我想起来了，每年都是他从老家弄来的。"

王玉珲知道这个老妇人是有来头的，说不定就是哪位老干部的遗孀。于是他走回到自己的商务车，他跟车上身着警服的何疆民说道："你把那两个女同志请到我们车上来，我们把她们送回家。外面气温比较低，怕她们受凉。"

何疆民马上就走了过去，他把自己的证件给奥迪车的司机看了看，然后司机高兴地跟那两位女同志解释着。接着何疆民和司机就把一堆行李抱了过来。王玉珲连忙下车帮忙。他搀扶着老妇人上车坐好，又从随车的暖水瓶里倒了开水端给两位女同志。老妇人连声说着感谢的话。何疆民马上把王玉珲介绍给对方，中年女性索要了王玉珲的名片。乔军在一边笑着，他知道王玉珲习惯于这么拉关系。王玉珲经常说拉关系不一定就要花多少钱，只要用心到处都是关系。用钱买来的关系靠不住，那只能应急。真正靠得住、用得长的关系是用感情建立的、用感情维系的。看样子王玉珲又要建立靠得住的感情关系了。

王玉珲开始在车上给新关系幽默地介绍着雾水的风土人情来，一会儿工夫王玉珲就把老妇人从恐怖受惊的压抑中解放出来。老妇人对王玉珲的称呼也从"王总"渐渐变成"小王"甚至"小伙子"了，老妇人看样子短时间就喜欢上了这个巧遇的"小王"了。王玉珲看到老妇人有些疲劳，就对她们说："这路还不知堵多久，你俩就在车上先睡一会儿。"王玉珲让其他人都下了车。

何疆民下了车问王玉珲："你知道她们是干什么的吗？"

王玉珲回答："不知道。但是我知道她完全可以在一定程度上影响我们市里的领导。当然我们即使只是做做好事，学学雷锋也可以嘛。"何疆民和乔军两人都笑了起来。"轰隆隆！"一台冒着黑烟吼叫着的大铲车正在超过车队准备上前清理路障。王玉珲好像想起了什么，他招了招手示意乔军和何疆民跟上他。他对乔军和何疆民说：“前面塌下来的几块石头，你们知道是什么石头吗？”

乔军和何疆民面面相觑，何疆民说：“什么石头？难道是矿石不成？”

王玉珲说：“上次刘旭去了我们母校，学校希望我们搞这次聚会时立块大点的碑，要是买那么一块碑石没有几万块是搞不定的。我刚才看过了，前面垮下来的石头是黄蜡石，这黄蜡石最适合做景观石了，我们把它废物利用。”

乔军说：“真弄回去能省下几万块，当然是好，不过怎么给它搞回去？”

王玉珲说：“跟我来！”车队中有一台放空的大卡车，王玉珲跨上踏板，跟卡车司机开始谈起价来。

何疆民对乔军发自内心地说：“这小子的脑袋不知道是什么做的，任何时候都可以发现商机。”乔军望着王玉珲的背影钦佩地笑了。他在想，如果王玉珲在公司的管理上更开明些该有多好啊，自己也用不着跟他去较什么真吧。他想如果这次通过法律能把玉龙公司的管理再上个台阶，自己一定好好地辅佐王玉珲把玉龙公司搞得更加红火。

王玉珲让卡车司机把卡车后面的隔板打开，然后他带着乔军和何疆民继续向前面走去。大铲车正冒着一股股的黑烟把一块块的石头铲起来倒在了旁边的小溪里。两位现场施工工程指挥人员正在为把那块最大的石块放在哪里紧张地讨论着。他们担心大石头如果倒进了小溪会使小溪断流。如果不能倒进小溪，这路面上已没有任何空间可以放置它了。正在此时，王玉珲走上前去，分别给他们递了支烟，并帮他们把烟给点燃。他提出了他的想法，只要铲车把那块石头铲上后面的一台大卡车就行了，由他负责处理好。两位指挥人员握住了王玉珲的手，说王玉珲帮了他们大忙。很快那块大石头就在王玉珲一行欣喜的眼光中躺在了大卡车的拖箱里。

第十三章　周老师仙逝

THE THIRTEENTH CHAPTER

大家在周老师和睦的眼光里看到的是悲情。乔军说："可能周老师不能参加我们的聚会了，我本来准备在聚会上让大家一起表演一个节目，当然这个节目与周老师有关。今天我想我们先把这个节目提前献给周老师吧。"说完乔军就唱起了《五月的鲜花》，同学们也跟着唱了起来："五月的鲜花，开遍了原野。鲜花掩盖着志士的鲜血，为了挽救这垂危的民族，他们正顽强地抗战不歇……"

第二天上班时，王晓给王玉珲和乔军通报了周老师的病情。说周老师的病还是被确诊为肺癌，而且已到了晚期。王玉珲问："怎么这么快？"

王晓说："周老师的癌症是肺癌中最难治的一种。他的癌细胞全部落在肺的根部，不管用什么治疗方案，根部是很难治疗的。现在周老师的头脑一时清醒一时糊涂，恶化的速度非常快。"

乔军说："他现在住哪家医院？"

王晓说："先住了肿瘤医院，后来医院又让他们回来了。因为医院已经无能为力，反正也就是一些口服的药，让陈师母带回家在家里可以维持治疗。"

王玉珲说："周老师的癌症难道不痛吗？如果痛起来，医院还可以吊些止痛药什么的。"

王晓说："确实奇怪，周老师就是没有痛感。陈师母说可能老天爷认为周老师人善，在他临走前，就不再折磨他了。"

王玉珲说："我们家老头也是这个毛病，拖了好久，现在也不见他痛。你说现在的癌症基因是不是都产生变异了？"

王晓说："不痛是好事，你难道非得让他痛不成。"

曾金刚说："你怎么说话的？有你这么说话的吗？"

乔军说："我们这就去看周老师吧，趁他还清醒。"

几个人开了车，就去了周老师家。周老师院子里的葡萄藤今年的绿芽长得绿油油的，在阳光下被照得通体透亮，煞是好看。王玉珲走到葡萄架又想起了要给周老师请园艺场的果农来给葡萄看看怎么改良，于是王玉珲掏出了电话，给园艺场的蒋场长打起电话来。几人在家门口见过悲痛欲绝的陈师母。彭洋已经先他们到了周老师家。大家走到周老师的床前，周老师坐了起来，他已经消瘦得只剩皮包骨了，周老师的颧骨显得异常突出，双颊深陷。头发和胡子也显得比往日里要突兀得多，他瘦削而又惨白的脸庞看得出来有些时日没接触阳光了，王晓在轻声抽泣。

曾金刚问："周老师多久没晒过太阳了？"

陈师母说："你们上次来的时候，那是他最后一次在户外活动。"

周老师听到了他们的说话声，他在仔细辨认，他可能知道是熟人来看自己了。周老师摸索着自己的领口，他担心领口没有扣好，会显得不礼貌。他一边说着"谢谢"，一边辨认着。

陈师母说："不管他是不是清醒，只要有人来看他，他都会不停地说'谢谢'，他一辈子都在感谢别人对他的帮助，一辈子从不抱怨生活。在我们家最困难的时候，他也是对未来充满了憧憬。他是发自内心地感谢世界，他就是一个感恩的人。你们可能不知道他在家里念叨得最多的就是你们，他经常在家里挨个说起你们每一个学生。你们是他的骄傲，是他的精神支柱。"

大家耳朵里听着周老师的"谢谢"和陈师母的介绍，眼睛渐渐地湿润。王晓说："陈师母，我是早就没有了父母的孤儿。我一直是把周老师当成我的精神支柱，周老师在我心里就如同我的父亲，他给我的教诲是我一辈子享用不尽的。"

王玉珲也说："我们都知道周老师在课堂里从不在教室后门和窗户外观察他的学生。如果这几年我有时候办事还不想完全放弃良心时，就是因为周老师那双眼睛还在我的正前方严厉地注视着我。"

周老师可能已经认出了彭洋，他指着彭洋说："我知道你是谁了，你爸爸出了三本书。你爸爸是研究教育学的，他在写一本关于谚语方面的书，我记得你爸爸。"大家都以为周老师会马上说出彭洋的名字。但周老师最终还是没有叫出彭洋的名字。然后周老师环视着其他同学，每个同学在此时都希望自己被周老师回忆起来。乔军在想，彭洋的爸爸周老师能想起来，自己的父亲和彭洋的父亲是一个时期的领导，他当时还是雾水的一把手，周老师说不定也能回忆起来。但在周老师的连声"谢谢"中，他的眼光愈来愈黯淡。

彭洋被周老师奇异的记忆力震撼了。为什么周老师最后连自己的名字都记不起来却想起了自己的父亲。他知道每次来看周老师，周老师问得最多的就是父亲又在写什么书，又准备出什么书了。一说到这些，周老师的眼神顿时变得亮晶晶的。周老师是个受中国文化浸染得比较深的知识分子，他是那个追求精神世界、缺乏物质的年代产生的知识分子。他的内心里对在学术领域有所建树的学生一向比较倚重的，相反对商界和政界的学生却会相对看得轻些。当然这一点彭洋也从没有跟别的同学交谈过。周老师非常注重著书立说，成名成家，他的价值观与中国深厚的儒家文化是血脉相连的。也许对此时病榻上的周老师而言，此生没能写出一本书，给后人留下些什么是他最大的遗憾。

彭洋在想，如果仅仅是花上一点钱、署上一个名、帮周老师出上这么一本书，那他非常愿意为周老师出资，但周老师又绝对不是一个欺世盗名的学者。你花再多的钱帮他出这么一本书，那还是等于侮辱了他，他是绝对不能接受的。如果还有时间，彭洋愿意全力帮助周老师写完他一生中的第一本书，满足周老师此生最大的愿望。

大家在周老师和蔼的眼光里看到的是悲情。乔军说："可能周老师不能参加我们的聚会了，我本来准备在聚会上让大家一起表演一个节目，当然这个节目与周老师有关。今天我想我们先把这个节目提前献给周老师吧。"说完乔军就唱起了《五月的鲜花》。这首歌是周老师三十年前教大家唱的，大家记忆犹新。乔军起了个头，同学们就跟着唱了起来："五月的鲜花，开遍了原野。鲜花掩盖着志士的鲜血，为了挽救这垂危的民族，他们正顽强地抗战不歇……"

周老师标志性的和蔼笑容，一时好像是定格了。仅仅定格了两秒，突然好像被触动了，想起了什么来。周老师的嘴角轻微地翕动了几下，接着他轻声地跟着大家唱了起来："如今的东北，已沦亡了四年，我们天天在痛苦的熬煎……"周老师的脸部表情跟着歌词内容变幻着，他当年讲解这首歌的时代背景的画面浮现在同学们眼前："这首歌是东北流亡到北京的学生谱写的歌曲，东北沦亡，山河破碎，抗日烽火，已成燎原之势。"大家一边唱着，一边流着泪注视着周老师的一举一动。

一曲唱罢，大家齐声呼唤"周老师！周老师！"周老师又恢复了和蔼的笑容，他的嘴里又开始机械地说着："谢谢！谢谢！"周老师看样子是不会再康复了。大家内心里充满了痛楚。每个同学在离开葡萄树下时都按照当地习俗拿出了早已准备好的信封交给陈师母，每个信封里都装着几百元到一两千元不等的现金。彭洋刚在单位领了工资，他直接把工资袋里的零钱倒了出来，把三千二百元整送给了陈师母。陈师母推辞着。大家说现在是用钱的时候，也是大家的心意。

彭洋满怀着崇敬和悲悯交付了这个信封，在彭洋的职场生涯中，他还从没有给人送过这么多的钱。虽然现在正是彭洋扶正的关键时刻，如果他能扶正，他就可以解决一个副厅级待遇。也可能他就是同学当中进步最快的公务员，他现在的资历文凭和工作能力都已经不是问题，在雾水法院他已经是佼佼者。他担心的是市里又给中院安排一个下面来的县委书记，为了解决一个副厅级职务，市里已经不是第一次干这样的事了。即使这样，他还是没有给市委主要领导送过红包。

彭洋提议，今天大家聚在一起，干脆就喝一杯。于是找了个餐馆，大家坐了下来。有比较长的时间，大家都没有从周老师的病情里走出来。大家回忆着周老师的过去，说着周老师的好。彭洋说："今天为了祝福周老师的身体快点好起来，我连喝三杯。"菜还没有上桌，彭洋也不管其他同学杯子里有没有酒，自斟自酌地喝了起来。大家知道彭洋的心情不好，竟没有人议论他，由他喝着。

几杯酒下肚，彭洋说："人生苦短，我们这个年纪的人，父母老师都是七十多岁的人了，随时都有走的可能，我们要有这样的心理准备了。"

王玉珲说："我父亲也是快到医生说的大限时间了，我倒是做好了一切思想准备，说不定哪天父亲就没了。我准备忙过这一段，就陪我父亲去一趟西藏，那是他一直向往的地方。"

乔军说："你真有这个愿望就应该毫不犹豫地背着行囊陪着你父亲出发，免得以后后悔。"

彭洋说："很多做晚辈的都在策划，等我挣了多少钱，我要陪自己的双亲大人好好地玩一场。可能等你挣到钱时，你的机会又会失去。我现在只要情况允许，我出差就都带着我父亲出去转悠。我发现一个秘密，你出公差，如果经常带着老婆出去转悠，可能会招来很多不好的议论。但是你带着父亲出去转转，倒会赢来一些美誉。可见孝心是中国人根深蒂固的情结。"

王晓说："你们都有父亲，我那不知死活的父母兄弟都不知在哪里。这也好，省了我一份孝心。"

乔军说："曾金刚他爹他妈不是你爹妈啊？"

王晓说："那血脉关系还是不一样吧。"

曾金刚看样子不愿意把话往这方面扯，他打岔说："彭洋，你的院长问题快解决了吧？"

王玉珲说："冲他喝酒的劲，他那职务八成就没有解决。"

彭洋又喝下一杯说："董事长，你还真说对了。不知道哪位同学跟市一把手有关系，帮我打个招呼就好了。"

曾金刚说："你这么大的事找同学帮忙会有什么作用，除非让我们董事长帮你送个十万块，把那官给你买回来。”

王玉珲说：“我们玉龙公司愿意买你这匹黑马。”

乔军说：“他哪里还是黑马，你看他身材和他的血盆大口，我看他就是一头河马。”一句话把大家都说笑了。

彭洋倒没恼，他打开自己的提包，拿出一大堆红红绿绿的装饰精美的本子往桌上一放，说：“你们就知道送钱，当然能把事办成也行。但是你们可别看轻同学关系，你说我们这个时代谁没有几个同学，谁没有几个发达的同学。”

“哟！这可是高级法官培训班同学录，只怕这都是局级以上干部。”有同学边看同学录边议论着。“你们看这是党校的同学录，这些人的名气更大。彭洋啊，只怕在这里面你的官是最小的。”王晓惊讶地感叹着。

“正因为他有这样的同学，他的职务就不可能低。以前只是听说这些短训班的学习学不到什么东西，只是为了建立关系，关系就是生产力。实际上像我们这些名副其实的同学可能什么都帮不上。只有这些挂羊头卖狗肉的同学才是生产力。”乔军翻着那堆同学录又说：“你们发现没有，这些正儿八经的中学小学大学的同学录是最寒碜的。而挂羊头卖狗肉的同学录可是一本比一本漂亮。你们看这本行政学院的同学录做得多豪华，每一页都有每个人的烫金签名。”

彭洋看了一眼那本豪华版同学录说：“那本同学录是一个律师同学赞助的。这里还有个故事，我们这个班办在北京，在这个班里的光我们大学时的老同学就有十一个，开学的前一天我们的大学老同学一块单独聚了一次。十一个中院和省院的法院院长的欢聚却是一个在北京做律师的大学同学策划的，按说我们这些法院院长是不能跟律师一块儿吃饭的。但都是大学的同班同学，谁也不好意思拒绝。何况买这些单还只有他方便些，所以最后的结果是不仅聚了，而且这次同学录都是他赞助的。”彭洋又把他大学时的同学录和这本豪华版的同学录拿在一只手上说：“当然对于这位律师同学来说，这本同学录可是宝贝。他只要把大学时的同学录和这本豪华版的同学录拿给那些要聘请律师的当事人看一看，可能没有谁不愿意聘请他。”

王玉珲说：“同学关系在一定的时候是起作用的。但是在关键时候，还是金钱关系大于同学关系，实际上拉关系只有花钱才是最简单的。换句话说，只有花钱才是成本最低，事情最容易办好的。反正办每件事都有可兑现的价值，只有明码标价，才相对公平。你同学关系再久远都比不上我拿钱在人家桌子上拍一下。院长大人，你要真有钱，拿上二三十万，往市委书记桌上一放就走人，就什么同学关系都不要找了。”

乔军捧起那堆同学录说："你们以为这只是通讯录啊，不对！这就是钱啊。"

王玉珲说："关键是这些钱没有人民币硬啊，没有人民币来得直接。"

彭洋笑着说："那我干脆找你们公司贷点款算了。"

乔军说："好啊！你贷了款，还是要还吧，你拿什么还，于是一个贪官诞生了。"

彭洋无奈地说："所以说，我就只能在这些远点、弯拐得多些的同学录上打主意。"

两天后，周老师终于还是仙逝了。周老师是回族，遗体土葬。但是按照回民的安葬习惯，首先要给周老师遗体洗澡，王玉珲、乔军、彭洋三人因为三十年前就在校办农场干过，他们主动承担了这项工作。趁着周老师的遗体还没有完全僵硬，他们把周老师抬进了早已准备好的大木盆里，热水倒在周老师的身体上挥散着热气。王玉珲倒着水，淋浴着周老师的身体。彭洋和乔军用双手轻柔而又快捷地将沐浴液涂满周老师的身体，然后他们用毛巾擦拭着他的身体，在热水中他们的双手还感觉不到周老师的身体在渐渐变凉。他们还在感受他身上的余热，感受他生命最后的柔软。周老师的双眼阖上了，但是他和蔼的笑容却仍然保留下来，给为他料理后事的同学们留下了最后的记忆。

正在此时，门口传来了孙红梅等几位女同学嚎啕大哭的声音。乔军满手泡沫地走了出去，他对孙红梅说："周老师是回族，伊斯兰教教义是要求送葬的人克制感情，以沉默为高尚，切忌嚎啕大哭。"

孙红梅说："那我想哭怎么办？"

乔军用沾满泡沫的手轻推了孙红梅一把说："你对周老师有感情，不一定非得在大家面前表现出来，你可以一个人出去悄悄地哭啊。"

孙红梅抚弄着衣服上的泡沫说："你手上是什么？"

乔军说："我们在给周老师洗澡啊。"

孙红梅一时大惊失色地摔着衣服上的泡沫，嘴里责怪着乔军说："你这个死乔军，我可是刚买的新衣服。"

一位背着帆布袋的园艺场果农走进院子，孙红梅问他什么事。

园艺工说："是找王玉珲的，修剪葡萄藤。"孙红梅觉得现在来得不是时候，要让他先回去。

乔军想了想说："你等等，我让王玉珲出来说话。"

王玉珲满脸大汗地走了出来，他说："谢谢你！我一定要让周老师最后看一眼这修剪好的葡萄藤，满意地离开这个院子。麻烦你马上就干吧。"

王玉珲把三块白布整理好。然后他们用白布把周老师严密地裹了起来。大家把周老师送进了清真寺殡仪馆，在清真寺为周老师举行了站礼。周老师被白布素裹，睡在众人面前。空气中飘着淡淡的熏香，参加站礼仪式的人，都肃穆地站立着。阿訇面向西方，对着周老师的胸部，默念《古兰经》祈祷文。站礼中，阿訇向真主祈祷，他赞颂着真主，也向真主祈求饶恕和恩赐亡故者和所有活着的人。整个过程很简短，大约两三分钟就结束了。站礼仪式都无需鞠躬和跪拜，这简单的程序让这些第一次参加穆斯林追悼仪式的同学们感到在追悼会上未曾有过的轻松。

站礼结束后，大家乘车把周老师送到了穆斯林的墓地。然后大家把周老师抬到墓穴，墓坑已经挖成长方体的形状，呈南北走向。坑底铲平，铺上了一层细河沙。北端放上了一个沙枕。每个参加送葬的人，都从土地上拾起一小块土，投入墓穴中。周老师被慢慢放入墓坑中，头北脚南仰卧。然后在墓坑口上面盖上石板，用挖出的原土垒坟，坟呈马脊状，不灰不泥，不予砖砌和其他装饰。盖土时，送殡者听完阿訇宣念着《古兰经》，整个葬礼过程宣告结束。

伊斯兰教主张速葬，还规定在哪里归真就在哪里埋葬，绝不强求将亡人运回遥远的家乡。可以等候远方亲属奔丧，但以三日为限，三日内必须埋葬。这种丧事速办，避免了尸体因长期停放腐烂变臭污染环境。

伊斯兰教的葬礼是最节约的，也是最平等的。无论亡人生前贫穷或富贵，社会地位高或低，都用同样规格尺寸的裹尸布，都埋在同样大小的墓穴里。

第十四章　纷繁的乱象

THE FOURTEENTH CHAPTER

乔军走在中间，玛丽紧紧地依偎着乔军，看得赵梦茹心里老大不舒服。赵梦茹也没有别的办法，她只能狠狠地对乔军说："再过两天我就要把这英国鬼子驱逐出境，看她还搞不搞侵略？"

乔军就说："真的，不会爆发抗英战争吧？"

赵梦茹说："用得着战争吗？我现在正式通知你乔军同学，我现在已经是自由之身了。我就要结婚了，你就是新郎官，今天是最后一次给你自由，让你会会你的老情人。"乔军一听，吃惊得嘴张得老大。

葬完周老师，王玉珲回到办公室，他接到了区法院的电话，让他去法院拿一份起诉书。王玉珲因为以前诉状拿得太多，久而久之，也不在意了。按照他的习惯，不到法律规定的最后期限他不会去的。市委办公室打来了电话，说北京一位老首长的夫人应玉龙公司董事长的邀请要到公司来参观。王玉珲知道是自己的贵客来了，连忙让王晓买好水果和礼品，自己则带着乔军等员工站在公司的门口，恭候老太太大驾光临。一台黑色的奥迪车缓缓开进了公司大门，老太太在那位中年女性的搀扶下，走进了玉龙公司。王玉珲热情地带头鼓掌，大家的掌声盛满了老太太的脸庞。老太太在会议室里一边吃着水果，一边听着王玉珲在投影仪上介绍玉龙公司的情况。

王玉珲对玉龙公司的介绍已经是很老到了，他一般是分为三段来介绍的。第一段基本是讲自己的血泪创业史，这一段体现的是王玉珲怎么从购买人家电池厂的废电池里分解出有用的镍粉和镉粉。他会重点讲到因为提炼过程的排污，毒死了农民的一塘鱼。为了赔这一塘鱼，他们家的电器全部都变卖了。这一段要让听众同情自己，而且相信玉龙公司砸锅卖铁还钱的诚意和能力。他每每说到赔鱼时声音哽咽，让倾听者无不动容，这段痛说家史的过程都会给听者留下难以忘怀的印象。王玉珲要的就是这样一种效果，乔军多次提到要改改公司的宣传，提高些档次。但王玉珲总不让，王玉珲说忆苦思甜比什么宣传都要有效。王玉珲最后得到的各种专项扶助资金往往不是来源于公司的专项报告，而是对方的决策者在玉龙公司听了一场忆苦思甜的报告会。

他的第二段介绍，主要是讲玉龙公司现今取得的成绩，一方面是讲玉龙公司的电池技术领先，另一方面是讲玉龙公司的销售业绩。这一段可以让听者明白玉龙公司已经插上了科学技术的翅膀，正在扶摇直上呢。

最后一段是展望未来，玉龙公司的现金流和利润额已经具备了上市的可能，国内几家风投公司正在积极商谈战略合作合同。老太太看样子完全被王玉珲的创业故事打动了，王玉珲说到艰苦创业时，老太太眉头紧锁一脸痛苦的样子。王玉珲说到宏图大展时，老太太则是笑逐颜开，好像是自己的儿子捡了个金元宝似的。

接下来，就是参观公司的生产流程。大家在接待室换上了白大褂和鞋套。第一道工艺是参观镍镉粉的调配车间，这里主要是乔军带领的技术小组在此工作。他们调试镍镉粉的比例和工艺直接决定了镍镉电池的含电量，他们是技术的核心。老太太对电池技术可是半点都不懂，她只是笑着听着王玉珲的介绍，她没有提出任何问题。接着的工艺是在流水线上把镍镉粉均匀地涂抹在泡沫板上，然后经过烘干，切片。再往下的流程是自动地把镍镉泡沫板自动卷曲，装进不锈钢的电池筒里。封盖是个很有冲击力的流程，电池的帽盖得紧紧地扣上。只听得冲床有力的撞击声，一枚封好盖的电池就自动跳了出来，这有点像打枪，枪声一响，弹壳就跳出来一样。老太太看样子对这个动静很大的流程有点着迷，竟然像个孩子似的看了很久。

这个流程一直是玉龙公司的瓶颈，是王玉珲的心病。现在这台国产的冲床，已经是国内最好的了，但是它盖上帽的电池使用时间长了，部分电池就会出现漏液现象。王玉珲一直想买德国的货，德国佬好像知道王玉珲非买不可。他们把价位开得高高的，等着王玉珲去上钩呢。王玉珲现在是通过自己在以色列的经销商在跟德国纳粹谈判，价格是没有多少问题了。资金缺口也由上次在雾水河喝花酒看裸体舞的廖行长出面解决。说来也怪，这位廖行长跟王玉珲喝过一次酒后就成了老朋友了，一天到晚问自己要不要贷些钱。反正只要他开口，以玉龙公司的名义要的钱，不出几天就可以打到玉龙的账上。张军的钱廖行长却怎么也不愿意给。廖行长说如果以玉龙公司的名义贷，再由玉龙公司借给张军用，廖行长不反对，反正廖行长就认玉龙公司。这可给王玉珲出了个难题，他真要这么做，他没有办法向乔军和曾金刚两位交待啊。这可把张军气坏了、急坏了、愁坏了。王玉珲只好宽慰着张军让他再等等看，看看还有没有合适的银行。

玉龙公司最有画面感的工艺是充放电车间。整个车间里，像大图书馆里矗立着一排排的图书架似的充电架。充电架上一排排的红色的指示灯在闪烁，显示着正在充电的工作状态。另一方阵的充电架上的绿灯全部亮了，是在通知工作人员，电池已经充满了。与我们使用的充电器不一样的是，有些架子上的黄灯还会同时亮，这代表着这些电池开始在放电了。放电时间的长度才是最重要的，它代表着这块电池使用时间是否够长。老太太的眼睛被这些不停闪烁的灯光搞得有些迷糊，她的眼睛眯笑着。

电池的自动包装线，设计得很巧妙。这是一条温州生产的包装线，开始去买时，王玉珲见过那家工厂的生产车间，就像是手工作坊式的。但是王玉珲扛不过这条自动包装线的价格诱惑，它的价格不到国外生产线的十分之一，也不到国内同等规格的产品的二分之一。他就下决心买了回来。别看它出身不好，但是用起来就是顺手，一条包装线按说出点问题是很正常的。但是这条线就是不出问题，王玉珲研究过这条线的设计，实际上它也是模仿欧洲的产品。但是这条线把欧洲的多余设计和故障率高的环节全部简而化之，使这条流水线不仅价格大幅度降了下来，而且故障率也降低了。王玉珲一看到这条流畅的包装线在欢快地工作，《咱们工人有力量》的曲调就好像要从他的嘴里流出来似的，他就想高声地唱。眼下漂亮的外包装贴纸快速地在每个横着进来的电池上绕上一圈，一个个电池光溜溜的身体上立马穿上了一件华丽的羽裳，人模狗样趾高气昂地晃了下去。

丰盛的酒席和精美的礼品是王玉珲接待客人的压轴好戏。王玉珲殷勤地用公筷为老太太夹着菜，老太太已经被王玉珲的玉龙公司所折服。老太太可能因为不懂这个行当，就一直没有提什么问题。在餐桌上，老太太提了个大凡领导们都喜欢提的问题。她问："这条自动化生产线是不是国产的？"

王玉珲告诉她："这条生产线完全是由中国企业设计生产的。而且由这条生产线生产的产品与国外生产的同类产品相比较，我们的质量还略占上风。"王玉珲说这话时就想，下次那台德国的冲床来了，一定要把那商标给挫了，贴上咱们中国字，要不下次就不好汇报了。

老太太一听就高兴了，老太太说："我们中国现在是越来越强大。是因为有你们这样的企业家，因为有你们这样的开拓者，你们是中国年轻人的精英。来！我给你们这些精英们敬一杯。"老太太反客为主地先站了起来。

乔军、曾金刚虽然这种场面见多了，但是这样一位气质高贵京腔味十足的老妇人给他们敬酒还是第一次。她兴奋地赞扬着王玉珲团队的丰功伟绩。她把自己的手机号和家里的电话号码告诉给了王玉珲，并嘱咐王玉珲如果有事需要帮忙，绝对不要客气，电话尽管打过来。

张灿到了王玉珲办公室，这段时间孩子的成绩一直往下掉。张灿给孩子又补课，又请家教。但成绩还是止不住地不断滑坡，张灿最终搞清了女儿成绩下滑的原因。一个高一的女孩子竟然学会了谈恋爱，这让张灿十分恼火，而且难堪。张灿是一个本身就不快乐的人，她的快乐是自己不能把握的，完全建立在老公和女儿的不断进步上。她总觉得女儿考了班上的前三名，那还不够，还应该考上全年级的前三名。考上前三名还可以考第一名。达不到目的，她自己就快乐不起来。同时不停地抱怨，拿脸色给他们看，促使他们继续前进，这样也让女儿以及女儿的父亲也快乐不起来。而老公挣了几十万时，她却要求老公要挣到几百万，当老公有了几百万时，她就要求老公要挣到几千万。照样是目标无穷大，心也无穷大，而快乐则成了无穷小了。

王玉珲曾对生气中的张灿说："你这一辈子只有嫁给李嘉诚和比尔·盖茨，估计才能使你高兴起来。"

张灿不解地问："为什么？"

王玉珲说："因为他们是世界上最有钱的老板，你不能再要求他进步了。"

实际上，王玉珲对张灿的看法是十分到位的。就在他对张灿说完这一句话后的第三天，张灿带着王晓在上海的一次酒会上，开始大家都在恭维着张灿，说她眼力好，年纪轻轻就找到了王玉珲这匹黑马，现在过的是人上人的生活。张灿被吹得晕晕乎乎，她不断地邀请各位酒席上的朋友到雾水做客，说可以让王玉珲来陪酒，让王玉珲买所有的单。大家有感于张灿的盛情邀请，开始以酒来表示谢意。张灿不胜酒力，几杯酒下去，就有点管不住自己的嘴巴了。

张灿首先是嚎啕大哭，哭得大家都莫名其妙。王晓刚想上去劝几句。张灿一把推开她的手说："你们不知道吧，以前我父亲有个朋友的儿子喜欢我，要娶我，我没理他，他现在都做市长了。还有一个，也给我们家提过亲，我那时已经有王玉珲了，现在人家都是部队的师长了。我们家隔壁的一个小男孩，那个时候追我都要跳河自杀了，没想到人家现在也是博士生导师了。你们说我的命苦不苦啊，我嫁给王玉珲我真悔死了。"这些话是张灿在酒后说的，而且是伴随着真情痛哭，没有人怀疑是张灿在作秀。在座的都以为张灿找到了一个优秀的老公，有个幸福的家庭，是个幸福的女人，没想到她还有那么多的苦水，还有那么多的想法。

王晓也是第一次知道张灿心里有这么多的不满，酒后吐真言啊，初听起来还是觉得有些吃惊。但细细一想，张灿不就是这样一个永远追求第一的人吗？在王晓看来，你心里想要什么，你完全可以憋着，不说出来。为什么要说出来呢？事实上大家都不喜欢这种无限贪婪的女人，哪个男人都喜欢温柔善良随遇而安的女性。但恰恰相反的是这个崇尚权利和崇拜金钱的社会里培养的女性有太多物欲的色彩，她们就是这样一帮占有欲和驱使欲都极强的女人。王晓并不认为她的物欲比张灿逊色，她是同样自私、同样不知道感恩、没有怜悯的刻薄女人。按说她老公比张灿的王玉珲要弱很多，如果去逼他只能越逼越坏事。相反哄着他，倒使家庭的氛围特别地和谐，老公也特别地爱她。王晓打心眼里看不起张灿，她认为张灿就是一个没有多少文化的家庭妇女，说白了就是一个暴发户。张灿真是一个永不满足的女人，王玉珲本来在商业上很有建树了，没想到她又在官场和学术上找自己丈夫的假设坐标来。她就是什么都要第一，而且要永远的第一，否则就永远没有快乐。所以她的生命里只有永远进步，绝无休息。家里的成员永远沦为她战车上的战士，不舍昼夜，日夜兼程。而目的就是为了比别人要强，比别人要有钱。张灿不仅把这种压力压在家庭成员的肩上，她自己照样是重装上阵吃苦耐劳，永不停步。她来到这个世界上就是为了承受压力的，而且她要把这种压力传给她身旁的每个人。在那个物质极度缺乏的时代成长的这批人，他们深知获取物质的艰难，他们的脑海里已经植入只有勤奋、节俭才能生存下去。这批人在他们性格形成后，就注定了他们是个永远的苦行僧。他们不知道快乐的价值，也远离了享乐，他们会在内心深处自动排斥这种享乐思想。他们觉得这种享乐是腐朽的思想，它会扼杀人的创造力。人类必须像蜜蜂似的不停地采蜜、工作，直到累死。

张灿坐在王玉珲的办公室，倾诉着她对女儿的不满，张灿说："你想想看，平常你什么时候管过她，都是我一人管。你总是认为工作忙，没有时间。现在孩子都学会谈恋爱了，多大的事啊。"

王玉珲嬉皮笑脸地说："谈谈恋爱也好，提高情商嘛。不过肚子不能被搞大，那就不好收场了。"

"有你这样做父亲的吗？"张灿气愤地嚷嚷。

王玉珲说："事情都发生了，你四处嚷嚷还有什么用？除了让孩子以后抬不起头来，还有任何价值吗？"

张灿马上意识到自己的问题，连忙把声音放小些。她说："那孩子这事还有可能死灰复燃，你告诉我你有什么办法挽救。"

王玉珲说："我总不能杀了那男孩吧，也不能每天跟着我们的宝贝女儿吧？"

张灿一听勃然大怒，就说："你就是没有半点责任感，家里的什么事都往外推。"

王玉珲赔着笑脸说："我可不是不管，我看最关键的是要让她内心里认识到现在去谈恋爱，为时尚早。要她知道不改的后果，要说服她，我去找她好好谈一次吧。"

等张灿离开办公室，王玉珲打电话约了女儿。都说女儿跟爸爸亲些，儿子跟妈妈近些，王玉珲却是跟自己的爸爸亲近些。电话接通了，王玉珲说："宝贝！在哪儿？"

女儿在电话里毫不客气地回敬："老爸！不是早就有约在先吗，不能打听个人隐私。我现在在地球上。"

王玉珲说："不是为了打听你的隐私，我是想跟你共进晚餐，看你远不远？"

女儿电话里回答："老爸什么时候请我吃饭，不管多远，我都会来。"

王玉珲说："那行，宝贝想吃什么？"

女儿说："老爸请我吃什么都行。"

王玉珲稍微想了一会儿说："那就吃西餐吧。"俩人约好了时间地点，王玉珲就放下了话筒。

王玉珲再见到女儿时已经在西餐厅了，王玉珲先到，他把要吃的东西都给先点好了。女儿款款而至。王玉珲看着女儿已经发育成熟的前凸后翘的身材就在想，这工作一忙，稍不留神，女儿就成了大姑娘了。依女儿这样的身材肯定会有男生来追求的，他想起了自己在农场偷看女生的情景，他觉得自己的性意识启蒙比其他同学要早得多。他又想起了偷看张灿时，那时的张灿比女儿现在还小，但发育得就比其他女同学都早。他想两口子在这方面都进步得这么快，也难怪女儿成熟得比其他同学要早些。想到这儿他不禁笑了。

"你笑什么？"女儿看了看自己的装扮，不解地问着自己的爸爸。

王玉珲说："看到你，我想起了你妈妈年轻时的模样。"

女儿说："像吗？"

王玉珲说："像极了，前凸后翘。"

女儿不好意思地责怪着爸爸说："爸爸，你看你怎么说话的？"

"我女儿如果没有成熟的身材，怎么会有男同学追呢？"王玉珲笑着说。

女儿不好意思地说："老爸，你怎么这么跟你女儿说话？你把你女儿当成大人了。"

"你老爸这段时间忙，没关注你。今天仔细打量，发现我女儿真的是个大人了。你告诉你老爸，有没有男生追你，说真话！"

"我不知道有没有。"女儿回答。

"如果我女儿没有人追，那我这个做父亲的就太失败了，你爸爸当年追你妈妈可比你现在小多了。"

女儿一听，就兴奋起来了，她几乎是跳起来说："真的？"

王玉珲很平静地说："是呀，很奇怪吗？"

女儿翘起嘴不满地说："你们做父母的就是习惯拿镜子照人家，不照自己。"

王玉珲说："宝贝！你说谁呀？我可没照过你啊，我首先就是照自己。"

女儿说："你倒是没照过我，妈妈呀。"

"你妈妈是说你了，你不会隐蔽些啊。露出'破绽'，让你妈妈抓到了证据。"王玉珲提醒着女儿。

"什么破绽？难听死了。我的事妈妈都对你说了？"女儿问着王玉珲。

王玉珲倒是没有直接回答女儿的问题，他说："你俩到什么程度了，爸爸先给你提个醒，一定不要把肚子搞大了，要记住避孕套随身带。"服务员在上菜，王玉珲打住了自己的声音。

女儿双脚着急地跺在地上，像在敲鼓似的。她说："爸爸！没有的事，你别瞎说。"

"爸爸只是把难听的话说在前面，这是底线，不能越过，你记住没有？"王玉珲的目光一时变得犀利起来，他直视着女儿。

女儿低下了头，小声答应着："记住了。"

王玉珲又宽慰地跟女儿说："爸爸不是说了，爸爸妈妈比你年纪还小的时候，就开始恋爱了，我们都是过来人了。你的事对于爸爸来说，不算事，你也不用躲躲闪闪的。我不会去问你的细节，也不会去责怪你。但是有一点我要给你谈谈过来人的体会。"女儿的表情显然对于爸爸的谈话方式没有什么抵触。王玉珲又接着说："早恋应该说给那时的我和你妈妈都带来了温暖，我们那时都享受到了未曾有过的幸福体验，到现在为止我和你妈妈感情还是比较稳定的。"

女儿插嘴说："那你的意思是早恋还是可取的，你不反对早恋？"

王玉珲说："我话还没讲完，每次都喜欢抢你老爸的话。"女儿吐着舌头。王玉珲接着说："应该说你爸爸妈妈的早恋是比较成功的。但是有一点，你爸爸妈妈也为此付出了巨大的代价。"

女儿疑惑地问："什么代价？"

王玉珲说："你不是从小就不喜欢你爸爸去参加你们的家长会吗？为什么？"

女儿说："同学们说你长得像爷爷，不像爸爸。"

王玉珲说："你爸爸不是天生就像爷爷的，是因为你爸爸妈妈早恋，都没有考上大学。我跟你妈妈都是从工人干苦力开始创业的，因为书读少了，所以干什么都费力。我们吃了不少的苦，流过很多汗，为此你也比其他孩子受过更多的苦。因为没有时间管你，几次都差点把你丢掉了。你爸爸妈妈比同龄人多走了很多的弯路，所以你老爸就像爷爷不像爸爸了。”

女儿被王玉珲说得眼圈都红了，女儿从自己的座位上走到爸爸的身旁，搂住了王玉珲的肩膀，她轻轻地说：“爸爸，别说了。你的鼻子怎么红了？”

王玉珲拍了拍女儿的手臂说：“要变天了，鼻炎犯了。好了，不说了，我们吃饭吧。”于是父女俩坐了下来，开始吃起饭来。

玉龙公司的院墙外轰隆隆开来了几台推土车、挖掘机。院墙在机器声中，正在被拆除。公司的员工都知道这院墙要改成门面了，过路的没有谁过多留意施工现场。倒是王玉珲被这里的施工声音给吸引了，他来到了现场。王玉珲在想张军这小子怎么忽然弄到了钱，开起了工。王玉珲在施工现场没有看到张军，倒是看到了一块插在地上的木板牌。牌子上写着：门面在建，租房从速。牌子的下方留着张军的手机号。王玉珲没看到张军，只好又回了自己办公室。

此时的张军正在玉龙公司马路对面一台小车里数钱呢，他与王玉珲垂直距离不到一百米。张军也是出于无奈，他筹不到建门面的钱，就想到了空手套白狼。他想自己已经有了金饭碗，为什么还抱着金饭碗到处讨钱行乞呢？这玉龙公司两旁的临街门面全部都开发成门面了，而且没有一个门面是空着的，全部都租出去了。马路对面的门面是上个月才建好的，一天不到就被抢租完了。玉龙公司的门面没有理由没人要啊，第一年房租我要比对面的门面便宜点，但是要一年一付。

他想用房租来代替工程预付款，让工程队带资进场。于是他找了一家工程公司签了个带资进场的工程合同，但是对方要求开工后第二天就要支付百分之三十的预付款，余款可以等到工程进度结束后再付完。张军硬着头皮把合同签了，他认为这个风险不大，钱应该会在工程开工的同时搞齐的。张军把身上不多的现金都买了鞭炮。工程一动工，张军就把整个街道炸得震天响，他要让街道上所有的门面老板都知道玉龙公司的门面马上会出来了。然后他就把那块招商的木板牌插到了最显眼处，这样比什么都要可信，再不会因为个人的信誉问题拿不到钱了。他守在工地上准备守株待兔。但他没敢通知王玉珲和玉龙公司的其他股东，他想建起了门面再说。果然，这开工还不到十分钟就来了个开车的老板，说是想在这儿开个大药房。两人就在工地开始谈价。张军是等钱急用，门槛开得不高。要不是两人是在工程现场谈的合同，那位药房老板真会怀疑张军的身份了。

那药房老板在工地上看到张军吆三喝四的，然后看了张军的门面开发合同，确认了张军就是这片门面的真正老板。药房老板就在现场起草了租房合同，然后就在旁边的打印社立马打印出来。趁着合同在打印，药房老板便回家取钱去了。张军不由得心花怒放，他没想到这招空手套白狼这么顺利。只要等这笔款到，第一笔预付款就解决了一小半。想到这儿，张军又为他事前的瞻前顾后后悔不已。早用了这一招，现在已经开始收房租了。

没多久，药房老板就拎着现金来交钱了。让张军没想到的是，这药房老板还带来了一批求租的老板要租门面。张军高兴地表示："我请你吃晚饭。"

药房老板说："你就不用请我了，举手之劳。关键是你只要答应我一句话就行了。"

张军问："什么问题？你说。"

药房老板说："只要没人要你的门面，你跟我说，我负责给你带老板来。关键是你不要再把你的门面租给其他开药房的老板了。"

张军说："没问题，我答应你。"

第二天，张军就把工程队的第一笔工程款给付了。然后张军到王玉珲的办公室，向王玉珲汇报这几天的业绩，炫耀他空手套白狼的功夫。

张军给王玉珲汇报完，王玉珲惊讶地说："看不出啊，你小子有出息了，这空手套白狼你也玩出来了，干得漂亮。"

张军高兴地说："大哥，这也是跟你混了这么久，时间长了，也就学了点皮毛。"

王玉珲说："前些年空手套白狼好玩，出了事也容易化解。现在可不同了，弄不好，狼没逮着，自己反倒给狼咬了。现在这样的招数，老弟啊！一定要慎用，我都有好多年没去干这些旁门左道了。"

张军说："我本来是没有这种想法的，还是想正正规规做的，不是实在弄不到钱吗？上次廖行长那里我花的功夫不小吧，最后这小子势利眼。你的钱他抢着给，我是个穷人，他不愿意啊。"

王玉珲说："现在银行都是嫌贫爱富的，谁愿意把钱给你这个穷小子。"

张军说："你现在是功成名就了，你已经完成原始积累了，你犯不着去玩那种高风险的事。大哥，我可不一样啊，没钱不搏命怎么能成事呢？"

王玉珲说："你这么说，就有点不对了，好像我跟你姐都不管你似的。"

张军知道自己话说多了，连忙说："大哥！我可没有那样的意思，我是说你们帮我太多了，就差那么一点，我不能不自我奋斗啊。如果没有这门面，我到哪里去玩这空手套白狼？"

王玉珲说：“贫嘴，你这次确实可以弄点本钱。你做稳些，别几下又给晃得没有了。”

张军说：“这一次我挣了钱，肯定不再瞎搞。我先投在固定资产上，保证怎么晃也晃不掉。”

王玉珲问：“买什么固定资产啊？”

张军说：“我买套房，买台车，这总不会亏吧？”

王玉珲说：“还刚开始就贪图享受了，你还有什么大出息？我还以为你是准备去搞个什么项目呢。我觉得不怕死在创业路上，就怕死在享受的梦里。有点钱还是去创业的好，因为你那一点钱不让它下几个崽，只怕是吃不了多久的。你就把这笔钱当成自己的创业基金，再搏一搏。我说不要你再去晃，是让你别去打牌玩电游，把钱给输掉了。你现在还没找老婆，以后还要养孩子，就这么收摊子肯定是太早了。不行！不行！太早了，你还得多挣点钱。”

张军说：“那是，大哥说得对。到时候等钱到手了，再看大哥有什么好项目。我跟大哥一块干。”

乔军清早还没起床，就收到了一条由赵梦茹译成中文转发过来的短信：“亲爱的，起床了吗？我想这两天邀请你去郊游，有空吗？玛丽。”

乔军给赵梦茹回了条短信：“亲爱的，我很愿意跟你去郊游，但可能不能少了我们的翻译赵梦茹女士。乔军。”

玛丽又发了一条短信来：“没问题，带上我们的翻译，就不知道她有没有时间？玛丽。”

乔军又回了短信：“我想她会抽出时间的。乔军。”

乔军想起赵梦茹翻译着自己的短信气急败坏的神态就乐，他干脆给赵梦茹直接发了一条短信：“你想去吗？此条信息请勿转发。”

赵梦茹回了条短信：“不去，美死你，让你打哑语去。”

乔军回了条短信：“男女之间的沟通可以不需要任何语言，就什么都能成。”

赵梦茹又回了条短信：“你成不了什么，你的话语权掌握在我的手上，想郊游啊，我来安排地方吧。就今天你有空吗？”

乔军回了短信：“好的。”

上午刘旭跟孙红梅把整个年级的同学名录都从雾水一中聚会办公室的徐老师那里要了出来。徐老师可能是因为那块大景石已经拖到学校的缘故，竟然免了他们的资料费。刘旭和孙红梅把一些已经跟大家失去联系的老同学名单都标记出来，他们要把这些失去联系的同学名字分给筹委会的其他同学，让大家都行动起来，把毕业几十年的老同学都找回来。

赵梦茹接到的联系对象是邻班的叫王丽花的女同学。这位女同学跟赵梦茹虽然没有同过班，但因为她们都是学校的文艺积极分子，搞什么文娱活动都在一起，人非常的熟，所以联系王丽花的任务就交给了赵梦茹。赵梦茹对她确实还有些印象，她好像没有毕业就退学了，当时得了一种那个时代很排斥的花痴病。赵梦茹还记得她当时暗恋的就是乔军，不过乔军却浑然不知。在女同学当中，谁都知道这事。王丽花暗恋乔军，还跟踪过他，单相思最后导致了花痴病，就退学了。当时大家都为她感到惋惜，但是她的病态已经非常严重，不休学就肯定治不好病。听说她住进了医院，还悄悄地跑来学校看过乔军。后来听说被她的父母强制锁在家里，就渐渐地失去了她的音讯。

好在雾水的熟人多，赵梦茹没花多少工夫就打听到王丽花被她父亲所在的自来水厂招了工，以后由于身体原因就办了内退，再后来就嫁给了水厂食堂的一个临时工，现在在家里休息。赵梦茹给自来水厂的熟人又打了个电话，对王丽花家里的情况有更深入的了解。王丽花的父母双亲去世得早，除了老公和孩子，王丽花已经没有别的亲人了。她熟人在电话里还对她说，估计她老公在外面有人，对王丽花不是很好，不过只要他与王丽花不离婚水厂就不会炒掉他。赵梦茹决定叫上乔军和玛丽到王丽花家去一趟。下午，赵梦茹带着玛丽和乔军汇合了，就往王丽花家走去。

乔军走在中间，玛丽紧紧地依偎着乔军，看得赵梦茹心里老大不舒服。赵梦茹也没有别的办法，她只能狠狠地对乔军说:“再过两天我就要把这英国鬼子驱逐出境，看她还搞不搞侵略？”

乔军就说:“真的，不会爆发抗英战争吧？”

赵梦茹说:“用得着战争吗？我现在正式通知你乔军同学，我现在已经是自由之身了。我就要结婚了，你就是新郎官，今天是最后一次给你自由，让你会会你的老情人。”乔军一听，吃惊得嘴张得老大。

赵梦茹气宇轩昂地往前迈着大步，把乔军和玛丽丢在身后，还一边舞着手高唱着:“雄赳赳气昂昂，跨过鸭绿江……”乔军急忙拖着玛丽追了上去。

自来水厂可能是雾水效益最好的企业，这种垄断的资源性企业不管是在哪里，都是当地的龙头老大。这可以从水厂宿舍区的环境看出来，这水厂一进大门，由硕大的太湖石组成的假山群气势非凡。音乐喷泉，占着水厂中心地盘。喷嘴都隐藏在广场砖的缝隙之间，就其面积一眼就可以看出此乃地头上的老大。音乐喷泉就是大白天也开着自动感应器。赵梦茹一行刚走进它时，音乐大作，喷泉的水花漫天欢舞，充分体现着水厂不差水的硬道理。

按照保安的指示，赵梦茹准确地敲开了王丽花的铁门。王丽花隔着防盗门，倒没把眼光落在正在跟自己说话的赵梦茹的身上。她的眼光完全砸在了乔军的脸上，她好像想起了什么。

赵梦茹轻轻敲着防盗门说："王丽花，我们是代表老同学来看望你的，快开门啊。"

王丽花终于发现了还有别的人，连忙开了防盗门，把几位迎了进去。房子是没有装修过的，里面还老旧地挂着白炽灯。为了聚光，还用一张学生作业纸把灯泡的上方给围了个遮光罩子。纸做的遮光罩经不起岁月与高温的双向煎熬，已变得脆弱不堪，似乎触一下，那纸罩就会灰飞烟灭。这女主人在家里看样子是不喜欢收拾的，家里孩子的衣物，餐具以及生活用品堆得到处都是，看起来凌乱不堪。早餐和中餐的碗筷都散乱地放在餐桌和沙发上，看样子要等到家里的男主人回来，才会收拾干净。这个家里的电器也都是市场经济开始之初的最早的一批老古董了，冰箱的压缩机的响声随时宣告着它的存在。家里的东西旧一点倒是无甚大碍，只要干净些仍然可以看出其历史的厚重感来。就怕不收拾、零乱，这样就马上显示了家里主人的不在意和素养了。一个不用心经营的家庭给人的感觉就是没有温暖缺少生气了。也许来过这个家庭的客人都会想，这样一个精神有毛病的女人，有个家庭就可以将就着过了，就可以满足了。

而在赵梦茹的心里，王丽花的形象都停留在文艺少女的时代，那时的王丽花是何等的美丽，每逢学校的文艺演出，王丽花和赵梦茹的芭蕾舞是肯定要跳的。在老师的眼里，赵梦茹对于王丽花来说还只是个配角。赵梦茹一直在暗地里跟她争宠斗艳。作为对手，每次在全校第二节课间操时，赵梦茹的眼光就习惯性地掠过其他班的行列，她很容易地找出王丽花，她非得看到王丽花穿着什么衣服时她的眼光才会收回。当她要收回时，她心里总免不了暗暗骂一句"妖怪！"她实在觉得王丽花做操的动作就像在跳芭蕾，她故意在那里显露着自己身段的柔软呢。

这难道是当年那个爱美的王丽花吗？赵梦茹从看到对方的第一眼起就彻底放弃了想与对方再比试的想法。已经发胖的身材，蓬松的头发，一条松紧带的碎花长裤，软软地挂在腰际。碎花罩衣松垮垮地罩在身上，一个衣领领角折在了衣领里面。赵梦茹知道对方穿衣服时肯定是没有照过镜子的。一双男式拖鞋随便地趿拉在脚上，王丽花那双跳过芭蕾的小脚委屈地躺在里面。

王丽花也不说谢谢，接过乔军递过来的一堆水果，就随意地放在墙角。然后赵梦茹一行三人自己找地方坐了下来，乔军和玛丽两人坐在了长沙发上，赵梦茹只好挑了一把四方凳坐着。王丽花也不知道给来人倒水，竟也像客人似的，一屁股挤坐在乔军的身旁。

看样子王丽花认出了乔军，赵梦茹不甘心地问："你还认识我吗？"

王丽花说："你是长毛吧。"

赵梦茹说："长毛是谁啊？我不是长毛，我是以前跟你跳芭蕾舞的舞伴。"赵梦茹一边说着，一边站了起来，她哼起了《红色娘子军》双人舞的那段曲调，然后她做了几个造型。她回头看了看王丽花，王丽花还在痴痴地看着乔军。这下把她给气坏了，她一把把王丽花拖了上来，说："王丽花，还会转一下吗？我还想跟你在这次同学聚会上表演呢。"王丽花好像还有点记忆，大致动作好像还记得，但是已经完全做不到位了。把玛丽和乔军都逗笑了，王丽花一看乔军笑了，玩得更疯，更加用劲地旋转起来。气得赵梦茹大声喊着王丽花的名字，王丽花才停了下来。

乔军在一旁笑着对赵梦茹说："她高兴，你就让她玩呗，我估计她好久没有这样兴奋了。我们就是来让她感到温暖的，这样的效果是我们没有预想到的。你要是真能让她跟你一块上舞台，你岂不是做了件大好事。"

赵梦茹说："她现在已经跳不了了，你看看她的身材，肯定是从没有练过的。"

乔军就对王丽花说："王丽花啊，我们再过一个月就要搞三十年聚会了，你想不想在聚会上给大家表演一个节目？"

王丽花看着乔军眼睛一眨都不眨地说："想啊。"

乔军说："那你表演一个什么节目？"

"我不能跳舞了，我想跟你表演一个小品，你同意吗？"王丽花有点害羞地对乔军说。

"没问题啊，什么节目？"乔军问。

赵梦茹有点醋意地说："猪八戒背媳妇。"

"不是的！不是的！"王丽花有点急了地嚷嚷。

乔军对赵梦茹说："别瞎起哄！你让丽花都急了。"

赵梦茹小声地对乔军说："还丽花呢？明天你就要成我老公，你心里要明白。"赵梦茹又看了玛丽一眼，玛丽正张着蓝色的眼睛，来回看着赵梦茹和乔军，不知道他们在说什么。

乔军说："你扯到哪去了，今天不是来看王丽花的吗？你不是还有任务，要凑一台节目吗？我是在帮你啊。"

赵梦茹好像一下明白过来。她开始平静地问王丽花："丽花，你想表演什么小品啊？乔军可以配合你啊？"

"他是你老公了，你好厉害啊，终于把他追到了。"王丽花兴奋地叫了起来。

王丽花一时好像有了清晰的判断力。这让赵梦茹大吃一惊，她急忙否认着说："没有！没有！别瞎猜。"

王丽花说："真没有？那我就追了。"

赵梦茹真有点语无伦次了，说："真没有，你可以追啊。你已经有孩子了。"

王丽花说："我想表演一个小品就叫《红梅花儿开》，我跟乔军两人来演。"说完，王丽花就跑进了里房，里房传来王丽花女儿凶悍的声音。王丽花拿了一台老式的磁带录音机出来，准备表演节目。

赵梦茹分明听到了，刚才王丽花女儿在里房凶她妈妈的声音。赵梦茹一把拉住王丽花的手说："刚才是你女儿在跟你说话吗？"

王丽花小声说："她在做作业。"

"做作业就可以这么大声跟妈妈说话吗？不行，我得先去跟她谈谈。"赵梦茹推开了想要劝阻她的王丽花走进了里房。里房一个八九岁的女孩在看电视，估计是刚才王丽花进来找录音机，拦住了她看电视的视线。赵梦茹走进房间，那个女孩只是冷漠地瞥了她一眼，就看她的电视去了。赵梦茹很职业地看了看摊在小桌上的小学课本，她找到了小女孩的名字和她班主任的名字。赵梦茹严肃地叫道："肖茵茵同学！"肖茵茵连忙站了起来，"你的老师欧阳秦没有教过你，客人来了，学生必须站起来吗？"

肖茵茵慌里慌张地回答："好像、好像说过。"

赵梦茹让肖茵茵坐到自己身旁来，她自己也坐了下来。她摸着紧张得不行的肖茵茵的头说："肖茵茵啊，你可以叫我赵老师，我是你妈妈中学同学。今天是代表我们全体同学来看你妈妈的，今天我一进你们家门就听到你那么凶地跟你妈妈说话，我不知道为什么你会这样对你妈妈。"肖茵茵半天没有吱声，她显然被这位严厉的从来没见过的女老师吓住了。赵梦茹继续说："我知道你在家里习惯这么跟你妈妈说话，你妈妈也习惯这么听你说话，你爸爸也是这么跟你妈妈说话的，对吗？"肖茵茵惊恐地看着赵梦茹，她真弄不明白，这位赵老师怎么对自己家里的情况这么了解。

赵梦茹看到肖茵茵恐惧的神态就柔声地说："你们肯定是嫌你妈妈天天在家，不做什么事，不讲卫生。碍手碍脚，对不对？你妈妈是个病人，她也确实不会做事。她从你这么大开始，就是我们的校花，就是我们的芭蕾公主。她的芭蕾跳得太美了，就像在云里跳舞，无人可以与之比美。"赵梦茹好像又看到了王丽花在云端里跳着芭蕾，她用十分羡慕的口气说道："真的是没有对手。如果你妈妈没有患病，她说不定已经是一位舞蹈家了。你觉得阿姨漂亮吗？"

肖茵茵终于说话了："赵老师很漂亮。"

赵梦茹说："你妈妈那个时候可比赵老师漂亮多了。你知道吗？你们住的房子是你妈妈的。你妈妈现在的退休工资一个月还有两千多块。你爸爸天天上班，工资还只有你妈妈的一半。你看你妈妈挣的钱最多，她自己不穿好衣服，钱都花在你们身上了。如果你爸爸和你对你妈妈不好，你爸爸的单位早就说过会开除你爸爸的。"

肖茵茵问："老师是怎么知道这些事的，我还不知道呢。"

赵梦茹说："我也是最近了解到这些情况的，以后你们一定要尊重你妈妈，对你妈妈好。我留一个我的电话给你们，以后家里有什么事可以找我。我会告诉我们同学的，我们会给你们做主的。你让你爸爸今天下班后给我来个电话，我有事找他。"

赵梦茹退出了里房，把门顺手带上，她走进客厅对愣在那儿的几个人说："我们看看王丽花的节目吧。"大家可能都听到了赵梦茹刚才在里屋里讲的话。王丽花没有说话，只是双手捏着自己的衣角，她好像被赵梦茹刚才的话触动了。

乔军说："要不我们下去走走，也买点水喝吧。"

赵梦茹问王丽花愿不愿意上街走走，王丽花用力地点着头。赵梦茹用手理着王丽花的头发说："换件衣服吧，你这件是睡衣，不能穿出门的。"王丽花点了点头，就换了件衣服。

几人走出了家门，在大门口，赵梦茹跟保安说了大家跟王丽花的关系，保安就放行了。这时大家才知道王丽花平时是不能离开这个院子的。赵梦茹牵着王丽花的手，王丽花出了院门口就格外开心。

乔军对赵梦茹说："我觉得王丽花很正常啊，怎么都说她有病啊？"

赵梦茹对乔军轻声说："她的病是一阵一阵的，跑出去就回不了家。今天可能是她状态最好的时候了，你不知道吧，你应该对她的病情负全部责任，她的医疗费你要全部出。"

"为什么？"乔军不解地问。

赵梦茹轻声地对乔军说："她的病也叫花痴病，她就是痴迷你，才被害成这样的。该你出医疗费才对啊。"赵梦茹指了指自己和玛丽，不解气地对乔军说了一句："你就是一个害人精啊！"

乔军说："都是你说的，我可什么都不知道啊。"

"看看，还没拿你怎么，就开始推卸责任了。"赵梦茹得意地笑着说。乔军买了几瓶矿泉水，王丽花开了盖，好像孩子喝糖水似的美美地喝了一口。

王丽花发自内心地大叫一声说："好甜啊！"

乔军说："真该请你去做矿泉水广告的。"赵梦茹站在一旁跟玛丽用英语交流着，她在跟玛丽介绍着王丽花的故事。

王丽花对乔军说："我还想吃糖。"

乔军说："你想吃什么糖？自己拿吧。"王丽花高兴地拿了几粒糖，像个孩子似的迫不及待地把糖塞进了嘴里。

赵梦茹看着王丽花自言自语地说了一句："找到感觉了。"赵梦茹走上前去对王丽花说："你要点钱吗？"

王丽花说："要！有吗？"

"让你情哥哥给。"赵梦茹笑着说道。

乔军掏了一百元要递给王丽花，赵梦茹把钱抢了过去。她让商铺老板给换成零钱，然后她把五十元的零钱递给了王丽花。王丽花拿着零钱开始费力地往裤腰带里藏。

乔军疑惑地说："她不是工资还不低吗？"

"她根本就没有能力管理钱，她的钱都是由她老公管的。她的智力实际上比幼儿园的孩子高不了多少。为什么她的女儿都会欺负她，还是智力问题。你看这么藏钱，她一回家，钱就会被搜走的。"赵梦茹说着。

乔军有点气愤地说："你应该给她老公说说，要给她一点钱用。怎么能这么苛刻地对她呢？"

赵梦茹说："钱让她老公拿着，至少钱还花在他们家里。如果是王丽花拿着，这钱岂不都送给人家了。"

乔军说："你还真成了幼儿园的老师了，你可别对她老公来这一套啊，要厉害点。"

赵梦茹说："我能对她老公怎么样？她老公只要不抛弃她，就谢天谢地了。"赵梦茹又对王丽花说："王丽花，你老公现在还跟你睡觉吗？"王丽花看了一眼赵梦茹，好像没有明白赵梦茹的意思。赵梦茹又接着说："我问你老公现在还跟你做爱吗？"

王丽花摇了摇头说："没做了。"

赵梦茹问："什么时候开始不做爱的。"

王丽花说："好久好久了。"

乔军在一边气愤地喊："这个老公怎么能这样呢？我们要告他去。"

赵梦茹拍了拍乔军，王丽花也学着赵梦茹一样拍了拍乔军，乔军作为回应也拍了拍王丽花，王丽花高兴得咯咯地笑了。

赵梦茹轻声说："说不定你还不如他老公呢。"

乔军气恼地说："跟你谈正事呢，别胡扯。"

赵梦茹轻声对乔军说："她老公虽然不跟她做爱，将心比心，摊上你也很难跟这个样子的她做爱。不是吗？"赵梦茹看到乔军想要辩解就大声反问了一句。接着她的声音又变小了地说："但是人家没有抛弃她。如果她要嫁给你，估计你早就跑得远远的了。虽然我不会当面赞扬她老公，但是我们心里确实要感谢他。人家至少管了她几十年了，我们这些所谓的老同学这些年甚至都不知道她的死活。我们一见面，有什么权利来对人家说三道四。"

乔军一时沉默了，他很久才说："对不起，我刚才有些激动了。你说得对，我们现在最主要的不是发号施令，而是要为她做些实事。我现在觉得我们聚会时去搞那些什么树碑立传的事，还不如去帮一把那些还处于困难中的老同学，给他们捐捐钱，多去看看他们。"

赵梦茹看了看两旁的王丽花和玛丽，然后她尽量平静地对乔军说："如果我有一天这样了，我绝不会拖着你，那不人道。"

乔军疑惑地问："什么意思？"

赵梦茹说："有一天你不想跟我做爱了，我会离开你的。"

乔军说："看你想到哪去了。"

赵梦茹接着说："你知道我现在最想干什么吗？"乔军摇了摇头。赵梦茹接着说："想吻你。"乔军说："你知道我现在最想干什么吗？"赵梦茹摇了摇头，乔军说："就想娶你。"赵梦茹一脸幸福状。乔军又说："让我来拥抱你吧。"

乔军正欲张开双臂。赵梦茹吓得一蹦老高跳到一边去了。玛丽不知乔军和赵梦茹说什么，她也插不上话，她觉得赵梦茹和乔军的对话很好笑，她不解地看着赵梦茹。王丽花把那五十元钱都塞进了裤腰带里，她轻松地拍了拍自己的腰，好像完成了一件大事一样。

乔军问着王丽花说："我们的小品还没有排练，你女儿在家里做作业。下次我专门抽个时间来你家里排练好吗？"

王丽花说："没事，这个小品基本上是我的戏。你坐在那里不要动就行了，我已经排练好了，我随时可以上台演出。"

乔军觉得王丽花八成有点不正常了，就敷衍道："那好！下次我们聚会时，我们俩就直接上台了。"

两天后，赵梦茹约着乔军去了民政局，两人领了结婚证。赵梦茹说："你好像还有点什么心事似的，觉得对不起谁？"

乔军否认着说："没有啊，那天在王丽花那儿，我就说了我的心里话了。"

"我知道了，你又想你的玛丽了吧？我告诉你，她已经走了，离开中国了，现在可能正在飞机上呢。"赵梦茹说。

乔军说："这玛丽也是的，怎么走了一句话也没有。"

"有啊，都在我这啦。以后本人作为你的全权代言人，对英帝国主义的所有言论由我这一个喉舌代言啊。我直接就给你翻译了，再不要麻烦你了。"赵梦茹神气地说。

乔军不满地说："还有你这样强权的？"

赵梦茹说："我告诉你啊，玛丽在你以前已经有过十三个男朋友了，我是怕你上当。"

乔军说："不说玛丽了，这结婚证也有了，我们开不开新闻发布会？"

赵梦茹肯定地说："当然要开，不过要等到同学聚会时，我们再宣布。在此以前，我们一定要严守秘密。要确保宣布时候的轰动性，要让大家喜出望外。最好的方式是你要配合我演一个节目，然后顺势推出婚礼。"

乔军笑着说："你的意思还想玩点浪漫，好啊！我也喜欢。那我俩就唱一首男女对唱的情歌吧，然后就推出结婚仪式，要找一个证婚人。"

赵梦茹说："就唱《婚誓》吧，然后让杨老师和小田老师证婚。晚会我是主持人，我们的婚礼谁来主持？"

乔军说："那好办，临时再挑个同学就行了。这样的婚礼热闹又简洁，大家都知道了，也不用破费。"

"看样子是这次聚会成全了我们的婚姻。"赵梦茹说。

"我不是早说过了吗，同学会同学会，拆散一对是一对。"乔军俏皮地说着。

"你又来了，哪学来的不着调的东西。哦！我想起来了，我还想在联欢会上跳一段芭蕾舞呢。”赵梦茹说。

乔军说：“那你会忙死了，又当主持，又跳芭蕾，还要唱对唱。”

赵梦茹狐疑地看了乔军一眼说：“你好像在挖苦我，说我揽活太多了。”

乔军信誓旦旦地说：“没有，绝对没有。我是说你跟那些大妈级的同学一比，能者多劳嘛。”

赵梦茹说：“你就是挖苦我，说我不该揽那么多事。”

乔军说：“你别瞎猜啊，真没有。”

赵梦茹说：“那你说我怎么办吗？芭蕾我是一定要跳的。”

乔军说：“跳《沂蒙颂》？”

赵梦茹说：“还没想好。”

乔军开着玩笑说：“跳什么都行，就是不能裸跳。”

赵梦茹气不过，拧了乔军一把说：“看你油腔滑调，主持干脆你上算了。后面的男女对唱就用假唱。”

乔军说：“要不让彭洋来主持？”

赵梦茹说：“那不成了‘现在开庭’。”赵梦茹学着法官的腔调，逗得乔军笑成一团。

乔军说：“你以为假唱就不是你唱的，人家还是要算在你的头上。要唱就大大方方地唱。不在乎你多那么一个节目。如果主持能让出去就最好，实在没人，我就替你吧。谁让你是我老婆，我得替你分忧解难啊。前天王丽花还说要跟我表演一个节目，她会当真吗？”

赵梦茹说：“只要她没发病，我们就一定要接她去。像她前天就表现得很好，你要准备着她会上台的。不过你前天也没有跟她排练啊，最后是怎么商量的？”

乔军说：“我说了，过几天再去她家排练。她说可以不要排了，她已经准备好了。她还说主要是她的戏，没我什么事。我觉得她后面有点乱说了。”

赵梦茹说：“我听了半天还是不明白，你反正要有心理准备。我倒是有点担心我俩现场结婚不会对王丽花带来什么刺激吧，如果她现场发病就麻烦了。”

乔军说：“你想多了，你不是说了，她只要来了，就说明她没发病吗？既然没发病就用不着担心了。前天我也没见她对我怎么着，都是被你渲染的。”

赵梦茹说：“但愿没有什么，平平安安。”

第十五章　王玉珲应诉了

THE FIFTEENTH CHAPTER

本来王玉珲是多了个心的，怕在法庭上见到乔军，两人在法庭上短兵相见总不是好事。好在乔军跟他的想法不谋而合，乔军也只是委托了律师，自己没到庭。这是此次开庭唯一让王玉珲比较轻松的。最终的结果可想而知，王玉珲的一审败诉了。王玉珲踱出法庭，他首先想到的就是上诉。这个官司不能败，不管付出多大代价，都不能败。

乔军赶到火车站，指挥着吊车从火车上把那只装着德国造的冲床的集装箱从车皮上吊了下来。看那十吨重的集装箱，就知道德国佬的冲床是个大家伙。乔军坐在运输车的驾驶室里，一路嘱咐着司机慢点开，小心呵护着后面的冲床，他当它是个不经折腾的豆腐块呢。运输车好不容易把集装箱运到玉龙公司，乔军早就让人把德国冲床的水泥底座按照图纸上的要求建好了。这可是玉龙公司最贵重的装备了，单就重量而言，它也是整个生产线上重量级的大家伙。论身材只有锅炉房里的锅炉可以与它媲美了。

厂房掀掉了小半个屋顶，大吊车稳稳地把德国佬的产品吊进了车间。接下来就是紧张地安装配套设备和调式设备。这件家伙是以以色列的一家公司的名义买的，而且以色列方面保证了不得转卖第三方。所有的资料都是英文和德文版的，厂家也不可能来人现场指导。只能靠玉龙公司自己的力量完成安装了。

站在一旁的廖行长，这次是他的银行贷的款。他有点怀疑地问一旁的王玉珲说："行不行啊？"

王玉珲说："为什么要通过以色列买回来，就是因为人家不愿意卖给我们。为什么不愿意卖给我们，因为我们的模仿力太强。所以连老外都知道我们可以照葫芦画瓢给它分解了再造，既然中国人可以再造，难道我们就安装不了。廖行长，说到这里，你让我想起了通过这台机器我还可以再挣一笔钱。"

廖行长问："什么钱？"

王玉珲说："这台机器可是世界上最好的，也是这个型号第一台进入中国的。为什么我不把德国佬的担心变成现实呢？我要把这台机器的图纸和参数都卖了，把模仿权卖给重型机器厂，我看还可以竞标呢。我们费了那么多心血，不能白花啊。"

廖行长摇着头说："从来没听说过，模仿权还可以卖。真有你的，董事长啊。不过，你能快速回收资金我肯定是很高兴的。"

王玉珲兴奋地说："就这么办，谁叫德国佬让我们花了这么大的代价。"

乔军和曾金刚带着几个技术人员，围着机器进行最后的调试。没多久机器可以运转了，但生产的样品不如国产的机器，曾金刚和技术人员都蒙了，不知道哪里出了问题。乔军说："不急，我们首先看看是我们哪里没装对，肯定有个地方出了问题。"

技术人员说："我们都是按照厂里的要求来装的。"

乔军拿着游标卡尺上下开始测起来，不一会他卡了卡冲床上的垫板的宽度，他觉得有点不太吻合。他说："这个地方是按照什么数据来安装的？"

技术人员说："是对照机器包装箱上的数据定的位。"

乔军看了看包装箱上的数据，发现是与垫板的宽度相吻合的。他觉得这有点奇怪，按说这样的数据是不对的。于是他让找出安装手册来，让技术员把安装手册上的相关数据调出来。果然手册上的数据跟乔军的判断是一致的。这时乔军有点纳闷了，他说："这就奇怪了，为什么机器外表上的数据会与安装手册上的不一致呢？"

一直守着现场的王玉珲此时讲话了，他说："没什么奇怪的，这是德国佬设的套。他怕人家模仿他的设备，故意把机器上的数据搞错。估计只有按照安装手册装，才不会出错。如果按照设备外表的数据安装产品就会不达标。"

乔军说："他们不怕投诉啊。"

王玉珲说："他们肯定强调了设备安装请严格按照说明书执行。德国人不会让你钻这样的空子的。"

设备终于运转正常了，流水线欢快地歌唱起来，充电电池在流水线上一个接一个地成型装箱。王玉珲、乔军、曾金刚站在流水线上开心地笑了起来。王玉珲对乔军和曾金刚说了一句："我今天要去趟法院，要对付一个官司，你们先忙。"

曾金刚问："谁起诉的？"

王玉珲说："我还不知道，只是接到法院电话，去了就知道了。"

乔军在一旁说了话："我起诉的，就为上次我给股东会的提案。"

王玉珲看了看乔军，他一时想不到合适的话，他又看了看曾金刚才说："那我先看过你的诉状再说。"王玉珲说完就走了。

曾金刚对乔军说："我还以为这件事告一段落了，没想到你真告到法院去了。还可以好好商量吗？俗话说家丑不可外扬。"

乔军说："告到法院就是为了好好商量。现在的关键是家丑连我们股东都不知道，你就知道玉龙公司有家丑吗？说不定什么都没有，说出去自然就没有什么大不了的。再说告到法院就是为了和平公正地解决这个矛盾，这没有什么啊。难道非得我们内部吵个你死我活、大动干戈不成？实际上内部解决，只会激化股东之间的矛盾。法院就是一个最公正的朋友，他会公正地解决我们之间的矛盾。你难道还认为我们股东内部不依靠外部力量还有能力解决好我们的争端吗？"

曾金刚说："我认为内部还有协调的可能，可以开诚布公地再谈一谈。"

乔军说："我们股东的股份构成已经培养了绝对控股方一言堂的表决方式，你看平常什么大小事只要董事长想否定，那就会百分之百的否定；如果董事长想通过，那就一定会过。久而久之，董事长已经听不进不同意见了。像我这样的意见确实是公司章程都约定过的，只需要执行就行。他也接受不了，我想他不可能执行。请法院来公断既不伤和气，又会有公平的保证。"

王玉珲到了法院，签了字。领了乔军的起诉状、证据以及法院的开庭通知和开庭说明。王玉珲最不习惯的就是阅读文件，他只要在办公室看到超过一页的文案资料就会习惯性地往桌子旁边一放。为此王晓在公司里制定了一项行文制度，所有报批文件都不能超过一页。这条制度的实行，让那些刚来玉龙公司的大学生郁闷了一阵子，他们最善于妙笔生花的机会被断送了。但是公司的纸张和墨盒的费用却马上大幅度降低，文员们的效率提高了，各级主管的工作量减少了。大家阅读的习惯被彻底改变了，都不愿意看那些稍厚一点的文件资料了。王玉珲粗略地看了一眼举证的日子，他觉得还有两三天时间。先不急，得找个不认识乔军的律师先看看案卷，看看怎么应对。

王玉珲打电话让王晓找一个以前没有跟玉龙公司合作过的律师事务所。王晓接到电话没有立即物色律师。她觉得玉龙公司本来就有雾水市最好的法律顾问，如果董事长不愿意找自己的法律顾问，肯定事情有些蹊跷。她直接走到曾金刚办公室，曾金刚看样子也是刚从流水线上下来的，正在洗手。王晓马上拿起洗手液罐子，把洗手液挤在曾金刚的手上。

曾金刚一边洗着手，一边问着王晓说："怎么，有事啊？"

王晓说："王玉珲有官司了？"

曾金刚说："也算是吧，乔军起诉了他。"

王晓有点兴奋地说："就是因为股东权益的事吧？"

曾金刚说："就是股东的管理权。"

王晓得意地说："我说了只有乔军才有可能把这件事情搞到底吧。"

王玉珲跟王晓请来的律师在一家茶楼里聊起了乔军的起诉案。律师已经把所有的案卷都看了一遍，他把案卷合上。问了王玉珲几个公司管理上的问题，然后他对王玉珲说："这个案子胜算不大。"

王玉珲也直截了当地说："你不会是为了谈价，先给我强调难度吧。"

律师说："董事长看来是跟律师打过不少交道的，我不是你理解的意思，我说的是实话。你让不让我来打，没有关系。我只是提醒你，这个案子要引起重视。还是那句话，胜算不大。"

王玉珲笑了起来，他是为这个律师的坦诚，他说："这个案子如果我愿意多花钱，能不能扳回来？"

律师说："我懂得你的意思，你是想影响法官。董事长，我们可以先讨论一下，如果你是法官，不管你基于什么目的，你真想帮帮原告或者被告，你肯定会分析这一方的证据能不能站得住，或者说基本站得住。这样你就会得出自己做这件事情的风险系数会有多大，会不会最后弄得一方还要上诉，要帮的一方又不满意。说不定还会搞得自己脱制服。如果是这样，你肯定就不会干。"

王玉珲显然有些不高兴了，他认为这个世界只要出钱，除了流逝的时间买不回，其他什么都应该可以搞定。他最不愿意听的就是自己已经愿意出钱了，对方还在啰嗦。王玉珲就说："这个案子并不大，原告只要了一分钱的象征性赔偿。可以看出对方的诉求并不是很苛求。我认为花点钱应该可以摆平的。"

律师拿起起诉状说："原告的第一条诉讼请求是判令被告恢复原告的股东权益，包括对公司财务的管理权和知情权。原告的第二条诉讼请求才是要求一分钱的象征性赔偿。看上去原告的诉求不刚性，但是这种貌似不苛刻的诉讼请求最容易引起法官的自由心证。给法官的暗示是原告不是为了钱，是为了一种权益。"

王玉珲问："自由心证是什么意思？"

律师说："是法官内心里同情甚至支持一方证据和观点的心理活动，对最后的判决会起到重要作用。"

王玉珲说："那你的意思是花钱也搞不定，也改变不了法官的态度。"

律师说："这个法官，客观地说，我不认识。我不了解他的习性。"

王玉珲说："我不怕请要钱的律师，我不想请打不赢官司的律师。"

律师无奈地说："我确实不敢给你保证可以胜诉。"

王玉珲说："那我再考虑一下，就谢谢你了。"王玉珲目的很明确，他虽然不懂法。但是他可以以请律师的名义把案子做个基本评估，这样他大概就知道自己的案子有几成胜算把握。

曾金刚今天一上班就接到了孙红梅的电话，孙红梅在电话里像打机关枪一样地说了一大通："按照同学聚会的流程安排，他们必须挖地三尺把老同学都联系上。经过他们不懈的努力，他们已经把所有的老同学都联系到了。因为很多同学长时间不接触，现在联系后才发现同学中什么人都有，也不乏牛鬼蛇神的。有些同学生活变得比较困顿，还有些同学吸毒骗钱的。有一个叫刘平的，现在拿到了大家的联系方式，到处借钱，我打电话就是为了提醒你。"

曾金刚有点着急地说："那你还得通知王玉珲和乔军啊。"

孙红梅笑着说："我跟王晓说了，夫人告诉我只要跟你强调一下就行了，其他就用不着通知了。你夫人是怕你被欺负。"孙红梅接着大笑起来。

曾金刚真有点郁闷。王晓真是的，还在同学那里埋汰自己，家丑不可外传啊。凭什么就要重点关照我，难道人家就只找我，不找王玉珲和乔军啊。

正说着，座机响了，是传达室来的电话，说有人要找曾总。曾金刚就问是谁找，电话就换成了另一个陌生的声音："曾总啊，老同学！是我啊。"

曾金刚根本还没听出对方是谁，但是对方热情高涨的声音容不得曾金刚片刻的犹豫，曾金刚连忙像个老朋友似的打着招呼："是你这小子啊。快进来！快进来！"

一会儿办公室的门被推开了，一张似曾相识的脸伸了进来。曾金刚一眼就认出这张脸是自己曾经的老同学。只是这张脸因为主人年龄的变化，下颚已经变得宽大，脸上的赘肉也开始有些多了。曾金刚觉得对方的名字已经快要从嘴里蹦出来了。但就只差那么一点，可惜还是没有冲口而出。曾金刚不好意思再去问对方姓甚名谁，只是热情地斟茶让座。

对方倒是对曾金刚的情况非常地了解，王晓的近况，孩子的成绩，曾金刚的双亲大人，一路问来。曾金刚一一回答，他也只有回答的份了。曾金刚只是在想同学聚会前，有必要对同学的近况进行一次深入地了解，再不能这样被动了。对方问完曾金刚的情况，又开始谈及乔军和王玉珲的情况，曾金刚只是对对方不是太精确的情况进行一些纠正。从对方的嘴里可以了解到他对刘旭和赵梦茹的情况也很熟悉。最开始，曾金刚还一直在做最后的努力，企图回忆出对方的名字。但最终他彻底放弃了。他开始感叹起岁月不饶人，韶光易逝。

对方跟曾金刚谈完同学的情况，好像一时想起了什么伤心的事，开始长吁短叹起来。曾金刚有点奇怪了，就问："是不是感叹转眼间，大家都变老了？人生苦短啊。"

对方的回答却让曾金刚有些意外，他说："我是为你们同学在各行各业干得出色感到高兴啊，我也为自己命运多舛感到悲哀。你们是在天上，我可是在地狱啊。"

曾金刚马上很关心地问："你难道碰上什么意外了吗？"

对方说："我从一中毕业后，安排到供销社工作。没多久供销社就解体了，我也就下岗了。老婆认为跟着我没有希望也跟人家跑了。之后就这里干段时间，那里找份工作地混到现在。我父亲早亡，剩下我一个老妈，我也没有能力为她尽孝。这些年她跟我妹妹在广州过，昨天她病逝了，后天就要火葬了。妹妹说妈妈临死前，一直念着我的名字，妈妈想见我一面。现在老娘闭上了眼，我还在这里不能去广州给她送行。"说到这儿对方已是泣不成声。

曾金刚是个极富同情心的人，他看到对方悲痛到如此程度，就安慰着说："男儿有泪不轻弹，你不要太悲伤了，节哀顺变，人死不可以复生。有什么困难我们可以共同帮你解决，没有多大的事。如果找工作比较麻烦的话，可以到我们玉龙公司来啊。大家都是同学，会照顾你的。"

对方说："非常感谢！以后的工作我会再来找你们的，现在关键是我不能去为我母亲送行。她活着的时候我没有能力尽孝，她要走了我都不能为她送行。这太让我伤心了，我也太无能了。"说到这儿对方又悲哭起来。

曾金刚说："那你要是去趟广州，要多少钱？"

对方急忙说："就是两张票钱，不过过去只能坐飞机才能赶到，回来还可以坐火车。如果曾总能帮我这一回，等我回来到玉龙公司上班后，我第一个月的工资就直接返给曾总了。"

曾金刚说："那大概要多少钱？"

对方说："有两千块就够了。"

曾金刚说："我身上可能还没有那么多钱。要到我老婆那里去取一点。"

对方急忙问："那你身上有多少？"

曾金刚说："可能只有一千多一点。"

对方说："曾总，你真是个好人，我一说你就马上帮我了。我也不能让好人太吃亏了，你就把你身上的钱借给我就行了。我再找别人借一点，我们同学中像曾总这样的人还是有不少的。”

曾金刚说：“那不合适吧，我还是到王晓那里去要点钱。她下一层楼就是，很快的。”说着曾金刚就站起来了，要出门去找王晓。

对方立马站起来拦着曾金刚说：“曾总啊！王晓也是个好人，我知道你去找她，她也肯定会帮我的。但是王晓究竟是女同学啊，都是大老爷们的事，我还是想留点面子。”

曾金刚一听醒悟过来，连忙坐了回来说：“你是死要面子活受罪啊。”

对方这时好像也轻松了许多，他说：“如果曾总有卡的话，我还是愿意跟曾总跑趟银行。”

曾金刚有点不好意思地说：“卡倒是有，只是都由王晓管着。”

对方开着玩笑说：“我们堂堂曾总也是一个妻管严啊。”两人都笑了起来。曾金刚把口袋里的钱都掏了出来塞到对方的手上，对方连忙把钱摊在桌上，一张张地数了起来。对方说：“全部是一千三百五十五块，我给你打张欠条。”

曾金刚推辞着说：“欠条就别打了，都是老同学，写着别扭。”

这次对方说什么都不依曾金刚，非得写个欠条，嘴里还说：“亲兄弟！明算账。借钱还钱，天经地义。”

对方把欠条打给了曾金刚，把钱塞进了怀里。嘴里说着：“我回来后就到公司上班，还要请曾总多多关照。”

曾金刚拍着对方的肩说：“没问题，我明天就跟其他几位老同学说一声。现在已经是吃饭时间了，我看就到我们食堂炒几个菜，我把其他几位也叫过来陪你喝上一杯吧。”

对方连忙说：“这就免了吧，曾总太客气了。我倒不是不愿意见几位老同学，我是想抓紧时间去买机票，我娘还在等我呢。”

曾金刚一听拍了拍脑袋说：“你看我真糊涂，我怎么把这么大的事都给忘了。快走！快走！来日方长。”

曾金刚把对方送到了楼道口，对方下了楼梯还在喊：“曾总，谢谢了！请回吧。”

曾金刚回到办公室门口，准备推门进去。王晓抱了一堆报纸走了上来，她递给了曾金刚一叠报纸，然后问：“曾总，刚才下去的那位是谁啊？看上去好面熟的。”王晓在公司里从来不喊曾金刚名字的。

曾金刚被王晓一下问住了，他到现在为止还不知道对方的名字。他想起对方留给自己的欠条，他连忙掏出口袋里的欠条。他费劲地辨认着：“好像是刘什么，刘军吧？

不是不是，是刘友，也不像。应该是刘车。”

王晓说：“是刘平吧？”

曾金刚笑了，他表扬着王晓说：“恭喜你，答对了。”

王晓生气地问：“上午孙红梅给你来过电话吗？”

曾金刚回答：“来过啊。”

“她让你当心谁啊？”王晓问着。

曾金刚恍然大悟地说：“我的妈呀，她说的就是刘平这个名字啊。”

王玉珲快下班时接到了父亲的电话，前王县长让他回家吃顿饭，有事要商量。下了班，王玉珲开着自己的宝马车回了家。家里的保姆正在做饭，前王县长看上去憔悴了许多，但是脸色还可以，红红的。王玉珲看着前王县长心里隐隐发痛，按照医生的诊断，他一直觉得前王县长这个时候应该是被癌细胞折磨得痛不欲生了。但是前王县长好像从没有病痛的感觉，要命的是王玉珲又不敢主动问。王玉珲甚至都开始怀疑医生的诊断了，奇迹真有可能降临到前王县长的身上了。

王玉珲想问问前王县长的身体近况，于是他装作漫不经心地问：“你这段时间好像瘦了些，身体是不是有些不舒服啊？”

前王县长说：“没有啊，按照你的吩咐，请了个保姆。她的菜做得很好，很合我的口味。我觉得每天胃口都好得很。”

王玉珲说：“我觉得你看上去有点憔悴，是不是身体哪里不舒服？要不要请个医生看看？”王玉珲不死心地问道。

“不用了，可能是昨天我睡得太晚，人有些疲倦，今天早点睡就好了。这次找你来，是想跟你说一声，我想去外面旅游，四处看一看。”前王县长说。

王玉珲有点惊讶地问：“你是准备到哪些地方去看一看？”

前王县长说：“你说呢？我还有哪里没去过？”

王玉珲笑着说：“西藏，你一直想到那儿去看一看。”

前王县长高兴地说：“知我者，儿子也。”

王玉珲担心地说：“但是你这个年纪上青藏高原，可能会有点问题。即使是年轻人上去都很吃力，要不再换个地方？”

前王县长说：“就不换了，我自己知道我的身体能行不能行。再说我是准备坐火车上去的，让自己的身体有个慢慢适应的过程。”

王玉珲说：“那我把工作安排一下，我陪你上去。”

前王县长说：“你事多，就不用管我了。你把你厂里的事忙好就行了。”

王玉珲说：“你一个人敢上西藏？”

前王县长说：“小葛陪我去，有她照顾，你就不用担心了。”保姆就是小葛，王玉珲上次来的时候就见过了，她是何疆民给找的。何疆民很了解前王县长的爱好，前王县长就爱这一口。王玉珲也见过不少的小姐，他也是用这样的眼光来看小葛的。第一次见小葛时，他就知道这小葛是干什么出身的。粉黛没有褪去，文过眉的眼睛，磨过颧骨的脸颊，隆过鼻梁的鼻子，还有那过惯夜生活的黑眼圈，都能让王玉珲一眼就能看出这是一个混迹过欢场的女人。但他不管小葛以前是干什么的，只要能让前王县长在他最后的时光里有个他不讨厌的伴侣，王玉珲就什么都认了。再说何疆民找来的人，他也用不着去担心还会干些谋财害命之类的事来。

王玉珲一听，是要跟小葛一起去，他就知道自己再说别的都是废话了。他说：“那你多带些钱吧，我给你卡上多打些钱。”小葛这时把菜端上了桌，小葛看王玉珲的眼神有些怯怯的。她从一开始就害怕看王玉珲的眼睛，她总觉得王玉珲不喜欢自己。

前王县长好像明白小葛的心思似的，他轻声地对王玉珲说了句：“你跟她打个招呼吧，她怕你。”

王玉珲就对小葛说：“小葛啊，前王县长跟我说你的菜做得好极了，今天我得好好尝尝你的手艺啊，你辛苦了。”

小葛说：“不辛苦！老王喜欢我做的口味。”

王玉珲一听小葛称自己的父亲为老王，口里的菜差点吐了出来。前王县长连忙解释说：“我让她叫老王的，这样自然些。”

王玉珲知道这前王县长正沉浸在温柔乡里，也难得他在这么个年纪才找到自己的柔情。王玉珲心想还是这何疆民干了件大好事，说不定前王县长返老还童了，爱情的力量已经战胜了癌细胞。想到这儿王玉珲胃口大开，大口吃起菜来。前王县长在一旁兴奋地说：“小葛做的菜好吃吧？”

王玉珲连声说着：“好吃！好吃！”前王县长给小葛送着得意的眼色，王玉珲只装着什么都没看到。王玉珲一看大家都在看着自己一个人吃饭，就说：“怎么成了我一个人吃饭表演了，来，小葛坐下来，你也吃啊。大家都吃。”前王县长幸福地接过小葛递过来的盛满饭的碗。王玉珲猛然回忆起很小的时候看到过父亲从母亲手里接过饭碗就是这种怡然自得的神态，不同的是现在的父亲已经是双鬓花白。

正在王玉珲沉思的时候，前王县长用胳膊碰了碰王玉珲说：“董事长又在想什么大事？吃饭都走神。”

王玉珲说：“我在想给你卡上打多少钱呢。”

前王县长急忙说：“我开始还忘记说了，钱我都够了。你平常给我的钱我用不完，这次我也潇洒一次，你放心，我绝不省钱。你什么钱都不要给了，我真没有钱，会找你要的。我只有一个条件，让我好好地玩一次。你不要给我打电话，只要我不找你，你就不要给我来电话了。”

王玉珲知道这前王县长是怕自己打扰他们的二人世界，先把我这条尾巴掐断。王玉珲想到这儿就爽快地答应说：“没问题，我不给你们去电话。但是我也有个条件，毕竟你年纪大了，这次去西藏，只要你身体有个风吹草动，小葛就要立即给我来电话。你们能答应吗？”

小葛看了看前王县长，欲言又止。前王县长连忙按住小葛的肩膀说：“没问题，只要我有意外，小葛会告诉你的。明天我们就要出发，今天也算你给我们饯行。”

王玉珲有点惊讶地问：“走得这么急啊？东西都准备好了吗？”

小葛终于说话了：“都准备好了，连氧气袋我们都在医院买好了。”

王玉珲说：“那我真要给你们饯行了。那得喝点酒啊，没有酒怎么叫饯行。”

前王县长说：“小葛，去拿瓶酒来。我跟我们董事长好好喝上一杯。”

酒倒了满满两杯。前王县长说：“小葛你也做个陪吧。”小葛也斟了一杯。王玉珲端起酒杯跟父亲的杯子轻轻地碰了一下，王玉珲刚想说祝酒词。前王县长打断了他的话，前王县长说：“别再喊我前王县长了！”

王玉珲被这么一打断，竟然不会说话了，他想了想说：“爸爸！为你饯行，干杯！”

前王县长被王玉珲这么一叫“爸爸”，眼圈都红了，他眼睛有些湿润，他清了清喉咙说：“干！”三人都把酒喝了下去。王玉珲在想，父亲可能是年纪大了，加上他们父子俩很多年都没有分开过。父亲这要出远门了，就变得有些伤感。特别是喝了两杯，话就更多了。父亲跟小葛快乐地说起王玉珲小时候调皮的样子，逗得小葛开心地笑了起来。父亲跟王玉珲干最后一杯酒时，显得愈发动情，他说：“儿子，你爸爸在挨整的时候就有人在批斗会上预言过，说我不仅毁了我自己，还会害我儿子一辈子。这句话我一直埋在心里，不敢对你说。在你最需要提携的时候我也没有能力给你任何帮助，留给你的是无尽的麻烦。你爸爸那个时候看着你幼小的背影就担心你抬不起头来，就怕你一辈子走不出来了。但你通过后天的努力，改变了这一切。现在爸爸可以告诉你，那句预言是屁话。你是你爸爸的骄傲。”父子俩都有些动情地喝下了最后这杯酒。

吃完饭，王玉珲要看看他们的行装。王玉珲一看他们弄了三四个大小包包就说：“你们这哪像出去旅游的，我看倒像是出外打工的。我车上还有个大登山包，新的，还没用过。”王玉珲不等他们发表意见，就到自己车上拿来登山包，把他们那几个小包全部都放进了大包里，他又告诉小葛怎么使用登山包。

小葛背了背包。王玉珲的父亲连忙让小葛放下来，他只说：“太重了，别把人给压坏了。”

小葛说：“没事的，这样背着还省力。我小时候，我老家也是用背篓背东西的，我习惯了。”

王玉珲宽慰着父亲说：“走不了几步，最多只是从这台旅游车挪到那台旅游车上去。”

这两天事多，王玉珲把区法院乔军的那个官司也给忘了。首先是忘了提交证据，这证据过了时间再交，法院就不接收了。这让王玉珲感到有些意外，以前创业初期，他也经常作为被告来法院打官司。那个时候，好像都没有这么正规，很多事都是拖拖就过去了。他本来几个官司都是应该输的，到最后要不就是反过来赢了，要不就是对方赢了官司输了钱，反正对方很难执行到位。而这次王玉珲就有新的感觉，法院好像比以前规范了许多。他自己还是带着老观念来打这场官司，看样子是要输了。他已经准备放弃一审了，他知道即使自己有回天之力，这个案子走到这一步也没有什么救了。看来这个案子也该得王玉珲输，首先是他忘了提交证据，接着阴差阳错地开庭那天他搞错了时间。加上这次律师一直没有请好，最后是法官打电话给他，他才赶到法院的。

本来王玉珲是多了个心的，怕在法庭上见到乔军，两人在法庭上短兵相见总不是好事。好在乔军跟他的想法不谋而合，乔军也只是委托了律师，自己没到庭。这是此次开庭唯一让王玉珲比较轻松的。最终的结果可想而知，王玉珲的一审败诉了。王玉珲踱出法庭，他首先想到的就是上诉。这个官司不能败，不管付出多大代价，都不能败。这是前几天他跟张灿讨论的结果，他跟张灿在感情和生活上都不能讨论和交流，张灿太霸道了，有时候就是蛮不讲理。但只要是事业和公司方面的问题，张灿却表现得非常的清醒和认真。有时候讨论一些新项目和公司的新举措，倒成了他们夫妻俩寻求共同语言、感情交流的契机了。

第十六章　王玉珲给老同学的四十万

THE SIXTEENTH CHAPTER

余额出来了，那上面显示的数字是一个四，后面接了七八个零。看得彭洋心惊肉跳的，他数了好几遍，最后肯定是七个零，只是后面两个零用小数点隔了一下，他本来就对那个小数点后面的数字没有什么概念。加上那么多个零，他真的有些糊涂了。但是他掰着指头算了算，得出卡内金额的两种答案，要么就是四十万，要么就是四千万。他觉得应该是四十万，这个数字更加真实些。他心里顿时对王玉珲充满了感激。

王玉珲知道上诉案子已经到了彭洋的中院了，如果此番得到彭洋的支持，那就什么都能搞定。问题原告是乔军，他跟彭洋也熟。彭洋不知道会认谁。不过，王玉珲知道彭洋正在为当上这个中院院长苦恼，要是能帮他把这件事情办好了，估计他会鼎力相助的。王玉珲心想他没有办法找到组织部门帮彭洋这个忙，更没办法找到市里的一把手。如果要认识他们，他会毫不犹豫地砸上几十万，帮彭洋这个忙。可能在这个问题上，他只能出钱了，要彭洋自己出力。他只能给上彭洋一笔钱，关键是这个钱以什么借口来送给他呢？

说来也巧，孙红梅发来了短信，通知大家参加彭洋父亲的追悼会。这让王玉珲吃了一惊，心想这不是上天给自己的一个机会吗？彭洋的爸爸可不是自己咒死的。只怪这孙红梅小喇叭瞎说，不过这么大的事哪能是小喇叭虚构的，肯定是彭洋自己发布的。反正是红白喜事都要从她那个喇叭里放出来，等前王县长百年之后还不是要请小喇叭来广播。想到这儿，王玉珲又开始为他父亲担心起来。前王县长和小葛也走了好几天了，但他们连个电话都没有。王玉珲几次都想给他们拨个电话，又想到自己与父亲的约定。他转而一想不来电话肯定就是好事，说明前王县长平平安安啊，说不定他现在正在欢度蜜月呢。想到这儿，王玉珲不禁笑了。

既然有了送钱的机会，王玉珲就没打算放过，他想这个官司在旁人看来是一钱不值，股东权益、一分钱赔偿金。可是对于自己来说，那就是公司的权利，那就是自己的命运。它太重要了，王玉珲认为花再多钱都值得。他准备一张卡，打进四十万。追悼会把卡送给彭洋就妥当了，又不显山露水。王玉珲不禁为自己的如意算盘沾沾自喜起来。

这家里死掉一个亲人，从感情上来说就是天大的事了。从处理死者的后事来看更是一起折磨人的活，活人都要折腾死。彭洋父亲在医院亡故后，他就把父亲的遗体拖到了火葬场。虽然丧事从简，但告别仪式总是要搞的，来的亲戚朋友好歹也得搞顿饭吃，这些事情都需要人张罗。彭洋也没什么亲戚，帮这种忙的还不好是单位同事，同学与儿时伙伴就是最佳人选。

人一多，就好办事。一会儿中西乐队就来了，跟着厨师和服务员也来了，再一会儿放炮的拖着专业放礼花弹的花炮车也来了。还有扎彩楼的、放气球的、做充气门的都来了。彭洋在现场只需要干一件事那就是披麻戴孝。一身缠着白布的彭洋不管是谁来给父亲上香的，都要以叩头大礼谢之。彭洋一边叩头一边在想周致平老师的穆斯林葬礼还是好，简约、不折腾人啊。彭洋本来就是一个高度近视眼，一走神，就看花了眼。有几次逢上清洁工上来搞卫生，他也五体着地地行了大礼。刘旭上来就提醒他："保持体力，看清来的是谁你再拜不迟啊，晚上你还有持久战呢。"

彭洋为难地说："能不能快点！"

刘旭说："这是你自己的老子，谁让你是独子，这也不能代的。"

彭洋说："要不流程缩短些？"

刘旭说："零点焚烧是最短的，我已经打点过了，你老子是明天第一个烧的。这样炉膛也干净，守灵的时间也花得最短。人家排在后面火化的，守灵不都要守到那个时候啊。"

彭洋摇了摇头，心想这中国人太有创意了，连烧个死人都有办法排个顺序让你乖乖行贿。正想着，他的肩头被人按了一下，他回头一看，是刘旭在按他的肩头。他问："什么事？"

刘旭用嘴往前面示意了一下说："跪啊！"

彭洋连忙跪了下去，对前面磕了三个头。待彭洋站起来时才发现是王玉珲来上香了，王玉珲和自己是同龄人，根据习俗他也是要给死者磕头的。王玉珲先跪在死者的亡灵前的棉垫上对着遗体磕了三个头。这磕头是讲究对拜的，彭洋见自己磕早了头，又跟着王玉珲的节奏重新磕了三回头。然后王玉珲点燃三根香，他手执着香又鞠了三个躬，再把三炷香插进了香炉。王玉珲走到彭洋的面前说了几句节哀顺变、保重身体一类的话，再往对方的衣袋里放进一个红包就算精神和物质的双向关怀都到位了。王玉珲今天送的是一个卡，他用署了自己名字的信封装的。这时的慰问仪式就算结束了。当然送红包还是有些讲究的，送的金额一般会参照对方上次送给自己红白喜事的金额。

如果是第一次送，就由自己根据当事人的亲疏来确定金额的多寡。而收钱的也有讲究，一般市井人家，则是来者不拒，多多益善。如果是政府官员，要么就让不在政府里当差的做那收钱的人。像彭洋这样一个独子的就不好藏着掖着，只好一概不要。但还是免不了像王玉珲这样关系密切的发小趁虚而入。彭洋可没在雾水市的红白喜事上少花过银子。但是因为身份问题，这钱他是永远收不回的。

王玉珲肃然做完仪式，算是礼数到了。他大呼小叫地兴奋地加入到灵堂里早已摆下的十几桌麻将堆里去了。雾水市的人都知道这样的场合作为发小仅仅只有精神和物质上的关怀还不够，一般礼数完了还不能马上走。还得捧捧人场，帮着撑撑场面，守守夜，也算陪逝去的人最后一程了。而且这场面还要讲究热闹，不能让躺在灵柩里的人感到冷清。所以这时的中西乐队就要什么歌欢快就唱什么，什么热闹就要奏什么曲调。于是《喜洋洋》《步步高》《万马奔腾》《好日子》《爱你一万年》都可以登这肃穆之堂。这些曲调都是由中西乐队的随队歌手来现场演唱的，唱得还有板有眼。到了下半夜，麻将桌上哪位亲戚朋友一时心血来潮也可以上去吼几句。倒是那不着调鬼哭狼嚎的声音有了点吊丧的感觉了。

陪衬场面还算简单，只要你来之前把觉睡足就行。然后就可以在牌桌上大呼小叫，一点儿不必拘礼，越热闹越好。而且你玩得越晚越好，主人越高兴。你不用担心晚上肚子饿，牌桌上有零食伺候。到了零点，还会有夜宵慰劳。

来宾敬过香就可以一边玩去了，还没有消停的是主人。也不是他不愿意消停，是专门请来的司仪不让他消停。也不是司仪不愿消停，是付给他的那些钱不让他消停。司仪消停了，好听的话就说这司仪太不专业了，人家上回请的司仪可是搞了一晚上不重样的。难听的话就说这个司仪太懒了，刚开场就冷了下来。这不，司仪就没有敢停歇的，司仪也不能拿这些来宾来配合啊，那还是得有劳出钱的主人家辛苦了。于是越会折腾主人的司仪就是越勤快越专业的司仪了。彭洋今天可碰上一个专业而且勤快的司仪。尽管这个司仪丑陋无比，就像地狱来的小鬼。但这个小鬼那是一个程序都没有少，连彭洋这个专攻程序正义的大法官都不能不折服。他一边麻木地走着程序，一边在想这位司仪真正是入错了行。如果当初他学的是法律，这位仁兄在程序法方面的造诣不可限量。

彭洋对这位司仪的程序是步步执行到位了，他也没有什么意见，反正这一辈子没有几次。不过他有看法的是这位仁兄想休息时就打发他去给老爹烧纸钱，说是怕他父亲在阴间没有钱用。这还不算什么，不知道是嫌刘旭谈好的价太低，还是别的什么原因，该名司仪总是不定时地拿一面铜锣出来，放置在灵柩上。让彭洋围着灵柩转圈子。每转一圈，就让彭洋往里面掷一枚一元硬币。彭洋对刘旭说："我一次放上一张百元大钞不就省事了吗？给他拿去。"

刘旭说："那可不行，人家可不是多赚你几块硬币。人家要的是你对长辈的一片孝心，要尽忠尽孝。"

彭洋说："那钢镚他拿不拿去？"

刘旭说："他当然要拿去，难道你还能把那钱送到阴间地府去，他得帮你送去。"于是，司仪敲一下锣，彭洋就得围着灵柩转上一圈，然后向那铜锣里扔进一枚钢镚。"当"那单调的声音加剧了彭洋的疲劳感。此时的彭洋已经成了摆设，不管是再怎么精明的人在丧事司仪的面前都失去了影响力。因为此时司仪的手上有一副尽孝的王牌，没有人可以在这副王牌面前发出任何异样的声音，哪怕这个司仪是位从来没有受过教育的文盲。

刘旭倒是适应这样的场面，他吃的这碗文化公司设计的饭，往大的做，可以做些品牌推广，大型晚会，往小的干也可以干些红白喜事。反正他客户名单里既有京城里大歌星经纪人的电话，也有雾水市当地的红白喜事小型乐队的联系号码。平日里，他接活是跟甲方做个预算，谈好一个总价，然后由他去张罗，他知道各个单项的最低价。他把各方面的钱付清，剩下的余款就是自己的利润了。今天彭洋是一揽子都交给他，由他去支配。这让他心里有点过意不去，精确地说有点让他左右不是，他更习惯给个总价让他承包，挣多挣少都是自己的事。彭洋现在这样，倒让他觉得这个钱不管挣多少都好像在吃回扣了。他是靠这个吃饭的，他不挣钱吃什么。如果说是彭洋这样的同学关系不应该挣钱，那他现在主要的业务都是靠熟人，若熟人的钱不能挣，那他就饭都没得吃了。这天王老子的钱也要挣才是硬道理，只不过像彭洋这样的至爱亲朋要少挣些。他想这个利润要控制在百分之十才对，因为其他的同类服务他都要挣到百分之三十左右。

这样想来，他内心得到了平衡，好似有了挣彭洋钱的理由。于是他严格地按照百分之九的额度挣着利润，他从上衣口袋里掏出彭洋给他的费用对外付钱的时候，同时按照比例把百分之九的利润放进自己的裤口袋里。他还在裤口袋里放了一大堆零钱，很精确地给上衣口袋里找着零。他认为只有这样才能既对得起彭洋，又对得起自己的孩子。他就是这样一分钱不差地履行着公道人的职责的。

快到零点了，有些牌桌上的人已经走了。只有零星几张牌桌上还有些音量已经高不起来的铁杆在支撑着，守着最后的几张牌桌，维系着灵堂的人气。乐队偶尔还弄出点声响，在这黑寂的夜空里飘荡着。彭洋看样子有点支撑不住了，刘旭、王玉珲、何疆民一些同学在帮他烧着成堆的纸钱。王玉珲跟刘旭说："这么多钱彭洋爸哪用得完啊？"

刘旭说："物价这么贵，阴间里也在到处涨价。"

何疆民说："这人活着为钱所累，到了阴间还得为钱操心，这阴阳两界都只能做金钱的奴隶了。"

王玉珲对刘旭说："前王县长估计也快要去找我妈了，你得给我准备着。"

刘旭说："没问题，那可要大办一下。"

王玉珲说："那倒未必，前王县长是个看得开的人。"

何疆民笑着说："别的乱七八糟的东西就不要搞了，多扎几个漂亮小姐给烧了就行了。"

王玉珲一听就生气地对着何疆民说："你得给我妈留点面子吧，积点口福好不好？"说完王玉珲想起前王县长跟小葛在一起的神态来，王玉珲竟然哑然失笑起来。他一边笑还一边用拳头擂着何疆民的臂膀。刘旭被王玉珲给笑傻了，傻愣在那儿。何疆民则使劲地揉着被擂痛了的手臂。

过了几天，王玉珲估摸着彭洋已经办完丧事了，他把那张卡的密码用短信发给了彭洋。彭洋接到密码，想起了那天王玉珲塞给自己的卡来，他把王玉珲送的信封找了出来。彭洋知道雾水现在时兴送购物卡。一般作为礼品的购物卡，里面的金额估计都是小几千元左右的，但王玉珲送的是银行卡。这就让彭洋伤脑筋了，他估计王玉珲送他的不是几百元，一两千元以下他应该都会给现金的。彭洋还记得上次在餐桌上，王玉珲开过玩笑说要花钱给他买官，买他这匹黑马。对于彭洋来说，他现在确实想当这个院长，他再往上走一步，就可以到副厅级了。这个职务可是他们老家乡邻中最大的官。

他的大学同学基本上都到了副厅这个位置，还有几个已经在正厅的岗位上待了几年了。就连以前考试老是抄自己试卷，还差点没毕业的同学现在也在副厅位置上干了两年了，这位同学每逢聚会就对老同学说："我这个院长有点来历不明，像彭洋这样的早就应该是正厅两年以上了。"他好像是在为彭洋鸣冤喊屈似的，但在彭洋听来却不是滋味。中院现任院长当初调到这个位置来之前，是雾水市的老政法委副书记。因为市里一直想给他解决一个副厅。若是在雾水市提拔，副厅的位置就只有那么几个，市里的班子实在是塞不进去了。省里就在邻近的另一个市里腾出一个市政法委书记的副厅职务来。可他偏偏不愿去邻市上任，非得要求在本市解决。偏在此时，彭洋他们中院院长心肌梗死，死在岗位上，腾出了一个位置。而此时正是最高法大力推行法院系统领导干部要求专业对口配备时期，市里主要领导亲自出面做好了法院内部最有可能接班的彭洋的工作，希望他在副院长的位置上多干一届。并承诺下届期满，肯定就让彭洋接任。得到了彭洋安心工作的保证后，乡长出身的政法委副书记走马上任了。现在即将届满，那时跟彭洋谈话的市领导又平调了省里的其他部门。随着换届即将到来，彭洋不知道那个时候领导们讲的话现在的领导还认吗?

副厅级这个位置在地市里这一级是最少的，也是竞争最激烈的。彭洋现在很想找到一个人能跟市里的主要领导提醒一下关于以前对自己的承诺。现在关于任职方面的传闻太多了，每次的换届前都有这么一段谁将被任命为某某位置，谁将调离某某位置，将赴任某某职位，其空缺的职位将由谁接替，其前任又将担任某某职位的小道消息。这样的官场预言大部分都将成为茶余饭后的空头谈资，但往往最后组织部门公示的结果也不外乎这些谈资之内。这种猜中率比之高考的押题率那可是高多了。这可能也是组织部门对这些官场流言总是屡禁不止的症结所在。

最让彭洋受刺激的是，或者是他最不愿意听到的官场流言就是谁谁谁又在收钱了，或者是不使钱这官位是拿不到的。一说到卖官买官，彭洋就气不打一处来。他第一觉得自己没有钱。如果用钱来买官位，他就已经出局了，就没有他的戏了。彭洋并不害怕任何考核和选荐方式，他只要求公平就行。哪怕上次对自己的任命承诺都不算数，只要公平考试他没有任何看法。他就害怕人家闷声不响地都在月黑风高的夜晚把钱给送了，把事给定了。还有一点凡是跟彭洋熟一点的都知道，彭洋极想当这个院长。他大大方方地说给朋友听，也算是彭洋嘴无遮掩。这一点还是缺了点官场上的城府。

彭洋拿着王玉珲送的卡在想，这小子莫不是送我买官的钱。想到这儿，彭洋心里有点热乎乎的感觉，他又在脑海里把王玉珲的过去回忆了一遍，他觉得王玉珲肯定是干得出的。他想起了王玉珲发来了密码短信，他不妨去提款机上查查看。于是他找了台提款机，插进卡，把密码输了进去，然后点了余额查询。余额出来了，那上面显示的数字是一个四，后面接了七八个零。看得他心惊肉跳的，他数了好几遍，最后肯定是七个零，只是后面两个零用小数点隔了一下，他本来就对那个小数点后面的数字没有什么概念。加上那么多个零，他真的有些糊涂了。但是他掰着指头算了算，他得出卡内金额的两种答案，要么就是四十万，要么就是四千万。他觉得应该是四十万，这个数字更加真实些。他心里顿时对王玉珲充满了感激。他第一次拥有这么多的钱，他想这钱确实有些魔法。第一有些害怕，这么多钱能不能拥有？有什么后果？为什么拥有？第二又觉得自己平添了官场角逐的力量，他想这钱可能什么都能买到，他梦寐以求的官位不在话下了。可能还用不着花这么多钱。但是他知道只要这几十万投进了雾水的官场，这雾水的官场也就彻底地土崩瓦解了。如同一泓清水里倒进了一瓶墨汁，这泓清水就已经不是清水了，是浊水，是浑水。如果再想彻底恢复它的旧貌，只有全部倒尽这潭浑水，重新再去接天上的雨水或者是地下的泉水。依靠任何物理方式抑或化学方式都是暂时的，是不能断根的。稍微一搅和，又会遮天蔽日。

彭洋想到这儿不禁出了一身冷汗，他觉得自己怎么能成为雾水官场的终结者呢？他刚去世的父亲，官虽然做得不比自己的大，但是他身为教育局长，从来都是两袖清风。他在阴间地府也不会同意自己干这样卑贱的事情。他虽然极想当比自己父亲更大的官，但是他很清楚，即使不能做到像他父亲那样的清廉，可他也不愿干些同流合污的苟且之事。想到这儿他觉得刚才那充满魔力的卡顿时又失去了魅力。他给王玉珲拨了个电话，他要邀请他喝一次酒。王玉珲可能是晚上有应酬，他犹豫了一会儿还是答应了彭洋的邀请。

彭洋是个到时候就要吃饭的人，他有低血糖，不敢饿肚子。他看了看表，王玉珲这小子没有守时。对不起，过时不候，他要了瓶白酒，自顾自地喝了起来。彭洋的白酒喝了一多半时，王玉珲到了。王玉珲一边坐了下来，一边道着歉。说着："对不起！有个客户来了，打了个照面。"

彭洋说："你不用道歉。我酒已经喝了一大半了。我也没等你，我俩扯平了。"

王玉珲说："今天我来迟了，我买单。"

彭洋说："别以为我就那样没钱，当法官的酒钱还是有的。"

王玉珲说："我不是那个意思。我今天喉咙痛，可不可以不喝酒。"老同学都知道，彭洋虽然贪酒，但跟他喝酒的人没有压力，他不给你灌酒，你愿喝就喝，你不喝说句话就行。

彭洋说："这酒我还不够喝呢，你就饮尿（料）吧。"

王玉珲无奈地说："好好好，我饮尿（料）。"

彭洋说："老同学啊，你知道如果我这次提不上去，我自身最大的问题最有可能出在哪里？"

王玉珲故意装糊涂地说："你的问题？外面有小蜜？我真不知道。"

彭洋拿了手里的酒装着要倒向王玉珲的样子说:“你不知道?我倒你一身。”

王玉珲没办法就说:“你是说你爱酒这事?”

彭洋说:“对!我有两大毛病,一个毛病就是好酒,另一个就是口无遮拦,这都是为官的大忌。仅凭这两条,我这官就提不上去,任何一句话都可以让我原地踏步走,不能进步。但你们都知道我确实想当官。我想当官的原因一是为了面子,想在大学同学中不显得太落后,回到家乡也可以光宗耀祖。还有一点梦想就是多负点责任可以多干点事,我觉得我的才华还没有得到充分地发挥。”彭洋说。

王玉珲就鼓励彭洋说:“你如果想,就尽力去争取啊。不管通过什么办法,只看结果,这是我做生意的原则。搞了半天,生意做不成。要不就是诚意不够,要不就是能力不行。老做不成生意的业务员,我肯定是要开了他的。这确实只能看结果,不能玩虚的。”

彭洋说:“当官还是跟你们做生意不是一码事。如果看成一码事的,那本身就是生意人,就不应该在官场上干了,应该进入商界。”

王玉珲说:“大法官看样子在这方面还有自己的看法,愿意洗耳恭听。”

彭洋说:“生意的目的是为了盈利,做官的本意是做公仆,为人民服务。你不要打我的岔,你要说的意思我明白。现在当官发财的概念是被歪曲了。我们的父辈实际上都当过领导干部,他们应该说都经过了考验。现在搞市场经济,很多人就把市场意识带进了官场,把做官和发财又连在一起了。即使在过去,当官发财在历朝历代都是法律所不允许的,都会招致法律的严惩的。如果把当官当成做生意,那就全乱了套。做生意的步骤是先得投资,然后追求回报。不投资就没有回报。如果做官也要先投资,投资完买了官就要追求最大的回报,不择手段地受贿、卖官,恶性循环,以至无穷。于是出现了借高利贷去投资买官,最后不惜牺牲自己的自由去索贿。官场投资就意味着被套牢,不管怎么小心都难免摔倒。”

王玉珲有点惊讶这个端着酒杯晃来晃去的酒醉迷糊的彭洋竟然能说出这么清醒的话来,这哪里是平常那个口无遮拦满嘴酒话的糊涂判官说出来的话,这分明是一位上党课的纪委书记。王玉珲本来认为今天与彭洋见面,彭洋会开口就说一通感谢的话,那张卡里不是放了四十万吗?难道他没看见,彭洋不是朝思暮想想扶正吗?难道他放弃了吗?这彭洋看样子是个典型的酒醉心里明。他上次吹牛,说不管怎么喝酒,案子却从没有判错过,甚至他判的案子不管原告和被告都没有上诉的。想到这儿王玉珲觉得让彭洋在乔军这个案子上帮自己的忙可能有点不靠谱了。

王玉珲说："大法官的党课没想到也上得这么好，你扶正的事有眉目了吗？"

彭洋说："我都想死了扶正，还没有眉目啊，有没有高人给我指点指点。"

王玉珲已经克制不住了，他说："我是没有能力给你指导，但我的投资是不需要挣回来的。我觉得在官场上只要投出去，不求回报，就不会出什么事。怕就怕钱花了，还想到上台要挣回来，那迟早要犯事的。"

彭洋终于把王玉珲的卡拿了出来，拍在桌上说："首先我得谢谢你这个老同学，你真让我很感动。这笔钱买个位置是绰绰有余，肯定还用不了。但是我还是怕脏了自己的手。"

王玉珲笑着说："这个钱是给你买位置的。你想要个好名声，多余的就退给我吧，你反正没拿就行了。"

彭洋说："我的手脏了是小事。这几十万砸进去，整个雾水官场就全脏了，雾水市就全完了。我们还要在这里生活，我们的后代也会在这里生活。"

王玉珲说："你真是想得太远了。"

彭洋说："不仅是我不愿意，还有人会不同意，会骂我。"

王玉珲笑着说："收钱的不同意？"

"不是！是我那在阴间里的父亲不会同意。"彭洋坚决地说。

王玉珲认真地看了看彭洋的眼睛，他想确定对方是否还清醒。王玉珲说："你小子真醉了。"

彭洋说："你不知道这个典故的来由，是那天那个司仪说的。他说家父去了阴间如果在阳世的儿子不忤父命，家父就可以去天堂，否则就会下地狱。谢谢你的卡，他妈的为什么不让我在街上捡一张。"

王玉珲摸了摸卡说："你在公务员这个位置是怎么都捡不到的。你真要退给我，不后悔？"

彭洋说："你觉得我说的是酒话吗？"

王玉珲把卡塞进了口袋里，他说："再多说，是侮辱了你。"

王玉珲知道这个酒醉心里明的法官大人看样子是帮不了自己什么忙了。他与彭洋分手后，想起那位北京的老妇人来，说不定她能帮上自己的忙。于是王玉珲从手机里调出了老妇人的电话，他毫不犹豫地把电话打了过去。老妇人自己接的电话，她听出了王玉珲的声音。王玉珲寒暄了几句，老妇人就问王玉珲："现在生意如何？"

王玉珲说："生意倒是不错，就是碰上了官司，弄得心里很烦，也没心思管理公司了。"

老妇人一听就急了："多大的事，看我这个老太婆能不能出马帮你一把。我可以帮你什么？"

王玉珲一听很高兴，就说："如果阿姨能帮我给我们市里的领导打个招呼就成了，只要我能胜诉就行了。"

老妇人说："别着急，我用笔记一下，要上诉方胜诉。对吗？好了我记下了，放下你的电话我就给你们市长打电话，我要给高科技企业保驾护航嘛。"

王玉珲一听老妇人马上就给市领导打电话，就不敢再耽搁了，连忙说："说得对，说得对。那阿姨我就不耽误你了。下次我们雾水有人来北京，我叫他们给您带点我们这儿的腊肉来。"说完王玉珲就挂了电话，心里觉得稳妥多了。

王玉珲一直追着自己的上诉状在中院的行程，他知道立案庭已经把案子分到民二厅。民事刑事的案子都归彭洋管，王玉珲终于想明白了，不能再找彭洋了。再找他会认为自己送的那四十万就是为了这个案子。不去找他，他还会想想我的为人，他会有所顾忌的。只要北京的电话传了下去，你彭洋也不需要担什么担子了。这件事他就比较好处理了，王玉珲现在只需要静候佳音。

第十七章　乔军入狱

THE SEVENTEENTH CHAPTER

“羁押他时，一定要善待他，所有的费用都由玉龙公司出，我要求给他最好的待遇。”王玉珲提出要求。

何疆民笑着说：“董事长，这可不是疗养，他毕竟还是坐牢。但有一点你大可以放心，他终归还是我们的同学，我们跟他并没有仇。他在里面出了事，你拿我是问。还有一点，你可以给他找个好律师，也算帮了他。”

赵梦茹和乔军这几天为了这台节目简直就经历了冰火两重天。一开始着急的是同学们的麻木，没有谁愿意出节目。通过做工作后，好像大家一下全部都明白了，这是个自我展示的时代，羞羞答答没有谁会认识你、了解你、重视你。于是乎大家都要争着上节目，这审查节目的赵梦茹和乔军又急了起来。大家都要上自己的节目，时间又只有那么长，怎么办？从严要求呗。审了一段时间，节目进入排练期。乔军是主持人，赵梦茹决定她跟乔军的婚礼高度保密。作为压场节目将直到最后的时候才隆重揭晓。赵梦茹为了重点演好婚庆大典，她就把自己的芭蕾排到了最前面。她给自己留出了充足的时间来穿婚纱。还有一个未定的节目就是王丽花的《红梅花儿开》，如果那天王丽花能到节目现场，她的节目就肯定要上。当然这样的好事赵梦茹不会放过杨思冲老师和小田老师，他们的曲目是男女对唱《夫妻双双把家还》。节目单排好了，各位同学就开始了排练。

孙红梅、刘旭则领着一帮老同学开始了具体的选址和采购物品。聚会分为两个地点：前期就定在火车站的雪峰宾馆，方便本地和外地的同学迎来送往和报到。这个地点在聚会的第一天和最后一天将分别举行欢迎酒会和欢送酒会。其余的六天时间则放在原校办农场三角滩对岸的山庄里，这个山庄建立在被雾水河包裹得很紧的瘦岛上。

三十年前，这里还是一座没有任何建筑的孤岛。到了二十一世纪初，这里首先被香港的一个投资集团看中，建立起大型山水旅游宾馆瘦岛山庄。接着市老干疗养院也搬迁到这里来了。市老干疗养院本来硬软件就是雾水市最好的医院，以前就是环境差些。现在好了，搬过家后，环境成了省里最好的疗养院了。上回省疗养院的院长在这里开现场会时还表示即使是省疗养院的环境也比不了雾水市院的水平。前两年市公安局看守所要从市中心搬出，市局领导认为这瘦岛安静而且易进不易出，适合做看守所，于是瘦岛的东南角就成了雾水市看守所的新地址。

应该说选择瘦岛山庄作为聚会的主场地，是非常适合的。首先从雪峰宾馆到瘦岛山庄，行程就有变化，同学聚会把旅游的概念融进来了。其次雪峰宾馆这个点又照顾了回母校参观、合影，但雪峰宾馆毕竟在城里，对于这些本地的老同学来说没有新意。而瘦岛山庄距离他们曾战斗过的校办农场一河之隔，他们也可以回到这曾让他们激情四溢战天斗地的大自然中去，这无疑又多了一个让思绪激扬的地方。这些老同学可能多次光顾过母校，但是校办农场对他们来说却是充满了吸引力的。其次在这相对封闭的地方举行聚会的系列活动，对这些每天忙忙碌碌的老同学来说是最容易放下心里和手里的事的。市里有些需要封闭的学习和会议都是挑选在瘦岛山庄举行的，来了这里再回城至少要跑上几十分钟。瘦岛山庄无疑是个让大家投入地只做一件事情的好处所。

刘旭买焰火是带了孙红梅去的，他太知道这些价格了。雾水市做焰火的就那么十几家，如果还有不认识他的，可以说是刚进入这个行当的新人。刘旭带着孙红梅到那些门面一转悠，那些门面就都知道来业务了。不管孙红梅要进哪一家，刘旭都不发表意见，他只是默默地跟了孙红梅走了进去。所有客户都知道刘总来了，应该怎么报价。他们首先报上一个价格让刘旭带来的孙红梅去还价，有时刘旭还在旁边帮着一块儿还价。但再怎么降价，老板知道还都要把刘旭的利润留出来。还了一会儿价，孙红梅对刘旭说："这个价太高了，我们再去另几家门面看看。"

刘旭说："货比三家吗？走吧。"孙红梅进了旁边一家，她又拿出女人砍价的本事来。这次还价利索多了，很快就被孙红梅降到了比上家要低的价位。但这女人天生就爱逛商店，孙红梅又在对面找了一家，进门首先把货单列出来。然后她参照了前面两家的报价，又报了个比前面价还低的价位。老板按了按计算器，又看了看孙红梅和刘旭。就摇了摇头，意思是做不了。

孙红梅就说："我们还是去第二家吧。"到了第二家，孙红梅就没再还价，只是多要了几挂鞭炮，双方就成交了。

孙红梅和刘旭出了门，又去了烟酒批发市场，两人把酒买了，就分了手。一分手，刘旭就打了个的士，直奔刚才去过的花炮市场。刘旭到了那家卖货的门面，门面老板已经把刘旭的利润准备好了。刘旭接过一大把钱，又当着老板的面点了点现金，然后才放心地离去。

乔军在办公室里接到了那天在柳城他埋下的线人络腮胡子打来的电话。他说他看到蒋健刚回到家里去了，还带了个女人。乔军忙不迭地感谢着络腮胡子，他马上把这条消息告诉了王玉珲。王玉珲当即就请了何疆民和乔军一块儿乘车直奔柳城而去。等乔军和何疆民赶到蒋健家时，已是第二天凌晨了。络腮胡子很兴奋地等着他们的来临，络腮胡子说："他还没走，回家住了。"

乔军就对何疆民说："我们去他家吧。"

何疆民老练地问："那个女的住哪？"

络腮胡子指着前面说："就是那家挂小黄旗的。"

何疆民说："我们盯那个女的。"

乔军看出络腮胡子想要奖金的眼神，乔军晃了晃手里的信封说："都在这儿，人一见到就给你。"

络腮胡子说："好！好！不着急，我带你们去。"

何疆民把人分成两组，大家可以轮流休息一会儿，值班的则盯着小旅馆的门口。清晨，乔军发现了蒋健的身影。蒋健拎着个提包，看样子是准备来旅馆喊上他的情妇离开这里的。乔军马上喊醒了何疆民，并把那只信封给了络腮胡子，他让络腮胡子离开了现场。何疆民带着乔军等人躲在宾馆的门口，没多久蒋健和一个女人走了出来。何疆民等人一拥而上，把蒋健逮了个正着。蒋健一看到鹤立鸡群的乔军，就知道是怎么回事。也没做任何反抗，俯首就擒。何疆民把那个女的也一并抓上了车。然后商务车马不停蹄地往雾水开了回去。

而此时的王玉珲算了算日子，他上诉的乔军的股权案还有几天就要开庭了。于是他打了个电话，侧面问了中院的朋友，市领导是否过问过自己的案子。对方说，领导的批示就在他桌上。市领导非常重视，责成市政法委讯问了此案。市委领导说这个案子影响很大，北京都有领导被惊动了，专门致电市委，中院一定要认真对待。王玉珲听到这里，马上心花怒放，他想这次可能有救了，案子可以扳回来了。王玉珲说："领导是不是有具体批示？能把原文给我念一下吗？"

对方在翻文件，"有两个'阅'，还有一个有完整意思的表述，我念给你听：'原告事实清楚，应予支持，典型的侵占股东权益的案子。'"对方在电话里念道。

王玉珲自言自语地说："好像搞错了边？"然后他有点愤怒地对话筒里喊道："他们应该支持上诉方而不是原告方，他们全搞错了。"王玉珲就像被当头泼了一盆冷水，全身都凉透了。他知道老妇人肯定是上诉方和原告方不分，电话打下来就成了要帮原告方了。

对方还在电话里喊："还有彭院长的批示。"

王玉珲已经知道无力回天了。他不想再听了，他把电话放了下去。他觉得玉龙公司已经摇摇欲坠了，他觉得自己快要掌控不了这家公司了，他一千次地问过自己，只要按照乔军的管理方式，玉龙公司必败无疑，而且还会带出很多旧账来，拔出萝卜带出泥，有可能自己还在劫难逃。就在他万念俱灰的时候，何疆民一脸兴奋地闯了进来。何疆民进入房间的刹那间就惊讶地发现王玉珲一扫过去的威风，竟六神无主地蜷缩在沙发上。这种情境是何疆民从没有见过的，何疆民真的还没有见过这么软弱的王玉珲，怜悯之情油然而生。

何疆民轻声地说："蒋健已经抓到了，应该损失不大。"王玉珲好像没有听见似的，他嘴里嘟哝了一句，何疆民也没听清他说什么。何疆民又关心地问了一句说："有什么事可以说说吗？看看还有没有什么办法解决？"

王玉珲这时好像才看清来者是何疆民似的，连忙说："坐！人抓到了吗？"何疆民又把开始说过的话说了一遍。王玉珲说："那好，但我现在碰上难题了。"王玉珲就把跟乔军之间的冲突说了一遍，而且特别强调即将输掉的这场官司带来的不可预计的后果。

何疆民说："我去跟他谈谈？应该还有回旋的余地吧？"

王玉珲苦笑着说："没有余地，了解乔军的，这个世界上没有超过我的了。他是一个绝对认死理的人，九头牛都拉不回的。"

"彭洋的态度如何？"何疆民问。

王玉珲说："先不说彭洋的态度。官司是我自己弄砸的，现在已经到了市领导的层面，远远不是彭洋能掌控的。现在说什么都晚了，一切都晚了。"

何疆民也沉默了，办公室里连墙上电子钟的秒针走动声都听得异常清晰。大约沉默了一阵，何疆民说话了，他说："我看未必就山穷水尽了，还有最后一招。"

王玉珲的眼里闪过了一丝兴奋的光芒，他急问："什么招？"

何疆民淡淡一笑说："以前我们使过的，刑事大于民事。"

王玉珲的眼里有一丝少许的犹豫，他还是问了出来："你说说具体怎么做？"

何疆民说："很容易，只要蒋健招出乔军是同伙。那就是诈骗嫌疑人，乔军就必须进去。上诉案就会无限期推后。可能目前只有这一招了，虽然阴了点，但是没有别的办法了。"

王玉珲说："蒋健是乔军的老客户了，只要有蒋健的口供，乔军犯罪的证据肯定可以推不翻的。也管不了那么多了，乔军自己犯的事，也不会有人去怪我们啊。兄弟就拜托你了。你还是拿点钱去犒劳兄弟们，还得他们帮忙。”王玉珲说完就从口袋里拿出了那张本来准备给彭洋的卡，递给了何疆民。他说：“这个你留着。”何疆民想推辞，王玉珲连忙说：“你每次帮我，都是主动自愿的。我也没有别的东西回报你，你别嫌少就行。”然后王玉珲又打开身后的保险柜拿出了十万现金递给何疆民说：“这十万慰劳你的兄弟们。”何疆民接过钱就匆匆走了，深深陷在沙发里的王玉珲回忆起乔军与自己在学生时代记忆深刻的事来，那是自己在农场出了事后，杨思冲老师为了做自己的思想工作，策划了一场巡山活动。

那晚，气温剧降，大雪纷飞，农场的气候一时变得异常的寒冷起来。大雪连下了好几天，屋檐上挂满了一根根长长的冰柱。这天早晨，杨老师早早起床就把男同学叫了起来，二楼的楼梯暴露在户外，楼梯板上结了一层厚厚的冰。何疆民就像往常一样，拿了饭碗走下楼梯。他没料到脚下会这么滑溜，他稍不留神，一屁股坐了下去。从楼梯上一级级腾了下来，饭碗叮叮当当滚出去好远。接着彭洋、曾金刚等人也是一样地滑了下来。大家屁股虽然摔痛了，但觉得十分有趣。何疆民说今天我们可以去滑冰了，大家都说好。杨老师在一边说：“大家先别急于去玩，先把屋檐上的冰柱子敲下来，以免它意外掉下来，伤了人。今天下午，我带大家巡山，看看我们农场的雪景有多漂亮，大家都带好装备，带上防滑链、滑雪板。谁想当前锋和后卫大将？”

何疆民举着手高喊：“疆民愿做前锋。”

杨老师笑着说：“疆民善变，不宜做大将，只可为副将。”何疆民脑袋一偏，叹了一声气。

杨老师看了看一旁低着头的王玉珲，又说道：“军中还有愿领兵前锋的吗？后卫大将有毛遂自荐的吗？”

彭洋和乔军都站了过来，彭洋说：“小将不才，甘为后卫。”

杨老师大声说道：“彭洋稳重勤勉憨实，可为后卫大将。刘旭为副将；乔军耿直用命，可为前锋大将。何疆民狡黠善变可为副将；我做中锋，王玉珲、曾金刚为我副将。”众将领都欣欣然领衔而去，只有王玉珲沉默不语。吃过午饭，大家就排了队，让杨老师感到惊异的是每位同学手里除了滑雪板都多了一件用木头做的三国的兵器。有吕布的方天画戟、有关羽的青龙偃月刀、有张飞的丈八蛇矛、典韦的双铁戟、许褚的火云刀、吴国大将甘宁的古锭刀、刘备的双股剑、曹操的倚天剑。

杨老师问：“防滑链呢？”

“在这！”彭洋在身后拖出一捆稻草编织的草绳子。

杨老师说：“把防滑链绑上就出发。砍刀、火柴该带上的都带上啊。”大家连忙弯下腰来，放下手里的兵器，用一截截的草绳拦腰绑起鞋来。绑完后，大家就出发了。

巡山本来是农场必须的工作程序，宣示主权。看看有无盗砍盗伐，有无森林火灾。只是在这冰天雪地里巡山就有点别致了。虽然是南方的山林，但是冰天雪地的景致一点不比北方的逊色。放眼看去，天地就只有两种颜色，视平线下的是半透明的白色世界；视平线以上的则是湛蓝的天空。松软软的雪铺满了整个山道。巡山的路线在山峦的脊梁上蜿蜒。山谷里、山坡上到处都铺满了晶莹的白雪。往日里嶙峋陡峻的峭壁峻岭，此时被软软的雪花一铺，山势变得缓和柔顺起来。就像个面目可憎的恶人变得慈眉善目。站在那绝壁上，你已经没有平日里的恐惧。你会想象：即使这么纵身一跳，掉在那雪坡上，可能也就像掉在厚厚的棉花里。肯定会被埋得很深，然后弹得很高，弹得很久。平日里形态各异的树枝上铺满了雪花后竟然有些大同小异的感觉。每一根枝条上都在同一个夜晚贪婪地接住了最多的雪花，越是粗大的枝条接到的雪花就越多。但是无论粗细，它们的手掌所接到的雪花的厚度是一样的。湛蓝纯净的天空就像是老天为了表现自己的绝对公平呈现出来的色彩。当白色成了这个世界的统一色彩时，让人感到的是纯洁无瑕。能让同学们欢呼雀跃的白雪世界肯定是真实地映衬了他们纯净的心灵。

山路平缓时，大家踏雪而行。脚下传来的是雪粒被压挤的呻吟声。大家时而兴奋的叫声压倒了雪粒的呻吟声。山路坡状时，那就是大家最快乐的时分。大家把早已准备好的滑雪板放在雪地上。滑雪板是用山间的竹子做成的，选的都是碗口粗的大竹子，裁成寸宽三尺长的竹板。前端用明火烧烤往上弯曲成型，加大滑雪板的越野性。两只脚踩在竹子的两个骨节之间。转瞬间，就像乘上了飞机，开始加速度地俯冲。风在耳边啸叫，头发被吹得直直地立了起来。脚尖还可以左右用劲地转动，调整着滑雪板俯冲的方向。

彭洋是第二个俯冲的英雄，他重重地踏上滑雪板，滑雪板立马就沉进了雪地里。杨老师和王玉琗用劲地推着彭洋的背，彭洋终于往前面迈了一步。不过只是他的脚动了，滑雪板没动。弄得大家都哄笑起来。彭洋也高声地叫了起来，旁边的景物飞快地向后略去。彭洋已经不会用脚尖调整方向了，他任由着滑雪板把他带到任何角落。可惜彭洋的心脏已经受不住越来越快的加速度了，他的呐喊声好像一下变了调。彭洋被滑雪板抛弃了，他一头扎进了雪堆里。最后的变调是他从雪堆里发出来的声音。大家快乐地拍打着手板和臀部，高兴地欢呼着彭洋的失败。

何疆民和乔军的表演倒是一气呵成，行云流水。杨老师在大家的吆喝声中，轻巧地登上了滑雪板，他协调的身体灵巧地转动着脚下的滑雪板。杨老师上身轻松地运动着，滑雪板平稳地降落到另一个山头。山头上、山谷里回响着大家的喝彩声。

杨老师今天的注意力一直放在王玉珲的身上，他知道王玉珲从偷窥事件被批斗的那一晚开始，他整个就变了一个人似的。杨老师在自己的学生时代和下放时都曾经遇到过像王玉珲一样的情况，他可以断定第一次三只母鸡谋杀案也是王玉珲所为。那是青春期的躁动让王玉珲把火柴棍插进了母鸡的屁眼里。本来当时他没有想到这和王玉珲有关系。当鸡被剖开时，他知道母鸡屁股里塞满了火柴棍，他就想到了这是男同学干的事，只是他没有办法确定是哪位男同学。而接着张灿和王晓的内衣裤被盗，他就可以由此断定班上有位男同学患有这样的青春期心理疾病。正是因为他知道这件事情的揭晓会给当事人造成心理上的伤害，所以他就把追查内衣裤的事给拖下来了。在王玉珲偷看的事被发现后，杨老师也就知道了这几起事情都是王玉珲一人所为。但是那个时候，整个社会都普遍接受不了这只是一种心理疾病的说法。这种病症的发作往往会被送交公安局当成流氓行为查处。实际上杨老师从一开始虽然不知道这是谁所为，但是他知道它的性质。他本来打算跟田老师交流交流对此事的看法，但他考虑到田老师的年龄，最终放弃了这种想法。

王玉珲出了这事，他现在在班上已经抬不起头来了。他以前也想过，这毛病迟早会弄出事来的。只是他没有预料到后果会有这么严重。他开始有点怨恨乔军，他想如果不是乔军来揭被子，也许没有人会知道的。听说自己的爸爸，也是乔军爸爸利用男女关系的问题把他搞下去的，为什么两家竟成了世仇了呢？但他转念一想，乔军爸爸的事跟乔军是没有关系的，乔军就是这样一个傻人。对你好时，不知有多贴心。但翻起脸来，也不知有多混蛋，想到这儿他对乔军还真有点恨不起来。他应该恨的是老场长，老场长实际上是打击报复，他自己什么都干过，但说起别人来，好像自己很清白似的。马列主义对别人，自己却是满肚子的男盗女娼。最让他不能忘怀的是张灿，他本以为张灿知道这件事以后可能反应会最大。但是他没有想到，张灿不但没说自己一句不是，还处处维护自己，差点搞得批斗会开不下去。他想起张灿，心里不免涌起一阵温暖，他已经感觉到张灿对自己的好来。

杨老师在等着大家从上面滑下来。杨老师已经看到王玉珲脸上露出的笑容，他往王玉珲的身旁走了几步，说：“玉珲啊！好玩吧？”

王玉珲点着头说："我们从没有这么玩过。"

杨老师说："主要是大自然给了我们这么一个好玩的地方，太难得了。"

王玉珲说："既要有大自然的恩赐，也要有杨老师的想法啊，没有您的设计，我们怎么会想到以这样的方式来巡山呢？"

杨老师说："关键是要有我们这么一个班级，没有十四班的同学在一起，我们大家也找不到这样的快乐。玉珲，你也是这个班集体的一员，如果缺少了你的快乐，这个班也会少了很多欢乐的。"

王玉珲说："杨老师我知道你是在安慰我，是在鼓励我。但我的确是不争气，我甚至觉得我像个流氓，给我们班丢了丑，我心里其实很后悔。我讨厌我自己。"

杨老师说："你可不是流氓，你是十四班的学生。你平日里表现并不差，对吗？怎么会突然之间变成流氓了呢？这样评价你，我觉得没有逻辑性，也就不真实，不可信了。"

王玉珲说："那我干了那样的事，你不认为我是个流氓吗？不是流氓那又是什么？"

杨老师明白，王玉珲并不是让自己来批评他，而是想了解自己对他的真正看法，想了解他现在在杨老师的心目中已经变成什么样子了。

杨老师说："刚才我不是说了吗，我没有认为你是个流氓。我一直认为你是我们班的学生，而且是位表现不错的学生。至于你所说的事实，我认为那不是一个正常的你做出来的，而是一个不正常的男同学在有病的情况下犯下的错误。谁都有可能得病，难道我们可以谴责病人，说他不该得这种病吗？我以前见过这种病症的，他们过了青春期就好了。但如果调整不好自己的心态，可能就会出现两种情况：一是破罐子破摔，沉湎于此，不能自拔；二是过分自责，自我诋毁，失去自信。我不希望你会任取其中一种。我希望你都要像现在这样，保持良好的心态。"

王玉珲的眼泪流了出来："杨老师，你可能听说了我爸爸的事情了。偏偏在这个时候，我也出了这样的事，这下肯定会有人说：有其父必有其子。你说我以后怎么去见人啊？"

杨老师说："王县长的事，县里可能会有更多的人知道，以后也保不准你还会听到这样那样的议论。但我觉得最关键的是你以后的心态问题，而不用关心谁在你身后议论了你和你父亲。"

王玉珲说："杨老师你是一个豁达的人，感谢你对我的教诲和帮助，换一个老师，我还不知会有个什么样的下场？”

杨老师说：“你的事出得早，从另一个角度来说也是一件好事，因为你有时间来改正自己。你比你的同龄人能更早地得到苦难的体验，你只要挺过去了，可能会有更好的前途。”两人正说着话，密集的雪块自天而降。原来是何疆民使坏，摇动着两人身旁的一棵树，树上的积雪纷纷落了下来。两人大叫着赶忙离开树下，清理着脖子里冰凉的积雪。

前面的雪地里出现了一只出来觅食的灰色兔子，它蹑手蹑脚地在雪地里蹦跳着。王玉珲准备追赶。杨老师说：“我们这么追上去，是追不着的。前面是山坡，兔子前腿短后腿长。它上坡速度快，下坡太快就会翻跟头。我们要倒过来追，从上往下追。你们几个人包抄过去。”

刘旭、乔军、何疆民等人就从两面迂回过去。等几个人居高临下地站稳了位置，就在雪地里开始了一场追兔比赛。只见那只兔子弹跳着，开始一蹦老高。但正如杨老师说的，下坡时兔子开始站不稳了。兔子在雪地里打起滚来，大家一拥而上。开始几次兔子都从人缝里钻了出来。乔军的手已经抓到兔子的耳朵了，还是让它挣脱了。几番较量，大家最终气喘吁吁地逮住了滚热的兔子。大家都跑累了，躺在雪地里望着蓝蓝的天空兴奋地大笑着。

杨老师说：“今天晚上我们又可以打牙祭了。这只兔子不能带着走，得马上送回去。谁去？”看样子大家都在兴头上，竟然没有一个人愿意报名的。杨老师说：“大家都舍不得啊，但这只兔子是只活的，打死了又可惜。带着走吗，又有逃掉的危险。还是要有同学先送回去啊。”

王玉珲站了起来说：“那我去送吧。”

杨老师说：“要两个人结伴去。”

乔军说：“那我陪玉珲去。”

乔军和王玉珲把兔子送回了场部，他俩一看时间还早，于是决定再去追赶巡山的队伍。俩人又踏着厚厚的积雪返了回去。追了半天，还是没看见大部队。正好前面一段是个大斜坡。乔军说：“我们滑下去。”乔军就踩着滑雪板冲了下去。王玉珲也跟了上去。乔军在前面猛地摔在地上，王玉珲连忙踩着积雪奔了过去。乔军在下滑的过程中，撞到了一棵树墩。只见他抱着脚在痛苦地呻吟。王玉珲挽起了乔军的裤腿，只见乔军的小腿骨头已经断了，骨头把皮层都挑了起来。乔军说：“我知道怎么复位，你按我的办法办。”按照乔军的指挥，王玉珲用双手把乔军的骨头复位了，然后用砍断的滑雪板改做了两块夹板，左右两面把骨头断裂处夹了起来。然后用鞋带把夹板和小腿绑在一起。

收拾停当，王玉珲说：“现在只有送你去医院了。”

乔军苦笑着说：“不行的，我这么大的个子，你哪背得动，上次买菜，你都挑不动。”

王玉珲说：“有什么不可以，再说也没有什么别的办法了，我们也不知道他们走到哪了？要是返回农场，男同学都不在，你也下不了山。我知道这有一条比较近的路，只要把你背到山脚下有板车的地方就好了。我们即使慢一点，也还是可以到医院的，再说下山比上山还是容易些。”于是在王玉珲的搀扶下，乔军站了起来。乔军虽然是另一只腿用力，但还是痛得他又一屁股坐在了雪地里。

王玉珲说：“你不能用力，我蹲下来，你移到我背上，我再想办法站起来。”于是王玉珲匍匐在乔军的身旁。乔军艰难地把自己的身体挪到了王玉珲的背上。在乔军身下，王玉珲在雪地里先是把背弓了起来，然后把乔军一点点地顶了起来。

乔军嘴里说着：“可能不行吧。”

王玉珲说：“你别说话，让我分神。”王玉珲开始把脚往肚子下面缩，他渐渐地把两只腿缩到了腹下，他已经可以四肢着地。他颤抖着想直起腰杆，但他无论如何也没有办法站起来。王玉珲喘着粗气，他四下里看了看。他想依托一棵树，但是最近的树离自己还有几十米远。于是他只好背着乔军向最近的那棵树爬了过去。他爬行的速度还是很快，他离那棵树越来越近。乔军已经明白了对方的意图，他只能伏在他背上，无奈地被背着。乔军想起那天掀开王玉珲的被子，他也是这样匍匐在地板上，他想起了那晚对王玉珲的批斗来。乔军感到自己的眼眶有些湿润，几滴泪水滴到了对方的背上，乔军用手抹着眼泪。

王玉珲听到乔军的抽泣声，就说：“你要是痛得受不了，你就大声地哭几声，这里除了我俩，也没有别人听得见。”王玉珲终于靠上了那棵树，他双手扶着树，直起了身体。然后他背着乔军开始试着迈步，他试走了几步。

乔军的腿拖在地上痛得只咧嘴，乔军说：“不行，我的腿太长了，拖在地上，痛得不行。”

王玉珲知道自己背着乔军是无论如何也走不下山的，他只好把乔军放了下来。他把滑雪板捡了过来。然后在竹林里砍了一棵碗口粗的大竹子，他一劈两开。烧了一堆火，把竹子两端都烧弯，再在竹子上烫了不少洞。然后用茶树上的枝条把这些竹子连成了一台简易的可以在雪地里滑行的架子车。他扶着乔军坐上了滑雪架子车。他把肩膀套进用枝条扭成的绳子里，开始拖起滑雪车来。

这一回王玉珲毫不费力地拉动了滑雪车，王玉珲高兴地叫了起来："我可以一个人把你拖下山了。"王玉珲在雪地里就这样拖着滑雪车向前行进。洁白的雪地里留下一串串深深的脚印，脚印的两旁则是两道宽宽的轨迹，一直伸向远方。乔军就是这样反身坐在车上，看着雪地上他俩留下的痕迹。

何疆民回到局里，就连夜到看守所提审蒋健，这次何疆民专门挑了间摄像头坏了的提审室提审蒋健。蒋健已经感受过这位警察的厉害了，蒋健一坐到提审室两只脚就开始打摆子。蒋健说："我什么都已经招了，你们还想知道什么？"

何疆民说："根据你的交代，你就是一个惯犯。你交代不彻底，你还有什么隐瞒了？"

蒋健说："我真没有隐瞒什么。"

何疆民说："玉龙公司的出货管理是非常严格的，这么一车货我们认为你要把它骗出来难度是非常大的，没有里应外合是做不到的。"

蒋健说："我确实是一个人干的。我跟他们是老客户了，他们对我的防范心理就不是那么强。"

何疆民说："你是玉龙公司谁的老客户？"

蒋健说："乔总啊。我只跟他有往来啊。"

何疆民说："那是他批给你的货，是他让你未付款就提货的？"

"是的，他看我以前每次都是先付款才提货的，这次就放松了警惕。让我先提了货，再让财务人员跟我回去拿钱。"蒋健回答着。

"你详细交代你与乔军认识到交往的过程，不老实就再给你上副背拷。"何疆民厉声喝道。蒋健有点不知所措，他开始战战兢兢交代他跟乔军交往的详细过程。

等蒋健回答完，何疆民又问："这批货乔军是怎么给你放行的？讲详细点。"

蒋健一五一十地讲了，乔军是怎么审批的，怎么给他放行的。何疆民说："乔军帮你这么大的忙，他就没有找你要回扣什么的？"

蒋健刚要照实回答，何疆民把桌子一拍，喝道："想清楚再说，我们认为你只是从犯，还有主犯。主犯可是要判七年以上。你愿意在这待上七八年吗？好好想想。"

豆大的汗粒从蒋健的额头上流了下来，他在想何疆民今天好像不是要对付自己的，他口口声声不离乔军，莫不是他想把乔军当成我的同伙。他确实是想把乔军打成这桩案子的主犯，他是想让我来供出乔军。他们需要我，我如果按照他们的意思招供，乔军是主犯，那我肯定就是从犯了。我的罪相对来说就轻了许多。虽然乔军待我不薄，但是我不说，他们肯定不会放过我的。我即使不说，只要他们想害乔军，他们照样可以找出办法来，乔军照样跑不了。实际上我说不说乔军，对乔军的影响都不大，但对自己的影响就将是决定性的。

何疆民这时才摊开笔录纸，打开笔帽，他开始向蒋健提问。首先还是老一套的问他的姓名、户址。蒋健都一一作答。然后何疆民又问："关于你诈骗玉龙公司货物的经过你还有什么需要补充的？"

"还有些情况我想向你们坦白。"蒋健说。

何疆民说："继续往下说。"

"就是关于乔军跟我共同诈骗玉龙公司的货物的情况，我认识乔军有段时间了。"蒋健回答着。

何疆民问："什么时候认识的，有什么样的交往？"

蒋健回答："我是在大前年的订货会上认识乔军的，我认识乔军后就跟玉龙公司有了合作。每次我都是找乔军要货。以前我们之间的合作就是付完全款再提货，合作过几次后乔军就对我有了信任。"

何疆民插话说："你跟他做这么多生意，私人之间有没有些利益来往？"

蒋健说："倒没有什么经济上的来往，最多是送点烟酒土特产这类的，还有就是吃个饭什么的。"

何疆民把桌子"啪"的一拍，怒吼道，"看样子不给你上点手段，你还真不老实。"何疆民让手下给蒋健立马上了一副背铐。蒋健的两只手就背在身后呈上下状被铐在一起，一个缺乏锻炼的成年人身体早已没有了柔软性，双手从身后被这么交叉一铐，肯定是受不了的。蒋健一时觉得呼吸都变得困难，他呻吟了起来。何疆民喊道："快点说，早说完，少受罪。"

蒋健说："好好，我快说。这次来进货，我就对乔军说做电池买卖利润太小，这样永远也发不了财，我说价格的空间能不能再大点。他就问我要多大，我就说越大越好，反正利润我俩平分。他说可以考虑。他说那让你先拖货再付款吧，我说那就太好了。"

何疆民一边记录一边问："说这些话是什么时间？什么地点？"

蒋健说：“就是我拖货走的那天上午玉龙公司刚上班的时候。我给他去了电话，应该是九点，我和他的手机上都有记录。我在他办公室门口还等了他一会儿。我俩是同时走进他的办公室的，然后他就在办公室给我批的发货单。我拿了发货单就把货提走了。”

何疆民问：“你卖货的钱分给他没有？”

蒋健说：“按说是要分的，我卖了货就不想分给他了。他一直在打我电话，找我要钱。我被要烦了，就不接他的电话了。他就报了警，抓了我。这些都有电话记录。他的手机和我的手机里都有记录。”

何疆民一边记录着，竟脱口喊了出来：“好！给他松背铐。”何疆民的手下上前去帮蒋健把背铐解了下来。蒋健龇牙咧嘴地舒展着颈背，松弛着手关节。何疆民笑着说：“你要是早说了，就不会受这样的罪了。”何疆民又问了一些细节，然后他把问询笔录递给了蒋健，让他看了一遍。蒋健看完后，何疆民让他在每页上都签了字。

何疆民又带人去了趟移动公司，他出示了证件。将乔军和蒋健的通话时间、每次通话的长度等相关数据全部打印出来，然后让工作人员签了字。何疆民办完这些证据后心中大喜，凭何疆民办案的经验他知道，这些证据足以把乔军刑拘起来。而且乔军想洗脱这些证据几乎是没有可能。

接着何疆民把所有的案卷都带到了王玉珲的办公室。何疆民把案卷摊在王玉珲的桌上，对王玉珲说：“都齐了，已经是铁案了，可以抓人了。”

王玉珲沉默了，何疆民把案卷又往王玉珲身边推了推，他说：“你可以看看，天衣无缝。”

王玉珲抬起了眼睛说：“我相信你的办案水平。但我们要想到后果，同学们都会知道的，大家会骂我们的。”

何疆民说：“可能多少会有一些议论，但这件事怨不到我们身上，是蒋健说的。”

王玉珲说：“如果罪行成立，会判多长时间？”

何疆民说：“可能七年吧，七年他再出来，就什么都晚了。”

王玉珲说：“人生没有几个七年啊。”

何疆民说：“这叫性格决定命运，是乔军的倔脾气把自己逼上一条不归路的。这不能怪我们，已经到了你死我活的最后时候了。还有几天开庭？”何疆民问。

王玉珲说：“后天。让我再想一想吧，我们之间难道真有什么此生非报的仇吗？”

何疆民说：“有啊！乔军他爸不是把前王县长整得那么惨，让你们王家前些年吃尽了苦头。”

王玉珲嘟哝着：“不是前王县长原谅他了吗？再说，我跟乔军从小感情就好，这样……”

何疆民插话说：“你就不记得在农场，你那次被他批斗，他对你还不够狠啊。什么话他没说出来？”

王玉珲说：“那时他是班长。”

“对！乔军斗你时，他是班长；他爸斗你爸时，也是县委书记。他们没有权力怎么能斗你们。你并不是为了报复，你只是为了自卫。乔军能妥协你就不会走到这一步。他如果现在能收手，你肯定会立即刹车。但是他不会，你也不要再犹豫了。”何疆民说服着王玉珲。

“那什么时候执行？”王玉珲问道。

“随时可以执行。”何疆民回答。

“抓他以后，你控制的时间有多长？”王玉珲问。

“一两个月内没有问题，在移交给检察院起诉科之前，都在掌控中。”何疆民回答。

“羁押他时，一定要善待他，所有的费用都由玉龙公司出，我要求给他最好的待遇。”王玉珲提出要求。

何疆民笑着说：“董事长，这可不是疗养，他毕竟还是坐牢。但有一点你大可以放心，他终归还是我们的同学，我们跟他并没有仇。他在里面出了事，你拿我是问。还有一点，你可以给他找个好律师，也算帮了他。”

王玉珲说：“这种猫哭耗子假慈悲的事我不干，那你们就按程序做吧。”

第二天，乔军刚上班，就被公安局带走。公司负责人只有曾金刚在，公安局就对曾金刚进行了说明，只是说需要乔军到公安局协助调查。曾金刚当即就把此事报告给了王玉珲，王玉珲让曾金刚盯着这事，看看还会有什么情况。曾金刚拿不定主意这事是不是告诉乔军的家人，他连忙叫来了王晓。王晓听了曾金刚的讲述后，竟把曾金刚的办公桌猛地拍了一下。她气愤地说：“肯定是王玉珲干的。你看清公安局的拘捕单没有？”

曾金刚说：“他们给我晃了一眼估计就是你刚才说的什么单子，我只记得去看下面的公章是不是真的，别的我没注意看。”

“那张单子上应该写着是以什么嫌疑罪的名义拘传他的。”王晓问。

曾金刚说：“那我确实没看清，那很重要吗？”

王晓说："欲加其罪，何患无辞。我是想搞清他们是以什么罪名抓他的，我们就知道怎么应对。"

曾金刚说："这简单啊，只要问问何疆民就行了。"

王晓说："你还不明白啊，肯定是王玉珲和何疆民俩人联手干的这事。他们惯于用这种方法对付民事案子。明天就要开庭了，我们眼看就要赢了。他们又使出这么狠毒的老招数，而且是对待老同学。"

曾金刚说："你说我们？"

王晓说："乔军的官司就是代表我们小股东的利益，一荣俱荣，一损俱损。乔军的力量已经耗尽了，我们不帮他，将功亏一篑。"

曾金刚说："你不能帮他！你帮他，就是在害王玉珲，你会彻底得罪他的。"

王晓说："你以为我们是在帮他吗？我们是在自救。这样吧，你什么都不要管，你就按照王玉珲的意思来处理乔军的案子。不过乔军被捕的事，你必须告诉他爸爸。其次你还得通知小喇叭、赵梦茹和彭洋，你干你的。"说完王晓就走了。

乔书记接到曾金刚的电话，他电话还没听完，就差点气得把话筒撂了。他心想我革命半个多世纪，怎么最后竟把自己的儿子革成了反革命。乔军竟成了罪犯，这怎么可能。堂堂雾水的老县委书记的儿子成了犯罪分子，岂有此理。乔书记立马找老干办要了台车，他要去找公安局长，他要问问他们凭什么抓他的儿子。

乔军妈妈非要跟着乔书记一块儿去公安局，乔书记就是不许。他说："我去办事跟一个尾巴，像什么样子。"

乔军妈妈说："这是我儿子的事，我要去。你以为你还在台上，带着我嫌丢脸。我是怕你出去，乱发火急坏了身体。我在旁边有个照应。"

乔书记拗不过她，只能让她跟着，乔书记一边风急火急地往外赶，一边念叨着："你跟不上，我可不等你啊。"

乔书记和乔军妈妈在老干院门口等了一会儿，乔书记在焦急地踱着步。一台黑色的豪华奔驰车从隔壁的"贵府官邸"开出来，车开到乔书记的面前停了下来。老菜农饱经沧桑的老脸露了出来，对方尖着个嗓门在大喊乔书记上车。乔书记想了想，知道老干办的车不好等，就招呼着乔军妈妈上了车。老菜农高兴地问："乔书记，上哪儿去？"

乔书记就像对司机说话一样说："去公安局。"

老菜农显然为乔书记坐上了自己的车感到非常高兴，他兴奋地对司机说道："乔书记要去公安局，有重要的事，快！"

乔军妈妈是第一次坐这么高档的车，她用手摸索着车上的装饰问：“老板！你这车可是台高级车。”

老菜农说：“什么老板，我是个卖菜的，乔书记经常照顾我的生意。这车是我女儿送给我的，我就坐着它去卖菜。也没别的事。乔书记对我可好了，每次买菜都多给我钱，乔书记才有钱呢。”

乔军妈妈说：“他是打肿脸充胖子，你才是叫有钱。住在我们隔壁的‘贵府官邸’，坐着豪车。”

老菜农说：“你可别笑话我，这车只配乔书记你们这样的身份坐。你看你们一上车，这红灯都没有了，一路绿灯啊。”大家都笑起来。乔军妈妈的手爱不释手地摸着车里沙发上的皮饰，乔书记使劲地拽了乔军妈妈一把，意思是不让她去摸那皮饰丢人现眼。车转眼就到了公安局，现在的公安局大门比乔书记在任时的阔气多了。大理石包裹着厚厚的门柱，自动伸缩门。还有一个宽大的执勤台，让人有点遗憾的是那上面站的既不是武警，也不是警察。而是一个站不直的保安神情呆滞地立在那里。保安见是一台豪华车，就没有拦，车径直开到主办公楼前。乔书记老两口下了车，老菜农还扯着嗓子在喊：“乔书记，我去卖菜了，车把我送过去就来接你们。”

一楼传达室有个穿着便服的中年胖女人在看着报纸，乔书记走了过去，轻声问：“同志，我们是来找局长的，他……”

胖女人眼睛都没有抬起来，就打断了乔书记的话说：“局长不在，下乡了。”

乔书记又说：“那找副局长也行。”

胖女人还是没抬眼睛地快速回答说：“副局长也下乡了。”

乔书记问：“有没有值班领导在？”

胖女人这时才抬起眼睛看了乔书记一眼，她才发现对方是个年纪比较大的老人。她说：“老人家，今天领导都不在，你还是先回去，改天再来吧。”乔书记直接说了自己的名字，乔书记以为这个名字一报出来，对方肯定会是如雷贯耳。但胖女人好像对这个名字一点都不熟悉，她反问道：“你刚才说你是谁啊？大点声说。”这一问让乔书记很失望，他不得不又大声说了一遍自己的名字。

乔军妈妈一看就知道再这样下去，乔书记会上火的，她急忙插话说：“他是雾水的老书记乔书记。”

胖女人“哦”了一声说：“是老同志啊，但是我们的领导都不在啊。”

乔书记的鼻子里“哼”了一下悻悻地往回走，这时大厅里进来了另一位老人。那位老人认出了乔书记，热情地喊着："乔书记！乔书记！"乔书记也认出了来的是公安局的老副局长。大家寒暄了几句，老副局长说："我家楼上漏水，我来过好多次了一直没有解决好，今天我又来找了。"

乔军妈妈说："好像局长们都不在。"正说着，一位穿制服的领导模样的中年人走了出来。

老副局长说："这不是局长吗？洪局长啊，这位是我们的老书记乔书记来找你了。"

洪局长赶忙紧走了几步，握住了乔书记的手说："大驾光临，有失远迎。"

乔书记有点不悦地说："迎就不要迎了，只要让我进去就行啊。你们的大门不好进啊，刚才我问你们的传达，她说你们都下乡去了，很会挡驾啊。"

洪局长说："今天是下面的一个治安现场会，我开了一半。市里要开紧急会议，我就赶回来了，老书记先到我办公室坐坐吧。"

乔书记屁股一坐下来，就开口了："我想问问我儿子的事，他是玉龙公司的副总，你们把他抓了。"

洪局长问了乔军的名字和大致情况，就直接打电话到法制处问这个案子的情况。洪局长面色严峻地了解了这个案子的详细情况。洪局长在电话里问："能不能取保候审？"对方说可能不行。洪局长就看了乔书记一眼，重复了对方的意思说："你说乔军有可能是主犯，现在还办不了取保，好了，我知道了。"洪局长挂了电话说："乔军可能涉嫌一起诈骗案，正在侦查，情况还没有完全搞清楚。你们刚才也听到了，乔军现在要取保都还不行。"

乔军妈妈说："说我们乔军干点别的事还有可能。但让他去诈骗，这有点太离谱了嘛。"

乔书记说："我们相信公安机关会秉法办事的，我们一家都是老党员了，这点党性是有的。但一定要请洪局长把好这个关，实事求是地办好这个案。按说乔军和我们这个家庭是不缺这个钱的。"说完乔书记两口子就先告辞了。

乔书记一走，洪局长又打了个电话给法制处，洪局长说："这个乔军的案子你们一定要慎重，严格遵循疑罪从无的原则。如果要送检，就一定要办成铁案，绝对要经得起推敲。你们让办案的经侦支队专题给我汇报一次。"

彭洋接到曾金刚打来的关于乔军被抓的电话，彭洋只是"哦"了一声。曾金刚以为电话里的彭洋没听清自己说的话，他又说了一遍。彭洋还是淡淡地说："知道了。"

曾金刚几乎对着电话喊了起来："你今天喝酒了吧。"

彭洋气愤地说:“你才喝酒了呢。”说完彭洋把电话挂了。彭洋一点都不奇怪，乔军一审胜诉。王玉珲送那四十万。接着王玉珲的上诉状到了，再接到北京的电话，王玉珲的上诉立马泡汤时，乔军被抓了。这些零散的事情都是被一件简单的民事官司引发的，而参与的人员都是彭洋熟得不能再熟的老同学。让彭洋最感到郁闷的是王玉珲送的那张四十万的卡，彭洋想自己还当王玉珲是在买黑马。实际上王玉珲是要买官司，当时彭洋心里确实充满了对老同学的好感。好在自己没要那张卡，真要是要了，那天王玉珲吃饭时就会开出条件来。如果是那样的话，那也没什么，只是让那种失望来得更快些，更直接些。也可能自己的介入还不会导致他俩的矛盾激化，至少自己可以协调他俩的矛盾啊。彭洋还是很自信能协调好他俩的关系的。

彭洋还有一点不太明白，这个北京的关系看样子是很有来头。市领导为一个普通的民事案批这么多的批示是很少见的。正是这些批示终止了王玉珲的希望，他甚至不愿意等到开庭就动了手。按说乔军不是一个愿意找关系帮忙的人，也可能是乔军的其他什么亲戚朋友找的关系，应该说乔书记还是有些老关系的。

如果没有这些批示，意见不是一边倒，彭洋都觉得还有协调的可能。事实上，彭洋在看完领导的批示后，就放弃了主动回避的想法。只要原被告双方都不要求他回避，他准备亲自来审这个案子的。他当然知道这个案子的难度，但只有把这个案子审得双方都满意，才能体现自己的水平。他就是抱着这个想法接的这个案子，可惜还没轮到他向老同学展示才华，这个案子就擦肩而去，彭洋很为自己失去这么一次机会闷闷不乐。他想过问这件刑事案，他要找出这件案子的破绽来，但是他不会对任何人说出来。他并不是想偏向谁，他只是觉得他俩的玩笑开得太大了，他必须要帮他们熄火。

第十八章　美人救英雄

THE EIGHTEENTH CHAPTER

乔书记说："这是大喜的事啊，我们家可真是悲喜交加啊。"

赵梦茹说："你们放心，一切都会过去的。既然是冤案，它就肯定会有破绽。有很多同学和朋友在帮乔军，乔军并不孤单。我们现在就要找最好的律师打赢这场官司。"

乔书记说："我要去市委，看他们下面是怎么胡作非为的。"

曾金刚没想到的是电话打给赵梦茹，引起的反响会那么大。赵梦茹首先好像是没有听清楚似的，又让曾金刚说了一遍。接着赵梦茹好像是对着跟乔军过不去的人大声地质问：“凭什么抓他？你们凭什么抓他？”

曾金刚大声解释道：“不是我们要抓他，是公安局来抓的他。”赵梦茹像个疯子似的嚎叫，曾金刚的话她根本就听不进去，曾金刚只能先把电话挂了。曾金刚在想平常这么淑女的赵梦茹怎么像一只丢失了狼崽的母狼一样，简直太可怕了。他本来还要给孙红梅打电话的，经赵梦茹这么一吓，他现在谁也不敢打了。

赵梦茹可是乔军的新娘，这是曾金刚怎么也想象不到的。这婚事还没办，新郎官就被抓进去了，这还了得。赵梦茹心想现在最重要的是救乔军，要救乔军，就得先搞清乔军是因为什么事进去的。不能再哭了，赵梦茹擦干了眼泪，站了起来。她嘴里念叨：“要冷静，要冷静。”然后她又拨通了曾金刚的电话。她尽力用平淡的声音问：“曾总，你还好吗？”

曾金刚猛地听到赵梦茹的电话，他一时没有听出是谁的声音。他问：“请问你是……”

赵梦茹尽量放慢语速地说：“我是赵梦茹啊。”

曾金刚很惊讶地说：“你怎么又变了一个人啊？”

赵梦茹说：“我还想问问乔军是什么事被抓走的，是哪个派出所抓的？”

曾金刚说：“我们也在调查啊，还没搞清楚。”

赵梦茹差点又火了，她努力克制着自己说：“你们太没用了。”说完她就把电话挂了。赵梦茹心想何疆民不是在公安局吗？我打个电话问问他不就行了吗？赵梦茹直接拨了何疆民的手机。

何疆民在问：“是谁啊？”

赵梦茹回答：“老同学赵梦茹。”

何疆民说：“大美人给我打电话，我艳福不浅啊。请问有什么事？”

赵梦茹问：“少废话，我问你乔军犯了什么事？”

何疆民说：“今天来的电话一半都是问乔军，他涉嫌诈骗。”

赵梦茹说：“你相信吗？乔军会诈骗。”

何疆民说：“我也不相信，但是据说有人举报了。”

赵梦茹问：“能不能帮个忙，我想代表同学们去看他一下。”

何疆民说：“大美人都愿意亲自探监，我也想被抓进去啊。”

赵梦茹说：“少贫嘴，你就说行还是不行？”

何疆民说：“老同学中也不是你一个人想看乔军，几个人都说了。去年看守所都还让看。今年出了几个串供的事，已经完全禁止了，我还真没有办法。”

赵梦茹说：“这可是你何疆民说的，要是我看到了，看你见了老同学怎么说。”赵梦茹就直接把电话给挂了。她觉得乔军这件事谁只要说不帮自己，便是跟自己过不去，她就来气，她就上火。她冷静一想，如果何疆民都说看不到，那可真有难度了。她在雾水市也算是个名人了，公安局以前搞什么活动都请过她帮忙做主持，公安局上上下下她认识一半。但她现在认为这些关系用不上。想了半天，她想起她幼儿园的一个家长来，那家长就是看守所的所长。每次看守所要值班他都要晚个几十分钟来接孩子，赵梦茹总是一个人守着孩子耐心等着他爸爸来接。所长每次晚来都说上一大堆充满感激的话，但每周照样还是要晚来一两次。

想到这儿，赵梦茹就有了信心。她想这话怎么给所长说呢，看守所不让探监主要是怕嫌疑人串供。只要自己跟被探监的人没什么关系对方就不会怀疑了。但她回头一想也不对啊，如果没什么关系那你来看他干嘛。所以还只能说有很深的关系，但那是以前的关系，跟现在没关系。想好了，赵梦茹就给所长拨了电话。对方听出是赵梦茹的声音，就着急问：“赵老师，是不是孩子有什么事？”

赵梦茹说：“孩子没事，我想找你帮个忙。”

所长顿时轻松地说：“你说什么事？”

赵梦茹说：“我想到你那儿看一个人。”

所长沉默了一会儿就问：“看谁啊？是你什么人？”

赵梦茹说：“乔军，是我的老同学。”

所长说："这个人办案单位专门打了招呼，没有他们的书面批准，是不允许看的，非得看吗？"

赵梦茹说："是我的初恋情人。"

所长马上热情起来，他说："赵老师是个重感情的人，我一定满足你，让你看到。"

下午赵梦茹拎着买来的一大堆东西，坐上了看守所来接她的专车，警车直接开进了看守所。所长让赵梦茹在一间提审室等着，他去把乔军提了出来。他把穿着黄色号衣的乔军带进审讯室，所长拎了拎赵梦茹送来的一大堆东西说："我得看看，等会我给你们。"所长虚掩门出去的时候说了一句："十分钟？"所长看了看赵梦茹为难的样子，就说："三十分钟。"

所长一出门，赵梦茹眼睛就红了，她心如刀绞，带着哭音说："你胡子好久没刮了，老长老长。"

乔军说："没有东西刮，再说刮了也不谈恋爱，给谁看呢？"

赵梦茹心痛地说："你瘦了，只怕是没吃的吧。"

乔军说："你今天来就是问我身体的？你可是我进来后第一位来探视的。"

赵梦茹马上醒悟过来，她看了看门口，说："办案的已经不同意任何人来看你，我来看你他们都不知道。我想问问你到底是怎么回事？"

乔军严肃地说："你听好了，如果我不被抓进来，第二天，中院彭洋那里就要开庭了，我已经在区法院一审中胜诉，二审我肯定也会赢的，他们就把我抓了起来。"

赵梦茹说："是谁啊？"

乔军说："是王玉琿和何疆民俩人合谋的。他们完全是陷害我，说我诈骗，利用我做的一笔失败的业务诬陷我。"赵梦茹让乔军给她说细一点，乔军就把来龙去脉都给赵梦茹说了一遍。

赵梦茹说："你放心吧，我一定会救你。"

乔军说："你把证据都拿到后，就马上请律师。律师是可以见我的，他们挡不住。"

赵梦茹说："在这里面没有挨欺负吧？"

乔军说："没有。何疆民来看过我，也专门给看守所打过招呼。"

赵梦茹愤愤地说："他是黄鼠狼给鸡拜年没安好心。今天我跟他通话，他装作跟他一点关系都没有。真看不出来。"

乔军说："你也不要太大意了，要注意安全。"

赵梦茹说："我不会怕他们的，我要给他们压力。我要让同学们都知道这件事，要他们没脸见人。"

就在此时所长推门进来了，他看了看赵梦茹一脸泪花就说："你这样我都不好把你带出去了。"

赵梦茹流着泪说："那我就谢谢你了，你把我俩关在一起吧，我真不走了。"

所长说："我把你关在这儿，我儿子就没人管了。我儿子要紧些，你还是去管我儿子吧。"

赵梦茹说："所长，我肯定管好你儿子。你也一定不要让我这位老同学在这里受什么委屈。"

所长立正了说话："赵老师，你就放心吧。乔军在这有什么事，你抽我儿子。这个包里的东西我看过了，收音机你要带回去。你的调羹、牙刷我们这都有。你的是不合规格的，你也带回去。"

最后赵梦茹流着泪对乔军说："亲爱的，我可能不方便再来看你了，你多保重。需要什么告诉所长，我会给你带来的，我等着你。"

赵梦茹出了看守所，就直接到了彭洋那里，她详细问了乔军一审和二审的情况，彭洋只是如实地讲案子，其他的情况他就不好多说。赵梦茹问："是不是乔军二审肯定会赢？"

彭洋知道这是个关键问题，如果说乔军不会赢，那乔军深陷囹圄和民事案就毫无关系，那会诱导想帮乔军的人得出错误的判断，这绝对不是彭洋希望看到的结果。但他也不能说一个自己主管的案子还没开庭就说一方会赢，一方会输，那也违背了他所信奉的职业道德。他想自己经常受到法律以外的东西来干预办案，今天为什么不能借助这些中国特有的办案特色来巧妙地化解这一难题呢？于是他说："按照法律的程序这个案子真还不好说。但根据领导们的签字，你也可以在市委市政府看到领导的批示，都是往乔军一边倒。你也知道我们办案的习惯，领导打的招呼很起作用的。你等一会儿。"彭洋出去了一会儿就复印了一张领导关于乔军和王玉珲的经济纠纷的签字来。他递给赵梦茹说："别说是在我这儿拿的。"

赵梦茹感动得直点头，彭洋送走了赵梦茹，他感到赵梦茹能这样帮一个老同学，真是一个重情重义的女人。以后对赵梦茹要另眼相看。他觉得好像还有什么可以告诉赵梦茹的，但他一时又记不起了。于是他给刚出门的赵梦茹打了个电话，告诉她，只要还有需要自己出力的，随时来电话。

赵梦茹去了乔军家，她认识乔军的父母，但他们不认识赵梦茹。赵梦茹本来打算结过婚以后再登婆婆家的门的。她实在没想到自己第一次上门竟会是在这种情况下。赵梦茹并没有在意对方是否明确自己的身份，重要的是她要拿到证据。她想只要取得两位老人的信任，能不说自己跟乔军的关系最好不说。于是她把见到乔军的过程详细地跟两位老人介绍了一遍。

乔书记说："我就知道是王玉珲捣的鬼，我早就提醒过他。要他防着王玉珲，他就是没有警惕性。"

乔军妈妈感谢着赵梦茹说："姑娘，难得你一片好心，谢谢你了。"

赵梦茹说："乔军还跟我说了，他跟蒋健的合同，还有告王玉珲的一审判决书都锁在办公桌里。他随身的一套钥匙已经被公安局收走了。他还有一套钥匙放在他的房间里。我准备给他找律师，需要这些原始证据。"

乔书记一听说对方是来拿钥匙的，准备到乔军办公室去拿证据。他看了看乔军妈妈，半天没吱声。赵梦茹一看对方犹豫，就有些急了。她说："你们可以跟我一块儿去开乔军的办公桌，我拿了什么证据走，都给你们写下来。"

乔军妈妈一看乔书记不吱声，就说："她是乔军的同学啊。"

乔书记说："王玉珲和何疆民哪个不是乔军的同学？"乔军妈妈顿时没了声音。

赵梦茹一看没有办法了，就从包里掏出了她的结婚证。她没有说话，把结婚证递给了乔军妈妈。

乔军妈妈疑惑地打开了结婚证，她看到乔军和赵梦茹的照片。她手上的结婚证掉到了地上，她掩面哭了起来。乔军爸爸捡起了结婚证，他也看到了里面的内容。他含着泪水对赵梦茹说："你是我们家媳妇啊，我们都不知道，我们怠慢你了。"

乔军妈妈一把抱住赵梦茹哭着说："别怪我们，我们真不知道，他这辈子终于找了个好媳妇。我们把他都催烦了。"乔军妈妈又翻开了结婚证说："你看你们是刚领的结婚证，你们还来不及告诉我们吧。"

赵梦茹也流着泪说："爸、妈，我们准备在同学聚会时再告诉大家的。不过到现在为止，你们二老还是最先知道的。"

乔书记说："这是大喜的事啊，我们家可真是悲喜交加啊。"

赵梦茹说："你们放心，一切都会过去的。既然是冤案，它就肯定会有破绽。有很多同学和朋友在帮乔军，乔军并不孤单。我们现在就要找最好的律师打赢这场官司。"

乔书记说："我要去市委，看他们下面是怎么胡作非为的。"

乔军妈妈说："现在已经不是那个时候了，现在什么事都要打官司，只有法院才能最终解决。"

乔书记就说："那我就去找法院的领导，这还翻了天了，现在还是共产党的天下。"

乔军妈妈立即带着赵梦茹到了乔军的房间。赵梦茹一进乔军的房间，就闻到了乔军喜欢用的古龙香水的味道，墙上挂着乔军各个时期的照片。墙角里是乔军的最爱，一套完整的户外徒步装备：登山背包、手杖、防潮垫、单人帐篷、睡袋、速降绳、登山靴。一个便携式的洗漱用品袋已经打开，悬挂在床头上，等待着主人随时使用。乔军的床很窄小，但乔军铺床的功夫赵梦茹可是第一次见到。绿色的床单，绿色的被子叠得就像豆腐块似的。赵梦茹只在电影中看过军人就是这么叠被子的。她猛地想起了读书时王晓就跟她说过，乔军的军人父亲就是从小把他当战士训练的。睹物思人赵梦茹不禁悲从心来，泪水情不自禁地往下淌。她擦了擦泪水，按照乔军告诉她的位置，很准确地找到了乔军办公室的钥匙。然后她对两位老人说："你们多保重，千万不要急坏了身体。我先到乔军办公室去。"

赵梦茹赶到玉龙公司门口时，玉龙公司已经下班了，大门已经关闭。只有一个小门让夜班工人上下班出入。进出小门的夜班工人，都要在指纹机上打卡，她根本就没有可能从小门混进去。赵梦茹望着正在建设的玉龙公司的门面，她不禁灵机一动。趁人不注意，她钻进了建设工地。工地里到处是杂乱的建筑垃圾，赵梦茹穿着高跟鞋艰难地在房间里穿行着。她好不容易从门面的二楼，找到一个可以进入院子的脚手架，她正准备从脚手架上爬下去。一声大喝："站住！"把她吓了一个激灵。

"干什么的？"张军从房间里冒了出来。赵梦茹被吓得全身颤抖，张军站到了她的前面。"这不是赵老师吗？"张军认出了赵梦茹。见赵梦茹还愣在那儿，张军自我介绍着说："我是张灿的弟弟张军啊，你以前还到我们家玩过。"

赵梦茹说："你那么大的声音，把我吓死了。"

张军说："我以为又是偷材料的来了。"张军不解地问："你来这儿干什么？"

赵梦茹只好搪塞着说："我来看看。"

张军说："你也买了门面啊，这是我建的，你买的是哪间啊？"

赵梦茹只好顺着话题说："就是下面的第三间。"赵梦茹知道今晚的计划已经泡汤了。

第二天一上班，赵梦茹就去了玉龙公司。她知道这玉龙公司肯定都是王玉珲的人，她怎么才能进入玉龙公司的大门呢？她想到了找王晓，但王晓从小就跟自己对着干。她肯定会幸灾乐祸的，而且不会帮忙。她肯定是不能找王玉珲和张灿两口子的，那就只有曾金刚一个人可以找了。曾金刚人不坏，但那是个窝囊透顶的男人。他肯定会告诉王玉珲的，也会告诉王晓的。现在最好的办法是打着见曾金刚的幌子，一个人潜入乔军的办公室。把东西拿到手后再去见曾金刚，这样可以全身而退。

想好了步骤，赵梦茹就进了传达室。赵梦茹说要找曾金刚，传达室就把电话接了进去。然后赵梦茹跟曾金刚通了电话，赵梦茹办完手续就进了办公楼。为了抓紧时间，她几乎是小跑上的楼，好在曾金刚办公室就挨着乔军的办公室，这让赵梦茹有充分的时间进入乔军办公室。赵梦茹很准确地拿着乔军的钥匙打开了办公室的门，然后她把门带关了。乔军和赵梦茹幽会时，下班后乔军带赵梦茹来过这间办公室，所以赵梦茹对办公室的摆设并不陌生，只是赵梦茹一直担心公安局拿着乔军的钥匙来搜查过乔军的办公室，把重要的东西都拿走了。赵梦茹很快地打开了乔军的办公桌。抽屉里正摆着赵梦茹要的东西，赵梦茹不禁大喜过望。她正准备把文件放进手提袋里，门突然被推开了。

王晓笑吟吟地走了进来，她反锁了门转过身说："我还以为是进了贼了，没想到大美人大驾光临了。"王晓装模作样地鼓了鼓掌。王晓又说："这里可是办公重地，自从乔军被抓走后，这里还没人来过。"王晓一把抢过赵梦茹手里的文件看了一眼说："大美人，这些可是可以要了乔军命的文件。你拿这些是想救他，还是想落井下石啊？"

赵梦茹从恐惧中慢慢镇静下来，她骂道："我就知道你们玉龙公司就是狼窝，没有一个好东西。乔军在与狼共舞。把东西还给我。"说着赵梦茹就准备上去抢王晓手里的文件。

王晓笑着说："别在这儿要你的大小姐派头，你即使抢到了文件。我只要喊一句，你能跑得出这个大门吗？"

赵梦茹一时愣住了，她不知道应该怎么办，这时赵梦茹的手机响了起来。赵梦茹一看是曾金刚的电话，她硬着头皮，只好接了。曾金刚问她怎么还不到，是不是走错了。她只好说："我碰上王晓了，正在跟她说话呢。"

王晓直接抢过电话说："曾总，赵梦茹在我这儿还有点事。过一阵才能过来，你先忙别的吧。"说完王晓就把电话给挂了，然后她把手机还给了赵梦茹。她问赵梦茹说："你为什么要帮乔军？"

赵梦茹反问道："都是老同学，为什么不能帮？有人可以害他，也会有人帮他。"

王晓说："你不一样，你是心疼他对不对？你从小就暗恋着乔哥哥，你一直暗恋着他，可惜你得不到他，你都想了一辈子了。你以为你是我们的校花，你就应该得到他，但是太遗憾了。"

赵梦茹气愤地说："王晓你真是一个小人，埋汰了我一辈子了。现在是什么时候了，你不帮忙就算了，凭什么还在这里冷嘲热讽的，可耻可鄙！"

王晓自嘲着说："我可鄙可耻吗？我是小人吗？凭你能帮得了乔军吗？"

赵梦茹说："肯定会有律师的，我只是今天按乔军的意思把证据拿走而已。这是乔军的物品，你必须给我。"

王晓一愣，她把手上的文件递给了赵梦茹，她半信半疑地问："这么说你见到了乔军了？"

赵梦茹知道自己说错了话，闭口不答。王晓说："把东西拿好了，跟我到我办公室去。"赵梦茹又把乔军的抽屉里搜了一遍。然后她硬着头皮跟着王晓去了她的办公室。王晓从抽屉里拿出了一叠早已准备好的资料，她递给了赵梦茹说："这上面有玉龙公司的章程和工商登记，还有几次公司股东开会赋予乔军作为营销老总拥有的权利的决议，可以证明乔军给蒋健签字放行完全是职务行为。还有……"

这时的王晓跟刚才冷嘲热讽的王晓判若两人。赵梦茹一时呆住了，但王晓仍然很职业地跟她交代着。赵梦茹一边默默地流着泪，一边听着王晓对资料的介绍。赵梦茹的泪水里充满了受惊后再被援助的惊喜，也浸透了对王晓误解的自责之情。王晓把情况介绍完，就对赵梦茹说："你快把眼泪擦干净吧，等会儿曾金刚还以为我欺负你了。还有一点，你不要把什么想法都给曾金刚说，包括我的这些资料，你跟他公事公办就行了。他不会为难你的。"王晓又压低声音靠近赵梦茹的耳朵说："这事你不用怕，害乔军的人心都是虚的。他们不会跟你公开叫板，关键问题是你能不能推翻指控乔军的证据。"

赵梦茹压根儿就没有想到，王晓竟然对乔军的案子了如指掌。而且最重要的是她了解乔军案子的命脉。她还没搞清楚王晓为什么会对乔军的案子有这么深的了解，是因为他们都是一个单位的同事吗？抑或是王晓打抱不平，还有就是王晓与乔军有什么共同的利益关系？但是这些都不重要，重要的是王晓在这个时候是愿意帮助乔军的。她就是自己的同盟军，她就是自己可以信任的人。赵梦茹惊恐不已跌跌撞撞一路走来，只要出现任何一个哪怕是同情乔军的人，她都觉得异常温暖，她都有种找到家里人的感觉。即使她从小与王晓是格格不入的。但只要她愿意帮助乔军，赵梦茹对她的成见就可以一笔勾销，她就是自己最亲的人。

赵梦茹兴奋地对王晓说：“那你能不能跟我一块儿去见律师？”

王晓想了想说：“可以，但你一定得对我的身份保密。我只能在暗处帮你，你理解吗？”赵梦茹点了点头。王晓又说：“你在明处没关系，你是代表全体老同学，没人敢跟你直接对抗的。”王晓看赵梦茹的情绪渐渐稳定下来就说：“我们的晚会，这主持人男的抓进去了，女的还得顶住啊。”

赵梦茹说：“你放心吧，我今天把证据收集好，明天把律师落实了。我还会去盯我们的节目的，那是我们几十年才做一次的大事，我一定不会马虎的。”

第三天，赵梦茹见到了律师，她把乔军父母的委托书递给了律师。赵梦茹权衡了利弊，自己在这个案子中以老同学的身份出现效果是最好的。她也说服了乔军的父母，两位老人也完全同意了她的想法。于是给律师写出来的委托书都是以乔军父母的名义开出来的。赵梦茹按照约定打电话请了王晓过来。赵梦茹一边让律师看完所有的资料，一边等待王晓的到来。

王晓来了，她才发现这位律师是自己的熟人。当初她把他介绍给王玉珲，就是要接乔军告的那桩民事案子。律师对赵梦茹说：“上次王玉珲的案子我没接，因为我当时就告诉了他，乔军作为原告很有可能赢。我即使要帮王玉珲打，可能也只是走走流程，赢不了，他就放弃了请我。”这位律师很有点职业道德，他只是把王晓知道的信息说了出来。王玉珲出高价想通过他买通法官的事，他一点也没说。

王晓说：“赵梦茹，如果你认为请他不妥的话，你也可以再找。”

赵梦茹说：“这倒没什么，再说他也没接王玉珲的案子啊。这样更好，可能他比别的律师更加了解案情。再说这个案子也不会跟王玉珲打交道，我觉得就定他了。”

寒暄了几句，大家就进入了正题。王晓说：“如果没有前面的股权之争，就不会有乔军的入狱。只有让乔军进去了，民事案才可以停下来。王玉珲股权的操纵权才不会丧失。再说，蒋健是乔军带着人去抓的，他怎么可能是蒋健的同谋。乔军是主管营销的老总，根据股东会议纪要，销售付款的审批权早就赋予了乔军。只要有他签的字，对方即使不付一分钱，也可以把货拉走。这是他的职务行为，怎么反而变成了他诈骗的证据了呢？”

律师说：“你们愿意把案子交给我，我很感谢。但是，到现在为止，我觉得你们慢点定律师的好。因为我对此案的意见还没有说出来，王玉珲就是等我讲完我对案子的看法后，才放弃请我的。”律师几句话，让赵梦茹和王晓有点吃惊，她俩面面相觑，有点茫然。

王晓有点紧张地说：“行，你先把你对这个案子的看法说出来听听。”

律师说：“这个案子我听你们描述了。从你们的角度，你们觉得蒋健一个人指证乔军，可能会证据不足。但对方的证据链完全可以形成，乔军的刑拘是完全可以执行的。至于法庭判决的结果，这就要看我们的证据是否充分了，是否能推翻对方的证据链。”

赵梦茹听完律师的观点，满怀的希望就像一团火被一瓢水给浇熄了。她这几天天天只想着乔军会无罪释放，她根本就没想过乔军还有可能冤沉大海，还有可能真的出不来了。此时的赵梦茹真有点绝望了，她对乔军真要被判刑从来就没有思想准备。她还等着乔军出来可以马上跟她结婚呢。但是现在一切都会化为泡影，赵梦茹真的不能接受这个惨烈的事实。她一直在阻止这样的情况的出现。她一生当中从来都没有碰到过这样严峻的事情，她甚至讨厌这样的事情。平常看电视，只要看到这些犯罪的社会新闻，她都是马上就调换频道。她觉得自己的生活里就不应该有这些乌七八糟的事发生。她焦急地问律师：“那你的意思，我们的无罪辩护可能不会成功，乔军真有可能被判刑？”

律师点了点头，说：“实际上律师在刑事类的案子中是最没有作为的，这是目前法律的客观现状。”

赵梦茹带着哭音说：“你能不能再想想办法，再看看案子。”

律师只是用一双带着职业微笑的眼睛注视着赵梦茹，表示着他的观点没有任何改变。此时的王晓也是心中一凉，虽然她从一开始就没有赵梦茹那么乐观。但是当她听到律师的最终表态，还是感到了极度的失望。她之所以没有赵梦茹乐观，是因为她曾经按照王玉珲的指示，作为工作协作曾多次配合何疆民用刑事手段帮玉龙公司处置欠债的销售商。她了解他们的手段，他们行事之前肯定是要经过周密谋划的，在法律上的准备也会相当充足。每一次行动，可以说何疆民和王玉珲都没失过手。应该说这次他们对待乔军虽然是无奈之举，但他们对付的是公司内部的高管，而且都是同学关系。万一有什么闪失，他们是很难洗干净自己的。因此可以想象他们的准备工作比以前的会更加周密，法律上所有的缺陷他们都会预先回避。

王晓对律师说：“这个案子虽然你有些案前的看法，但也还仅仅是看了我们这里得到的部分证据材料。还希望你也以律师的身份到办案单位再去找找证据。你也应该去见见乔军，听听他的陈述。我们还是会请你来做这个案子。我们不会因为你说了一些与我们的预期有些背离的观点，就改请律师。”

律师说：“如果你们这个时候仍然愿意请我给乔军做辩护律师，我将尽最大的努力做好这次代理。今天我会马上开展工作。”双方签完字后，律师就先到经侦支队去了。

赵梦茹哭着对王晓说：“你说为什么我的命会这么苦啊，乔军真的就没得救了。”

王晓说：“只能说你这个老同学的运气不好，刚开始就碰上了不顺。但你是对得起乔军的，你已经为他出了大力了。下次见了乔军，我一定会告诉他的。”

赵梦茹听王晓这么一说，知道自己刚才话说多了，王晓还没有听出来。王晓又说：“对付他们可能仅仅依靠法律还是不够的。因为他们也是依靠强权和法律两条腿干的事。”

赵梦茹说：“那你说还有什么好办法？”

王晓回过头来笑了笑说：“我了解他们，不过光靠我们这些懦弱女子，可能还斗不过他们。可能我们都要好好再想想，看看有没有更好的办法。反正上庭就由律师去干了，我们也帮不上忙。但是有一点，我们现在要对他们形成舆论上的压力，要让他们生活在舆论中间。我们应该放风出去，就说是王玉珲和何疆民陷害乔军，要让老同学都知道，这样就会迫使他们不至于太明目张胆。甚至动员大家去做王玉珲和何疆民的工作，特别是要请杨老师出面，帮我们做工作。”

赵梦茹说：“我们也不能给杨老师提供什么证据，杨老师有话也说不出口啊。”

王晓说：“未必就是你说的情况，杨老师是多聪明的人，让他去做工作是最合适的。”

赵梦茹说：“这个主意好，我要跟小喇叭先说，让她先广为散布。然后我会请杨老师出面，替我们来跟王玉珲和何疆民谈判。太好了，你说得太到位了。”

王晓说：“你要想让我继续做牛魔王肚子里的孙悟空，就还是不要把我说出来的好。”

赵梦茹说：“好！我在明处，你在暗处。等乔军出来后我一定要让他好好谢你。”王晓心想，你让他来谢我，你算什么啊？我还是他的前妻呢，我让他好好谢你还差不多。再说这些事我还真是为了我自己，我只是客观地帮了乔军而已。不过乔军倒真是应该好好谢谢赵梦茹，这个女同学还真是个有情有义的女人。可惜我不是乔军，我是乔军，找这样的女人做老婆也未尝不可。

赵梦茹与王晓分手后，就立即约了孙红梅见面。赵梦茹见了孙红梅就一五一十地讲起乔军和王玉珲、何疆民之间的恩怨来。孙红梅直听得杏眼圆瞪，怒火中烧。在赵梦茹的讲述过程中，孙红梅只是间或加上些“真的”“太过分了”“是吗”等等惊叹词表示着自己对这条信息的重视。她也不问消息的来源，也不想再找另一方求证，她已经等不及了。她好像生来就等着熟人里有这种偏激或不近人情的事情发生，她就是一天到晚在等待着这样的消息传到她的耳朵里来。她必须不过夜地把这些消息传达出去而后快，然后她就觉得找到了生活的价值。每传达一次可能都要加上自己临场的一些发挥，加上一些自己的想象。她就是在这样的传播中享受着那种口述的快感。实际上女人中的很多人到了这个年龄都喜欢享受口口相传的乐趣，在传播一些亲戚朋友的喜事或倒霉事里获得快感。当然倒霉事比喜事可能更具备传播价值，就像负面新闻在媒体的资讯中最具新闻价值一样。

王玉珲、何疆民合伙把乔军送进大牢的新闻不到半天工夫就基本上传到了几乎所有老同学的耳朵里。孙红梅这小喇叭的作用太大了，她就相当于同学圈子里的中央电视台。什么消息只要经过她发布，传播的实效便大大提高，感情成分也会被浓浓地加深。但同一条消息可能会多了几种版本。不管怎么样，王玉珲慷慨为同学聚会捐款的好感顿时被乔军入狱的消息击得粉碎，王玉珲苦心经营的个人品牌价值瞬间土崩瓦解。王玉珲听到这个消息是张灿讲的，何疆民的消息来源又是听王玉珲说的。

王玉珲和何疆民早就有思想准备，知道这样的舆论迟早会来的。但他们没想到竟然会出现这么丰富的版本：有说是王玉珲因为股权官司快要被乔军打输了，就借助何疆民之手把乔军给抓了。还有说乔军要为同学聚会捐款，王玉珲实际上是反对的，最后闹上了法庭、闹进了大牢。也有说王玉珲靠着乔军的技术把玉龙公司做大了，现在是卸磨杀驴独占股权的时候了。甚至还有说王玉珲的父亲当年被乔军的父亲整下台的仇，王玉珲一直没报，是因为他的实力不够。但他为了复仇精心准备，卧薪尝胆，甚至不惜花重金把乔军搞到自己的身边。直到今天他准备就绪才开始了复仇。据说王玉珲就像《基督山伯爵》里的伯爵一样手上还有一张要一一复仇的仇家名单，他要在他父亲死之前，把这些仇家一个个都了了。名单里甚至包括了在校办农场那天晚上所有发言批判他的同学。最邪乎的消息是说前几年死于车祸的原农场的老场长，实际上就是死于王玉珲和何疆民策划的谋杀，车祸只是伪造的现场。至于何疆民和王玉珲能勾到一起，都是友谊加金钱的结果。

王玉珲和何疆民被这条消息的版本丰富性和杀伤力震惊了。张灿是从不同的同学甚至一些外面的人那里听到的。每听一次，版本都不一样。所以张灿为了收集这些不同的版本也请了不少的客，终于把这些流传的版本都摸了个底。王玉珲开始怀疑是有人在故意造谣，散布小道消息。但王玉珲知道没有谁有这么丰富的想象力，一个人能臆造这么多的版本。这肯定是加入了很多人的想象，这些想象除了仇富心理以外，是不是代表着一种民意，他们都支持乔军，支持弱者？

何疆民则认为，不管哪种版本看上去都是倾向于乔军的。实际上这些版本都是基于同情心想象出来的。如果是你王玉珲关在里面，那么所有的版本同样会同情你，同样会仇视乔军。他们都不是仇富。

王玉珲说："他现在倒愿意是乔军，赢得全体同学的支持。他曾经为大家做了那么多的好事没一个人记得自己。甚至这次捐款完全是自己在股东会上据理力争，才争取到的，现在倒成了乔军来当好人了。恰恰就是乔军最反对此事。再有前王县长从小就教育我要有感恩的意识，就怕我对乔军一家有什么恶意，影响我与乔军的关系。现在倒好前王县长吃力不讨好，股权都是我送出去的，我什么时候想到过收回了？老场长死了也算在我偷看女同学洗澡的账上，这他妈太冤枉人了吧！"

何疆民说："像你王总做到这个地步了，难道你还在乎人家的几句议论吗？你做事从来不会这样婆婆妈妈。现在像变成一个女人似的，患得患失。"

王玉珲说："我对外面跟我擦肩而过的生意伙伴或者是社会上的酒肉朋友的负面舆论确实不放在眼里，但同学圈子不一样。这个圈子从你小的时候开始，它就包围着你，它会陪伴你的一生。没有谁可以超越这个圈子，你不能视而不见。你可以傻乎乎地视而不见，但是你的形象永远是生活在他们中间的。这个圈子你本人跑不出去，甚至是你的家人都会深受影响。我们这次可能亏大了。"

何疆民说："现在总不能打退堂鼓吧，也没有退路可走。我们首先要摸清是谁在推波助澜，到底是民意如此，还是有人在故意作乱。"

王玉珲说："是啊，以前我们也预计过，按说不会有这么大的反响的。可能是有人在帮乔军。"

何疆民说："帮乔军，谁都愿意帮乔军，包括你我。我们也愿意啊。关键问题谁会动那么大的心思去帮他，这种关系要不就是跟乔军完全不一样的关系，绝对不是同学关系。像这种关系我们预计过，应该没有。还有一种情况帮乔军就是因为对我们满怀仇恨，对你或对我，这才是我们需要了解的。"

王玉珲说："你说得对，从张灿那边来的消息基本上是从小喇叭那里来的。但肯定她不是消息源，后面还有人。"

何疆民说："这个容易查，小喇叭是个消息留不住的人。只要查查她那天的通话记录，我就会知道结果的。"

何疆民把孙红梅的电话详单调了出来，这天跟孙红梅最早见面的是赵梦茹。这让何疆民有些摸不清了，赵梦茹只是个幼师，她帮乔军干什么。虽然她对乔军很有好感，但是在周老师家见面乔军送赵梦茹回家的那一次可以看出，他俩以前也没有什么接触啊。这同时也让王玉珲和何疆民俩人都松了一口气，他们觉得赵梦茹一个幼师也闹不出什么事来。

第十九章　杨老师出手

THE NINETEENTH CHAPTER

何疆民说："我看看案卷，看看还有什么地方可以做文章。有些乔军的口供，看能不能提醒他换个角度说。当然，我也不能出格。我这个乌纱帽还不能丢。"

杨老师着急地说："什么乌纱帽，乔军马上就要身败名裂了，你还惦记着你的乌纱帽。何疆民我跟你说，乔军这件案子我听明白了。关键是在于你整的材料，你的材料越扎实，乔军就越是在劫难逃。你的手头软软，乔军就有可能重罪轻罚。"

晚上，让王玉珲有点奇怪的是杨思冲老师竟然打电话过来，要请他吃饭。王玉珲心想杨老师这个时候找自己，肯定是赵梦茹找过他了，他是来当说客的。正好自己还想找个地方申述，杨老师来了，他不讲这事则罢了，只要杨老师谈起这件事，那就一定要把自己洗干净。

杨老师和小田老师今天是安排在雾水河上吃饭。雾水人谁都知道，这雾水河上请客一般都是很正式的客人才在这里吃的。这里的菜贵而且不还价，是历来的规矩。杨老师选择在这里吃饭，看样子是很正式的。王玉珲在包间门口碰上了彭洋，看来杨老师把彭大法官和自己一块儿请了，让王玉珲有点摸不出头绪来。杨老师和小田老师已经到了，两人正在点着菜呢。杨老师见彭洋和王玉珲进来了，就把点菜本递给了小田老师，让她继续点。自己则招呼着王玉珲和彭洋坐了来下，杨老师开始跟两位学生聊起即将到来的聚会活动的准备情况来。一会儿何疆民也到了，杨老师连忙招呼着何疆民。他说："一段时间没见你，肚子又大了一圈。"

何疆民抱怨着说："自己无能，搞不大别人的肚子，只能搞大自己的肚子了。"

彭洋说："小田老师在啊，说话注意点。"

杨老师倒笑着说："你们几斤几两，小田老师难道还不了解？"

小田老师说："现在的小田老师可不是当初随便就被你们气得哭鼻子的了。"

杨老师说："王玉珲就好，应酬肯定少不了，体型却没有变化。你们这个年纪要注意身体了，现在的毛病大多是吃出来的，管住了嘴就保住了身体。"

彭洋说："那看样子今天杨老师和小田老师肯定是来残害我们的，少点几个菜吧。天天都是大鱼大肉。"

小田老师说："我很民主的，我把菜名给大家报一次，有不同意见可以修改。"小田老师接着报起菜名来，大家只说多了多了，减掉几个。

杨老师对服务员说："快拿去吧！"

王玉珲开着玩笑说："今天杨老师在这里请客，搞得大家都好像不像师生关系似的。总觉得有点别别扭扭的，好像是在陪什么重要客户吃饭。"

彭洋也说："我也有这个感觉。"

何疆民开着彭洋的玩笑说："你的感觉是不是像在跟被告和原告吃饭似的。"

彭洋也回应着说："那你的感觉是不是跟犯罪嫌疑人的朋友吃饭似的。"

王玉珲瞪了彭洋和何疆民一眼说："看你俩怎么说话的，把杨老师说成什么了。"

杨老师笑而不答，他说："小田老师你帮他们把酒斟满！"

杨老师的话音还没落，三位学生齐刷刷地站了起来。他们都说："不行！不行！我们自己来。"

杨老师招了招手，摆出了当年老师的神态说："你们都坐好，小田老师给你们倒一次酒也不是多大的事。听我的，倒！"这时候三位同学都感觉到今天好像有点不一样了。三人面面相觑，不知道杨老师葫芦里卖的是什么药。

等酒都斟满了，杨老师端起了酒杯，三位同学也连忙端起了酒杯站了起来。杨老师说："大家不必拘礼，都不要站，轻松吃饭，不站简单。"等三位同学都坐了下来。杨老师继续说："今天我请客的身份不是以你们的老师身份，以老师的身份我就不会来这里请你们了。还是何疆民和彭洋说对了，我就是以被告和犯罪嫌疑人的家属的身份来请你们吃这顿'鸿门宴'的。"

三位同学都同时感受到了压力。特别是王玉珲和何疆民，虽然他们是久经江湖，但是他们面对的对手是自己的老师，他俩也感到未曾有过的压力。王玉珲心想大家都把乔军当成自己的下饭菜了，本来请我来吃这个饭就不对头。但王玉珲可能更自信些，他早就考虑好自己的腹稿了，他只需打开话匣子就行了。

实际上何疆民出门前，就觉得今天的饭菜肯定是跟乔军有关。何疆民已经跟局一把手洪局长汇报过了，洪局长比任何人都关心此案，他在听取何疆民的汇报时。几次揭开茶杯盖，想喝口水，但那茶杯几次端到了嘴边又都放下了，他的注意力完全放在了听何疆民的讲述上。看得出洪局长是个很害怕老干部的领导。既然连洪局长这一关都过了，何疆民就不担心这个案子还会有什么瑕疵，还会发生什么意外。何疆民心想大不了像对洪局长汇报一样再给杨老师汇报一次。何疆民早已预料到杨老师肯定会为乔军来鸣冤叫屈的。

三人中只有彭洋是最坦荡的，他实际上早就打定了主意要帮乔军，他只要考虑在证据上怎么去找出漏洞来就对了。但是在今天的酒桌上，面对着王玉珲和何疆民，只要自己打算帮乔军，这两人就注定是自己的对手。今天的关键倒不是面对杨老师怎么去表态的问题，表态还可以另找时间再跟杨老师说。关键就是不要表露自己的思想，不能让王玉珲和何疆民掌握自己的任何想法，掌握自己的下一步打算。今天就是要装糊涂，装糊涂彭洋是有绝招的。那就是拼命给自己灌酒，谁都知道自己贪杯。但谁也不知道自己什么时候是清醒的，什么时候是糊涂的。酒可真是好东西，他让自己想躲就躲，想说就说。

杨老师接着说："作为乔军的老师，乔军真要被判了刑，我肯定是不好受的，也是不愿意看到的。乔军的案子跟你们三位可能都有点关系，所以才请了三位来。既然是我的诚意。我当然就不能以老师的身份来压迫你们跟我一样的为乔军排忧解难。因为我帮乔军关系很简单，师生关系，帮完他后不会对自己留下后遗症。不像你们要么是制度上的，要么是法律上，都会或多或少的留下后遗症。今天我不是来勉强各位。只是希望在力所能及的前提下，在不违反原则的基础上，帮乔军一把。我会记得你们，乔军更会记得你们。先说王玉珲这一块儿吧。"王玉珲一听杨老师指名道姓地提到自己，今天他可是提起了十二分小心，聆听着杨老师说的每个字。

杨老师继续说着："不管乔军诈骗了公司多少钱，我希望你以及玉龙公司要原谅他，要放他一马。因为乔军跟你的关系不一般，你们是同学，是一个战壕里拼杀出来的。有这种感情的同事关系，我相信是非常少的。这不需要我多说，我觉得你可以原谅他，也应该原谅他。至于对玉龙公司造成的损失，我想只要可以用钱来抵消的事情那是最简单的事了。乔军毕竟是股东，他有这个能力偿还这些钱。"王玉珲本来以为杨老师会替乔军做无罪辩护的，但杨老师首先承认了乔军有错在先。王玉珲觉得自己开始准备好的台词都有点文不对题了，用不上。他不好说什么了，也说不出什么了。他总不能说连原谅乔军的错误都不可以吧，他也不能说乔军的事与自己没关系，自己帮不上忙吧。

杨老师又继续说："至于说怎么帮乔军更有效些，我真还不知道。是不是把自己的损失报少些。或者写个担保函，讲讲乔军的一贯表现。实际上乔军真要被判了，损失最大的还是玉龙公司，我说的不是经济上的，我说的是信誉上的。如果连公司堂堂的副总都是一个诈骗犯的话，可以想见玉龙公司的声誉何在？"杨老师说完就看着王玉珲，显然他想听听王玉珲的意见。

王玉珲现在只能放下自己早已准备好的台词，他只能顺着杨老师的意思予以回答，杨老师的话里可没有半点需要自己解释的地方。王玉珲说：“杨老师关心乔军的事就是关心我们玉龙公司，我代表玉龙公司的全体职工感谢杨老师的这片好心。杨老师都能为乔军这么说话，我们玉龙公司还有什么可说的，按照杨老师的意见办。别说只有一车电池，就是再多点，我们也应该舍弃这些钱财，保住人啊，乔军可是我们公司的宝贝。当年为了把乔军拉进我们玉龙公司，我们可没少下力气。今天为了保住乔军，我们照样可以舍弃。我回去后马上跟大家商量商量，看看怎么来做这件事。我想按照杨老师的建议可以从这几个角度来努力，第一从财务的损失数量上，第二从乔军的一贯表现上，第三写个担保函，可否让乔军取保候审。”说到第三时，王玉珲是看着何疆民说的，从阴谋的角度来说，这事前他俩没商量，他不知道这么说会不会让何疆民觉得难堪，会不会让何疆民暗地里骂自己两头做好人。从“阳谋”的角度来说，他确实不了解取保候审需要什么条件，他只能是看着何疆民的脸色来说这个话，何疆民好像并无反应。王玉珲又接着说：“当然，怎么利用法律的空子，何支队和彭大法官是专家。听听他们的意见，说不定还会有更多的办法。”

杨老师说：“王玉珲说得很好，像个董事长的话。当然，乔军已经都关进去了，王龙公司现在可能也只能做些外围协助性的工作了。最能给力的可能还是办案和判案单位。”

何疆民笑着插话说：“最能给力的是法院，公安只是‘打手’。法院说有罪，我们就关人。法院说无罪我们就放人。”

彭洋说：“现在案子在你手上做，证据做不做得扎实，全在你用不用心。”

王玉珲说：“你俩不要相互推诿，听杨老师说完。”这话被大家一插，刚才还略显沉闷的气氛被打破了。

小田老师说：“我们边吃边聊。”

彭洋说：“你们都不吃，我一个人喝闷酒。这菜点多了是腐败，不吃是浪费。毛主席说贪污和浪费都是犯罪。”

大家再注意看时，彭洋把个酒瓶一人拽在手里，酒都下去了大半杯了。杨老师指着彭洋的酒，大家都笑了起来。杨老师继续说：“彭洋和王玉珲读书时，是最调皮的，我每次都是点到为止吧。因为我认为，人都是可以教育的，否则还要我们这些老师干什么呢？人犯错都是一时的冲动。关键是要看这个人的本质，看他一贯的思想逻辑。为什么有些人犯了罪，说给他熟悉的人听。熟悉他的人就会说，这个人怎么会做这样的事呢，这就是逻辑使然。当然法律是不讲思想逻辑的，只讲当下你犯了什么罪，按照法律此罪应该承担什么处罚，你就受什么罚。”

小田老师插话说：“杨老师，你是不是讲得太远了，又跑到酒桌上上课来了。他们可不是中学生了，他们都是法律界的精英了。”

彭洋说：“小田老师，你还别说。我干了几十年的法律。倒是第一次听到把教育和法律的功能分得这么清的。”

杨老师又说：“我也只是在一些大概念上有些见解。我说的意思，你们虽然是执法者，能不能在执乔军这个法的时候多点宽容。虽然你们不是教育工作者，但是你们了解乔军的为人，了解他的思想轨迹。乔军能坏到什么地步，你们心里都有底。当然人情是不能取代法律的，但是作为现在的中国人，又有谁不会被情感的因素影响呢？我说完了。”

何疆民看了彭洋一眼说：“彭大法官，你说吧。”

彭洋喝了一口酒头都不抬地说：“你说。”

何疆民就说：“在老师面前，我们也没有什么弯子可以绕，我首先要说些真话。前天，我跟我们洪局长汇报过了乔军这个案子。”看到杨老师不解的样子，何疆民就解释说：“洪局长是我们市局的一把手。乔军这个案子本来不是一个什么大案子，为什么洪局长会过问呢。我们洪局长曾经被老干部告过，差点就阴沟里翻船，所以他对老干部是比较畏惧的。乔军出事后，他父亲乔书记亲自到了我们局，找了洪局长。洪局长因此对这个案子就重视起来。洪局长的指示，证据不足就马上放人，证据确凿就要办成铁案。”

杨老师听到这儿，不禁精神紧张起来，他插着话问何疆民：“那证据到底怎么样呢？”彭洋还是自顾自地喝着酒。

何疆民说：“证据到现在为止，定乔军的罪是绰绰有余了。”

杨老师不禁失声叫了起来：“啊！”他的脸上一时变得灰暗起来。

何疆民说：“而且有些东西重新调整都很麻烦，因为洪局长都知道了。”何疆民一看现场气氛突然显得尴尬起来，又说：“当然我认为在这个案子里我还得想办法把乔军的罪责办得轻些。这也需要王董事长的配合，也需要彭大法官的最终一锤定音。让乔军受到的处罚减至最轻。”

何疆民这些话好像说乔军的案子已经定了性，乔军的刑罚肯定是免不了的。只是通过大家的努力可以把受到的处罚降到最低。这何疆民是个应付讲情人的老手，只要经过他办的案子，抓照样抓、关照样关、饭照样吃、礼照样收、案照样办、判照样判。之所以他敢这样做，就在于当事人没有几个有这专业知识的，自以为找到了办案的负责人了，什么事情都可以搞定了。何疆民对付这些人的办法首先就是在第一时间把来办事的人的预期降到最低，给你把事情的后果说到无穷大，说到不能挽回的地步。然后他就会跟你说他肯定会尽最大努力来把此事的风险降低。最后等法院判下来后，他都会说是他的功劳，实际上他可能什么都没有做。就拿乔军的这个案子来说，照何疆民所说，这案子以后不管判决是什么结果，都是因为做了工作才争取下来的。然后他又在老师面前可以摆功，是以何疆民为首的老同学帮的忙，而且大家今天都见证了。事实上很多人情何疆民只是嘴上认了，实际情况他什么都没干。只是按照他的职务行为按部就班地行事，然后干等着那帮傻呵呵的当事人的亲属上门答谢。

杨老师不死心地继续问着何疆民说："那你准备怎么做？"

何疆民说："我看看案卷，看看还有什么地方可以做文章。有些乔军的口供，看能不能提醒他换个角度说。当然，我也不能出格。我这个乌纱帽还不能丢。"

杨老师着急地说："什么乌纱帽，乔军马上就要身败名裂了，你还惦记着你的乌纱帽。何疆民我跟你说，乔军这件案子我听明白了。关键是在于你整的材料，你的材料越扎实，乔军就越是在劫难逃。你的手头软软，乔军就有可能重罪轻罚。"

何疆民说："这材料哪是我写出来的，那都是有证据支撑的。那都是笔录，当事人的口供，这个可以问问彭大法官。"

杨老师调过头来对彭洋说："彭洋，你也说说你对这件事的看法。"

彭洋就说："乔军是我们的同学，你杨老师都这么热情相助，我们肯定是义不容辞。因为杨老师今天可以这样帮乔军，明天就可能同样地帮助我们任何一个同学。我衷心地代表同学们感谢杨老师，以酒为敬。我干完，杨老师随意。"彭洋连干了三杯。然后彭洋说："乔军这个案子，我还没看到，法官如果看不到案卷，就没有任何办法来断案。即使案卷出来了，这个案子的管辖地也不在中院。当然，我可以打打招呼，说说好话，但是我所有工作都得等到案卷出来。"

杨老师顿了顿说："何疆民我得给你说清楚，我不管是什么红局长还是黑局长。乔军这个案子你肯定是要帮忙的，而且要帮得老师同学们都满意。就是你的乌纱帽，我觉得现在也不是理由。"杨老师已经有些急了，说了跟他平常的作风有些不一样的话。

大家吃了一阵子，何疆民要方便，就出去找洗手间去了。彭洋说："我也不行了，我得去。"

彭洋进了洗手间，就对何疆民说："兄弟啊，你是任重道远啊。搞好了，就是你的功劳；搞差了，你跳进黄河也洗不清啊。人言可畏，不要出格。"

彭洋含混不清地说着这些话，说完就走出了洗手间。何疆民想了一会儿才明白彭洋的意思，他追了出去，拦住彭洋有点正儿八经地问："你说不要出格是什么意思？"

彭洋喷着酒气地说："我的意思你要按照法律的程序办，不要出格，否则会给自己找麻烦的。"

何疆民说："找什么麻烦？"

彭洋说："丢乌纱帽拉。"彭洋说完转身就进了包间，留下何疆民还傻站在走廊里发愣。

第二十章　王玉珲被绑架了

THE TWENTIETH CHAPTER

何疆民立马去了玉龙公司，张军和张灿已经在王玉珲的办公室等着他了。何疆民说：“玉珲八成是被绑架了，这是他的手机。”

接着何疆民又说：“我首先要问昨天是谁派的客车，客车开不进小区，停在小区外。才导致王玉珲步行途中被绑架的。”

张灿喊来了王晓，王晓说：“昨天人多，小车坐不下，董事长就派了大车。”

酒宴散了后，王玉珲打电话给何疆民，说要出来坐坐。于是两人就近找了家僻静的茶馆。点好茶后，服务员送了进来。王玉珲就对服务员说："我们不叫你，你就不需要进来续茶。"服务员答应着，走出去把门带上了。

何疆民对王玉珲说："怎么，杨老师一说就沉不住气了？"

王玉珲没有正面回答何疆民的问题，他说："你刚才在酒桌上说，让乔军调整调整口供。我想问你，乔军会顺你的意吗？"

何疆民说："调整是对他有利，他为什么不顺？"

王玉珲说："乔军是什么样的人，我们难道还不知道吗？对他有利没利，只要他不喜欢，他就不会顺你的意。"

何疆民说："你以为在里面和在外面一个样，和你谈判打官司一个样啊，那就由不得他了。"

王玉珲说："正因为今天听到你说乔军的口供和洪局长汇报的事，我才想约你了解一下。如果乔军不配合你的问询，或者说他的笔录不尽你意，你怎么办？你怎么向洪局长汇报？你总不能说犯罪嫌疑人到现在还没有承认。"

何疆民说："这具体办案的事你就别过问了，那都会按照我们的流程走的。"

王玉珲说："以前干的案子我从来不问你，但是乔军我不能不问。因为我知道乔军会抵死不认的，我可以想象他的态度。我正是因为没有办法对付他的性格才把这事交给你，但其实你最后还是不能回避这个矛盾。"

何疆民说："你确实很了解乔军，他非常不配合，一点也不配合。"

王玉珲紧张地问："那你们怎么办？"

何疆民说："还能怎么办？我们上了手段。"

王玉珲把桌子猛地一拍，大骂了一声："我 ×！怎么能这么干？怎么能这么干？"

何疆民被王玉珲突然的动作吓了一大跳，他解释道："你了解乔军的，这小子又臭又硬，实在没办法了。审案的急了，也只是给他点压力。"

王玉珲痛心地说："你小子也下得了手啊，再怎么他可是跟你一块儿长大的老同学啊，我们平常都是兄弟啊。"

何疆民说："我没在场，不是我授意的，是审案的自作主张。"

王玉珲说："谁都知道乔军是你同学，你虽然没授意，但你不给下面人施加压力，他们敢动手吗？"

何疆民说："不是我给下面人压力，我实在没想到洪局长会这么重视这个案子，他两天一催的，实在压得我喘不过气来。以前这种案子我都可以完全驾驭的。你还记得行动前，你问过我，这个案子在我手上的时间吗？我是有充裕的时间来解决问题的。没想到乔军他爸爸一掺和进来，洪局长一过问，整个节奏就全乱了。顶着我往前面走，现在成了要么乔军就是铁案，要么我就全部玩完。"

王玉珲说："你是陷我于不义啊，这事肯定会传出来的。"

何疆民说："即使没有打他，你想过没有，我们诬陷他，难道就不会陷我们于不义吗？"

王玉珲说："但是怎么也不能动手啊。"

何疆民说："他们动了手，我问了，也没有什么外伤，看是看不出的。"

王玉珲说："那你看了没有？"

何疆民难为情地说："我怎么好意思见他。"

王玉珲说："我们究竟以后还会见面的，你不好意思见，以后难道我就好意思见吗？"

何疆民说："实际上进了那种地方，都会多多少少吃些苦头的。谁只要把他送进去，他就会记恨你一辈子的，你以为乔军还有可能原谅你吗？你想都别想。不仅仅是他会怨恨你，他的父母以及和他亲近的人都会认为是你王玉珲断送了他一生，他们会恨你一辈子的，永远不会原谅你。"

王玉珲感叹地说："实际上都是乔军的脾气性格把我逼到这一步的。我以为我对付不了他，你可以，我抱着侥幸的心态回避矛盾。实际上你还是要面对乔军的个性，我们的对手就是乔军的性格。你也绕不过去啊。"

何疆民说："我脱了这身虎皮，还不就是一个普通的人。表面上我们虽然是执法者，有法律的名义，但在实际的较量中都是各自的毅力和个性在单打独斗。”

王玉珲喃喃自语说：“不行，不行。”王玉珲对何疆民说：“这件事再往下做，就没有任何回旋余地了，我们可能要刹车了，不能再往前走了。”王玉珲这时觉得此事已经失控了，他最不能接受的是乔军挨了打。在喝酒时，何疆民说让乔军调整口供笔录时，王玉珲就觉得这样干肯定出事。因为他太了解乔军了，乔军肯定会倔到底的。除非可以把乔军零口供给办了，他都认为至少还尊重了乔军的人格。现在非得逼使乔军自己承认自己没干过的事，不管换了谁，心理上都受不了。何况是乔军，这会让乔军疯了的。基于这些，王玉珲才觉得事态变得非常严重了。而对于何疆民来说，他可能已经习惯这么简单地审案了，就没有因人而异地区别对待。

何疆民沮丧地说：“现在刹车来不及了，我已经控制不了了。”

王玉珲说：“不行，你得想想怎么退出了。即使乔军不会原谅我，至少这件事还没有酿成更大的伤害。”

何疆民说：“王董事长，这件事真没有办法退回去了。”

王玉珲说：“都叫我董事长了，这么办行吗？我花出去的所有钱我都不要了。另外你看还需要再花多少钱，才能把这件事情摆平。”

何疆民痛心地说：“玉珲啊！我何疆民什么时候在你的心目中是个见利忘义的人了，我什么时候跟你开过口。再有你以为花钱就什么事都可以摆平吗？有些事是花钱可以摆平的，有些事是花钱摆不平的。乔军的个性你要是花钱可以摆平，那你不是早就摆平了吗？还会挨到今天这个被动局面吗？”

王玉珲说：“现在已经到了关键时候了，我们确实是不能往前走的，再走我们就不能回头了。何疆民啊，我说钱，不是把你当成要钱的人。我知道这么多年来，你对我的情谊，我俩的感情是不用说了，但我是怕你顾忌自己的后路。就这么说吧，这件事情处理后给你何疆民带来的任何损失，我王玉珲以及玉龙公司都负责到底，包括你离开警察队伍后的工作安排。”

何疆民说：“已经没有回头路了，现在到了这个谁都知道的时候，我哪里还有退路。我只要退下去，意味着什么，你想过吗？对同学来说我是不忠不义，对警察职业来说我是滥用权力、刑讯逼供。关键问题我可能还不止这么点肮脏事，那会扯出很多事来。我们这批人都是从计划经济过渡到市场经济的，那段时期什么都有些乱。不可避免的你有原罪，我也有许多的原罪。那将是个什么局面，墙倒众人推啊。”

王玉珲说：“何疆民不管你有多难，你现在至少要想想这种可能性了。后果绝对没有你想的那么严重，不就是一桩错案吗，何况也还没有判。我是有这个准备了。”

几天后，王晓通知王玉珲，说筹委会要对“同学聚”的最后议程再议一次，这次大家希望你也能参加。王玉珲问：“都有哪些人去？”王晓了解王玉珲的习惯，像这样的聚会，他以前从来不会问有谁参加，他只问自己的行程有没有空。而今王玉珲肯定是在会议上不愿见到某人才下意识提出这样的问题的。那他是提防谁呢？赵梦茹、孙红梅以及那些知道乔军案子的人，他都会有所顾忌。他现在应该已经搞清了这些消息源，他应该知道是赵梦茹在做马前卒，那他最提防的就应该是赵梦茹了。

王晓说：“还不是那帮积极分子，大家忙上忙下，也确实辛苦了。大家可能是想跟你汇报一次，以证明玉龙公司的钱花得值。”

王玉珲说：“肯定是值的，至于说这次组织得怎么样，只有搞完以后才能评判，你说对吗？你说这个时候去发一通议论有必要吗？”

王晓说：“我看发议论没有必要，但是你去跟大家见个面是很有必要的。”

王玉珲问：“为什么？”

王晓说：“现在乔军这个案子搞得满城风雨，特别是对我们玉龙公司的形象不好，你多跟大家沟通沟通，当然对玉龙公司甚至你本人都有好处。”

王玉珲好像被王晓一句话点醒了似的，他说：“你这么一说，我觉得很有道理，那要去。那干脆让曾总守家，我俩去吧。”

王晓说：“可能要把聚会时的几个场地都要一起看看，人不少，我叫台大车吧。”

老同学见面，大家都相互打趣着，上了车，第一站是去雪峰宾馆。车上王玉珲跟王晓坐在一排，王玉珲总觉得有双眼睛在暗地里注视着自己，他当时跟大家不停地搭讪着，就没有很在意。到了雪峰宾馆，大家都下了车。雪峰宾馆可能是因为湘西的雪峰山而得名。宾馆的造型陡峭而瘦削，就像两座贴在一块的不规则的巨型山石。进得宾馆的大厅，服务台的后墙上是一幅题为“雪峰春晓”的巨型水墨画。宾馆的右侧显眼处摆放着一座上端雪白、下部翠绿的巨大山石，解读着雪峰宾馆的品牌文化。小喇叭开始介绍起这个报到的地方来。小喇叭说：“这家宾馆到机场坐车三十分钟，到汽车站走路一刻钟，火车站走路不到五分钟。这个宾馆是雾水交通位置最方便的四星级宾馆。报到日，我们将在这大厅设立签到台，然后聚会的第一晚将在这里度过。”

大家又乘电梯上了三楼，中餐厅的大门古色古香，进得门口，正前方的台中间有一个大红色的双喜泡沫字体。四壁和屋顶基调是金色的，让人觉得是到了太上宝殿。几十张圆形餐桌霸占着整个大厅的主要地盘，显示着自己的主流身份。餐桌、餐椅一律地蒙着象征帝王的金色布艺，衬托着大堂金碧辉煌的富贵。

孙红梅继续介绍着："报到第一天将在宾馆的中餐厅举行欢迎酒会，这个中餐厅可以同时容纳四百人进餐。中午进餐可能稍微随便些，下午五点老师和学校领导来了，我们就先开会，然后开始酒会。下午和晚上的具体流程由刘旭给大家汇报。"

刘旭掏出了一张流程表开始给大家介绍："之所以安排在下午五点开始酒会，是因为考虑到有些同学可以下班再来。特别是我们一中的老师和学校领导要到那个时候才下课，五点以前就是同学们的报到时间。那一天这桌上都有茶水和点心可以供大家随便食用。五点以后，就有老师、学校领导和同学代表上台发言。我们的同学代表现在还没定，大家看看推荐谁上台合适？"

王晓首先说："推荐王董吧。我看王玉珲比较合适。"马上有几位同学响应。

刘旭说："我看王玉珲同学合适，他又是我们这次活动的捐助者，应该发言。"

王玉珲连忙站起来说："我觉得捐款本来也不算什么，再说捐款也不是我个人行为。乔军、曾金刚、王晓、张灿人人都是参与者。"本来不说乔军的名字很自然，一说到倒有点显得此地无银三百两，很牵强。王玉珲说到乔军的名字时，他尽量显得自然。他实际上太需要这个时候主动提到乔军了，大家都不愿意提他的时候，自己就更需要主动说到他。

刘旭说："大家都知道是你们玉龙公司的集体决定，但是总要推一个代表说几句吧。"

王玉珲说："那就让王晓说吧！"

王晓连忙说："让张灿姐来说，我不行。"王晓一着急竟使得平时在公司里对张灿的称呼脱口而出。

刘旭说："行啊！谁说都一样，只要是你们玉龙公司的人就行。"

王玉珲急忙插话说："王晓你记得提醒张灿，发言时千万别提捐款的事，她不是代表玉龙公司发言，她是代表全体同学发言。"王晓点着头。

宾馆看完了，大家就到了母校校园。母校聚会办的徐老师早就在那块绿地英才园等着了，汽车直接开到了英才园。大家下了车就发现母校不一样了，绿色的植物多了起来，断桥流水也进了校园。王玉珲说："以前的校园好像不是这样的。"

徐老师就跟大家介绍说："没错，这块地以前是印刷厂的，后来才征过来。"大家说确实漂亮多了。

王玉珲猛然看到了自己在路上捡的那块黄蜡石已经立在绿地里了，上面盖着一块红绸子。王玉珲就悄悄地问刘旭这块石头怎么就搞到校园来了。

刘旭说："本来是在雕刻厂刻好了字就放在那儿的。后来雕刻厂接了一笔大单，那石头在院子里放不下了。就非得让我们拖走，这不，我们就先让它就位了。"

徐老师早就瞄上了王玉珲，他见刘旭在和王玉珲说话，连忙就插了进来。他对刘旭说："刘总，你得给我介绍一下。这位是……"

刘旭连忙说："这位就是玉龙公司的董事长王玉珲同学，这位是一中的徐老师。"刘旭觉得把徐老师的正式职务都介绍出来不妥，那个什么聚会办，刘旭听起来就觉得别扭。

徐老师一双手热情地握住了王玉珲的手说："你就是王董事长啊，久仰！久仰！这次听说您给大家捐了这么多的钱，办了这么多的事，立了这么大的石头，不容易啊，慷慨啊。您的这块石头已经成了我们英才园最抢眼的标志性景观了，我要代表雾水一中谢谢你。"

王玉珲说："我们玉龙公司几个股东都是雾水一中的校友，这是我们应该做的，徐老师过奖了。"

徐老师从口袋里掏出了一张大红请柬说："我们雾水一中准备开一个校理事会筹备会，想请王董事长参加。"

刘旭一把抢了过去，边看边说："一中也要成立理事会啊，我还是我们这次理事会的副秘书长呢，怎么不请我啊。"

徐老师说："名额有限，这次校理事会筹委会就是要推选理事会成员。来的有刘副市长，张秘书长，还有宣传部王部长。除了领导就是你们这些事业有成的企业家了。"

刘旭说："你刚才说的这些领导都是我们校友吗？"

徐老师说："除了刘副市长只在一中补习班里上了三个月的课外，其他的都是一中毕业的。"

刘旭把请柬递给了王晓，徐老师马上又拿了回来递给了王玉珲。刘旭又从王玉珲手里拿了过来递给王晓，他对徐老师说："她是玉龙公司股东会的秘书，王董事长的事务都是由她安排的。你们就是势利眼，只知道找当官的和有钱的。"徐老师连忙对王晓赔着不是。

王玉珲在一旁笑着说："你别听刘旭的，他是跟你开玩笑的。"

刘旭连忙又给大家介绍起聚会程序来。刘旭又对王玉珲说："你还是代表同学们跟校长一块剪彩吧？"

王玉珲说："照个面行，只要不讲话。"

刘旭说："剪完彩我们就在石头前合影留念。"

王晓说："怎么不去我们的教学楼前合影呢？"

徐老师说："你们读书的那栋两层楼是危房，要拆了，那也是你们读书时的校园留下来的最后一栋建筑了。"

瘦岛山庄三面傍着雾水，瘦岛农庄紧贴着一座拔地而起的孤峰绝壁，这面绝壁给山庄平添了几分孤傲的神情。这座孤峰从山庄的正面看过去，就像是一个巨人用巨斧给劈出来的。从侧面看，才发现它后面的山势是和缓的，后山长满了野生的绿色植被。山庄的结构最为叫绝的是就在三面环水的瘦岛山庄中间还有一个三十多亩地的小湖泊，就因为多了这个小湖，使得瘦岛山庄就成了水外有水，山外有山，山水相隔的山水之洲了。真是个人间天堂，这里作为聚会的主场地是再好不过了。

刘旭说："聚会的第二天我们在母校英才园剪彩，合影留念后，中午就赶到这里吃午饭，晚上就是焰火晚会。我们现在停车的这个位置就是主看台，焰火施放台在湖面上。接下来的几天，这个山庄的所有娱乐项目都对大家开放。唱歌、钓鱼、打球、打牌、看碟、上网、划船。当然在这几天当中我们还有一天安排大家到我们的校办农场去参观，到风景点去玩一天。最后一个晚上，就是我们的联欢晚会，等会儿到茶室里由赵梦茹同学给大家汇报晚会的准备情况。"

孙红梅说："要安排一次狮子岩就近旅游，我们读书时只能隔河相望，一直没有靠近看过那狮子的鼻子是怎么红的。"大家都附和着说好。

刘旭说："那行，我专门跟山庄说好，准备一条船。大家都可以靠近看看狮子岩，满足大家的心愿。"

大家向茶室里走去，王玉珲靠近刘旭说："你们去过农场吗？"

刘旭说："没去过，但是我问了，那两栋房子还在。"

王玉珲说："要先上去打个招呼，我担心临时上不去。"

刘旭说："我问过了，上面现在通车了，车子可以开到门口。"

王玉珲说："我上去过，现在已经是一家隐蔽的赌场了。"

刘旭说："那还能去吗？那么神圣的地方谁他妈在那里开赌场？"

王玉珲说："不去就没有意思了，你先去联系一下，千万不要说破人家是赌场，我想只要把时间缩短些，人家会让我们去的。不是人家开赌场，我估计那里早就没有人烟了，大不了再使些钱。"说到使钱，王玉珲又想起了何疆民跟自己说的不是什么事都可以用钱搞得定的话来，不知道这小子想出招来放乔军了吗？

刘旭说：“那我自己会先去一趟。”

大家都在茶室里坐了下来，大家一边品着茶，一边等着吃饭。折腾了大半天，天都快黑了，肚子有点撑不住了。赵梦茹站起来说：“反正大家还要等菜，我趁这个时候就跟大家先汇报汇报联欢晚会的准备工作。联欢晚会我们要求大家是人人都要上台，实际上大家的积极性非常高，本来节目我们打算进行三个小时的。后来大家报上来的节目实在太多，我们挑选后，重新整合了，最后定下了五个小时节目量。当然大家肯定担心节目质量的问题，能不能吸引大家看下去。我可以告诉大家，那些节目虽然比不上春晚那么专业，但因为它有贴近性，所以大大提高了可看性。还真不错，大家绝对能看完。这里是节目单，我就不一一念了。大家先看看，有问题我再解释。”

“我的天了，王丽花还能表演节目啊，她的病好了吗？”有同学问。

赵梦茹说：“说实话这个节目是我最没有底的。王丽花我去见了，她神智没有任何问题。只要她来了，可能就非得让她上台。”

“为什么？”孙红梅问。

“她如果能来，就说明她的健康状态很好。你不让她上台，万一她又发病了，你不是自找麻烦吗？”赵梦茹回答。

“这快结尾了，还有一个没写名字的节目，谁表演的？”孙红梅问。

赵梦茹故作神秘地说：“会给大家一个惊喜的，先要保密。”

吃完饭，大家准备登车回家了。王玉珲在停车场被赵梦茹叫住了，赵梦茹指着照在瘦岛绝壁上的一束探照灯的光柱说：“王董事长，我眼神不好。那雪亮的灯是什么灯啊？”

王玉珲看了一眼说：“那是探照灯。”

“从哪里照过来的？”赵梦茹又问。

王玉珲回答：“是从看守所啊。”王玉珲的声音一下停住了，他想起了乔军就是关在那里。等他回过头来，再看赵梦茹时，赵梦茹已经上车了。王玉珲好一阵郁闷，今天本来是很得意的一天。被最后这一束探照灯一照，心情顷刻间变得抑郁起来。此时，王晓在车上静静地注视着王玉珲。

第二天上班时，张灿因为要参加女儿的家长会，便到办公室找王玉珲，发现他不在办公室。张灿拨打王玉珲的手机，王玉珲的手机竟然关了机。王玉珲昨晚没有回家，张灿以为他昨晚被同学叫去玩了。但王玉珲的作息时间，张灿是知道的。不管他多晚睡，第二天上班，他肯定会准时来办公室。他宁可到了办公室上午再补睡一觉也会按时到的。

张灿就到了王晓办公室，问王晓王玉珲的去向。王晓说昨晚大家回城时比较晚了，王玉珲让她先下了车，他负责把同学送到家。张灿去了小车队，问到昨天的司机，昨晚出车的司机还没上班。车队队长就把电话打到了昨晚小车司机的家里。那司机还在睡觉，电话叫醒后，那司机说昨晚十一点的时候，他把董事长送回家的。因为小区门口的马路在维修，大车进不去。董事长就提前下了车，他说他走几步。张灿感觉有点不妙，她下意识地觉得王玉珲有可能出事了。

她把电话打回到自己住的小区，问了昨晚值班的保安。保安说昨晚十一点左右王董事长没有回小区。看样子王玉珲就是在下车后步行回家的路上，发生了变故。张灿再拨王玉珲的手机，王玉珲的手机仍然关机。张灿心里有些急，急忙打了电话给何疆民。何疆民说："你先别乱想，我可以查到他的手机方位，我先查查。"

张灿说："他的手机没开机。"

何疆民说："没事，我能查到。"何疆民挂完电话，就去了移动公司，没花多长时间，他就查出了王玉珲手机所在的方位就在王玉珲的小区里。何疆民带了几个兄弟立马去了王玉珲所在小区，王玉珲的手机就在他家不远的一栋连体别墅里。何疆民敲开了门，他们闯了进去。家里一个男孩惊慌失措，王玉珲的手机就躺在沙发上睡觉呢。何疆民他们搜遍了每个房间，还是不见王玉珲的踪影。何疆民当即在男孩家里，询问了男孩。

男孩已经被吓得尿裤子了。何疆民单刀直入地问男孩这手机是从哪里来的。小男孩说是街上捡的。于是，男孩就带上何疆民一干人，出了小区大门。在小区门口的那条正在翻修的马路口指认了地方。男孩说他捡到手机才关的机。何疆民看了看地上，他发现地上有明显的刹车印和王玉珲的鞋印。他估计昨晚王玉珲送完同学后，他一个人在这儿下了车准备回家。步行到这里就被人绑架了。手机有可能是王玉珲故意丢在这儿的，为了给我们留下一条破案的线索。何疆民又去问保安这条路修了多久，保安回答已经修了一个多月了。

何疆民立马去了玉龙公司，张军和张灿已经在王玉珲的办公室等着他了。何疆民说："玉珲八成是被绑架了，这是他的手机。"

接着何疆民又说："我首先要问昨天是谁派的客车？客车开不进小区，停在小区外，才导致王玉珲步行途中被绑架的。"

张灿喊来了王晓，王晓说：“昨天人多，小车坐不下，董事长就派了大车。”

王晓说完，张灿就让她回去了。张灿对何疆民说：“你的判断不对，因为你知道只有大客车才会停在那，小车可以开进小区。既然有人在那里早早地守候，所以必定是和派车人里应外合。其实王玉珲早就开始步行回家了。因为他的那台奔驰，底盘低，修路他怕刮到底盘。所以他每天都是让司机把车停在那个大客车旁边的一个公共停车场里，然后步行回家。”

何疆民说：“这么说，这件事情就比较复杂了。”

张军说：“我看就是乔军的人开始反扑了。”

何疆民说：“可能有下面几种情况：第一种是乔军的关系干的；第二种是专业抢劫犯干的，盯了王玉珲好久，专门是为了抢钱来的；第三种是玉珲以前的仇家干的。反正这件案子是经过策划的，不是偶发的。今天把你们的电话全部打开，包括王玉珲的，把你们家的座机呼叫转移到你手机上来。看看今天有没有要赎金的电话。如果一天没有来电话要钱，这种概率就可以排除了。”

张灿说：“那我们还是先报案吧。”

何疆民说：“案子不能报。因为如果是乔军这个案子引发的，他们为什么要绑王玉珲。不是为了钱，也不是为了别的目的。他们就是要把案子搞大，引起上面的高度重视。因为已经出了个乔军的案子了，再出个绑架案，公安局肯定会重点办案。这个是恶性案件，肯定会让刑侦支队介入。乔军的案子也要移交出去，我们就根本控制不了局势。那个时候就有可能让乔军的案子真相大白，乔军会获得自由。”

张灿说：“会是这样吗？”

何疆民说：“只要不是谋财就基本可以断定是为了救乔军。因为他们没有别的办法了，而我们就不能上他们的当，不能把事情闹大。现在让知道这消息的人都闭上嘴，谁也不许说出来。我们自己来想办法，我照样可以动用我的兄弟。但我们的对手非常了解我们，了解我们的一切，我们在明处他们在暗处。”

张军说：“那你说，如果是帮乔军，谁最有可能？”

何疆民说：“难道是赵梦茹，但我总觉得这个女人不太可能做出这样的事来。”

张军说：“前些日子，我还在我们的门面工地上发现了她。她撒谎说来看买了的门面。后来我查了查，发现她说的那个门面根本就不是她的。”

张灿说：“那她跑到你门面那里干什么？”

张军说：“我估计她那么晚是想溜进玉龙公司来，不知她要干什么？”

张灿就说："我看就是赵梦茹，现在外面流传的舆论也是从她的嘴里开始往外传的。"

何疆民说："先不管到底是谁，今天我们反正得好好等一天电话。张灿，今天打进来的与此无关的电话，你都不要说得太长，能短则短。我们要留下充足的时间来等待这个神秘的客人。"

张灿说："那玉珲会有危险吗？"

何疆民说："绝无半点危险。不管是谋财还是救乔军的，他们都不会伤害玉珲。因为伤害玉珲，就意味着他们想要钱的拿不到钱，想救乔军的救不出乔军。所以我认为这件事我们拖得起。不着急，慢慢来，要找出幕后的对手来。"

张军说："我先出去，问问我道上的朋友，看谁知道昨晚发生的事。"

何疆民说："注意别弄得满城风雨。"

第二十一章　老同学聚会与最后的较量

THE TWENTY-FIRST CHAPTER

一中的现任校长和曾金刚一人拿了把剪刀，一刀下去，蒙在黄蜡石上面的红绸缎就飘飘悠悠地落了下来。这块黄蜡石立在英才园里很是抢眼，除了一些树木，它就是这个英才园的最高的自然物体了。黄蜡石上镌刻着“风华正茂”，落款是大家所在的年级，每个人都为自己的名字留在这个团队里，并永远地与这块巨石共存感到无限的满足，大家鼓起掌来。

终于到了报到的日子了，孙红梅和刘旭上午就在雪峰宾馆大厅里把签到台摆好了，签到表上都划好了格子。孙红梅是第一个签到的，她一边填写，一边对刘旭说："你这个表格也太详细了，什么都要填。家庭电话、座右铭、最喜欢的格言。这不是签到，干脆把大家重新招进教室里，一人发一张试卷，考一次算了。也算大家真正回到同学时代了。"

刘旭说："我们之所以这么详细，主要是为了后面做同学录减少麻烦。一步到位，什么信息都有，同学录就不用再操心了。"

接着王晓也来签到了，王晓先填了王玉珲的名字。孙红梅就问："董事长签个名还有代的啊？"

王晓回答说："王玉珲出差还没回。先由我代签了，没说不能代吧？"

刘旭说："可以代的，别听小喇叭的。"

王晓说："我可是代表玉龙公司的所有老同学来签到的，没有必要个个都先跑一趟吧。"

王晓一个个往下填着，当她填到乔军的名字时，孙红梅就问："我们今天签到是能到的就签，不能到的就不要签了，乔军能不能到啊？"

王晓说："乔军最后能到不能到，我现在不能确定。但我能告诉你的是现在王玉珲正在想办法弄他出来，参加这次聚会。"

孙红梅说："真的！那太好了，先写上再说。我还以为乔军可能与这次聚会无缘了，实在来不了我们再抹掉不就行了。"

下午三点钟，彭洋就早早来了，他签了到，就在中餐厅里先找了一个正好对着进门的大餐桌，面对着门口坐了下来。他对刘旭叫道："先拿两瓶白酒，搞点特殊化。"

刘旭说："今天是个特殊日子，管饱。"刘旭抱了一箱白酒放在彭洋的身边。

彭洋说："太够意思了，看我先玩一个游戏，今天主要是让后来者喝好。"彭洋就把桌上的小酒杯全倒满，然后他把先到的几个同学都喊到一块儿在他旁边坐下。

赵梦茹拒绝彭洋说："不敢陪你这个酒罐子喝酒。"

彭洋说："不是陪我，我们是要罚后到的同学喝酒。你们坐在我的旁边，不用喝酒。只是借你们的脸蛋用用，你们试试就知道了。"

刘旭说："彭洋好酒，也有很多喝酒的游戏。这酒席还早着呢，看他怎么让人家喝。"

彭洋说："我乌七八糟的同学多，经常就是这么想着办法让大家多喝酒加深印象的。"于是，众人将信将疑地坐在他的旁边。一会儿进来了一位刚在外面签完到的同学，他一进门，彭洋就悄声问来者叫什么名字。旁边马上就有人把他名字报出来，彭洋就直接大声喊着那位同学的名字。那位同学一看这么多熟悉的面孔，连忙就向大家笑着走了过来。彭洋问他："你我们都认识，可在座的不知你能认出几个？"

那位同学连忙大大咧咧地说道："都是老同学啦，谁不认识？都认识。"

彭洋就说："好，如果有一个名字你喊不出来，罚酒一杯，从这边开始。"这一过细，那位同学立马就露了馅。第一位同学的名字他说了半天，快到嘴边了，就是蹦不出来。彭洋说："为了加深印象，罚酒一杯。"

老同学的名字竟然喊不出来，那位同学真有点不好意思，连忙端起酒杯连声说："该罚！该罚！"下个就该猜赵梦茹的名字了。那位同学说："我知道你，跳舞跳得好的那位，住在那个有一棵大柳树的院子里，叫什么什么，哎呀！你们看我这记性。"彭洋又给他端上了一杯酒，那位老同学又一口干了下去。最后，一桌人能准确喊出名字的只有两三个，他灌下去了十来杯酒面红耳赤才被放走。

赵梦茹兴奋地说："好玩！有点意思。"

接着又进来位女同学，彭洋又如法炮制，彭洋很绅士地说："女同学酒量减半，喝半杯就可以了。"不多时女同学也喝得面如桃花般地下去了。很快桌上的一瓶白酒就见了底，彭洋又从箱子里换上一瓶酒来。

本次的老同学聚会实际上是全年级六个班的老同学聚会。这届同学从幼儿园开始大部分就是同学了。一直到小学，都在一个学校。进入中学后，初一入学时分过一次班，高一又分过一次班，到了高二，文理科分科又打乱过一次。就那么三百人，分分合合，所以全年级几百人基本上都同过班。这么多老同学聚在一块儿，确实没有谁能把大家都记全的。

同学聚会最大的魅力可能来源于两个方面：一方面都是少年时的伙伴，相互的记忆都停留在青春年少的同学时代。同学聚会就会让人们重新找到青春的感觉，就像回到了昨天，这可能也是最接近返老还童的一种心理体验；另一方面，等待着似曾见过的老面孔不断地出现，不断推出新的话题，相互交换着新的信息。都是同龄人，孩子考学、父母身体，都有共同的信息可供交流应对。当然想要看到心仪的异性同学现在的模样和变化，也是一种非主流的魅力。

这从半老徐娘的女同学精心的打扮修饰，个个尽量接近闪亮登场的装束可见一斑。这些女同学早在半个月前就开始琢磨着以什么样的装扮参加这次聚会了。聚会应该带去几套衣服，签到时的服饰，合影的服饰，娱乐时的服饰，室外旅游时的服饰，演出时的服饰。今天的报到可是第一次亮相。女同学普遍下午出门的时间比男同学要早得多，但是她们签到时间却比男同学要晚得多。这段时间她们都在美容院里度过，今天雾水的美容院的营业额估计大多都创下了本月的单日纪录。女同学们都有一种感觉，就像回到了同学时代，个个笑逐颜开，情不自禁。男同学可是看花了眼，不知道是读书时自己成熟得太晚，还是现在的美容术太高明了。

老同学相聚，有太多的话要说，有太多的人要重新认识。大家的嘴忙不过来，大家的眼睛也是目不暇接。大家的注意力都放在了一张张既熟悉又陌生的面孔上，谁都想在第一时间先认出对方。有些变化大的同学辨认起来就有些困难，碰上对方比较自恋，让你猜猜，那就要了命了，有的猜了七八个名字还没猜对的，恨不得马上半路杀出个程咬金来解围。像曾金刚这样比较谨慎点的就先远远地问好对方的名字，然后才靠近打个招呼，说上几句话。只有彭洋从来就不在乎对方是否矜持，想知道对方的名字就直接上去拍拍对方的肩膀，大着嗓门就问：“你叫什么？我忘了。”

一位在县里做县长的同学被彭洋拍了拍，有点不高兴，没有直接回答。彭洋也不在意，又上去追问了一句：“我问你，你的名字？”

县长同学原以为大家都应该认识自己的，竟然还有人敢这么质问其名，他有些不高兴了。但他还是希望能激发对方的记忆力，他很别扭地只报了个姓：“姓李！”他这个全县人民没有谁敢直呼其名的全称，岂能让这个满口酒气的酒汉直呼出来。

彭洋不依不饶地问：“李什么吗？”对方实际上是希望彭洋能流利地惊呼出：“原来是李县长！如雷贯耳！”可惜彭洋确实不记得他，更谈不上他的职务了。

还是刘旭会来事，拿了个红酒杯走了过来。他走到俩人面前，先跟彭洋碰了杯，又跟李县长碰了碰杯。他开口说道：“彭院长！李县长！我来敬两位一杯。”刘旭说到俩人的姓和职务时有意识地说得慢些、清晰些，力求让两位领导都能听清。刘旭今天希望所有的老同学都是快乐和幸福的。

果然李县长喝完酒又来找刘旭，他问：“刚才那位彭院长，是哪个学院的？”

刘旭故作吃惊地说：“他？你还不认识啊，这是我们雾水中级人民法院的常务副院长彭洋大法官啊，听说马上要提院长了。”

李县长确实是被震住了，他还一直以为，今天自己的职务是老同学中最靠前的。刚开始他为是否出席这次聚会纠结过一段时间，他确实有些担心，自己这一出现，名字上了通讯录，以后找自己来解决问题的老同学会成群结队。所以这么多年来，他一方面想把自己进步的消息告诉大家；另一方面又担心麻烦太多。于是在同学的圈子里，他总是躲着走。不了解的以为他官架子大，实际上是怕被打扰。他现在愿意接触的是比自己职务高或者是握有实权能给他带来便利的那些官员。当然那些来自不同部门的党校和短训管理班的同学，就要区别对待了。且不说他们每个人的手上都掌握了不同的资源，还说不定哪天这些同学中就会杀出一匹黑马，一不小心就成了他的上司。那些一块儿长大的同学确实是一种负担，只有自己帮他们的份，只有他们找自己的麻烦。即使很多年没见面，相逢除了回忆孩提时代的一些难忘的细节就很难再有共同语言。反过来他想自己连同学都怕来往，又怎么能够面对全县的百姓。于是最后他还是下了决心参加这次聚会。今天他一直为没有把他安排到和学校领导同桌吃饭耿耿于怀。进门也乱糟糟的，没有人打招呼，没有人来引导，弄得自己找了张座位随便就坐了。他想这是开什么会，一点规矩都没有。他一直在暗暗埋怨，确实没想到还有比自己职务高的同学。他想怪不得这人这么狂，原来马上就是副厅了。一知道对方的职务比自己靠前依然跟自己在一块，这乱坐的座位和被对方乱叫的名字带来的不快顿时烟消云散了。李县长马上把自己的杯子倒满，端着酒杯转了几个桌子追上彭洋要跟彭院长喝一杯。他口里说道：“李前途敬彭院长一杯！先干为敬。”

彭院长很爽快地喝了，他对李县长说：“李前途啊，这次聚会筹委会早就定了个调调，聚会过程中都不体现职务，也不称呼职务。就叫我彭洋吧。”

李前途马上忙不迭地说道：“按领导意思办。”李前途心想虽然不能按官排位。但是只要自己靠着这个彭院长坐，照样可以形成一个中心。何况这位彭院长的人气旺得很，不比自己在下面县里默默无闻地干个县太爷差。当官那么久，好像没几个老同学知道。于是李县长换了个餐桌，紧贴着彭洋坐在一起。

一位打扮俏丽的女同学一扭一扭地在同学中间敬着酒，这可是雾水市有名的交际花。她的外号叫交际处长，平常总是跟市里的最高层玩在一起。市领导有时候免不了接待思想比较前卫的上级官员，太娱乐的地方不好去，一般的小姐也上不了台面。于是交际处长就有了用武之地，老是老了点。但是稍加打扮，也还是能拿得出去。关键是她能随喊随到，没有任何要求。也有应付这种场面的丰富经验，说话做事都还得体，最关键的是嘴紧。来的领导或者其他宾客素质自然没有太差的，即使是荤话也是点到为止，但是如果没有红颜做伴那就会让来宾觉得少了趣味和雅兴。她跟领导层倒是没有丝毫绯闻。也不需要领导们给以经济上的援助，自然对领导们也没有压力。她知道以那种方式跟领导相处，处不长。

但是她也要生活啊，她有她的生财办法。一是跟领导们在麻将桌上，她会全力以赴，锱铢必较。领导们自然是一边娱乐，一边电话响个不停。这就是她盈利的时候，她赢起来毫不手软，她几乎没有空手回家过。每个月陪领导们打牌挣的钱比她守着个电影院大门的钱多多了，于是她辞了电影院的工作，做专职的交际处长。还有个来钱的就是需要市领导审批的批文，只要找上她，只要要求不是太出格，她基本上可以在领导那里手到擒来。最隐蔽的是听说谁要想安排一个什么职务，她也有一定把握可以帮你活动下来。不过这些事她可是先谈好价的，没办下来，分文不取。拿到批文一手交钱，一手交货。这个钱挣得容易，于是她又把自己的一家服装店给关了，做了个全职交际处长。

以前就有人给彭洋推荐过交际处长，可以帮他扶正，彭洋一听要花钱还是拒绝了。彭洋酒也喝了不少，趁着酒劲他想找交际处长开开玩笑，借此发泄自己对官场的不满来。交际处长肩上披着一方薄纱巾，端着酒杯很得体地一路敬了过来。不管是谁来碰杯，交际处长的脸上都洋溢着迷人的笑容，永远不变。她轻轻地走来，轻轻地说话，轻轻地碰杯，轻轻地抿酒，轻轻地离去。彭洋对同桌的同学夸着海口说："你们信不信？我要让交际处长不再这么温柔，要她勃然大怒，剥掉她的职业笑容，还她以真实的同学神态。"同桌的男同学瞎起哄，都故意摆出一副不相信的神态。

交际处长走到了彭洋这桌，就像在官场，很职业地举起了杯。彭洋一本正经地看着交际处长的头发。交际处长微笑着轻声问："彭洋同学，你在看什么啊？"

彭洋的眼光好像在交际处长的头上找着什么似的说："记得高一时你是个癞子头，头发都长起来了。"

交际处长仍然保持着温柔的神态轻轻地说："没有的，你记错了。"

彭洋说："我哪能记错呢，你就坐在我前面，我每天看着你的癞子比墙上的主席语录还清晰。"同桌的同学们都难以抑制地忍俊不禁。

交际处长终于憋不住了，一改刚才的轻柔神态，怒不可遏地对彭洋骂道："彭洋我偷你老爸。"

彭洋的回答让大家笑得喷饭。他说："我爸去了阴间地府，你就别偷了，你直接偷我吧。"

交际处长气呼呼地走开了，彭洋这一桌的笑声掀翻了天。李前途感叹地说："这真的有点像回到学生时代了。"

邻桌的老同学有些是按初中班级坐的，有些是按高一时分的班坐的。大家吃着饭，聊着天，还串着台子。主席台上安排的学校领导和老师还有同学代表在依次发言。可能是话筒的声音调得太小，也可能是台下同学们太兴奋了，总之台上讲什么谁也听不清。就是同一桌的老同学想交流都要换个位置，靠近了再说。合影是很愉快的，一些女同学在合影前不忘给自己补补妆，有些同学还悄悄地把头上的白头发往黑发里塞。彭洋上洗手间，看到一个男同学照着镜子在拔白头发。彭洋就说："要拔肯定是来不及了，干脆用墨水涂一涂。"直说得那个同学唉声叹气。这场酒反正喝得很乱，但大家都感到尽了兴。彭洋最终是被大家抬进客房里去的，他已经醉得不知东西了。

第二天，大家在母校的校门口又重新聚集，第一个程序是为那块黄蜡石剪彩。这时刘旭开始找王玉珲了。张灿说："王玉珲还没来，他说了今天由曾金刚代表玉龙公司剪彩。"昨天大家都很兴奋，就没有关注到那些没来的同学，现在刘旭才想起王玉珲昨天好像就没来。

一中的现任校长和曾金刚一人拿了把剪刀，一刀下去，蒙在黄蜡石上面的红绸缎就飘飘悠悠地落了下来。这块黄蜡石立在英才园里很是抢眼，除了一些树木，它就是这个英才园的最高的自然物体了。黄蜡石上镌刻着"风华正茂"，落款是大家所在的年级，每个人都为自己的名字留在这个团队里，并永远地与这块巨石共存感到无限的满足，大家鼓起掌来。接着，所有人在巨石前，照了一张集体合影。这张照片可是请的照相馆的专业师傅用全幅单反相机给大家照的超宽照片。照完合影，大家就上车往瘦岛山庄去了。

赵梦茹坐在大客车上，从昨天开始到今天上午，她觉得自己就一直处在欢乐的海洋里，她的脑袋一直没有沉静下来。即使现在车里已经很安静了，但脑子里好像还在嗡嗡作响。她没有时间独立思考，也没有时间想乔军。而现在随着瘦岛越来越近，乔军的形象也越来越清晰了。好像不是自己正向他驶近，而像乔军正在大步向自己走来。律师的工作还在展开，但是到现在为止律师并没有给她新的希望。王晓也不知道怎么回事，自从听过律师那段没有希望的话后，她好像是怕被连累，有点躲着自己似的。杨老师倒是把王玉珲、何疆民、彭洋喊到了一块，三人表态都很好。但连杨老师也说不要抱太大希望。

赵梦茹真的有点绝望了，她觉得自己有点孤立无援了。不是自己孤立无援，是乔军孤立无援。想到这儿，她的眼睛就有点湿润。她觉得老天对她有点不公，他们都是几十岁的人了，这个年纪结次婚真不容易。为什么不让他们把仪式办了，再让乔军去坐牢呢？至少大家都知道她跟乔军是什么关系，至少她也有个盼头。赵梦茹随身带到瘦岛的一个服装箱超级大，她把演出服和婚纱服装都带来了。她已经想好了，即便乔军不能参与，她也要把结婚的大幕拉开。她要穿着婚纱独自登台，她要向老同学大声宣布自己跟乔军的婚礼现在开始。她要向世人宣布她赵梦茹从今天开始就是乔军的新娘，她会一辈子等着乔军回来。

想到这儿，赵梦茹不禁热泪盈眶。她擦拭着自己脸上的泪水，她心想，她一定要当着何疆民和王玉珲的面来大声宣布，要让他们的灵魂受到震撼。这样一想，赵梦茹倒是想起了怎么这两天都没见到何疆民和王玉珲呢？他们昨晚好像没出现，赵梦茹觉得很奇怪。

客车刚停稳，赵梦茹就走到刘旭的座位旁，赵梦茹问刘旭：“怎么王玉珲和何疆民都没来？”

刘旭说：“王玉珲是出差去了，正在赶回来的路上。何疆民我们今天下午要组织人去看看，他昨天脑溢血突发。现在正躺在山庄隔壁的老干疗养院进行抢救呢。说是脑溢血吧。”

赵梦茹轻轻说了一句：“恶人恶报。”

刘旭没听清就大声问赵梦茹：“你说什么？”

赵梦茹说：“我说是要去看看。”赵梦茹转念一想，王玉珲出差，这个时候出差，她想也有点不对啊。这次聚会，玉龙公司出了那么多钱，作为董事长这个时候出差，肯定另有原因。赵梦茹想问问王晓，可王晓像个跟屁虫似的紧贴着张灿，总让自己没有机会开口。而张灿从昨天开始脸色就没有开朗过，阴沉沉的样子，就像所有的老同学都欠了她多少钱似的。赵梦茹有种预感玉龙公司可能出大事了。她觉得王玉珲的缺席肯定与乔军有直接关系，一种强烈想搞清真相的愿望一时驾驭了赵梦茹的大脑。她觉得现在不把这件蹊跷的事情搞明白她就会疯掉。她与其问躲躲闪闪的王晓，还不如单刀直入，直接面对张灿。

下午赵梦茹找了个机会。她趁王晓离开张灿的时候，走到张灿的面前直接问道：“张灿，怎么王董事长没来啊？”

张灿冷笑着说：“我正想问你呢。”

赵梦茹说：“你们家的人怎么问我？不是说他出差了吗？”

张灿说：“你最清楚他去哪儿了，你明知还来问是什么意思？”张灿的声音瞬间变得愤怒起来，旁边的同学都看到了这一幕。有人上前开始劝说着两位。王晓惊慌失措地从人群里钻了出来。她拖着赵梦茹的手就往外拽。赵梦茹气愤地挣着王晓的手，嘴里喊道：“你这个奴才，只知道拽我，不去拖她。”

王晓也不申辩，只是把赵梦茹拉出了人群。王晓对赵梦茹说：“你听好了，何疆民快不行了，王玉珲失踪了。张灿以为是你绑架了王玉珲，她马上会跟你谈判的。她放乔军，你就答应放王玉珲，要她先放。”

赵梦茹一时蒙住了，她说：“可我真不知道王玉珲在哪儿啊。”

“这不要紧，你必须摆出你知道王玉珲在哪儿的感觉。”王晓说。

“那她要是报案，可怎么办？”赵梦茹问。

王晓说：“如果他们敢报案，早就报了。他们就是怕把事情搞大。”

赵梦茹说：“这样行吗？我真的冤枉你了。我真要谢谢你。”

王晓笑了笑说：“你刚才演的戏很好，完全给了他们错觉，他们肯定会找你谈判的。”

赵梦茹说：“我真是不知道王玉珲到哪儿去了，怪不得张灿对我那么仇恨，她真以为王玉珲被我藏起来了。”

王晓说：“她也快到极限了，肯定会让我来找你的。记住如果有其他人问你王玉珲的下落，你就说出差了。”

王晓回到张灿那，张灿问：“她说什么？”

王晓说：“她也很气愤，她只说谁叫我们关了乔军。”

张灿说：“这个骚货，怎么被乔军给迷住了，她承认绑了王玉珲。”

王晓说：“那倒是没有承认，不过也没否定。”

张灿说：“那你认为呢？”

王晓回答："百分之百是她把董事长给关了。"

张灿说："你凭什么？"

王晓说："凭她想做交换。没人她拿什么交换。再说不是她还会是谁呢？何疆民不是也说了，只要没有要钱的电话来，那就不是劫匪图财干的事。那就是赵梦茹叫人干的。"

张灿说："我恨不得报案，把她也抓起来。"

王晓说："何疆民不是再三说绝对不能报案吗？"

张灿说："那难道真要跟她谈判，现在何疆民又是这个样子。怎么办？"

王晓说："现在我觉得要马上行动了，时间再长董事长再不回来，就什么都盖不住了。"

张灿说："是的，真是急死人了，我现在就去见何疆民去，看他清醒点没有？"

王晓说："就要放焰火了，跟大家一块儿看完再去吧。"

张灿说："不行，我怕时间来不及了，何疆民随时都有可能走人的。"

王晓说："大家已经开始注意到我们玉龙公司与会人员不寻常的神态了。你看个开头，亮个相就走。"

《年轻的朋友来相会》的曲调开始悠悠扬扬地飘起。这支歌曲是一个时代的歌声，他们这批老同学曾踏着它的节奏走进教室，走向考场。他们熟悉它欢快的乐曲，每个音符都融进了他们的记忆。焰火晚会就在这熟悉的曲调中开始了。观礼台上，大家兴奋地品着茶，指点着天上五彩斑斓的焰火造型。此起彼伏的焰火次第地在夜空里怒放，把观礼台上无数张兴奋的脸庞同时照亮。变幻的色彩在每一轮照射中都在每张脸庞上映出不一样的颜色。此时每张脸庞呈现的都是金色的光芒；间或又变换成大海的色彩；郁金香让人心醉的紫色同样可以改变世界；嫣红交映的兴奋脸庞显得格外协调；银白色照亮的不仅是每张脸庞还有他们此时充满童真的心房；绿色则是生命的畅想，每张脸庞都融进了碧绿的山庄；交响乐似的色彩合奏，大气磅礴，让夜空里也充满了青春的力量。

赵梦茹的大眼睛里含着的悲伤也被这焰火烧得滚烫，那焰火的光芒在赵梦茹的眼睛里掩映着，变幻着，显得透亮，流光溢彩。只要看着她的眼睛就可以看到漫天的焰火，就可以看到色彩纷呈的世界。这是一个没有休眠的夜晚，是一个从环境到心灵都无比沸腾的夜晚。它让每个热爱生活的人都在感谢上苍，都在感谢命运之神把自己带到了这个欢腾的世界，每个人兴奋的眼眸交映着的变幻焰火图解着命运之神的恩赐。

王玉珲在瘦岛的石洞里关了十来天了，他已经从当初刚进洞的狂躁中渐渐冷静下来。刚进来那几天，他愤怒，他憋气，他莫名其妙地被人绑架到这个山洞里。在对岸的雾水一中校办农场时，他曾待过几个月，他曾无数次注视过瘦岛上的这座孤峰。那时的他从没有想到过，中学毕业三十年后会被囚禁在这里。他甚至不知道是谁把他绑架到这里来的，他现在每天能见到的就是给他送饭吃的这个聋哑人。聋哑人好像当他不存在或者是把他当成一个非人类的动物似的，每天除了送来一顿饭和饮用水，跟他不发生任何交流。任凭他怎么央求，这个哑巴就是低头走来走去，从没有抬头看过王玉珲。王玉珲对这个聋哑人已经绝望了，他现在就盼望着这洞里能出现另外一个人，一个能与他正常交流的人，哪怕对方一进洞来不由分说先把他狠揍一顿都行。王玉珲在想到底是谁把他抓进来的？乔军不是和自己一样吗，早就被送进了看守所，是乔军的亲朋好友在报复吗？不可能，乔军是一个独子，到现在为止，他还是独身呢。从矛盾爆发之初，王玉珲就对乔军的关系进行过评估，王玉珲之所以敢于这样做，很大程度上就是因为乔军的社会关系很简单。除了乔军的家里人以外，乔军的同学和同事也是王玉珲的同学和同事，乔军不多的客户关系跟王玉珲也很熟。

王玉珲想如果不是乔军绑架他，那有可能是曾金刚吗？王玉珲觉得这样的设想本身就荒谬，曾金刚那么懦弱的人，借他十个胆子，他也不敢绑架自己啊。虽然，这次股权之争牵涉到曾金刚的利益，但曾金刚从头到尾就没有表过态，他是个窝囊废。王玉珲把他历史上的所有仇家都想了个遍，就是得不出答案来。他甚至开始怀疑起张灿来，张灿一直认为王玉珲在外面有人，她早就想搞清王玉珲的个人财产状况，而且开始试图掌控玉龙公司的财产。但王玉珲细细一想，觉得张灿的可能性不大，两人虽然关系不怎么样，虽然张灿也横蛮不太讲理，但至少还没到撕破脸的程度啊。何况玉龙公司的股权到现在为止还没有明晰啊，乔军和曾金刚不都是虎视眈眈地盯着这股权吗。绑了我王玉珲对她也没有好处啊，王玉珲确实百思不得其解。

还有种可能是王玉珲最不愿意想的，那就是何疆民叫人绑的自己。因为只有何疆民最具有这样的条件，最具有这样的胆量。至于说动机，何疆民也不是没有，就在自己被绑架的前两天，自己还在给何疆民施加压力，让他想办法放了乔军。可何疆民却认为他的局长都已经过问这个案子了，已经没有任何退路。为了减除压力，何疆民也不是没有可能对自己动手。虽然从情感上来说，王玉珲认为这么想象都是不应该的。

现在最让王玉珲揪心的是，他爸爸在保姆小葛的陪同下已经出去旅游有个把月了。

这也许是他肺癌晚期的父亲最后一次出行。周围的亲戚朋友都知道他爸爸的病情，只有前王县长自己不知道。前王县长出发前就有言在先，在回到家以前，他不会跟王玉珲联系，他要忘我地投入大自然好好玩玩，否则他就不出去。王玉珲同意了，但他始终不放心，现在早已过了医生说的“死刑”期了。可前王县长临到出发之前，都感觉不到任何痛感，只是瘦了许多。王玉珲专门为此事去问了医生，医生说这时应该到了大限了，可能会随时发生不测。

此时，乔军也关在瘦岛上。雾水市看守所坐落在瘦岛的东南角，这是一座刚建成不久的新看守所，四四方方的看守所院子，四个角都建了武警值守的岗楼。武警上岗楼的出入口不在看守所的院子里，而是在院墙外，武警有自己上下哨的专门通道。这四个岗楼不仅把看守所的四面墙守了个严严实实，整个看守所，包括放风区都在四个岗楼的视线范围内。乔军此时就在放风区里游荡着，看守所所谓的放风区不同于监狱的开放式放风区。看守所的放风区是建在室内的，只是在每间监房的尾部又搭了一间比监房略大的房来。只是这间房顶部没有屋顶，把四面是墙的天顶用小手指粗的铁条织成的网给牢牢实实地盖住了。乔军望着那铁丝网心想这可能是为了安全吧，不让这些在押嫌疑人被外面的仇家刺杀吧。

乔军并不知道王玉珲也失去了自由，更不知道他此时被关在离自己直线距离不到一公里的石洞里。乔军只是在郁闷地想，本来他起诉王玉珲，一审胜诉了，眼看着二审第二天就要开庭了，不料事情来了个大逆转，他自己变成了刑事犯罪嫌疑人，这全都是何疆民那个狗屁同学捣的鬼。那小子肯定是得了王玉珲的一笔巨款，把自己打进了监牢。

就在乔军念叨何疆民时，乔军更不知道的是此时的何疆民就睡在紧邻狮子岩的市老干疗养院的重症救护室里。市局分管大要案的副局长今天来经侦支队例行走访，何疆民和这位副局长都是从刑侦支队出来的。在刑侦支队，这位副局长就一直是何疆民的老上级。老上级来了，哪有不喝酒的道理，今天中午何疆民舍命陪君子。实际上从何疆民调到经侦支队后，办经济案子都少不了吃吃喝喝。何疆民渐渐地脸吃圆了，肚子也鼓了起来。每次碰上刑侦支队的老同事，大家都是以调侃的口气揶揄他：“何队，经侦支队的伙食就是好。”

看着老同事们干练的身材，何疆民就说：“没办法啊，当我想吃啊，吃坏了身体喝坏了胃。”

要命的是何疆民的血脂、血糖、总胆固醇、甘油三酯没有一项不超标的。其中血糖到了十八点多，总胆固醇、甘油三酯都超过了十个以上。一次何疆民的血检报告没有详细数据，只是笼统写着：血液呈乳白色，影响化验结果。何疆民为此找医生理论，他认为无论如何你医院要提供数据。但医生的答复让他吃了一惊，医生说："你就别再胡搅蛮缠了，你随时都有生命危险，马上住院吧。"

何疆民还是没有住院，直到今天中午酒后病发。何疆民在喝酒前，还抽空跑到雪峰宾馆"同学聚"筹委会报了个到，准备中午喝完这场酒，就参加"同学聚"系列活动的。没想到酒还没喝完，就直接倒在酒桌下了。他根本不知道是怎么被送到医院来的，等他醒来时，他发现自己突然失去了所有的力气。他已经丝毫不能动弹了，除了还可以控制眼睛的闭合外，其他的器官都完全失控了。他现在只能看着天花板和窗框里上半部分的天空，他甚至转动不了自己的脑袋。他还能听到旁边人的议论，医生在对自己的亲属和同事介绍病情。他们说自己是脑溢血，现在颅内出血好像血还没完全止住。老婆在一旁哭，同事们则互相责怪在抬着自己来医院的路上，没有使自己保持着平躺的姿势，以至于颅内出血没有有效止住。他们现在都当自己是植物人了，以为自己听不见他们说话，他们已经毫不忌讳地谈论自己的病情。医院已经下了病危通知单了，单位领导也来了。何疆民觉得有些滑稽，他的脑袋清醒得很，何况又到了医院，他怎么会死去呢？但他很恼火，他无法把这些话讲给旁边的人听。

何疆民倒是有些担心可能自己不能参加今晚就要开始的"同学聚"活动了，想到这儿他觉得有些遗憾，毕竟有些同学在毕业后就再没有见过面了。更让他向往的是，中学时让他心仪的几位女同学不知道变成什么样了？他很想看看她们是不是也变老了，还有没有过去的那份神韵。

领导好像在对自己的老婆说着安慰的话，老婆已经伤心得不能自持。老婆说："医生已经说过了，最好的结果就是一个植物人。"何疆民听到老婆这么说还真有点急了，他可不能变成植物人，他还有好多事都没有处理完。最让他不放心的是王玉珲送给他的四十万的卡还放在办公室的铁皮柜里。本来以为那里是最安全的，人算不如天算啊！如果那四十万被单位发现了，那他就身败名裂了。那四十万是王玉珲出了大价钱让他搞掉乔军的，乔军已经被抓进了瘦岛的市看守所。何疆民心里倒是真有点为乔军感到内疚，大家都是同学，为什么他要帮王玉珲。本来何疆民是同情乔军的，他知道是王玉珲一直在股份上占了乔军的便宜。乔军这次只是想把自己的东西夺回来，由于他的介入，乔军一个原告，竟成了阶下囚。

何疆民想自己之所以这么干，也确实不是为了钱。在此之前，他跟乔军的关系虽说不上很交心，但绝对还不坏。但他跟王玉珲却是铁杆朋友，他为了保护王玉珲的利益才对乔军下的毒手。为了利益，人啊，真是什么都干得出来。何疆民又想他今天得了脑溢血，是不是报应啊？他确实做过不少见不得人的勾当。

七月的湘西，天黑得晚。天刚擦黑，一束耀眼的焰火升上了黑蓝色的天空。随着一声炸响，五颜六色的礼花顿时布满了天空。星光灿烂，一时瘦岛被照得通亮。接着接二连三的焰火带着呼啸声争先恐后地窜上了夜空，天空次第盛开着一朵朵巨大的色彩艳丽的奇花异蕾。瘦岛的上空开始回响着《年轻的朋友来相会》的主旋律，雾水一中三十年“同学聚”活动在瘦岛山庄拉开了序幕。音乐和礼花顿时铺满了瘦岛的每个角落，瘦岛山庄传来了一阵阵的欢呼声。那是几百名已经离开雾水一中三十年的校友发出的欢呼声。瘦岛雾水河对岸的雾水一中农场在焰火下被照射得分外清晰，两栋简易的农房，还有操场边十几棵高大的苦楝子树轮廓分明，就连操场里的晒衣木架也被照得清清楚楚。

站在瘦岛山庄观景台上的老同学们，看着平地而起的焰火，每个人心里充满了涌动的激流。他们红光满面地说笑着，相互介绍着自己三十年来的工作经历，也互相打探着其他一些同学的情况。更多同学都在相互询问那些既熟悉又陌生的面孔到底是谁，他们因为认不出老同学而感到苦恼，又为最终落实了对方的身份感到兴奋。他们就是处于不断地发现疑团，又不断地解决困惑的过程中，有些相互辨认可能还需要几次重复才能在记忆中巩固。这可能就是老同学聚会最让人兴奋的地方了吧，遗憾的是有些同学却因为时间太久远，他们之间可能会永远记不起彼此了。

在观景台的中间位置，坐着几位这次活动的组委会的核心成员和当年的老师，看得出这些组委会的成员还处于工作的状态，他们不像其他老同学聚会时那么兴奋，他们的注意力还没有放到同学间的交流中来，他们还在忙于活动的具体事务。那位手上拿着一叠稿纸的是赵梦茹，她一直在用优雅的动作跟同学们交流着。在她旁边坐着的是法院的副院长彭洋。今晚的女主角张灿雍容华贵，张灿今天既是玉龙公司的赞助方，又是这次活动组委会的秘书长。从她脸上矜持的笑容里，同学们既看不出她与大家久别相逢的喜悦，也看不出她丢失了丈夫的痛楚。但赵梦茹和王晓心里都暗暗佩服张灿的内心控制力，她们觉得这位女同学不管是财富还是内在的实力都是高不可攀的。紧贴在她身旁而坐的是王晓。在王晓的身边坐着的就是她的丈夫曾金刚同学。今天玉龙公司来了三位同学，看上去很热闹。实际上缺了王玉珲和乔军两位主角，熟悉的人马上就能感觉到这些到场的玉龙公司的角色里总缺了些什么。

在焰火的燃放现场负责指挥的刘旭同学，这回“同学聚”活动从策划到分工，到落实每项工作，出力最多的就是他了。还有在逐个给老同学发放客房钥匙，不停地用女高音跟同学打着招呼的“小喇叭”孙红梅同学。

此时同在瘦岛三个不同地方的王玉珲、乔军、何疆民，他们也被笼罩在这片绚烂的世界里，他们此时都在预祝这届老同学大聚会的成功举行。他们也都在猜想今晚不知还有哪位同学缺席了，也不知哪些同学来了。他们还有一点心态是共同的，就是遗憾自己在这欢庆的时候不能亲临其境。

在石洞里的王玉珲透过十几米远的一米见方的山洞口，看见了耀眼的焰火。那焰火就像在石洞口绽放，把自己身后的洞壁上的褶皱都照得亮亮的。借着光亮，他发现了一条石缝里竟塞进了好几本小学课本。他掏出来一一翻了翻，是语文、算术、音乐、政治等教科书。上面并没有什么别的内容，只是在语文课本里还夹了一支铅笔。王玉珲望着洞外的焰火在想，这洞外焰火的费用可是自己公司出的那笔十多万的赞助款买的，可惜了自己不能出席这场盛会。老婆张灿应该到了今天的现场，她今天可是出尽了风头啊，她却不知道自己就被关在几百米开外的洞里。

身陷囹圄的乔军，望着铁网外热闹的夜空。心里好不悲凉，同学们都相聚了，大家肯定会议论到自己的案情。不知大家会用什么样的眼光看待自己，自己是阶下囚，肯定成为了大家的谈资。了解的同学们会说他是被冤枉的，不了解的会认为他就是一个诈骗自己公司财产的卑鄙小人。想到这儿，乔军真有点后悔自己不该去跟王玉珲较真的，如果自己不较真，股东还是实实在在地当着，每年分红虽然少一点，到年底不也有小几十万的进账吗？这比起雾水一中的同学们，他的收入不知高到哪里去了。实际上这要怪就得怪王玉珲，这个合作伙伴太霸道了，自己的老婆管着账，十几年，公司每年有多少开支，其他股东是一点都不知道。再有曾金刚也是一个窝囊废，和他一样拿了王玉珲给的技术股，就什么声音都没有了。王晓倒是还能有些想法，私下里还和他说说对王玉珲和张灿两口子的不满来。但是一见了张灿就左一个张灿姐，又一个老板娘，全然没有一点当家做主的感觉和气势。

何疆民虽然不能转动自己的脖子，但是他看到了天花板上映射的焰火，他也清晰地听到了时断时续的那首熟悉的主旋律《年轻的朋友来相会》。开始他还能用余光看见窗子上半部分的耀眼的焰火，可能是老婆嫌外面太吵把窗户给关严了，而且把厚厚的窗帘也拉上了。这下倒好，他什么也听不见看不见了。他心里在暗暗地骂：蠢老婆，真他妈蠢啊！老婆却在一旁说："这山庄的高音喇叭开得那么响，还让人住院吗？"何疆民在想不知道自己还有没有机会跟大家再见面，想到这里，何疆民的嗓子有点哽咽，他开始艰难地咳嗽起来。老婆紧张地呼喊着医生，何疆民有点顶不住了，他渐渐地昏了过去。

两天的休闲生活，让大家最开心的是去校办农场参观，谁都没有想到那两间给大家留下深刻记忆的房子还在。杨老师和小田老师在房前房后照了不少照片。那个泥巴做的灶台还没有完全坍塌。"当！当！当！开饭了！"彭洋不知道从哪里找来把破菜刀，他用劲地敲着挂在树上的铁块。大家在问炊事班长中午吃什么。彭洋回答："两道菜，萝卜煮白菜，白菜煮萝卜。"

杨老师说："这农场可有不少宝，要有时间我带大家再去淘点宝贝带回山庄去吃？"赢来了大家一片掌声。

彭洋问杨老师："杨老师你带我们在这农场淘过不少宝贝，你淘的最好的宝贝是什么？"

杨老师说："葛根？茶油？小鱼仔？"

彭洋说："都不是，不是吃的。"大家都是一头雾水。彭洋说："是小田老师啊。"大家鼓起掌来。

杨老师说："确实，没有这段生活，小田老师也没有和我相互了解的机会。"

彭洋说："为什么我当时就没有淘到这样的宝贝。宝贝们，你们说呢？"

女同学说："现在还不迟啊，你还可以淘啊。"

孙红梅说："我们班最遗憾的就是只成了一对。"

刘旭说："都怪杨老师，把我们管得死死的，自己一个人搞腐败。"此时的赵梦茹心潮澎湃，她真的想告诉大家，她跟乔军的爱情，她跟乔军的婚礼。她现在最关注的是张灿，她发现张灿从焰火燃放开始不久就和王晓悄悄离开了山庄，她们肯定是去找何疆民商量去了。今天她俩都没来，赵梦茹现在希望她俩能快点回来，快点出现。

孙红梅说："大家快去看看狮子岩的鼻子红了没有？"

刘旭说："今天没下雨，不会红的。"

孙红梅说："说不定上游下了雨呢。"大家跑过去翘首远望，发出一阵失望的哀叹声。有位眼睛好的，在喊："大白天的有人在放花炮，是从山庄后面的绝岭上放出来的。"

彭洋说："我怎么看不见啊。"

"还在放呢，神了，那山上又看不见人。现在没了。"

刘旭说:“好了，等会我们去雾水河荡桨，抵近看看狮子岩的红鼻子去。”

两个小时后，一艘大木船歪歪斜斜地划向狮子山，刘旭和彭洋两人在两旁的船舷边用力划着船桨，彭洋用力过猛，眼镜一不小心掉到了船上。杨老师捡起彭洋的眼镜，对彭洋说:“这船桨划到后面时一定要压手腕提桨，让桨脱离水面后，再把桨摇回来。这样压手腕就轻松了。要不你要费很大的劲，而且是划倒船。”杨老师一边示范着，一边说着。

彭洋说:“杨老师这课可以给我们上一辈子，不仅是课堂上，更多的是在实践中。”

船已经靠上了狮子岩了，刘旭的手已经摸到狮子的鼻子了。他问着杨老师:“杨老师，这鼻子上就是一块凸起的石头，什么都没有。你说为什么一涨水，这鼻子会变红呢?”

杨老师说:“我们一中的生物老师为了搞清这个问题，专门在狮子岩的鼻子变红时来过这里考察。实际上狮子岩上面有草的地方里面有很多红色的虫子，一涨水，红虫子就往上面爬。狮子的其他部位都长有茅草，看不见红虫子，只有鼻子上长的草少，那里最显眼，所以远远地看过去就像是鼻子红了。”

大家都“哦”了起来，好像一个难题同时被理解了似的。彭洋说:“如果这次不来聚会，不来学校再学习，至少这个狮子鼻子会变红的疑问我们可能是永远也不会搞清楚的。”

杨老师说:“记得在农场你们那时也有很多同学问我这个问题，我那时也不能给你们答案。”

刘旭说:“所以说要活到老学到老。”船上的同学们都开心地笑了起来。

第二十二章　大结局

THE TWENTY-SECOND CHAPTER

赵梦茹激动地大叫起来，乔军迎了上去紧紧地抱起几乎要昏厥的赵梦茹。大堂里充满了欢呼声，大堂的四壁让人感到会被这欢呼声挤爆。许久，乔军接过话筒幽默地说："感谢大家参加了这场既普通又特别，既是节目又不是节目的婚礼。"婚礼进行曲奏响了，全场高呼："吻一个！吻一个！"新郎新娘幸福地吻到了一起。

那位眼尖的同学看到绝岭上的花炮其实不是花炮，那是王玉珲放的纸火箭。王玉珲在那半壁上的石洞里已经挣扎了好几天了。他现在真有些着急，这洞的结构非常独特。绝壁下有时同学们的说笑声他都可以清晰地听见，但是不管他怎么大叫，那下面都听不到他的声音。今天早晨，正在王玉珲大叫救命的时候，那个送饭的家伙来了，王玉珲急忙止住了叫声。按说对方应该完全听到了自己的声音，但是对方没有任何反应。王玉珲想起来了，对方是个聋哑人。王玉珲又使劲大叫了几声，聋哑人还是听不见他的声音。王玉珲有种将入地狱的感觉，他觉得自己已经在地狱的门口了。再有两天，这场聚会就要散了，同学们就要离去，那自己获救的概率会更小。

那哑巴给他捎来了一封信，这封信已经被人拆开看过。王玉珲借着哑巴投射进来的微弱的电筒光，看清了来信。是前王县长从西藏给他寄来的一封信，他急忙拆开了父亲的来信。

前王县长这么写的：

“玉珲：你好！我是你的父亲前王县长，我已经离开你有将近二十多天了，”王玉珲算了算日期，觉得有点不对，到今天应该有三十多天了。他连忙提前看了看后面的落款日期，才发现这封信是十天前写的。王玉珲心想路上可能花的时间长，于是王玉珲又接着读起信来。

“玉珲，你很守信，没有给我来电话，我得在此表扬你。你让你爸爸这段时间非常安静，非常投入地玩了一次。西藏的景色太美了，那是离天堂最近的地方。你爸爸之所以在这个时候选择来西藏，就是你爸爸知道自己不行了，自己要到天堂去报到了。”一行滚烫的泪水滑过王玉珲的脸庞，滚落到信笺上。王玉珲继续读着父亲的来信。“傻孩子，你以为你爸爸这点常识都没有吗？实际上体检的结果一出来，我比你还早知道我的死期呢。你可能一直以为你爸爸的癌症的疼痛没有如期而至，实际上那种痛苦非常难受，简直让我一晚晚的不能入睡。我知道你的事业到今天这一步不容易，我不愿意让你分心，我不想让你知道我的病痛。同样的原因我也选择了到西藏来处理自己的后事。西藏的葬丧习俗很好，人死了，要么天葬，给鸟吃了；要么水葬，给鱼吃了，反正是天人合一，回归自然。我喜欢以这样的方式离开这个世界。既不给自己的家人添麻烦，也不给这个生活了一辈子的地球增加负担。

爸爸要走了，在这个世界上最牵挂的就是你了。还有一点，你爸爸说得够多的，就是你跟乔军的关系，爸爸总担心你俩会出事。到了天堂的门口才知道没有什么放不下的，多大的事，不就是股权和些许的利益吗？人的生命相对于天地又是多么的短暂，而两个人相遇的机率是多么难得，把每个人在你面前的出现都当成是老天的善意安排吧。爸爸也是最后一次劝你，你们之间真的没有什么大不了的，做永远的朋友吧，给你无尽的快乐。

再有小葛，我还得帮她说几句，也许因为她曾经在娱乐场所工作过你对她有些别的看法。她在我最后的日子里，给了我临终的关怀和温暖。她多次想把我的病痛告诉你。我说玉珲也不是医生，告诉他只是多了个痛苦的人，没有用的。我发自内心地感谢她，尊重她，她也是一个非常坎坷的苦命人，她同样需要关爱。同时我答应她只要她不走，我的那套房子她可以永远住下去。

儿子，你习惯了称呼我为前王县长，我也无奈。好在临行前，逼着让你喊了一声爸爸，我已经知足了。不仅仅是为了你的称呼，也是为了你的聪明，为了你的坚持，爸爸为你骄傲。你收到这封信的时候，你爸爸已经到了另一个世界了。如果想哀悼前王县长，你就大喊几声‘爸爸’吧，我在天堂听得见。”

王玉珲读完此信时，几乎是跪匐在地上。他对着石壁悲怆地呼喊：“爸爸！爸爸！爸爸！”石洞里回旋着王玉珲那苦痛的声音，那声音在石洞里憋得嗡嗡作响，可那聋哑人却依然是没有丝毫反应。

一会儿，聋哑人走了。王玉珲看着这封被拆开的父亲的来信，他现在已经没有心情去分析这封信的来龙去脉了。他现在唯一的信念就是要离开这个石洞，逃离这个囚笼。王玉珲的大脑快速地飞转起来，他就像每次碰上绝境时一样，他把自己掌握的所有资源盘点了一遍。他现在手上掌握的一堆课本、一支铅笔、身上的衣服加上自己这个人。铅笔可以写字求救，字可以写在本子上。但是怎么把求救信送出去，自己是飞不出去的，难道凭这身衣服吗？现在也只有衣服了，但是衣服又怎么可以把求救信送出去呢？

猛然，他脑海里灵光一闪，他想起了儿时玩的射箭游戏。那纸做的火箭就是用女孩子扎头发的橡皮筋弹射出来的，那火箭可以弹射得老高老高。现在纸有了，就差橡皮筋了，这衣服上不就有橡皮筋吗？那内裤上的松紧带不就是橡皮筋吗？于是王玉珲把自己的内裤脱了下来，他用手把松紧带扯了下来。他开始把小学课本纸撕开，然后两张叠在一起。他回忆着儿时做的尖尖的火箭，没有多久他就折出了第一支火箭，然后他又快速地折出了第二支，这样他一口气就做了近百支火箭。他用铅笔在火箭上写上：“求救！王玉珲被关在瘦岛绝壁半山腰上。”然后他把松紧带绑在了铁栏杆上。他开始试了第一支，那只箭没有射出洞口，跌在洞内了。他又试了几支，终于有一两支稳稳地从洞口飞出去。他信心大增，开始不断地弹射着纸箭。这些纸箭就是被正在校办农场参观的老同学看到的那些“花炮”。王玉珲把所有的纸箭都发射出去了，大约有百分之十的纸箭被射出了洞口，有百分之九十的纸箭都夭折在石洞里。

王玉珲知道根据那个聋哑人的送饭规律，他每天只送一次，明天中午他又会回来。如果今天下午和明天上午他的纸箭没有招来救兵，那他这次的获救希望将化为泡影。王玉珲又开始折起纸火箭来，好在这纸是用不完的，只要自己不懈地努力，获救的希望随时会出现。王玉珲又把所折的火箭全部发射出去了，太阳越来越偏西了，王玉珲的心情也渐渐暗淡下来。王玉珲并不知道今天洞外聚会的同学们都出去参观旅游去了，没有人能捡到他的箭，也不会有人来救援他。

王玉珲看着洞里面一地的白花花的纸箭，开始总结起为什么会有这么高的废品率。就像他每次面对电池次品一样，他觉得首先得找出自己的问题，因为只有自己的问题，才最有可能改进。每一次失败他都认为是因为自己还没有尽到最大的努力。是自己还有些细节没有想好，或者没有做到。他是个百折不回的人，他是个永远需要前进的人。王玉珲再琢磨，他反复回忆射箭时的感觉。没有射出去的箭大多是自己拉动松紧带时，用力太大，使箭头发生了变形。这支箭再射出去，就会翻滚，就会射歪。怎样才能使箭射得准确，控制好拉松紧带的力度应该是一个办法。但是这没有办法量化。还有没有更好的办法？他想如果能提高纸箭的硬度，即使用力不均，纸箭也不会变形。这样射不准的问题可以得到彻底解决。

于是，王玉珲又开始信心百倍地折起纸箭来。这次他每支箭用了三张纸叠在一起折，三张纸折箭，越折到最后越难折。纸厚了，越折越小，自然是越来越受力。王玉珲用牙咬，用拳头捶，终于把一支支戳得肉进的坚硬的纸箭给锻造出来了。王玉珲知道这折的就是自己的希望，折的就是自己的自由，即便是要用自己的牙齿来敲击，他也会把牙齿给拔下来。王玉珲的手肿了，牙齿咬出了血，他没有丝毫的松懈。他一支一支地数着，一支一支地咬着。新型的纸箭越堆越高，王玉珲的信心越来越大。

当晚，夜黑了，王玉珲已经完全看不见了，他只能停下手里的活。王玉珲忙了一天，终于可以停下来了。他想起了前王县长的信，想象着前王县长是怎么走向天堂的。他肯定是撇下了小葛，然后一人走向了白雪皑皑的山崖，他面对着一望无际的雪域高原大笑着跳了下去。石洞外山下有人在荡桨，传来了小喇叭的尖叫声。不知哪位同学在高歌《桑塔露琪亚》:“看晚霞多明亮，闪耀着金光，海面上微风吹，碧波在荡漾，在银河下面，暮色苍茫，甜蜜的歌声，飘荡在远方。”王玉珲的泪水在静静地往下淌，他没有擦拭，任由泪水在脸上无声的滑下。那一方不大的夜空里能看到依稀的星光，那依稀的星星里应该有一颗就是自己的父亲，迷迷糊糊的王玉珲睡着了。

第二天醒来前，王玉珲正在做梦，他梦到正在家里跟前王县长和小葛一块儿吃饭，王玉珲只问他们这趟西藏之行感觉怎么样。前王县长正欲回答时，王玉珲就听到了彭洋的叫喊声，那声音越来越大。王玉珲终于被叫醒了，王玉珲发现自己是在做梦，但是他确实听到了彭洋的大喊声。王玉珲想起来了，彭洋有晨练的习惯，一边运动还要一边“一、二、三、四”地大叫。刚才他就是被彭洋的大喊喊醒的。彭洋的声音极大，就像在洞门口大喊。于是王玉珲本能地也喊起来:“彭洋，我在这里！”但是他马上反应过来，自己的声音彭洋是无论如何都听不见的。于是他熟练地操起了他的发射器，开始准确地把一支支纸箭射出了洞口。

彭洋正大喊着在峭壁下来回跑着步，他觉得有树叶从天上掉了下来无声地落在草丛里。他开始没太在意，但是当他觉得树叶下降的速度异常地疾速，他把视线转了过去。这时他看清了那不是树叶那是纸做的火箭，他想起了昨天在校办农场参观时，有同学看到绝壁半山腰上飞出来的花炮。他抬起头来仰望绝壁，他清楚地看见了一支纸箭从绝壁上飞了出来。他拣起地上的纸箭，看了起来。那上面歪歪斜斜地写着几个字，彭洋认真辨认起来。他大吃一惊，那上面分明写着:“求救！王玉珲被关在瘦岛绝壁半山腰上。”

彭洋想起了，玉龙公司说王玉珲出差去了，他连忙给张灿拨了个电话。彭洋开口就问:“你告诉我，王玉珲到底在哪里？”

张灿欲言又止，彭洋急忙说:“我看到了王玉珲的求救信，不知道是不是真的？”

张灿急忙说："那肯定是他，他早就被绑架了，现在他在哪？"

彭洋看着绝壁上正在飞舞的纸箭就说："他就在瘦岛的绝壁上，估计他很安全，我这就先上去了。"

张灿兴奋地说："好！你先上去，我马上就到。"

彭洋围着绝壁转着，他在寻找一条上山的路。一会儿彭洋发现了后山上一条隐蔽的小路来。彭洋就开始往山上爬，到了一棵松树下，山路消失了。彭洋又披荆斩棘忙上一阵，又找到了小路。再转上一个弯，就到了刀削斧劈的一堆乱石前。彭洋在巨石之间，找到了一个可以同时通过两个成年人的石洞。他对着洞口喊了声："王玉珲！"

王玉珲像在瓮缸里发出的细小声音传了出来："彭洋！我在这儿。"

彭洋心想这么小的声音，洞肯定很深。他就说："你等等！我马上就叫人进来救你。"

王玉珲那从瓮缸里的声音又急切地传了过来："别等啦，我一个人在这儿，快进来吧。"

彭洋进得石洞，连忙把手机摁亮。他看见了地上已经被白色的纸箭铺了一地，彭洋望着铁栏杆里的王玉珲说："你想当射箭冠军啊？"

王玉珲说："那可当不了，不过我能申报吉尼斯纪录了。你快找块石头来，把这把锁给砸了。"

彭洋捡了块石头，把铁栏杆上的锁给砸开了。两人走出了山洞，然后继续往山下走去，一边走王玉珲一边对彭洋说："我要去见何疆民，他在哪儿？"

彭洋说："他不行了，脑溢血，就在疗养院抢救。"

王玉珲说："马上去！"

接到彭洋的电话时，张灿正和王晓守在何疆民的病房外，等待着何疆民的苏醒。张灿一听找到王玉珲了，连忙叫上王晓就往山庄走，山庄就在疗养院的隔壁，走过去花不了几分钟。王晓一边走，一边在想她是不是马上离开张灿，离开这瘦岛，离开雾水。她的内心里充满了绝望和后悔，她费尽心机策划的绑架马上就要露馅了。她首先想到了孩子，自己能带着孩子一块儿走吗？把孩子留给曾金刚吧，他确实没有参与此事。她几乎是一步一颤地跟在张灿的后面。经过短时间的仓皇失措，王晓渐渐地冷静下来，她不是在策划此案的时候就已经有应对的预案了吗，不是早就想到万一绑架败露，怎么可以全身而退的吗？即使每次跟绑架头子见面时从来就没有让对方看到过她的面目，而且对方是专门干这个的，也知道事败后的处理流程，该坐牢的会去坐牢，该挣钱的还得养活坐牢的，分工很精细。想到这儿王晓心里镇静下来。她的步履也恢复了往日的节奏。

彭洋和王玉珲下得山来，正好碰上了张灿和王晓。顾不得大家惊讶的眼神，王玉珲说要马上去见何疆民。张灿说："他刚才还没醒，我们先把绑架你的人抓住吧，我看了这路口上有几个摄像头。"王晓一听到有摄像头心里不免又狂跳起来，不过她又想害怕什么，她又没有直接绑架王玉珲，肯定不会有她的头像的。她只是在可惜她那十万块钱，那可是自己好不容易存下来的，这下可能打水漂了。王晓可是个经历过大事的人，她的惊慌只有那么一瞬间，她可以马上在极度紧张的状态中放松下来。她开始冷静地想现在最关键的是要做什么，她明确了首先要把王玉珲获救的消息发出去，她要马上找到一个公用电话把消息告诉那些绑架者。

王玉珲摆摆手说："不要抓了，我这个事就当没有发生过。你们不是说我出差了吗？就当我刚回。我去见何疆民。"张灿有点纳闷了，这王玉珲一放出来，思维方式都变了。是不是在洞里关久了，被关傻了。

王晓也觉得王玉珲的想法很怪异，为什么说就当没发生过呢。她为王玉珲不明确的想法感到不解。王晓说："你也得先去山庄刮刮胡子，洗个澡吧，你这样子出去还不把人给吓死啊。"

王玉珲说："管不了那么多了，彭洋你陪我一块儿去行吗？"

张灿带着王晓一身轻松地回到了山庄。正好在过道里迎头碰上了赵梦茹，就在擦身而过的时候，张灿狠狠地对着地上吐了一口唾沫"呸"，赵梦茹气愤地瞪了张灿一眼。进了房间，王晓找了个借口，就溜了出来。王晓直接到了赵梦茹的房里，她气急败坏地对赵梦茹说："这王玉珲真是有命，他刚跑了出来。我们跟张灿看样子是没有谈的了，再想办法吧。"说完王晓就急忙去找公用电话去了，留下一个孤零零的赵梦茹面如土灰，暗自落泪。赵梦茹已经被反反复复地折腾了好几个来回了，这次她真的绝望了。今天晚上看样子只有举办一个没有新郎的婚礼了，她已经在设计今晚没有新郎参与的婚礼台词了。但是不管怎么样，今天必须向全体同学宣布她和乔军的婚礼，揭露王玉珲和何疆民的丑恶嘴脸。

这边彭洋觉得王玉珲想干点不一样的事，他一放出来就要见何疆民。彭洋不敢确定，但是他心里有点底，可能王玉珲想把乔军也放出来，看样子王玉珲这几天没有白关，可能彻底想明白了。王玉珲一边往疗养院走，一边把怀里的前王县长的信掏了出来递给彭洋说："我一定要把乔军放出来。"

王玉珲和彭洋直接进了何疆民的病房，何疆民的老婆哭哭啼啼地告诉王玉珲说：“医生说到今天为止，都没能解决他的颅内出血问题。他的脑袋一直没消肿，而且越来越大，医生让我们做好后事准备。”

王玉珲连忙问：“何疆民还能听到你说话吗？”

何疆民的老婆说：“他有时能听得见。”

王玉珲说：“那就不要在这儿说这些话了。”

何疆民的老婆泣不成声地说：“已经没什么意义了，他现在已经是个植物人了，全身上下他只能控制自己的眼睛了。”

王玉珲含泪走到何疆民的面前，呜咽着说：“前王县长已经走了，我不想再失去你了。大家都在聚会，你却躺在这儿了。才几天你怎么就成这样了？”

彭洋在说：“他的眼睛有反应了，在动，他听见你的话了。”

王玉珲就对何疆民的老婆和同事说：“我有点私事要对何疆民说，能不能请你们回避一下？”大家都知道王玉珲和何疆民的关系，就都退了出去。彭洋也往外走，被王玉珲给留了下来。

王玉珲说：“前王县长死前给我写了这封信，让我们把乔军救出来。我在被关的这几天里，也想了很多，好好反思了我跟乔军的关系。确实像我们这样的同学关系，太难得了，多大的事值得我们相互之间弄个你死我活？”一滴泪水从何疆民的眼角里滑落下来，彭洋连忙帮他擦了擦。“我们都曾是像兄弟一样的少年，只有友谊，没有仇恨。这仇恨到底是从什么地方来的，肯定不是从小就有的。我觉得是无中生有，还我们兄弟般的感情吧，还我们的同学时代吧。”王玉珲继续说着。

彭洋兴奋地说：“看何疆民在闭眼睛，他同意了。”

王玉珲又凑上前说：“何疆民啊！你要同意就闭闭眼。”何疆民闭了闭眼。

彭洋说：“他完全能听懂你的话。”

王玉珲又说：“但我现在不知道怎样才能将乔军放出来，我知道你肯定早就有了准备，你能告诉我吗？”

这回何疆民的眼睛没有闭上，眼珠好像不满地横着，眼光里透着不服。这让王玉珲和彭洋俩人都有点大惑不解。他俩在想刚才何疆民都是同意放乔军的，怎么一下子就像孩子的脸说变就变呢。

彭洋说：“何疆民你到底同意放乔军吗？”何疆民的眼睛又闭了一下。彭洋高兴地说：“他是同意你的意见的。”彭洋又接着问：“那你有没有办法？”何疆民的眼睛又横上了。彭洋说:“你打的什么哑谜啊，我们都糊涂了。”

王玉珲说:“他的思想已经跟我们一致了。现在他是在表达一个意思，他有办法救乔军。只是这个办法有点复杂，他很难用眼睛的开闭表现出来。何疆民，我说得对吗?”何疆民的眼睛又闭了一下。王玉珲说:“我们能够沟通了。”

彭洋说:“那他这个横横的眼神是在告诉我们方位吗?”何疆民的眼睛又闭了一下。

王玉珲兴奋地接着说:“是告诉我们有对乔军有利的证据放在什么地方吗?”何疆民的眼睛紧紧地闭了一下。

彭洋又问:“那件证据是放在家里吗?”何疆民没有表态。彭洋又问:“是放在办公室吗?”何疆民还是没闭眼。王玉珲说:“是在这里吗?”何疆民的眼睛紧紧地闭了一下。彭洋和王玉珲都同时站了起来，他们紧张地在床头柜里翻了起来。王玉珲猛然看到墙上挂着何疆民的制服，王玉珲说:“他的眼睛横来横去，就是想告诉我们这件挂在一旁的制服。”何疆民的眼睛又闭了一下。

王玉珲从何疆民的衣服口袋里掏出了几张审讯笔录来，那上面是何疆民询问蒋健的笔录，王玉珲看了看笔录时间，正好是自己被绑架的那天。笔录里蒋健交代了诬陷乔军的全过程，也如实地说出了审讯中，何疆民使用了非法的刑讯逼供手段。王玉珲看一页就递一页给彭洋，王玉珲和彭洋一边看一边在流泪。他看完后，双臂紧紧地抱住何疆民的臂膀，他哭道:“兄弟你真做到了，我知道你做得到的，你是我真正的朋友啊，是我害了你啊。”几滴泪从何疆民的眼里流了出来。

王玉珲哭过一会儿，他对彭洋说:“你帮我把弟媳请进来，我有点事要跟他们两口子说。”

何疆民的老婆进到了房里，王玉珲就对何疆民说:“现在只有我们三人了，何疆民你现在肯定在考虑那四十万元钱的事吧?”何疆民闭了眼睛。王玉珲又问:“现在是不是这笔钱没在你老婆的手上?我要帮你落实好这笔钱。”何疆民闭了闭眼睛。王玉珲又问:“钱应该还在那张卡里，对吗?”何疆民闭了闭眼睛。王玉珲又问:“这笔钱在你家里?”何疆民没有反应。王玉珲又问:“在你办公室?”何疆民闭了闭眼睛。王玉珲又问:“这笔钱暂时不要动，留给你儿子?”何疆民的眼睛又闭了一下。他老婆张大了嘴巴惊讶地注视着不可思议的一幕。王玉珲对何疆民的老婆说:“弟媳!你现在就去何疆民的办公室，把那张银行卡拿到手，让何疆民安心吧。”何疆民在一旁听着，闭了闭眼。

何疆民心里如明镜一般的明亮，他在心里呼喊:知我者王玉珲也!这么了解我的兄弟，我哪里舍得离开你们啊。何疆民连续闭了几下眼睛表示了自己对王玉珲的衷心感谢。王玉珲老婆说："他还有话跟你说。"

王玉珲看着何疆民的眼睛对王玉珲老婆的话没有反应，他就说："他是在感谢我们，让你跟孩子好好生活。"何疆民闭上了眼睛，一串泪水渗出了眼窝。王玉珲的老婆在一旁惊讶地看着王玉珲和何疆民的奇异对话，她跟何疆民生活了大半辈子，她守了何疆民几天了，她跟这个被称为丈夫的人从来没有达到这种琴瑟共鸣的程度。她不知道为什么王玉珲只是进到这间病房二十多分钟，就能马上和这个植物人进行最隐私的交流。

安排妥当后，彭洋对王玉珲说："现在我带你去找洪局长去，为乔军平反昭雪。"

彭洋开车去了市局，彭洋看样子跟洪局长也是老熟人了，他把何疆民的那几张笔录交给洪局长。洪局长看了一会儿，大惊失色，连忙打电话，把法制处长叫了来。洪局长说："你马上去查这张笔录是否属实，属实立即放人。"

法制处长就先走了，彭洋和王玉珲在洪局长办公室又坐了一会儿，他俩就动身去看守所准备接乔军。临行前，彭洋对洪局长说："如果今天能放最好今天放，因为今天是乔军的同学聚会的最后一天了。"

说完两人就去了看守所。路上彭洋对王玉珲说："现在也不早了，趁有点空，干脆去把你的模样包装一下吧？晚上还得亮个相啊。"

王玉珲执拗地说："不行，我要等到乔军出来，跟他一块儿去包装，一块出席今晚的联欢晚会。"

晚上的文艺晚会被认为是这次聚会的最精彩环节，大家一直期待着这个不眠之夜的到来。有些同学为了今晚的演出，早早就开始了排练。就连王丽花今晚也特别兴奋，她一人正在一个角落里围着一张椅子反复排练着节目。旁边为晚会忙碌的孙红梅经过她身旁时，喊了她几句，王丽花没有丝毫反应。孙红梅就对刘旭担心地说："我看王丽花有点不正常，她不会是这两天高兴又发了病了吧。我看她的节目最好别让她演了。"

刘旭说："不会吧，我看她挺好的，她只是很投入罢了，她不理人是平常没有人说话憋出来的习惯。"

孙红梅说："我跟赵梦茹去说去，以防万一嘛。"

赵梦茹和工作人员最后一次检查着舞台上的灯光设备和音响设备，她已经暂时忘记了乔军身陷囹圄带来的烦恼。她像个职业的晚会导演在台上指挥着，调度着。孙红梅在音控室找到了赵梦茹。孙红梅说："赵梦茹啊！我看王丽花今天有点神秘兮兮的样子，我担心她是不是又发病了，她要真在节目现场发了病就不好处置了。"

赵梦茹笑着说："王丽花已经进入创作状态了，很投入，有些忘我，这是一个演员临场的最好状态啊。别忘了她读书时，可是我们学校的表演天才。再一个她今天表演的又不是悲情戏，没事的，我看她很开心。没事的，反而你不让她上台，她可真会跟你急。"

晚会在全体同学的掌声中开始了，开场的灯光昏黄柔和，把人带进时光隧道，让每个在场的人都打开了记忆的阀门。那是三十年沉淀的记忆，那是三十年沉淀下来不能释怀的记忆。只要稍加点拨，事件人物环境就会清晰如故。赵梦茹代替了乔军做了今晚的主持人，赵梦茹走到台前开始了独白："三十年的时光，有什么不能忘记：友谊和亲情；还有儿时的伙伴，读书时的同学；还有我们的师长和已经仙逝的亲人、尊师；还有一中的银杏树，狮子岩的红鼻子；还有杨老师的粉笔头和张灿的大辫子。我们可以一连几十天没有闻到肉香，却一辈子也忘记不了农场的茶油香。"

台下前排坐的是学校现任领导和一些老教师，杨老师和小田老师也坐在其中，后面坐的都是聚会的老同学。演出的大幕已经拉开，一场自娱自乐的激情表演，一场美好记忆的盛宴正在华丽上演。

夜色已经来临，乔军伟岸的身躯正从看守所狭窄的小铁门里闪现出来。彭洋和曾金刚站在看守所门口，迎接着乔军。乔军跟两人相互握着手，他对王玉珲污秽不堪的一身充满了疑惑。彭洋对他说："你们算是难兄难弟了，王玉珲也一直被关在这瘦岛的绝壁上的石洞里，今天还是我把他救出来的。"

王玉珲苦笑着说："也没白关，我在那洞里想的问题估计跟你在这里面想的问题差不多，我都想通了，一出来就找到何疆民把你捞出来，我们洗澡去吧。"乔军一把抱住了王玉珲，俩人紧紧地拥抱在一起。此时看守所的门口异常地安静，远方只有一个武警哨兵在站岗执勤。乔军和王玉珲两人安静而有力地拥抱着，任泪水在他们的脸上流淌，彭洋也在一旁陪着他们垂泪。

彭洋心想，自己一直注视着这场友谊和利益的博弈，注视着同学感情和物质诱惑的决斗。他多次想伸手去矫正，但每次都没有等到自己出手的时候，决斗和博弈又转换了场地和节奏，他也只能在旁边做一个见证者。但最后他看到的也是他希望的结果，友谊战胜了利益，感情战胜了物欲。这个时代是个物欲和利益泛滥的时代，但是情感和友谊却越来越稀少和珍贵，千万不要把手里的宝贝视为敝履。

彭洋开着车带着王玉珲和乔军进了城，他俩进了洗浴城。彭洋说："要快点，我去给你俩买两套衣服。"

乔军说："我要全白色的西服，衬衣要红色的，领带皮鞋你随便配吧。"

王玉珲说："对了，他今晚还有节目，我们快点吧。"乔军笑了笑。

晚会现场，杨老师、小田老师也上台挽着手走起猫步来，台下传来了一片响亮的掌声。他们踩着音乐的节奏，就像T型台上的模特一样神采奕奕地走着，昂首阔步地走着。时光的年轮可以在人的外表上留下刻度，但是在心灵里，在情趣中年轮却留不下任何痕迹。杨老师、小田老师就像回到了过去，回到了孩子王的时代。他们的眼里闪现出的青春气息在舞台上光芒四射。他俩带着这帮弟妹们开荒种地，带着他们在艰苦的山野中寻找食物，带着他们去跟老鼠抢茶籽，去水车磨坊榨茶油，去巡山、去钓鱼、去滑雪、去抓螃蟹。

接下来的是赵梦茹的芭蕾《天鹅湖》的白天鹅独舞片段，四十多岁的中年女性，如果能跳上一段民族舞也会得到大家的交口赞誉，如果还能用脚尖跳芭蕾，那就只能被叹为观止了。赵梦茹那双精妙的脚尖，使她的身体变得异常轻盈，舒展。与我们平常看到的芭蕾舞演员瘦削而又平板的身材不同，赵梦茹丰满的胸部却充满了性感的魅力。在那双娇小而有力的脚尖跳跃中，她的胸部在沉甸甸地抖动，勾起男性同学的无边遐想，引来女性同学的嫉妒眼神。事后有同学总结这台晚会很有点专业味道，很有档次。得到这样的评价，应该说赵梦茹的芭蕾独舞该记头功。

赵梦茹的最后亮相造型换来了全场最热烈的掌声。赵梦茹下了场又拿着话筒上了场，她说："大家看了我的芭蕾后，我要告诉大家的是以前我们同学时代的芭蕾王后可不是我，那是我们的校花王丽花，下面由王丽花给大家表演小品《红梅花儿开》。"

刘旭搬上了一张课椅作为道具放在舞台中间，然后刘旭就往台下走。下面有同学起哄："别下去了。"接着《红梅花儿开》的音乐响了起来。王丽花系着一条鲜红的红领巾，装着学生模样上了场。王丽花已经发福的身材和她装嫩的扮相有些不大协调，台下传来一些同学的笑声。赵梦茹在幕后不禁有点紧张，她是担心台下的笑声太大，会刺激王丽花的。万一让王丽花旧病复发又该怎么办呢？王丽花的身材虽然有些变形，但是还是能看得出她的舞蹈功底，转身投足都能感受到她动作的精准协调。这个小品本来是要乔军配合的，但是乔军不在，那张椅子也只好空着了，想到这儿赵梦茹心里又是一阵悲凉。

这实际上是一个没有一句台词的音乐小品。这种小品好表演，但是想出彩那是非常难的。王丽花完全是按照歌词编排的动作，让人一看就知道是一个情窦初开的少女在暗恋自己心仪的白马王子，由于害羞不敢表白出来。一个怀春的故事，一段羞涩的情缘。赵梦茹可知道王丽花就是被这段暗恋折磨成现在这个样子的，它以残酷的结果毁灭了一个少女美丽的一生。这就是王丽花一辈子唯一的情缘，也是王丽花活在一个没有爱情和温暖的家庭的最美好的回忆。这段暗恋可能就是王丽花心中最宝贵的财富，她能把它献给大家，这是何足珍贵啊！王丽花就是个表演的天才，她的身段、眼睛、手势、肢体，把一个少女的暗恋演绎得完美无瑕。大家已经全然忘记了王丽花现在的身体情况，已经忘记了王丽花曾经是个花痴。大家被王丽花娇羞的动作、多情的神态彻底打动了，这哪里是在表演，这分明就是一个少女的真情直播。也可能是王丽花一人在家没事就几十次几百次演练的节目，也可能王丽花表演的就是自己内心里最熟悉的生活和情感，还有种可能就是这段情感积淀得太深，一直没有得到表达。这次王丽花就是假戏真做，她演活了自己，也释放了自己。

这段发自内心深处的表演深深吸引了大家，那是因为它唤起了大家情感的共鸣。每个人都有初恋，甚至每个同学在同学时代都有心仪的异性同学，每个人都要经历过感情难以表达的羞涩期。而只有王丽花把大家的这段感情经历给精确地表现出来了，她又怎么不激发出大家的感情共鸣呢?

彭洋带着乔军和王玉珲此时也赶到了晚会现场，他们三人从后门悄悄地溜进了观众席。然后三人静静地欣赏起节目来。彭洋对乔军说:“你的节目快到了吧?”

乔军说:“听听预报吧。”

赵梦茹报完最后一个节目就说:“下个节目是我们的节目单上的特别节目，请大家拭目以待。”说完走进了更衣间，她开始快速地在换新娘婚纱，她已经在家里反复练习过了，自己可以在几分钟内穿上这件庞大的婚纱礼服。

乔军对王玉珲和彭洋说:“是我的节目了，我上去了。”乔军从后门溜了出去，然后悄悄地从礼堂外绕上了舞台，然后躲在了幕布后面。他想给赵梦茹一个惊喜，他也要给同学们一个惊喜。

赵梦茹拖着长长的婚纱一个人款款地走上了舞台，脸上的笑容是幸福的又有点忧郁，她的情绪是外露的又有点沉静。她拿起话筒，极力控制着自己的音调。她有点担心自己会情绪失控，在这个舞台上痛哭失声。她觉得今天自己应该是恬静的，是幸福的。虽然自己的情感随时都有喷发出来的可能，但是她不希望自己是这样的，那会让张灿看到自己的懦弱。她不愿意这样，她一定要坚强地坚持下去。她不能哭，哪怕回家哭个三天三夜。

赵梦茹说话了："这个特别的节目实际上没有什么特别，这个特别的节目也不是一个什么节目，可能会让大家失望的。"全场传来的是哄堂大笑，大家以为赵梦茹在表演滑稽节目。"说它不特别，是因为每个人都经历过。说它不是一个节目，因为它就是生活中的一个片段。"大家被赵梦茹的弯弯绕糊涂了，都希望赵梦茹能早点揭开谜底，全场已经是鸦雀无声了。只有赵梦茹的声音在大堂里回响："它只是一场婚礼，只是一场普普通通的婚礼，只是一场你们老同学迟到的婚礼。"全场的同学都意识到可能会有什么事情发生。

"但是它又是特别的婚礼，是一场新郎缺席的特别婚礼，新娘已经出场了，就是我，赵梦茹。新郎还关在咫尺之遥的看守所，他是——乔军。"赵梦茹还是克制不住地抽泣起来。全场却是一片震天动地的欢呼声，接着是雷鸣般的掌声，许久掌声才渐渐平息下来。"这些天来，我每天都在向上苍祈祷，祈求它给乔军自由，让我们完婚。但是我今天只能一个人来独自完成这个节目了，我只能一个人来举行这场没有新郎参加的婚礼了。"台下的同学们都站了起来，指着台上。赵梦茹不知道出了什么事，当她转过身子，她看见乔军身穿白色的西服正笑吟吟地从台后走了上来。

赵梦茹激动地大叫起来，乔军迎了上去紧紧地抱起几乎要昏厥的赵梦茹。大堂里充满了欢呼声，大堂的四壁让人感到会被这欢呼声挤爆。许久，乔军接过话筒幽默地说："感谢大家参加了这场既普通又特别，既是节目又不是节目的婚礼。"婚礼进行曲奏响了，全场高呼："吻一个！吻一个！"新郎新娘幸福地吻到了一起。

乔军说："在这大喜之日，我不能重色轻友，我要请上救我出狱的我的搭档王玉珲，请上彭洋，我们合唱一首《朋友》吧。"王玉珲和彭洋上了舞台，王玉珲对大家沉痛地说："何疆民同学为乔军无罪释放提供了最关键的证据。刚才我接到他老婆的电话，何疆民刚刚离我们而去。他非常想参加这次聚会，但是病魔带走了他。让我们全体默哀三分钟以表示我们的哀悼吧。"

默哀后，《朋友》的歌声响了起来："这些年、一个人，风也过、雨也走，有过泪、有过错，还记得坚持什么。真爱过、才会懂……"歌声在大堂里回旋，在瘦岛的上空回响，在雾水河里回荡。

（完）